Die Arena

STEPHEN KING
DIE ARENA

Roman

Aus dem Amerikanischen
von Wulf Bergner

Weltbild

Die amerikanische Originalausgabe erschien 2009 unter dem Titel
UNDER THE DOME bei Scribner, New York.

»Play It All Night Long«: Copyright
© 1980 by Zevon Music. Published by Zevon Music and Imagem Music.
All rights reserved. Used by permission.

»Talkin' at the Texaco«: Words and music by James McMurtry.
Copyright © 1989 by Short Trip Music (BMI).
Administered by Bug Music. All rights reserved. Used by permission.

Besuchen Sie uns im Internet:
www.weltbild.de

Genehmigte Lizenzausgabe für Verlagsgruppe Weltbild GmbH,
Steinerne Furt, 86167 Augsburg
Copyright der Originalausgabe © 2009 by Stephen King
Copyright der deutschsprachigen Ausgabe
© 2009 by Wilhelm Heyne Verlag, München
in der Verlagsgruppe Random House GmbH
Übersetzung: Wulf Bergner
Umschlaggestaltung: JARZINA kommunikations-design, Holzkirchen
Umschlagmotiv: Corbis, Düsseldorf (© Henryk T. Kaiser)
Gesamtherstellung: GGP Media GmbH, Pößneck
Printed in the EU
ISBN 978-3-86800-595-0

2013 2012 2011 2010
Die letzte Jahreszahl gibt die aktuelle Lizenzausgabe an.

Zum Gedenken an Surendra Dahyabhai Patel.

Du fehlst uns, mein Freund.

Who you lookin for
What was his name
you can prob'ly find him
at the football game
it's a small town
you know what I mean
it's a small town, son
and we all support the team

JAMES MCMURTRY

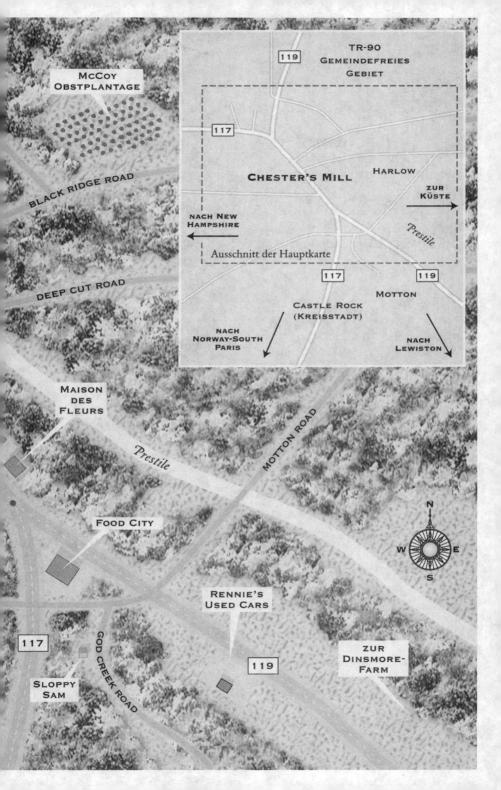

Einige (aber nicht alle), die am *Dome Day* in Chester's Mill waren:

AMTSTRÄGER

Andy Sanders, Erster Stadtverordneter
Jim Rennie, Zweiter Stadtverordneter
Andrea Grinnell, Dritte Stadtverordnete

BELEGSCHAFT DES SWEETBRIAR ROSE

Rose Twitchell, Besitzerin
Dale Barbara, Koch
Anson Wheeler, Koch/Tellerwäscher
Angie McCain, Bedienung
Dodee Sanders, Bedienung

POLIZEI

Howard »Duke« Perkins, Polizeichef
Peter Randolph, stellvertretender Polizeichef
Marty Arsenault, Officer
Freddy Denton, Officer
George Frederick, Officer
Rupert Libby, Officer
Toby Whelan, Officer
Jackie Wettington, Officer
Linda Everett, Officer
Stacey Moggin, Officer/Telefonzentrale
Junior Rennie, Special Deputy
Georgia Roux, Special Deputy
Frank DeLesseps, Special Deputy
Melvin Searles, Special Deputy
Carter Thibodeau, Special Deputy

SEELSORGER

Reverend Lester Coggins, Kirche Christus der Heilige Erlöser

Reverend Piper Libby, First Congregational (»Congo«) Church

MEDIZINISCHES PERSONAL

Ron Haskell, Arzt
Rusty Everett, Arzthelfer
Ginny Tomlinson, Krankenschwester
Dougie Twitchell, Krankenpfleger
Gina Buffalino, Lernschwester
Harriet Bigelow, Lernschwester

KINDER UND JUGENDLICHE

Little Walter Bushey
»Scarecrow« Joe McClatchey
Norrie Calvert
Benny Drake
Judy und Janelle Everett
Ollie und Rory Dinsmore

ERWÄHNENSWERTE EINWOHNER

Tommy und Willow Anderson, Besitzer/Betreiber von Dipper's Roadhouse

Stewart und Fernald Bowie, Besitzer/Betreiber des Bestattungsinstituts Bowie

Joe Boxer, Zahnarzt

Romeo Burpee, Besitzer/Betreiber von Burpee's Department Store

Phil Bushey, Chef von zweifelhaftem Ruf

Samantha Bushey, seine Frau

Jack Cale, Geschäftsführer des Supermarkts

Ernie Calvert, (ehem.) Geschäftsführer des Supermarkts

Johnny Carver, Betreiber eines Lebensmittelmarkts
Alden Dinsmore, Milchbauer
Roger Killian, Hühnerzüchter
Lissa Jamieson, Stadtbibliothekarin
Claire McClatchey, Mutter von Scarecrow Joe
Alva Drake, Mutter von Benny
Stubby Norman, Antiquitätenhändler
Brenda Perkins, Frau von Polizeichef Perkins
Julia Shumway, Besitzerin/Redakteurin des Lokalblatts
Tony Guay, Sportreporter
Pete Freeman, Pressefotograf
»Sloppy« Sam Verdreaux, Dorfpenner

ZUGEREISTE

Alice und Aidan Appleton, Dome-Waisen (»Daisen«)
Thurston Marshall, literarischer Mensch mit medizinischen
   Fähigkeiten
Carolyn Sturges, Studentin

ERWÄHNENSWERTE HUNDE

Horace, Julia Shumways Corgi
Clover, Piper Libbys Schäferhund
Audrey, der Golden Retriever der Everetts

DAS FLUGZEUG
UND DAS WALDMURMELTIER

1   Aus einer Höhe von zweitausend Fuß, wo Claudette
Sanders gerade eine Flugstunde nahm, leuchtete die Kleinstadt Chester's Mill im Morgenlicht, als wäre sie frisch hergestellt und eben erst dorthin verfrachtet worden. Autos
rollten die Main Street entlang und schickten Sonnenblitze
herauf. Der Turm der Congo Church sah spitz genug aus,
um den makellos blauen Himmel zu durchbohren. Die
Sonne raste über das Flüsschen Prestile, während die Seneca
V es überflog – Flugzeug wie Wasserlauf auf demselben Diagonalkurs über und durch die Stadt.

»Chuck, ich glaube, ich sehe zwei Jungen neben der Peace
Bridge! Sie angeln!« Sie lachte vor Entzücken. Die Flugstunden waren ein Geschenk ihres Mannes, des Ersten Stadtverordneten. Obwohl Andy der Überzeugung war, wenn Gott
den Menschen zum Fliegen bestimmt hätte, hätte er ihm
Flügel gegeben, ließ er sich extrem leicht beeinflussen, und
so hatte Claudette schließlich ihren Willen bekommen. Sie
hatte das Erlebnis von Anfang an genossen. Aber dies hier
war mehr als Vergnügen; es war ein Hochgenuss. Heute
hatte sie erstmals verstanden, was das Fliegen so großartig
machte. Was das Coole daran war.

Chuck Thompson, ihr Fluglehrer, berührte das Steuer-
horn leicht und zeigte dann auf die Instrumente. »Klar doch«,
sagte er, »aber wir wollen trotzdem weiter aufpassen, Claudie, okay?«

»Sorry, sorry.«

»Halb so schlimm.« Er war seit vielen Jahren Fluglehrer
und mochte Schüler wie Claudie, die begierig waren, etwas
Neues zu lernen. Sie würde Andy Sanders vielleicht schon
bald eine Menge Geld kosten: Sie liebte die Seneca und hatte

schon erklärt, dass sie gern genauso eine besitzen würde, allerdings keine gebrauchte. Eine nagelneue Maschine würde rund eine Million Dollar kosten. Claudie Sanders war zwar nicht eigentlich verwöhnt, aber doch eine Frau mit teuren Vorlieben, die Andy, dieser Glückspilz, anscheinend mühelos befriedigen konnte.

Chuck gefielen auch Tage wie dieser: unbegrenzte Sicht, kein Wind, ideale Schulungsbedingungen. Trotzdem schwankte die Seneca etwas, als sie überkorrigierte.

»Du verlierst deine glücklichen Gedanken. Tu das nicht. Neuer Kurs hundertzwanzig. Wir fliegen die Route 119 entlang. Und geh auf neunhundert runter.«

Das tat sie, und die Seneca war wieder perfekt ausgetrimmt. Chuck entspannte sich.

Sie überflogen Jim Rennies Gebrauchtwagenplatz, dann blieb die Stadt hinter ihnen zurück. Auf beiden Seiten der 119 lagen Felder, standen Bäume in flammenden Herbstfarben. Der kreuzförmige Schatten der Seneca huschte über den Asphalt, wobei eine dunkle Tragfläche über einen Ameisen-Mann mit einem Rucksack hinwegglitt. Der Ameisen-Mann sah auf und winkte. Chuck winkte zurück, obwohl er wusste, dass der Kerl ihn nicht sehen konnte.

»Gottverdammt *schöner* Tag!«, rief Claudie aus. Chuck lachte.

Sie hatten noch vierzig Sekunden zu leben.

2   Das Waldmurmeltier trottete auf dem Randstreifen der Route 119 in Richtung Chester's Mill, obwohl die Stadt noch eineinhalb Meilen entfernt lag und selbst Jim Rennie's Used Cars nicht mehr war als ordentlich aufgereihte blitzende Reflexionen an der Stelle, wo die Straße nach links abbog. Das Murmeltier plante (soweit Waldmurmeltiere überhaupt etwas planen), schon lange vorher wieder in den Wald abzubiegen. Vorläufig jedoch war der Randstreifen in Ordnung. Es war weiter von seinem Bau entfernt als beabsichtigt, aber die Sonne auf seinem Rücken war warm, und die frischen Gerüche in seiner Nase erzeugten rudimentäre Vorstellungen – keine echten Bilder – in seinem Gehirn.

Es machte halt und richtete sich kurz auf den Hinterläufen auf. Seine Augen waren nicht mehr so gut wie früher, aber gut genug, um es einen Menschen erkennen zu lassen, der auf der gegenüberliegenden Straßenseite näher kam.

Das Murmeltier beschloss, trotzdem noch etwas weiter zu gehen. Menschen ließen manchmal gute Sachen zu fressen liegen.

Es war ein alter Bursche, ein fetter alter Bursche. Früher hatte es oft Mülltonnen geplündert, daher kannte es den Weg zur Müllhalde von Chester's Mill so gut wie die drei Gänge seines Baus; auf der Müllhalde gab es immer gute Sachen zu fressen.

Der Mann blieb stehen. Das Murmeltier erkannte, dass es entdeckt worden war. Gleich vorne rechts lag eine umgestürzte Birke. Darunter würde es sich verstecken, bis der Mann vorbei war, und sich dann nach leckeren …

So weit kam das Murmeltier in seinen Gedanken – und mit noch drei Watschelschritten –, obwohl es entzweigeschnitten worden war. Dann fiel es am Straßenrand auseinander. Blut spritzte und pumpte; Eingeweide quollen in den Staub; seine Hinterläufe traten zweimal zuckend aus, dann bewegten sie sich nicht mehr.

Sein letzter Gedanke vor der Dunkelheit, in der wir alle, Murmeltiere wie Menschen, versinken: *Was ist passiert?*

3   Die Anzeigen aller Instrumente fielen auf null zurück.

»Was zum *Teufel*?«, sagte Claudie Sanders. Sie wandte sich Chuck zu. Ihre Augen waren geweitet, aber in ihnen stand keine Panik, nur Verwirrung. Für Panik war keine Zeit.

Chuck sah die Instrumente nicht mehr. Stattdessen sah er, wie der Bug der Seneca eingedrückt wurde. Dann sah er beide Luftschrauben zerschellen.

Für weitere Beobachtungen war keine Zeit. Oder für

sonst irgendetwas. Die Seneca explodierte über der Route 119 und ließ Feuer auf die nähere Umgebung herabregnen. Und Leichenteile. Ein rauchender Unterarm – Claudettes – landete mit dumpfem Aufprall neben dem sauber halbierten Waldmurmeltier.

Das war am 21. Oktober.

BARBIE

1 Barbie begann sich besser zu fühlen, sobald er an der Food City vorbeiging und die Stadtmitte hinter sich ließ. Als er das Schild mit der Aufschrift SIE VERLASSEN DIE GEMEINDE CHESTER'S MILL *KOMMEN SIE RECHT BALD WIEDER!* las, fühlte er sich noch besser. Er war froh, unterwegs zu sein, und das nicht nur, weil er in The Mill eine ziemlich gute Abreibung bezogen hatte. Es war das gute alte Weiterziehen, das ihn aufgeheitert hatte. Er hatte sich mindestens zwei Wochen lang unter seiner eigenen kleinen grauen Wolke bewegt, bevor er auf dem Parkplatz des Dipper's vermöbelt worden war.

»Eigentlich bin ich nur ein Vagabund«, sagte er und lachte. »Ein Vagabund auf dem Weg zum Big Sky.« Und warum zum Teufel nicht? Der weite Himmel: Montana! Oder Wyoming. Die gottverdammte Rapid City, South Dakota. Überall, nur nicht hier.

Er hörte einen näher kommenden Motor, drehte sich um – ging jetzt rückwärts – und reckte den Daumen hoch. Was er sah, war eine wundervolle Kombination: ein schmutziger alter Ford Pick-up mit einer kecken jungen Blondine am Steuer. *Aschblond*, sein liebstes Blond von allen. Barbie setzte sein gewinnendstes Lächeln auf. Das Mädchen am Steuer lächelte ebenfalls, und, o mein Gott, wenn sie auch nur einen Tick über neunzehn war, würde er seinen letzten Lohnscheck aus dem Sweetbriar Rose verspeisen. Zweifellos zu jung für einen Gentleman von dreißig Sommern, aber völlig *straßentauglich*, wie man in seiner getreidegenährten Jugend in Iowa gesagt hatte.

Der Pick-up wurde langsamer, sodass Barbie darauf zuging ... und beschleunigte dann wieder. Im Vorbeifahren bedachte sie ihn mit einem weiteren kurzen Blick. Das Lächeln stand noch auf ihrem Gesicht, hatte sich aber in ein bedauerndes verwandelt. *Ich hatte einen kurzen Hirnkrampf,* besagte das Lächeln, *aber jetzt hat die Vernunft wieder die Oberhand.*

Und Barbie glaubte, sie vom Sehen zu kennen, obwohl sich das nicht mit Bestimmtheit sagen ließ. Sonntagmorgens war das Sweetbriar immer ein Tollhaus. Aber er glaubte, sie mit einem älteren Mann, vermutlich ihrem Dad, gesehen zu haben, beide mit dem Gesicht in einem Teil der *Sunday Times* vergraben. Hätte er sie im Vorbeifahren ansprechen können, hätte Barbie gesagt: *Wenn Sie mir vertraut haben, dass ich Ihre Würstchen und Eier anständig brate, können Sie mir bestimmt ein paar Meilen weit auf dem Beifahrersitz trauen.*

Aber das konnte er natürlich nicht, deshalb hob er nur die Hand zu einem kleinen Nichts-für-ungut-Gruß. Die Bremsleuchten des Trucks flackerten, als überlegte sie noch immer. Dann erloschen sie und der Ford beschleunigte weiter.

In den folgenden Tagen, während die Zustände in The Mill sich immer mehr verschlimmerten, würde er diesen kleinen Augenblick in der warmen Oktobersonne wieder und wieder vor sich ablaufen lassen. Vor allem dachte er an dieses zweite Aufflackern der Bremsleuchten ... als hätte sie ihn schließlich doch erkannt. *Das ist doch der Koch aus dem Sweetbriar Rose. Vielleicht sollte ich ...*

Aber *vielleicht* war ein Abgrund, in den schon bessere Männer als er gestürzt waren. Hätte sie sich die Sache anders überlegt, wäre sein ganzes späteres Leben anders verlaufen. Sie musste es nämlich nach draußen geschafft haben; er sah die kecke Blondine oder den schmutzigen alten Ford F-150 nie wieder. Sie musste die Stadtgrenze von Chester's Mill in den letzten Minuten (oder sogar Sekunden) überquert haben, bevor sie abgeriegelt wurde. Mit ihr zusammen wäre er draußen und in Sicherheit gewesen.

Es sei denn, dachte er später, wenn er nicht schlafen konnte, *das Anhalten, um mich aufzunehmen, hätte eben lange genug gedauert, um zu lang zu sein. Dann wäre ich vermutlich trotzdem nicht hier. Und sie auch nicht. Weil man dort draußen auf der 119 fünfzig fahren darf. Und mit fünfzig Meilen in der Stunde …*

An dieser Stelle würde er in Zukunft immer an das Flugzeug denken.

2 Die Maschine flog kurz hinter Jim Rennie's Used Cars – eine Firma, die Barbie nicht mochte – über ihn hinweg. Nicht, dass er dort ein Montagsauto gekauft hätte (er hatte seit über einem Jahr kein Auto mehr, sein letztes hatte er in Punta Gorda, Florida, verkauft). Aber Jim Rennie jr. war einer der Kerle bei dem nächtlichen Überfall auf dem Parkplatz des Dipper's gewesen. Ein College-Bengel, der etwas zu beweisen hatte, und was er nicht allein beweisen konnte, bewies er als Teil einer Gruppe. Nach Barbies Erfahrung war das die Art, wie die Jim juniors dieser Welt Geschäfte machten.

Aber das lag jetzt hinter ihm. Jim Rennie's, Jim junior, das Sweetbriar Rose (Gebackene Muscheln, unsere Spezialität! Immer »*ganz*«, niemals »*Streifen*«), Angie McCain. Andy Sanders. Die ganze Chose, auch das Dipper's (Abreibungen auf dem Parkplatz, unsere Spezialität!). Alles hinter ihm. Und vor ihm? Nun, die Tore Amerikas. Goodbye Smalltown Maine, hello Big Sky.

Oder vielleicht, zum Teufel, würde er wieder nach Süden ziehen. Auch wenn dieser Tag noch so schön war, lauerte ein, zwei Kalenderblätter weiter der Winter. Vielleicht war der Süden eine gute Idee. Er war noch nie in Muscle Shoals gewesen, aber der Klang dieses Namens gefiel ihm. Gottverdammte Poesie, das war Muscle Shoals, und dieser Gedanke heiterte ihn so auf, dass er den Kopf hob, als er das Sportflugzeug kommen hörte, und ihm fröhlich zuwinkte. Er hoffte auf ein Wackeln mit den Tragflächen als Reaktion, bekam aber keines, obwohl die Maschine tief und langsam flog. Barbie tippte auf Touristen – bei all dem flammenden Herbstlaub war heute ihr Tag – oder vielleicht auf einen jungen Flugschüler, der zu angestrengt Kurs und Höhe hielt, um sich mit Erdlingen wie Barbie abzugeben. Aber er wünschte ihnen alles Gute. Egal, ob Touristen oder ein Junge, der noch mindestens sechs Wochen bis zu seinem ersten Alleinflug vor sich hatte, Barbie wünschte ihnen von Herzen nur das Beste. Dies war ein guter Tag, und jeder Schritt von Chester's Mill weg machte ihn besser. Zu viele Arschlöcher in The Mill, außerdem: Reisen war gut für die Seele.

Vielleicht sollte das Weiterziehen im Oktober zum Gesetz werden, dachte er. *Neues nationales Motto: JEDER GEHT, WENN DER OKTOBER KOMMT. Man bekommt seine Packerlaubnis im August, kündigt Mitte September zum Monatsende, dann ...*

Er blieb stehen. Nicht allzu weit vor ihm, auf der anderen Seite der Asphaltstraße, war ein Waldmurmeltier. Ein verdammt fettes. Gleichzeitig geschmeidig und frech. Statt sich eilig ins hohe Gras zu flüchten, kam es weiter auf ihn zu. Vor ihm lag eine umgestürzte Birke mit ihrer Krone auf dem Randstreifen, jede Wette, dass das Murmeltier sich gleich darunter verkroch, bis der große böse Zweibeiner vorbei war. Andernfalls würden sie sich wie zwei Vagabunden passieren, der vierbeinige unterwegs nach Norden, der zweibeinige nach Süden. Barbie hoffte, dass es dazu kommen würde. Das wäre cool.

Diese Gedanken gingen Barbie sekundenschnell durch den Kopf; der Schatten des Flugzeugs war noch zwischen ihm und dem Murmeltier: ein schwarzes Kreuz, das den Highway entlanghuschte. Dann passierten zwei Dinge fast gleichzeitig.

Als Erstes etwas mit dem Murmeltier. Eben noch ganz, lag es plötzlich in zwei Teilen da. Beide hielten mitten in der Bewegung inne, sein schlagartig erschlafftes Kiefergelenk ließ sein Maul offen stehen. Das da sah aus, als wäre das Fallbeil einer unsichtbaren Guillotine herabgesaust. Und noch während er das dachte, explodierte direkt über dem halbierten Murmeltier das kleine Sportflugzeug.

3   Barbie blickte nach oben. Vom Himmel fiel eine zerquetschte Bizarro-World-Version des hübschen Sportflug-
zeugs, das Sekunden zuvor über ihn hinweggeflogen war. In
der Luft darüber drehten sich orangerote Feuerzungen, eine
Blüte, die sich weiter und weiter öffnete, eine Amerikanische
Katastrophen-Rose. Rauch quoll aus der abstürzenden Maschine.

Etwas schepperte auf die Straße und ließ Asphaltbrocken
hochspritzen, bevor es nach links ins hohe Gras kreiselte.
Ein Propellerblatt.

Wäre es statt ins Gras in meine Richtung geflogen …

Für einen kurzen Moment sah sich Barbie entzweigeteilt –
wie das unglückliche Murmeltier –, dann wandte er sich zur
Flucht. Er schrie, als erneut etwas vor ihm aufschlug. Doch
statt eines weiteren Propellerblatts war es ein in Jeansstoff
gekleidetes Männerbein. Blut war keins zu sehen, aber die
Seitennaht war weit aufgeplatzt und ließ weißes Fleisch und
drahtige schwarze Haare sehen.

Der Fuß fehlte.

Barbie hatte das Gefühl, in Zeitlupe zu rennen. Er sah
einen seiner eigenen Füße, der in einem zerschrammten alten
Arbeitsstiefel steckte, ausschreiten und den Boden berühren. Dann verschwand er hinter ihm, während sein anderer
Fuß ausschritt. Alles langsam, sehr langsam. Wie eine Zeit-
lupenwiederholung in einer Baseball-Übertragung, wenn ein
Spieler versucht, die zweite *base* zu »stehlen«.

Hinter ihm erhob sich ein gewaltiges hohles Dröhnen, gefolgt vom Knall einer Sekundärexplosion, gefolgt von einer
Hitzewelle, die ihn von den Fersen bis zum Genick traf und
ihn wie eine warme Hand vorwärtsschob. Dann wurden alle
Gedanken weggeblasen, bis nur mehr der animalische Selbst-
erhaltungstrieb seines Körpers übrig war.

Dale Barbara rannte um sein Leben.

4   Nach etwa hundert Metern die Straße entlang wurde
die große warme Hand zu einer Geisterhand, obwohl der
von einer leichten Brise herangetragene Gestank von bren-

23

nendem Benzin – dazu ein süßerer Geruch, der von einer Mischung aus schmelzendem Kunststoff und verbranntem Fleisch stammen musste – sehr intensiv war. Barbie rannte weitere sechzig Meter, bevor er stehen blieb und sich umsah. Er keuchte lautstark. Er glaubte nicht, dass das vom Rennen kam; er rauchte nicht und war gut in Form (nun … passabel; seine rechten Rippen schmerzten nach der Abreibung auf dem Parkplatz des Dipper's noch immer). Stattdessen führte er es auf Schrecken und Verzweiflung zurück. Er hätte von abstürzenden Flugzeugtrümmern – nicht nur von einem weggeflogenen Propellerblatt – erschlagen worden oder darunter verbrannt sein können. Reiner Dusel hatte ihn davor bewahrt.

Dann sah er etwas, was sein hektisches Keuchen mitten im Atemzug stoppte. Er richtete sich auf und betrachtete die Unfallstelle genauer. Die Straße war mit Trümmern übersät – es war wirklich ein Wunder, dass er nicht erschlagen oder wenigstens verletzt worden war. Eine verdrehte Tragfläche lag rechts vor ihm; die andere Tragfläche ragte aus dem ungemähten Timotheusgras links, nicht weit von dem wild gewordenen Propellerblatt entfernt. Außer dem Bein in Jeansstoff konnte er eine abgetrennte Hand und einen Arm erkennen. Die Hand schien auf einen Kopf zu deuten, als wollte sie sagen: *Das ist meiner.* Dem Haar nach ein Frauenkopf. Die entlang der Straße verlaufende Hochspannungsleitung war zerfetzt. Ihre Drähte lagen knisternd und zuckend auf dem Randstreifen.

Hinter Kopf und Arm lag die verdrehte Röhre des Flugzeugrumpfs. Barbie konnte **NJ3** lesen. Falls das Kennzeichen länger gewesen war, fehlte der Rest.

Aber nichts davon hatte seine Aufmerksamkeit gefesselt und ihm den Atem geraubt. Die Katastrophen-Rose war inzwischen verschwunden, aber es gab noch Feuer in der Luft. Bestimmt brennender Treibstoff. Aber …

Aber er rann die Luft herab wie eine dünne Schicht. Dahinter konnte Barbie eine für Maine typische Landschaft sehen – noch friedlich, noch nicht reagierend, aber trotzdem in Bewegung. Flimmernd wie die Luft über einem Müllverbrennungsofen oder einem offenen Feuer. Als hätte jemand Benzin auf eine Glasscheibe gekippt und dann angezündet.

Geradezu hypnotisiert – so fühlte es sich jedenfalls an – ging Barbie zurück zum Absturzort.

5   Sein erster Impuls war, die Leichenteile zu bedecken, aber es waren zu viele. Jetzt entdeckte er ein weiteres Bein (dieses in grünem Gabardine) und einen weiblichen Torso, der in Wacholderbüschen hing. Er konnte sein Hemd ausziehen und damit den Frauenkopf verhüllen, aber was dann? Nun, er hatte noch zwei Reservehemden in seinem Rucksack ...

Jetzt kam ein Fahrzeug aus Richtung Motton, der nächsten Kleinstadt im Süden. Ein kleinerer Geländewagen, der ziemlich raste. Jemand musste den Absturz gehört oder den Blitz am Himmel gesehen haben. Hilfe. Gott sei Dank Hilfe. Barbie stand breitbeinig über der weißen Linie, weit genug weg von dem Feuer, das weiter auf diese unheimliche Wasser-auf-einer-Fensterscheibe-Art vom Himmel herablief, und schwenkte die Arme X-förmig über dem Kopf.

Der Fahrer hupte kurz, um zu zeigen, dass er ihn gesehen hatte, und bremste dann so scharf, dass er eine mehr als zehn Meter lange Bremsspur hinterließ. Der Wagen hatte noch gar nicht richtig angehalten, da war er schon aus seinem kleinen grünen Toyota heraus: ein großer, schlaksiger Kerl mit langer grauer Mähne, die unter einer Baseballmütze der Sea Dogs hervorquoll. Er rannte auf die andere Straßenseite, um dem herablaufenden Feuer zu entgehen.

»Was ist passiert?«, rief er. »Scheiße, was ...«

Dann prallte er gegen etwas. Mit voller Wucht. Barbie sah, wie die Nase des Kerls seitlich verbogen wurde, als sie brach. Aus Mund, Nase und Stirn blutend, prallte der Mann von dem Nichts zurück. Er fiel auf den Rücken, rappelte sich aber gleich sitzend auf. Er starrte Barbie mit benommen erstauntem Blick an, während das Blut über die Brust seines Arbeitshemds strömte, und Barbie starrte zurück.

JUNIOR UND ANGIE

1   Die beiden Jungen, die in der Nähe der Peace Bridge angelten, sahen nicht nach oben, als das Flugzeug über sie hinwegflog, aber Junior Rennie tat es. Er war eine Straße weiter südlich auf der Prestile Street unterwegs und erkannte das Motorengeräusch von Chuck Thompsons Seneca V. Er blickte auf, entdeckte das Flugzeug und nahm dann rasch den Kopf herunter, als das durch die Bäume fallende Sonnenlicht einen Schmerzstrahl durch seine Augen schickte. Wieder Kopfschmerzen. Die hatte er in letzter Zeit oft. Manchmal half das Medikament dagegen. Manchmal, vor allem in den letzten drei bis vier Monaten, auch nicht.

Migräneanfälle, hatte Dr. Haskell gesagt. Junior wusste nur, dass sie wehtaten, als ginge die Welt unter, und durch grelles Licht verschlimmert wurden, speziell im Anfangsstadium. Manchmal dachte er an die Ameisen, die Frank DeLesseps und er als kleine Jungen verbrutzelt hatten. Man benutzte ein Brennglas und fokussierte die Sonnenstrahlen auf sie, während sie über ihren Ameisenhaufen krochen. Das Ergebnis waren frikassierte Formicidae. Nur war heutzutage, wenn er wieder mal Kopfschmerzen ausbrütete, sein Kopf der Ameisenhaufen, und seine Augen wurden zu Doppelbrenngläsern.

Er war einundzwanzig. Musste er sich mit diesen Schmerzen abfinden, bis sie vielleicht ab Mitte vierzig abklingen würden, wie Dr. Haskell sagte?

Vielleicht. Aber an diesem Morgen konnten ihn nicht einmal seine Kopfschmerzen aufhalten. Das hätte der Anblick von Henry McCains 4Runner oder LaDonna McCains Prius in der Einfahrt tun können; in diesem Fall hätte er vielleicht kehrtgemacht, wäre nach Hause gegangen, hätte ein weiteres Imitrex geschluckt und sich in seinem Zimmer mit zugezogenen Vorhängen und einem kühlen Waschlappen auf der

Stirn hingelegt. Vielleicht hätte er gespürt, wie der Schmerz allmählich nachließ, während die Migräne entgleiste, aber vermutlich eher nicht. Wenn diese schwarzen Spinnen sich erst einmal richtig in ihn verbissen hatten ...

Er sah wieder auf, diesmal mit gegen das verhasste Licht zusammengekniffenen Augen, aber die Seneca war verschwunden, und selbst ihr Motorengeräusch (ebenfalls ärgerlich – alle Geräusche waren ärgerlich, wenn man einen dieser beschissenen Anfälle bekam) verhallte allmählich. Chuck Thompson mit irgendeinem Flyboy oder Flygirl in spe. Und obwohl Junior nichts gegen Chuck hatte – ihn kaum kannte –, wünschte er sich mit jäher kindischer Grausamkeit, Chucks Flugschüler würde einen Riesenfehler machen und die Maschine abstürzen lassen.

Am liebsten direkt auf die Gebrauchtwagen seines Vaters.

Ein weiterer grässlich pochender Schmerz durchzuckte seinen Kopf, aber er ging trotzdem die Stufen zur Haustür der McCains hinauf. Das hier musste erledigt werden. Scheiße, das hier war überfällig. Angie musste eine Lektion erteilt werden.

Aber nur eine kleine. Lass nicht zu, dass du die Beherrschung verlierst.

Wie gerufen antwortete die Stimme seiner Mutter. Ihre unerträglich selbstgefällige Stimme. *Junior war schon immer ein bisschen jähzornig, aber inzwischen kann er sich viel besser beherrschen. Nicht wahr, Junior?*

Nun ja. Er *hatte* es zumindest getan. Football hatte geholfen. Aber jetzt gab es keinen Football. Jetzt gab es nicht mal das College. Stattdessen gab es Kopfschmerzen. Und die sorgten dafür, dass er sich wie ein verdammt übler Scheißkerl fühlte.

Lass nicht zu, dass du die Beherrschung verlierst.

Nein. Aber er würde mit ihr reden, Kopfschmerzen hin oder her.

Und vielleicht musste er, wie die alte Redensart lautete, seine Fäuste sprechen lassen. Mal sehen. Vielleicht ging es ihm besser, wenn er dafür sorgte, dass es Angie schlechter ging.

Junior drückte auf die Klingel.

2 Angie McCain kam eben aus der Dusche. Sie schlüpfte in ihren Bademantel und knotete den Gürtel zu, dann wickelte sie ein Handtuch um ihre nassen Haare. »Komme!«, rief sie, während sie die Treppe ins Erdgeschoss fast hinunterrannte. Auf ihrem Gesicht stand ein kleines Lächeln. Das war Frankie, sie wusste bestimmt, dass es Frankie war. Endlich kamen die Dinge wieder ins Lot. Der Hundesohn von einem Grillkoch (gut aussehend, aber trotzdem ein Hundesohn) hatte die Stadt verlassen oder war zumindest dabei, es zu tun, und ihre Eltern waren außer Haus. Beides zusammen ergab einen Wink des Himmels, dass die Dinge endlich wieder ins Lot kamen. Frankie und sie würden den ganzen Scheiß hinter sich lassen und wieder ein Paar sein.

Sie wusste genau, wie sie die ganze Sache angehen würde: erst die Tür öffnen, dann ihren Bademantel öffnen. Bei hellem Tageslicht am Samstagmorgen, wo jeder zufällig Vorbeikommende sie hätte sehen können. Erst würde sie sich natürlich vergewissern, dass draußen Frankie stand – sie hatte nicht die Absicht, sich dem dicken alten Mr. Wicker zu zeigen, falls er mit einem Päckchen oder einem Einschreibebrief geklingelt hatte, aber für die Post war es noch mindestens eine halbe Stunde zu früh.

Nein, es war Frankie. Da war sie sich sicher.

Sie öffnete die Tür, wobei ihr kleines Lächeln zu einem Willkommensgrinsen wurde – vielleicht keine gute Idee, weil ihre Zähne sehr eng beisammenstanden und die Größe von Jumbo Chicklets hatten. Eine Hand lag an der Gürtelschleife ihres Bademantels. Aber sie zog nicht daran. Es war nämlich nicht Frankie. Es war Junior, und er wirkte so *zornig …*

Sie kannte diesen finsteren Ausdruck recht gut, aber seit der achten Klasse, als Junior dem kleinen Dupree den Arm gebrochen hatte, hatte sie ihn nicht mehr so finster dreinblicken sehen. Der kleine Homo hatte es gewagt, mit seinem Bübchenhintern aufs städtische Basketballfeld zu tänzeln und mitspielen zu wollen. Und sie vermutete, dass damals nachts auf dem Parkplatz des Dipper's das gleiche Gewitter auf Juniors Gesicht gestanden hatte, obwohl sie die Geschichte nur vom Hörensagen kannte. In The Mill kannte je-

28

der die Geschichte. Chief Perkins hatte sie vorgeladen, dieser verdammte Barbie war ebenfalls dort gewesen, und auch das war schließlich rausgekommen.

»Junior? Junior, was …«

Dann schlug er ihr ins Gesicht, und alles Nachdenken hörte weitgehend auf.

3 In diesen ersten Schlag konnte er nicht viel hineinlegen, weil er noch in der Tür stand und kaum Platz zum Ausholen hatte; er konnte seinen Arm nur halb zurückziehen. Er hätte vielleicht nicht zugeschlagen (zumindest nicht gleich), wenn sie ihn nicht angegrinst – o Gott, diese *Zähne*, vor denen hatte er sich schon in der Grundschule gegruselt – und Junior genannt hätte.

Natürlich nannte die ganze Stadt ihn *Junior*, er dachte von sich *selbst* als Junior, aber er hatte nicht gewusst, wie sehr er das verabscheute, wie er diesen gottverdammten Namen *hasste*, bis er ihn zwischen den unheimlichen Grabsteinzähnen der Schlampe hervorpurzeln hörte, die ihm so viel Ärger eingebrockt hatte. Der Klang dieses Namens durchzuckte sein Gehirn wie der grelle Sonnenblitz, als er den Kopf gehoben hatte, um das Flugzeug zu sehen.

Aber für einen mit halber Kraft geführten Schlag war dieser nicht schlecht. Sie taumelte rückwärts gegen den Endpfosten der Treppe und das Handtuch flog ihr vom Kopf. Nasse braune Locken hingen ihr ins Gesicht, dass sie aussah wie Medusa. Das Lächeln war benommener Überraschung gewichen und Junior sah einen dünnen Blutfaden in ihrem Mundwinkel. Das war gut. Das war ausgezeichnet. Die Schlampe hatte es verdient zu bluten für das, was sie getan hatte. So viel *Ärger*, nicht nur für ihn, sondern auch für Frankie und Mel und Carter.

Die Stimme seiner Mutter in seinem Kopf: *Lass nicht zu, dass du die Beherrschung verlierst, Schatz.* Sie war längst tot, aber sie hörte nicht auf, ihm Ratschläge zu geben. *Erteil ihr eine Lektion, aber nur eine kleine.*

Und das hätte er vielleicht sogar wirklich geschafft, aber

dann öffnete sich ihr Bademantel, und darunter war sie nackt. Er konnte das dunkle Haarbüschel über ihrer Zuchtfarm sehen, ihrer gottverdammt kräuseligen Zuchtfarm, die den ganzen beschissenen *Ärger* verursachte; wenn man's genau betrachtete, waren diese Zuchtfarmen an allem beschissenen Ärger der *Welt* schuld, und sein Kopf dröhnte, hämmerte, wummerte, schepperte, zerplatzte. Er fühlte sich an, als könnte er jeden Augenblick wie eine Atombombe hochgehen. Aus beiden Ohren würde ein perfekter kleiner Detonationspilz schießen, unmittelbar bevor alles oberhalb des Halses explodierte und Junior Rennie (der nicht wusste, dass er einen Gehirntumor hatte – der asthmatische alte Dr. Haskell hatte diese Möglichkeit nicht einmal in Betracht gezogen, nicht bei einem sonst gesunden jungen Mann, der fast noch ein Teenager war) endgültig durchdrehte. Dies war kein glücklicher Morgen für Claudette Sanders oder Chuck Thompson; tatsächlich war dies kein glücklicher Morgen für irgendjemanden in Chester's Mills.

Aber nur wenige waren so glücklos wie die Exfreundin von Frank DeLesseps.

4   Sie *hatte* noch zwei halb zusammenhängende Gedanken, als sie an dem Treppenpfosten lehnte, seine hervorquellenden Augen anstarrte und sah, wie er sich auf die Zunge biss – so fest, dass seine Zähne darin versanken.

Er ist verrückt. Ich muss die Polizei rufen, bevor er mir wirklich etwas tut.

Sie wandte sich ab, um durch den Flur in die Küche zu laufen, wo sie den Hörer von dem Wandtelefon reißen, die 911 eintippen und dann einfach loskreischen würde. Sie kam zwei Schritte weit, dann stolperte sie über das Handtuch, das um ihren Kopf gewickelt gewesen war. Sie brachte sich schnell wieder ins Gleichgewicht – sie war in der Highschool Cheerleader gewesen und hatte sich ihre damalige Beweglichkeit bewahrt –, trotzdem war es zu spät. Ihr Kopf wurde zurückgerissen, gleichzeitig flogen ihre Füße nach vorn. Er hatte sie an den Haaren gepackt.

Er riss sie nach hinten an seinen Körper. Er glühte, als hätte er hohes Fieber. Sie konnte seinen Herzschlag spüren: schnellschnell, als würde er mit sich selbst durchbrennen.

»Du verlogene Schlampe!«, schrie er ihr direkt ins Ohr. Das schickte einen stechenden Schmerz tief in ihren Kopf. Auch sie kreischte, aber im Vergleich zu seiner klang ihre Stimme schwach und unbedeutend. Dann waren seine Arme um ihre Taille geschlungen, und sie wurde in wildem Tempo den Flur entlanggestoßen, sodass nur mehr ihre Zehen den Teppichboden berührten. Irgendwie kam sie sich dabei wie die Kühlerfigur eines führerlosen Autos vor, und dann waren sie in der Küche, die von strahlendem Sonnenschein überflutet war.

Junior schrie wieder auf. Diesmal nicht vor Wut, sondern vor Schmerz.

5   Das Licht brachte ihn um, es grillte sein wimmerndes Gehirn, aber es konnte ihn nicht aufhalten. Dafür war es jetzt zu spät.

Ohne langsamer zu werden, stieß er sie vor sich her bis an den Resopaltisch. Der traf ihren Magen, bevor er weiterrutschte und an die Wand knallte, dass die Zuckerschale und die Salz- und Pfefferstreuer durch die Gegend flogen. Die Luft aus ihrer Lunge entwich mit lautem Keuchen. Junior, der mit einem Arm ihre Taille umklammerte und die andere Hand in ihren nassen Locken hatte, wirbelte sie herum und warf sie gegen den Coldspot. Durch ihren Aufprall fielen die meisten Kühlschrankmagneten ab. Ihr Gesicht war benommen und kreidebleich. Inzwischen blutete sie aus Nase und Unterlippe. Das Blut leuchtete auf ihrer weißen Haut. Er sah, wie ihr Blick zu dem Messerblock auf der Arbeitsfläche hinüberging, und als sie sich aufrichten wollte, rammte er ihr sein Knie mit voller Kraft ins Gesicht. Dabei gab es ein gedämpftes Knirschen, als hätte jemand im Zimmer nebenan ein großes Porzellanteil – vielleicht eine Platte – fallen lassen.

Das hätte ich mit Dale Barbara machen sollen, dachte er und trat zurück, wobei er beide Handballen an seine klopfenden Schläfen presste. Wasserfäden aus seinen tränenden Augen liefen ihm übers Gesicht. Er hatte sich heftig auf die Zunge gebissen – Blut lief ihm übers Kinn und tropfte auf den Boden –, aber davon merkte Junior nichts. Der Schmerz in seinem Kopf war zu heftig.

Angie lag zwischen den Kühlschrankmagneten auf dem Bauch. Auf dem größten stand: **WAS DU HEUTE IN DEN MUND STECKST, KOMMT DIR MORGEN ZUM ARSCH RAUS.** Er dachte, sie wäre k.o., aber dann begann sie plötzlich am ganzen Leib zu beben. Ihre Finger zitterten, als bereitete sie sich darauf vor, etwas Schwieriges auf dem Klavier zu spielen. (*Das einzige Instrument, das diese Schlampe je gespielt hat, ist die Pimmelflöte*, dachte er.) Dann begannen ihre Beine auf und ab zu schlagen, gleich darauf folgten ihre Arme. Jetzt sah Angie aus, als versuchte sie, von ihm wegzuschwimmen. Sie hatte einen gottverdammten Anfall.

»Hör auf!«, brüllte er. Und als sie sich dann entleerte: »Ah, *Scheiße!* Du sollst aufhören! *Lass das, du Schlampe!*«

Er sank auf die Knie, je eines auf beiden Seiten ihres Kopfes, der jetzt auf und ab wippte. Dabei knallte ihre Stirn mehrmals auf die Fliesen – wie bei diesen Kameljockeys, die zu Allah beteten.

»Hör auf! *Scheiße, lass das jetzt!*«

Sie begann Knurrlaute auszustoßen, die überraschend laut waren. Jesus, wenn jemand sie hörte? Wenn er hier drinnen erwischt wurde? Das wäre noch schlimmer, als seinem Vater erklären zu müssen, weshalb er sein Studium abgebrochen hatte (wozu Junior sich noch nicht hatte durchringen können). Es würde schlimmer sein, als wegen der gottverdammten Prügelei mit dem Koch – eine Schlägerei, zu der diese wertlose Schlampe ihn angestiftet hatte – sein Taschengeld um fünfundsiebzig Prozent gekürzt zu kriegen. Diesmal würde Big Jim Rennie es nicht schaffen, Chief Perkins und die hiesigen Cops zu belabern. Das hier konnte …

Vor seinem inneren Auge erschien plötzlich ein Bild der düsteren grünen Mauern des Staatsgefängnisses Shawshank. Da durfte er auf keinen Fall hin; sein ganzes Leben lag noch vor ihm. Aber er würde dort landen. Selbst wenn er sie jetzt zum Schweigen brachte, würde er dort landen. Weil sie später reden würde. Und ihr Gesicht – das viel schlimmer aussah, als Barbies nach der Schlägerei auf dem Parkplatz ausgesehen hatte – würde das Sprechen für sie erledigen.

Außer er brachte sie endgültig zum Schweigen.

Junior packte sie an den Haaren und half ihr, das Gesicht auf die Fliesen zu knallen. Er hoffte, dass sie das Bewusstsein verlieren würde, damit er tun konnte, was er … nun, was auch immer … aber stattdessen verschlimmerte sich nur der Anfall. Ihre Füße begannen so gegen den Coldspot zu hämmern, dass die restlichen Magneten herunterregneten.

Er ließ ihre Haare los und packte sie an der Kehle. Sagte: »Tut mir leid, Angie, so hätte es nicht laufen sollen.« Aber es tat ihm nicht leid. Er war nur verängstigt und hatte Schmerzen und war davon überzeugt, dass ihr Todeskampf in dieser grässlich hellen Küche nie aufhören würde. Seine Finger wurden bereits müde. Wer hätte gedacht, dass es so schwierig war, jemanden zu erwürgen?

Irgendwo weit im Süden ertönte ein Knall. Als hätte jemand eine sehr großkalibrige Waffe abgefeuert. Junior achtete nicht darauf. Junior verdoppelte stattdessen seine Anstrengungen, und Angies Gegenwehr wurde endlich schwächer. Irgendwo viel näher – im Haus, hier im Erdgeschoss – wurde ein gedämpftes Bimmeln laut. Mit weit aufgerissenen Augen blickte er auf, anfangs überzeugt, dass es die Türklingel war. Irgendjemand hatte den Krach gehört, und jetzt waren die Cops da. Sein Kopf explodierte, er hatte das Gefühl, sich alle Finger verstaucht zu haben, und alles war umsonst gewesen. Ein Schreckensbild ging ihm durch den Kopf: Junior Rennie, dem irgendein Cop sein Sportsakko über den Kopf geworfen hatte, wurde ins Gerichtsgebäude der Castle County begleitet, um dem Haftrichter vorgeführt zu werden.

Dann erkannte er das Geräusch. Es war dasselbe Bimmeln, mit dem sein Computer sich meldete, wenn der Strom ausfiel und er auf den Akku umschalten musste.

Bing … Bing … Bing …

Zimmerservice, bringen Sie mir ein Zimmer, dachte er und würgte weiter. Sie bewegte sich nicht mehr, aber er drückte noch eine Minute lang zu, wobei er den Kopf in dem Versuch abwandte, dem Gestank ihrer Scheiße zu entgehen. Wie es ihr doch ähnlich sah, solch ein Abschiedsgeschenk zu hinterlassen! Aber so waren sie alle! Frauen! Frauen und ihre Zuchtfarmen! Nichts als behaarte Ameisenhaufen! Und dann behaupteten sie noch, *Männer* seien das Problem!

6   Er stand über ihrem blutigen, mit Kot bedeckten und unzweifelhaft toten Körper und fragte sich, was er als Nächstes tun sollte, als weit im Süden ein zweiter Knall ertönte. Kein Gewehr; viel zu laut. Eine Explosion. Vielleicht war Chuck Thompsons aufgemotztes Sportflugzeug doch abgestürzt. Das war nicht unmöglich; an einem Tag, an dem man nur loszog, um jemanden anzuschreien – jemandem die Leviten zu lesen, nicht mehr – und sie einen letztlich dazu brachte, sie *umzubringen*, war alles möglich.

Eine Polizeisirene heulte los. Junior war sich sicher, dass sie ihm galt. Jemand hatte durchs Fenster gesehen und ihn dabei beobachtet, wie er sie erdrosselte! Das ließ ihn schlagartig aktiv werden. Er wollte durch den Flur zur Haustür, kam bis zu dem Handtuch, das sein erster Schlag ihr von den Haaren gefegt hatte, und blieb dort stehen. Dort würden sie herkommen, genau dort würden sie hereinstürmen. Mit quietschenden Reifen vor dem Haus halten, wobei ihre grellen neuen LED-Blinkleuchten Schmerzpfeile in das vor Schmerz brüllende Fleisch seines armen Gehirns schossen …

Er machte kehrt und rannte zurück in die Küche. Er sah nach unten, bevor er über Angies Leiche hinwegstieg, er konnte nicht anders. In der ersten Klasse hatten Frank und er sie manchmal an den Zöpfen gezogen, worauf sie ihnen die Zunge rausgestreckt und geschielt hatte. Jetzt quollen ihre Augen aus den Höhlen wie alte Murmeln, und ihr Mund war voller Blut.

Habe ich das getan? Hab ich das wirklich getan?

Ja. Er hatte es getan. Und schon dieser eine flüchtige Blick lieferte Erklärung genug. Ihre beschissenen Zähne. Diese riesigen Hauer.

Eine zweite Sirene gesellte sich zu der ersten, dann eine dritte. Aber sie fuhren weg. Gott sei Dank, sie fuhren weg. Sie waren auf der Main Street nach Süden unterwegs, wo zuvor die Knalle zu hören gewesen waren.

Trotzdem gönnte Junior sich keine Pause. Er schlich durch den Garten hinter dem Haus der McCains, ohne zu ahnen, dass er schuldbewusst gewirkt hätte, wenn ihn jemand beobachtet hätte (was niemand tat). Hinter LaDonnas Tomaten ragte ein hoher Plankenzaun mit einer Gartenpforte auf. Es gab ein Vorhängeschloss, das jedoch offen an der Schließe hing. In seiner ganzen Jugend, in der er oft hier herumgelungert war, hatte Junior es nie geschlossen gesehen.

Er öffnete die Pforte. Dahinter lag ein Wäldchen, durch das ein Fußweg zum gedämpften Murmeln des Prestile hinunterführte. Mit dreizehn hatte Junior Frank und Angie erspäht, die auf diesem Weg standen und sich küssten, ihre Arme um seinen Hals, seine Hand auf ihrer Brust, und begriffen, dass die Kindheit fast vorüber war.

Er beugte sich vor und übergab sich ins fließende Wasser. Die Sonnenreflexe auf dem Wasser waren bösartig, schrecklich. Dann wurde sein Blick wieder klar genug, dass er die Peace Bridge rechts von ihm sehen konnte. Die angelnden Jungen waren nicht mehr da, aber während er hinübersah, rasten zwei Streifenwagen den Town Common Hill hinunter.

Die Stadtsirene heulte los. Der Notstromgenerator im Rathaus war angesprungen, genau wie er es bei einem Stromausfall tun sollte, und ließ nun die Sirene ihre durchdringend laute Katastrophenmeldung verkünden. Junior stöhnte und hielt sich die Ohren zu.

Die Peace Bridge war eigentlich nur ein überdachter Steg, jetzt baufällig und in der Mitte leicht durchhängend. In Wirklichkeit hieß sie Alvin-Chester-Übergang, aber sie war 1969 zur Peace Bridge geworden, als einige Jugendliche (damals hatte es in der Stadt Gerüchte über die Namen der Beteiligten gegeben) sie auf einer Seite mit einem großen blauen Friedenszeichen bemalt hatten. Es war noch immer da, allerdings zu einem Gespenst verblasst. Seit ungefähr zehn Jahren war die Peace Bridge gesperrt. Von der Polizei kreuzförmig gespannte BETRETEN VERBOTEN-Bänder riegelten beide Enden ab, aber natürlich wurde sie weiter benutzt. An zwei oder drei Nächten pro Woche leuchteten Angehörige von Chief Perkins Fuzznuts Brigade mit ihren Stablampen dort hinein, aber immer nur an einem Ende, niemals an beiden. Sie wollten die Jugendlichen, die dort tranken und knutschten, nicht festnehmen, sondern nur vertreiben. Jedes Jahr stellte jemand auf der Bürgerversammlung den Antrag, die Peace Bridge abzureißen, und ein anderer beantragte ihre Renovierung, und beide Anträge wurden zurückgestellt. Die Stadt schien ihren eigenen geheimen Willen zu haben, und dieser geheime Wille wollte, dass die Peace Bridge genauso blieb, wie sie war.

Heute war Junior Rennie froh darüber.

Er schlurfte am Nordufer des Prestile weiter, bis er unter der Brücke war – die Polizeisirenen wurden jetzt leiser, die Stadtsirene heulte so laut wie zuvor –, und kletterte zur Stout Lane hinauf. Er sah in beide Richtungen, dann trabte er an dem Schild SACKGASSE, BRÜCKE GESPERRT vorbei. Er duckte sich unter dem kreuzförmigen gelben Absperrband hindurch und verschwand in den Schatten. Die Sonne schien durch das löchrige Dach und malte Lichtflecken auf die abgetretenen Brückenbohlen, aber nach der gleißenden Helligkeit dieser Höllenküche herrschte hier gesegnete Finsternis. Im Dachgebälk gurrten Tauben. An den hölzernen Seitenwänden lagen leere Bierdosen und Flaschen von Allen's Coffee Flavored Brandy.

Damit komme ich niemals durch. Ich weiß nicht, ob sie etwas von mir unter den Fingernägeln hat, ich kann mich nicht erinnern, ob sie an mich rangekommen ist oder nicht, aber mein Blut ist dort. Und meine Fingerabdrücke. Mir bleibt wirklich nur die Wahl zwischen zwei Dingen: flüchten oder mich selbst stellen.

Nein, es gab noch eine dritte Möglichkeit. Er konnte sich das Leben nehmen.

Er musste nach Hause. Er musste alle Vorhänge seines Zimmers zuziehen und es in eine Höhle verwandeln. Ein weiteres Imitrex nehmen, sich hinlegen, vielleicht etwas schlafen. Vielleicht konnte er dann wieder denken. Und wenn sie ihn holen kamen, während er schlief? Nun, dann stand er nicht vor dem Problem, zwischen Tür Nr. 1, Tür Nr. 2 und Tür Nr. 3 wählen zu müssen.

Junior überquerte den Stadtanger. Als jemand – irgendein alter Kerl, den er nur vage kannte – ihn am Arm festhielt und sagte: »Was ist passiert, Junior? Was geht hier vor?«, schüttelte Junior nur den Kopf, wischte die Hand des Alten weg und ging weiter.

Hinter ihm heulte die Stadtsirene, als wäre das Ende der Welt gekommen.

HAUPT- UND NEBENSTRASSEN

1   In Chester's Mill gab es eine Wochenzeitung namens *Democrat*. Was eine Fehlinformation war, Besitzerin und Chefredakteurin – beide Rollen von der beeindruckenden Julia Shumway gespielt – waren nämlich zutiefst republikanisch gesinnt. Der Zeitungstitel sah folgendermaßen aus:

THE CHESTER'S MILL *DEMOCRAT*
Gegr. 1890
Alles für »Die kleine Stadt, die wie ein Stiefel aussieht!«

Aber auch das Motto war eine Fehlinformation. Chester's Mill sah nicht aus wie ein Stiefel, sondern wie eine Sportsocke, die so vor Dreck starrte, dass sie von allein stehen konnte. Obwohl The Mill im Südwesten (der Ferse der Socke) das weit größere und wohlhabendere Castle Rock berührte, war es tatsächlich von vier Kleinstädten umgeben, die mehr Fläche, aber weniger Einwohner hatten: Motton im Süden und Südosten; Harlow im Osten und Nordosten; die nicht als Stadtgemeinde eingetragene TR-90 im Norden und Tarker's Mills im Westen. Chester's und Tarker's waren auch als die Twin Mills bekannt und hatten seinerzeit – als die Textilindustrie in Mittel- und West-Maine noch blühte – den Prestile in eine unbelebte Kloake verwandelt, die ihre Farbe je nach Ort fast täglich gewechselt hatte. Damals konnte man mit einem Kanu in Tarker's Mill in grünem Wasser abfahren und in leuchtend gelbem sein, wenn man Chester's Mill in Richtung Motton verließ. Und falls man ein hölzernes Kanu besaß, war der Anstrich unterhalb der Wasserlinie wahrscheinlich abgelaugt.

Aber die letzte dieser profitablen Verschmutzungsfabriken hatte 1979 dichtgemacht. Die unheimlichen Farben waren aus dem Prestile verschwunden, und die Fische waren zurückgekommen, wobei jedoch strittig blieb, ob sie für den menschlichen Verzehr geeignet waren oder nicht. (Der *Democrat* stimmte mit »Ja!«)

Die Einwohnerzahl der Stadt schwankte saisonbedingt. Zwischen Ende Mai und Anfang September erreichte sie fast fünfzehntausend. In den restlichen Monaten lag sie einen Tick über oder unter zweitausend, je nachdem, wie die Geburts- und Sterbebilanz im Catherine Russell, das als das beste Krankenhaus nördlich von Lewiston galt, gerade ausfiel.

Hätte man die Sommerleute gefragt, wie viele Straßen nach The Mill hinein- oder von dort hinausführten, hätten die meisten gesagt, zwei: die Route 117, die nach Norway-South Paris führte, und die Route 119 nach Lewiston, die mitten durch Castle Rock verlief.

Wer seit etwa zehn Jahren hier lebte, hätte mindestens acht weitere nennen können: zweispurige Asphaltstraßen von den Black Ridge und Deep Cut Roads, die nach Harlow führten, bis zur Pretty Valley Road (ja, genauso hübsch wie ihr Name), die sich nach Norden in die TR-90 schlängelte.

Hätte man Leuten, die seit über dreißig Jahren hier lebten, Zeit gegeben, darüber nachzudenken (vielleicht im Hinterzimmer von Brownie's Store, wo noch ein Holzofen bullerte), hätten sie ein weiteres Dutzend mit teils heiligen (God Creek Road), teils profanen Namen (Little Bitch Road, die auf hiesigen Übersichtskarten nur mit einer Nummer bezeichnet war) nennen können.

Der älteste Einwohner von Chester's Mill an diesem später als Dome Day bezeichneten Tag war Clayton Brassey. Er war auch der älteste Einwohner der Castle County und somit Träger des Spazierstocks der *Boston Post*. Leider wusste er nicht mehr, was ein Spazierstock der *Boston Post* war, oder auch nur, wer *er selbst* genau war. Manchmal verwechselte er seine Ururenkelin Nell mit seiner Frau, die schon vierzig Jahre tot war, und der *Democrat* hatte vor drei Jahren aufgehört, mit ihm sein alljährliches Interview »mit unserem ältesten Mitbürger« zu führen. (Beim letzten Mal hatte Clayton auf die Frage nach dem Geheimnis seiner Langlebigkeit geantwortet: »Bin ich etwa schon getauft worden?«) Kurz nach seinem hundertsten Geburtstag hatte er angefangen, allmählich senil zu werden; an diesem 21. Oktober war er hundertfünf. Früher war er ein auf Kommoden, Treppengeländer und Formstücke spezialisierter guter Kunsttischler gewesen. Heutzutage gehörte es zu seinen Spezialitäten, Jell-O-Pudding zu essen, ohne ihn sich in die Nase zu kleistern, und es gelegentlich auf die Toilette zu schaffen, bevor er ein halbes Dutzend blutig gestreifter Korinthen ins WC plumpsen ließ.

Aber in seiner besten Zeit – sagen wir mit fünfundachtzig – hätte er fast alle Straßen nennen können, die nach Chester's Mill hinein- oder von dort herausführten, und wäre auf vierunddreißig gekommen. Die meisten waren unbefestigt, viele waren vergessen, und fast alle der vergessenen Straßen führten durch Waldgebiete mit dichtem Sekundärbewuchs, die Unternehmen wie Diamond Match, Continental Paper und American Timber gehörten.

Und kurz vor Mittag am Dome Day wurde jede einzelne von ihnen abrupt gesperrt.

2   Auf den meisten dieser Straßen ereignete sich nichts so Spektakuläres wie die Explosion der Seneca V und die daraus entstehende Katastrophe mit dem Langholztransporter, aber es gab Ärger. Natürlich gab es den. Wenn eine ganze Kleinstadt plötzlich durch eine Art unsichtbare Barriere abgeriegelt wird, muss es Ärger geben.

In genau dem Augenblick, in dem das Murmeltier halbiert wurde, passierte dasselbe auch mit einer Vogelscheuche auf Eddie Chalmers Kürbisfeld unweit der Pretty Valley Road. Die Vogelscheuche stand genau auf der Grenze zwischen The Mill und der TR-90. Diese Zweiteilung hatte Eddie schon immer amüsiert, der seinen Vogelvertreiber die »Vogelscheuche ohne Land« nannte – kurz Mr. VOL. Eine Hälfte von Mr. VOL blieb in The Mill, die andere fiel »auf die TR«, wie die Einheimischen gesagt hätten.

Sekunden später prallte ein Krähenschwarm beim Anflug

auf Eddies Kürbisse (die Krähen hatten sich nie vor Mr. VOL gefürchtet) gegen etwas, was bisher nie dort gewesen war. Die meisten brachen sich das Genick und fielen in schwarzen Klumpen auf die Pretty Valley Road und die Felder auf beiden Straßenseiten. Überall auf beiden Seiten der Kuppel knallten Vögel gegen etwas und fielen tot herunter; unter anderem anhand ihrer Kadaver würde sich später der Verlauf der neuen Barriere feststellen lassen.

An der God Creek Road hatte Bob Roux Kartoffeln geerntet. Er fuhr zum Mittagessen (im dortigen Sprachgebrauch eher als »Dinnah« bekannt) heim, saß auf seinem alten Deere-Traktor und hörte Musik aus seinem brandneuen iPod, den seine Frau ihm zum Geburtstag, der sein letzter gewesen sein sollte, geschenkt hatte. Sein Haus war nur eine halbe Meile von dem Kartoffelacker entfernt, aber zu seinem Pech lag der Acker in Motton – und sein Haus stand in Chester's Mill. Er prallte mit fünfzehn Meilen pro Stunde auf die Barriere, während er James Blunt »You're Beautiful« singen hörte. Sein Lenkrad hielt er nur ganz locker umfasst, weil er die offenbar hindernisfreie Straße bis zum Haus überblicken konnte. Als sein Traktor so abrupt gestoppt wurde, dass der angehängte Kartoffelernter sich aufbäumte und wieder herunterkrachte, wurde Bob nach vorn über den Motorblock und direkt gegen die Kuppel geschleudert. In der Brusttasche seiner Latzhose explodierte sein iPod, aber das spürte er nicht mehr. Er brach sich Genick und Schädel an dem Nichts, mit dem er zusammengestoßen war, und starb wenig später im Straßenstaub neben einem der hohen Räder seines Traktors, dessen Motor im Leerlauf weiterlief. Nichts läuft wie ein Deere, wie jeder weiß.

3   Nirgends führte die Motton Road tatsächlich durch Motton; sie verlief ausschließlich auf dem Gemeindegebiet von Chester's Mill. In einem Ortsteil, der seit etwa 1975 Eastchester genannt wurde, standen neue Wohnhäuser. Ihre Besitzer, die zwischen dreißig und Mitte vierzig waren, pendelten nach Lewiston-Auburn, wo sie hauptsächlich als Angestellte gut bezahlte Jobs hatten. Alle diese Häuser standen in The Mill, aber viele ihrer Gärten lagen in Motton. So auch bei Jack und Myra Evans' Haus – 397 Motton Road. Myra hatte einen Gemüsegarten hinter dem Haus, und obwohl die besten Sachen schon abgeerntet waren, gab es außer den restlichen (und stark verfaulten) Zierkürbissen noch ein paar üppige Speisekürbisse der Sorte Blue Hubbard. Als die Kuppel herabkrachte, griff sie nach einem davon, und obwohl ihre Knie in Chester's Mill waren, hatte sie es zufällig auf einen Blue Hubbard abgesehen, der etwa einen Viertelmeter jenseits der Gemeindegrenze wuchs.

Sie schrie nicht auf, weil sie keinen Schmerz spürte – wenigstens nicht gleich. Dafür war es zu schnell, zu scharf und zu sauber.

Jack Evans war in der Küche und schlug den Teig für eine mittägliche Frittata. LCD Soundsystem spielten »North American Scum«, und Jack sang mit, als er hinter sich plötzlich eine dünne Stimme seinen Namen sagen hörte. Er erkannte nicht gleich, dass diese Stimme seiner Frau gehörte, mit der er seit vierzehn Jahren verheiratet war; sie klang wie eine Kinderstimme. Aber als er sich umdrehte, sah er tatsächlich Myra. Sie stand in der Tür und hielt ihren rechten Arm quer vor dem Oberkörper angewinkelt. Sie hatte eine Dreckspur hinterlassen, was ihr gar nicht ähnlich sah. Im Allgemeinen zog sie ihre Gartenschuhe aus, bevor sie hereinkam. Ihre linke Hand, die in einem erdigen Gartenhandschuh steckte, hielt ihre rechte Hand umfasst, während ihr rotes Zeug durch die schmutzigen Finger lief. Anfangs dachte er *Preiselbeersaft*, aber nur eine Sekunde lang. Das war Blut. Jack glitt die Rührschüssel aus den Händen. Sie zerschellte auf dem Boden.

Myra sagte noch einmal seinen Namen, wieder mit dieser dünnen, zittrigen Kinderstimme.

»Was ist passiert? Myra, was hast du?«

»Hatte einen Unfall«, sagte sie und zeigte ihm ihre rechte Hand. Nur gab es keinen erdigen rechten Gartenhandschuh als Gegenstück zu dem linken und auch keine rechte Hand. Nur einen stark blutenden Armstumpf. Sie bedachte ihn mit einem schwachen Lächeln und sagte: »Ups!« Dann verdrehte sie die Augen, sodass das Weiße sichtbar war. Der Schritt ihrer Gärtnerjeans wurde dunkel, als ihre Blase sich entleerte. Dann gaben ihre Knie nach, und sie sackte zusammen. Das aus ihrem Armstumpf – ein Querschnitt wie aus einem Anatomielehrbuch – schießende Blut vermischte sich mit dem auf dem Boden verspritzten Omelettteig.

Als Jack sich neben ihr auf die Knie fallen ließ, bohrte sich ein Splitter der Schüssel tief in sein Knie. Das merkte er kaum, obwohl er als Folge dieser Verletzung für den Rest seines Lebens hinken würde. Er packte ihren Arm und drückte zu. Der grausige Blutstrom aus ihrem Handgelenk nahm ab, ohne aber zu versiegen. Er riss seinen Gürtel aus den Schlaufen, schlang ihn um ihren Unterarm und zog ihn straff an. Das wirkte, aber er konnte den Gürtel nicht fixieren, die Schlinge war viel zu weit von der Schnalle entfernt.

»Jesus«, sagte er zu der leeren Küche. »Jesus.«

Ihm fiel auf, dass es dunkler war als zuvor. Der Strom war ausgefallen. Er konnte den leise bimmelnden Notruf des Computers im Arbeitszimmer hören. LCD Soundsystem spielten weiter, weil die kleine Boombox auf der Arbeitsplatte mit Batterien lief. Nicht dass Jack sich jetzt darum geschert hätte; er hatte keine Lust mehr auf Techno.

So viel Blut. So viel.

Fragen, wie sie ihre Hand verloren hatte, traten in den Hintergrund. Er hatte dringendere Sorgen. Er durfte den Gürtel, mit dem er ihr den Arm abgebunden hatte, nicht loslassen, um ans Telefon zu gehen; sie würde wieder zu bluten anfangen und war vielleicht ohnehin schon fast verblutet. Sie würde mitgehen müssen. Er wollte sie an der Bluse mitschleifen, aber die wurde erst aus ihren Jeans gerissen, und dann begann der Kragen, sie zu würgen – er hörte sie nach Atem ringen. Also grub er eine Hand in ihre langen braunen Haare und schleppte sie auf Höhlenmenschenart ans Telefon.

Es war ein Mobiltelefon, und es funktionierte. Er wählte die 911. Die Notrufnummer war besetzt.

»Das kann nicht sein!«, rief er in die leere Küche, in der

jetzt kein Licht mehr brannte (obwohl die Band in der Boombox weiterspielte). »Scheiße, die 911 kann nicht *besetzt* sein!«

Er drückte auf Wahlwiederholung.

Besetzt.

Er saß mit dem Rücken an einen Schrank gelehnt auf dem Fußboden, hielt den als Kompresse dienenden Gürtel möglichst straff gespannt, starrte die Mischung aus Blut und Teig auf dem Boden an, betätigte gelegentlich die Wahlwiederholung und hörte jedes Mal das gleiche dämliche *Dah-dah-dah*. Irgendwo nicht allzu weit entfernt ging etwas hoch, aber das bekam er wegen der Musik, die echt laut war, kaum mit (und die Explosion der Seneca war ihm komplett entgangen). Er hätte die Musik gern ausgestellt, aber um die Boombox zu erreichen, hätte er Myra hochheben müssen. Sie hochheben oder den Gürtel für zwei bis drei Sekunden loslassen müssen. Beides wollte er nicht. Also saß er da, und auf »North American Scum« folgte »Someone Great«, und auf »Someone Great« folgte »All My Friends«, und nach ein paar weiteren Liedern war die CD, die *Sound of Silver* hieß, schließlich zu Ende. Als bis auf die Polizeisirenen in der Ferne und den hartnäckig bimmelnden Computer ganz in der Nähe endlich Stille herrschte, merkte Jack, dass seine Frau nicht mehr atmete.

Aber ich wollte doch Mittagessen machen, dachte er. *Einen hübschen Lunch, zu dem du ohne Weiteres Martha Stewart hättest einladen können.*

Sitzend gegen den Küchentresen gelehnt, den noch immer straff angezogenen Gürtel fest im Griff (die Finger zu strecken, würde sich als grausam schmerzhaft erweisen), sein unteres rechtes Hosenbein von Blut aus seiner Knieverletzung dunkel verfärbt, hielt Jack Evans den Kopf seiner Frau an seine Brust gedrückt und begann zu weinen.

4   Nicht allzu weit entfernt, auf einer aufgegebenen Forststraße, an die selbst der alte Clay Brassey sich nicht hätte erinnern können, äste eine Hirschkuh am Rand des als

Prestile Marsh bekannten Sumpfgebiets saftige Schösslinge. Ihr Hals war zufällig über die Grenze nach Motton ausgestreckt, und als die Kuppel herabkrachte, wurde ihr der Kopf abgetrennt. So sauber, als wäre der Schnitt mit einem Fallbeil ausgeführt worden.

5 Wir haben das sockenförmige Gebilde, das Chester's Mill darstellt, einmal umrundet und sind wieder an der Route 119. Und dank der Zauberkraft des Erzählens ist kein Augenblick vergangen, seit der Sechzigertyp aus dem Toyota mit dem Gesicht voraus gegen etwas Unsichtbares, aber sehr Hartes geprallt ist und sich das Nasenbein gebrochen hat. Er sitzt da und starrt Dale Barbara äußerst verwirrt an. Eine Möwe, vermutlich auf ihrem täglichen Pendelflug von dem schmackhaften Büfett in der Abfallgrube von Motton zu dem kaum weniger schmackhaften auf der Müllhalde von Chester's Mill, kommt wie ein Stein herunter und schlägt keinen Meter von der Sea-Dogs-Baseballmütze des Sechzigertyps entfernt auf, die dieser jetzt in die Hand nimmt, abbürstet und wieder aufsetzt.

Beide Männer blicken zu der Stelle auf, von der die Möwe heruntergekommen ist, und sehen noch etwas Unbegreifliches an einem Tag, der voller unbegreiflicher Dinge sein wird.

6 Zuerst dachte Barbie, er sähe ein Nachbild des explodierenden Flugzeugs – wie man manchmal einen großen schwebenden blauen Punkt sieht, wenn man aus zu großer Nähe einem Kamerablitz ausgesetzt war. Nur war dies kein Punkt, und er war nicht blau, und statt mitzuschweben, als Barbie die Blickrichtung wechselte – diesmal hinüber zu seinem neuen Bekannten –, blieb der in der Luft hängende Schmutzfleck genau dort, wo er war.

Sea Dogs sah auf und rieb sich die Augen. Sein gebrochenes Nasenbein, seine geschwollenen Lippen und seine blutende Stirn schien er vergessen zu haben. Als er sich jetzt

45

aufrappelte, verlor er fast das Gleichgewicht, weil er so angestrengt nach oben starrte.

»Was ist das?«, sagte er. »Was zum Teufel ist das, Mister?«

Ein großer schwarzer Fleck – in Form einer Kerzenflamme, wenn man seine Fantasie wirklich anstrengte – entstellte den blauen Himmel.

»Ist das … eine Wolke?«, fragte Sea Dogs. Sein zweifelnder Tonfall ließ anklingen, dass er bereits wusste, dass es keine war.

Barbie sagte: »Ich denke …« Er wollte sich das eigentlich nicht sagen hören. »Ich denke, dass dort das Flugzeug aufgeprallt ist.«

»*Wie* bitte?«, fragte Sea Dogs, aber bevor Barbie antworten konnte, flog ein ausgewachsener Stärling in fünfzehn Metern Höhe über sie hinweg. Er prallte gegen nichts – jedenfalls gegen nichts Sichtbares – und schlug nicht weit von der Möwe entfernt auf.

Sea Dogs sagte: »Haben Sie *das* gesehen?«

Barbie nickte, dann zeigte er auf einen brennenden Heuhaufen links von sich. Aus diesem Haufen und zwei oder drei weiteren rechts der Straße stiegen schwarze Rauchsäulen auf, die sich mit Rauch aus den Trümmern der Seneca vermischten, aber das Feuer kam nicht weit, denn nach den starken Regenfällen vom Vortag war das Heu noch feucht. Ein glücklicher Zufall, sonst hätten sich nach beiden Richtungen rasend schnell Grasbrände ausgebreitet.

»Sehen Sie *das*?«, fragte Barbie Sea Dogs.

»Scheiß die Wand an«, sagte Sea Dogs, nachdem er lange und gründlich hingesehen hatte. Das Feuer hatte eine Fläche von drei mal zwei Metern erfasst und war vorgerückt, bis es sich fast gegenüber der Stelle befand, an der Barbie und Sea Dogs sich gegenüberstanden. Und dort breitete es sich aus – nach Westen den Straßenrand entlang, nach Osten auf die zwei Hektar Weideland irgendeines kleinen Milchfarmers –, aber nicht unregelmäßig, nicht wie Grasbrände sich normalerweise ausbreiteten, indem sie einzelne Flammenzungen vorausschickten und an anderen Stellen zurückblieben, sondern wie entlang einer Tapezierschiene.

Eine weitere Möwe kam auf sie zugeflogen, diesmal nach Motton statt nach The Mill unterwegs.

»Achtung«, sagte Sea Dogs. »Vorsicht vor dem Vogel.«

»Vielleicht passiert ihm nichts«, sagte Barbie, indem er aufsah und sich eine Hand schützend über die Augen hielt. »Vielleicht stoppt es sie nur, wenn sie aus Süden kommen.«

»Nach dem abgestürzten Flugzeug zu urteilen, bezweifle ich das«, sagte Sea Dogs. Er sprach im grüblerischen Tonfall eines Mannes, der zutiefst perplex ist.

Die abfliegende Möwe prallte gegen die Barriere und fiel direkt in das größte Teil des brennenden Flugzeugs.

»Stoppt sie in beiden Richtungen«, sagte Sea Dogs. Seine Stimme klang wie die eines Mannes, dessen starker, aber bisher unbewiesener Verdacht sich soeben bestätigt hatte. »Es ist eine Art Kraftfeld – wie in einem *Star Trick*-Film.«

»*Trek*«, sagte Barbie.

»Hä?«

»O Scheiße«, sagte Barbie. Er blickte Sea Dogs über die Schulter.

»Hä?« Sea Dogs sah sich ebenfalls um. »Ach du blaue Scheiße!«

Ein Langholztransporter kam herangerast. Ein großer und mit riesigen Stämmen weit übers zulässige Gesamtgewicht hinaus beladen. Außerdem fuhr er weit schneller als zulässig. Barbie versuchte, die Bremsstrecke eines solchen Ungetüms zu überschlagen, konnte aber nicht einmal raten.

Sea Dogs spurtete zu seinem Toyota, den er auf dem Highway mitten auf der nicht durchgezogenen Mittellinie abgestellt hatte. Der Kerl am Steuer des Transporters – vielleicht auf Tabletten, vielleicht von Meth angetörnt, vielleicht nur ein junger Kerl, der es eilig hatte und sich unsterblich fühlte – sah ihn und ließ seine Fanfare ertönen. Er dachte nicht daran, langsamer zu fahren.

»Fick mich *seitwärts*!«, rief Sea Dogs aus, als er sich hastig ans Steuer setzte. Er ließ den Motor an und stieß mit dem Toyota, dessen Fahrertür wild hin und her schwang, von der Straße zurück. Der kleine Geländewagen rollte rückwärts in den Graben, sodass seine kantige Motorhaube schräg in den

47

Himmel zeigte. Im nächsten Augenblick war Sea Dogs wieder aus dem Wagen. Er stolperte, landete auf einem Knie, kam wieder hoch und trabte übers Feld davon.

Auch Barbie, der an das Flugzeug und die Vögel dachte – und an den unheimlichen schwarzen Fleck, der vielleicht den Aufschlagpunkt des Flugzeugs markierte –, rannte übers Weideland, wobei er anfangs durch niedrige, schwach brennende Flammen spurtete und schwarze Aschewölkchen aufsteigen ließ. Er sah einen Männersneaker – für eine Frau war er zu groß –, in dem noch der Fuß steckte.

Pilot, dachte er. Und dann: *Ich muss aufhören, so herumzurennen.*

»*LANGSAMER, DU IDIOT!*«, rief Sea Dogs dem Langholztransporter mit dünner, ängstlicher Stimme zu, aber für solche Anweisungen war es längst zu spät. Barbie, der sich umsah (weil er nicht anders konnte), hatte den Eindruck, der Langholzjockey habe im letzten Augenblick noch zu bremsen versucht. Wahrscheinlich hatte er die Flugzeugtrümmer gesehen. Falls ja, kam seine Reaktion zu spät. Er prallte mit mindestens sechzig Meilen in der Stunde und einer Holzladung von fast achtzehn Tonnen auf die Motton zugewandte Seite des Domes. Das Fahrerhaus zerschellte, als es abrupt abgebremst wurde. Der überladene Transporter, ein Gefangener der Naturgesetze, bewegte sich weiter. Die Treibstofftanks gerieten unter die Baumstämme, wurden zerfetzt und sprühten dabei Funken. Als sie explodierten, befand sich die Ladung schon in der Luft und klappte nach vorn, wo das Fahrerhaus – jetzt eine grüne Ziehharmonika – gewesen war. Die nach vorn und oben fliegenden Baumstämme trafen die unsichtbare Barriere und prallten zu allen Seiten hin ab. Feuer und schwarzer Rauch stiegen in einer dicken Säule auf. Es gab einen gewaltigen Knall, der wie ein Felsblock durch den Tag rollte. Dann regneten die Baumstämme auf der Motton zugekehrten Seite herab, landeten auf der Straße und den umliegenden Feldern wie riesige Mikadostäbe. Einer krachte auf das Dach von Sea Dogs' Geländewagen, quetschte es zusammen und ließ dabei die Windschutzscheibe in einer Kaskade aus rautenförmigen Glassplittern über die Motorhaube rieseln. Ein weiterer Baumstamm landete dicht vor Sea Dogs selbst.

Barbie hörte auf zu rennen und starrte nur noch.

Sea Dogs rappelte sich auf, ging zu Boden, hielt sich an dem Baumstamm fest, der ihn fast zerschmettert hätte, und zog sich daran hoch. Jetzt stand er mit wildem Blick schwankend da. Barbie wollte zu ihm, aber nach zwölf Schritten prallte er gegen eine unsichtbare Mauer. Er torkelte zurück und spürte etwas Warmes aus seiner Nase und über seine Lippen laufen. Er wischte sich eine Handvoll Blut ab, starrte es ungläubig an und schmierte es dann an sein Hemd.

Von beiden Seiten kamen jetzt Autos – aus Richtung Motton ebenso wie aus Chester's Mill. Drei rennende Gestalten, zunächst noch klein, kamen aus dem Farmhaus am anderen Ende übers Weideland gelaufen. Mehrere Autofahrer hupten ständig, als könnte das irgendwie alle Probleme lösen. Der erste aus Richtung Motton eintreffende Wagen hielt weit vor dem brennenden Transporter am äußersten Straßenrand. Zwei Frauen stiegen aus und gafften mit schützend über die Augen gehaltenen Händen die Rauch- und Feuersäule an.

7   »Scheiße«, sagte Sea Dogs. Er sprach mit dünner, atemloser Stimme. Er kam übers Feld auf Barbie zu, wobei er vorsichtshalber auf einer nach Osten weisenden Diagonale blieb, die an dem flammenden Scheiterhaufen vorbeiführte. Der Trucker mochte vollgedröhnt und zu schnell gewesen sein, dachte Barbie, aber wenigstens bekam er eine Wikingerbestattung. »Haben Sie gesehen, wo der eine Stamm runtergekommen ist? Fast hätt's mich erwischt. Zerquetscht wie ein Käfer.«

»Haben Sie ein Handy?« Barbie musste die Stimme erheben, um den wie wild lodernden Transporter zu übertönen.

»In meinem Wagen«, sagte Sea Dogs. »Wenn Sie wollen, kann ich versuchen dranzukommen.«

»Nein, warten Sie«, sagte Barbie. Mit plötzlicher Erleichterung wurde ihm klar, dass dies alles ein Traum sein konnte –

einer von der irrationalen Sorte, in der es einem normal vorkommt, unter Wasser zu radeln oder in einer Fremdsprache, die man nie gelernt hat, über sein Sexualleben zu plaudern.

Der Erste, der auf seiner Seite der Barriere ankam, war ein rundlicher Kerl, der einen alten Pick-up von GMC fuhr. Barbie kannte ihn aus dem Sweetbriar Rose: Ernie Calvert, ehemals Geschäftsführer der Food City, jetzt im Ruhestand. Ernie starrte die brennenden Wrackteile auf der Straße mit großen Augen an, aber er hatte sein Handy am Ohr und sprach aufgeregt hinein. Barbie konnte das Gesagte kaum hören, so laut toste der brennende Langholztransporter, aber er verstand »Sieht echt schlimm aus« und vermutete, dass Ernie mit der Polizei sprach. Oder mit der Feuerwehr. Falls es die Feuerwehr war, telefonierte er hoffentlich mit der in Castle Rock. In dem sauberen kleinen Feuerwehrhaus in Chester's Mill standen zwei Löschfahrzeuge, aber Barbie ahnte, dass sie hier bestenfalls einen Grasbrand würden bekämpfen können, der wohl bald von selbst erlöschen würde. Der brennende Transporter war nahe, aber Barbie glaubte nicht, dass sie an ihn herankämen.

Es ist ein Traum, sagte er sich. *Solange du dir das immer wieder sagst, bleibst du handlungsfähig.*

Zu den beiden Frauen auf der Motton-Seite hatten sich ein halbes Dutzend Männer gesellt, die ebenfalls ihre Hände schützend über die Augen hielten. Auf beiden Seitenstreifen waren jetzt Autos geparkt. Weitere Leute stiegen aus und schlossen sich der Gruppe an. Das Gleiche passierte auf Barbies Seite. Es war, als hätten zwei konkurrierende Flohmärkte, beide voller sagenhafter Schnäppchen, hier draußen aufgemacht: einer auf der Motton-Seite der Bezirksgrenze, einer auf der Chester's-Mill-Seite.

Das Trio von der Farm traf ein – ein Farmer und seine beiden halbwüchsigen Söhne. Die Jungen rannten mühelos, der Farmer rotgesichtig und keuchend.

»Heilige Scheiße!«, sagte der ältere Junge, und sein Vater gab ihm dafür kräftig eins auf den Hinterkopf. Der Junge schien das nicht einmal zu spüren. Seine Augen drohten aus ihren Höhlen zu quellen. Der Jüngere streckte seine Hand aus, und als der Ältere sie ergriff, begann der Jüngere zu weinen.

»Was ist hier passiert?«, fragte der Farmer Barbie, wobei er zwischen *hier* und *passiert* eine Pause einlegte, um gewaltig tief Luft zu holen.

Barbie ignorierte ihn. Er ging langsam auf Sea Dogs zu, den rechten Arm ausgestreckt und die Hand zu einer *Stopp*-Geste erhoben. Sea Dogs tat wortlos das Gleiche. Als Barbie sich der Stelle näherte, wo die Barriere sein musste – er brauchte sich nur an der unnatürlich geraden Feuergrenze zu orientieren –, ging er langsamer. Er war schon einmal mit dem Gesicht dagegengeknallt und wollte das nicht noch einmal tun.

Plötzlich bekam er am ganzen Körper eine Gänsehaut. Sie breitete sich von den Fußknöcheln aufsteigend bis zu seinem Genick aus, wo die Haare sich bewegten und sich zu sträuben versuchten. Seine Hoden kribbelten wie Stimmgabeln, und er hatte sekundenlang einen sauren Metallgeschmack im Mund.

Eineinhalb Meter von ihm entfernt – und sich ihm nähernd – wurden Sea Dogs' bereits aufgerissene Augen noch etwas größer. »Haben Sie das gespürt?«

»Ja«, sagte Barbie. »Aber jetzt ist es weg. Bei Ihnen?«

»Weg«, bestätigte Sea Dogs.

Ihre ausgestreckten Hände berührten sich nicht ganz, und Barbie musste wieder an eine Glasscheibe denken: Man legte seine Hand von innen gegen die eines Freundes, der draußen stand, sodass die Finger aneinanderlagen, ohne sich jedoch zu berühren.

Barbie zog seine Hand zurück. Es war die, mit der er sich seine blutende Nase abgewischt hatte, und er sah die roten Umrisse seiner eigenen Finger scheinbar in der Luft hängen. Während er sie betrachtete, begann das Blut, Tropfen zu bilden. Genau wie auf einer Glasscheibe.

»Großer Gott, was bedeutet das?«, flüsterte Sea Dogs.

Barbie wusste keine Antwort. Bevor er etwas sagen konnte, klopfte ihm Ernie Calvert auf die Schulter. »Ich hab die Cops angerufen«, sagte er. »Sie kommen, aber bei der

Feuerwehr meldet sich niemand – da läuft nur eine Ansage, dass man in Castle Rock anrufen soll.«

»Okay, tun Sie das«, sagte Barbie. Dann stürzte keine zehn Meter von ihm entfernt ein weiterer Vogel ab, fiel aufs Weideland des Farmers und verschwand. Dieser Anblick brachte Barbie auf eine neue Idee, deren Ursprung vermutlich in der Zeit lag, in der er auf der anderen Seite der Welt Dienst an der Waffe getan hatte. »Aber als Erstes sollten Sie die Air National Guard oben in Bangor anrufen, denke ich.«

Ernie glotzte ihn an. »Die *Nationalgarde*?«

»Das sind die Einzigen, die eine Flugverbotszone über Chester's Mill einrichten können«, sagte Barbie. »Und ich denke, das sollten sie schnellstens tun.«

MASSIG TOTE VÖGEL

1 Der Polizeichef von The Mill hörte keine der beiden Explosionen, obwohl er im Freien war und auf dem Rasen seines Hauses in der Morin Street Laub zusammenrechte. Das tragbare Radio stand auf der Motorhaube des Hondas seiner Frau und spielte geistliche Musik des Senders WCIK (dessen Kennung *Christus ist König* bedeutete und der bei den jüngeren Einwohnern der Stadt als Jesusradio bekannt war). Außerdem hörte er nicht mehr so gut wie früher. Wer tat das mit siebenundsechzig noch?

Trotzdem hörte er die erste Sirene, als sie den Tag durchschnitt; seine Ohren waren auf dieses Geräusch geeicht, genau wie es die einer Mutter auf das Weinen ihrer Kinder sind. Howard Perkins wusste sogar, welcher Wagen das war und wer ihn fuhr. Nur Drei und Vier hatten noch die alten trillernden Sirenen, aber Johnny Trent war mit dem Dreier nach Castle Rock gefahren, um mit der Feuerwehr an dieser verdammten Übung teilzunehmen. Ein »kontrollierter Brand«, so hieß die Übung, aber in Wirklichkeit lief die Sache darauf hinaus, dass erwachsene Männer ihren Spaß hatten. Also war das Wagen vier, einer der beiden Dodges, die sie noch hatten, und Henry Morrison saß am Steuer.

Er stellte das Rechen ein und stand mit schief gelegtem Kopf da. Als die Sirene allmählich leiser wurde, nahm er seine Arbeit wieder auf. Brenda kam auf den Treppenabsatz heraus. Fast jeder in The Mill nannte ihn Duke – ein Spitzname, der ein Überbleibsel aus seiner Schulzeit war, als er keinen einzigen John-Wayne-Film unten im Star versäumt hatte –, aber Brenda hatte bald nach ihrer Hochzeit angefangen, den anderen Spitznamen zu benutzen. Den anderen, den er nicht mochte.

53

»Howie, der Strom ist ausgefallen. Und irgendwo hat es geknallt.«

Howie. Immer Howie. Wie in den *Here's Howie*-Comics oder in *Howie's tricks* oder *Howie's life treatin' you*. Er bemühte sich, ihn als Christenmensch zu ertragen – Teufel, er *ertrug* ihn als Christenmensch –, aber manchmal fragte er sich, ob dieser Spitzname nicht zumindest teilweise an dem kleinen Gerät schuld war, das er jetzt in der Brust mit sich herumtrug.

»Was?«

Sie verdrehte die Augen, marschierte zu dem Radio auf der Motorhaube ihres Wagens, drückte den Power-Knopf und brachte so den Norman Luboff Choir mitten in »What a Friend We Have in Jesus« zum Verstummen.

»Wie oft habe ich dir schon gesagt, dass du dieses Ding nicht auf mein Auto stellen sollst? Es verkratzt den Lack, und das drückt den Wiederverkaufswert.«

»Entschuldige, Bren. Was hast du gesagt?«

»Der *Strom* ist ausgefallen! Und irgendwas hat *geknallt*. Deswegen ist Johnny Trent vermutlich unterwegs.«

»Das war Henry«, sagte er. »Johnny ist mit der Feuerwehr drüben in The Rock.«

»Nun, wer auch immer das war …«

Eine weitere Sirene legte los, diesmal eine der neueren, die Duke Perkins für sich als Zwitschervögel bezeichnete. Das war sicher der Zweier mit Jackie Wettington. Es musste Jackie sein, während Randolph die Stellung hielt: auf seinem Drehstuhl zurückgelehnt, die Füße auf dem Schreibtisch gelegt, in den *Democrat* vergraben. Oder auf dem Klo sitzend. Peter Randolph war ein leidlich guter Cop, der so hart sein konnte, wie's nötig war, aber Duke mochte ihn nicht. Teils deshalb, weil er so offensichtlich Jim Rennies Mann war, teils deshalb, weil Randolph manchmal härter war als nötig, aber vor allem deshalb, weil er Randolph für faul hielt. Faule Polizisten konnte Duke Perkins nicht ausstehen.

Brenda sah ihn mit großen Augen an. Sie war seit dreiundvierzig Jahren mit einem Polizeibeamten verheiratet und wusste, dass zwei Knalle, zwei Sirenen und ein Stromausfall nichts Gutes zu bedeuten hatten. Wäre das Laub an diesem Wochenende zusammengerecht worden – oder hätte Howie die Rundfunkreportage hören können, wenn seine geliebten Twin Mills Wildcats gegen das Footballteam von Castle Rock spielten –, wäre sie überrascht gewesen.

»Du solltest lieber reinfahren«, sagte sie. »Irgendetwas ist in die Luft geflogen. Ich hoffe nur, dass es keine Toten gegeben hat.«

Er hakte sein Handy vom Gürtel los. Dieses gottverdammte Ding hing von morgens bis abends wie ein Blutegel dort, aber er musste zugeben, dass es praktisch war. Er wählte keine Nummer, sondern starrte es nur an und wartete darauf, dass es zu klingeln anfing.

Aber dann ging eine weitere Zwitschervogel-Sirene los: Wagen eins. Randolph war also doch unterwegs. Was hieß, dass es etwas sehr Ernstes sein musste. Duke glaubte nicht mehr, dass sein Handy klingeln würde, und wollte es gerade wieder an seinen Gürtel hängen, als es plötzlich doch klingelte. Die Anruferin war Stacey Moggin.

»*Stacey?*« Er wusste, dass er in das gottverdammte Ding nicht so brüllen musste, Brenda hatte es ihm schon hundertmal gesagt, aber dagegen schien er machtlos zu sein. »*Was machen Sie am Samstagmorgen in der Sta ...*«

»Ich bin nicht dort, ich bin zu Hause. Peter hat angerufen, damit ich Ihnen ausrichte, dass es draußen an der 119 ziemlich schlimm ist. Er hat gesagt, dass ... ein Flugzeug mit einem Langholzwagen zusammengestoßen ist.« Ihre Stimme klang zweifelnd. »Ich verstehe nicht, wie das sein kann, aber ...«

Ein Flugzeug. Himmel. Vor fünf Minuten, vielleicht etwas mehr, als er Laub zusammengerecht und bei »How Great Thou Art« mitgesungen hatte ...

»Stacey, war das Chuck Thompson? Er ist mit seiner neuen Piper über mich hinweggeflogen. Ziemlich tief.«

»Das weiß ich nicht, Chief. Ich hab Ihnen alles gesagt, was Peter mir erzählt hat.«

Brenda, die mitdachte, fuhr bereits ihren Wagen weg, damit er mit seinem waldgrünen Dienstwagen rückwärts aus der Einfahrt stoßen konnte. Das tragbare Radio hatte sie neben den von ihm zusammengerechten kleinen Laubhaufen gestellt.

»Okay, Stace. Ist bei euch drüben auch der Strom ausgefallen?«

»Ja – und das Festnetz. Ich rufe von meinem Handy aus an. Die Sache ist sicher übel, nicht wahr?«

»Hoffentlich nicht. Könnten Sie reinfahren und die Stellung halten? Ich wette, dass die Station leer und unversperrt dasteht.«

»Bin in fünf Minuten dort. Sie erreichen mich über Funk.«

»Verstanden.«

Als Brenda die Einfahrt herauf zurückkam, ging die Stadtsirene los, deren an- und abschwellendes Heulen unweigerlich bewirkte, dass Duke Perkins' Magennerven sich zusammenkrampften. Trotzdem nahm er sich die Zeit, einen Arm um Brenda zu legen. Sie vergaß nie, dass er sich die Zeit dazu genommen hatte. »Mach dir deswegen keine Sorgen, Brennie. Sie ist dafür programmiert, bei einem allgemeinen Stromausfall loszuheulen. Nach drei Minuten hört sie auf. Oder nach vier. Die genaue Zeit hab ich vergessen.«

»Ich weiß, aber ich hasse sie trotzdem. Dieser Idiot Andy Sanders hat sie am 11. September heulen lassen, weißt du noch? Als ob das nächste Selbstmordattentat bei *uns* bevorstünde.«

Duke nickte. Andy Sanders *war* ein Idiot. Leider war er auch Erster Stadtverordneter, die lebende Ausgabe der fröhlichen Bauchrednerpuppe Mortimer Snerd, die Big Jim Rennie auf den Knien saß.

»Schatz, ich muss los.«

»Ich weiß.« Aber sie begleitete ihn zu seinem Wagen. »Was ist passiert? Weißt du's schon?«

»Stacey hat gesagt, auf der 119 wäre ein Flugzeug mit einem Lastwagen zusammengestoßen.«

Brenda lächelte zögernd. »Das soll ein Scherz sein, nicht wahr?«

»Nicht, wenn das Flugzeug mit einem Motorschaden auf dem Highway zu landen versucht hat«, sagte Duke. Ihr kleines Lächeln verblasste, und ihre geballte rechte Hand lag jetzt zwischen ihren Brüsten – eine Körpersprache, die er gut kannte. Er setzte sich ans Steuer, und obwohl der Wagen des Chiefs verhältnismäßig neu war, glitt er in den Abdruck, den sein Hintern schon jetzt in die Sitzfläche gestanzt hatte. Duke Perkins war kein Leichtgewicht.

»An deinem freien Tag!«, rief sie aus. »Wirklich, das ist eine Schande! Und das, wo du mit voller Pension in den Ruhestand gehen könntest!«

»Sie werden mich einfach in meinen Samstagsklamotten nehmen müssen«, sagte er und grinste sie an. Es war harte Arbeit, dieses Grinsen. Dies würde ein langer Tag werden, das ahnte er. »Wie ich gerade bin, Herr, wie ich gerade bin. Leg mir ein paar Sandwichs in den Kühlschrank, okay?«

»Nur eins. Du wirst zu dick. Das hat sogar Dr. Haskell gesagt, und er schimpft *nie* jemanden aus.«

»Gut, dann eins.« Er legte den Rückwärtsgang ein … dann brachte er den Automatikhebel wieder in Parkstellung. Er lehnte sich aus dem Fenster, und sie merkte, dass er einen Kuss wollte. Sie gab ihm einen guten, während die Stadtsirene in der klaren Oktoberluft heulte, und er streichelte die Seite ihres Halses, während ihre Lippen sich berührten, wovon ihr immer ein Schauer über den Rücken lief und was er sonst eigentlich kaum mehr tat.

Seine Berührung an dieser Stelle in der Sonne – auch die vergaß sie nie.

Als er die Einfahrt hinunterrollte, rief sie ihm etwas hinterher. Er verstand einen Teil davon, aber nicht alles. Er würde wirklich einen Hörtest machen müssen. Notfalls würde er sich eben ein Hörgerät anpassen lassen. Obwohl das vermutlich alles war, was Randolph und Big Jim noch brauchten, um ihn mit einem Tritt in seinen alternden Allerwertesten rauszuschmeißen.

Duke bremste und lehnte sich nochmals aus dem Fenster. »*Worauf* soll ich aufpassen?«

»*Auf deinen Schrittmacher!*«, kreischte sie beinahe. Lachend. Aufgebracht. Noch immer mit dem Gefühl seiner Hand an ihrer Kehle, wo sie Haut streichelte, die noch ges-

57

tern – so erschien es ihr – glatt und straff gewesen war. Oder vielleicht war das vorgestern gewesen, als sie statt des Jesusradios gemeinsam K. C. and the Sunshine Band gehört hatten.

»Oh, unbedingt!«, antwortete er und fuhr davon. Als sie ihn wiedersah, war er tot.

2   Billy und Wanda Debec hörten den Doppelknall gar nicht, weil sie auf der Route 117 waren und sich gerade stritten. Der Streit hatte ganz harmlos mit Wandas Bemerkung begonnen, heute sei ein schöner Tag, worauf Billy geantwortet hatte, er habe Kopfschmerzen und verstehe nicht, wieso sie auf den Samstagsflohmarkt in Oxford Hills müsse, wo es ohnehin nur den üblichen abgegriffenen Scheiß gebe.

Wanda sagte, er hätte keinen Brummschädel, wenn er am Abend zuvor nicht ein Dutzend Biere gekippt hätte.

Bill fragte sie, ob sie die Dosen in der Recyclingtonne gezählt habe (unabhängig davon, wie sehr er sich betrank, trank Billy immer nur zu Hause und warf die Dosen immer in die Recyclingtonne – diese Dinge waren ebenso sein Stolz wie seine Arbeit als Elektriker).

Sie sagte, ja, das habe sie getan, allerdings habe sie das getan. Außerdem …

Sie kamen bis zu Patel's Market in Castle Rock, nachdem sie sich durch *Du trinkst zu viel, Billy* und *Du nörgelst zu viel, Wanda* zu *Meine Mutter hat mich davor gewarnt, dich zu heiraten* und *Warum musst du immer so eine Zicke sein?* vorgearbeitet hatten. In den letzten zwei Jahren ihrer vierjährigen Ehe war dies ein relativ abgenutzter Dialog geworden, aber an diesem Morgen hatte Billy plötzlich das Gefühl, das Maß sei voll. Er bog auf den großen asphaltierten Parkplatz des Markts ab, ohne den Blinker zu setzen oder zu bremsen, und schoss wieder auf die 117 hinaus, ohne auch nur einen Blick in den Rückspiegel zu werfen oder sich gar umzusehen. Auf der Straße hinter ihm hupte Nora Robichaud. Elsa Andrews, ihre beste Freundin, schüttelte missbilligend den Kopf. Die beiden Frauen, beide Krankenschwestern im Ruhestand, wechselten einen Blick, aber kein einziges Wort. Sie waren schon zu lange Freundinnen, als dass in solchen Situationen Worte nötig gewesen wären.

Unterdessen fragte Wanda Billy, wohin er wolle.

Nach Hause, um ein Nickerchen zu machen, sagte Billy. Zu ihrem beschissenen Flohmarkt könne sie allein fahren.

Wanda wies darauf hin, dass er diese beiden alten Ladys beinahe gerammt hätte, während die besagten alten Ladys in raschem Tempo zurückfielen; Nora Robichaud fand, ohne verdammt guten Grund wären Geschwindigkeiten über vierzig Meilen pro Stunde Teufelswerk.

Billy wies darauf hin, dass Wanda aussah wie ihre Mutter und sich auch schon genauso anhörte.

Wanda forderte eine Erklärung, was genau er damit meine.

Billy erklärte, Mutter und Tochter hätten fette Ärsche und Zungen, die in der Mitte aufgehängt seien und an beiden Enden leckschlügen.

Wanda sagte zu Billy, er sei verkatert.

Billy sagte zu Wanda, sie sei hässlich.

Es war ein ausgiebiger und fairer Austausch von Empfindungen, und bis sie von Castle Rock nach Motton gelangten und auf eine unsichtbare Barriere zuhielten, die entstanden war, kurz nachdem Wanda diese lebhafte Diskussion mit der Feststellung eröffnet hatte, heute sei ein schöner Tag, fuhr Billy über sechzig, was fast die Höchstgeschwindigkeit von Wandas kleiner Chevy-Scheißkiste war.

»Was ist das für ein Rauch?«, fragte Wanda plötzlich und deutete nach Nordosten zur 119 hinüber.

»Keine Ahnung«, sagte er. »Hat meine Schwiegermutter gefurzt?« Das fand er sehr witzig, und er fing an zu lachen.

Wanda Debec erkannte, dass sie endgültig genug hatte. Das hellte die Welt und ihre Zukunft auf eine Weise auf, die fast magisch war. Sie wandte sich ihm zu, hatte die Worte *Ich lasse mich scheiden* schon auf der Zunge, als sie die Gemeindegrenze zwischen Motton und The Mill erreichten und an die Barriere knallten. Die Chevy-Scheißkiste hatte Airbags, aber Billys wurde gar nicht ausgelöst und Wandas nur zum Teil. Das Lenkrad drückte Billys Brustkorb ein; die Lenksäule zertrümmerte ihm den Kopf; er war fast augenblicklich tot.

Wandas Kopf prallte gegen die Ablage über dem Handschuhfach, und die jähe, katastrophale Verschiebung des Motorblocks brach ihr ein Bein (das linke) und einen Arm (den rechten). Sie spürte keine Schmerzen, hörte nur die Hupe plärren, nahm undeutlich wahr, dass ihr Auto, das vorn fast völlig eingedrückt war, plötzlich schief mitten auf der Straße stand, und merkte, dass sie jetzt alles rot sah.

Als Nora Robichaud und Elsa Andrews um die letzte Kurve unmittelbar südlich des Unfallorts kamen (inzwischen diskutierten sie seit einigen Minuten lebhaft über den im Nordosten aufsteigenden Rauch und beglückwünschten sich dazu, dass sie heute Vormittag den weniger befahrenen Highway genommen hatten), schleppte Wanda Debec sich auf ihre Ellbogen gestützt die weiße Linie entlang. Blut lief ihr übers Gesicht und machte es fast unkenntlich. Ein Splitter der zertrümmerten Windschutzscheibe hatte sie halb skalpiert, und ein riesiger Hautlappen hing wie eine verrutschte Hängebacke über ihre linke Wange herab.

Nora und Elsa wechselten einen grimmigen Blick.

»Scheiße im Pyjama«, sagte Nora, und das war alles, was zwischen ihnen gesprochen wurde. Elsa stieg aus, sobald der Wagen hielt, und lief zu der torkelnden Frau. Für eine alte Lady (Elsa war gerade siebzig geworden) war sie bemerkenswert flink.

Nora ließ den Wagen mit laufendem Motor stehen und folgte ihrer Freundin. Gemeinsam stützten sie Wanda und führten sie zwischen sich zu Noras altem, aber perfekt gepflegtem Mercedes. Das Braun von Wandas Jacke hatte sich in ein schlammiges Rotbraun verwandelt, und ihre Hände sahen aus wie in rote Farbe getaucht.

»Wo's Billy?«, fragte sie, und Nora sah, dass die arme Frau sich die meisten Zähne ausgeschlagen hatte. Drei davon klebten vorn auf ihrer blutigen Jacke. »Wo's Billy, er okay? Was is paschiert?«

»Billy geht's gut und Ihnen auch«, sagte Nora, dann sah sie fragend zu Elsa hinüber. Elsa nickte und lief zu dem

Chevy, der jetzt teilweise in Dampfschwaden aus dem geplatzten Kühler gehüllt war. Ein Blick durch die offene Beifahrertür, die nur noch an einer Angel hing, genügte, um Elsa, die fast vierzig Jahre lang als Krankenschwester gearbeitet hatte (letzter Arbeitgeber: Ron Haskell, MD – wobei MD Medizinischer Doofmann bedeutete), zu zeigen, dass es Billy keineswegs gut ging. Die junge Frau, deren Skalp zur Hälfte neben ihrem Kopf herabhing, war jetzt Witwe.

Elsa ging zu dem Mercedes zurück und setzte sich hinten neben die junge Frau, die nur noch halb bei Bewusstsein war. »Er ist tot, und sie stirbt auch, wenn du uns nicht dalli-dalli ins Cathy Russell bringst«, erklärte sie Nora.

»Dann halt dich fest«, sagte Nora und trat das Gaspedal durch. Der Mercedes mit seinem großen Motor machte förmlich einen Satz vorwärts. Nora umkurvte den Chevrolet der Debecs elegant und knallte gegen die unsichtbare Barriere, während sie noch beschleunigte. Weil sie erstmals seit zwanzig Jahren vergessen hatte, sich anzuschnallen, ging sie durch die Windschutzscheibe und brach sich genau wie Bob Roux das Genick an der unsichtbaren Barriere. Die junge Frau schoss zwischen den Vordersitzen des Mercedes hindurch, flog durch die zertrümmerte Frontscheibe und landete auf dem Bauch liegend und mit gespreizten blutbespritzten Beinen auf der Motorhaube. Ihre Füße waren nackt. Ihre Mokassins (bei ihrem letzten Flohmarktbesuch in Oxford Hills gekauft) hatte sie beim ersten Aufprall verloren.

Elsa Andrews prallte an die Rückenlehne des Fahrersitzes und fiel zurück – benommen, aber im Wesentlichen unverletzt. Ihre Tür klemmte anfangs, sprang aber auf, als sie sich mit ihrer Schulter dagegenwarf. Sie stieg aus und betrachtete die herumliegenden Trümmer. Die Blutlachen. Die zertrümmerte Chevy-Scheißkiste, die noch immer leicht dampfte.

»Was ist passiert?«, fragte sie. Das war auch Wandas Frage gewesen, obwohl Elsa sich nicht daran erinnern konnte. Sie stand inmitten verstreuter Chromteile und blutiger Scherben und legte den linken Handrücken an ihre Stirn, wie um

61

zu prüfen, ob sie Fieber hatte. »Was ist passiert? Was ist nur passiert? Nora? Nora-Schätzchen? Wo bist du, Liebste?«

Dann sah sie ihre Freundin und stieß einen Schrei aus, in dem sich Trauer und Entsetzen mischten. Eine Krähe, die sie von einem Tannenwipfel auf der The Mill zugekehrten Seite der Barriere aus beobachtete, krächzte einmal: ein Ruf, der wie verächtlich schnaubendes Lachen klang.

Elsa bekam weiche Knie. Sie stolperte rückwärts, bis ihr Hintern gegen den eingedrückten Kühler des Mercedes stieß. »Nora-Liebste«, sagte sie. »Oh, Schätzchen.« Etwas kitzelte sie im Nacken. Sie wusste nicht genau, was es war, hielt es aber für eine Locke der verletzten jungen Frau. Nur war sie jetzt natürlich die tote junge Frau.

Und die arme liebe Nora, mit der sie sich im Cathy Russell manchmal im Wäscheraum einen unerlaubten kleinen Schluck Gin oder Wodka genehmigt hatte, beide kichernd wie Mädchen im Sommerlager. Noras Augen standen weit offen, starrten in die helle Mittagssonne, und ihr Kopf war hässlich verdreht, als hätte sie noch im Tod versucht, sich umzusehen und sich davon zu überzeugen, dass Elsa nichts fehlte.

Elsa, der *nichts* fehlte – »mit dem Schrecken davongekommen«, wie sie in ihrer Notaufnahme-Zeit über bestimmte glückliche Überlebende gesagt hatten –, begann zu weinen. Sie rutschte mit dem Rücken die Karosserie hinunter (wobei sie sich ihre Jacke an einem herausragenden Metallsplitter zerriss) und setzte sich auf den Asphalt der 117. Dort saß sie noch immer weinend, als Barbie und sein neuer Freund mit der Sea-Dogs-Mütze auf sie stießen.

3   Sea Dogs erwies sich als Paul Gendron, ein Autoverkäufer aus dem Norden Maines, der vor zwei Jahren in den Ruhestand gegangen und auf die Farm seiner längst verstorbenen Eltern in Motton gezogen war. Das und noch viel mehr über Gendron erfuhr Barbie zwischen ihrem Abmarsch von der Unfallstelle auf der 119 und ihrer Entdeckung einer zweiten – nicht ganz so spektakulär, aber trotzdem ziemlich gruselig – an der Stelle, wo die 117 das Gemeindegebiet von The Mill erreichte. Barbie hätte Gendron sehr gern die Hand geschüttelt, aber solche Nettigkeiten würden warten müssen, bis sie herausfanden, wo die unsichtbare Barriere aufhörte.

Ernie Calvert hatte die Air National Guard in Bangor erreicht, war aber in einer Warteschleife gelandet, bevor er auch nur hatte sagen können, weshalb er anrief. Unterdessen kündigten näher kommende Sirenen das bevorstehende Eintreffen der hiesigen Cops an.

»Rechnet bloß nicht mit der Feuerwehr«, sagte der Farmer, der mit seinen Söhnen über die Weide gerannt war. Er hieß Alden Dinsmore und war noch immer außer Atem. »Die ist drüben in Castle Rock, brennt zur Übung ein Haus nieder. Reichlich Übung hätt' sie auch hier ...« Dann sah er, dass sein jüngerer Sohn sich der Stelle näherte, wo Barbies blutiger Handabdruck mitten in der sonnigen Luft anzutrocknen schien. »Rory, mach, dass du von da wegkommst!«

Rory, vor Neugier ganz aus dem Häuschen, achtete nicht auf ihn. Er streckte eine Hand aus und klopfte gleich rechts von Barbies Handabdruck an die Luft. Aber bevor er das tat, sah Barbie, dass die Arme des Jungen sich unterhalb der ausgefransten, abgeschnittenen Ärmel seines Sweatshirts der Wildcats jäh mit einer Gänsehaut überzogen. Dort gab es irgendetwas, das ausschlug, wenn man ihm zu nahe kam. Der einzige Ort, an dem Barbie jemals etwas halbwegs Ähnliches erlebt hatte, war die Umgebung des großen Kraftwerks in Avon, Florida, gewesen, in dessen Nähe er einmal mit einem Mädchen geknutscht hatte.

Das Geräusch der Faust des Jungen klang wie Fingerknöchel an der Seite einer feuerfesten Glasform. Es ließ die kleine schwatzende Zuschauermenge verstummen, die bisher das brennende Wrack des Langholztransporters angestarrt (und in einigen Fällen auch mit ihren Handys fotografiert) hatte.

»Scheiß die Wand an«, sagte jemand.

Alden Dinsmore zerrte seinen Sohn am Kragen seines ausgebleichten Sweatshirts weg, dann gab er ihm wie vorhin dem älteren Bruder kräftig eins auf den Hinterkopf. »Tu das nie!«, rief Dinsmore aus, wobei er den Jungen kräftig schüttelte. »Tu das *nie*, wenn du nicht weißt, was es ist!«

»Pa, es ist wie eine Glaswand! Es ist …«

Dinsmore schüttelte ihn abermals. Er keuchte noch immer, sodass Barbie um sein Herz fürchtete. »Tu das *nie*!«, wiederholte er und stieß den Jungen zu seinem älteren Bruder hinüber. »Pass auf diesen Dummkopf auf, Ollie.«

»Ja, Sir«, sagte Ollie und grinste seinen Bruder an.

Barbie blickte in Richtung The Mill. Er konnte jetzt das näher kommende Signallicht eines Streifenwagens erkennen, aber weit davor – als führe es dem Cops aufgrund irgendeiner höheren Autorität voraus – kam ein großes schwarzes Fahrzeug, das einem rollenden Sarg glich. Big Jim Rennies Hummer. Barbies schwindende Prellungen und Blutergüsse von der Schlägerei auf dem Parkplatz des Dipper's schienen bei seinem Anblick sympathisierend zu pochen.

Rennie senior war natürlich nicht dabei gewesen, aber sein Sohn war der Anstifter gewesen, und Big Jim hatte sich Juniors angenommen. Wenn das bedeutet, dass einem bestimmten wandernden Grillkoch das Leben in The Mill schwergemacht wurde – so schwer, dass besagter Grillkoch beschloss, seine Zelte abzubrechen und die Stadt zu verlassen –, war das umso besser.

Barbie wollte nicht hier sein, wenn Big Jim eintraf. Vor allem nicht, wenn er mit den Cops kam. Chief Perkins hatte ihn anständig behandelt, aber der andere – Randolph – hatte ihn gemustert, als wäre Dale Barbara ein Klumpen Hundescheiße auf einem Lackschuh.

Barbie wandte sich an Sea Dogs und sagte: »Wie wär's mit einer kleinen Wanderung? Sie auf Ihrer Seite, ich auf meiner? Um zu sehen, wie weit dieses Ding reicht?«

»Und um fort zu sein, wenn dieser Windbeutel ankommt?« Auch Gendron hatte den näher kommenden Hummer gesehen. »Einverstanden, mein Freund. Ost oder West?«

4   Sie zogen nach Westen, in Richtung Route 117, ohne das Ende der Barriere zu finden, aber sie sahen die Wunder, die sie bewirkt hatte, als sie gelandet war. Äste waren gekappt worden und dadurch früher nicht vorhandene Sichtfenster zum Himmel entstanden. Baumstümpfe waren halbiert worden. Und überall lagen gefiederte Kadaver herum.

»Massig tote Vögel«, sagte Gendron. Er rückte seine Baseballmütze mit Händen zurecht, die leicht zitterten. Sein Gesicht war blass. »So viele hab ich noch nie gesehen.«

»Alles in Ordnung mit Ihnen?«, fragte Barbie.

»Physisch? Ja, ich denke schon. Mental habe ich allerdings das Gefühl, irgendwie meinen gottverdammten Verstand verloren zu haben.«

»Gleichfalls«, sagte Barbie.

Zwei Meilen westlich der 119 erreichten sie die God Creek Road und den toten Bob Roux, der neben seinem weiter im Leerlauf arbeitenden Traktor lag. Barbie wollte unwillkürlich zu dem Verunglückten eilen und prallte erneut gegen die Barriere … diesmal dachte er jedoch im letzten Augenblick daran und bremste rechtzeitig genug ab, um sich nicht schon wieder eine blutige Nase zu holen.

Gendron ging auf die Knie und berührte das grotesk verdrehte Genick des Farmers. »Tot.«

»Was ist da rings um ihn verstreut? Diese weißen Fetzen?«

Gendron nahm das größte Stück in die Hand. »Eines dieser Computermusikdingsbumse, glaub ich. Muss zerschellt sein, als er …« Er deutete vor sich hin. »Als er gegen die Sie-wissen-schon geprallt ist.«

Aus Richtung Stadt kam ein an- und abschwellendes Heulen, heiserer und lauter als zuvor die Stadtsirene.

Gendron sah kurz in diese Richtung hinüber. »Feueralarm«, sagte er. »Der wird viel helfen.«

»Die Feuerwehr kommt aus Castle Rock«, sagte Barbie. »Ich höre sie.«

»Wirklich? Dann ist Ihr Gehör besser als meines. Sagen Sie mir nochmal Ihren Namen, Kumpel.«

»Dale Barbara. Barbie für meine Freunde.«

»Also, Barbie, was nun?«

»Wir gehen weiter, denke ich. Für diesen Kerl können wir nichts mehr tun.«

»Nee, ich kann ja nicht mal mehr telefonieren«, sagte Gendron bedrückt. »Weil mein Handy in meinem Wagen liegt. Sie haben nicht zufällig eines?«

Barbie hatte eines, aber er hatte es mit einigen Socken, Hemden, Jeans und Unterwäsche in seiner ehemaligen Wohnung zurückgelassen. Er hatte seine Flucht nur mit dem angetreten, was er auf dem Leib trug, weil es nichts gab, was er aus Chester's Mill hätte mitnehmen wollen. Bis auf ein paar schöne Erinnerungen – und für die brauchte er keinen Koffer oder auch nur einen Rucksack.

Alles das war zu kompliziert, als dass er es einem Fremden hätte erklären können, deshalb schüttelte er einfach den Kopf.

Über dem Sitz des Traktors hing eine alte graue Wolldecke. Gendron stellte den Motor ab, zog die Decke weg und breitete sie über der Leiche aus.

»Hoffentlich hat er etwas gehört, was er mochte, als es passiert ist«, sagte Gendron.

»Yeah«, sagte Barbie.

»Los, kommen Sie! Wir wollen das Ende dieser … Erscheinung finden. Ich will Ihnen die Hand schütteln. Vielleicht vergesse ich mich sogar und umarme Sie.«

5 Kurz nachdem sie Roux' Leiche entdeckt hatten – sie waren der Unfallstelle auf der 117 schon sehr nahe, obwohl keiner von ihnen das ahnte –, erreichten sie einen kleinen Bach. Die beiden Männer blieben einen Augenblick dort stehen, jeder auf seiner Seite der Barriere, und betrachteten die Szene in verwundertem Schweigen.

Schließlich sagte Gendron: »Heiliger Möchtegerngott.«

»Wie sieht's von Ihrer Seite aus?«, fragte Barbie. Auf seiner konnte er nur sehen, wie das Wasser angestaut wurde und sich im Unterholz verlief. Als wäre der Bach auf einen unsichtbaren Damm gestoßen.

»Ich weiß nicht, wie ich's beschreiben soll. Ich kenne einfach nichts Vergleichbares.« Gendron machte eine Pause, kratzte sich beide Wangen und zog sein ohnehin schon langes Gesicht noch mehr in die Länge, sodass es ein bisschen wie das Schreigesicht auf Edvard Munchs Gemälde aussah. »Doch, ich kenne etwas. Gewissermaßen. Als ich meiner Tochter zum sechsten Geburtstag ein paar Goldfische mitgebracht habe. Oder vielleicht war sie auch schon sieben. Ich hab sie aus der Tierhandlung in einem Plastikbeutel heimgebracht, und genauso sieht das hier aus: wie Wasser auf dem Boden eines Plastikbeutels. Nur ist er flach, statt nach unten zu sacken. Das Wasser staut sich an diesem … Ding auf, danach läuft es auf Ihrer Seite nach links und rechts ab.«

»Kommt gar nichts durch?«

Gendron ging in die Hocke, kniff die Augen zusammen, um genauer hinzusehen. »Ja, ein kleiner Teil davon scheint durchzugehen. Aber nicht viel, nur ein dünnes Rinnsal. Und ohne den ganzen Scheiß, der sonst im Wasser mitschwimmt. Sie wissen schon – kleine Zweige und Blätter und dergleichen.«

Sie wanderten weiter, Gendron auf der einen, Barbie auf der anderen Seite. Bisher dachte noch keiner von ihnen in Begriffen wie »draußen« und »drinnen«. Ihnen war noch nicht in den Sinn gekommen, dass die Barriere womöglich kein Ende hatte.

6   Dann erreichten sie die Route 117, wo es einen weiteren schlimmen Unfall gegeben hatte – zwei Autos und mindestens zwei Tote, über die Barbie sich sicher sein konnte. Ein weiteres Unfallopfer saß zusammengesunken am Steuer eines alten Chevrolets, der größtenteils zertrümmert war. Nur gab es diesmal eine Überlebende, die mit gesenktem Kopf neben einem demolierten Mercedes hockte. Während Paul Gendron sich beeilte, ihr zu helfen, konnte Barbie nur dastehen und zusehen. Als die Frau Gendron sah, versuchte sie aufzustehen.

»Nein, Ma'am, bitte nicht, das wäre nicht gut«, sagte er besorgt.

»Mir fehlt nichts, glaube ich«, sagte sie. »Ich bin … irgendwie mit dem Schrecken davongekommen.« Aus irgendeinem Grund musste sie darüber lachen, obwohl ihr Gesicht vom Weinen geschwollen war.

Im nächsten Augenblick traf ein weiteres Auto ein: eine langsame Klapperkiste, die von einem alten Burschen gefahren wurde, der drei bis vier zweifellos ungeduldige Fahrer hinter sich hatte. Er sah den Unfall und hielt. Das taten auch die Wagen hinter ihm.

Elsa Andrews, die sich inzwischen aufgerappelt hatte, war wach genug, um die Frage zu stellen, die zur Frage des Tages werden sollte: »Wogegen sind wir geprallt? Es war nicht der andere Wagen, Nora ist um den anderen Wagen herumgefahren.«

Gendron antwortete ganz und gar ehrlich: »Weiß ich nicht, Ma'am.«

»Fragen Sie sie, ob sie ein Handy hat«, sagte Barbie. Dann rief er der wachsenden Zuschauermenge zu: »He! Wer hat ein Handy?«

»Ich, Mister«, sagte eine Frau, aber bevor sie mehr sagen konnte, hörten sie alle das näher kommende *Wup-wup-wup* eines Hubschraubers.

Barbie und Gendron wechselten einen verzweifelten Blick.

Der blau-weiße Hubschrauber flog ziemlich tief und hielt auf die Rauchsäule zu, die den brennenden Langholztransporter auf der 119 kennzeichnete. Die Luft war sehr klar und besaß die fast vergrößernde Wirkung, die den besten Tagen im Norden Neuenglands eigen ist, sodass Barbie mühelos die große blaue 13 auf seiner Seite lesen konnte. Und das CBS-Augenlogo sehen. Das da war ein TV-Hubschrauber aus Portland. Er muss schon irgendwo in der Nähe gewesen sein, dachte Barbie. Und heute war ein idealer Tag, um noch ein paar saftige Unfallbilder für die Sechsuhrnachrichten in den Kasten zu kriegen.

»O nein«, ächzte Gendron mit einer Hand über den Augen. Dann rief er: »*Zurück, ihr Blödmänner! Zurück!*«

Barbie stimmte ein: »*Nein! Aufhören! Verschwindet!*«

68

Das war natürlich nutzlos. Noch nutzloser war es, dass er die Arme in großen Haut-ab-Gesten schwenkte.

Elsa blickte von Gendron zu Barbie, sie war sichtlich verwirrt. Der Hubschrauber tauchte auf Baumkronenhöhe hinunter und begann, auf der Stelle zu schweben.

»Bestimmt passiert ihnen nichts«, sagte Gendron aufatmend. »Die Leute dort hinten machen ihnen sicher auch Zeichen, dass sie wegbleiben sollen. Der Pilot muss gesehen haben, wo …«

Aber dann drehte der Hubschrauber nach Norden ab, um die Unfallstelle für eine bessere Sicht über Alden Dinsmores Farm anzufliegen, und prallte gegen die Barriere. Barbie sah ein Rotorblatt abbrechen. Der Hubschrauber neigte sich nach vorn, sackte herunter und brach seitlich aus, alles zur selben Zeit. Dann explodierte er und ließ neues Feuer auf die Straße und die Felder jenseits der Barriere herabregnen.

Auf Gendrons Seite.

Draußen.

7   Junior Rennie schlich sich wie ein Dieb in das Haus, in dem er aufgewachsen war. Oder wie ein Gespenst. Es war natürlich leer; sein Vater würde auf seinem weitläufigen Gebrauchtwagenareal – das Juniors Freund Frank manchmal den »Heiligen Tabernakel von Keine Anzahlung erforderlich« nannte – draußen an der Route 119 sein, und Francine Rennie hing seit vier Jahren praktisch Tag und Nacht auf dem Friedhof Pleasant Ridge herum. Die Stadtsirene war verstummt, und die Polizeisirenen waren irgendwo im Süden verhallt. Im Haus war es beglückend still.

Er nahm zwei Imitrex, dann streifte er sich die Klamotten ab und ging unter die Dusche. Als er wieder herauskam, sah er, dass er Blut auf Hemd und Hose hatte. Darum konnte er sich jetzt nicht kümmern. Er beförderte seine Sachen mit einem Tritt unters Bett, zog die Jalousien herunter, kroch in die Falle und zog sich die Bettdecke über den Kopf, wie er es als kleiner Junge aus Angst vor Schrankgespenstern getan hatte. Dann lag er zitternd da, während sein Kopf wie von sämtlichen Glocken der Hölle widerhallte.

Junior döste, als die Feuersirene losheulte und ihn hochfahren ließ. Er begann wieder zu zittern, aber der Kopf schmerzte nicht mehr so stark. Er würde ein bisschen schlafen, dann darüber nachdenken, was er als Nächstes tun sollte. Selbstmord schien noch immer die bei Weitem beste Lösung zu sein. Weil sie ihn erwischen würden. Er konnte nicht mal zurückgehen und sauber machen; dazu war keine Zeit, bevor Henry oder LaDonna McCain von ihren Samstagsbesorgungen heimkehrten. Er konnte flüchten – vielleicht –, aber erst wenn sein Kopf nicht mehr wehtat. Und natürlich würde er sich wieder anziehen müssen. Ein Leben auf der Flucht konnte man nicht splitterfasernackt beginnen.

Alles in allem war es vermutlich am besten, er brachte sich selbst um. Nur hätte dann der gottverdammte Grillkoch gewonnen. Und wenn man es sich recht überlegte, war der Scheißkoch an allem schuld.

Irgendwann hörte die Feuersirene zu heulen auf. Junior schlief mit über den Kopf gezogener Bettdecke ein. Als er aufwachte, war es kurz vor 21 Uhr. Seine Kopfschmerzen waren weg.

Und das Haus war noch immer leer.

KUDDELMUDDEL

1 Als Big Jim Rennie seinen H3 Alpha Hummer (Farbe: Black Pearl; Ausstattung: Was immer Sie wünschen) knirschend zum Stehen brachte, hatte er volle drei Minuten Vorsprung vor den Cops aus The Mill, was sehr befriedigend war. Der Konkurrenz immer einen Schritt voraus – das war Rennies Motto.

Ernie Calvert telefonierte noch, hob aber seine freie Hand zu einem bescheuert wirkenden Gruß. Seine Haare waren zerzaust, und er schien drauf und dran, vor Aufregung überzuschnappen. »Yo, Big Jim, ich bin durchgekommen!«

»Zu wem durchgekommen?«, fragte Rennie, ohne wirklich auf ihn zu achten. Er betrachtete das noch immer brennende Wrack des Langholztransporters und die Trümmer, die unverkennbar von einem Flugzeug stammten. Dies war eine schlimme Sache, die dem Ruf der Stadt schaden konnte, vor allem, weil ihre beiden neuesten Löschfahrzeuge drüben in The Rock waren. Zu einer Löschübung, die er genehmigt hatte ... aber auf dem Genehmigungsvordruck stand Andy Sanders' Unterschrift, weil Andy der Erste Stadtverordnete war. Das war gut. Rennie war ein überzeugter Anhänger des »Risikominimierungsquotienten«, wie er das nannte, und Zweiter Stadtverordneter zu sein, war ein ausgezeichnetes Beispiel für den Quotienten in Aktion: Man besaß alle Macht (zumindest wenn der Erste ein Schwachkopf wie Sanders war), musste aber selten den Kopf hinhalten, wenn etwas schiefging.

Und dies war etwas, was Rennie – der mit sechzehn Jahren sein Herz Jesus geschenkt hatte und keine gotteslästerlichen Reden führte – als »einen Kuddelmuddel« bezeichnete. Es würden Maßnahmen zu ergreifen sein. Man würde Kontrolle ausüben müssen. Und er konnte nicht darauf vertrauen, dass der alte Trottel Howard Perkins dieser Aufgabe gewachsen war. Vor zwanzig Jahren mochte Perkins ein durchaus brauchbarer Polizeichef gewesen sein, aber seither hatte ein neues Jahrhundert begonnen.

Rennies Stirnrunzeln verstärkte sich, während er den Unfallort begutachtete. Zu viele Gaffer. Natürlich zogen solche Ereignisse immer zu viele Leute an; die Leute liebten Blut und Zerstörung. Und manche von ihnen schienen ein bizarres Spiel zu spielen, bei dem man ausprobierte, wie weit man sich vorbeugen konnte, ohne umzufallen. Oder so ähnlich.

Bizarr eben.

»Seht zu, dass ihr von dort wegkommt, Leute!«, rief Rennie. Er hatte eine gute Befehlsstimme: laut und selbstbewusst. »Das ist ein Unfallort!«

Ernie Calvert – ein weiterer Idiot, die Stadt war voll von ihnen, vermutlich traf das auf jede Kleinstadt zu – zupfte Rennie am Ärmel. Er wirkte aufgeregter als je zuvor. »Ich bin zur ANG durchgekommen, Big Jim, und …«

»Zu wem? Zu *was*? Wovon reden Sie überhaupt?«

»Von der Air National Guard.«

Es wurde immer schlimmer. Die Leute machten Spielchen, und dieser Idiot rief die …

»Ernie, wieso um Himmels willen haben Sie *die* angerufen, Mann?«

»Weil er gesagt hat … der Kerl hat gesagt …« Aber Ernie wusste nicht mehr genau, was Barbie gesagt hatte, deshalb setzte er rasch seinen Bericht fort. »Na ja, jedenfalls hat der Colonel bei der ANG sich angehört, was ich ihm erzählt habe, und mich dann mit der Heimatschutzbehörde in Portland verbunden. Hat mich direkt weiterverbunden!«

Rennie klatschte sich die Hände an die Wangen, was er oft tat, wenn er verärgert war. Das ließ ihn aussehen wie einen Jack Benny mit Basiliskenblick. Wie Benny erzählte auch Big Jim manchmal Witze (immer nur anständige). Er machte Scherze, weil er Autos verkaufte und weil er wusste, dass sie von Politikern erwartet wurden, vor allem im Vorfeld von Wahlen. Deshalb besaß er einen rotierenden kleinen Vorrat von sogenannten »Witzen« (wie in »Kennt ihr den, Jungs?«). Er lernte sie auswendig, wie ein Tourist im Ausland sich Standardsätze wie *Wo ist die Toilette?* oder *Gibt es in diesem Dorf ein Hotel mit Internet?* einprägt.

Aber jetzt scherzte er nicht. »Heimatschutzbehörde? Wozu denn die, *verflixt* nochmal?« *Verflixt* war Rennies bei Weitem liebster Kraftausdruck.

»Weil der junge Kerl gesagt hat, dass irgendwas die Straße absperrt. Und das stimmt, Jim! Etwas Unsichtbares! Aber die Leute können sich daranlehnen! Sehen Sie's? Sie tun's überall. Oder … wenn man einen Stein dagegenwirft, prallt er ab! Sehen Sie nur!« Ernie hob einen Stein auf und warf ihn. Rennie machte sich nicht die Mühe, ihm mit dem Blick zu folgen; hätte er einen der Gaffer getroffen, hätte der Kerl einen Schrei ausgestoßen. »Der Lastwagen ist an dem … an dem Was-immer-das-ist zerschellt … und das Flugzeug auch! Und deshalb hat der Kerl mich aufgefordert …«

»Ganz langsam. Von welchem Kerl reden wir überhaupt?«

»Er ist ein junger Kerl«, sagte Rory Dinsmore. »Er kocht im Sweetbriar Rose. Wenn man einen Hamburger halb durchgebraten bestellt, kriegt man ihn genau so. Mein Dad sagt, dass man kaum noch was halb durchgebraten kriegt, weil niemand mehr weiß, wie man's macht, aber dieser Kerl kann's.« Er lächelte außergewöhnlich liebreizend. »Ich weiß seinen Namen.«

»Halt die Klappe, Roar«, warnte ihn sein Bruder. Mr. Rennies Gesicht hatte sich verfinstert. Nach Ollie Dinsmores Erfahrung sahen so Lehrer aus, kurz bevor sie einem ein paar Stunden Arrest verpassten.

Rory achtete jedoch nicht auf ihn. »Es ist ein Mädchenname! *Baaarbara.*«

Gerade wenn man glaubt, ihn losgeworden zu sein, taucht der verflixte Kerl wieder auf, dachte Rennie. *Dieser elende nutzlose Wichtigtuer.*

Er wandte sich an Ernie Calvert. Die Polizei war schon fast da, aber Rennie war zuversichtlich, dass er die neueste von Barbara angestiftete Idiotie noch rechtzeitig stoppen konnte. Nicht dass der Kerl irgendwo zu sehen gewesen wäre. Nicht dass Rennie ihn hier irgendwo sah. Oder es auch nur erwartete. Typisch Barbara: erst kräftig für Unruhe sorgen, ein Chaos anrichten und dann schleunigst abhauen.

»Ernie«, sagte er, »Sie sind falsch informiert worden.«

Alden Dinsmore trat vor. »Mr. Rennie, ich verstehe nicht, wie Sie das sagen können, wo Sie die Informationen nicht kennen.«

Rennie lächelte ihn an. Verzog zumindest die Lippen so weit, dass seine Zähne zu sehen waren. »Ich kenne Dale Barbara, Alden; *diese* Information kenne ich.« Er wandte sich wieder an Ernie Calvert. »Wenn Sie jetzt einfach …«

»Pst!«, sagte Calvert und hob eine Hand. »Ich hab jemanden am Apparat.«

Big Jim Rennie ließ sich nicht gern den Mund verbieten, schon gar nicht von dem pensionierten Leiter eines Lebensmittelmarkts. Er nahm Ernie das Mobiltelefon aus der Hand, als wäre Ernie ein Assistent, der es zu genau diesem Zweck bereitgehalten habe.

Eine Stimme aus dem Handy fragte: »Mit wem spreche ich?« Kein halbes Dutzend Wörter, aber sie genügten, um Rennie erkennen zu lassen, dass er's mit einem Bürokraten zu tun hatte. In seinen drei Jahrzehnten in der Stadtpolitik hatte er weiß Gott oft genug mit solchen Leuten umgehen müssen, und die Feds waren am schlimmsten.

»Hier ist James Rennie, Zweiter Stadtverordneter in Chester's Mill. Wer sind Sie, Sir?«

»Donald Wozniak, Homeland Security. Wie ich gehört habe, gibt's bei Ihnen draußen am Highway 119 irgendein Problem. Irgendeine Art Blockierung.«

Blockierung? *Blockierung?* Was für eine Art Bürokratenspruch war das wieder?

»Sie sind falsch informiert worden, Sir«, sagte Rennie. »Was wir hier haben, ist ein Flugzeug – ein *ziviles* Flugzeug, ein *hiesiges* Flugzeug –, das auf einer Straße landen wollte

74

und dabei mit einem Lastwagen zusammengestoßen ist. Die Lage ist absolut unter Kontrolle. Wir brauchen keine Unterstützung durch die Heimatschutzbehörde.«

»Mister Rennie«, sagte der Farmer, »so ist es aber *nicht* passiert.«

Rennie winkte mit einer Hand ab und begann auf den ersten Streifenwagen zuzugehen. Henry Morrison stieg eben aus. Groß, über einen Meter neunzig, aber im Prinzip wertlos. Und hinter ihm das Weibsbild mit den großen alten Titten. Wettington, das war ihr Name, und sie war schlimmer als wertlos: ein vorlautes Mundwerk, das von einem dummen Kopf gesteuert wurde. Aber hinter *ihr* kam jetzt Peter Randolph heran. Assistant Chief Randolph, der stellvertretende Polizeichef, war ein Mann nach Rennies Geschmack. Ein tatkräftiger Bursche, auf den Verlass war. Rennie bezweifelte, dass Mr. Dale Barbara noch in der Stadt gewesen wäre, um heute Scherereien zu machen, wenn Randolph neulich Nacht, als Junior in diesem blöden Höllenpfuhl von einer Bar Ärger bekommen hatte, Dienst gehabt hätte. Vielleicht hätte Mr. Barbara dann drüben in The Rock hinter Gittern gesessen. Was Rennie nur recht gewesen wäre.

Unterdessen brabbelte der Mann von der Heimatschutzbehörde – hatten sie tatsächlich den Nerv, sich »Agenten« zu nennen? – weiter vor sich hin.

Rennie unterbrach ihn. »Danke für Ihr Interesse, Mr. Wozner, aber wir haben die Sache im Griff.« Er drückte die END-Taste, ohne sich zu verabschieden. Dann warf er das Handy wieder Ernie Calvert zu.

»Jim, ich glaube nicht, dass das klug war.«

Rennie ignorierte ihn und beobachtete, wie Randolph mit grell blitzendem Signallicht hinter dem Streifenwagen der Wettington hielt. Er überlegte, ob er Randolph entgegengehen sollte, verwarf diese Idee aber schon, bevor sie richtig da war. Er würde Randolph zu sich kommen lassen. So sollte die Sache funktionieren. Und so *würde* sie bei Gott funktionieren.

2   »Big Jim«, sagte Randolph. »Was ist hier passiert?«

»Ich denke, das ist ziemlich offensichtlich«, sagte Big Jim. »Chuck Thompsons Flugzeug hat sich mit einem Langholzwagen angelegt. Der Streit scheint unentschieden ausgegangen zu sein.« Jetzt waren Sirenen zu hören, die aus Castle Rock heranheulten. Bestimmt die Feuerwehr (Rennie hoffte, dass ihre beiden neuen – und horrend teuren – Löschfahrzeuge mitkamen; es würde sich besser machen, wenn niemandem auffiel, dass die neuen Fahrzeuge sich außerhalb der Stadt rumgetrieben hatten, als dieser Kuddelmuddel passierte), Polizei und Krankenwagen würden gleich dahinter kommen.

»So ist es aber nicht passiert«, sagte Alden Dinsmore hartnäckig. »Ich war draußen im Gemüsegarten und hab gesehen, wie das Flugzeug mitten …«

»Wir sollten besser diese Leute zurückdrängen, finden Sie nicht auch?«, fragte Rennie Randolph, indem er auf die Gaffer deutete. Auf der Seite mit dem Langholzfahrzeug standen ziemlich viele, die klugerweise Abstand von dem brennenden Wrack hielten, und auf der The Mill zugekehrten Seite waren es noch mehr. Man konnte den Eindruck gewinnen, hier fände eine Versammlung statt.

Randolph wandte sich an Morrison und Wettington. »Henry«, sagte er und deutete auf die Neugierigen aus The Mill. Einige hatten angefangen, zwischen den verstreuten Trümmern von Thompsons Flugzeug herumzusuchen. Schreckensschreie erklangen, als weitere Leichenteile entdeckt wurden.

»Yo«, sagte Morrison und setzte sich in Bewegung.

Randolph wollte Wettington auf die Gaffer auf der Seite mit dem Langholzwagen ansetzen. »Jackie, Sie übernehmen …« Aber er brachte diesen Satz nicht zu Ende.

Die Katastrophen-Groupies südlich der Unfallstelle standen auf einer Straßenseite auf einer Viehweide und auf der anderen in kniehohem Buschwerk. Ihre offen stehenden Münder verliehen ihnen einen dämlich interessierten Ausdruck, den Rennie sehr gut kannte: Er sah ihn jeden Tag auf einzelnen Gesichtern und massenhaft bei der jährlichen Bür-

76

gerversammlung im März. Nur starrten diese Leute nicht das brennende Fahrzeug an. Und jetzt sah auch Peter Randolph, bestimmt kein Schwachkopf (auch nicht brillant, bei Weitem nicht, aber er kannte wenigstens alle Kniffe), mit erstaunt aufgerissenem Mund dorthin. Und Jackie Wettington ebenfalls.

Es war der Rauch, den die anderen beobachteten. Den von dem brennenden Langholzwagen aufsteigenden Rauch.

Er war schwarz und ölig. Die in Luv Stehenden hätten daran fast ersticken müssen, zumal eine leichte Brise aus Süden wehte, aber das taten sie nicht. Und Rennie sah den Grund dafür. Das war schwer zu glauben, aber er sah es ganz deutlich. Der Rauch *trieb* nach Norden, zumindest anfangs, aber dann knickte er fast rechtwinklig ab und stieg wie in einem Kamin als Rauchsäule auf. Und er hinterließ dunkelbraune Rückstände. Eine lange senkrechte Rußspur, die in der Luft zu schweben schien.

Jim Rennie schüttelte den Kopf, um das Bild zu entschleiern, aber es war immer noch unverändert da, als er damit aufhörte.

»Wie kommt das?«, fragte Randolph. Seine Stimme klang ganz sanft vor Verwunderung.

Dinsmore, der Farmer, baute sich vor Randolph auf. »Dieser Kerl …« Er deutete auf Ernie Calvert. »… hatte die Heimatschutzbehörde am Telefon, und *dieser* Kerl …« Er wies mit einer theatralischen Geste, die Big Jim durchaus nicht gefiel, wie in einem Gerichtssaal auf Rennie. »… hat ihm das Telefon aus der Hand genommen und aufgelegt! Das hätte er nicht tun sollen, Peter. Hier hat's nämlich keinen Zusammenstoß gegeben. Das Flugzeug war überhaupt nicht in Bodennähe, als ich's gesehen hab. Ich war dabei, Pflanzen abzudecken, falls es Frost gibt, und hab's genau *geseh'n*.«

»Ich hab's auch …«, begann Rory, und diesmal bekam er von seinem Bruder Ollie eins an den Hinterkopf. Rory begann zu heulen.

Alden Dinsmore sagte: »Es ist gegen irgendwas *geprallt*. Und der Lastwagen auch. Es ist da, man kann's anfassen.

Dieser junge Kerl – der Koch – hat gesagt, hier müsste eine Flugverbotszone eingerichtet werden, und er hat recht. Aber Mr. Rennie ...« Er deutete wieder auf Rennie, als wäre er ein zweiter Perry Mason, nicht bloß jemand, der sich seinen Lebensunterhalt damit verdiente, dass er Saugglocken an Kuheutern anbrachte. »... hat nicht mal mit den Leuten *geredet.* Hat einfach aufgelegt.«

Rennie ließ sich zu keiner Zurückweisung herab. »Sie vergeuden nur Zeit«, erklärte er Randolph. Er trat etwas näher an ihn heran und fügte fast flüsternd hinzu: »Der Chief kommt bestimmt bald. An Ihrer Stelle würde ich mich ranhalten und hier die Kontrolle übernehmen, bevor er eintrifft.« Er widmete dem Farmer einen kalten, flüchtigen Blick. »Zeugen können Sie später befragen.«

Ärgerlicherweise war es jedoch Alden Dinsmore, der das letzte Wort behielt. »Dieser Kerl, dieser Barber, hat recht gehabt. Er hatte recht, Rennie hatte unrecht.

Rennie merkte sich Alden Dinsmore für eine spätere Revanche vor. Früher oder später kamen alle Farmer mit dem Hut in der Hand zu den Stadtverordneten – wollten eine Ausnahmegenehmigung, eine Befreiung vom Bebauungsplan, irgendwas –, und wenn Mr. Dinsmore nächstes Mal aufkreuzte, würde er wenig Entgegenkommen finden, falls Rennie darüber zu entscheiden hatte. Und das hatte er meistens.

»Übernehmen Sie die Kontrolle!«, forderte er Randolph auf.

»Jackie, scheuchen Sie diese Leute weg«, sagte der Assistant Chief, indem er auf die um den Langholzwagen versammelten Schaulustigen zeigte. »Sorgen Sie für reichlich Abstand.«

»Sir, ich glaube, dass diese Leute tatsächlich in Motton sind ...«

»Ist mir egal, sie sollen zurücktreten.« Randolph sah sich nach Duke Perkins um, der sich aus dem grünen Dienstwagen des Chiefs stemmte – aus dem Wagen, den Randolph unbedingt in seiner Einfahrt sehen wollte. Und mit Big Jim Rennies Unterstützung dort sehen würde. In spätestens drei

78

Jahren. »Glauben Sie mir, die Kollegen aus Castle Rock werden Ihnen dafür dankbar sein.«

»Was ist mit …« Wettington deutete auf die Rußspur, die sich noch verbreiterte. Durch sie betrachtet sahen die oktoberbunten Bäume einförmig grau aus, und der Himmel wirkte ungesund gelblich-blau.

»Halten Sie sich davon fern«, sagte Randolph, dann ging er zu Henry Morrison, um ihm zu helfen, die Leute auf der Chester's-Mill-Seite zurückzudrängen. Aber zuvor musste er Perk Meldung erstatten.

Jackie näherte sich den Leuten um den brennenden Langholztransporter. Die Menge dort drüben bekam ständig Zuwachs, weil die zuerst Angekommenen eifrig mit ihren Handys telefonierten. Manche hatten kleine Brände im Buschwerk ausgetreten, was gut war, aber jetzt standen sie einfach nur herum und gafften. Sie machte die gleichen wegscheuchenden Handbewegungen wie Henry auf der The Mill zugekehrten Seite und stimmte das gleiche Mantra an.

»Tretet zurück, Leute, es ist vorbei, hier gibt's nichts Neues mehr zu sehen, räumt die Straße für Feuerwehr und Polizei, tretet zurück, verlasst die Unfallstelle, fahrt heim, tretet zu…«

Sie prallte gegen etwas. Rennie hatte keine Ahnung, was es war, aber er sah deutlich das Resultat. Als Erstes stieß ihr Mützenschirm dagegen. Er verbog sich, dann fiel die Mütze hinter ihr zu Boden. Im nächsten Augenblick wurden ihre unverschämten Titten – zwei regelrechte Granaten, das waren sie – flachgedrückt. Dann war ihre Nase dran, aus der ein Blutstrahl schoss, der gegen etwas spritzte … und davon in langen Fäden herabzulaufen begann wie Farbe an einer Wand. Sie landete mit schockiertem Gesichtsausdruck auf ihrem gut gepolsterten Hintern.

Der verflixte Farmer musste seinen Senf dazugeben: »Sehen Sie? Was hab ich gesagt?«

Randolph und Morrison hatten nichts gesehen. Perkins auch nicht. Die drei waren vor dem Dienstwagen des Chiefs ins Gespräch vertieft. Rennie überlegte kurz, ob er zu Wettington gehen sollte, aber das taten schon andere, außerdem war sie dem geheimnisvollen Etwas, mit dem sie zusammengeprallt war, noch ein bisschen zu nahe. Stattdessen eilte er hinüber zu den Männern, wobei entschlossene Miene und großer harter Bauch zupackende Autorität projizierten. Im Vorbeigehen bedachte er Farmer Dinsmore noch mit einem feindseligen Blick.

»Chief«, sagte er, indem er sich zwischen Morrison und Randolph drängte.

»Big Jim«, sagte Perkins nickend. »Sie haben keine Zeit verloren, wie ich sehe.«

Das war vielleicht gestichelt, aber Rennie, ein schlauer alter Fisch, biss nicht an. »Ich fürchte, hier geht mehr vor, als auf den ersten Blick ersichtlich ist. Ich glaube, jemand sollte sich mit der Heimatschutzbehörde in Verbindung setzen.« Er machte eine Pause und setzte eine gebührend ernste Miene auf. »Ich will nicht sagen, dass wir es hier mit Terrorismus zu tun haben … aber ich sage auch nicht, wir haben es nicht damit zu tun.«

3   Duke Perkins sah an Big Jim vorbei. Johnny Carver, der den Lebensmittelmarkt Mill Gas & Grocery führte, und Ernie Calvert halfen Jackie auf. Sie war benommen und hatte Nasenbluten, aber sonst schien ihr nichts zu fehlen. Trotzdem wirkte diese ganze Situation irgendwie verdächtig. Natürlich kam einem jeder Unfall, bei dem es Tote gegeben hatte, in gewissem Ausmaß so vor, aber hier waren mehrere Dinge nicht in Ordnung.

Zum einen hatte das Flugzeug nicht zu landen versucht. Es gab zu viele Wrackteile, die noch dazu in zu weitem Umkreis verstreut waren, als dass er das hätte glauben können. Und die Neugierigen. Auch mit ihnen stimmte etwas nicht. Randolph hatte nichts bemerkt, aber Duke Perkins fiel das sofort auf. Sie hätten sich zu einem einzigen großen Klumpen zusammenballen müssen. Das taten sie immer, als suchten sie im Angesicht des Todes beieinander Trost. Nur bildeten diese hier *zwei* Klumpen, und der eine auf der

Motton-Seite der Gemeindegrenze war dem noch immer brennenden Langholzwagen schrecklich nahe. Wohl nicht wirklich in Gefahr … aber wieso kamen sie nicht hier herüber?

Die ersten Löschfahrzeuge kamen um die Kurve im Süden gerast. Drei Fahrzeuge. Duke war froh, als er sah, dass auf der Flanke des zweiten Wagens in Goldbuchstaben CHESTER'S MILL FIRE DEPARTMENT PUMPER NO. 2 stand. Die Menge schlurfte weiter ins niedrige Buschwerk zurück, um ihnen Platz zu machen. Duke konzentrierte sich wieder auf Rennie. »Was ist hier passiert? Wissen Sie's?«

Rennie öffnete den Mund, um zu antworten, aber Ernie Calvert kam ihm zuvor. »Quer über die Straße verläuft eine Barriere. Sie ist unsichtbar, aber trotzdem da, Chief. Der Laster hat sie gerammt. Das Flugzeug auch.«

»Verdammt richtig!«, rief Dinsmore aus.

»Officer Wettington ist auch dagegengelaufen«, sagte Johnny Carver. »Zum Glück war sie viel langsamer.« Er hatte Jackie, die einen benommenen Eindruck machte, einen Arm um die Schultern gelegt. Duke sah ihr Blut am Ärmel von Carvers Jacke mit dem Aufdruck ICH TANKE BEI MILL DISCOUNT.

Auf der Motton-Seite war ein weiteres Löschfahrzeug eingetroffen. Die beiden ersten Wagen hatten die Straße V-förmig blockiert. Feuerwehrleute sprangen heraus, rollten Schläuche aus. Duke konnte die aus Richtung Castle Rock heranheulende Sirene eines Krankenwagens hören. *Wo ist unserer?*, fragte er sich. War er ebenfalls zu dieser dämlichen Löschübung ausgerückt? Das mochte er sich lieber nicht vorstellen. Welcher vernünftige Mensch würde einen Krankenwagen zu einem leeren brennenden Haus beordern?

»Hier scheint es eine unsichtbare Barriere zu geben …«, begann Rennie.

»Ja, das habe ich kapiert«, sagte Duke. »Ich weiß zwar nicht, was das bedeuten soll, aber ich hab's kapiert.« Er ließ Rennie stehen und ging zu seiner blutenden Beamtin hinüber, ohne zu sehen, wie der Zweite Stadtverordnete bei dieser Brüskierung dunkelrot anlief.

»Jackie?«, fragte Duke, indem er sie sanft an der Schulter fasste. »Alles in Ordnung?«

»Klar.« Sie berührte ihre Nase, die allmählich weniger blutete. »Sieht sie gebrochen aus? Sie *fühlt* sich nicht gebrochen an.«

»Gebrochen ist sie nicht, aber sie wird bestimmt dick. Aber bis zum Herbstball sehen Sie wieder passabel aus, denke ich.«

Sie bedachte ihn mit einem schwachen Lächeln.

»Chief«, sagte Rennie, »ich denke wirklich, wir sollten jemanden hinzuziehen. Wenn nicht Homeland Security – bei reiflicher Überlegung kommt mir das etwas dramatisch vor –, dann vielleicht die State Police …«

Duke schob ihn beiseite. Sanft, aber unmissverständlich. Rennie ballte die Hände zu Fäusten, dann streckte er die Finger wieder. Er hatte sich ein Leben aufgebaut, in dem er eher ein Schiebender als ein Geschobener war, aber das änderte nichts an der Tatsache, dass Fäuste etwas für Idioten waren. Der Beweis dafür war sein eigener Sohn. Trotzdem mussten Kränkungen registriert und heimgezahlt werden. Meistens erst zu einem späteren Zeitpunkt … aber manchmal war später auch besser.

Befriedigender.

»Peter!«, rief Duke Randolph zu. »Fragen Sie bei der Poliklinik nach, wo zum Teufel unser Krankenwagen bleibt! Ich will ihn hier draußen haben!«

»Das kann Morrison erledigen«, sagte Randolph. Er hatte sich die Kamera aus seinem Wagen geschnappt und wollte sich umdrehen, um Fotos vom Unfallort zu machen.

»Das können *Sie* – und zwar sofort.«

»Chief, ich glaube nicht, dass Jackie ernstlich verletzt ist, und sonst ist niemand …«

»Wenn ich Ihre Meinung hören will, frage ich Sie danach, Peter.«

Randolph wollte ihm einen ironischen Blick zuwerfen, aber dann sah er Dukes Gesichtsausdruck. Er warf die Kamera wieder auf den Beifahrersitz seines Wagens und griff nach seinem Handy.

»Was ist passiert, Jackie?«, fragte Duke.

»Keine Ahnung. Zuerst hab ich so ein Kribbeln gespürt, wie wenn man aus Versehen die Stifte eines Steckers berührt, während man ihn in die Steckdose steckt. Es hat wieder aufgehört, aber dann bin ich … verdammt, ich weiß nicht, wogegen ich geprallt bin.«

Von den Schaulustigen her ertönte ein *Aaah*. Die Feuerwehrleute hatten ihre Rohre auf den brennenden Langholzwagen gerichtet, aber jenseits von ihm prallte ein Teil des Löschwassers ab. Traf auf irgendetwas, spritzte zurück und erzeugte Regenbogen in der Luft. So was hatte Duke noch nie gesehen … außer vielleicht in der Waschanlage, wenn man die Hochdruckstrahlen auf der Frontscheibe beobachtete.

Dann sah er auch auf der The Mill zugekehrten Seite einen Regenbogen: einen kleinen. Eine Zuschauerin – Lissa Jamieson, die Stadtbibliothekarin – ging darauf zu.

»Lissa, weg von da!«, rief Duke.

Sie ignorierte ihn. Als wäre sie hypnotisiert. Mit ausgebreiteten Händen stand sie dicht vor der Stelle, wo ein Hochdruckstrahl von leerer Luft abprallte und zerspritzte. Auf ihren Haaren, die sie zu einem strengen Nackenknoten zusammengefasst trug, sah Duke Wassertröpfchen glitzern. Der kleine Regenbogen löste sich auf und bildete sich hinter ihr aufs Neue.

»Alles nur Wasserschleier!«, rief sie entzückt. »Drüben massenhaft Wasser, aber hier nur Nebel! Wie von einem Luftbefeuchter.«

Peter Randolph hielt sein Handy hoch und schüttelte den Kopf. »Das Signal ist da, aber ich komme nicht durch. Ich denke, dass diese vielen Leute …« Sein Arm beschrieb einen weiten Bogen. »… alles blockieren.«

Duke wusste nicht, ob das sein konnte, aber es stimmte, dass fast jeder, den er sehen konnte, in sein Handy quatschte oder damit fotografierte. Das heißt, bis auf Lissa, die weiter ihre Imitation einer Waldnymphe gab.

»Holen Sie sie her«, wies Duke Randolph an. »Ziehen Sie sie weg, bevor sie beschließt, ihre Kristalle oder sonst was rauszuholen.«

Randolphs Gesichtsausdruck brachte deutlich seine Auffassung zum Ausdruck, dass solche Aufträge weit unterhalb seiner Besoldungsstufe angesiedelt waren, aber er ging. Duke lachte kurz auf. Sein Lachen war eher ein Schnauben, trotzdem echt.

»Um Himmels willen, was gibt's hier zu lachen?«, fragte Rennie. Auf der Motton zugekehrten Seite trafen weitere Cops aus der Castle County ein. Wenn Perkins nicht aufpasste, würde The Rock letztlich die Kontrolle über diese Sache übernehmen. Und die verflixte Anerkennung dafür einheimsen.

Duke hörte zu lachen auf, aber er grinste weiter. Ungeniert. »Das hier ist ein Kuddelmuddel«, sagte er. »Ist das nicht Ihr Ausdruck, Big Jim? Und meiner Erfahrung nach ist Lachen manchmal das einzige Mittel gegen einen Kuddelmuddel.«

»Ich verstehe nicht, wovon Sie reden!«, schrie Rennie fast. Ollie und Rory Dinsmore traten von ihm weg und stellten sich neben ihren Vater.

»Ja, ich weiß.« Duke sprach betont sanft. »Aber das ist in Ordnung. Hauptsache Sie begreifen, dass ich im Augenblick der höchste Polizeibeamte am Unfallort bin, zumindest bis der County Sheriff eintrifft, während Sie Stadtverordneter sind. Sie haben keine offizielle Funktion, deshalb möchte ich, dass Sie hinter die Absperrung zurücktreten.«

Duke erhob die Stimme und deutete auf Officer Henry Morrison, der gelbes Absperrband spannte, wobei er um zwei größere Flugzeugtrümmer herumging. »Ich bitte *alle* zurückzutreten, damit wir unsere Arbeit tun können! Folgen Sie unserem Stadtverordneten Rennie. Er führt Sie hinter das Absperrband.«

»Ich kann das nicht gutheißen, Duke.«

»Gott segne Sie, aber das ist mir scheißegal«, sagte Duke. »Verschwinden Sie von meinem Unfallort, Big Jim. Und achten Sie darauf, um das Band herumzugehen. Henry soll es nicht zweimal spannen müssen.«

»Chief Perkins, ich möchte, dass Sie sich merken, wie Sie heute mit mir gesprochen haben. Ich tu's nämlich.«

Rennie stakste auf das Absperrband zu. Die übrigen Zuschauer folgten ihm, wobei die meisten sich umsahen, um zu beobachten, wie das Wasser von der rauchfleckigen Barriere zurückspritzte und den Asphalt ab einer schnurgeraden Linie dunkel färbte. Einigen Intelligenteren (zum Beispiel Ernie Calvert) war bereits aufgefallen, dass diese Linie genau die Gemeindegrenze zwischen Motton und The Mill nachzeichnete.

Rennie spürte die kindische Versuchung, Henry Morrisons sorgfältig gespanntes Band mit der Brust zu zerreißen, aber er beherrschte sich. Allerdings hatte er auch keine Lust, um die Absperrung herumzugehen und mit seinen Slacks von Land's End einen Haufen Kletten einzusammeln. Immerhin hatten sie ihn sechzig Dollar gekostet. Also schlüpfte er darunter hindurch, indem er das Band mit einer Hand hochhielt. Sein Bauchumfang machte echtes Bücken unmöglich.

Hinter ihm ging Duke langsam zu der Stelle, wo Jackie mit etwas kollidiert war. Er streckte eine Hand vor sich aus wie ein Blinder, der einen Weg durch einen unbekannten Raum erkundet.

Hier war sie zu Boden gegangen ... und *hier* ...

Er spürte das Kribbeln, das sie beschrieben hatte, aber statt rasch abzuklingen, verstärkte es sich zu einem brennenden Schmerz unter seinem linken Schlüsselbein. Er hatte eben noch genug Zeit, sich an Brendas Abschiedsworte zu erinnern – *Pass auf deinen Schrittmacher auf!* –, dann explodierte das Gerät in seiner Brust mit solcher Gewalt, dass es ein Loch in sein Sweatshirt der Wildcats riss, das er heute Morgen zu Ehren des nachmittäglichen Spiels angezogen hatte. Blut, Baumwollfetzen und Fleischstücke trafen die Barriere.

Die Menge machte *Aaah*.

Duke wollte den Namen seiner Frau sagen; das gelang ihm nicht, aber ihr Gesicht stand ihm deutlich vor Augen. Sie lächelte.

Danach Dunkelheit.

4   Der Junge war Benny Drake, vierzehn, Mitglied der Razors. Die Razors waren ein kleiner, aber engagierter Skateboardclub, von der hiesigen Polizei misstrauisch beäugt, aber trotz wiederholter Anträge der Stadtverordneten Rennie und Sanders nicht tatsächlich verboten (bei der letzten Bürgerversammlung im März hatte dieses dynamische Duo erreicht, dass ein Haushaltsposten zur Finanzierung eines sicheren Skateboard-Bereichs hinter dem Musikpodium auf dem Stadtanger zurückgestellt wurde).

Der Erwachsene war Eric »Rusty« Everett, siebenunddreißig, Arzthelfer bei Dr. Ron Haskell, den Rusty in Gedanken oft als den Wunderbaren Zauberer von Oz bezeichnete. *Weil*, hätte Rusty erläutert (wenn er außer seiner Frau jemanden gekannt hätte, dem er eine solche Illoyalität gefahrlos hätte anvertrauen können), *er so oft hinter dem Vorhang bleibt, während ich die Arbeit mache.*

Jetzt kontrollierte er den Stand der letzten Tetanusimpfung des jungen Masters Drake. Herbst 2009, sehr gut. Vor allem, wenn man bedachte, dass der junge Master Drake auf Beton einen Wilson hingelegt und sich die Wade ziemlich aufgerissen hatte. Kein Totalschaden, aber weit schlimmer als bloße Hautabschürfungen.

»Der Strom ist wieder da, Dude«, verkündete der junge Master Drake.

»Notstromaggregat, Dude«, sagte Rusty. »Versorgt Krankenhaus *und* Rettungsdienst. Krass, oder?«

»Alte Schule«, bestätigte der junge Master Drake.

Einige Augenblicke lang begutachteten der Erwachsene und der Jugendliche schweigend die fünfzehn Zentimeter lange Schnittwunde in Benny Drakes Wade. Von Blut und Schmutz gesäubert, sah sie gezackt, aber nicht mehr ganz so schrecklich aus. Die Stadtsirene war verstummt, aber in weiter Ferne war noch Sirengeheul zu hören. Dann heulte die Feuersirene los und ließ sie beide zusammenzucken.

Der Krankenwagen wird gebraucht, dachte Rusty. *Todsicher. Twitch und Everett reiten wieder. Beeil dich lieber.*

Nur war der Junge ziemlich blass, und Rusty glaubte, Tränen in seinen Augen zu sehen.

»Angst?«, fragte Rusty.

»Ein bisschen«, sagte Benny Drake. »Von Ma kriege ich bestimmt Skateverbot.«

»Davor hast du Angst?« Bestimmt hatte Benny Drakes Ma ihm schon oft Skateverbot erteilt. Reichlich oft, Dude.

»Na ja … wie weh wird's ungefähr tun?«

Rusty hatte die Spritze hinter seinem Rücken versteckt gehalten. Jetzt injizierte er drei Kubikzentimeter Lidocain und Adrenalin – ein Betäubungsmittel, das er weiter Novocain nannte. Er machte langsam, um dem Jungen unnötige Schmerzen zu ersparen. »Ungefähr so viel.«

»Boah«, sagte Benny. »Gebongt, Baby. Code Blau.«

Rusty lachte. »Bist du eine Fullpipe gefahren, bevor du den Wilson hingelegt hast?« Auch als längst nicht mehr aktiver Boarder war er neugierig.

»Nur eine halbe, aber die war toxisch!«, sagte Benny deutlich heiterer. »Wie viele Stiche, glaubst du? Norrie Calvert hat zwölf gebraucht, als sie letztes Jahr in Oxford an einer Ledge gestürzt ist.«

»Ein paar weniger«, sagte Rusty. Er kannte Norrie, eine Gothic Lolita, die vor allem den Ehrgeiz zu haben schien, auf einem Board zu Tode zu kommen, bevor sie ihr erstes uneheliches Kind bekam. Er drückte mit der Injektionsnadel gegen den Wundrand. »Spürst du das?«

»Klar, Dude, total. Hast du da draußen so was wie einen Knall gehört?« Benny deutete vage nach Süden, während er in Unterhose auf dem Untersuchungstisch saß und auf den Papierüberzug blutete.

»Nee«, sagte Rusty. In Wirklichkeit hatte er sogar zwei gehört: nicht Knalle, sondern Explosionen, wie er fürchtete. Jetzt musste er sich beeilen. Und wo war der Zauberer von Oz, wie das Krankenhauspersonal ihn nannte? Machte er Visite, wie Ginny behauptete? Was vermutlich hieß, dass er in der Ärztelounge im Cathy Russell schnarchte. Dort machte der Zauberer von Oz heutzutage die meisten seiner Visiten.

»Spürst du jetzt was?« Rusty sondierte wieder mit der Nadel. »Nicht hinsehen, Hinsehen ist Schummeln.«

»Nein, Mann, nichts. Willst mich wohl verarschen?«

»Keineswegs. Du bist taub.« *In mehr als nur einer Beziehung*, dachte Rusty. »Okay, es geht los. Leg dich hin, entspann dich und genieß deinen Flug mit Cathy Russell Airlines.« Er tupfte die Wunde mit steriler Kochsalzlösung ab und beschnitt ihre Ränder mit seinem bewährten Skalpell No. 10. »Sechs Stiche mit meinem besten vierziger Nylon.«

»Krass«, sagte der Junge. Dann: »Ich muss vielleicht spucken.«

Rusty gab ihm ein unter diesen Umständen als Spuckschüssel bezeichnetes Emailbecken. »Hier kannst du reinspucken. Wenn du ohnmächtig wirst, musst du allein zurechtkommen.«

Benny wurde nicht ohnmächtig. Er musste sich auch nicht übergeben. Rusty bedeckte die Wunde mit steriler Gaze, als flüchtig an die Tür geklopft wurde. Im nächsten Moment steckte Ginny Tomlinson den Kopf herein. »Kann ich dich einen Augenblick sprechen?«

»Lasst euch von mir nicht stören«, sagte Benny. »Ich bin ein freies Radikal.« Frecher kleiner Scheißer.

»Auf dem Flur, Rusty?«, fragte Ginny. Sie würdigte den Jungen keines Blickes.

»Bin gleich wieder da, Benny. Bleib sitzen und schon dich.«

»Chillaxen. Kein Problem.«

Rusty folgte Ginny auf den Flur hinaus. »Wird der Krankenwagen gebraucht?«, fragte er. In dem sonnigen Wartezimmer hinter Ginny starrte Bennys Mutter grimmig in ein Taschenbuch mit einem Sweet-Savage-Umschlag.

Ginny nickte. »Auf der 119, an der Grenze zu Tarker's Mill. An der *anderen* Stadtgrenze – Motton – gab's auch einen Unfall, aber soweit ich weiß, sind dort alle tot. Zusammenstoß zwischen Flugzeug und Lastwagen. Das Flugzeug hat versucht zu landen.«

»Willst du mich *verscheißern*?«

Alva Drake sah sich stirnrunzelnd um, dann konzentrierte sie sich wieder auf ihr Taschenbuch. Oder blätterte zumindest darin, während sie überlegte, ob ihr Mann sie unterstützen würde, wenn sie vorschlug, Benny mit einem Skateboardverbot zu belegen, bis er achtzehn war.

»Das hier ist definitiv eine Kein-Scheiß-Situation«, sagte Ginny. »Ich kriege dauernd Meldungen über weitere Verkehrsunfälle ...«

»Verrückt.«

»... aber der Kerl an der Stadtgrenze nach Tarker's lebt noch. Hat einen Lieferwagen gefahren, glaub ich. Los jetzt! Twitch wartet.«

»Du behandelst den Jungen fertig?«

»Ja. Los, geh schon.«

»Dr. Rayburn?«

»Hat Patienten im Stephens Memorial.« Das war das Krankenhaus in Norway-South Paris. »Er ist unterwegs, Rusty. Los.«

Im Hinausgehen nahm er sich die Zeit, Mrs. Drake zu sagen, mit Benny sei alles in Ordnung. Alva wirkte nicht allzu erfreut, aber sie bedankte sich. Dougie Twitchell – Twitch – saß auf der Stoßstange des veralteten Krankenwagens, den Jim Rennie und die beiden anderen Stadtverordneten partout nicht ersetzen wollten, rauchte eine Zigarette und sonnte sich. Er hielt ein CB-Funkgerät in der Hand, aus dem lebhaftes Stimmengewirr drang: Die Stimmen knallten wie Popcorn und überlagerten sich gegenseitig.

»Drück den Sargnagel aus, damit wir fahren können«, sagte Rusty. »Du weißt, wohin wir müssen, stimmt's?«

Twitch schnippte die Kippe weg. Trotz seines Spitznamens war er der ruhigste Krankenpfleger, dem Rusty je begegnet war, was viel bedeutete. »Ich weiß, was Gin-Gin dir erzählt hat – an der Stadtgrenze zwischen Tarker's und Chester's, richtig?«

»Ja. Umgestürzter Lieferwagen.«

»Yeah, nun, unser Auftrag hat sich geändert. Wir müssen in die andere Richtung.« Er zeigte auf den südlichen Horizont, wo eine schwarze Rauchsäule aufstieg. »Hattest du jemals den Wunsch, ein abgestürztes Flugzeug zu besichtigen?«

»Hab ich schon«, sagte Rusty. »Beim Militär. Zwei Kerle. Was von denen übrig war, hätte auf ein Sandwich gepasst. Das hat mir gereicht, Kumpel. Ginny sagt, dass dort draußen alle tot sind, warum sollen wir also …?«

»Vielleicht ja, vielleicht nein«, sagte Twitch, »aber nun hat's Perkins erwischt, und er ist vielleicht nicht tot.«

»*Chief* Perkins?«

»Genau der. Ich fürchte, die Prognose ist nicht allzu gut, wenn sein Schrittmacher in seiner Brust explodiert ist – wie Peter Randolph behauptet –, aber er *ist* der Polizeichef. Furchtloser Führer.«

»Twitch. Alter Freund. Ein Schrittmacher kann nicht explodieren. Das ist völlig unmöglich.«

»Dann *lebt* er vielleicht noch, und wir können ein gutes Werk tun«, sagte Twitch. Auf halbem Weg um die Motorhaube des Krankenwagens zog er seine Zigaretten aus der Hemdtasche.

»Im Krankenwagen wird nicht geraucht«, sagte Rusty.

Twitch sah ihn traurig an.

»Außer du gibst mir eine ab, meine ich.«

Twitch seufzte und hielt ihm die Packung hin.

»Ah, Marlboros«, sagte Rusty. »Meine liebste Sorte.«

»Ich lach mich tot«, sagte Twitch.

5   Das Stoppschild mitten in der Stadt, wo die Route 117 T-förmig auf die 119 stieß, überfuhren sie mit heulender Sirene, beide rauchten wie Schlote (mit offenen Fenstern, was das Standardverfahren war) und lauschten dem Stimmengewirr im Funk. Rusty verstand nur wenig davon, aber etwas war ihm schon jetzt klar: Heute würde er bis lange nach 16 Uhr arbeiten müssen.

»Mann, ich weiß nicht, was passiert ist«, sagte Twitch, »aber eins steht fest: Wir kriegen eine echte Absturzstelle zu sehen. Zwar erst nach dem Absturz, das stimmt, aber in der Not darf man nicht wählerisch sein.«

»Twitch, du bist ein makaberer Hund.«

Auf der Straße herrschte viel Verkehr, hauptsächlich in

Richtung Süden. Manche dieser Leute machten vielleicht ihre üblichen Besorgungen, aber die meisten von ihnen, da war sich Rusty sicher, waren menschliche Fliegen, die der Blutgeruch anlockte. Twitch überholte mühelos eine kleine Kolonne aus vier Fahrzeugen; in Richtung Norden war die 119 merkwürdig leer.

»Sieh nur!«, sagte Twitch und deutete nach vorn. »Fernsehhubschrauber! Wir kommen in die Sechsuhrnachrichten, Big Rusty! Heroische Rettungssanitäter kämpfen um ...«

Aber an dieser Stelle brach Dougie Twitchells Fantasievorstellung jäh ab. Vor ihnen – an der Unfallstelle, wie Rusty vermutete – machte der Hubschrauber eine Art Kehrtwendung. Sekundenlang waren die Nummer 13 auf seiner Seite zu lesen und das CBS-Auge zu sehen. Dann explodierte die Maschine und ließ Feuer aus dem wolkenlosen Himmel dieses frühen Nachmittags herabregnen.

Twitch rief aus: »*Gott, das tut mir leid. Ich hab's nicht so gemeint!*« Und dann kindlich, was Rustys Herz trotz seines Schocks schmerzlich anrührte: »*Ich nehm's zurück!*«

6   »Ich muss umkehren«, sagte Gendron. Er nahm seine Sea-Dogs-Mütze ab und wischte sich damit sein blutiges, schmutziges, blasses Gesicht ab. Seine Nase war so geschwollen, dass sie wie der Daumen eines Riesen aussah. Seine Augen starrten aus dunklen Ringen hervor. »Tut mir leid, aber mein Zinken tut verdammt weh, und ... nun, ich bin nicht mehr so jung wie früher. Außerdem ...« Er hob die Arme und ließ sie sinken. Sie standen einander gegenüber, und Barbie hätte den Kerl in die Arme genommen und ihm auf den Rücken geklopft, wenn das möglich gewesen wäre.

»Ein ziemlicher Schock, was?«, fragte er Gendron.

Gendron lachte bellend. »Dieser Heli hat mir den Rest gegeben.« Und sie sahen beide zu der neuen Rauchsäule hinüber.

Barbie und Gendron waren von der Unfallstelle an der

117 aus weitergegangen, nachdem sie sich vergewissert hatten, dass die Schaulustigen Hilfe für Elsa Andrews, die einzige Überlebende, angefordert hatten. Wenigstens schien sie nicht schwer verletzt zu sein, obwohl sie wegen des Todes ihrer Freundin offenbar verzweifelt war.

»Gut, dann gehen Sie zurück. Aber langsam. Lassen Sie sich Zeit. Ruhen Sie sich zwischendurch aus.«

»Sie gehen weiter?«

»Ja.«

»Glauben Sie noch immer, dass Sie das Ende finden werden?«

Barbie schwieg einen Augenblick. Anfangs war er sich seiner Sache sicher gewesen, aber jetzt …

»Ich hoffe es«, sagte er.

»Na, dann viel Glück.« Gendron grüßte Barbie mit seiner Mütze, bevor er sie wieder aufsetzte. »Hoffentlich kann ich Ihnen die Hand schütteln, bevor dieser Tag zu Ende geht.«

»Das hoffe ich auch«, sagte Barbie. Er machte eine Pause. Er hatte nachgedacht. »Würden Sie mir einen Gefallen tun, wenn Sie an Ihr Handy rankommen?«

»Klar.«

»Rufen Sie die Army in Fort Benning an. Verlangen Sie den Verbindungsoffizier und sagen Sie ihm, dass Sie Colonel James O. Cox erreichen müssen. Sagen Sie ihm, dass die Sache dringend ist und dass Sie im Auftrag von Captain Dale Barbara anrufen. Können Sie sich das merken?«

»Dale Barbara. Das sind Sie. James Cox, das ist er. Verstanden.«

»Falls Sie ihn erreichen … ich weiß nicht, ob das möglich ist, aber *falls* … erzählen Sie ihm, was hier vorgeht. Sagen Sie ihm, dass er der richtige Mann ist, wenn sich niemand mit der Heimatschutzbehörde in Verbindung gesetzt hat. Können Sie das tun?«

Gendron nickte. »Ich tu, was ich kann. Alles Gute, Soldat.«

Barbie hätte darauf verzichten können, jemals wieder so genannt zu werden, aber er tippte sich mit zwei Fingern an die Schläfe. Dann marschierte er weiter, um etwas zu suchen, von dem er nicht mehr glaubte, dass er es finden würde.

7   Er stieß auf eine Forststraße, die ungefähr parallel zu der Barriere verlief. Sie war zugewachsen, weil sie nicht mehr benutzt wurde, aber viel besser, als sich einen Weg durchs Unterholz bahnen zu müssen. Ab und zu machte er einen Abstecher nach Westen, um nach der unsichtbaren Mauer zwischen Chester's Mill und der Außenwelt zu tasten. Sie war immer da.

Als Barbie die Stelle erreichte, wo die 119 auf das Gebiet von Tarker's Mill, der Schwesterstadt von The Mill, hinüberführte, machte er halt. Jenseits der Barriere war der Fahrer des umgekippten Lieferwagens von irgendeinem guten Samariter abtransportiert worden, aber das Fahrzeug selbst blockierte die Straße wie ein großer Tierkadaver. Bei dem Aufprall waren die Hecktüren aufgesprungen. Der Asphalt war mit Devil Dogs, Ho-Hos, Ring-Dings, Twinkies und Crackern mit Erdnussbutter übersät. Auf einem Baumstumpf saß ein junger Mann in einem T-Shirt von George Strait und aß einen der Letzteren. In seiner freien Hand hielt er ein Mobiltelefon. Er sah zu Barbie auf. »Yo. Kommen Sie von …« Er deutete vage auf das Gelände hinter Barbie. Er wirkte müde und ängstlich und desillusioniert.

»Von der anderen Seite der Stadt«, sagte Barbie. »Richtig.«
»Überall die unsichtbare Mauer? Grenze abgeriegelt?«
»Ja.«
Der junge Mann nickte, dann drückte er eine Taste seines Handys. »Dusty? Bist du schon dort?« Er hörte kurz zu, dann sagte er: »Okay.« Er beendete das Gespräch. »Mein Freund Dusty und ich sind östlich von hier losgezogen. Haben uns getrennt. Er ist nach Süden gegangen. Wir haben telefonisch Verbindung gehalten. Das heißt, wenn wir durchkommen. Er ist dort, wo der Hubschrauber abgestürzt ist. Dort wird's allmählich rappelvoll, sagt er.«

Das konnte Barbie sich vorstellen. »Keine Lücke in diesem Ding irgendwo auf Ihrer Seite?«

Der junge Mann schüttelte den Kopf. Er sagte nichts mehr, aber das war auch nicht nötig. Sie konnten Lücken übersehen haben, das wusste Barbie – Löcher in der Größe von Fenstern oder Türen –, aber das bezweifelte er.

Er ging davon aus, dass sie abgeschnitten waren.

WIR ALLE UNTERSTÜTZEN
DAS TEAM

1 Barbie ging auf der Route 119 in die Stadtmitte zurück, eine Strecke von ungefähr drei Meilen. Bis er ankam, war es sechs Uhr abends. Die Main Street war fast menschenleer, aber vom Röhren von Notstromaggregaten erfüllt – dem Geräusch nach arbeiteten hier Dutzende solcher Geräte. Die Ampel an der Einmündung der 119 in die 117 war außer Betrieb, aber das Sweetbriar Rose war beleuchtet und ziemlich voll. Ein Blick durch das große Schaufenster zeigte Barbie, dass alle Tische besetzt waren. Aber als er hineinging, war nichts von den sonstigen großen Gesprächsthemen zu hören: Politik, die Red Sox, die heimische Wirtschaft, die Patriots, neu gekaufte Autos und Pick-ups, die Celtics, die Benzinpreise, die Boston Bruins, neu gekaufte Werkzeugmaschinen, die Twin Mills Wildcats. Auch nichts von dem sonst üblichen Lachen.

Über der Theke hing ein Fernseher, und alle Augen waren auf ihn gerichtet. Mit der Ungläubigkeit und Entfremdung, die wohl jeder empfinden musste, der sich am Schauplatz einer großen Katastrophe wiederfand, beobachtete Barbie, dass Anderson Cooper von CNN draußen an der Route 119 stand, hinter ihm das noch immer schwelende Wrack des Langholzwagens.

Rose bediente selbst und flitzte zwischendurch immer wieder an die Theke zurück, um eine Bestellung aufzunehmen. Dünne Locken krochen aus dem Haarnetz und hingen ihr ins Gesicht. Von vier Uhr nachmittags bis zur Sperrstunde hätte die Theke Angie McCains Reich sein sollen, aber heute Abend konnte Barbie sie nirgends sehen. Vielleicht war sie auswärts gewesen, als die Barriere herunterge-

95

kracht war. In diesem Fall würde sie vielleicht nicht so bald wieder hinter der Theke stehen.

Anson Wheeler – den Rosie meistens nur »Kid« nannte, obwohl der Kerl mindestens fünfundzwanzig sein musste – war der Koch, aber Barbie mochte sich nicht vorstellen, wie Anse etwas bewältigen würde, was komplizierter war als Bohnen mit Würstchen, das an Samstagen traditionelle Spezialgericht im Sweetbriar Rose. Wehe dem Gast, der auf die Idee kam, sich als Abendessen ein Frühstück zu bestellen, und es mit Ansons nuklearen Spiegeleiern aufnehmen musste. Trotzdem war es gut, dass er da war, denn außer der fehlenden Angie war auch Dodee Sanders nirgends zu sehen. Obwohl speziell *diese* Transuse keine Katastrophe brauchte, um die Arbeit zu schwänzen. Sie war nicht eigentlich faul, aber leicht abzulenken. Und wenn es um Hirnleistung ging … Himmel, was sollte man da sagen? Ihr Vater – Andy Sanders, Erster Stadtverordneter von The Mill – würde nie ein *Mensa*-Kandidat sein, aber gegen Dodee war er ein zweiter Albert Einstein.

Im Fernsehen landeten Hubschrauber hinter Anderson Cooper, zerzausten seine weiße Mähne und übertönten fast seine Stimme. Die Helis sahen wie die Kampfhubschrauber MH-53M Pave Low aus, mit denen Barbie in seiner Dienstzeit im Irak oft genug geflogen war. Jetzt trat ein Offizier der Army ins Bild, bedeckte Coopers Mikrofon mit der behandschuhten Rechten und sprach ins Ohr des Reporters.

Die im Sweetbriar Rose versammelten Abendgäste murmelten untereinander. Barbie konnte ihre Beunruhigung verstehen. Er empfand sie selbst. Wenn ein Mann in Uniform einem berühmten Fernsehreporter das Mikrofon zuhielt, ohne ihn auch nur um Erlaubnis zu fragen, war gewiss das Ende aller Tage gekommen.

Der Kerl in Uniform – ein Colonel, aber nicht *sein* Colonel, denn Cox zu sehen, hätte Barbies Gefühl mentaler Entfremdung vervollständigt – hatte gesagt, was er sagen wollte. Sein Handschuh machte ein scharrendes Geräusch, als er ihn von dem Mikrofon nahm. Mit ausdrucksloser Miene marschierte er aus dem Bild. Barbie kannte diese Typen: willenlose Militärs aus der Retorte.

Jetzt sagte Cooper: »Die Medien haben die Anweisung erhalten, sich eine halbe Meile weit zu Raymond's Roadside Store zurückzuziehen.« Das quittierten die Gäste mit erneutem Murmeln. Alle kannten Raymond's Roadside in Motton, in dessen Schaufenster eine Leuchtschrift verkündete: KALTES BIER HEISSE SANDWICHS FRISCHE KÖDER. »Dieser Bereich, keine hundert Meter von der Barriere entfernt, wie wir sie in Ermangelung eines besseren Ausdrucks nennen, ist zur nationalen Sicherheitszone erklärt worden. Wir setzen unsere Berichterstattung baldmöglichst fort, aber im Augenblick gebe ich zu Ihnen nach Washington zurück, Wolf.«

Unter der Außenaufnahme lief ein rotes Schriftband durch: **EILMELDUNG: ABRIEGELUNG VON KLEINSTADT IN MAINE IMMER RÄTSELHAFTER.** Und in der oberen rechten Bildschirmecke blinkte das rote Wort **ERNST** wie die Neonreklame einer Kneipe. *Trinkt Ernst-Bier*, dachte Barbie und hätte beinahe geschmunzelt.

Wolf Blitzer nahm Anderson Coopers Platz ein. Rose, die in Blitzer verknallt war, ließ nicht zu, dass der Fernseher an Nachmittagen unter der Woche auf etwas anderes als The Situation Room, die Nachrichtensendung auf CNN, eingestellt war; sie nannte ihn »meinen Wolfie«. Heute Abend trug Wolfie eine Krawatte, aber sie war schlecht gebunden, und Barbie fand, dass seine restlichen Klamotten verdächtig nach Freizeitkleidung aussahen.

»Ich will unsere Story kurz zusammenfassen«, sagte Rose' Wolfie. »Heute Nachmittag gegen dreizehn Uhr ...«

»Es war früher, sogar ziemlich viel früher«, sagte jemand.

»Stimmt es, was man über Myra Evans hört?«, fragte jemand anders. »Ist sie wirklich tot?«

»Ja«, sagte Fernald Bowie. Der einzige Bestattungsunternehmer in The Mill, Stewart Bowie, war Ferns älterer Bruder. Wenn Fern nüchtern war, half er ihm manchmal, und an diesem Abend wirkte er stocknüchtern. Vor Schock nüchtern. »Halt jetzt die Klappe, damit ich hören kann, was er sagt.«

Barbie wollte es auch hören, weil Wolfie eben die Frage anschnitt, die Barbie am meisten bewegte, und sagte, was Barbie hören wollte: dass man den Luftraum über Chester's Mill zur Flugverbotszone erklärt hatte. Tatsächlich waren der gesamte Westen Maines und der Osten von New Hampshire, von Lewiston-Auburn bis North Conway, jetzt eine Flugverbotszone. Der Präsident wurde auf dem Laufenden gehalten. Und erstmals seit neun Jahren hatte die Farbe der Nationalen Gefahrenanzeige von Orange zu Rot gewechselt.

Julia Shumway, Eigentümerin und Chefredakteurin des *Democrat*, warf Barbie einen Blick zu, als er an ihrem Tisch vorbeiging. Dann huschte das schmallippige, geheimnisvolle kleine Lächeln, das ihre Spezialität – fast ihr Markenzeichen – war, über ihr Gesicht. »Chester's Mill scheint Sie nicht gehen lassen zu wollen, Mr. Barbara.«

»Scheint so«, stimmte Barbie zu. Dass sie wusste, dass er hatte gehen wollen – und weshalb –, überraschte ihn nicht. Er war lange genug in The Mill gewesen, um zu wissen, dass Julia Shumway alles wusste, was sich zu wissen lohnte.

Rose sah ihn, als sie einer Sechsergruppe, die sich an einen Vierertisch gequetscht hatte, Bohnen und Würstchen servierte (und ein verkohltes Etwas, das einmal ein Schweinekotelett gewesen war). Sie erstarrte mit je einem Teller in beiden Händen und zwei weiteren auf ihrem Arm und machte große Augen. Dann lächelte sie. Aus ihrem Lächeln sprachen ehrliches Glück und Erleichterung, und das gab ihm Auftrieb.

So fühlt man sich, wenn man heimkommt, dachte er. *Gottverdammt, wenn es sich nicht so anfühlt.*

»Meine Güte, ich hätte nie erwartet, dich wiederzusehen, Dale Barbara!«

»Hast du meine Schürze noch?«, fragte Barbie. Ein wenig schüchtern. Schließlich hatte Rose ihn aufgenommen – einen Vagabunden, der nur ein paar hingekritzelte Empfehlungen in seinem Rucksack hatte – und ihm Arbeit gegeben. Sie hatte ihm versichert, sie verstehe völlig, weshalb er aus der Stadt verschwinden müsse, Junior Rennies Dad sei niemand, den man zum Feind haben wolle, aber Barbie hatte trotzdem das Gefühl, sie im Stich gelassen zu haben.

Rose stellte ihre Ladung Teller irgendwo ab, wo Platz für sie war, und hastete zu Barbie. Sie war eine mollige kleine Frau, die sich auf die Zehenspitzen stellen musste, um ihn umarmen zu können, aber sie schaffte es.

»Ich bin so gottverdammt froh, dich zu sehen!«, flüsterte sie. Barbie umarmte sie ebenfalls und küsste sie auf die Haare.

»Big Jim und Junior werden's nicht sein«, sagte er. Aber immerhin war keiner der beiden Rennies hier; wenigstens dafür musste er dankbar sein. Barbie merkte, dass die hier versammelten Einwohner von The Mill ihn zumindest vorübergehend für interessanter hielten als ihre eigene kleine Stadt im Fernsehen.

»Big Jim Rennie kann mich mal!«, sagte sie. Barbie lachte, entzückt über ihre Wildheit, aber vor allem dankbar für ihre Diskretion – sie flüsterte noch immer. »Ich dachte, du wärst fort!«

»Das war ich fast, aber ich bin erst spät weggekommen.«

»Hast du's gesehen?«

»Ja. Ich erzähl's dir später.« Er ließ sie los, hielt sie auf Armeslänge von sich entfernt und dachte: *Wärst du zehn Jahre jünger, Rose ... oder auch nur fünf ...*

»Kann ich also meine Schürze wiederhaben?«

Sie wischte sich ihre Augenwinkel und nickte. »Bitte nimm sie dir wieder. Lös Anson dort hinten ab, bevor er uns alle umbringt.«

Barbie salutierte mit zwei Fingern, ging um die Theke herum in die Küche, schickte Anson Wheeler an die Theke und wies ihn an, sich dort um Bestellungen und ums Aufräumen zu kümmern, bevor er Rose im Lokal half. Anson räumte seinen Platz am Grill mit einem Seufzer der Erleichterung. Bevor er zur Theke hinausging, schüttelte er Barbies Rechte mit beiden Händen. »Gott sei Dank, Mann – solchen Andrang hab ich noch nie erlebt. Das war nicht zu schaffen.«

»Keine Sorge, wir speisen die Fünftausend.«

Anson, nicht gerade ein Bibelgelehrter, machte ein verständnisloses Gesicht. »Hä?«

»Schon gut.«

Die Glocke in einer Ecke der Durchreiche wurde angeschlagen. »Bestellung!«, rief Rose.

Barbie griff sich einen Spachtel, bevor er den Bestellbon
entgegennahm – der Grill sah schrecklich aus wie immer,
wenn Anson sich den verheerenden, durch Hitze hervorge-
rufenen Veränderungen widmete, die er Kochen nannte –,
dann streifte er sich die Schürze über den Kopf, verknotete
sie hinten und sah in den Hängeschrank über dem Ausguss.
Er war voller Baseballmützen, die den Grillköchen als Chef-
kochmützen dienten. Zu Ehren von Paul Gendron (längst
wieder im Kreise seiner Liebsten, wie Barbie hoffte) wählte
er eine Sea-Dogs-Mütze, drehte sie energisch verkehrt herum und ließ seine Fingerknöchel knacken.

Dann schnappte er sich den ersten Bon und machte sich an
die Arbeit.

2   Um Viertel nach neun, über eine Stunde nach ihrer
üblichen Sperrstunde am Samstagabend, begleitete Rose die
letzten Gäste hinaus. Barbie schloss ab und drehte das Hän-
geschild von OPEN auf CLOSED um. Er beobachtete, wie
diese letzten vier oder fünf die Straße zum Stadtanger überquerten, auf dem bis zu fünfzig Leute versammelt waren, die
miteinander sprachen. Alle sahen dabei nach Süden, wo eine
riesige weiße Lichtkuppel über der 119 stand. Keine Fern-
sehscheinwerfer, vermutete Barbie; das war die U.S. Army,
die eine Sicherheitszone einrichtete. Und wie sicherte man
sie nachts? Nun, natürlich indem man Wachposten aufstellte
und die tote Zone ausleuchtete.

Tote Zone. Ihm gefiel nicht, wie das klang.

Im Gegensatz dazu war die Main Street unnatürlich
dunkel. In einigen der Gebäude brannte Licht – wo Notstromaggregate arbeiteten –, und in Burpee's Department
Store, dem Lebensmittelmarkt Gas & Grocery, Mill New
& Used Books, der Food City am Fuß des Main Street Hill
und einem halben Dutzend weiterer Geschäfte gab es eine
mit Akkus betriebene Notbeleuchtung, aber die Straßenlaternen leuchteten nicht, und in den meisten Fenstern im

ersten Stock, hinter denen Wohnungen lagen, brannten Kerzen.

Rose saß mitten im Lokal an einem Tisch und rauchte eine Zigarette (in öffentlichen Gebäuden illegal, aber Barbie hätte sie nie verpfiffen). Sie zog das Netz von ihren Haaren und bedachte ihn mit einem matten Lächeln, als er sich ihr gegenübersetzte. Hinter ihnen machte Anson, dessen schulterlange Haare jetzt von seiner Red-Sox-Mütze befreit waren, die Theke sauber.

»Ich dachte, der Unabhängigkeitstag wäre schlimm gewesen, aber heute war's schlimmer«, sagte Rose. »Wärst du nicht aufgekreuzt, hätte ich mich in eine Ecke verkrochen und nach meiner Mami gekreischt.«

»Es gab da diese Blondine in einem F-150«, sagte Barbie und lächelte bei der Erinnerung daran. »Sie hätte mich beinahe mitgenommen. Hätte sie's getan, wäre ich vielleicht rausgekommen. Andererseits hätte mir auch leicht passieren können, was Chuck Thompson und der Frau in seinem Flugzeug passiert ist.« In der CNN-Berichterstattung war Thompson namentlich erwähnt worden; der Frau dagegen hatten sie keinen Namen zugeordnet.

Rose wusste trotzdem Bescheid. »Das war Claudette Sanders. Da bin ich mir ziemlich sicher. Dodee hat mir gestern erzählt, dass ihre Mutter heute eine Flugstunde hätte.«

Zwischen ihnen stand ein Teller mit heißen Fritten. Barbie hatte eine nehmen wollen. Jetzt sank seine Hand herab. Er wollte plötzlich keine Fritten mehr. Oder überhaupt irgendwas. Und der rote Klecks Ketchup am Tellerrand sah mehr wie Blut aus.

»Deshalb ist Dodee also nicht zur Arbeit gekommen.«

Rose zuckte mit den Schultern. »Vielleicht. Ich weiß es nicht bestimmt. Sie hat sich nicht gemeldet. Hab's allerdings auch nicht erwartet, weil die Telefone ausgefallen sind.«

Barbie vermutete, dass sie das Festnetz meinte, aber sogar in der Küche hatte er mitbekommen, dass Leute darüber klagten, wie schwierig es sei, Handygespräche zu führen. Die meisten vermuteten die Ursache darin, dass so viele gleichzeitig zu telefonieren versuchten und sich so gegenseitig störten. Andere glaubten, der Zustrom von Fernsehleuten – inzwischen bestimmt Hunderte, die Nokias, Motorolas, iPhones und BlackBerrys benutzten – wäre an dem Problem schuld. Barbies Verdacht war finsterer; schließlich ging es hier um etwas, was die nationale Sicherheit tangieren konnte – und das zu einer Zeit, in der das ganze Land vor lauter Terrorismusangst paranoid war. Manche Anrufe kamen noch durch, aber im Lauf des Abends wurden es immer weniger.

»Natürlich«, sagte Rose, »kann Dodee es sich auch in ihren dummen Kopf gesetzt haben, heute mal nicht zu arbeiten und lieber zum Einkaufen in die Auburn Mall zu fahren.«

»Weiß Mr. Sanders, dass Claudette in dem Flugzeug war?«

»Kann ich nicht mit Bestimmtheit sagen, aber mich würd's sehr wundern, wenn er's noch nicht wüsste.« Und sie sang mit dünner, aber melodischer Stimme: »›It's a small town, you know what I mean?‹«

Barbie lächelte schwach und sang seinerseits die nächste Zeile: »›Just a small town, baby, and we all support the team.‹« Das waren zwei Zeilen aus einem alten Song von James McMurtry, der im vergangenen Sommer bei einigen Country-und-Western-Sendern im Westen Maines zwei Monate lang eine rätselhafte neue Blüte erlebt hatte. Natürlich nicht bei WCIK. James McMurtry war nicht der Künstlertyp, den das Jesusradio unterstützte.

Rose deutete auf die Fritten. »Isst du noch welche davon?«

»Nein. Mir ist der Appetit vergangen.«

Barbie hatte nicht viel für den ständig grinsenden Andy Sanders oder für Dodee die Doofe übrig, die ihrer guten Freundin Angie mit einiger Sicherheit geholfen hatte, das Gerücht zu verbreiten, dass Barbie den Ärger auf dem Parkplatz des Dipper's angezettelt hatte, aber der Gedanke, dass diese Leichenteile (es war das grün gekleidete Bein, das sein inneres Auge immer wieder betrachten wollte) von Dodees *Mutter* stammten ... von der *Ehefrau* des Ersten Stadtverordneten ...

»Mir auch«, sagte Rose und drückte ihre Zigarette in dem Ketchup aus. Als sie hörbar zischte, fürchtete Barbie einen schrecklichen Augenblick lang, er müsse sich übergeben. Er wandte sich ab und sah auf die Main Street hinaus, obwohl es von hier aus nichts zu sehen gab. Aus dem Lokal heraus wirkte sie völlig dunkel.

»Präsident spricht um Mitternacht«, kündigte Anson von der Theke aus an. Hinter ihm war das leise, stetige Brummen des Geschirrspülers zu hören. Barbie überlegte sich, dass der große alte Hobart vielleicht zum letzten Mal arbeitete, zumindest für absehbare Zeit. Davon würde er Rose überzeugen müssen. Es würde ihr widerstreben, aber sie würde einsehen, dass das eine vernünftige Maßnahme war. Sie war eine clevere und praktisch veranlagte Frau.

Dodee Sanders' Mutter. Mein Gott. Was für ein Zufall.

Dann wurde ihm klar, dass sich der Zufall in Grenzen hielt. Wäre nicht Mrs. Sanders verunglückt, hätte es jemand anders sein können, den er kannte. *It's a small town, baby, and we all support the team.*

»Für mich gibt's heute Abend keinen Präsidenten«, sagte Rose. »Er wird sein God bless America ohne mich aufsagen müssen. Ist ohnehin schnell genug fünf Uhr.« Sonntags hatte das Sweetbriar Rose erst ab sieben Uhr geöffnet, aber es gab Vorbereitungen. Wie immer. Und am Sonntagmorgen gehörten dazu Zimtschnecken. »Bleibt ruhig auf und hört ihn euch an, Jungs. Aber achtet darauf, dass alles zugesperrt ist, wenn ihr geht. Vorn und hinten.« Sie machte Anstalten aufzustehen.

»Rose, wir müssen über morgen reden«, sagte Barbie.

»Unsinn, morgen ist auch noch ein Tag. Lass es für heute gut sein, Barbie. Alles zu seiner Zeit.« Aber sie musste etwas auf seinem Gesicht gesehen haben, denn sie setzte sich wieder hin. »Okay, weshalb der grimmige Gesichtsausdruck?«

»Wann hast du die letzte Propan-Lieferung bekommen?«

»Letzte Woche. Wir sind fast voll. Ist das alles, was dir Sorgen macht?«

Es war nicht alles, aber mit diesem Punkt begannen seine Sorgen. Barbie rechnete nach. Das Sweetbriar Rose hatte

zwei miteinander verbundene Gastanks. Jeder enthielt zwölfhundert oder dreizehnhundert Liter, die genaue Zahl hatte er
vergessen. Er würde die Tanks morgen früh kontrollieren,
aber wenn Rose recht hatte, betrug ihr Vorrat schätzungsweise zweitausenddreihundert Liter. Das war gut. Ein kleiner glücklicher Zufall an einem einzigartig unglücklichen
Tag für die ganze Stadt. Aber niemand konnte wissen, wie
viel Unglück noch vor ihnen lag. Und zweitausenddreihundert Liter Propan würden nicht ewig reichen.

»Wie hoch ist der Verbrauch?«, fragte er sie. »Irgendeine
Vorstellung?«

»Wieso ist das wichtig?«

»Weil hier jetzt alles von deinem Notstromaggregat betrieben wird. Lampen, Herde, Kühlschränke, Pumpen. Auch
die Heizung, wenn's heute Nacht kalt genug wird. Und das
Aggregat verbraucht dafür Propan.«

Sie schwiegen einen Augenblick, horchten auf das gleichmäßige Dröhnen des fast neuen Honda-Gerätes hinter dem
Restaurant.

Anson Wheeler kam herüber und setzte sich zu ihnen.
»Bei sechzig Prozent Auslastung verbraucht das Aggregat
siebeneinhalb Liter Propan in der Stunde«, sagte er.

»Woher weißt du das?«, fragte Barbie.

»Hab's auf dem Anhänger gelesen. Wenn es alles betreiben
muss, wie es das getan hat, seit heute Mittag der Strom ausgefallen ist, dürfte es zehn bis elf Liter verbrauchen. Vielleicht etwas mehr.«

Rose reagierte sofort. »Anse, außer in der Küche machst
du überall das Licht aus. Gleich jetzt. Und stell den Hei-
zungsthermostat auf dreißig.« Sie überlegte. »Nein, stell ihn
auf null.«

Barbie reckte lächelnd einen Daumen hoch. Sie hatte es
kapiert. Nicht jeder in The Mill würde das tun. Nicht jeder
in The Mill würde das tun *wollen*.

»Okay.« Anson machte jedoch ein zweifelndes Gesicht.
»Glaubst du nicht, dass bis morgen früh … spätestens bis
morgen Nachmittag …?«

»Der Präsident der Vereinigten Staaten wird im Fernsehen

sprechen«, sagte Barbie. »Um Mitternacht. Was glaubst *du*, Anse?«

»Ich denke, ich mache besser das Licht aus.«

»Und den Thermostat, vergiss den nicht«, sagte Rose. Als er davonhastete, sagte sie zu Barbie: »Das mache ich auch bei mir, wenn ich raufgehe.« Rose, die seit zehn oder mehr Jahren verwitwet war, wohnte über ihrem Restaurant.

Barbie nickte. Er hatte eines der Papiersets (»Haben Sie diese 20 Wahrzeichen Maines besucht?«) umgedreht und rechnete auf der Rückseite. Hundert bis hundertzwanzig Liter Propan waren verbrannt, seit die Barriere bestand. Folglich blieben zweitausendzweihundert Liter. Wenn Rose es schaffte, ihren Tagesverbrauch auf hundert Liter zu senken, konnte sie theoretisch drei Wochen durchhalten. Verringerte sie ihn auf achtzig Liter – was vermutlich möglich war, wenn sie zwischen Frühstück und Lunch und dann wieder zwischen Lunch und Abendessen zumachte –, wurde daraus fast ein ganzer Monat.

Was gut reichen müsste, dachte er. *Wenn diese Stadt nach einem Monat nicht wieder offen ist, dürfte es ohnehin nichts mehr zu kochen geben.*

»Woran denkst du?«, fragte Rose. »Und was bedeuten diese Zahlen? Ich kann überhaupt nichts mit ihnen anfangen.«

»Weil sie von dir aus auf dem Kopf stehen«, sagte Barbie. Dann wurde ihm bewusst, dass die ganze Stadt ähnlich reagieren würde. Solche Zahlen würde niemand richtig herum sehen wollen.

Rose drehte Barbies improvisierten Schreibblock zu sich her. Sie rechnete selbst nach. Dann hob sie den Kopf und sah Barbie erschrocken an. In diesem Augenblick schaltete Anson die meisten Lampen aus, und die beiden starrten sich in einem Halbdunkel an, das zumindest Barbie grausig überzeugend erschien. Möglicherweise steckten sie hier in echten Schwierigkeiten.

»Achtundzwanzig Tage?«, fragte sie. »Glaubst du, dass wir für *vier Wochen* planen müssen?«

»Ich weiß nicht, ob wir das müssen, aber als ich im Irak

war, hat mir jemand Maos *Worte des Vorsitzenden* geschenkt. Ich habe das kleine rote Buch ständig in der Tasche gehabt und von vorn bis hinten gelesen. Die meisten seiner Aussprüche klingen vernünftiger als unsere Politiker an ihren vernünftigsten Tagen. Im Gedächtnis geblieben ist mir vor allem: *Hofft auf Sonnenschein, aber baut Deiche.* Ich denke, das sollten wir … du, meine ich …«

»Wir«, sagte sie und berührte seine Hand. Barbie ergriff ihre und drückte sie.

»Okay, wir. Ich glaube, dass wir dafür planen müssen. Das bedeutet, dass wir zwischen den Mahlzeiten schließen, beim Kochen und Backen sparen – keine Zimtschnecken mehr, obwohl ich sie liebe – und auf den Geschirrspüler verzichten. Er ist alt und ein Stromfresser. Ich weiß, dass es Dodee und Anson nicht gefallen wird, das Geschirr mit der Hand abwaschen zu müssen …«

»Ich glaube nicht, dass wir damit rechnen können, dass Dodee bald zurückkommt – wenn überhaupt. Nicht nach dem Tod ihrer Mutter.« Rose seufzte. »Ich hoffe fast, dass sie zur Auburn Mall gefahren ist. Andererseits steht morgen bestimmt alles in den Zeitungen.«

»Vielleicht.« Barbie hatte keine Ahnung, wie viele Informationen aus Chester's Mill nach draußen gelangen oder von außen hereinkommen würden, wenn diese Situation nicht bald mit einer vernünftigen Erklärung endete. Vermutlich nicht allzu viele. Er glaubte, dass Maxwell Smarts berühmter Kegel des Schweigens bald über sie herabsinken würde, wenn er das nicht schon getan hatte.

Anson kam an den Tisch, an dem Barbie und Rose saßen. Er hatte seine Jacke angezogen. »Kann ich jetzt gehen, Rose?«

»Klar«, sagte sie. »Morgen um sechs?«

»Ist das nicht ein bisschen spät?« Er fügte grinsend hinzu: »Nicht, dass ich mich beklagen möchte.«

»Wir machen später auf.« Sie zögerte. »Und schließen zwischen den Mahlzeiten.«

»Echt? Cool.« Er sah zu Barbie hinüber. »Weißt du schon, wo du unterkommst? Sonst kannst du bei mir übernachten.

Sada ist nach Derry gefahren, um ihre Verwandten zu besuchen.« Sada war Ansons Frau.

Tatsächlich hatte Barbie eine Unterkunft, die fast genau gegenüber auf der anderen Straßenseite lag.

»Danke, aber ich gehe in mein Apartment zurück. Die Miete ist bis Ende des Monats gezahlt – weshalb also nicht? Den Schlüssel habe ich heute Morgen bei Petra Searles im Drugstore abgegeben, aber ich habe noch ein Duplikat an meinem Schlüsselring.«

»Okay. Dann bis morgen, Rose. Bist du auch hier, Barbie?«

»Unbedingt.«

Ansons Grinsen wurde breiter. »Großartig.«

Als er gegangen war, rieb Rose sich die Augen, dann musterte sie Barbie grimmig. »Wie lange wird das noch dauern? Was schätzt du?«

»Ich schätze gar nichts, weil ich nicht weiß, was passiert ist. Oder wann es *aufhören* wird, zu passieren.«

Rose sagte sehr leise: »Barbie, du machst mir Angst.«

»Ich mache mir selbst Angst. Wir müssen beide ins Bett. Morgen früh sieht bestimmt alles besser aus.«

»Nach dieser Diskussion brauche ich wahrscheinlich ein Ambien, um schlafen zu können«, sagte sie, »auch wenn ich noch so müde bin. Aber Gott sei Dank bist du zurückgekommen.«

Barbie erinnerte sich an seine Überlegungen bezüglich der Vorräte.

»Noch was, Rose. Falls die Food City morgen aufmacht …«

»Sie hat sonntags immer offen. Zehn bis achtzehn Uhr.«

»*Falls* sie morgen aufmacht, musst du einkaufen gehen.«

»Aber Sysco liefert …« Sie brachte den Satz nicht zu Ende und starrte ihn kläglich an. »Donnerstags, aber damit können wir nicht rechnen, stimmt's? Natürlich nicht.«

»Nein«, sagte er. »Selbst wenn alles plötzlich wieder ins Lot käme, würde die Army diesen Ort vermutlich unter Quarantäne stellen, zumindest für einige Zeit.«

»Was soll ich kaufen?«

»Alles, aber vor allem Fleisch. Fleisch, Fleisch, Fleisch. Falls das Geschäft aufmacht. Ob es das tut, weiß ich nicht. Vielleicht überredet Jim Rennie den jetzigen Marktleiter ...«

»Jack Cale. Er hat den Job von Ernie Calvert übernommen, der letztes Jahr in den Ruhestand gegangen ist.«

»Nun, Rennie bequatscht ihn vielleicht, bis auf Weiteres zu schließen. Oder er bringt Chief Perkins dazu, die Schließung *anzuordnen*.«

»Du weißt es noch nicht?«, fragte Rose, dann reagierte sie auf seine verständnislose Miene: »Offenbar nicht. Duke Perkins ist tot, Barbie. Er ist dort draußen gestorben.« Sie deutete vage nach Süden.

Barbie starrte sie fassungslos an. Weil Anson vergessen hatte, den Fernseher auszuschalten, erzählte Rose' Wolfie hinter ihnen der Welt erneut, ein unerklärliches Phänomen habe eine Kleinstadt im Westen Maines von der Außenwelt abgeschnitten, das Militär habe das betreffende Gebiet abgeriegelt, die Vereinten Stabschefs seien in Washington zusammengetreten, und der Präsident werde um Mitternacht zu der Nation sprechen, aber bis dahin bitte er das amerikanische Volk, mit ihm zusammen für die Bürger von Chester's Mill zu beten.

3   »Dad? *Dad?*«

Junior Rennie stand oben an der Treppe, hielt den Kopf schief, horchte. Er bekam keine Antwort und der Fernseher lief nicht. Um diese Zeit war sein Dad *immer* von der Arbeit daheim und saß vor dem Fernseher. An Samstagabenden verzichtete er auf CNN und FOX News zugunsten von Animal Planet oder dem History Channel. Nicht jedoch heute Abend. Junior horchte an seiner Uhr, um sich davon zu überzeugen, dass sie noch tickte. Das tat sie, und was sie anzeigte, konnte stimmen, weil es draußen dunkel war.

Ein schrecklicher Gedanke durchzuckte ihn: Big Jim konnte mit Chief Perkins die Köpfe zusammenstecken. Die beiden konnten in diesem Augenblick darüber diskutieren, wie Junior sich mit möglichst wenig Aufsehen verhaften ließ. Und warum hatten sie so lange gewartet? Damit sie ihn im Schutz der Dunkelheit heimlich aus der Stadt schaffen konnten. Ihn drüben in Castle Rock ins County Jail einliefern. Anschließend ein Prozess. Und dann?

Dann Shawshank. Nach ein paar Jahren hinter Gittern würde er's vermutlich einfach The Shank nennen – wie all die anderen Mörder, Räuber und Sodomiten.

»Das ist Blödsinn«, flüsterte er, aber war es das? Beim Aufwachen hatte er geglaubt, der Mord an Angie wäre nur ein Traum gewesen, musste einer gewesen sein, weil er niemals jemanden umbringen würde. Vielleicht verprügeln, aber *umbringen*? Lächerlich. Er war ... war ... nun ... *ein anständiger Kerl*!

Dann hatte er die Kleidungsstücke unter dem Bett gesehen, das Blut an ihnen entdeckt und plötzlich wieder alles gewusst. Das Handtuch, das ihr vom Kopf geflogen war. Ihre behaarte Muschi, die ihn irgendwie in Rage gebracht hatte. Das mehrfache Knirschen hinter ihrem Gesicht, als er sein Knie hineingerammt hatte. Der Regen aus Kühlschrankmagneten und die Art, wie sie um sich geschlagen hatte.

Aber das war nicht ich. Das war ...

»Es waren die Kopfschmerzen.« Ja, das stimmte. Aber wer würde ihm das glauben? Da war's aussichtsreicher, zu behaupten, der Butler sei's gewesen.

»*Dad?*«

Nichts. Nicht daheim. Und auch nicht auf der Polizeistation, um sich gegen ihn zu verschwören. Nicht sein Dad. Das täte er niemals. Sein Dad sagte immer, die Familie kommt zuerst.

Aber *kam* die Familie für ihn zuerst? Das *sagte* er natürlich – schließlich war er Christ und zur Hälfte Besitzer des Senders WCIK –, aber Junior hatte den Verdacht, seinem Dad könnte Jim Rennie's Used Cars wichtiger sein als seine Familie. Und Erster Stadtverordneter von The Mill zu werden, könnte ihm noch wichtiger sein als der Heilige Tabernakel von Keine Anzahlung erforderlich.

Junior konnte – das war denkbar – auf dem dritten Platz stehen.

Er erkannte (zum ersten Mal in seinem Leben; diese Einsicht kam wirklich blitzartig), dass er nur Vermutungen anstellte. Dass er seinen Vater vielleicht überhaupt nicht kannte.

Er ging zurück in sein Zimmer und schaltete die Deckenlampe ein. Sie gab seltsam unstetes Licht, das mal heller, mal dunkler wurde. Junior glaubte sekundenlang, mit seinen Augen wäre etwas nicht in Ordnung. Aber dann hörte er ihr Notstromaggregat hinter dem Haus laufen. Und nicht nur ihres. In der ganzen Stadt war der Strom ausgefallen. Eine Woge der Erleichterung durchflutete ihn. Ein großer Stromausfall erklärte alles. Er bedeutete, dass sein Vater jetzt im Besprechungsraum des Rathauses saß und sich mit diesen beiden anderen Idioten – Sanders und Grinnell – beriet. Vielleicht farbige Nadeln in den großen Stadtplan steckte, einen auf George Patton machte. Die Western Maine Power am Telefon anbrüllte und sie eine Bande von faulen Baumwollpflückern nannte.

Junior sammelte seine blutigen Kleidungsstücke ein, holte den Scheiß aus seinen Jeans – Geldbörse, Kleingeld, Schlüssel, Kamm, eine Kopfschmerztablette für Notfälle – und verteilte ihn auf die Taschen seiner sauberen Hose. Dann lief er die Treppe hinunter, steckte die belastenden Kleidungsstücke in die Waschmaschine, stellte Kochwäsche ein und überlegte sich die Sache dann anders, weil ihm etwas einfiel, das seine Mutter ihm gepredigt hatte, als er erst zehn gewesen war: Blutflecken mit kaltem Wasser auswaschen. Als er den Programmschalter auf KALT WASCHEN/KALT SPÜLEN drehte, fragte Junior sich ohne wirkliches Interesse, ob sein Dad schon damals Sekretärinnen-Bumsen als Hobby gehabt oder seinen Baumwollpflückerpimmel noch zu Hause behalten hatte.

Er stellte die Waschmaschine an und überlegte dann, was er als Nächstes tun sollte. Weil die Kopfschmerzen weg waren, stellte er fest, dass er denken *konnte*.

Er kam zu dem Schluss, dass er trotz allem noch einmal zu Angies Haus zurückmusste. Das wollte er nicht – allmächtiger Gott, das war das Letzte, was er wollte –, aber vielleicht war es doch besser, den Tatort auszukundschaften. Vorbeizuschlendern, um zu sehen, wie viele Streifenwagen dort standen. Und ob der Wagen der County-Spurensicherer dort war oder nicht. Spurensicherung war der Schlüssel. Das wusste er, weil er oft *CSI* sah. Den großen blau-weißen Van hatte er schon einmal gesehen, als er mit seinem Dad im Gerichtsgebäude der County gewesen war. Und wenn er vor dem Haus der McCains stand …

Dann laufe ich weg.

Ja. So schnell und weit, wie er konnte. Aber bevor er das tat, würde er hierher zurückkommen und den Safe in Dads Arbeitszimmer heimsuchen. Sein Dad hielt es nicht für möglich, dass Junior die Kombination kannte, aber Junior kannte sie. Genau wie er das Passwort von Dads Computer kannte – und so auch Dads Vorliebe für etwas, was Junior und Frank DeLesseps Oreo Sex nannten: zwei schwarze Miezen, ein weißer Kerl. In dem Safe lag massenhaft Geld, das er sich holen konnte. Tausende von Dollar.

Was ist, wenn du den Van siehst und zurückkommst und ihn hier antriffst?

Also erst das Geld. Und zwar sofort.

Er ging ins Arbeitszimmer und glaubte einen Moment lang, seinen Vater in dem hochlehnigen Sessel, in dem er sich die Nachrichten und Naturfilme ansah, sitzen zu sehen. Er war eingenickt oder … was, wenn er einen Herzanfall hatte? Big Jim hatte in den letzten drei Jahren immer wieder Herzprobleme gehabt, meistens Herzrhythmusstörungen. Im Allgemeinen fuhr er damit ins Cathy Russell, wo Doc Haskell oder Doc Rayburn ihm etwas spritzten, das den Normalzustand wieder herstellte. Haskell wäre damit zufrieden gewesen, ewig so weiterzumachen, aber Rayburn (den sein Vater »einen übermäßig gebildeten Baumwollpflücker« nannte) hatte schließlich darauf bestanden, dass Big Jim zu einem Kardiologen im CMG in Lewiston ging. Der Kardiologe hatte ihm dringend zu einer Therapie geraten, die den unregelmäßigen Herzschlag ein für alle Mal beseitigte. Big Jim (der schreckliche Angst vor Krankenhäusern hatte) hatte gesagt, darüber müsse er erst mit Gott reden, das nenne man

111

eine *Gebets*therapie. Unterdessen nahm er seine Pillen und
hatte in den letzten Monaten ganz gesund gewirkt, aber
jetzt … vielleicht …

»Dad?«

Keine Antwort. Junior betätigte den Lichtschalter. Auch
hier brannte die Deckenlampe nur flackernd, aber sie vertrieb den Schatten, den Junior für den Hinterkopf seines
Vaters gehalten hatte. Er wäre nicht gerade untröstlich gewesen, wenn sein Dad den Löffel abgegeben hätte, aber insgesamt war er froh, dass es nicht heute Abend war. Es gab
ohnehin schon allzu viele Komplikationen.

Trotzdem trat er mit den großen leisen Schritten einer
vorsichtigen Cartoonfigur an den Wandsafe und war darauf
gefasst, dass übers Fenster huschende Scheinwerferstrahlen
die Heimkehr seines Vaters ankündigen würden. Er hängte
das Gemälde ab, das den Safe verdeckte (Jesus hält die Bergpredigt), und stellte die Kombination ein. Das musste er
zweimal tun, bevor sich der Griff drehen ließ, weil er zittrige
Hände hatte.

Der Safe war mit Bargeld und Stapeln von pergamentarti-
gen Bogen mit dem Aufdruck **INHABERSCHULDVER-
SCHREIBUNG** vollgestopft. Junior stieß einen leisen Pfiff
aus. Als er ihn zuletzt geöffnet hatte – um einen Fünfziger
für den letztjährigen Jahrmarkt in Fryeburg zu klauen –, war
zwar schon reichlich Bargeld drin gewesen, aber nicht in solchen rauen Mengen. Und keine **INHABERSCHULD-
VERSCHREIBUNGEN**. Er dachte an die Plakette auf dem
Firmenschreibtisch seines Vaters: WÜRDE JESUS DIE-
SEN DEAL BILLIGEN? Sogar in seiner Angst und Verzweiflung fand Junior noch die Zeit, sich zu fragen, ob Jesus
irgendwelche Deals, die sein Dad heutzutage nebenbei laufen hatte, billigen würde.

»Egal, was er so treibt, ich muss mich um meine eigenen
Geschäfte kümmern«, sagte er halblaut. Er nahm fünfhundert in Zwanzigern und Fünfzigern heraus, wollte die Tür
schon schließen, überlegte sich die Sache anders und steckte
auch einige Hunderter ein. Angesichts der unanständigen
Fülle an Bargeld, die der Safe enthielt, würde sein Dad den

Fehlbetrag vielleicht gar nicht bemerken. Und falls er's doch tat, verstand er womöglich, warum Junior das Geld genommen hatte. Und billigte es vielleicht sogar. Wie Big Jim immer sagte: »Gott hilft denen, die sich selbst helfen.«

In diesem Sinne bediente Junior sich mit weiteren vierhundert. Dann schloss er die Safetür, verdrehte das Ziffernrad und hängte Jesus wieder an die Wand. Er schnappte sich eine Jacke aus dem Kleiderschrank in der Diele und verließ das Haus, während das Notstromaggregat röhrte und die Maytag Angies Blut aus seinen Klamotten spülte.

4   Im Haus der McCains war niemand.
Gottverdammt *niemand*.

Junior, der auf der gegenüberliegenden Straßenseite in einem mäßigen Schauer aus Ahornblättern herumlungerte, fragte sich, ob er seinen Augen trauen durfte: das Haus dunkel, Henry McCains 4Runner und LaDonnas Prius noch immer nicht zu sehen. Das erschien ihm zu gut, um wahr zu sein, bei Weitem zu gut.

Vielleicht waren sie auf dem Stadtanger. Dort waren heute Abend viele Leute. Möglicherweise diskutierten sie über den Stromausfall, obwohl Junior sich an keine derartigen Versammlungen erinnern konnte, wenn die Lichter ausgingen; im Allgemeinen gingen die Leute nach Hause und mit der Gewissheit ins Bett, dass – außer es hatte ein Mordsding von einem Sturm gegeben – das Licht wieder brennen würde, wenn sie zum Frühstück aufstanden.

Vielleicht war der Stromausfall durch irgendeinen spektakulären Unfall von der Art ausgelöst worden, für die Fernsehnachrichten wegen einer aktuellen Meldung unterbrochen wurden. Junior erinnerte sich vage daran, dass irgendein alter Knacker ihn gefragt hatte – kurz, nachdem Angie selbst einen Unfall gehabt hatte –, was passiert sei. Jedenfalls hatte Junior darauf geachtet, auf dem Weg hierher mit niemandem zu sprechen. Er war die Main Street mit gesenktem Kopf und hochgeschlagenem Kragen entlanggegangen (tatsächlich war er fast mit Anson Wheeler zusammengestoßen, als Anse das

Sweetbriar Rose verließ). Die Straßenbeleuchtung war ausgefallen, und das half ihm, inkognito zu bleiben. Ein weiteres Geschenk der Götter.

Und nun das hier. Ein drittes Geschenk. Ein *gigantisches*. War es wirklich möglich, dass sie Angies Leiche noch nicht gefunden hatten? Oder stand er vor einer Falle?

Junior konnte sich vorstellen, wie der Sheriff der Castle County oder ein Detective der State Police sagte: *Wir brauchen nur in Deckung zu bleiben und zu warten, Jungs. Der Mörder kehrt immer an den Tatort zurück. Das ist eine allgemein bekannte Tatsache.*

Fernsehscheiß. Aber als er jetzt die Straße wie von einer unsichtbaren äußeren Macht angezogen überquerte, rechnete Junior damit, dass Suchscheinwerfer aufflammen und ihn wie einen Schmetterling auf einem Stück Pappe aufspießen würden; er war darauf gefasst, dass jeden Moment jemand – wahrscheinlich durch ein Megafon – brüllte: *»Halt, stehen bleiben und Hände hoch!«*

Nichts geschah.

Als er mit jagendem Herzen und pochenden Schläfen (aber noch immer ohne Kopfschmerzen, was gut war, ein gutes Zeichen) die Einfahrt der McCains erreichte, blieb das Haus dunkel und still. Nicht mal ein Notstromaggregat brummte hier, obwohl bei den Grinnells nebenan eines arbeitete.

Junior warf einen Blick über seine Schulter und sah eine große weiße Lichtblase, die über den Bäumen stand. Irgendetwas am Südende der Stadt oder vielleicht drüben in Motton. Die Ursache des Unfalls, der den Stromausfall bewirkt hatte? Schon möglich.

Er ging ums Haus herum zum Hintereingang. Falls seit Angies Unfall niemand heimgekommen war, würde die Haustür noch unversperrt sein, aber er wollte nicht vorn hineingehen. Er würde es tun, wenn er musste, aber vielleicht ließ sich das vermeiden. Schließlich hatte er einen Lauf.

Der Türknopf ließ sich drehen.

Junior steckte den Kopf in die Küche und roch sofort das Blut – ein Geruch wie von Sprühstärke, nur ein bisschen abgestanden. Er fragte: »Hi? Hallo? Irgendwer daheim?« Er war sich ziemlich sicher, dass niemand zu Hause war, aber falls doch, falls Henry oder LaDonna durch irgendeinen verrückten Zufall drüben am Stadtanger geparkt und zu Fuß hergekommen waren (und irgendwie ihre tot auf dem Küchenboden liegende Tochter übersehen hatten), würde er schreien. Ja! Laut schreien und »die Leiche entdecken«. Das würde nichts gegen den gefürchteten Van der Spurensicherer nutzen, ihm aber einen kleinen Zeitvorsprung verschaffen.

»Hallo? Mr. McCain? Mrs. McCain?« Dann in einer plötzlichen Eingebung: »Angie, bist du zu Hause?«

Würde er sie so rufen, wenn er sie umgebracht hatte? Natürlich nicht! Aber dann durchzuckte ihn ein schrecklicher Gedanke: Was war, wenn sie antwortete? Wenn sie auf dem Fußboden liegend antwortete? Mit Blut in der Kehle?

»Reiß dich zusammen«, murmelte er. Ja, das musste er tun, aber es war schwer. Vor allem bei Dunkelheit. Außerdem passierte in der Bibel solches Zeug immer wieder. In der Bibel wurden Leute manchmal wieder lebendig wie die Zombies in *Die Nacht der lebenden Toten*.

»Irgendwer daheim?«

Nichts. *Nada.*

Seine Augen hatten sich an die Dunkelheit gewöhnt, aber nicht genug. Er brauchte Licht. Er hätte von zu Hause eine Stablampe mitbringen sollen, aber solche Dinge vergaß man leicht, wenn man daran gewöhnt war, einfach einen Schalter zu betätigen. Junior durchquerte die Küche, wobei er über Angies Leiche hinwegstieg, und öffnete die erste der beiden Türen auf der gegenüberliegenden Seite. Dahinter lag eine Speisekammer. Er konnte undeutlich Regale mit Büchsen und Flaschen erkennen. Er versuchte es mit der anderen Tür und hatte mehr Glück. Sie öffnete sich in einen Wäscheraum. Und wenn er sich nicht täuschte, was den Umriss eines Gegenstands betraf, der gleich rechts in einem Regal stand, hatte er weiter einen Lauf.

Er hatte sich nicht getäuscht. Das Ding war eine Stablampe, die schön hell brannte. Er würde vorsichtig sein müssen, wenn er damit in der Küche herumleuchtete – die Jalousien herunterzuziehen, war bestimmt eine ausgezeichnete Idee –, aber im Wäscheraum konnte er nach Herzenslust herumleuchten. Hier drin war das in Ordnung.

Seifenpulver. Bleichmittel. Weichspüler. Ein Eimer und ein Schrubber. Gut. Ohne Strom würde es nur kaltes Wasser geben, aber aus der Leitung kam bestimmt genug, um einen Eimer zu füllen – und dann gab es natürlich noch die Spülkästen an den verschiedenen Toiletten. Und er wollte ohnehin kaltes Wasser. Kaltes gegen Blutflecken.

Er würde putzen wie die Superhausfrau, die seine Mutter gewesen war, weil sie die Ermahnung ihres Mannes verinnerlicht hatte: »Reines Haus, reine Hände, reines Herz.« Er würde das Blut wegputzen. Dann würde er alles abwischen, von dem er wusste, dass er es angefasst hatte, und alles, das er angefasst haben konnte, ohne sich daran zu erinnern. Aber zuerst …

Die Leiche. Er musste irgendwas mit der Leiche machen.

Die Speisekammer würde erst mal genügen, fand Junior. Er schleifte sie an den Armen hinein, dann ließ er sie los: *flump*. Danach machte er sich an die Arbeit. Er sang leise vor sich hin, während er als Erstes die Kühlschrankmagneten wieder anbrachte, bevor er die Jalousien herunterzog. Der Eimer wurde fast randvoll, bevor der Wasserhahn zu spucken begann. Ein weiterer Bonus.

Er schrubbte noch, ein Großteil der Arbeit war erledigt, aber längst nicht alles, als jemand an die Haustür klopfte.

Junior sah mit weit aufgerissenen Augen auf. Seine Lippen waren zu einem humorlosen Horrorgrinsen zurückgezogen.

»Angie?« Ein Mädchen, das laut schluchzte. »Angie, bist du da?« Erneutes Klopfen, dann wurde die Haustür geöffnet. Sein Lauf war anscheinend zu Ende. »Angie, *bitte* sei da. Ich hab dein Auto in der Garage gesehen …«

Scheiße! Die Garage! In der gottverdammten Garage hatte er nicht nachgesehen!

»Angie?« Wieder ein Schluchzen. Jemand, den er kannte. O Gott, war das diese Idiotin Dodee Sanders? Sie war es. »Angie, sie hat gesagt, dass meine Mutter tot ist! Ms. Shumway hat gesagt, dass sie *verunglückt* ist!«

Junior hoffte, dass sie erst nach oben ging, in Angies Zimmer nachsehen. Aber stattdessen folgte sie dem Flur in Richtung Küche, bewegte sich in der Dunkelheit langsam und unsicher.

»Angie? Bist du in der Küche? Ich dachte, ich hätte Licht gesehen.«

Juniors Kopf begann wieder zu schmerzen, und daran war diese kiffende Schlampe schuld, die sich überall einmischen musste. Was auch immer als Nächstes passierte … auch das war dann ihre Schuld.

5   Dodee Sanders war noch etwas bekifft und ein wenig betrunken; sie war verkatert; ihre Mutter war tot; sie tastete sich im Dunkeln durch den Flur des Hauses ihrer besten Freundin; sie trat auf etwas, was unter ihrem Fuß wegglitschte, und schlug beinahe der Länge nach hin. Sie griff Halt suchend nach dem Treppengeländer, verbog sich schmerzhaft zwei Finger und schrie auf. Irgendwie kapierte sie, dass ihr all das tatsächlich zustieß, gleichzeitig konnte sie das unmöglich glauben. Sie hatte das Gefühl, wie in einem Science-Fiction-Film in irgendeine Parallelwelt geraten zu sein.

Sie bückte sich, um zu sehen, worüber sie beinahe gestürzt wäre. Es sah aus wie ein Handtuch. Irgendein Idiot hatte es im Flur auf dem Boden liegen lassen. Dann meinte sie zu hören, wie sich vor ihr in der Dunkelheit jemand bewegte. In der Küche.

»Angie? Bist du das?«

Nichts. Sie hatte immer noch das Gefühl, da war jemand, aber vielleicht doch nicht.

»Angie?« Sie schlurfte weiter und hielt dabei die pochende rechte Hand – ihre Finger würden dick werden, bestimmt schwollen sie schon an – an die Seite gepresst. Ihre linke Hand blieb vor ihr ausgestreckt und tastete die dunkle Luft ab. »Angie, *bitte* sei da! Meine Mutter ist tot, das ist kein Witz, Ms. Shumway hat's mir gesagt, und sie macht keine Witze, ich *brauche* dich!«

117

Dabei hatte der Tag so gut angefangen. Sie war früh aufgewacht (na ja ... zehn; früh für sie) und hatte nicht vorgehabt, die Arbeit zu schwänzen. Dann hatte Samantha Bushey angerufen und ihr erzählt, dass sie bei eBay eine neue Bratz-Puppe ersteigert hatte, und gefragt, ob Dodee herüberkommen und ihr helfen wolle, sie zu quälen. Bratz-Quälerei war etwas, womit sie in der Highschool angefangen hatten – man kaufte sie auf Flohmärkten, hängte sie, schlug Nägel in ihre doofen kleinen Köpfe, übergoss sie mit Feuerzeugbenzin und setzte sie in Brand –, und Dodee wusste, dass sie darüber hätten hinweg sein sollen, sie waren jetzt erwachsen, oder doch beinahe. Das war Kinderkram. Auch ein bisschen unheimlich, wenn man es sich recht überlegte. Andererseits hatte Sammy draußen an der Motton Road ihre eigene Wohnung – nur einen Wohnwagen, der ihr aber allein gehörte, seit ihr Mann im Frühjahr abgehauen war –, und Little Walter schlief praktisch den ganzen Tag. Außerdem hatte Sammy meist etwas Marihuana da. Dodee vermutete, dass sie es von den Kerlen bekam, mit denen sie Partys feierte. An Wochenenden war ihr Trailer ein beliebtes Ziel für Partygänger. Andererseits hatte Dodee dem Marihuana abgeschworen. Nie wieder, nicht nach all dem Ärger mit dem Koch. »Nie wieder« hatte bei Sammys Anruf schon über eine Woche gedauert.

»Du kannst Jade und Yasmin haben«, lockte Sammy. »Außerdem hab ich tolle Du-weißt-schon da.« Das sagte sie immer, als ob nicht jeder Lauscher gewusst hätte, wovon sie sprach. »Und wir könnten Du-weißt-schon.«

Dodee wusste auch, was *dieses* Du-weißt-schon war, und spürte ein leichtes Kribbeln dort unten (in ihrer Du-weißt-schon), obwohl auch das Kinderkram war, über den sie längst hätten hinweg sein sollen.

»Ach, lieber nicht, Sam. Ich muss um zwei Uhr zur Arbeit und ...«

»Yasmin wartet«, sagte Sammy. »Und vergiss nicht, du hasst diese Schlampe.«

Nun, das stimmte allerdings. Yasmin war die übelste Schlampe aller Bratz-Puppen, fand Dodee. Und bis zwei

Uhr nachmittags waren es noch fast vier Stunden. *Und* was machte es schon, wenn sie ein bisschen zu spät kam? Würde Rose sie rausschmeißen? Wer hätte diesen Scheißjob sonst haben wollen?

»Okay. Aber nicht zu lange. Und nur weil ich Yasmin hasse.«

Sammy kicherte.

»Aber ich will kein Du-weißt-schon mehr. *Keins* von beiden.«

»Kein Problem«, sagte Sammy. »Komm schnell.«

Also war Dodee zu ihr hinausgefahren und hatte natürlich festgestellt, dass Bratz-Quälerei keinen Spaß machte, wenn man nicht ein bisschen high war, also wurde sie ein bisschen high, und Sammy wurde es auch. Gemeinsam verpassten sie Yasmin mit Rohrreiniger eine Schönheitsoperation, die umwerfend komisch aussah. Dann wollte Sammy ihr dieses süße neue Mieder vorführen, das sie bei Deb gekauft hatte, und obwohl Sam einen kleinen Bauch bekam, fand Dodee sie noch immer attraktiv, vielleicht weil sie beide etwas high waren – tatsächlich bekifft –, und da Little Walter noch schlief (sein Vater hatte darauf bestanden, den Kleinen nach irgendeinem alten Bluesmusiker zu nennen, und diese ständige *Schlaferei*, puh, Dodee hatte den Verdacht, dass Little Walter geistig behindert war, was kein Wunder wäre, wenn man bedachte, wie viel Dope Sam in der Schwangerschaft geraucht hatte), waren sie schließlich doch in Sammys Bett gelandet und hatten sich ein bisschen mit dem alten Du-weißt-schon vergnügt. Anschließend waren sie eingeschlafen, und als Dodee aufgewacht war, hatte Little Walter geplärrt – wie am Spieß gekreischt –, und es war nach fünf Uhr gewesen. Wirklich zu spät, um noch zur Arbeit zu gehen, und außerdem hatte Sam eine Flasche Johnnie Walker Black zum Vorschein gebracht, und sie hatten eins-zwei-drei-vier Gläschen gekippt, und Sammy hatte beschlossen, dass sie sehen wollte, was mit einer Baby Bratz in der Mikrowelle passierte, nur war der Strom ausgefallen.

Dodee war mit ungefähr sechzehn Meilen in der Stunde in die Stadt zurückgekrochen, noch immer high und paranoid wie der Teufel, hatte ihren Rückspiegel ständig auf Cops kontrolliert und genau gewusst, dass es die rothaarige Schlampe Jackie Wettington sein würde, falls jemand sie anhielt. Oder ihr Vater würde eine Pause vom Geschäft machen und riechen, dass sie Alkohol getrunken hatte. Oder ihre Mutter würde zu Hause sein, weil sie von ihrer dämlichen Flugstunde so ausgepowert war, dass sie beschlossen hatte, heute nicht zum Eastern Star Bingo zu fahren.

Bitte, lieber Gott, betete sie. *Bitte lass mich diese Sache überstehen, dann ist endgültig Schluss mit Du-weißt-schon. Mit beidem Du-weißt-schon. Nie mehr im Leben.*

Gott erhörte ihr Gebet. Zu Hause war niemand. Auch hier war der Strom ausgefallen, was Dodee in ihrem veränderten Zustand jedoch kaum bemerkte. Sie schlich nach oben in ihr Zimmer, streifte Bluse und Jeans ab und streckte sich auf ihrem Bett aus. Nur für ein paar Minuten, sagte sie sich. Dann würde sie ihre Klamotten, die nach *Ganja* rochen, in die Waschmaschine stecken und sich selbst unter die Dusche stellen. Sie stank nach dem Parfüm, das Sammy anscheinend unten bei Burpee's literweise kaufte.

Nur konnte sie wegen des Stromausfalls den Wecker nicht stellen, und als sie aufschreckte, weil jemand an die Haustür hämmerte, war es schon dunkel. Sie schlüpfte in ihren Bademantel und ging mit der plötzlichen Überzeugung hinunter, dass dort die rothaarige Polizistin mit den großen Titten stand, um sie wegen Drogen am Steuer zu verhaften. Vielleicht auch wegen Zungenspielen dort unten. Dodee glaubte nicht, dass dieses spezielle Du-weißt-schon strafbar war, aber sie war sich nicht sicher.

Es war nicht Jackie Wettington. Es war Julia Shumway, die Eigentümerin und Chefredakteurin des *Democrat*. In der einen Hand hielt sie eine Stablampe. Sie leuchtete damit in Dodees Gesicht – das vermutlich vom Schlafen aufgedunsen war, ihre Augen bestimmt noch rot, ihre Haare ein Heuhaufen – und senkte sie wieder. Der reflektierte Lichtschein reichte aus, um auch Julias Gesicht zu erhellen, und Dodee sah darauf ein Mitgefühl, das sie verwirrte und ihr Angst einjagte.

»Arme Kleine«, sagte Julia. »Du weißt es noch nicht, hab ich recht?«

»Was weiß ich nicht?«, hatte Dodee gefragt. Etwa zu diesem Zeitpunkt hatte dieses Gefühl eingesetzt, sie befinde sich in einer Parallelwelt. »*Was* weiß ich nicht?«

Und Julia Shumway hatte es ihr erzählt.

6 »Angie? Angie, *bitte*!«

Sie tappte weiter den Flur entlang. Ihre Hand pochte. Ihr *Kopf* pochte. Sie hätte ihren Vater suchen können – Ms. Shumway hatte ihr angeboten, sie zu begleiten, mit dem Bestattungsunternehmen Bowie anzufangen –, aber ihr gruselte schon, wenn sie nur an das Beerdigungsinstitut dachte. Außerdem brauchte sie jetzt Angie. Angie, die sie fest umarmen würde, ohne an Du-weißt-schon interessiert zu sein. Angie, die ihre beste Freundin war.

Ein Schatten kam aus der Küche, bewegte sich eilig auf sie zu.

»Gott sei Dank, da bist du ja!« Sie begann heftiger zu schluchzen und hastete mit ausgestreckten Armen auf die Gestalt zu. »Oh, es ist schrecklich! Ich werde dafür bestraft, dass ich ein böses Mädchen bin, ich weiß, dass es so ist!«

Auch die dunkle Gestalt streckte ihre Arme aus, aber sie schloss Dodee nicht in die Arme.

Stattdessen schlossen die Hände am Ende dieser Arme sich um ihren Hals.

ZUM BESTEN DER STADT;
ZUM BESTEN DER BÜRGER

1   Andy Sanders war tatsächlich im Bestattungsinstitut Bowie. Er war zu Fuß hingegangen, dabei hatte er eine schwere Last getragen: Verwirrung, Trauer, ein gebrochenes Herz.

Er saß im Erinnerungssalon I, seine einzige Gesellschaft war der Sarg im Vordergrund des Raums. Gertrude Evans, siebenundachtzig (oder vielleicht achtundachtzig) war vor zwei Tagen an Herzwassersucht gestorben. Andy hatte ein Beileidsschreiben geschickt, obwohl nur Gott wusste, wer es letztlich erhalten würde; Gerties Ehemann war schon zehn Jahre tot. Aber darauf kam es nicht an. Er schickte immer ein Beileidsschreiben, wenn jemand aus seiner Wählerschaft starb: handschriftlich auf cremeweißem Briefpapier mit dem Aufdruck VOM SCHREIBTISCH DES ERSTEN STADT-VERORDNETEN. Das gehörte zu seinen Pflichten, fand er.

Big Jim gab sich mit solchen Dingen nicht ab. Big Jim war zu sehr damit beschäftigt, »unser Geschäft« zu führen, womit er Chester's Mill meinte. Tatsächlich führte er es wie seine eigene Privateisenbahn, aber dagegen hatte Andy nie aufbegehrt; er wusste recht gut, dass Big Jim clever war. Andy war jedoch auch etwas anderes bewusst: Ohne Andrew DeLois Sanders hätte Big Jim sich wahrscheinlich nicht einmal zum Hundefänger wählen lassen können. Big Jim konnte Gebrauchtwagen verkaufen, indem er unschlagbare Deals, Billigstfinanzierung und Dreingaben wie billige koreanische Staubsauger anbot, aber als er damals versucht hatte, Toyota-Händler zu werden, hatte der Autohersteller ihm Will Freeman vorgezogen. Angesichts seiner Umsätze und seiner Lage draußen an der 119 hatte Big Jim nicht verstanden, wie Toyota so dumm sein konnte.

Andy verstand es sehr gut. Er war vielleicht nicht der Allerhellste, aber er wusste, dass Big Jim jegliche Wärme fehlte. Er war ein harter Mann (manche – zum Beispiel Leute, die mit seiner Billigstfinanzierung auf die Nase gefallen waren – hätten hartherzig gesagt), und er konnte überzeugen, aber er war auch kalt. Andy dagegen besaß Wärme im Überfluss. Wenn er in Vorwahlzeiten durch die Stadt ging, erzählte er den Leuten, Big Jim und er seien wie die Doublemint Twins oder Click und Clack oder Erdnussbutter und Gelee, und Chester's Mill sei ohne sie (und dem jeweils Dritten, der gerade mitlief – im Augenblick Andrea Grinnell, Rose Twitchells Schwester) nicht mehr das Gleiche. Andy hatte seine Partnerschaft mit Big Jim immer genossen. Finanziell, ja, vor allem in den letzten zwei, drei Jahren, aber auch in seinem Herzen. Big Jim wusste, wie man Dinge verwirklichte – und warum sie getan werden *sollten*. *Wir arbeiten auf lange Sicht*, sagte er immer. *Wir tun's für die Stadt. Für die Bürger. Zu ihrem eigenen Besten.* Und das war gut. Gutes zu tun, war gut.

Aber jetzt ... heute Abend ...

»Ich habe diese Flugstunden von Anfang an gehasst«, sagte er und begann erneut zu weinen. Bald schluchzte er laut, aber das war in Ordnung, denn Brenda Perkins war still weinend gegangen, nachdem sie die sterblichen Überreste ihres Mannes in Augenschein genommen hatte, und die Brüder Bowie waren unten. Sie hatten alle Hände voll zu tun. (Andy begriff auf verschwommene Weise, dass irgendetwas sehr Schlimmes passiert war.) Fern Bowie war weggefahren, um im Sweetbriar Rose eine Kleinigkeit zu essen, und als er zurückkam, hatte Andy eigentlich erwartet, dass Fern ihn hinauswerfen würde, aber Fern war auf dem Korridor weitergegangen, ohne auch nur einen Blick in den Salon zu werfen, in dem Andy mit seinen Händen zwischen den Knien, gelockerter Krawatte und zerzausten Haaren saß.

Fern war in den Raum hinuntergegangen, den sein Bruder Stewart und er »den Arbeitsraum« nannten. (Grausig, grausig!) Duke Perkins lag dort unten. Auch dieser verdammte alte Chuck Thompson, der Andys Frau vielleicht nicht zu Flugstunden überredet, aber ihr auch bestimmt nicht davon abgeraten hatte. Vielleicht waren noch andere dort unten.

Ganz bestimmt Claudette.

Andy stieß ein wässriges Stöhnen aus und faltete seine Hände noch krampfhafter. Er konnte nicht ohne sie leben; er konnte unmöglich ohne sie leben. Und nicht nur deshalb, weil er sie mehr liebte als sein eigenes Leben. Es war Claudette (mit regelmäßigen, heimlich geleisteten und immer größeren Zuschüssen von Jim Rennie), die den Drugstore in Gang hielt; auf sich allein gestellt hätte Andy schon vor der Jahrtausendwende Pleite gemacht. Seine Spezialität waren Menschen, nicht Konten und Kassenbücher. Seine Frau war die Zahlenspezialistin. Oder war es gewesen.

Als die Vergangenheitsform in seinem Kopf erklang, stöhnte Andy erneut.

Gemeinsam hatten Claudette und Big Jim sogar die Bücher der Stadt frisiert, als die Aufsichtsbehörde sie geprüft hatte. Die Prüfung hatte unangemeldet stattfinden sollen, aber Big Jim hatte vorher davon erfahren. Nicht sehr früh; eben rechtzeitig genug, dass die beiden sich mit der Software, die Claudette MR. CLEAN nannte, an die Arbeit hatten machen können. Die beiden nannten sie so, weil sie lauter saubere Zahlen produzierte. So hatten sie die Rechnungsprüfung unbeschadet überstanden, statt im Gefängnis zu landen (was nicht fair gewesen wäre, weil das meiste, was sie getan hatten – tatsächlich fast alles –, zum Besten der Stadt gewesen war).

Die Wahrheit über Claudette Sanders lautete: Sie war eine hübschere Version von Jim Rennie gewesen, eine *liebenswürdigere* Version, eine, mit der er schlafen und der er seine Geheimnisse erzählen konnte, und ein Leben ohne sie war unvorstellbar.

Andy begann wieder zu weinen, und das war der Augenblick, in dem Big Jim persönlich ihm eine Hand auf die Schulter legte und sie kräftig drückte. Andy hatte ihn nicht hereinkommen gehört, trotzdem zuckte er nicht zusammen. Er hatte diese Hand fast erwartet, weil ihr Besitzer immer dann aufzukreuzen schien, wenn Andy ihn am dringendsten brauchte.

»Ich dachte mir schon, dass ich dich hier finde«, sagte Big Jim. »Andy – Kumpel – das tut mir so, so leid.«

Andy rappelte sich auf, warf seine Arme um Big Jims Körperfülle und begann an Big Jims Jackett zu schluchzen. *Ich hab ihr gesagt, dass diese Flugstunden gefährlich sind! Ich hab ihr gesagt, dass Chuck Thompson ein Esel ist, genau wie sein Vater einer war!*«

Big Jims Hand rieb ihm beruhigend den Rücken. »Ich weiß. Aber sie ist jetzt an einem besseren Ort, Andy – sie hat heute mit Jesus zu Abend gegessen: Roastbeef, junge Erbsen, Kartoffelbrei mit Soße! Ist das nicht ein überwältigender Gedanke? An den musst du dich halten. Glaubst du, wir sollten beten?«

»Ja!«, schluchzte Andy. »Ja, Big Jim! Bete mit mir!«

Sie knieten nieder, und Big Jim betete lange und inbrünstig für Claudette Sanders' Seele. (Im Arbeitsraum unter ihnen hörte Stewart Bowie ihn, sah zur Decke auf und bemerkte: »Bei dem kommt die Scheiße vorn und hinten raus.«)

Nach vier oder fünf Minuten von *wir sehen jetzt durch einen Spiegel ein dunkles Bild* und *als ich ein Kind war, da redete ich wie ein Kind* (wieso das von Bedeutung sein sollte, verstand Andy nicht ganz, aber das war ihm egal; es war tröstlich, einfach mit Big Jim gottwärts auf den Knien zu liegen) schloss Rennie mit: »UmChristiwillenamen« und half Andy aufzustehen.

Von Angesicht zu Angesicht, Busen an Busen, packte Big Jim Andy an den Oberarmen und sah ihm in die Augen. »Also, Partner«, sagte er. Er nannte Andy immer Partner, wenn die Lage ernst war. »Bist du bereit, zu arbeiten?«

Andy starrte ihn stumm an.

Big Jim nickte, als hätte Andy verständlicherweise (angesichts der Umstände) protestiert. »Ich weiß, dass es schwer ist. Nicht fair. Der falsche Zeitpunkt, dich das jetzt zu fragen. Und du hättest jedes Recht dazu – das hättest du weiß Gott –, mir dafür glatt einen Kinnhaken zu verpassen. Aber manchmal müssen wir das Wohl anderer über das eigene stellen, nicht wahr?«

»Das Wohl der Stadt«, sagte Andy. Erstmals, seit er die Nachricht von Claudies Tod erhalten hatte, sah er einen Hoffnungsschimmer.

Big Jim nickte. Seine Miene war ernst, aber seine Augen blitzten. Andy hatte einen seltsamen Gedanken: *Er sieht zehn Jahre jünger aus.* »Recht hast du! Wir sind Hüter, Partner. Hüter des Gemeinwohls. Nicht immer leicht, aber niemals unnötig. Ich habe die Wettington losgeschickt, damit sie Andrea aufspürt. Hab ihr gesagt, dass sie Andrea in den Besprechungsraum bringen soll. In Handschellen, wenn's nicht anders geht.« Big Jim lachte. »Sie wird da sein. Und Peter Randolph stellt eine Liste aller verfügbaren städtischen Cops zusammen. Es sind nicht genug. Darum müssen wir uns kümmern, Partner. Wenn diese Situation anhält, wird Autorität entscheidend sein. Also, was sagst du? Kannst du dich für mich aufraffen?«

Andy nickte. Er glaubte, das könnte ihn von allem hier ablenken. Selbst wenn es das nicht tat, musste er unbedingt hier weg. Der Anblick von Gerties Sarg wurde ihm langsam unheimlich. Auch die stummen Tränen der Witwe des Chiefs waren ihm unheimlich gewesen. Und es würde nicht allzu schwierig sein. Er brauchte eigentlich nur mit am Konferenztisch zu sitzen und die Hand zu heben, wenn Big Jim seine hob. Andrea Grinnell, die nie ganz wach zu sein schien, würde das Gleiche tun. Mussten irgendwelche Notstandsmaßnahmen ergriffen werden, würde Big Jim dafür sorgen, dass das geschah. Big Jim würde sich um alles kümmern.

»Gehen wir«, antwortete Andy.

Big Jim klopfte ihm auf den Rücken, legte einen Arm um Andys schmächtige Schultern und führte ihn aus dem Erinnerungssalon. Es war ein schwerer Arm. Muskulös. Aber er fühlte sich gut an.

Keinen Augenblick dachte er auch nur an seine Tochter. In seinem Schmerz hatte Andy Sanders sie völlig vergessen.

2   Julia Shumway ging langsam die Commonwealth Street, Heimat der reichsten Leute der Stadt, in Richtung Main Street entlang. Sie war seit zehn Jahren glücklich geschieden und lebte mit Horace, ihrem ältlichen Welsh Corgi, über der Redaktion des *Democrat*. Sie hatte ihn nach dem großen Mr. Greeley benannt, den ein einziger Ausspruch berühmt gemacht hatte – »Go West, young Man, go West« –, aber dessen wahrer Anspruch auf Ruhm sich nach Julias Meinung auf seine Arbeit als Redakteur gründete. Konnte Julia auch nur halb so gute Arbeit leisten wie Greeley bei der *New York Tribune*, würde sie sich als erfolgreich betrachten.

Natürlich hielt *ihr* Horace sie immer für erfolgreich, was ihn in Julias Augen zum nettesten Hund der Welt machte. Sie würde mit ihm Gassi gehen, sobald sie nach Hause kam, und ihn dann noch mehr für sich einnehmen, indem sie ein paar Stücke von ihrem gestrigen Steak unter sein Trockenfutter mischte. Dann würden sie sich beide gut fühlen, und sie wollte sich gut fühlen – durch was auch immer –, denn sie war beunruhigt.

Das war für sie keine neue Gemütsverfassung. Ihre dreiundvierzig Jahre hatte sie ausschließlich in The Mill verbracht, und im letzten Jahrzehnt hatte ihr immer weniger gefallen, was sie in ihrer Heimatstadt gesehen hatte. Sie machte sich Sorgen wegen des unerklärlichen Verfalls der städtischen Kanalisation samt Kläranlage – trotz aller Gelder, die in sie hineingepumpt worden waren; sie machte sich Sorgen wegen der bevorstehenden Schließung von Cloud Top, dem Wintersportgebiet der Stadt; sie machte sich Sorgen, ob James Rennie sogar noch mehr aus der Stadtkasse klaute, als sie vermutete (und sie vermutete, dass er seit Jahrzehnten große Summen daraus gestohlen hatte). Und sie machte sich natürlich Sorgen wegen dieser neuen Sache, die ihr fast zu groß erschien, um begreifbar zu sein. Immer wenn sie versuchte, sie gedanklich zu erfassen, konzentrierte ihr Verstand sich auf einen Aspekt, der klein, aber konkret war: zum Beispiel, dass es immer schwieriger wurde, von ihrem Handy aus jemanden anzurufen. Und sie hatte keinen einzigen Anruf *bekommen*, was sehr beunruhigend war. Abgesehen von besorgten Freunden und Verwandten, die versuchen würden, sie von außerhalb zu erreichen, hätte sie mit Anfragen auswärtiger Zeitungen überschwemmt werden müssen: von der *Lewiston Sun*, vom *Portland Press Herald*, vielleicht sogar von der *New York Times*.

Hatte jedermann in The Mill dasselbe Problem?

Sie hätte an die Gemeindegrenze nach Motton hinausfahren und sich selbst umsehen sollen. Wenn sie ihr Handy nicht dazu benutzen konnte, Pete Freeman, ihren besten Fotografen, anzurufen, konnte sie zumindest selbst ein paar Aufnahmen mit der Kamera machen, die sie als ihre Notfall-Nikon bezeichnete. Sie hatte gehört, dass auf der Motton-Seite und der Tarker's-Mills-Seite der Barriere jetzt eine Art Quarantänezone eingerichtet war – vermutlich auch gegenüber den anderen Gemeinden –, aber auf der Innenseite kam man bestimmt dicht heran. Man konnte sie warnen und wegzuschicken versuchen, aber wenn die Barriere so undurchdringlich war, wie man hörte, würde es bei dieser Warnung bleiben.

»Stock und Stein brechen mein Gebein, doch Worte können mich niemals verletzen«, sagte sie. Absolut wahr. *Könnten* Worte verletzen, hätte Jim Rennie sie vor drei Jahren nach der Story, die sie über die lächerliche Prüfung der Stadtfinanzen durch die Aufsichtsbehörde geschrieben hatte, auf die Intensivstation gebracht. Natürlich hatte er viel gepoltert, von wegen, er würde die Zeitung verklagen, aber bei diesem Poltern war es geblieben; sie hatte sogar mit dem Gedanken gespielt, darüber einen Leitartikel zu schreiben – vor allem weil sie eine klasse Schlagzeile hatte: ANGEKÜNDIGTE KLAGE AUSSER SICHTWEITE.

Ja, sie hatte also Sorgen. Das brachte der Beruf mit sich. Nicht gewöhnt war sie daran, sich Sorgen wegen ihres eigenen Verhaltens zu machen, und das tat sie jetzt, während sie an der Kreuzung der Main und Commonwealth Street stand. Statt nach links auf die Main Street abzubiegen, sah sie in die Richtung, aus der sie gekommen war. Und sie sprach halb flüsternd, wie sonst nur mit Horace. »Ich hätte das Mädchen nicht allein lassen sollen.«

Das hätte Julia auch nicht getan, wenn sie mit dem Auto unterwegs gewesen wäre. Aber sie war zu Fuß gekommen, und außerdem ... Dodee war so *beharrlich* gewesen. Noch dazu hatte sie einen Geruch an sich gehabt. Marihuana? Vielleicht. Nicht dass Julia große Einwände dagegen gehabt hätte. Im Lauf der Jahre hatte sie selbst genug davon geraucht. Und vielleicht würde es sie beruhigen. Ihre Trauer stumpf machen, solange sie am schärfsten war und am leichtesten verwunden konnte.

»Machen Sie sich meinetwegen keine Sorgen«, hatte Dodee gesagt. »Ich finde meinen Dad. Aber erst muss ich mich anziehen.« Damit hatte sie auf ihren Bademantel gezeigt.

»Ich warte hier«, hatte Julia erwidert ... obwohl sie nicht warten *wollte*. Vor ihr lag eine lange Nacht, die mit ihrer Pflicht ihrem Hund gegenüber beginnen würde. Horace würde inzwischen fast platzen, weil er um fünf Uhr nicht rausgekommen war, und ausgehungert sein. Sobald sie das erledigt hatte, würde sie wirklich zu der Barriere, wie die Leute sie nannten, hinausfahren müssen. Sie mit eigenen Augen sehen. Fotografieren, was immer es zu fotografieren gab.

Selbst das würde noch nicht das Ende sein. Sie würde dafür sorgen müssen, dass der *Democrat* mit irgendeiner Art Sondernummer herauskam. Das war ihr wichtig, und sie glaubte, dass es vielleicht auch für die Stadt wichtig war. Natürlich konnte das alles morgen vorbei sein, aber Julia hatte das Gefühl – teils im Kopf, teils im Herzen –, dass dem nicht so wäre.

Und trotzdem. Dodee Sanders hätte nicht allein bleiben sollen. Sie hatte einigermaßen beherrscht gewirkt, aber das waren vielleicht nur Schock und ungläubiger Zweifel gewesen, die sich als Gelassenheit ausgaben. Und natürlich das Dope. Aber sie *hatte* sich klar ausdrücken können.

»Sie brauchen nicht zu warten. Ich möchte wirklich nicht, dass Sie warten.«

»Ich weiß nicht, ob das so klug ist, jetzt allein sein zu wollen, Schätzchen.«

»Ich gehe zu Angie«, sagte Dodee, und diese Idee schien sie ein wenig aufzuheitern, obwohl ihr weiter Tränen übers

Gesicht liefen. »Sie begleitet mich auf der Suche nach Daddy.«
Sie nickte. »Angie ist die, zu der ich will.«

Nach Julias Ansicht war die Tochter der McCains nur
marginal vernünftiger als diese Kleine, die das Aussehen ihrer Mutter, aber – leider – den Verstand ihres Vaters geerbt
hatte. Aber Angie war ihre Freundin, und wenn es je eine
Freundin in Not gegeben hatte, die eine Freundin der Tat
brauchte, dann war es Dodee Sanders in dieser Nacht.

»Ich könnte Sie begleiten …« Obwohl sie das nicht wollte.
Und genau das würde das Mädchen vermutlich selbst in ihrem gegenwärtigen Zustand frischer Trauer bemerken.

»Nein. Es sind nur ein paar Straßen.«

»Nun …«

»Ms. Shumway, wissen Sie das *bestimmt*? Wissen Sie sicher, dass meine Mutter …?«

Julia hatte sehr widerstrebend genickt. Die Bestätigung
für das Kennzeichen des Flugzeugs hatte sie von Ernie Calvert bekommen. Und sie hatte noch etwas anderes von ihm
erhalten: einen Gegenstand, den eigentlich die Polizei hätte
bekommen müssen. Hätte Ernie nicht die bestürzende
Nachricht mitgebracht, dass Duke Perkins tot war und dieser unfähige, verschlagene Randolph sein Nachfolger, hätte
Julia wahrscheinlich darauf bestanden, dass er ihn dort ablie-
ferte.

Was Ernie ihr übergeben hatte, war Claudettes mit Blut
befleckter Führerschein. Er hatte in Julias Tasche gesteckt,
als sie auf dem Podest vor der Tür des Hauses Sanders stand,
und war in ihrer Tasche geblieben. Sie würde ihn Andy oder
diesem blassen Mädchen mit den wild zerzausten Haaren
zur rechten Zeit zurückgeben … aber jetzt war nicht der
richtige Augenblick.

»Ich danke Ihnen«, hatte Dodee in traurig förmlichem
Tonfall gesagt. »Gehen Sie jetzt bitte. Ich will nicht gemein
sein, aber …« Sie brachte diesen Satz nicht zu Ende, schloss
nur vorher die Haustür.

Und was hatte Julia Shumway gemacht? Sich dem Befehl
einer tief bekümmerten Zwanzigjährigen gebeugt, die vielleicht zu bekifft war, um selbstverantwortlich handeln zu

können. Aber heute Abend gingen andere Verpflichtungen vor, so schwer ihr das auch fiel. Zum Beispiel Horace. Und die Zeitung. Die Leute spotteten vielleicht über Pete Freemans körnige Schwarzweißfotos und die ausführliche Berichterstattung des *Democrat* über solch lokale Festivitäten wie den *Enchanted Night*-Ball der Mill Middle School; sie behaupteten vielleicht, die Zeitung tauge nur dazu, Katzenklos auszulegen – aber sie brauchten sie, vor allem wenn etwas Schlimmes passiert war. Julia war entschlossen, dafür zu sorgen, dass sie morgen den *Democrat* bekamen, selbst wenn das bedeutete, dass sie die ganze Nacht durcharbeiten musste. Was sie vermutlich würde tun müssen, weil ihre beiden ständigen Reporter übers Wochenende verreist waren.

Julia merkte, dass sie sich tatsächlich auf diese Herausforderung freute, und Dodee Sanders' kummervolle Miene begann aus ihrem Bewusstsein zu schwinden.

3 Horace sah sie vorwurfsvoll an, als sie hereinkam, aber es gab keine feuchten Flecken auf dem Teppich und kein braunes Häufchen unter dem Stuhl in der Diele – ein magischer Ort, von dem er zu glauben schien, er wäre für menschliche Augen unsichtbar. Sie hakte seine Leine ein, ging mit ihm hinunter und wartete geduldig, während er leicht schwankend in seinen liebsten Rinnstein pisste; Horace war fünfzehn, ziemlich alt für einen Corgi. Sie starrte derweil die weiße Lichtblase am südlichen Horizont an, die ihr wie etwas aus einem Science-Fiction-Film von Steven Spielberg vorkam. Sie war größer denn je, und Julia konnte das leise, aber stetige *Wup-wup-wup* von Hubschraubern hören. Einen sah sie sogar als Silhouette vor dem gleißend hellen Lichtbogen vorbeirasen. Wie viele Christing-Scheinwerfer hatten sie überhaupt dort draußen aufgestellt? Als ob North Motton sich in eine Landezone im Irak verwandelt hätte.

Horace bewegte sich jetzt langsam im Kreis, um den perfekten Ort zu erschnüffeln, an dem sich das heutige Entleerungsritual abschließen ließ, wobei er den Poop Walk, den stets beliebten Hundetanz, aufführte. Julia nutzte die Gelegenheit, um nochmals ihr Handy auszuprobieren. Wie schon allzu oft an diesem Abend hörte sie die normale Folge von Pieptönen … und dann nichts als Schweigen.

Ich werde die Zeitung fotokopieren müssen. Das bedeutet eine Auflage von höchstens siebenhundertfünfzig Exemplaren.

Der *Democrat* wurde seit zwanzig Jahren nicht mehr selbst gedruckt. Bis 2002 hatte Julia die fertige Wochenausgabe zur Druckerei View Printing in Castle Rock gebracht, und jetzt brauchte sie nicht einmal mehr das zu tun. Sie mailte die Seiten am Dienstagabend, und View Printing lieferte ihr die sauber in Folie verpackten Zeitungen am nächsten Morgen vor sieben Uhr. Julia, die mit Bleistiftkorrekturen in getippten Artikeln aufgewachsen war, die »ausgeschossen« wurden, wenn sie fertig waren, kam das vor wie Zauberei. Und wie alle Zauberei nicht ganz vertrauenswürdig.

Heute Abend erwies sich ihr Misstrauen als gerechtfertigt. Sie konnte View Printing vielleicht die Druckvorlagen mailen, aber niemand würde imstande sein, ihr morgen früh die fertigen Zeitungen zu liefern. Sie vermutete, dass bis zum Morgen niemand mehr näher als bis auf fünf Meilen an die Grenzen von The Mill herankommen würde. *Nirgends* an die Barriere. Zu ihrem Glück stand in der ehemaligen Druckerei ein schönes großes Notstromaggregat, ihr Kopierer war ein Monster, und sie hatte über fünfhundert Pakete Papier auf Lager. Wenn sie Pete Freeman dazu brachte, ihr zu helfen … oder Tony Guay, der über Sport berichtete …

Horace verrichtete inzwischen sein Geschäft. Als er fertig war, trat sie mit einer kleinen grünen Plastiktüte mit dem Aufdruck Doggie Doo in Aktion und fragte sich dabei, was Horace Greeley von einer Welt gehalten hätte, in der das Einsammeln von Hundescheiße nicht nur von den Mitmenschen erwartet wurde, sondern gesetzlich vorgeschrieben war. Sie hatte den Verdacht, er hätte sich erschossen.

Als der Beutel voll und zugebunden war, versuchte sie es nochmal mit ihrem Handy.

Nichts.

Sie nahm Horace mit hinein und fütterte ihn.

4   Ihr Handy klingelte, als sie ihren Mantel zuknöpfte, um zur Barriere hinauszufahren. Sie hatte ihre Kamera über der Schulter hängen und verlor sie fast, als sie in der Manteltasche wühlte. Sie sah nach der Nummer und las die Worte PRIVATER ANRUFER.

»Hallo?«, sagte sie, und in ihrer Stimme schien etwas zu liegen, denn Horace, der – ganz begierig auf einen nächtlichen Ausflug, jetzt, nachdem er entleert und gefüttert war – an der Tür wartete, stellte die Ohren auf und sah sich nach ihr um.

»Mrs. Shumway?« Eine Männerstimme. Abgehackt. Offiziell klingend.

»*Ms.* Shumway hier. Mit wem spreche ich?«

»Colonel James Cox, Ms. Shumway. United States Army.«

»Und was verschafft mir die Ehre dieses Anrufs?« Sie hörte den Sarkasmus in ihrer Stimme und mochte ihn nicht – er war unprofessionell –, aber sie hatte Angst, und auf Angst hatte sie schon immer mit Sarkasmus reagiert.

»Ich muss Verbindung zu einem gewissen Dale Barbara aufnehmen. Kennen Sie diesen Mann?«

Natürlich kannte sie ihn. Und sie war überrascht gewesen, ihn früher an diesem Abend im Sweetbriar zu sehen. Er war verrückt, dass er sich noch immer in der Stadt aufhielt, und hatte Rose ihr nicht erst gestern erzählt, er habe gekündigt? Dale Barbaras Story war eine von Hunderten, die Julia kannte, aber nicht geschrieben hatte. Wenn man ein Kleinstadtblatt herausgab, ließ man sehr viele verzwickte Angelegenheiten auf sich beruhen. Man musste sich aussuchen, mit wem man sich anlegte. Genau wie Junior Rennie und seine Freunde sich ihren Gegner ausgesucht hatten. Und sie bezweifelte ohnehin, dass die Gerüchte über Barbara und Dodees gute Freundin Angie zutrafen. Vor allem glaubte sie, dass Barbara mehr Geschmack hatte.

»Ms. Shumway?« Schneidig. Amtlich. Eine Von-draußen-Stimme. Allein das hätte bei ihr Ressentiments gegen ihren Besitzer wecken können. »Sind Sie noch da?«

»Ich bin noch da. Ja, ich kenne Dale Barbara. Er kocht in dem Restaurant in der Main Street. Warum?«

»Er hat anscheinend kein Handy, im Restaurant meldet sich niemand ...«

»Es hat schon geschlossen.«

»... und die Festnetzverbindungen funktionieren natürlich nicht.«

»In dieser Stadt scheint heute Abend vieles nicht sehr gut zu funktionieren, Colonel Cox. Auch Mobiltelefone nicht. Aber mir fällt auf, dass Sie mich anscheinend mühelos erreicht haben, sodass ich mich frage, ob ihr Leute vielleicht dafür verantwortlich seid.« Ihre Wut – wie ihr Sarkasmus aus Angst entstanden – überraschte sie. »Was haben Sie *gemacht*? Was habt ihr Leute *getan*?«

»Nichts. Soweit ich weiß.«

Sie war so verblüfft, dass ihr keine Zusatzfrage einfiel. Was Julia Shumway, wie die alten Einheimischen sie kannten, gar nicht ähnlich sah.

»Die Mobiltelefone, ja«, sagte er. »Gespräche nach und aus Chester's Mill sind jetzt weitgehend gesperrt. Im Interesse der nationalen Sicherheit. Und bei allem Respekt, Ma'am, Sie hätten an unserer Stelle das Gleiche getan.«

»Das bezweifle ich.«

»Wirklich?« Das klang interessiert, nicht verärgert. »In einer weltgeschichtlich einmaligen Situation, die auf eine Technologie schließen lässt, die alles, was wir oder andere sich vorstellen können, weit übersteigt?«

Sie wusste wieder nicht, was sie antworten sollte.

»Ich muss Captain Dale Barbara wirklich dringend sprechen«, sagte er, womit er zu seinem ursprünglichen Skript zurückkehrte. Julia war in gewisser Weise überrascht, dass er so weit davon abgewichen war.

»*Captain* Barbara?«

»Außer Dienst. Können Sie ihn finden? Nehmen Sie Ihr Handy mit. Ich sage Ihnen eine Nummer, die Sie bitte anrufen. Ihr Anruf geht dann glatt durch.«

»Wieso ich, Colonel Cox? Warum haben Sie nicht bei der Polizei angerufen? Oder einen der Stadtverordneten? Soviel ich weiß, sind alle drei hier.«

»Das habe ich nicht mal versucht. Ich bin in einer Kleinstadt aufgewachsen, Ms. Shumway ...«

»Freut mich für Sie.«

»... und meiner Erfahrung nach wissen Lokalpolitiker ein bisschen, die städtischen Cops wissen viel und der Herausgeber des Lokalblatts weiß alles.«

Darüber musste sie unwillkürlich lachen.

»Wozu sich die Mühe machen, zu telefonieren, wenn Sie von Angesicht zu Angesicht miteinander reden können? Natürlich mit mir als Anstandsdame. Ich will auf meiner Seite zu der Barriere – ich war gerade unterwegs, als Sie angerufen haben. Ich spüre Barbie auf ...«

»So nennt er sich noch immer, was?« Cox' Stimme klang gedankenverloren.

»Ich spüre ihn auf und bringe ihn mit. Dann können wir eine Mini-Pressekonferenz veranstalten.«

»Ich bin nicht in Maine. Ich bin in D.C. Bei den Vereinten Stabschefs.«

»Soll mich das beeindrucken?« Allerdings war sie ein wenig beeindruckt.

»Ms. Shumway, ich bin sehr beschäftigt, und Sie sind es vermutlich auch. Im Interesse einer baldigen Lösung dieses Problems ...«

»Glauben Sie, dass es lösbar ist?«

»Schluss damit«, sagte er. »Sie waren bestimmt Reporterin, bevor Sie Chefredakteurin geworden sind, und Fragen zu stellen ist Ihnen vermutlich angeboren, aber hier ist die Zeit ein Faktor. Können Sie tun, worum ich Sie bitte?«

»Das kann ich. Aber wenn Sie ihn wollen, kriegen Sie auch mich. Wir fahren auf der 119 hinaus und rufen Sie von dort aus an.«

»Nein«, sagte er.

»Oh, bitte«, sagte sie freundlich. »War sehr nett, mit Ihnen zu plaudern, Colonel C...«

»Lassen Sie mich ausreden. Ihre Seite der 119 ist völlig FUBAR. Das bedeutet ...«

»Ich kenne diesen Ausdruck, Colonel. Ich habe früher

viel Tom Clancy gelesen. Was genau soll das in Bezug auf die Route 119 heißen?«

»Das soll heißen, dass es dort zugeht – entschuldigen Sie diesen Ausdruck – wie am Eröffnungsabend eines Gratispuffs. Die Hälfte Ihrer Mitbürger hat ihre Autos und Pickups auf beiden Straßenseiten und der Viehweide irgendeines Milchfarmers geparkt.«

Sie legte ihre Kamera weg, zog einen Notizblock aus der Manteltasche und kritzelte darauf: *Col. James Cox* und *Wie am Eröffnungsabend eines kostenlosen Puffs.* Dann fügte sie *Dinsmores Farm?* hinzu. Ja, vermutlich meinte er Alden Dinsmores Milchfarm.

»Also gut«, sagte sie, »was schlagen Sie vor?«

»Nun, ich kann Sie nicht daran hindern mitzukommen, da haben Sie absolut recht.« Er seufzte, als fände er die Welt einfach ungerecht. »Und ich kann nicht verhindern, was Sie in Ihrer Zeitung drucken werden, obwohl das vermutlich keine Rolle spielt, weil niemand außerhalb von Chester's Mill es zu sehen bekommen wird.«

Sie lächelte nicht mehr. »Hätten Sie was dagegen, mir das zu erklären?«

»Ja, das hätte ich, aber Sie werden selbst herausbekommen, was ich meine. Wenn Sie die Barriere persönlich in Augenschein nehmen möchten – obwohl man sie nicht wirklich *sehen* kann, wie Sie bestimmt schon gehört haben –, schlage ich vor, dass Sie Captain Barbara dorthin bringen, wo sie die Town Road Nummer drei schneidet. Kennen Sie die Town Road Nummer drei?«

Sie wusste nicht gleich, wovon er sprach. Dann wurde ihr klar, welche Straße er meinte, und sie lachte.

»Was ist so amüsant, Ms. Shumway?«

»In The Mill heißt diese Straße Little Bitch Road. Weil sie bei schlammigem Wetter ein kleines Miststück ist.«

»Sehr anschaulich.«

»An der Little Bitch drängen sich wohl keine Menschenmassen?«

»Dort ist im Augenblick niemand.«

»Also schön.« Sie steckte ihren Notizblock wieder ein

und griff nach der Kamera. Horace wartete weiter geduldig an der Tür.

»Gut. Wann kann ich mit Ihrem Anruf rechnen? Oder vielmehr mit Barbies Anruf über Ihr Handy?«

Sie sah auf ihre Uhr und stellte fest, dass es kurz nach zehn war. Wie um Himmels willen war es so früh so spät geworden? »Wir sind gegen halb elf draußen – wenn ich ihn finden kann. Und ich denke, das kann ich.«

»Wunderbar. Richten Sie ihm einen schönen Gruß von Ken aus. Das ist ein …«

»Ein Scherz, ja, ich weiß. Werden wir dort draußen erwartet?«

Nun folgte eine Pause. Als er weitersprach, spürte sie Widerstreben. »Es wird Scheinwerfer und Wachposten und Soldaten an einer Straßensperre geben, aber sie haben Befehl, nicht mit den Einheimischen zu sprechen.«

»Sie dürfen nicht … *warum?* Um Himmels willen, *warum?*«

»Sollte diese Situation andauern, Ms. Shumway, werden Ihnen alle diese Dinge klarwerden. Die meisten werden Sie selbst herausfinden – Sie scheinen eine sehr clevere Lady zu sein.«

»Beschissenen Dank auch, Colonel!«, rief sie gekränkt aus. An der Tür stellte Horace erneut die Ohren auf.

Cox lachte ein herzhaftes unbeleidigtes Lachen. »Ja, Ma'am, ich höre Sie klar und deutlich. Zweiundzwanzig Uhr dreißig?«

Sie war versucht, Nein zu sagen, aber die Option gab es natürlich nicht.

»Halb elf. Wenn's mir gelingt, ihn aufzuspüren. Und dann rufe ich Sie an?«

»Sie oder er, aber ich muss mit ihm reden. Ich warte mit einer Hand auf dem Telefonhörer.«

»Dann geben Sie mir die magische Nummer.« Julia klemmte sich den Hörer zwischen Ohr und Schulter und fummelte den Notizblock wieder aus ihrer Tasche. Natürlich brauchte man seinen Block immer dann, wenn man ihn gerade eingesteckt hatte; das war der harte Alltag einer Reporterin, die sie jetzt war. Wieder. Irgendwie erschreckte die Telefonnummer, die er ihr diktierte, sie mehr als alles, was er bisher gesagt hatte. Die Vorwahl lautete 000.

»Noch etwas, Ms. Shumway: Tragen Sie einen Herzschrittmacher? Ein Hörgerät? Irgendwas in dieser Art?«

»Nein. Wieso?«

Sie dachte, er würde vielleicht die Antwort verweigern, aber das tat er nicht. »In unmittelbarer Nähe der Kuppel tritt irgendeine Art Störung auf. Den meisten Leuten, die sie als schwachen Stromschlag wahrnehmen, der nach ein, zwei Sekunden abklingt, schadet sie nicht weiter, aber sie ist Gift für elektronische Geräte. Manche legt sie still – zum Beispiel die meisten Handys in einem Abstand unter eineinhalb Metern –, andere lässt sie explodieren. Wenn Sie ein Tonbandgerät mitbringen, funktioniert es nur nicht. Bringen Sie einen iPod oder ein hoch entwickeltes Gerät wie einen BlackBerry mit, dürfte es explodieren.«

»Ist Chief Perkins' Schrittmacher explodiert? Ist er daran gestorben?«

»Zweiundzwanzig Uhr dreißig. Bringen Sie Barbie mit, und vergessen Sie nicht, ihm einen Gruß von Ken zu bestellen.«

Er legte auf und ließ Julia schweigend neben ihrem Hund zurück. Sie versuchte, ihre Schwester in Lewiston anzurufen. Die Ziffern piepten … dann wieder nichts. Leere Stille wie zuvor.

Dome, dachte sie. *Er hat es zuletzt nicht mehr Barriere genannt; er hat es Dome genannt – Kuppel.*

5   Barbie hatte sein Hemd ausgezogen und saß auf dem Bett, um sich die Sneakers auszuziehen, als an die Tür geklopft wurde, die man über die Außentreppe an der Seite von Sanders Hometown Drug erreichte. Das Klopfen war ihm nicht willkommen. Er war tagsüber größtenteils gewandert und hatte sich dann eine Schürze umgebunden, um abends größtenteils am Grill zu stehen. Er war erledigt.

Und wenn das Junior und einige seiner Freunde waren, die

ihn mit einer Party zur Feier seiner Rückkehr überraschen wollten? Man konnte sagen, das sei unwahrscheinlich, sogar paranoid, aber dieser Tag war ein Festival des Unwahrscheinlichen gewesen. Außerdem gehörten Junior Rennie, Frank DeLesseps und der Rest ihrer kleinen Truppe zu den wenigen Leuten, die er heute Abend nicht im Sweetbriar gesehen hatte. Er hatte angenommen, dass sie sich draußen auf der 119 oder 117 rumtrieben, um zu gaffen, aber vielleicht hatte ihnen ja jemand erzählt, dass er wieder da war, und sie hatten Pläne für den späteren Abend gemacht. Zum Beispiel für jetzt.

Wieder das Klopfen. Barbie stand auf und legte eine Hand auf den tragbaren Fernseher. Keine sehr wirkungsvolle Waffe, aber sie würde einigen Schaden anrichten, wenn sie gegen den Ersten geschleudert wurde, der sich durch die Tür zu zwängen versuchte. Außerdem hatte er die lange hölzerne Kleiderstange, aber die drei Räume waren so klein, dass er damit nicht richtig hätte ausholen können. Und er hatte sein Schweizer Messer – aber er wollte niemanden mit dem Messer verletzen, wenn's nicht unbedingt … »Mr. Barbara?« Das war eine Frauenstimme. »Barbie? Sind Sie da drin?«

Er nahm die Hand vom Fernseher und trat aus der Kochnische. »Wer ist da?« Aber noch während er das fragte, erkannte er die Stimme.

»Julia Shumway. Ich habe eine Nachricht von jemandem, der Sie sprechen möchte. Ich soll Ihnen sagen, dass Ken Ihnen Grüße ausrichten lässt.«

Barbie öffnete die Tür und ließ sie ein.

6   In dem mit Kiefer getäfelten Besprechungsraum im Keller des Rathauses von Chester's Mill war das Röhren des hinter dem Gebäude stehenden Notstromaggregats (ein älteres Gerät von Kelvinator) kaum mehr als ein fernes Brummen. Der stattliche Tisch in der Raummitte bestand aus Rotahorn, auf Hochglanz poliert, und war gut dreieinhalb Meter lang. Die meisten der Stühle, die ihn umgaben, waren an diesem Abend unbesetzt. Die vier Teilnehmer an dieser

Besprechung zur Notfall-Evaluation, wie Big Jim sie nannte, saßen alle an einem Ende zusammengedrängt. Obwohl er nur Zweiter Stadtverordneter war, saß Big Jim selbst am oberen Tischende. Hinter ihm zeigte ein Stadtplan die Sportsockenform der Kleinstadt.

Anwesend waren die Stadtverordneten und Peter Randolph, der kommissarische Polizeichef. Der Einzige, der hellwach zu sein schien, war Rennie. Randolph wirkte schockiert und ängstlich. Andy Sanders war natürlich von Schmerz benommen. Und Andrea Grinnell – eine übergewichtige, ergrauende Version ihrer jüngeren Schwester Rose – wirkte einfach nur benommen. Das war nichts Neues.

Vor vier oder fünf Jahren war Andrea an einem Januarmorgen auf dem Weg zum Briefkasten in ihrer vereisten Einfahrt ausgerutscht. Sie war so schwer gestürzt, dass sie sich zwei Rückenwirbel gebrochen hatte (fünfunddreißig bis vierzig Kilo Übergewicht waren vermutlich kein Vorteil gewesen). Gegen ihre zweifellos unerträglichen Schmerzen hatte Dr. Haskell ihr das neue Wundermittel Oxycontin verschrieben. Und er hatte es ihr seither immer wieder gegeben. Von seinem guten Freund Andy, der den hiesigen Drugstore führte, wusste Big Jim, dass Andrea mit einer Tagesdosis von vierzig Milligramm angefangen und sich zu schwindelerregenden vierhundert Milligramm hochgearbeitet hatte. Das waren nützliche Informationen.

Big Jim sagte: »Wegen Andys schwerem Verlust leite ich diese Besprechung, wenn niemand was dagegen hat. Tut uns allen sehr leid, Andy.«

»Und wie, Sir«, sagte Randolph.

»Danke«, sagte Andy, und als Andrea seine Hand kurz mit ihrer bedeckte, standen ihm gleich wieder Tränen in den Augen.

»Nun, wir alle haben eine Vorstellung davon, was hier passiert ist«, sagte Big Jim, »obwohl noch niemand in unserer Stadt es bisher versteht …«

»Außerhalb bestimmt auch niemand«, sagte Andrea.

Big Jim ignorierte sie. »… und die militärische Präsenz es

nicht für angebracht befunden hat, sich mit der gewählten Stadtspitze in Verbindung zu setzen.«

»Probleme mit den Telefonen, Sir«, sagte Randolph. Normalerweise nannte er alle diese Leute beim Vornamen – Big Jim betrachtete er sogar als Freund –, aber in diesem Raum hielt er es für klüger, bei Sir oder Ma'am zu bleiben. So hatte es auch Perkins gehalten, und zumindest in diesem Punkt hatte der alte Mann vermutlich recht gehabt.

Big Jim winkte ab, als würde er eine lästige Fliege erschlagen. »Jemand hätte auf die Motton- oder Tarker's-Seite kommen und nach mir – uns – verlangen können. Aber das hat offenbar niemand für nötig gehalten.«

»Sir, die Situation ist noch sehr … äh, im Fluss.«

»Natürlich, natürlich. Und es ist durchaus denkbar, dass man uns nur aus diesem Grund noch nicht ins Bild gesetzt hat. Könnte sein, o ja, und ich bete, dass das die Antwort ist. Ich hoffe, dass ihr alle gebetet habt.«

Sie nickten pflichtbewusst.

»Aber gegenwärtig …« Big Jim sah sich ernst um. Ihm war ernst *zumute*. Aber er fühlte auch den Nervenkitzel. Fühlte sich *bereit*. Er hielt es für nicht undenkbar, dass noch vor Ablauf dieses Jahres sein Foto auf dem Titelblatt der Zeitschrift *Time* prangen würde. Katastrophen – vor allem von Terroristen ausgelöste – waren nicht immer nur schlecht. Man brauchte sich bloß anzusehen, wie Rudy Giuliani davon profitiert hatte. »*Gegenwärtig*, Lady und Gentlemen, müssen wir der sehr realen Möglichkeit ins Auge blicken, dass wir auf uns allein gestellt sind.«

Andrea bedeckte ihren Mund mit der Hand. Ihre Augen glitzerten von Angst oder zu viel Dope. Vermutlich von beidem. »Ganz bestimmt nicht, Jim!«

»Aufs Beste hoffen, aufs Schlimmste gefasst sein, das sagt Claudette immer.« Andy sprach im Tonfall tiefster Meditation. »Hat sie gesagt, meine ich. Heute Morgen hat sie mir ein gutes Frühstück gemacht. Mit Rührei und einem Rest Tacokäse. O Gott!«

Die schon fast versiegten Tränen flossen wieder reichlicher. Andrea bedeckte erneut seine Hand mit ihrer. Diesmal ergriff Andy sie. *Andy und Andrea,* dachte Big Jim, während ein dünnes Lächeln die untere Hälfte seines fleischigen Gesichts teilte. *Die Dummie-Zwillinge.*

Andrea wiederholte: »Ganz bestimmt nicht!«

»Wir wissen's einfach nicht«, sagte Big Jim. Wenigstens das war die ungeschminkte Wahrheit. »Wie denn auch?«

»Vielleicht sollten wir die Food City schließen«, sagte Randolph. »Wenigstens vorläufig. Sonst herrscht dort bestimmt bald Andrang wie vor einem Schneesturm.«

Rennie war verärgert. Er hatte eine Tagesordnung, auf der auch das stand, aber nicht an *erster* Stelle.

»Oder vielleicht ist es doch keine gute Idee«, sagte Randolph, der den Gesichtsausdruck des Zweiten Stadtverordneten richtig deutete.

»Ich denke in der Tat, dass das keine gute Idee ist, Peter«, sagte Big Jim. »Nach demselben Prinzip, nach dem man niemals einen Bankfeiertag ausruft, wenn Geld knapp wird. Damit provoziert man nur einen Run.«

»Reden wir auch davon, die Banken zu schließen?«, fragte Andy. »Was unternehmen wir wegen der Geldautomaten? In Brownie's Store steht einer … Mill Gas and Grocery … natürlich in meinem Drugstore …« Er schaute abwesend vor sich hin, dann heiterte seine Miene sich auf. »Ich glaube, ich habe sogar einen in der Poliklinik gesehen, obwohl ich mir da nicht ganz sicher bin …«

Rennie fragte sich kurz, ob Andrea dem Mann ein paar ihrer Pillen überlassen hatte. »Ich habe nur eine Metapher gebraucht, Andy.« Er sprach weiter leise und freundlich. Mit genau solchem Unsinn musste man rechnen, wenn Leute von der Tagesordnung abwichen. »In einer Situation wie dieser *sind* Lebensmittel gewissermaßen Geld. Damit will ich Folgendes sagen: Alles sollte weiter seinen gewohnten Gang gehen. Das beruhigt die Leute.«

»Ah«, sagte Randolph. Das verstand er. »Kapiert.«

»Aber Sie müssen mit dem Marktleiter reden – wie heißt er gleich wieder, Cade?«

»Cale«, sagte Randolph. »Jack Cale.«

»Auch mit Johnny Carver vom Gas and Grocery und …

wer zum Kuckuck führt Brownie's, seit Dil Brown gestorben ist?«

»Velma Winter«, sagte Andrea. »Sie stammt von auswärts, ist aber sehr nett.«

Rennie sah befriedigt, dass Randolph diese Namen in sein kleines Notizbuch schrieb. »Sagen Sie diesen drei Leuten, dass der Bier- und Schnapsverkauf bis auf Weiteres einzustellen ist.« Sein Gesicht verkrampfte sich zu einem erschreckenden Ausdruck der Zufriedenheit. »Und das Dipper's ist *geschlossen.*«

»Ein Verkaufsverbot für Schnaps wird vielen Leuten nicht gefallen«, sagte Randolph. »Leuten wie Sam Verdreaux.« Verdreaux war der berüchtigtste Trunkenbold der Stadt, ein perfektes Beispiel dafür – nach Big Jims Meinung –, weshalb das Prohibitionsgesetz nie hätte zurückgezogen werden sollen.

»Sam und die übrigen Säufer werden einfach leiden müssen, wenn ihre Vorräte an Bier und Coffee Brandy aufgebraucht sind. Wir dürfen nicht zulassen, dass die halbe Stadt sich besäuft, als hätten wir Silvester.«

»Wieso nicht?«, fragte Andrea. »Die Leute trinken, was noch da ist, und dann ist Schluss.«

»Und wenn sie inzwischen randalieren?«

Andrea schwieg. Sie konnte keinen Grund sehen, *weshalb* die Leute randalieren sollten – nicht, wenn sie zu essen hatten –, aber mit Jim Rennie zu streiten, war meist zwecklos und immer anstrengend, das wusste sie aus Erfahrung.

»Ich schicke ein paar der Jungs los, damit sie mit ihnen reden«, sagte Randolph.

»Mit Tommy und Willow Anderson reden Sie am besten *persönlich.*« Die Andersons führten das Dipper's. »Sie können schwierig sein.« Er senkte seine Stimme. »Spinner.«

Randolph nickte. »*Linke* Spinner. Haben ein Bild von Uncle Barack über der Bar.«

»Genau das meine ich.« *Und,* das brauchte er nicht eigens zu sagen, *Duke Perkins hatte zugelassen, dass diese beiden Hippie-Baumwollpflücker hier mit ihrem Getanze und lautem Rock 'n' Roll und Saufen bis ein Uhr morgens Fuß fass-*

143

ten. Hatte sie beschützt. *Und seht euch an, in welche Schwierigkeiten das meinen Sohn und seine Freunde gebracht hat.* Er wandte sich an Andy Sanders. »Außerdem musst du alle rezeptpflichtigen Medikamente sicher wegsperren. Oh, nicht Nasonex oder Lyrica, nicht solche Sachen. Du weißt, welches Zeug ich meine.«

»Alles, wovon Leute high werden könnten«, sagte Andy, »ist bereits hinter Schloss und Riegel.« Ihm schien die Wendung, die das Gespräch genommen hatte, unbehaglich zu sein. Rennie wusste, weshalb, aber ihre verschiedenen Verkaufsbemühungen interessierten ihn im Augenblick nicht; sie hatten wichtigere Dinge zu erledigen.

»Trotzdem solltest du lieber zusätzliche Vorsichtsmaßnahmen ergreifen.«

Andrea machte ein besorgtes Gesicht. Andy tätschelte ihre Hand. »Keine Sorge«, sagte er, »für wirklich Bedürftige haben wir immer genug da.«

Andrea lächelte ihn an.

»Fazit: Diese Stadt wird nüchtern bleiben, bis die Krise vorbei ist«, sagte Big Jim. »Sind wir uns darüber einig? Handzeichen.«

Die Hände gingen hoch.

»So«, sagte Rennie, »darf ich dorthin zurück, wo ich anfangen wollte?« Er sah zu Randolph hinüber, der mit den Händen eine Geste machte, die zugleich *bitte weiter* und *sorry* ausdrückte.

»Wir müssen uns darüber im Klaren sein, dass wahrscheinlich viele Leute ängstlich sein werden. Und ängstliche Leute neigen mit oder ohne Schnaps dazu, Unfug zu machen.«

Andrea betrachtete die Konsole rechts neben Big Jim mit den Schaltern für den Fernseher, das Radio und das eingebaute Tonbandsystem – eine Neuerung, die Big Jim hasste. »Sollte das nicht eingeschaltet sein?«

»Ich sehe keine Notwendigkeit dazu.«

Das verdammte Aufzeichnungssystem (das an Richard Nixon denken ließ) war die Idee eines lästigen Medizinmanns namens Eric Everett gewesen, eines Plagegeists An-

144

fang dreißig, der in der ganzen Stadt als Rusty bekannt war. Die Idiotie mit einem Tonbandsystem hatte Everett bei der Bürgerversammlung vor zwei Jahren vorgebracht und als großen Sprung vorwärts angepriesen. Sein Antrag war eine unangenehme Überraschung für Rennie gewesen, der selten überrascht wurde, vor allem nicht von politischen Außenseitern.

Big Jim hatte eingewandt, die Kosten seien immens hoch. Bei sparsamen Yankees funktionierte diese Taktik meistens, aber diesmal nicht; Everett hatte Zahlen vorgelegt – möglicherweise von Duke Perkins geliefert –, die bewiesen, dass Washington achtzig Prozent Zuschuss zahlen würde. Aus irgendeinem Katastrophenhilfsfonds, einem Überbleibsel der großzügigen Clinton-Jahre. Rennie hatte sich ausmanövriert gesehen.

Das war nichts, was oft passierte, und es gefiel Big Jim nicht, aber er war schon viele Jahre länger in der Politik, als Eric »Rusty« Everett Fieberthermometer verteilt hatte, und wusste, dass es ein großer Unterschied war, ob man eine Schlacht oder den Krieg verlor.

»Oder sollte nicht wenigstens jemand Protokoll führen?«, fragte Andrea zaghaft.

»Ich denke, dass es vielleicht am besten ist, die Sache vorerst informell zu behandeln«, sagte Big Jim. »Nur unter uns vieren.«

»Nun … wenn du meinst …«

»Zwei können ein Geheimnis bewahren, wenn einer von ihnen tot ist«, sagte Andy verträumt.

»Stimmt genau, Kumpel«, sagte Rennie, als wäre die Äußerung ein sinnvoller Beitrag zur Sache gewesen. Dann wandte er sich erneut an Randolph. »Ich würde sagen, dass unsere erste Aufgabe – unsere wichtigste Verantwortung der Stadt gegenüber – die Aufrechterhaltung von Recht und Ordnung für die Dauer dieser Krise ist. Das bedeutet Polizei.«

»Verdammt richtig!«, sagte Randolph schneidig.

»Nachdem Chief Perkins nun gewiss vom Himmel auf uns herabsieht …«

145

»Mit meiner Frau«, sagte Andy. »Mit Claudie.« Er ließ ein schleimiges Trompeten hören, auf das Big Jim hätte verzichten können. Trotzdem tätschelte er Andys freie Hand.

»Richtig, Andy, die beiden zusammen, getaucht in den Glorienschein Jesu. Aber für uns hier auf Erden ... Peter, welche Truppe können Sie aufbieten?«

Big Jim kannte die Antwort. Er wusste die Antworten auf die meisten seiner Fragen. Das erleichterte einem das Leben. Die Polizei von Chester's Mill war achtzehn Köpfe stark: zwölf Vollzeitkräfte und sechs Teilzeitkräfte (Letztere alle über sechzig, was ihre Dienste verlockend billig machte). Fünf der Vollzeitkräfte waren nicht in der Stadt, das wusste er; sie hatten mit ihren Frauen und Familien das Footballteam der Highschool zu einem Auswärtsspiel begleitet oder waren mit zu der Löschübung nach Castle Rock gefahren. Ein sechster Polizist, Chief Perkins, war tot. Und obwohl Rennie Toten niemals etwas Schlechtes nachsagte, war die Stadt seiner Überzeugung nach besser dran, wenn Perkins im Himmel statt hier unten weilte, wo er hätte versuchen müssen, einen Kuddelmuddel zu meistern, der seine beschränkten Fähigkeiten weit überstieg.

»Die Lage ist ehrlich gesagt nicht rosig, Leute«, sagte Randolph. »Ich habe Henry Morrison und Jackie Wettington, die beide mit mir rausgefahren sind, als der Code drei kam. Außerdem Rupe Libby, Fred Denton und George Frederick – dessen Asthma allerdings so schlimm ist, dass ich nicht weiß, wie viel er uns nutzt. Er wollte zum Jahresende in den Vorruhestand gehen.«

»Der arme alte George«, sagte Andy. »Er lebt praktisch von Advair.«

»Und wie ihr wisst, ist mit Marty Arsenault und Toby Whelan heutzutage nicht viel los. Die einzige Teilzeitkraft, die ich voll einsatzfähig nennen würde, ist Linda Everett. Wegen der verdammten Löschübung und dem Footballspiel hätte das alles zu keinem schlechteren Zeitpunkt passieren können.«

»Linda Everett?«, fragte Andrea ein wenig interessiert. »Rustys Frau?«

»Pah!« Big Jim sagte oft *pah*, wenn er ärgerlich war. »Sie ist nur eine emporgekommene Schülerlotsin.«

»Ja, Sir«, sagte Randolph, »aber sie hat sich vergangenes Jahr auf dem Schießstand in The Rock qualifiziert und trägt eine Pistole. Kein Grund, warum sie damit nicht Dienst tun sollte. Vielleicht nicht in Vollzeit, die Everetts haben ein paar Kinder, aber sie kann ihren Beitrag leisten. Schließlich *ist* das hier eine Krise.«

»Zweifellos, zweifellos.« Aber Rennie sollte der Teufel holen, wenn er zuließ, dass überall, wo er sich umdrehte, Everetts hochsprangen wie verflixte Schachtelteufel. Fazit: Er wollte die Frau dieses Baumwollpflückers nicht in seiner ersten Mannschaft haben. Außerdem war sie noch recht jung, nicht älter als dreißig, und unverschämt hübsch. Sie hätte unter Garantie schlechten Einfluss auf die anderen Männer. Das hatten hübsche Frauen immer. Wettington und ihre Granatentitten waren schlimm genug.

»Also«, sagte Randolph, »das sind nur acht von achtzehn.«

»Sie haben vergessen, sich selbst mitzuzählen«, sagte Andrea.

Randolph schlug sich mit dem Handballen an die Stirn, als versuchte er, sein Gehirn auf Trab zu bringen. »Oh. Klar. Richtig. Neun.«

»Nicht genug«, sagte Rennie. »Wir müssen die Polizei verstärken. Nur vorübergehend, wisst ihr; bis diese Situation bereinigt ist.«

»An wen haben Sie gedacht, Sir?«, fragte Randolph.

»Erst mal an meinen Jungen.«

»Junior?« Andrea zog die Augenbrauen hoch. »Er ist noch nicht mal alt genug, um wählen zu dürfen ... oder doch?«

Big Jim stellte sich kurz Andreas Gehirn vor: fünfzehn Prozent bevorzugte Internetshops, achtzig Prozent Dope-Rezeptoren, zwei Prozent Gedächtnis und drei Prozent tatsächliche Denkprozesse. Trotzdem musste er mit diesem Material arbeiten. *Und,* rief er sich in Erinnerung, *die Dummheit der eigenen Kollegen erleichtert einem das Leben.*

147

»Tatsächlich ist er einundzwanzig. Zweiundzwanzig im November. Und durch Glück oder die Gnade Gottes ist er an diesem Wochenende aus dem College zu Hause.«

Peter Randolph wusste, dass Junior Rennie *auf Dauer* aus dem College zu Hause war – das hatte er Anfang der Woche auf dem Telefonblock im Büro des verstorbenen Chiefs gelesen, obwohl er nicht wusste, woher diese Information stammte und weshalb Duke sie für wichtig genug gehalten hatte, um sie sich zu notieren. Dort hatte auch noch etwas anderes gestanden: *Verhaltensauffälligkeiten?*

Dies war jedoch vielleicht nicht der richtige Zeitpunkt, Big Jim an solchem Wissen teilhaben zu lassen.

Rennie sprach weiter, jetzt im enthusiastischen Tonfall des Gastgebers einer Gameshow, der für die Bonusrunde einen besonders attraktiven Preis ankündigt. »*Und* Junior hat drei Freunde, die ebenfalls geeignet wären: Frank DeLesseps, Melvin Searles und Carter Thibodeau.«

Andrea machte wieder ein unbehagliches Gesicht. »Hm … sind das nicht die Jungs … die jungen Männer …, die an der Auseinandersetzung vor dem Dipper's beteiligt waren …?«

Big Jim bedachte sie mit einem so jovial grimmigen Lächeln, dass Andrea ganz klein wurde und auf ihrem Stuhl in sich zusammensank.

»Diese Sache ist überbewertet worden. *Und,* wie in solchen Fällen meistens, durch Alkohol ausgelöst. Außerdem war der Anstifter dieser Barbara. Deswegen ist auch keine Anzeige erstattet worden. Das Ganze war leeres Gerede. Oder habe ich unrecht, Peter?«

»Absolut nicht«, sagte Randolph, obwohl auch er ein unbehagliches Gesicht machte.

»Diese Burschen sind alle über einundzwanzig, und ich glaube, dass Carter Thibodeau vielleicht sogar dreiundzwanzig ist.«

Thibodeau, der tatsächlich dreiundzwanzig war, arbeitete in Teilzeit als Automechaniker bei Mill Gas & Grocery. Zwei frühere Arbeitgeber hatten ihm gekündigt – wegen Unverträglichkeit, hatte Randolph gehört –, aber bei Gas & Grocery schien er sich eingewöhnt zu haben. Johnny sagte, er habe noch nie einen so guten Mann für Auspuffanlagen und Autoelektrik gehabt.

»Sie haben schon gemeinsam gejagt, sie sind alle gute Schützen …«

»Beten wir zu Gott, dass wir *das* nicht ausprobieren müssen«, sagte Andrea.

»Niemand wird erschossen, Andrea, und keiner will diese jungen Burschen zu Vollzeitpolizisten machen. Ich sage nur, dass wir einen extrem ausgedünnten Personalbestand auffüllen müssen – und das *schnell*. Wie steht's also damit, Chief? Sie können Dienst tun, bis die Krise überwunden ist, und wir besolden sie aus dem Fonds für unvorhergesehene Ausgaben.«

Randolph gefiel die Vorstellung nicht, dass Junior – mit seinen offensichtlichen *Verhaltensauffälligkeiten* – bewaffnet durch Chester's Mill patrouillieren sollte, aber der Gedanke, sich gegen Big Jim aufzulehnen, gefiel ihm noch weniger. Und es war vielleicht wirklich eine gute Idee, ein paar zusätzliche Muskelmänner in Bereitschaft zu haben. Auch wenn sie jung waren. In der Stadt erwartete er keine Probleme, aber sie konnten draußen, wo die Barriere die Hauptstraßen abriegelte, für Ordnung sorgen. Falls die Barriere noch da war. Und falls nicht? Probleme gelöst.

Er setzte ein Teamspielerlächeln auf. »Also, das halte ich für eine großartige Idee, Sir. Sie könnten sie morgen gegen zehn Uhr in die Station schicken …«

»Neun wäre vielleicht besser, Peter.«

»Neun wird erfreu'n«, sagte Andy in seinem verträumten Tonfall.

»Weitere Wortmeldungen?«, fragte Rennie.

Es gab keine. Andrea sah aus, als hätte sie vielleicht noch etwas sagen wollen, aber vergessen, was es war.

»Dann stelle ich jetzt die Frage«, sagte Rennie. »Soll der Ausschuss unseren kommissarischen Chief Randolph anweisen, Junior, Frank DeLesseps, Melvin Searles und Carter Thibodeau als Deputies zum Grundgehalt einzustellen? Wobei ihre Dienstzeit mit dem Tag enden soll, an dem dieser verflixte Irrsinn vorbei ist? Ich bitte alle, die dafür sind, um das übliche Zeichen.«

Alle hoben die Hände.

»Der Antrag ist geneh…«

Er wurde durch zwei Knalle unterbrochen, die wie Schüsse klangen. Alle zuckten zusammen. Dann kam ein dritter Knall, und Rennie, der den größten Teil seines Lebens mit Motoren zu tun gehabt hatte, erkannte die Ursache.

»Nicht aufregen, Leute. Nur eine Fehlzündung. Das Aggregat räuspert sich sozu…«

Das ältliche Notstromaggregat hatte eine vierte Fehlzündung, dann setzte es aus. Das Licht erlosch und ließ sie einen Augenblick lang in stygischer Finsternis zurück. Andrea kreischte.

Links neben ihm sagte Andy Sanders: »Du meine Güte, Jim, das Propan …«

Rennies Hand schoss vor und packte Andy am Arm. Andy verstummte. Als Rennie seinen Griff lockerte, wurde es in dem holzgetäfelten langen Raum zögernd wieder hell. Nicht von den hellen Deckenlampen, sondern von der in den vier Ecken montierten blockförmigen Akku-Notbeleuchtung. In ihrem schwachen Lichtschein sahen die am Nordende des Konferenztischs zusammengedrängten Gesichter gelblich und um Jahre gealtert aus. Sie sahen ängstlich aus. Sogar Big Jim Rennie sah ängstlich aus.

»Kein Problem«, sagte Randolph mit einer Unbekümmertheit, die erzwungen statt organisch klang. »Der Tank ist nur leer, das ist alles. Im städtischen Bauhof stehen noch viele.«

Andy warf Big Jim einen Blick zu. Er bewegte nur kurz die Augen, aber Rennie glaubte, dass Andrea ihn dabei beobachtet hatte. Was sie letztlich daraus machen würde, war eine andere Frage.

Sie vergisst es nach ihrer nächsten Dosis Oxy, sagte er sich. *Spätestens morgen früh.*

Und vorläufig interessierten die städtischen Propanvorräte – oder ihr Fehlen – ihn nicht sonderlich. Mit dieser Situation würde er sich befassen, wenn es nötig wurde.

»Okay, Leute, ich weiß, dass ihr hier so dringend rauswollt wie ich, deshalb rufe ich den nächsten Tagesordnungspunkt auf. Ich denke, wir sollten Peter hier offiziell als unseren einstweiligen Polizeichef bestätigen.«

»Ja, warum nicht?«, fragte Andy. Er klang müde.

»Keine weiteren Wortmeldungen?«, fragte Big Jim. »Dann bitte ich um das Handzeichen.«

Sie stimmten ab wie gewünscht.

Das taten sie immer.

7   Junior saß auf den Stufen vor der großen Villa der Rennies in der Mill Street, als der Hummer seines Vaters die Einfahrt in gleißend helles Scheinwerferlicht tauchte. Junior war mit sich selbst im Reinen. Die Kopfschmerzen waren nicht zurückgekommen. Angie und Dodee waren in der Speisekammer der McCains verstaut, wo sie gut aufgehoben waren – zumindest für einige Zeit. Das gestohlene Geld lag wieder im Safe seines Vaters. In seiner Tasche steckte eine Waffe – die Pistole Kaliber .38 mit Perlmuttgriffschalen, die sein Vater ihm zum achtzehnten Geburtstag geschenkt hatte. Sein Vater und er würden jetzt miteinander reden. Junior würde sich sehr genau anhören, was der König von Keine Anzahlung zu sagen hatte. Sollte er spüren, dass sein Vater wusste, was er, Junior, getan hatte – er konnte sich nicht vorstellen, wie, aber sein Vater wusste eine Menge –, würde er ihn erschießen. Anschließend würde er den Revolver gegen sich selbst richten. Weil er nicht weglaufen konnte, nicht heute Nacht. Vermutlich auch nicht morgen. Auf seinem Rückweg hatte er auf dem Stadtanger haltgemacht und den Gesprächen dort gelauscht. Was die Leute sagten, war verrückt, aber die große Lichtblase im Süden – und auch die kleinere im Südwesten, wo die 117 nach Castle Rock führte – legte den Schluss nahe, dass heute Nacht der Wahnsinn zufällig Wahrheit war.

Die Fahrertür des Hummer wurde geöffnet, schloss sich mit dumpfem Knall. Sein Vater, dessen Aktenkoffer leicht an einen Oberschenkel schlug, kam auf ihn zu. Er sah nicht misstrauisch, wachsam oder zornig aus. Er setzte sich wortlos neben Junior auf die Stufen. Mit einer Geste, die Junior

151

völlig überraschte, legte er seinem Sohn eine Hand in den Nacken und drückte ihn sanft.

»Du hast davon gehört?«, fragte er.

»Manches«, sagte Junior. »Ich versteh's aber nicht.«

»Das tut keiner von uns. Ich glaube, dass uns harte Zeiten bevorstehen, bis alles wieder im Lot ist. Deshalb muss ich dich etwas fragen.«

»Was denn?« Juniors Hand schloss sich um den Griff seiner Pistole.

»Wirst du deinen Part übernehmen? Gemeinsam mit deinen Freunden? Frankie? Carter und dem Searles-Jungen?«

Junior schwieg, wartete noch. Was sollte *der* Scheiß?

»Peter Randolph ist jetzt kommissarischer Polizeichef. Um seinen Personalbestand aufzufüllen, wird er einige Männer brauchen. Gute Männer. Bist du bereit, als Deputy zu dienen, bis dieser verflixte Kuddelmuddel vorbei ist?«

Junior verspürte den wilden Drang, vor Lachen loszubrüllen. Oder über seinen Triumph. Oder wegen beidem. Big Jims Hand lag noch auf seinem Nacken. Nicht zudrückend. Nicht kneifend. Fast ... liebkosend.

Junior nahm die Hand von der Waffe in seiner Tasche. Ihm wurde klar, dass er weiter einen Lauf hatte – den Lauf aller Läufe.

Heute hatte er zwei Mädchen ermordet, die er seit seiner Kindheit gekannt hatte.

Morgen würde er ein städtischer Cop werden.

»Klar, Dad«, sagte er. »Wenn du uns brauchst, sind wir *da*.« Und er küsste seinen Vater erstmals seit ungefähr vier Jahren (vielleicht waren es auch mehr) auf die Wange.

GEBETE

1 Barbie und Julia Shumway redeten nicht viel; es gab nicht viel zu sagen. Soviel Barbie sehen konnte, war ihr Wagen das einzige Auto auf der Straße, aber sobald sie die Stadt hinter sich ließen, waren die meisten Farmhausfenster hell erleuchtet. Hier draußen gab es immer irgendwas zu tun, und da niemand der Western Maine Power ganz traute, hatte fast jeder ein Notstromaggregat. Als sie am Sendeturm von Radio WCIK vorbeikamen, blinkten die beiden roten Lichter auf seiner Spitze wie immer. Auch das elektrische Kreuz vor dem kleinen Studiogebäude leuchtete als weißer Orientierungspunkt in der Dunkelheit. Darüber waren die Sterne in ihrem gewohnten extravaganten Überfluss über den Himmel verstreut: eine niemals endende Energieflut, die zu seiner Erhaltung kein Notstromaggregat brauchte.

»Bin öfter zum Angeln hier draußen gewesen«, sagte Barbie. »Echt friedlich.«

»Was gefangen?«

»Reichlich, aber manchmal riecht die Luft wie die schmutzige Unterwäsche der Götter. Dünger oder irgendwas. Ich hab mich nie getraut, meinen Fang zu essen.«

»Nicht Dünger – Bockmist. Auch bekannt als der Geruch der Selbstgerechtigkeit.«

»Wie bitte?«

Sie zeigte auf die dunklen Umrisse eines Kirchturms, der die Sterne verdeckte. »Die Kirche Christus der Heilige Erlöser«, sagte sie. »Ihr gehört der Sender WCIK, an dem wir gerade vorbeigefahren sind. Manchmal auch als Jesusradio bekannt?«

Er zuckte mit den Schultern. »Mag sein, dass ich den Kirchturm schon mal gesehen habe. Und ich kenne den Sender. Wer in dieser Gegend lebt und ein Radio hat, kann ihm kaum entgehen. Fundamentalisten?«

»Gegen die sehen selbst hartgesottene Baptisten weich aus. Ich selbst gehe in die Congo. Ich kann Lester Coggins nicht ausstehen, ich hasse dieses ganze *Ha ha ihr fahrt zur Hölle und wir nicht*-Zeug. Jeder braucht eben was anderes, vermute ich. Allerdings *habe* ich mich schon gefragt, wie sie sich einen Fünfzig-Kilowatt-Sender leisten können.«

»Liebesgaben?«

Sie schnaubte. »Vielleicht sollte ich Jim Rennie fragen. Er ist einer der Diakone.«

Julia fuhr einen kleinen Prius Hybrid – einen Wagen, den Barbie der Herausgeberin einer stramm republikanischen Zeitung nicht zugetraut hätte (obwohl er vermutlich zu einem Gemeindmitglied der First Congregational Church passte). Aber er war leise, und das Radio funktionierte. Das einzige Problem war, dass der Sender WCIK hier im Westen der Stadt so stark war, dass er alles andere im UKW-Bereich übertönte. Und heute Nacht sendete er irgendwelchen heiligen Akkordeonscheiß, von dem Barbie Kopfschmerzen bekam. Die Musik klang wie Polkas, die ein an der Beulenpest sterbendes Orchester spielte.

»Versuchen Sie's mal mit Mittelwelle«, sagte sie.

Das tat er, bekam aber nur nächtliches Gebrabbel herein, bis er fast am unteren Ende der Skala auf einen Sportsender stieß. Dort hörte er, dass es vor dem Playoff-Spiel zwischen den Red Sox und den Mariners im Fenway Park eine Schweigeminute für die Opfer des »Events in West-Maine«, wie der Ansager es ausdrückte, gegeben hatte.

»*Event*«, sagte Julia. »Ein Sportsenderausdruck, wenn ich je einen gehört habe. Stellen Sie das Ding lieber ab.«

Ungefähr eine Meile nach der Kirche sahen sie einen ersten schwachen Lichtschein durch die Bäume. Nach einer Kurve fuhren sie in gleißend helle Scheinwerfer, die fast die Größe von Jupiterlampen bei einer Hollywoodpremiere hatten. Zwei leuchteten ihnen entgegen; zwei weitere waren senkrecht nach oben gerichtet. Jedes Schlagloch im Asphalt trat in deutlichem Relief hervor. Die Birkenstämme beiderseits der Straße sahen wie schmalbrüstige Gespenster aus. Barbie hatte das Gefühl, in einen *Film noir* aus den späten Vierzigern hineinzufahren.

»Stopp, stopp, *stopp*«, sagte er. »Näher wollen Sie nicht heranfahren. Es sieht zwar so aus, als gäb's hier nichts Außergewöhnliches, aber glauben Sie mir, es gibt etwas. Und es würde zumindest die Elektronik Ihres kleinen Wagens ruinieren.«

Sie hielt, und die beiden stiegen aus. Einen Augenblick lang standen sie nur vor dem Auto und blinzelten ins grelle Licht. Julia hob eine Hand schützend über ihre Augen.

Jenseits der Scheinwerfer parkten Motorhaube an Motorhaube zwei braun-grüne Militärlaster mit Plane und Spriegel. Zusätzlich waren die Fahrbahnen mit Sägeböcken abgesperrt, deren Füße mit Sandsäcken an Ort und Stelle gehalten wurden. In der Dunkelheit dröhnten gleichmäßig Motoren – nicht nur ein Notstromaggregat, sondern mehrere. Barbie sah dicke Elektrokabel, die sich von den Scheinwerfern weg in den Wald schlängelten, in dem weitere Lichtquellen durch die Bäume schienen.

»Sie wollen das Grenzgebiet ausleuchten«, sagte er und ließ einen erhobenen Zeigefinger kreisen wie ein Schiedsrichter, der einen Homerun anzeigt. »Die ganze Stadt von Lichtern eingekreist, die reinleuchten und nach oben leuchten.«

»Wozu nach oben?«

»Die senkrechten sollen den Luftverkehr warnen. Falls überhaupt ein Flugzeug durchkommt. Ich denke, dass sie sich vor allem wegen heute Nacht Sorgen machen. Bis morgen ist der Luftraum über The Mill dichter abgeriegelt als Onkel Dagoberts Tresor.«

Im Halbdunkel hinter den Scheinwerfern, aber im Streulicht doch sichtbar, standen mit dem Rücken zu ihnen ein halbes Dutzend Soldaten in Rührteuchstellung. Auch wenn der Prius sehr leise war, mussten sie ihn doch kommen gehört haben, aber kein einziger von ihnen sah sich auch nur um.

Julia rief: »Hallo, Jungs!«

Keiner drehte sich um. Damit hatte Barbie auch nicht gerechnet – auf der Fahrt hierher hatte Julia ihm erzählt, was sie von Cox erfahren hatte –, aber er musste es versuchen. Und weil er ihre Abzeichen kannte, wusste er, *was* er versuchen musste. Die Army mochte für diese Show zuständig sein – darauf ließ Cox' Beteiligung schließen –, aber diese Soldaten gehörten nicht zur Army.

»Yo, Marines!«, rief er.

Nichts. Barbie trat näher heran. Er sah eine dunkle waagrechte Linie in der Luft über der Straße hängen, ignorierte sie aber vorläufig. Ihn interessierten mehr die Männer, die die Barriere bewachten. Oder den Dome. Julia hatte gesagt, Cox habe von einer Kuppel gesprochen.

»Ich bin überrascht, euch Fernaufklärer in den Staaten zu sehen«, sagte er und ging noch etwas näher heran. »Das kleine Afghanistanproblem ist wohl gelöst, was?«

Nichts. Er trat noch näher heran. Der Splitt unter seinen Schuhen knirschte sehr laut.

»Bei den Fernaufklärern gibt's bemerkenswert viele Weicheier, hört man. Das beruhigt mich sogar. Wäre die Lage hier wirklich ernst, hätte man Ranger eingesetzt.«

»Arschloch«, murmelte einer von ihnen.

Das war nicht viel, aber Barbie war ermutigt. »Steht bequem, Leute; steht bequem und lasst uns über diese Sache reden.«

Wieder nichts. Und er war der Barriere (oder dem Dome) so nahe, wie er an sie herangehen wollte. Er hatte noch keine Gänsehaut, und seine Nackenhaare versuchten bisher nicht, sich zu sträuben, aber er wusste, dass das Ding da war. Er spürte es.

Und er konnte es sehen: den in der Luft hängenden Streifen. Er wusste nicht, welche Farbe er bei Tageslicht haben würde, aber er vermutete, dass er rot war – die Farbe der Gefahr. Das war Sprühfarbe, und er hätte sein gesamtes Bankguthaben (gegenwärtig knapp über fünftausend Dollar) darauf verwettet, dass der Streifen sich ganz um die Barriere zog.

Wie ein Streifen an einem Hemdsärmel, dachte er.

Er ballte eine Hand zur Faust und klopfte damit an seine Seite des Streifens, wieder mit dem Geräusch von Fingerknöcheln auf Glas. Einer der Marines zuckte zusammen.

»Ich weiß nicht, ob das eine gute …«, begann Julia.

Barbie ignorierte sie. Stattdessen wurde er wütend. Etwas in ihm wartete schon den ganzen Tag darauf, zornig sein zu dürfen, und dies war seine Chance. Er wusste, dass es keinen Zweck hatte, auf diese Kerle loszugehen – sie waren nur Speerträger –, aber es war schwer, sich zu beherrschen. »Yo, Marines! Helft einem Kameraden aus.«

»Schluss jetzt, Kumpel.« Obwohl der Sprecher sich nicht umdrehte, wusste Barbie, dass er der Führer dieses fidelen kleinen Trupps war. Er erkannte diesen Tonfall, hatte ihn selbst schon oft genug benutzt. »Wir haben unsere Befehle, also helfen *Sie* einem Kameraden aus. Bei anderer Gelegenheit, an einem anderen Ort würde ich Sie gern zu einem Bier einladen oder in den Arsch treten. Aber nicht hier, nicht heute Nacht. Also, was sagen Sie?«

»Ich sage okay«, antwortete Barbie. »Aber da wir alle auf der gleichen Seite stehen, muss mir das nicht gefallen.« Er wandte sich an Julia. »Haben Sie Ihr Handy?«

Julia hielt es hoch. »Sie sollten sich eins zulegen. Die Dinger haben Zukunft.«

»Ich habe eins«, sagte Barbie. »Ein Prepaid-Handy, ein Sonderangebot von Best Buy. Ich benutze es fast nie. Also hab ich es in einer Schublade zurückgelassen, vor meinem Versuch, aus der Stadt abzuhauen. Und ich hab keinen Grund gesehen, es heute Nacht nicht dort liegen zu lassen.«

Sie gab ihm ihres. »Die Nummer müssen Sie selbst eintippen, fürchte ich. Ich muss arbeiten.« Sie erhob ihre Stimme, damit die Soldaten jenseits der grellen Scheinwerfer sie hören konnten. »Ich bin schließlich die Herausgeberin des Lokalblatts und will ein paar Fotos machen.« Sie sprach noch etwas lauter. »Vor allem ein paar von Soldaten, die dastehen und einer Stadt in Not den Rücken zukehren.«

»Ma'am, ich wollte, Sie täten das nicht«, sagte der kommandierende Offizier. Er war ein stämmiger Kerl mit breitem Kreuz.

»Hindern Sie mich daran«, forderte sie ihn auf.

»Ich denke, Sie wissen, dass wir das nicht können«, sagte er. »Wenn wir Ihnen den Rücken zukehren, führen wir nur einen Befehl aus.«

»Marine«, sagte sie, »nehmen Sie Ihren Befehl, rollen Sie ihn eng zusammen, bücken Sie sich und stecken Sie ihn dort rein, wo die Luftqualität zweifelhaft ist.« In dem grellen Licht sah Barbie etwas Erstaunliches: Ihre Lippen waren zu einer schmalen, unversöhnlichen Linie zusammengekniffen, und aus ihren Augen strömten Tränen.

Während Barbie die Nummer mit der seltsamen Vorwahl eintippte, hob sie ihre Kamera und begann zu knipsen. Im Vergleich zu den großen Scheinwerfern mit eigenen Stromaggregaten war der Kamerablitz nicht sehr hell, aber Barbie sah die Soldaten bei jedem Blitz zusammenzucken. *Wahrscheinlich hoffen sie, dass ihre beschissenen Abzeichen nicht erkennbar sind,* dachte er.

2   Colonel James O. Cox, United States Army, hatte gesagt, er werde um 22:30 Uhr mit einer Hand auf dem Telefonhörer dasitzen. Barbie und Julia Shumway hatten sich etwas verspätet, sodass Barbie erst um zwanzig vor elf anrief, aber Cox musste seine Hand auf dem Hörer gelassen haben, denn das Telefon schaffte nur ein halbes Klingeln, bevor Barbies alter Kommandeur sagte: »Hallo, hier ist Ken.«

Barbie war noch immer wütend, aber er lachte trotzdem. »Ja, Sir. Und ich bin weiter der Hundesohn, der den ganzen guten Stoff kriegt.«

Cox lachte ebenfalls, offenbar in dem Glauben, damit wäre ein guter Anfang gemacht. »Wie geht's Ihnen, Captain Barbara?«

»Sir, mir geht's gut, Sir. Aber mit Verlaub, ich bin jetzt nur noch Dale Barbara. Die einzigen Dinge, die ich heutzutage befehlige, sind der Grill und die Fritteuse im hiesigen Restaurant, und ich bin nicht in der Stimmung, Konversation zu machen. Ich bin verwirrt, Sir, und da ich die Rücken einer Abteilung süßigkeitengefütterter Marines vor mir habe, die sich nicht umdrehen und mir in die Augen sehen wollen, bin ich auch ziemlich gottverdammt sauer.«

»Verstanden. Und Sie müssen etwas verstehen, das ich Ihnen sage. Gäbe es irgendetwas, was diese Männer tun könnten, um diese Situation zu lindern oder zu beseitigen, hätten Sie statt ihrer Ärsche ihre Gesichter vor sich. Glauben Sie mir das?«

»Ich höre Sie, Sir.« Was keine richtige Antwort war.

Julia knipste weiter. Barbie trat an den Straßenrand. Von seinem neuen Standort aus konnte er hinter den Lastwagen ein Biwakzelt sehen. Und ein kleineres Zelt, das ein Kantinenzelt sein könnte, und eine Abstellfläche mit weiteren Lastwagen. Die Marines errichteten hier ein Lager – und vermutlich noch größere an den Stellen, wo die Routes 119 und 117 das Gemeindegebiet verließen. Alles anscheinend auf Dauer angelegt. Ihm rutschte das Herz in die Hose.

»Ist die Journalistin mitgekommen?«, fragte Cox.

»Sie ist hier. Macht Fotos. Und, Sir, volle Offenlegung, was immer ich von Ihnen erfahre, erzähle ich ihr. Ich bin jetzt auf dieser Seite.«

Julia unterbrach ihre Arbeit lange genug, um Barbie ein Lächeln zuzuwerfen.

»Verstanden, Captain.«

»Sir, mich so zu nennen, bringt Ihnen keine Punkte.«

»Also gut, nur Barbie. Ist das besser?«

»Ja, Sir.«

»Was die Frage angeht, wie viel die Lady veröffentlicht … um der Bürger Ihrer kleinen Stadt willen hoffe ich, dass sie vernünftig genug ist, eine Auswahl zu treffen.«

»Ich denke, das ist sie.«

»Und sollte sie Fotos nach draußen mailen – zum Beispiel an eines der Nachrichtenmagazine oder die *New York Times* –, könnte es passieren, dass Ihr aller Internet den Weg Ihres Festnetzes geht.«

»Sir, das ist ein schäbiger …«

»Die Entscheidung wurde oberhalb meiner Besoldungsstufe getroffen. Ich erwähne sie nur.«

Barbie seufzte. »Ich sag's ihr.«

»Was sollen Sie mir sagen?«, fragte Julia.

»Wenn Sie versuchen, diese Aufnahmen zu verbreiten, rächen sie sich vielleicht an der ganzen Stadt, indem sie den kompletten Internetzugang sperren.«

Julia machte eine Handbewegung, die Barbie normalerweise nicht mit hübschen Republikanerinnen in Verbindung gebracht hätte. Er konzentrierte sich wieder auf das Telefon.

»Wie viel können Sie mir erzählen?«

»Alles, was ich weiß«, sagte Cox.

»Danke, Sir.« Barbie bezweifelte jedoch, dass Cox wirklich alles preisgeben würde. Die Army erzählte nie alles, was sie wusste. Oder zu wissen glaubte.

»Wir nennen es den Dome«, sagte Cox, »aber es ist keine Kuppel. Zumindest glauben wir das nicht. Wir glauben, dass es eine Art Kapsel ist, deren Ränder exakt die Gemeindegrenze von Chester's Mill nachzeichnen. Und damit meine ich hundertprozentig genau.«

»Wissen Sie, wie hoch sie reicht?«

»Sie scheint in vierzehntausend Meter Höhe zusammenzulaufen und sich zu verändern. Wir wissen nicht, ob die Kalotte gewölbt oder flach ist. Jedenfalls bis jetzt nicht.«

Barbie sagte nichts. Er war verblüfft.

»Was ihre Tiefe angeht ... wer weiß? Bisher können wir nur sagen, dass sie über dreißig Meter tief in die Erde reicht. Das ist die jetzige Tiefe unserer Ausgrabung an der Grenze zwischen Chester's Mill und der nicht eingetragenen Stadtgemeinde im Norden.«

»TR-90.« In Barbies Ohren klang seine eigene Stimme gleichgültig und lustlos.

»Egal. Wir haben mit einer Kiesgrube angefangen, die schon über zwölf Meter tief war. Ich habe spektrographische Aufnahmen gesehen, die mich vom Stuhl gehauen haben. Lange Platten metamorpher Gesteine, die glatt zerschnitten sind. Es gibt keine Lücke, aber man kann sehen, wo der nördliche Teil der Platte ein bisschen abgesackt ist. Wir haben die seismographischen Daten der Wetterstation Portland kontrolliert und sind fündig geworden. Um 11:44 Uhr hat's *rums!* gemacht. Zwo Komma eins auf der Richter. Da ist es also passiert.«

»Großartig«, sagte Barbie. Das sollte sarkastisch klingen, aber er war zu erstaunt und verwirrt, um sich seiner Sache sicher zu sein.

»Nichts davon ist beweiskräftig, aber es legt bestimmte Schlüsse nahe. Natürlich haben die Sondierungen erst begonnen, aber im Augenblick sieht es so aus, als würde das Ding auch in die Tiefe reichen. Und wenn es über fünf Meilen *hoch hinaufreicht* …«

»Woher wissen Sie das? Radar?«

»Negativ, das Ding ist im Radar nicht zu sehen. Man kann nicht feststellen, wo es ist, bevor man dagegenprallt oder so nahe dran ist, dass man nicht mehr stoppen kann. Der Blutzoll bei seiner Entstehung war bemerkenswert niedrig, aber entlang den Rändern liegen verdammt viele Vogelkadaver. Drinnen *und* draußen.«

»Ich weiß. Ich habe sie gesehen.« Julia war mit ihren Aufnahmen fertig. Jetzt stand sie neben Barbie und hörte sich an, was er am Telefon sagte. »Woher wissen Sie dann, wie hoch sie ist? Laser?«

»Nein, die gehen auch glatt durch. Wir haben Jagdraketen ohne Gefechtskopf verwendet. Seit sechzehn Uhr waren F-15A von Bangor aus im Einsatz. Mich wundert, dass Sie die nicht gehört haben.«

»Vielleicht habe ich etwas gehört«, sagte Barbie. »Aber ich war mit anderen Dingen beschäftigt.« Zum Beispiel mit dem Flugzeug. Und dem Langholztransporter. Den Verunglückten draußen an der Route 117. Teile des bemerkenswert niedrigen Blutzolls.

»Sie sind immer wieder abgeprallt … aber dann, bei über vierzehntausend Metern, geht's auf einmal los, *up up and away.* Unter uns gesagt, mich wundert, dass wir keinen Piloten verloren haben.«

»Ist schon jemand drübergeflogen?«

»Vor weniger als zwei Stunden. Ohne Probleme.«

»Wer steckt dahinter, Colonel?«

»Das wissen wir nicht.«

»Waren *wir* das? Ist das hier ein Experiment, das schiefgegangen ist? Oder, Gott sei uns gnädig, irgendeine Art Test? Sie sind mir die Wahrheit schuldig. Sie sind dieser Stadt die Wahrheit schuldig. Diese Leute sind verdammt verängstigt.«

»Verstanden. Aber wir waren's nicht.«

»Würden Sie es wissen, wenn dem so wäre?«

Cox zögerte. Als er weitersprach, war seine Stimme leiser. »Meine Abteilung verfügt über gute Quellen. Wir hören sogar, wenn in der NSA jemand furzt. Das Gleiche gilt für die Gruppe Neun in Langley und ein paar weitere kleine Dienste, von denen Sie noch nie gehört haben.«

Es war möglich, dass Cox die Wahrheit sagte. Und es war möglich, dass er's nicht tat. Schließlich prägte ihn sein Beruf; hätte Cox in dieser kühlen Herbstnacht mit den süßigkeitengefütterten Marines Wache stehen müssen, hätte auch er Barbie den Rücken zugekehrt. Das hätte ihm nicht gefallen, aber Befehl war Befehl.

»Irgendeine Chance, dass es sich bei dem Ganzen um ein natürliches Phänomen handelt?«, fragte Barbie.

»Eines, das die von Menschen gezogenen Grenzen eines ganzen Stadtgebiets nachzeichnet? Jede gottverdammte Ein- und Ausbuchtung? Was glauben Sie?«

»Das musste ich fragen. Ist sie durchlässig? Wissen Sie das?«

»Wasser geht hindurch«, sagte Cox. »Zumindest kleine Mengen.«

»Wie ist das möglich?« Obwohl er mit eigenen Augen gesehen hatte, wie verrückt sich Wasser verhielt; Gendron und er hatten es beide gesehen.

»Das wissen wir nicht – woher auch?«, fragte Cox aufgebracht. »Wir sind noch keine zwölf Stunden mit dieser Sache befasst. Die Leute hier klopfen sich gegenseitig auf die Schulter, nur weil sie rausbekommen haben, wie hoch der Dome ist. Vielleicht kriegen wir das mit dem Wasser noch heraus, aber vorläufig wissen wir's nicht.«

»Luft?«

»Luft geht in größeren Mengen hindurch. Wir haben eine Messstation aufgebaut, wo Ihre Stadt an … hmmm …« Barbie hörte leise Papier rascheln. »… an Harlow grenzt. Sie hat sogenannte *Blastests* durchgeführt. Ich denke, dass dabei gemessen wird, welcher Prozentsatz der ausgestoßenen Luft zurückfließt. Jedenfalls geht Luft durch, weit besser als Wasser, sagen die Wissenschaftler, aber trotzdem nicht vollständig. Das dürfte Ihr Wetter ziemlich durcheinanderbringen, Kumpel, aber niemand kann voraussagen, wie sehr und wie schlimm. Teufel, vielleicht verwandelt es Chester's Mill in Palm Springs.« Er lachte ziemlich schwächlich.

»Partikel?« Die Antwort darauf glaubte Barbie bereits zu kennen.

»Nein«, sagte Cox. »Partikel gehen nicht hindurch. Zumindest glauben wir das. Und Sie müssen sich darüber im Klaren sein, dass das für beide Richtungen gilt. Wenn keine Partikel hineingelangen, können auch keine heraus. Das bedeutet, dass Autoabgase …«

»Hier muss niemand weit fahren. Chester's Mill ist nirgends breiter als ungefähr vier Meilen. In der Diagonale …« Er sah zu Julia hinüber.

»Sieben, maximal«, sagte sie.

Cox sagte: »Wir glauben auch nicht, dass Abgase von Ölheizungen ein großes Problem sein werden. Bestimmt hat jeder in der Stadt einen schönen teuren Heizkessel – in Saudi-Arabien gibt's heutzutage Stoßstangenaufkleber, auf denen *I love New England* steht –, aber moderne Kessel brauchen Strom für einen konstanten Zündfunken. Ihre Ölreserven dürften hoch sein, weil die Heizsaison noch nicht begonnen hat, aber wir glauben nicht, dass sie Ihnen viel nutzen werden. Auf lange Sicht ist das wegen der vermiedenen Schadstoffbelastung vielleicht sogar gut.«

»Glauben Sie? Kommen Sie doch mal her, wenn wir dreißig Grad minus haben und der Wind mit …« Er machte eine Pause. »*Weht* der Wind überhaupt?«

»Das wissen wir nicht«, sagte Cox. »Fragen Sie mich morgen, dann habe ich vielleicht wenigstens eine Theorie.«

»Wir können mit Holz heizen«, sagte Julia. »Sagen Sie ihm das.«

»Ms. Shumway sagt, dass wir mit Holz heizen können.«

»Damit müssen die Leute sich vorsehen, Captain Barbara ... Barbie. Klar, Sie haben dort reichlich Holz, und Holzfeuer können ohne Strom angezündet und unterhalten werden, aber Holz erzeugt Asche. Teufel, es produziert Karzinogene.«

»Die Heizsaison beginnt hier ...« Barbie sah zu Julia hinüber.

»Am fünfzehnten November«, sagte sie. »Ungefähr.«

»Mitte November, sagt Ms. Shumway. Erzählen Sie mir also, dass Sie dieses Problem bis dahin gelöst haben.«

»Ich kann nur sagen, dass wir nichts unversucht lassen werden. Womit ich zum eigentlichen Zweck dieses Gesprächs komme. Die cleveren Jungs – diejenigen, die wir bisher zusammentrommeln konnten – sind sich darüber einig, dass wir es mit einem Kraftfeld zu tun haben ...«

»Genau wie in *Star Trick*«, sagte Barbie. »*Beam me up, Snotty.*«

»Wie bitte?«

»Unwichtig. Bitte weiter, Sir.«

»Alle stimmen darin überein, dass ein Kraftfeld nicht zufällig entsteht. Etwas, was sich in der Feldmitte oder nahe seiner Mitte befindet, muss es erzeugen. Unsere Jungs halten die Mitte für am wahrscheinlichsten. ›Wie ein Schirmgriff‹, hat einer von ihnen gesagt.«

»Sie glauben, dass dies ein Insiderjob ist?«

»Wir denken, dass das eine *Möglichkeit* ist. Und zufälligerweise haben wir einen hochdekorierten Soldaten in der Stadt ...«

Einen Exsoldaten, dachte Barbie. *Und die Auszeichnungen sind vor eineinhalb Jahren in den Golf von Mexiko geflogen.* Aber er ahnte, dass seine Dienstzeit soeben verlängert worden war, ob ihm das gefiel oder nicht. Wegen großer Nachfrage verlängert, wie es so schön hieß.

»... der im Irak darauf spezialisiert war, Bombenfabriken der El Kaida aufzuspüren. Aufzuspüren und zu vernichten.«

Also. Im Prinzip nur ein weiteres Stromaggregat. Er dachte an alle, an denen Julia Shumway und er auf dem Weg hierher vorbeigefahren waren: Sie hatten in der Dunkelheit

164

röhrend Licht und Wärme erzeugt. Und dazu Propan verbraucht. Ihm wurde klar, dass Propan und Akkus noch mehr als Lebensmittel der neue Goldstandard in Chester's Mill geworden waren. Eines wusste er: Die Leute *würden* mit Holz heizen. Wenn es kalt wurde und das Propan verbraucht war, würden sie massenhaft Holz verheizen. Hartholz, weiches Holz, Abfallholz. Und scheiß auf die Karzinogene.

»Es dürfte wenig Ähnlichkeit mit den Aggregaten haben, die heute Nacht in Ihrem Teil der Welt arbeiten«, sagte Cox. »Ein Ding, das dazu imstande ist … wir wissen nicht, *wie* es aussehen müsste – oder wer so etwas bauen könnte.«

»Aber Onkel Sam will es«, sagte Barbie. Er hielt das Mobiltelefon beinahe fest genug umklammert, um es zerbersten zu lassen. »In Wirklichkeit hat das Priorität, nicht wahr? Sir? Weil so etwas die Welt verändern könnte. Die Einwohner dieser Stadt sind absolut zweitrangig. Eigentlich nur Kollateralschäden.«

»Oh, nicht so melodramatisch«, sagte Cox. »In diesem Fall sind unsere Interessen deckungsgleich, belassen wir's dabei. Finden Sie den Generator, wenn es einen zu finden gibt. Spüren Sie ihn auf, wie Sie diese Bombenfabriken aufgespürt haben, und legen Sie ihn still. Problem gelöst.«

»Wenn's einen gibt.«

»Wenn's einen gibt, verstanden. Versuchen Sie's?«

»Bleibt mir eine andere Wahl?«

»Ich sehe keine, aber ich bin Berufssoldat. Für uns ist freier Wille keine Option.«

»Ken, das hier ist eine ganz beschissene Löschübung.«

Cox antwortete nicht gleich. Obwohl über den Äther kein Laut kam (bis auf ein schwaches Summen, das vielleicht bedeutete, dass dieses Gespräch aufgezeichnet wurde), konnte Barbie fast hören, wie er überlegte. Dann sagte er: »Das stimmt, aber Sie kriegen weiter den ganzen guten Stoff, Sie Hundesohn.«

Barbie lachte. Er konnte nicht anders.

3   Als sie auf der Rückfahrt an dem dunklen Klotz vorbeikamen, der zur Kirche Christus der Heilige Erlöser gehörte, wandte er sich Julia zu. Im Licht der Instrumentenbe-
leuchtung sah ihr Gesicht müde und ernst aus.

»Ich will Sie nicht auffordern, etwas zu verschweigen«,
sagte er, »aber eines sollten Sie für sich behalten, denke ich.«

»Den Generator, der vielleicht in der Stadt steht.« Sie
nahm eine Hand vom Steuer, griff nach hinten und streichelte Horace' Kopf, als suchte sie Trost und Beruhigung.

»Ja.«

»Wenn es nämlich einen Generator gibt, der das Feld erzeugt – und die Kuppel Ihres Colonels erzeugt –, dann muss
irgendwer ihn betreiben. Irgendjemand hier.«

»Das hat Cox nicht gesagt, aber ich wette, dass er das
denkt.«

»Ich behalte es für mich. Und ich verschicke keine Bilder
per E-Mail.«

»Gut.«

»Sie sollten ohnehin zuerst im *Democrat* erscheinen, verdammt noch mal.« Julia streichelte weiter ihren Hund. Leute,
die einhändig fuhren, machten Barbie normalerweise nervös, aber nicht heute Nacht. Sie hatten die Little Bitch Road
und die Route 119 ganz für sich. »Außerdem weiß ich, dass
das Gemeinwohl manchmal wichtiger ist als eine großartige
Story. Anders als die *New York Times*.«

»Touché«, sagte Barbie.

»Und wenn Sie den Generator finden, muss ich nicht allzu
oft in der Food City einkaufen. Ich hasse den Laden.« Sie
wirkte erschrocken. »Glauben Sie, dass er morgen überhaupt aufmacht?«

»Ich denke schon. Die Leute stellen sich oft nur zögernd
auf neue Verhältnisse um, wenn die alten sich ändern.«

»Ich glaube, ich sollte lieber ein paar Sonntagseinkäufe
machen«, meinte sie nachdenklich.

»Dann grüßen Sie bitte Rose Twitchell von mir. Sie hat bestimmt den treuen Anson Wheeler bei sich.« Er musste lachen, als er an den Rat dachte, den er Rose gegeben hatte,
und sagte: »Fleisch, Fleisch, Fleisch.«

»Wie bitte?«

»Wenn Sie in Ihrem Haus ein Notstromaggregat haben ...«

»Natürlich habe ich eines. Ich wohne über der Zeitung – nicht im ganzen Haus, aber in einem sehr hübschen Apartment. Das Aggregat konnte ich von der Steuer absetzen.« Das sagte sie voller Stolz.

»Dann kaufen Sie Fleisch. Fleisch und Konserven, Konserven und Fleisch.«

Sie dachte darüber nach. Vor ihnen lag jetzt das Stadtzentrum. Hier brannten weniger Lichter als sonst, aber noch immer sehr viele. *Wie lange noch?*, fragte sich Barbie. Dann fragte Julia: »Hat Ihr Colonel Ihnen Ratschläge gegeben, wie dieser Generator zu finden sein müsste?«

»Nein«, sagte Barbie. »Scheiß aufzuspüren war früher mein Job. Das weiß er natürlich.« Er machte eine Pause, dann fragte er: »Glauben Sie, dass es irgendwo in der Stadt einen Geigerzähler gibt?«

»Ich weiß, dass es einen gibt. Im Keller des Rathauses. Eigentlich im Unterkeller, könnte man sagen. Dort liegt ein Atombunker.«

»Sie verarschen mich!«

Sie lachte. »Ohne Scheiß, Sherlock. Vor drei Jahren habe ich ein Feature darüber geschrieben. Pete Freeman hat Fotos dazu gemacht. Im Keller gibt's einen Konferenzraum mit einer kleinen Küche. Der Bunker liegt eine halbe Treppe tiefer als die Küche. Einigermaßen geräumig. In den fünfziger Jahren erbaut, als die Cleveren darauf gewettet haben, dass wir uns in die Hölle sprengen würden.«

»*Das letzte Ufer*«, sagte Barbie.

»Genau, und ich halte Ihre Wette und erhöhe mit *Alas, Babylon*. Der Bunker ist ziemlich deprimierend. Petes Aufnahmen haben mich an den Führerbunker kurz vor dem Ende erinnert. Es gibt eine Art Speisekammer – Regale über Regale mit Konserven – und ein halbes Dutzend Feldbetten. Dazu verschiedene von Washington gelieferte Ausrüstungsgegenstände. Darunter auch ein Geigerzähler.«

»Das konservierte Zeug schmeckt nach fünfzig Jahren bestimmt echt klasse.«

»Tatsächlich wird der Konservenbestand regelmäßig ausgetauscht. Es gibt sogar ein kleines Notstromaggregat, das nach dem 11. September installiert worden ist. Im Haushaltsentwurf der Stadt findet man alle drei bis vier Jahre einen Betrag für den Unterhalt des Bunkers. Früher waren es dreihundert Dollar. Jetzt sind es sechshundert. Da haben Sie Ihren Geigerzähler.« Sie sah kurz zu ihm hinüber. »Natürlich betrachtet James Rennie das ganze Rathaus vom Dachboden bis zum Atombunker als sein persönliches Eigentum, deshalb wird er wissen wollen, wozu Sie ihn haben wollen.«

»Davon wird Big Jim Rennie nichts erfahren«, sagte Barbie.

Das nahm sie kommentarlos hin. »Möchten Sie mit mir in die Redaktion kommen? Die Ansprache des Präsidenten hören, während ich anfange, den Umbruch der Zeitung zu machen? Sie wird kurz und knapp, das kann ich Ihnen sagen. Eine Story, ein halbes Dutzend Fotos für den hiesigen Gebrauch, keine Werbebeilage für den Herbstschlussverkauf bei Burpee's.«

Barbie dachte darüber nach. Morgen würde er sehr beschäftigt sein, nicht nur mit Kochen, sondern auch mit Fragenstellen. Er würde seinen alten Job auf die alte Art von Neuem beginnen. Aber würde er andererseits schlafen können, wenn er jetzt in seine Wohnung über dem Drugstore zurückging?

»Okay. Und das sollte ich Ihnen wahrscheinlich nicht sagen, aber ich bin ein ausgezeichneter Bürogehilfe. Außerdem mache ich erstklassigen Kaffee.«

»Abgemacht, Mister.« Sie hob die rechte Hand vom Lenkrad, und Barbie klatschte sie ab.

»Darf ich Ihnen noch eine Frage stellen? Garantiert nicht zur Veröffentlichung bestimmt?«

»Klar«, sagte er.

»Dieser Science-Fiction-Generator … glauben Sie, dass Sie ihn finden werden?«

Barbie dachte darüber nach, während sie vor der Laden-

168

front parkte, hinter der die Redaktionsräume des *Democrat* lagen.

»Nein«, sagte er schließlich. »Das wäre zu einfach.«

Sie nickte seufzend. Dann ergriff sie seine Hand. »Glauben Sie, dass es helfen würde, wenn ich für Ihren Erfolg bete?«

»Könnte nicht schaden«, sagte Barbie.

4   In Chester's Mill gab es am Dome Day nur zwei Kirchen; beide vertrieben die protestantische Markenware (allerdings auf sehr unterschiedliche Weise). Katholiken gingen in Unsere Liebe Frau von den Heiteren Wassern in Motton, und die wenigen Juden der Stadt – rund ein Dutzend – besuchten die Gemeinde Beth Shalom in Castle Rock, wenn sie das Bedürfnis nach spirituellem Trost hatten. Einst hatte es hier eine Unitarierkirche gegeben, die aber Ende der achtziger Jahre wegen Vernachlässigung eingegangen war. Alle waren sich darüber einig, dass sie ohnehin ein wenig unseriös gewesen sei. In die ehemalige Kirche war Mill New & Used Books eingezogen.

Beide Pastoren von Chester's Mill lagen in dieser Nacht »gottwärts« auf den Knien, wie Big Jim Rennie gesagt hätte, aber ihre Art der Fürbitte, ihre Gemütsverfassung und ihre Erwartungen waren grundverschieden.

Reverend Piper Libby, die ihren Schäfchen von der Kanzel der First Congregational Church predigte, glaubte nicht mehr an Gott, obwohl sie ihren Gemeindemitgliedern diese Tatsache bisher vorenthalten hatte. Lester Coggins dagegen war gläubig bis zum Märtyrertum oder zum Wahnsinn (beides vielleicht Worte für die gleiche Sache).

Reverend Libby, die noch ihre samstäglichen Freizeitklamotten trug – und auch mit fünfundvierzig noch hübsch genug war, um darin gut auszusehen –, kniete in fast völliger Dunkelheit (die Congo hatte kein Notstromaggregat) vor dem Altar, während ihr Schäferhund Clover mit der Schnauze auf den Pfoten und den Lidern auf Halbmast hinter ihr lag.

»Hallo, Nichtvorhandener«, sagte Piper. Nichtvorhandener war in letzter Zeit ihr heimlicher Name für Gott. Zu Herbstanfang war er das Große Vielleicht gewesen, im Sommer das Allmächtige Womöglich. Dieser Name hatte ihr gefallen; er besaß einen gewissen Klang. »Du kennst die Lage, in der ich mich befinde – du solltest sie kennen, ich habe dich oft genug damit belästigt –, aber darüber will ich heute Nacht nicht mit dir sprechen. Was für dich vermutlich eine Erleichterung ist.«

Sie seufzte.

»Wir sitzen in der Klemme, mein Freund. Ich hoffe, du verstehst das alles, denn ich tu's bestimmt nicht. Aber wir wissen beide, dass diese Kirche morgen voller Leute sein wird, die himmlische Katastrophenhilfe erwarten.«

In ihrer Kirche war es sehr still, draußen ebenfalls. »Zu still«, wie es in alten Filmen hieß. Hatte sie The Mill an einem Samstagabend jemals so still erlebt? Es gab keinen Verkehr und auch keine wummernden Bässe der jeweiligen Band, die übers Wochenende im Dipper's spielte (stets mit **DIREKT AUS BOSTON!** beworben).

»Ich werde dich nicht bitten, mich deinen Willen erkennen zu lassen, denn ich bin nicht mehr davon überzeugt, dass du tatsächlich einen hast. Aber auf die geringe Chance hin, dass es dich wirklich gibt – immer eine Möglichkeit, wie ich bereitwillig eingestehe –, bitte ich dich, mir zu helfen, etwas Hilfreiches zu sagen. Nichts von einer Hoffnung im Himmel, sondern hier auf Erden. Weil die …« Sie war nicht überrascht, als sie merkte, dass sie angefangen hatte zu weinen. Sie heulte jetzt so oft, aber immer nur privat. Öffentliche Tränen von Geistlichen und Politikern missbilligten Neuengländer sehr energisch.

Clover, der ihre Verzweiflung spürte, winselte. »Pst!«, sagte Piper und wandte sich wieder dem Altar zu. Das dort hängende Kreuz sah sie oft als religiöse Version der Chevrolet-Schleife: ein Firmenzeichen, das es nur gab, weil irgendein Kerl es vor hundert Jahren auf der Tapete eines Pariser Hotels gesehen und Gefallen daran gefunden hatte. Wenn man solche Symbole als göttlich betrachtete, war man vermutlich nicht ganz richtig im Kopf.

Trotzdem machte sie weiter.

»Weil die Erde, wie dir bestimmt bewusst ist, alles ist, was wir haben. Wessen wir uns sicher sind. Ich möchte meiner Gemeinde helfen. Das ist meine Arbeit, und ich möchte sie weiterhin tun. Falls es dich gibt und wir dir nicht gleichgültig sind – lauter ungesicherte Annahmen, das gebe ich zu –, dann hilf mir bitte. Amen.«

Sie stand auf. Obwohl sie keine Taschenlampe hatte, traute sie sich zu, den Weg nach draußen zu finden, ohne sich die Schienbeine aufzuschlagen. Sie kannte diesen Bau Schritt für Schritt und Hindernis für Hindernis. Liebte ihn sogar. Sie machte sich keine Illusionen über ihren Mangel an Glauben oder ihre hartnäckige Liebe zu der Idee an sich.

»Komm jetzt, Clover«, sagte sie. »In einer halben Stunde spricht der Präsident. Der andere Große Nichtvorhandene. Wir können ihn uns im Autoradio anhören.«

Clover folgte ihr gelassen, von Glaubensfragen unbeeinträchtigt.

5   Draußen an der Little Bitch Road (von Gemeindemitgliedern der Erlöserkirche stets Nummer drei genannt) spielte sich eine weit dynamischere Szene ab – und bei hellem elektrischem Licht. Lester Coggins' Gotteshaus besaß ein so nagelneues Notstromaggregat, dass die Versandzettel noch auf seiner orangerot lackierten Seite klebten. Er hatte seinen eigenen Schuppen, im selben Orangerot gestrichen, neben dem Lagergebäude hinter der Kirche.

Lester war ein fünfzigjähriger Mann, der sich so gut gehalten hatte – durch genetische Veranlagung wie durch eigene Anstrengungen, den Tempel seines Körpers pfleglich zu behandeln –, dass er nicht älter als fünfunddreißig aussah (wozu die klug dosierte Verwendung von Just For Men beigetragen hatte). In dieser Nacht trug er nur eine kurze Sporthose mit dem Aufdruck ORAL ROBERTS GOLDEN EAGLES auf dem rechten Bein, und fast jeder Muskel seines Körpers trat deutlich hervor.

In Gottesdiensten (von denen es fünf pro Woche gab) betete Lester im ekstatischen Tremolo eines Fernsehpredigers und verwandelte den Namen des Großen Chefs in etwas, was von einem übersteuerten Wah-wah-Pedal hätte kommen können: nicht *Gott*, sondern *GOH-OH-OH-OTT!* Auch im privaten Gebet verfiel er manchmal in diesen Tonfall, ohne es zu merken. Aber wenn er zutiefst besorgt war, wenn er sich wirklich mit dem Gott Moses' und Abrahams beraten musste – mit ihm, der des Tages in einer Wolkensäule und des Nachts in einer Feuersäule vorauszog –, führte Lester seinen Teil des Gesprächs in einem tiefen Knurren, sodass er wie ein Hund klang, der im Begriff war, sich auf einen Eindringling zu stürzen. Dessen war er sich nicht bewusst, weil es in seinem Leben niemanden gab, der ihn hätte beten hören können. Piper Libby war eine Witwe, die ihren Mann und ihre beiden Söhne vor drei Jahren durch einen Verkehrsunfall verloren hatte; Lester Coggins war ein lebenslänglicher Junggeselle, der als Heranwachsender Alpträume gehabt hatte, dass er beim Onanieren von Maria Magdalena erwischt wird, die plötzlich in der Tür seines Zimmers steht.

Die Kirche war fast so neu wie das Notstromaggregat und aus teurem Rotahorn erbaut. Außerdem war sie bis zur Kargheit schlicht. Unter der Balkendecke hinter Lesters nacktem Rücken erstreckten sich drei Ränge mit Bankreihen. Vor ihm stand das Katheder: nur ein Lesepult, auf dem eine Bibel lag, und ein großes Kreuz aus Sequoiaholz vor einem Wandbehang in Kardinalspurpur. Die Empore für den Chor befand sich rechts oben, und die Musikinstrumente – darunter die Stratocaster, die Lester manchmal selbst spielte – waren an einem Ende zusammengedrängt.

»Gott, höre mein Gebet«, sagte Lester mit seiner knurrenden Ich-bete-ernstlich-Stimme. In einer Hand hielt er ein starkes Seil mit zwölf Knoten – einen Knoten für jeden Apostel. Der neunte Knoten, der Judas verkörperte, war schwarz eingefärbt. »Gott, höre mein Gebet, darum bitte ich dich im Namen des gekreuzigten und auferstandenen Heilands.«

Er begann seinen Rücken mit dem Seil zu peitschen, erst über die linke Schulter, dann über die rechte, wobei er den Arm flüssig hob und beugte. Beim Auftreffen auf seine vielfach vernarbte Haut klang das Knotenseil wie ein Teppich-klopfer. Dies hatte er schon oftmals gemacht, aber noch nie mit solcher Inbrunst.

»Gott, höre mein *Gebet*! Gott, höre *mein* Gebet! Gott, *höre* mein Gebet! *Gott*, höre mein Gebet!«

Knall und *Knall* und *Knall* und *Knall*. Heißes Brennen wie Feuer, wie Nesseln. Entlang den Autobahnen und Land-straßen seiner elenden menschlichen Nerven einsinkend. Schrecklich und zugleich schrecklich befriedigend.

»Herr, wir in dieser Stadt haben gesündigt, und ich bin der Erste unter allen Sündern. Ich habe auf Jim Rennie gehört und seinen Lügen Glauben geschenkt. Ja, ich habe geglaubt, und dies ist der Preis dafür, der heute nicht anders ist als einst. Es ist nicht nur einer, welcher für eines Menschen Sün-den büßt, sondern es sind viele. Du gerätst nicht rasch in Zorn, doch wenn er losbricht, gleicht dein Zorn den Stür-men, die ein Weizenfeld verwüsten und nicht nur einen Halm oder einige Dutzend, sondern jeden einzelnen nieder-walzen. Ich habe Wind gesät und Sturm geerntet, nicht nur für einen, sondern für viele.«

In The Mill gab es weitere Sünden und weitere Sünder – das wusste er, er war nicht naiv, sie fluchten und tanzten und trieben Unzucht und nahmen Drogen, von denen er zu viel wusste, und die hatten es zweifellos verdient, bestraft zu werden, *gegeißelt* zu werden, aber das traf auf *jede* Kleinstadt zu, und dies war die einzige, die für diese schreckliche Manifestation höherer Gewalt auserkoren worden war.

Und dennoch … und dennoch … war es möglich, dass nicht seine Sünde diesen seltsamen Fluch bewirkt hatte? Ja. Möglich. Aber nicht wahrscheinlich.

»Herr, ich muss wissen, was ich tun soll. Ich stehe am Scheideweg. Ist es dein Wille, dass ich morgen früh an die-sem Katheder stehend bekenne, wozu ich mich von diesem Mann habe überreden lassen – die Sünden, die wir gemein-sam begangen haben, die Sünden, die ich allein begangen habe –, dann gehorche ich. Aber das würde das Ende meiner Tätigkeit als Geistlicher bedeuten, und ich kann mir nur schwer vorstellen, dass das in dieser schlimmen Zeit dein Wille sein soll. Ist es dagegen dein Wille, dass ich noch warte ... warte und beobachte, was als Nächstes geschieht ... warte und mit meiner Herde darum bete, dass diese Last von uns genommen werde ..., dann warte ich noch. Dein Wille geschehe, o Herr. Jetzt und immerdar.«

Er stellte seine Geißelung vorübergehend ein (er konnte spüren, wie beruhigend warme Tropfen seinen bloßen Rücken hinunterliefen; mehrere Seilknoten waren bereits rot verfärbt) und hob sein tränennasses Gesicht der Balkendecke entgegen.

»Weil diese Menschen mich brauchen, Herr. Du *weißt*, dass sie es tun, jetzt mehr denn je. Deshalb ... ist es also dein Wille, dass dieser Kelch an mir vorübergeht ... gib mir bitte ein Zeichen.«

Er wartete. Und siehe, der Herr sprach zu Lester Coggins: »Ich will dir ein Zeichen geben. Geh zur Bibel, genau wie du es als Kind nach diesen hässlichen Träumen getan hast.«

»Gleich«, sagte Lester. »*Sofort.*«

Er hängte sich das Knotenseil um, sodass es ein blutiges Hufeisen auf Brust und Schultern zeichnete, und trat ans Katheder, während weitere dünne Blutfäden ihm über den Rücken liefen, sich in seinem Kreuz sammelten und den elastischen Bund seiner Sporthose befeuchteten.

Lester stand hinter dem Katheder, wie um zu predigen (obwohl er selbst in seinen schlimmsten Alpträumen nie davon geträumt hatte, so spärlich bekleidet zu predigen), klappte die offen daliegende Bibel zu und schloss die Augen. »Herr, dein Wille geschehe – darum bitte ich im Namen deines Sohns, in Schande gekreuzigt und glorreich auferstanden.«

Und der Herr sagte: »Schlag mein Buch auf, und sieh, was du siehst.«

Lester tat wie geheißen (wobei er darauf achtete, die große Bibel nicht zu weit in der Mitte aufzuschlagen – dies war ein Job fürs Alte Testament, wenn es je einen gegeben hatte). Er ließ seinen Zeigefinger über die ungesehene Seite gleiten, dann öffnete er die Augen und beugte sich über den Text.

Vor ihm aufgeschlagen lag das fünfte Buch Mose, Kapitel achtundzwanzig, Vers achtundzwanzig. Er las:

»Der Herr wird dich schlagen mit Wahnsinn, Blindheit und Rasen des Herzens.«

Raserei des Herzens war vermutlich gut, aber insgesamt klang das nicht gerade aufmunternd. Oder deutlich. Dann sprach der Herr erneut und sagte: »Nicht dort aufhören, Lester.«

Er las Vers neunundzwanzig.

»Und wirst tappen am Mittag ...«

»Ja, Herr, ja«, flüsterte er und las weiter.

»... wie ein Blinder tappt im Dunkeln; und wirst auf deinem Wege kein Glück haben; und wirst Gewalt und Unrecht leiden müssen dein Leben lang, und niemand wird dir helfen.«

»Wirst du mich mit Blindheit schlagen?«, fragte Lester, wobei er seine knurrende Gebetsstimme etwas erhob. »O Gott, tu das nicht – aber wenn es dein Wille ist ...«

Der Herr sprach erneut zu ihm und fragte: »Bist du heute auf der dummen Seite deines Betts aufgestanden, Lester?«

Er riss die Augen auf. Gottes Stimme, aber eine der häufigsten Redensarten seiner Mutter. Ein wahrhaftiges Wunder! »Nein, Herr, nein.«

»Dann sieh noch einmal hin. Was zeige ich dir?«

»Etwas über Wahnsinn. Oder Blindheit.«

»Was davon hältst du für wahrscheinlicher?«

Lester überflog die Verse. Das einzige wiederholte Wort war *blind*.

»Ist das ... Herr, ist das mein Zeichen?«

Und der Herr antwortete und sprach: »Ja, gewisslich, aber nicht deine eigene Blindheit, denn deine Augen sehen jetzt klarer. Halte Ausschau nach dem Geblendeten, der wahnsinnig geworden ist. Siehst du ihn, musst du deiner Gemeinde erzählen, was Rennie hier draußen getan hat – und wie du daran beteiligt warst. Ihr müsst beide gestehen. Darüber reden wir noch, aber vorläufig solltest du ins Bett gehen, Lester. Du tropfst den Boden voll.«

Lester gehorchte, aber zuvor wischte er noch die kleinen

175

Blutspritzer von dem Hartholzboden hinter dem Katheder. Das tat er auf den Knien. Er betete nicht, während er arbeitete, aber er meditierte über die Verse. Er fühlte sich schon viel besser.

Vorerst würde er nur allgemein über die Sünden sprechen, die bewirkt haben konnten, dass diese unbekannte Barriere zwischen The Mill und der Außenwelt entstanden war; aber er würde auf das Zeichen achten. Nach einem oder einer Blinden, der oder die wahnsinnig geworden war, o ja, wahrlich.

6 Brenda Perkins hörte WCIK, weil ihr Mann ihn gern hörte (gehört *hatte*), aber sie hätte niemals einen Fuß in die Erlöserkirche gesetzt. Sie gehörte ganz und gar der Congo an und sorgte dafür, dass ihr Mann sie dorthin begleitete.

Hatte dafür gesorgt. Howie würde nur noch einmal in der Congo sein. Würde dort liegen, ohne etwas zu spüren, während Piper Libby seinen Nachruf sprach.

Diese Erkenntnis – so krass und unabänderlich – traf sie ins Herz. Zum ersten Mal, seit Brenda die Nachricht erhalten hatte, ließ sie sich gehen und heulte los. Vielleicht weil sie das jetzt konnte. Jetzt war sie allein.

Im Fernsehen sagte der Präsident, der ernst und erschreckend alt aussah, feierlich: »Meine amerikanischen Mitbürger, Sie wollen Antworten. Und ich verpflichte mich dazu, sie Ihnen zu geben, sobald ich sie habe. In dieser Sache wird es keine Geheimnisse geben. Meine Kenntnis der Ereignisse wird auch Ihre sein. Das ist mein feierliches Versprechen ...«

»Ja, und dir gehört eine Brücke, die du mir verkaufen willst«, sagte Brenda. Davon musste sie noch mehr weinen, weil das eine von Howies liebsten Redensarten war. Sie schaltete den Fernseher aus und ließ die Fernbedienung zu Boden fallen. Am liebsten hätte sie das Ding zertrampelt, aber das tat sie dann doch nicht – vor allem, weil sie zu sehen glaubte, wie Howie den Kopf schüttelte und sie aufforderte, sich nicht so albern zu benehmen.

Stattdessen ging sie in sein kleines Arbeitszimmer, weil sie ihn irgendwie berühren wollte, solange seine Gegenwart dort noch frisch war. Weil sie das *Bedürfnis* hatte, ihn zu berühren. Draußen hinter dem Haus brummte ihr Notstromaggregat. *Fett und glücklich*, hätte Howie gesagt. Sie hatte es verabscheut, so viel Geld für dieses Ding auszugeben, als Howie es nach dem 11. September bestellt hatte (*Rein vorsorglich*, hatte er ihr erklärt). Aber jetzt bedauerte sie jedes abfällige Wort, das sie darüber gesagt hatte. Im Dunkel um ihn zu trauern, wäre noch schrecklicher, noch einsamer gewesen.

Sein Schreibtisch war leer bis auf sein Notebook, das aufgeklappt dastand. Sein Bildschirmschoner war ein Foto aus einem lange zurückliegenden Little-League-Spiel. Chip, damals elf oder zwölf, und Howie trugen beide das grüne Trikot der Sanders Hometown Drug Monarchs; die Aufnahme war in dem Jahr gemacht worden, in dem das Sanders-Team es dank Chip und Rusty Everett ins Finale der Landesmeisterschaft geschafft hatte. Chip hatte einen Arm um seinen Vater gelegt, und Brenda umarmte sie beide. Ein guter Tag. Aber zerbrechlich. Zerbrechlich wie ein Kristallkelch. Aber wer wusste das zu einem Zeitpunkt, an dem es vielleicht möglich gewesen wäre, ihn noch etwas länger auszukosten?

Sie hatte Chip bisher nicht erreichen können, und der Gedanke an diesen Anruf – falls sie überhaupt dazu imstande war – gab ihr den Rest. Sie sank schluchzend neben Howies Schreibtisch auf die Knie. Sie faltete die Hände nicht, sondern legte die Handflächen aneinander, wie sie es als Kind gemacht hatte, als sie im Flanellpyjama neben ihrem Bett gekniet und ihr Mantra heruntergeleiert hatte: *Gott segne Mama, Gott segne Papa, Gott segne meinen Goldfisch, der noch keinen Namen hat.*

»Gott, hier ist Brenda. Ich verlange ihn nicht zurück … nun, ich möchte schon, aber ich weiß, dass du das nicht kannst. Gib mir nur die Kraft, das zu ertragen, okay? Und ich frage mich, ob du … ich weiß nicht, ob das Gotteslästerung ist oder nicht, es ist vermutlich eine … ob du ihn noch mal mit mir reden lassen könntest. Vielleicht noch mal mit einer Berührung wie heute Vormittag.«

Bei dieser Erinnerung – seine Finger auf ihrer sonnenwarmen Haut – musste sie noch mehr weinen.

»Ich weiß, dass du dich nicht mit Geistern abgibst – außer natürlich dem Heiligen Geist, versteht sich –, aber vielleicht in einem Traum? Ich weiß, dass das viel verlangt ist, aber … o Gott, ich fühle mich heute Nacht so leer. Ich wusste gar nicht, dass man solch ein Loch in sich haben kann, und ich habe Angst, ich könnte hineinfallen. Wenn du das für mich tust, tue ich etwas für dich. Du brauchst nur etwas zu verlangen. Bitte, lieber Gott, nur eine Berührung. Oder ein Wort. Selbst wenn es bloß im Traum ist.« Sie holte tief und schnorchelnd Luft. »Danke. Natürlich geschehe dein Wille. Ob's mir gefällt oder nicht.« Sie lachte matt. »Amen.«

Brenda öffnete die Augen und stand auf, wobei sie sich am Schreibtisch festhielt. Als ihre Hand den Computer streifte, wurde der Bildschirm sofort hell. Er vergaß immer, ihn auszuschalten, aber diesmal hatte er ihn zumindest eingesteckt gelassen, damit die Batterie sich nicht entlud. Und sein Desktop war immer viel aufgeräumter als ihrer, der ständig mit Downloads und elektronischen Haftnotizen zugemüllt war. Auf Howies gab es stets nur drei sauber gestapelte Dateien vor dem Festplatten-Icon: AKTUELL, in dem er Berichte über laufende Ermittlungen speicherte; GERICHT mit einer Liste, welche Polizeibeamten (auch er selbst) wann, wo und in welcher Sache als Zeugen vorgeladen waren. In der HAUS MORIN STREET benannten dritten Datei speicherte er alles, was mit ihrem Haus zu tun hatte. Ihr fiel ein, dass darin etwas über das Notstromaggregat zu finden sein könnte, mit dem sie sich auskennen musste, damit es so lange wie möglich lief. Henry Morrison vom Police Department würde ihr den jetzigen Propanzylinder bestimmt gern wechseln, aber was war, wenn es keinen Ersatz gab? Dann musste sie bei Burpee's oder dem Gas & Grocery neue Zylinder holen, bevor alle ausverkauft waren.

Sie legte den Zeigefinger auf die Maustaste, dann zögerte sie. Auf dem Desktop befand sich noch eine vierte Datei, die ganz links unten lauerte. Die hatte sie noch nie gesehen. Brenda versuchte sich zu erinnern, wann sie zuletzt auf den

Bildschirm dieses Computers geblickt hatte, aber sie wusste es nicht.

VADER, so lautete der Dateiname.

Nun, in The Mill gab es nur einen Menschen, den Howie Vader – wie in Darth Vader – nannte: Big Jim Rennie.

Brenda verschob neugierig den Cursorpfeil, doppelklickte auf die Datei und fragte sich, ob sie wohl passwortgeschützt war.

War sie. Sie versuchte es mit WILDCATS, mit dem sich die Datei AKTUELL öffnen ließ (bei GERICHT hatte Howie sich diese Mühe gespart), und es funktionierte. Die Datei enthielt zwei Dokumente. Eines trug den Namen LAUFENDE ERMITTLUNGEN. Die andere war eine PDF-Datei mit dem Namen SCHREIBEN VON JMSM. In Howie-Sprache bedeutete das Justizminister des Staates Maine. Sie klickte darauf.

Während die Tränen auf ihren Wangen trockneten, las Brenda das Schreiben des Justizministers mit wachsendem Erstaunen. Es begann schon mit der Anrede: nicht *Lieber Chief Perkins*, sondern *Lieber Duke*.

Obwohl das Schreiben statt in Howie-Sprache in Juristen-Sprache abgefasst war, sprangen ihr einzelne Sätze wie fettgedruckt ins Auge. **Veruntreuung von städtischen Geldern und Sachleistungen** war der erste. **Dass Stadtverordneter Sanders dabei die treibende Kraft war, scheint außer Zweifel zu stehen,** war der nächste. Und dann: **Diese Straftaten sind weit schwerwiegender, als wir noch vor einem Vierteljahr für möglich gehalten hätten.**

Und ziemlich weit unten nicht nur in Fettdruck, sondern auch in Großbuchstaben: **HERSTELLUNG UND VER-KAUF VON ILLEGALEN DROGEN.**

Ihr Gebet schien beantwortet worden zu sein, wenn auch auf völlig unerwartete Weise. Brenda setzte sich auf Howies Schreibtischstuhl, klickte in der VADER-Datei LAUFENDE ERMITTLUNGEN an und ließ ihren verstorbenen Mann zu sich sprechen.

7   Die Ansprache des Präsidenten – viel tröstliche
Worte, wenig Information – war um 0:21 Uhr zu Ende.
Rusty Evans, der sie sich in der Lounge im zweiten Stock des
Krankenhauses angesehen hatte, sah noch einmal die Kran-
kenblätter durch und fuhr dann nach Hause. Seit er im Heil-
beruf tätig war, war er schon manchmal müder heimgekommen, aber nie bedrückter oder wegen der Zukunft besorgter.

Das Haus war dunkel. Linda und er hatten letztes Jahr
(und im Jahr davor) über den Kauf eines Notstromaggregats
diskutiert, weil Chester's Mill in jedem Winter vier bis fünf
Tage ohne Strom war, was aber auch jeden Sommer vorkam;
die Western Maine Power war nicht der zuverlässigste Ener-
gieversorger. Aber sie hatten es sich einfach nicht leisten
können. Vielleicht wenn Linda als Vollzeit-Cop arbeitete,
aber das wollten sie beide nicht, solange die Mädchen noch
klein waren.

Wenigstens haben wir einen guten Ofen und einen ver-
dammt großen Holzhaufen. Falls wir ihn brauchen.

Im Handschuhfach lag eine Stablampe, aber als er sie
einschaltete, brannte sie fünf Sekunden lang flackernd und
erlosch dann. Rusty murmelte einen Fluch und nahm sich
vor, sich morgen mit Batterien einzudecken – inzwischen
vielmehr heute. Falls die Läden geöffnet hatten.

Wenn ich mich nach zwölf Jahren hier nicht blind zurecht-
finde, bin ich ein Affe.

Nun ja. Er *fühlte* sich heute Nacht ein bisschen wie ein
Affe – vor Kurzem gefangen und in einen Zookäfig gesteckt.
Und er roch ganz entschieden wie einer. Vielleicht eine Du-
sche vor dem Zubettgehen …

Heute nicht. Kein Strom, keine Dusche.

Die Nacht war klar, und obwohl kein Mond schien, standen eine Million Sterne über dem Haus – und sie sahen aus
wie immer. Vielleicht gab es über ihnen keine Barriere. Davon hatte der Präsident nicht gesprochen, was vielleicht bedeutete, dass die zuständigen Stellen es noch nicht wussten.
Wenn The Mill auf dem Boden eines neu entstandenen Brun-
nens lag, statt unter irgendeiner unheimlichen Käseglocke
gefangen zu sein, konnte vielleicht noch alles gut ausgehen.

Das Militär konnte die Stadt aus der Luft versorgen. Wenn das Land Hunderte von Milliarden ausgeben konnte, um angeschlagene Unternehmen zu retten, konnte es sich bestimmt leisten, ein paar zusätzliche Pop-Tarts und ein paar kümmerliche Notstromaggregate an Fallschirmen abzuwerfen.

Rusty ging zur Hintertür hinauf und hatte den Schlüssel bereits in der Hand, als er etwas vor der Schlossplatte hängen sah. Er beugte sich hinunter, kniff die Augen zusammen und lächelte dann. Es war eine Mini-Stablampe. Beim diesjährigen Großen Sommerschlussverkauf bei Burpee's hatte Linda fünf oder sechs davon gekauft. Das hatte er damals für töricht gehalten; er erinnerte sich sogar daran, gedacht zu haben: *Frauen erstehen bei Ausverkäufen Dinge aus demselben Grund, aus dem Männer Berge besteigen – weil sie da sind.*

Am Lampenboden befand sich eine kleine Klappöse, durch die ein alter Schnürsenkel gezogen war. Daran war mit Klebstreifen eine Mitteilung befestigt. Er riss sie ab und richtete den Lichtstrahl darauf.

Hallo, Liebster. Ich hoffe, Dir geht es gut. Die beiden J. sind endlich eingeschlafen. Beide besorgt & durcheinander, aber auch todmüde. Ich habe morgen den ganzen Tag Dienst & ich meine den <u>ganzen Tag</u> von 7 bis 19 Uhr, das sagt Peter Randolph (unser neuer Chief – ÄCHZ). Marta Edmunds, Gott segne sie, hat versprochen, die Mädchen zu nehmen. Versuch bitte, mich nicht zu wecken. (Obwohl ich vielleicht nicht schlafen werde.) Uns stehen harte Zeiten bevor, fürchte ich, aber wir kommen irgendwie durch. Gott sei Dank haben wir reichlich Vorräte in der Speisekammer.

Schatz, Du bist bestimmt sehr müde, aber führst du Audrey noch Gassi? Ihre Winselsache geht noch immer auf diese unheimliche Art weiter. Kann sie gewusst haben, was kommen würde? Hunde können angeblich Erdbeben spüren, also vielleicht auch …

Judy und Jannie sagen, dass sie ihren Daddy liebhaben. Das tue ich auch.

*Morgen finden wir etwas Zeit, über alles zu reden,
nicht wahr? Zu reden und eine Bestandsaufnahme zu
machen.*
  Ich habe ein bisschen Angst.

Linda

Auch er war ein wenig ängstlich und nicht gerade begeistert
davon, dass seine Frau morgen eine Zwölfstundenschicht
übernehmen musste, die eher sechzehn oder mehr Stunden
dauern würde. Ebenso wenig begeistert war er davon, dass
Judy und Janelle, die bestimmt ebenfalls verängstigt waren,
den ganzen Tag bei Marta verbringen würden.

Am wenigsten begeistert war er jedoch davon, dass er mit
ihrem Golden Retriever kurz vor ein Uhr morgens Gassi
gehen sollte. Er hielt es für durchaus möglich, dass Audrey
die Annäherung der Barriere gespürt *hatte*; er wusste, dass
Hunde viele Phänomene, nicht nur Erdbeben, im Voraus
wahrnahmen. Nur hätte diese Winselsache, wie Linda und er
sie nannten, inzwischen wieder aufhören müssen, nicht
wahr? Auf seiner nächtlichen Heimfahrt waren die übrigen
Hunde der Stadt totenstill gewesen. Kein Kläffen, kein Heulen. Und er hatte auch von keinen anderen Hunden gehört,
bei denen diese Winselsache vorgekommen war.

Vielleicht schläft sie auf ihrem Lager neben dem Herd,
dachte er, als er die Küchentür öffnete.

Audrey schlief nicht. Sie kam sofort zu ihm, aber nicht mit
freudigen Sprüngen wie sonst – *Du bist wieder da! Du bist
wieder da! O Gott sei Dank, dass du wieder da bist!* –, sondern geduckt, fast kriechend, mit eingezogenem Schwanz,
als erwartete sie Schläge (die sie nie erhalten hatte), statt den
Kopf getätschelt zu bekommen. Und ja, sie hatte diese Winselsache noch immer nicht abgelegt. Tatsächlich hatte sie damit schon lange vor dem Dome Day begonnen. Zwischendurch hatte sie ein paar Wochen lang aufgehört, und Rusty
hatte zu hoffen begonnen, dass nun alles vorbei war, aber
dann hatte sie wieder angefangen: manchmal leise, manchmal laut. Heute Nacht war ihr Winseln laut – oder vielleicht
wirkte es nur in der finsteren Küche so, in der die Digital-

182

anzeigen von Herd und Mikrowellen ausgefallen waren und die Lampe über dem Ausguss, die Linda sonst für Rusty brennen ließ, ebenfalls dunkel war.

»Schluss jetzt«, sagte er. »Du weckst das ganze Haus.«

Aber Audrey hörte nicht auf. Sie stupste sein Knie sanft an und sah in dem hellen, schmalen Strahl der Stablampe in seiner rechten Hand zu ihm auf. Er hätte schwören können, dass es ein flehender Blick war.

»Also gut«, sagte er. »Also gut, also gut. Gassi.«

Ihre Leine hing an einem Haken neben der Speisekammertür. Als er sie holen ging (wobei er sich die Stablampe an dem Schuhband um den Hals hängte), huschte Audrey mehr wie eine Katze als ein Hund vor ihm her. Ohne die Stablampe hätte er leicht über sie fallen können. Das hätte diesem Scheißtag auf großartige Weise die Krone aufgesetzt.

»Augenblick, Augenblick, mach langsam.«

Aber sie blaffte ihn an und wich vor ihm zurück.

»Still! Audrey, still!«

Statt zu verstummen, bellte sie erneut: ein in dem schlafenden Haus schockierend lautes Kläffen. Er fuhr überrascht zusammen. Audrey stürzte auf ihn los und packte sein Hosenbein mit den Zähnen und bewegte sich rückwärts in Richtung Diele, wobei sie ihn mitzuziehen versuchte.

Rusty, der jetzt neugierig war, ließ sich widerstandslos mitziehen. Als Audrey sah, dass er ihr folgte, ließ sie sein Hosenbein los und rannte zur Treppe. Sie lief zwei Stufen hinauf, sah sich um und bellte erneut.

Oben in ihrem Schlafzimmer wurde Licht gemacht. »Rusty?« Das war Linda, deren Stimme schlaftrunken klang.

»Ja, ich bin's«, rief er halblaut. »Aber eigentlich ist es Audrey.«

Er folgte dem Hund die Treppe hinauf. Statt sie wie sonst mit wenigen großen Sprüngen zu bewältigen, machte Audrey immer wieder halt, um sich umzusehen. Hundeliebhaber können den Gesichtsausdruck ihrer Tiere oft sehr gut deuten, und was Rusty jetzt sah, war ängstliche Besorgnis. Audreys Ohren waren flach angelegt, ihr Schwanz noch immer eingezogen. Falls dies wieder die Winselsache war, hatte sie ein neues Niveau erreicht. Rusty fragte sich plötzlich, ob vielleicht ein Einbrecher im Haus war. Die Hintertür war abgesperrt gewesen, und Linda schloss im Allgemeinen zuverlässig alle Türen ab, wenn sie mit den Mädchen allein war, aber …

Linda, die sich ihren weißen Frotteebademantel zuband, erschien oben an der Treppe. Als Audrey sie sah, bellte sie erneut. Ein Aus-dem-Weg-Kläffen.

»Audi, *Schluss* jetzt!«, sagte sie, aber Audrey rannte an ihr vorbei und rempelte Lindas rechtes Bein kräftig genug an, um sie an die Wand zurücktorkeln zu lassen. Dann war der Golden Retriever den Flur entlang zum Zimmer der Mädchen unterwegs, in dem es noch still war.

Linda angelte ihre eigene Mini-Stablampe aus der Tasche ihres Bademantels. »Um *Himmels* willen, was …«

»Ich glaube, du gehst besser ins Schlafzimmer zurück«, sagte Rusty.

»Ich denke nicht daran!« Sie rannte vor ihm den Flur entlang, sodass der helle Lichtstrahl ihrer Lampe über Fußboden und Wände tanzte.

Die Mädchen waren fünf und sieben; sie waren vor Kurzem in die von Linda so bezeichnete »weibliche Privatsphären-Phase« eingetreten. Audrey erreichte die Tür, stellte sich hoch und fing an, mit den Vorderpfoten das Holz zu zerkratzen.

Rusty holte Linda ein, als sie gerade die Tür aufstieß. Audrey war mit einem Satz in dem Raum, ohne Judys Bett auch nur eines Blickes zu würdigen. Die Fünfjährige schlief ohnehin fest.

Janelle schlief nicht. Sie war aber auch nicht wach. In dem Augenblick, als die beiden Lichtstrahlen sich auf ihr vereinigten, wurde Rusty alles klar, und er verfluchte sich dafür, dass er nicht früher erkannt hatte, was hier vorging, was schon seit August, vielleicht sogar seit Juli passiert sein musste. Denn Audreys merkwürdiges Benehmen – die Winselsache – war gut dokumentiert. Er hatte die Wahrheit nur nicht erkannt, als sie ihm ins Gesicht gestarrt hatte.

Janelle, deren Augen offen waren, aber nur das Weiße sehen ließen, hatte keine Krämpfe – Gott sei Dank nicht –, aber sie zitterte am ganzen Leib. Sie hatte ihre Bettdecke bis zu den Füßen hinuntergestrampelt, vermutlich zu Beginn dieses Anfalls, und im Licht der Stablampen war im Schritt ihrer Pyjamahose ein dunkler Fleck zu erkennen. Sie bewegte die Finger wie bei Lockerungsübungen, bevor sie Klavier zu spielen begann.

Audrey saß vor dem Bett, sah mit gespannter Aufmerksamkeit zu ihrem kleinen Frauchen auf.

»*Was ist mit ihr?*«, kreischte Linda.

Im anderen Bett regte Judy sich und murmelte undeutlich: »Mami? Is schon Frühtück? Hab ich den Bus verpasst?«

»Sie hat einen Anfall«, sagte Rusty.

»*Dann hilf ihr!*«, rief Linda aus. »*Mach irgendwas! Stirbt sie?*«

»Nein«, sagte Rusty. Der Teil seines Gehirns, der weiterhin klar denken konnte, wusste, dass dies ziemlich sicher nur ein kleiner epileptischer Anfall war – wie es die anderen gewesen sein mussten, die ihnen längst hätten auffallen müssen. Aber das war etwas anderes, wenn es in der eigenen Familie passierte.

Judy setzte sich kerzengerade im Bett auf und verstreute dabei Kuscheltiere um sich herum. Ihre Augen waren schreckhaft geweitet, und sie fühlte sich nicht sonderlich getröstet, als Linda sie aus dem Bett riss und an sich drückte.

»*Mach, dass sie aufhört! Mach, dass sie aufhört, Rusty!*«

Wenn dies ein *Petit-mal*-Anfall war, würde er von selbst aufhören.

Bitte, lieber Gott, lass ihn von selbst aufhören, dachte er.

Er legte die Hände seitlich an Jannies bebenden, zitternden Kopf und versuchte, ihn sanft nach oben zu drücken, damit ihre Luftröhre auf jeden Fall frei blieb. Anfangs gelang ihm das nicht – das gottverdammte Kissen hinderte ihn daran. Er warf es zu Boden. Es traf zuerst Audrey, aber die Hündin fuhr nicht einmal zusammen, sondern ließ ihren aufmerksamen Blick starr auf Jannie gerichtet.

Rusty konnte nun Jannies Kopf leicht nach hinten biegen

und ihre Atmung hören. Sie atmete nicht hektisch; auch gab es kein raues Keuchen nach Sauerstoff.

»Mami, was ist mit Jan-Jan los?«, fragte Judy und fing an zu weinen. »Ist sie verrückt? Ist sie krank?«

»Nicht verrückt und nur ein bisschen krank.« Rusty staunte darüber, wie gelassen seine Stimme klang. »Warum gehst du nicht mit Mami runter ins …«

»*Nein!*«, riefen die beiden wie aus einem Mund.

»Okay«, sagte er, »aber ihr müsst ruhig sein. Erschreckt sie nicht, wenn sie aufwacht, denn sie ist bestimmt schon erschrocken genug.«

»Ein *bisschen* erschrocken«, verbesserte er sich. »Audi, braves Mädchen. Sehr, *sehr* braves Mädchen.«

Solches Lob versetzte Audrey normalerweise in einen Freudentaumel, aber heute Nacht nicht. Sie wedelte nicht einmal mit dem Schwanz. Dann blaffte der Golden Retriever plötzlich kurz, legte sich hin und ließ die Schnauze auf einer Vorderpfote ruhen. Sekunden später hörte Jannie zu zittern auf und schloss die Augen.

»Verdammt«, sagte Rusty.

»Was?« Linda saß jetzt auf Judys Bettkante und hatte die Kleine auf dem Schoß. »*Was?*«

»Es ist vorbei«, sagte Rusty.

Aber das stimmte nicht ganz. Als Jannie die Augen öffnete, waren sie wieder dort, wo sie hingehörten, aber sie sahen ihn nicht.

»Der Große Kürbis!«, rief Janelle. »Der Große Kürbis ist an allem schuld! Du musst den Großen Kürbis stoppen!«

Rusty schüttelte sie sanft. »Du hast einen Traum gehabt, Jannie. Einen schlechten, denke ich. Aber jetzt ist er vorbei und dir fehlt weiter nichts.«

Sekundenlang war sie noch nicht ganz da, obwohl ihre Augen sich bewegten, sodass er wusste, dass sie ihn jetzt sah und hörte. »Stopp Halloween, Daddy! Du musst Halloween stoppen!«

»Okay, Schatz, wird gemacht. Halloween ist gestrichen. Komplett.«

Sie blinzelte, dann hob sie eine Hand, um sich ihre strähnigen, schweißnassen Haare aus der Stirn zu streichen. »Was? *Warum?* Ich wollte Prinzessin Leia sein! Muss bei mir alles immer schiefgehen?« Sie begann zu weinen.

Linda kam herüber – mit Judy, die sich hinter ihr herhastend an den Bademantel ihrer Mutter klammerte – und nahm Janelle in die Arme. »Du kannst trotzdem Prinzessin Leia sein, Schätzchen, ich versprech's dir.«

Jannie betrachtete ihre Eltern verwirrt, misstrauisch und zunehmend ängstlich. »Was macht ihr alle in unserem Zimmer? Und warum ist *sie* auf?« Dabei zeigte sie auf Judy.

»Du hast Pipi ins Bett gemacht«, sagte Judy selbstgefällig, und als Jannie sah, dass sie recht hatte – und noch lauter zu weinen begann –, musste Rusty sich beherrschen, um Judy nicht eine zu knallen. Er hielt sich im Allgemeinen für einen ziemlich aufgeklärten Vater (vor allem im Vergleich zu denen, die er manchmal mit ihren Kindern, die einen gebrochenen Arm oder ein blaues Auge hatten, in die Ambulanz schleichen sah), aber nicht heute Nacht.

»Macht nichts«, sagte Rusty und schloss Jannie fest in die Arme. »Das war nicht deine Schuld. Du hattest ein kleines Problem, aber jetzt ist es vorbei.«

»Muss sie ins Krankenhaus?«, fragte Linda.

»Nur in die Ambulanz, aber nicht heute Nacht. Morgen früh. Ich sorge dafür, dass sie das richtige Medikament bekommt.«

»*KEINE SPRITZE!*«, kreischte Jannie und begann lauter zu weinen als je zuvor. Rusty fand dieses Geräusch herrlich. Es war ein gesundes Geräusch. Stark.

»Keine Spritze, Schatz. Tabletten.«

»Bist du dir deiner Sache sicher?«, fragte Linda.

Rusty sah auf ihre Hündin hinunter, die jetzt friedlich mit ihrer Schnauze auf einer Vorderpfote dalag, als ginge sie das ganze Drama nichts an.

»*Audrey* ist sich sicher«, sagte er. »Aber sie sollte heute Nacht hier drinnen bei den Mädchen schlafen.«

»Hurra!«, rief Judy. Sie fiel auf die Knie, umarmte Audi stürmisch.

Rusty legte seiner Frau einen Arm um die Taille. Sie ließ

ihren Kopf auf seine Schulter sinken, als wäre sie zu müde, um ihn noch länger hochzuhalten.

»Wieso jetzt?«, fragte sie. »Wieso *jetzt?*«

»Das weiß ich nicht. Wir müssen dankbar sein, dass es nur ein kleiner epileptischer Anfall war.«

In diesem Punkt war sein Gebet erhört worden.

WAHNSINN, BLINDHEIT, RASEN DES HERZENS

1 Scarecrow Joe war nicht früh auf; er war noch auf. Er hatte die Nacht durchgemacht.

Eigentlich war er Joseph McClatchey, dreizehn, auch als König der Computerfreaks oder Skeletor bekannt, wohnhaft im Haus 19 Mill Street. Bei einer Größe von einem Meter fünfundachtzig wirkte er mit seinen siebenundsechzig Kilo irgendwie skelettartig. Und er war ein echtes Genie. Joe ging nur deshalb weiter in die achte Klasse, weil seine Eltern grundsätzlich dagegen waren, irgendetwas »zu überspringen«.

Joe machte das nichts aus. Seine Freunde (für ein hageres dreizehnjähriges Genie hatte er überraschend viele) waren dort. Außerdem war die Lernerei ein Klacks, und es gab jede Menge Computer, an denen er herumspielen konnte; in Maine hatte jeder Schüler der Mittelstufe einen. Manche der besseren Websites waren natürlich gesperrt, aber er hatte nicht lange gebraucht, um solche kleinen Ärgernisse zu beseitigen. Diese Informationen teilte er sich gern mit seinen Kumpels, zu denen die beiden furchtlosen Skateboarder Norrie Calvert und Benny Drake gehörten. (Benny hatte vor allem Spaß daran, in seiner täglichen Bibliotheksstunde auf der Seite »Blondinen in weißen Höschen« zu surfen.) Dieses Sharing erklärte zweifellos teilweise Joes Beliebtheit, aber nicht ganz; die Kids hielten ihn einfach für cool. Der Aufkleber auf seinem Schulrucksack kam einer Erklärung dafür vermutlich am nächsten. Er forderte **BEKÄMPFT DIE DA OBEN.**

Joe war ein Einserschüler, ein zuverlässiger und manchmal überragender Center im Basketballteam der Mittelschule (als Siebtklässler in der Schulmannschaft!) und ein trickreicher Fußballspieler. Er konnte Klavier spielen und hatte vor zwei Jahren bei dem in The Mill alljährlich zu Weihnachten stattfindenden Talentwettbewerb mit einer rasend komischen, lässigen Tanzpantomime zu Gretchen Wilsons »Redneck Woman« den zweiten Preis gewonnen. Die Erwachsenen im Publikum hatten ihm applaudiert und vor Lachen gekreischt. Lissa Jamieson, die Stadtbibliothekarin, hatte ihm versichert, mit diesem Talent könne er sich seinen Lebensunterhalt verdienen, aber Joe hatte keinen Ehrgeiz, eines Tages ein zweiter Napoleon Dynamite zu werden.

»Da ist geschummelt worden«, hatte Sam McClatchey gesagt, als er trübselig die Silbermedaille seines Sohnes befingerte. Das stimmte vermutlich; der Sieger war damals Dougie Twitchell gewesen, zufällig der Bruder der Dritten Stadtverordneten. Twitch hatte mit einem halben Dutzend Indianerkeulen jongliert und dabei »Moon River« gesungen.

Joe war es egal, ob geschummelt worden war oder nicht. Er hatte das Interesse am Tanzen verloren, wie er das Interesse an den meisten Dingen verlor, sobald er sie bis zu einem gewissen Grad beherrschte. Sogar seine Liebe zu Basketball, die er als Fünftklässler für ewig gehalten hatte, begann abzuflauen.

Nur seine Begeisterung fürs Internet, diese elektronische Galaxie unendlicher Möglichkeiten, schien unverändert stark zu sein.

Sein Ehrgeiz, den er nicht einmal seinen Eltern anvertraute, war es, Präsident der Vereinigten Staaten zu werden. *Vielleicht*, dachte er manchmal, *zeige ich die Napoleon-Dynamite-Sache bei meiner Amtseinführung. Dieser Scheiß wäre bis in alle Ewigkeit auf You Tube zu sehen.*

Joe hatte die gesamte erste Nacht nach der Entstehung der Kuppel im Internet verbracht. Die McClatcheys hatten kein Notstromaggregat, aber Joes Laptop war frisch geladen und einsatzbereit. Außerdem hatte er ein halbes Dutzend Reserveakkus. Da er die anderen sechs oder sieben Kids in seinem informellen Computerclub gedrängt hatte, ebenfalls welche in Reserve zu halten, wusste er, wo er notfalls welche herbekommen konnte. Wahrscheinlich würde er sie nicht brauchen; die Schule hatte ein riesiges Aggregat, und er glaubte, dass er seine Akkus dort würde laden können. Selbst wenn die Mill Middle School zugesperrt blieb, würde Mr. Allnut, der Hausmeister, ihn seine Akkus bestimmt laden lassen; auch Mr. Allnut war ein Fan von blondesinwhitepanties. com. Ganz zu schweigen von den kostenlosen Country-Music-Downloads, die er Scarecrow Joe verdankte.

In dieser ersten Nacht überstrapazierte Joe fast seinen WLAN-Anschluss, indem er mit der hektischen Agilität einer über heiße Felsen hüpfenden Kröte von Blog zu Blog sprang. Jeder Blog klang unheilvoller als der vorige. Die Fakten waren dünn, die Verschwörungstheorien üppig. Joe stimmte mit seinen Eltern überein, die die verrückteren Verschwörungstheoretiker, die vom (und für das) Internet lebten, die »Leute mit den Hüten aus Alufolie« nannten, aber er war auch ein Anhänger der Idee, dass dort, wo es einen Haufen Pferdemist gab, auch irgendwo in der Nähe ein Pony sein musste.

Als der Dome Day in den Tag danach überging, suggerierten alle Blogs das Gleiche: Das Pony waren in diesem Fall nicht Terroristen, Invasoren aus dem Weltraum oder der Große Cthulhu, sondern der gute alte militärisch-industrielle Komplex. Die Einzelheiten unterschieden sich von Website zu Website, aber im Prinzip gab es drei grundsätzliche Theorien. Die erste besagte, dass der Dome irgendein grausames Experiment war, bei dem die Einwohner von Chester's Mill als Versuchskaninchen dienten. Eine weitere behauptete, dass ein Experiment fehlgeschlagen und außer Kontrolle geraten war (»Genau wie in diesem Film *Der Nebel*«, schrieb ein Blogger). Und die dritte lautete, dass es sich keineswegs um ein Experiment handelte, sondern um einen eiskalt geschaffenen Vorwand, um einen Krieg gegen Amerikas erklärte Feinde zu rechtfertigen. »Und WIR WERDEN SIEGEN!«, schrieb ToldjaSo87. »WER KANN SICH GEGEN UNS STELLEN, wenn wir diese neue Waffe haben? Meine Freunde, WIR SIND DIE NEUENGLAND-PATRIOTEN DER NATIONEN GEWORDEN!!!!«

Joe wusste nicht, ob irgendeine dieser Theorien der Wahrheit entsprach. Das war ihm eigentlich auch egal. Ihn interessierte der gemeinsame Nenner all dieser Theorien: der Staat, die Regierung in Washington.

Es wurde Zeit für eine Demonstration, die natürlich er anführen würde. Jedoch nicht in der Stadt, sondern draußen auf der Route 119, wo sie es der Regierung direkt zeigen konnten. Anfangs würden vielleicht nur Joes Leute mitmachen, aber die Bewegung würde um sich greifen. Davon war er überzeugt. Die Regierung hielt vermutlich noch alle Medienvertreter fern, aber Joe war selbst mit dreizehn klug genug, um zu wissen, dass es darauf nicht unbedingt ankam. Weil in den Uniformen *Menschen* steckten und sich zumindest hinter manchen dieser ausdruckslosen Gesichter denkende Gehirne verbargen. Die militärische Präsenz insgesamt vertrat natürlich den Staat, aber es würde Sympathisanten geben, die sich im Ganzen verborgen hielten, und einige von ihnen würden heimliche Blogger sein. Sie würden die Nachricht verbreiten, und manche würden ihre Berichte wahrscheinlich mit Handyfotos illustrieren: Joe McClatchey und seine Freunde mit großen Schildern, auf denen SCHLUSS MIT DER GEHEIMHALTUNG, STOPPT DAS EXPERIMENT, BEFREIT CHESTER'S MILL usw. usw. stand.

»Wir müssen auch in der Stadt Plakate aufhängen«, murmelte er. Aber das würde kein Problem sein. Alle seine Leute hatten Drucker. Und Fahrräder.

Beim ersten Tageslicht begann Scarecrow Joe, E-Mails zu verschicken. Bald würde er mit dem Fahrrad die Runde machen, um Benny Drake als Helfer anzuwerben. Vielleicht auch Norrie Calvert. Normalerweise standen die Mitglieder von Joes Truppe an Wochenenden spät auf, aber er ging davon aus, dass an diesem Sonntagmorgen die ganze Stadt auf den Beinen sein würde. Der Staat würde zweifellos bald das Internet sperren, wie er schon die Festnetzverbindungen gekappt hatte, aber vorerst war es Joes Waffe, die Waffe des Volkes.

Es wurde Zeit, gegen die da oben zu kämpfen.

2   »Jungs, hebt eure Hände«, sagte Peter Randolph. Er war müde und hatte schwere Tränensäcke unter den Augen, als er vor den neuen Rekruten stand, aber er empfand auch eine gewisse grimmige Befriedigung. Der grüne Dienstwagen des Chiefs stand frisch betankt und einsatzbereit auf dem Parkplatz der Fahrbereitschaft. Er gehörte jetzt ihm.

Die neuen Rekruten – in seinem offiziellen Bericht an die Stadtverordneten wollte Randolph sie Special Deputies nennen – hoben gehorsam ihre Hände. Sie waren insgesamt zu fünft, und einer davon war kein Mann, sondern eine stämmige junge Frau namens Georgia Roux. Sie war eine arbeitslose Friseuse und Carter Thibodeaus Freundin. Junior hatte seinem Vater vorgeschlagen, um jedermann glücklich zu machen, sollten sie vielleicht auch eine Frau nehmen, und Big Jim hatte sofort zugestimmt. Randolph hatte sich anfangs dagegen gesträubt, aber als Big Jim den neuen Chief mit seinem grimmigsten Lächeln bedacht hatte, hatte Randolph nachgegeben.

Und, das musste er zugeben, während er sie den Diensteid ablegen ließ (wobei einige seiner regulären Beamten zusahen), sie sahen alle robust genug aus. Junior hatte im Sommer ein paar Kilo abgenommen und erreichte nicht mehr entfernt das Gewicht, das er in der Highschool als Footballstürmer gehabt hatte, aber er brachte bestimmt noch fast neunzig Kilo auf die Waage. Und die anderen, sogar die junge Frau, waren echte Schlägertyppen.

Sie standen da und wiederholten die vorgesprochene Eidesformel Satz für Satz: Junior ganz links außen, neben ihm sein Freund Frankie DeLesseps; dann Thibodeau und die Roux; am anderen Ende Melvin Searles. Searles trug ein dümmliches Ich-geh-zum-Jahrmarkt-Grinsen zur Schau. *Solchen* Scheiß hätte Randolph ihm rasch ausgetrieben, wenn er drei Wochen Zeit gehabt hätte, um diese Kids auszubilden (Teufel, oder auch nur eine), aber die hatte er nicht.

Der einzige Punkt, in dem er Big Jim gegenüber *nicht* klein beigegeben hatte, war die Frage, ob die Rekruten Waffen tragen sollten. Rennie hatte dafür plädiert, schließlich seien sie doch »vernünftige, gottesfürchtige junge Leute«, und sich bereiterklärt, die Waffen notfalls selbst zu stellen.

Randolph hatte den Kopf geschüttelt. »Die Lage ist zu brisant. Erst mal sehen, wie sie sich bewähren.«

»Wenn einem von ihnen was passiert, während Sie zusehen, wie sie sich …«

»Keinem passiert etwas, Big Jim«, hatte Randolph abgewehrt. Er konnte nur hoffen, dass er recht behielt. »Wir sind hier in Chester's Mill. In New York City könnte die Sache anders aussehen.«

3   Jetzt sagte Randolph: »Und ich werde die Bürger dieser Stadt nach besten Kräften beschützen und ihnen dienen.«

Das wiederholten sie brav wie eine Sonntagsschulklasse am Elterntag. Sogar der dümmlich grinsende Searles schaffte es, den Satz fehlerlos aufzusagen. Und sie sahen gut aus. Keine Waffen – noch nicht –, aber sie hatten wenigstens Funkgeräte. Und Gummiknüppel. Stacey Moggin (die auch wieder Streifendienst tun würde) hatte für alle Uniformhemden gefunden – nur für Carter Thibodeau nicht. Für ihn hatten sie nichts Passendes, weil seine Schultern zu breit waren, aber das blaue Arbeitshemd, das er von zu Hause mitgebracht hatte, sah ordentlich aus. Nicht vorschriftsgemäß, aber sauber. Und das über seiner linken Brusttasche befestigte silberne Abzeichen vermittelte die Botschaft, die vermittelt werden musste.

Vielleicht funktionierte es ja tatsächlich.

»So wahr mir Gott helfe«, sagte Randolph.

»So wahr mir Gott helfe«, wiederholten sie.

Aus den Augenwinkeln sah Randolph, wie die Tür aufging. Der Neuankömmling war Big Jim. Er gesellte sich zu Henry Morrison, dem keuchenden George Frederick, Fred Denton und der skeptisch dreinblickenden Jackie Wettington im rückwärtigen Teil des Raums. Randolph wusste, dass Rennie gekommen war, um zu sehen, wie sein Sohn den Diensteid ablegte. Und da ihm weiter unbehaglich zumute war, weil er den neuen Männern Schusswaffen verweigert hatte (Big Jim etwas zu verweigern, war Randolphs politisch orientierter Natur zuwider), improvisierte der neue Chief jetzt – hauptsächlich zum Besten des Zweiten Stadtverordneten.

»Und ich lasse mir von niemandem irgendwelchen Scheiß gefallen.«

»Und ich lasse mir von niemandem irgendwelchen Scheiß gefallen!«, wiederholten sie. Mit Begeisterung. Jetzt alle lächelnd. Eifrig. Bereit, auf den Straßen auszuschwärmen.

Big Jim nickte ihm zu und reckte trotz des Kraftausdrucks einen Daumen hoch. Randolph spürte förmlich, wie er ein Stück größer wurde, ohne zu ahnen, dass diese Worte ihn später einmal verfolgen würden: *Ich lasse mir von niemandem irgendwelchen Scheiß gefallen.*

4   Als Julia Shumway an diesem Morgen ins Sweetbriar Rose kam, waren die meisten Frühstücksgäste schon in die Kirche oder zu improvisierten Foren auf dem Stadtanger unterwegs. Es war neun Uhr. Barbie war allein; weder Dodee Sanders noch Angie McCain waren aufgekreuzt, was niemanden überraschte. Rose war in Begleitung von Anson Wheeler zur Food City gefahren. Sie würden hoffentlich mit Lebensmitteln beladen zurückkommen, aber das glaubte Barbie erst, wenn er die Sachen mit eigenen Augen sah.

»Wir haben bis Mittag geschlossen«, sagte er, »aber es gibt Kaffee.«

»Und eine Zimtschnecke?«, fragte Julia hoffnungsvoll.

Barbie schüttelte den Kopf. »Rose hat keine gebacken. Sie will möglichst viel Propan sparen.«

»Vernünftig«, sagte sie. »Dann nur Kaffee.«

Er hatte die Thermoskanne mitgebracht und schenkte ihr ein. »Sie sehen müde aus.«

»Barbie, heute Morgen sieht *jeder* müde aus. Und zu Tode erschrocken.«

»Wie geht's mit der Zeitung voran?«

»Ich hatte gehofft, sie könnte bis zehn Uhr erscheinen,

aber jetzt wird's wohl drei heute Nachmittag. Die erste Sonderausgabe des *Democrat*, seit der Prestile im Jahr 2003 über die Ufer getreten ist.«

»Produktionsprobleme?«

»Nicht wenn mein Notstromaggregat durchhält. Ich will nur rüber zum Lebensmittelmarkt und nachsehen, ob sich ein Mob versammelt. Falls ja, will ich auch darüber berichten. Pete Freeman ist schon drüben, um Fotos zu machen.«

Barbie gefiel das Wort *Mob* nicht. »Himmel, hoffentlich benehmen sich die Leute.«

»Das werden sie; wir sind hier schließlich in The Mill, nicht in New York City.«

Barbie wusste nicht, ob es wirklich so große Unterschiede zwischen Stadtmäusen und Landmäusen gab, wenn sie unter Stress standen, aber er hielt den Mund. Sie kannte die Einheimischen besser als er.

Und als hätte sie seine Gedanken gelesen, sagte Julia: »Natürlich kann ich mich irren. Deshalb habe ich Pete hingeschickt.« Sie sah sich um. Vorn an der Theke saßen ein paar Leute noch bei Kaffee und Rührei, und der große Stammtisch an der Rückwand – der »Dummschwätzertisch« im Yankee-Sprech – war voller alter Männer, die durchkauten, was bisher passiert war, und darüber spekulierten, was als Nächstes passieren könnte. Die Mitte des Restaurants hatten Barbie und sie jedoch für sich allein.

»Ich muss Ihnen einiges erzählen«, sagte sie etwas leiser. »Hören Sie auf, hier rumzuwuseln wie ein übereifriger Kellner, und setzen Sie sich.«

Das tat Barbie, und er schenkte sich selbst einen Kaffee ein. Dieser Rest aus der Kanne schmeckte wie Diesel … aber der Bodensatz war natürlich am koffeinhaltigsten.

Julia griff in die Tasche ihres Kleids, holte ihr Handy heraus und schob es ihm über den Tisch. »Ihr Colonel Cox hat heute Morgen um sieben angerufen. Bestimmt hat er letzte Nacht auch nicht viel geschlafen. Er hat mich gebeten, Ihnen mein Mobiltelefon zu geben. Er weiß nicht, dass Sie selbst eines haben.«

Barbie ließ das Telefon auf dem Tisch liegen. »Falls er

schon einen Bericht erwartet, überschätzt er meine Fähigkeiten gewaltig.«

»Davon hat er nichts gesagt. Er meinte, er will Sie erreichen können, wenn er mit Ihnen reden muss.«

Für Barbie gab das den Ausschlag. Er schob ihr das Handy wieder hin. Sie nahm es an sich, ohne allzu überrascht zu wirken. »Außerdem hat er gesagt, wenn er sich nicht bis heute um siebzehn Uhr meldet, sollen Sie ihn anrufen. Bis dahin hat er neue Informationen. Wollen Sie die Nummer mit der komischen Vorwahl?«

Barbie seufzte. »Klar.«

Julia schrieb sie mit kleinen ordentlichen Ziffern auf eine Serviette. »Ich glaube, dass sie irgendwas ausprobieren wollen.«

»Was?«

»Das hat er nicht gesagt. Ich habe nur den Eindruck, dass mehrere Optionen zur Wahl stehen.«

»Kann ich mir vorstellen. Was haben Sie sonst noch auf dem Herzen?«

»Wer sagt, dass ich etwas auf dem Herzen habe?«

»Nur so ein Eindruck von mir«, sagte er grinsend.

»Okay, der Geigerzähler.«

»Ich habe mir überlegt, ob ich mit Al Timmons darüber reden soll.« Al, der Hausmeister im Rathaus, war Stammgast in Sweetbriar Rose. Barbie kam gut mit ihm aus.

Julia schüttelte den Kopf.

»Nein? Wieso nein?«

»Wollen Sie raten, wer Al einen zinslosen persönlichen Kredit gewährt hat, damit sein Jüngster am Heritage Christian College in Alabama studieren kann?«

»Sie meinen Jim Rennie?«

»Genau. Und jetzt geht's in die nächste Runde mit Double Jeopardy, da kann sich punktemäßig schwer was tun. Raten Sie mal, bei wem Al seinen Fisher-Schneepflug abstottert.«

»Vielleicht auch bei Jim Rennie?«

»Richtig. Und da Sie die Hundescheiße sind, die Stadtverordneter Rennie nicht so ganz von seinem Schuh wegkratzen kann, ist es vielleicht keine so gute Idee, sich Hilfe su chend an Leute zu wenden, die bei ihm Schulden haben.« Sie beugte sich vor. »Aber ich weiß zufällig, wer einen kompletten Satz Schlüssel zum Königreich hatte: Rathaus, Krankenhaus, Poliklinik, Schulen, was immer Ihnen einfällt.«

»Wer?«

»Unser verstorbener Polizeichef. Und seine Frau – Witwe – kenne ich zufällig sehr gut. Sie kann Jim Rennie nicht ausstehen. Außerdem kann sie ein Geheimnis für sich behalten, wenn jemand sie davon überzeugt, dass es gewahrt werden muss.«

»Julia, ihr Mann ist noch nicht einmal kalt.«

Sie dachte an das trostlose kleine Beerdigungsinstitut Bowie und machte ein kummervolles, angewidertes Gesicht. »Vielleicht nicht, aber Zimmertemperatur dürfte er inzwischen haben. Ich verstehe Ihr Argument und finde Ihr Mitgefühl lobenswert, aber …« Julia ergriff seine Hand. Das überraschte Barbie, aber es missfiel ihm nicht. »Das hier sind keine gewöhnlichen Umstände. Und unabhängig davon, wie sehr Brenda Perkins um ihn trauert, wird sie das wissen. Sie haben einen Auftrag auszuführen. Davon kann ich sie überzeugen. Sie sind der Mann vor Ort.«

»Der Mann vor Ort«, sagte Barbie und wurde plötzlich von zwei unerwünschten Erinnerungen heimgesucht: eine Turnhalle in Falludscha und ein weinender Iraker, der bis auf seine sich auflösende Kufiya nackt war. Seit jenem Tag und jener Turnhalle hatte er nie mehr der Mann vor Ort sein wollen. Und trotzdem war er es jetzt wieder.

»Soll ich also …«

Für einen Oktobertag war es ziemlich warm, und obwohl die Tür abgesperrt war (Leute konnten gehen, aber nicht wieder hereinkommen), standen die Fenster offen. Durch die, die auf die Main Street rausgingen, drang jetzt ein hohler metallischer Knall, gefolgt von einem Schmerzensschrei. Gefolgt von lautstarken Protesten.

Barbie und Julia starrten sich über ihre Kaffeetassen hinweg an, auf ihren Gesichtern eine fast identische Mischung aus Überraschung und Besorgnis.

Jetzt geht's los, sagte sich Barbie. Er wusste, dass das nicht stimmte – es hatte schon gestern begonnen, als der Dome sie abgeschnitten hatte –, aber gleichzeitig hatte er das sichere Gefühl, dass es sehr wohl stimmte.

Die Gäste von der Theke liefen zur Tür. Barbie stand auf, um sich ihnen anzuschließen, und Julia folgte ihm.

Die Straße entlang, am Nordende des Stadtangers, begann die Glocke der First Congregational Church zu läuten, um die Gläubigen zum Gottesdienst zu rufen.

5   Junior Rennie fühlte sich großartig. An diesem Morgen hatte er nicht einmal einen Anflug von Kopfschmerzen gehabt, und das Frühstück lag ihm nicht wie sonst schwer im Magen. Vielleicht würde er sogar imstande sein, etwas zu Mittag zu essen. Das war gut. In letzter Zeit hatte er kaum etwas zu sich genommen; die Hälfte der Zeit war ihm schon übel geworden, wenn er sein Essen nur angesehen hatte. Nicht jedoch heute Morgen. Flapjacks und Schinken, Baby.

Wenn das die Apokalypse ist, dachte er, *hätte sie früher kommen sollen.*

Jeder Special Deputy war einem regulären Vollzeit-Cop als Partner zugeteilt worden. Juniors Partner war Freddy Denton, und auch das war gut. Denton, der zwar allmählich kahl wurde, aber mit fünfzig noch immer eine Sportlerfigur hatte, war als eisenharter Bursche bekannt … wenn auch mit Ausnahmen. Als Junior in der Highschool Football gespielt hatte, war Freddy Vorsitzender des Fördervereins Wildcat Boosters Club gewesen und hatte angeblich niemals einen Spieler der Wildcats wegen Falschparkens verwarnt. Junior konnte nicht für alle sprechen, aber er wusste, dass Freddy einmal Frankie DeLesseps laufen lassen hatte, und auch Junior selbst war zweimal mit der alten Ermahnung »Ich schreibe dich diesmal nicht auf, aber fahr in Zukunft langsamer« davongekommen. Junior hätte auch an Wettington geraten können, die vermutlich glaubte, ein First Down hieß, endlich einen Kerl in ihr Höschen zu lassen. Sie hatte einen tollen Vorbau, aber könnt ihr *Loser* sagen? Nicht gefallen hatte ihm auch der kalte Blick, mit dem sie ihn nach der Vereidigung gemustert hatte, als Freddy und er auf dem Weg zur Straße an ihr vorbeigegangen waren.

Hab in der Speisekammer noch Platz für dich, wenn du dich mit mir anlegst, Jackie, dachte er und musste lachen. Gott, die Wärme und das Sonnenlicht auf seinem Gesicht waren wohltuend! Wie lange hatte er sich schon nicht mehr so gut gefühlt?

Freddy sah zu ihm herüber. »Irgendwas komisch, Junes?«

»Nichts Spezielles«, sagte Junior. »Ich hab bloß einen Lauf, das ist alles.«

Ihr Job war es – zumindest an diesem Morgen –, auf der Main Street Streife zu gehen (»Um Präsenz zu zeigen«, hatte Randolph gesagt), erst eine Seite hinauf, dann die andere hinunter. In der warmen Oktobersonne ein durchaus angenehmer Auftrag.

Sie kamen an der Mill Gas & Grocery vorbei, als sie drinnen laute Stimmen hörten. Eine gehörte Johnny Carver, dem Geschäftsführer und Miteigentümer. Die andere war zu undeutlich, als dass Junior sie hätte erkennen können, aber Freddy verdrehte die Augen.

»Sloppy Sam Verdreaux, wie er leibt und lebt«, sagte er. »Scheiße! Dabei ist es noch nicht mal halb zehn.«

»Wer ist Sam Verdreaux?«, fragte Junior.

Freddys Mund wurde zu dem blutlosen schmalen Strich, den Junior aus seiner Footballzeit kannte. Dies war Freddys »Ah, Scheiße, wir liegen hinten«-Miene. Auch sein »Ah, Scheiße, das war eine schlechte Ansage«-Gesicht. »Du hast die besseren Kreise der hiesigen Gesellschaft verpasst, Junes. Aber du wirst sie gleich kennenlernen.«

Sie hörten Carter sagen: »Ich *weiß*, dass es nach neun Uhr ist, Sammy, und sehe, dass Sie Geld haben, aber ich darf Ihnen keinen Wein verkaufen. Nicht heute Morgen, nicht heute Nachmittag, nicht heute Abend. Wahrscheinlich auch morgen nicht, wenn dieser Schlamassel bis dahin nicht vorbei ist. Anweisung von Randolph persönlich. Er ist der neue Chief.«

»Einen Scheiß ist er!«, antwortete der andere, aber seine Stimme klang so undeutlich, dass Junior *Ein-Scheißer* verstand. »Peter Randolph ist bloß ein Scheißfussel an Duke Perkins' Arschloch.«

»Duke ist tot, und Randolph sagt, dass kein Alkohol verkauft werden darf. Tut mir leid, Sam.«

»Nur eine Flasche T-Bird«, winselte Sam. *Nurrne Flasch'sche T-börr.* »Ich brauch sie. *Und* ich kann dafür zahlen. Na los, machen Sie schon! Wie lange bin ich hier schon Kunde?«

»Ach, Scheiße.« Obwohl Johnny sich über sich selbst zu ärgern schien, drehte er sich nach dem wandlangen Schrank mit Bier und *Vino* um, als Junior und Freddy den Gang entlangkamen. Vermutlich war er zu dem Schluss gelangt, dass eine einzige Flasche Bird ein kleiner Preis dafür war, den alten Trinker aus seinem Laden zu kriegen, zumal etliche Kunden sie beobachteten und gespannt darauf warteten, wie die Sache sich weiterentwickeln würde.

Auf dem handgeschriebenen Schild an dem Schrank stand BIS AUF WEITERES KEIN ALKOHOLVERKAUF, aber der Schlappschwanz griff trotzdem nach der mittleren Tür. Das war die, hinter der die billigen Weine standen. Junior war noch keine zwei Stunden bei der Polizei, aber er wusste, dass *das* eine schlechte Idee war. Wenn Carver diesem wirrhaarigen Säufer nachgab, würden andere, weniger abstoßend wirkende Kunden das gleiche Recht verlangen.

Freddy Denton war offenbar derselben Meinung. »Finger weg!«, ermahnte er Johnny Carver. Und zu Verdreaux, der ihn mit den roten Augen eines von einem Buschfeuer überraschten Maulwurfs anstarrte, sagte er: »Ich weiß nicht, ob Sie noch genügend funktionierende Gehirnzellen haben, um das Schild lesen zu können, aber ich weiß, dass Sie den Mann gehört haben: Heute kein Alkohol. Sehen Sie also zu, dass Sie Land gewinnen. Hören Sie auf, diesen Laden vollzustinken.«

»Das dürfen Sie nicht, Officer«, sagte Sam und richtete sich zu seiner ganzen Größe von einem Meter siebenundsechzig auf. Er trug schmuddelige Chinos, ein Led-Zeppelin-T-Shirt und alte Slipper, die hinten aufgeplatzt waren. Seine Haare sahen aus, als wäre er das letzte Mal beim Friseur gewesen, als Bush II. bei Meinungsumfragen gut abgeschnitten hatte. »Ich hab meine Rechte. Freies Land. Steht so in der Verfassung der Unabhängigkeit.«

»Die Verfassung ist in The Mill außer Kraft gesetzt«, sagte Junior, ohne im Geringsten zu ahnen, dass er damit prophetische Worte sprach. »Machen Sie also die Fliege und verschwinden Sie.« Himmel, wie gut er sich fühlte! In kaum einem Tag von Antriebslosigkeit und Depression zu Hochgefühl und Tatendrang!

»Aber …«

Sam stand einen Augenblick mit zitternder Unterlippe da und versuchte, sich weitere Argumente einfallen zu lassen. Junior beobachtete angewidert und fasziniert zugleich, dass der alte Scheißer feuchte Augen bekam. Sam streckte seine Hände aus, die heftiger zitterten als sein schlaffer Mund. Er hatte nur noch ein Argument in petto, aber es fiel ihm schwer, es vor Zuhörern vorzubringen. Er tat es, weil er musste.

»Ich brauch ihn wirklich, Johnny. Ohne Scheiß. Bloß ein bisschen, damit das Zittern aufhört. Ich teil mir die Flasche auch gut ein. Und ich mach keinen Radau. Schwör's beim Namen meiner Mutter. Ich geh bloß heim.« Sloppy Sams Zuhause war ein Schuppen, der in einer Ecke eines kahlen, mit alten Autoteilen übersäten Grundstücks stand.

»Vielleicht sollte ich …«, begann Johnny Carver.

Freddy ignorierte ihn. »Sloppy, Sie haben sich Ihr Leben lang noch keine Flasche gut eingeteilt.«

»Nennen Sie mich nicht so!«, rief Sam Verdreaux aus. Die Tränen liefen ihm übers Gesicht.

»Ihr Hosenstall steht offen, Oldtimer«, sagte Junior, und als Sam nach unten sah, um den Schritt seiner schmuddeligen Chinos zu kontrollieren, fuhr Junior mit einem Finger über die Unterseite des schlaffen Kinns des Alten und drehte ihm dann die Nase um. Ein Grundschultrick, klarer Fall, aber der hatte seinen Zauber nicht verloren. Junior sagte dabei sogar, was er damals gesagt hatte: »Schmutziger Hase, hab dich an der Nase!«

Freddy Denton lachte. Das taten auch einige der anderen

Leute. Sogar Johnny Carver lächelte, obwohl er nicht so aussah, als wollte er das wirklich.

»Raus jetzt, Sloppy«, sagte Freddy Denton. »Heute ist ein schöner Tag. Den wollen Sie nicht in einer Zelle verbringen.«

Aber irgendwas – vielleicht dass man ihn Sloppy genannt hatte, vielleicht dass Junior ihm die Nase verdreht hatte, vielleicht auch beides – ließ etwas von der Wut aufflammen, die Sams Kollegen manchmal in Angst und Schrecken versetzt hatte, als er vor vierzig Jahren jenseits des Merimachee in Kanada Holztransporter gefahren hatte. Seine Lippen und Hände hörten zu zittern auf – wenigstens vorübergehend. Sein Blick durchbohrte Junior, und er ließ ein schleimiges, aber unverkennbar verächtliches Räuspern hören. Als er jetzt sprach, klang seine Stimme überhaupt nicht mehr undeutlich.

»Scheiß auf dich, Kid. Du bist kein Cop, und du warst nie ein guter Footballspieler. Hast's im College nicht mal ins B-Team geschafft, wie ich höre.«

Dann sah er zu Officer Denton hinüber.

»Und Sie, Deputy Dawg. Nach neun Uhr ist der Sonntagsverkauf gestattet. So ist es seit den siebziger Jahren, und das ist das Ende *dieser* Geschichte.«

Als Nächstes sah er Johnny Carver an. Johnnys Lächeln war verschwunden, und die zusehenden Kunden waren sehr still geworden. Eine Frau hatte eine Hand an die Kehle gelegt.

»Ich habe Geld, gesetzliches Zahlungsmittel, und ich nehme mir, was mir zusteht.«

Er wollte um das Ende der Theke herumgehen. Aber Junior packte ihn an Hemdkragen und Hosenboden, riss ihn herum und schob ihn vor sich her zum Ausgang.

»He!«, schrie Sam, während seine Füße strampelnd über den geölten alten Fußboden schleiften. *»Nimm die Hände weg! Nimm deine beschissenen Hände …«*

Zur Tür hinaus und die drei Stufen hinunter, während Junior den Alten vor sich hertrug. Er war leicht wie ein Sack Federn. Und er *furzte!* Peng-peng-peng wie ein gottverdammtes Maschinengewehr!

Am Randstein war Stubby Normans Lieferwagen geparkt, der mit der Aufschrift MÖBEL – AN- UND VERKAUF und SPITZENPREISE FÜR ANTIQUITÄTEN auf beiden Seiten. Stubby selbst stand mit offenem Mund neben dem Wagen. Junior zögerte keinen Augenblick. Er rammte den brabbelnden alten Säufer mit dem Kopf voraus gegen die Flanke des Lieferwagens. Das dünne Blech gab ein weiches *BONNG!* von sich.

Dass er den übelriechenden Scheißer hätte umbringen können, fiel Junior erst ein, als Sloppy Sam plötzlich zusammensackte – halb auf dem Gehsteig, halb im Rinnstein. Aber um Sam Verdreaux umzubringen, war mehr nötig als ein Aufprall gegen die Seite eines alten Lieferwagens. Oder um ihn zum Schweigen zu bringen. Er stieß einen Schrei aus, dann begann er zu heulen. Er hob sich auf die Knie. Aus einer Platzwunde in der Kopfhaut lief ihm scharlachrotes Blut über das Gesicht. Er wischte sich etwas davon ab, starrte es ungläubig an und streckte dann seine von Blut triefenden Finger aus.

Der Fußgängerverkehr auf dem Gehsteig war so vollständig zum Stehen gekommen, als hätte jemand ein Statuenspiel ausgerufen. Passanten starrten mit großen Augen den Knienden an, der ihnen eine blutige Hand hinreckte.

»Ich verklage diese ganze beschissene Stadt wegen Polizeibrutalität!«, brüllte Sam. *»UND ICH WERDE GEWINNEN!«*

Freddy kam die Stufen vor dem Ladeneingang herunter und blieb neben Junior stehen.

»Los, sagen Sie's schon«, forderte Junior ihn auf.

»Was soll ich sagen?«

»Dass ich überreagiert habe.«

»Den Teufel haben Sie. Sie haben gehört, was Peter gesagt hat: Lasst euch von niemandem irgendwelchen Scheiß gefallen. Partner, damit fangen wir hier und jetzt an.«

Partner! Dieses Wort ließ Juniors Herz höher schlagen.

»Ihr dürft mich nicht rausschmeißen, wenn ich Geld habe!«, tobte Sam. *»Ihr dürft mich nicht verprügeln! Ich bin ein amerikanischer Bürger! Wir sehen uns vor Gericht wieder!«*

»Na, dann viel Glück dabei«, sagte Freddy. »Das Gericht ist in Castle Rock, und wie ich höre, ist die Straße dorthin gesperrt.«

Er riss den Alten hoch. Sam hatte auch Nasenbluten, und der Blutstrom hatte die Vorderseite seines T-Shirts in ein rotes Lätzchen verwandelt. Freddy griff hinter sich, wo er seine Plastikhandschellen am Koppel trug (*Solche muss ich mir auch besorgen,* dachte Junior bewundernd). Im nächsten Augenblick waren sie an Sams Handgelenken.

Freddy sah sich nach den Zeugen um – nach denen auf dem Gehweg, nach denen, die sich am Eingang der Gas & Grocery drängten. »Dieser Mann wird wegen Ruhestörung, Widerstand gegen einen Polizeibeamten und versuchten tätlichen Angriffs verhaftet!«, verkündete er mit der schallend lauten Stimme, an die Junior sich aus seiner Footballzeit nur allzu gut erinnerte. Ihre von der Seitenlinie aus gebrüllten Anweisungen hatten ihn immer irritiert. Jetzt klang sie wundervoll.

Ich werde anscheinend erwachsen, dachte Junior ernst.

»Außerdem wird er verhaftet, weil er gegen das von Chief Randolph erlassene Verkaufsverbot für Alkohol verstoßen hat. Seht ihn euch an!« Freddy schüttelte Sam. Von Sams Gesicht und aus seinen dreckigen Haaren spritzte Blut. »Wir haben es hier mit einer Krise zu tun, Leute, aber in The Mill gibt's einen neuen Sheriff, der die Absicht hat, sie zu bewältigen. Gewöhnen Sie sich an die neuen Umstände, gehen Sie damit um, lernen Sie sie lieben. Das ist mein Rat. Halten Sie sich daran, dann kommen wir bestimmt gut durch die Krise. Begehren Sie dagegen auf, dann ...« Er deutete auf Sams hinter dem Rücken gefesselte Hände.

Einige Leute klatschten tatsächlich Beifall. Für Junior Rennie war dieses Geräusch erfrischend wie kaltes Wasser an einem heißen Sommertag. Als Freddie nun begann, den blutenden Alten im Polizeigriff die Straße entlang abzuführen, spürte Junior Blicke auf sich. Das Gefühl war so deutlich, als würden ihn spitze Finger ins Genick stupsen. Er drehte sich um und sah Dale Barbara, der neben der Zeitungsbesitzerin stand und ihn ausdruckslos betrachtete. Barbara, der ihn neulich Nacht auf dem Parkplatz ordendich verprügelt hatte. Dessen Fäuste bei allen drei Angreifern ihre Spuren hinterlassen hatten, bis ihre zahlenmäßige Übermacht letzlich den Ausschlag gegeben hatte.

Juniors angenehme Gefühle begannen sich zu verflüchtigen. Er konnte fast spüren, dass sie wie Vögel aus seinem Kopf aufflogen. Oder wie Fledermäuse aus einem Kirchturm.

»Was machen *Sie* hier?«, fragte er Barbara.

»Ich habe eine bessere Frage«, sagte Julia Shumway. Sie ließ wieder ihr angespanntes kleines Lächeln sehen. »Wie kommen *Sie* dazu, einen Mann zu misshandeln, der nur ein Viertel Ihres Gewichts auf die Waage bringt und dreimal älter ist als Sie?«

Junior fiel keine Antwort ein. Er spürte, wie ihm das Blut in den Kopf stieg und ihn rot werden ließ. Er sah die Zeitungsschlampe plötzlich in der Speisekammer der Mc-Cains, wo sie Angie und Dodee Gesellschaft leistete. Barbara auch. Vielleicht auf der Zeitungsschlampe liegend, als würde er sich ein bisschen mit dem alten Rein-raus-Spiel vergnügen.

Freddy kam Junior zu Hilfe. Er sprach ruhig. Er hatte die gleichmütige Miene von Polizeibeamten in aller Welt aufgesetzt. »Irgendwelche Fragen zu polizeilichen Maßnahmen sind an den neuen Chief zu richten, Ma'am. Inzwischen wären Sie gut beraten, sich daran zu erinnern, dass wir vorerst auf uns allein gestellt sind. Wenn Leute auf sich allein gestellt sind, muss manchmal ein Exempel statuiert werden.«

»Wenn Leute auf sich allein gestellt sind, tun sie manchmal Dinge, die sie später bereuen«, antwortete Julia. »Meistens dann, wenn die Ermittlungen beginnen.«

Freddy ließ die Mundwinkel hängen. Dann stieß er Sam weiter vor sich her den Gehsteig entlang.

Junior starrte Barbie noch einen Augenblick an, dann sagte er: »Vorsichtig mit Äußerungen in meiner Gegenwart. Und mit allem, was du tust.« Er tippte mit dem Daumen bedächtig auf sein glänzendes neues Abzeichen. »Perkins ist tot, und ich bin das Gesetz.«

»Junior«, sagte Barbie, »du siehst nicht besonders gut aus. Bist du krank?«

Junior betrachtete ihn aus Augen, die etwas zu sehr geweitet waren. Dann wandte er sich ab und folgte seinem neuen Partner. Seine Hände waren zu Fäusten geballt.

6   In Krisenzeiten neigen Menschen dazu, Trost im Vertrauten zu suchen. Das gilt für Christen ebenso wie für Heiden. Für die Gläubigen in Chester's Mill gab es an diesem Sonntagmorgen keine Überraschung: Piper Libby predigte Hoffnung in der First Congregational Church, und Lester Coggins predigte Höllenfeuer in der Erlöserkirche. Beide Kirchen waren übervoll.

Pipers Text stammte aus dem Evangelium des Johannes: *Ein neu Gebot gebe ich euch, dass ihr euch untereinander liebet, wie ich euch geliebt habe, damit auch ihr einander liebhabet.* Den Besuchern des Gottesdienstes in der Congo erklärte sie, das Gebet sei in Krisenzeiten wichtig – der Trost des Gebets, die Kraft des Gebets –, aber es sei auch wichtig, einander zu helfen, aufeinander zu vertrauen und einander zu lieben.

»Gott stellt uns mit Dingen auf die Probe, die wir nicht verstehen«, sagte sie. »Manchmal durch eine Krankheit. Manchmal durch den plötzlichen Tod eines geliebten Menschen.« Sie sah mitfühlend zu Brenda Perkins hinüber, die mit gesenktem Kopf dasaß und ihre Hände im Schoß ihres schwarzen Kleides gefaltet hielt. »Und diesmal durch diese unerklärliche Barriere, die uns von der Außenwelt abgeschnitten hat. Wir verstehen sie nicht, aber wir verstehen auch die Krankheit, die Schmerzen oder den unerwarteten Tod guter Menschen nicht. Wir fragen Gott nach dem Grund dafür und lesen im Alten Testament die Antwort, die er Hiob gegeben hat: ›Warst du dabei, als ich die Welt erschaffen habe?‹ Im Neuen – und aufgeklärteren –Testament steht die Antwort, die Jesus seinen Jüngern gab: ›Liebet einander, wie ich euch geliebt habe.‹ Das ist es, was wir heute und an allen folgenden Tagen tun müssen, bis diese Krise vorüber ist:

Einander lieben. Einander helfen. Und darauf warten, dass Gottes Prüfung endet, wie es Gottes Prüfungen stets tun.«

Lester Coggins' Predigttext stammte aus dem vierten Buch Mose (einem nicht für Optimismus bekannten Teil des Alten Testaments). *So werdet ihr euch an dem Herrn versündigen und werdet eurer Sünde innewerden, wenn sie euch finden wird.*

Wie Piper erwähnte Lester die Vorstellung einer göttlichen Prüfung – ein kirchlicher Hit bei jedem großen Kuddelmuddel der Geschichte –, aber sein Hauptthema betraf die Ansteckung mit Sünde und den Umgang Gottes mit solchen Infektionen –, anscheinend indem er sie mit seinen Fingern zusammendrückte, wie ein Mann einen lästigen Pickel ausdrücken würde, bis der Eiter heraussspritzte wie heilige Zahnpasta.

Und weil er selbst im klaren Licht eines schönen Oktobersonntags noch immer mehr als halb davon überzeugt war, die Sünde, für die The Mill büßen musste, sei seine eigene, war Lester besonders beredt. In vielen Augen standen Tränen, und »*Ja, Herr!*«- Rufe hallten von einer Amen-Ecke zur anderen. Solchermaßen inspiriert, hatte Lester manchmal großartige neue Ideen, noch während er predigte. Eine hatte er an diesem Tag, und er verkündete sie sofort, ohne auch nur darüber nachzudenken. Sie erforderte kein Nachdenken. Manche Dinge waren einfach zu hell, zu leuchtend, um nicht richtig zu sein.

»Heute Nachmittag gehe ich dort hinaus, wo die Route 119 auf Gottes rätselhafte Barriere trifft«, sagte er.

»*Ja, Jesus!*«, rief eine weinende Frau. Andere klatschten oder hoben zum Zeugnis die Hände.

»Ich denke an zwei Uhr. Ich werde dort draußen auf dieser Weide niederknien, gewisslich wahr, und zu Gott beten, auf dass er diese Heimsuchung von uns nimmt.«

Diesmal waren die Rufe wie *Ja, Herr* und *Ja, Jesus* und *Gottes Wille geschehe* noch lauter.

»Aber zuvor …« Lester hob die Hand, mit der er mitten in der Nacht seinen bloßen Rücken gegeißelt hatte. »Zuvor werde ich zu Gott wegen der *SÜNDE* beten, die diese

208

SCHMERZEN und diesen *KUMMER* und dieses *LEID* bewirkt hat. Bin ich allein, wird Gott mich vielleicht nicht hören. Bin ich mit zweien oder dreien oder sogar fünfen zusammen, hört Gott mich vielleicht *NOCH IMMER* nicht, könnt ihr Amen sagen?«

Das konnten sie. Das taten sie. Alle hatten jetzt ihre Hände erhoben, schwankten erfasst von diesem Guter-Gott-Fieber von einer Seite zur anderen.

»Aber wenn *IHR ALLE* hinauskommen würdet … wenn wir dort draußen in Gottes Gras, unter Gottes blauem Himmel in einem Kreis beten würden … in Sichtweite der Soldaten, die angeblich das Werk von Gottes gerechter Hand bewachen … wenn *IHR ALLE* hinauskommen würdet, wenn *WIR ALLE* gemeinsam beten würden, könnten wir dieser Sünde vielleicht auf den Grund gehen, sie ans Tageslicht zerren, damit sie eingeht, und ein allmächtiges Wunder bewirken. *WERDET IHR KOMMEN? WERDET IHR GOTTWÄRTS MIT MIR AUF DEN KNIEN LIEGEN?*«

Natürlich würden sie kommen. Natürlich würden sie gottwärts auf den Knien liegen. Eine echte Gebetsversammlung gefällt den Leuten in guten wie in schlechten Zeiten. Und als die Band »What'er My God Ordains Is Right« anstimmte (in G-Dur, Lester an der Leadgitarre), sangen sie begeistert mit, als wollten sie die Mauern zum Einsturz bringen.

Jim Rennie war natürlich auch da; es war Big Jim, der die Mitfahrgelegenheiten organisierte.

7 SCHLUSS MIT DER GEHEIMNISTUEREI! BEFREIT CHESTER'S MILL! DEMONSTRIERT!!!

WO? Auf der Milchfarm Dinsmore an der Route 119. (Haltet einfach Ausschau nach dem LKW-WRACK und den MILITÄRISCHEN AGENTEN DER UNTERDRÜCKUNG)!

WANN? 14 h, EUT (Östliche Unterdrückungszeit)!

WER? IHR und jeder Freund, den ihr mitbringen könnt! Sagt ihnen: WIR WOLLEN DEN MEDIEN UNSERE STORY ERZÄHLEN! Sagt ihnen: WIR WOLLEN WISSEN, WER UNS DIES ANGETAN HAT! UND WARUM?

Sagt ihnen vor allem: **WIR WOLLEN RAUS!!!**

Dies ist UNSERE STADT. Wir müssen für sie kämpfen! WIR MÜSSEN SIE ZURÜCKEROBERN!!!

Einige Schilder stehen zur Verfügung, aber bringt bitte eigene mit (und denkt daran, dass Respektlosigkeit kontraproduktiv ist).

BEKÄMPFT DIE DA OBEN! ZEIGT ES DEM STAAT!

Das Komitee zur Befreiung von Chester's Mill

8   Falls es in der Stadt einen Mann gab, der Nietzsches alte Maxime »Was mich nicht umbringt, macht mich stärker« zu seinem Wahlspruch hätte machen können, dann war das Romeo Burpee, ein Verkaufsgenie mit daddy-cooler Elvis-Tolle und spitzen Stiefeln mit seitlichen Stretcheinsätzen. Seinen Vornamen verdankte er einer romantisch veranlagten franko-amerikanischen Mutter, seinen Nachnamen einem hartgesottenen Yankee-Vater, der bis in sein trockenes knauseriges Herz hinein Pragmatiker gewesen war. Romeo hatte eine Kindheit voller unbarmherzigem Spott – und gelegentlich auch Schlägen – überlebt, um der reichste Mann der Stadt zu werden. (Nun … nicht ganz. Der reichste Mann der Stadt war Big Jim, aber ein großer Teil seines Reichtums blieb notwendigerweise verborgen.) Romeo gehörte das größte und profitabelste unabhängige Kaufhaus in ganz Maine. In den achtziger Jahren hatten potenzielle Geldgeber ihn davor gewarnt, unter einem so hässlichen Namen wie Burpee zu firmieren. Rommie hatte geantwortet, wenn der

Name der Saatgutfirmen Burpee Seeds nicht geschadet habe, werde er auch ihm nicht schaden. Und jetzt waren sein sommerlicher Verkaufsschlager T-Shirts mit dem Aufdruck MEET ME FOR SLURPEES AT BURPEE'S. Zieht euch *das* mal rein, ihr fantasielosen Banker!

Seinen Erfolg verdankte er vor allem der Fähigkeit, günstige Gelegenheiten zu erkennen und rücksichtslos auszunutzen. Gegen zehn Uhr an diesem Sonntagmorgen – nicht lange, nachdem er zugesehen hatte, wie Sloppy Sam zum Cop Shop abgeführt wurde – bot sich eine weitere günstige Gelegenheit. Es boten sich immer Gelegenheiten, wenn man darauf achtete.

Romeo beobachtete, wie Kids Plakate anbrachten. Offenbar per Computer hergestellt machten sie einen sehr professionellen Eindruck. Die Jugendlichen – die meisten auf Fahrrädern, ein paar mit Skateboards – waren dabei, die Main Street zuzupflastern. Eine Protestdemonstration draußen auf der 119. Romeo fragte sich, wessen Idee *das* gewesen sein mochte.

Er hielt einen der Jungen an und fragte ihn.

»Das war meine Idee«, sagte Joe McClatchey.

»Ohne Scheiß?«

»Ohne irgendwelchen Scheiß«, sagte Joe.

Rommie gab dem Jungen einen Fünfer Trinkgeld, ignorierte seine Proteste und stopfte ihm den Schein tief in die Hüfttasche. Informationen waren bares Geld wert. Rommie glaubte, dass die Leute zur Demonstration des Jungen gehen würden. Sie waren ganz wild darauf, ihre Wut, ihre Frustration und ihren gerechten Zorn rauszulassen.

Kurz nachdem er Scarecrow Joe weitergeschickt hatte, hörte Rommie, wie Leute von einer Gebetsversammlung sprachen, die Pastor Coggins nachmittags abhalten würde. Selbe Gottes-Zeit, selber Gottes-Ort.

Bestimmt ein Zeichen. Eins, auf dem stand: HIER GIBT'S VERKAUFSCHANCEN.

Romeo ging in seinen Laden, in dem das Geschäft heute flau war. Wer an diesem Sonntag einkaufte, tat es in der Food City oder bei Mill Gas & Grocery. Und diese Leute waren in der Minderheit. Die meisten Bürger waren in der Kirche oder saßen zu Hause und verfolgten die Fernsehnachrichten. Toby Manning an der Kasse sah CNN auf einem kleinen batteriebetriebenen Fernseher.

»Stellen Sie diesen Quassler ab und schließen Sie Ihre Kasse«, sagte Romeo.

»Wirklich, Mr. Burpee?«

»Ja. Holen Sie das große Zelt aus dem Lager. Lily soll Ihnen dabei helfen.«

»Das Sommerschlussverkaufszelt?«

»Genau das«, sagte Romeo. »Wir stellen es auf der Weide auf, wo Chuck Thompsons Flugzeug abgestürzt ist.«

»Alden Dinsmores Weide? Und wenn er Geld für die Benutzung will?«

»Dann kriegt er welches.« Romeo rechnete bereits. Er verkaufte alles, auch herabgesetzte Lebensmittel, und er hatte im Augenblick rund tausend Packungen Hotdogs der Marke Happy Boy in dem gewerblichen Kühlhaus hinter dem Laden. Die hatte er direkt bei Happy Boy in Rhode Island gekauft (die Firma war inzwischen pleite, ein kleines Mikrobenproblem, zum Glück keine Kolibakterien), um sie an Touristen und für Grillpartys am Unabhängigkeitstag zu verkaufen. Wegen der gottverdammten Rezession war der Verkauf unerwartet schlecht gelaufen, aber er hatte die Würstchen trotzdem stur behalten, wie ein Affe sich an eine Nuss klammert. Und jetzt konnte er sie vielleicht …

Am besten auf den kleinen Gemüsesticks aus Taiwan servieren, dachte er. *Ich habe noch ungefähr eine Million von diesen Mistdingern. Unter irgendeinem niedlichen Namen wie Frank-A-Ma-Bobs.* Außerdem hatten sie ungefähr hundert Kartons mit Yummy Tummy Lemonade und Limeade-Pulver, zwei weitere herabgesetzte Artikel, die er als Verlustbringer betrachtet hatte.

»Wir wollen auch alles einpacken, was wir an Blue Rhino dahaben.« Sein Verstand klickte jetzt wie eine Addiermaschine – genau so, wie Romeo es am liebsten hatte.

Toby sah allmählich ganz aufgeregt aus. »Was haben Sie vor, Mr. Burpee?«

Rommie stellte weiter eine Liste mit Zeug zusammen, das er voraussichtlich als Totalverlust hätte abschreiben müssen. Diese schundigen Windrädchen ... vom Unabhängigkeitstag übrig gebliebene Wunderkerzen ... die überständigen Bonbons, die er für Halloween aufgehoben hatte ...

»Toby«, sagte er, »wir werden das verdammt größte Grillparty-Picknick veranstalten, das diese Stadt jemals gesehen hat. Los, beeilen Sie sich! Wir haben viel zu tun.«

9 Rusty begleitete Dr. Haskeil bei der Visite, als das Sprechfunkgerät, das Linda ihm aufgedrängt hatte, in seiner Tasche summte.

Ihre Stimme war blechern, aber klar. »Rusty, ich muss nun doch zum Dienst. Randolph sagt, dass heute Nachmittag die halbe Stadt draußen auf der 119 an der Barriere sein wird – teils zu einer Gebetsversammlung, teils zu einer Demonstration. Romeo Burpee will ein Zelt aufstellen und Hotdogs verkaufen, also könnt ihr für heute Abend mit einem Zustrom an Patienten mit Magenbeschwerden rechnen.«

Rusty stöhnte.

»Die Mädchen muss ich also doch bei Marta lassen.« Lindas Stimme klang defensiv und sorgenvoll wie die einer Frau, die plötzlich merkt, dass Beruf und Familie sich nicht so gut vereinbaren lassen. »Aber ich erzähle ihr von Jannies Problem.«

»Okay.« Er wusste, dass sie zu Hause bleiben würde, wenn er sie darum bäte ... und alles, was er damit erreichen würde, wäre, dass Linda sich in dem Augenblick, in dem ihre Sorgen allmählich geringer wurden, neue Sorgen machte. Und falls dort draußen wirklich Menschenmassen zusammenströmten, brauchte man sie.

»Danke«, sagte sie. »Danke für dein Verständnis.«

»Vergiss nur nicht, Audrey mit den Mädchen zu Marta zu schicken«, sagte Rusty. »Du weißt, was Haskell gesagt hat.«

Dr. Ron Haskell – der Zauberer von Oz – war heute Morgen bei der Familie Everett groß rausgekommen. Eigentlich war er seit Beginn der Krise groß rausgekommen. Rusty hätte das nie erwartet, aber er war dankbar dafür. Und die Tränensäcke und die herabhängenden Mundwinkel des alten Kerls zeigten, dass Haskell dafür büßen musste. Der Zauberer von Oz war für medizinische Krisen zu alt; in der Lounge im zweiten Stock zu schnarchen entsprach heutzutage eher seinem Tempo. Aber außer Ginny Tomlinson und Twitch hielten jetzt eben nur noch Rusty und der Zauberer die Stellung. Wirklich Pech, dass die Kuppel ausgerechnet an einem schönen Samstagmorgen, an dem jeder, der irgend konnte, die Stadt verlassen hatte, herabgekracht war.

Haskell, der auf die siebzig zuging, war gestern Abend bis elf Uhr im Krankenhaus geblieben – bis Rusty ihn buchstäblich aus der Tür geschoben hatte – und heute Morgen um sieben wieder da gewesen, als Rusty und Linda mit ihren Töchtern im Schlepptau aufgekreuzt waren. Und mit Audrey, die die ungewohnte Umgebung im Cathy Russell ziemlich gelassen aufgenommen hatte. Judy und Janelle hatten die große Golden-Retriever-Hündin zwischen sich genommen und sie immer wieder Trost suchend angefasst. Janelle hatte total verängstigt gewirkt.

»Was macht der Hund hier?«, hatte Haskell gefragt, und nachdem Rusty ihm erklärt hatte, was passiert war, hatte Haskell genickt und zu Janelle gesagt: »Dann wollen wir dich mal untersuchen, Schätzchen.«

»Tut's weh?«, hatte Jannie gefragt.

»Nur wenn ein Bonbon, das du kriegst, nachdem ich in deine Augen gesehen habe, wehtut.«

Nach der Untersuchung hatten die Erwachsenen die beiden Mädchen und den Hund im Sprechzimmer gelassen und waren auf den Korridor hinausgegangen. Haskells Schultern hingen herab. Sein Haar schien über Nacht weiß geworden zu sein.

»Ihre Diagnose, Rusty?«, fragte Haskell.

»Ein *Petit-mal*-Anfall. Durch Aufregung und Sorgen ausgelöst, würde ich meinen, aber Audreys ›Winselsache‹ dauert nun schon monatelang.«

»Richtig. Wir geben ihr erst mal Zarontin. Einverstanden?«

»Ja.« Rusty war gerührt, dass Haskell ihn gefragt hatte. Allmählich bereute er einige der bösen Dinge, die er über den Alten gesagt und gedacht hatte.

»Und der Hund bleibt bei ihr, ja?«

»Unbedingt.«

»Wird sie wieder gesund, Ron?«, fragte Linda. Zu diesem Zeitpunkt hatte sie noch keinen Dienst tun, sondern den Tag ganz ruhig mit den Mädchen verbringen wollen.

»Sie *ist* gesund«, sagte Haskell. »Viele Kinder erleiden *Petit-mal*-Anfälle. Die meisten haben nur einen oder zwei. Andere haben im Lauf der Zeit mehrere, bis sie wieder aufhören. Bleibende Schäden treten nur vereinzelt auf.«

Linda wirkte erleichtert. Rusty hoffte, dass sie nie würde erfahren müssen, was Haskell ihr verschwieg: dass manche unglücklichen Kinder nicht aus dem neurologischen Dickicht herausfanden, sondern noch tiefer hineingerieten, bis sie dann *Grand-mal*-Anfälle bekamen. Und solche Anfälle *konnten* Schaden anrichten. Sie konnten tödlich sein.

Und jetzt, als die Morgenvisite fast vorbei war (nur ein halbes Dutzend Patienten, darunter eine junge Mutter, deren Baby ohne Komplikationen auf die Welt gekommen war) und er auf eine Tasse Kaffee hoffte, bevor er in die Poliklinik hinüberdüste, kam dieser Anruf von Linda.

»Marta hat bestimmt keine zusätzliche Arbeit mit Audi«, sagte sie.

»Gut. Im Dienst hast du dein Polizeifunkgerät, richtig?«

»Ja. Natürlich.«

»Dann gib dein privates Funkgerät bitte Marta. Vereinbart einen Kanal. Sollte irgendwas mit Jannie sein, komme ich sofort angerannt.«

»Wird gemacht. Danke, Liebster. Siehst du eine Chance, dass du's einrichten kannst, heute Nachmittag dort rauszukommen?«

Während Rusty darüber nachdachte, sah er Dougie Twitchell den Korridor entlangschlendern. Er hatte eine Zigarette hinter dem Ohr stecken und kam in seiner üblichen Mir-geht-alles-am-Arsch-vorbei-Manier angeschlendert, aber Rusty erkannte Besorgnis in seinem Blick.

»Vielleicht kann ich mich für eine Stunde abseilen. Aber versprechen kann ich's nicht.«

»Ich weiß, aber es wäre wundervoll, dich zu sehen.«

»Gleichfalls. Sei vorsichtig dort draußen. Und sag den Leuten, dass sie keine Hotdogs essen sollen. Burpee hat sie wahrscheinlich seit zehntausend Jahren im Kühlhaus liegen.«

»Das sind seine Mastodonsteaks«, sagte Linda. »Ende der Durchsage, mein Schatz. Ich halte Ausschau nach dir.«

Rusty steckte das Funkgerät in die Tasche seines weißen Arztmantels und wandte sich Twitch zu. »Was ist los? Und tu die Zigarette hinter dem Ohr weg, das hier ist ein Krankenhaus.«

Twitch zog die Zigarette hinter seinem Ohr hervor und betrachtete sie. »Ich wollte sie draußen neben dem Lagerschuppen rauchen.«

»Keine gute Idee«, sagte Rusty. »Dort lagert unsere Propanreserve.«

»Das wollte ich dir gerade erzählen. Die meisten Tanks sind verschwunden.«

»Schwachsinn. Diese Dinger sind riesig. Ich weiß bloß nicht, ob sie zwölftausend oder zweiundzwanzigtausend Liter enthalten.«

»Was soll das heißen? Dass ich vergessen habe, hinter der Tür nachzusehen?«

Rusty begann sich die Schläfen zu reiben. »Wenn sie – wer immer *sie* sind – mehr als drei bis vier Tage brauchen, um dieses Kraftfeld kurzzuschließen, werden wir *mucho* Flüssiggas benötigen.«

»Erzähl mir was, das ich nicht weiß«, sagte Twitch. »Nach dem Verzeichnis, das innen an der Schuppentür hängt, müssten sieben dieser Babys da sein – es sind aber nur zwei.« Er ließ die Zigarette in die Tasche seines weißen Arztmantels gleiten. »Ich habe vorsichtshalber im anderen Schuppen nachgesehen, falls jemand die Tanks versetzt hat …«

»Wozu hätte jemand das tun sollen?«

»Keine Ahnung, o Großmächtiger. Jedenfalls lagert im anderen Schuppen der wirklich wichtige Krankenhausbedarf: der ganze Scheiß für Garten- und Landschaftspflege. Dort sind alle Geräte vollständig, aber der gottverdammte Dünger ist verschwunden.«

Der Dünger war Rusty egal; ihm machte das Flüssiggas Sorgen. »Nun ... wenn's hart auf hart geht, kommen wir bestimmt an etwas Propan aus städtischen Beständen.«

»Von Rennie kriegst du höchstens eine Abfuhr.«

»Wenn das Cathy Russell seine einzige Chance für den Fall ist, dass sein Herz ihm wieder Probleme macht? Das bezweifle ich. Hör zu, glaubst du, dass ich mich heute Nachmittag für einige Zeit abseilen kann?«

»Das müsste Haskell entscheiden. Er scheint jetzt der ranghöchste Offizier zu sein.«

»Wo ist er?«

»Er schläft in der Lounge. Schnarcht auch wie verrückt. Willst du ihn aufwecken?«

»Nein«, sagte Rusty. »Lass ihn schlafen. Und ich werde ihn nicht mehr Zauberer von Oz nennen. Wenn man bedenkt, wie schwer er gearbeitet hat, seit dieser Scheiß passiert ist, hat er Besseres verdient, finde ich.«

»Ganz recht, *Sensei*. Du hast eine neue Stufe der Erleuchtung erklommen.«

»Verpiss dich, Grashüpfer«, sagte Rusty.

10   Nun seht euch das an; seht genau her.

Es ist 14:40 Uhr an einem weiteren überwältigend schönen Herbsttag in Chester's Mill. Würden die Medien nicht ferngehalten, kämen sie bei diesem Fototermin voll und ganz auf ihre Kosten – und das nicht nur, weil die Bäume in Flammen stehen. Die gefangenen Kleinstadtbewohner sind *en masse* zu Alden Dinsmores Viehweide gepilgert. Alden hat mit Romeo Burpee ein Nutzungsentgelt vereinbart: sechshundert Dollar. Beide Männer sind zufrieden; der Farmer, weil er dem Geschäftsmann erheblich mehr abgeluchst hat als Burpees verblüffendes Angebot von zweihundert Dollar, und Romeo, weil er notfalls bis tausend gegangen wäre.

Von den Demonstranten und Jesus-Rufern hat Alden keinen einzigen lumpigen Dime verlangt. Aber das heißt nicht, dass er sie nicht abkassiert; Farmer Dinsmore ist zwar nachts geboren – aber nicht erst letzte Nacht. Er hat seine Chance erkannt und einen großen Parkplatz unmittelbar nördlich der Stelle ausgewiesen, an der gestern Chuck Thompsons Flugzeug abgestürzt ist. Dort hat er seine Frau (Shelley) und seinen älteren Sohn (Ollie, ihr erinnert euch an Ollie) stationiert, zusammen mit seinem Landarbeiter (Manuel Ortega, ein Yankee ohne Greencard und ein Meister darin, auf alles mit einem Yankee-mäßigen Yeah-Sagen zu antworten). Alden nimmt fünf Dollar pro Wagen – ein Vermögen für einen kleinen Farmer, dem es in den letzten zwei Jahren nur mit knapper Not gelungen ist, eine Zwangsversteigerung seiner Farm durch die Keyhole Bank zu verhindern. Es gibt Beschwerden wegen der Gebühr, aber nicht viele; beim Jahrmarkt in Freyburg kostet das Parken mehr, und wenn die Leute nicht am Straßenrand – den früher Angekommene bereits auf beiden Seiten zugeparkt haben – parken und eine halbe Meile weit zum Mittelpunkt des Geschehens laufen wollen, bleibt ihnen keine Wahl.

Und was für eine seltsame, abwechslungsreiche Szene! Ein Zirkus mit drei Manegen, zweifellos, in dem die gewöhnlichen Bürger von The Mill sämtliche Hauptrollen spielen. Als Barbie gemeinsam mit Rose und Anse Wheeler eintrifft (das Restaurant hat wieder geschlossen, wird aber zum Abendessen öffnen – nur kalte Sandwichs, keine Grillgerichte), sehen sie sich mit offenen Mündern um. Julia Shumway und Pete Freeman fotografieren beide. Julia unterbricht ihre Arbeit lange genug, um Barbie mit ihrem attraktiven, aber irgendwie nach innen gerichteten Lächeln zu bedenken.

»Tolle Show, finden Sie nicht auch?«

Barbie grinst. »Ja, Ma'am.«

In der ersten Zirkusmanege haben wir die Bürger, die dem Aufruf gefolgt sind, den Scarecrow Joe und sein Kader plakatiert haben. Der Zustrom an Demonstranten war durchaus befriedigend, fast zweihundert Personen, und die sechzig von den Kids vorbereiteten Schilder (am beliebtesten: **LASST UNS RAUS VERDAMMT!!**) waren im Nu vergriffen. Zum Glück haben viele Leute ihre eigenen Schilder mitgebracht. Am besten gefällt Joe das eine, auf dem ein Stadtplan von The Mill mit einem Gefängnisgitter überlagert ist. Lissa Jamieson hält es nicht nur hoch, sondern stößt es aggressiv auf und ab. Auch Jack Evans ist da, er sieht blass und grimmig aus. Sein Schild besteht aus einer Collage von Fotos seiner am Vortag verbluteten Frau. **WER HAT MEINE FRAU GETÖTET?**, schreit es anklagend. Scarecrow Joe hat Mitleid mit ihm ... aber was für ein fantastisches Schild! Könnten die Medien es sehen, würden sie sich vor Begeisterung kollektiv in die Hose machen.

Joe lässt die Demonstranten in einem großen Kreis marschieren, der fast die Kuppel berührt, die auf der Chester's Mill zugekehrten Seite durch eine Linie aus Vogelkadavern markiert wird (die auf der Motton-Seite sind von Soldaten eingesammelt worden). Der Kreis gibt allen von Joes Leuten – denn so nennt er sie im Stillen – eine Chance, vor den auf der anderen Seite stehenden Wachposten, die ihnen entschlossen (und ärgerlicherweise) den Rücken zukehren, ihre Schilder zu schwenken. Joe hat auch gedruckte »Sprechgesänge« ausgegeben, die er gemeinsam mit Norrie Calvert, Benny Drakes Skateboardidol, verfasst hat. Abgesehen davon, dass Norrie auf ihrem Blitz-Board hart an der Kante fährt, sind ihre Reime einfach, aber straff, yo? Ein Sprechgesang lautet: *Ha-ha-ha! Hei-hei-hei! Chester's Mill lasst wieder frei!* Ein weiterer: *Das war nicht smart! Das war nicht smart! Gebt nur zu, dass ihr es wart!* Mit wirklichem Widerstreben hat Joe ein weiteres Meisterwerk Norries abgelehnt: *Demokratie von unten! Demokratie von unten! Lasst uns mit der Presse reden, ihr Tunten!* »Wir müssen in der Sache politisch korrekt bleiben«, hat er ihr erklärt. Im Augenblick fragt er sich, ob Norrie Calvert zu jung zum Küssen ist. Und ob sie ihn mit der Zunge küssen würde, wenn er's täte. Er hat noch nie ein Mädchen geküsst, aber falls sie alle dazu verdammt waren, wie unter einer Tupperware-Schale gefangene Käfer zu verhungern, sollte er es vielleicht tun, solange noch Zeit dazu war.

In der zweiten Manege haben wir Pastor Coggins' Gebetskreis, der wirklich in heiligen Eifer gerät. Und in einem schönen Beispiel für eine kirchliche Détente haben sich ein Dutzend Gemeindemitglieder der Congo Church dem Chor der Erlöserkirche angeschlossen. Sie singen »Eine feste Burg ist unser Gott«, und nicht wenige Bürger, die keiner Kirche angehören, aber den Text kennen, fallen ein. Ihre Stimmen erheben sich in den makellos blauen Himmel, während Lesters schrille Ermahnungen und die ihn bestätigenden Rufe *Amen!* und *Halleluja!* des Gebetskreises den Gesang in perfektem Kontrapunkt (jedoch nicht vollkommen harmonisch – das wäre zu viel verlangt gewesen) begleiten. Der Gebetskreis erweitert sich stetig, während weitere Bürger auf die Knie sinken und sich ihm anschließen, wobei sie ihre Schilder vorübergehend weglegen, um die gefalteten Hände bittend erheben zu können. Die Soldaten kehren ihnen den Rücken zu; Gott vielleicht nicht.

Aber die zentrale Manege in diesem Zirkus ist die größte und aufregendste. Romeo Burpee hat das Sommerschlussverkaufszelt in sicherem Abstand von der Barriere und sechzig Meter östlich der Gebetsversammlung aufschlagen lassen – den Ort hat er entsprechend der Richtung festgelegt, aus der die sehr leichte Brise weht. So wollte er sicherstellen, dass der Rauch aus seinen in einer Reihe stehenden Hibachis die Betenden *und* die Demonstranten erreicht. Seine einzige Konzession an den religiösen Aspekt des Nachmittags besteht darin, dass er Toby Manning anweist, seine Boombox abzustellen, aus der gerade eben einen Song von James McMurtry über das Leben in einer Kleinstadt plärrt, der nicht gut zu »How Great Thou Art« und »Won't You Come to Jesus« passt. Das Geschäft läuft gut und kann nur noch besser laufen. Davon ist Romeo überzeugt. Die Hotdogs – die auftauen, während sie heiß gemacht werden – könnten später einigen Leuten Magenbeschwerden verursachen, aber in der warmen Nachmittagssonne riechen sie *perfekt*: wie auf einem Jahrmarkt statt wie bei der Essensausgabe im Gefängnis. Kinder laufen herum, wedeln mit Windrädern und drohen Dinsmores Gras mit vom Unabhängigkeitstag übrig gebliebenen Wunderkerzen in Brand zu setzen. Überall liegen leere Pappbecher verstreut, die Limonade aus Zitruspulver (scheußlich) oder hastig aufgebrühtem Kaffee (noch scheußlicher) enthalten haben. Später wird Romeo veranlassen, dass Toby Manning irgendeinem Jungen, vielleicht Ollie Dinsmore, zehn Dollar dafür zahlt, dass er den Müll aufsammelt. Pflege der nachbarlichen Beziehungen, immer wichtig. Im Augenblick konzentriert Romeo sich jedoch voll auf seine improvisierte Kasse, einen Karton, der früher einmal Charmain-Toilettenpapier enthalten hat. Er nimmt großes Grün ein und gibt kleines Silber heraus: So macht Amerika Geschäfte, Herzchen. Er verlangt vier Dollar pro Dog, und der Teufel soll ihn holen, wenn die Leute das nicht zahlen. Er rechnet damit, bis Sonnenuntergang mindestens drei Mille Gewinn zu machen, vielleicht sogar viel mehr.

Und seht! Da kommt Rusty Everett! Er hat sich also tatsächlich abseilen können! Schön für ihn! Er wünscht sich fast, er hätte einen Zwischenhalt eingelegt und die Mädchen mitgenommen – der Trubel hätte ihnen gefallen, und vielleicht wären ihre Ängste zerstreut worden, wenn sie gesehen hätten, dass so viele Leute sich amüsierten –, aber die Aufregung hätte für Jannie etwas zu viel sein können.

Er entdeckt Linda im selben Augenblick, in dem sie ihn entdeckt und hektisch zu winken beginnt, praktisch auf und ab springt. Ihre Haare zu den kurzen, dicken Zöpfen Marke »Fearless Police Girl« geflochten, die sie im Dienst fast immer trägt, sieht Linda aus wie eine Cheerleaderin von der Highschool. Sie steht mit Twitchs Schwester Rose und dem jungen Grillkoch aus dem Restaurant zusammen. Rusty ist leicht überrascht; er hat angenommen, Barbara hätte die Stadt verlassen. Nachdem er sich Big Jim Rennie zum Feind gemacht hatte. Es hatte eine Schlägerei in einer Bar gegeben, hatte Rusty gehört. Als die Beteiligten reinkamen, um sich verpflastern zu lassen, war er nicht im Dienst. Das war Rusty nur recht gewesen. Er hatte schon genügend Gäste aus dem Dipper's verarztet.

Er umarmt seine Frau, küsst sie und drückt Rose dann einen Kuss auf die Wange. Anschließend schüttelt er dem Koch die Hand, erneuert seine Bekanntschaft mit ihm.

»Seht euch diese Hotdogs an«, ächzt Rusty. »Oje!«

»Stellen Sie schon mal die Bettschüsseln bereit, Doc«, sagt Barbie, und alle lachen. Es ist erstaunlich, unter solchen Umständen zu lachen, aber sie sind nicht die Einzigen ... und lieber Gott, warum auch nicht? Wenn man nicht lachen kann, wenn etwas schiefgeht – lachen und ein bisschen ausgelassen sein –, ist man entweder tot oder wünscht sich, man wäre es.

»Macht richtig Spaß«, sagt Rose, ohne zu ahnen, wie bald der Spaß ein Ende haben wird. Eine Frisbeescheibe schwebt vorbei. Sie schnappt sie sich aus der Luft und wirft sie zu Benny Drake zurück, der hochspringt, um sie zu fangen, dann kehrtmacht und sie Norrie Calvert zuwirft, die sie hinter ihrem Rücken fängt – Angeberin! Der Gebetskreis betet. Der gemischte Chor, der jetzt wirklich seine Stimme gefunden hat, ist inzwischen bei »Onward Christian Soldiers«, dem größten christlichen Hit aller Zeiten, angelangt. Ein kleines Mädchen, nicht älter als Judy, hüpft mit einer Wunderkerze in einer Hand und einem Becher der scheußlichen Limonade in der anderen vorbei, dass ihm sein Rock um die Knubbelknie flattert. Die Demonstranten marschieren und marschieren in einem größer werdenden Kreis und skandieren jetzt: *Ha-ha-ha! Hei-hei-hei! Chester's Mill lasst wieder frei!* Hoch über allem ziehen Wattebauschwolken mit dunklen Unterseiten von Motton aus nach Norden ... und teilen sich dann, als sie sich den Soldaten nähern. Weichen der Kuppel aus. Der Himmel direkt über der Versammlung ist makellos, wolkenlos blau. Einige Leute auf Dinsmores Weide studieren diese Wolken und fragen sich, wie viel Regen Chester's Mill in Zukunft zu erwarten hat, aber keiner von ihnen spricht laut darüber.

»Ich frage mich, ob wir nächsten Sonntag auch noch Spaß haben werden«, sagt Barbie.

Linda Everett mustert ihn. Ihr Blick ist alles andere als freundlich. »Sie glauben doch nicht etwa, dass ...«

Rose unterbricht sie. »Seht mal dort drüben! Der Junge sollte mit dieser verdammten Kiste nicht so schnell fahren – er kippt noch um. Ich *hasse* diese Quads!«

Sie sehen alle zu dem kleinen Fahrzeug mit den dicken

Ballonreifen hinüber und beobachten, wie es auf einer Diagonalen durch das dürre Oktobergras rast. Nicht genau in ihre Richtung, aber ohne Frage auf die Kuppel zu. Es fährt viel zu schnell. Einige der Soldaten hören das näher kommende Motorengeräusch und drehen sich endlich um.

»O Gott, lass ihn nicht verunglücken«, stöhnt Linda Everett.

Rory Dinsmore verunglückt nicht. Vielleicht wäre es besser gewesen, wenn er es getan hätte.

11   Eine Idee gleicht einem Schnupfenvirus: Früher oder später fängt es sich immer jemand ein. Mit dieser Idee waren die Vereinten Stabschefs schon infiziert; sie war bei mehreren Besprechungen – an denen Colonel James O. Cox, Barbies ehemaliger Boss, teilgenommen hatte – diskutiert worden. Früher oder später würde jemand in The Mill von derselben Idee angesteckt werden, und es war keine völlige Überraschung, dass dieser Jemand sich als Rory Dinsmore erwies, dem bei Weitem intelligentesten Mitglied der Familie (»Ich weiß gar nicht, wo er *das* herhat«, hatte Shelley Dinsmore gesagt, als Rory sein erstes Zeugnis mit lauter Einsern heimgebracht hatte … und ihre Stimme hatte dabei eher sorgenvoll als stolz geklungen). Hätte er in der Stadt gelebt – und einen Computer gehabt, den er nicht besaß –, hätte Rory zweifellos der Truppe von Scarecrow Joe McClatchey angehört.

Rory war es verboten worden, an dem Rummel/Gebetstreffen/Demonstrationszug teilzunehmen; statt komische Hotdogs zu essen und Autos auf dem Parkplatz einzuweisen, musste er auf Befehl seines Vaters zu Hause bleiben und die Kühe füttern. Sobald er damit fertig war, sollte er ihre Euter mit Bag Balm einfetten – eine Arbeit, die er hasste. »Und wenn ihre Zitzen hübsch blank sind«, hatte sein Vater gesagt, »kannst du die Ställe auskehren und ein paar Heuballen verteilen.«

Das war seine Strafe dafür, dass er sich gestern trotz des väterlichen Verbots der Kuppel genähert hatte. Und sogar daran *geklopft,* um Himmels willen. An seine Mutter zu appellieren, was oft nutzte, half diesmal nichts. »Du hättest umkommen können«, sagte Shelley. »Und Dad sagt, dass du vorlaut warst.«

»Ich hab ihnen bloß gesagt, wie der Koch heißt!«, protestierte Rory, und dafür bekam er von seinem Vater nochmal eins auf den Hinterkopf, was Ollie mit stiller, selbstgefälliger Zustimmung beobachtete.

»Du bist cleverer, als dir guttut«, sagte Alden.

Ollie, der sich hinter dem Rücken seines Vaters sicher fühlte, streckte ihm die Zunge raus. Shelley sah es trotzdem … und verpasste dafür *Ollie* eins auf den Hinterkopf. Aber sie verbot ihm nicht die aufregenden Vergnügungen des improvisierten Nachmittagsrummels.

»Und lass den gottverdammten Go-Kart stehen«, sagte Alden und zeigte dabei auf das im Schatten zwischen den Milchviehställen 1 und 2 geparkte Quad. »Wenn du Heu brauchst, trägst du's gefälligst. Davon kriegst du ein bisschen Muskeln.« Kurz danach machten sich die beschränkten Dinsmores gemeinsam auf den Weg über die Weide zu Romeos Zelt. Der einzig Intelligente blieb mit einer Heugabel und einem Tiegel Bag Balm von der Größe eines Blumentopfs zurück.

Rory erledigte die ihm aufgetragenen Arbeiten verdrießlich, aber gründlich; sein beweglicher Verstand brachte ihn manchmal in Schwierigkeiten, aber er war trotz allem ein folgsamer Sohn, und der Gedanke, die Strafaufgaben schlampig zu erledigen, kam ihm nicht einmal in den Sinn. Anfangs dachte er an überhaupt *nichts.* Er befand sich in jenem vorwiegend gedankenlosen Zustand der Gnade, der manchmal solch fruchtbarer Boden ist; der Nährboden, aus dem unsere brillantesten Träume und größten Ideen (die guten, aber auch die spektakulär schlechten) plötzlich sprießen, oft voll entwickelt. Trotzdem gibt es immer eine Assoziationskette.

Als Rory den Mittelgang von Stall 1 zu kehren begann (die verhasste Euterpflege würde er sich für zuletzt aufheben, dachte er), hörte er ein rasantes *Pop-peng-pam,* das nur von einer Reihe Knallkörper stammen konnte. Die klangen ent-

224

fernt wie Schüsse. Das ließ ihn an die Winchester seines Vaters denken: eine doppelläufige *30-30*, die im Schrank in der Diele stand. Die Jungen durften sie nur unter strenger Aufsicht anfassen – zum Scheibenschießen oder in der Jagdsaison –, aber der Schrank war nicht abgesperrt und die Munitionsschachtel stand im oberen Regal.

Und so kam die Idee. Rory dachte: *Ich könnte ein Loch in dieses Ding schießen. Es vielleicht zum Platzen bringen.* Vor seinen Augen stand klar und deutlich das Bild, wie er ein brennendes Streichholz an einen Kinderballon hielt.

Er ließ den Besen fallen und rannte ins Haus. Wie bei vielen intelligenten Menschen (vor allem intelligenten Kindern), war seine Stärke eher Inspiration als nüchterne Überlegung. Hätte sein älterer Bruder diese Idee gehabt (unwahrscheinlich), hätte Ollie gedacht: *Wenn ein Flugzeug nicht da durchbrechen konnte, auch kein Holztransporter in voller Fahrt, welche Chance hat dann eine Gewehrkugel?* Vielleicht hätte er auch überlegt: *Ich bin schon im Arsch, weil ich ungehorsam war, und das wäre Ungehorsam hoch neun.*

Nun … nein, das hätte Ollie wahrscheinlich nicht gedacht. Ollies mathematische Fähigkeiten erschöpften sich im einfachen Multiplizieren.

Rory dagegen lernte schon Algebra, die man fürs College brauchte, und beherrschte sie spielend. Hätte man ihn gefragt, wie eine Kugel bewirken sollte, was ein Flugzeug oder ein Lastwagen nicht geschafft hatten, hätte er gesagt, die Wirkung einer Winchester Elite XP³ sei unvergleichlich viel größer. Das war nur logisch. Zum einen würde die Geschwindigkeit viel höher sein. Zum anderen würde sich die gesamte kinetische Energie auf die Spitze eines zwölf Gramm schweren Geschosses konzentrieren. Er war davon überzeugt, dass die Sache klappen würde. Das Ganze hatte die unzweifelhafte Eleganz einer algebraischen Gleichung.

Rory sah sein lächelndes (aber natürlich bescheidenes) Gesicht auf der Titelseite von *USA Today*; stellte sich vor, wie er in den *Nightly News with Brian Williams* interviewt wurde; sah sich bei einem Umzug zu seinen Ehren auf einem blumengeschmückten Festwagen sitzen – von Mädchen

Marke Prom Queen umgeben (wahrscheinlich in trägerlosen Abendkleidern, vielleicht aber auch in Badeanzügen), während er unter einem Konfettiregen der Menge zuwinkte. Er würde DER JUNGE, DER CHESTER'S MILL GERETTET HAT sein.

Er riss das Gewehr aus dem Schrank, stieg auf den Hocker und griff sich eine Schachtel mit XP3-Munition aus dem oberen Regal. Er schob zwei Patronen in die Kammer (eine als Reserve), dann stürmte er wieder hinaus, wobei er das Gewehr wie ein siegreicher *rebelista* über dem Kopf schwang (aber – das musste man ihm lassen – er hatte den Sicherungshebel umgelegt, ohne auch nur daran zu denken). Der Schlüssel zu dem Yamaha-Quad, dessen Benutzung ihm verboten worden war, hing am Schlüsselbrett in Stall 1. Während er die Winchester mit einigen Expandern hinter dem Fahrersitz des Quads befestigte, hielt er den Schlüsselanhänger zwischen den Zähnen. Dabei fragte er sich, ob es einen Knall geben würde, wenn die Kuppel platzte. Wahrscheinlich hätte er die Ohrenschützer vom oberen Schrankregal mitnehmen sollen, aber zurückzugehen, um sie zu holen, war undenkbar; er musste die Sache *jetzt* durchziehen.

So ist das mit großen Ideen.

Er fuhr mit dem Quad um Stall 2 herum und machte nur lange genug halt, um die Größe der Menschenmenge abzuschätzen. Trotz aller Aufregung wusste er, dass er nicht auf die Stelle zuhalten durfte, wo die Kuppel die Straße querte (und wo die Spuren der gestrigen Kollisionen noch wie Schmutzschlieren an einer nicht geputzten Fensterscheibe hingen). Dort konnte ihn jemand aufhalten, bevor er die Chance hatte, die Kuppel zum Platzen zu bringen. Statt DER JUNGE, DER CHESTER'S MILL GERETTET HAT, zu sein, würde er dann vermutlich als DER JUNGE, DER EIN JAHR LANG KUHEUTER EINFETTEN MUSSTE, enden. Ja, und in der ersten Woche würde er das auf einer Couch liegend tun, weil sein Hintern beim Sitzen zu sehr wehtat. Letzten Endes würde jemand anderes das Lob für *seine* Idee einheimsen.

Deshalb blieb er auf einem Diagonalkurs, auf dem er die

Kuppel ungefähr fünfhundert Meter von dem Zelt entfernt erreichen würde. Wo er anhalten musste, würde ihm eine Kette von niedergedrückten Stellen im Gras zeigen. Diese stammten, das wusste er, von tot vom Himmel gefallenen Vögeln. Er sah, wie die in diesem Bereich postierten Soldaten sich nach dem herannahenden Röhren des Quads umdrehten. Er hörte Schreckensrufe der Rummelbesucher und Betenden. Der Choralgesang verstummte misstönend.

Das Schlimmste war, dass er seinen Vater sah, der seine schmuddelige John-Deere-Mütze schwenkte und dabei brüllte: »*RORY GOTTVERDAMMT NOCHMAL HALT SOFORT AN!*«

Rory steckte zu tief in dieser Sache drin, um anzuhalten, und – folgsamer Sohn oder nicht – er *wollte* nicht aufhören. Das Quad rumpelte über eine Bodenwelle, und er flog vom Sitz hoch, klammerte sich mit beiden Händen fest und lachte wie ein Verrückter. Seine eigene Deere-Mütze war nach hinten gedreht, aber er wusste nicht einmal, wann er das getan hatte. Das Fahrzeug kippte gefährlich, blieb dann aber doch auf den Rädern. Nun war er fast da, und auch einer der Soldaten in Arbeitsanzügen rief ihm zu, er solle anhalten.

Das tat Rory, und zwar so plötzlich, dass er beinahe nach vorn über den Lenker des Yamahas gegangen wäre. Aber weil er vergaß, in den Leerlauf zu schalten, ruckelte das verdammte Ding weiter und stieß tatsächlich gegen die Kuppel, bevor der Motor ausging. Rory hörte Metall knirschen und Scheinwerferglas zersplittern.

Weil die Soldaten fürchteten, von dem Quad überfahren zu werden (das Auge, das nichts sieht, was ein heranrasendes Fahrzeug aufhalten könnte, löst starke Instinkte aus), wichen sie nach beiden Seiten zurück und hinterließen eine schöne große Lücke, sodass Rory sie nicht erst auffordern musste, sich wegen einer möglichen explosiven Dekompression zurückzuziehen. Er wollte ein Held sein, aber er wollte niemanden verwunden oder gar töten, um einer zu werden.

Er musste sich beeilen. Dem Punkt, an dem er zum Stehen gekommen war, am nächsten waren die Leute auf dem Parkplatz und die in der Umgebung des Sommerschlussverkaufszelts, und sie rannten wie der Teufel. Darunter waren auch sein Vater und sein Bruder, die ihm beide zuriefen, auf keinen Fall zu tun, was immer er zu tun geplant hatte.

Rory befreite das Gewehr aus den Gummihalterungen, zog den Kolben an seine Schulter und zielte auf die unsichtbare Barriere eineinhalb Meter über einem Trio aus toten Sperlingen.

»Nein, Junge, schlechte Idee!«, rief einer der Soldaten.

Rory ignorierte ihn jedoch, weil es eine *gute* Idee war. Die Leute vom Zelt und vom Parkplatz waren jetzt fast bei ihm. Jemand – es war Lester Coggins, der viel besser lief, als er Gitarre spielte – brüllte: *»Im Namen Gottes, mein Sohn, tu das nicht!«*

Rory betätigte den Abzug. Nein; er versuchte es. Der Sicherungshebel war noch umgelegt. Er sah sich um und beobachtete, wie der große, hagere Geistliche aus der Pfingstkirche an seinem keuchenden, rotgesichtigen Vater vorbeispurtete. Lesters Hemd war ihm aus der Hose gerutscht und wehte hinter ihm her. Seine Augen waren weit aufgerissen. Der Grillkoch aus dem Sweetbriar Rose war dicht hinter ihm. Die beiden waren kaum noch fünfzig Meter entfernt, und der Reverend machte den Eindruck, als würde er gerade erst in den vierten Gang schalten.

Rory entsicherte das Gewehr.

»Nein, Junge, nein!«, rief der Soldat noch einmal, während er auf seiner Seite der Kuppel in die Hocke ging und abwehrend die Hände ausstreckte.

Rory achtete nicht auf ihn. So ist das bei großen Ideen. Er drückte ab.

Es war, zu Rorys Unglück, ein perfekter Schuss. Das Hiimpact-Geschoss traf senkrecht auf die Kuppel, prallte ab und kam wie ein Gummiball an einer Schnur zurück. Rory spürte keinen sofortigen Schmerz, aber eine Wolke aus weißem Licht füllte seinen Kopf aus, als der kleinere der beiden Splitter des Geschosses sein linkes Auge herausdrückte und in seinem Gehirn stecken blieb. Blut spritzte und lief ihm dann durch die Finger, als er mit vors Gesicht geschlagenen Händen auf die Knie sank.

228

12   »Ich bin blind! Ich bin blind!«, kreischte der Junge, und Lester dachte sofort an den Bibeltext, auf dem sein Zeigefinger zum Stillstand gekommen war: *Wahnsinn, Blindheit und Raserei des Herzens.*

»Ich bin blind! Ich bin blind!«

Lester zog dem Jungen die Hände vom Gesicht und sah die leere Augenhöhle, aus der Blut quoll. Die Überreste des Auges selbst baumelten auf Rorys Wange. Als er Lester seinen Kopf entgegenhob, plumpsten die blutigen Reste ins Gras.

Lester hatte einen Augenblick Zeit, das Kind in den Armen zu halten, bevor der Vater heran war und es ihm wegriss. Das war in Ordnung. So sollte es sein. Lester hatte gesündigt und den Herrn um Führung gebeten. Gott hatte ihn angeleitet, ihm eine Antwort gegeben. Nun wusste er, was er hinsichtlich der Sünden, zu denen James Rennie ihn verleitet hatte, tun sollte.

Ein blindes Kind hatte ihm den Weg gewiesen.

229

ES IST NICHT SO SCHLIMM,
WIE'S NOCH WIRD

1   Woran Rusty Everett sich später erinnern würde, war allgemeines Durcheinander. Das einzige Bild, das ihm deutlich im Gedächtnis blieb, war Pastor Coggins' nackter Oberkörper: fischbauchweiße Haut und hervortretende Rippen.

Barbie jedoch – vielleicht weil Colonel Cox ihn gebeten hatte, wieder als Ermittler tätig zu sein – sah alles. Und seine deutlichste Erinnerung betraf nicht den hemdlosen Coggins; sie betraf Melvin Searles, der mit dem Finger auf ihn zeigte und dabei den Kopf leicht schief legte – Zeichensprache, die jedem Mann unmissverständlich sagte: *Mit dir bin ich noch nicht fertig, Sonnyboy.*

Woran alle anderen sich erinnerten – was ihnen die Situation ihrer Kleinstadt vielleicht besser vor Augen führte als alles andere –, waren die Schreie des Vaters, während er seinen verletzten, blutenden Jungen in den Armen hielt, und die »Alles in Ordnung mit ihm, Alden? ALLES IN ORDNUNG MIT IHM?« kreischende Mutter, während sie ihre gut fünfundzwanzig Kilo Übergewicht zum Unfallort wuchtete.

Barbie sah, wie Rusty Everett sich durch den Kreis drängte, der sich um den Jungen bildete, und sich zu den beiden Knienden – Alden und Lester – gesellte. Alden wiegte seinen Sohn in den Armen, während Pastor Coggins, dessen Unterkiefer wie ein Gartentor mit defekter Angel herabhing, ihn mit offenem Mund anstarrte. Direkt hinter ihm stand Rustys Frau. Rusty sank zwischen Alden und Lester auf die Knie und versuchte, die Hände des Jungen von seinem Gesicht wegzuziehen. Alden – nicht überraschend, fand Barbie – versetzte ihm prompt einen Faustschlag. Rustys Nase begann zu bluten.

230

»Nein! Lassen Sie ihn helfen!«, rief die Frau des Arzthelfers.

Linda, dachte Barbie. *Ihr Name ist Linda, und sie ist ein Cop.*

»Nein, Alden! Nein!« Als Linda dem Farmer eine Hand auf die Schulter legte, fuhr er herum, als wollte er *ihr* einen Kinnhaken verpassen. Alle Vernunft hatte ihn verlassen; er war ein Tier, das sein Junges verteidigt. Barbie trat vor, um seine Faust abzufangen, falls der Farmer zuschlug, aber dann hatte er eine bessere Idee.

»Sanitäter hier«, brüllte er, wobei er sich über Alden beugte, um ihm die Sicht auf Linda zu nehmen. »Sanitäter! Sanitäter, Sani…«

Barbie wurde am Hemdkragen zurückgerissen und grob umgedreht. Er hatte eben noch Zeit, Mel Searles zu registrieren – einen von Juniors Freunden – und zu erkennen, dass Searles ein blaues Uniformhemd und ein Abzeichen trug. *Schlimmer kann's nicht mehr werden,* dachte Barbie, aber wie um ihm zu beweisen, dass er Unrecht hatte, schlug Searles *ihm* ins Gesicht – genau wie auf dem Parkplatz von Dipper's. Er verfehlte Barbies Nase, die er vermutlich hatte treffen wollen, quetschte aber Barbies Lippen gegen seine Zähne.

Searles holte zu einem weiteren Schlag aus, aber Jackie Wettington – an diesem Tag widerstrebend Mels Partnerin – hielt seinen Arm fest. »Tun Sie das nicht!«, rief sie. »Officer, *tun Sie das nicht!*«

Einen Augenblick lang war fraglich, was passieren würde. Dann zwängte sich Ollie Dinsmore mit seiner schluchzenden, keuchenden Mutter auf den Fersen zwischen den beiden hindurch und stieß Searles einen Schritt zurück.

Searles ließ seine Faust sinken. »Okay«, sagte er. »Aber Sie sind an einem Tatort, Arschloch. An einem Ort polizeilicher Ermittlungen. Was auch immer.«

Barbie wischte sich seinen blutenden Mund mit dem Handballen ab und dachte: *Es ist* nicht *so schlimm, wie's noch wird. Das ist das Schreckliche daran – es kommt noch viel schlimmer.*

231

2   Das Einzige, was Rusty verstand, war das von Barbie gerufene Wort *Sanitäter*. Jetzt benutzte er es selbst. »Sanitäter, Mr. Dinsmore. Rusty Everett. Sie kennen mich. Lassen Sie mich Ihren Jungen untersuchen.«

»Lass ihn, Alden!«, rief Shelley. »Lass ihn sich um Rory kümmern!«

Alden ließ widerstrebend seinen Jungen los, der auf den Knien liegend vor- und zurückschwankte. Rory, dessen Jeans mit Blut getränkt waren, hatte sein Gesicht wieder mit den Händen bedeckt. Rusty ergriff sie – sachte, ganz sachte – und zog sie herab. Er hatte gehofft, die Wunde würde weniger schlimm sein als befürchtet, aber die Augenhöhle, aus der Blut quoll, war bloß und leer. Und das Gehirn hinter dieser Augenhöhle war schwer verletzt. Neu war jedoch, wie das verbliebene Auge unsinnig nach oben verdreht ins Leere glotzte.

Rusty wollte sein Hemd ausziehen, aber der Pastor hielt ihm bereits seines hin. Coggins' Oberkörper, vorn schmächtig und weiß, hinten mit sich überschneidenden roten Striemen bedeckt, war schweißnass. Er hielt sein Hemd in der ausgestreckten Hand.

»Nein«, sagte Rusty. »Zerreißen, zerreißen.«

Lester verstand nicht gleich. Dann zerriss er das Hemd in der Mitte. Das restliche Polizeikontingent traf jetzt ein, und einige der regulären Cops – Henry Morrison, George Frederick, Jackie Wettington, Freddy Denton – forderten die neuen Special Deputies laut auf, ihnen zu helfen, die Menge zurückzudrängen, um etwas mehr Platz zu schaffen. Das taten die Neuen – sogar enthusiastisch. Einige Gaffer wurden umgestoßen, darunter auch die berühmte Puppenquälerin Samantha Bushey. Sammy hatte Little Walter in einem Tragegestell auf dem Rücken, und als sie auf ihrem Hintern landete, begannen beide zu schreien. Junior Rennie stieg über sie hinweg, ohne sie auch nur eines Blickes zu würdigen, schnappte sich die Mutter des verletzten Jungen und brachte sie beinahe zu Fall, bevor Freddy Denton eingriff.

»Nein, Junior, nein! Das ist die Mutter des Jungen! Lass *sie los*!«

232

»*Polizeibrutalität!*«, kreischte Sammy Bushey, die weiter im Gras lag. »*Polizeibru…*«

Georgia Roux, die neueste Rekrutin in dem jetzt von Peter Randolph geleiteten Police Department, traf mit Carter Thibodeau ein (sogar mit ihm Händchen haltend). Georgia drückte ihren Stiefel gegen eine von Sammys Brüsten – für einen Tritt war es zu sanft – und sagte: »Yo, Lesbe, halt die Klappe.«

Junior ließ endlich Rorys Mutter los und stellte sich zu Mel, Carter und Georgia. Die drei starrten Barbie an. Junior folgte ihrem Beispiel und überlegte sich, dass der Koch dem sprichwörtlichen falschen Penny glich, der überall wieder auftauchte. Er dachte, *Baaarbie* würde in einer Zelle neben Sloppy Sams schrecklich gut aussehen. Junior dachte auch, er sei schon immer zum Cop bestimmt gewesen; auf jeden Fall waren seine Kopfschmerzen davon besser geworden.

Rusty nahm eine Hälfte von Lesters Hemd und riss sie nochmal durch. Er faltete das eine Stück zusammen, um damit die klaffende Wunde im Gesicht des Jungen zu bedecken, überlegte sich die Sache anders und drückte das Stoffpolster dem Vater in die Hand. »Legen Sie das …«

Diese Worte brachte er kaum heraus; sein Mund war voller Blut von seiner zerquetschten Nase. Er räusperte sich, drehte den Kopf zur Seite, spuckte einen halb geronnenen Klumpen Blut ins Gras und versuchte es noch einmal. »Legen Sie das auf die Wunde, Dad. Richtig mit Druck. Eine Hand im Genick und *drücken.*«

Benommen, aber willig tat Alden Dinsmore wie geheißen. Das improvisierte Polster verfärbte sich augenblicklich rot, aber der Mann wirkte trotzdem ruhiger. Etwas zu tun zu haben, war nützlich. Das war es meistens.

Den übrig gebliebenen Fetzen Hemdstoff warf Rusty Lester zu. »Kleiner!«, sagte er, und Lester machte sich daran, den Stoff in kleinere Stücke zu zerreißen. Rusty hob Dinsmores Hand hoch und nahm das erste Polster weg, das jetzt durchgeblutet und nutzlos war. Shelley Dinsmore schrie auf, als sie die leere Augenhöhle sah. »Oh, mein Junge! *Mein Junge!*«

Peter Randolph kam laut schnaubend und keuchend herangetrabt. Trotzdem hatte er einen großen Vorsprung vor Big Jim, der – mit Rücksicht auf sein nicht ganz intaktes Herz – die abfallende Viehweide dort hinuntertrottete, wo die Menge das Gras schon zu einem breiten Pfad niedergetrampelt hatte. Er überlegte sich, was für ein Kuddelmuddel dies wieder war. In Zukunft würde es Bürgerversammlungen nur nach vorheriger Genehmigung geben. Und wenn er mitzubestimmen hatte (das würde er haben; er hatte immer mitzubestimmen), würde man an Genehmigungen nur schwer herankommen.

»Drängt diese Leute weiter zurück!«, knurrte Randolph Officer Morrison an. Und als Henry sich abwandte, um dem Folge zu leisten: »*Tretet zurück, Leute! Lasst ihnen ein bisschen Platz!*«

Morrison brüllte: »*Officers, bildet eine Kette! Drängt sie zurück! Wer Widerstand leistet, kriegt Handschellen angelegt!*«

Die Menge setzte sich langsam rückwärts schlurfend in Bewegung. Barbie zögerte noch. »Mr. Everett ... Rusty ... brauchen Sie Hilfe? Alles in Ordnung mit Ihnen?«

»Klar«, sagte Rusty, und sein Gesicht verriet Barbie alles, was er wissen musste: Dem Arzthelfer fehlte nichts, nur eine blutige Nase. Mit dem Jungen war nichts in Ordnung; es würde auch nie mehr in Ordnung kommen, selbst wenn er überlebte. Rusty bedeckte die blutende Augenhöhle des Jungen mit einem frischen Polster und legte die Hand des Vaters wieder darauf. »Hand ins Genick«, sagte er. »Fest drücken. *Fest.*«

Barbie wollte sich rückwärts gehend entfernen, als der Junge zu sprechen begann.

3   »Es ist Halloween. Ihr könnt nicht ... *wir* können nicht ...«

Rusty, der dabei war, ein weiteres Stück Hemdenstoff zu einem Druckpolster zusammenzulegen, erstarrte mitten in der Bewegung. Plötzlich war er wieder im Zimmer seiner

Töchter und hörte Janelles Aufschrei: *Der Große Kürbis ist an allem schuld!*

Er sah zu Linda auf. Sie hatte es auch gehört. Ihre Augen waren geweitet, und ihr zuvor gerötetes Gesicht wurde zusehends blass.

»Linda!«, schnauzte Rusty sie an. »Nimm dein Funkgerät! Ruf das Krankenhaus. Sag Twitch, dass er mit dem Krankenwagen ...«

»*Das Feuer!*«, kreischte Rory Dinsmore mit hoher, zitternder Stimme. Coggins starrte ihn an, wie Moses den brennenden Dornbusch angestarrt haben mochte. »*Das Feuer! Der Bus ist im Feuer! Alle kreischen! Nehmt euch vor Halloween in Acht!*«

Die Menge schwieg jetzt; sie hörte zu, wie der Junge wirres Zeug redete. Sogar Jim Rennie hörte ihn, als er den Rand der Menge erreichte und sich nach vorn durchzuarbeiten begann.

»Linda!«, rief Rusty laut. »Geh endlich ans Funkgerät! *Wir brauchen den Krankenwagen!*«

Sie schrak sichtlich zusammen, als hätte eben jemand vor ihrem Gesicht in die Hände geklatscht. Sie hakte das Funkgerät von ihrem Gürtel los.

Rory fiel nach vorn ins zertrampelte Gras und begann sich in Krämpfen zu winden.

»*Was hat er jetzt?*« Das war der Vater.

»*O mein Gott, er stirbt!*« Das war die Mutter.

Rusty drehte den zitternden, sich aufbäumenden Jungen auf den Rücken (während er das tat, bemühte er sich, nicht an Jannie zu denken, aber das war natürlich unmöglich) und hob sein Kinn an, damit er frei atmen konnte.

»Weiter, Dad«, forderte er Alden auf. »Lassen Sie mich jetzt nicht im Stich. Hand unters Genick. Druck auf die Wunde. Wir müssen die Blutung stoppen.«

Druck konnte den Splitter, der den Jungen das Auge gekostet hatte, noch tiefer hineintreiben, aber darüber würde Rusty sich später Sorgen machen. Immer vorausgesetzt, dass der Kleine nicht gleich hier draußen im Gras liegend starb.

In der Nähe – aber o so fern! – sprach endlich einer der

Soldaten. Er war kaum dem Teenageralter entwachsen, sah entsetzt und bekümmert aus. »Wir haben versucht, ihn aufzuhalten. Der Junge wollte nicht hören. Wir konnten nichts tun.«

Pete Freeman, dessen Nikon an ihrem Riemen neben seinem Knie baumelte, bedachte den jungen Soldaten mit einem einzigartig bitteren Lächeln. »Ich denke, das wissen wir. Hätten wir es nicht schon gewusst, wüssten wir's jetzt.«

4   Bevor Barbie sich unter die Menge mischen konnte, packte Mel Searles ihn am Arm.

»Lass mich los«, sagte Barbie mild.

Searles ließ seine Zähne in seiner Version eines Grinsens sehen. »Nicht im Traum, Fucko.« Dann erhob er seine Stimme: »Chief! He, Chief!«

Peter Randolph wandte sich ihm ungeduldig zu, runzelte die Stirn.

»Dieser Kerl hat mich behindert, als ich den Tatort sichern wollte. Kann ich ihn festnehmen?«

Randolph öffnete den Mund, wollte wahrscheinlich sagen: *Stiehl mir nicht meine Zeit.* Dann sah er sich um. Jim Rennie hatte sich endlich der kleinen Gruppe angeschlossen, die beobachtete, wie Everett sich um den Jungen bemühte. Rennie musterte Barbie mit dem Blick eines Reptils auf einem Felsblock, dann sah er wieder zu Randolph hinüber und nickte leicht.

Das sah auch Mel. Sein Grinsen wurde breiter. »Jackie? Ich meine, Officer Wettington? Kann ich mir ein Paar Ihrer Handschellen ausleihen?«

Junior und seine übrigen Freunde grinsten ebenfalls. Das war besser, als irgendeinen blutenden Jungen zu beobachten, und *viel* besser, als eine Bande von Betschwestern und Blödmännern mit Schildern zu beaufsichtigen. »Rache ist süß, *Baaar*-bie«, sagte Junior.

Jackie machte ein zweifelndes Gesicht. »Peter – Chief, meine ich – ich glaube, der Kerl wollte nur h…«

»Legt ihm Handschellen an«, sagte Randolph. »Was er tun

wollte oder nicht, klären wir später. Inzwischen will ich, dass dieses Durcheinander beendet wird.« Er erhob seine Stimme. »Schluss jetzt, Leute. Ihr habt euren Spaß gehabt und seht selbst, wie er ausgegangen ist! *Geht jetzt heim!*«

Jackie löste einen Satz Plastikhandschellen von ihrem Polizeigürtel (sie hatte nicht die Absicht, sie Mel Searles auszuhändigen, sondern würde sie selbst anlegen), als Julia Shumway sich zu Wort meldete. Sie stand unmittelbar hinter Randolph und Big Jim (tatsächlich hatte Big Jim sie beiseitegestoßen, um dorthin zu gelangen, wo die Action war).

»Das würde ich nicht tun, Chief Randolph, wenn Sie nicht wollen, dass das Police Department auf der Titelseite des *Democrat* in Verlegenheit gebracht wird.« Sie lächelte ihr Mona-Lisa-Lächeln. »Wo Sie doch so neu auf Ihrem Posten sind und alles.«

»Wie meinen Sie das?«, fragte Randolph. Sein stärker gewordenes Stirnrunzeln verwandelte sein Gesicht in eine von hässlichen Spalten durchzogene Landschaft.

Julia hielt ihre Nikon hoch – eine etwas ältere Version von Pete Freemans Kamera. »Ich habe ziemlich viele Bilder von Mr. Barbara, wie er Rusty Everett bei der Versorgung des verletzten Jungen hilft, ein paar von Officer Searles, wie er Mr. Barbara ohne erkennbaren Grund abführt … und eines von Officer Searles, wie er Mr. Barbara ins Gesicht schlägt. Ebenfalls ohne ersichtlichen Grund. Ich fotografiere nicht besonders gut, aber dieses eine Bild ist sehr gelungen. Möchten Sie es sehen, Chief Randolph? Das können Sie; es ist eine Digitalkamera.«

Barbie bewunderte sie noch mehr, weil er zu wissen glaubte, dass sie bluffte. Wieso hielt sie den Objektivdeckel in der linken Hand, als hätte sie ihn eben erst abgenommen, wenn sie angeblich die ganze Zeit fotografiert hatte?

»Das ist gelogen, Chief«, sagte Mel. »Er wollte mir einen Schwinger verpassen. Fragen Sie Junior.«

»Ich glaube, auf meinen Bildern ist gut zu sehen, dass der junge Mr. Rennie mit Ordnungsdienst beschäftigt war und den beiden den Rücken zugekehrt hatte, als der Schlag geführt wurde«, sagte Julia.

Randolph starrte sie finster an. »Ich könnte Ihre Kamera beschlagnahmen«, sagte er. »Beweismittel.«

»Das könnten Sie natürlich«, stimmte sie heiter zu, »und Pete Freeman würde Sie dabei fotografieren. Dann könnten Sie *Pete* die Kamera wegnehmen ... aber alle in unserer Umgebung würden Sie dabei sehen.«

»Auf wessen Seite stehen Sie hier, Julia?«, fragte Big Jim. Er lächelte sein grimmiges Lächeln – das eines Haifischs, der sich anschickt, einem Schwimmer ein Stück aus seinem dicken Hintern zu beißen.

Julia bedachte ihn mit ihrem eigenen Lächeln, und die Augen darüber waren unschuldig neugierig wie die eines Kindes. »*Gibt's* denn Seiten, James? Außer dort drüben ...« Sie deutete auf die sie beobachtenden Soldaten. »... und hier drinnen?«

Big Jim betrachtete sie nachdenklich. Seine Lippen krümmten sich jetzt in Gegenrichtung, bildeten gewissermaßen ein umgekehrtes Lächeln. Dann winkte er zu Randolph gewandt mit einer angewiderten Handbewegung ab.

»Ich denke, wir lassen's noch mal durchgehen, Mr. Barbara«, sagte Randolph. »Eifer des Gefechts.«

»Danke«, sagte Barbie.

Jackie nahm ihren finster dreinblickenden jungen Partner am Arm. »Los jetzt, Officer Searles. Dieser Teil ist vorbei. Wir sollen die Leute zurückdrängen.«

Searles ging mit, aber erst, nachdem er sich Barbie zugewandt und seine vorige Geste wiederholt hatte: den Finger auf ihn gerichtet, den Kopf leicht schief gelegt. *Wir sind noch nicht fertig miteinander, Sonnyboy.*

Rommies Assistent Toby Manning und Jack Evans erschienen mit einer improvisierten Tragbahre, die sie aus Segeltuch und Zeltstützen gebastelt hatten. Rommie öffnete den Mund, um zu fragen, was zum Teufel sie da machten, und sagte dann doch nichts. Der Wandertag war ohnehin abgesagt, also hol's der Teufel.

5   Die mit dem Auto gekommen waren, stiegen ein. Dann versuchten sie, alle gleichzeitig wegzufahren.

Vorhersehbar, dachte Joe McClatchey. *Völlig vorhersehbar.*

Die meisten Cops bemühten sich, den daraus entstehenden Stau aufzulösen, aber selbst eine Gruppe von Jugendlichen (Joe stand zwischen Benny Drake und Norrie Calvert) konnte erkennen, dass das neue und verstärkte Police Department nicht wusste, was es tat. Laute Polizistenflüche hallten durch die sommerlich warme Luft (*»Können Sie mit Ihrer Scheißkarre nicht ZURÜCKSTOSSEN?«*). Trotz des Riesendurcheinanders gab es kein Hupkonzert. Vermutlich waren die meisten Leute zu deprimiert, um zu hupen.

Benny sagte: »Seht euch diese Idioten an. Wie viele Liter Benzin, denkt ihr, blasen sie aus ihren Auspuffen? Als hielten sie die Vorräte für unbegrenzt.«

»Genau«, sagte Norrie. Sie war ein toughes Kid, ein kleinstädtisches Riot Grrrl mit einer modifizierten Tennessee-Tophat-Vokuhilafrisur, aber jetzt sah sie nur blass und traurig aus. Sie ergriff Bennys Hand. Scarecrow Joes Herz brach, wurde aber sofort wieder heil, als sie auch seine ergriff.

»Da geht der Kerl, der beinahe verhaftet worden wäre«, sagte Benny und deutete mit seiner freien Hand in die gemeinte Richtung. Barbie und die Zeitungslady stapften über die Viehweide zu dem behelfsmäßigen Parkplatz – gemeinsam mit sechzig bis achtzig weiteren Leuten, von denen einige entmutigt ihre Protestschilder hinter sich herschleiften.

»Nancy Newspaper hat überhaupt nicht fotografiert, wisst ihr«, sagte Scarecrow Joe. »Ich habe direkt hinter ihr gestanden. Ziemlich geil.«

»Yeah«, sagte Benny, »aber ich möchte trotzdem nicht in seiner Haut stecken. Bis dieser Scheiß vorbei ist, können die Cops praktisch machen, was sie wollen.«

Stimmt, sagte Joe zu sich selbst. Und die neuen Cops waren keine besonders netten Kerle. Zum Beispiel Junior Rennie. Die Geschichte von Sloppy Sams Verhaftung hatte bereits die Runde gemacht.

»Was willst du damit sagen?«, fragte Norrie Benny.

»Vorläufig nichts. Im Augenblick ist noch alles cool.« Er dachte nach. »*Einigermaßen* cool. Aber wenn's so weitergeht ... ihr erinnert euch an *Herr der Fliegen*?« Den hatten sie im Leistungskurs Englisch gelesen.

Benny skandierte: »›Killt das Schwein. Schneidet ihm die Kehle durch. Schlagt ihm den Schädel ein.‹ Die Leute nennen die Cops Schweine, aber ich will euch sagen, was *ich* denke. Ich denke, dass die Cops Schweine *finden*, wenn die Scheiße tiefer wird. Vielleicht weil die genauso Angst haben.«

Norrie Calvert brach in Tränen aus. Scarecrow Joe legte einen Arm um sie. Das tat er vorsichtig, als fürchtete er, sie könnten dadurch beide explodieren, aber sie drückte ihr Gesicht an sein Hemd und umarmte ihn. Das war eine einarmige Umarmung, weil sie mit ihrer anderen Hand weiter Bennys Hand hielt. Joe fand, dass er noch nie etwas so überirdisch Aufregendes gespürt hatte wie ihre Tränen, die sein Hemd durchnässten. Über ihren Kopf hinweg starrte er Benny vorwurfsvoll an.

»Sorry, Dude«, sagte Benny und tätschelte ihren Rücken. »Schon gut.«

»*Sein Auge war weg!*«, rief sie aus. Ihre Stimme war von Joes Brust gedämpft. Dann ließ sie ihn los. »Dies ist kein Spaß mehr. Das hier ist *kein* Spaß.«

»Nein.« Joe klang, als entdeckte er gerade eine große Wahrheit. »Echt nicht.«

»Seht nur«, sagte Benny. Er zeigte auf den Krankenwagen. Twitch holperte mit eingeschalteten roten Blinkleuchten über Dinsmores Weide. Seine Schwester, die Frau, der das Sweetbriar Rose gehörte, ging vor ihm her und leitete ihn um die schlimmsten Löcher herum. Ein Krankenwagen auf einer Viehweide, unter einem blauen Herbsthimmel im Oktober: Das war das Tüpfelchen auf dem i.

Scarecrow Joe wollte auf einmal nicht mehr protestieren. Aber er hatte auch keine rechte Lust, nach Hause zu fahren.

In diesem Augenblick war sein einziger Wunsch, die Stadt zu verlassen.

6   Julia glitt hinter das Lenkrad ihres Wagens, ließ aber den Motor nicht an; sie würden noch eine Zeit lang hier stehen, und es war sinnlos, Benzin zu vergeuden. Sie beugte sich an Barbie vorbei, öffnete das Handschuhfach und holte eine alte Packung American Spirits heraus. »Eiserne Reserve«, erklärte sie ihm entschuldigend. »Wollen Sie eine?«

Er schüttelte den Kopf.

»Stört es Sie? Ich kann nämlich auch warten.«

Er schüttelte nochmals den Kopf. Sie zündete sich eine an, dann blies sie den Rauch aus ihrem offenen Fenster. Es war noch warm – eben ein richtiger Altweibersommertag –, aber das würde es nicht bleiben. Noch ungefähr eine Woche, dann würde das Wetter umschlagen, wie die Alteingesessenen sagten. *Oder vielleicht nicht,* dachte sie. *Wer zum Teufel weiß das schon?* Wenn die Kuppel an Ort und Stelle blieb, würden sich bestimmt viele Meteorologen mit Spekulationen über das Wetter darunter zu Wort melden – und wenn schon? Die Yodas vom Weather Channel konnten nicht einmal vorhersagen, wohin ein Schneesturm zog, und waren nach Julias Ansicht nicht glaubwürdiger als die politischen Genies, die ihre Tage am Dummschwätzertisch im Sweetbriar Rose verbrachten.

»Danke, dass Sie sich vorhin für mich eingesetzt haben«, sagte er. »Sie haben meinen Arsch gerettet.«

»Hier ist eine Eilmeldung für Sie, Schätzchen – der ist weiterhin gefährdet. Was wollen Sie nächstes Mal machen? Ihren Freund Cox die Bürgerrechtsvereinigung anrufen lassen? Die wäre vielleicht interessiert, aber ich glaube nicht, dass in nächster Zeit jemand aus ihrem Büro in Portland Chester's Mill besuchen wird.«

»Seien Sie nicht so pessimistisch. Vielleicht treibt die Kuppel heute Nacht aufs Meer hinaus. Oder sie löst sich einfach auf. Das wissen wir nicht.«

»Unwahrscheinlich. Dahinter steckt eine Regierung – irgendeine Regierung –, und ich wette, dass Ihr Colonel Cox das weiß.«

Barbie schwieg. Er hatte Cox geglaubt, dass die Vereinigten Staaten nicht für die Kuppel verantwortlich seien. Nicht weil Cox unbedingt vertrauenswürdig war, sondern weil Barbie Amerika einfach nicht zutraute, im Besitz der notwendigen Technologie zu sein. Oder irgendeinem anderen Staat. Aber was wusste er schon? Sein letzter Job hatte darin bestanden, verängstigte Iraker zu bedrohen. Manchmal mit einer an ihren Kopf gesetzten Pistole.

Juniors Freund Frankie DeLesseps half draußen auf der Route 119 mit, den Verkehr zu lenken. Er trug ein blaues Uniformhemd über Jeans – vermutlich weil es in der Kleiderkammer keine Uniformhose in seiner Größe gegeben hatte. Er war ein groß gewachsener Hundesohn. Und er trug, wie Julia mit bösen Vorahnungen registrierte, eine Pistole an der Hüfte. Kleiner als die Glocks der regulären Cops von The Mill, vermutlich seine eigene, aber trotzdem eine richtige Pistole.

»Was machen Sie, wenn die Hitlerjugend hinter Ihnen her ist?«, fragte sie und wies mit dem Kinn in Frankies Richtung. »Viel Erfolg damit, ›Polizeibrutalität!‹ zu schreien, wenn die Kerle Sie einsperren und beschließen, zu Ende zu bringen, was sie angefangen haben. In unserer Stadt gibt es nur zwei Anwälte. Einer ist senil, und der andere fährt einen Boxter, den Jim Rennie ihm mit hohem Rabatt besorgt hat. Das habe ich jedenfalls gehört.«

»Ich kann für mich selbst sorgen.«

»Oooh, Macho.«

»Was ist mit Ihrer Zeitung? Sie hat fertig ausgesehen, als ich gestern Abend gegangen bin.«

»Genau genommen sind Sie heute Morgen gegangen. Und ja, sie ist fertig. Pete und ich und ein paar Freunde werden dafür sorgen, dass sie ausgetragen wird. Ich hab's nur für sinnlos gehalten, solange die Stadt zu drei Vierteln leer war. Wollen Sie sich freiwillig als Zeitungsjunge melden?«

»Das würde ich, aber ich muss eine Zillion Sandwichs machen. Heute Abend gibt's im Restaurant nur kalte Küche.«

»Vielleicht schaue ich mal vorbei.« Sie warf ihre nur halb gerauchte Zigarette aus dem Fenster. Nachdem sie kurz überlegt hatte, stieg sie aus dem Wagen und trat sie aus. Hier draußen einen Grasbrand zu entfachen, wäre nicht cool gewesen, nicht wenn die neuen Löschfahrzeuge der Stadt drüben in Castle Rock gestrandet waren.

»Ich bin vorhin bei Chief Perkins' Haus vorbeigefahren«, sagte sie, als sie sich wieder ans Steuer setzte. »Aber natürlich ist es jetzt nur noch Brendas Haus.«

»Wie geht es ihr?«

»Schlecht. Aber als ich gesagt habe, dass Sie sie sprechen wollen und die Sache wichtig ist – ohne aber zu verraten, worum es geht –, war sie einverstanden. Nach Einbruch der Dunkelheit wäre vielleicht am besten. Ihr Freund wird vermutlich ungeduldig …«

»Hören Sie auf, Cox meinen Freund zu nennen. Er ist nicht mein Freund.«

Sie beobachteten schweigend, wie der verletzte Junge hinten in den Krankenwagen geladen wurde. Auch die Soldaten sahen weiter zu. Wahrscheinlich missachteten sie damit einen Befehl, und das machte sie Julia ein klein wenig sympathischer. Der Krankenwagen, weiter mit rotem Blinklicht, begann über die Viehweide zurückzuholpern.

»Das ist schrecklich«, sagte Julia mit schwacher Stimme.

Barbie legte ihr einen Arm um die Schultern. Im ersten Augenblick machte sie sich steif, dann entspannte sie sich wieder. Während sie angestrengt nach vorn blickte, wo der Krankenwagen jetzt auf eine freigehaltene Mittelspur auf der Route 119 abbog, fragte sie: »Was ist, wenn sie mir den Mund verbieten, mein Freund? Was, wenn Rennie und seine Privatpolizei beschließen, meine kleine Zeitung dichtzumachen?«

»Dazu kommt's nicht«, sagte Barbie. Aber er fragte sich, ob das stimmte. Wenn diese Sache lange genug dauerte, würde wohl jeder Tag in Chester's Mill ein Alles-ist-möglich-Tag werden.

»Sie hatte noch etwas anderes im Sinn«, sagte Julia Shumway.

»Mrs. Perkins?«

»Ja. Das war ein in vieler Beziehung sehr seltsames Gespräch.«

»Sie trauert um ihren Mann«, sagte Barbie. »Trauer macht

Menschen seltsam. Ich habe Jack Evans gegrüßt – seine Frau ist gestern gestorben, als die Kuppel runtergekommen ist –, und er hat mich angesehen, als würde er mich nicht kennen, obwohl ich ihm seit dem Frühjahr meinen berühmten Mittwochshackbraten serviert habe.«

»Ich kenne Brenda Perkins noch aus der Zeit, als sie Brenda Morse war«, sagte Julia. »Seit fast vierzig Jahren. Ich dachte, sie würde mir erzählen, was ihr Sorgen macht ... aber das hat sie nicht.«

Barbie zeigte nach vorn auf die Straße. »Ich glaube, wir können jetzt fahren.«

Als Julia den Motor anließ, klingelte ihr Handy. In ihrer Eile, es herauszuholen, ließ sie beinahe ihre Umhängetasche fallen. Sie hörte zu, dann übergab sie es Barbie mit ihrem ironischen Lächeln. »Für Sie, Boss.«

Der Anrufer war Cox, und Cox hatte etwas zu sagen. Sogar ziemlich viel. Barbie unterbrach ihn lange genug, um zu berichten, was dem Jungen passiert war, der jetzt ins Cathy Russell gefahren wurde, aber Cox brachte Rory Dinsmores Geschichte entweder nicht mit dem in Verbindung, was er sagte, oder er wollte es damit nicht in Verbindung bringen. Er hörte höflich zu, sprach dann aber weiter. Als er fertig war, stellte er Barbie eine Frage, die ein Befehl gewesen wäre, wenn Barbie noch Uniform getragen hätte und ihm unterstellt gewesen wäre.

»Sir, ich verstehe, was Sie da fragen, aber Sie verstehen die ... hiesige politische Situation nicht, müsste man wohl sagen. Und meinen kleinen Anteil daran. Ich habe hier vor der Sache mit der Kuppel etwas Ärger gehabt und ...«

»Das wissen wir alles«, sagte Cox. »Eine Auseinandersetzung mit dem Sohn des Zweiten Stadtverordneten und einigen seiner Freunde. Sie wären beinahe eingelocht worden, steht in Ihrem Dossier.«

Ein Dossier. Jetzt hat er ein Dossier über mich. Gott steh mir bei.

»Die Informationen sind so weit zutreffend«, sagte Barbie, »aber lassen Sie mich Ihnen noch ein paar mehr geben. Erstens: Der Polizeichef, der *verhindert* hat, dass ich eingelocht wurde, ist draußen auf der 119 gestorben, übrigens nicht weit von der Stelle entfernt, an der ich jetzt mit Ihnen telefoniere ...«

In einer Welt, die für ihn jetzt unzugänglich war, hörte Barbie leise Papier rascheln. Er spürte plötzlich den Drang, Colonel James O. Cox mit bloßen Händen zu erwürgen, weil Colonel James O. Cox jederzeit ins nächste McDoof gehen konnte, was ihm, Dale Barbara, versagt war.

»Auch das wissen wir«, sagte Cox. »Ein Problem mit seinem Herzschrittmacher.«

»Zweitens«, fuhr Barbie fort, »hat der neue Chief, ein spezieller Kumpel des einzig mächtigen Stadtverordneten, ein paar neue Deputies angeheuert. Das sind genau die Kerle, die versucht haben, mich auf dem Parkplatz des hiesigen Nachtclubs krankenhausreif zu schlagen.«

»Da müssen Sie drüberstehen, oder nicht? Colonel?«

»Wieso nennen Sie mich Colonel? *Sie* sind der Colonel.«

»Glückwunsch«, sagte Cox. »Sie sind nicht nur wieder in den Dienst Ihres Landes aufgenommen, sondern haben auch eine absolut *schwindelerregende* Beförderung erhalten.«

»Nein!«, rief Barbie aus. Julia sah ihn besorgt an, aber das nahm er kaum wahr. »Nein, die will ich nicht!«

»Tja, aber Sie haben sie«, sagte Cox gelassen. »Ich werde Ihrer Redakteursfreundin die entsprechenden Unterlagen mailen, bevor wir den Internetzugang Ihrer unglücklichen kleinen Stadt sperren.«

»*Sperren?* Sie dürfen ihn nicht sperren!«

»Ihre Ernennungsurkunde hat der Präsident eigenhändig unterzeichnet. Wollen Sie mit Ihrem Nein auch zu ihm? Soviel ich gehört habe, kann er ziemlich ungehalten reagieren, wenn jemand seine Pläne durchkreuzt.«

Barbie gab keine Antwort. Ihm schwirrte der Kopf.

»Sie müssen die Stadtverordneten und den Polizeichef aufsuchen«, sagte Cox. »Sie müssen Ihnen mitteilen, dass der Präsident das Kriegsrecht über Chester's Mill verhängt und Sie als Stadtkommandanten eingesetzt hat. Anfangs werden Sie bestimmt auf Widerstand stoßen, aber die Informationen, die ich Ihnen gerade gegeben habe, sollten Ihnen helfen, sich als Verbindungsmann der Stadt zur Außenwelt zu etablieren. Und ich kenne Ihre Überredungskünste. Ich durfte sie im Irak hautnah erleben.«

»Sir«, sagte er. »Sie schätzen die Situation hier dermaßen falsch ein.« Er fuhr sich mit einer Hand durch die Haare. Sein Ohr pochte von dem gottverdammten Handy. »Es kommt mir vor, als würden Sie zwar das Konzept der Kuppel verstehen, aber nicht, was sich ihretwegen in dieser Stadt ereignet. Und dabei existiert sie noch keine dreißig Stunden.«

»Dann helfen Sie mir, es zu verstehen.«

»Sie sagen, dass der Präsident will, dass ich das mache. Wie wär's, wenn ich ihn anrufe und auffordere, mich am Arsch zu lecken?«

Julia starrte ihn erschrocken an, und das beflügelte ihn erst recht.

»Nehmen wir mal an, ich würde behaupten, ich sei ein verdeckter El-Kaida-Agent, der vorhat, ihn zu ermorden – *peng*, eine Kugel in den Kopf. Wie wäre das?«

»Captain Barbara – *Colonel* Barbara, meine ich –, Sie haben genug gesagt.«

Das fand Barbie nicht. »Könnte er das FBI herschicken, um mich verhaften zu lassen? Den Secret Service? Die gottverdammte Rote Armee? Nein, Sir. Das könnte er nicht.«

»Wie ich Ihnen bereits erklärt habe, haben wir vor, das zu ändern.« Cox klang nicht mehr relaxt und gut gelaunt, nur wie ein alter Soldat, der mit einem anderen redet.

»Und wenn das klappt, zögern Sie bitte nicht, Leute des von Ihnen bevorzugten Geheimdienstes herzuschicken und mich verhaften zu lassen. Aber wer würde hier auf mich hören, falls wir abgeschnitten bleiben? Begreifen Sie doch endlich: *Diese Stadt ist abgespalten.* Nicht nur von Amerika, sondern von der ganzen Welt. Dagegen können wir nichts machen – und Sie erst recht nicht.«

Cox sagte ruhig: »Wir versuchen euch Leuten zu helfen.«

»Das sagen Sie, und ich glaube es Ihnen fast. Aber wird das sonst jemand hier tun? Wenn sie testen wollen, welche Art Hilfe sie für ihre Steuergelder erwarten können, sehen

246

sie Soldaten mit dem Rücken zu ihnen Wache halten. Das vermittelt eine verdammt deprimierende Botschaft.«

»Für jemanden, der sich verweigert, reden Sie echt viel.«

»Ich verweigere mich *nicht*. Aber ich kann jederzeit verhaftet werden, und mich selbst zum vorläufigen Kommandanten zu erklären, wird nichts nutzen.«

»Wie wäre es, wenn ich den Ersten Stadtverordneten ... wie heißt er gleich wieder ... Sanders ... anrufen und ihm mitteilen würde ...«

»Genau das meine ich, wenn ich sage, wie wenig Sie wissen. Alles genau wie im Irak, nur sind Sie diesmal nicht vor Ort, sondern in Washington, und Sie scheinen genauso wenig Ahnung zu haben wie die übrigen Schreibtischkrieger. Lassen Sie sich eines gesagt sein, Sir: *Ein paar* Informationen sind schlimmer als gar keine Informationen.«

»Ein bisschen wissen ist eine gefährliche Sache«, sagte Julia verträumt.

»Wenn nicht Sanders, wen dann?«

»James Rennie, den *Zweiten* Stadtverordneten. Er ist hier der große Boss.«

Es entstand eine Pause. Dann sagte Cox: »Vielleicht können wir Ihnen das Internet doch lassen. Manche von uns sind ohnehin der Meinung, die Sperre sei nur eine reflexartige Reaktion.«

»Wie kommen Sie denn auf so was?«, fragte Barbie. »Wisst ihr Jungs nicht, dass Tante Sarahs Rezept für Preiselbeerbrot früher oder später nach draußen gelangt, wenn Sie uns im Netz bleiben lassen?«

Julia setzte sich ruckartig auf und fragte mit lautlosen Lippenbewegungen: *Sie wollen uns vom Internet abschneiden?* Barbie hob warnend einen Zeigefinger – *später*.

»Lassen Sie mich einfach ausreden, Barbie. Nehmen wir mal an, wir rufen diesen Rennie an und sagen ihm, dass das Internet gesperrt werden muss, tut uns schrecklich leid, Krisensituation, extreme Maßnahmen und so weiter. Dann können Sie ihn von Ihrer Nützlichkeit überzeugen, indem Sie uns dazu bringen, unsere Entscheidung zu revidieren.«

Barbie überlegte. Das konnte funktionieren. Zumindest eine Zeit lang. Oder auch nicht.

»Außerdem«, sagte Cox munter, »werden Sie ihnen diese anderen Informationen geben. Damit retten Sie vielleicht ein paar Menschenleben – und ersparen vielen Leuten den Schreck ihres Lebens, so viel steht fest.«

»Die Telefone funktionieren wie das Internet weiter«, sagte Barbie.

»Das wird schwierig. Ich kann Ihnen vielleicht das Netz erhalten, aber … hören Sie zu, Mann. In dem Ausschuss, der dieses Fiasko verwaltet, sitzen mindestens fünf Curtis-Le-May-Typen, und aus ihrer Sicht ist jeder in Chester's Mill ein Terrorist, bis er das Gegenteil beweisen kann.«

»Was könnten diese hypothetischen Terroristen tun, um Amerika zu schaden? Einen Selbstmordanschlag auf die Congo Church verüben?«

»Barbie, damit rennen Sie bei mir offene Türen ein.«

Dem war kaum zu widersprechen.

»Tun Sie's also?«

»Ich muss Sie deswegen zurückrufen. Warten Sie meinen Anruf ab, bevor Sie etwas unternehmen. Ich muss erst noch mit der Witwe des Polizeichefs reden.«

Cox ließ nicht locker. »Aber Sie behalten den vorgeschlagenen Kuhhandel für sich?«

Barbie staunte abermals darüber, wie wenig selbst Cox – nach militärischen Begriffen ein Freidenker – die Veränderungen begriff, die der Dome schon bewirkt hatte. Hier drinnen spielte Geheimhaltung à la Cox keine Rolle mehr.

Wir gegen sie, dachte Barbie. *Jetzt heißt's wir gegen sie. Es sei denn, ihre verrückte Idee funktioniert, natürlich.*

»Sir, ich muss Sie wirklich zurückrufen; dieses Telefon leidet an einem schlimmen Fall von Akkuschwäche.« Eine Lüge, die er ohne schlechtes Gewissen vorbrachte. »Und warten Sie unbedingt meinen Rückruf ab, bevor Sie mit irgendjemand anderem reden.«

»Denken Sie nur daran, dass der Urknall für morgen dreizehn Uhr geplant ist. Wenn Sie die Lebensfähigkeit der Stadt erhalten wollen, müssen Sie sich ranhalten.«

Lebensfähigkeit erhalten. Ein weiterer Begriff, der unter der Kuppel bedeutungslos war. Außer er bezog sich darauf, dass man sich genügend Propan für sein Notstromaggregat besorgte.

»Ich melde mich«, sagte Barbie. Er klappte das Handy zu, bevor Cox noch etwas sagen konnte. Die 119 war jetzt fast frei, aber DeLesseps war noch da, lehnte mit verschränkten Armen an seinem aufgemotzten Oldtimer. Als sie an dem Chevrolet Nova vorbeifuhren, fiel Barbie ein Aufkleber auf: TITTEN, SPRIT ODER GRAS – FÜR LAU KRIEGST DU GAR NICHTS. Und auf der Abdeckung über dem Instrumentenbrett sah er ein Polizeilicht mit Magnetfuß stehen. Dieser Gegensatz illustrierte, was jetzt in Chester's Mill nicht in Ordnung war, fand er.

Unterwegs erzählte er Julia alles, was Cox gesagt hatte.

»Was sie vorhaben, ist eigentlich nichts anderes als das, was der Junge vorhin versucht hat«, sagte sie hörbar entsetzt.

»Nun, ein *bisschen* was anderes«, sagte Barbie. »Der Junge hat es mit einem Gewehr versucht. Sie haben einen Marschflugkörper bereitgestellt. Um ihre Urknalltheorie zu testen.«

Julia lächelte. Aber das war nicht ihr gewohntes Lächeln; schwach und verwirrt ließ es sie wie sechzig statt wie dreiundvierzig aussehen. »Ich glaube, ich muss die nächste Zeitung früher herausbringen, als ich dachte.«

Barbie nickte. »Extrablatt, Extrablatt, lesen Sie alles darüber.«

7   »Hallo, Sammy«, sagte jemand. »Wie geht's Ihnen?«

Samantha Bushey erkannte die Stimme nicht und drehte sich müde nach ihr um, wobei sie das Tragegestell etwas höher rückte. Little Walter schlief, und er wog eine Tonne. Der Hintern tat ihr weh, weil sie darauf gefallen war, und auch ihre Gefühle waren verletzt – diese verdammte Georgia Roux, die sie eine Lesbe genannt hatte. Georgia Roux, die mehr als einmal winselnd in Sammys Wohnwagen gekommen war, in der Hoffnung, einen Eightball für sich und den muskelbepackten Freak zu ergattern, mit dem sie sich herumtrieb.

Es war Dodees Vater. Sammy hatte schon tausendmal mit ihm gesprochen, aber sie hatte seine Stimme nicht erkannt; sie erkannte ihn selbst kaum. Er sah alt und traurig aus – irgendwie gebrochen. Er starrte nicht mal ihre Titten an, was etwas Neues war.

»Hi, Mr. Sanders. Na so was, ich hab Sie nicht mal bei dem …« Ihre Handbewegung umfasste die zertrampelte Viehweide hinter ihnen und das jetzt halb zusammengefallene Zelt, das erbärmlich wirkte. Jedoch nicht so erbärmlich wie Mr. Sanders.

»Ich habe im Schatten gesessen.« Dieselbe zögernde Stimme, die von einem zaghaften, verwundbaren Lächeln begleitet wurde, das schwer zu ertragen war. »Aber ich habe mir eine Limonade gekauft. War's nicht warm für Oktober? Meine Güte, ja. Mir hat der Nachmittag gefallen – ein richtiger *Stadt*nachmittag –, bis dieser Junge …«

O Scheiße, er fing an zu weinen.

»Das mit Ihrer Frau tut mir schrecklich leid, Mr. Sanders.«

»Danke, Sammy. Sehr freundlich von Ihnen. Soll ich Ihr Baby zu Ihrem Auto zurücktragen? Sie können jetzt fahren, glaube ich – die Straße ist ziemlich frei.«

Das war ein Angebot, das sie nicht ablehnen konnte, auch wenn er weinte. Sie hob Little Walter aus dem Tragegestell – es sah aus, als würde sie einen großen warmen Klumpen Brotteig hochheben – und reichte ihn Sanders. Little Walter öffnete die Augen, lächelte glasig, rülpste und schlief dann weiter.

»Ich glaube, dass er eine Packung in der Windel hat«, sagte Mr. Sanders.

»O ja, er ist 'ne regelrechte kleine Scheißmaschine. Der gute alte Little Walter.«

»Walter ist ein sehr netter altmodischer Name.«

»Danke.« Ihm zu erklären, dass der erste Vorname ihres Babys in Wirklichkeit Little war, schien die Mühe nicht wert zu sein … und sie war sich sicher, dass sie darüber schon mal mit ihm gesprochen hatte. Er konnte sich einfach nicht daran erinnern. So neben ihm herzugehen – auch wenn er das Baby trug –, war das perfekt beschissene Ende eines perfekt beschissenen Nachmittags. Wenigstens hatte er recht, was den Verkehr betraf: Der automobile Mosh-Pit hatte sich endlich aufgelöst. Sammy fragte sich, wie lange es dauern würde, bis die ganze Stadt wieder Fahrrad fuhr.

»Mir hat die Vorstellung, wie sie in diesem Flugzeug saß, nie gefallen«, sagte Mr. Sanders. Er schien den Faden irgendeines Selbstgesprächs aufzugreifen. »Manchmal habe ich mich sogar gefragt, ob Claudie mit diesem Kerl schläft.«

Dodees Mutter sollte mit Chuck Thompson geschlafen haben? Sammy war schockiert und fasziniert zugleich.

»Wahrscheinlich nicht«, sagte er und seufzte. »Außerdem spielt das keine Rolle mehr. Haben Sie Dodee irgendwo gesehen? Sie ist gestern Abend nicht nach Hause gekommen.«

Fast hätte Sammy gesagt: *Klar, gestern Nachmittag.* Aber wenn die Dodester letzte Nacht nicht daheim geschlafen hatte, würde das den Dodester-Dadster nur beunruhigen. Und Sammy ein langes Gespräch mit einem Kerl einbringen, dem Rotz aus der Nase und Tränen übers Gesicht liefen. Das wäre nicht cool.

Sie hatten ihr Auto erreicht, einen alten Chevrolet mit Schwellerkrebs. Sie übernahm Little Walter wieder und verzog das Gesicht, weil er so stank. Das war nicht nur Post in seiner Windel, das waren UPS und Federal Express kombiniert.

»Nein, Mr. Sanders, ich hab sie nicht gesehen.«

Er nickte, dann wischte er sich die Nase mit dem Handrücken ab. Der Rotz verschwand oder war zumindest anderswo verteilt. Das war eine Erleichterung. »Sie ist wahrscheinlich mit Angie McCain ins Einkaufszentrum gefahren und dann zu ihrer Tante Peg in Sabbatus, als sie nicht in die Stadt zurückkonnte.«

»Ja, wahrscheinlich haben sie recht.« Und wenn Dodee dann wieder in The Mill aufkreuzte, würde das eine freudige Überraschung für ihn sein. Er hatte weiß Gott eine verdient. Sammy öffnete die Autotür und legte Little Walter auf den Beifahrersitz. Den Kindersitz mit Gurten benutzte sie schon seit Monaten nicht mehr. Viel zu lästig. Außerdem war sie eine sehr sichere Fahrerin.

»Freut mich, Sie mal wieder getroffen zu haben, Sammy.« Eine Pause. »Werden Sie für meine Frau beten?«

»Ähhh … klar, Mr. Sanders, kein Problem.«

Als sie schon einsteigen wollte, fielen ihr zwei Dinge ein: dass Georgia Roux sie mit ihrem gottverdammten Bikerstiefel gegen die Brust getreten hatte – bestimmt fest genug, um einen blauen Fleck zurückzulassen – und dass Andy Sanders, untröstlich oder nicht, der Erste Stadtverordnete war.

»Mr. Sanders?«

»Ja, Sammy?«

»Ein paar von den neuen Cops waren vorhin ein bisschen grob. Darum sollten Sie sich vielleicht mal kümmern. Bevor die Sache, Sie wissen schon, außer Kontrolle gerät.«

Sein unglückliches Lächeln veränderte sich nicht. »Nun, Sammy, ich weiß, wie ihr jungen Leute zur Polizei steht – ich bin selbst mal jung gewesen –, aber wir haben es hier mit einer ziemlich schlimmen Situation zu tun. Und je rascher wir eine gewisse Autorität schaffen, umso besser für alle. Das verstehen Sie doch, nicht wahr?«

»Klar«, sagte Sammy. Was sie nicht verstand, war die Tatsache, dass selbst echte Trauer den Schwachsinn, den Politiker unentwegt von sich gaben, offenbar nicht eindämmen konnte. »Also, bis demnächst.«

»Sie sind ein gutes Team«, sagte Andy vage. »Peter Randolph wird dafür sorgen, dass sie alle an einem Strang ziehen. Die gleiche Mütze tragen. Den gleichen … äh … Tanz tanzen. Beschützen und dienen, Sie verstehen schon.«

»Klar«, sagte Samantha. Den Beschützen-und-dienen-Tanz mit einem gelegentlich eingestreuten Tittenkick. Als sie wegfuhr, schnarchte Little Walter neben ihr auf dem Beifahrersitz. Der Gestank nach Babyscheiße war sagenhaft. Sie ließ die Fenster herunter, dann sah sie in ihren Rückspiegel. Mr. Sanders stand noch immer auf dem behelfsmäßigen Parkplatz, der sich inzwischen fast komplett geleert hatte. Er hob grüßend die Hand.

Während Sammy ihrerseits die Hand hob, fragte sie sich,

wo Dodee die letzte Nacht verbracht haben mochte, wenn sie nicht heimgekommen war. Dann ließ sie diesen Gedanken fallen – das ging sie eigentlich nichts an – und machte das Radio an. Weil sie aber nur den Jesus-Sender deutlich hereinbekam, schaltete sie es wieder aus.

Als sie aufsah, stand Frankie DeLesseps mit erhobener Hand vor ihr auf der Straße – genau wie ein richtiger Cop. Sie musste scharf bremsen, um ihn nicht anzufahren, und legte dabei die Rechte auf das Baby, damit es nicht vom Sitz rutschte. Little Walter wachte auf und begann zu plärren.

»Sieh dir an, was du gemacht hast!«, schrie sie Frankie an (mit dem sie damals in der Highschool, als Angie mit der Schulband auf Fortbildung gewesen war, ein zweitägiges Techtelmechtel gehabt hatte). »Fast wäre das Baby auf den Boden gefallen!«

»Wo ist sein Sitz?« Frankie beugte sich mit schwellenden Bizepsen zu ihrem Fenster herein. Dicke Muskeln, kleiner Pimmel, das war Frankie DeLesseps. Wenn es nach Sammy ging, konnte Angie ihn gern behalten.

»Geht dich einen Dreck an.«

Ein echter Cop hätte sie aufgeschrieben – wegen dieser Antwort und weil der gesetzlich vorgeschriebene Kindersitz fehlte –, aber Frankie grinste nur. »Hast du Angie gesehen?«

»Nein.« Das entsprach diesmal der Wahrheit. »Vielleicht hat es sie außerhalb der Stadt erwischt.« Obwohl Sammy eher den Eindruck hatte, die Menschen *in* der Stadt seien erwischt worden.

»Was ist mit Dodee?«

Sammy sagte wieder Nein. Das musste sie praktisch, weil Frankie mit Mr. Sanders reden konnte.

»Angies Auto steht bei ihr zu Hause«, sagte Frankie. »Ich hab in der Garage nachgesehen.«

»Große Sache. Wahrscheinlich sind sie mit Dodees Kia irgendwohin gefahren.«

Er schien darüber nachzudenken. Sie waren jetzt fast allein. Der Stau von vorhin war nur noch eine Erinnerung. Dann fragte er: »Hat Georgia deiner Titte wehgetan, Baby?« Und bevor sie antworten konnte, langte er durchs Fenster und grapschte sie an. Sogar ziemlich grob. »Soll ich sie küssen und wieder heil machen?«

Sammy klatschte ihm auf die Hand. Little Walter neben ihr plärrte und plärrte. Manchmal fragte sie sich, wozu der liebe Gott überhaupt Männer erschaffen hatte, ehrlich! Immer nur plärren oder grapschen, grapschen oder plärren.

Frankie lächelte jetzt nicht mehr. »Nimm dich mit so 'nem Scheiß in Acht«, sagte er. »Die Zeiten haben sich geändert.«

»Was willst du machen? Mich verhaften?«

»Ich würde mir was Besseres einfallen lassen«, sagte er. »Na schön, fahr weiter. Und falls du Angie triffst, sag ihr, dass ich sie sehen will.«

Sammy fuhr davon: wütend und – das gestand sie sich nicht gern ein, aber es stimmte – etwas ängstlich. Nach einer halben Meile hielt sie am Straßenrand und wechselte Little Walters Windel. Vor den Rücksitzen lag eine Plastiktüte für gebrauchte Windeln, aber sie war zu wütend, um sich damit abzugeben. Stattdessen warf sie die volle Pampers auf den Randstreifen – ganz in der Nähe der großen Werbetafel, auf der stand:

JIM RENNIES GEBRAUCHTWAGEN
US- UND IMPORTFAHRZEUGE
FRAGEN $IE UN$ NACH FINANZIERUNG!
BIG JIM LÄSST EUCH ROLLEN!

Sie überholte einige Jugendliche auf Fahrrädern und fragte sich erneut, wie lange es dauern würde, bis alle mit dem Rad fuhren. Nur würde es nicht dazu kommen. Irgendjemand würde rechtzeitig rauskriegen, was zu tun war – genau wie in den Katastrophenfilmen, die sie sich so gern im Fernsehen ansah, wenn sie bekifft war: in L. A. ausbrechende Vulkane, Zombies in New York. Und sobald wieder Normalität einkehrte, würden Frankie und Carter Thibodeau wieder genau das sein, was sie zuvor gewesen waren: kleinstädtische Loser, die wenig oder gar kein Geld in der Tasche hatten. Bis dahin war es wahrscheinlich ratsam, sich unauffällig zu verhalten.

Alles in allem war sie froh, dass sie den Mund gehalten hatte, was Dodee betraf.

8 Rusty hörte, wie der Blutdruckmonitor dringlich zu piepsen begann, und wusste, dass sie den Jungen nicht würden retten können. Tatsächlich entglitt er ihnen, seit er im Krankenwagen lag – Teufel, seit das abprallende Geschoss ihn getroffen hatte –, aber das Geräusch des Monitors machte aus der Wahrheit eine Schlagzeile. Der schwer verletzte Rory hätte vom Unfallort aus sofort mit einem Rettungshubschrauber ins CMG geflogen werden müssen. Stattdessen lag er in einem nicht besonders gut ausgestatteten Operationssaal, in dem es zu warm war (die Klimaanlage war abgestellt, um das Notstromaggregat zu schonen), und wurde von einem Arzt operiert, der längst im Ruhestand hätte sein sollen. Dabei assistierten ihm ein Arzthelfer, der noch bei keinem neurochirurgischen Eingriff dabei gewesen war, und eine erschöpfte Krankenschwester, die sich jetzt zu Wort meldete.

»Vorhofflimmern, Dr. Haskell.«

Der Herzmonitor hatte eingestimmt. Jetzt piepsten sie um die Wette.

»Ich weiß, Ginny, ich bin nicht tot.« Er machte eine Pause. »*Taub*, meine ich. Himmel!«

Rusty und er wechselten einen Blick über die mit sterilen Tüchern bedeckte Gestalt des Jungen hinweg. Haskells Augen waren klar und hellwach – dies war nicht mehr der mit einem Stethoskop ausgerüstete Ruheständler, der in den letzten Jahren wie ein träges Gespenst durch die Räume und Korridore im Cathy Russell geschlichen war –, aber er sah schrecklich alt und gebrechlich aus.

»Wir haben's versucht«, sagte Rusty.

Tatsächlich hatte Haskell mehr getan, als nur zu versuchen, Rory zu retten; er hatte Rusty an einen der Sportromane erinnert, die er als Junge verschlungen hatte, in denen der alternde Pitcher im siebten Spiel der World Series eingesetzt wird und noch einmal eine große Stunde erlebt. Aber seinen Auftritt hatten nur Ginny Tomlinson und Rusty auf der Tribüne erlebt, und diesmal würde es kein Happy End für das alte Schlachtross geben.

Rusty hatte mit der Kochsalzinfusion begonnen und Mannitol zugesetzt, um die Gehirnschwellung zu reduzieren. Haskell hatte den OP praktisch im Laufschritt verlassen, um die Blutuntersuchung, ein komplettes Blutbild, im Labor auf demselben Flur vorzunehmen. Das musste Haskell selbst machen; Rusty war dafür nicht qualifiziert, und es gab keine Laborantinnen. Am Catherine Russell herrschte jetzt akuter Personalmangel. Rusty war überzeugt, dass der kleine Dinsmore nur eine Anzahlung auf den Preis war, den die Stadt letzten Endes für diesen Mangel an Personal würde bezahlen müssen.

Es kam noch schlimmer. Der Junge hatte die Blutgruppe A negativ, die in ihrem kleinen Vorrat fehlte. Sie hatten jedoch 0 negativ – das universale Spenderblut –, von dem Rory vier Beutel bekam, sodass neun Beutel übrig blieben. Die Transfusion lief vermutlich aufs Gleiche hinaus, als hätten sie das Blut im Waschraum in den Ausguss gekippt, aber das sagte keiner von ihnen. Während das Blut in seinen Körper lief, schickte Haskell Ginny in die Besenkammer hinunter, die hier als Fachbibliothek diente. Sie kam mit einem zerlesenen Exemplar von *Neurochirurgie. Ein kurzer Überblick* zurück. Haskell operierte mit dem Buch neben sich und hatte einen Ohrenspiegel daraufgelegt, um es offen zu halten. Rusty glaubte, er werde das alles nie vergessen: das Kreischen der Säge, den Geruch von Knochenmehl in der unnatürlich warmen Luft oder den Klumpen aus gerinnendem Blut, der hervorquoll, als Haskell die Knochenplatte herausnahm.

Einige Minuten lang hatte Rusty tatsächlich zu hoffen gewagt. Als die Trepanationsöffnung den Druck des Hämatoms verringert hatte, hatte Rorys Zustand sich stabilisiert oder es zumindest versucht. Aber noch während Haskell festzustellen versuchte, ob der Metallsplitter für ihn erreichbar war, hatten sich im Nu sämtliche Werte wieder dramatisch verschlechtert.

Rusty dachte an die Eltern, die draußen warteten und hofften, wo es keine Hoffnung mehr gab. Statt Rory beim Verlassen des OPs nach links zu schieben – zur Intensivstation des Cathy Russell, in die sich seine Eltern würden hineinschleichen dürfen, um ihn kurz zu sehen –, sah es jetzt so aus, als würde er Rory gleich nach rechts in Richtung Leichenraum schieben.

»Unter normalen Umständen würde ich ihn am Leben erhalten und die Eltern um ihr Einverständnis zu einer Organspende bitten«, sagte Haskell. »Aber wären die Umstände normal, wäre er natürlich nicht hier. Und selbst wenn er hier wäre, würde ich nicht versuchen, ihn mithilfe eines … eines … gottverdammten *Toyota*-Handbuchs zu operieren.« Er griff nach dem Ohrenspiegel und warf ihn quer durch den OP. Das Instrument prallte gegen die hellgrünen Kacheln, dass von einer ein Stück absplitterte, und fiel scheppernd zu Boden.

»Wollen Sie Adrenalin geben, Doktor?«, fragte Ginny. Ruhig, cool, beherrscht … aber sie sah so müde aus, als könnte sie im nächsten Augenblick zusammenklappen.

»Habe ich mich nicht klar ausgedrückt? Ich will die Agonie dieses Jungen nicht verlängern.« Haskell griff nach dem roten Kippschalter auf der Rückseite des Beatmungsgeräts. Irgendein Witzbold – vermutlich Twitch – hatte dort einen kleinen Aufkleber angebracht, auf dem JIPPIE, GESCHAFFT! stand. »Sind Sie anderer Meinung, Rusty?«

Rusty überlegte, dann schüttelte er bedächtig den Kopf. Der Babinski-Reflex hatte sich gezeigt, was auf schwere Gehirnschäden schließen ließ, aber das Entscheidende war, dass der Junge einfach keine Chance hatte. Nie wirklich eine gehabt hatte.

Haskell betätigte den Kippschalter. Rory Dinsmore holte mühsam einmal selbst Luft, schien es ein weiteres Mal versuchen zu wollen und gab dann auf.

»Wir haben jetzt …« Haskell sah auf die große Wanduhr. »Siebzehn Uhr fünfzehn. Notieren Sie das bitte als Todeszeitpunkt, Ginny?«

»Ja, Doktor.«

257

Als Haskell die Maske herunterzog, stellte Rusty besorgt fest, dass die Lippen des Alten blau waren. »Kommt, ich muss hier raus«, sagte er. »Die Hitze bringt mich noch um.«

Aber es war nicht die Hitze; sein Herz war daran schuld. Als er auf dem Korridor unterwegs war, um Alden und Shelley die schlimme Nachricht zu überbringen, brach er auf halber Strecke zusammen. Nun kam Rusty doch noch dazu, Adrenalin zu spritzen, aber es nutzte nichts. So wenig wie die Herzdruckmassage. Oder der Defibrillator.

Todeszeitpunkt: 17:49 Uhr. Ron Haskell hatte seinen letzten Patienten um genau vierunddreißig Minuten überlebt. Rusty blieb auf dem Fußboden sitzen und lehnte sich mit dem Rücken an die Wand. Ginny hatte Rorys Eltern die traurige Nachricht überbracht; von der Stelle aus, wo Rusty mit in den Händen vergrabenem Gesicht dasaß, konnte er die Kummer- und Schmerzensschreie der Mutter hören. Ihre Stimme hallte weit durch das fast leere Krankenhaus. Sie kreischte, als wollte sie nie mehr aufhören.

9   Barbie dachte, dass die Witwe des Chiefs früher eine außergewöhnlich schöne Frau gewesen sein musste. Sogar jetzt, mit dunklen Ringen um die Augen und in gleichgültig ausgewählter Kleidung (ausgebleichte Jeans und etwas, was ziemlich sicher ein Schlafanzugoberteil war), war Brenda Perkins umwerfend attraktiv. Bestimmt büßten clevere Leute selten ihr gutes Aussehen ein – das heißt, wenn sie zuvor gut ausgesehen hatten –, und in ihren Augen sah er das klare Licht der Intelligenz leuchten. Und noch etwas anderes. Sie mochte trauern, aber sie war weiter neugierig geblieben. Und das Objekt ihrer Neugier war im Augenblick er.

Über seine Schulter hinweg beobachtete sie Julias Wagen, der rückwärts die Einfahrt hinunterrollte, und hob die Hände zu einer stummen Frage: *Wohin fährst du?*

Julia beugte sich aus ihrem Fenster und rief: »Ich muss mich darum kümmern, dass die Zeitung erscheint. Außerdem muss ich beim Sweetbriar Rose vorbeifahren und Anson Wheeler die betrübliche Mitteilung machen, dass heute

Abend er für die Sandwichs zuständig ist! Keine Sorge, Bren, Barbie ist ungefährlich!« Und bevor Brenda antworten oder Einwände erheben konnte, fuhr Julia die Morin Street entlang davon: eine Frau mit einem Auftrag. Barbie wünschte sich, er säße neben ihr und hätte kein anderes Operationsziel, als vierzig Schinken-Käse-Sandwichs und vierzig Thunfischsandwichs zuzubereiten.

Nachdem Julia weggefahren war, setzte Brenda ihre Inspektion fort. Sie waren durch eine Fliegengittertür voneinander getrennt. Barbie kam sich wie ein Arbeitsuchender vor, der ein schwieriges Einstellungsgespräch vor sich hat.

»Sind Sie das?«, fragte Brenda.

»Wie bitte, Ma'am?«

»Sind Sie ungefährlich?«

Barbie überlegte. Vor zwei Tagen hätte er *ja, natürlich* gesagt, aber an diesem Nachmittag fühlte er sich mehr wie der Soldat von Falludscha als der Koch von Chester's Mill. Er begnügte sich mit der Feststellung, zumindest sei er stubenrein, worüber sie lächeln musste.

»Nun, dann werde ich selbst urteilen müssen«, sagte sie. »Obwohl mein Urteilsvermögen im Augenblick nicht das beste ist. Ich habe einen persönlichen Verlust erlitten.«

»Ich weiß, Ma'am. Es tut mir sehr leid.«

»Danke. Er wird morgen beigesetzt. Und das von diesem schäbigen Beerdigungsinstitut Bowie, das sich irgendwie weiter über Wasser hält, obwohl fast die ganze Stadt zu Crossman's in Castle Rock geht. Die Leute nennen Stewart Bowies Unternehmen Bowies Beerdigungs-Bunker. Stewart ist ein Idiot, und sein Bruder Fernald ist noch schlimmer, aber jetzt sind sie alles, was wir haben. Alles, was ich habe.« Sie seufzte wie eine Frau, die eine gewaltige Aufgabe vor sich hatte. *Wie sollte es auch anders sein?*, dachte Barbie. *Der Tod eines Angehörigen mag alles Mögliche bringen, aber Arbeit gehört auf jeden Fall dazu.*

Sie überraschte ihn, indem sie zu ihm auf die offene Veranda trat. »Gehen Sie mit mir nach hinten, Mr. Barbara. Vielleicht bitte ich Sie später herein, aber erst wenn ich mir über Sie Gewissheit verschafft habe. Normalerweise würde mir eine Empfehlung von Julia ausreichen, aber wir haben es mit außergewöhnlichen Umständen zu tun.« Sie führte ihn am Haus vorbei über einen pedantisch kurz gemähten Rasen, von dem das Herbstlaub abgerecht war. Rechts stand ein Bretterzaun, der das Grundstück der Perkins' zu den Nachbarn hin abgrenzte, links lagen liebevoll gepflegte Blumenbeete.

»Für die Blumen war mein Mann zuständig. Sie werden das vermutlich für ein seltsames Hobby für einen Polizeibeamten halten.«

»Eigentlich nicht.«

»Ich auch nicht, noch nie. Womit wir in der Minderheit sind. Kleinstädte beherbergen Kleingeister. Das haben Grace Metalious und Sherwood Anderson ganz richtig erkannt. – Außerdem«, fuhr sie fort, als sie um die rückwärtige Ecke des Hauses bogen und den geräumigen Garten erreichten, »ist es hier draußen länger hell. Ich habe ein Notstromaggregat, aber es hat heute Morgen aufgehört zu arbeiten. Aus Gasmangel, nehme ich an. Es gibt einen Reservetank, aber ich weiß nicht, wie man ihn anschließt. Ich habe Howie gegenüber oft an dem Aggregat herumgenörgelt. Er wollte mir zeigen, wie es betrieben und gewartet wird. Doch ich habe mich geweigert, es zu lernen. Vor allem aus Boshaftigkeit.« Aus einem Augenwinkel quoll eine Träne, die ihr über die Wange lief. Sie wischte sie geistesabwesend weg. »Jetzt würde ich mich bei ihm dafür entschuldigen, wenn ich könnte. Zugeben, dass er recht hatte. Aber das kann ich nicht mehr, stimmt's?«

Barbie erkannte eine rhetorische Frage, wenn er eine hörte. »Wenn es nur die Gasflasche ist«, sagte er, »kann ich sie wechseln.«

»Danke«, sagte sie und führte ihn zu einem Terrassentisch, neben dem eine Igloo-Kühlbox stand. »Ich wollte Henry Morrison darum bitten und auch neue Gasflaschen von Burpee's holen, aber als ich heute Nachmittag in die Main Street gekommen bin, hatte Burpee's geschlossen, und Henry war wie alle anderen draußen auf Dinsmores Viehweide. Glauben Sie, dass ich morgen weitere Flaschen bekommen werde?«

260

»Vielleicht«, sagte er. Tatsächlich bezweifelte er das sehr.

»Ich habe von dem kleinen Jungen gehört«, sagte sie. »Gina Buffalino von nebenan ist herübergekommen und hat es mir erzählt. Der Kleine tut mir schrecklich leid. Glauben Sie, dass er mit dem Leben davonkommt?«

»Das weiß ich nicht.« Und weil seine Intuition ihm sagte, dass er das Vertrauen dieser Frau (vielleicht auch nur vorläufig) am schnellsten durch Aufrichtigkeit erringen konnte, fügte er hinzu: »Ich fürchte, nicht.«

»Nein.« Sie seufzte und fuhr sich nochmals über die Augen. »Nein, es klang sehr schlimm.« Sie öffnete die Kühlbox. »Ich habe Wasser und Cola light. Das war die einzige Limonade, die ich Howie erlaubt habe. Was möchten Sie trinken?«

»Wasser, Ma'am.«

Sie öffnete zwei Flaschen Poland Spring, und sie tranken. Sie musterte ihn mit ihrem traurig neugierigen Blick. »Julia hat mir erzählt, dass Sie einen Schlüssel zum Rathaus wollen. Ich verstehe, warum Sie ihn wollen. Und ich verstehe auch, weshalb Jim Rennie nichts davon erfahren soll.«

»Vielleicht muss er es erfahren. Die Situation hat sich geändert. Sehen Sie, ich …«

Sie hob eine Hand und schüttelte den Kopf. Barbie verstummte.

»Bevor Sie mir das erzählen, möchte ich wissen, was es mit dem Streit zwischen Ihnen und Juniors Clique auf sich hatte.«

»Ma'am, hat Ihr Mann Ihnen nicht …?«

»Howie hat selten über seine Fälle gesprochen, aber über diesen *hat* er mit mir geredet. Er hat ihn beunruhigt, glaube ich. Ich möchte sehen, ob Ihre Story sich mit seiner deckt. Wenn nicht, werde ich Sie bitten zu gehen, aber Sie dürfen Ihre Flasche Wasser mitnehmen.«

Barbie deutete auf den rot gestrichenen kleinen Schuppen an der linken Hausecke. »Steht darin Ihr Aggregat?«

»Ja.«

»Können Sie mich hören, wenn ich die Gasflasche wechsle, während wir reden, Ma'am?«

261

»Ja.«

»Und Sie wollen alles hören, richtig?«

»Allerdings! Und wenn Sie mich nochmal Ma'am nennen, muss ich Ihnen vielleicht den Schädel einschlagen.«

Die Tür des kleinen Geräteschuppens war mit einem Ösenhaken aus blankem Messing gesichert. Der Mann, der bis gestern hier gelebt hatte, hatte auf seinen Besitz geachtet ... obwohl es jammerschade war, dass nur eine Reserveflasche da war. Barbie nahm sich vor, unabhängig vom Ausgang dieses Gesprächs zu versuchen, ihr morgen ein paar zusätzliche Flaschen zu besorgen.

Inzwischen, forderte er sich selbst auf, *erzählst du ihr alles, was sie über die bewusste Nacht wissen will.* Aber das fiel ihm leichter, wenn er ihr den Rücken zukehren konnte; er genierte sich zuzugeben, dass der Ärger damit angefangen hatte, dass Angie ihn als ein leicht überaltertes Boy-Toy betrachtet hatte.

Nichts als die Wahrheit, ermahnte er sich und begann zu erzählen.

10   Woran er sich aus dem vergangenen Sommer am besten erinnerte, war der Song von James McMurtry, den sie zu der Zeit überall spielten – »Talkin' at the Texaco«, so hieß er. Und die Zeile, an die er sich am besten erinnerte, war die, dass in einer Kleinstadt jeder wissen muss, wo er hingehört: »It's a small town, son, and we all must know our place.« Es ist eine kleine Stadt, da muss jeder seinen Platz kennen. Als Angie anfing, sich etwas zu dicht neben ihn zu stellen, während er kochte, oder eine Brust an seinen Arm drückte, um nach etwas zu greifen, was er ihr leicht hätte geben können, fiel ihm die Zeile wieder ein. Er wusste, wer ihr Freund war, und er wusste auch, dass Frankie DeLesseps ein Teil des Machtgefüges dieser Stadt war – und wenn auch nur wegen seiner Freundschaft mit Big Jim Rennies Sohn. Dale Barbara dagegen war kaum mehr als ein Landstreicher. Im Alltag von Chester's Mill gab es für ihn *keinen* Platz.

Eines Abends hatte sie von hinten um seine Hüfte gelangt und ihm an den Schritt gefasst. Er hatte reagiert und an ihrem spitzbübischen Lächeln gesehen, dass sie seine Reaktion gespürt hatte.

»Du kannst dich gern revanchieren«, sagte sie. Die beiden waren in der Küche, und sie zog ihren Minirock etwas hoch, um ihm einen kurzen Blick auf ihren rosa Rüschenslip zu gestatten. »Gleiches Recht für alle.«

»Ich passe«, sagte er, und Angie streckte ihm dafür die Zunge heraus.

Ähnliche Annäherungsversuche hatte Barbie in einem halben Dutzend Restaurants erlebt, manchmal war er sogar darauf eingegangen. Das Ganze hätte nicht mehr sein müssen, als dass ein junges Mädchen vorübergehend auf einen älteren und halbwegs gut aussehenden Arbeitskollegen scharf war. Aber dann trennten sich Angie und Frankie, und als er eines Nachts die Küchenabfälle in den Container hinter dem Restaurant warf, startete sie einen ernsthaften Annäherungsversuch.

Als er sich umdrehte, stand sie plötzlich da, schlang ihm die Arme um den Hals und küsste ihn. Anfangs hatte er ihren Kuss erwidert. Sie hatte ihren einen Arm lange genug gelöst, um seine Hand zu ergreifen und auf ihre linke Brust zu legen. Das weckte sein Gehirn auf. Es war eine wohlgeformte Brust, jung und fest, aber sie bedeutete Ärger. *Angie* bedeutete Ärger. Er versuchte sich zu befreien, und als Angie sich mit einer Hand festklammerte (wobei ihre Fingernägel sich in seinen Nacken bohrten), stieß er sie etwas kräftiger weg, als er beabsichtigt hatte. Sie taumelte gegen den Abfallbehälter, funkelte ihn sauer an, berührte die Sitzfläche ihrer Jeans und starrte ihn noch wütender an.

»Danke! Jetzt ist meine Hose voller Müll!«

»Du solltest wissen, wann du loslassen musst«, sagte er mild.

»Du hast's gemocht!«

»Kann sein«, sagte er, »aber ich mag dich nicht.« Und als er sah, dass sie noch gekränkter und zorniger wurde, fügte er hinzu: »Ich meine, ich mag dich, nur nicht so.« Aber natürlich neigen Leute dazu, offen zu sagen, was sie wirklich denken, wenn sie durcheinander sind.

Vier Abende später kippte ihm jemand im Dipper's von hinten ein Bier in den Kragen. Er drehte sich um und sah dort Frankie DeLesseps stehen.

»Hat dir das gefallen, *Baaarbie*? Dann kann ich's gern wiederholen – heute kostet der Krug nur zwei Dollar. Wenn's dir nicht gefallen hat, kannst du natürlich mit mir rauskommen.«

»Ich weiß nicht, was sie dir erzählt hat, aber es stimmt nicht«, sagte Barbie. Die Jukebox hatte gespielt – nicht den Song von McMurtry, aber den glaubte er in diesem Augenblick zu hören: *We all must know our place.*

»Was sie mir *erzählt* hat, ist: Sie hat Nein gesagt, aber du hast sie trotzdem weitergebumst. Wie viel wiegst du mehr als sie? Vierzig Kilo? Für mich klingt das nach einer Vergewaltigung.«

»Das habe ich nicht.« Er wusste, dass das zwecklos war.

»Willst du mit mir rausgehen, Motherfucker, oder bist du zu feige?«

»Zu feige«, sagte Barbie, und zu seiner Überraschung ging Frankie weg. Barbie fand, dass er für einen Abend genug Bier und Musik genossen hatte, und wollte aufstehen, um ebenfalls zu gehen, als Frankie zurückkam – diesmal nicht mit einem Glas, sondern mit einem Krug Bier.

»Tu das nicht«, sagte Barbie, aber Frankie hörte natürlich nicht auf ihn. Klatsch ins Gesicht. Eine Bud-Light-Dusche. Mehrere betrunkene Gäste applaudierten lachend.

»Du kannst gleich mit rauskommen und die Sache regeln«, sagte Frankie, »oder ich kann draußen warten. Hier wird bald zugesperrt, *Baaarbie.*«

Barbie ging mit, weil er wusste, dass er sich dieser Auseinandersetzung früher oder später doch würde stellen müssen. Aber wenn er Frankie rasch flachlegte, bevor viele Leute etwas mitbekamen, war die Sache damit beendet. Er konnte sich sogar bei ihm entschuldigen und wiederholen, dass er nie was mit Angie hatte. Er würde nicht hinzufügen, dass Angie sich an ihn herangemacht hatte, obwohl das bestimmt einige Leute wussten (in erster Linie Rose und Anson). Vielleicht würde eine blutige Nase dafür sorgen, dass Frankie erkannte, was für Barbie offenkundig war: Mit dieser Lügengeschichte wollte die kleine Schlampe sich nur rächen.

Anfangs sah es so aus, als könnte sein Vorhaben klappen. Frankie, der im Licht der Natriumdampflampen an beiden Enden des Parkplatzes zwei Schatten in verschiedene Richtungen warf, stand breitbeinig im Kies und hielt die Fäuste wie John L. Sullivan erhoben. Bösartig, stark und dumm: der typische Kleinstadtschläger. Daran gewöhnt, Gegner mit einem gewaltigen Schlag flachzulegen, um sie dann hochzureißen und mit kleineren Schlägen zu malträtieren, bis sie um Gnade winselten.

Er kam auf ihn zugeschlurft und setzte seine nicht so geheime Waffe ein: einen Uppercut, dem Barbie einfach dadurch auswich, dass er den Kopf etwas zur Seite neigte. Barbie konterte mit einer trockenen Geraden in den Solarplexus. Frankie ging mit verblüfftem Gesichtsausdruck zu Boden.

»Wir müssen uns nicht ...«, begann Barbie, und in diesem Augenblick brachte Junior Rennie von hinten einen Nierenschlag an – vermutlich mit zu einer einzigen großen Faust gefalteten Händen. Barbie stolperte vorwärts. Carter Thibodeau erwartete ihn bereits, trat zwischen zwei geparkten Autos hervor und brachte einen wilden Schwinger an. Hätte er getroffen, hätte er Barbie den Kiefer brechen können, aber Barbie konnte noch rechtzeitig einen Arm hochreißen. So entstand eine üble Prellung, die noch in einem hässlichen Gelbgrün leuchtete, als er am Dome Day versucht hatte, die Stadt zu verlassen.

Als er seitlich auswich, war ihm klar, dass dies ein geplanter Hinterhalt war, aus dem er entkommen musste, bevor jemand ernstlich verletzt wurde. Nicht unbedingt er selbst. Er war bereit zu fliehen; mit Stolz hatte er nichts am Hut. Er kam drei Schritte weit, bevor Melvin Searles ihm ein Bein stellte. Barbie blieb auf dem Gesicht im Kies liegen, und dann traten die anderen zu. Er schützte seinen Kopf, aber ein Hagel von Tritten traf seine Beine, seinen Hintern, seine

Arme. Eine Stiefelspitze traf seine Rippen, bevor es ihm gelang, kniend hinter den Kastenwagen zu rutschen, mit dem Stubby Norman Gebrauchtmöbel transportierte.

Dann setzte seine Vernunft aus, und Barbie hörte auf, an Flucht zu denken. Er rappelte sich auf, wandte sich den Kerlen zu, hob die Hände und wackelte mit den Fingern. Winkte sie zu sich heran. Der Durchgang zwischen zwei Autos, in dem er stand, war schmal. Sie würden einzeln herankommen müssen.

Junior versuchte es als Erster; sein Enthusiasmus wurde mit einem Tritt in den Magen belohnt. Statt Stiefeln trug Barbie nur Nikes, aber er trat kräftig zu, und Junior klappte nach Luft ringend neben dem Lieferwagen zusammen. Frankie stieg über ihn hinweg, und Barbies Faust traf zweimal sein Gesicht – schmerzhafte Treffer, aber nicht kräftig genug, um irgendetwas zu brechen. Barbies Vernunft übernahm allmählich wieder die Oberhand.

Kies knirschte. Als er sich herumwarf, traf ihn ein Boxhieb von Carter Thibodeau, der um ihn herumgelaufen war. Die Gerade traf seine Schläfe. Barbie sah Sterne. (»Vielleicht war's auch ein Komet«, erzählte er Brenda, während er das Ventil der neuen Propanflasche aufdrehte.) Thibodeau rückte nach. Barbie traf seinen Fußknöchel mit einem harten Tritt, und Thibodeaus Grinsen verwandelte sich in eine Grimasse. Als er auf ein Knie sank, sah er aus wie ein Footballspieler, der den Ball hält, damit ein Mitspieler versuchen kann, ein Feldtor zu erzielen. Nur umklammern Ballhalter normalerweise nicht ihren Knöchel.

Absurderweise rief Carter Thibodeau: »Scheiße, das sind schmutzige Tricks!«

»Da sagst ausgerechnet ...« So weit kam Barbie, bevor Melvin Searles ihm von hinten einen Arm um den Hals schlang. Barbie rammte ihm seinen Ellbogen in den Magen und hörte das Grunzen, mit dem die Luft aus seiner Lunge entwich. Er roch sie auch: Bier, Zigaretten, Slim Jims. Zugleich drehte er sich um, wissend, dass Thibodeau ihn wahrscheinlich wieder anfallen würde, bevor er sich ganz aus dem beengten Raum zwischen den Fahrzeugen, in den er sich zurückgezogen hatte, herauskämpfen konnte. Aber das war ihm jetzt egal. Sein Gesicht pochte schmerzhaft, seine Rippen pochten, und er beschloss plötzlich – das erschien ihm in dem Moment durchaus vernünftig –, alle vier ins Krankenhaus zu befördern. Dort konnten sie darüber diskutieren, was schmutzige Tricks waren und was nicht, während sie sich gegenseitig Autogramme auf ihre Gipsverbände schrieben.

In diesem Augenblick kam Chief Perkins – von Tommy oder Willow Anderson, den Betreibern des Lokals, verständigt – mit eingeschaltetem Polizeilicht und blinkenden Scheinwerfern auf den Parkplatz gefahren. Die Kämpfenden wurden angestrahlt wie Schauspieler auf einer Bühne.

Perkins schaltete kurz die Sirene ein; sie gab einen halben Heulton von sich und erstarb wieder. Dann stieg er aus und zog seine Hose über seinen beträchtlichen Wanst hoch.

»Bisschen früh in der Woche, nicht wahr, Jungs?«

Worauf Junior Rennie antwortete

11   Das brauchte Brenda sich nicht von Barbie erzählen zu lassen; sie hatte es von Howie gehört und war nicht überrascht gewesen. Big Jims Junge war schon als Kind in freier Wahrheitsauslegung begabt, vor allem, wenn es um eigene Interessen ging.

»Worauf er geantwortet hat: ›Der Koch hat angefangen.‹ Habe ich recht?«

»Ja.« Barbie drückte auf den Anlasserknopf des Notstromaggregats, das sofort zu brummen begann. Er lächelte Brenda an, obwohl er spürte, dass sein Gesicht heiß errötet war. Was er eben erzählt hatte, war nicht gerade seine Lieblingsstory. Obwohl er sie der Geschichte von der Turnhalle in Falludscha vermutlich jederzeit vorgezogen hätte. »Da haben Sie's – Licht, Kamera, Action.«

»Danke. Wie lange wird das Aggregat laufen?«

»Nur ein paar Tage, aber vielleicht ist bis dahin alles vorüber.«

»Oder nicht. Sie wissen vermutlich, was Sie davor bewahrt hat, in dieser Nacht im Gefängnis von Castle Rock zu landen?«

»Klar«, sagte Barbie. »Ihr Mann hat mitgekriegt, wie es passiert ist. Vier gegen einen. Irgendwie schwer zu übersehen.«

»Jeder andere Cop hätte es vielleicht *nicht* gesehen, auch wenn es direkt vor seinen Augen passiert wäre. Und es war nur Glück, dass Howie in dieser Nacht Dienst hatte; eigentlich war George Frederick eingeteilt, aber der hatte sich mit Darmgrippe krankgemeldet.« Sie machte eine Pause. »Statt Glück könnte man vielleicht auch Vorhersehung sagen.«

»Könnte man«, stimmte Barbie zu.

»Möchten Sie hereinkommen, Mr. Barbara?«

»Warum bleiben wir nicht hier draußen? Wenn's Ihnen nichts ausmacht. Es ist so ein schöner Abend.«

»Von mir aus gern. Es wird früh genug kalt. Oder vielleicht nicht?«

Barbie sagte, er wisse es nicht.

»Als Howie mit Ihnen allen in der Station war, hat DeLesseps ihm gegenüber behauptet, Sie hätten Angie vergewaltigt. So war's doch, nicht wahr?«

»Das war seine erste Story. Dann hat er gesagt, es sei vielleicht keine richtige Vergewaltigung gewesen, aber als sie es mit der Angst bekommen und mich aufgefordert habe, aufzuhören, hätte ich weitergemacht. Das wäre eine Vergewaltigung zweiten Grades, nehme ich an.«

Sie lächelte kurz. »Erzählen Sie bloß nicht in Anwesenheit von Feministinnen, es gäbe Abstufungen von Vergewaltigung.«

»Lieber nicht. Jedenfalls hat Ihr Mann mich in den Vernehmungsraum gesetzt, der tagsüber eine Besenkammer zu sein scheint …«

Brenda lachte tatsächlich.

»… dann hat er Angie geholt. Er hat sie so hingesetzt, dass sie mir in die Augen sehen konnte. Teufel, unsere Ellbogen haben sich praktisch berührt. Um eine große Lüge zu erzählen, muss man sich mental vorbereiten – vor allem als junger Mensch. Das habe ich in der Army gelernt. Ihr Mann hat das

auch gewusst. Er hat Angie erklärt, dass es zu einer Gerichts-
verhandlung kommen könnte. Ihr die Strafen für Meineid
erläutert. Um es kurz zu machen: Sie hat ihre Aussage zurückgezogen. Sie hat zugegeben, dass es keinen Verkehr, erst
recht keine Vergewaltigung gegeben hatte.«

»›Vernunft vor Recht‹, das war Howies Motto. Nach diesem Prinzip hat er die Dinge gehandhabt. Das wird *nicht* die
Art und Weise sein, wie Peter Randolph sie handhabt, teils
weil er kein klarer Denker ist, aber vor allem, weil er sich
nicht gegen Rennie durchsetzen kann. Mein Mann konnte
das. Howie hat mir erzählt, als Mr. Rennie von Ihrer … Auseinandersetzung … gehört hat, habe er darauf bestanden,
dass Sie wegen *irgendwas* angeklagt werden müssten. Er war
fuchsteufelswild. Haben Sie das gewusst?«

»Nein.« Aber er war nicht überrascht.

»Howie hat Mr. Rennie erklärt, wenn irgendein Aspekt
vor Gericht komme, werde er dafür sorgen, dass *alles* ver-
handelt wird – auch der Vier-gegen-einen-Überfall auf dem
Parkplatz. Und hinzugefügt, dass ein guter Strafverteidiger
vielleicht sogar einige Eskapaden aus Frankies und Juniors
Schulzeit aktenkundig machen könnte. Davon hat es mehrere gegeben, die allerdings harmloser waren als das, was Ihnen zugestoßen ist.«

Sie schüttelte den Kopf.

»Junior Rennie war nie ein *netter* Junge, aber immer verhältnismäßig harmlos. Seit ungefähr einem Jahr hat er sich
immer mehr verändert. Howie hat das beobachtet und sich
deswegen Sorgen gemacht. Inzwischen habe ich entdeckt,
dass Howie Informationen über Vater *und* Sohn Rennie
hatte …« Sie verstummte. Barbie merkte ihr an, dass sie
überlegte, ob sie weitersprechen sollte, und es dann doch
nicht tat. Als Frau des Polizeichefs einer Kleinstadt war sie
in Diskretion geschult, und nun war es schwierig, davon
wegzukommen.

»Howie hat Ihnen geraten, die Stadt zu verlassen, bevor
Rennie eine andere Möglichkeit findet, Ihnen Schwierigkei-
ten zu machen, nicht wahr? Ich vermute, dass Sie von diesem
Kuppelding aufgehalten wurden, bevor Sie's tun konnten.«

»Beide Male ja. Kann ich jetzt die Cola light haben, Mrs. Perkins?«

»Nennen Sie mich Brenda. Und ich nenne Sie Barbie, wenn das Ihr üblicher Name ist. Bitte nehmen Sie sich eine.«

Das tat Barbie.

»Sie wollen den Schlüssel zum Atombunker, damit Sie sich den Geigerzähler holen können. In diesem Punkt kann und werde ich Ihnen helfen. Aber Sie haben angedeutet, Jim Rennie müsste davon erfahren, und mit dieser Idee habe ich Schwierigkeiten. Vielleicht vernebelt Trauer meinen Verstand, aber ich begreife nicht, weshalb Sie sich auf eine Konfrontation mit ihm einlassen wollen. Big Jim flippt aus, wenn *irgendjemand* seine Autorität infrage stellt, und Sie kann er ohnehin nicht leiden. Er ist Ihnen auch keinen Gefallen schuldig. Wäre mein Mann noch Chief, könnten Sie und er Rennie vielleicht gemeinsam aufsuchen. Das hätte mir gefallen, glaube ich.« Sie beugte sich vor, sah ihn aus ihren dunkel umschatteten Augen ernst an. »Aber Howie ist nicht mehr da, und Sie riskieren, in einer Gefängniszelle zu landen, statt nach irgendeinem geheimnisvollen Generator zu suchen.«

»Das weiß ich alles, aber inzwischen ist eine neue Entwicklung eingetreten. Die Air Force wird morgen um dreizehn Uhr einen Marschflugkörper auf die Kuppel abfeuern.«

»Du lieber Himmel!«

»Sie haben schon andere Lenkwaffen darauf abgeschossen, aber nur um herauszufinden, wie hoch die Barriere reicht. Mit Radar lässt sich das nicht feststellen. Bisher waren die Lenkwaffen nicht mit Gefechtsköpfen bestückt. Der Marschflugkörper wird einen gewaltigen Sprengkopf tragen, der sogar Bunker knacken kann.«

Sie wurde sichtlich blass.

»Auf welchen Teil unserer Stadt wollen sie ihn abschießen?«

»Der Aufschlagpunkt liegt dort, wo die Kuppel die Little Bitch Road abschneidet. Julia und ich waren heute Nacht dort draußen. Der Gefechtskopf detoniert in ungefähr eineinhalb Metern Höhe.«

Ihr stand ganz undamenhaft der Mund offen. »Unmöglich!«

»Leider nicht. Die Lenkwaffe wird von einer B-52 abgeworfen und folgt einem vorprogrammierten Kurs. Damit meine ich *wirklich* programmiert. In exaktem Konturenflug, sobald die Angriffshöhe erreicht ist. Diese Dinger sind *unheimlich*. Detoniert sie, ohne die Kuppel zu durchbrechen, versetzt sie der ganzen Stadt nur einen gewaltigen Schrecken – es wird wie das Armageddon klingen. *Bricht* sie aber durch ...«

Eine Hand lag an ihrer Kehle. »Wie groß wäre der Schaden? Barbie, wir haben keine Löschfahrzeuge!«

»Bestimmt stehen außerhalb Feuerwehren bereit. Wie groß der Schaden wäre?« Er zuckte mit den Schultern. »The Mill müsste geräumt werden, so viel steht fest.«

»Ist das klug? Ist dieses Vorhaben wirklich klug?«

»Diese Frage stellt sich nicht, Mrs. ... Brenda. Sie haben ihre Entscheidung getroffen. Aber es wird noch schlimmer.« Als er ihren Gesichtsausdruck sah, fügte er hastig hinzu: »Für mich, nicht für die Stadt. Ich bin zum Colonel befördert worden. Auf Anordnung des Präsidenten.«

Sie verdrehte die Augen. »Wie nett für Sie.«

»Ich soll das Kriegsrecht ausrufen und praktisch den Befehl über Chester's Mill übernehmen. Wird Jim Rennie nicht begeistert sein, wenn er das hört?«

Sie überraschte ihn, indem sie schallend laut lachte. Und Barbie überraschte sich selbst, indem er einstimmte.

»Sehen Sie mein Problem? Die Stadt braucht nicht zu wissen, dass ich mir einen alten Geigerzähler ausleihe, aber sie *muss* von dem Bunkerknacker erfahren, der im Anflug ist. Wenn ich es nicht tue, wird Julia Shumway die Nachricht verbreiten, aber die Stadtväter sollten es von mir hören, weil ...«

»Ich weiß, weshalb.« Die allmählich untergehende Sonne bewirkte, dass Brenda nicht mehr blass aussah. Aber sie rieb sich geistesabwesend die Arme. »Wenn Sie sich hier Autorität verschaffen wollen ... was Ihr Vorgesetzter ja wohl von Ihnen erwartet ...«

»Cox ist jetzt eher ein gleichgestellter Kollege, glaube ich«, sagte Barbie.

Brenda seufzte. »Andrea Grinnell. Wir gehen damit zu ihr. Anschließend reden wir gemeinsam mit Rennie und Andy Sanders. Wenigstens sind wir ihnen dann zahlenmäßig überlegen – drei zu zwei.«

»Rose' Schwester? Weshalb?«

»Sie wissen nicht, dass sie unsere Dritte Stadtverordnete ist?« Und als er den Kopf schüttelte: »Machen Sie kein so zerknirschtes Gesicht. Das wissen viele nicht, obwohl sie diesen Posten seit einigen Jahren bekleidet. Im Allgemeinen ist sie kaum mehr als eine Jasagerin für die beiden Männer – also für Rennie, weil Andy Sanders selbst ein Jasager ist –, und sie hat … Probleme … Aber sie hat einen harten Kern. Oder hatte einen.«

»Was für Probleme?«

Er konnte sich gut vorstellen, dass Brenda auch das für sich behielt, aber das tat sie nicht. »Medikamentenabhängigkeit. Schmerztabletten. Wie schlimm es ist, weiß ich nicht.«

»Und ich vermute, dass sie ihre Medikamente aus Sanders' Apotheke bezieht.«

»Ja. Ich weiß, dass das keine ideale Lösung ist, und Sie werden sehr vorsichtig sein müssen, aber … Jim Rennie könnte sich rein aus Zweckmäßigkeit gezwungen sehen, eine Zeit lang Rücksicht auf Ihre Äußerungen zu nehmen. Aber Ihre Führung akzeptieren?« Sie schüttelte den Kopf. »Mit einer Verhängung des Kriegsrechts, ob sie vom Präsidenten unterzeichnet ist oder nicht, wischt er sich nur den Hintern ab. Ich …«

Sie verstummte. Ihre Augen blickten an ihm vorbei und weiteten sich sichtlich.

»Mrs. Perkins? Brenda? Was gibt's?«

»Oh«, sagte sie. »O *Gott*!«

Barbie drehte sich um und war selbst bis zur Sprachlosigkeit verblüfft. Die Sonne ging rot unter, wie sie es oft nach warmen Schönwettertagen tat, an denen nicht späte Schauer Wolkenreste zurückgelassen hatten. Aber einen Sonnenuntergang wie diesen hatte er noch nie gesehen. Er stellte sich vor, dass die einzigen Menschen, die solche Sonnenuntergänge kannten, sich in der Nähe starker Vulkanausbrüche befunden hatten.

Nein, dachte er. *Nicht einmal sie. Das hier ist eine völlig neuartige Erscheinung.*

Die untergehende Sonne war keine Kugel. Sie glich einer riesigen roten Frackschleife mit einem brennenden Rund in der Mitte. Der Himmel im Westen war wie von einem dünnen Blutfilm getrübt, der sich zu Orangerot verfärbte, als er höher stieg. In diesem verschwommenen Glanz war der Horizont fast unsichtbar.

»Großer Gott, das sieht aus, als blickte man durch eine verschmierte Windschutzscheibe, wenn man in Richtung Sonne fährt«, sagte sie.

Und das traf natürlich zu, nur war hier die Kuppel die Windschutzscheibe. Staub und Blütenstaub hatten angefangen, sich auf ihr abzulagern. Auch Schadstoffe. Und das würde noch schlimmer werden.

Wir werden sie putzen müssen, dachte er und stellte sich Ketten von Freiwilligen mit Lappen und Wassereimern vor. Absurd. Wie wollten sie sie in zehn Metern Höhe putzen? Oder in fünfzig? Oder in dreihundert?

»Damit muss Schluss sein«, flüsterte Brenda. »Rufen Sie sie an und sagen Sie ihnen, dass sie die größte Lenkwaffe abschießen sollen, die sie haben, und zum Teufel mit den Konsequenzen. Denn damit muss Schluss sein.«

Barbie sagte nichts. Und war sich keineswegs sicher, ob er hätte sprechen können, wenn er etwas zu sagen gehabt hätte. Dieses gewaltige staubige Glühen hatte ihm die Sprache verschlagen. Es war, als blickte man durch ein Bullauge ins Höllenfeuer.

273

NJUCK-NJUCK-NJUCK

1   Jim Rennie und Andy Sanders beobachteten den unheimlichen Sonnenuntergang vom Vorplatz des Beerdigungsinstituts Bowie aus. Sie sollten um sieben Uhr zu einer »Besprechung über Notfallmaßnahmen« im Rathaus sein, und Big Jim wollte rechtzeitig dort sein, um sich vorbereiten zu können, aber vorerst standen sie da, wo sie waren, sahen zu, wie der Tag seinen eigenartigen, schmierigen Tod starb.

»Es ist wie das Ende der Welt.« Andy sprach mit ehrfürchtig leiser Stimme.

»Ach, Schwachsinn!«, sagte Big Jim, und wenn seine Stimme – sogar für seine Verhältnisse – barsch klang, dann nur, weil ihm ein ähnlicher Gedanke durch den Kopf gegangen war. Erstmals seit dem Herabsinken der Kuppel war ihm die Idee gekommen, die Situation könnte ihre Fähigkeiten – *seine* Fähigkeiten – zur Krisenbewältigung übersteigen, aber er hatte sie energisch zurückgewiesen. »Siehst du unseren Herrn Jesus Christus vom Himmel herabsteigen?«

»Nein«, gab Andy zu. Er sah jedoch, dass Mitbürger, die er sein Leben lang gekannt hatte, in kleinen Gruppen auf der Main Street zusammenstanden: ohne zu reden, nur mit schützend über die Augen gehaltenen Händen den Blick auf diesen eigenartigen Sonnenuntergang gerichtet.

»Siehst du *mich*?«, fragte Big Jim drängend.

Andy wandte sich ihm zu. »Klar tue ich das«, sagte er. Das klang perplex. »Klar sehe ich dich, Big Jim.«

»Was beweist, dass ich nicht entrückt bin«, sagte Big Jim. »Ich habe mein Herz schon vor vielen Jahren Jesus geschenkt, und wenn dies das Ende aller Tage wäre, wäre ich nicht hier. Du auch nicht, stimmt's?«

»Wahrscheinlich nicht«, sagte Andy, aber er hegte gewisse Zweifel. Wenn er gerettet war – mit dem Blut des Lamms reingewaschen –, weshalb hatten sie dann vorhin mit Stewart Bowie über die Schließung des Betriebs gesprochen, den Big Jim »unser kleines Geschäft« nannte? Und wie waren sie überhaupt dazu gekommen, in dieser Branche tätig zu werden? Was hatte eine Meth-Fabrik mit seinem Seelenheil zu schaffen?

Andy wusste, was ihm Big Jim auf diese Frage geantwortet hätte: Manchmal heiligt der Zweck eben die Mittel. Der Zweck war ihm früher einmal bewundernswert erschienen: die neue Erlöserkirche (die alte war wenig mehr als eine mit Schindeln verkleidete Hütte mit einem hölzernen Kreuz auf dem First gewesen); die Radiostation, die weiß Gott wie viele Seelen gerettet hatte; den Zehnten, den sie der Lord Jesus Missionary Society bezahlten – vernünftigerweise wurden die Spendenschecks von einer Bank auf den Kaiman-inseln ausgestellt –, um »unseren kleinen braunhäutigen Brüdern« zu helfen, wie Pastor Coggins sie gern nannte.

Der Anblick dieses riesigen verschwommenen Sonnen-untergangs schien jedoch zu suggerieren, dass alle mensch-lichen Belange winzig und unbedeutend waren. Andy musste sich eingestehen, dass diese Dinge bloße Rechtfertigungs-versuche waren. Ohne das Zusatzeinkommen aus dem Meth-Verkauf wäre sein Drugstore schon vor sechs Jahren untergegangen. Das Gleiche galt für das Beerdigungsinsti-tut. Und ebenso galt es vermutlich – auch wenn der Mann neben ihm das nie zugegeben hätte – für Jim Rennie's Ge-brauchtwagenhandel.

»Ich weiß, was du denkst, Kumpel«, sagte Big Jim.

Andy sah zaghaft zu ihm auf. Big Jim lächelte, aber nicht sein grimmiges Lächeln. Dieses war sanft, verständnisvoll. Andy erwiderte es, jedenfalls versuchte er es. Er verdankte Big Jim viel. Nur erschienen ihm Dinge wie sein Drugstore und Claudies BMW jetzt weit weniger wichtig. Was nutzte ein BMW, sogar einer mit Einparkhilfe und sprachgesteuer-tem Soundsystem, seiner toten Frau?

Wenn das hier alles vorüber ist und Dodee zurückkommt,

schenke ich ihr den BMW, beschloss Andy. *Das hätte Claudie so gewollt.*

Big Jim reckte der untergehenden Sonne, die sich wie ein großes vergiftetes Ei über den westlichen Horizont auszubreiten schien, eine Hand mit dicken Fingern entgegen. »Du denkst, das wäre alles irgendwie unsere Schuld. Dass Gott uns dafür bestraft, dass wir die Stadt in schwierigen Zeiten gestützt haben. Das stimmt einfach nicht, Kumpel. Das hier ist nicht Gottes Werk. Würdest du sagen, unsere Niederlage in Vietnam war sein Werk – Gottes Warnung, dass Amerika seinen Glauben verliert –, müsste ich dir zustimmen. Würdest du sagen, der elfte September war die Antwort des Allerhöchsten auf die Entscheidung des Obersten Bundesgerichts, kleinen Kindern zu verbieten, den Tag mit einem Gebet zu dem Gott, der sie erschaffen hat, zu beginnen, würde ich dir zustimmen müssen. Aber dass Gott Chester's Mill bestraft, nur weil wir nicht als verschlafenes Nest wie Jay oder Millinocket enden wollten?« Er schüttelte den Kopf. »Nein, Sir. Nein.«

»Wir haben auch ganz nette Summen in die eigene Tasche gesteckt«, sagte Andy schüchtern.

Das stimmte natürlich. Sie hatten mehr getan, als ihre Firmen zu stützen und den kleinen braunhäutigen Brüdern eine helfende Hand hinzustrecken; Andy hatte ein eigenes Bankkonto auf den Kaimaninseln. Und für jeden Dollar, den Andy besaß – oder übrigens auch die Bowies –, hatte Big Jim bestimmt drei zurückgelegt. Vielleicht sogar vier.

»›Denn ein Arbeiter ist seiner Speise wert‹«, sagte Big Jim pedantisch, aber freundlich. »Matthäus zehn-zehn.« Er versäumte es jedoch, Vers neun zu zitieren: *Ihr sollt nicht Gold noch Silber noch Erz in euren Gürteln haben.*

Nun sah er auf seine Armbanduhr. »Weil wir gerade von Arbeit sprechen, Kumpel … wir sollten uns beeilen. Es gibt viel zu entscheiden.« Damit setzte er sich in Bewegung. Andy folgte ihm, ohne den Blick von dem Sonnenuntergang zu nehmen, der noch immer hell genug war, um ihn an entzündetes Fleisch denken zu lassen. Dann blieb Big Jim erneut stehen.

»Jedenfalls hast du Stewart gehört – der Betrieb da draußen ist stillgelegt. ›Alles fertig und zugeknöpft‹, wie der kleine Junge sagte, nachdem er zum ersten Mal Pipi gemacht hatte. Er hat's dem Küchenchef persönlich gesagt.«

»*Diesem* Kerl«, sagte Andy mürrisch.

Big Jim schmunzelte. »Wegen Phil brauchst du dir keine Sorgen zu machen. Der Betrieb ist geschlossen, und er *bleibt* geschlossen, bis die Krise vorbei ist. Vielleicht ist dies sogar ein Zeichen dafür, dass wir ihn für immer schließen sollten. Ein Zeichen des Allmächtigen.«

»Das wäre gut«, sagte Andy. Aber er hatte eine deprimierende Erkenntnis: Sobald die Kuppel verschwand, würde Big Jim seine Meinung ändern, und wenn er das tat, würde Andy weiter mitmachen. Das würden auch Stewart Bowie und sein Bruder Fernald tun. Bereitwillig. Einerseits weil die Gewinne so unglaublich hoch waren – von steuerfrei ganz zu schweigen –, andererseits weil sie zu tief in dieser Sache drinsteckten. Er erinnerte sich an etwas, was ein längst verstorbener Filmstar gesagt hatte: »Als mir klar wurde, dass ich die Schauspielerei nicht mag, war ich zu reich, um aufzuhören.«

»Mach dir nicht so viele Sorgen«, sagte Big Jim. »Egal, wie sich die Sache mit dem Dome entwickelt, fangen wir in ein paar Wochen an, das Propan wieder in die Stadt zu schaffen. Dazu nehmen wir die Sandlaster aus dem Bauhof. Du kommst mit Handschaltung zurecht, stimmt's?«

»Ja«, sagte Andy trübselig.

»Und …« Big Jims Miene heiterte sich auf, als ihm eine Idee kam. »… wir benutzen Stewies Leichenwagen! Dann können wir ein paar der Gasflaschen noch früher befördern!«

Andy sagte nichts. Ihm missfiel die Tatsache, dass sie sich so viel Propan aus verschiedenen städtischen Beständen angeeignet hatten (wie Big Jim es ausdrückte), aber das war ihnen am sichersten erschienen. Sie produzierten in großem Maßstab – und das bedeutete hohen Flüssiggasverbrauch fürs Kochen und das Absaugen giftiger Gase. Big Jim hatte darauf hingewiesen, dass der Kauf großer Mengen Propangas Fragen aufwerfen könnte. Genau wie der Kauf großer Mengen handelsüblicher Medikamente, die dem Scheiß beigemischt wurden, auffallen und Ärger bringen konnte.

Dass er einen Drugstore besaß, war nützlich gewesen, obwohl der Umfang seiner Bestellungen von Zeug wie Robitussin und Sudafed Andy schrecklich nervös gemacht hatte. Er war überzeugt gewesen, dass genau das ihr Verderben war, wenn sie denn ins Verderben stürzten. Über die hinter dem WCIK-Gebäude in Massen versteckten Propantanks hatte er bisher nie nachgedacht.

»Übrigens gibt's heute Abend im Rathaus reichlich Elektrizität.« Big Jim sprach mit der Miene eines Mannes, der eine angenehme Überraschung verkündet. »Ich habe dafür gesorgt, dass Randolph meinen Jungen und seinen Freund Frankie zum Krankenhaus rüberschickt und sie einen Tank für unser Aggregat holen lässt.«

Andy war augenblicklich besorgt. »Aber wir haben doch schon …«

»Ich weiß«, sagte Rennie beschwichtigend. »Ich weiß, dass wir das getan haben. Um das Cathy Russell musst du dir keine Sorgen machen – es hat vorerst genug Flüssiggas.«

»Sie hätten einen Tank von dem Sender holen können … dort draußen stehen so viele …«

»Das Krankenhaus war näher«, sagte Big Jim. »Und sicherer. Peter Randolph ist unser Mann, aber das heißt nicht, dass er von unserem kleinen Geschäft erfährt. Jetzt oder in Zukunft.«

Das verstärkte Andys Gewissheit sogar noch, dass Big Jim die Fabrik nicht wirklich aufgeben wollte.

»Jim, wenn wir anfangen, Flüssiggas heimlich in die Stadt zurückzuschaffen – wo soll es in der Zwischenzeit gewesen sein? Erzählen wir den Leuten, dass die Gas-Fee es entführt und sich die Sache dann anders überlegt hat?«

Rennie runzelte die Stirn. »Findest du unsere Lage witzig, Kumpel?«

»Nein! Ich finde sie *erschreckend*!«

»Pass auf, ich habe eine Idee. Wir geben die Errichtung einer städtischen Brennstoffstelle bekannt, die rationiertes

Propan je nach Bedarf verteilt. Auch Heizöl, sobald wir herauskriegen, wie es sich trotz Stromausfall verwenden lässt. Ich hasse die Vorstellung, etwas rationieren zu müssen – das ist zutiefst unamerikanisch –, aber dies hier hat Ähnlichkeit mit der Fabel von der Ameise und der Grille, weißt du. In dieser Stadt gibt es Baumwollpflücker, die alles im ersten Monat verjuxen und beim ersten Anzeichen einer Kältewelle lautstark fordern, von *uns* mitversorgt zu werden!«

»Du glaubst doch wohl nicht wirklich, dass das hier *einen Monat lang* weitergeht?«

»Natürlich nicht, aber du weißt ja, was die Alten sagen: Aufs Beste hoffen, aufs Schlimmste gefasst sein.«

Andy überlegte, ob er darauf hinweisen sollte, dass sie schon einen beträchtlichen Teil der städtischen Flüssiggasvorräte für die Herstellung von kristallinem Meth verbraucht hatten, aber er wusste, was Big Jim sagen würde: *Wie hätten wir das ahnen können?*

Das hätten sie natürlich nicht gekonnt. Welcher vernünftige Mensch hätte diese plötzliche Verknappung aller Ressourcen erwartet? Man plante für *mehr als genug.* Das war der *American Way. Nicht annähernd genug* war eine Beleidigung für Herz und Verstand.

»Du bist nicht der Einzige, dem die vorgeschlagene Rationierung nicht gefallen wird«, sagte Andy.

»Deswegen haben wir eine Polizei. Ich weiß, dass wir alle um Howie Perkins trauern, aber er ist jetzt bei unserem Herrn, und wir haben Peter Randolph. Der in dieser Situation für die Stadt besser sein wird. Weil er *zuhört.*« Er zeigte mit dem Finger auf Andy. »Wenn es um ihren eigenen Vorteil geht, sind die Leute in einer Kleinstadt – eigentlich sogar überall – nicht viel anders als Kinder. Wie oft habe ich das schon gesagt?«

»Sehr oft«, sagte Andy und seufzte.

»Und wozu muss man Kinder zwingen?«

»Ihr Gemüse zu essen, wenn sie ihren Nachtisch haben wollen.«

»Genau! Und das bedeutet manchmal, dass man mit der Peitsche knallen muss.«

»Da fällt mir noch was ein«, sagte Andy. »Ich habe draußen auf Dinsmores Weide mit Sammy Bushey gesprochen –
einer von Dodees Freundinnen? Sie hat sich beschwert, dass
einige Cops dort draußen recht grob waren. *Verdammt* grob.
Vielleicht sollten wir darüber mal mit Chief Randolph reden.«

Jim sah ihn stirnrunzelnd an. »Was hast du erwartet, Kumpel? Samthandschuhe? Das da draußen war beinahe ein Aufruhr. Um ein Haar hätte es hier in Chester's Mill einen verflixten *Aufruhr* gegeben!«

»Ich weiß, du hast recht, es ist nur ...«

»Ich kenne die Bushey. Ich kannte ihre ganze Familie.
Drogenabhängige, Autodiebe, Gesetzesbrecher, Kreditbe-
trüger und Steuerhinterzieher. Was wir weißes Gesindel genannt haben, bevor es politisch unkorrekt wurde. Das sind
genau die Leute, vor denen wir uns jetzt in Acht nehmen
müssen. *Exakt die Leute,* die diese Stadt zerreißen, wenn
man ihnen auch nur eine halbe Chance gibt. Willst du das
etwa?«

»Nein, natürlich nicht ...«

Big Jim war jedoch groß in Fahrt. »Jede Stadt hat ihre
Ameisen – was gut ist – und ihre Grillen, die nicht so gut
sind, aber mit denen wir leben können, weil wir sie verstehen
und dazu bringen können, das zu tun, was in ihrem eigenen
Interesse ist, auch wenn wir sie dafür ein bisschen durchschütteln müssen. Aber jede Stadt hat auch ihre Heuschrecken, genau wie in der Bibel, und das sind Leute wie die Busheys. Bei denen müssen wir energisch dreinschlagen. Das
mag dir nicht gefallen, und es mag mir nicht gefallen, aber
persönliche Freiheit wird für eine Weile suspendiert werden
müssen, bis diese Sache vorbei ist. Und auch wir werden Opfer bringen. Haben wir etwa nicht vor, unser kleines Geschäft zu schließen?«

Statt darauf hinzuweisen, dass ihnen praktisch keine andere Wahl blieb, weil sie das Produkt ohnehin nicht verschicken konnten, begnügte Andy sich mit einem einfachen
Nicken. Er wollte nicht weiter über den Stand der Dinge diskutieren, und ihm graute vor der angesetzten Besprechung,

die sich leicht bis Mitternacht hinziehen konnte. Er wollte nur in sein leeres Haus zurückkehren und einen kräftigen Drink nehmen und sich dann hinlegen und an Claudie denken und sich in den Schlaf weinen.

»Jetzt kommt's darauf an, Kumpel, alles auf ebenem Kiel zu halten. Das bedeutet Recht und Gesetz und Aufsicht. Aufsicht durch *uns,* weil wir keine Grillen sind. Wir sind Ameisen. *Soldaten*ameisen.«

Big Jim dachte nach. Als er weitersprach, war sein Tonfall ganz geschäftsmäßig. »Ich überlege, ob es richtig war, den Verkauf in der Food City wie gewohnt weitergehen zu lassen. Ich sage nicht, dass wir sie schließen werden – zumindest nicht gleich –, aber wir werden sie in den nächsten paar Tagen sehr aufmerksam beobachten müssen. Wirklich mit *Argusaugen.* Das gilt auch für die Gas and Grocery. Und es wäre vielleicht keine schlechte Idee, einen Teil der verderblicheren Lebensmittel für unseren persönlichen Bedarf zu beschlagnahmen, um ...«

Er verstummte und betrachtete mit zusammengekniffenen Augen die Stufen vor dem Rathaus. Er wollte nicht glauben, was er sah, und hielt eine Hand als Schutz gegen die Sonne über seine Augen. Das Bild veränderte sich nicht: Brenda Perkins und dieser verflixte Unruhestifter Dale Barbara. Aber nicht nebeneinander. Zwischen ihnen saß Andrea Grinnell, die Dritte Stadtverordnete, die angeregt mit Chief Perkins' Witwe sprach. Dabei schienen bedruckte Blätter Papier von Hand zu Hand zu gehen.

Das gefiel Big Jim nicht.

Ganz und gar nicht.

2   Er setzte sich in Bewegung, um das Gespräch dort zu beenden, egal, worüber sie redeten, aber bevor er mehr als drei Schritte machen konnte, kam ein Junge angerannt. Einer von Killians Söhnen. Es gab ungefähr ein Dutzend Killians, die auf einer baufälligen Hühnerfarm draußen an der Gemeindegrenze zu Tarker's Mills lebten. Keiner der Jungen war sonderlich helle – was ihnen ehrlich zustand, wenn man die Eltern betrachtete, aus deren schäbigen Lenden sie entsprungen waren –, aber alle waren langjährige Gemeindemitglieder der Erlöserkirche; mit anderen Worten: alle erlöst. Sie alle hatten denselben Rundschädel mit niedriger Stirn und Hakennase.

Der Junge trug ein zerschlissenes T-Shirt mit WCIK-Aufdruck und hielt einen Zettel mit einer Nachricht in der Hand. »He, Mr. Rennie!«, sagte er. »Meine Güte, ich hab Sie in der ganzen Stadt gesucht!«

»Tut mir leid, aber ich kann jetzt nicht mit dir reden, Ronnie«, sagte Big Jim. Er sah weiter zu dem Trio hinüber, das auf den Stufen vor dem Rathaus saß. Diese verflixten Verschwörer! »Vielleicht mor…«

»Ich bin Richie, Mr. Rennie. Ronnie ist mein Bruder.«

»Richie. Natürlich. Jetzt musst du mich bitte entschuldigen.« Big Jim schritt weiter aus.

Andy nahm dem Jungen den Zettel ab und holte Rennie ein, bevor er das auf den Stufen sitzende Trio erreichen konnte. »Das hier solltest du dir lieber ansehen.«

Als Erstes sah Big Jim sich Andys Gesicht an, das verkniffener und sorgenvoller war als je zuvor. Dann riss er ihm den Zettel aus der Hand.

James,
ich muss Dich heute Abend sprechen. Gott hat zu mir gesprochen. Nun muss ich zu Dir sprechen, bevor ich zu der Stadt spreche. Gib mir bitte Antwort. Richie Killian überbringt mir Deine Nachricht.
                                    Reverend Lester Coggins

Nicht Les; nicht einmal Lester. Nein. Reverend Lester Coggins. Das klang nicht gut. Wieso, wieso nur musste immer alles gleichzeitig passieren?

Der Junge stand vor der Buchhandlung, sah in seinem ausgebleichten T-Shirt und seinen weiten, fast über die Hüften rutschenden Jeans wie ein verflixtes Waisenkind aus. Big Jim winkte ihn heran. Der Junge kam eifrig gerannt. Big Jim zog seinen Kugelschreiber (in Goldbuchstaben mit ALLES

LACHT, WENN BIG JIM DIE PREISE MACHT! beschriftet) aus der Hemdtasche und kritzelte eine aus drei Wörtern bestehende Antwort: *Mitternacht. Bei mir.* Dann faltete er den Zettel wieder zusammen und gab ihn dem Jungen.

»Bring ihm den zurück. Aber *nicht* lesen.«

»Das täte ich nie! Echt nicht. Gott segne Sie, Mr. Rennie.«

»Dich auch, Sohn.« Er beobachtete, wie der Junge davonrannte.

»Worum geht's *diesmal*?«, fragte Andy. Und bevor Big Jim antworten konnte: »Um die Fabrik? Ist das Meth ...«

»Halt die Klappe.«

Andy wich erschrocken zurück. Big Jim hatte ihn noch nie aufgefordert, die Klappe zu halten. Die Sache musste also schlimm sein.

»Eins nach dem anderen«, sagte Big Jim und marschierte auf das nächste Problem zu.

3   Als Barbie beobachtete, wie Rennie sich näherte, war sein erster Gedanke: *Er geht wie ein Mann, der krank ist und es nicht weiß.* Er ging auch wie ein Mann, der sein Leben lang andere Leute in den Hintern getreten hatte. Rennie hatte sein raubtierhaftestes geselliges Lächeln aufgesetzt, als er Brendas Hände in seine nahm und kurz drückte. Sie ließ es sich mit höflichem Gleichmut gefallen.

»Brenda«, sagte er. »Mein herzlichstes Beileid. Ich hätte Sie schon längst besucht ... und ich komme natürlich zur Beisetzung ... aber ich hatte ein bisschen viel um die Ohren. Das haben wir alle.«

»Ich verstehe«, sagte sie.

»Duke fehlt uns sehr«, sagte Big Jim.

»Richtig«, warf Andy ein, der hinter Big Jim eintraf: ein Schlepper im Kielwasser eines Ozeanriesen. »Das tut er wirklich.«

»Ich danke euch beiden so sehr.«

»Und obwohl ich liebend gern über Ihre Sorgen reden würde ... ich kann sehen, dass Sie welche haben ...« Big Jims

Lächeln wurde breiter, kam aber nie in die Nähe seiner Augen. »Wir sind zu einer sehr wichtigen Sitzung hier. Andrea, bist du bitte so freundlich, schon mal vorauszulaufen und die Unterlagen zu verteilen?«

Trotz ihrer fast fünfzig Jahre wirkte Andrea Grinnell in diesem Augenblick wie ein Kind, das dabei ertappt wurde, wie es heiße Törtchen von der Fensterbank stibitzt. Sie rappelte sich auf (wegen ihrer Rückenschmerzen ächzend), aber Brenda hielt sie recht energisch am Arm fest. Andrea setzte sich wieder.

Barbie stellte fest, dass Grinnell und Sanders beide zu Tode erschrocken aussahen. Das lag nicht an der Kuppel, wenigstens nicht in diesem Augenblick; das lag an Rennie. *Es ist* nicht *so schlimm, wie's noch wird,* dachte er wieder.

»Ich denke, Sie sollten sich lieber Zeit für uns nehmen, James«, sagte Brenda freundlich. »Sie wissen natürlich, dass ich zu Hause um meinen toten Mann trauern würde, wenn diese Sache nicht wichtig, *sehr* wichtig wäre.«

Big Jim war um Worte verlegen, was selten genug vorkam. Die Leute auf der Straße, die sich den Sonnenuntergang angesehen hatten, beobachteten jetzt stattdessen dieses improvisierte Treffen. So erlangte Barbara vielleicht eine Bedeutung, die ihm nicht zustand – nur weil er mit der Dritten Stadtverordneten und der Witwe des ehemaligen Polizeichefs zusammensaß. Und die drei ließen ein paar Blatt Papier herumgehen, als wäre es ein Schreiben des Großmächtigen Hochpapsts in Rom. Wessen Idee war dieser öffentliche Auftritt gewesen? Natürlich hatte die Perkins ihn sich ausgedacht. Andrea war dazu nicht clever genug. Nicht tapfer genug, um sich öffentlich gegen ihn zu stellen.

»Nun, vielleicht können wir ein paar Minuten erübrigen. Was, Andy?«

»Klar«, sagte Andy. »Für Sie immer ein paar Minuten, Mrs. Perkins. Das mit Duke tut mir echt leid.«

»Und mir das mit Ihrer Frau«, sagte sie ernst.

Ihre Blicke trafen sich. Dies war ein wahrhaft inniger Augenblick, bei dem Big Jim zum Haarausraufen zumute war. Er wusste, dass er sich solche Gefühle nicht leisten durfte –

284

sie waren schlecht für seinen Blutdruck, und was schlecht für seinen Blutdruck war, war schlecht für sein Herz –, aber das war manchmal schwierig. Vor allem, wenn man gerade eine Nachricht von einem Kerl bekommen hatte, der viel zu viel wusste und nun glaubte, im Auftrag Gottes zu der Stadt sprechen zu müssen. Wenn Big Jim bezüglich dessen, was Coggins sich in den Kopf gesetzt hatte, richtig lag, war diese Sache hier vergleichsweise belanglos.

Nur war sie vielleicht *nicht* belanglos. Denn Brenda Perkins hatte ihn noch nie leiden können, und Brenda Perkins war die Witwe eines Mannes, den The Mill jetzt – absolut ohne ersichtlichen Grund – für einen Helden hielt. Als Erstes musste er …

»Kommt mit rein«, sagte er. »Wir setzen uns in den Konferenzraum.« Er sah zu Barbie hinüber. »Gehören Sie auch dazu, Mr. Barbara? Ich kann nämlich um nichts in der Welt verstehen, weshalb.«

»Dies könnte Ihnen dabei helfen«, sagte Barbie und hielt ihm die drei Blatt Papier hin, die sie herumgereicht hatten. »Ich war früher in der Army. Letzter Dienstgrad Lieutenant. Meine Dienstzeit scheint verlängert worden zu sein. Und ich bin befördert worden.«

Rennie nahm die Blätter entgegen, hielt sie aber nur an einer Ecke, als könnten sie heiß sein. Das Schreiben war weit eleganter als der schmuddelige Zettel, den Richie Killian ihm übergeben hatte, und stammte von einem weit bekannteren Absender. Im Briefkopf stand einfach: **AUS DEM WEISSEN HAUS.** Das Schreiben trug das heutige Datum.

Big Jim betastete das Papier. Zwischen seinen buschigen Augenbrauen stand jetzt eine tiefe senkrechte Falte. »Das ist kein Briefpapier des Weißen Hauses.«

Natürlich ist es welches, Blödmann, hätte Barbie am liebsten gesagt. *Es ist vor einer Stunde von jemandem aus der Elfen-Schwadron von FedEx überbracht worden. Der verrückte kleine Scheißer hat sich einfach durch die Kuppel teleportiert, kein Problem.*

»Nein, ist es nicht.« Barbie war bemüht, seinen freundlichen Tonfall beizubehalten. »Das Schreiben ist übers Internet gekommen – als PDF-Datei. Ms. Shumway hat sie heruntergeladen und ausgedruckt.«

Julia Shumway. Eine weitere Unruhestifterin.

»Lesen Sie's, James«, sagte Brenda ruhig. »Es ist wichtig.«

Big Jim las es.

4   Benny Drake, Norrie Calvert und Scarecrow Joe McClatchey standen vor der Redaktion des *Chester's Mill Democrat*. Alle drei hatten Taschenlampen dabei. Benny und Joe hielten ihre in den Händen; Norries steckte noch in der geräumigen Brusttasche ihrer Kapuzenjacke. Sie sahen die Straße entlang zum Rathaus hinüber, wo mehrere Leute – unter ihnen alle drei Stadtverordneten und der Grillkoch aus dem Sweetbriar Rose – eine Besprechung abzuhalten schienen.

»Worüber die wohl reden?«, sagte Norrie.

»Erwachsenenscheiß«, sagte Benny mit überragendem Mangel an Interesse und klopfte an die Tür der Redaktion. Als keine Antwort kam, drängte Joe sich an ihm vorbei und versuchte, den Knopf zu drehen. Die Tür öffnete sich. Nun war sofort klar, weshalb Miz Shumway sie nicht gehört hatte: Ihr Kopierer arbeitete auf Hochtouren, während sie mit dem Sportreporter der Zeitung und dem Kerl sprach, der draußen bei dem Massenpicknick fotografiert hatte.

Sie sah die Kids und winkte sie herein. Einzelne Blätter schossen im Sekundentakt in die Ablage des Kopierers. Pete Freeman und Tony Guay nahmen abwechselnd welche heraus und stapelten sie.

»Da seid ihr ja!«, sagte Julia. »Ich hatte schon Angst, ihr Kids würdet nicht kommen. Wir sind fast so weit. Das heißt, wenn der verdammte Kopierer nicht ins Bett scheißt.«

Joe, Benny und Norrie nahmen dieses coole Bonmot mit stummer Anerkennung auf, und alle drei beschlossen, es bei nächster Gelegenheit zu benutzen.

»Habt ihr die Erlaubnis eurer Eltern eingeholt?«, fragte Julia. »Ich will keine wütenden Eltern am Hals haben.«

»Ja, Ma'am«, sagte Norrie. »Wir haben alle gefragt.«

Freeman war dabei, einen Blätterstapel mit Bindfaden zu verschnüren. Ziemlich unbeholfen, wie Norrie feststellte. Sie selbst beherrschte fünf Knoten. Konnte auch mit Fliegen fischen. Das hatte ihr Vater ihr beigebracht. Sie hatte ihm dafür gezeigt, wie man auf ihrem Board Nosies machte, und er hatte bei seinem ersten Sturz gelacht, bis ihm Tränen übers Gesicht gelaufen waren. Sie fand, dass sie den besten Dad des Universums hatte.

»Soll ich das machen?«, fragte Norrie.

»Wenn du's besser kannst, klar.« Pete trat zur Seite.

Sie trat vor, Joe und Benny drängten sich dicht dahinter. Dann sah sie die fette schwarze Schlagzeile des einseitigen Extrablatts und blieb ruckartig stehen. »Heiliger Scheiß!«

Sobald die Worte heraus waren, schlug sie die Hände vor den Mund, aber Julia nickte nur. »Das ist echter heiliger Scheiß, kein Zweifel. Ihr alle habt hoffentlich Fahrräder dabei, und ich hoffe, dass ihr auch Körbe habt. Dieses Extrablatt könnt ihr nicht auf Skateboards in der Stadt austragen.«

»Das haben Sie gesagt, und die haben wir mitgebracht«, antwortete Joe. »Meins hat keinen Korb, aber einen Träger.«

»Und ich binde seine Ladung für ihn fest«, sagte Norrie.

Pete Freeman, der bewundernd zusah, wie das Mädchen blitzschnell die restlichen Stapel verschnürte (mit einem Knoten, der für ihn nach einem Slipstek aussah), sagte: »Darauf möchte ich wetten. Deine Knoten sind gut.«

»Yeah, ich rocke«, bestätigte Norrie in sachlichem Ton.

»Habt ihr Taschenlampen?«, fragte Julia.

»Ja«, sagten die drei im Chor.

»Gut. Der *Democrat* wird seit dreißig Jahren nicht mehr von Zeitungsjungen ausgetragen, und ich möchte die Rückkehr zur guten alten Zeit nicht damit feiern, dass einer von euch in der Main oder Prestile Street angefahren wird.«

»Wär 'ne echte Pleite«, stimmte Joe zu.

»Jedes Haus, jedes Geschäft in diesen beiden Straßen bekommt ein Exemplar, okay? Dazu die Morin Street und die St. Anne Avenue. Danach schwärmt ihr aus. Tut, was ihr könnt, aber um neun Uhr fahrt ihr nach Hause. Die restlichen Exemplare legt ihr an Straßenecken aus. Aber beschwert sie mit einem Stein, damit sie nicht wegfliegen.«

Benny las nochmals die Schlagzeile:

CHESTER'S MILL, ACHTUNG!
AUF BARRIERE WIRD LENKWAFFE ABGEFEUERT!

MARSCHFLUGKÖRPER ALS TRÄGERSYSTEM
RÄUMUNG DER WESTGRENZE EMPFOHLEN

»Jede Wette, dass das nicht funktioniert«, sagte Joe finster, während er die offenbar freihändig gezeichnete Kartenskizze unten auf der Seite begutachtete. Die Gemeindegrenze zwischen Chester's Mill und Tarker's Mills war rot hervorgehoben. Wo die Little Bitch Road von der Barriere abgeschnitten wurde, war ein schwarzes X eingezeichnet. Neben diesem X stand **Einschlagpunkt.**

»Beiß dir lieber auf die Zunge, Kiddo«, sagte Tony Guay.

5 AUS DEM WEISSEN HAUS

Gruß und Salutation
den STADTVERORDNETEN VON CHESTER'S MILL:

Andrew Sanders
James P. Rennie
Andrea Grinnell

Gentlemen und Madam,
als Erstes und Wichtigstes entbiete ich Ihnen Grüße und möchte Ihnen gegenüber die tiefe Sorge und die besten Wünsche unserer Nation zum Ausdruck bringen. Ich habe den morgigen Tag zu einem nationalen Gebetstag bestimmt; überall in Amerika werden Kirchen geöffnet sein, während Gläubige aller Bekenntnisse für Sie und alle diejenigen beten, die daran arbeiten, zu verstehen und

rückgängig zu machen, was an den Grenzen Ihrer Stadt passiert ist. Lassen Sie mich Ihnen versichern, dass wir nicht ruhen werden, bis die Menschen von Chester's Mill befreit und die für ihre Einkerkerung Verantwortlichen bestraft sind. Dass diese Situation geklärt wird – und das schon bald –, ist mein Versprechen an Sie und die Menschen von Chester's Mill. Ich spreche mit all dem feierlichen Gewicht meines Amtes, als Ihr Oberbefehlshaber.

Zweitens soll dieses Schreiben Sie mit Colonel Dale Barbara, U.S. Army, bekanntmachen. Col. Barbara hat im Irak gedient, wo er mit dem Bronze Star, dem Kriegsverdienstkreuz und mit zwei Verwundetenabzeichen ausgezeichnet wurde. Er ist reaktiviert und zugleich befördert worden, damit er als unser Verbindungsmann zu Ihnen – und Ihrer zu uns – fungieren kann. Ich weiß, dass Sie ihn als loyale Amerikaner auf jede Weise unterstützen werden. Wie Sie ihm beistehen, so stehen wir Ihnen bei.
Nach Ratschlägen, die ich von den Vereinten Stabschefs sowie den Ministern für Verteidigung und Heimatschutz erhalten habe, wollte ich ursprünglich das Kriegsrecht über Chester's Mill verhängen und Col. Barbara zum vorläufigen Stadtkommandanten ernennen. Er hat mir jedoch versichert, dass das nicht nötig sein wird. Wie Col. Barbara sagt, erwartet er von den Stadtverordneten und der dortigen Polizei volle Kooperation. Er findet zudem, dass sich seine Position auf »Beratung und Genehmigung« beschränken soll. Ich habe mich seinem Urteil angeschlossen, vorbehaltlich späterer Überprüfungen.

Drittens weiß ich von Ihrer Besorgnis, dass Sie Ihre Freunde und Angehörigen nicht anrufen können. Wir verstehen Ihre Sorgen, aber die Aufrechterhaltung dieser »telefonischen Verdunkelung« ist zwingend notwendig, um die Gefahr zu minimieren, dass Geheiminformationen nach Chester's Mill hinein- oder aus der Stadt herausgelangen. Ich versichere Ihnen, dass dieses Argument nicht vorgeschoben ist. Es ist sehr wohl denkbar, dass jemand in Chester's Mill Informationen über die Ihre Stadt umgebende Barriere besitzt. »Innerstädtische« Anrufe sollten jedoch weiter möglich sein.

Viertens werden wir vorläufig an der jetzt bestehenden Nachrichtensperre festhalten, aber auch diese Maßnahme soll regelmäßig überprüft werden. Irgendwann kann es zweckmäßig erscheinen, dass Vertreter der Stadt und Col. Barbara eine Pressekonferenz geben, doch gegenwärtig sind wir davon überzeugt, dass eine rasche Beendigung dieser Krise eine Pressekonferenz überflüssig machen wird.

Mein fünfter Punkt betrifft die Internetverbindungen Ihrer Stadt. Die Vereinten Stabschefs fordern nachdrücklich eine Sperrung des E-Mail-Verkehrs, und ich wollte mich ursprünglich dieser Meinung anschließen. Col. Barbara hat sich jedoch nachdrücklich dafür eingesetzt, den Bürgern von Chester's Mill weiter Zugang zum Internet zu gestatten. Er macht darauf aufmerksam, dass der E-Mail-Verkehr durch die NSA legal überwacht werden kann, und in der Praxis sind solche Mitteilungen viel leichter zu kontrollieren als Mobilfunkgespräche. Da er unser »Mann vor Ort« ist, habe ich dieser Lösung zugestimmt – teils auch aus humanitären Gründen. Auch diese Entscheidung wird jedoch regelmäßig überprüft und kann jederzeit geändert werden. Col. Barbara wird an solchen Überprüfungen gleichberechtigt beteiligt sein, und wir freuen uns auf gute Zusammenarbeit zwischen ihm und der gesamten Stadtverwaltung.

Sechstens darf ich Ihnen in Aussicht stellen, dass Ihre Tortur möglicherweise bereits morgen um 13 Uhr Ortszeit vorüber ist. Col. Barbara, der Ihnen das zu diesem Zeitpunkt stattfindende militärische Unternehmen erläutern wird, versichert mir, dass es Ihnen in gemeinsamer Anstrengung mit Ms. Julia Shumway, der Besitzerin und Herausgeberin der örtlichen Zeitung, gelingen wird, den Einwohnern von Chester's Mill zu erläutern, was sie zu erwarten haben.

Und zuletzt: Sie sind Bürger der Vereinigten Staaten von Amerika, und wir werden Sie niemals im Stich lassen. Unser festes Versprechen, das auf unseren höchsten Idealen beruht, ist sehr einfach: Kein Mann, keine Frau, kein Kind wird zurückgelassen. Alle Ressourcen, die notwendig sind, um Ihre Inhaftierung zu beenden, werden eingesetzt werden. Jeder Dollar, den wir ausgeben müssen, wird ausgegeben werden. Von Ihnen erwarten wir dafür Vertrauen und Kooperation. Bitte gewähren Sie uns beides.

Mit allen Gebeten und allen guten Wünschen verbleibe ich als Ihr aufrichtiger

6   Welcher dahergelaufene Schreiberling das auch immer verfasst hatte, der Hundesohn hatte es selbst unterschrieben – mit allen seinen drei Namen, also auch mit dem Terroristennamen in der Mitte. Big Jim hatte nicht für ihn gestimmt, und wäre er in diesem Augenblick durch Teleportation vor ihm erschienen, hätte Rennie ihn kalt lächelnd erwürgen können.

Und Barbara dazu.

Big Jim wünschte sich nichts sehnlicher, als Peter Randolph heranpfeifen und Colonel Fritteuse in eine Zelle werfen lassen zu können. Ihm zu erklären, dass er seine verflixte auf Kriegsrecht basierende Befehlsgewalt aus dem Keller des Cop Shops ausüben konnte – mit Sam Verdreaux als Adjutanten. Vielleicht konnte Sloppy Sam sein *Delirium tremens* sogar lange genug beherrschen, dass er den militärischen Gruß schaffte, ohne sich den Daumen ins Auge zu rammen.

Aber nicht jetzt. Noch nicht. Bestimmte Aussagen in dem Schreiben des Oberschurken fielen ins Auge:

Wie Sie ihm beistehen, so stehen wir Ihnen bei.
Wir freuen uns auf gute Zusammenarbeit zwischen ihm
und der gesamten Stadtverwaltung.
Diese Entscheidung wird regelmäßig überprüft.
Von Ihnen erwarten wir dafür Vertrauen und Kooperation.

Der letzte Satz war am verräterischsten. Nach Big Jims Überzeugung verstand dieser Dreckskerl, der Abtreibungen befürwortete, nichts von Vertrauen – für ihn war das nur ein Schlagwort –, aber wenn er von Zusammenarbeit sprach, wusste er *genau*, was er sagte, und Jim Rennie wusste es auch: *Der Handschuh ist aus Samt, aber vergesst die eiserne Faust darin nicht.*

Der Präsident bot Mitgefühl und Unterstützung an (Big Jim hatte bemerkt, dass die von Medikamentenmissbrauch benebelte Grinnell tatsächlich Tränen in den Augen hatte, während sie das Schreiben las), aber wer zwischen den Zeilen zu lesen wusste, sah die Wahrheit. Kooperiert, oder ihr verliert das Internet. Kooperiert, weil wir Listen anfertigen werden, wer nett und wer unartig ist, und ihr nicht bei den Unartigen stehen wollt, wenn wir durchbrechen. Weil wir uns daran *erinnern* werden.

Kooperiere, Kumpel. Sonst …

Rennie dachte: *Ich übergebe meine Stadt niemals an einen Grillkoch, der es gewagt hat, meinen Sohn zu schlagen und anschließend meine Autorität infrage zu stellen. Dazu wird es niemals kommen, du Affe. Niemals.*

Und er dachte: *Leise, ganz ruhig.*

Sollte Colonel Fritteuse den Leuten doch den großen Plan der Militärs erklären. Funktionierte er, war alles gut. Schlug er fehl, würde der neueste Colonel der U.S. Army ganz neue Bedeutungen des Ausdrucks »tief im Feindesland« kennenlernen.

Big Jim lächelte und sagte: »Gehen wir rein, ja? Sieht so aus, als hätten wir jede Menge zu besprechen.«

7   Junior saß im Dunkeln bei seinen Freundinnen.

Das war merkwürdig – sogar er selbst fand das –, aber es war auch beruhigend.

Als er und die anderen Deputies nach dem Riesendurcheinander auf Dinsmores Viehweide in die Polizeistation zurückgekehrt waren, hatte Stacey Moggin (selbst noch in Uniform und müde aussehend) ihnen erklärt, sie könnten auf Wunsch eine weitere Vierstundenschicht anhängen. Zumindest eine Zeit lang würden reichlich Überstunden anfallen, und wenn die Stadt dann zahlen musste, würde es nach Staceys Ansicht bestimmt auch Bonuszahlungen geben … wahrscheinlich von der dankbaren US-Regierung übernommen.

Carter, Mel, Georgia Roux und Frank DeLesseps hatten sich alle bereit erklärt, Überstunden zu leisten. Das taten sie nicht so sehr wegen des Geldes, sondern weil ihnen der neue Job Spaß machte. Junior ging es ähnlich, aber er hatte auch wieder mal seine Kopfschmerzen ausgebrütet. Das war deprimierend, nachdem er sich den ganzen Tag absolut tipptopp gefühlt hatte.

Also erklärte er Stacey, dass er lieber passen wollte, wenn das in Ordnung sei. Sie versicherte ihm, dass dem so war, und erinnerte ihn daran, dass er am folgenden Morgen um sieben Uhr zum Dienst eingeteilt war. »Es gibt bestimmt reichlich zu tun«, sagte sie.

Auf den Stufen vor dem Gebäude zog Frankie seinen Gürtel höher und sagte: »Ich denke, ich werd mal bei Angie vorbeischauen. Wahrscheinlich ist sie mit Dodee irgendwo hingefahren, aber mir graut vor der Vorstellung, dass sie vielleicht in der Dusche ausgerutscht ist – dass sie ganz gelähmt oder sonst wie daliegt.«

Junior spürte ein dumpfes Pochen in seinem Kopf. Vor seinem linken Auge begann ein kleiner weißer Punkt zu tanzen. Er schien im Takt zu seinem Herzschlag, der sich jäh beschleunigt hatte, zu hüpfen und zu springen.

»Wenn du willst, kann ich nachsehen«, schlug er Frankie vor. »Ich komme an ihrem Haus vorbei.«

»Echt? Das macht dir nichts aus?«

Junior schüttelte den Kopf. Dabei zuckte der weiße Punkt vor seinem Auge so heftig, dass ihm fast übel wurde. Dann kam er wieder zur Ruhe.

Frankie senkte seine Stimme. »Sammy Bushey hat mich draußen an der 119 ziemlich unverschämt angemacht.«

»*Diese* Matratze«, sagte Junior.

»Aber echt. Sie sagt: ›Was willst du machen – mich verhaf-

293

ten?‹« Frankie erhob seine Stimme zu einem scheußlichen Falsett, das an Juniors Nerven kratzte. Der tanzende Lichtpunkt schien tatsächlich rot zu werden, und für einige Sekunden spielte Junior mit dem Gedanken, seinem alten Freund die Hände um den Hals zu legen und ihn zu erwürgen, damit dieses Falsett niemals mehr an seine Ohren drang.

»Ich hab mir überlegt«, fuhr Frankie fort, »dass ich zu ihr rausfahren könnte, wenn ich hier fertig bin. Ihr eine Lektion erteilen. Du weißt schon: Zeige Respekt vor deiner örtlichen Polizei.«

»Sie ist 'ne Schlampe. Und obendrein 'ne Lesberine.«

»Das macht die Sache vielleicht noch besser.« Frankie hielt inne und betrachtete den unheimlichen Sonnenuntergang. »Vielleicht hat die Sache mit der Kuppel auch ihr Gutes. Wir können so ziemlich tun und lassen, was wir wollen. Zumindest vorläufig. Denk mal drüber nach, Kumpel.« Frankie fasste sich an den Schritt.

»Klar«, hatte Junior erwidert, »aber ich bin nicht besonders geil.«

Nur war er das *jetzt*. Nun, gewissermaßen. Er hatte nicht etwa vor, sie zu *bumsen* oder sonst was, aber …

»Aber ihr seid weiter meine Freundinnen«, sagte Junior im Dunkel der Speisekammer. Anfangs hatte er eine Stablampe benutzt, aber dann hatte er sie ausgeschaltet. Die Dunkelheit war besser. »Nicht wahr?«

Sie gaben keine Antwort. *Hätten sie geantwortet*, dachte Junior, *müsste ich meinem Dad und Reverend Coggins von einem großen Wunder berichten*.

Er saß an ein raumhohes Wandregal mit Konservendosen gelehnt da. Rechts von sich hatte er Angie in die Sitzposition aufgerichtet, links von ihm saß Dodee. *Ménage-à-trois*, wie es im *Penthouse*-Forum hieß. Im Licht der Stablampe hatten seine Mädchen mit ihren aufgedunsenen Gesichtern und hervorquellenden Augen, die ihre herabhängenden Haare nur teilweise verdeckten, nicht besonders gut ausgesehen, aber sobald er sie ausgeschaltet hatte … he! Sie hätten zwei lebendige Miezen sein können!

Das heißt, bis auf den Gestank. Eine Mischung aus alter

Scheiße und gerade einsetzender Verwesung. Aber das war nicht allzu schlimm, weil es hier auch angenehmere Gerüche gab: Kaffee, Schokolade, Melasse, Trockenfrüchte und – vielleicht – Rohrzucker.

Auch nahm er einen schwachen Parfümduft wahr. Dodees Parfüm? Angies? Er wusste es nicht. Er wusste nur, dass seine Kopfschmerzen wieder nachgelassen hatten und der lästige weiße Lichtfleck verschwunden war. Junior ließ eine Hand nach unten gleiten und umfasste Angies Brust.

»Du hast doch nichts dagegen, wenn ich das mache, hab ich recht, Angie? Ich meine, ich weiß, dass du Frankies Freundin bist, aber ihr habt euch sozusagen getrennt, und he, ist ja nur ein bisschen gefummelt. Außerdem ... ich sag's nicht gern, aber ich glaube, dass er vorhat, dir heute Abend untreu zu werden.«

Er tastete mit seiner freien Hand und fand eine von Dodees Händen. Sie war kühl, aber er legte sie trotzdem in seinen Schritt. »Du liebe Güte, Dodes«, sagte er. »Das ist ziemlich dreist. Aber tu, wonach dir zumute ist, Mädel; leb deine schlimmen Fantasien aus.«

Er würde sie natürlich begraben müssen. Bald. Die Kuppel würde wie eine Seifenblase platzen, oder die Wissenschaftler würden ein Mittel finden, um sie aufzulösen. Wenn es dazu kam, würde die Stadt von Ermittlern überflutet werden. Und falls die Kuppel blieb, würde es irgendwann eine Art Beschaffungskomitee geben, das auf der Suche nach Lebensmitteln von Haus zu Haus ging.

Bald. Aber nicht sofort. Denn das hier war beruhigend.

Auch irgendwie erregend. Das würden die Leute natürlich nicht verstehen, aber sie würden es nicht verstehen *müssen*. Weil ...

»Das ist unser Geheimnis«, flüsterte Junior im Dunkeln. »Nicht wahr, Mädels?«

Sie antworteten nicht (obwohl sie das tun würden, mit der Zeit).

Junior hatte die Arme um die von ihm ermordeten Mädchen gelegt und schlief irgendwann ein.

8   Als Brenda Perkins und Barbie gegen elf Uhr das Rathaus verließen, war die Besprechung noch nicht zu Ende. Die beiden gingen die Main Street in Richtung Morin Street entlang, ohne anfangs viel zu sprechen. An der Ecke zur Maple Street lag noch ein kleiner Stapel vom einseitigen Extrablatt des *Democrat*. Barbie zog ein Exemplar unter dem Stein hervor, der den Stapel beschwerte. Brenda hatte in ihrer Umhängetasche ein Penlite, das sie jetzt auf die Schlagzeile richtete.

»Wenn man's gedruckt vor sich hat, müsste man es eigentlich leichter glauben können, aber das ist nicht der Fall«, sagte sie.

»Nein«, stimmte er zu.

»Julia und Sie haben in dieser Sache zusammengearbeitet, damit James sie nicht geheim halten konnte«, sagte sie. »Hab ich recht?«

Barbie schüttelte den Kopf. »Das würde er nicht versuchen, weil es nicht zu schaffen ist. Wenn diese Lenkwaffe einschlägt, gibt's einen verdammt lauten Knall. Julia wollte nur verhindern, dass Rennie die Meldung für seine Zwecke manipuliert, wie die auch immer aussehen mögen.« Er tippte auf das Extrablatt. »Ehrlich gesagt, sehe ich das hier als eine Art Versicherung. Stadtverordneter Rennie muss denken: ›Was für Informationen besitzt er, die ich nicht besitze, wenn er mir in dieser wichtigen Sache voraus war?‹«

»James Rennie kann ein höchst gefährlicher Gegner sein, mein Freund.« Sie gingen weiter. Brenda faltete das Extrablatt zusammen und klemmte es sich unter den Arm. »Mein Mann hat gegen ihn ermittelt.«

»Weswegen?«

»Ich weiß nicht, wie viel ich Ihnen erzählen soll«, sagte sie. »Anscheinend habe ich nur eine Wahl: alles oder nichts. Und Howie hatte keine endgültigen Beweise – das ist etwas, was ich bestimmt weiß. Aber er war dicht davor.«

»Mir geht's nicht um Beweise«, sagte Barbie. »Mir geht es darum, nicht eingelocht zu werden, wenn der morgige Tag schlecht verläuft. Falls Ihr Wissen mir dabei behilflich sein könnte ...«

»Wenn es Ihnen tatsächlich bloß darum geht, nicht eingesperrt zu werden, bin ich enttäuscht von Ihnen.«

Das war keineswegs alles, und Barbie vermutete, dass die
Witwe Perkins das recht gut wusste. Er hatte bei der Besprechung aufmerksam zugehört, und obwohl Rennie sich alle
Mühe gegeben hatte, einen auf liebenswürdig und geradezu
süß vernünftig zu machen, war Barbie trotzdem entsetzt gewesen. Seiner Überzeugung nach war der Mann unter den
betont harmlosen Ausrufen wie »du meine Güte!«, »lieber
Himmel!« und »hol's der Donner!« ein Raubtier. Er würde
Macht ausüben, bis er entmachtet wurde; er würde sich nehmen, was er brauchte, bis ihn jemand stoppte. Das machte
ihn für jedermann gefährlich, nicht nur für Dale Barbara.

»Mrs. Perkins …«

»Brenda, wissen Sie noch?«

»Brenda, richtig. Sagen wir's mal so, Brenda: Wenn die
Kuppel an Ort und Stelle bleibt, wird diese Stadt von jemand
anderem Hilfe brauchen als von einem größenwahnsinnigen
Gebrauchtwagenhändler. Und ich kann niemandem helfen,
wenn ich *in callabozo* sitze.«

»Mein Mann war der Überzeugung, dass Big Jim Geld un-
terschlagen hat.«

»Auf welche Weise? Wessen Geld? Wie viel?«

Sie sagte: »Warten wir erst mal ab, was mit der Lenkwaffe
passiert. Wenn der Versuch fehlschlägt, erzähle ich Ihnen alles. Sollte es aber klappen, setze ich mich mit dem Bezirks-
staatsanwalt zusammen, sobald der Staub sich gelegt hat …
und dann hat James Rennie ›massig was zu erklären‹, um Ricky Ricardo zu zitieren.«

»Sie sind nicht die Einzige, die gespannt darauf wartet,
was mit dem Marschflugkörper passiert. Heute Abend hat
Rennie sich gewaltig beherrscht. Sollte die Lenkwaffe von
der Kuppel abprallen, statt sie zu durchlöchern, werden wir
seine andere Seite kennenlernen, fürchte ich.«

Sie schaltete das Penlite aus und blickte auf. »Sehen Sie nur
die Sterne«, sagte sie. »So hell. Da ist der Kleine Wagen …
Kassiopeia … der Große Bär. Alle genau wie sonst. Das finde
ich beruhigend. Sie auch?«

»Ja.«

Sie schwiegen für kurze Zeit, sahen nur zu dem funkelnden Band der Milchstraße auf. »Aber sie bewirken immer, dass ich mich sehr klein und sehr … sehr kurzlebig fühle.« Sie lachte, dann fragte sie fast schüchtern: »Stört es Sie, wenn ich mich bei Ihnen einhake, Barbie?«

»Durchaus nicht.«

Sie hängte sich bei ihm ein. Er bedeckte ihre Hand mit seiner. Dann begleitete er sie nach Hause.

9   Um 23:20 Uhr vertagte Big Jim die Sitzung. Peter Randolph wünschte allen eine gute Nacht und ging. Er wollte mit der Evakuierung des Westteils der Stadt um Punkt sieben Uhr beginnen und hoffte, das Gebiet um die Little Bitch Road bis Mittag vollständig geräumt zu haben. Andrea folgte ihm langsam und hielt dabei beide Hände ins Kreuz gepresst. Diese Schonhaltung war ihnen allen längst vertraut.

Obwohl das Gespräch mit Lester Coggins ihn sehr beschäftigte (und Schlaf; er hätte nichts gegen ein wenig verdammten Schlaf gehabt), fragte Big Jim sie, ob sie noch einen Augenblick bleiben könne.

Sie sah ihn fragend an. Hinter ihm stapelte Andy Sanders demonstrativ Akten auf und legte sie zurück in den grauen Stahlschrank.

»Und mach bitte die Tür zu«, sagte Big Jim freundlich.

Nun mit besorgter Miene tat sie, was er verlangte. Andy erledigte weiter die nach einer Besprechung anfallenden Aufräumarbeiten, aber seine Schultern waren wie gegen einen Schlag hochgezogen. Andy wusste bereits, was auch immer Jim mit ihr besprechen wollte. Und seiner Haltung nach war es nichts Gutes.

»Was gibt's, Jim?«, fragte sie.

»Nichts Ernstes.« Was das Gegenteil bedeutete. »Aber ich hatte den Eindruck, Andrea, dass du vor unserer Sitzung ziemlich kumpelhaft mit diesem Barbara gesprochen hast. Übrigens auch mit Brenda.«

»Brenda? Das ist einfach …« Sie hatte *lachhaft* sagen wollen, aber das erschien ihr etwas zu stark. »Einfach albern. Ich kenne Brenda seit dreißig Jah…«

»Und Mr. Barbara seit drei Monaten. Das heißt, falls der Verzehr von Waffeln oder Eiern mit Speck, die jemand zubereitet hat, dafür ausreicht, ihn zu kennen.«

»Ich denke, er ist jetzt Colonel Barbara.«

Big Jim lächelte. »Schwer, ihn ernst zu nehmen, wenn er sich mit Jeans und einem T-Shirt als Uniform behelfen muss.«

»Du hast das Schreiben des Präsidenten gesehen.«

»Ich habe etwas gesehen, das Julia Shumway auf ihrem verflixten Computer hätte zusammenbasteln können. Nicht wahr, Andy?«

»Richtig«, sagte Andy, ohne sich umzudrehen. Er räumte weiter Akten weg. Und holte das Weggeräumte anscheinend wieder heraus, um es nochmals wegräumen zu können.

»Und wenn es von dem Präsidenten *wäre*?«, sagte Big Jim. Das Lächeln, das Andrea so hasste, breitete sich über sein feistes Gesicht mit den Hängebacken aus. Mit gewisser Faszination stellte sie fest, dass sie darauf – vielleicht zum ersten Mal – Bartstoppeln sehen konnte, und verstand, weshalb Jim immer so sorgfältig rasiert war. Die Bartstoppeln verliehen ihm ein finsteres Nixonhaftes Aussehen.

»Nun …« Ihre Besorgnis verwandelte sich allmählich in Angst. Sie wollte Jim erklären, sie sei nur höflich gewesen, aber es war natürlich etwas mehr gewesen, und sie vermutete, dass Jim es gesehen hatte. Er sah sehr viel. »Nun, er *ist* der Oberbefehlshaber, wie du weißt.«

Big Jim machte eine wegwerfende Handbewegung. »Weißt du, was ein Kommandeur ist, Andrea? Ich will's dir sagen. Jemand, der Anspruch auf Treue und Gehorsam hat, weil er die Ressourcen, die für Notleidende gebraucht werden, zur Verfügung stellen kann. Das Ganze ist als faires Tauschgeschäft gedacht.«

»Ja!«, sagte sie eifrig. »Ressourcen wie dieses Cruise-Missile-Ding!«

»Und wenn das mit der Lenkwaffe funktioniert, ist alles in bester Ordnung.«

»Wie sollte es das nicht? Er hat gesagt, sie könnte einen fünfhundert Kilo schweren Gefechtskopf tragen!«

»Wie kannst du, wie kann irgendjemand von uns darauf vertrauen, wenn man bedenkt, wie wenig wir über die Kuppel wissen? Woher sollen wir wissen, dass sie die Kuppel nicht in die Luft jagt und anstelle von Chester's Mill nur einen eine Meile tiefen Krater hinterlässt?«

Sie starrte ihn bestürzt an. Ihre Hände an ihrem Rücken rieben und kneteten die Stelle, wo der Schmerz lebte.

»Nun, das liegt in Gottes Hand«, sagte er. »Und du hast recht, Andrea – es kann klappen. Tut es das nicht, sind wir auf uns allein gestellt, und ein Oberbefehlshaber, der seinen Bürgern nicht helfen kann, ist meiner Ansicht nach nicht mal einen Spritzer warme Pisse in einen kalten Nachttopf wert. Wenn es nicht klappt und wir aber trotzdem nicht alle ins Jenseits befördert werden, muss jemand in dieser Stadt den Befehl übernehmen. Soll das irgendein Vagabund sein, den der Präsident mit seinem Zauberstab berührt hat, oder sollen es die gewählten Bürgervertreter sein, die schon im Amt sind? Merkst du, worauf ich in dieser Sache hinauswill?«

»Colonel Barbara macht einen sehr fähigen Eindruck«, flüsterte sie.

»*Hör auf, ihn so zu nennen!*«, brüllte Big Jim. Andy ließ einen Ordner fallen, und Andrea wich ängstlich quietschend einen Schritt zurück.

Dann richtete sie sich auf und gewann vorübergehend etwas von dem Yankee-Stahl zurück, der ihr überhaupt den Mut verliehen hatte, als Stadtverordnete zu kandidieren. »Schrei du mich nicht an, Jim Rennie. Ich kenne dich, seit du in der ersten Klasse Bilder aus dem Sears-Katalog ausgeschnitten und auf Bastelpapier geklebt hast, also schrei mich nicht an!«

»Du meine Güte, sie ist *beleidigt.*« Das grimmige Lächeln reichte jetzt von einem Ohr zum anderen und verwandelte seine obere Gesichtshälfte in eine verstörend fröhliche Maske. »Ist das nicht verflixt schade? Aber es ist spät, und ich bin müde und habe ungefähr alles Süßholz geraspelt, wozu ich heute imstande bin. Hör mir also gefälligst gut zu, damit ich mich nicht wiederholen muss.« Er sah auf seine Armbanduhr. »Es ist fünf nach halb zwölf, und ich möchte um Mitternacht zu Hause sein.«

»*Ich verstehe nicht, was du von mir willst!*«

Er verdrehte die Augen, als wäre ihre Dummheit unbegreiflich. »Kurz und knapp? Ich will wissen, ob du auf meiner Seite stehst – auf meiner und Andys Seite –, wenn diese verrückte Lenkwaffenidee nicht hinhaut. Nicht auf der Seite irgendeines Geschirr spülenden Neuankömmlings.«

Sie nahm die Schultern zurück und ließ ihre Hände sinken. Sie schaffte es, seinen Blick zu erwidern, aber ihre Lippen zitterten. »Und wenn ich finde, dass Colonel Barbara – Mr. Barbara, wenn dir das lieber ist – besser qualifiziert ist, eine Krisensituation zu managen?«

»Nun, in diesem Punkt muss ich mich an Jiminy Cricket halten«, sagte Big Jim. »Lass dich von deinem Gewissen leiten.« Seine Stimme war zu einem Murmeln herabgesunken, das erschreckender war als sein voriges Brüllen. »Aber es gibt natürlich die Tabletten, die du nimmst. Dieses Oxycontin.«

Andrea lief ein kalter Schauer über den Rücken. »Was ist damit?«

»Andy hat einen ordentlichen Vorrat für dich zurückgelegt, aber wenn du in diesem Rennen hier aufs falsche Pferd setzt, könnten diese Tabletten einfach verschwinden. Hab ich recht, Andy?«

Andy hatte angefangen, den Kaffeebereiter auszuspülen. Er sah unglücklich aus und wollte Andreas tränennassen Blick nicht erwidern, aber seine Antwort kam ohne Zögern. »Ja«, sagte er. »Unter diesen Umständen müsste ich sie vielleicht in der Toilette der Apotheke hinunterspülen. Zu gefährlich, solche Medikamente vorrätig zu haben, wenn die Stadt abgeschnitten ist und alles.«

»Das kannst du nicht machen!«, rief sie aus. »Ich habe ein Rezept!«

»Das einzige Rezept, das du brauchst«, sagte Big Jim freundlich, »besteht darin, zu den Leuten zu halten, die diese

Stadt am besten kennen, Andrea. Im Augenblick ist das die einzige Art Rezept, die dir was hilft.«

»Jim, ich brauche meine Tabletten.« Sie hörte das Winseln in ihrer Stimme – der Winselstimme ihrer Mutter in den letzten schlimmen Jahren, in denen sie bettlägerig gewesen war, so ähnlich – und hasste es. »Ich *brauche* sie!«

»Ja, ich weiß«, sagte Big Jim. »Gott hat dir sehr viele Schmerzen aufgebürdet.« *Von einer schlimmen Drogensucht ganz zu schweigen*, dachte er.

»Tu einfach das Richtige«, sagte Andy. Seine dunkel umrandeten Augen waren ernst und traurig. »Jim weiß, was für die Stadt am besten ist; er hat es schon immer gewusst. Wir brauchen keinen Außenseiter, der uns sagt, wie wir unsere Angelegenheiten regeln sollen.«

»Kriege ich weiter meine Schmerztabletten, wenn ich's tue?«

Ein Lächeln erhellte Andys Gesicht. »Klar doch! Ich könnte die Dosis sogar auf eigene Verantwortung etwas erhöhen. Sagen wir hundert Milligramm mehr pro Tag? Könntest du die nicht brauchen? Du siehst aus, als würdest du dich schrecklich fühlen.«

»Ich könnte ein bisschen mehr brauchen, denke ich«, sagte Andrea bedrückt. Sie ließ den Kopf hängen. Sie hatte nie Alkohol getrunken, nicht einmal ein Glas Wein, seit ihr damals beim Abschlussball der Oberstufe so schlecht geworden war, hatte nie einen Joint geraucht, hatte Kokain außer im Fernsehen niemals auch nur zu Gesicht bekommen. Sie war ein anständiger Mensch. Ein *hochanständiger* Mensch. Wie war sie also in eine derartige Klemme geraten? Durch einen Sturz auf dem Weg zu ihrem Briefkasten? Genügte das, um jemanden drogenabhängig zu machen? Falls ja, wie unfair! Wie entsetzlich. »Aber nur vierzig Milligramm. Vierzig mehr würden reichen, denke ich.«

»Weißt du das bestimmt?«, fragte Big Jim.

Sie wusste es überhaupt nicht. Das war das Vertrackte daran.

»Vielleicht achtzig«, sagte sie und wischte sich die Tränen vom Gesicht. Und flüsterte: »Ihr erpresst mich.«

Ihr Flüstern war leise, aber Big Jim hörte es trotzdem. Er griff nach ihr. Andrea fuhr zusammen, aber Big Jim nahm nur ihre Hand. Sanft.

»Nein«, sagte er. »Das wäre Sünde. Wir helfen dir. Und als Gegenleistung wollen wir nur, dass du uns hilfst.«

10   Es gab einen dumpfen Schlag.

Sammy war davon sofort hellwach, obwohl sie einen halben Joint geraucht und drei von Phils Bieren getrunken hatte, bevor sie um zehn Uhr in die Falle gegangen war. Sie hatte immer einige Sixpacks im Kühlschrank und nannte sie für sich weiter »Phils Biere«, obwohl er seit April nicht mehr da war. Sie hatte Gerüchte gehört, dass er noch in der Stadt war, glaubte aber nicht daran. Wäre er noch da gewesen, hätte sie ihn im vergangenen halben Jahr doch *irgendwann* sehen müssen, nicht wahr? The Mill war eine kleine Stadt, genau wie es in diesem Song hieß.

Rums!

Nun saß sie aufrecht im Bett und horchte auf Little Walters Geschrei. Es kam nicht, und sie dachte: *O Gott, dieses verdammte Kinderbett ist wieder zusammengekracht. Und wenn er nicht mal losheulen kann …*

Sie warf die Bettdecke zurück und rannte zur Tür. Stattdessen knallte sie an die Wand links daneben. Fast wäre sie zu Boden gegangen. Verdammte Dunkelheit! Verdammter Stromlieferant! Verdammter Phil, der abgehauen war und sie so zurückgelassen hatte: ohne jemanden, der für sie eintrat, wenn Kerle wie Frank DeLesseps gemein zu ihr waren und ihr Angst machten und …

Rums!

Sie tastete die Kommode ab und fand die Taschenlampe. Sie knipste sie an und hastete durch die Tür hinaus. Sie wollte nach links in den Raum, in dem Little Walter schlief, aber das Scheppern wiederholte sich. Nicht links, sondern geradeaus, jenseits des unordentlich vollgestellten Wohnraums. Irgendjemand hämmerte gegen die Tür des Wohnwagens. Und jetzt war gedämpftes Lachen zu hören. Wer immer das sein mochte, schien ziemlich gesoffen zu haben.

Sie durchquerte mit großen Schritten den Raum, wobei das T-Shirt, in dem sie schlief, ihre molligen Schenkel umwogte (seit Phil abgehauen war, hatte sie etwas zugenommen, ungefähr zwanzig Kilo, aber sobald dieser Kuppelscheiß vorüber war, würde sie sich fürs NutriSystem einschreiben, sich auf das Gewicht runterhungern, das sie in der Highschool gehabt hatte), und stieß die Tür auf.

Taschenlampen – vier Stück, jede gleißend hell – leuchteten ihr ins Gesicht. Hinter ihnen erklang neuerliches Gelächter. Eines dieser Lachen war mehr ein *Njuck-njuck-njuck* wie das von Curly Howard bei den Three Stooges. Diese Lache erkannte sie, weil sie sie durch die ganze Highschool gehört hatte: Mel Searles.

»Sieh dich bloß an!«, sagte Mel. »Ganz aufgedonnert und niemand, dem du einen blasen kannst.«

Wieder Gelächter. Sammy hob einen Arm schützend über die Augen, aber das half nichts; die Leute hinter den Taschenlampen blieben bloße Schemen. Aber eine der lachenden Stimmen klang weiblich. Das war vermutlich gut.

»Macht die Lampen aus, bevor ich blind werde! Und haltet die Klappe, ihr weckt das Baby auf!«

Erneut Gelächter, lauter als je zuvor, aber drei der vier Stablampen erloschen. Sie leuchtete mit ihrer eigenen Lampe ins Freie und fand keinen Trost in dem, was sie sah: Frankie DeLesseps und Mel Searles, die Carter Thibodeau und Georgia Roux einrahmten. Georgia, die junge Frau, die Sammy an diesem Nachmittag ihre Stiefelspitze an die Brust gedrückt und sie als Lesbe beschimpft hatte. Eine Frau, aber keine *ungefährliche* Frau.

Sie trugen ihre Abzeichen. Und sie waren tatsächlich betrunken.

»Was wollt ihr? Es ist schon spät.«

»Wir wollen Dope«, sagte Georgia. »Du verkaufst Stoff, also verkauf uns welchen.«

»Ich wär gern high, bloß nicht von Chai, denn ich bin kein Thai«, sagte Mel, dann lachte er wieder: *Njuck-njuck-njuck.*

»Ich hab keinen«, sagte Sammy.

»Red keinen Scheiß, hier riecht's überall danach«, sagte Carter. »Verkauf uns welchen. Sei nicht zickig.«

»Yeah«, sagte Georgia. Im Licht von Sammys Taschenlampe schienen ihre Augen silbern zu glitzern. »Auch wenn wir Cops sind.«

Darüber lachten sie schallend. So würden sie das Baby bestimmt wecken.

»Nein!« Sammy versuchte die Tür zu schließen. Thibodeau stieß sie wieder auf. Das tat er mit nur einer Handfläche – ganz locker und lässig –, aber Sammy taumelte rückwärts. Sie stolperte über Little Walters gottverdammte Tufftuff und landete zum zweiten Mal an diesem Tag auf dem Hintern. Ihr T-Shirt flog hoch.

»Oooh, ein rosa Slip, erwartest du eine deiner Freundinnen?«, fragte Georgia, und sie brüllten alle wieder vor Lachen. Die drei Taschenlampen, die ausgeschaltet gewesen waren, flammten wieder auf, hielten sie in ihren Lichtkegeln gefangen.

Sammy zog das T-Shirt mit einem so kräftigen Ruck herunter, dass es am Hals fast einriss. Dann rappelte sie sich unsicher auf, während die Lichtstrahlen über ihren Körper auf und ab tanzten.

»Sei eine gute Gastgeberin und bitte uns herein«, sagte Frankie, indem er sich durch die Tür drängte. »Vielen Dank.« Der Lichtfinger seiner Stablampe schwenkte durch den Wohnraum. »Was für ein Schweinestall!«

»Schweinestall für ein Schwein!«, johlte Georgia, und wieder brüllten sie alle vor Lachen. »An Phils Stelle würde ich vielleicht kurz aus den Wäldern zurückkommen, nur um dich in deinen gottverdammten Arsch zu treten!« Sie hob ihre Faust; Carter Thibodeau schlug mit seinen Fingerknöcheln dagegen.

»Hält er sich noch immer in der Radiostation versteckt?«, fragte Mel. »Kocht er weiter Meth? Wird ganz paranoid wegen Jesus?«

»Ich weiß nicht, was du …« Sie war nicht mehr wütend, nur noch ängstlich. Das hier war das zusammenhanglose

Geschwätz von Leuten in den Alpträumen, die man bekam, wenn man mit Engelsstaub versetztes Haschisch rauchte. »Phil ist weg!«

Ihre vier Besucher sahen sich an, dann lachten sie laut. Searles' idiotisches *Njuck-njuck-njuck* übertönte das Grölen der anderen.

»Weg! Abgehauen!«, krähte Frankie.

»Als hätten wir's geahnt«, antwortete Carter, und dann schlugen *sie* die Fäuste aneinander.

Georgia griff sich einen Stapel von Sammys Taschenbüchern aus dem obersten Fach des Bücherregals und las die Rückentitel. »Nora Roberts? Sandra Brown? Stephenie Meyer? Solches Zeug liest du? Weißt du nicht, dass der gottverdammte Harry Potter angesagt ist?« Sie hielt die Bücher mit ausgestreckten Armen, dann öffnete sie die Hände und ließ sie zu Boden fallen.

Das Baby war noch immer nicht aufgewacht. Ein wahres Wunder. »Verschwindet ihr, wenn ich euch etwas Dope verkaufe?«, fragte Sammy.

»Klar«, sagte Frankie.

»Und beeil dich«, sagte Carter. »Wir müssen morgen sehr früh zum Dienst. Eee-*vack*-u-ierungs-Kommando. Also los, beweg deinen fetten Arsch.«

»Wartet hier.«

Sie ging in die winzige Küche und öffnete den Gefrierschrank – inzwischen warm, alles würde auftauen, aus irgendeinem Grund hätte sie deswegen am liebsten geheult – und nahm einen der Beutel mit einer Unze Haschisch heraus, die sie darin aufbewahrte. Jetzt lagen noch drei Plastikbeutel darin.

Sie wollte sich umdrehen, aber bevor sie das tun konnte, packte sie jemand, und jemand anderes zog ihr den Beutel aus der Hand. »Ich will den rosa Slip nochmal kontrollieren«, sagte Mel in ihr Ohr. »Mal sehen, ob auf deinem Arsch SONNTAG steht.« Er riss ihr T-Shirt bis zur Taille hoch. »Nö, anscheinend nicht.«

»Aufhören! *Lass das!*«

Mel wieherte: *Njuck-njuck-njuck.*

Eine Taschenlampe blendete sie, aber sie erkannte den schmalen Kopf dahinter: Frankie DeLesseps. »Du warst heute frech zu mir«, sagte er. »Außerdem hast du mich geschlagen, dass mein Pfötchen wehgetan hat. Dabei hab ich nur das hier gemacht.« Er streckte eine Hand aus, begrapschte wieder ihre Brust.

Sie versuchte sich loszureißen. Der Lichtstrahl, der auf ihr Gesicht gerichtet gewesen war, schwenkte kurz in Richtung Decke hoch. Dann kam er schnell wieder herunter. Schmerzen explodierten in ihrem Kopf. Er hatte mit seiner Stablampe zugeschlagen.

»*Aua! Au, das tut weh! LASS das!*«

»Scheiße, das hat nicht wehgetan. Du kannst von Glück sagen, dass ich dich nicht als Dealerin verhafte. Halt still, sonst kriegst du noch eins übergebraten.«

»Dieses Dope riecht muffig«, stellte Mel nüchtern fest. Er stand hinter ihr, hielt weiter ihr T-Shirt hoch.

»Genau wie sie«, sagte Georgia.

»Ich muss das Gras sicherstellen, Schlampe«, sagte Carter. »Sorry.«

Frankie hatte sich wieder ihre Brust vorgenommen. »Halt still.« Er zwickte sie in die Brustwarze. »Halt bloß still.« Seine Stimme wurde rauer. Sein Atem rascher. Sie schloss die Augen. *Wenn nur das Baby nicht aufwacht*, dachte sie. *Und solange sie nicht mehr tun. Nichts Schlimmeres.*

»Los, weiter«, sagte Georgia. »Zeig ihr, was sie versäumt hat, seit Phil abgehauen ist.«

Frankie wies mit seiner Stablampe in den Wohnraum. »Leg dich auf die Couch. Und mach sie breit.«

»Willst du sie nicht erst über ihre Rechte belehren?«, fragte Mel und lachte: *Njuck-njuck-njuck.* Sammy fürchtete, dass ihr der Kopf platzen würde, wenn sie dieses Wiehern noch einmal hören musste. Aber sie setzte sich mit gesenktem Kopf und hängenden Schultern in Richtung Couch in Bewegung.

Carter hielt sie im Vorbeigehen fest, drehte sie zu sich herum und richtete den Strahl seiner Lampe von unten aufs eigene Gesicht, sodass es sich in eine Koboldmaske verwan-

307

delte. »Hast du vor, mit jemandem über diese Sache zu reden, Sammy?«

»N-n-nein.«

Die Koboldmaske nickte. »Halt dich lieber daran. Weil dir ohnehin niemand glauben würde. Außer uns, versteht sich, und dann müssten wir zurückkommen und dich *wirklich* in die Mangel nehmen.«

Frankie stieß sie auf die Couch.

»Mach's mit ihr«, sagte Georgia aufgeregt und richtete ihre Stablampe auf Sammy. »*Mach's* mit dieser Nutte!«

Alle drei jungen Männer machten es mit ihr. Frankie als Erster, wobei er flüsterte: »Du musst lernen, den Mund zu halten, außer wenn du auf den Knien liegst«, als er in sie eindrang.

Carter war der Nächste. Während er sie bumste, wachte Little Walter auf und begann zu weinen.

»Schnauze, Kleiner, sonst muss ich dich über deine Rechte belehren!«, brüllte Mel Searles, und dann lachte er.

Njuck-njuck-njuck.

11 Es war fast Mitternacht.

Linda Everett lag fest schlafend in ihrer Hälfte des Ehebetts; sie hatte einen anstrengenden Tag hinter sich, sie musste morgen früh zum Dienst (Eee-*vack*-u-ierungs-Kommando), und nicht einmal ihre Sorgen wegen Janelle konnten sie wach halten. Sie schnarchte nicht richtig, aber von ihrer Betthälfte drang ein sanftes *Kwiep-kwiep-kwiep*-Geräusch herüber.

Rusty hatte einen ebenso anstrengenden Tag hinter sich, aber er konnte nicht schlafen, und es war nicht Jannie, die ihm Sorgen machte. Er glaubte, dass mit ihr so weit alles in Ordnung war, zumindest vorläufig. Wenn ihre Anfälle nicht schlimmer wurden, ließen sie sich unter Kontrolle halten. Selbst wenn ihm das Zarontin aus der Krankenhausapotheke ausgehen sollte, konnte er bei Sanders Hometown Drug mehr besorgen.

Es war Dr. Haskell, an den er ständig denken musste. Und

natürlich Rory Dinsmore. Rusty sah immer wieder die zerfetzte, blutige Augenhöhle vor sich, in der das Auge des Jungen gesessen hatte. Und er glaubte zu hören, wie Ron Haskell zu Ginny sagte: *Ich bin nicht tot. Taub, meine ich.*

Da war er schon fast *tot* gewesen.

Er wälzte sich auf die Seite, versuchte diese Erinnerungen zu verdrängen und hörte stattdessen Rory murmeln: *Es ist Halloween.* Überlagert wurde das von der Stimme seiner eigenen Tochter: *Der Große Kürbis ist an allem schuld! Du musst den Großen Kürbis stoppen!*

Seine Tochter hatte einen epileptischen Anfall gehabt. Der kleine Dinsmore hatte durch einen Querschläger ein Auge verloren und einen Metallsplitter im Gehirn gehabt. Was sagte ihm das?

Es sagt mir gar nichts. Was hat dieser Schotte in Lost *gesagt?* »Ihr dürft Zufall nicht mit Schicksal verwechseln.«

Vielleicht war's das gewesen. Durchaus möglich. Aber *Lost* war schon vor langer Zeit ausgestrahlt worden. Vielleicht hatte der Schotte ja auch gesagt: *Ihr dürft Schicksal nicht mit Zufall verwechseln.*

Rusty wälzte sich auf die andere Seite. Diesmal erschien vor seinem inneren Auge die schwarze Schlagzeile des heutigen Extrablatts: **AUF BARRIERE WIRD LENKWAFFE ABGEFEUERT!**

Aussichtslos. An Schlaf war im Augenblick nicht zu denken, und unter solchen Umständen gab es nichts Schlimmeres als zu versuchen, mit Gewalt ins Traumland zu gelangen.

Unten in der Küche lag ein halber Laib von Lindas berühmtem Preiselbeer-Orangen-Brot; er hatte ihn beim Hereinkommen auf der Arbeitsfläche liegen sehen. Rusty beschloss, eine Scheibe davon am Küchentisch zu essen, während er das letzte Heft von *American Family Physician* durchblätterte. Wenn ihn nicht mal ein Artikel über Keuchhusten einschlafen ließ, war nichts dazu imstande.

Er stand auf, ein großer Mann in einem blauen OP-Kittel, den er gewöhnlich als Nachthemd trug, und schlich hinaus, um Linda nicht zu wecken.

Auf halber Treppe blieb er stehen und horchte mit schief gelegtem Kopf.

Audrey winselte ganz sanft und leise. Im Zimmer der Mädchen. Rusty ging wieder nach oben und machte leise die Tür auf. Die Golden-Retriever-Hündin, kaum mehr als ein dunkler Schatten zwischen den Betten der Mädchen, sah sich nach ihm um und ließ erneut ein gedämpftes Winseln hören.

Judy lag auf der Seite, hatte eine Hand unter ihr Gesicht geschoben und atmete langsam und gleichmäßig. Bei Jannie sah die Sache anders aus. Sie wälzte sich ruhelos von einer Seite auf die andere, hatte sich fast freigestrampelt und murmelte irgendwas vor sich hin. Rusty stieg über den Hund hinweg und setzte sich unter dem Poster von Jannies letztem Boy-Group-Schwarm auf die Bettkante.

Sie träumte. Ihrem besorgten Gesichtsausdruck nach keinen guten Traum. Und ihr Murmeln klang wie Widerspruch. Rusty bemühte sich, die Worte zu verstehen, aber bevor ihm das gelang, verstummte sie.

Audrey winselte nochmals.

Jannies Nachthemd war ganz verdreht. Rusty zog es gerade, deckte sie wieder zu und strich ihr die Haare aus der Stirn. Ihre Augen bewegten sich unter geschlossenen Lidern rasch hin und her, aber er beobachtete kein Zittern der Gliedmaßen, kein Fingerflattern, kein typisches Lippenschmatzen. Also ziemlich sicher nur REM-Schlaf statt eines Anfalls. Was eine interessante Frage aufwarf: Konnten Hunde auch schlechte Träume wittern?

Er beugte sich über Jannie und küsste sie auf die Wange. Dabei öffnete sie die Augen, aber er war sich nicht ganz sicher, ob sie ihn wirklich sah. Das hätte ein *Petit-mal*-Symptom sein können, aber daran wollte Rusty nicht glauben. Dann hätte Audi gebellt, davon war er überzeugt.

»Schlaf weiter, Schatz.«

»Er hat einen goldenen Baseball, Daddy.«

»Ja, ich weiß, Schatz, schlaf weiter.«

»Es ist ein *schlimmer* Baseball.«

»Nein. Er ist gut. Basebälle sind gut, vor allem goldene.«

»Oh«, sagte sie.

»Schlaf jetzt weiter.«

»Okay, Daddy.« Sie drehte sich zur Seite und schloss die Augen. Noch ein kurzes Zurechtrutschen unter der Bettdecke, dann lag sie still. Audrey, die mit erhobenem Kopf zwischen den Betten gelegen und sie beobachtet hatte, legte jetzt ihre Schnauze auf eine Pfote und schlief selbst ein.

Rusty blieb noch eine Zeit lang sitzen, horchte auf die Atemzüge seiner Töchter und redete sich ein, dass es wirklich keinen Grund zur Sorge gab. Denn immerhin war es ganz normal, dass Leute in Träumen oder beim Erwachen daraus redeten. Er redete sich ein, dass alles in Ordnung war – wenn er daran zweifelte, brauchte er nur den vor ihm liegenden Hund anzusehen –, aber mitten in der Nacht war es schwierig, ein Optimist zu sein. Wenn die Morgendämmerung noch viele Stunden entfernt lag, nahmen schlimme Gedanken Gestalt an und begannen zu wandeln. Mitten in der Nacht wurden Gedanken zu Zombies.

Er merkte, dass er nun doch kein Preiselbeer-Orangen-Brot mehr wollte. Stattdessen wollte er sich an seine bettwarme schlafende Frau kuscheln. Aber bevor er das Zimmer verließ, streichelte er Audreys seidenglatten Kopf. »Pass gut auf, mein Mädchen«, flüsterte er. Audi öffnete kurz die Augen und sah zu ihm auf.

Golden Retriever, dachte er. Und darauf folgte eine logisch perfekte Assoziation: *Goldener Baseball. Ein* schlimmer *Baseball.*

Trotz der von den Mädchen jüngst entdeckten weiblichen Privatsphäre ließ Rusty in dieser Nacht ihre Tür offen.

12 Lester Coggins saß auf den Stufen vor Rennies Haustür, als Big Jim heimkam. Coggins las mit einer Taschenlampe in seiner Bibel. Das beeindruckte Big Jim nicht als Beweis für die Frömmigkeit des Reverends, sondern verschlimmerte nur seine Übellaunigkeit.

»Gott segne dich, Jim«, sagte Coggins und stand auf. Als Big Jim ihm die Hand hinstreckte, ergriff Coggins sie begierig und schüttelte sie eifrig.

»Dich auch«, sagte Big Jim nachsichtig.

Coggins schüttelte seine Hand nochmals heftig, dann ließ er sie los. »Jim, ich bin hier, weil ich eine Offenbarung hatte. Ich habe letzte Nacht um eine gebetet – ja, denn ich war in schwerer Sorge –, und heute Nachmittag wurde sie mir zuteil. Gott hat zu mir gesprochen – durch die Bibel ebenso wie aus diesem kleinen Jungen.«

»Du meinst den kleinen Dinsmore?«

Coggins küsste seine gefalteten Hände laut schmatzend und hob sie dann gen Himmel. »Eben denselben. Rory Dinsmore. Möge Gott ihn in alle Ewigkeit bewahren.«

»Er isst in diesem Augenblick mit Jesus zu Abend«, sagte Big Jim automatisch. Er betrachtete den Reverend im Licht seiner eigenen Stablampe, und was er sah, war nicht gut. Obwohl die Nachtluft rasch abkühlte, glänzte Schweiß auf Coggins' Haut. Seine weit aufgerissenen Augen ließen zu viel Weißes sehen. Seine gesträubten Haare standen in wilden Büscheln und Locken von seinem Kopf ab. Alles in allem sah er aus wie ein Kerl, dessen Zahnräder überdrehten und vielleicht bald abfielen.

Das ist nicht gut, dachte Big Jim.

»Ja«, sagte Coggins, »dessen bin ich gewiss. Er nimmt an dem großen Festmahl teil … ist in den immerwährenden Armen Jesu geborgen …«

Big Jim dachte, beides gleichzeitig sei sicher schwierig, aber er äußerte sich nicht dazu.

»Und trotzdem hat sein Tod einen Zweck erfüllt, Jim. Um dir das zu erzählen, bin ich hergekommen.«

»Erzähl's mir drinnen«, sagte Big Jim, und bevor der Pastor antworten konnte: »Hast du meinen Sohn gesehen?«

»Junior? Nein.«

»Wie lange bist du schon hier?« Big Jim schaltete das Licht in der Diele an, wobei er im Stillen dem Himmel für das Notstromaggregat dankte.

»Eine Stunde. Vielleicht etwas weniger. Ich hab auf den Stufen gesessen … gelesen … gebetet … meditiert.«

Rennie fragte sich, ob ihn jemand hier gesehen hatte, aber er erkundigte sich nicht danach. Coggins war erkennbar

312

durcheinander, und eine solche Frage konnte ihn höchstens noch mehr aufregen.

»Komm, wir gehen in mein Arbeitszimmer«, sagte er und ging voraus: mit gesenktem Kopf und mit großen, flachen Schritten dahintapsend. Von hinten gesehen sah er ein bisschen aus wie ein Bär in Menschenkleidung – alt und langsam, aber noch immer gefährlich.

13   Außer dem Gemälde, das die Bergpredigt darstellte und seinen Safe tarnte, hingen an den Wänden von Big Jims Arbeitszimmer zahlreiche Urkunden, die ihn für verschiedene kommunale Ehrenämter belobigten. Es gab auch ein gerahmtes Foto, auf dem Big Jim Sarah Palin die Hand schüttelte, und ein weiteres von einem Händedruck mit Dale Earnhardt, der Großen Startnummer 3, als der Rennfahrer beim jährlichen Oxford Plains Crash-A-Rama um Spenden für irgendeine Kinderhilfsorganisation geworben hatte. Es gab sogar eines, auf dem Big Jim dem Golfprofi Tiger Woods, der ihm als ein sehr netter Neger erschienen war, die Hand schüttelte.

Das einzige Erinnerungsstück auf seinem Schreibtisch war ein vergoldeter Baseball auf einem Acrylglassockel. Davor (ebenfalls unter Acryl) lag ein Autogramm: *Für Jim Rennie mit herzlichem Dank für seine Unterstützung bei der Ausrichtung des Softball-Wohltätigkeitsturniers 2007 in West-Maine!* Unterzeichnet war es mit *Bill »Spaceman« Lee.*

Als Big Jim in seinem hochlehnigen Sessel hinter seinem Schreibtisch saß, nahm er den Baseball vom Sockel und fing an, ihn von einer Hand in die andere zu werfen. Dafür war der Ball sehr gut geeignet, vor allem, wenn man ein bisschen durcheinander war: handlich und schwer, mit goldenen Nähten, die einem beruhigend in die Handflächen klatschten. Big Jim fragte sich manchmal, wie es wäre, einen Ball aus *massivem* Gold zu haben. Vielleicht würde er sich ernstlich damit befassen, wenn diese Kuppelsache ausgestanden war.

Coggins nahm auf dem Besucherstuhl vor dem Schreibtisch Platz. Auf dem Bittstellerstuhl. Genau dort wollte Big

Jim ihn haben. Die Augen des Reverends bewegten sich, als verfolgte er ein Tennismatch. Oder den Kristall eines Hypnotiseurs.

»Worum geht's also, Lester? Klär mich auf. Aber mach's kurz, ja? Ich brauche ein bisschen Schlaf. Ich habe morgen viel zu tun.«

»Betest du erst mit mir, Jim?«

Big Jim lächelte. Es war ein grimmiges Lächeln, obwohl es nicht ganz und gar frostig war. Zumindest noch nicht. »Willst du mich nicht erst informieren, bevor wir das tun? Ich weiß immer gern, weshalb ich bete, bevor ich gottwärts auf den Knien liege.«

Lester fasste sich nicht kurz, aber das merkte Big Jim kaum. Er hörte mit wachsender Bestürzung zu, ja fast mit Entsetzen. Die Ausführungen des Reverends waren zusammenhanglos und mit Bibelzitaten durchsetzt, aber das Wesentliche war klar: Er war zu dem Schluss gelangt, dass ihr kleines Geschäft den Herrn so erzürnt hatte, dass er eine Art Käseglocke über die ganze Stadt stülpte. Lester hatte gebetet, um einen Wink zu bekommen, was sich dagegen tun ließ, und sich dabei gegeißelt (die Geißelung konnte metaphorisch gemeint sein – das hoffte Big Jim jedenfalls), und der Herr hatte ihn zu einer Bibelstelle über Wahnsinn, Blindheit, Raserei etc., etc. geführt.

»Der Herr hat gesagt, er sünde mir ein Zeichen, und ...«

»Sünde?« Big Jim zog seine buschigen Augenbrauen hoch.

Lester ignorierte ihn und sprach hastig weiter. Er war in Schweiß gebadet wie ein Malariakranker, seine Augen folgten weiter dem goldenen Ball. Hin ... und her.

»Es war wie damals, als ich ein Teenager war und oft unter meiner Bettdecke gekommen bin.«

»Les, das ist ... etwas zu viel an Information.« Der Ball klatschte weiter von einer Hand in die andere.

»Gott hat gesagt, er werde mir Blindheit zeigen – aber nicht *meine* Blindheit. Und heute Nachmittag hat er's draußen auf diesem Feld getan! Hab ich recht?«

»Nun, das ist eine denkbare Interpretation ...«

»*Nein!*« Coggins sprang auf. Er fing an, auf dem Teppich

314

im Kreis herumzulaufen, in einer Hand die Bibel. Mit der anderen raufte er sich die Haare. »Sobald ich dieses Zeichen sehe, hat Gott gesagt, muss ich meiner Gemeinde alles erzählen, was du dort draußen getrieben hast ...«

»Nur ich?«, fragte Big Jim. Sein Tonfall dabei war nachdenklich. Er warf den Ball jetzt etwas rascher von einer Hand in die andere. *Klatsch. Klatsch. Klatsch.* Hin und her zwischen Handflächen, die fleischig, aber noch immer hart waren.

»Nein«, sagte Lester mit einer Art Stöhnen. Er ging jetzt schneller, folgte dem Ball nicht mehr mit den Augen. Mit der Hand, die nicht mit dem Versuch beschäftigt war, seine Haare mitsamt den Wurzeln auszureißen, schwenkte er die Bibel. Das tat er manchmal auf der Kanzel, wenn er wirklich in Fahrt geriet. Solches Zeug war in der Kirche in Ordnung, aber hier war es einfach nur ärgerlich. »Es waren du und ich und Roger Killian und die Brüder Bowie und ...« Er senkte seine Stimme. »Und dieser andere. Der Chefkoch. Ich glaube, dieser Mann ist verrückt. Wenn er es noch nicht war, als er im Frühjahr angefangen hat, ist er's jetzt ganz sicher.«

Das sagt der Richtige, dachte Big Jim.

»Wir sind alle darin verwickelt, aber es sind du und ich, die gestehen müssen, Jim. Das hat der Herr mir gesagt. Das bedeutete die Blindheit des Jungen; dafür ist er *gestorben.* Wir werden gestehen, und wir werden diese Scheune des Satans hinter der Kirche niederbrennen. Dann lässt Gott uns gehen.«

»Du wirst gehen, Lester, das stimmt. Direkt ins Staatsgefängnis Shawshank.«

»Ich werde die mir von Gott zugemessene Strafe ertragen. Freudig.«

»Und ich? Andy Sanders? Die Brüder Bowie? Und Roger Killian! Meines Wissens muss er neun Bälger ernähren! Was ist, wenn wir nicht so freudig gestimmt sind, Lester?«

»Das kann ich nicht ändern.« Coggins begann jetzt, sich mit seiner Bibel auf die Schultern zu schlagen. Vor und zurück; erst eine Seite, dann die andere. Big Jim merkte, dass er die Würfe seines goldenen Baseballs mit den Schlägen des Predigers synchronisierte. *Knall ... und klatsch. Knall ...*

und klatsch. Knall … und klatsch. »Das mit Killians Kindern ist natürlich traurig, aber … zweites Buch Mose, Kapitel zwanzig, Vers fünf: ›Denn ich, der Herr, dein Gott, bin ein eifriger Gott, der da heimsucht der Väter Missetat an den Kindern bis in das dritte und vierte Glied.‹ Dem müssen wir uns beugen. Wir müssen dieses Krebsgeschwür ausbrennen, sosehr es auch schmerzen mag, wir müssen büßen, wo wir gesündigt haben. Das bedeutet Beichte und Läuterung. Läuterung durch Feuer.«

Big Jim hob die Hand, die gerade nicht den goldenen Baseball hielt. »Brr, brr, *brr!* Überleg dir, was du sagst. Diese Stadt vertraut in normalen Zeiten auf mich – und natürlich auf dich –, aber in Krisenzeiten *braucht* sie uns.« Er stand auf und schob ruckartig seinen Schreibtischsessel zurück. Dieser Tag war lang und schlimm gewesen, er war müde – und nun das hier. Da konnte man schon wütend werden.

»Wir haben gesündigt«, beharrte Coggins störrisch und klatschte sich weiter seine Bibel auf die Schultern. Als fände er es völlig in Ordnung, Gottes Heilige Schrift so zu behandeln.

»Was wir getan haben, Les, war, Tausende von Kindern in Afrika vor dem Verhungern zu bewahren. Wir haben sogar die Behandlungskosten für ihre höllischen Krankheiten übernommen. Außerdem haben wir dir eine neue Kirche gebaut und die mächtigste christliche Radiostation im ganzen Nordosten auf die Beine gestellt.«

»Und uns die Taschen gefüllt, vergiss das nicht!«, sagte Coggins mit schriller Stimme. Diesmal schlug er sich mit der Heiligen Schrift mitten ins Gesicht. Aus einem Nasenloch lief ein dünner Blutfaden. »Die eigenen Taschen mit schmutzigem Drogengeld gefüllt!« Er schlug erneut zu. »Und Jesus' Radiostation wird von einem Verrückten betrieben, der das Gift kocht, das Kinder in ihre Venen spritzen!«

»Tatsächlich wird es meistens geraucht, denke ich.«

»Soll das *witzig* sein?«

Big Jim kam um den Schreibtisch herum. Seine Schläfen pochten, und sein Gesicht war ziegelrot angelaufen. Trotzdem versuchte er es noch einmal, dabei sprach er leise wie mit einem Kind, das einen Wutanfall hat. »Lester, die Stadt braucht meine Führung. Wenn du weiter die Klappe aufreißt, kann ich diese Führerschaft nicht übernehmen. Zwar wird dir niemand glauben …«

»*Alle* werden es glauben!«, rief Coggins aus. »Wenn sie die Teufelswerkstatt sehen, die ich dich hinter meiner Kirche habe betreiben lassen, werden es *alle* glauben! Und Jim – verstehst du nicht? –, sobald die Sünde heraus ist … sobald ein Schlussstrich gezogen ist … wird Gott seine Barriere wegnehmen! Damit ist die Krise vorüber! Die Leute werden deine Führung nicht *brauchen*!«

Das war der Moment, in dem James P. Rennie ausrastete. »*Sie werden sie immer brauchen!*«, brüllte er und schwang den Baseball.

Die Metallkugel ließ die Haut an Lesters linker Schläfe aufplatzen, während der Reverend sich ihm eben zuwandte. Lesters eine Gesichtshälfte war sofort blutüberströmt. Sein linkes Auge funkelte Big Jim aus dem Blutstrom heraus an. Mit ausgestreckten Händen taumelte er vorwärts. Die Bibel mit ihren flatternden Seiten sah aus wie ein geschwätziges Mundwerk. Blut tropfte auf den Teppich. Die linke Schulter von Lesters Pullover war bereits damit getränkt. »*Nein, dies ist nicht der Wille Got…*«

»Es ist *mein* Wille, du Schmeißfliege!« Big Jim schlug erneut zu und traf diesmal die Stirn des Reverends – genau in der Mitte. Dead Center, dachte er und spürte, wie die Schockwelle bis zu seiner Schulter hinauflief. Noch immer torkelte Lester weiter, schwenkte dabei seine Bibel. Er schien sprechen zu wollen.

Big Jim ließ seine Rechte mit dem Baseball sinken. Seine Schulter schmerzte. Jetzt ergoss sich Blut *in Strömen* auf den Teppich, aber der verflixte Kerl brach noch immer nicht zusammen; er kam weiter heran, versuchte zu sprechen und spuckte dabei feine rote Blutnebel.

Coggins prallte gegen die Vorderkante des Schreibtischs – Blut spritzte auf die bisher unbefleckte Schreibunterlage – und schob sich seitlich weiter. Big Jim versuchte, den Baseball erneut zu heben, schaffte es aber nicht.

Ich hab gewusst, dass das viele Kugelstoßen in der High-school sich eines Tages rächen würde, dachte er.

Big Jim nahm den Baseball in die linke Hand und führte den nächsten Schlag schräg nach oben. Er traf Lesters Kinn, brachte seine untere Gesichtshälfte aus dem Lot und ließ weiteres Blut ins nicht ganz stetige Licht der Deckenlampe spritzen. Ein paar Tropfen hafteten am Milchglas der Lampenschale.

»*Guh!*«, rief Lester aus. Er versuchte noch immer, sich um den Schreibtisch herumzuschieben. Big Jim wich in den Fußraum zurück.

»Dad?«

Junior stand in der Tür. Er machte große Augen, und sein Mund stand offen.

»*Guh!*«, sagte Lester wieder und begann auf die neue Stimme zuzutorkeln. Er hielt die Bibel ausgestreckt. »*Guh … Guh … Guh-uh-OTT …*«

»*Steh nicht bloß da, hilf mir!*«, brüllte Big Jim seinen Sohn an.

Lester begann auf Junior zuzutorkeln, wobei er hektisch mit der Bibel wedelte. Sein Pullover war mit Blut getränkt; seine Hose hatte sich zu einem schlammigen Kastanienbraun verfärbt; sein zerschlagenes Gesicht war bis zur Unkenntlichkeit blutüberströmt.

Junior beeilte sich, ihm entgegenzukommen. Als Lester zusammenzubrechen begann, packte Junior zu und stützte ihn. »Ich hab Sie, Rev Coggins – keine Sorge, ich hab Sie.«

Dann schloss Junior seine Hände um Lesters von Blut glitschigen Hals und begann zuzudrücken.

14   Fünf endlose Minuten später.

Big Jim saß in seinem Schreibtischsessel – *lümmelte* in seinem Schreibtischsessel – und hatte seine Krawatte, extra für die Sitzung umgebunden, gelockert und sein Hemd aufgeknöpft. Er massierte sich seine schwere linke Brust. Unter ihr raste sein Herz noch immer und erschreckte ihn durch

Arrhythmien, ohne jedoch Anzeichen für einen drohenden Herzstillstand erkennen zu lassen.

Junior ging hinaus. Rennies erster Gedanke war, dass er Randolph holen wollte, was ein Fehler gewesen wäre, aber er war zu sehr außer Atem, um den Jungen zurückzurufen. Dann kam Junior von allein wieder und brachte die Plane aus dem Stauraum des Wohnmobils mit. Sein Vater beobachtete, wie Junior sie auf dem Fußboden ausschüttelte – eigenartig geschäftsmäßig, als hätte er das schon tausendmal getan. *Das kommt von all den Erwachsenenfilmen, die sie sich heutzutage reinziehen*, dachte Big Jim. Er knetete weiter das schwabbelige Fleisch, das früher so fest, so hart gewesen war.

»Ich … helfe dir«, keuchte er, obwohl er wusste, dass er das nicht konnte.

»Du bleibst einfach sitzen und versuchst, wieder zu Atem zu kommen.« Sein Sohn, der auf den Knien lag, bedachte ihn mit einem rätselhaft düsteren Blick. Darin mochte Liebe liegen – das hoffte Big Jim zumindest –, aber er enthielt auch viele andere Dinge.

Jetzt hab ich dich? War *Jetzt hab ich dich!* ein Bestandteil dieses Blicks?

Junior wälzte Lester auf die Plane. Die Plane knisterte. Junior begutachtete den Toten, rollte ihn etwas weiter und schlug den Rand der Plane darüber. Die Plane war grün. Big Jim hatte sie bei Burpee's gekauft. Bei einem Ausverkauf. Er wusste noch, wie Toby Manning gesagt hatte: *Die kriegen Sie zu einem Superpreis, Mr. Rennie.*

»Bibel«, sagte Big Jim. Er keuchte noch, fühlte sich aber schon etwas besser. Das Herzrasen ließ nach, Gott sei Dank. Wer hätte geahnt, dass man ab fünfzig so schnell abbaute? Er dachte: *Ich muss anfangen zu trainieren. Wieder in Form kommen. Gott schenkt einem nur einen Körper.*

»O ja, richtig, gut gesehen«, murmelte Junior. Er griff sich die blutige Bibel, steckte sie Coggins zwischen die Schenkel und machte sich daran, die Leiche einzuwickeln.

»Er ist hier eingedrungen, Sohn. Er war verrückt.«

»Klar.« Junior schien das nicht zu interessieren. Was ihn

zu interessieren schien, war, die Leiche einzuwickeln … sauber und ordentlich.

»Es war Notwehr. Du musst ihn …« Wieder eine kleine Unregelmäßigkeit in seiner Brust. Jim keuchte, hustete, klopfte sich an die Brust. Sein Herz beruhigte sich wieder. »Du musst ihn zur Erlöserkirche rausfahren. Wenn er aufgefunden wird, gibt's einen Kerl … vielleicht …« Es war der Chefkoch, an den er dachte, aber vielleicht war's keine gute Idee, diese Sache dem Chefkoch anhängen zu wollen. Chef Bushey wusste so einiges. Andererseits würde er sich vermutlich gegen eine Verhaftung wehren. Da konnte es passieren, dass er nicht lebend gefasst wurde.

»Ich weiß einen besseren Ort«, sagte Junior. Er sprach ganz gelassen. »Und wenn du davon redest, wem man das anhängen könnte, habe ich eine bessere *Idee.*«

»Wem?«

»Dale Fucking Barbara.«

»Du weißt, dass ich solche Ausdrücke nicht billige …«

Junior, der ihn mit glitzernden Augen über die Plane hinweg ansah, sagte es nochmal. »*Dale … Fucking … Barbara.*«

»Wie?«

»Weiß ich noch nicht. Aber du solltest diesen verdammten goldenen Ball abwaschen, wenn du ihn behalten willst. Und die Schreibunterlage verschwinden lassen.«

Big Jim stemmte sich hoch. Er fühlte sich jetzt wieder besser. »Du bist ein guter Junge, weil du deinem alten Dad so hilfst, Junior.«

»Wenn du meinst«, antwortete Junior. Auf dem Teppich lag jetzt ein großer grüner *Burrito.* Mit an einem Ende herausragenden Füßen. Junior versuchte, sie in die Plane einzuschlagen, aber das Material war zu steif. »Ich werde etwas Packband brauchen.«

»Wenn du ihn nicht in die Kirche schaffen willst, wohin willst du ihn sonst …«

»Kümmre dich nicht darum«, sagte Junior. »Das Versteck ist sicher. Der Reverend hält sich, bis wir rauskriegen, wie wir den Mord Barbara anhängen können.«

320

»Wir müssen abwarten, was morgen passiert, bevor wir irgendwas unternehmen können.«

Junior musterte ihn mit einem Ausdruck kühler Verachtung, den Big Jim noch nie gesehen hatte. Ihm wurde bewusst, dass sein Sohn jetzt große Macht über ihn besaß. Aber sein eigener *Sohn* würde ihn doch …

»Wir werden deinen Teppich vergraben müssen«, sagte Junior ruhig. »Zum Glück ist es nicht mehr der Teppichboden, mit dem dieses Zimmer früher ausgelegt war. Und das Gute daran ist, dass er das meiste Blut aufgesogen hat.« Dann hob er den großen *Burrito* hoch und trug ihn auf den Flur hinaus. Einige Minuten später hörte Rennie den Motor des Wohnmobils anspringen.

Big Jim betrachtete den goldenen Baseball. *Den sollte ich auch entsorgen,* dachte er – und wusste, dass er es nicht tun würde. Das Ding war praktisch ein Familienerbstück.

Und was konnte er außerdem schaden? Was konnte er schaden, wenn er sauber war?

Als Junior eine Stunde später zurückkam, glänzte der goldene Baseball wieder auf seinem Acrylglassockel.

LENKWAFFENEINSATZ STEHT BEVOR

1   »ACHTUNG, HIER SPRICHT DIE POLIZEI VON CHESTER'S MILL! DIESES GEBIET WIRD GERÄUMT! GEHEN SIE AUF MEINE STIMME ZU, WENN SIE MICH HÖREN! DIESES GEBIET WIRD GERÄUMT!«

Thurston Marshall und Carolyn Sturges setzten sich im Bett auf, horchten auf dieses unheimliche Plärren und starrten sich mit großen Augen an. Beide lehrten am Emerson College in Boston – Thurston als ordentlicher Professor für Anglistik (und Gastherausgeber der aktuellen Ausgabe von *Ploughshares*), Carolyn als Assistentin im selben Department. Sie waren seit einem halben Jahr ein Liebespaar, und ihre Beziehung hatte noch nichts von ihrem ursprünglichen Glanz eingebüßt. Die beiden waren in Thurstons kleinem Blockhaus am Chester Pond auf halber Strecke zwischen der Little Bitch Road und dem Prestile. Sie waren zu einem langen »Herbstlaub-Wochenende« hergekommen, aber das meiste Laub, das sie seit Freitagnachmittag bewundert hatten, hatte eher ausgesehen wie Schamhaar. In dem Blockhaus gab es keinen Fernseher; Thurston Marshall verabscheute Fernsehen. Es gab ein Radio, das sie aber nicht eingeschaltet hatten. Es war halb neun Uhr am Montag, dem 23. Oktober. Keiner der beiden hatte auch nur im Geringsten etwas davon mitbekommen, dass irgendetwas passiert war, bis die plärrende Lautsprecherstimme sie geweckt hatte.

»ACHTUNG, HIER SPRICHT DIE POLIZEI VON CHESTER'S MILL! DIESES GEBIET WIRD ...« Näher. Dichter heran.

»Thurston! Der Stoff! Wo hast du das Dope gelassen?«

»Mach dir keine Sorgen«, sagte er, aber das Zittern in seiner Stimme ließ vermuten, dass er außerstande war, seinen eigenen Ratschlag zu beherzigen. Er war ein großer, hagerer Mann mit ergrauender Mähne, die er meist zu einem Pferdeschwanz zusammenband. Jetzt hing sie locker bis fast zu seinen Schultern herab. Er war sechzig; Carolyn war dreiundzwanzig. »Alle diese kleinen Camps sind um diese Jahreszeit verlassen; sie werden einfach vorbeifahren und wieder auf die Little Bitch R…«

Sie schlug ihm mit der Faust an die Schulter. »Der Wagen steht in der Einfahrt! Sie werden das Auto sehen!«

Auf seinem Gesicht erschien ein *O Scheiße*-Ausdruck.

»… GERÄUMT! GEHEN SIE AUF MEINE STIMME ZU, WENN SIE MICH HÖREN! ACHTUNG! ACHTUNG!« Jetzt sehr nahe. Thurston konnte weitere verstärkte Stimmen hören – von Leuten mit Handlautsprechern, von *Cops* mit Handlautsprechern –, aber diese eine war fast schon da. »DIESES GEBIET WIRD GE…« Einen Augenblick lang herrschte Schweigen. Dann: »HALLO, BLOCKHAUS! RAUS MIT EUCH! BEEILUNG!«

Oh, es war ein Alptraum.

»*Wo hast du das Dope gelassen?*« Sie boxte ihn wieder an die Schulter.

Der Stoff war nebenan. In einem Beutel, der jetzt halb leer neben einem Teller mit Käse und Crackern von gestern Abend stand. Wenn jemand hereinkam, würde dies das gottverdammt erste Ding sein, worauf sein Blick fiel.

»HIER SPRICHT DIE POLIZEI! WIR MACHEN HIER KEINE SCHERZE! DIESES GEBIET WIRD GERÄUMT! KOMMT RAUS, WENN IHR DORT DRINNEN SEID, BEVOR WIR EUCH RAUSZERREN MÜSSEN!«

Bullen, dachte er. *Typische Kleinstadtbullen mit Kleinstadthirn.*

Thurston sprang aus dem Bett und rannte mit wehenden Haaren durchs Zimmer, dass man die Muskeln in seinen mageren Gesäßbacken sah.

Das Blockhaus, das sein Großvater nach dem Zweiten Weltkrieg erbaut hatte, bestand aus nur zwei Räumen: einem großen Schlafzimmer mit Blick auf den kleinen See und einer Wohnküche. Strom lieferte ein altes Aggregat von Henski, das Thurston abgestellt hatte, bevor sie zu Bett gegangen waren; sein harsches Brummen war nicht gerade romantisch. Die Glut das Feuers von gestern Abend – an sich nicht notwendig, aber *très romantique* – glimmte noch in dem offenen Kamin.

Vielleicht irre ich mich, vielleicht habe ich den Stoff wieder in meinen Aktenkoffer ...

Leider nicht. Der kleine Beutel mit Dope stand gleich neben dem Brie, an dem sie sich satt gegessen hatten, bevor sie sich in den Fickathon von letzter Nacht gestürzt hatten.

Als er darauf zurannte, wurde an die Tür geklopft. Nein, an die Tür *gehämmert.*

»Augenblick!«, rief Thurston verzweifelt fröhlich. Carolyn stand in ein Bettlaken gewickelt in der Schlafzimmertür, aber er nahm sie kaum wahr. Durch seinen Verstand – der wegen der Zügellosigkeit während der vergangenen Nacht noch unter einem Rest Paranoia litt – wirbelten zusammenhanglose Gedanken: Entlassung, Gedankenpolizei à la *1984*, Entlassung, die angewiderte Reaktion seiner drei Kinder (aus zwei früheren Ehen) und natürlich Entlassung. »Sekunde noch, ich muss mich nur anziehen ...«

Aber die Tür sprang auf, und zwei junge Männer – die damit glasklar gegen ungefähr neun verfassungsrechtliche Garantien verstießen – kamen hereingestapft. Einer von ihnen hielt einen Handlautsprecher in der Hand. Beide trugen Jeans und blaue Hemden. Die Jeans waren fast beruhigend, aber die Hemden hatten Schulterklappen und Erkennungsmarken.

Wir brauchen keine dreckigen Erkennungsmarken nich, dachte Thurston benommen.

Carolyn kreischte: *»Raus mit euch!«*

»Sieh dir das an, Junes«, sagte Frankie DeLesseps. »Wie in *Horny und Slutty.«*

Thurston schnappte sich den Beutel, versteckte ihn hinter seinem Rücken und ließ ihn ins Waschbecken fallen.

Junior begutachtete das Equipment, das bei dieser Bewegung sichtbar wurde. »Das ist ungefähr der längste und dünnste Pimmel, den ich je zu Gesicht bekommen habe«, sagte er. Er sah müde aus und hatte sich dieses Aussehen ehrlich verdient – nach nur zwei Stunden Schlaf –, aber er fühlte sich klasse, absolut blendend, echt spitze. Keine Spur von Kopfschmerzen.

Diese Arbeit passte zu ihm.

»*RAUS hier!*«, rief Carolyn aufgebracht.

»Halten Sie lieber die Klappe, Sweetheart«, sagte Frankie, »und ziehen Sie sich was an. Auf dieser Seite der Stadt werden alle evakuiert.«

»Das hier ist unser Haus! *SCHERT EUCH ZUM TEUFEL!*«

Frankie hatte bisher gelächelt. Jetzt hörte er damit auf. Er ging mit großen Schritten an dem hageren nackten Mann vorbei, der am Waschbecken stand (am Ausguss *bibberte*, wäre zutreffender gewesen), und packte Carolyn an der Schulter. Er schüttelte sie energisch durch. »Nicht pampig werden, Sweetheart. Ich versuche, Sie davor zu bewahren, dass Ihr Arsch gegrillt wird. Sie und Ihr Freund …«

»*Lassen Sie mich los! Dafür bringe ich Sie hinter Gitter! Mein Vater ist Anwalt!*« Sie wollte ihm ins Gesicht schlagen. Frankie – kein Morgenmensch, nie einer gewesen – packte ihre Hand und bog sie nach hinten. Nicht wirklich fest, aber Carolyn schrie trotzdem auf. Das Bettlaken fiel zu Boden.

»Mann, das nenne ich einen Klassevorbau«, vertraute Junior dem stumm glotzenden Thurston Marshall an. »Sind Sie der gewachsen, Oldtimer?«

»Zieht euch an, alle beide«, sagte Frankie. »Ich weiß nicht, wie blöd ihr seid, aber anscheinend ziemlich blöd, nachdem ihr noch hier seid. Wisst ihr nicht, was …« Er verstummte. Sah vom Gesicht der Frau zu dem des Mannes hinüber. Beide gleichermaßen erschrocken. Beide gleich verständnislos.

»Junior!«, sagte er.

»Was?«

»Titsy McGee und Runzelboy wissen nicht, was los ist.«

»*Ich verbitte mir Ihre sexistischen …*«

Junior hob beide Hände. »Ma'am, ziehen Sie sich an. Sie

müssen von hier fort. Die U.S. Air Force schießt in …« Er
sah auf seine Uhr. »… etwas weniger als fünf Stunden eine
Cruise Missile auf diesen Teil der Stadt ab.«

»*SIND SIE WAHNSINNIG?*«, schrie Carolyn ihn an.

Junior seufzte schwer, dann trat er auf sie zu. Er glaubte
die ganze Cop-Sache jetzt etwas besser zu verstehen. Der
Job war großartig, aber die Leute konnten so *dumm* sein.
»Wenn die Lenkwaffe abprallt, hören Sie nur einen lauten
Knall. Sie würden sich vielleicht in die Hose machen –
wenn Sie eine anhätten –, aber sie würde Ihnen nichts tun.
Aber wenn sie da oben durchschlägt, werden Sie vermutlich gegrillt, weil sie echt groß sein wird und Sie weniger als
zwei Meilen vom angekündigten Einschlagpunkt entfernt
sind.«

»*Wovon* soll sie abprallen, Sie Schwachkopf?«, wollte
Thurston wissen. Nachdem der Stoff jetzt im Waschbecken
lag, benutzte er eine Hand wieder dazu, seine Geschlechts-
teile zu bedecken … oder versuchte es wenigstens; sein Glied
war wirklich extrem lang und dünn.

»Von der Kuppel«, sagte Frankie. »Und Ihre Ausdrucksweise passt mir nicht.« Er machte einen langen Schritt vorwärts und verpasste dem jetzigen Gastherausgeber von
Ploughshares einen Schlag in den Magen. Thurston gab ein
heiseres *Wuff!* von sich, krümmte sich, schwankte, blieb fast
auf den Beinen, sank auf die Knie und erbrach ungefähr eine
Tasse einer dünnen weißen Grütze, die noch immer nach
Brie roch.

Carolyn hielt sich ihr anschwellendes Handgelenk. »Dafür kommen Sie hinter Gitter!«, versprach sie Junior mit leiser, zitternder Stimme. »Bush und Cheney sind längst weg.
Wir leben nicht mehr in den Vereinigten Staaten von Nordkorea.«

»Das weiß ich«, sagte Junior mit bewundernswerter Geduld für jemanden, der sich überlegte, dass ein bisschen mehr
Würgen nicht schlecht wäre; in seinem Gehirn lebte ein kleines dunkles Gila-Monster, das fand, mit ein bisschen mehr
Würgen ließe sich dieser Tag genau richtig beginnen.

Aber nein. Nein. Er musste seinen Teil zur Evakuierung

dieses Gebiets beitragen. Er hatte einen Diensteid – oder wie dieser Scheiß hieß – abgelegt.

»Das *weiß* ich«, wiederholte er. »Aber was ihr beiden Armleuchter nicht kapiert, ist die Tatsache, dass ihr auch nicht mehr in den Vereinigten Staaten von *Amerika* seid. Ihr seid jetzt in dem Königreich Chester, und wenn ihr nicht spurt, landet ihr in den *Kerkern* von Chester. Das verspreche ich euch. Kein Telefongespräch, kein Anwalt, kein faires Gerichtsverfahren. Wir versuchen hier, euch das Leben zu retten. Seid ihr zu beschissen dämlich, um das zu begreifen?«

Sie starrte ihn wie betäubt an. Thurston versuchte aufzustehen, schaffte es nicht und kroch auf sie zu. Frankie half mit einem Tritt in den Hintern nach. Thurston schrie vor Schock und Schmerzen auf. »Der war dafür, dass Sie uns aufhalten, Opa«, sagte Frankie. »Ich bewundere Ihren Geschmack, was Miezen angeht, aber wir haben viel zu tun.«

Junior sah die junge Frau an. Toller Mund. Angelina-Lippen. Jede Wette, dass sie den Chrom von einer Anhängerkupplung lutschen konnte, wie man so sagte. »Helfen Sie ihm, wenn er sich nicht selbst anziehen kann. Wir müssen noch vier weitere Blockhäuser kontrollieren, und wenn wir zurückkommen, sollten Sie in Ihrem Volvo sitzen und in die Stadt unterwegs sein.«

»*Ich verstehe das alles nicht!*«, jammerte Carolyn.

»Kein Wunder«, sagte Frankie und fischte das Dope-Beutelchen aus dem Waschbecken. »Wissen Sie nicht, dass dieses Zeug einen dumm macht?«

Sie fing an zu weinen.

»Keine Sorge«, sagte Frankie. »Ich beschlagnahme es, und in ein paar Tagen, boah, werdet ihr ganz von selbst schlau.«

»Sie haben uns nicht über unsere Rechte belehrt«, weinte Carolyn.

Junior machte ein erstauntes Gesicht. Dann lachte er. »Ihr habt das gottverdammte Recht, von hier zu verschwinden und eure verdammte Klappe zu halten, okay? In dieser Situation sind das die einzigen Rechte, die ihr habt. Kapiert?«

Frankie begutachtete den konfiszierten Stoff. »Junior«,

327

sagte er, »hier sind kaum Samen drin. Scheiße, das Zeug ist *primo!*«

Thurston hatte Carolyn erreicht. Er rappelte sich auf und furzte dabei ziemlich laut. Junior und Frankie sahen sich an. Sie versuchten, sich zu beherrschen – schließlich waren sie Gesetzeshüter –, schafften es aber nicht. Sie brachen gleichzeitig in lautes Gelächter aus.

»Posaunen-Charlie ist wieder da!«, rief Frankie, und sie klatschten sich mit erhobenen Händen ab.

Thurston und Carolyn standen in der Schlafzimmertür, bedeckten ihre jeweilige Nacktheit mit einer Umarmung und starrten die meckernd lachenden Eindringlinge an. Im Hintergrund verkündeten Lautsprecher wie Stimmen in einem schlechten Traum weiter, dass dieses Gebiet geräumt werde. Die meisten der verstärkten Stimmen zogen sich jetzt in Richtung Little Bitch Road zurück.

»Ich will, dass dieser Wagen weg ist, wenn wir zurückkommen«, sagte Junior. »Sonst könnt ihr *echt* was erleben.«

Sie gingen. Carolyn zog sich an, dann half sie Thurston – sein Magen schmerzte zu sehr, als dass er sich hätte bücken können, um sich die Schuhe anzuziehen. Als sie fertig waren, weinten sie beide. Im Auto, auf der kleinen Zufahrtsstraße des Camps, die zur Little Bitch Road führte, versuchte Carolyn, ihren Vater per Handy zu erreichen. Aber sie bekam keine Verbindung.

An der Kreuzung von Little Bitch Road und Route 119 versperrte ein städtischer Streifenwagen die Straße. Eine stämmige Polizeibeamtin zeigte auf den weichen Randstreifen und bedeutete ihnen, dort anzuhalten. Carolyn hielt stattdessen am Straßenrand und stieg aus. Sie wies ihr geschwollenes Handgelenk vor.

»Wir sind überfallen worden! Von zwei Kerlen, die sich als Cops ausgegeben haben! Einer heißt Junior, der andere Frankie! Sie …«

»Verschwinden Sie, sonst kriegen Sie's mit mir zu tun«, sagte Georgia Roux. »Ohne Scheiß, Herzchen.«

Carolyn starrte sie wie vor den Kopf geschlagen an. Die ganze Welt hatte sich gewandelt und war in eine Folge der

Serie *Twilight Zone* geglitten, während sie geschlafen hatte. So musste es gewesen sein; keine andere Erklärung ergab auch nur ansatzweise einen Sinn. Jeden Augenblick würde man Rod Serlings Begleitkommentar hören.

Sie stieg wieder in den Volvo (mit dem verblassten, aber noch lesbaren Aufkleber an der Stoßstange: OBAMA '12! YES WE *STILL* CAN) und fuhr um den Streifenwagen herum. Am Steuer saß ein älterer Cop, der eine Liste auf seinem Schreibbrett abhakte. Sie überlegte, ob sie sich an ihn wenden sollte, ließ es dann aber doch bleiben.

»Stell das Radio an«, sagte sie. »Wir müssen rauskriegen, was *wirklich* vorgeht.«

Thurston stellte es an, bekam aber nur Elvis Presley und die Jordanaires herein, die sich durch »How Great Thou Art« quälten.

Carolyn schaltete das Radio aus, überlegte, ob sie *Der Alptraum ist offiziell komplett* sagen sollte, und tat es dann doch nicht. Sie wollte nur noch möglichst schnell weg aus Gruselville.

2 Auf der Landkarte war die Zufahrt zum Camp am Chester Pond ein dünner gebogener Strich, fast nicht vorhanden. Junior und Frankie, die aus Marshalls Blockhaus kamen, saßen einen Augenblick in Frankies Wagen und studierten die Karte.

»Dort kann niemand mehr sein«, sagte Frankie. »Nicht um diese Jahreszeit. Was denkst du? Scheiß drauf sagen und in die Stadt zurückfahren?« Er wies mit dem Daumen auf das Blockhaus. »Die kommen bestimmt nach, und wen interessiert's, wenn sie's nicht tun?«

Junior dachte kurz darüber nach, dann schüttelte er den Kopf. Sie hatten den Diensteid abgelegt. Außerdem war er nicht scharf darauf, zurückzufahren und sich den lästigen Fragen seines Vaters über den Verbleib der Leiche des Reverends zu stellen. Coggins leistete jetzt seinen Freundinnen in der Speisekammer der McCains Gesellschaft, aber das brauchte sein Dad nicht zu wissen. Zumindest nicht, bevor der große Mann einen Weg fand, diesen Mord Barbara anzuhängen. Und Junior war davon überzeugt, dass sein Vater einen Weg finden *würde*. Auf nichts verstand Big Jim Rennie sich besser als darauf, andere Leute reinzulegen.

Jetzt darf er von mir aus sogar rauskriegen, dass ich mein Studium abgebrochen habe, dachte Junior, *weil ich Schlimmeres über ihn weiß. Viel Schlimmeres.*

Nicht dass er seinem Studienabbruch jetzt eine große Bedeutung beimaß; die Sache war ein Klacks im Vergleich zu dem, was in The Mill ablief. Trotzdem würde er vorsichtig sein müssen. Junior traute es seinem Vater durchaus zu, *ihn* reinzulegen, wenn die Situation es zu erfordern schien.

»Junior? Junior, hier Erde.«

»Ich höre«, sagte er leicht gereizt.

»In die Stadt zurück?«

»Komm, wir kontrollieren auch die übrigen Blockhäuser. Das sind nur ein paar Hundert Meter, und wenn wir in die Stadt zurückfahren, findet Randolph irgendeine andere Arbeit für uns.«

»Hätte aber nichts gegen, was zu futtern.«

»Wo? Im Sweetbriar? Willst du, dass dir Dale Barbara dein Rührei mit Rattengift versetzt?«

»Das würde er nicht wagen.«

»Bist du dir da sicher?«

»Okay, okay.« Frankie ließ den Motor an und stieß rückwärts aus der kurzen Einfahrt. Das leuchtend bunte Herbstlaub hing bewegungslos an den Bäumen, und die Luft war drückend schwül. Mehr wie im Juli als im Oktober. »Aber ich will hoffen, dass die Armleuchter weg sind, wenn wir zurückkommen, sonst muss ich vielleicht dafür sorgen, dass Titsy McGee Bekanntschaft mit meinem behelmten Rächer macht.«

»Ich halte sie gern für dich fest«, sagte Junior. »Jippie-Ya-Yeah, Schweinebacke.«

3 Die ersten drei Blockhäuser waren offensichtlich unbewohnt; sie machten sich nicht einmal die Mühe, auszusteigen. Die Zufahrtsstraße bestand jetzt nur noch aus zwei

Spurrillen mit einem grasigen Höcker dazwischen. Auf beiden Seiten hingen Äste über die Fahrspur – manche so tief, dass sie fast das Autodach streiften.

»Das letzte Haus steht hinter dieser Kurve, glaub ich«, sagte Frank. »Die Straße endet an einer beschissenen kleinen Anlegestelle mit …«

»*Vorsicht!*«, brüllte Junior.

Als sie um die Kurve kamen, standen vor ihnen zwei Kinder, ein Junge und ein Mädchen. Die beiden versuchten nicht, dem Auto auszuweichen. Ihre Gesichter waren ausdruckslos wie unter Schock. Hätte Frankie nicht Angst gehabt, die Auspuffanlage des Toyotas könnte auf dem Höcker zwischen den Spurrillen abreißen – wäre er auch nur einigermaßen im Normaltempo gefahren –, hätte er sie erwischt. Stattdessen bremste er scharf und kam einen halben Meter vor ihnen zum Stehen.

»O Gott, das war knapp«, sagte er. »Ich glaube, ich kriege einen Herzanfall.«

»Wenn mein Vater keinen gehabt hat, kriegst du auch keinen«, sagte Junior.

»Hä?«

»Schon gut.« Junior stieg aus. Die Kinder standen weiter da. Das Mädchen war größer und älter. Schätzungsweise neun. Der Junge schien ungefähr fünf zu sein. Ihre Gesichter waren blass und schmutzig. Sie hielt ihn an der Hand. Sie sah zu Junior auf, aber der Junge starrte geradeaus, als hätte er im linken Scheinwerfer des Toyotas etwas Interessantes entdeckt.

Junior sah das Entsetzen auf ihrem Gesicht und ließ sich vor ihr auf ein Knie nieder. »Alles in Ordnung mit euch, Schätzchen?«

Es war der Junge, der antwortete. Er sprach, ohne den Scheinwerfer aus den Augen zu lassen. »Ich will meine Mami. Und ich will mein Frühtück.«

Frankie gesellte sich zu ihm. »Sind die echt?« Sein Tonfall besagte: *War ein Scherz, aber nicht wirklich.* Er streckte eine Hand aus und berührte das Mädchen am Arm.

Die Kleine fuhr leicht zusammen und sah ihn an. »Mami ist nicht zurückgekommen.« Sie sprach ziemlich leise.

»Wie heißt du, Schatz?«, fragte Junior. »Und wer ist deine Mama?«

»Ich bin Alice Rachel Appleton«, sagte sie. »Und das ist Aidan Patrick Appleton. Unsere Mutter ist Vera Appleton. Unser Vater ist Edward Appleton, aber Mami und er haben sich letztes Jahr scheiden lassen, und er wohnt jetzt in Plano, Texas. Wir wohnen in Weston, Massachusetts, am 16 Oak Way. Unsere Telefonnummer ist …« Sie leierte sie mit der ausdruckslosen Präzision eines Ansagediensts herunter.

Junior dachte: *O Mann, noch mehr Armleuchter.* Aber das war nur logisch: Wer sonst hätte einen Haufen Geld für Benzin ausgegeben, nur um zuzusehen, wie die Scheißblätter von den Scheißbäumen fielen?

Auch Frankie hatte sich hingekniet. »Alice«, sagte er, »hör mir zu, Sweetheart. Wo ist deine Mutter jetzt?«

»Weiß ich nicht.« Tränen – große klare Kugeln – begannen ihr über die Wangen zu kullern. »Wir sind gekommen, um das Herbstlaub zu sehen. Und wir wollten mit dem Kajak fahren. Wir mögen den Kajak, stimmt's, Aide?«

»Ich hab Hunger«, sagte Aidan trübselig, dann begann auch er zu weinen.

Als Junior sie so sah, hätte er am liebsten mitgeweint. Aber er musste sich zusammenreißen, weil er ein Cop war. Cops weinten nicht, zumindest nicht im Dienst. Er fragte das Mädchen noch einmal, wo ihre Mutter war, aber es war der kleine Junge, der ihm antwortete.

»Sie ist weggefahren, um Woops zu kaufen.«

»Er meint Whoopie-Törtchen«, sagte Alice. »Aber sie wollte auch anderes Zeug kaufen. Weil Mr. Killian das Blockhaus nicht so versorgt hat, wie er sollte. Mami hat gesagt, dass ich auf Aidan aufpassen kann, weil ich jetzt ein großes Mädchen bin, sie wollte gleich wieder da sein, und sie ist bloß zu Yoder's gefahren. Sie hat nur gesagt, dass ich Aide nicht ans Wasser lassen soll.«

Junior begriff allmählich, was passiert sein musste. Die Frau hatte offenbar erwartet, im Blockhaus Lebensmittel vorzufinden – wenigstens ein paar Grundnahrungsmittel –, aber hätte sie Roger Killian besser gekannt, hätte sie sich nicht darauf verlassen. Der Kerl war ein Blödmann erster Klasse, der seinen beschränkten Intellekt seiner gesamten Brut vererbt hatte. Yoder's war ein mieser kleiner Laden gleich hinter der Gemeindegrenze in Richtung Tarker's Mills, der auf Bier, Kaffeebrandy und Spaghetti in Dosen spezialisiert war. Normalerweise hätten zwanzig Minuten für die Hinfahrt und wieder zwanzig für die Rückfahrt gereicht. Nur war sie nicht zurückgekommen, und Junior wusste, weshalb.

»Ist sie am Samstagmorgen weggefahren?«, fragte er. »Gegen Mittag, nicht wahr?«

»Ich *will* sie!«, schluchzte Aidan. »Und ich will mein *Frühtück*! Mein Bauch tut weh!«

»Ja«, sagte das Mädchen. »Samstagmorgen. Wir haben Zeichentrickfilme gesehen, nur können wir jetzt keine mehr sehen, weil der Strom weg ist.«

Junior und Frankie sahen sich an. Zwei Nächte allein im Dunkeln. Das Mädchen ungefähr neun, der Junge ungefähr fünf. Junior mochte gar nicht darüber nachdenken.

»Hattet ihr was zu essen?«, fragte Frankie Alice Appleton. »Sweetheart? Überhaupt irgendwas?«

»Im Gemüsefach war eine Zwiebel«, flüsterte sie. »Wir haben je eine Hälfte gegessen. Mit Zucker.«

»O Scheiße«, sagte Frankie. Dann: »Das hab ich nicht gesagt. Ihr habt nichts gehört. Augenblick!« Er ging zum Auto zurück, öffnete die Beifahrertür und fing an, im Handschuhfach herumzukramen.

»Wohin wolltet ihr, Alice?«, fragte Junior.

»In die Stadt. Um Mami zu suchen und etwas zu essen zu finden. Wir wollten am nächsten Camp vorbei und dann durch den Wald gehen.« Sie zeigte vage nach Norden. »Ich glaube, das wäre kürzer gewesen.«

Junior lächelte, obwohl ihm ein kalter Schauer über den Rücken lief. Sie deutete nicht in Richtung Chester's Mill; sie zeigte in Richtung TR-90. Dort gab es meilenweit nichts als Jungwald, dichtes Unterholz und morastige Sümpfe. Und natürlich die Kuppel. Dort draußen wären Alice und Aidan bestimmt verhungert: Hänsel und Gretel ohne das Happy End.

Und wir wären beinahe umgekehrt. Himmel!

Frankie kam zurück. Er hatte ein Milky Way. Der Schokoriegel war alt und zerdrückt, aber noch originalverpackt. Wie die Kinder ihn anstarrten, erinnerte Junior an die Kids, die man manchmal in den Nachrichten sah. Dieser Ausdruck auf amerikanischen Gesichtern war irreal, grausig.

»Mehr konnte ich nicht finden«, sagte Frankie, während er das Papier aufriss. »In der Stadt besorgen wir euch dann was Besseres.«

Er brach das Milky Way in der Mitte auseinander und gab jedem Kind seinen Anteil. Binnen fünf Sekunden war der Schokoriegel verschwunden. Als der Junge mit seinem Stück fertig war, steckte er die Finger bis zu den Knöcheln in den Mund. In seinen Backen bildeten sich rhythmisch Grübchen, als er daran saugte.

Wie ein Hund, der Fett von einem Knochen leckt, dachte Junior.

Er wandte sich an Frankie. »Pass auf, wir warten nicht, bis wir in die Stadt zurückkommen. Wir halten bei dem Blockhaus, in dem der alte Kerl und die Mieze waren. Und was sie an Essen dahaben, kriegen die beiden hier.«

Frankie nickte und hob den Jungen auf den Arm. Junior nahm die Kleine hoch. Er konnte ihren Schweiß, ihre Angst riechen. Er fuhr ihr über die Haare, als könnte er diesen öligen Gestank wegwischen.

»Jetzt kann dir nichts mehr passieren, Schatz«, sagte er. »Dir und deinem Bruder. Jetzt ist alles in Ordnung. Ihr seid in Sicherheit.«

»Versprochen?«

»Ja.«

Sie schlang ihm die Arme um den Hals. Das war eines der schönsten Gefühle, das er jemals empfunden hatte.

4 Der Westen von Chester's Mill, der am spärlichsten besiedelte Teil des Stadtgebiets, war um Viertel vor neun an diesem Morgen fast vollständig geräumt. Auf der Little Bitch Road stand als einziger Streifenwagen noch Wagen 2 mit

Jackie Wettington am Steuer und Linda Everett auf dem Beifahrersitz. Chief Perkins, ein Kleinstadt-Cop der alten Schule, hätte niemals zwei Frauen zusammen losgeschickt, aber Chief Perkins gab es natürlich nicht mehr, und die Frauen selbst genossen dieses neue Gefühl. Männer, vor allem Cops mit ihrem platten Dauergescherze, konnten anstrengend sein.

»Sollen wir zurückfahren?«, fragte Jackie. »Das Sweetbriar hat geschlossen, aber vielleicht können wir eine Tasse Kaffee schnorren.«

Linda gab keine Antwort. Sie war in Gedanken an der Stelle, wo die Kuppel die Little Bitch Road abschnitt. Dort hinauszufahren, war beunruhigend gewesen – und das nicht nur, weil die Wachposten einem noch immer den Rücken zukehrten und sich nicht einmal bewegt hatten, als sie ihnen über den Dachlautsprecher einen guten Morgen gewünscht hatte. Es war beunruhigend gewesen, weil jetzt ein großes rotes **X** – das wie ein futuristisches Hologramm in der Luft zu hängen schien – auf die Kuppel gespritzt war. Dieses X war der vorausberechnete Einschlagpunkt. Ihr kam es unmöglich vor, dass eine Lenkwaffe, die in zwei- oder dreihundert Meilen Entfernung abgeschossen wurde, einen so winzigen Punkt treffen konnte, aber Rusty hatte ihr versichert, dass sie es könnte.

»Linda?«

Sie kehrte ins Hier und Jetzt zurück. »Klar, wir können jederzeit fahren.«

Das Funkgerät knackte. »Wagen zwo, Wagen zwo, hört ihr mich? Kommen.«

Linda nahm das Mikrofon aus der Halterung. »Station, hier Zwo. Wir hören dich, Stacey, aber der Empfang ist nicht sehr gut. Kommen.«

»Das sagen alle«, antwortete Stacey Moggin. »An der Kuppel ist er ganz schlecht, in Stadtnähe wird er besser. Aber ihr seid noch auf der Litde Bitch Road, stimmt's? Kommen.«

»Ja«, sagte Linda. »Haben gerade bei den Killians und den Bouchers nachgesehen. Keiner mehr da. Wenn die Lenkwaffe hier reinkracht, dürfte Roger Killian jede Menge Brathähnchen haben. Kommen.«

»Dann veranstalten wir ein Picknick. Peter will dich sprechen. Chief Randolph, meine ich. Kommen.«

Jackie hielt mit dem Streifenwagen am Straßenrand. Nach einer Pause, in der nur das Knistern atmosphärischer Störungen zu hören war, meldete Randolph sich. Er hielt sich nicht mit dem ständigen *Kommen* auf, das hatte er noch nie getan.

»Haben Sie die Kirche kontrolliert, Wagen zwo?«

»Die Erlöserkirche?«, fragte Linda. »Kommen.«

»Eine andere kenne ich da draußen nicht, Officer Everett. Außer dort wäre über Nacht eine Hindumoschee aus dem Boden gewachsen.«

Linda glaubte nicht, dass Hindus die Leute waren, die in Moscheen beteten, aber jetzt schien nicht der richtige Zeitpunkt für Korrekturen zu sein. Randolph klang müde und missmutig. »Die Erlöserkirche liegt nicht in unserem Sektor«, sagte sie. »Dafür waren zwei der neuen Cops zuständig. Thibodeau und Searles, glaube ich. Kommen.«

»Sehen Sie nochmal nach«, sagte Randolph, dessen Stimme gereizter klang als je zuvor. »Niemand weiß, wo Coggins ist, und einige seiner Schäfchen wollen mit ihm schmusen oder wie zum Teufel sie das nennen.«

Jackie setzte den rechten Zeigefinger an ihre Schläfe und spielte Erschießen. Linda, die bei Marta Edmunds vorbeifahren wollte, um nach ihren Mädchen zu sehen, nickte stumm.

»Verstanden, Chief«, sagte Linda. »Wird gemacht. Kommen.«

»Kontrollieren Sie auch das Pfarrhaus.« Eine kurze Pause. »Und die Radiostation. Der verdammte Sender plärrt weiter, also muss dort jemand sein.«

»Wird gemacht.« Sie wollte schon *Ende* sagen, aber dann fiel ihr etwas anderes ein. »Chief, gab's im Fernsehen was Neues? Hat der Präsident irgendwas gesagt? Kommen.«

»Ich habe keine Zeit, auf jedes Wort zu achten, das dieser Blödmann von sich gibt. Fahrt los, spürt den *Padre* auf und sagt ihm, er soll zusehen, dass er seinen Hintern herbewegt. Und ihr selbst seht auch zu, dass ihr eure Hintern herbewegt. Ende.«

Linda hängte das Mikrofon ein und sah zu Jackie hinüber.

»Zusehen, dass wir unsere Hintern hinbewegen?«, fragte Jackie. »Unsere *Hintern*?«

»*Er* ist ein Hintern«, sagte Linda.

Das sollte ein Scherz sein, aber er zündete nicht. Einen Augenblick lang saßen sie nur bei laufendem Motor in ihrem Streifenwagen, ohne zu reden. Dann sagte Jackie mit fast unhörbar leiser Stimme: »Das ist wirklich schlimm.«

»Randolph statt Perkins, meinst du?«

»Das – und die neuen Cops.« Sie versah das letzte Wort mit einem unausgesprochenen Fragezeichen. »Diese *Kinder*. Und weißt du was? Henry Morrison hat mir an der Stechuhr erzählt, dass Randolph heute Morgen noch zwei eingestellt hat. Sie sind mit Carter Thibodeau von der Straße reingekommen, und Peter hat sie ohne viel zu fragen einfach aufgenommen.«

Linda wusste, was für Kerle mit Carter herumhingen – entweder im Dipper's oder bei der Gas & Grocery, wo sie die Garage dazu benutzten, ihre auf Raten gekauften Motorräder zu frisieren. »*Noch* zwei? *Wozu?*«

»Peter hat Henry erklärt, dass wir sie vielleicht brauchen, wenn das mit der Lenkwaffe nicht klappt. ›Um sicherzustellen, dass die Lage nicht außer Kontrolle gerät‹, hat er gesagt. Und du weißt, wer ihm *diesen* Floh ins Ohr gesetzt hat.«

Das wusste Linda allerdings. »Wenigstens tragen sie keine Waffen.«

»Einige von ihnen schon. Keine Dienstpistolen, sondern ihre Privatwaffen. Ab morgen – wenn's den Dome dann noch gibt, meine ich – werden sie es alle tun. Und seit heute Morgen lässt Peter sie allein Streife fahren, statt sie mit erfahrenen Cops zusammenzuspannen. Das nennt man eine Schnellausbildung, was? Vierundzwanzig Stunden, plus oder minus. Ist dir klar, dass diese Kids uns jetzt zahlenmäßig überlegen sind?«

Linda dachte schweigend darüber nach.

337

»Hitlerjugend«, sagte Jackie. »Daran muss ich immer denken. Wahrscheinlich eine Überreaktion, aber ich bete darum, dass diese Sache heute Mittag beendet ist, damit ich das nicht erleben muss.«

»Ich kann mir Peter Randolph nicht recht als Hitler vorstellen.«

»Ich auch nicht. Ich sehe ihn mehr als Hermann Göring. Wenn ich an Hitler denke, stell ich mir Rennie vor.« Sie legte den Gang ein, wendete auf der Straße und fuhr zur Erlöserkirche.

5 Die Kirche war unabgesperrt und leer, das Notstromaggregat lief nicht. Im Pfarrhaus war es still, aber Reverend Coggins' Chevrolet stand in der kleinen Garage. Als Linda hineinsah, konnte sie zwei Stoßstangenaufkleber lesen. Auf dem rechten stand: KOMMT HEUTE DIE ENTRÜCKUNG, GREIF MIR BITTE JEMAND INS STEUER! Der linke prahlte: MEIN ANDERER WAGEN HAT 10 GÄNGE.

Linda machte Jackie auf den zweiten aufmerksam. »Er hat ein Fahrrad – ich habe ihn schon darauf gesehen. Aber es steht nicht in der Garage, also ist er vielleicht damit in die Stadt gefahren. Um Benzin zu sparen.«

»Vielleicht«, sagte Jackie. »Und vielleicht sollten wir im Haus nachsehen, ob er nicht in der Dusche ausgerutscht ist und sich den Hals gebrochen hat.«

»Heißt das, dass wir ihn uns möglicherweise nackt ansehen müssen?«

»Niemand hat behauptet, dass Polizeiarbeit schön ist«, sagte Jackie. »Komm schon.«

Die Haustür war abgeschlossen, aber in Kleinstädten mit hohem Ferienhausanteil ist die Polizei geschickt darin, sich Zutritt zu verschaffen. Die beiden suchten die üblichen Verstecke nach einem Zweitschlüssel ab. Es war Jackie, die ihn an einem Haken hinter dem Fensterladen eines Küchenfensters entdeckte. Er passte auf die Hintertür des Hauses.

»Reverend Coggins!«, rief Linda und steckte den Kopf in

die Küche. »Hier ist die Polizei! Reverend Coggins, sind Sie da?«

Keine Antwort. Sie gingen hinein. Das Erdgeschoss war sauber und aufgeräumt, aber es vermittelte Linda ein unbehagliches Gefühl. Bestimmt nur, weil sie in einem fremden Haus war, sagte sie sich. Im Haus eines *Geistlichen* – und noch dazu uneingeladen.

Jackie ging nach oben. »Reverend Coggins? Polizei! Melden Sie sich bitte, wenn Sie da sind.«

Linda stand am Fuß der Treppe und blickte nach oben. Das Haus fühlte sich irgendwie *falsch* an. Sie musste an Janelle denken, die unter der Gewalt ihres Anfalls zitterte. Auch das war falsch gewesen. Ein seltsamer Gedanke drängte sich ihr auf: Wäre Janelle in diesem Augenblick hier, bekäme sie wieder einen Anfall. Ja, und sie würde anfangen, wirres Zeug zu reden. Vielleicht von Halloween und dem Großen Kürbis.

Dies war eine ganz gewöhnliche Treppe, aber Linda wollte nicht dort hinauf; sie wollte nur, dass ihre Partnerin meldete, dass dort oben niemand war, damit sie sich die Radiostation vornehmen konnten. Aber als Jackie sie rief, stieg Linda die Treppe hinauf.

6   Jackie stand mitten in Coggins' Schlafzimmer. An einer Wand hing ein schlichtes Holzkreuz, an der Wand gegenüber eine Plakette mit einem Songtitel: HIS EYE IS ON THE SPARROW – *Gott kümmert sich um den Sperling*. Die Bettdecke war zurückgeschlagen. Auf dem Laken darunter waren Blutspuren erkennbar.

»Und das hier«, sagte Jackie. »Komm mal mit.«

Linda folgte ihr widerstrebend. Auf dem polierten Holzboden zwischen Wand und Bett lag ein dicker Strick mit mehreren Knoten. Die Knoten waren blutig.

»Sieht so aus, als hätte ihn jemand geschlagen«, sagte Jackie grimmig. »Vielleicht sogar bis zur Bewusstlosigkeit. Dann haben sie ihn aufs Bett ...« Sie sah ihre Partnerin an. »Nein?«

339

»Du bist anscheinend in keiner sehr gläubigen Familie aufgewachsen«, sagte Linda.

»Bin ich doch! Wir haben die Heilige Dreifaltigkeit angebetet: Weihnachtsmann, Osterhase und Zahnfee. Und du?«

»Ich bin eine schlichte, altmodische Baptistin, aber ich habe von solchen Sachen gehört. Ich glaube, dass er sich gegeißelt hat.«

»Würg! Das haben Leute getan, um für ihre Sünden zu büßen, nicht wahr?«

»Ja. Und ich glaube nicht, dass das jemals ganz aus der Mode gekommen ist.«

»Es würde das hier erklären. Gewissermaßen. Geh ins Bad und sieh dir an, was auf dem Spülkasten liegt.«

Linda machte jedoch keine Anstalten, sich von der Stelle zu rühren. Der Knotenstrick war schlimm genug, und wie das Haus sich anfühlte – irgendwie zu leer –, war noch schlimmer.

»Geh nur. Es beißt dich nicht, und ich wette zehn gegen eins, dass du schon Schlimmeres gesehen hast.«

Linda ging ins Bad. Auf dem Spülkasten lagen zwei Magazine. Eines war christlich, das *Upper Room Magazine*. Das andere hieß *Junge Orientmuschis*. Linda bezweifelte, dass dieses Magazin in vielen christlichen Buchhandlungen verkauft wurde.

»Also«, sagte Jackie. »Können wir uns ein Bild machen? Er sitzt auf dem Klo, reibt sich den Trüffel ...«

»Reibt sich den *Trüffel*?« Linda kicherte trotz ihrer Nervosität. Oder vielleicht ihretwegen.

»Den Ausdruck hab ich von meiner Mutter«, sagte Jackie. »Also, nachdem er damit fertig ist, unterzieht er sich einer mittelschweren Geißelung, um für seine Sünden zu büßen, geht zu Bett und hat schöne asiatische Träume. Heute Morgen steht er entspannt und sündenfrei auf, spricht sein Morgengebet, und dann fährt er mit dem Rad in die Stadt. Klingt das einleuchtend?«

An sich schon. Es erklärte nur nicht, wieso das Haus ihr so falsch erschien. »Komm, wir sehen uns die Radiostation an«,

340

sagte Linda. »Danach fahren wir zurück in die Stadt und trinken einen Kaffee. Ich lade dich ein.«

»Gut«, sagte Jackie. »Ich will meinen schwarz. Am liebsten in einer Spritze.«

7   Das niedrige, größtenteils aus Glas bestehende WCIK-Studio war verschlossen, aber aus Lautsprechern unter dem Dachvorsprung drang »Good Night, Sweet Jesus« in der Interpretation des berühmten Soulsängers Perry Como. Hinter dem Gebäude ragte der Sendemast auf, dessen rot blinkende Warnleuchten im hellen Morgenlicht kaum sichtbar waren. In der Nähe des Masts stand ein langer scheunenähnlicher Bau, in dem Linda das Stromaggregat des Senders sowie weitere Einrichtungen vermutete, die erforderlich waren, um die Botschaft vom Wunder der Liebe Gottes in den Westen von Maine, den Osten von New Hampshire und vielleicht zu den inneren Planeten des Sonnensystems auszustrahlen.

Jackie klopfte, dann hämmerte sie.

»Ich glaube nicht, dass hier jemand ist«, sagte Linda – aber auch dieses Gebäude kam ihr falsch vor. Und die Luft roch seltsam schal und abgestanden. Ihr Geruch erinnerte sie daran, wie es in der Küche ihrer Mutter selbst nach gründlichem Lüften gerochen hatte. Weil ihre Mutter wie ein Schlot geraucht hatte und der Überzeugung gewesen war, essenswert seien nur Dinge, die mit reichlich Schmalz in der Pfanne gebraten wurden.

Jackie schüttelte den Kopf. »Wir haben jemanden gehört, stimmt's?«

Darauf wusste Linda keine Antwort, denn es stimmte. Auf der kurzen Fahrt vom Pfarrhaus herüber hatten sie WCIK gehört – und einen lockeren DJ, der den nächsten Titel als »eine weitere Message über Gottes Liebe in Songform« angekündigt hatte.

Diesmal dauerte die Suche nach dem Schlüssel länger, aber Jackie entdeckte ihn schließlich in einem Briefumschlag, der mit Klebeband unter dem Briefkasten befestigt war. Der

Umschlag enthielt einen Zettel, auf den jemand **1 6 9 3** gekritzelt hatte.

Der Schlüssel war ein Nachschlüssel, der etwas klemmte, aber nach einigem Hin und Her funktionierte er doch. Sobald sie durch die Tür waren, hörten sie das regelmäßige Piepsen der Alarmanlage. Das Tastenfeld war in die Wand eingelassen. Als Jackie die vier Ziffern eintippte, verstummte das Piepsen. Jetzt war nur noch Musik zu hören. Perry Como war einem Instrumentalstück gewichen, das in Lindas Ohren verdächtig wie das Orgelsolo aus »In-A-Gadda-Da-Vida« klang. Die Lautsprecher hier drinnen waren tausendmal besser als die Außenlautsprecher, und die Musik war lauter, pulsierte fast wie ein lebendes Wesen.

Kann jemand echt bei diesem moralisierenden Lärm arbeiten?, fragte Linda sich. *Sich am Telefon melden? Seine Büroarbeit erledigen? Wie ist das möglich?*

Auch hier drinnen war irgendwas falsch. Das spürte Linda ganz deutlich. Dieses Gebäude war ihr nicht nur unheimlich; es fühlte sich ausgesprochen gefährlich an. Als Linda sah, dass Jackie den Sicherungsriemen ihrer Dienstwaffe gelöst hatte, folgte sie ihrem Beispiel. Der Pistolengriff unter ihrer Hand fühlte sich gut an. *Dein Stecken und Pistolengriff trösten mich*, dachte sie.

»Hallo?«, rief Jackie. »Reverend Coggins? Irgendwer?«

Keine Antwort. Die Empfangstheke war unbesetzt. Links von ihr befanden sich zwei geschlossene Türen. Geradeaus lag ein Fenster, das eine gesamte Wand des Hauptraums einnahm. Dahinter konnte Linda blinkende Lichter sehen. Das musste der Senderaum sein, vermutete sie.

Jackie stieß die geschlossenen Türen mit dem Fuß auf und hielt dabei möglichst viel Abstand. Hinter der ersten lag ein Büro mit mehreren Schreibtischen. Hinter der anderen lag ein überraschend luxuriöser Konferenzraum, der von einem riesigen Flachbildschirm beherrscht wurde. Der Fernseher lief, aber ohne Ton. Anderson Cooper, fast lebensgroß, schien auf der Main Street von Castle Rock vor der Kamera zu stehen. Die Häuser hinter ihm waren mit Fahnen und gelben Schleifen geschmückt. Am Eisenwarengeschäft sah

Linda ein Spruchband, das forderte: LASST SIE FREI. Davon wurde ihr noch unheimlicher zumute. Die Laufschrift am unteren Bildschirmrand meldete: WIE AUS DEM VERTEIDIGUNGSMINISTERIUM VERLAUTET, STEHT DER LENKWAFFENEINSATZ UNMITTELBAR BEVOR.

»Wieso läuft der Fernseher?«, fragte Jackie.

»Weil jemand, der hier Dienst hatte, ihn angelassen hat, als er …«

Eine hallende Stimme unterbrach sie. »Das war Raymond Howells Version von ›Christ My Lord and Leader‹.«

Beide Frauen fuhren zusammen.

»Und hier ist Norman Drake, der Sie an drei wichtige Tatsachen erinnert: Sie hören die Revival Time Hour auf WCIK, Gott liebt Sie, und er hat seinen Sohn entsandt, damit er auf dem Kalvarienberg für Sie am Kreuz stirbt. Es ist fünf vor halb zehn, und wie wir Sie immer gern erinnern, drängt die Zeit. Haben Sie *Ihr* Herz Gott geschenkt? Ich melde mich gleich wieder.«

Norman Drake wurde durch einen redegewandten Teufel ersetzt, der die gesamte Bibel auf DVDs verkaufte, und das Beste daran war, dass man sie in bequemen Monatsraten bezahlen und anstandslos zurückgeben konnte, wenn man damit nicht glücklich war wie ein Schwein im Mist. Linda und Jackie gingen ans Fenster des Senderaums und sahen hinein. Weder Norman Drake noch der redegewandte Teufel waren dort drinnen, aber als die Werbeeinblendung zu Ende war und der DJ sich wieder meldete, um den nächsten Song zur Ehre Gottes anzukündigen, wurde ein grünes Licht rot, während ein rotes grün wurde. Als dann die Musik einsetzte, wurde ein weiteres rotes Licht grün.

»Alles automatisch!«, sagte Jackie. »Der ganze verdammte Sender!«

»Warum haben wir dann das Gefühl, dass jemand hier ist? Und sag bloß nicht, dass du's nicht hast.«

Das tat Jackie nicht. »Weil das hier unheimlich ist. Der Kerl macht sogar Zeitansagen. Glaub mir, die Automatisierung muss ein Vermögen gekostet haben. Wirklich ein Geist in der Maschine ... wie lange wird der Sender wohl noch laufen?«

»Vermutlich bis das Stromaggregat den Geist aufgibt, weil kein Propan mehr da ist.« Linda entdeckte eine weitere Tür und stieß sie mit dem Fuß auf, wie Jackie es getan hatte ... nur zog sie im Gegensatz zu Jackie ihre Pistole und hielt sie gesichert und mit nach unten zeigender Mündung neben ihrem Bein.

Diese Tür führte in eine Toilette, die leer war. An der Wand hing jedoch ein Poster mit einem sehr kaukasisch aussehenden Jesus.

»Ich bin nicht religiös«, sagte Jackie, »deshalb musst du mir erklären, weshalb Leute wollen, dass Jesus ihnen beim Kacken zusieht.«

Linda schüttelte den Kopf. »Komm, wir verschwinden, bevor ich durchdrehe«, sagte sie. »Das hier ist die Radioland-Version der *Mary Celeste*.«

Jackie sah sich unbehaglich um. »Nun, die Atmosphäre ist unheimlich, das gebe ich zu.« Sie erhob ihre Stimme plötzlich zu einem rauen Schreien, das Linda zusammenfahren ließ. Sie hätte Jackie am liebsten gebeten, nicht so zu schreien. Weil irgendwer sie hören und herkommen könnte. Oder irgend-*was*.

»He! Hallo! Irgendwer hier? Letzte Chance!«

Nichts. Niemand.

Im Freien atmete Linda tief durch. »Als Teenager bin ich mal mit Freunden nach Bar Harbor gefahren, und wir haben unterwegs an einem Aussichtsplatz gepicknickt. Wir waren ungefähr ein halbes Dutzend Leute. Das Wetter war so klar, dass man praktisch bis nach Irland sehen konnte. Als wir mit dem Essen fertig waren, wollte ich ein Foto machen. Meine Freunde haben rumgealbert und Arschgrapschen gespielt, und ich bin weiter und weiter zurückgetreten, um alle aufs Bild zu kriegen. Dann hat ein Mädchen – Arabella, damals meine beste Freundin – mitten im Versuch, einem anderen Mädchen am Slip zu ziehen, aufgehört und gekreischt: ›Stopp, Linda, *stopp*!‹ Ich bin stehen geblieben und habe mich umgesehen. Weißt du, was ich gesehen habe?«

344

Jackie schüttelte den Kopf.

»Den Atlantik. Ich war rückwärts bis an den Felsabbruch am Rand des Rastplatzes gegangen. Es gab Warnschilder, aber keinen Zaun, kein Geländer. Ein Schritt weiter, dann wäre ich abgestürzt. Und genauso war mir eben da drin zumute.«

»Linda, das Gebäude war *leer*.«

»Das glaube ich nicht. Und ich denke, dass du das auch nicht glaubst.«

»Es war unheimlich, klar. Aber wir haben die Räume kontrolliert ...«

»Nicht den Senderaum. Außerdem ist der Fernseher gelaufen, und die Musik war zu laut. Du glaubst doch wohl nicht, dass die Musik immer so laut aufgedreht ist?«

»Woher soll ich wissen, was diese Holy Roller tun?«, fragte Jackie. »Vielleicht erwarten sie die Apokalick.«

»*Lypse.*«

»Was auch immer. Willst du die Lagerhalle kontrollieren?«

»Auf keinen Fall«, sagte Linda, und darüber musste Jackie schnaubend lachen.

»Okay. Wir melden, dass der Rev nirgends zu finden war, korrekt?«

»Korrekt.«

»Dann geht's ab in die Stadt. Und zum Kaffee.«

Bevor Linda auf den Beifahrersitz von Wagen zwei glitt, warf sie einen letzten Blick auf das Sendegebäude, das in lasche Audiofreuden gehüllt dastand. Andere Geräusche gab es hier nicht; ihr fiel auf, dass sie keinen einzigen Vogel singen hörte, und sie fragte sich, ob sie sich alle an der Kuppel den Schädel eingerannt hatten. Das war sicher nicht möglich. Oder etwa doch?

Jackie deutete auf das Mikrofon. »Willst du, dass ich eine Lautsprecherdurchsage mache? Um alle, die sich vielleicht darin verstecken, aufzufordern, sofort in Richtung Stadt abzuhauen? Weil sie – das ist mir gerade eingefallen – vielleicht Angst vor uns haben.«

»Ich will nur, dass du aufhörst, hier rumzueiern, und in die Gänge kommst.«

Jackie widersprach nicht. Sie fuhr mit dem Streifenwagen rückwärts die kurze Einfahrt zur Little Bitch Road hinunter und in Richtung The Mill davon.

8   Zeit verstrich. Fromme Musik erklang. Norman Drake kehrte zurück und verkündete, es sei 9:34 Uhr Östliche-Sommer-Gott-liebt-euch-Zeit. Darauf folgte ein Werbespot für Jim Rennies Gebrauchtwagenhandel, den der Zweite Stadtverordnete selbst sprach. »Wir veranstalten wieder unseren sensationellen Herbstausverkauf, und Mann, ist unser Lager übervoll«, sagte Big Jim mit bedauernder Der-Dumme-bin-diesmal-ich-Stimme. »Wir haben Fords, Chevvies, Plymouths! Wir haben den schwer erhältlichen Dodge Ram und sogar den noch schwerer erhältlichen *Mustang!* Ich sitze nicht auf einem oder zwei, sondern auf *drei* Mustangs, die wie neu sind, einer davon das berühmte V6-Cabrio, und jeder wird mit Jim Rennies einmaliger Christlicher Garantie ausgeliefert. Wir warten jedes Fahrzeug, das wir verkaufen, wir finanzieren – und das alles zu Tiefstpreisen. Und im Augenblick …« Er lachte noch bedauernder. »Diese WAGEN müssen unbedingt RAUS! Schauen Sie also vorbei. Der Kaffeepott ist immer aufgestellt, Nachbar, und Sie wissen, der Kunde lacht, wenn Big Jim die Preise macht.«

Im rückwärtigen Teil des Sendegebäudes öffnete sich eine Tür, die keine der beiden Frauen bemerkt hatte. Dahinter blinkten weitere Lichter – eine Galaxie davon. Der Raum war kaum mehr als eine Besenkammer voller Kabel, Splitter, Router und Schaltkästen. Man hätte nicht geglaubt, dass es darin Platz für einen Mann gäbe. Aber der Chefkoch war nicht nur mager; er war ausgemergelt. Seine Augen waren nur Glitzerpunkte, die tief in seinem Schädel saßen. Seine Haut war blass und fleckig. Seine Lippen waren locker über den Kiefer eingesunken, in denen die meisten Zähne fehlten. Sein Hemd und seine Hose starrten von Schmutz, und seine Hüften glichen nackten Schwingen; Chefs Unterhosentage waren nur noch eine Erinnerung. Ob Sammy Bushey ihren verschollenen Ehemann erkannt hätte, war zweifelhaft. Er hielt ein Sandwich mit Erdnussbutter und Gelee in einer Hand (er konnte nur noch weiches Zeug essen) und eine Glock 9 in der anderen.

Er trat ans Fenster mit Blick auf den Parkplatz und nahm sich vor, hinauszustürmen und die Eindringlinge zu erschießen, wenn sie noch da waren. Das hatte er schon fast getan, als sie noch im Gebäude gewesen waren. Nur hatte er sich davor gefürchtet. Weil man Dämonen nicht wirklich umbringen konnte. Starben ihre Menschenkörper, flogen sie einfach zum nächsten Wirt weiter. In dieser Zeit zwischen zwei Körpern sahen die Dämonen wie Amseln aus. Chef hatte sie in seinen lebhaften Träumen gesehen, die ihn stets heimsuchten, wenn er schlief, was immer seltener vorkam.

Sie waren jedoch fort. Sein *Atman* war zu stark für sie gewesen.

Rennie hatte ihn angewiesen, die Anlage hinten dichtzumachen, und Chefkoch Bushey hatte das getan, aber er würde vielleicht bald wieder einige der Kocher in Betrieb nehmen müssen, weil vor einer Woche eine große Lieferung nach Boston abgegangen war, sodass er fast keine Rohstoffe mehr hatte. Er musste rauchen. Davon ernährte sein *Atman* sich heutzutage hauptsächlich.

Aber vorläufig hatte er noch genug. Er hatte die Bluesmusik aufgegeben, die ihm im Phil-Bushey-Stadium seines Lebens so wichtig gewesen war – B.B. King, Koko und Hound Dog Taylor, Muddy und Howlin' Wolf, sogar den unsterblichen Little Walter –, und er hatte das Ficken aufgegeben; er hatte sogar fast keinen Stuhlgang mehr, litt seit Juli unter Verstopfung. Aber das war okay. Was den Körper demütigte, nährte den *Atman*.

Er kontrollierte erneut den Parkplatz, um sich zu vergewissern, dass die Dämonen nicht irgendwo lauerten, steckte die Pistole dann hinten in seinen Hosenbund und machte sich auf den Weg zu der Lagerhalle, die heutzutage eigentlich mehr eine Fabrik war. Eine Fabrik, die stillgelegt war, aber das konnte und würde er notfalls ändern.

Chef ging seine Pfeife holen.

9   Rusty Everett stand am Schiebetor und sah in den Lagerschuppen hinter dem Krankenhaus. Er benutzte eine Stablampe, weil Ginny Tomlinson – jetzt Verwaltungsleiterin der medizinischen Dienste in Chester's Mill, so verrückt das war – und er beschlossen hatten, sämtliche nicht absolut lebenswichtigen Anlagen des Krankenhauses vom Netz zu nehmen. Links von sich konnte er das große Stromaggregat in seinem eigenen Schuppen brummen hören, während es den angeschlossenen Liegetank stetig weiter entleerte.

Die meisten Tanks sind weg, hatte Twitch gesagt, und bei Gott, das waren sie. *Nach dem Verzeichnis, das innen an der Schuppentür hängt, müssten sieben dieser Babys da sein – es sind aber nur zwei.* In diesem Punkt hatte Twitch sich geirrt. Hier lag nur einer. Rusty ließ den Lichtstrahl seiner Lampe über den silbernen Tank und die Buchstaben **CR HOSP** gleiten, die in blauer Schablonenschrift unter dem Dead-River-Logo des zuständigen Gaslieferanten standen.

»Was hab ich dir gesagt«, sagte Twitch dicht hinter ihm, sodass Rusty zusammenfuhr.

»Was Falsches. Hier ist nur einer.«

»Schwachsinn!« Twitch trat an das Tor. Er sah in den Lagerschuppen, während Rusty den Strahl seiner Stablampe über die Kartonstapel mit Krankenhausbedarf gleiten ließ, die einen großen – und weitgehend leeren – Mittelbereich umgaben. Und sagte: »Leider *kein* Schwachsinn.«

»Nein.«

»Fearless Leader, jemand hat unser Propan geklaut.«

Das wollte Rusty nicht glauben, aber eine andere Erklärung fiel ihm auch nicht ein.

Twitch ging in die Hocke. »Sieh mal her.«

Rusty ließ sich auf ein Knie nieder. Die tausend Quadratmeter hinter dem Krankenhaus waren erst im Sommer asphaltiert worden, und da noch kein kaltes Wetter geherrscht hatte, das Risse oder Verwerfungen hätte erzeugen können, bildete der Asphalt eine glatte schwarze Fläche. Auf diesem Untergrund waren die zum Schiebetor des Lagerschuppens führenden Reifenspuren deutlich zu sehen.

»Sieht so aus, als könnte das ein städtischer Lastwagen gewesen sein«, meinte Twitch.

»Oder irgendein anderer großer Lastwagen.«

»Trotzdem wär's vielleicht gut, im Lagerschuppen hinter dem Rathaus nachzusehen. Twitch traut Großem Häuptling Rennie nicht. Er sein schlechte Medizin.«

»Wieso sollte er unser Propan stehlen? Die Stadtverordneten haben doch selbst reichlich.«

Die beiden gingen zu der Tür in die Krankenhauswäscherei, die zumindest vorläufig ebenfalls stillgelegt war. Neben der Tür stand eine Bank. An der Klinkerfassade darüber hing ein Schild: AB 1. JANUAR IST RAUCHEN HIER VERBOTEN. GEWÖHNT ES EUCH GLEICH AB UND VERMEIDET DEN GROSSEN ANSTURM!

Twitch holte seine Marlboros heraus und bot Rusty eine an. Rusty winkte ab, überlegte sich die Sache dann anders und nahm doch eine. Twitch zündete ihre Zigaretten an. »Woher weißt du das?«

»Woher weiß ich was?«

»Dass sie selbst reichlich haben. Hast du nachgesehen?«

»Nein«, sagte Rusty. »Aber wenn sie welches klauen wollten, wieso von *uns*? Nicht nur gilt es in besseren Kreisen im Allgemeinen als unanständig, das örtliche Krankenhaus zu bestehlen, sondern das Postamt liegt praktisch daneben. Auch dort muss es Propan geben.«

»Vielleicht haben Rennie und seine Freunde das Gas vom Postamt schon längst gekapert. Aber wie viel kann es dort gegeben haben? Einen Tank? Zwei? Peanuts.«

»Ich verstehe nicht, wozu sie überhaupt welches brauchen. Das ergibt keinen Sinn.«

»Nichts von alledem ergibt einen Sinn«, sagte Twitch und gähnte so gewaltig, dass Rusty seine Kiefer knacken hörte.

»Du bist mit der Visite fertig, nehme ich an?« Rusty hatte einen Augenblick Zeit, über das Surreale dieser Frage nachzudenken. Seit Haskells Tod war er, Rusty, der Chefarzt des Krankenhauses, und Twitch – vor drei Tagen noch Krankenpfleger – war jetzt, was Rusty bisher gewesen war: ein Arzthelfer.

»Ja.« Twitch seufzte. »Mr. Carty wird den Tag nicht überleben.«

Das hatte Rusty von Ed Carty, der an Magenkrebs im Endstadium litt, schon vor einer Woche geglaubt, aber der Mann lebte noch immer. »Komatös?«

»In der Tat, *Sensei.*«

Ihre übrigen Patienten konnte Twitch an den Fingern einer Hand abzählen – was ein außergewöhnlich glücklicher Zufall war, wie Rusty wusste. Wäre er nicht so müde und sorgenvoll gewesen, hätte er sich vielleicht sogar glücklich gefühlt.

»George Werner würde ich als stabil bezeichnen.«

Werner, ein Mann aus Eastchester, sechzig und sehr korpulent, hatte am Dome Day einen Myokardinfarkt erlitten. Rusty sah gute Chancen, dass er durchkam … diesmal.

»Was Emily Whitehouse betrifft …« Twitch zuckte mit den Schultern. »Sieht nicht gut aus, *Sensei.*«

Emmy Whitehouse, vierzig und kein Gramm Übergewicht, hatte ungefähr eine Stunde nach Rory Dinsmores Unfall ebenfalls einen Myokardinfarkt. Er war viel schlimmer als der von George Werner, weil sie ein Fitnessfreak war und etwas erlitten hatte, was Doc Haskell als einen »Fitnessclub-Platzer« bezeichnet hatte.

»Der kleinen Freeman geht's allmählich besser, Jimmy Sirois hält durch, und Nora Coveland ist total cool. Sie wird nach dem Mittagessen entlassen. Insgesamt gar nicht so schlecht.«

»Nein«, sagte Rusty, »aber es wird schlimmer. Das garantiere ich dir. Und … würdest du dich von mir operieren lassen wollen, wenn du eine schwere Kopfverletzung hättest?«

»Eher nicht«, sagte Twitch. »Ich würde hoffen, dass Dr. House aufkreuzt.«

Rusty drückte seine Zigarette in der Büchse aus und sah zu ihrem fast leeren Lagerschuppen hinüber. Vielleicht *sollte* er einen Blick in den Schuppen hinter dem Rathaus werfen – was konnte das schon schaden?

Diesmal war er derjenige, der gähnte.

»Wie lange hältst du das durch?«, fragte Twitch. Seine

Stimme klang nicht mehr im Geringsten spöttisch. »Das frage ich nur, weil du jetzt der Einzige bist, den diese Stadt hat.«

»So lange wie nötig. Ich habe nur Angst, dass ich vor Übermüdung irgendwelchen Blödsinn mache. Oder etwas tun muss, was meine Fähigkeiten weit übersteigt.« Er dachte an Rory Dinsmore ... und an Jimmy Sirois. An Sirois zu denken, war schlimmer, weil Rory jetzt kein ärztlicher Kunstfehler mehr schaden konnte. Jimmy dagegen ...

Rusty sah sich wieder im OP stehen, der von dem leisen Piepsen medizinischer Geräte erfüllt war. Sah sich auf Jimmys blasses nacktes Bein hinabblicken, auf dem ein schwarzer Strich die Schnittführung vorgab. Dachte daran, wie Doug Twitchell sich als Anästhesist versuchen würde. Spürte, wie Ginny Tomlinson ihm ein Skalpell in die Hand klatschte, und begegnete dann dem Blick ihrer blauen Augen, die ihn über ihre Maske hinweg kühl beobachteten.

Gott erspare mir das, dachte er.

Twitch legte Rusty eine Hand auf den Arm. »Immer mit der Ruhe«, sagte er. »Einen Tag nach dem anderen.«

»Scheiß drauf, eine *Stunde* nach der anderen«, sagte Rusty und stand auf. »Ich muss in die Ambulanz, mal nachsehen, was drüben läuft. Ich danke *Gott,* dass dies alles nicht im Sommer passiert ist – da hätten wir zusätzlich dreitausend Touristen und siebenhundert Bads in Sommercamps versorgen müssen.«

»Soll ich mitkommen?«

Rusty schüttelte den Kopf. »Sieh nochmal nach Ed Carty, okay? Überzeug dich davon, dass er noch unter den Lebenden weilt.«

Nach einem letzten Blick zum Lagerschuppen hinüber stapfte er um die Ecke des Gebäudes und diagonal zur Poliklinik auf der anderen Seite des Catherine Russell Drive hinüber.

10 Ginny war natürlich im Krankenhaus; Sie würde Mrs. Covelands neuen Wonneproppen zum letzten Mal wiegen, bevor sie beide nach Hause schickte. Am Empfangsbereich der Ambulanz saß die siebzehnjährige Gina Buffalino, die genau sechs Wochen Erfahrung im Pflegedienst hatte. Als Lernschwester. Sie empfing Rusty, dem das Herz dabei sank, mit dem verschreckten Blick eines Rehs im Scheinwerferlicht eines Autos, aber das Wartezimmer war leer, und das war eine gute Sache. Das war eine *sehr* gute Sache.

»Irgendwelche Anrufe?«, fragte Rusty.

»Einer. Von Mrs. Venziano in der Black Ridge Road. Ihr Baby ist mit dem Kopf zwischen die Stäbe seines Laufstalls geraten. Sie wollte einen Krankenwagen. Ich … ich habe ihr geraten, seinen Kopf mit Olivenöl zu schmieren und zu versuchen, ihn so rauszukriegen. Das hat funktioniert.«

Rusty grinste. Vielleicht gab es doch noch Hoffnung für diese Kleine. Gina, die schrecklich erleichtert war, erwiderte sein Grinsen.

»Wenigstens ist es hier leer«, sagte Rusty. »Was großartig ist.«

»Nicht ganz. Ms. Grinnell ist hier … Andrea? Ich habe sie in die Drei gesetzt.« Gina zögerte. »Sie scheint ziemlich durcheinander zu sein.«

Rustys Herz, das sich gerade wieder erholte, sank erneut. Andrea Grinnell. Und durcheinander. Das bedeutete, dass sie eine Erhöhung ihrer bisherigen Oxycontin-Dosis wollte. Die er ihr nicht mit gutem Gewissen bewilligen konnte, selbst wenn er voraussetzte, dass Andy Sanders genug auf Lager hatte.

»Okay.« Er setzte sich in Richtung Behandlungszimmer drei in Bewegung, dann blieb er noch einmal stehen. »Sie haben mich nicht angepiepst.«

Gina errötete. »Sie hat mich extra gebeten, es nicht zu tun.«

Das wunderte Rusty, aber nur eine Sekunde lang. Andrea mochte tablettenabhängig sein, aber sie war nicht dumm. Sie wusste, dass Rusty drüben im Krankenhaus die meiste Zeit mit Twitch zusammen war. Und Dougie Twitchell war zufällig ihr kleiner Bruder, der noch mit neununddreißig vor den schlimmen Tatsachen des Lebens beschützt werden musste.

352

Rusty blieb vor der Tür mit der aufgeklebten schwarzen 3 stehen und versuchte sich zu sammeln. Das hier würde schwierig werden. Andrea gehörte nicht zu den aufsässigen Trinkern, die behaupteten, Alkohol hätte überhaupt nichts mit ihren Problemen zu tun, auch nicht zu den Meth-Süchtigen, die seit etwa einem Jahr immer häufiger hier auftauchten. Andreas Verantwortung für ihr Problem war schwieriger zu lokalisieren, und das erschwerte die Therapie. Natürlich hatte sie nach ihrem Sturz schreckliche Schmerzen gehabt. Oxy war das Beste für sie gewesen, um die Schmerzen zu unterdrücken, damit sie schlafen und die Behandlung beginnen konnte. Es war nicht ihre Schuld, dass ihr das ausgerechnet durch ein Medikament ermöglicht worden war, das Ärzte manchmal als Hillbilly-Heroin bezeichneten.

Er öffnete die Tür und betrat den Raum, während er seine Weigerung einübte. *Freundlich, aber bestimmt,* ermahnte er sich. *Freundlich, aber bestimmt.*

Sie saß auf dem Stuhl in der Ecke unter dem Cholesterin-Poster: die Knie zusammen, den Kopf über die Handtasche auf ihrem Schoß gebeugt. Eine große Frau, die jetzt klein wirkte. Irgendwie reduziert. Als sie den Kopf hob, um ihn anzusehen, und er sah, wie abgehärmt ihr Gesicht war – die sich beiderseits des Mundes herabziehenden Falten tief, die Haut unter ihren Augen fast schwarz –, überlegte er sich die Sache anders und beschloss, ihr doch ein Rezept auf einem von Dr. Haskells rosa Vordrucken auszustellen. Vielleicht würde er nach Beendigung der Kuppelkrise versuchen, sie zu einer Entziehungskur zu schicken; vielleicht notfalls mit der Drohung, ihren Bruder einzuweihen. Aber jetzt würde er ihr geben, was sie brauchte. Denn er hatte selten solch nackte Bedürftigkeit gesehen.

»Eric ... Rusty ... ich habe ein Problem.«

»Ich weiß. Das sieht man. Ich schreibe Ihnen ein ...«

»Nein!« Sie starrte ihn sichtlich erschrocken an. »Nicht einmal, wenn ich darum bettle! Ich bin drogensüchtig und muss davon loskommen! Ich bin nur ein abscheulicher alter *Junkie*!« Ihr Gesicht geriet außer Form. Sie bemühte sich, zum vorigen Ausdruck zurückzukehren, aber das gelang ihr nicht. Also bedeckte sie ihr Gesicht stattdessen mit den Händen. Lautes, heftiges Schluchzen, das schwer zu ertragen war, drang zwischen ihren Fingern hervor.

Rusty ging zu ihr, ließ sich auf ein Knie nieder und legte einen Arm um sie. »Andrea, es ist gut, dass Sie aufhören wollen … ausgezeichnet … aber jetzt ist vielleicht nicht der beste Augenblick, um …«

Sie fixierte ihn mit Tränen in ihren geröteten Augen. »Sie haben recht, es ist der *schlechteste* Augenblick, aber es muss *jetzt* sein! Und Sie dürfen Doug und Rose nichts davon erzählen. Können Sie mir helfen? Ist das überhaupt zu schaffen? Ich hab das nie gekonnt, nicht allein. Diese verhassten rosa Pillen. Ich lege sie ins Medizinschränkchen und sage: ›Heute keine mehr‹, und eine Stunde später hole ich sie wieder heraus! Ich habe noch nie in solch einem Schlamassel gesteckt, noch nie im Leben.«

Sie senkte die Stimme, als vertraute sie ihm ein großes Geheimnis an.

»Ich glaube nicht, dass das noch von meinem Rücken kommt, ich denke, dass mein *Gehirn* meinem Rücken befiehlt, Schmerzen zu haben, damit ich weiter diese verdammten Tabletten nehmen kann.«

»Wieso jetzt, Andrea?«

Sie schüttelte nur den Kopf. »Können Sie mir helfen oder nicht?«

»Ja, aber Sie sollten dabei nicht an Totalentzug denken. Zum einen müssten Sie damit rechnen …« Einen Augenblick lang sah er Janelle vor sich, die zitternd in ihrem Bett lag und etwas von einem Großen Kürbis murmelte. »Sie bekämen vermutlich Krämpfe.«

Sie hörte ihn entweder nicht oder hörte absichtlich darüber hinweg. »Wie lange?«

»Um über das rein Körperliche hinwegzukommen? Zwei Wochen. Vielleicht drei.« *Und dazu müsstest du auf der Überholspur bleiben,* dachte er, allerdings ohne es auszusprechen.

Sie packte seinen Arm. Ihre Hand war sehr kalt. »Zu langsam.«

Eine äußerst unangenehme Idee drängte sich ihm auf. Vermutlich nur eine durch Stress bewirkte vorübergehende Paranoia, aber sehr überzeugend. »Andrea, werden Sie von irgendwem erpresst?«

»Soll das ein Witz sein? Das hier ist eine Kleinstadt; hier wissen alle, dass ich diese Tabletten nehme.« Womit Rustys Frage seiner Ansicht nach beantwortet war. »Was ist die absolut kürzeste Zeit, die nötig ist?«

»Mit B_{12}-Spritzen – plus Thiamin und Vitaminen – könnten Sie's in zehn Tagen schaffen. Aber Sie würden sich hundeelend fühlen. Sie könnten kaum schlafen und würden am Restless-Legs-Syndrom leiden – sogar sehr stark. Und Sie würden jemanden brauchen, der Ihnen die stetig verringerte Dosis verabreicht – jemand, der die Tabletten sicher aufbewahrt und Ihnen keine gibt, auch wenn Sie ihn anflehen. Denn genau das werden Sie tun.«

»Zehn Tage?« Sie machte ein hoffnungsvolles Gesicht. »Und bis dahin könnte das hier ohnehin vorüber sein, ja? Diese Kuppel-Sache.«

»Vielleicht heute Nachmittag. Das hoffen wir alle.«

»Zehn Tage«, wiederholte sie.

»Zehn Tage.«

Und, dachte er, *du wirst trotzdem für den Rest deines Lebens nach diesen gottverdammten Dingern gieren.* Aber auch das sagte er nicht laut.

11   Im Sweetbriar Rose hatte für einen Montagvormittag außergewöhnlich viel Betrieb geherrscht – aber natürlich hatte es in der Geschichte von The Mill noch nie einen Montagvormittag dieser Art gegeben. Trotzdem gingen die Gäste ohne Murren, als Rose verkündete, das Restaurant schließe jetzt und sei erst wieder ab 17 Uhr geöffnet. »Und bis dahin könnt ihr vielleicht alle zum Moxie's in Castle Rock fahren und dort essen!«, schloss sie. Das brachte ihr spontanen Beifall ein, obwohl das Moxie's eine berüchtigt schmuddelige Frittenbude war.

»Kein Mittagessen?«, fragte Ernie Calvert.

Rose sah zu Barbie hinüber, der die Hände bis auf Schulterhöhe hob. *Mich darfst du nicht fragen.*

»Sandwichs«, sagte Rose. »Bis sie weg sind.«

Das erntete weiteren Applaus. Die Leute waren an diesem Vormittag überraschend gut gelaunt; es hatte viel Gelächter und gutmütigen Spott gegeben. Der vielleicht beste Beweis für die verbesserte geistige Gesundheit der Stadt war im rückwärtigen Teil des Restaurants zu sehen, wo der Dummschwätzertisch sich wieder zusammengefunden hatte.

Dazu hatte der Fernseher über der Theke – jetzt dauerhaft auf CNN eingestellt – erheblich beigetragen. Die Kommentatoren hatten kaum mehr getan, als Gerüchte zu verbreiten, aber die meisten von ihnen äußerten sich zuversichtlich. Mehrere der interviewten Wissenschaftler sagten, der Marschflugkörper habe eine gute Chance, die Kuppel aufzusprengen und die Krise zu beenden. Einer von ihnen schätzte die Erfolgschancen auf »über achtzig Prozent«. *Aber er ist natürlich am MIT in Cambridge*, dachte Barbie. *Er kann es sich leisten, optimistisch zu sein.*

Als er jetzt den Grill abkratzte, klopfte jemand an die Tür. Barbie sah sich um und erkannte Julia Shumway, die von drei Kindern umringt war. Das ließ sie aussehen wie eine Junior-High-school-Lehrerin auf Exkursion. Barbie ging zur Tür und wischte sich unterwegs die Hände an seiner Schürze ab.

»Wenn wir jeden reinlassen, der essen will, haben wir bald kein Essen mehr«, sagte Anson, der die Tische abwischte, hörbar gereizt. Rose war wieder zur Food City gefahren, um zu versuchen, noch mehr Fleisch zu kaufen.

»Ich glaube nicht, dass sie essen will«, sagte Barbie, und damit behielt er recht.

»Guten Morgen, Colonel Barbara«, sagte Julia mit ihrem kleinen Mona-Lisa-Lächeln. »Ich bin immer versucht, Sie Major Barbara zu nennen. Wie in dem …«

»In dem Theaterstück, ich weiß.« Das hatte Barbie schon ein paarmal gehört. Ungefähr zehntausendmal. »Ist das Ihre Schar?«

Eines der Kinder war ein hoch aufgeschossener, extrem magerer Junge mit dunkelbraunem Wuschelkopf; eines war ein stämmiger Junge, der Cargohosen und ein verblasstes Fanshirt von 50 Cent trug; das dritte war ein hübsches kleines Mädchen mit einem Blitz-Tattoo auf der Wange. Eher ein Abziehbild als eine echte Tätowierung, aber es verlieh ihr ein gewisses Riot-Grrrl-Flair. Barbie war sich darüber im Klaren, dass sie nicht gewusst hätte, wovon er sprach, wenn er ihr gesagt hätte, dass sie aussah wie eine Miniversion von Joan Jett.

»Norrie Calvert«, sagte Julia und berührte die Schulter des Riot Grrrls. »Benny Drake. Und diese Bohnenstange ist Joseph McClatchey. Die gestrige Protestdemonstration war seine Idee.«

»Aber ich wollte nie, dass jemandem was passiert«, sagte Joe.

»Und du kannst nichts dafür, dass es so gekommen ist«, sagte Barbie. »Mach dir also keine Sorgen.«

»Sind Sie wirklich der Häuptling?«, fragte Benny, der ihn schweigend gemustert hatte.

Barbie lachte. »Nein«, sagte er. »Ich werde nicht mal *versuchen*, der Häuptling zu sein, wenn ich nicht unbedingt muss.«

»Aber Sie kennen die Soldaten dort draußen, richtig?«, fragte Norrie.

»Nun, nicht persönlich. Zum einen sind sie Marines. Ich dagegen war in der Army.«

»Sie sind noch immer in der Army, wenn's nach Colonel Cox geht«, sagte Julia. Sie trug ihr cooles kleines Lächeln zur Schau, aber ihre Augen blitzten vor Aufregung. »Können wir mit Ihnen reden? Der junge Mr. McClatchey hat eine Idee, die ich für absolut brillant halte. Wenn sie funktioniert.«

»Sie funktioniert«, sagte Joe. »Wenn's um Computerschei… um Computerzeug geht, bin *ich* der Häuptling.«

»Kommt, wir gehen in mein Büro«, sagte Barbie und führte sie zur Theke.

12 Die Idee war brillant, das stimmte, aber inzwischen war es fast halb elf, und wenn sie diesen Plan in die Tat umsetzen wollten, würden sie sich beeilen müssen. Barbie wandte sich an Julia. »Haben Sie Ihr Handy …«

Julia klatschte es ihm in die Hand, noch bevor er ausgesprochen hatte. »Cox' Nummer ist im Speicher.«

»Großartig. Wenn ich jetzt noch wüsste, wie man auf den Speicher zugreift.«

Joe schnappte sich das Handy. »Wo kommen Sie her, aus dem Mittelalter?«

»Ja!«, sagte Barbie. »Als die Ritter tapfer waren und die schönen Damen ohne Unterwäsche kamen.«

Darüber musste Norrie laut lachen, und als sie ihre Faust hob, berührte Barbie ihre kleine Faust leicht mit seiner großen.

Joe drückte einige Tasten der winzigen Tastatur. Er hörte kurz zu, dann gab er es Barbie.

Cox hatte anscheinend noch immer eine Hand auf dem Hörer seines Telefons, denn er war schon am Apparat, als Barbie gerade Julias Handy an sein Ohr hielt.

»Wie geht's bei Ihnen, Colonel?«, fragte Cox.

»Hier ist im Prinzip alles in Ordnung.«

»Das ist immerhin ein Anfang.«

Du hast leicht reden, dachte Barbie. »Ich vermute, dass im Prinzip alles in Ordnung bleiben wird, bis die Lenkwaffe entweder abprallt oder die Kuppel aufsprengt und dabei große Schäden an Wäldern und Farmen auf unserer Seite anrichtet. Was die Einwohner von Chester's Mill begrüßen würden. Was sagen Ihre Leute?«

»Nicht viel. Niemand will eine Vorhersage machen.«

»Im Fernsehen hört sich das anders an.«

»Ich habe keine Zeit, die Fernsehkommentare zu verfolgen.« Barbie konnte das Schulterzucken in Cox' Stimme hören. »Wir sind hoffnungsvoll. Wir glauben, dass wir eine Chance haben. Und die wollen wir nutzen.«

Julia öffnete und schloss ihre Hände, als wollte sie fragen: *Was läuft?*

»Colonel Cox, ich sitze hier mit vier Freunden zusam-

men. Einer von ihnen ist ein junger Mann namens Joe Mc-
Clatchey, der eine ziemlich coole Idee hat. Ich übergebe ihm
jetzt das Telefon, damit er ...«

Joe schüttelte den Kopf, dass seine Haare flogen. Barbie
achtete nicht darauf.

»... sie Ihnen selbst erklären kann.«

Und er gab Joe das Mobiltelefon. »Los«, sagte er dabei.

»Aber ...«

»Dem Häuptling widerspricht man nicht, mein Sohn.
Los, red schon.«

Das tat Joe: anfangs schüchtern, mit vielem *äh* und *hm*
und *wissen Sie*, aber als seine Idee wieder Besitz von ihm ergriff, sprach er rascher und flüssiger. Dann hörte er zu. Wenig später begann er zu grinsen. Im nächsten Augenblick
sagte er: »Ja, Sir! Danke, Sir!«, und gab Barbie das Handy
zurück: »Überzeugen Sie sich selbst, sie wollen versuchen,
unser WLAN zu optimieren, bevor sie die Lenkwaffe abschießen! Scheiße, ist das *geil*!« Als Julia ihn am Arm packte,
sagte er hastig: »'tschuldigung, Miz Shumway, ich meinte
Mann, ist das toll.«

»Egal! Aber kriegst du das wirklich hin?«

»Soll das ein Witz sein? Kein Problem.«

»Colonel Cox?«, fragte Barbie. »Stimmt das mit dem
WLAN?«

»Egal, was ihr Leute euch in den Kopf gesetzt habt, wir
können euch nicht daran hindern, es zu versuchen«, sagte
Cox. »Ich glaube, darauf haben ursprünglich Sie mich aufmerksam gemacht. Also können wir euch genauso gut helfen. Sie bekommen das schnellste Internet der Welt, zumindest für heute. Das ist übrigens ein cleverer Bursche, den Sie
da haben.«

»Ja, Sir, das war auch mein Eindruck«, sagte Barbie und
reckte zu Joe gewandt einen Daumen hoch. Der Junge glühte
vor Stolz.

»Wenn die Idee des Jungen, den Einschlag aufzuzeichnen,
funktioniert«, sagte Cox, »sorgen Sie bitte dafür, dass wir
eine Kopie bekommen. Wir machen natürlich eigene Aufnahmen, aber die damit befassten Wissenschaftler werden

359

sehen wollen, wie der Einschlag von innerhalb der Kuppel ausgesehen hat.«

»Ich glaube, wir können sogar noch mehr«, sagte Barbie. »Wenn Joe hier seine Idee verwirklichen kann, dürften die meisten Bürger den Einschlag live beobachten können.«

Diesmal hob Julia ihre Faust. Barbie schlug grinsend dagegen.

13   »Heilige Scheiße!«, sagte Joe. Sein ehrfürchtiger Gesichtsausdruck ließ den Dreizehnjährigen wie einen Achtjährigen aussehen. Die forsche Selbstsicherheit war aus seiner Stimme verschwunden. Barbie und er standen etwa dreißig Meter von der Stelle entfernt, wo die Little Bitch Road durch die Barriere abgeriegelt wurde. Es waren nicht die Soldaten, die er anstarrte, obwohl sie sich heute nach ihnen umgedreht hatten; seine Faszination galt dem Warnstreifen und dem auf die Kuppel gesprühten großen roten **X**.

»Sie verlegen ihr Biwak, oder wie sie das nennen«, sagte Julia. »Die Zelte sind weg.«

»Klar. In ungefähr …« Barbie sah auf seine Uhr, »… neunzig Minuten wird's dort drüben sehr heiß. Kleiner, du musst dich ranhalten, glaube ich.« Aber als sie jetzt auf der verlassenen Straße standen, begann er sich zu fragen, ob Joe wirklich imstande war zu tun, was er versprochen hatte.

»Okay, aber – sehen Sie die *Bäume*?«

Barbie verstand nicht gleich, was er meinte. Er sah zu Julia hinüber, die mit den Schultern zuckte. Dann streckte Joe eine Hand aus, und er sah, was der Junge meinte. Die Bäume auf der Tarker's Mills zugekehrten Seite der Kuppel schwankten in mäßigem Herbstwind und warfen buntes Laub ab, das um die Wache haltenden Marines herum zu Boden segelte. Auf der The Mill zugekehrten Seite bewegten die Äste sich kaum, und die meisten Bäume waren noch voll belaubt. Barbie glaubte zu wissen, dass Luft durch die Barriere drang – allerdings ohne jede Kraft. Der Dome sperrte den Wind aus. Er erinnerte sich daran, wie Paul Gendron, der Kerl mit der

360

Sea-Dogs-Mütze, und er an einem kleinen Bach gesehen hatten, wie das Wasser sich aufstaute.

Julia sagte: »Die Blätter hier drinnen sehen ... ich weiß nicht recht ... irgendwie *matt* aus. Schlaff.«

»Das kommt bloß daher, dass draußen kräftiger Wind und bei uns nur eine leichte Brise weht«, sagte Barbie, aber dann fragte er sich, ob das wirklich stimmte. Oder ob das *alles* war. Aber welchen Zweck hatten Spekulationen über die jetzige Luftqualität in Chester's Mill, wenn man nichts daran ändern konnte? »Also los, Joe. Mach dein Ding.«

Sie waren mit Julias Prius bei den McClatcheys vorbeigefahren, um Joes PowerBook zu holen. (Mrs. McClatchey hatte Barbie schwören lassen, dass er dafür sorge, dass ihrem Sohn nichts passiere, und Barbie hatte es geschworen.) Jetzt deutete Joe auf die Fahrbahn. »Hier?«

Barbie legte die Hände wie Scheuklappen an seinen Kopf und visierte das rote X an. »Etwas weiter links. Kannst du einen Testlauf machen? Damit wir wissen, wie es aussieht?«

»Klar.« Joe klappte sein PowerBook auf und schaltete es ein. Der Mac-Startton, der die Betriebsbereitschaft anzeigte, klang hübsch wie immer, aber Barbie glaubte, noch nie etwas so Surreales gesehen zu haben wie dieses silberne Notebook, das aufgeklappt auf dem geflickten Asphalt der Little Bitch Road stand. Es schien die letzten drei Tage perfekt zu symbolisieren.

»Der Akku ist frisch geladen, also müsste es mindestens sechs Stunden laufen«, sagte Joe.

»Schaltet es nicht auf Ruhezustand um?«, fragte Julia.

Joe bedachte sie mit einem nachsichtigen *Mutter, bitte!*-Blick. Dann wandte er sich wieder Barbie zu. »Versprechen Sie, dass Sie mir ein neues Pro kaufen, wenn die Missile meins verglühen lässt?«

»Onkel Sam kauft dir ein neues«, versprach Barbie ihm. »Ich werde die Anforderung höchstpersönlich unterschreiben.«

»Fein.«

Joe beugte sich über das PowerBook. Am oberen Bildschirmrand war ein kleiner silberner Zylinder montiert;

nach Joes Auskunft ein topaktuelles Computerwunder namens iSight. Er fuhr mit dem Zeigefinger über das Touchpad, dann drückte er die Eingabetaste. Im nächsten Augenblick füllte der Bildschirm sich mit einem leuchtend klaren Bild der Little Bitch Road. Aus der Froschperspektive glich jeder kleine Buckel, jede Unebenheit des Asphalts einem Berg. In mittlerer Entfernung konnte Barbie die Wache haltenden Marines bis zu den Knien sehen.

»Sir, hat er ein Bild, Sir?«, fragte einer von ihnen.

Barbie sah auf. »Sagen wir's mal so, Marine – würde ich einen Appell durchführen, würden Sie mit meinem Fuß an Ihrem Arsch Liegestütze machen. Sie haben am linken Stiefel eine abgeschürfte Stelle. Unakzeptabel bei einem Friedenseinsatz.«

Der Marine sah auf seinen Stiefel hinunter, der tatsächlich abgeschürft war. Julia lachte. Joe dagegen nicht. Er war ganz konzentriert. »Es steht zu tief. Miz Shumway, haben Sie was im Auto, das wir benutzen könnten, um ...?« Er deutete eine Höhe von ungefähr einem halben Meter an.

»Ich denke schon«, sagte sie.

»Und bringen Sie mir bitte meine kleine Sporttasche mit.« Er veränderte noch eine Einstellung an seinem PowerBook, dann streckte er eine Hand aus. »Handy?«

Barbie gab es ihm. Joe drückte die winzigen Tasten in atemberaubendem Tempo. Dann: »Benny? Oh, Norrie, okay. Seit ihr da, Jungs? ... Gut. Wart noch nie in einer Bierkneipe, möchte ich wetten. Seid ihr so weit? ... *Ausgezeichnet.* Haltet euch bereit.« Er hörte zu, dann grinste er. »Soll das ein Witz sein? Dude, soviel ich hier sehe, ist die Verbindung gigantisch. Das WLAN geht voll ab. Muss jetzt weitermachen.« Er klappte das Handy zu und gab es Barbie zurück.

Julia kam mit Joes Sporttasche und einem Karton unverteilter *Democrat*-Extrablätter zurück. Joe stellte das PowerBook auf den Karton (von der plötzlichen Veränderung der Kameraperspektive wurde es Barbie leicht schwindlig), kontrollierte das Bild und beurteilte es als endcool. Er wühlte in der Sporttasche herum, brachte ein schwarzes Kästchen mit

362

Antenne zum Vorschein und verband es mit dem Notebook. Die Soldaten waren auf ihrer Seite der Barriere versammelt und beobachteten alles interessiert. *Jetzt weiß ich, wie sich ein Fisch im Aquarium fühlt*, dachte Barbie.

»Sieht okay aus«, murmelte Joe. »Ich habe ein grünes Licht.«

»Solltest du nicht deine ...«

»Wenn's funktioniert, rufen sie mich an«, sagte Joe. »Oh-oh, das könnte Ärger geben.«

Barbie dachte, er meinte das Notebook, aber der Junge sah ganz woanders hin. Barbie folgte seinem Blick und sah den grünen Dienstwagen des Polizeichefs. Er fuhr nicht schnell, aber die Blinkleuchten auf dem Dach pulsierten. Links stieg Peter Randolph aus. Auf der Beifahrerseite (der Streifenwagen schaukelte leicht, als die Federn von seinem Gewicht entlastet wurden) stieg Big Jim Rennie aus.

»Was zum Kuckuck habt ihr hier vor?«, fragte er.

Das Mobiltelefon in Barbies Hand summte. Er übergab es Joe, ohne den herankommenden Stadtverordneten und den Polizeichef aus den Augen zu lassen.

14   Auf dem Schild über dem Eingang von Dipper's stand WILLKOMMEN AUF DER GRÖSSTEN TANZ-FLÄCHE VON MAINE!, und erstmals in der Geschichte des Etablissements war diese Tanzfläche schon um Viertel vor zwölf mittags brechend voll. Tommy und Willow Anderson empfingen die Ankommenden am Eingang und wirkten dabei fast wie Geistliche, die Gemeindemitglieder am Kirchenportal begrüßen. In diesem Fall in der Obersten Kirche von Rockbands direkt aus Boston.

Zuerst war das Publikum still, weil auf dem großen Bildschirm nur ein blaues Wort stand: WARTE. Benny und Norrie hatten ihre Geräte installiert und den Fernseher auf Anschluss 4 eingestellt. Dann erschien plötzlich die Little Bitch Road in prachtvollen Farben – bis hin zu dem fallenden Herbstlaub, das die Marines umwirbelte.

Die Menge brach in Beifall und Jubelrufe aus.

Benny klatschte Norrie mit erhobener Hand ab, aber Norrie genügte das nicht; sie küsste ihn auf den Mund … ganz fest. Das war der glücklichste Augenblick in Bennys Leben, sogar noch besser, als bei einem Looping in der Fallpipe auf den Beinen zu bleiben.

»Ruf ihn an!«, verlangte Norrie.

»Sofort«, sagte Benny. Sein Gesicht fühlte sich an, als könnte es jeden Augenblick in Flammen aufgehen, aber er grinste. Er drückte auf Wahlwiederholung und hob das Handy ans Ohr. »Dude, es klappt! Das Bild ist so endcool, dass …«

Joe unterbrach ihn. »Houston, wir haben ein Problem.«

15 »Ich weiß nicht, was ihr Leute hier vorhabt«, sagte Chief Randolph, »aber ich verlange eine Erklärung, und bis ich eine habe, bleibt dieses Ding abgeschaltet.« Er zeigte auf das PowerBook.

»Entschuldigung, Sir«, sagte einer der Marines. Er trug die Dienstgradabzeichen eines Lieutenants. »Das ist Colonel Barbara, und er hat die offizielle Erlaubnis der Regierung für dieses Unternehmen.«

Darauf reagierte Big Jim mit seinem sarkastischsten Lächeln. An seinem Hals pochte eine Ader. »Dieser sogenannte Colonel ist nichts als ein Unruhestifter. Er ist Grillkoch in einem hiesigen Restaurant.«

»Sir, ich habe den Befehl …«

Big Jim brachte den Lieutenant mit erhobenem Zeigefinger zum Schweigen. »In Chester's Mill erkennen wir im Augenblick offiziell nur unsere eigene Regierung an, Soldat, und die vertrete ich.« Er wandte sich an Randolph. »Chief, wenn der Junge das Ding nicht ausschaltet, ziehen Sie den Stecker.«

»Es scheint keinen Stecker zu haben«, sagte Randolph. Er sah von Barbie zu dem Lieutenant der Marines und dann zu Big Jim hinüber. Auf seiner Stirn standen Schweißperlen.

»Dann zertrampeln Sie das verflixte Ding! Machen Sie's einfach platt!«

Randolph trat vor. Joe, der ängstlich, aber entschlossen wirkte, stellte sich vor den Karton mit seinem PowerBook darauf. Er hielt weiter das Handy in der Hand. »Lassen Sie das lieber! Es gehört mir, und ich verstoße gegen keine Gesetze!«

»Halt, stehen bleiben, Chief«, sagte Barbie. »Das ist ein Befehl. Wenn Sie die Regierung des Landes, in dem Sie leben, noch anerkennen, werden Sie ihn befolgen.«

Randolph sah sich um. »Jim, vielleicht sollten wir …«

»Wir sollten gar nichts«, sagte Big Jim. »Im Augenblick ist *dies* das Land, in dem Sie leben. *Vernichten Sie den verflixten Computer!*«

Julia trat vor, griff nach dem PowerBook und drehte es so um, dass die iVision-Webcam die Neuankömmlinge zeigte. Einzelne Haarsträhnen hatten sich aus ihrem schlichten Nackenknoten gelöst und hingen vor ihren rosa Wangen. Barbie fand, dass sie bildschön aussah.

»Frag Norrie, ob sie alles sehen können!«, forderte sie Joe auf.

Big Jims Grinsen erstarrte zu einer Grimasse. »Finger weg davon, Julia!«

»Frag sie, ob sie alles sehen können!«

Joe sprach ins Telefon. Hörte zu. Dann sagte er: »Ja, das können sie. Sie sehen Mr. Rennie und Officer Randolph. Norrie sagt, dass sie wissen wollen, was hier läuft.«

Auf Randolphs Gesicht stand Entsetzen, auf Rennies blanke Wut. »*Wer* will das wissen?«, fragte Randolph.

Julia sagte: »Wir haben eine Liveübertragung ins Dipper's organisiert.«

»Dieser *Sündenpfuhl*!«, sagte Big Jim. Seine Hände waren zu Fäusten geballt. Der Mann hatte gut vierzig Kilo Übergewicht, schätzte Barbie; er verzog das Gesicht, als er den rechten Arm bewegte – als hätte er ihn sich gezerrt –, machte aber den Eindruck, als könnte er noch kräftig hinlangen. Und im Augenblick wirkte er wütend genug, um zu einem Schlag gegen wen auch immer auszuholen … ob gegen ihn, Julia oder den Jungen, wusste Barbie allerdings nicht. Vielleicht wusste Rennie es selbst nicht.

»Seit Viertel vor elf strömen dort Leute zusammen«, sagte

Julia. »Die Nachricht hat schnell die Runde gemacht.« Sie lächelte mit leicht schief gelegtem Kopf. »Möchten Sie Ihren Wählern zuwinken, Jim?«

»Das ist ein Bluff«, sagte Big Jim.

»Wieso sollte ich wegen etwas bluffen, das sich so leicht nachprüfen lässt?« Sie wandte sich an Randolph. »Rufen Sie einen Ihrer Cops an und fragen Sie ihn, wo in der Stadt heute Vormittag die große Versammlung stattfindet.« Dann sprach sie wieder mit Big Jim. »Wenn Sie die Übertragung beenden, wissen Hunderte von Leuten, dass Sie ihnen die Möglichkeit genommen haben, etwas zu beobachten, was für sie von entscheidender Bedeutung ist. Von dem sogar ihr Leben abhängen kann.«

»Sie hatten keine Erlaubnis!«

Barbie, der sich meistens ziemlich gut beherrschen konnte, spürte seinen Geduldsfaden reißen. Dabei war dieser Mann nicht dumm; das war er durchaus nicht. Und genau das machte Barbie wütend.

»Welches Problem haben Sie eigentlich damit? Sehen Sie hier irgendeine Gefahr? Ich nämlich nicht. Wir haben vor, dieses Ding aufzustellen, es senden zu lassen und selbst zu verschwinden.«

»Wenn der Versuch mit der Lenkwaffe fehlschlägt, könnte das eine Panik auslösen. Von einem Versagen zu erfahren, ist eine Sache; es mit eigenen Augen zu *sehen*, ist etwas ganz anderes. Die Leute könnten irgendwas Verrücktes tun.«

»Sie haben eine sehr schlechte Meinung von den Leuten, die Sie regieren, Stadtverordneter.«

Big Jim öffnete den Mund, um zu antworten – etwas wie *Und sie alle haben sie immer wieder untermauert*, vermutete Barbie –, aber dann fiel ihm ein, dass ein beträchtlicher Teil der Einwohnerschaft diese Konfrontation auf einem Großbildschirm verfolgte. Wahrscheinlich in HD. »Ich möchte Ihnen raten, dieses sarkastische Lächeln abzulegen, Barbara.«

»Werden jetzt auch Gesichtsausdrücke überwacht?«, fragte Julia.

Scarecrow Joe bedeckte seinen Mund, aber nicht bevor

366

Randolph und Big Joe sein Grinsen gesehen hatten. Und das Kichern gehört, das zwischen den Fingern des Jungen hervordrang.

»Leute«, sagte der Offizier der Marines warnend, »ihr solltet dieses Gebiet jetzt räumen. Die Zeit wird knapp.«

»Julia, richten Sie die Kamera auf mich«, sagte Barbie.

Das tat sie.

16 Das Dipper's war noch nie so überfüllt gewesen – nicht einmal bei der denkwürdigen Silvestershow 2009, als die Vatican Sex Kittens aufgetreten waren. Und hier war es noch nie so still gewesen. Über fünfhundert Menschen, die Schulter an Schulter, Hüfte an Hüfte standen und beobachteten, wie die Webcam an Joes PowerBook Pro eine schwindelerregende Kehrtwendung machte und nun auf Dale Barbara gerichtet war.

»Da ist mein Junge«, murmelte Rose Twitchell und lächelte.

»Hallo zusammen, Leute«, sagte Barbie, und das Bild war so naturgetreu, dass mehrere Zuschauer seinen Gruß erwiderten. »Ich bin Dale Barbara, und ich bin als Colonel der U.S. Army reaktiviert worden.«

Das wurde mit überraschtem Murmeln von allen Seiten aufgenommen.

»Für die Liveübertragung von der Little Bitch Road bin allein ich verantwortlich, und wie Sie vielleicht mitbekommen haben, gibt es zwischen dem Stadtverordneten Rennie und mir eine Meinungsverschiedenheit darüber, ob die Übertragung fortgesetzt werden soll oder nicht.«

Diesmal war das Murmeln lauter. Und nicht zufrieden.

»Heute Vormittag bleibt nicht genug Zeit, um die genaue Kommandostruktur zu klären«, fuhr Barbie fort. »Wir werden die Kamera auf den vorgesehenen Einschlagpunkt der Lenkwaffe richten. Ob die Sendung weitergeht, hängt von der Entscheidung Ihres Zweiten Stadtverordneten ab. Bricht er die Übertragung ab, müssen Sie sich gegebenenfalls bei ihm beschweren. Danke für Ihre Aufmerksamkeit.«

Er ging aus dem Bild. Einige Augenblicke lang sahen die Zuschauer auf der Tanzfläche nur Wald; dann wurde die Kamera wieder gedreht, schwenkte etwas nach unten und zeigte wieder das scheinbar in der Luft schwebende X. Dahinter war zu sehen, wie die Wachposten ihre letzten Ausrüstungsgegenstände auf zwei große Lkw luden.

Will Freeman, der hiesige Toyota-Händler (und bestimmt kein Freund von James Rennie), sprach direkt in Richtung Großbildschirm: »Finger weg davon, Jimmy, sonst gibt's in The Mill am Wochenende einen neuen Stadtverordneten.«

Allgemein lautstarke Zustimmung. Die Bürger standen reglos da, beobachteten den Bildschirm und warteten darauf, ob das jetzige Programm – langweilig und unerträglich spannend zugleich – weiterlief oder die Übertragung endete.

17   »Was soll ich tun, Big Jim?«, fragte Randolph. Er zog sein Taschentuch aus der Hüfttasche und wischte sich damit den Nacken ab.

»Was wollen *Sie* tun?«, lautete Big Jims Gegenfrage.

Zum ersten Mal seit Peter Randolph die Schlüssel des grünen Polizeichef-Dienstwagens in Empfang genommen hatte, wäre er gern bereit gewesen, sie jemand anderem zu übergeben. Er seufzte, dann sagte er: »Ich würde es dabei bewenden lassen.«

Big Jim nickte, als wollte er sagen: *Das geht also auf Ihre Kappe.* Dann lächelte er – wenn man sein Zähnefletschen so nennen konnte. »Nun, Sie sind der Chief.« Er wandte sich wieder an Barbie, Julia und Scarecrow Joe. »Wir sind ausmanövriert worden. Nicht wahr, Mr. Barbara?«

»Ich versichere Ihnen, dass hier nicht manövriert wird, Sir«, sagte Barbie.

»Schwach… *Unsinn.* Dies ist schlicht und einfach ein Griff nach der Macht. Ich habe im Lauf der Zeit schon viele erlebt. Ich habe gesehen, wie sie Erfolg hatten … und ich habe sie fehlschlagen gesehen.« Er trat dichter an Barbie heran, wobei er weiter seinen schmerzenden rechten Arm schonte. Aus dieser Nähe konnte Barbie Rasierwasser und

Schweiß riechen. Rennie atmete schwer. Er senkte seine Stimme. Julia bekam vielleicht nicht mit, was er als Nächstes sagte, aber Barbie verstand jedes Wort.

»Sie stecken ganz tief drin, Sonnyboy. Bis zum letzten Cent. Kommt die Lenkwaffe durch, haben Sie gewonnen. Prallt sie dagegen nur ab ... *nehmen Sie sich vor mir in Acht.*« Seine Augen – in seinem fleischigen Gesicht fast unsichtbar, aber von kalter, klarer Intelligenz glitzernd – starrten sekundenlang in die Barbies. Dann wandte er sich ab. »Kommen Sie, Chief Randolph. Diese Situation ist dank Mr. Barbie und seinen Freunden kompliziert genug. Ich schlage vor, in die Stadt zurückzufahren. Wir müssen Ihre Truppe für den Fall zusammenziehen, dass Unruhen ausbrechen.«

»So was Lächerliches habe ich noch nie gehört!«, rief Julia aus.

Big Jim machte eine abwehrende Handbewegung, ohne sich nach ihr umzudrehen.

»Möchten Sie ins Dipper's, Jim?«, fragte Randolph. »Wir hätten noch Zeit.«

»In dieses Hurenloch würde ich keinen Fuß setzen«, sagte Big Jim. Er öffnete die Beifahrertür des Streifenwagens. »Was ich möchte, ist, ein Nickerchen machen. Aber daraus wird nichts, weil es viel zu tun gibt. Ich trage große Verantwortung. Ich habe mich nicht darum gerissen, aber ich trage sie trotzdem.«

»Manche Männer sind groß, und manchen Männern wird Größe aufgedrängt, nicht wahr, Jim?«, fragte Julia. Sie lächelte ihr kühles Lächeln.

Big Jim sah sich nach ihr um, und der nackte Hass auf seinem Gesicht ließ sie unwillkürlich einen Schritt zurückweichen. Dann verbannte Rennie sie aus seinen Gedanken. »Los jetzt, Chief!«

Der Streifenwagen, dessen Blinkleuchten weiter in dem dunstigen, eigenartig sommerlichen Licht blitzten, fuhr zurück in Richtung The Mill.

»Puh!«, sagte Joe. »Gruseliger Kerl.«

»Genau mein Eindruck«, sagte Barbie.

Julias Lächeln war spurlos verschwunden, als sie Barbie

369

betrachtete. »Sie hatten einen Feind«, sagte sie. »Jetzt haben Sie einen Todfeind.«

»Das gilt auch für Sie, fürchte ich.«

Sie nickte. »Um unser beider willen hoffe ich, dass die Lenkwaffensache klappt.«

»Colonel Barbara, wir fahren jetzt«, sagte der Lieutenant. »Mir wär es erheblich wohler zumute, wenn ich Sie drei das Gleiche tun sähe.«

Barbie nickte und salutierte erstmals seit Jahren wieder zackig.

18   Eine B-52, die in den frühen Morgenstunden dieses Montags auf der Carswell Air Force Base gestartet war, befand sich seit 1040 in ihrem Warteraum über Burlington, Vermont (die Air Force versucht grundsätzlich, früh da zu sein, wo immer das möglich ist). Das Unternehmen trug den Decknamen GRAND ISLE. Der Bomberkommandant war Major Gene Ray, der im Golf- und im Irakkrieg gedient hatte (wobei er Letzteren in Privatgesprächen als »Big Dubyas Affenzirkus« bezeichnete). In seiner Bombenkammer hatte er zwei Marschflugkörper Fasthawk, größer und präziser als die alten Tomahawks, aber es war ein verrücktes Gefühl, eine scharfe Lenkwaffe auf ein amerikanisches Ziel abschießen zu sollen.

Um 1253 wurde eine rote Leuchte auf seiner Konsole bernsteingelb. Der COMCOM übernahm von Major Ray die Kontrolle über das Flugzeug und begann es in Position zu bringen. Tief unter ihm blieb Burlington unter den Tragflächen zurück.

Ray sprach in sein Lippenmikrofon. »Gleich ist Showtime, Sir.«

In Washington sagte Colonel Cox: »Verstanden, Major. Viel Erfolg. Blasen Sie das Ding weg.«

»Wird gemacht«, sagte Ray.

Um 1254 begann das bernsteingelbe Licht zu blinken. Um 1254:55 Uhr wurde es dann grün. Ray betätigte den Schalter 1. Er spürte keinen Ruck und hörte nur ein leises Rauschen unter sich, aber er sah auf seinem Bildschirm, wie der Fasthawk seinen Flug begann. Der Marschflugkörper beschleunigte rasch auf seine Höchstgeschwindigkeit und hinterließ dabei einen Kondensstreifen, der sich wie der Kratzer eines Fingernagels über den Himmel zog.

Gene Ray bekreuzigte sich und küsste danach seinen Daumenansatz. »Geh mit Gott, mein Sohn«, sagte er.

Die Höchstgeschwindigkeit des Marschflugkörpers Fasthawk betrug 5600 Stundenkilometer. Achtzig Kilometer vor seinem Ziel – ungefähr fünfzig Kilometer westlich von Conway, New Hampshire, und nun östlich der White Mountains – berechnete sein Computer erst den Endanflug und genehmigte ihn dann. Im Sinkflug verringerte sich die Geschwindigkeit der Lenkwaffe von 5600 auf 3000 Stundenkilometer. Der Marschflugkörper folgte der Route 302, die zufällig die Main Street von North Conway war. Fußgänger sahen ängstlich auf, als der Fasthawk über sie hinwegraste.

»Fliegt dieser Jet nicht viel zu tief?«, fragte eine Frau auf dem Parkplatz von Settlers Green Outlet Village ihren Begleiter, während sie sich eine Hand über die Augen hielt. Hätte das Flugführungssystem der Lenkwaffe reden können, hätte es vielleicht gesagt: »Das Beste kommt erst noch, Sweetheart.«

Der Fasthawk überquerte die Grenze zwischen New Hampshire und Maine in tausend Metern Höhe und zog einen Schallteppich hinter sich her, der Zähne klappern und Fensterscheiben zerspringen ließ. Als sein Flugführungssystem die Route 119 erkannte, sank es erst auf dreihundert, dann auf hundertfünfzig Meter. Inzwischen arbeitete der Computer auf Hochtouren, griff auf den Speicher des Flugführungssystems zurück und nahm in jeder Minute tausend Kurskorrekturen vor.

In Washington sagte Colonel James O. Cox: »Endanflug, Leute. Passt auf eure Gebisse auf.«

Der Marschflugkörper fand die Little Bitch Road und ging fast auf Höhe null hinunter, raste mit fast Mach 2 weiter, folgte mit gleißend hellem Feuerschweif den Geländekonturen und hinterließ in seinem Kielwasser giftigen Treibstoffgestank. Er riss Blätter von den Bäumen, setzte einige sogar in Brand. Bei Tarker's Hollow ließ er einen Verkaufsstand an der Straße implodieren, so dass Bretter und zerquetschte Kürbisse hoch durch die Luft wirbelten. Der nachfolgende Überschallknall ließ Menschen zu Boden gehen und sich verzweifelt die Ohren zuhalten.

Es wird klappen, dachte Cox. *Wie denn auch nicht?*

19   Im Dipper's drängten sich inzwischen achthundert Menschen zusammen. Niemand sprach, aber Lissa Jamiesons Lippen bewegten sich lautlos, während sie zu irgendeiner New-Age-Überseele betete, die gegenwärtig ihre Aufmerksamkeit fesselte. Mit einer Hand hielt sie einen Kristall umklammert – darin Reverend Piper Libby, die ihr Mutterkreuz an ihre Lippen gedrückt hielt, nicht unähnlich.

Ernie Calvert sagte: »Da kommt sie.«

»Wo?«, erkundigte Marty Arsenault sich. »Ich seh nichts ...«

»*Hört!*«, sagte Brenda Perkins.

Sie hörten tatsächlich etwas nahen: ein geisterhaftes Brummen vom Westrand der Stadt her, ein *mmmm*, das binnen weniger Sekunden zu einem *MMMMMM* wurde. Nachdem der Marschflugkörper versagt hatte, war auf dem Großbildschirm eine halbe Stunde lang fast nichts zu sehen. Für die im Dipper's Ausharrenden konnte Benny Drake die Aufnahme so verlangsamen, dass sie Bild für Bild in Zeitlupe ablief. Sie sahen die Lenkwaffe um die letzte Kurve der Little Bitch Road kommen. Sie flog keine anderthalb Meter hoch, berührte fast ihren eigenen Schatten. Das nächste Bild zeigte den Fasthawk, der einen Gefechtskopf mit Aufschlagzünder trug, scheinbar mitten in der Luft über dem ehemaligen Biwak der Marines eingefroren.

Die nächsten Aufnahmen füllten den Großbildschirm mit einem so grellen Weiß, dass die Zuschauer sich schützend die Augen zuhielten. Als das weiße Licht allmählich verblasste, sahen sie Bruchstücke der Missile – unzählige schwarze Striche vor dem Hintergrund der abnehmenden Detonationswirkung – und einen riesigen Brandfleck, wo das X gewesen war. Der Marschflugkörper hatte sein Ziel genau getroffen.

Dann beobachteten die Leute im Dipper's, wie der Wald auf der Tarker's-Mills-Seite der Barriere in Flammen aufging. Sie beobachteten, wie der Asphalt dort drüben sich erst aufwölbte und dann zu schmelzen begann.

20 »Schießen Sie die andere ab«, sagte Cox bedrückt, und Gene Ray tat es. Sie ließ im Osten New Hampshires und im Westen Maines weitere Fenster zersplittern und ängstigte weitere Menschen.

Sonst war das Ergebnis dasselbe.

FALSCHE ANSCHULDIGUNGEN

1   Im Haus 19 Mill Street, in dem die Familie McClatchey wohnte, herrschte einen Augenblick lang Schweigen, als die Aufnahme beendet war. Dann brach Norrie Calvert erneut in Tränen aus. Benny Drake und Joe McClatchey, die sich zuvor mit identischen *Was soll ich jetzt tun*-Mienen angesehen hatten, legten ihre Arme um Norries bebende Schultern und umfassten einander in Soul-Shake-Manier an den Handgelenken.

»Das *war's?*«, fragte Claire McClatchey ungläubig. Joes Mutter weinte nicht, aber sie war kurz davor; ihre Augen glänzten feucht. Sie hielt ein Foto ihres Mannes in den Händen, sie hatte es von der Wand genommen, kurz nachdem Joe und seine Freunde mit der DVD hereingekommen waren. »Das war *alles*?«

Niemand antwortete. Barbie hockte auf der Lehne des Sessels, in dem Julia saß. *Ich könnte hier in große Schwierigkeiten geraten*, dachte er. Aber das war nicht sein *erster* Gedanke gewesen; als Erstes hatte er sich überlegt, dass die Stadt nun wirklich in der Klemme steckte.

Mrs. McClatchey stand auf. Sie hielt weiter das Foto ihres Mannes an sich gedrückt. Sam war auf den Flohmarkt gefahren, der jeden Samstag auf dem Oxford Speedway stattfand, bis das Wetter zu kalt wurde. Sein Hobby war die Restaurierung alter Möbel, und dort hatte er schon oft schöne Stücke entdeckt. Drei Tage später war er noch immer in Oxford, wo er sich das Motel Raceway mit mehreren Dutzend Zeitungs- und Fernsehreportern teilte; Claire und er hatten nicht miteinander telefonieren können, waren aber über E-Mail in Verbindung geblieben. Bisher.

»Was ist mit deinem Notebook passiert, Joey?«, fragte sie. »Ist es explodiert?«

Joe, dessen Arm weiter um Norries Schulter lag, während seine Hand Bennys Handgelenk umfasste, schüttelte den Kopf. »Das glaube ich nicht«, sagte er. »Es ist wahrscheinlich nur geschmolzen.« Er wandte sich an Barbie. »Die starke Hitze könnte den Wald dort draußen in Brand setzen. Dagegen sollte jemand was unternehmen.«

»Ich glaube nicht, dass es in der Stadt Löschfahrzeuge gibt«, sagte Benny. »Na ja, vielleicht ein paar ganz alte.«

»Ich will sehen, was ich in dieser Beziehung tun kann«, sagte Julia. Claire McClatchey überragte sie bei Weitem; woher Joe seine Statur hatte, war leicht zu sehen. »Barbie, darum kümmere ich mich vielleicht am besten allein.«

»Wieso?« Claire wirkte verwirrt. Eine ihrer Tränen lief schließlich über und kullerte ihre Wange hinunter. »Joe hat gesagt, dass die Regierung Sie als Verantwortlichen eingesetzt hat, Mr. Barbara – der Präsident persönlich!«

»Ich hatte wegen der Liveübertragung eine kleine Auseinandersetzung mit Mr. Rennie und Chief Randolph«, sagte Barbie. »Wir sind uns in die Haare geraten. Ich bezweifle, dass einer der beiden jetzt Wert auf meine Ratschläge legt. Auf Ihre übrigens auch nicht, Julia. Zumindest noch nicht wieder. Wenn Randolph halbwegs kompetent ist, schickt er ein paar Deputies mit allem raus, was im Feuerwehrhaus noch zu finden ist. Wenigstens Schläuche und Handpumpen müssten vorhanden sein.«

Julia dachte darüber nach, dann fragte sie: »Kommen Sie einen Augenblick mit mir hinaus, Barbie?«

Er sah zu Joes Mutter hinüber, aber Claire achtete nicht mehr auf sie. Sie hatte ihren Sohn zur Seite geschoben und saß jetzt neben Norrie, die ihr Gesicht an Claires Schulter drückte.

»Dude, der Staat ist mir einen Computer schuldig«, sagte Joe, als Barbie und Julia zur Haustür gingen.

»Notiert«, sagte Barbie. »Und vielen Dank, Joe. Du hast gute Arbeit geleistet.«

»Viel bessere als deren verdammte Lenkwaffe«, murmelte Benny.

Barbie und Julia standen schweigend auf dem Treppenab-

satz vor der Haustür der McClatcheys und sahen zum Stadtanger, dem Prestile und der Peace Bridge hinüber. Dann
sagte Julia mit leiser, ärgerlicher Stimme: »Das ist er nicht.
Das ist es ja eben. Das ist das gottverdammte Problem.«

»Wer ist was nicht?«

»Peter Randolph ist nicht halbwegs kompetent. Nicht mal
zu einem Viertel. Ich bin mit ihm in die Schule gegangen –
die ganze Zeit vom Kindergarten, in dem er der weltbeste
Hosenpisser war, bis zur zwölften Klasse, in der er zur BH-
Schnalzer-Brigade gehörte. Er war jemand mit einem Dreier-
Intellekt, der Zweier eingefahren hat, weil sein Vater im
Schulausschuss war, und sein Denkvermögen ist seither
nicht gestiegen. Unser Mr. Rennie hat sich mit Dummköpfen umgeben. Andrea Grinnell ist eine Ausnahme, aber sie
ist leider drogensüchtig. Oxycontin.«

»Rückenprobleme«, sagte Barbie. »Rose hat's mir erzählt.«

Die Bäume auf dem Stadtanger hatten so viel Laub verloren, dass Barbie und Julia die Main Street sehen konnten.
Vorerst war sie noch menschenleer – die meisten Leute würden noch im Dipper's sein und darüber diskutieren, was sie
gesehen hatten –, aber ihre Gehsteige würden sich bald mit
benommenen, ungläubigen Menschen füllen, die langsam
heimkehrten. Mit Männern und Frauen, die sich gegenseitig
noch nicht einmal zu fragen wagten, wie es weitergehen
sollte.

Julia seufzte und fuhr sich mit den Händen durch die
Haare. »Jim Rennie ist davon überzeugt, dass diese Sache
letztlich wieder in Ordnung kommt – zumindest für seine
Freunde und ihn –, wenn er nur die Kontrolle über alles behält. Er gehört zu dem schlimmsten Politikertyp: selbst-
süchtig, zu egozentrisch, um zu erkennen, dass diese Krise
seine Fähigkeiten bei Weitem übersteigt, und unter seiner
barschen Macherallüre ein Feigling. Wenn die Dinge schlimm
genug stehen, lässt er die Stadt zum Teufel gehen, falls er
meint, sich dadurch retten zu können. Ein feiger Anführer
ist der gefährlichste aller Männer. Sie sind derjenige, der hier
den Laden schmeißen sollte.«

»Ich weiß Ihr Vertrauen zu schätzen …«

»Aber dazu wird es nicht kommen, auch wenn Ihr Colonel Cox und der Präsident der Vereinigten Staaten das wollen. Dazu wird's nicht kommen, auch wenn fünfzigtausend Demonstranten die Fifth Avenue in New York entlangmarschieren und Schilder mit Ihrem Bild schwenken. Nicht solange diese gottverdammte Kuppel sich über uns wölbt.«

»Je öfter ich Ihnen zuhöre, desto weniger reden Sie wie eine Republikanerin«, bemerkte Barbie.

Sie boxte ihn mit überraschend harter Faust an den Oberarm. »Das hier ist kein Witz!«

»Nein«, sagte Barbie. »Es ist kein Witz. Es wird Zeit für Neuwahlen. Und ich rate Ihnen dringend, selbst als Zweite Stadtverordnete zu kandidieren.«

Sie betrachtete ihn mitleidig. »Glauben Sie etwa, dass Jim Rennie Neuwahlen zulässt, solange der Dome existiert? In welcher Welt leben Sie, mein Freund?«

»Sie dürfen den Willen der Bürgerschaft nicht unterschätzen, Julia.«

»Und *Sie* dürfen James Rennie nicht unterschätzen. Er gibt hier seit Urzeiten den Ton an, und die Leute haben sich daran gewöhnt, es hinzunehmen. Außerdem versteht er sich blendend darauf, Sündenböcke zu finden. In der jetzigen Situation wäre ein Fremder – fast ein Vagabund – geradezu ideal. Kennen wir jemanden, auf den diese Beschreibung passt?«

»Ich habe eine Idee von Ihnen erwartet, keine politische Analyse.«

Einen Augenblick lang glaubte er, sie werde erneut zuschlagen. Dann holte sie tief Luft, atmete aus und lächelte. »Sie spielen den Harmlosen, aber darunter verbergen sich ein paar Dornen, nicht wahr?«

Die Stadtsirene begann eine Serie von kurzen Heultönen in die warme, stille Luft zu schicken.

»Jemand hat einen Brand gemeldet«, sagte Julia. »Ich denke, wir wissen, wo.«

Sie blickten nach Westen, wo aufsteigender Rauch das Blau des Himmels verdunkelte. Barbie vermutete, dass der

Rauch vor allem von der Tarker's-Mills-Seite der Barriere kam, aber durch die Hitze mussten auch unter der Kuppel kleine Brände entstanden sein.

»Sie wollen eine Idee? Okay, hier ist eine. Ich sehe zu, dass ich Brenda finde – sie ist entweder zu Hause oder wie alle anderen im Dipper's –, und schlage ihr vor, die Leitung der Brandbekämpfung zu übernehmen.«

»Und wenn sie Nein sagt?«

»Das tut sie bestimmt nicht. Zum Glück ist der Wind nicht der Rede wert – nicht unter der Kuppel –, deshalb brennen vermutlich nur Gras und Unterholz. Sie wird ein paar Männer bitten, ihr beim Löschen zu helfen, und die richtigen Leute ansprechen. Es werden die Männer sein, die Howie ausgesucht hätte.«

»Keiner der neuen Cops, oder?«

»Das überlasse ich ganz ihr, aber ich bezweifle, dass sie Carter Thibodeau oder Melvin Searles ansprechen wird. Auch Freddy Denton nicht. Er ist seit fünf Jahren bei den Cops, aber ich weiß von Brenda, dass Duke ihn entlassen wollte. Freddy spielt jedes Jahr in der Grundschule den Nikolaus, und die Kids lieben ihn – er macht großartig *Ho-ho-ho.* Aber er hat auch eine fiese Seite.«

»Damit übergehen Sie Rennie wieder.«

»Ja.«

»Seine Rache könnte brutal sein.«

»Ich kann selbst brutal werden, wenn's sein muss. Brenda übrigens auch, wenn sie wütend ist.«

»Gut, dann los. Und sorgen Sie dafür, dass sie auch diesen Burpee fragt. Wenn es darum geht, einen Buschbrand zu löschen, würde ich lieber ihm trauen als irgendwelchen Restbeständen im Feuerwehrhaus. In seinem Laden hat er einfach alles.«

Sie nickte. »Das ist eine verdammt gute Idee.«

»Wissen Sie bestimmt, dass Sie mich nicht dabeihaben wollen?«

»Sie haben Wichtigeres zu tun. Hat Brenda Ihnen schon Dukes Schlüssel zum Atombunker gegeben?«

»Das hat sie.«

»Dann könnte ein Buschbrand genau das Ablenkungs-
manöver sein, das Sie brauchen. Holen Sie diesen Geigerzähler.« Sie wollte zu ihrem Prius gehen, dann blieb sie stehen
und drehte sich noch einmal um. »Den Generator zu finden – falls es einen gibt –, ist vermutlich die beste Chance, die
diese Stadt hat. Vielleicht sogar die einzige. Und Barbie?«

»Zur Stelle, Ma'am«, sagte er und lächelte schwach.

Sie blieb ernst. »Unterschätzen Sie Big Jim Rennie nicht,
bevor Sie ihn als Volkstribun erlebt haben. Dass er sich so
lange gehalten hat, hat seine Gründe.«

»Er versteht sich darauf, einen blutigen Skalp zu schwenken, nehme ich an.«

»Ja. Und diesmal könnte der Skalp Ihrer sein.«

Sie fuhr davon, um Brenda und Romeo Burpee zu finden.

2   Alle, die den fehlgeschlagenen Versuch der Air Force,
die Kuppel zu durchbrechen, beobachtet hatten, verließen
das Dipper's ziemlich so, wie Barbie es sich vorgestellt hatte:
langsam, mit gesenktem Kopf, ohne viel zu reden. Manche
legten im Gehen die Arme umeinander; einzelne weinten
auch. Auf der Straße gegenüber dem Dipper's parkten drei
Streifenwagen, an denen ein halbes Dutzend Cops lehnten,
die auf Ärger gefasst waren. Aber es gab keinen Ärger.

Der grüne Dienstwagen des Polizeichefs stand etwas weiter die Straße entlang auf dem Parkplatz vor Brownie's Store
(in dessen Schaufenster ein handgeschriebenes Schild verkündete: GESCHLOSSEN, BIS »FREIHEIT!« NEUE
LIEFERUNGEN ERMÖGLICHT). Chief Randolph und
Jim Rennie saßen in dem Wagen und beobachteten die Vor-
beiziehenden.

»Da«, sagte Big Jim unüberhörbar befriedigt. »Hoffentlich sind sie glücklich.«

Randolph musterte ihn neugierig. »*Wollten* Sie denn, dass
es fehlschlägt?«

Big Jim verzog das Gesicht, als seine lädierte Schulter
zwickte. »Natürlich nicht, aber ich habe nie daran geglaubt.
Und dieser Kerl mit dem Mädchennamen und seine neue

Freundin Julia haben dafür gesorgt, dass alle ganz aufgeregt und hoffnungsvoll waren, hab ich recht? O ja, das waren sie! Wissen Sie übrigens, dass sie in ihrem Käseblatt noch nie eine Wahlempfehlung für mich gebracht hat? Kein einziges Mal.«

Er zeigte auf die in die Stadt zurückströmenden Fußgänger.

»Sehen Sie sich die gut an, Kumpel – das ist das Ergebnis von Unfähigkeit, falscher Hoffnung und zu viel Information. Vorerst sind sie nur enttäuscht und unglücklich, aber wenn sie darüber hinwegkommen, werden sie wütend sein. Dann werden wir mehr Cops brauchen.«

»*Mehr?* Wir haben schon achtzehn, wenn wir die Teilzeitbeschäftigten und die neuen Deputies mitzählen.«

»Die werden nicht reichen. Und dafür …«

Die Stadtsirene begann die Luft mit kurzen Heultönen zu zerhacken. Sie blickten nach Westen und sahen dort Rauchwolken aufsteigen.

»Dafür haben wir Barbara und Shumway zu danken«, schloss Big Jim.

»Vielleicht sollten wir etwas gegen diesen Brand unternehmen.«

»Das ist ein Problem, das Tarker's Mills angeht. Und natürlich die Regierung in Washington. Sie hat mit ihrer verflixten Lenkwaffe ein Feuer gelegt, jetzt soll sie's auch löschen.«

»Aber wenn es wegen der Hitze auch auf unserer Seite brennt …«

»Hören Sie auf, wie ein altes Weib zu reden, und fahren Sie mich in die Stadt zurück. Ich muss Junior finden. Er und ich haben einiges zu bereden.«

3   Auf dem Parkplatz des Dipper's standen Brenda Perkins und Reverend Piper Libby neben Pipers Subaru.

»Ich habe nie daran geglaubt, dass die Sache funktioniert«, sagte Brenda, »aber es wäre gelogen, wenn ich behaupten würde, ich sei nicht enttäuscht.«

»Das bin ich auch«, sagte Piper. »Bitterlich. Ich würde dir anbieten, dich in die Stadt mitzunehmen, aber ich muss nach einem Gemeindemitglied sehen.«

»Nicht draußen an der Little Bitch Road, hoffe ich«, sagte Brenda. Sie wies mit dem Daumen auf den aufsteigenden Rauch.

»Nein, auf der anderen Seite. Eastchester. Jack Evans. Er hat am Domeday seine Frau verloren. Ein verrückter Unfall. Nicht, dass dies nicht alles verrückt wäre.«

Brenda nickte. »Ich habe ihn auf Dinsmores Viehweide gesehen, wie er ein Schild mit Fotos von seiner Frau herumtrug. Der arme, arme Mann.«

Piper trat ans offene Fahrerfenster ihres Wagens, in dem Clover am Steuer sitzend die abziehende Menge beobachtete. Sie wühlte in ihrer Tasche, gab ihm ein Stück Hundekuchen und sagte dann: »Rutsch rüber, Clover – du weißt, dass du bei der letzten Fahrprüfung durchgefallen bist.« Brenda vertraute sie an: »Im Längsparken ist er hundsmiserabel.«

Der Schäferhund sprang auf den Beifahrersitz. Piper öffnete die Fahrertür und sah noch einmal zu dem Rauch hinüber. »Der Wald auf der Seite von Tarker's Mills steht bestimmt in hellen Flammen, aber das braucht uns nicht zu kümmern.« Sie bedachte Brenda mit einem bitteren Lächeln. »Wir haben ja die Kuppel, die uns schützt.«

»Alles Gute«, sagte sie. »Sag Jack einen Gruß von mir. Und mein herzliches Beileid.«

»Wird gemacht«, sagte Piper und fuhr davon. Brenda ging mit den Händen in den Taschen ihrer Jeans über den Parkplatz und fragte sich, wie sie den Rest dieses Tages hinter sich bringen sollte, als Julia Shumway angefahren kam und ihr dabei half.

4   Die an der Barriere detonierenden Lenkwaffen weckten Sammy Bushey nicht auf; es war das klappernde hölzerne Krachen, dem Little Walters Wehgeschrei folgte, das sie hochfahren ließ.

Carter Thibodeau und seine Freunde hatten alles Dope

aus dem Kühlschrank mitgenommen, als sie gegangen waren, aber sie hatten den Wohnwagen nicht durchsucht, deshalb stand der Schuhkarton mit dem grob gezeichneten Totenschädel und den gekreuzten Knochen noch im Kleiderschrank. Zusätzlich war in Phil Busheys nach links geneigter Schrift auf den Deckel gekritzelt: MEIN SHIT! WER IHN ANFASST, STIRBT!

Der Karton enthielt kein Pot (Phil hatte Marihuana immer als »Cocktailparty-Droge« verachtet), und sie hatte kein Interesse an dem Beutel mit Crystal. Die »Deputies« hätten es bestimmt gern geraucht, aber Sammy fand, dass Meth verrückter Stoff für verrückte Leute war – wer sonst hätte Rauch inhaliert, in dem sich Spuren von in Azeton eingelegten Reibflächen von Zündholzbriefchen befanden? In dem Karton lag jedoch auch ein kleinerer Beutel mit einem halben Dutzend Dreamboats, und als Carters Truppe abgezogen war, hatte sie eine davon mit warmem Bier aus der Flasche unter ihrem Bett hinuntergespült, in dem sie jetzt allein schlief ... das heißt, außer wenn sie Little Walter zu sich nahm. Oder Dodee.

Sie hatte kurz mit dem Gedanken gespielt, alle Dreamboats auf einmal zu schlucken und so ihr beschissen unglückliches Leben zu beenden; das hätte sie vielleicht sogar getan, wenn Little Walter nicht gewesen wäre. Wer würde ihn versorgen, wenn sie nicht mehr da war? Er konnte sogar in seinem Bettchen verhungern – eine schreckliche Vorstellung.

Selbstmord schied aus, aber sie hatte sich in ihrem ganzen Leben noch nie so deprimiert und traurig und verletzt gefühlt. Auch beschmutzt. Sie war weiß Gott schon früher erniedrigt worden, manchmal von Phil (dem durch Drogen befeuerte Dreier gefallen hatten, bevor er jegliches Interesse an Sex verloren hatte), manchmal von anderen, manchmal von sich selbst – die Idee, ihre eigene beste Freundin zu sein, hatte Sammy Bushey nie verinnerlicht.

Natürlich hatte sie nicht wenige One-Night-Stands hinter sich, und als die Wildcats, das Basketballteam ihrer Highschool, die Meisterschaft der Spielklasse D gewonnen hatten, hatte sie es bei der Siegesparty nacheinander mit vier

Spielern der Startaufstellung aufgenommen (der fünfte Mann hatte betrunken in einer Ecke gelegen). Das war ihr eigener dämlicher Einfall gewesen. Sie hatte auch verkauft, was Carter, Mel und Frankie DeLesseps sich mit Gewalt genommen hatten. Meistens an Freeman Brown, den Besitzer von Brownie's Store, wo sie fast immer einkaufte, weil sie bei Brownie Kredit hatte. Er war alt und roch nicht sehr gut, aber er war geil, und das war sogar ein Vorteil. Es machte ihn schnell. Sechs Stöße auf der Matratze im Lagerraum waren gewöhnlich sein Limit; dann folgten ein Grunzen und ein Erguss. Das war nie der Höhepunkt ihrer Woche, aber es war beruhigend zu wissen, dass sie über diesen Kredit verfügen konnte, vor allem wenn das Geld am Monatsende knapp wurde und Little Walter Pampers brauchte.

Und Brownie hatte ihr nie wehgetan.

Was letzte Nacht passiert war, war etwas anderes. DeLesseps war nicht so schlimm gewesen, aber Carter hatte ihr oben wehgetan und sie unten zum Bluten gebracht. Danach war es noch schlimmer gekommen; als Mel Searles die Hose heruntergelassen hatte, hatte sich daraus ein Glied erhoben wie in den Pornofilmen, die Phil sich angesehen hatte, bevor sein Interesse an Crystal stärker als sein Interesse an Sex geworden war.

Searles hatte sie hart rangenommen, und obwohl sie daran zu denken versucht hatte, was Dodee und sie vor zwei Tagen gemacht hatten, hatte es nicht funktioniert. Sie war trocken geblieben wie ein August ohne Regen. Das heißt, bis das, was Carter Thibodeau nur aufgeschürft hatte, weit aufriss. Da gab es dann reichlich Feuchtigkeit. Sie hatte gespürt, wie sie sich warm und klebrig unter ihr ansammelte. Auch ihr Gesicht war nass gewesen – von Tränen, die ihr über die Wangen liefen und sich in ihren Ohrmuscheln sammelten. Während Mel Searles sie endlos lange gebumst hatte, war ihr der Gedanke gekommen, er könnte sie tatsächlich umbringen. Was wäre dann aus Little Walter geworden?

Und mit allem verwoben gewesen war Georgia Roux' schrilles Elsterngekreisch: *Mach's mit ihr, mach's mit dieser Nutte! Mach, dass sie schreit!*

383

Sammy hatte geschrien, das stimmte. Sie hatte lauthals geschrien – ebenso wie Little Walter in seinem Bettchen im Raum nebenan.

Zuletzt hatten die vier sie ermahnt, ja den Mund zu halten, und sie blutend auf der Couch zurückgelassen: verletzt, aber lebend. Sie hatte beobachtet, wie die Lichtfinger ihrer Scheinwerfer über die Decke im Wohnzimmer glitten, als sie wendeten, um in die Stadt zurückzufahren. Danach war sie mit Little Walter allein gewesen. Sie war mit ihm auf und ab gegangen, endlos auf und ab, und hatte nur haltgemacht, um ein Höschen anzuziehen (nicht den rosa Slip; den wollte sie nie wieder tragen) und es im Schritt mit Toilettenpapier auszustopfen. Sie hatte Tampons, aber schon die Vorstellung, dort etwas hineinzustecken, war ihr zuwider.

Endlich war Little Walters Kopf schwer auf ihre Schulter gesackt, und sie spürte, dass er auf ihre Haut sabberte – ein untrügliches Zeichen dafür, dass er wirklich und fest schlief. Sie hatte ihn wieder in sein Bettchen gelegt (und darum gebetet, dass er diese Nacht durchschlafen würde), danach hatte sie Phils Schuhkarton aus dem Kleiderschrank geholt. Das Dreamboat – irgendein starkes Beruhigungsmittel, sie wusste nicht genau, welches – hatte zuerst die Schmerzen dort unten gelindert und dann alles ausgelöscht. Sie hatte über zwölf Stunden lang geschlafen.

Und nun das.

Little Walters Schreie waren wie helles Licht, das durch dichten Nebel brach. Sie rappelte sich aus dem Bett auf, lief in sein Zimmer und wusste bereits, dass das gottverdammte Bettchen, das Phil in halb bekifftem Zustand gebaut hatte, endlich zusammengekracht war. Vergangene Nacht, als die »Deputies« mit ihr beschäftigt gewesen waren, hatte Little Walter gewaltig an den Gitterstäben gerüttelt. Das musste sein Bettchen weiter geschwächt haben, sodass es heute Morgen, als er angefangen hatte, sich zu bewegen …

Little Walter lag zwischen den Trümmern auf dem Boden. Er kam mit einer blutenden Platzwunde an der Stirn auf sie zugekrochen.

Little Walter!«, kreischte Sammy und riss ihn hoch. Sie

warf sich herum, stolperte über eine zerbrochene Latte, sank auf ein Knie, rappelte sich auf und hastete mit dem brüllenden Kleinen ins Bad. Sie drehte den Wasserhahn auf, aber natürlich kam kein Wasser, weil es keinen Strom für die Pumpe im Brunnen gab. Sie schnappte sich ein Handtuch, tupfte seine Stirn ab und legte die Wunde frei – sie war nicht tief, aber lang und gezackt. Davon würde er eine Narbe behalten. Sie drückte das Handtuch so fest dagegen, wie sie sich traute, und versuchte, Little Walters neuerliches Wut- und Schmerzgebrüll zu ignorieren. Blut klatschte in fingernagelgroßen Tropfen auf ihre nackten Füße. Als sie an sich herabsah, stellte sie fest, dass der blaue Slip, den sie angezogen hatte, nachdem die »Deputies« gefahren waren, jetzt bräunlich purpurn verfärbt war. Zuerst dachte sie, das wäre Little Walters Blut. Aber auch auf ihren Oberschenkeln waren Blutstreifen.

5   Irgendwie brachte sie Little Walter dazu, lange genug stillzuhalten, dass sie die Platzwunde mit drei Sponge-Bob-Heftpflastern versorgen und ihn in ein Unterhemd und seine letzte saubere Latzhose (auf deren Latz in roter Schrift MAMAS TEUFELCHEN gestickt war) stecken konnte. Dann zog sie sich selbst an, während Little Walter, dessen wildes Schluchzen sich zu lustlosem Schniefen verringert hatte, auf dem Fußboden im Kreis krabbelte. Sie begann damit, dass sie das durchgeblutete Höschen in den Mülleimer warf und ein frisches anzog. Sie polsterte den Schritt mit einem zusammengelegten Abwaschschwamm aus und nahm einen zweiten als Reserve mit. Sie blutete noch immer. Nicht pulsierend, aber doch viel stärker als bei ihren schlimmsten Perioden. Und sie hatte die ganze Nacht geblutet. Ihr Bett war mit Blut getränkt.

Sie packte eine Sporttasche für Little Walter, dann hob sie ihn auf. Er war schwer, und sie spürte, wie sich neue Schmerzen dort unten einnisteten: pochende Unterleibsschmerzen, wie man sie bekam, wenn man etwas Verdorbenes gegessen hatte.

»Wir fahren in die Ambulanz«, sagte sie, »und sei ganz beruhigt, Little Walter, Dr. Haskill macht uns beide wieder heil. Außerdem sind Narben bei Jungen nicht schlimm. Manchmal halten die Mädchen sie sogar für sexy. Ich fahre so schnell, wie ich kann, dann sind wir im Nu da.« Sie öffnete die Tür. »Alles kommt wieder in Ordnung.«

Aber ihre Rostlaube von einem alten Toyota war alles andere als in Ordnung. Mit den Hinterreifen hatten die »Deputies« sich nicht abgegeben, aber sie hatten beide Vorderreifen zerstochen. Sammy betrachtete den Wagen sekundenlang und fühlte dabei, wie eine noch tiefere Niedergeschlagenheit sie erfasste. Eine Idee, flüchtig, aber glasklar, ging ihr durch den Kopf: Sie konnte sich die verbliebenen Dreamboats mit Walter teilen. Sie konnte seines fein gemahlen in eines der Playtex-Fläschchen kippen, die er »Boggies« nannte. Der Geschmack ließ sich mit Schokoladenmilch tarnen. Begleitet wurde diese Idee von der Erinnerung an den Titel eines Plattenalbums, das Phil gehört hatte: *Nothing Matters and What If It Did?*

Sie schob die Idee beiseite.

»Diese Art Mama bin ich nicht«, erklärte sie Little Walter.

Er sah auf eine Weise glotzend zu ihr auf, die sie an Phil erinnerte – aber auf nette Art: Der Ausdruck, der auf dem Gesicht ihres von ihr entfremdeten Ehemanns nur nach ratloser Dummheit ausgesehen hatte, wirkte auf dem ihres Sohns auf reizende Art komisch. Sie küsste ihn auf die Nasenspitze, und er lächelte. Das war nett, ein nettes Lächeln, aber die Heftpflaster auf seiner Stirn färbten sich rot. Das war weniger nett.

»Kleine Umplanung«, sagte Sammy und ging wieder hinein. Erst konnte sie das Tragegestell nicht finden, aber zuletzt entdeckte sie es hinter der Vergewaltigungs-Couch, wie sie sie zukünftig wohl nennen würde. Sie schaffte es endlich, Little Walter hineinzuzwängen, aber als sie ihn dann hochhob, hatte sie wieder schlimme Schmerzen. Der Schwamm in ihrem Slip fühlte sich bedrohlich feucht an, aber als sie den Schritt ihrer Jogginghose kontrollierte, sah sie keine Flecken. Das war gut.

»Lust auf einen Spaziergang, Little Walter?«

Little Walter drückte nur seine Wange in ihre Schlüsselbeingrube. Manchmal machte sein geringer Wortschatz ihr Sorgen – sie hatte Freundinnen, deren Kinder mit sechzehn Monaten schon ganze Sätze gebrabbelt hatten, und Little Walter beherrschte nur neun oder zehn Wörter –, aber nicht an diesem Morgen. An diesem Morgen hatte sie andere Sorgen.

Für einen Tag in der letzten Oktoberwoche erschien ihr das Wetter schrecklich warm; der Himmel über ihr leuchtete in einem ungewöhnlich blassen Blau, und das Licht wirkte irgendwie verschwommen. Sie spürte, dass ihr in Gesicht und Nacken fast augenblicklich der Schweiß ausbrach, und ihr Schritt pochte schmerzhaft – mit jedem Schritt schlimmer, so kam es ihr zumindest vor, und dabei hatte sie doch erst ein paar zurückgelegt. Sie überlegte, ob sie umkehren sollte, um sich Aspirin zu holen – aber machten diese Tabletten Blutungen nicht noch schlimmer? Außerdem wusste sie nicht bestimmt, ob sie welche dahatte.

Dazu kam noch etwas anderes, das Sammy sich kaum einzugestehen wagte: Wenn sie in den Trailer zurückging, würde sie vielleicht nicht den Mut finden, ihn wieder zu verlassen.

Unter dem linken Wischerblatt ihres Toyotas klemmte ein weißer Zettel. Der gedruckte Text am oberen Rand – **Eine Kurzmitteilung von SAMMY** – war von Gänseblümchen eingerahmt. Von ihrem eigenen Notizblock in der Küche abgerissen. Dieser Gedanke rief bei ihr eine gewisse müde Empörung hervor. Unter die Gänseblümchen hatte jemand gekritzelt: *Wenn Du uns verpfeifst, sind bald mehr als nur Deine Reifen platt.* Und darunter in anderer Schrift: *Nächstes Mal drehen wir Dich vielleicht um und nehmen uns die andere Seite vor.*

»In deinen Träumen, du Wichser«, sagte sie mit schwacher, erschöpfter Stimme.

Sie zerknüllte die Mitteilung, ließ sie neben einen platten Reifen fallen – der arme alte Corolla sah fast so müde und traurig aus, wie sie sich fühlte –, schleppte sich bis ans Ende der Einfahrt und machte dort eine Pause, um sich für ein paar Sekunden an den Briefkasten zu lehnen. Das Metall an ihrer Haut war warm, die Sonne brannte ihr heiß in den Nacken. Und dazu kaum die Andeutung einer Brise. Dabei sollte der Oktober doch kühl und belebend sein. *Vielleicht liegt das an der globalen Erwärmung,* dachte sie. Sie war die Erste, der dieser Gedanke kam, aber nicht die Letzte, und das Wort, das sich schließlich durchsetzte, lautete nicht *global*, sondern *lokal*.

Vor ihr lag die Motton Road: verlassen und reizlos. Ungefähr eine Meile links von ihr lagen die hübschen neuen Häuser von Eastchester, in die die berufstätigen Daddys und Mamis aus den besseren Kreisen von The Mill am Ende ihres Arbeitstages in den Geschäften und Büros und Banken von Lewiston-Auburn zurückkehrten. Rechts von ihr lag das Zentrum von Chester's Mill. Und die Poliklinik.

»Kann's losgehen, Little Walter?«

Little Walter äußerte sich nicht dazu. Er lag schnarchend an ihrem Schlüsselbein und sabberte auf ihr T-Shirt mit Donna the Buffalo. Sammy atmete mehrmals tief durch, versuchte den pochenden Schmerz dort unten zu ignorieren, hievte das Tragegestell etwas höher und nahm den Weg in die Stadt in Angriff.

Als die Sirene auf dem Rathaus mit den kurzen Heultönen loslegte, die Feueralarm bedeuteten, dachte sie zuerst, das Heulen entstünde in ihrem eigenen Kopf, der sich entschieden verrückt anfühlte. Dann sah sie den Rauch, der aber weit im Westen aufstieg. Nichts, was Little Walter und sie betraf … außer wenn jemand vorbeikam, der sich das Feuer aus der Nähe ansehen wollte. In diesem Fall würden die Leute sicher über genug nachbarliche Hilfsbereitschaft verfügen, um sie auf ihrem Weg zu dem aufregenden Brandherd in der Poliklinik abzusetzen.

Sie begann den Song von James McMurtry zu singen, der im Sommer so beliebt gewesen war, kam bis zu »We roll up the sidewalks at quarter to eight, it's a small town, can't sell you no beer« und verstummte dann. Ihr Mund war zu trocken, als dass sie hätte singen können. Sie blinzelte und sah im nächsten Moment, dass sie kurz davor war, im Straßengraben zu landen – nicht einmal in dem, neben dem sie anfangs hergegangen war. Ohne es zu merken, war sie auf die andere Straßenseite geraten, wobei man sehr gut überfahren werden konnte, statt mitgenommen zu werden.

Sie sah sich um, weil sie auf Verkehr hoffte. Es gab keinen. Die Straße nach Eastchester war leer, der Asphalt nicht ganz heiß genug, um zu flimmern.

Sie kehrte auf die Straßenseite zurück, die sie als ihre betrachtete, schwankte jetzt beim Gehen und hatte ganz weiche Knie. *What do you do with a drunken sailor, ear-lye in the morning?* Aber es war nicht Morgen, es war Nachmittag, sie hatte zwölf Stunden durchgeschlafen, und als sie auf den Schritt ihrer Jogginghose hinuntersah, hatte er sich genau wie das Höschen, das sie zuvor getragen hatte, bräunlich purpurn verfärbt. *Das geht nicht wieder raus, und ich habe nur noch zwei Jogginghosen, die mir passen.* Dann fiel ihr ein, dass eine davon einen großen Riss im Hosenboden hatte, und sie begann zu weinen. Auf ihren heißen Wangen fühlten sich die Tränen kühl an.

»Keine Sorge, Little Walter«, krächzte sie. »Dr. Haskell macht uns wieder heil. Alle beide. Ganz und gar heil. So gut wie n…«

Dann begann vor ihren Augen eine schwarze Rose aufzublühen, und die letzte Kraft schwand aus ihren Beinen. Sammy spürte förmlich, wie sie schwand, wie sie wie Wasser aus ihren Muskeln lief. Als sie zusammenklappte, wurde sie von einem letzten Gedanken beherrscht: *Auf die Seite, auf die Seite, nicht das Baby zerquetschen!*

Das schaffte sie noch. Dann lag sie ausgestreckt am Straßenrand der Motton Road: bewegungslos in der verschleierten, fast sommerheißen Sonne. Little Walter wachte auf und begann zu quengeln. Er versuchte, sich aus dem Tragegestell zu befreien, aber das konnte er nicht; Sammy hatte ihn sorgfältig festgeschnallt, sodass er gefangen war. Little Walter begann lauter zu weinen. Eine Fliege setzte sich auf seine Stirn, kostete das Blut, das durch die Cartoonbilder von SpongeBob und Patrick sickerte, und flog davon. Vielleicht um diesen Leckerbissen im Fliegenhauptquartier zu melden und Verstärkung anzufordern.

Im Gras schrillten Heuschrecken.

Die Stadtsirene heulte.

Little Walter, der an seine ohnmächtige Mutter gefesselt war, jammerte noch eine Weile in der Hitze; dann gab er auf, blieb stumm liegen und sah sich lustlos um, während Schweiß in großen klaren Tropfen aus seinen feinen Haaren lief.

6 Neben der mit Brettern verschalten Kasse des Globe-Kinos und unter seinem herabsackenden Vordach stehend (das Kino hatte vor fünf Jahren dichtgemacht), hatte Barbie das Rathaus und die Polizeistation gut im Blick. Sein alter Freund Junior saß auf den Stufen vor dem Cop Shop und massierte sich die Schläfen, als verursachte das rhythmisch an- und abschwellende Heulen der Stadtsirene ihm Kopfschmerzen.

Al Timmons kam aus dem Rathaus und joggte die Straße entlang. Er trug seinen grauen Hausmeister-Overall, aber außerdem hatte er ein Fernglas um den Hals hängen und den roten Behälter einer Handspritze auf dem Rücken – der Leichtigkeit nach, mit der er ihn trug, ohne Wasser. Barbie vermutete, dass Al den Feueralarm ausgelöst hatte.

Verschwinde, Al, dachte Barbie. *Wie wär's damit?*

Ein halbes Dutzend Autos kamen die Straße herauf. Die beiden ersten waren Pick-ups, das dritte ein Kastenwagen. Diese drei waren in fast schreiend grellem Kanariengelb lackiert. Die Türen der Pick-ups trugen Aufkleber mit den Worten BURPEE'S DEPARTMENT STORE. Auf den Seiten des Kastenwagens stand der schon legendäre Slogan: MEET ME FOR SLURPEES AT BURPEE'S. Den ersten Wagen fuhr Romeo selbst. Seine Frisur war wie üblich ein Daddy-Cool-Wunder mit Locken und einer Tolle. Brenda Perkins saß rechts neben ihm auf dem Beifahrersitz. Auf der Ladefläche des Pick-ups lagen Schaufeln, Schläuche und eine fabrikneue Tauchpumpe, auf der noch die Herstelleretiketten klebten.

Romeo hielt neben Al Timmons an. »Steigen Sie hinten auf, Partner«, sagte er, und das tat Al. Barbie zog sich so weit wie nur möglich in den Schatten unter dem Vordach des ehemaligen Kinos zurück. Er wollte nicht mithelfen müssen, den Brand an der Little Bitch Road zu löschen; er hatte hier in der Stadt Wichtigeres zu erledigen.

Junior hockte weiter auf den Stufen vor der Polizeistation, rieb sich weiter die Schläfen und hielt sich den Kopf. Barbie wartete, bis die Autokolonne verschwunden war, dann hastete er über die Straße. Junior sah nicht auf, und im nächsten Augenblick war er für Barbie hinter der mit Efeu überwucherten Masse des Rathauses verdeckt.

Barbie ging die Treppe zum Eingang hinauf und blieb kurz stehen, um den Aushang am Schwarzen Brett zu lesen: BÜRGERVERSAMMLUNG DONNERSTAG 19 UHR, FALLS DIE KRISE ANDAUERT. Er dachte daran, was Julia gesagt hatte: *Unterschätzen Sie Big Jim Rennie nicht, bevor Sie ihn als Volkstribun erlebt haben.* Am Donnerstagabend würde James Rennie seine Chance haben; er würde alles tun, damit ihm niemand die Fäden aus der Hand nahm.

Und mehr Macht fordern, schien Julias Stimme in seinem Kopf zu sagen. Natürlich will er auch das. *Zum Besten der Stadt.*

Die Eingangshalle des vor hundertsechzig Jahren aus Naturstein erbauten Rathauses war kühl und düster. Das Stromaggregat lief nicht; das wäre überflüssig gewesen, weil niemand im Haus war.

Oder vielleicht doch? Aus dem Sitzungssaal hörte Barbie Stimmen, zwei Kinderstimmen. Ein Flügel der hohen Eichentür stand offen. Er warf einen Blick in den Saal und sah vorn am Tisch der Stadtverordneten einen hageren Mann mit wilder grauer Mähne sitzen. Ihm gegenüber saß ein hübsches Mädchen von etwa zehn Jahren. Zwischen den beiden stand ein Schachbrett; der Langhaarige hatte sein Kinn in die Hand gestützt und dachte über seinen nächsten Zug nach. In der Saalmitte, auf dem Gang zwischen den Bänken, spielte eine junge Frau mit einem Jungen von vier oder fünf Jahren

Bockspringen. Die beiden Schachspieler waren konzentriert; die junge Frau und der Kleine lachten.

Barbie wollte sich zurückziehen, aber dieser Entschluss kam zu spät. Die junge Frau sah auf. »Hi? Hallo?« Sie nahm den Jungen auf den Arm und kam auf ihn zu. Auch die Schachspieler sahen jetzt auf. So viel zu seiner Absicht, unbemerkt zu bleiben.

Die junge Frau streckte ihm die eine Hand hin, die nicht unter dem Po des Kleinen lag. »Ich bin Carolyn Sturges. Dieser Gentleman ist mein Freund Thurston Marshall. Der kleine Kerl hier ist Aidan Appleton. Sag hi, Aidan.«

»Hi«, sagte Aidan leise, dann steckte er seinen Daumen in den Mund. Er musterte Barbie mit Augen, die rund und blau und ein wenig neugierig waren.

Das Mädchen kam den Gang heraufgelaufen und blieb neben Carolyn Sturges stehen. Der Langhaarige folgte langsamer. Er wirkte müde und desorientiert. »Ich bin Alice Rachel Appleton«, sagte sie. »Aidans große Schwester. Nimm den Daumen aus dem Mund, Aide.«

Aide tat es nicht.

»Nun, freut mich, Sie alle kennenzulernen«, sagte Barbie. Den eigenen Namen nannte er bewusst nicht. Tatsächlich wünschte er sich fast, er hätte sich einen falschen Schnurrbart aufgeklebt. Aber vielleicht war hier noch etwas zu retten. Er war sich beinahe sicher, dass diese Leute keine Einheimischen waren.

»Sind Sie ein städtischer Amtsträger?«, fragte Thurston Marshall. »Wenn Sie ein städtischer Amtsträger sind, möchte ich eine Beschwerde vorbringen.«

»Ich bin nur der Hausmeister«, sagte Barbie. Dann fiel ihm ein, dass sie gesehen haben mussten, wie Al Timmons das Rathaus verlassen hatte. Teufel, wahrscheinlich hatten sie mit ihm gesprochen. »Der zweite Hausmeister. Al kennen Sie bestimmt schon.«

»Ich will meine Mami«, sagte Aidan Appleton. »Ich vermisse sie ganz *arg*.«

»Wir haben ihn kennengelernt«, sagte Carolyn Sturges. »Er behauptet, die Regierung hätte Lenkwaffen auf die Bar-

riere abgeschossen, die uns einsperrt, aber sie wären nur abgeprallt und hätten einen Brand ausgelöst.«

»Das stimmt«, sagte Barbie, aber bevor er weitersprechen
konnte, meldete Marshall sich wieder zu Wort.

»Ich möchte eine Beschwerde vorbringen. Eigentlich sogar Anzeige erstatten. Ein sogenannter Polizeibeamter hat
mich tätlich angegriffen. Er hat mich in den Magen geboxt.
Ich musste mir vor einigen Jahren die Gallenblase herausneh-
men lassen; nun fürchte ich, innere Verletzungen erlitten zu
haben. Außerdem ist Carolyn verbal beleidigt worden. Man
hat ihr einen Namen beigelegt, der sie sexuell erniedrigt.«

Carolyn legte ihm eine Hand auf den Arm. »Bevor du irgendwelche Anzeigen erstattest, Thurse, solltest du bedenken, dass wir D-O-P-E hatten.«

»Dope!«, sagte Alice sofort. »Unsere Mami raucht manchmal Marihuana, weil das hilft, wenn sie ihre P-E-R-I-O-D-E
hat.«

»Oh«, sagte Carolyn. »Klar.« Ihr Lächeln war matt.

Marshall richtete sich zu voller Größe auf. »Der Besitz
von Marihuana ist ein minderes Delikt«, sagte er. »Was dieser Kerl mir angetan hat, war Körperverletzung – eine Straftat! Und sie tut *schrecklich* weh!«

Carolyn bedachte ihn mit einem Blick, in dem liebevolle
Zuneigung sich mit Verärgerung mischte. Barbie wurde
plötzlich klar, wie es um die beiden stand. Sexy Mai hatte
sich mit Gelehrtem November eingelassen, und nun waren
sie aufeinander angewiesen. Flüchtlinge in einer in Neuengl-
and angesiedelten Version des Films *No Exit.* »Thurse ... ich
weiß nicht, ob das mit dem minderen Delikt vor Gericht Bestand hätte.« Sie lächelte Barbie entschuldigend an. »Wir
hatten ziemlich viel. Sie haben es beschlagnahmt.«

»Vielleicht rauchen sie das ganze Beweismaterial auf«,
sagte Barbie.

Darüber musste sie lachen. Ihr Freund dagegen nicht. Er
zog seine buschigen Augenbrauen zusammen. »Trotzdem
beabsichtige ich, eine Beschwerde vorzubringen.«

»Damit würde ich noch warten«, sagte Barbie. »Die Situation hier ... nun, sagen wir einfach, dass ein Schlag in den

393

Magen wohl nicht als große Sache gehandelt wird, solange wir uns unter der Kuppel befinden.«

»*Ich* betrachte ihn als große Sache, mein junger Hausmeisterfreund.«

Die junge Frau wirkte jetzt weniger liebevoll als ärgerlich. »Thurse …«

»Das Gute daran ist, dass auch niemand sich über etwas Dope aufregen wird«, sagte Barbie. »Vielleicht ist es ein Patt, wie Schachspieler sagen. Wie kommen Sie zu den Kindern?«

»Die Cops, die uns aus Thurstons Blockhaus vertrieben haben, haben uns im Restaurant gesehen«, sagte Carolyn. »Die Frau, die es führt, wollte bis zum Abendessen schließen, aber als wir gesagt haben, dass wir aus Massachusetts kommen, hat sie Mitleid mit uns gehabt. Sie hat uns Sandwichs und Kaffee gegeben.«

»Sie hat uns *Erdnussbutter mit Gelee* und Kaffee gegeben«, korrigierte Thurston sie. »Es gab keinerlei Auswahl, nicht mal Thunfisch. Ich habe ihr gesagt, dass Erdnussbutter an meiner oberen Gebissplatte kleben bleibt, aber sie hat behauptet, die Lebensmittel wären rationiert. Ist das nicht ungefähr das Verrückteste, was Sie je gehört haben?«

Barbie fand, dass es verrückt war, aber da es seine Idee gewesen war, hielt er den Mund.

»Als die Cops reingekommen sind, war ich auf weiteren Ärger gefasst«, sagte Carolyn, »aber Aide und Alice scheinen sie irgendwie milde gestimmt zu haben.«

Thurston schnaubte. »Nicht so milde, dass sie sich entschuldigt hätten. Oder ist mir dieser Teil entgangen?«

Carolyn seufzte, dann wandte sie sich wieder an Barbie. »Sie haben gesagt, der Pastor der Congregational Church könnte vielleicht ein leerstehendes Haus finden, in dem wir vier leben können, bis diese Sache vorbei ist. Wir werden also Pflegeeltern sein, denke ich, zumindest für einige Zeit.«

Sie streichelte das Haar des Jungen. Thurston Marshall schien von der Aussicht, Pflegekinder betreuen zu müssen, nicht gerade begeistert zu sein, aber er legte der jungen Frau einen Arm um die Schultern, und das machte ihn Barbie sympathisch.

»Ein Cop war *Juuuu-njer*«, sagte Alice. »Er ist nett. Und sexy. Frankie sieht nicht so gut aus, aber er war auch nett. Er hat uns ein Milky Way gegeben. Mama sagt, dass wir von Fremden keine Süßigkeiten nehmen dürfen, aber …« Sie zuckte mit den Schultern, um anzudeuten, dass die Dinge sich geändert hatten – eine Tatsache, die Carolyn und sie weit besser zu verstehen schienen als Thurston.

»Vorher waren sie nicht nett«, sagte Thurston. »Als sie mich in den Magen geboxt haben, waren sie nicht nett, Caro.«

»Man muss das Bittere mit dem Süßen nehmen«, meinte Alice philosophisch. »Das sagt meine Mutter immer.«

Carolyn lachte. Barbie fiel ein, und im nächsten Augenblick tat das auch Marshall, der sich dabei allerdings den Bauch hielt und seine junge Freundin leicht vorwurfsvoll anstarrte.

»Ich bin die Straße entlanggegangen und habe an die Kirchentür geklopft«, sagte Carolyn. »Als niemand geantwortet hat, bin ich hineingegangen – die Tür war offen –, aber dort war niemand. Haben Sie eine Ahnung, wann der Pastor heimkommen wird?«

Barbie schüttelte den Kopf. »An Ihrer Stelle würde ich das Schachbrett mitnehmen und ins Pfarrhaus gehen. Es liegt hinter der Kirche. Suchen Sie nach einer Frau namens Piper Libby.«

»*Cherchez la femme*«, sagte Thurston.

Barbie zuckte mit den Schultern, dann nickte er. »Sie ist in Ordnung, und in The Mill gibt's jetzt weiß Gott genügend leerstehende Häuser. Sie können sich beinahe eins aussuchen. Und Sie finden wahrscheinlich volle Speisekammern, wohin Sie auch gehen.«

Dabei musste er wieder an den Atombunker denken.

Alice schnappte sich unterdessen die Schachfiguren, die sie in ihre Taschen stopfte, und das Schachbrett, das sie sich unter den Arm klemmte. »Mr. Marshall hat mich bisher in jeder Partie geschlagen«, erzählte sie Barbie. »Er sagt, dass es gönnerhaft ist, Kinder gewinnen zu lassen, nur weil sie Kinder sind. Aber ich werde besser, nicht wahr, Mr. Marshall?«

Sie sah lächelnd zu ihm auf. Thurston Marshall erwiderte ihr Lächeln. Barbie hatte das Gefühl, dass dieses unwahrscheinliche Quartett zurechtkommen würde.

»Jugend muss siegen, Alice, meine Liebe«, sagte er. »Aber nicht sofort.«

»Ich will Mami«, sagte Aidan mürrisch.

»Wenn wir sie nur irgendwie erreichen könnten«, sagte Carolyn. »Alice, kannst du dich wirklich nicht an ihre E-Mail-Adresse erinnern?« Und zu Barbie sagte sie: »Mama hat ihr Handy im Blockhaus liegen lassen, also ist *damit* auch nichts anzufangen.«

»Sie ist bei Hotmail«, sagte Alice. »Mehr weiß ich nicht. Manchmal sagt sie, sie wäre früher eine ›hot female‹ gewesen, aber das hätte Daddy ihr abgewöhnt.«

Carolyn sah ihren ältlichen Freund an. »Machen wir die Fliege?«

»Ja. Wir können uns ebenso gut ins Pfarrhaus begeben und hoffen, dass die Lady bald von der barmherzigen Besorgung, zu der sie vielleicht unterwegs ist, zurückkehrt.«

»Das Pfarrhaus steht vielleicht auch offen«, sagte Barbie. »Sonst sehen Sie am besten unter der Fußmatte nach. Sie können einfach reingehen.«

»Das würde ich nie präsumieren«, sagte er.

»*Ich* schon«, sagte Carolyn und kicherte. Dieser Laut ließ den kleinen Jungen lächeln.

»Prä-*zoom*!«, rief Alice Appleton und flog mit ausgebreiteten Armen und dem in einer Hand wedelnden Schachbrett den Mittelgang entlang. »Prä-*zoom*, prä-*zoom*, los kommt, Jungs, wir machen *zoom*!«

Thurston seufzte, dann folgte er ihr. »Wenn du das Schachbrett ruinierst, Alice, kannst du mich nie schlagen.«

»Doch, das kann ich, weil *Jugend siegen* muss!«, rief sie über die Schulter zurück. »Außerdem könnten wir es wieder kleben! Kommt *jetzt*!«

Aidan strampelte ungeduldig auf Carolyns Arm. Sie setzte ihn ab, damit er hinter seiner Schwester herwetzen konnte. Carolyn streckte die Hand aus. »Vielen Dank, Mr. …«

»Nichts zu danken«, sagte Barbie, indem er ihr die Hand

schüttelte. Dann wandte er sich Thurston Marshall zu. Der Mann hatte den schlaffen Händedruck, den Barbie mit Kerlen in Verbindung brachte, bei denen das Verhältnis zwischen Intelligenz und Bewegung aus dem Lot war.

Sie begannen den Kindern zu folgen. An der zweiflügligen Tür sah Marshall sich nochmals um. Durch eines der hohen Fenster fiel ein verschleierter Sonnenstrahl direkt auf sein Gesicht und ließ ihn viel älter aussehen, als er war. Es ließ ihn wie achtzig aussehen. »Ich habe die jetzige Ausgabe von *Ploughshares* herausgegeben«, sagte er. Seine Stimme zitterte vor Kummer und Empörung. »Das ist eine sehr gute Literaturzeitschrift, eine der besten Amerikas. Diese Kerle hatten kein Recht, mich in den Magen zu boxen oder über mich zu lachen.«

»Nein«, sagte Barbie. »Natürlich nicht. Passen Sie gut auf diese Kinder auf.«

»Das tun wir«, sagte Carolyn. Sie nahm den Arm des Mannes und drückte ihn. »Komm jetzt, Thurse.«

Barbie wartete, bis er die Eingangstür zufallen hörte, dann machte er sich auf die Suche nach der Treppe zum Besprechungsraum des Rathauses und der dazugehörigen Küche. Julia hatte gesagt, der Atombunker liege eine halbe Treppe tiefer.

7   Piper Libbys erster Gedanke war, dass jemand einen Müllsack am Straßenrand liegen lassen hatte. Dann kam sie etwas näher und sah, dass dort eine menschliche Gestalt lag.

Sie hielt an und sprang so hastig aus dem Wagen, dass sie auf ein Knie fiel und es sich aufschürfte. Als sie sich wieder aufrappelte, stellte sie fest, dass dort zwei Menschen lagen: eine Frau und ein Kleinkind. Zumindest das Kind lebte noch und bewegte schwach die Ärmchen.

Piper rannte zu ihnen und drehte die Frau auf den Rücken. Sie war jung und kam ihr irgendwie bekannt vor, gehörte aber nicht ihrer Gemeinde an. Ihr Gesicht war schlimm verfärbt und geschwollen. Piper befreite das Kind aus dem

397

Tragegestell, und als sie den Kleinen an sich drückte und sein verschwitztes Haar streichelte, begann er heiser zu weinen.

Bei diesem Laut öffnete die Frau flatternd die Augen, und Piper sah, dass ihre Hose mit Blut getränkt war.

»Li'l Walter«, krächzte die Frau, was Piper missverstand.

»Keine Sorge, ich habe Wasser im Auto. Ruhig liegen bleiben. Ich habe Ihren Kleinen, mit ihm ist alles in Ordnung.« Obwohl sie das nicht wusste. »Ich kümmere mich um ihn.«

»Li'l Walter«, wiederholte die Frau in der blutigen Jogginghose, dann schloss sie die Augen.

Als Piper zu ihrem Wagen zurückrannte, hämmerte ihr Herz so sehr, dass sie es in den Augäpfeln spüren konnte. Im Mund hatte sie einen kupfrigen Geschmack. *Gott, hilf mir,* betete sie, und weil ihr sonst nichts einfiel, dachte sie nochmal: *Gott o Gott, hilf mir, dieser Frau zu helfen.*

Der Subaru hatte eine Klimaanlage, die sie aber auch an diesem heißen Tag nicht benutzt hatte; das tat sie selten. Soviel sie wusste, waren Klimaanlagen nicht gerade umweltfreundlich. Aber jetzt stellte Piper sie an, drehte sie sogar voll auf. Sie legte den Kleinen auf den Rücksitz, fuhr die Fenster herauf, schloss die Türen, wollte dann zu der im Staub liegenden jungen Frau zurücklaufen und wurde von einem schrecklichen Gedanken gebremst: Was, wenn es dem Kleinen gelang, nach vorn zu klettern, den falschen Knopf zu drücken und sie auszusperren?

Gott, ich bin zu dumm. Die schlimmste Pastorin der Welt, wenn wirklich eine Krise da ist. Hilf mir, nicht so dumm zu sein.

Sie kehrte um, riss die Fahrertür wieder auf, sah über den Sitz und stellte fest, dass der Junge noch dort lag, wo sie ihn abgelegt hatte, und jetzt an seinem Daumen nuckelte. Er erwiderte kurz ihren Blick, dann starrte er wieder den Wagenhimmel an, als sähe er dort etwas Interessantes. Vielleicht fantasierte Cartoons. Das kleine T-Shirt unter seiner Latzhose war ganz durchgeschwitzt. Piper nestelte die Fernbedienung vom Schlüsselring los. Dann rannte sie zu der Frau zurück, die sich aufzusetzen versuchte.

»Nicht«, sagte Piper, kniete sich neben sie und legte einen Arm um sie. »Ich glaube nicht, dass Sie …«

»Li'l Walter«, krächzte die Frau.

Scheiße, ich hab das Wasser vergessen! Gott, warum hast du mich das Wasser vergessen lassen?

Jetzt versuchte die Frau sogar, auf die Beine zu kommen. Das gefiel Piper nicht, weil es allem widersprach, was sie von Erster Hilfe wusste, aber welche andere Möglichkeit gab es denn? Die Straße war menschenleer, und Piper konnte sie nicht hier in der sengenden Sonne liegen lassen – das wäre noch weit schlimmer gewesen. Deshalb drückte Piper sie nicht etwa zurück, sondern half ihr aufstehen.

»Langsam«, sagte sie, während sie die Frau um die Taille gefasst hielt und ihre stolpernden Schritte so gut wie möglich lenkte. »Eile mit Weile ist gut. Eile mit Weile kommt am weitesten. Im Auto ist es kühl. Und dort gibt's Wasser.«

»Li'l Walter!« Die Frau schwankte, fing sich wieder und versuchte, etwas schneller zu gehen.

»Wasser«, sagte Piper. »Genau. Danach fahre ich Sie ins Krankenhaus.«

»Am … Bulanz.«

Das verstand Piper, und sie schüttelte energisch den Kopf. »Kommt nicht infrage. Ich bringe Sie geradewegs ins Krankenhaus – Sie und Ihr Baby.«

»Li'l Walter«, flüsterte die Frau. Sie stand schwankend, mit gesenktem Kopf und ins Gesicht hängenden Haaren da, während Piper die Beifahrertür öffnete und sie dann vorsichtig auf den Sitz bugsierte.

Piper zog die Flasche Poland Spring aus der Mittelkonsole und schraubte sie auf. Die Frau riss sie ihr aus der Hand, bevor Piper sie ihr anbieten konnte, und trank so gierig daraus, dass überlaufendes, vom Kinn tropfendes Wasser den Kragenrand ihres T-Shirts dunkel verfärbte.

»Wie heißen Sie?«, fragte Piper.

»Sammy Bushey.« Und dann, während ihr Magen sich noch vom Wasser verkrampfte, entfaltete sich vor Sammys Augen wieder die schwarze Rose. Die Flasche fiel ihr aus der

Hand und lag gluckernd auf der Fußmatte, als sie ohnmächtig wurde.

Piper fuhr so schnell, wie sie nur konnte, was ziemlich schnell war, weil die Motton Road verlassen blieb, aber als sie endlich das Krankenhaus erreichte, entdeckte sie, dass Dr. Haskell am Vortag gestorben und Rusty Everett, der Arzthelfer, nicht da war.

Untersucht und aufgenommen wurde Sammy von dem berühmten medizinischen Experten Dougie Twitchell.

8   Während Ginny sich bemühte, Sammy Busheys Vaginalblutung zu stoppen, und Twitch den stark dehydrierten Little Walter an einen Tropf gehängt hatte, saß Rusty Everett auf dem Stadtanger auf einer stillen Parkbank in der Nähe des Rathauses. Die Bank stand unter den weit ausladenden Zweigen einer hohen Blautanne, und er glaubte, dass der Schatten tief genug war, um ihn praktisch unsichtbar zu machen. Das heißt, solange er sich nicht viel bewegte.

Hier gab es interessante Dinge zu sehen.

Ursprünglich hatte er direkt zu dem Lagerschuppen hinter dem Rathaus gehen wollen (Twitch nannte ihn Schuppen, aber in Wirklichkeit war der lange Holzbau, in dem auch die vier Schneepflüge von The Mill standen, etwas großartiger), um die dortigen Propangasvorräte zu überprüfen. Aber dann war ein Streifenwagen mit Frankie DeLesseps am Steuer vor der Polizeistation vorgefahren. Rechts war Junior Rennie ausgestiegen. Die beiden hatten kurz miteinander gesprochen, dann war DeLesseps wieder weggefahren.

Junior ging die wenigen Stufen hinauf, aber statt die Polizeistation zu betreten, setzte er sich hin und rieb sich die Schläfen, als hätte er Kopfschmerzen. Rusty beschloss zu warten. Er wollte nicht dabei gesehen werden, dass er den städtischen Gasvorrat kontrollierte, vor allem nicht von dem Sohn des Zweiten Stadtverordneten.

Nach einiger Zeit zog Junior sein Handy heraus, klappte es auf, hörte zu, sagte etwas, hörte erneut zu, sagte noch etwas und klappte es wieder zu. Dann rieb er sich weiter die

Schläfen. Dr. Haskell hatte etwas über diesen jungen Mann gesagt. Migränekopfschmerzen, oder? Er schien tatsächlich an Migräne zu leiden. Dafür sprach nicht nur, dass er sich die Schläfen rieb, sondern auch die Art, wie er den Kopf gesenkt hielt.

Typisch lichtscheu, dachte Rusty. *Muss sein Imitrex oder Zomig zu Hause vergessen haben. Immer vorausgesetzt, dass Haskell ihm welches verschrieben hat.*

Rusty stand halb auf, um über die Commonwealth Lane auf die Rückseite des Rathauses zu gelangen – schließlich war Junior offenbar kein sehr aufmerksamer Beobachter –, aber dann entdeckte er jemand anderen und setzte sich wieder. Dale Barbara, der Grillkoch aus dem Sweetbriar Rose, der angeblich zum Colonel befördert worden war (vom Präsidenten persönlich, wie manche behaupteten), stand unter dem Vordach des Globe-Kinos – noch tiefer im Schatten als Rusty selbst. Und auch Barbara schien den jungen Mr. Rennie im Auge zu behalten.

Interessant.

Barbara gelangte anscheinend zu demselben Schluss wie schon Rusty: Junior beobachtete nicht, sondern wartete. Möglicherweise darauf, dass er abgeholt wurde. Barbara hastete über die Straße, blieb stehen, sobald er das Rathaus zwischen Junior und sich gebracht hatte, und überflog die Mitteilungen am Schwarzen Brett. Dann ging er hinein.

Rusty beschloss, noch etwas länger sitzen zu bleiben. Unter dem Baum war es nett, und er war neugierig, auf wen Junior wohl wartete. Aus dem Dipper's kamen noch immer einzelne Leute zurück (wäre dort Alkohol ausgeschenkt worden, wären manche viel länger geblieben). Die meisten von ihnen ließen wie der junge Mann dort drüben auf dem Treppenabsatz den Kopf hängen. Nicht vor Schmerzen, vermutete Rusty, sondern aus Niedergeschlagenheit. Oder vielleicht war beides identisch. Das bot jedenfalls Stoff zum Nachdenken.

Dann erschien ein kastenförmiger schwarzer Benzinfresser, den Rusty gut kannte: Big Jim Rennies Hummer. Er hupte drei Leute, die auf der Straße gingen, ungeduldig an und scheuchte sie wie Schafe beiseite.

Der Hummer hielt vor der Polizeistation. Junior hob den Kopf, stand aber nicht auf. Die Türen wurden geöffnet. Andy Sanders stieg auf der Fahrerseite aus, Rennie auf der Beifahrerseite. Big Jim ließ Sanders seine geliebte schwarze Perle fahren? Auf seiner Parkbank sitzend, zog Rusty die Augenbrauen hoch. Er konnte sich nicht daran erinnern, jemals einen anderen als Big Jim am Steuer dieser Monstrosität gesehen zu haben. *Vielleicht hat er beschlossen, Andy vom Mädchen für alles zum Chauffeur zu befördern*, dachte er, aber als er beobachtete, wie Big Jim die Stufen zu seinem Sohn hinaufstieg, änderte er seine Meinung.

Wie die meisten erfahrenen Mediziner verstand Rusty sich ziemlich gut auf Ferndiagnosen. Er hätte sie nie zur Grundlage einer Behandlung gemacht, aber er konnte einen Mann, der vor einem halben Jahr eine künstliche Hüfte bekommen hatte, allein durch seine Gehweise von einem unterscheiden, der an Hämorrhoiden litt; man konnte ein HWS-Syndrom daran erkennen, wie eine Frau ihren ganzen Oberkörper verdrehte, statt nur über die Schulter zu sehen; man konnte einen Jungen, der sich im Sommercamp ordentlich Läuse geholt hatte, daran erkennen, wie er sich den Kopf kratzte. Big Jim ließ den rechten Arm beim Treppensteigen auf der Wölbung seines beträchtlichen Wansts ruhen – die klassische Körpersprache eines Mannes, der sich vor Kurzem die Schulter, den Oberarm oder beides gezerrt hatte. Also war es doch nicht so überraschend, dass Sanders dafür eingeteilt worden war, das Biest zu fahren.

Die drei sprachen miteinander. Junior stand nicht auf, aber Sanders setzte sich neben ihn, wühlte in einer Tasche herum und brachte etwas zum Vorschein, das in der dunstig verschleierten Nachmittagssonne glitzerte. Rusty hatte gute Augen, aber er war mindestens fünfzig Meter zu weit entfernt, um erkennen zu können, was dieser Gegenstand war. Er bestand aus Glas oder Metall; nur das ließ sich bestimmt sagen. Nachdem Junior ihn eingesteckt hatte, redeten die drei weiter. Rennie deutete auf den Hummer – das tat er mit seinem gesunden Arm –, aber Junior schüttelte den Kopf. Dann zeigte Sanders auf den Hummer. Junior lehnte abermals ab, danach ließ er den Kopf sinken und rieb sich wieder die Schläfen.

Die beiden Männer sahen sich an, wobei Sanders sich den Hals verrenken musste, weil er noch auf der Treppe saß. Und in Big Jims Schatten, was Rusty passend fand. Big Jim zuckte mit den Schultern und breitete die Hände aus: eine *Was soll man da machen*-Geste. Sanders stand auf, und die beiden Männer betraten die Polizeistation, wobei Big Jim seinem Sohn im Vorbeigehen auf die Schulter klopfte. Junior reagierte nicht darauf. Er blieb sitzen, wo er war, als wollte er dort Wurzeln schlagen. Sanders spielte den Portier für Big Jim und hielt ihm die Tür auf, bevor er ihm selbst hineinfolgte.

Kaum waren die beiden Stadtverordneten verschwunden, kam ein Quartett aus dem Rathaus: ein älterer Herr, eine junge Frau, ein kleines Mädchen und ein kleinerer Junge. Das Mädchen hielt den Jungen an der Hand und trug ein Schachbrett unter dem Arm geklemmt. Der Junge wirkte fast so unglücklich wie Junior, fand Rusty ... und der Teufel sollte ihn holen, wenn er sich nicht mit seiner freien Hand die Schläfe rieb! Die vier überquerten die Comm Lane und kamen dann direkt an Rustys Bank vorbei.

»Hallo«, sagte das kleine Mädchen fröhlich. »Ich bin Alice. Das hier ist Aidan.«

»Wir werden im Paarhaus wohnen«, sagte der kleine Junge namens Aidan mürrisch. Er war auffällig blass und rieb sich noch immer seine Schläfe.

»Das wird sicher aufregend«, sagte Rusty. »Ich habe mir oft gewünscht, *ich* könnte im Paarhaus leben.«

Der Mann und die Frau holten die Kinder ein. Sie hielten sich an den Händen. Vater und Tochter, vermutete Rusty.

»Eigentlich wollen wir nur mit dieser Reverend Libby sprechen«, sagte die junge Frau. »Sie wissen nicht zufällig, ob sie schon wieder da ist?«

»Keine Ahnung«, sagte Rusty.

»Nun, wir gehen einfach hinüber und warten. Im Paarhaus.« Als sie das sagte, sah sie lächelnd zu dem älteren Mann auf. Vielleicht waren sie doch eher nicht Vater und Tochter. »Das hat uns der Hausmeister geraten.«

»Al Timmons?« Rusty hatte gesehen, wie Al auf einen Pick-up von Burpee's Department Store geklettert war.

»Nein, der andere«, sagte der ältere Mann. »Er hat gesagt, die Pastorin könnte uns vielleicht helfen, eine Unterkunft zu finden.«

Rusty nickte. »Hieß er Dale?«

»Ich glaube nicht, dass er wirklich seinen Namen genannt hat«, sagte die Frau.

»*Komm* jetzt!« Der Junge ließ seine Schwester los und zog stattdessen an der Hand der Frau. »Ich will das andere Spiel spielen, das du versprochen hast.« Aber das klang eher nörgelnd als eifrig. Vielleicht hatte er einen leichten Schock. Oder war ein bisschen krank. In letzterem Fall hoffte Rusty, dass er nur erkältet war. Ungefähr das Letzte, was The Mill jetzt brauchen konnte, war eine Grippewelle.

»Ihre Mutter ist ihnen abhandengekommen, zumindest vorläufig«, sagte die Frau halblaut. »Wir kümmern uns um sie.«

»Gut für sie«, sagte Rusty – ganz aufrichtig. »Junge, tut dein Kopf weh?«

»Nein.«

»Dein Hals?«

»Nein«, sagte der Junge namens Aidan. Er betrachtete Rusty mit ernstem Blick. »Weißt du was? Wenn wir dieses Jahr nicht ›Süßes oder Saures‹ sagen gehen, ist mir das total egal.«

»Aidan *Appleton*!«, rief Alice aus, als wäre sie zutiefst schockiert.

Rusty zuckte auf seiner Bank leicht zusammen; dagegen war er machtlos. Dann lächelte er. »Nein? Woher kommt das?«

»Weil Mami uns immer herumfährt, und Mami ist weggefahren, um Verräte zu kaufen.«

»Er meint Vorräte«, sagte das Mädchen namens Alice nachsichtig.

»Sie wollte Woops kaufen«, sagte Aidan. Er sah wie ein kleiner alter Mann aus – wie ein *sorgenvoller* kleiner alter

Mann. »Ich hätte Angst, an Halloween ohne Mami unterwegs zu sein.«

»Komm jetzt, Caro«, sagte der Mann. »Wir sollten …«

Rusty stand von der Bank auf. »Könnte ich Sie kurz sprechen, Ma'am? Nur zwei, drei Schritte weit dort drüben?«

Caro wirkte erstaunt und misstrauisch, aber sie trat mit ihm an den Stamm der Blautanne.

»Hat der Junge irgendwelche Anzeichen für Krämpfe erkennen lassen?«, fragte Rusty. »Dazu könnte gehören, dass er plötzlich mit etwas aufhört, das er gerade tut … dass er eine Zeit lang einfach nur dasteht, wissen Sie … einen starren Blick bekommt … mit den Lippen schmatzt …«

»Nichts dergleichen«, sagte der Mann, der hinzugetreten war.

»Nein«, bestätigte Caro, aber sie wirkte jetzt ängstlich.

Der Mann sah das und bedachte Rusty mit einem eindrucksvollen Stirnrunzeln. »Sind Sie Arzt?«

»Arzthelfer. Ich dachte, er könnte …«

»Nun, wir wissen Ihre Besorgnis natürlich zu schätzen, Mr. …«

»Eric Everett. Nennen Sie mich Rusty.«

»Wir wissen Ihre Besorgnis zu schätzen, Mr. Everett, aber ich halte sie für unangebracht. Bedenken Sie bitte, dass diese Kinder ohne ihre Mutter sind …«

»Und sie haben zwei Nächte allein und ohne viel zu essen verbracht«, fügte Caro hinzu. »Sie haben versucht, in die Stadt zu gelangen, als diese beiden … *Polizeibeamten* …« Ihre Nase kräuselte sich, als würde das Wort schlecht riechen. »… sie aufgegriffen haben.«

Rusty nickte. »Das könnte eine Erklärung sein, denke ich. Obwohl der Kleinen nichts zu fehlen scheint.«

»Kinder reagieren unterschiedlich. Und wir sollten lieber gehen. Sie laufen uns weg, Thurse.«

Alice und Aidan liefen durch den Park und wirbelten das abgefallene bunte Herbstlaub mit den Füßen auf, wobei Alice das Schachbrett schwenkte und gellend laut »*Paarhaus! Paarhaus!*« kreischte. Ihr Bruder rannte neben ihr her und schrie mindestens ebenso laut.

Der Junge hat einen kurzen Durchhänger gehabt, das war alles, dachte Rusty. *Der Rest war Zufall. Und nicht mal das – welches amerikanische Kind denkt Ende Oktober nicht an Halloween?* Eines stand fest: Wurden diese Leute später befragt, würden sie genau wissen, wo und wann sie Eric »Rusty« Everett zuletzt gesehen hatten. So viel zur geplanten Geheimhaltung.

Der grauhaarige Mann erhob seine Stimme: »Kinder! Nicht so schnell!«

Die junge Frau betrachtete Rusty, dann streckte sie ihm lächelnd die Hand hin. »Danke für Ihre Besorgnis, Mr. Everett ... Rusty.«

»Vermutlich übertriebene Besorgnis. Berufsrisiko.«

»Die nimmt Ihnen keiner übel. Dies war wohl das verrückteste Wochenende der Weltgeschichte. Führen Sie's darauf zurück.«

»Wird gemacht. Sollten Sie mich mal brauchen, finden Sie mich im Krankenhaus oder in der Poliklinik.« Er zeigte zum Cathy Russell hinüber, das durch die Bäume zu sehen sein würde, sobald die restlichen Blätter abfielen. *Wenn* sie abfielen.

»Oder auf dieser Bank«, sagte sie weiter lächelnd.

»Oder auf dieser Bank.« Ebenfalls lächelnd.

»Caro!« Thurse klang ungeduldig. »*Komm* jetzt!«

Sie bedachte Rusty mit einem kleinen Winken – kaum mehr als ein Wackeln der Fingerspitzen –, dann lief sie hinter den anderen her. Sie rannte leicht, elegant. Rusty fragte sich, ob Thurse wusste, dass Mädchen, die leicht und elegant rennen konnten, ihren in die Jahre gekommenen Liebhabern fast immer früher oder später davonliefen. Vielleicht wusste er das. Vielleicht hatte er es schon früher erlebt.

Rusty beobachtete, wie sie über den Stadtanger gehend auf die Turmspitze der Congo Church zuhielten. Wenig später verschwanden sie unter den Bäumen. Als er wieder zur Polizeistation hinübersah, war Junior Rennie verschwunden.

Rusty blieb noch einen Augenblick sitzen, trommelte mit den Fingern auf seinen Oberschenkeln. Dann fasste er einen

Entschluss und stand auf. Ob die verschwundenen Propantanks des Krankenhauses ins städtische Gaslager gelangt waren, konnte er später überprüfen. Im Augenblick interessierte ihn mehr, was der einzige Armeeoffizier von Chester's Mill im Rathaus tat.

9   Was Barbie tat, während Rusty auf dem Weg zum Rathaus die Comm Lane überquerte, war, anerkennend durch die Zähne zu pfeifen. Der Atombunker war ungefähr so lang wie ein Amtrak-Speisewagen, und die Wandregale standen voller Konservendosen. Die meisten sahen ziemlich fischig aus: Stapel von Ölsardinen, Reihen von Lachs und Unmengen eines Muschelgerichts, das sich Snow's Clam Fry-Ettes nannte – von dem Barbie aufrichtig hoffte, es niemals kosten zu müssen. Es gab auch Behälter mit Lebensmitteln, darunter viele große Plastikkanister mit Aufschriften wie REIS, MEHL, MILCHPULVER und ZUCKER. In einer Ecke waren Paletten mit Flaschen gestapelt, die mit TRINKWASSER beschriftet waren. Er zählte zehn große Kartons mit der Aufschrift DAUERBROT AUS STAATL. ÜBERSCHUSSBESTÄNDEN. Zwei weitere enthielten SCHOKORIEGEL AUS STAATL. ÜBERSCHUSSBESTÄNDEN. An der Wand darüber hing ein vergilbtes Schild, das verkündete: 700 KALORIEN AM TAG HALTEN DEN HUNGER IN SCHACH.

»Nur im Traum«, murmelte Barbie.

In die Rückwand war eine Tür eingelassen. Er öffnete sie, stand vor stygischer Dunkelheit, tastete umher, fand einen Lichtschalter. Ein weiterer Raum, nicht ganz so groß, aber noch immer geräumig. Er sah alt und unbenutzt aus – nicht schmutzig, weil zumindest Al Timmons von ihm wissen musste, denn irgendjemand hatte die Regale abgestaubt und den Fußboden gewischt, aber sichtbar vernachlässigt. Das hier unten lagernde Trinkwasser war in Glasflaschen abgefüllt, wie sie Barbie seit einem kurzen Einsatz in Saudi-Arabien nicht mehr gesehen hatte.

Dieser zweite Raum enthielt ein Dutzend zusammengeklappter Feldbetten sowie einfarbig blaue Wolldecken und Matratzen, die in Kunststoffhüllen mit Reißverschlüssen auf ihre Verwendung warteten. Zu den hier gestapelten Vorräten gehörten ein halbes Dutzend Pappkartons mit dem Aufdruck HYGIENE-SETS und ein Dutzend Schachteln mit SAUERSTOFFMASKEN. Hier gab es auch ein kleines Notstromaggregat, das für ein Minimum an Elektrizität sorgte. Das Aggregat lief; es musste angesprungen sein, als er Licht gemacht hatte. Flankiert wurde das Notstromaggregat von zwei Regalen. Auf einem stand ein Radio, das vermutlich neu gewesen war, als C. W. McCalls Song »Convoy« ein Hit gewesen war. Auf dem anderen standen zwei Kochplatten und ein knallgelb lackierter Metallkasten. Die Markenzeichen auf seinen Seiten stammten aus einer Zeit, als CD etwas anderes als Compact Disc bedeutet hatte. Das war das Gerät, das zu holen er gekommen war.

Barbie griff danach – und hätte ihn fast fallen lassen, so schwer war er. Auf der Vorderseite war eine Skala mit TEILCHEN PRO SEKUNDE beschriftet. Schaltete man das Gerät ein und richtete es auf etwas, konnte die Nadel im grünen Bereich bleiben, in den gelben Mittelbereich gelangen … oder in den roten Bereich ausschlagen. Das, vermutete Barbie, wäre dann nicht gut.

Er schaltete den Geigerzähler ein. Die kleine Kontrollleuchte blieb dunkel, und die Nadel verharrte bei 0.

»Die Batterie ist leer«, sagte jemand hinter ihm. Barbie zuckte heftig zusammen. Er drehte sich um und sah einen großen, stämmigen Mann mit rotblonden Haaren in der Tür zwischen den beiden Räumen stehen.

Zuerst konnte Barbie sich nicht auf den Namen besinnen, obwohl der Kerl oft am Sonntagvormittag ins Sweetbriar kam, meistens mit seiner Frau, immer mit seinen beiden kleinen Mädchen. Dann fiel er ihm ein. »Rusty Evers, nicht wahr?«

»Beinahe; ich heiße Everett.« Der Neuankömmling streckte ihm die Hand hin. Barbie trat leicht misstrauisch auf ihn zu und schüttelte sie. »Ich habe gesehen, wie Sie reingegangen sind. Und das …« Sein Nicken galt dem Geigerzähler. »… ist vermutlich keine schlechte Idee. *Irgendetwas* muss sie an Ort und Stelle halten.« Er sagte nicht, was er mit *sie* meinte, und das war auch nicht nötig.

»Freut mich, dass Sie das billigen. Sie haben mich so erschreckt, dass mich fast ein gottverdammter Schlag getroffen hätte. Aber damit wäre ich bei Ihnen richtig gewesen, denke ich. Sie sind Arzt, nicht wahr?«

»PA«, sagte Rusty. »Das bedeutet …«

»Ich weiß, was es bedeutet.«

»Okay, Sie gewinnen das Topfset für wasserloses Kochen.« Rusty deutete auf den Geigerzähler. »Dieses Ding funktioniert vermutlich mit einer Sechs-Volt-Blockbatterie. Ich weiß ziemlich sicher, dass ich bei Burpee's welche gesehen habe. Weniger sicher, dass jetzt jemand dort ist. Also … wie wär's mit einer weiteren kleinen Erkundung?«

»Was genau würden wir erkunden?«

»Den Lagerschuppen hinter diesem Gebäude.«

»Und das würden wir tun wollen, weil?«

»Das hängt davon ab, was wir finden. Wenn es sich als etwas erweist, das aus dem Krankenhaus verschwunden ist, könnten Sie und ich ein paar Informationen austauschen.«

»Wollen Sie mir nicht verraten, was Ihnen fehlt?«

»Propan, Bruder.«

Barbie dachte darüber nach. »Was soll's? Sehen wir mal nach.«

10   Junior stand am Fuß der wackeligen Treppe, die an der Seite von Sanders Hometown Drug nach oben führte, und fragte sich, ob er sie würde bewältigen können, solange er diese dröhnenden Kopfschmerzen hatte. Vielleicht. Wahrscheinlich. Andererseits konnte es passieren, dass sein Kopf auf halber Höhe der Treppe wie ein Silvesterkracher explodierte. Der Lichtfleck vor seinem Auge war wieder da; er zuckte und zackte mit seinem Herzschlag, aber er war nicht länger weiß. Jetzt war er leuchtend rot.

Im Dunkeln geht's mir wieder gut, dachte er. *In der Speisekammer, bei meinen Freundinnen.*

Wenn das hier gutging, konnte er dorthin. Im Augenblick erschien ihm die Speisekammer im Haus der McCains in der Prestile Street als der begehrenswerteste Ort der Welt. Natürlich war auch Coggins dort, aber was machte das schon? *Dieses* mit Bibelzitaten um sich werfende Arschloch konnte Junior immer leicht zur Seite schieben. Aber Coggins musste versteckt bleiben, zumindest vorläufig. Junior hatte kein Interesse daran, seinen Vater zu schützen (und war weder überrascht noch verzweifelt darüber, was der Alte getan hatte; Junior hatte schon immer gewusst, dass Big Jim Rennie zu einem Mord fähig war), aber er *hatte* ein Interesse daran, Dale Barbara das Handwerk zu legen.

Wenn wir die Sache richtig anfangen, können wir mehr erreichen, als ihn nur aus dem Verkehr zu ziehen, hatte Big Jim an diesem Morgen gesagt. *Wir können ihn dazu benutzen, die Stadt angesichts der Krise zu einen. Ihn und diese verflixte Zeitungstussi. Was sie betrifft, habe ich schon eine Idee.* Er hatte Junior eine warme, fleischige Hand auf die Schulter gelegt. *Wir sind ein Team, Sohn.*

Vielleicht nicht für immer, aber zumindest vorläufig zogen sie am selben Strang. Und sie würden *Baaarbie* das Handwerk legen. Junior glaubte sogar, dass Barbie irgendwie an seinen Kopfschmerzen schuld war. Falls Barbie wirklich in Übersee gewesen war – angeblich im Irak –, konnte er aus dem Nahen Osten leicht mit ein paar unheimlichen Souvenirs heimgekehrt sein. Zum Beispiel mit Gift. Junior hatte oft im Sweetbriar Rose gegessen. Dabei konnte Barbara ihm irgendwas ins Essen gemischt haben. Und wenn Barbie nicht selbst am Grill gestanden hatte, konnte er Rose dazu veranlasst haben. Diese Schlampe war ihm hörig.

Junior stieg langsam die Treppe hinauf, dabei machte er auf jeder vierten Stufe halt. Sein Kopf explodierte nicht, und als er oben ankam, tastete er in seiner Tasche nach dem Wohnungsschlüssel, den Andy Sanders ihm gegeben hatte. Er konnte ihn nicht gleich finden und dachte schon, er hätte ihn verloren, aber schließlich spürten seine Finger ihn doch unter etwas Kleingeld auf.

Er sah sich um. Aus dem Dipper's kamen noch immer einzelne Leute zurück, aber niemand blickte zu ihm auf dem Treppenabsatz vor Barbies Apartment auf. Der Schlüssel drehte sich im Schloss und Junior schlüpfte hinein.

Er machte kein Licht, obwohl Sanders' Stromaggregat vermutlich diese Wohnung mitversorgte. Das Halbdunkel machte den pulsierenden Lichtpunkt vor seinem Auge weniger sichtbar. Er sah sich neugierig um. Es gab Bücher, ganze Regale voller Bücher. Hatte *Baaarbie* sie zurücklassen wollen, als er aus The Mill abgehauen war? Oder hatte er eine Vereinbarung getroffen – vielleicht mit Petra Searles, die unten arbeitete –, um sie sich irgendwohin nachschicken zu lassen? Das galt vermutlich auch für den Teppich im Wohnzimmer: bestimmt von Kameltreibern gewebt und von Barbie auf einem örtlichen Basar gekauft, als es gerade keine Verdächtigen zu foltern oder kleine Jungs zu bumsen gegeben hatte.

Nein, er hatte ganz sicher keine Vorkehrungen getroffen, sich das Zeug nachschicken zu lassen, entschied Junior. Weil er nie vorgehabt hatte abzuhauen. Als Junior dieser Gedanke kam, fragte er sich, wieso er nicht gleich darauf gekommen war. *Baaarbie* gefiel es hier; er würde The Mill niemals freiwillig verlassen. Er fühlte sich so wohl wie eine Made in Hundekotze.

Finde etwas, aus dem er sich nicht rausreden kann, hatte Big Jim ihn angewiesen. *Etwas, was nur von ihm sein kann. Hast du verstanden?*

Wofür hältst du mich eigentlich, Dad, für dumm?, dachte Junior jetzt. *Wenn ich dumm bin, wie kommt's dann, dass ich es war, der heute Abend deinen Arsch gerettet hat?*

Aber sein Vater hatte einen gewaltigen Schlag an sich, wenn ihn die Wut packte, das war unbestreitbar. Er hatte Junior in seiner Kindheit nie geohrfeigt oder geschlagen – etwas, was Junior immer auf den besänftigenden Einfluss seiner verstorbenen Mutter zurückgeführt hatte. Jetzt hatte er einen anderen Verdacht: dass sein Vater in seinem Innersten wusste, dass er nicht mehr würde aufhören können, wenn er einmal anfing.

»Wie der Vater, so der Sohn«, sagte Junior und kicherte.

411

Davon tat ihm der Kopf weh, aber er kicherte trotzdem. Hieß es nicht immer, Lachen sei die beste Medizin?

Er ging in Barbies Schlafzimmer, sah das ordentlich gemachte Bett und malte sich kurz aus, wie wundervoll es wäre, da mitten reinzuscheißen. Ja, und sich mit dem Kissenbezug den Hintern abzuwischen. *Wie würde dir das gefallen, Baaarbie?*

Stattdessen trat er an die Kommode. Drei oder vier Jeans in der obersten Schublade, dazu zwei Khakishorts. Unter den Shorts lag ein Handy, und Junior glaubte schon, gefunden zu haben, was er suchte. Aber nein. Das Ding war ein Sonderangebot aus einem Elektromarkt. Barbie konnte immer behaupten, dass es nicht ihm gehörte.

Die zweite Schublade enthielt ein halbes Dutzend Unterhosen und vier oder fünf Paar einfache weiße Sportsocken. Und die dritte Schublade war ganz leer.

Er sah unter dem Bett nach, wobei sein Kopf wütend pochte und hämmerte – anscheinend hatte das Lachen doch nicht geholfen. Und darunter war nichts zu finden, nicht mal Wollmäuse. *Baaarbie* war ein Sauberkeitsfanatiker. Junior überlegte, ob er das Imitrex aus der Uhrentasche seiner Jeans einnehmen sollte, tat es dann aber doch nicht. Er hatte schon zwei geschluckt – ganz ohne Wirkung bis auf den metallischen Nachgeschmack hinten im Rachen. Er wusste, welche Medizin er brauchte: die dunkle Speisekammer in der Prestile Street. Und die Gesellschaft seiner Freundinnen.

Vorerst war er jedoch hier. Und es musste *irgendwas* geben.

»Irgendwas«, flüsterte er. »Ich muss irgendeine Kleinigkeit finden.«

Er wollte schon ins Wohnzimmer zurückgehen, wischte sich Tränen aus dem Winkel seines pochenden linken Auges (ohne zu merken, dass sie blutig waren) und blieb dann stehen, weil ihm etwas eingefallen war. Er ging erneut an die Kommode, zog erneut die Schublade mit Unterwäsche und Socken auf. Die Socken waren zusammengerollt. In der Highschool hatte Junior manchmal etwas Gras oder ein paar Uppers in seinen zusammengerollten Socken versteckt; einmal einen Stringtanga von Adriette Nedeau. Socken waren ein gutes Versteck. Junior nahm die ordentlich zusammengerollten Knäuel einzeln heraus und tastete sie ab.

Beim dritten Knäuel wurde er fündig: Er entdeckte etwas, was sich wie ein flaches Stück Metall anfühlte. Nein, zwei Stücke. Er rollte sie auseinander und schüttelte die schwere Socke über der Kommode aus.

Was herausfiel, waren Dale Barbaras Erkennungsmarken. Und Junior lächelte trotz seiner grässlichen Kopfschmerzen.

Jetzt bist du dran, Baaarbie, dachte er. *Scheiße, das kannst du nicht widerlegen.*

11   Auf der Tarker's-Mills-Seite der Little Bitch Road wüteten die von den Fasthawks ausgelösten Brände noch, aber sie würden bis Einbruch der Dunkelheit gelöscht sein; Feuerwehren aus vier Kleinstädten, die von Soldaten aus Marinekorps und Army unterstützt wurden, bekämpften die Brände und gewannen allmählich die Oberhand. Sie wären längst gelöscht gewesen, rechnete Brenda Perkins sich aus, wenn die Feuerwehrleute dort drüben nicht mit starkem Wind zu kämpfen gehabt hätten. Auf ihrer Seite hatte es dieses Problem nicht gegeben. Heute war das ein Segen. Später konnte es sich als Fluch erweisen. Das ließ sich unmöglich vorhersagen.

Brenda wollte sich von dieser Frage nicht den Nachmittag verderben lassen, denn sie fühlte sich gut. Hätte jemand sie an diesem Morgen gefragt, wann sie sich wohl wieder gut fühlen werde, hätte sie geantwortet: *Vielleicht nächstes Jahr. Vielleicht nie mehr.* Und Brenda war klug genug, um zu wissen, dass dieses Gefühl wahrscheinlich nicht anhielt. Neunzig Minuten harter Arbeit hatten viel damit zu tun; jede körperliche Betätigung – ganz gleich, ob man joggte oder mit einem Spatenblatt die Brandnester eines Buschbrands ausschlug – setzte Endorphine frei. Aber hier ging es um mehr als nur Endorphine. Für sie war es wichtig, für eine Aufgabe verantwortlich zu sein, die sie gut beherrschte.

Andere Freiwillige waren selbstständig zum Brandort gekommen. Rechts und links der Little Bitch Road standen vierzehn Männer und drei Frauen, manche noch mit den Spaten und Gummimatten, mit denen sie die kriechenden Flammen ausgeschlagen hatten, andere mit den Behältern der Handspritzen, die sie auf dem Rücken getragen hatten und die nun vor ihnen auf dem Makadambelag der Straße standen. Al Timmons, Johnny Carver und Nell Toomey rollten Schläuche auf und warfen sie auf die Ladefläche von Burpees Pick-up. Tommy Anderson aus dem Dipper's und Lissa Jamieson – ein bisschen von New-Age-Ideen angehaucht, aber stark wie ein Pferd – schleppten die Tauchpumpe, mit der sie Löschwasser aus dem Little Bitch Creek gepumpt hatten, zu einem der anderen Fahrzeuge. Brenda hörte Lachen und erkannte, dass sie nicht die Einzige war, die einen Endorphinschub genoss.

Das Unterholz auf beiden Seiten der Straße war geschwärzt und rauchte teilweise noch, und mehrere Bäume waren in Flammen aufgegangen, aber das war schon alles. Der Dome hatte den Wind abgehalten und ihnen auch auf andere Weise geholfen, indem er den Bach teilweise aufgestaut und das Gebiet auf dieser Seite in einen Morast verwandelt hatte. Der Brand auf der anderen Seite war eine andere Geschichte. Wegen der flimmernden Hitzewellen und des Rußes, der sich an der Kuppel festsetzte, glichen die Männer, die dort gegen die Flammen kämpften, verschwommenen Gespenstern.

Romeo Burpee kam herangeschlendert. Er hielt einen feuchten Besen in einer Hand und eine Fußmatte aus Gummi in der anderen. Auf der Unterseite der Matte klebte noch das Preisschild. Die aufgedruckten Worte waren verkohlt, aber noch lesbar: TÄGLICH AUSVERKAUF BEI BURPEE'S! Er ließ sie fallen und streckte eine rußige Hand aus.

Brenda war überrascht, ergriff aber dennoch die angebotene Hand und schüttelte sie kräftig. »Weshalb das, Rommie?«

»Für Sie und dafür, dass Sie hier verdammt gute Arbeit geleistet haben.«

Sie lachte verlegen, aber erfreut. »Unter diesen Bedingungen hätte das jeder gekonnt. Der Brand ist nur durch Kontakt entstanden, und der Boden ist so feucht, dass er bis heute Abend wahrscheinlich von selbst erloschen wäre.«

»Vielleicht«, sagte Burpee, dann zeigte er auf eine Lichtung, über die sich die Überreste einer Bruchsteinmauer zogen. »Oder vielleicht hätten sie das hohe Gras dort drüben erreicht, dann die Bäume jenseits der Mauer, und dann wäre die Katastrophe da gewesen. Es hätte eine Woche oder einen Monat lang brennen können. Vor allem ohne unsere verdammte Feuerwehr.« Er drehte den Kopf zur Seite und spuckte aus. »Wenn Feuer erst mal Fuß gefasst hat, breitet es sich auch ohne Wind aus. In den Südstaaten gibt es Grubenbrände, die zwanzig, dreißig Jahre gebrannt haben. Das hab ich im *National Geographic* gelesen. Unter Tage ist's windstill. Und woher wissen wir, dass unter der Kuppel kein starker Wind entstehen kann? Wir haben keine Ahnung, was dieses Ding bewirken oder nicht bewirken kann.«

Sie sahen beide zu der Kuppel hinüber. Ruß und Asche hatten sie bis zu einer Höhe von fast dreißig Metern gewissermaßen sichtbar gemacht. Außerdem trübten diese Ablagerungen die Aussicht in Richtung Tarker's Mills, was Brenda nicht gefiel. Sie hatte keine Lust, intensiv darüber nachzudenken, weil das ihr gutes Gefühl in Bezug auf ihre nachmittägliche Arbeit beeinträchtigen konnte, aber nein … das gefiel ihr ganz und gar nicht. Es ließ sie an den verschleierten Sonnenuntergang von gestern Abend denken.

»Dale Barbara muss seinen Freund in Washington anrufen«, sagte sie. »Er soll dafür sorgen, dass die Männer dort drüben diese Schicht abspritzen, sobald der Brand gelöscht ist. Von innen können wir das nicht tun.«

»Gute Idee«, sagte Romeo. Aber er war in Gedanken woanders. »Fällt Ihnen etwas an Ihrer Crew auf, Ma'am? Mir nämlich schon.«

Brenda machte ein überraschtes Gesicht. »Das ist nicht meine Crew.«

»O doch, das ist sie«, sagte er. »Sie haben die Befehle erteilt, also ist das Ihre Mannschaft. Sehen Sie irgendwelche Cops?«

Sie sah sich um.

»Nicht einen«, sagte Romeo. »Nicht Randolph, nicht Henry Morrison, nicht Freddy Denton, nicht Rupert Libby oder Georgie Frederick ... auch keinen der neuen. Keinen dieser Kids.«

»Sie sind wahrscheinlich damit beschäftigt ...« Sie brachte den Satz nicht zu Ende.

Romeo nickte. »Genau. Womit beschäftigt? Das wissen Sie nicht, und ich weiß es auch nicht. Aber was sie auch treiben ... ich bin mir nicht sicher, ob es mir gefällt. Oder ob ich's für lohnend halte. Für Donnerstagabend ist eine Bürgerversammlung angesetzt, und falls der Dome dann noch existiert, sollte es meiner Ansicht nach ein paar Veränderungen geben.« Er machte eine Pause. »Vielleicht steht's mir nicht zu, das vorzuschlagen, aber ich denke, Sie sollten für den Posten von Feuerwehrkommandant und Polizeichef kandidieren.«

Brenda überlegte, dachte an die VADER-Datei, die sie entdeckt hatte, und schüttelte langsam den Kopf. »Dafür ist es noch zu früh.«

»Wie wär's nur mit Feuerwehrkommandant? Wie wär's damit?« Sein Lewiston-Akzent machte sich jetzt stärker bemerkbar.

Brenda sah sich um, betrachtete das rauchende Unterholz und die wertlosen verkohlten Bäume. Hässlich, gewiss, wie ein Schlachtfeld im Ersten Weltkrieg, aber nicht mehr gefährlich. Dafür hatten die Leute gesorgt, die sich hier zusammengefunden hatten. Die Crew. *Ihre* Crew.

Sie lächelte. »Darüber ließe sich nachdenken.«

12   Als Ginny Tomlinson zum ersten Mal den Krankenhausflur entlangkam, rannte sie vorbei, um auf ein bedrohlich klingendes Piepsen zu reagieren, und Piper hatte keine Chance, mit ihr zu sprechen. Sie versuchte es gar nicht erst. Sie saß nun schon lange genug im Wartezimmer, um mitzukriegen, was hier lief: drei Personen – eine Krankenschwester, ein Krankenpfleger und eine Lernschwester namens Gina Buffalino – waren für ein ganzes Krankenhaus zuständig. Sie kamen zurecht, aber nur mit knapper Not. Als Ginny zurückkam, ging sie langsam. Sie ließ die Schultern hängen. In einer schlaffen Hand hielt sie ein Krankenblatt.

»Ginny?«, sagte Piper. »Alles okay?«

Piper fürchtete schon, Ginny würde sie anfahren, aber statt zu fauchen, bedachte die Schwester sie mit einem müden Lächeln. Und setzte sich neben sie. »Geht so. Nur müde.« Sie machte eine Pause. »Außerdem ist Ed Carty gerade gestorben.«

Piper ergriff ihre Hand. »Tut mir sehr leid, das zu hören.«

Ginny drückte ihre Finger. »Muss es nicht. Sie wissen, was Frauen übers Gebären erzählen? Die eine hat schnell und leicht entbunden; die andere hat es schwer gehabt?«

Piper nickte.

»Der Tod ist ganz ähnlich. Mr. Carty hat lange in Wehen gelegen, aber jetzt hat er entbunden.«

Piper fand diese Vorstellung wundervoll. Sie glaubte sogar, sie in einer Predigt verwenden zu können – nur würden die Leute am kommenden Sonntag vermutlich keine Predigt über das Sterben hören wollen. Nicht, wenn der Dome noch an Ort und Stelle war.

Sie saßen eine Zeit lang zusammen, und Piper überlegte, wie sie die Frage, die sie stellen musste, am besten stellen könnte. Am Ende musste sie es gar nicht tun.

»Sie ist vergewaltigt worden«, sagte Ginny. »Wahrscheinlich mehr als einmal. Ich hatte schon Angst, Twitch würde seine Nähkünste ausprobieren müssen, aber zuletzt konnte ich die Blutung doch noch so stoppen.« Sie machte eine Pause. »Ich habe dabei geweint. Zum Glück war die junge Frau zu bekifft, um es zu merken.«

»Und das Baby?«

»Im Prinzip ein gesunder Eineinhalbjähriger, aber er hat uns einen Schrecken eingejagt. Er hatte einen kleinen Anfall. Vermutlich weil er so lange der Sonne ausgesetzt war. Dazu die Dehydrierung ... Hunger ... und er hat ebenfalls eine Wunde.« Ginny fuhr sich mit dem Zeigefinger quer über die Stirn.

Twitch kam vom Korridor herein und gesellte sich zu ihnen. Er schien Lichtjahre von seiner sonstigen unbeschwerten Art entfernt zu sein.

»Haben die Männer, die sie vergewaltigt haben, auch dem Kleinen wehgetan?« Pipers Stimme blieb ruhig, aber in ihrem Verstand öffnete sich ein schmaler roter Spalt.

»Little Walter? Er ist nur hingefallen, denke ich«, sagte Twitch. »Sammy hat irgendwas davon gemurmelt, sein Bettchen sei zusammengebrochen. Sie hat sich nicht sehr verständlich ausgedrückt, aber ich bin mir ziemlich sicher, dass das ein Unfall war. Zumindest *dieser* Teil.«

Piper betrachtete ihn nachdenklich. »*Das* hat sie also gemeint. Ich dachte, sie wollte etwas Wasser.«

»Sammy wollte bestimmt auch Wasser«, sagte Ginny, »aber ihr Baby heißt tatsächlich Little, erster Vorname, Walter, zweiter Vorname. Sie haben ihn nach einem Bluesharmonikaspieler genannt, glaube ich. Phil und sie …« Ginny tat so, als zöge sie an einem Joint und hielt die Luft mit dem inhalierten Rauch an.

»Oh, Phil hat viel mehr getan, als nur zu rauchen«, sagte Twitch. »Was Drogen angeht, war Phil Bushey wirklich vielseitig.«

»Ist er tot?«, fragte Piper.

Twitch zuckte mit den Schultern. »Ich habe ihn seit dem Frühjahr nicht mehr gesehen. Falls ja, sind wir ihn wenigstens los!«

Piper sah ihn vorwurfsvoll an.

Twitch nickte verlegen. »Entschuldigung, Rev.« Er wandte sich an Ginny. »Weißt du, wo Rusty steckt?«

»Er musste mal weg«, sagte sie, »und ich habe ihm gesagt, dass er gehen kann. Aber er kommt bestimmt bald zurück.«

Piper saß äußerlich ganz ruhig zwischen ihnen. In ihrem Inneren wurde der rote Spalt breiter. Sie hatte einen sauren Geschmack im Mund. Sie erinnerte sich an einen Abend, an dem ihr Vater ihr verboten hatte, zur Skate Scene im Einkaufszentrum zu gehen, weil sie etwas Freches zu ihrer Mutter gesagt hatte (als Teenager hatte Piper Libby freche Bemerkungen nur so hervorgesprudelt). Sie war nach oben gegangen, hatte die Freundin angerufen, mit der sie verabredet gewesen war, und dieser Freundin erklärt – mit ganz freundlicher, völlig gleichmäßiger Stimme –, ihr sei etwas dazwischengekommen und sie könnten sich nun leider doch nicht treffen. Nächstes Wochenende? Klar doch, mh-hm, sicher, viel Spaß, nein, mir geht's gut, b'bye. Dann hatte sie ihr Zimmer verwüstet. Ganz zum Schluss riss sie ihr geliebtes Oasis-Poster von der Wand und zerfetzte es. Unterdessen weinte sie heiser – nicht vor Kummer, sondern in einem der Wutanfälle, die wie Hurrikane der Stärke fünf durch ihre Teenagerzeit getobt hatten. Irgendwann während dieser Gewaltorgie kam ihr Vater herauf, blieb in der Tür stehen und beobachtete sie. Als sie ihn endlich dort stehen sah, starrte sie trotzig zurück: keuchend und mit dem Bewusstsein, wie sehr sie ihn hasste. Wie sehr sie beide hasste. Wenn sie tot waren, würde sie zu ihrer Tante Ruth nach New York ziehen. Tante Ruth wusste, wie man sich amüsierte. Anders als gewisse Leute. Er hatte besänftigend die flachen, ihr zugekehrten Hände gehoben. Das war eine irgendwie demütige Geste gewesen, die ihren Zorn sofort besänftigt und ihr fast das Herz gebrochen hatte.

Wenn du dein Temperament nicht beherrschst, beherrscht dein Temperament dich, hatte er gesagt, bevor er sie stehen ließ und mit gesenktem Kopf den Flur entlang davonging. Sie hatte die Tür nicht hinter ihm zugeknallt. Sie hatte sie ganz leise geschlossen.

Das war das Jahr gewesen, in dem sie ihr oft aufbrausendes Temperament zu ihrer obersten Priorität gemacht hatte. Es ganz zu unterdrücken, hätte bedeutet, einen Teil ihrer Persönlichkeit zu unterdrücken, aber sie erkannte, dass ein wichtiger Teil von ihr lange, sehr lange fünfzehn bleiben würde, wenn sie nicht einige grundlegende Veränderungen vornahm. Sie fing an, sich um Selbstbeherrschung zu bemühen, und war damit meistens erfolgreich. Jedes Mal, wenn sie spürte, dass sie die Beherrschung zu verlieren drohte, dachte sie daran, was ihr Vater gesagt hatte, und erinnerte sich an jene beschwichtigende Geste, bevor er langsam über den Flur ihres Elternhauses davongegangen war. Neun Jahre später hatte sie bei seiner Beerdigung gesprochen und gesagt: *Meinem Vater verdanke ich die wichtigste Lektion meines Lebens.* Sie hatte nicht gesagt, wie sie lautete, aber ihre Mutter hatte es gewusst; sie hatte vorn in der ersten Bank der Kirche gesessen, in der ihre Tochter jetzt Pastorin war.

Wenn sie in den vergangenen zwanzig Jahren den Drang verspürt hatte, gegen jemanden ausfällig zu werden – und dieser Drang war oft fast unkontrollierbar, weil die Leute so dumm, so vorsätzlich *blöd* sein konnten –, rief sie sich die Stimme ihres Vaters ins Gedächtnis zurück: *Wenn du dein Temperament nicht beherrschst, beherrscht dein Temperament dich.*

Aber jetzt wurde der rote Spalt breiter, und sie spürte den alten Drang, mit Dingen um sich zu werfen. Mit den Krallen Haut aufzukratzen, bis Blutstropfen hervorquollen.

»Haben Sie sie gefragt, wer die Kerle waren?«

»Ja, natürlich«, sagte Ginny. »Aber sie will es nicht sagen. Sie hat Angst.«

Piper erinnerte sich daran, wie sie Mutter und Kind am Straßenrand entdeckt und erst für Müllsäcke gehalten hatte. Und genau das waren sie natürlich für die Kerle gewesen, die ihr das angetan hatten. Sie stand auf. »Ich werde mit ihr reden.«

»Das wäre vielleicht keine gute Idee«, sagte Ginny. »Sie hat ein Beruhigungsmittel bekommen und ...«

»Lass sie es versuchen«, sagte Twitch. Sein Gesicht war auffällig blass. Seine Hände zwischen den Knien waren krampfhaft gefaltet. Die Fingerknöchel knackten wiederholt. »Und hängen Sie sich rein, Rev.«

13   Sammys Lider hingen auf Halbmast. Sie öffneten sich langsam, als Piper auf dem Stuhl neben ihrem Bett Platz nahm. »Sie ... sind die Frau, die uns ...«

»Ja«, sagte Piper und ergriff ihre Hand. »Mein Name ist Piper Libby.«

»Ich danke Ihnen«, sagte Sammy. Ihre Augen begannen wieder zuzufallen.

»Danken Sie mir, indem Sie mir die Namen der Männer sagen, die Sie vergewaltigt haben.«

In dem halbdunklen Raum – warm, weil die Klimaanlage des Krankenhauses abgeschaltet war – schüttelte Sammy den Kopf. »Sie haben gedroht, mir was zu tun. Wenn ich was sage.« Sie blickte kurz zu Piper auf – es war ein kuhartiger Blick voll stummer Resignation. »Sie könnten auch Little Walter was tun.«

Piper nickte. »Ich verstehe, dass Sie Angst haben«, sagte sie. »Und nun erzählen Sie mir, wer sie waren. Sagen Sie mir ihre Namen.«

»Haben Sie mich nicht *gehört*?« Den Blick jetzt von Piper abgewandt. »Sie haben gesagt, sie tun mir…«

Das alles dauerte Piper zu lange; die junge Frau konnte jeden Augenblick nicht mehr ansprechbar sein. »Ich will diese Namen, und Sie werden sie mir sagen.«

»Ich *trau* mich nicht.« Aus Sammys Augen begannen Tränen zu quellen.

»Sie werden es tun, weil Sie jetzt tot sein könnten, wenn ich nicht vorbeigekommen wäre.« Sie machte eine Pause, dann stieß sie den Dolch ganz hinein. Das würde sie später vielleicht bereuen, aber nicht jetzt. Im Augenblick stellte diese junge Frau das einzige Hindernis dar, das zwischen ihr und den Informationen stand, die sie benötigte. »Von Ihrem Kleinen ganz zu schweigen. Er könnte auch tot sein. Ich habe Ihnen das Leben gerettet, ich habe ihm das Leben gerettet, und *ich will diese Namen*.«

»Nein.« Aber der Widerstand der jungen Frau wurde schwächer, und irgendwie genoss Reverend Piper Libby das sogar. Später würde sie von sich selbst angewidert sein; später würde sie denken: *Du bist nicht viel besser als diese Kerle, Gewalt ist Gewalt*. Im Augenblick empfand sie jedoch durchaus Vergnügen, genau wie sie durchaus Vergnügen dabei empfunden hatte, ihr Lieblingsposter von der Wand zu reißen und zu zerfetzen.

Das gefällt mir, weil es bitter ist, dachte sie. *Und weil es aus meinem Herzen kommt.*

Sie beugte sich über die weinende junge Frau. »Nehmen

Sie das Wachs aus Ihren Ohren, Sammy, damit Sie hören, was ich Ihnen sage. Was diese Kerle einmal getan haben, tun sie wieder. Und wenn sie es tun, wenn später irgendeine andere Frau mit blutender Möse und vielleicht von einem Vergewaltiger schwanger hier aufkreuzt, werde ich zu Ihnen kommen und sagen ...«

»Nein! Aufhören!«

»Sie waren daran beteiligt. Sie waren dabei, Sie haben sie angefeuert.«

»Nein!«, rief Sammy empört. »Nicht ich, das war Georgia! Georgia hat sie angefeuert!«

Piper empfand kalten Abscheu. Eine Frau. Eine Frau war dabei gewesen. Der rote Spalt in ihrem Verstand öffnete sich noch weiter. Bald würde er anfangen, Lava zu spucken.

»Sagen Sie mir die Namen«, verlangte sie.

Und Sammy tat es.

14   Jackie Wettington und Linda Everett parkten vor der Food City, die künftig statt um 20 Uhr schon um 17 Uhr schließen würde. Randolph hatte sie rübergeschickt, weil er fürchtete, es könnte wegen des früheren Ladenschlusses Ärger geben. Ein lächerlicher Gedanke, weil der Supermarkt fast leer war. Auf dem Parkplatz standen kaum ein Dutzend Autos, und die wenigen verbliebenen Kunden bewegten sich langsam wie in Trance, als hätten sie einen schlechten Kollektivtraum. Die beiden Beamtinnen sahen nur einen Kassierer, einen Teenager namens Bruce Yardley. Der Junge nahm Bargeld oder ließ sich den Kassenzettel abzeichnen, statt Kreditkarten zu belasten. Die Fleischtheke schien leer zu sein, aber es gab noch reichlich Geflügel, und die Regale mit Konserven und Lebensmitteln waren gut gefüllt.

Während sie darauf warteten, dass die letzten Kunden gingen, klingelte Lindas Handy. Sie las die Anruferkennung und fühlte einen kleinen Stich ins Herz. Die Anruferin war Marta Edmunds, die auf Judy und Janelle aufpasste, wenn Linda und Rusty beide arbeiten mussten – was sie praktisch nonstop getan hatten, seit es die Kuppel gab. Sie drückte die Rückruftaste.

»Marta?«, sagte sie mit einem Stoßgebet, dass nichts passiert sein möge. Dass Marta nur anrief, um zu fragen, ob sie mit den Mädchen auf den Stadtanger gehen dürfe – irgendwas in dieser Art. »Alles in Ordnung?«

»Nun … ja. Ich glaube schon.« Linda hasste den sorgenvollen Unterton, den sie in Martas Stimme hörte. »Aber … das mit den Anfällen, wissen Sie?«

»O Gott – hat sie einen gehabt?«

»Ich denke schon«, sagte Marta, dann fügte sie hastig hinzu: »Beiden geht's echt gut, sie sind nebenan, malen Malbücher aus.«

»Was ist passiert? Erzählen Sie!«

»Die Mädchen haben geschaukelt. Ich hab mich um meine Blumen gekümmert, um sie winterfest zu …«

»Marta, *bitte*!«, sagte Linda, und Jackie legte ihr eine Hand auf den Arm.

»Entschuldigen Sie. Audi hat zu bellen angefangen, also hab ich mich umgedreht. Ich habe gefragt: ›Schätzchen, alles in Ordnung mit dir?‹ Sie hat keine Antwort gegeben, ist nur von der Schaukel gestiegen und hat sich darunter gesetzt – Sie wissen schon, wo die kleine Mulde von all den Füßen ist? Sie ist nicht gefallen oder sonst was, sondern hat sich einfach nur hingesetzt. Sie hat geradeaus gestarrt und mit den Lippen geschmatzt, worauf ich auf Ihre Anweisung achten sollte. Ich bin hingerannt … hab sie wohl leicht geschüttelt … und sie hat gesagt … lassen Sie mich nachdenken …«

Jetzt kommt's, dachte Linda. *Stoppt Halloween, ihr müsst Halloween stoppen.*

Aber nein. Diesmal war es etwas ganz anderes.

»Sie hat gesagt: ›Die rosa Sterne fallen. Die rosa Sterne fallen in Reihen.‹ Dann hat sie gesagt: ›Es ist so dunkel, und alles riecht schlecht.‹ Dann ist sie wieder aufgewacht, und jetzt ist alles in Ordnung.«

»Gott sei Dank!«, sagte Linda. Dann erübrigte sie einen Gedanken an ihre Fünfjährige. »Geht's Judy gut? Hat sie das aufgeregt?«

Nun folgte eine lange Pause, bevor Marta »Oh …« sagte.

»*Oh?* Was soll das heißen … *oh?*«

»Es *war* Judy. Nicht Janelle. Diesmal war es Judy.«

15   *Ich will das andere Spiel spielen, das du versprochen hast,* hatte Aidan zu Carolyn Sturges gesagt, als sie auf dem Stadtanger stehen geblieben war, um mit Rusty zu sprechen. Das andere Spiel, an das sie gedacht hatte, war Ochs am Berg, obwohl Carolyn sich nur schemenhaft an die Spielregeln erinnern konnte – kein Wunder, nachdem sie dieses Spiel seit ihrem sechsten oder siebten Lebensjahr nicht mehr gespielt hatte.

Aber sobald sie in dem weitläufigen Garten des »Paarhauses« an einem Baum stand, fielen ihr die Regeln wieder ein. Und unerwartet auch Thurston, der nicht nur mitspielen wollte, sondern sich sogar darauf zu freuen schien.

»Denkt daran«, belehrte er die Kinder (die das Vergnügen, das Ochs am Berg machte, irgendwie verpasst zu haben schienen), »sie muss bis drei zählen, so schnell sie will, und wenn sie euch erwischt, wenn sie sich umdreht, müsst ihr ganz bis zum Anfang zurückgehen.«

»*Mich* erwischt sie nicht«, sagte Alice.

»Mich auch nicht«, behauptete Aidan.

»Das werden wir ja sehen«, sagte Carolyn und wandte sich dem Baumstamm zu. »Ochs … am … Berg … eins-zwei-DREI!«

Sie warf sich herum. Alice stand mit einem Lächeln auf dem Gesicht da und hatte ein Bein zu einem großen alten Riesenschritt nach vorn gesetzt. Thurston, der ebenfalls lächelte, hielt die Hände wie das *Phantom der Oper* krallenartig ausgestreckt. Carolyn sah, dass Aidan sich kaum merklich bewegte, aber sie dachte nicht daran, ihn zurückzuschicken. Er wirkte fröhlich, und sie hatte nicht die Absicht, ihm den Spaß zu verderben.

»Gut«, sagte sie. »Brave kleine Statuen. Weiter geht's mit der zweiten Runde.« Sie drehte sich zu dem Baum um und zählte erneut, wobei sie wieder die alte, kindlich köstliche

Angst bei dem Gedanken daran empfand, dass andere sich hinter ihrem Rücken bewegten. »Ochs am Berg einszwei-DREI!«

Sie fuhr herum. Alice war nur noch zwanzig Schritte entfernt. Aidan, der etwa zehn Schritte hinter ihr war, zitterte auf einem Fuß stehend; am Knie hatte er eine verschorfte Narbe, die sehr deutlich sichtbar war. Thurse stand hinter dem Jungen: eine Hand wie ein Redner aufs Herz gelegt, ein Lächeln auf dem Gesicht. Alice würde sie abklatschen, aber das war in Ordnung; im zweiten Spiel würde die Kleine »es« sein, und ihr Bruder würde gewinnen. Dafür würden Thurse und sie sorgen.

Sie wandte sich erneut dem Baum zu. »Ochsam ...«

Dann kreischte Alice.

Als Carolyn sich herumwarf, sah sie Aidan Appleton auf dem Boden liegen. Anfangs dachte sie, das gehörte zum Spiel. Ein Knie – das mit der verschorften Narbe – war erhoben, als versuchte er, auf dem Rücken liegend zu laufen. Seine weit aufgerissenen Augen starrten in den Himmel. Seine Lippen waren zu einem gezierten kleinen o gespitzt. Auf der Vorderseite seiner Shorts breitete sich ein dunkler Fleck aus. Sie hastete zu ihm.

»Was hat er?«, fragte Alice. Carolyn konnte den gesamten Stress dieses schlimmen Wochenendes von ihrem Gesicht ablesen. »Was fehlt ihm?«

»Aidan?«, fragte Thurse. »Alles in Ordnung, Großer?«

Aidan zitterte weiter, während seine Lippen an einem unsichtbaren Trinkhalm zu nuckeln schienen. Sein abgeknicktes Bein streckte sich ... dann trat er mit beiden Beinen um sich. Seine Schultern zuckten.

»Er hat eine Art Anfall«, sagte Carolyn. »Wahrscheinlich von zu viel Aufregung. Ich glaube, der vergeht von selbst, wenn wir ihn ein paar Mi...«

»Die rosa Sterne fallen«, sagte Aidan. »Sie ziehen Striche hinter sich her. Das ist hübsch. Es macht Angst. Alle sehen zu. Nichts Süßes, nur Saures. Man kann kaum atmen. Er nennt sich Küchenchef. Alles ist seine Schuld. Es liegt an ihm.«

Carolyn und Thurston wechselten einen Blick. Alice kniete neben ihrem Bruder, hielt seine Hand.

»Rosa Sterne«, sagte Aidan. »Sie fallen, sie fallen, sie fa…«

»*Wach auf!*«, kreischte Alice ihm ins Gesicht. »*Hör auf, uns zu erschrecken!*«

Thurston Marshall berührte sanft ihre Schulter. »Schatz, ich glaube nicht, dass das etwas nutzt.«

Alice achtete nicht auf ihn. »Wach auf, du … du SCHEISS-KOPF!«

Und das tat Aidan. Er starrte das tränennasse Gesicht seiner Schwester verwirrt an. Dann sah er zu Carolyn auf und lächelte – das gottverdammt süßeste Lächeln, das sie jemals gesehen hatte.

»Hab ich gewonnen?«, fragte er.

16 Das Notstromaggregat in dem Lagerschuppen hinter dem Rathaus war alt, schlecht gewartet (jemand hatte eine alte Zinkwanne daruntergestellt, um das auslaufende Öl aufzufangen) und, wie Rusty vermutete, im Verbrauch ungefähr so effizient wie Big Jim Rennies Hummer. Aber er interessierte sich mehr für den angeschlossenen silbernen Gastank.

Barbie betrachtete kurz das Aggregat, verzog das Gesicht wegen des Geruchs und wandte sich dem Tank zu. »Nicht ganz so groß, wie ich erwartet hätte«, sagte er – obwohl er verdammt viel größer war als die im Sweetbriar verwendeten Gasflaschen … oder der Zylinder, den er für Brenda Perkins gewechselt hatte.

»Es nennt sich ›städtische Größe‹«, sagte Rusty. »Das weiß ich von der letztjährigen Bürgerversammlung. Sanders und Rennie haben viel Aufhebens darum gemacht, dass wir durch die kleineren Tanks ›in diesen Zeiten teurer Energie‹ wegen der verringerten Lagerhaltung viel Geld sparen würden. Jeder dieser Tanks enthält dreitausend Liter.«

»Das entspricht einem Gewicht von … wie viel? Achtzehnhundert Kilo?«

Rusty nickte. »Und dazu das Gewicht des Tanks. Schwer

aufzuladen – dazu bräuchte man einen Gabelstapler oder eine hydraulische Hubbühne –, aber problemlos zu transportieren. Ein Dodge Ram ist für dreitausend Kilo Nutzlast zugelassen und könnte vermutlich mehr tragen. Einer dieser mittelgroßen Tanks würde auf die Ladefläche passen. Er würde hinten ein bisschen hinausragen, aber das wäre alles.« Rusty zuckte mit den Schultern. »Man hängt eine rote Fahne dran, und schon kann's losgehen.«

»Hier steht nur dieser eine«, sagte Barbie. »Wenn der leer ist, gehen im Rathaus die Lichter aus.«

»Es sei denn, Rennie und Sanders wissen, wo weitere Tanks stehen«, bestätigte Rusty. »Und ich wette, das tun sie.«

Barbie fuhr mit der Hand über die blaue Schablonenschrift auf dem Gastank: **CR HOSP.** »Das ist der Tank, der bei Ihnen verschwunden ist.«

»Er ist nicht verschwunden; er ist gestohlen worden. Jedenfalls meiner Überzeugung nach. Aber hier müssten noch fünf Tanks vom Krankenhaus stehen, denn uns fehlen insgesamt sechs.«

Barbie sah sich in dem Lagerschuppen um. Trotz der hier abgestellten Schneepflüge und der Kartons mit Ersatzteilen sah der langgestreckte Raum leer aus. Vor allem in der Umgebung des Stromaggregats. »Lassen wir mal beiseite, was aus dem Krankenhaus geklaut worden ist – wo sind die restlichen *städtischen Gastanks*?«

»Das weiß ich nicht.«

»Und wozu könnte jemand sie gebrauchen?«

»Ich weiß es nicht«, sagte Rusty, »aber ich habe vor, es rauszukriegen.«

ROSA STERNSCHNUPPEN

1 Barbie und Rusty traten ins Freie und nahmen einen tiefen Atemzug. Wegen des erst vor Kurzem gelöschten Brandes westlich der Stadt hatte die Luft ein rauchiges Aroma, aber nach den Abgasen in dem Schuppen wirkte sie sehr frisch. Eine lahme kleine Brise streichelte ihre Wangen wie Katzenpfötchen. Barbie hatte den Geigerzähler in einer braunen Einkaufstasche, die er in dem Atombunker gefunden hatte.

»Diesen Scheiß lasse ich nicht durchgehen«, sagte Rusty. Seine Miene war angespannt und grimmig.

»Was wollen Sie dagegen tun?«, fragte Barbie.

»Im Augenblick? Nichts. Ich muss ins Krankenhaus zurück, nach unseren Patienten sehen. Aber heute Abend gehe ich zu Jim Rennie und verlange eine gottverdammte Erklärung. Ich kann bloß hoffen, dass er eine hat – und unser restliches Propan dazu, denn unser Tank im Krankenhaus ist übermorgen trocken, obwohl wir schon alles nicht unbedingt Lebenswichtige stillgelegt haben.«

»Vielleicht ist dieser Spuk übermorgen vorbei.«

»Glauben Sie daran?«

Statt die Frage zu beantworten, sagte Barbie: »Es könnte gefährlich sein, den Stadtverordneten Rennie ausgerechnet jetzt unter Druck zu setzen.«

»Ausgerechnet jetzt? Das entlarvt Sie als Neuankömmling, wie es nichts anderes könnte. Seit den ungefähr zehntausend Jahren, in denen Big Jim über diese Stadt herrscht, höre ich genau das. Er fordert die Leute auf, sie sollen verschwinden, oder bittet um Geduld. ›Zum Wohl der Stadt‹, sagt er. Das ist die Nummer eins seiner Hitparade. Die Bürgerversammlung im März jedes Jahr ist ein Witz. Ein Antrag auf

428

Bau einer neuen Kläranlage? Sorry, dafür reichen die Steuer-einnahmen der Stadt nicht aus. Ein Antrag auf Ausweisung eines neuen Gewerbegebiets? Großartige Idee, die Stadt braucht höhere Einnahmen, wir stellen an der Route 117 ei-nen Walmart hin. Die Studie ›Umweltbelastung in Klein-städten‹ der University of Maine besagt, dass in den Chester Pond zu viel ungeklärtes Abwasser fließt? Die Stadtverord-neten empfehlen, sich nicht damit zu befassen, weil jeder-mann weiß, dass diese wissenschaftlichen Untersuchungen alle von radikal-humanistischen, atheistischen Gutmenschen stammen. Aber das *Krankenhaus* dient dem Wohl der Stadt, finden Sie nicht auch?«

»Ja, klar, natürlich.« Barbie konnte sich diesen kleinen Ausbruch nicht recht erklären.

Rusty stand mit beiden Händen in den Hüfttaschen seiner Jeans da und starrte zu Boden. Dann hob er ruckartig den Kopf. »Wie man hört, hat der Präsident Sie damit beauftragt, hier das Kommando zu übernehmen. Ich glaube, es wird höchste Zeit, das zu tun.«

»Keine schlechte Idee.« Barbie lächelte. »Nur … Rennie und Sanders haben ihre Polizei; wo ist meine?«

Bevor Rusty antworten konnte, klingelte sein Handy. Er klappte es auf und sah auf das Display. »Linda? Was gibt's?«

Er hörte zu.

»Also gut, ich verstehe. Wenn du dir sicher bist, dass bei-den *jetzt* nichts fehlt. Und weißt du bestimmt, dass es Judy war? Nicht Janelle?« Er hörte wieder zu, dann sagte er: »Ei-gentlich ist das sogar eine gute Nachricht, glaube ich. Ich habe heute Vormittag zwei weitere Kinder untersucht – beide mit vorübergehenden Krämpfen, die längst vorbei waren, als ich sie gesehen habe; beide kurz darauf wieder ge-sund und munter. Außerdem haben drei Mütter wegen sol-cher Anfälle angerufen. Ginny T. hat einen weiteren Anruf entgegengenommen. Vielleicht handelt es sich um eine Ne-benwirkung der rätselhaften Energie, die zur Erhaltung der Kuppel dient.«

Er hörte zu.

»Weil ich keine *Gelegenheit* dazu hatte«, sagte er. Sein

Tonfall war geduldig, abwiegelnd. Barbie konnte sich denken, welche Frage diese Antwort ausgelöst hatte: *Den ganzen Tag lang haben Kinder Anfälle gehabt, und das erzählst du mir erst jetzt?*

»Holst du die Kids ab?«, fragte Rusty. Er hörte nochmals zu. »Okay, das ist gut. Spürst du irgendwas Komisches, rufst du mich gleich an. Dann komme ich so schnell wie möglich. Und sorg dafür, dass Audi bei ihnen bleibt. Ja. Mh-hm. Liebe dich auch.« Er steckte das Handy wieder in die Gürteltasche und fuhr sich mit allen zehn Fingern so kräftig durch die Haare, dass er sekundenlang Schlitzaugen hatte. »Jesus!«

»Wer ist Audi?«

»Unser Golden Retriever.«

»Erzählen Sie mir von diesen Anfällen.«

Das tat Rusty, ohne auszulassen, was Jannie über Halloween gesagt hatte und Judy über rosa Sterne.

»Diese Halloween-Sache klingt wie das, was Rory Dinsmore gefaselt hat«, sagte Barbie.

»Ja, nicht wahr?«

»Was war mit den anderen Kindern? Haben die auch von Halloween geredet? Oder von rosa Sternen?«

»Alle Eltern, mit denen ich heute gesprochen habe, haben gesagt, ihre Kinder hätten während des Anfalls gebrabbelt – aber sie hätten vor Aufregung nicht darauf geachtet, was.«

»Die Kinder selbst können sich nicht erinnern?«

»Sie wissen nicht mal, dass sie einen Anfall hatten.«

»Ist das normal?«

»Es ist nicht *un*normal.«

»Ist es denkbar, dass Ihre jüngere Tochter die ältere imitiert hat? Vielleicht um … ich weiß nicht … ebenfalls Aufmerksamkeit zu erregen?«

Darüber hatte Rusty noch nicht nachgedacht – er hatte einfach noch keine Zeit gehabt. Jetzt tat er es. »Möglich, aber wenig wahrscheinlich.« Sein Nicken galt dem altmodischen gelben Geigerzähler in der Einkaufstasche. »Haben Sie vor, damit auf die Suche zu gehen?«

»Nicht ich«, sagte Barbie. »Dieses Baby ist städtisches Eigentum, und die hiesigen Machthaber mögen mich nicht be-

430

sonders. Ich hab keine Lust, damit erwischt zu werden.« Er hielt die braune Tasche Rusty hin.

»Geht nicht. Bin im Augenblick zu beschäftigt.«

»Ich weiß«, sagte Barbie, dann erklärte er Rusty, was er von ihm erwartete. Rusty hörte aufmerksam zu, dann lächelte er schwach.

»Okay«, sagte er. »Das lässt sich machen. Und was tun Sie, während ich Ihren Auftrag erledige?«

»Ich bereite im Sweetbriar das Abendessen zu. Die heutige Spezialität ist Grillhähnchen à la Barbara. Soll ich Ihnen eines ins Krankenhaus schicken?«

»Gern«, sagte Rusty.

2   Auf dem Rückweg ins Cathy Russell ging Rusty in der Redaktion des *Democrat* vorbei und übergab den Geigerzähler dort Julia Shumway.

Sie hörte zu, als er ihr Barbies Anweisungen übermittelte, und lächelte schwach. »Der Mann versteht zu delegieren, das muss man ihm lassen. Diesen Auftrag übernehme ich mit Vergnügen.«

Rusty überlegte, ob er sie warnen sollte, niemand dürfe den städtischen Geigerzähler in ihrem Besitz sehen, aber das wäre überflüssig gewesen. Die braune Einkaufstasche war bereits im Fußraum ihres Schreibtischs verschwunden.

Auf dem Weg weiter ins Krankenhaus rief er Ginny Tomlinson an und fragte sie nach dem Anfall-Anruf, den sie entgegengenommen hatte.

»Ein kleiner Junge namens Jimmy Wicker. Der Großvater hat seinetwegen angerufen. Bill Wicker?«

Rusty kannte ihn. Bill war ihr Briefträger.

»Er hat auf Jimmy aufgepasst, als die Mutter des Kleinen zum Tanken gefahren ist. Übrigens gibt's beim Gas and Grocery fast kein Normalbenzin mehr, und Johnny Carver hat die Frechheit besessen, den Preis für Normal auf elf Dollar pro Gallone hochzuschrauben. *Elf* Dollar!«

Rusty hörte ihr geduldig zu, obwohl er dachte, dass sie darüber auch noch von Angesicht zu Angesicht sprechen konnten. Er war ja schon fast im Krankenhaus. Als sie mit ihrem Gejammer fertig war, fragte er sie, ob der kleine Jimmy während seines Anfalls irgendetwas gesagt habe.

»Allerdings! Bill meinte, er hätte ziemlich viel gebrabbelt. Irgendwas von rosa Sternen. Oder von Halloween. Aber vielleicht verwechsle ich das damit, was Rory Dinsmore nach seinem Unfall gesagt hat. Darüber haben die Leute viel geredet.«

Natürlich haben sie das getan, dachte Rusty grimmig. *Und sie werden auch über diese Sache reden, wenn sie davon erfahren. Was sie vermutlich tun werden.*

»Okay«, sagte er. »Danke, Ginny.«

»Wann kommst du zurück, Red Ryder?«

»Bin schon fast da.«

»Gut. Weil wir eine neue Patientin haben. Sammy Bushey. Sie ist vergewaltigt worden.«

Rusty ächzte.

»Es kommt noch besser. Piper Libby hat sie eingeliefert. Ich konnte die Namen der Täter nicht aus ihr rauskriegen, aber Piper hat's geschafft, glaub ich. Sie ist hier rausgestürmt, als stünden ihre Haare in Flammen und ihr Arsch ...« Eine Pause. Ginny gähnte laut genug, dass Rusty es hören konnte. »... ihr Arsch auch schon beinahe.«

»Ginny, mein Schatz, wann hast du zuletzt geschlafen?«

»Mir fehlt nichts.«

»Geh nach Hause.«

»Soll das ein *Witz* sein?« Das klang entgeistert.

»Nein. Geh heim. Schlaf mal wieder. Ohne den Wecker zu stellen.« Dann fiel ihm etwas ein. »Aber geh auf dem Heimweg noch ins Sweetbriar Rose, okay? Dort gibt's Grillhähnchen. Das weiß ich aus sicherer Quelle.«

»Aber Sammy Bushey ...«

»Nach der sehe ich in fünf Minuten. Du machst jetzt die Fliege, verstanden?«

Er klappte sein Handy zu, bevor sie erneut protestieren konnte.

432

3   Für einen Mann, der in der Nacht zuvor einen Mord
verübt hatte, fühlte Big Jim Rennie sich bemerkenswert gut.
Das lag mit daran, dass er Coggins' Tod nicht als Mord betrachtete, genau wie er den Tod seiner Frau nicht als Mord
betrachtet hatte. Sie war von ihrem Krebsleiden dahingerafft
worden. Inoperabel. Ja, er hatte ihr in der letzten Woche vermutlich zu viele Schmerztabletten gegeben, und zuletzt hatte
er ihr trotz allem mit einem Kissen auf ihrem Gesicht helfen
müssen (aber nur leicht, ganz leicht, um ihre Atmung zu verlangsamen, sie in die Arme Jesu gleiten zu lassen), aber das
hatte er aus Liebe und Menschenfreundlichkeit getan. Was
Reverend Coggins zugestoßen war, war etwas brutaler gewesen – zugegebenermaßen –, aber der Mann war so *dick-
köpfig* gewesen. So völlig außerstande, das Wohl der Stadt
über sein eigenes zu stellen.

»Nun, er isst heute mit unserem Herrn Jesus zu Abend«,
sagte Big Jim. »Roastbeef, Kartoffelbrei mit Sauce, Apfelringe in Teig zum Nachtisch.« Er selbst aß einen großen Teller *Fettucine Alfredo*, ein Fertiggericht der Firma Stouffer's.
Jede Menge Cholesterin, vermutete er, aber es gab keinen Dr.
Haskell mehr, der deswegen an ihm herumnörgeln konnte.

»Dich hab ich überlebt, du alter Scheißer«, erklärte Big
Jim seinem leeren Arbeitszimmer und lachte gutmütig. Sein
Teller mit Pasta und ein Glas Milch (Big Jim Rennie trank
keinen Alkohol) standen auf seiner Schreibunterlage. Er aß
oft in seinem Arbeitszimmer und sah keinen Grund, daran
etwas zu ändern, nur weil Lester Coggins hier den Tod gefunden hatte. Außerdem war der Raum jetzt wieder aufgeräumt und blitzsauber. Oh, eines dieser CSI-Teams wie die
im Fernsehen hätte mit seinem Luminol und seinen Spezial-
leuchten und ähnlichem Kram vermutlich massenhaft Blutspritzer finden können, aber keiner dieser Leute würde in
naher Zukunft hier aufkreuzen. Und dass Peter Randolph
sich in diesem Fall als Ermittler betätigen würde … diese
Vorstellung war ein Witz. Randolph war ein Idiot.

»Aber«, erläuterte Big Jim dem leeren Raum wie ein Vor-
tragsredner, »er ist *mein* Idiot.«

Er schlürfte die letzten Bandnudeln vom Teller, wischte

sein beträchtliches Kinn mit einer Serviette ab und begann wieder, sich auf dem gelben Block neben der Schreibunterlage Notizen zu machen. Seit Samstag hatte er sich Unmengen von Notizen gemacht; es gab so viel zu tun. Und falls der Dome an Ort und Stelle blieb, würde es noch viel mehr zu tun geben.

Big Jim hoffte irgendwie, dass er noch blieb, zumindest für einige Zeit. Die Kuppel stellte Herausforderungen, die er bestimmt meistern konnte (natürlich mit Gottes Hilfe). Als Erstes musste er seine Befehlsgewalt über die Stadt konsolidieren. Dazu brauchte er mehr als nur einen Buhmann; er brauchte einen Schwarzen Mann. Der logische Kandidat dafür war Barbara, der Mann, den der Ober-Kommie der Demokratischen Partei dazu bestimmt hatte, James Rennie von seinem angestammten Posten zu verdrängen.

Die Tür des Arbeitszimmers wurde geöffnet. Als Big Jim von seinen Notizen aufsah, stand sein Sohn vor ihm. Sein Gesicht war blass und ausdruckslos. Mit Junior stimmte in letzter Zeit irgendwas nicht. Obwohl Big Jim mit städtischen Angelegenheiten ausgelastet war (und mit ihrem *anderen* Unternehmen, das ihn ebenfalls sehr beansprucht hatte), war ihm das aufgefallen. Trotzdem war er in Bezug auf den Jungen weiter zuversichtlich. Selbst wenn Junior ihn im Stich ließ, war Big Jim davon überzeugt, damit fertigwerden zu können. Er war stets seines eigenen Glückes Schmied gewesen; daran würde sich auch jetzt nichts ändern.

Außerdem hatte der Junge die Leiche versteckt. Das machte ihn zu einem Beteiligten. Was gut war – tatsächlich sogar die Essenz des Kleinstadtlebens. In einer Kleinstadt sollte jeder an allem beteiligt sein. Wie hieß es in diesem albernen Song? *We all support the team.*

»Sohn?«, fragte er. »Alles okay?«

»Mir geht's gut«, sagte Junior. Das stimmte nicht, aber ihm ging es besser, weil die jüngsten hämmernden Kopfschmerzen endlich nachließen. Mit seinen Freundinnen zusammen zu sein, hatte wie erwartet geholfen. In der Speisekammer der McCains roch es nicht so gut, aber nachdem er eine Zeit lang dagesessen und mit ihnen Händchen gehalten hatte, hatte er sich daran gewöhnt. Er könnte diesen Geruch eines Tages sogar mögen, glaubte er.

»Hast du in seiner Wohnung etwas gefunden?«

»Ja.« Junior erzählte ihm, was er gefunden hatte.

»Das ist ausgezeichnet, mein Sohn. Wirklich ausgezeichnet. Und bist du bereit, mir zu erzählen, wo du die ... wo du ihn versteckt hast?«

Junior schüttelte langsam den Kopf, aber während er das tat, blieben seine Augen unbeirrbar auf das Gesicht seines Vaters gerichtet. Das war ein bisschen unheimlich. »Das brauchst du nicht zu wissen. Das Versteck ist sicher, und das genügt.«

»Du erzählst *mir* jetzt also, was ich wissen muss.« Aber das sagte er ohne seine gewohnte Erregung.

»In diesem Fall, ja.«

Big Jim betrachtete seinen Sohn forschend. »Weißt du bestimmt, dass es dir gutgeht? Du siehst blass aus.«

»Mir fehlt nichts. Ich habe nur Kopfschmerzen. Aber die lassen nach.«

»Willst du nicht etwas essen? Im Gefrierschrank liegen noch mehr Fettucine, und in der Mikrowelle sind sie sofort fertig.« Er lächelte. »Am besten genießen wir sie, solange wir können.«

Die dunklen, berechnenden Augen starrten kurz den Rest weißer Käsesauce auf dem Teller an, dann sahen sie Big Jim wieder ins Gesicht. »Kein Hunger. Wann soll ich die Leichen finden?«

»*Leichen?*« Big Jim starrte ihn an. »Was meinst du mit *Leichen?*«

Junior lächelte, wobei er die Lippen gerade so weit zurückzog, dass die Zähne sichtbar wurden. »Lass sein. Du wirkst glaubwürdiger, wenn du ebenso überrascht bist wie alle anderen. Ich sag's mal so: Sobald wir den Startschuss geben, ist diese Stadt bereit, *Baaarbie* am nächsten Holzapfelbaum aufzuknüpfen. Wann willst du's machen? Heute Nacht? Das würde nämlich klappen.«

Big Jim dachte über die Frage nach. Er sah auf den gelben Block hinunter. Das oberste Blatt war mit Notizen bedeckt (und mit *Alfredo*-Sauce besprenkelt), aber nur ein Stichwort war umringelt: *Zeitungszicke.*

»Nicht schon heute Nacht. Wenn wir unsere Karten richtig ausspielen, können wir ihm mehr als nur Coggins anhängen.«

»Und wenn die Kuppel verschwindet, während du unsere Karten ausspielst?«

»Uns passiert nichts«, sagte Big Jim, der dabei dachte: *Und falls Mr. Barbara es irgendwie schafft, sich gegen die falschen Anschuldigungen zu wehren – unwahrscheinlich, aber Kakerlaken verstehen sich darauf, Ritzen zu finden, wenn das Licht angeht –, bist immer noch du da. Du und diese anderen Leichen.* »Sieh jetzt zu, dass du was zwischen die Zähne kriegst, auch wenn's nur ein Salat ist.«

Junior rührte sich jedoch nicht von der Stelle. »Warte nicht zu lange, Dad«, sagte er.

»Werd ich nicht.«

Junior dachte darüber nach, fixierte ihn mit diesen dunklen Augen, die jetzt so fremdartig wirkten, und schien dann das Interesse an ihm zu verlieren. Er gähnte. »Ich gehe jetzt in mein Zimmer rauf und schlafe ein bisschen. Essen tue ich später.«

»Vergiss es nur nicht. Du wirst zu dünn.«

»Dünn ist in«, antwortete sein Sohn und bedachte ihn mit einem hohlwangigen Lächeln, das noch beunruhigender war als sein Blick. Big Jim kam es vor wie das Lächeln eines Totenschädels. Es erinnerte ihn an den Kerl, der sich jetzt nur noch »Chef« nannte – als ob sein früheres Leben als Phil Bushey storniert wäre. Als Junior das Zimmer verließ, atmete Big Jim erleichtert auf, ohne sich dessen auch nur bewusst zu sein.

Er griff nach seinem Füller: Es gab so viel zu tun. Er würde es tun, er würde gute Arbeit leisten. Durchaus denkbar, dass sein Bild auf dem Titel des *Time Magazine* erschien, wenn diese Sache hier vorbei war.

4   Da ihr Notstromaggregat noch lief – jedoch nicht mehr lange, wenn es ihr nicht gelang, weitere Propanbehälter aufzutreiben –, konnte Brenda Perkins den Drucker ihres Mannes einschalten und den Inhalt der VADER-Datei ausdrucken. Die von Howie zusammengestellte unglaubliche Liste von Straftaten – wegen der er zum Zeitpunkt seines Todes offenbar vorgehabt hatte aktiv zu werden – erschien ihr auf Papier realer als auf einem Bildschirm. Und je länger sie diese Liste betrachtete, desto besser schien sie zu dem Jim Rennie zu passen, den sie fast ihr ganzes Leben lang gekannt hatte. Dass Big Jim ein Ungeheuer war, hatte sie schon immer gewusst; erst jetzt erkannte sie, was für ein *gewaltiges* Ungeheuer dieser Mann in Wirklichkeit war.

Sogar die Angaben über Coggins' Erlöserkirche passten dazu … wenn Brenda die Informationen richtig deutete, war sie allerdings keine Kirche, sondern eine große, alte heilige Maytag, die statt Wäsche Geld wusch. Die Gewinne eines Drogenlabors, das nach den Worten ihres Mannes »vielleicht zu den größten in der Geschichte der Vereinigten Staaten« gehörte.

Aber es gab Probleme, die Polizeichef Howie »Duke« Perkins und der Justizminister des Staates Maine sehr wohl erkannt hatten. Diese Probleme waren schuld daran, dass die Beweissicherungsphase der Operation Vader so lange gedauert hatte. Jim Rennie war nicht nur ein gewaltiges Ungeheuer; er war ein cleveres Ungeheuer. Deshalb hatte er sich stets damit begnügt, Zweiter Stadtverordneter zu sein. Er hatte sich immer von Andy Sanders den Weg bahnen lassen.

Und Andy hatte als Blitzableiter gedient – auch das. Er war lange der Einzige gewesen, gegen den Howie hieb- und stichfeste Beweise besaß. Er war der Strohmann und wusste es vermutlich nicht einmal, weil er ein freundlicher, umgänglicher Blödmann war. Andy war Erster Stadtverordneter, Erster Diakon der Erlöserkirche, Erster in den Herzen der Bürger und an zahlreichen Firmengründungen beteiligt, die letztlich in die düsteren Finanzsümpfe der Bahamas und der Kaimaninseln führten. Hätten Howie und der Justizminister zu früh losgeschlagen, wäre er auch als Erster erkennungsdienstlich behandelt und fotografiert worden. Vielleicht als Einziger, falls er an Big Jims unvermeidliches Versprechen geglaubt hätte, alles würde gut werden, wenn Andy nur den Mund hielt. Und das hätte er vermutlich getan. Wer konnte sich besser dumm stellen als ein Dummkopf?

Letzten Sommer hatten die Dinge auf etwas zugesteuert, was Howie für das Finale hielt. Damals war Rennies Name in Unterlagen aufgetaucht, die Fahnder des Justizministeriums beschafft hatten – hauptsächlich von der Firma Town Ventures in Nevada. Geld von Town Ventures war nicht in die Karibik, sondern auf das chinesische Festland gegangen, wo man die Hauptbestandteile abschwellend wirkender Mittel in großen Mengen kaufen konnte und dabei nur wenige oder gar keine Fragen beantworten musste.

Wieso hatte Rennie sich diese Blöße gegeben? Dafür hatte Howie Perkins nur eine Erklärung gewusst: Für eine einzige heilige Waschmaschine waren die Gewinne zu schnell gewachsen. In der Folge war Rennies Name in den Unterlagen eines halben Dutzends fundamentalistischer Kirchen im Nordosten aufgetaucht. Town Ventures und die anderen Kirchen (von einem halben Dutzend weiterer religiöser Sender, keiner so groß wie WCIK, ganz zu schweigen) waren Rennies erste wirkliche Fehler gewesen. Sie hinterließen lose Fäden. An Fäden konnte man ziehen, und früher oder später – meist früher – löste sich das ganze Geflecht auf.

Du konntest nicht aufhören, was?, dachte Brenda, als sie, am Schreibtisch ihres Mannes sitzend, die Unterlagen studierte. *Du hast Millionen verdient – vielleicht Dutzende von Millionen –, und die Risiken sind gewaltig geworden, aber du konntest trotzdem nicht aufhören. Du hattest ein Millionenvermögen gehortet, aber du hast weiter in deinem zweistöckigen alten Haus gelebt und draußen an der 119 mit Gebrauchtwagen gehandelt. Weshalb?*

Aber sie wusste ja Bescheid. Ihm war es nicht ums Geld, sondern um die Stadt gegangen. Um The Mill, das er als *seine* Stadt betrachtete. Am Strand irgendwo in Costa Rica oder auf einem streng bewachten Landsitz in Namibia hätte Big Jim sich in Small Jim verwandelt. Weil ein Mann ohne Le-

benszweck – auch einer, dessen Bankkonten von Geld über-
quellen – immer ein kleiner Mann ist.

Konnte sie einen Deal mit ihm abschließen, wenn sie ihn
mit ihrem Material konfrontierte? Ihn zum Rückzug zwingen, als Gegenleistung dafür, dass sie weiter schwieg? Sie war
sich nicht sicher. Und sie fürchtete diese Konfrontation, die
hässlich, möglicherweise gefährlich sein würde. Dazu würde
sie gern Julia Shumway mitnehmen. Und Barbie. Nur war
Dale Barbara jetzt selbst zur Zielperson geworden.

Howies Stimme, ruhig, aber bestimmt, schien in ihrem
Kopf zu sprechen. *Du kannst noch ein wenig warten – ich
habe selbst auf ein paar letzte Beweise gewartet –, aber ich
würde nicht allzu lange warten, Schatz. Denn je länger wir
hier eingeschlossen sind, desto gefährlicher wird er.*

Sie erinnerte sich, wie Howie auf der Einfahrt zurückgestoßen war, dann angehalten hatte, um sie im Sonnenschein
auf die Lippen zu küssen, sein Mund ihr fast so vertraut wie
ihr eigener und gewiss nicht weniger geliebt. Wie er dabei
ihre Halsseite gestreichelt hatte. Als hätte er geahnt, dass das
Ende bevorstand, sodass eine letzte Berührung alles würde
gutmachen müssen. Eine fantasievolle, romantische Einbildung, das stand fest, aber Brenda hielt sie beinahe für wirklich, und ihre Augen füllten sich mit Tränen.

Plötzlich erschienen ihr die Unterlagen und alle Machenschaften, die sie offenbarten, weniger wichtig. Selbst der
Dome erschien ihr nicht so bedeutsam. Wichtig war nur das
Loch, das sich so plötzlich in ihrem Leben aufgetan, und das
Glück, das sie für selbstverständlich gehalten und verschlungen hatte. Brenda fragte sich, ob der arme dumme Andy Sanders etwas Ähnliches empfand. Vermutlich tat er das.

*Ich warte noch vierundzwanzig Stunden. Existiert die
Kuppel morgen Abend noch, gehe ich mit diesem Zeug – mit
Fotokopien von diesem Zeug – zu Rennie und sage ihm, dass
er zugunsten von Dale Barbara abtreten muss. Ich sage ihm,
dass sonst alles über seine Drogengeschäfte in der Zeitung
stehen wird.*

»Morgen«, murmelte sie und schloss die Augen. Zwei
Minuten später war sie in Howies Sessel eingeschlafen. In

Chester's Mill war die Abendessenszeit gekommen. Manche Mahlzeiten (darunter Grillhähnchen à la King für ungefähr hundert Gäste) wurden dank den in der Stadt noch laufenden Notstromaggregaten auf Elektro- oder Gasherden zubereitet, aber es gab auch Leute, die ihre Holzöfen in Betrieb genommen hatten, um Propan zu sparen oder weil sie jetzt nur noch Holz hatten. Aus Hunderten von Schornsteinen stieg Holzrauch in die stille Abendluft auf.

Und breitete sich aus.

5   Nachdem Julia Shumway den Geigerzähler abgeliefert hatte – der Empfänger übernahm ihn bereitwillig, sogar eifrig, und versprach, gleich am Dienstagmorgen damit auf die Suche zu gehen –, machte sie sich mit Horace an der Leine auf den Weg zu Burpee's Department Store. Romeo hatte ihr erzählt, er habe zwei brandneue Fotokopierer von Kyocera auf Lager, die sie beide haben könne.

»Ich habe auch etwas Propan beiseitegeschafft«, sagte er, indem er Horace den Kopf tätschelte. »Ich sorge dafür, dass du welches kriegst – zumindest solange ich kann. Wir müssen deine Zeitung am Leben erhalten, stimmt's? Wichtiger denn je, meinst du nicht auch?«

Genau das meinte sie, und das sagte Julia ihm auch. Außerdem küsste sie ihn auf die Wange. »Dafür hast du was bei mir gut, Rommie.«

»Wenn diese Sache vorbei ist, erwarte ich einen hohen Rabatt auf meinen wöchentlichen Werbezettel.« Dann tippte er sich mit einem Zeigefinger seitlich an die Nase, als hätten sie ein großes Geheimnis gemeinsam. Vielleicht stimmte das sogar.

Als sie das Kaufhaus verließ, zirpte ihr Mobiltelefon. Sie zog es aus der Hosentasche. »Hallo, hier ist Julia.«

»Guten Abend, Ms. Shumway.«

»Oh, Colonel Cox, wie wundervoll, Ihre Stimme zu hören!«, sagte sie fröhlich. »Sie können sich nicht vorstellen, wie elektrisiert wir Landmäuse von jedem Ferngespräch sind. Wie ist das Leben außerhalb der Kuppel?«

»Das Leben im Allgemeinen ist wahrscheinlich in Ordnung«, sagte er. »Wo ich bin, ist es eher schäbig. Sie wissen von den Lenkwaffen?«

»Ich hab gesehen, wie sie einschlugen. Und abgeprallt sind. Sie haben ein ordentliches Feuer auf Ihrer Seite …«

»Es ist nicht *meine* …«

»… und ein ziemlich gutes auf unserer entfacht.«

»Ich rufe an, weil ich Colonel Barbara sprechen muss«, sagte Cox. »Der längst ein eigenes gottverdammtes Handy haben sollte.«

»Gottverdammt richtig!«, rief sie, noch immer in ihrem heitersten Tonfall. »Und Leuten in der gottverdammten Hölle sollte man gottverdammtes Eiswasser servieren!« Sie blieb vor dem Gas & Grocery stehen, das jetzt geschlossen und verrammelt war. Ein handgeschriebenes Schild im Schaufenster verkündete: **MORGEN VON 11–15 UHR GEÖFFNET. KOMMEN SIE FRÜHZEITIG!**

»Ms. Shumway …«

»Über Colonel Barbara reden wir gleich«, sagte Julia. »Aber zuvor möchte ich zwei Dinge wissen. Erstens: Wann dürfen die Medien endlich an den Dome? Weil das amerikanische Volk Besseres verdient als die regierungsamtlichen Lügenmärchen, finden Sie nicht auch?«

Sie erwartete, dass er sagen würde, das finde er ganz und gar *nicht*, und dass es in absehbarer Zeit keine *New York Times* und kein CNN an der Kuppel geben werde, aber Cox überraschte sie. »Voraussichtlich ab Freitag, wenn keiner der Trümpfe, die wir noch im Ärmel haben, sticht. Und was wollen Sie noch, Ms. Shumway? Machen Sie's kurz, denn ich bin kein Presseoffizier. Das ist eine andere Besoldungsstufe.«

»Sie haben mich angerufen, also haben Sie mich am Hals. Pech gehabt, Colonel.«

»Ms. Shumway, bei allem Respekt, Ihr Handy ist nicht das einzige, mit dem ich in Chester's Mill in Verbindung treten kann.«

»Das stimmt sicher, aber ich glaube nicht, dass Barbie mit Ihnen redet, wenn Sie mich übergehen. Er ist nicht besonders glücklich über seine neue Position als zukünftiger Kommandant eines Militärgefängnisses.«

Cox seufzte. »Wie lautet Ihre Frage?«

»Ich möchte die Temperatur an der Ost- oder Südseite der Kuppel wissen – die *wahre* Temperatur, also möglichst weit vor dem Brand entfernt, den ihr Leute gelegt habt.«

»Wozu ...«

»Haben Sie diese Information oder nicht? Ich denke, dass Sie sie haben oder zumindest beschaffen können. Ich denke, dass Sie in diesem Augenblick vor einem Bildschirm sitzen und Zugang zu allem haben – vermutlich auch zur Größe meiner Unterwäsche.« Sie machte eine Pause. »Und wenn Sie jetzt 42 sagen, ist dieses Gespräch beendet.«

»Ist das eine Demonstration Ihres Humors, Ms. Shumway, oder sind Sie immer so?«

»Ich bin müde und habe Angst. Führen Sie's darauf zurück.«

Am anderen Ende entstand eine kurze Pause. Julia glaubte, eine Tastatur klicken zu hören. Dann sagte Cox: »In Castle Rock sind es acht Grad Celsius. Genügt das?«

»Ja.« Der Unterschied war weniger groß, als sie befürchtet hatte, aber trotzdem beträchtlich. »Vor mir habe ich ein Thermometer im Schaufenster der Mill Gas and Grocery. Es zeigt vierzehn Grad an. Das sind sechs Grad Unterschied zwischen zwei Orten, die keine zwanzig Meilen auseinanderliegen. Zieht heute Abend nicht eine verdammt große Warmfront über den Westen von Maine hinweg, geht hier etwas vor, würde ich sagen. Stimmen Sie mir zu?«

Cox beantwortete ihre Frage nicht, aber *was* er dann sagte, lenkte sie ab. »Wir wollen etwas anderes ausprobieren. Heute Abend gegen einundzwanzig Uhr. Das wollte ich Barbie mitteilen.«

»Man hofft, dass Plan B besser funktioniert als Plan A. Gegenwärtig speist der vom Präsidenten Ernannte die Massen im Sweetbriar Rose, glaube ich. Wie man hört, gibt es Grillhähnchen à la King.« Sie konnte die Lichter die Straße entlang sehen, und ihr Magen knurrte.

442

»Hören Sie bitte zu und richten ihm etwas aus?« Und sie hörte, was er nicht hinzufügte: *Sie streitsüchtige Hexe?*

»Sehr gern«, sagte sie. Lächelnd. Weil sie eine streitsüchtige Hexe *war.* Wenn's sein musste.

»Wir wollen eine neu entwickelte Säure ausprobieren. Eine im Labor hergestellte Flusssäure-Verbindung. Neunmal korrosiver als gewöhnliche Fluorwasserstoffsäure.«

»Besser leben durch Chemie.«

»Wie ich gehört habe, könnte man damit ein zwei Meilen tiefes Loch in gewachsenen Fels brennen.«

»Höchst amüsante Leute, für die Sie arbeiten, Colonel.«

»Wir wollen sie ausprobieren, wo die Motton Road nach …« Sie hörte Papier rascheln. »Wo sie nach Harlow weiterführt. Ich werde auf jeden Fall dort sein.«

»Dann sage ich Barbie, dass jemand anders sich um den Abwasch kümmern muss.«

»Werden auch Sie uns mit Ihrer Anwesenheit beehren, Ms. Shumway?«

Sie öffnete den Mund, um *Das würde ich nicht verpassen wollen* zu sagen, als ein Stück weiter die Straße herunter ein Höllenlärm losbrach.

»Was geht dort vor?«, fragte Cox.

Julia gab keine Antwort. Sie klappte ihr Handy zu, steckte es ein und rannte bereits auf das laute Stimmengewirr zu. Und auf etwas anderes zu. Auf etwas zu, was wie ein *Knurren* klang.

Der Schuss fiel, als sie noch einen halben Straßenblock entfernt war.

6 Piper Libby kehrte ins Pfarrhaus zurück und traf dort Carolyn, Thurston und die kleinen Appletons an, die auf sie warteten. Sie war froh, sie zu sehen, weil diese vier sie von Sammy Bushey ablenkten. Zumindest vorläufig.

Sie hörte sich Carolyns Schilderung des Anfalls an, den Aidan Appleton erlitten hatte, aber im Moment schien dem Jungen nichts zu fehlen – er fraß sich immer tiefer in einen Stapel Feigenkekse hinein. Als Carolyn fragte, ob sie mit ihm zum Arzt gehen solle, sagte Piper: »Ich glaube, wenn es keinen Rückfall gibt, können Sie davon ausgehen, dass Hunger und die Aufregung des Spiels den Anfall bewirkt haben.«

Thurston lächelte reumütig. »Wir waren alle aufgeregt. Haben uns amüsiert.«

Als die Unterkunftsfrage angeschnitten wurde, dachte Piper als Erstes an das Haus der McCains, das ganz in der Nähe stand. Nur wusste sie nicht, wo der Reserveschlüssel versteckt sein könnte.

Alice Appleton saß auf dem Boden und fütterte Clover mit Feigenkekskrümeln. Zwischen den einzelnen Gaben zog der Schäferhund die alte Meine-Schnauze-liegt-an-deinem-Knöchel-weil-ich-dein-bester-Freund-bin-Nummer ab. »Dies ist der netteste Hund, den ich kenne«, erklärte sie Piper. »Ich wollte, *wir* könnten einen Hund haben.«

»Ich habe einen Drachen«, verkündete Aidan. Er saß bequem auf Carolyns Schoß.

Alice lächelte nachsichtig. »Klar, der ist sein unsichtbarer F-R-E-U-N-D.«

»Aha«, sagte Piper. Natürlich konnten sie bei den McCains immer ein Fenster einschlagen; Not kannte kein Gebot.

Aber als sie aufstand, um nach dem Kaffee zu sehen, fiel ihr etwas Besseres ein. »Das Haus der Dumagens! Daran hätte ich gleich denken sollen. Sie sind zu einer Konferenz nach Boston gefahren. Coralee Dumagen hat mich gebeten, in ihrer Abwesenheit die Blumen zu gießen.«

»Ich lehre in Boston«, sagte Thurston. »Am Emerson College. Ich habe die jetzige Ausgabe von *Ploughshares* herausgegeben.« Und er seufzte.

»Der Schlüssel liegt unter einem Blumentopf links neben der Haustür«, sagte Piper. »Ich glaube nicht, dass sie ein Notstromaggregat haben, aber in der Küche steht ein Holzherd.« Sie machte eine Pause, weil sie *Städter* dachte. »Können Sie auf einem Holzherd kochen, ohne das Haus in Brand zu setzen?«

»Ich bin in Vermont aufgewachsen«, sagte Thurston. »Ich war für alle Öfen – in Haus *und* Stall – verantwortlich, bis

444

ich aufs College gegangen bin. So was verlernt man nie, nicht wahr?« Und er seufzte wieder.

»In der Speisekammer finden Sie bestimmt Lebensmittel«, sagte Piper.

Carolyn nickte. »Das hat der Hausmeister im Rathaus auch gesagt.«

»Und *Juuuu-njer*«, warf Alice ein. »Er ist ein Cop. Und sexy dazu.«

Thurston zog die Mundwinkel herunter. »Alice' sexy Cop hat mich tätlich angegriffen«, sagte er. »Er oder der andere. Ich konnte die beiden nicht auseinanderhalten.«

Piper zog die Augenbrauen hoch.

»Er hat Thurse in den Magen geboxt«, sagte Carolyn ruhig. »Hat uns als Armleuchter beschimpft und uns ausgelacht. Das war für mich das Schlimmste – wie sie uns ausgelacht haben. Als sie dann die Kids bei sich hatten, waren sie etwas besser, aber ...« Sie schüttelte den Kopf. »Sie waren außer Rand und Band.«

Und so war Piper übergangslos wieder bei Sammy. Sie spürte einen Puls, der sehr langsam und fest an ihrem Hals zu schlagen begann, aber sie achtete darauf, ruhig zu sprechen. »Wie hieß der andere Polizist?«

»Frankie«, sagte Carolyn. »Junior hat ihn Frankie D. genannt. Kennen Sie diese Kerle? Das müssen Sie, nicht wahr?«

»Ich kenne sie«, sagte Piper.

7   Sie erklärte der neuen, zusammengewürfelten Familie den Weg zum Haus der Dumagens – sollte sich der Anfall des Jungen wiederholen, hatte es den Vorteil, in der Nähe des Cathy Russell zu stehen –, und als sie gegangen waren, saß sie eine Zeit lang an ihrem Küchentisch und trank Tee. Das tat sie langsam. Nahm einen Schluck und stellte die Tasse ab. Nahm einen Schluck und stellte die Tasse ab. Clover winselte. Er war ganz und gar auf ihre Frequenz eingestellt, und sie vermutete, dass er ihre Wut spüren konnte.

Vielleicht verändert sie meinen Geruch. Macht ihn beißend oder sonst was.

Vor ihrem inneren Auge entstand ein Bild. Kein erfreuliches Bild. Zahlreiche junge Cops, sehr junge Cops, die erst vor weniger als achtundvierzig Stunden ihren Diensteid abgelegt hatten und es schon jetzt wild trieben. Was sie sich mit Sammy Bushey und Thurston Marshall herausgenommen hatten, würde erfahrene Cops wie Henry Morrison und Jackie Wettington nicht anstecken – zumindest glaubte sie das –, aber Fred Denton? Toby Whelan? Vielleicht. *Wahrscheinlich*. Mit Duke als Polizeichef waren diese Kerle brauchbar gewesen. Nicht großartig, eher von der Sorte, die einem bei einer Verkehrskontrolle unnötig pampig kommen, aber noch brauchbar. Jedenfalls die besten Leute, die The Mill sich leisten konnte. Aber wie ihre Mutter oft gesagt hatte: »Wer billig einkauft, kriegt billig.« Und nachdem jetzt Peter Randolph das Sagen hatte …

Irgendwas musste getan werden.

Aber sie musste ihr Temperament beherrschen. Tat sie das nicht, würde es sie beherrschen.

Sie nahm die Hundeleine vom Haken neben der Tür. Clover war sofort auf den Beinen: schwanzwedelnd, mit gespitzten Ohren und glänzenden Augen.

»Komm, du großer Lümmel. Wir gehen Anzeige erstatten.«

Ihr Schäferhund leckte sich Feigenkekskrümel von den Lefzen, als sie mit ihm das Haus verließ.

8   Als Piper mit Clover, der gehorsam rechts neben ihr bei Fuß blieb, den Stadtanger überquerte, hatte sie das Gefühl, ihr Temperament unter Kontrolle zu haben. Dieses Gefühl hatte sie, bis sie das Lachen hörte. Es drang an ihre Ohren, als Clover und sie sich der Polizeistation näherten. Piper erkannte genau die Kerle, deren Namen sie aus Sammy Bushey herausgeholt hatte: DeLesseps, Thibodeau, Searles. Georgia Roux war ebenfalls dabei: Georgia, die sie nach Sammys Aussage angefeuert hatte: *Mach's mit dieser Nutte!* Auch Freddy Denton war da. Sie saßen auf dem Treppenabsatz vor dem Eingang der Polizeistation, tranken Cola und redeten dummes Zeug. Das hätte Duke Perkins nie gestattet, und Piper stellte sich vor, dass, wenn er diese Szene von seinem jetzigen Aufenthaltsort aus hätte beobachten können, er so schnell im Grab rotiert wäre, dass seine sterblichen Überreste Feuer gefangen hätten.

Mel Searles sagte etwas, was wieder alle lachend und schulterklopfend grölen ließ. Thibodeau hatte einen Arm so um Roux gelegt, dass seine Fingerspitzen die Seite ihrer Brust berührten. Jetzt sagte sie etwas, und alle lachten noch lauter.

Piper glaubte zu wissen, dass sie über die Vergewaltigung lachten – was für ein Heidenspaß sie gewesen war –, und von da an hatte der Ratschlag ihres Vaters keine Chance mehr. Die Pastorin, die Arme und Kranke betreute, die bei Hochzeiten und Beerdigungen amtierte, die an Sonntagen Barmherzigkeit und Toleranz predigte, wurde grob in den Hintergrund ihres Bewusstseins zurückgestoßen und konnte die Ereignisse von dort aus nur wie durch eine blasige, schlierige Glasscheibe beobachten. Die Kontrolle übernahm jetzt die Piper, die mit fünfzehn ihr Zimmer verwüstet und dabei vor Zorn, nicht vor Kummer geheult hatte.

Zwischen dem Rathaus und dem neueren Ziegelsteinbau der Polizeistation lag der mit Schiefer gepflasterte Platz mit dem Kriegerdenkmal. In seiner Mitte stand die Statue von Lucien Calvert, Ernie Calverts Vater, der für Heldentum im Koreakrieg postum mit einem Silver Star ausgezeichnet worden war. Die Namen der übrigen Kriegstoten, die Chester's Mill seit dem Bürgerkrieg hatte beklagen müssen, waren in den Sockel der Statue eingemeißelt. Flankiert wurde sie von zwei Fahnenmasten, an denen die Stars and Stripes und die Flagge des Staates Maine mit Farmer, Seemann und Elch gesetzt waren. Beide hingen im rötlichen Licht des zur Neige gehenden Tages schlaff herab. Piper Libby ging wie eine Schlafwandlerin zwischen den Fahnenmasten hindurch, während Clover weiter mit aufgestellten Ohren rechts neben ihr bei Fuß dahintrottete.

Die »Polizisten« auf dem Treppenabsatz brachen erneut in schallendes Gelächter aus, und sie musste an die Trolle in den Märchen denken, die ihr Vater ihr manchmal vorgelesen hatte. Trolle, die sich in ihrer Höhle am Anblick von haufenweise gestohlenem Gold weideten. Dann sahen sie Piper und verstummten.

»Guten Abend, Rev'run«, sagte Mel Searles und stand auf, wobei er seinen Gürtel selbstgefällig etwas hochrückte. *In Gegenwart einer Dame steht man auf*, dachte Piper. *Hat seine Mutter ihm das beigebracht? Wahrscheinlich. Die schöne Kunst der Vergewaltigung hat er vermutlich anderswo gelernt.*

Er lächelte noch, als sie die Treppe erreichte, aber dann verblasste sein Lächeln, wurde zögerlich – also musste er ihren Gesichtsausdruck gesehen haben. Was für ein Ausdruck es war, wusste sie selbst nicht. Von innen fühlte sich ihr Gesicht erstarrt an. Unbeweglich.

Piper sah, dass der Größte von ihnen sie aufmerksam beobachtete. Thibodeau, dessen Gesicht so starr war, wie ihres sich anfühlte. *Er ist wie Clover*, dachte sie. *Er wittert sie an mir. Die Wut.*

»Rev'run?«, fragte Mel. »Alles okay? Gibt's ein Problem?«

Sie stieg die Treppe hinauf, nicht schnell, nicht langsam, Clover weiterhin brav rechts neben ihr bei Fuß. »Allerdings gibt's ein Problem«, sagte sie zu ihm aufsehend.

»Was …«

»*Sie*«, sagte Piper. »*Sie* sind das Problem.«

Sie versetzte ihm einen Stoß. Damit hatte Mel nicht gerechnet. Er hielt noch seinen Colabecher in der Hand. Jetzt stolperte er rückwärts in Georgia Roux' Schoß, und einen Augenblick lang glich die herausspritzende Cola einem vor dem rötlichen Abendhimmel hängenden Teufelsrochen. Georgia schrie überrascht auf, als Mel auf ihr landete. Sie kippte nach hinten und verschüttete dabei ihr eigenes Getränk. Es lief über die große Granitplatte vor der zweiflügligen Eingangstür. Piper konnte Scotch oder Bourbon riechen. Ihre Cokes waren mit Alkohol versetzt, den andere Bürger nicht mehr kaufen konnten. Kein Wunder, dass sie so irre gelacht hatten.

448

Der rote Spalt in ihrem Kopf öffnete sich weiter.

»Sie können nicht …«, begann Frankie, der selbst aufzustehen versuchte. Sie stieß auch ihn zurück. In einer weit, weit entfernten Galaxie begann Clover – normalerweise der bravste aller Hunde – vernehmlich zu knurren.

Frankie landete auf dem Rücken: mit weit aufgerissenen, erschrockenen Augen, sodass er vorübergehend wie der kleine Junge aus der Sonntagsschule aussah, der er einst gewesen sein musste.

»*Vergewaltigung* ist das Problem!«, rief Piper laut. »*Vergewaltigung!*«

»Halten Sie die Klappe«, sagte Carter. Er saß weiter an seinem Platz, und obwohl Georgia sich an ihn drängte, blieb Carter ganz ruhig. Seine Oberarmmuskeln spielten unter seinem kurzärmligen blauen Hemd. »Sie halten jetzt die Klappe und verschwinden, wenn Sie die Nacht nicht unten in einer Zelle ver…«

»Nein, *Sie* werden eingesperrt«, sagte Piper. »Sie alle.«

»Mach, dass sie den Mund hält«, sagte Georgia. Sie winselte nicht, war aber kurz davor. »Mach, dass sie den Mund hält, Cart.«

»Ma'am …« Das war Freddy Denton. Sein Uniformhemd aus der Hose hängend, sein Atem mit Bourbongeruch. Duke hätte einen einzigen Blick auf ihn geworfen und ihn gefeuert. Hätte sie *alle* gefeuert. Er wollte sich erheben, aber diesmal landete *er* mit einem überraschten Gesichtsausdruck, der unter anderen Umständen komisch gewesen wäre, auf dem Rücken. Es war nett, dass sie gesessen hatten, während Piper gestanden hatte. Machte es einfacher. Aber oh! wie ihre Schläfen pochten. Sie konzentrierte sich auf Thibodeau, den Gefährlichsten von allen. Er betrachtete sie weiter mit aufreizender Gelassenheit. Als wäre sie eine Monstrosität, für deren Besichtigung er einen Quarter bezahlt hatte, um sie als Nebenattraktion in einem eigenen Zelt sehen zu können. Aber er musste zu ihr *aufsehen*, das war ihr Vorteil.

»Aber in keiner Zelle hier«, sagte sie, indem sie Thibodeau direkt ansprach. »Sondern in Shawshank, wo sie kleinen

Spielplatzrowdys wie euch das antun, was ihr dem armen Mädchen angetan habt.«

»Sie blöde Schlampe«, sagte Carter. In einem Ton, als machte er eine Bemerkung über das Wetter. »Wir waren nicht mal in der Nähe ihres Wohnwagens.«

»Richtig«, sagte Georgia, die sich wieder aufsetzte. Auf einer ihrer Wangen, auf denen eine virulente Teenager-Akne verblasste (aber noch einige letzte Vorposten hielt), klebte verschüttete Cola. »Und außerdem wissen alle, dass Sammy Bushey eine lügnerische Lesbo-Fotze ist.«

Pipers Lippen verzogen sich zu einem Lächeln. Sie bedachte damit Georgia, die vor der Verrückten zurückwich, die so plötzlich auf den Stufen erschienen war, auf denen sie sich einen oder zwei gemütliche Sunsetter gegönnt hatten. »Woher kennen Sie den Namen der lügnerischen Lesbo-Fotze? *Ich* habe ihn nicht gesagt.«

Georgias Mund bildete ein verzweifeltes **O**. Und unter Carter Thibodeaus Gelassenheit flackerte erstmals etwas auf. Ob es Angst oder nur Verärgerung war, konnte Piper nicht beurteilen.

Frank DeLesseps rappelte sich vorsichtig auf. »Sie sollten lieber keine Anschuldigungen verbreiten, die Sie nicht beweisen können, Reverend Libby.«

»Oder Polizisten tätlich angreifen«, sagte Freddy Denton. »Ich bin bereit, diesmal darüber hinwegzusehen – alle stehen unter Stress –, aber Sie müssen sofort mit diesen Anschuldigungen aufhören.« Er machte eine Pause, dann fügte er lahm hinzu: »Und natürlich mit dem Schubsen.«

Piper fixierte weiter Georgia. Ihre rechte Hand umklammerte den schwarzen Plastikgriff von Clovers Leine so fest, dass sie pochte. Der Hund stand mit gespreizten Vorderläufen und gesenktem Kopf da und knurrte weiter. Das klang wie ein starker Außenbordmotor im Leerlauf. Sein Nackenfell war so gesträubt, dass sein Halsband darin verschwand.

»Woher kennen Sie ihren Namen, Georgia?«

»Ich … ich … ich hab nur geraten …«

Carter legte ihr eine Hand auf die Schulter und drückte sie. »Schnauze, Babe.« Und noch immer sitzend (*weil er nicht umgestoßen werden will, der Feigling)*, sagte er zu Piper: »Ich weiß nicht, was für eine Macke Sie unter der Jesusmütze haben, aber wir alle waren letzte Nacht draußen auf Alden Dinsmores Farm. Haben versucht, etwas aus den an der Route 119 stationierten Soldaten rauszukriegen, was uns aber nicht gelungen ist. Das war von Bushey aus gesehen auf der anderen Seite der Stadt.« Er sah sich nach seinen Freunden um.

»Richtig«, sagte Frankie.

»Genau«, stimmte Mel zu, der Piper misstrauisch beobachtete.

»Yeah!«, sagte Georgia. Carters Arm umfasste sie wieder, und ihre vorübergehende Unsicherheit war verschwunden. Sie starrte Piper trotzig an.

»Georgie-Girl hat *vermutet*, dass Sie hier wegen Sammy rumschreien«, sagte Carter mit derselben aufreizenden Gelassenheit. »Weil Sammy die größte Lügenschlampe der ganzen Stadt ist.«

Mel Searles jodelte ein Lachen.

»Aber ihr habt keine Kondome benutzt«, sagte Piper. Das hatte Sammy ihr erzählt, und als sie die Anspannung auf Thibodeaus Gesicht sah, wusste sie, dass das stimmte. »Ihr habt keine Kondome benutzt, und sie ist auf Vergewaltigungsspuren untersucht worden.« Sie wusste nicht, ob *das* stimmte, und es war ihr auch egal. Wie sie die Augen aufrissen, bewies ihr, dass sie es glaubten, und nur darauf kam es an. »Sobald eure DNA mit der gefundenen verglichen wird ...«

»Jetzt reicht's«, sagte Carter. »Schluss damit!«

Sie bedachte ihn mit ihrem wütenden Lächeln. »Nein, Mr. Thibodeau. Wir fangen erst an, mein Sohn.«

Freddy Denton griff nach ihr. Sie stieß ihn zurück, dann spürte sie, dass ihr linker Arm festgehalten und verdreht wurde. Sie warf sich herum und sah in Thibodeaus Gesicht. Seine bisherige Gelassenheit hatte sich verflüchtigt; seine Augen blitzten vor Wut.

Hallo, mein Bruder, dachte sie zusammenhanglos.

»Verpiss dich, du verfickte Schlampe«, sagte er fast beiläufig, und diesmal wurde sie geschubst.

Piper fiel rückwärts die Treppe hinunter und bemühte

sich instinktiv, sich abzurollen, weil sie nicht mit dem Kopf auf eine dieser Steinkanten prallen wollte, die ihr den Schädel einschlagen konnten. Sonst blieb sie womöglich tot – oder noch schlimmer – mit einem schweren Gehirnschaden liegen. Stattdessen schlug sie mit der linken Schulter auf und spürte dort einen jäh aufflammenden Schmerz. *Vertrauten* Schmerz. Diese Schulter hatte sie sich vor zwanzig Jahren beim Fußballspielen in der Highschool ausgerenkt, und jetzt hatte sie es wieder geschafft, verdammt nochmal!

Ihre Beine flogen über ihren Kopf, und sie machte einen Purzelbaum rückwärts, verstauchte sich das Genick, landete auf ihren Knien und schürfte sich beide auf. Zuletzt blieb sie auf Bauch und Brüsten liegen. Sie war sich überschlagend fast am Fuß der Treppe gelandet. Ihre Wange blutete, ihre Nase blutete, ihre Lippen bluteten, ihr Genick schmerzte, aber o Gott, ihre Schulter war am schlimmsten: auf eine unbeholfene Weise verdreht, an die sie sich nur allzu gut erinnern konnte. Als Piper sie zum letzten Mal so gesehen hatte, hatte ihre Schulter in einem roten Nylontrikot der Wildcats gesteckt. Trotzdem hatte sie sich damals aufgerappelt und Gott dafür gedankt, dass die Beine ihr noch gehorchten; sie hätten ebenso gut gelähmt sein können.

Bei ihrem Sturz war Piper die Hundeleine entglitten, und Clover stürzte sich auf Thibodeau. Er schnappte nach Brust und Bauch unter dem Hemd, riss es auf, brachte den jungen Mann rücklings zu Fall und hatte es auf seine Genitalien abgesehen.

»*Los, zieht ihn weg!*«, kreischte Carter. Seine Gelassenheit hatte sich verflüchtigt. »*Er bringt mich um!*«

Und ja, genau das versuchte Clover. Seine Vorderpfoten standen auf Carters Oberschenkeln, sie hoben und senkten sich, während Carter strampelte. So sah er aus wie ein Rad fahrender Schäferhund. Er wechselte die Angriffsrichtung und biss Carter tief in die Schulter, sodass der junge Mann laut aufschrie. Dann schnappte Clover nach seiner Kehle. Carter bekam seine Hände gerade noch rechtzeitig genug auf die Brust des Hundes, um seine Luftröhre zu retten.

»*Macht, dass er aufhört!*«

Frank griff nach der herabhängenden Leine. Clover drehte sich um und schnappte nach seinen Fingern. Frank wich erschrocken zurück, und Clover konzentrierte sich wieder auf den Mann, der seine Herrin die Treppe hinuntergestoßen hatte. Seine Schnauze öffnete sich und ließ zwei Reihen glänzend weißer Reißzähne sehen, als er sich wieder auf Thibodeaus Kehle stürzte. Carter bekam eine Hand dazwischen und schrie vor Schmerzen auf, als Clover sich darin verbiss und sie wie einen seiner geliebten Beißknochen zu schütteln begann. Nur bluteten seine Beißknochen nicht, was Carters Hand jetzt tat.

Piper, die ihren linken Arm an den Oberkörper gedrückt hielt, kam die Treppe heraufgestolpert. Ihr Gesicht war eine Maske aus Blut. In einem Mundwinkel hing ein ausgeschlagener Zahn wie ein überdimensionierter Brotkrümel.

»HOLEN SIE IHN WEG, VERDAMMT, HOLEN SIE IHREN SCHEISSKÖTER VON MIR RUNTER!«

Piper öffnete den Mund, um Clover zu befehlen, von ihm abzulassen, als sie Fred Denton seine Pistole ziehen sah.

»Nein!«, kreischte sie. *»Nein, ich sorge dafür, dass er aufhört!«*

Fred sah zu Mel Searles hinüber und zeigte mit der freien Hand auf den Schäferhund. Mel machte einen Schritt nach vorn und trat Clover in die Rippen. Er trat hoch und fest zu, wie er (vor nicht allzu langer Zeit) Footbälle aus der Hand abgeschlagen hatte. Clover wurde zur Seite geschleudert und konnte Thibodeaus blutende, zerbissene Hand, an der jetzt zwei Finger wie verdrehte Wegweiser in ungewöhnliche Richtungen zeigten, nicht länger festhalten.

»NEIN!«, kreischte Piper wieder, so laut und angestrengt, dass die Welt vor ihren Augen grau wurde. *»TUT MEINEM HUND NICHTS!«*

Fred achtete nicht auf sie. Als Peter Randolph aus der zweiflügligen Tür stürzte, sein Hemd aus der Hose hängend, sein Reißverschluss nicht hochgezogen, das Exemplar von *Outdoors*, das er auf dem Klo gelesen hatte, noch in einer Hand, beachtete Fred auch ihn nicht. Er zielte mit seiner Dienstwaffe auf den Hund und drückte ab.

Auf dem umschlossenen Platz war der Schussknall ohrenbetäubend laut. Clovers Schädeldach flog in einer Wolke aus
Blut und Knochen weg. Er machte einen Schritt auf seine
schreiende, blutende Herrin zu … noch einen … dann brach
er zusammen.

Weiter mit der Waffe in der Hand trat Fred vor und packte
Piper an ihrem verletzten Arm. Ihre ausgerenkte Schulter
röhrte einen Protest. Trotzdem starrte sie weiter den Kadaver ihres Hundes an: Clover, den sie als Welpen bekommen
und selbst aufgezogen hatte.

»Sie sind verhaftet, Sie durchgedrehte Schlampe«, sagte
Fred. Er brachte sein Gesicht – blass, verschwitzt, mit fast
aus ihren Höhlen quellenden Augen – so dicht an ihres heran, dass sie seinen sprühenden Speichel auf ihrer Haut
fühlte. »Alles, was Sie sagen, kann und wird gegen Ihren
durchgedrehten Arsch verwendet werden.«

Auf der gegenüberliegenden Straßenseite strömten Abendgäste aus dem Sweetbriar Rose, unter ihnen auch Barbie, der
noch seine Schürze und eine Baseballmütze trug. Julia Shumway traf vor ihnen ein.

Sie überblickte die Szene, achtete nicht so sehr auf Details,
sondern nahm sie mehr als Gestaltsummierung wahr: toter
Hund, zusammengedrängte Cops, blutende, schreiende
Frau, deren eine Schulter höher als die andere war; glatzköp-
figer Cop – Freddy, der gottverdammte Denton –, der sie am
dazugehörigen Arm schüttelte; weiteres Blut auf der Treppe,
als wäre Piper sie hinuntergefallen. Oder die Treppe hinuntergestoßen worden.

Julia tat etwas, was sie noch nie im Leben getan hatte. Sie
griff in ihre Umhängetasche, klappte ihre Geldbörse auf, lief
die Treppe hinauf, hielt sie hoch und rief laut: »*Presse! Presse!
Presse!*«

Das half wenigstens gegen das Zittern.

9   Zehn Minuten später saß Carter Thibodeau in dem
Büro, das bis vor Kurzem Duke Perkins gehört hatte, mit
frisch verbundener Schulter und in Papierhandtücher gewi-

ckelter Hand auf dem Sofa unter Dukes gerahmten Urkunden und Fotos. Georgia saß neben ihm. Auf Thibodeaus Stirn standen große Schweißperlen, aber sein einziger Kommentar war gewesen: »Ich glaub nicht, dass was gebrochen ist.« Seither hatte er hartnäckig geschwiegen.

Fred Denton hockte auf einem Stuhl in der Ecke. Seine Pistole lag auf dem Schreibtisch des Chiefs. Er hatte sie bereitwillig abgeliefert und dabei nur gesagt: »Ich musste es tun – sehen Sie sich bloß Carters Hand an.«

Piper saß auf dem Drehstuhl, der jetzt Peter Randolph gehörte. Mit Papierhandtüchern hatte Julia das meiste Blut von Pipers Gesicht getupft. Die Pastorin zitterte vor Schock und starken Schmerzen, aber darüber sprach sie so wenig wie Thibodeau. Ihre Augen waren klar.

»Clover hat ihn erst angefallen …« Sie wies mit dem Kinn zu Carter hinüber. »… nachdem er mich die Treppe hinuntergestoßen hatte. Bei diesem Sturz habe ich die Leine verloren. Was mein Hund getan hat, war vollkommen gerechtfertigt. Er hat mich vor einem tätlichen Angriff geschützt.«

»*Sie* hat uns angegriffen!«, rief Georgia. »Das durchgeknallte Luder hat *uns* angegriffen! Ist die Stufen raufgekommen und hat diesen ganzen Scheiß gebrabbelt …«

»Schnauze«, sagte Barbie. »Haltet jetzt alle die Klappe, verdammt nochmal.« Er sah zu Piper hinüber. »Es ist nicht das erste Mal, dass Sie sich die Schulter ausgerenkt haben, nicht wahr?«

»Ich will Sie nicht hierhaben, Mr. Barbara«, sagte Randolph … aber er sprach ohne rechte Überzeugungskraft.

»Ich kann etwas dagegen tun«, sagte Barbie. »Können Sie das auch?«

Randolph gab keine Antwort. Mel Searles und Frank DeLesseps standen an der Tür. Sie wirkten besorgt.

Barbie wandte sich nochmals an Piper. »Das ist eine Subluxation – eine teilweise Verrenkung. Nicht sehr schlimm. Ich kann sie wieder einrenken, bevor Sie ins Krankenhaus gehen und …«

»*Krankenhaus?*«, quiekte Fred Denton. »Sie ist verhaf …«

»Ruhe, Freddy«, sagte Randolph. »Niemand ist verhaftet. Zumindest vorläufig.«

Barbie wandte den Blick nicht mehr von Piper. »Aber ich muss es gleich tun, bevor die Schwellung zu stark wird. Wenn Sie warten, bis Everett es im Krankenhaus macht, brauchen Sie eine Narkose.« Er beugte sich zu ihr hinüber und murmelte ihr ins Ohr: »Während Sie bewusstlos sind, schildern die anderen die Ereignisse aus ihrer Sicht, und Ihre bleibt außen vor.«

»Was sagen Sie da?«, fragte Randolph scharf.

»Dass es wehtun wird«, sagte Barbie. »Stimmt's, Rev?«

Sie nickte. »Machen Sie's bitte. Trainer Gromley hat es damals gleich an der Seitenlinie gemacht, und er war ein Volltrottel. Beeilen Sie sich! Und bitte machen Sie keinen Scheiß.«

Barbie sagte: »Julia, schnappen Sie sich ein Dreiecktuch aus dem Erste-Hilfe-Kasten und helfen Sie mir, sie auf den Rücken zu legen.«

Julia, die sehr blass war und sich mies fühlte, gehorchte wortlos.

Barbie setzte sich links neben Piper auf den Fußboden, streifte einen Schuh ab und packte mit beiden Händen ihren Unterarm dicht über dem Handgelenk. »Trainer Gromleys Methode kenne ich nicht«, sagte er, »aber so hat es ein Sanitäter, den ich im Irak kannte, immer gemacht. Sie Zählen bis drei und rufen dann laut *Wishbone!*«

»*Wishbone*«, sagte Piper trotz ihrer Schmerzen erstaunt. »Gut, okay, Sie sind der Doktor.«

Nein, dachte Julia – Rusty Everett ist der einzige Arztersatz, den die Stadt jetzt hat. Sie hatte Linda angerufen und sich seine Handynummer geben lassen, war aber sofort mit seiner Mailbox verbunden worden.

In Randolphs Dienstzimmer herrschte Stille. Sogar Carter Thibodeau sah gespannt zu. Barbie nickte Piper zu. Auf ihrer Stirn standen Schweißperlen, aber sie setzte ein tapferes Gesicht auf, was Barbie verdammt imponierte. Er schob den in einer Socke steckenden Fuß in ihre linke Achselhöhle und drückte ihn fest hinein. Während er dann langsam, aber gleichmäßig an ihrem Arm zog, übte er mit dem Fuß Gegendruck aus.

»Okay, es kann losgehen. Aber laut!«

»Eins … zwei … drei … *WISHBONE!*«

Während Piper laut schrie, zog Barbie kräftig. Alle im Raum hörten das Knacken, mit dem das Schultergelenk wieder eingerenkt wurde. Die Ausbuchtung in Pipers Bluse verschwand auf magische Weise. Sie schrie auf, wurde aber nicht ohnmächtig. Er verknotete das Dreiecktuch in ihrem Nacken, damit es als Schlinge dienen und den Arm möglichst ruhigstellen konnte.

»Besser?«, fragte er.

»Besser«, sagte sie. »Sehr viel besser, Gott sei Dank. Es tut noch weh, aber nicht mehr so schlimm.«

»Ich habe Aspirin in meiner Tasche«, sagte Julia.

»Geben Sie ihr das Aspirin und verschwinden Sie dann«, sagte Randolph. »Alle bis auf Carter, Freddy, Reverend Libby und mich.«

Julia sah ihn ungläubig an. »Soll das ein Witz sein? Sie muss ins Krankenhaus. Können Sie gehen, Piper?«

Piper stand unsicher auf. »Ich denke schon. Wenn's nicht zu weit ist.«

»Setzen Sie sich, Reverend Libby«, sagte Randolph, aber Barbie wusste, dass er nicht ernsthaft versuchen würde, sie aufzuhalten. Das hörte er aus seinem Tonfall heraus.

»Wieso zwingen Sie mich nicht dazu?« Sie hob vorsichtig den linken Arm mitsamt der Schlinge, in der er ruhte. »Sie können ihn bestimmt sehr leicht wieder ausrenken. Also los! Zeigen Sie diesen … diesen *Jungs* … dass Sie genau wie sie sind!«

»Und ich berichte über alles in der Zeitung!«, sagte Julia strahlend. »Die Auflage wird sich verdoppeln!«

»Ich schlage vor, dass Sie diese Sache bis morgen zurückstellen, Chief«, sagte Barbie. »Geben Sie Reverend Libby Gelegenheit, sich ein stärkeres Schmerzmittel als Aspirin zu besorgen und ihre aufgeschürften Knie von Everett verarzten zu lassen. Immerhin dürfte wegen der Kuppel keine Fluchtgefahr bestehen.«

457

»Ihr Hund hat versucht, mich totzubeißen«, sagte Carter. Trotz seiner Schmerzen sprach er wieder ganz ruhig.

»Chief Randolph, DeLesseps, Searles und Thibodeau sind gemeinschaftlicher Vergewaltigung schuldig.« Piper schwankte jetzt – Julia legte einen Arm um sie –, aber ihre Stimme war klar und deutlich. »Roux war Mittäterin bei der Vergewaltigung.«

»Den Teufel war ich!«, quiekte Georgia.

»Sie müssen sofort vom Dienst suspendiert werden.«

»Sie lügt«, sagte Thibodeau.

Chief Randolph sah von einem zum anderen wie jemand, der ein Tennismatch verfolgt. Schließlich konzentrierte er sich auf Barbie. »Wollen Sie mir jetzt vorschreiben, was ich zu tun habe, Kiddo?«

»Nein, Sir, ich habe nur auf Grundlage meiner Erfahrungen als Gesetzeshüter im Irak einen Vorschlag gemacht. Ihre Entscheidungen müssen Sie selbst treffen.«

Randolph entspannte sich. »Also gut. Okay.« Er ließ den Kopf gesenkt und runzelte gedankenverloren die Stirn. Alle beobachteten, wie er merkte, dass der Reißverschluss seiner Hose nicht hochgezogen war, und dieses kleine Problem behob. Dann sah er wieder auf und sagte: »Julia, Sie bringen Reverend Libby ins Krankenhaus. Was Sie betrifft, Mr. Barbara, können Sie gehen, wohin Sie wollen, aber ich will Sie nicht mehr hier sehen. Heute Abend nehme ich die Aussagen meiner Leute zu Protokoll, und morgen ist Reverend Libby an der Reihe.«

»Augenblick«, sagte Thibodeau. Er streckte Barbie seine verkrümmten Finger hin. »Können Sie gegen die was machen?«

»Weiß nicht«, sagte Barbie – ganz freundlich, wie er hoffte. Die erste gewalttätige Phase war vorbei, und nun folgten die politischen Nachwehen, an die er sich gut aus dem Umgang mit irakischen Cops erinnerte, die letztlich nicht viel anders waren als der Mann auf der Couch und die an der Tür zusammengedrängten Angehörigen und Freunde. Im Prinzip musste man zu Leuten nett sein, die man am liebsten angespuckt hätte. »Können Sie *Wishbone* rufen?«

10   Rusty hatte zuerst sein Handy ausgeschaltet und erst dann bei Big Jim Rennie angeklopft. Jetzt saß Big Jim hinter seinem Schreibtisch, Rusty auf dem harten Stuhl davor – dem Platz der Bitt- und Antragsteller.

Der Raum (den Rennie in seiner Steuererklärung bestimmt als häusliches Arbeitszimmer bezeichnete) war von angenehmem Tannenduft erfüllt, als wäre er vor Kurzem gründlich geputzt worden, aber Rusty mochte ihn trotzdem nicht. Das lag nicht nur an dem Gemälde mit einem aggressiv kaukasischen Jesus, der die Bergpredigt hielt, den protzig zur Schau gestellten Plaketten oder dem Hartholzboden, auf den zum Schutz wirklich ein Teppich gehört hätte; es lag an alldem – und an noch etwas anderem. Obwohl Rusty Everett wenig mit übersinnlichen Dingen anfangen konnte und erst recht nicht an sie glaubte, hatte er fast das Gefühl, dass es hier spukte.

Das liegt daran, dass er dich ein wenig ängstigt, dachte er. *Das ist alles.*

Rusty hoffte, dass man ihm das nicht ansah oder anhörte, als er Rennie jetzt von den verschwundenen Propantanks des Krankenhauses erzählte. Und dass er einen davon in dem Lagerschuppen hinter dem Rathaus entdeckt hatte, wo er gegenwärtig das Stromaggregat des Rathauses versorgte. Und dass dies der *einzige* Tank war.

»Deshalb habe ich zwei Fragen«, sagte Rusty. »Wie kommt ein Tank aus Beständen des Krankenhauses in die Stadtmitte? Und wohin sind die übrigen verschwunden?«

Big Jim kippte seinen Stuhl nach hinten, faltete die Hände hinter dem Kopf und sah nachdenklich zur Decke auf. Rusty starrte inzwischen den Trophäenbaseball an, der auf Rennies Schreibtisch in seinem Acrylglasständer lag. Davor aufgestellt war eine handschriftliche Mitteilung von Bill Lee von den Boston Red Sox. Er konnte sie lesen, weil sie ihm zugekehrt war. Natürlich war sie das. Besucher sollten sie lesen und darüber staunen. Wie die gerahmten Fotos an den Wänden verkündete der Baseball, dass Big Jim Rennie mit Prominenten auf vertrautem Fuß stand: *Seht meine Autogramme, ihr Mächtigen, und verzweifelt.* Für Rusty brachten der Baseball und dieses ihm zugekehrte Kärtchen sein Unbehagen in Bezug auf diesen Raum auf den Punkt. Beides war Schönfärberei, ein unechter Tribut an kleinstädtisches Prestige und kleinstädtische Macht.

»Ich wusste gar nicht, dass Sie von irgendwem die Erlaubnis hatten, in unserem Lagerschuppen herumzuschnüffeln«, erklärte Big Jim der Zimmerdecke. Seine plumpen Finger blieben hinter dem Kopf gefaltet. »Vielleicht sind Sie ja eine städtische Amtsperson, und ich habe das nur nicht mitbekommen? Das wäre dann mein Fehler – meine *Falschdenke*, wie Junior sagt. Ich dachte, Sie wären im Prinzip ein Krankenpfleger mit einem Rezeptblock.«

Rusty sah die Taktik dahinter: Rennie versuchte, ihn wütend zu machen. Um ihn abzulenken.

»Ich bin keine städtische Amtsperson«, sagte er, »aber ich *bin* ein Angestellter des Krankenhauses. Und ein Steuerzahler.«

»Und?«

Rusty spürte, wie die Hitze ihm in die Wangen stieg.

»Deshalb bin ich Mitbesitzer dieses Lagerschuppens.« Er machte eine Pause, um zu hören, ob Big Jim sich dazu äußern würde, aber der Mann hinter dem Schreibtisch blieb gleichmütig. »Außerdem war das Tor nicht abgesperrt. Was alles nebensächlich ist, nicht wahr? Ich habe gesehen, was ich gesehen habe, und möchte eine Erklärung dafür. Als Angestellter des Krankenhauses.«

»Und als Steuerzahler. Vergessen Sie das nicht.«

Rusty saß da und sah ihn an, ohne auch nur zu nicken.

»Ich kann Ihnen keine geben«, sagte Rennie.

Rusty zog die Augenbrauen hoch. »Wirklich? Ich dachte, Sie hätten Ihre Finger am Puls dieser Stadt. Haben Sie das nicht gesagt, als Sie letztes Mal als Stadtverordneter kandidiert haben? Und jetzt erzählen Sie mir, dass Sie nicht wissen, wo das Flüssiggas der Stadt hingekommen ist? Das nehme ich Ihnen nicht ab.«

Rennie wirkte erstmals irritiert. »Was Sie glauben oder nicht, ist mir egal. Von dieser Sache höre ich zum ersten Mal.« Aber sein Blick wich dabei kaum merklich zur Seite

460

aus, als wollte er sich davon überzeugen, dass das signierte Foto von Tiger Woods noch da war: das klassische verräterische Benehmen eines Lügners.

Rusty sagte: »Das Krankenhaus hat fast kein Propan mehr. Ohne Strom könnten die wenigen von uns, die noch da sind, ebenso gut in einem Feldlazarett während des Bürgerkriegs arbeiten. Unsere jetzigen Patienten – darunter eine Patientin, die sich von einem Herzanfall erholt, und ein schwerer Fall von Diabetes, der vielleicht eine Amputation nötig machen wird – sind höchst gefährdet, wenn der Strom ausfällt. Der Mann, der vielleicht eine Amputation vor sich hat, ist Jimmy Sirois. Sein Wagen steht auf unserem Parkplatz. Auf dem Aufkleber an der hinteren Stoßstange steht: WÄHLT BIG JIM.«

»Ich kümmere mich darum«, sagte Big Jim. Er sprach mit der Miene eines Mannes, der jemandem eine Gefälligkeit erweist. »Das Flüssiggas der Stadt ist vermutlich in einer anderen städtischen Einrichtung gelagert. Was Ihr Propan betrifft, kann ich leider nichts zu seinem Verbleib sagen.«

»In *welchen* anderen städtischen Einrichtungen? Es gibt die Feuerwehr und den Lagerplatz für Winterstreugut an der God Creek Road – dort steht nicht mal ein Schuppen –, sonst kenne ich keine.«

»Mr. Everett, ich bin sehr beschäftigt. Wenn Sie mich jetzt bitte entschuldigen …«

Rusty stand auf. Seine Hände wollten sich zu Fäusten ballen, aber das ließ er nicht zu. »Ich will Sie ein letztes Mal fragen«, sagte er. »Offen und geradeheraus. Wissen Sie, wo unsere verschwundenen Tanks sind?«

»Nein.« Diesmal zuckte Rennies Blick zu Dale Earnhardt hinüber. »Und ich will aus dieser Frage keine Andeutungen herauslesen, mein Sohn, denn sonst müsste ich mich dagegen verwahren. Warum trollen Sie sich jetzt nicht und sehen nach Jimmy Sirois? Sagen Sie ihm, dass Big Jim ihm schöne Grüße bestellen lässt und ihn besuchen wird, sobald diese Korinthenkackerei etwas nachlässt.«

Rusty kämpfte noch immer darum, nicht die Beherrschung zu verlieren, aber das war ein aussichtsloser Kampf. »Ich soll mich *trollen*? Sie vergessen anscheinend, dass Sie ein Wahlbeamter, kein Diktator sind. Ich bin vorläufig der oberste Mediziner dieser Stadt und verlange eine Er…«

Big Jims Handy klingelte. Er grapschte danach. Hörte zu. Die Linien um seine heruntergezogenen Lippen wurden grimmiger. »Ver*flixt* nochmal! Immer wenn ich mich auch nur *umdrehe* …« Er hörte noch zu, dann sagte er: »Falls Sie Leute bei sich im Büro haben, Peter, halten Sie lieber die Klappe, bevor Sie sie zu weit aufreißen und selbst reinfallen. Rufen Sie Andy an. Ich komme sofort rüber, und wir drei bringen diese Sache in Ordnung.«

Er klappte das Handy zu und stand auf.

»Ich muss zur Polizeistation. Ob es sich um einen Notfall oder weitere Korinthenkackerei handelt, weiß ich erst, wenn ich dort bin. Und Sie werden offenbar im Krankenhaus oder in der Poliklinik gebraucht. Mit Reverend Libby scheint es ein Problem zu geben.«

»Wieso? Was ist mit ihr?«

Big Jims kalte Augen musterten ihn zusammengekniffen aus kleinen Höhlen. »Ich bin mir sicher, dass Sie ihre Story hören werden. Ich weiß nicht, wie wahr sie ist, aber hören werden Sie sie ganz bestimmt. Ziehen Sie also los, um Ihre Arbeit zu tun, junger Mann, und lassen Sie mich meine tun.«

Rusty, dessen Schläfen pochten, ging durch den Flur und verließ das Haus. Im Westen war der Sonnenuntergang ein schaurig blutrotes Spektakel. Obwohl es fast windstill war, lag deutlicher Rauchgeruch in der Luft. Am Fuß der Treppe hob Rusty einen Finger und deutete damit auf den Stadtverordneten, der darauf wartete, dass er sein Grundstück verließ, bevor er, Rennie, sich selbst auf den Weg machte. Rennie betrachtete den Finger mit finsterer Miene, aber Rusty ließ ihn nicht sinken.

»Mir braucht niemand zu erzählen, wie ich meine Arbeit zu tun habe. Und ich werde mich weiter darum kümmern, wohin unser Flüssiggas verschwunden ist. Finde ich es am falschen Ort, wird bald jemand anderes *Ihre* Arbeit tun, Stadtverordneter Rennie. Das verspreche ich Ihnen.«

Big Jim winkte verächtlich ab. »Verschwinden Sie, Kleiner. Tun Sie Ihre Arbeit.«

11 In den ersten fünfundfünfzig Stunden unter dem Dome erlitten über zwei Dutzend Kinder Anfälle. Manche wurden, wie die von Everetts Töchtern, beobachtet. Viele andere ereigneten sich unbemerkt, und in den kommenden Tagen nahm die Anfallshäufigkeit rasch und bis fast auf null ab. Rusty verglich diese Erscheinungen mit den leichten Stromstößen, die man verpasst bekam, wenn man sich der Barriere zu sehr näherte. Beim ersten Mal durchlief einen ein fast elektrischer *Schauder*, von dem sich einem die Nackenhaare sträubten; danach spürten die meisten Leute nichts mehr. Man hätte glauben können, sie wären dagegen immun geworden.

»Soll das heißen, dass die Kuppel wie Windpocken ist?«, fragte Linda ihn später. »Wenn man sie ein Mal bekommen hat, ist man danach sein Leben lang vor ihnen sicher?«

Janelle hatte zwei Anfälle erlitten – ebenso wie ein kleiner Junge namens Norman Sawyer –, aber in beiden Fällen war der zweite Anfall schwächer und wurde von keinem Gebrabbel begleitet. Die meisten Kinder, die Rusty untersuchte, hatten nur einen, der keine Nachwirkungen zu haben schien.

Nur zwei Erwachsene hatten in diesen ersten fünfundfünfzig Stunden einen Anfall. Beide ereigneten sich am Montagabend gegen Sonnenuntergang; beide hatten leicht verständliche Ursachen.

Bei Phil Bushey, auch als der Chefkoch oder einfach nur der Chef bekannt, war die Ursache eine Überdosis seines eigenen Produkts. Etwa zu dem Zeitpunkt, als Rusty und Big Jim auseinandergingen, saß Chef Bushey vor dem Lagerschuppen hinter dem Sender WCIK, blickte verträumt in den Sonnenuntergang (in unmittelbarer Nähe der Lenkwaffeneinschläge wurde das Scharlachrot des Himmels durch Ruß an der Kuppel weiter verdunkelt) und hielt seine Hit-Pfeife locker in einer Hand. Er war high bis zur Ionosphäre; vielleicht sogar hundertfünfzig Kilometer höher. In den wenigen tiefen Wolken, die in diesem blutroten Licht schwammen, sah er die Gesichter seiner Mutter, seines Vaters und seines Großvaters; er entdeckte darin auch Sammy und Little Walter.

Alle diese Wolkengesichter bluteten.

Als sein rechtes Bein zu zucken begann und das linke Bein diesen Rhythmus aufnahm, ignorierte er das. Zucken gehörte zum Methrauchen, das wusste jeder. Aber dann begannen seine Hände zu zittern, und seine Pfeife fiel in das lange Gras (wegen der hiesigen Laborproduktion gelblich versengt). Im nächsten Augenblick begann sein Kopf von einer Seite zur anderen zu zucken.

Jetzt ist es so weit, dachte er mit einer Ruhe, in die sich Erleichterung mischte. *Endlich hab ich mal zu viel erwischt. Ich trete ab. Wahrscheinlich nur zum Besten.*

Aber er trat nicht ab, er wurde nicht einmal *bewusstlos*. Er rutschte langsam zur Seite und beobachtete zuckend, wie in dem roten Himmel eine schwarze Murmel aufstieg. Sie wuchs zu einer Kegelkugel, dann zu einem übermäßig aufgepumpten Wasserball an. Sie wuchs weiter, bis sie den roten Himmel ganz ausfüllte.

Das Ende der Welt, dachte er. *Wahrscheinlich nur zum Besten.*

Einen Augenblick lang glaubte er, sich geirrt zu haben, weil die Sterne zum Vorschein kamen. Nur hatten sie die falsche Farbe. Sie waren rosa. Und dann, o Gott, begannen sie zu fallen und hinterließen lange rosa Feuerschweife.

Als Nächstes kam Feuer. Ein röhrendes Brausen, als hätte jemand eine verdeckte Falltür geöffnet und die Hölle auf Chester's Mill losgelassen.

»Das ist unser Saures«, murmelte er. Seine Pfeife lag an seinen Arm gedrückt und hinterließ eine Brandwunde, die er später sehen und fühlen würde. Er lag zuckend im gelben Gras und hatte die Augen so verdreht, dass ihr reines Weiß den grässlichen Sonnenuntergang reflektierte. »Unser Halloween-Saures. Erst das Süße … dann das Saure.«

Das Feuer wurde zu einem Gesicht, einer orangeroten Version der blutigen Gesichter, die er in den Wolken gesehen hatte, bevor der Anfall ihn erfasste. Das Gesicht gehörte Jesus, der ihn finster ansah.

Und redete. Mit *ihm* redete. Ihm erklärte, dass es *seine* Aufgabe sei, das Feuer zu bringen. *Seine*. Das Feuer und die … die …

»Die Reinheit«, murmelte er im Gras liegend. »Nein ... die *Läuterung.*«

Jesus wirkte nicht mehr so wütend. Und er verblasste allmählich. Wieso? Weil der Chef verstanden hatte. Erst kamen die rosa Sterne; dann kam das reinigende Feuer; danach würde die Heimsuchung enden.

Der Chef kam zur Ruhe, als sein Anfall in den ersten wirklichen Schlaf seit Wochen, vielleicht sogar seit Monaten überging. Als er aufwachte, war es ganz dunkel – jegliche Spur von Rot war aus dem Himmel verschwunden. Er war komplett ausgekühlt, aber kein bisschen feucht.

Unter der Kuppel fiel kein Tau mehr.

12   Während der Chef in dem blutroten Sonnenuntergang das Gesicht Christi beobachtete, saß Andrea Grinnell, die Dritte Stadtverordnete, auf ihrer Couch und versuchte zu lesen. Ihr Notstromaggregat hatte den Geist aufgegeben – hatte es überhaupt jemals gearbeitet? Sie konnte sich nicht daran erinnern. Aber sie hatte eine Leselampe namens Mighty Brite Lite, die ihre Schwester Rose ihr letztes Jahr zu Weihnachten geschenkt hatte. Bisher hatte Andrea noch keine Gelegenheit gehabt, sie zu benutzen, aber sie funktionierte sehr gut. Man befestigte sie mit der Klammer an seinem Buch und knipste sie an. Ein Kinderspiel. Licht war also kein Problem. Die Wörter dagegen leider schon. Sie schlängelten sich über die ganze Seite, tauschten manchmal sogar die Plätze miteinander, sodass Nora Roberts' Prosa, normalerweise kristallklar, absolut keinen Sinn ergab. Trotzdem versuchte Andrea weiterzulesen, weil sie sonst nichts zu tun hatte.

Das Haus stank, obwohl alle Fenster offen waren. Sie hatte Durchfall, und die Toilettenspülung funktionierte nicht mehr. Sie war hungrig, konnte aber nichts essen. Gegen fünf Uhr hatte sie es mit einem Sandwich versucht – nur mit einem harmlosen Käsesandwich –, es aber schon wenige Minuten später in den Mülleimer in der Küche erbrochen. Jammerschade, denn es war harte Arbeit gewesen, das Sandwich zu essen. Andrea schwitzte stark – einmal hatte sie sich schon umgezogen, wahrscheinlich sollte sie sich erneut umziehen, wenn sie es irgendwie schaffte –, und ihre Füße zitterten und zuckten ständig.

Dass eine Entwöhnung kein Zuckerschlecken ist, weiß jeder, dachte sie. *Und ich schaff's nie zur heutigen Sondersitzung, wenn Jim wirklich auf einer besteht.*

Dachte man an ihr letztes Gespräch mit Big Jim und Andy Sanders, war das vielleicht sogar gut so; wenn sie aufkreuzte, würden die beiden sie nur wieder unter Druck setzen. Sie zwingen, Dinge zu tun, die sie nicht tun wollte. Am besten blieb sie weg, bis sie von diesem … diesem …

»Bis ich diesen *Scheiß* los bin«, sagte sie und strich sich ihre schweißnassen Haare aus der Stirn. »Diesen gottverdammten Scheiß in meinem Körper.«

Sobald sie wieder sie selbst war, würde sie Jim Rennie entgegentreten. Das war längst überfällig. Andrea würde das trotz ihres armen schmerzenden Rückens tun, der ohne Oxycontin so wehtat (aber ohne die befürchtete weißglühende Agonie, was eine willkommene Überraschung war). Rusty hatte ihr Methadon geben wollen. *Methadon*, um Himmels willen! Notdürftig getarntes Heroin!

Sie sollten nicht an Totalentzug denken, hatte er ihr erklärt. *Sie bekämen vermutlich Krämpfe.*

Aber er hatte auch gesagt, dass der Entzug mit seiner Methode bis zu zehn Tage dauern konnte, und sie glaubte, nicht das Recht zu haben, so lange zu warten. Nicht mit dieser schrecklichen Kuppel über der Stadt. Am besten brachte sie es schnell hinter sich. Nachdem sie zu diesem Schluss gelangt war, hatte sie alle ihre Tabletten – nicht nur das Methadon, sondern auch ein paar Oxycontin, die sie ganz hinten in ihrer Nachttischschublade gefunden hatte – in der Toilette hinuntergespült. Danach hatte das WC nur noch zweimal funktioniert, bevor es den Geist aufgegeben hatte, und jetzt saß sie zitternd hier und versuchte sich einzureden, das Richtige getan zu haben.

Es war das Einzige, dachte sie. *Da stellt sich die Frage nach Falsch oder Richtig irgendwie nicht mehr.*

Sie versuchte umzublättern und stieß dabei mit ihrer ungeschickten Hand gegen die Leselampe. Die Mighty Brite fiel zu Boden. Ihr heller Lichtstrahl traf die Zimmerdecke. Andrea blickte ihm hinterher und stieg plötzlich aus ihrem Körper auf. Und wie schnell! Als benutzte sie einen unsichtbaren Expressaufzug. Sie hatte nur einen Augenblick Zeit, nach unten zu sehen und ihren eigenen Körper, der hilflos zuckend auf der Couch lag, zu beobachten. Schaumiger Sabber lief ihr aus dem Mund übers Kinn. Sie sah, wie der Schritt ihrer Jeans sich dunkel verfärbte, und dachte: *Stimmt – ich muss mich wieder umziehen. Das heißt, wenn ich das hier überlebe.*

Dann schwebte sie durch die Zimmerdecke, durchs Schlafzimmer darüber, durch den Dachboden mit seinen dunklen gestapelten Kartons und den ausrangierten Lampen und von dort aus weiter in die Nacht. Die Milchstraße erstreckte sich über ihr, aber irgendetwas war mit ihr nicht in Ordnung. Die Milchstraße war rosa.

Und dann begannen die Sterne zu fallen.

Irgendwo – tief, ganz tief unter sich – hörte Andrea den Körper, den sie zurückgelassen hatte. Er kreischte vor Entsetzen.

13   Barbie hatte angenommen, Julia und er würden auf ihrer Fahrt aus der Stadt darüber reden, was Piper Libby zugestoßen war, aber sie schwiegen die meiste Zeit, weil jeder seinen eigenen Gedanken nachhing. Als der unnatürlich rote Sonnenuntergang endlich in die Nacht überging, sagte keiner von ihnen, er sei erleichtert, aber sie waren es beide.

Julia versuchte es einmal mit dem Radio, fand nichts außer WCIK, der dröhnend laut »All Prayed Up« spielte, und stellte es wieder aus.

Barbie sprach nur einmal – kurz nachdem sie von der Route 119 abgebogen waren und auf dem schmaleren Asphaltband der Motton Road, an die von beiden Seiten Wälder herandrängten, nach Westen weiterfuhren. »Habe ich das Richtige getan?«

Nach Julias Überzeugung hatte er während der Konfrontation im Büro des Chiefs sehr vieles richtig gemacht – unter anderem zwei Patienten mit Verrenkungen erfolgreich behandelt –, aber sie wusste, was er meinte.

»Ja. Das wäre der denkbar falscheste Zeitpunkt für den Versuch gewesen, das Kommando zu übernehmen.«

Das fand er auch, aber er fühlte sich müde und entmutigt und der Aufgabe, die er vor sich zu sehen begann, nicht gewachsen. »Das haben Hitlers Gegner bestimmt auch gesagt. Das haben sie neunzehnhundertvierunddreißig gesagt und hatten damit recht. Auch sechsunddreißig hatten sie damit recht. Ebenso achtunddreißig. ›Der falsche Zeitpunkt, ihm entgegenzutreten‹, haben sie gesagt. Und als sie gemerkt haben, dass der richtige Zeitpunkt endlich da war, konnten sie in Auschwitz oder Buchenwald protestieren.«

»Das ist nicht vergleichbar«, sagte sie.

»Glauben Sie?«

Julia äußerte sich nicht dazu, aber sie verstand, worauf er hinauswollte. Hitler sei Anstreicher oder so ähnlich gewesen; Jim Rennie war Gebrauchtwagenhändler. Jacke wie Hose.

Vor ihnen griffen gleißend helle Lichtfinger durch die Bäume. Sie ließen Schattenmuster auf der vielfach geflickten Asphaltdecke der Motton Road entstehen.

Jenseits der Barriere standen ungefähr ein Dutzend Militärlastwagen geparkt – dort führte die Straße nach Harlow weiter –, und dreißig oder vierzig Soldaten bewegten sich zielgerichtet hin und her. Jeder hatte seine Gasmaske am Koppel hängen. Ein silberner Tankwagen mit der Aufschrift **HOCHGEFÄHRLICH ABSTAND HALTEN** war rückwärts herangestoßen, bis er fast den Umriss einer Tür berührte, den jemand auf die Außenfläche des Domes gesprüht hatte. Ein Kunststoffschlauch war mit einem Ventil an der Rückwand des Tanks verbunden. Zwei Männer hielten den Schlauch, der in eine kugelschreibergroße Spritzdüse mündete. Diese beiden trugen Ganzkörper-Schutzanzüge mit geschlossenen Helmen und hatten Drucklufttanks auf dem Rücken.

Auf der Chester's Mill zugekehrten Seite gab es nur eine Zuschauerin. Lissa Jamieson, die städtische Bibliothekarin, stand neben einem altmodischen Damenfahrrad von Schwinn mit einem Einkaufskorb auf dem Gepäckträger. Der Korb trug hinten einen Aufkleber: WENN DIE MACHT DER LIEBE GRÖSSER IST ALS DIE LIEBE ZUR MACHT, WIRD DIE WELT FRIEDEN ERLEBEN – JIMI HENDRIX.

»Was tust du hier, Lissa?«, fragte Julia, als sie aus ihrem Wagen stieg. Sie hielt sich eine Hand über die Augen, weil die Scheinwerfer blendeten.

Lissa spielte nervös mit dem Anch-Amulett, das sie an einer Silberkette um den Hals trug. Sie sah von Julia zu Barbie und dann wieder zu Julia hinüber. »Ich fahre mit meinem Fahrrad herum, wenn ich aufgebracht oder besorgt bin. Manchmal bis Mitternacht. Das beruhigt mein *Pneuma*. Ich habe die Lichter gesehen und bin zu den Lichtern hingefahren.« Das sagte sie wie beschwörend und ließ ihr Anch lange genug los, um irgendein kompliziertes Symbol in die Luft zu zeichnen. »Was macht *ihr* hier draußen?«

»Wir sind gekommen, um ein Experiment zu beobachten«, sagte Barbie. »Falls es klappt, können Sie die Erste sein, die Chester's Mill verlässt.«

Lissa lächelte. Ihr Lächeln wirkte etwas gezwungen, aber allein der Versuch machte sie Barbie sympathisch. »Dann würde ich das Dienstagabend-Special im Sweetbriar verpassen. Gibt's da nicht immer Hackbraten?«

»Hackbraten ist der Plan«, bestätigte er, ohne hinzuzufügen, dass die Spécialité de la maison, sollte die Kuppel am kommenden Dienstag noch da sein, eher Zucchini-Quiche sein würde.

»Sie reden nicht mit einem«, sagte Lissa. »Ich hab's versucht.«

Ein untersetzter, stämmiger Mann kam hinter dem Tankwagen hervor und trat ins Scheinwerferlicht. Zu einer Khakihose trug er eine Windjacke und eine Baseballmütze mit dem Logo der Maine Black Bears. Als Erstes fiel Barbie auf, dass James O. Cox an Gewicht zugelegt hatte. Die zweite

Beobachtung betraf seine schwere Jacke, deren Reißverschluss er bis zu seinem Kinn, das jetzt einem Doppelkinn gefährlich nahe war, hinaufgezogen hatte. Weder Barbie noch Julia noch Lissa trugen eine Jacke. Unter dem Dome brauchten sie keine.

Cox grüßte militärisch. Barbie erwiderte seinen Gruß und stellte fest, dass es sich ziemlich gut anfühlte, zackig zu grüßen.

»Hallo, Barbie«, sagte Cox. »Wie geht's Ken?«

»Ken geht's gut«, sagte Barbie. »Und ich bin weiter der Hundesohn, der den ganzen guten Shit kriegt.«

»Diesmal nicht, Colonel«, sagte Cox. »Diesmal sieht's so aus, als wären Sie im Drive-in beschissen worden.«

14 »Wer ist das?«, flüsterte Lissa. Sie befingerte weiter ihr Anch-Amulett. Wenn sie so weitermacht, wird die Kette bald reißen, fürchtete Julia. »Und was tun die da drüben?«

»Sie versuchen uns rauszuholen«, sagte Julia. »Und nach dem ziemlich spektakulären Fehlschlag von heute Nachmittag halte ich es für klug, dass sie es diesmal unauffällig versuchen.« Sie setzte sich in Bewegung. »Hallo, Colonel Cox – ich bin Ihre liebste Zeitungsredakteurin. Guten Abend.«

Cox' Lächeln war – zu seiner Ehre, fand sie – nur leicht angesäuert. »Ms. Shumway. Sie sind noch hübscher, als ich dachte.«

»Eines muss man Ihnen lassen: Sie verstehen sich darauf, dummes …«

Barbie fing sie drei Meter vor der Stelle ab, an der Cox stand, und hielt sie an den Armen fest.

»Was?«, fragte sie.

»Die Kamera.« Sie hatte fast vergessen, dass sie die Nikon um den Hals trug, bis er darauf zeigte. »Ist sie digital?«

»Klar, Pete Freemans Zweitkamera.« Sie wollte weiterfragen, aber dann begriff sie. »Sie fürchten, der Dome könnte die Elektronik ruinieren.«

»Das wäre der günstigste Fall«, sagte Barbie. »Denken Sie daran, was mit Chief Perkins' Schrittmacher passiert ist.«

»Scheiße«, sagte sie. »*Scheiße!* Vielleicht habe ich meine alte Kodak im Kofferraum.«

Lissa und Cox betrachteten einander gleichermaßen fasziniert, wie Barbie fand. »Was haben Sie vor?«, fragte sie. »Wird's wieder einen Knall geben?«

Als Cox zögerte, sagte Barbie: »Am besten schenken Sie ihr reinen Wein ein, Colonel. Wenn nicht, erzähle ich es ihr.«

Cox seufzte. »Sie bestehen auf rückhaltloser Offenheit, was?«

»Wieso nicht? Wenn diese Sache klappt, werden die Bürger von Chester's Mill Ihr Loblied singen. Der einzige Grund, weshalb Sie sich nicht in die Karten sehen lassen wollen, ist die Macht der Gewohnheit.«

»Nein. Das tue ich auf Befehl meiner Vorgesetzten.«

»Die sind in Washington«, sagte Barbie. »Und die Medienleute sind in Castle Rock, wo die meisten sich vermutlich im Pay-TV irgendeinen Porno reinziehen. Hier draußen sind wir unter uns.«

Cox seufzte, dann zeigte er auf den aufgesprühten Umriss einer Tür. »Dort werden die Männer in den Schutzanzügen unsere experimentelle Verbindung auftragen. Haben wir Glück, frisst die Säure sich durch, und wir können dieses Stück der Kuppel herausbrechen, wie man ein Stück Glas aus einer Fensterscheibe brechen kann, nachdem man einen Glasschneider benutzt hat.«

»Und wenn wir Pech haben?«, fragte Barbie. »Wenn die Kuppel sich auflöst und dabei ein Giftgas freisetzt, das uns alle umbringt? Sind die Gasmasken dafür gedacht?«

»Tatsächlich«, sagte Cox, »vermuten die Wissenschaftler eher, dass die Säure eine chemische Reaktion auslöst, die die Kuppel in Flammen aufgehen lässt.« Er sah Lissas bestürzten Gesichtsausdruck und fügte hinzu: »Sie halten beide Möglichkeiten für sehr unwahrscheinlich.«

»*Sie* haben gut reden«, sagte Lissa und zwirbelte ihr Anch-Amulett. »Sie sind nicht diejenigen, die vergiftet oder geröstet werden.«

»Ich verstehe Ihre Besorgnis, Ma'am ...«, sagte Cox.

»Melissa«, korrigierte Barbie ihn. Ihm erschien es plötzlich wichtig, Cox begreiflich zu machen, dass unter dem Dome Menschen lebten, nicht nur ein paar Tausend anonymer Steuerzahler. »Melissa Jamieson. Lissa für ihre Freunde. Sie ist die städtische Bibliothekarin. Außerdem ist sie die Elternberaterin der Middle School und gibt meines Wissens Yogakurse.«

»Die musste ich aufgeben«, sagte Lissa mit verdrießlichem Lächeln. »Zu viel anderes Zeug am Hals.«

»Sehr nett, Ihre Bekanntschaft zu machen, Ms. Jamieson«, sagte Cox. »Hören Sie … dies ist ein Risiko, das es einzugehen lohnt.«

»Könnten wir Sie daran hindern, wenn wir anderer Ansicht wären?«, fragte sie.

Darauf antwortete Cox nicht direkt. »Nichts deutet darauf hin, dass dieses Ding, was immer es ist, schwächer wird oder sich auf natürliche Weise abbaut. Wenn wir es nicht schaffen, das Ding zu durchbrechen, werden Sie es lange darunter aushalten müssen.«

»Haben Sie eine Idee, was es verursacht haben könnte? Irgendeine?«

»Keine«, sagte Cox, aber sein Blick wich auf eine Weise aus, die Rusty Everett aus seinem Gespräch mit Big Jim wiedererkannt hätte.

Warum lügst du?, dachte Barbie. *Ist das wieder nur diese automatische Reaktion? Zivilisten sind wie Champignons: Man hält sie im Dunkeln und schaufelt sie mit Mist zu.* Vermutlich steckte nicht mehr dahinter. Aber es machte ihn nervös.

»Ist sie stark?«, fragte Lissa. »Ihre Säure – ist sie stark?«

»Unseres Wissens ist sie die stärkste, die es gibt«, antwortete Cox, und Lissa machte zwei große Schritte rückwärts.

Cox wandte sich an die Männer in den Raumanzügen. »Seid ihr so weit, Jungs?«

Sie reckten zwei behandschuhte Daumen hoch. Hinter ihnen waren alle Aktivitäten zum Stillstand gekommen. Die Soldaten sahen aus einiger Entfernung zu, die Hände an ihren Gasmasken.

»Also los«, sagte Cox. »Barbie, ich schlage vor, Sie begleiten diese beiden schönen Damen mindestens fünfzig Meter weit ...«

»Seht nur die *Sterne*«, sagte Julia. Ihre Stimme klang sanft, ehrfürchtig. Sie hatte den Kopf in den Nacken gelegt, und in ihrem staunenden Gesicht sah Barbie das Kind, das sie vor dreißig Jahren gewesen war.

Er hob den Kopf und sah den Großen Wagen, den Großen Bären, Orion. Alle dort, wo sie hingehörten ... nur waren sie verschwommen und rosa gefärbt. Die Milchstraße hatte sich in einen Bubblegum-Teppich verwandelt, der sich über die größere Kuppel des Nachthimmels zog.

»Cox«, sagte er. »*Sehen* Sie das?«

Der Colonel sah auf.

»Was soll ich sehen? Die Sterne?«

»Wie erscheinen sie Ihnen?«

»Nun ... natürlich sehr hell – schließlich gibt es hierzulande keine nennenswerte Lichtverschmutzung ...« Dann kam ihm ein Gedanke, und er schnalzte mit den Fingern. »Was sehen Sie? Haben sie sich verfärbt?«

»Sie sind schön«, sagte Lissa. Ihre weit aufgerissenen Augen glänzten. »Aber auch unheimlich.«

»Sie sind rosa«, sagte Julia. »Was geht hier vor?«

»Nichts«, sagte Cox, aber das klang merkwürdig widerstrebend.

»Was?«, fragte Barbie. »Raus mit der Sprache.« Ohne viel nachzudenken, fügte er an: »Sir.«

»Der letzte Wetterbericht ist um neunzehn Uhr eingegangen«, sagte Cox. »Mit Schwerpunkt auf den Winden. Nur für den Fall ... na ja, für alle Fälle. Belassen wir's dabei. Der Jetstream kommt im Augenblick bis nach Nebraska oder Kansas voran, knickt dann nach Süden ab und kommt die Ostküste herauf. Für Ende Oktober eine ziemlich häufige Erscheinung.«

»Was hat das mit den Sternen zu tun?«

»Auf seinem Weg nach Norden passiert der Jetstream viele Groß- und Fabrikstädte. Was er über diesen Orten aufnimmt, sammelt sich auf der Kuppel an, statt wie früher weiter nach Norden, nach Kanada und in die Arktis getragen zu werden.

Die Schicht ist inzwischen dick genug, um eine Art Filter zu bilden. Ich bin mir sicher, dass sie nicht gefährlich ist ...«

»*Noch* nicht«, sagte Julia. »Aber in einer Woche, in einem Monat? Wollen Sie die Kuppel zehntausend Meter über uns mit Wasser abspritzen, wenn es hier drinnen anfängt, *dunkel* zu werden?«

Bevor Cox antworten konnte, schrie Lissa Jamieson auf und zeigte nach oben. Dann schlug sie die Hände vors Gesicht.

Die rosa Sterne fielen, dabei zogen sie leuchtende Kondensstreifen hinter sich her.

15   »Mehr Dope«, sagte Piper verträumt, als Rusty ihren Herzschlag abhörte.

Rusty tätschelte Pipers rechte Hand – die linke war blutig aufgeschürft. »Kein Dope mehr«, sagte er. »Sie sind offiziell bekifft.«

»Jesus will, dass ich mehr Dope bekomme«, sagte sie in demselben verträumten Tonfall. »›I want to get as high as a mockingbird pie.‹«

»Es heißt ›elephant's eye‹, glaube ich, aber ich will's gelten lassen.«

Sie setzte sich auf. Rusty versuchte, sie wieder hinunterzudrücken, aber er durfte nur ihre rechte Schulter berühren, und das genügte nicht. »Kann ich morgen wieder raus? Ich muss dringend zu Chief Randolph. Diese Jungs haben Sammy Bushey vergewaltigt.«

»Und hätten Sie umbringen können«, sagte er. »Mit oder ohne Verrenkung, Sie sind sehr unglücklich gefallen. Überlassen Sie die Sorge um Sammy mir.«

»Diese Cops sind gefährlich.« Piper legte ihre rechte Hand auf sein Handgelenk. »Sie dürfen nicht weiter Polizei spielen. Sonst kommen noch andere zu Schaden.« Sie fuhr sich mit der Zungenspitze über die Lippen. »Mein Mund ist so trocken.«

»Das lässt sich ändern, aber Sie müssen sich wieder hinlegen.«

»Haben Sie bei Sammy Abstriche gemacht? Können Sie diese Proben mit der DNA der Jungen vergleichen? Falls ja, setze ich Peter Randolph zu, bis er sie DNA-Proben abgeben lässt. Wenn nötig, belagere ich ihn Tag und Nacht.«

»Wir sind nicht für DNA-Vergleiche eingerichtet«, sagte Rusty. *Außerdem gibt es keine Spermaproben. Weil Gina Buffalino sie gewaschen hat – auf Sammys eigenen Wunsch.*

»Ich hole Ihnen etwas zu trinken. Alle Kühlschränke bis auf die im Labor sind abgestellt, um Saft zu sparen, aber auf der Schwesternstation steht eine Kühlbox.«

»Saft«, sagte sie und schloss die Augen. »Ja, Saft wäre gut. Orange oder Apfel. Kein V8. Zu salzig.«

»Apfel«, sagte er. »Für Sie gibt's heute Abend nur klare Flüssigkeiten.«

»Mein Hund fehlt mir«, flüsterte Piper, dann drehte sie den Kopf zur Seite. Rusty vermutete, dass sie schlafen würde, bis er mit ihrem Saftkarton zurückkam.

Auf dem Flur kam Twitch in vollem Tempo um die Ecke bei der Schwesternstation gerannt. Seine Augen waren weit aufgerissen und wild. »Du musst mit rauskommen, Rusty!«

»Sobald ich Reverend Libby einen …«

»Nein, sofort. Das *musst* du sehen.«

Rusty hastete zu Zimmer 29 zurück und sah hinein. Piper schnarchte höchst undamenhaft – angesichts ihrer geschwollenen Nase kein Wunder.

Er folgte Twitch den Korridor entlang und musste beinahe rennen, um mit seinen langen Schritten mithalten zu können. »Was gibt's?« Eigentlich meinte er: *Was ist es diesmal?*

»Ich kann's nicht erklären, und du würdest es mir wahrscheinlich nicht glauben. Das musst du selbst sehen.« Twitch stürmte aus dem Eingangsbereich ins Freie.

Auf der Einfahrt neben dem Vordach, das als Wetterschutz für von Angehörigen hergebrachte Patienten diente, standen Ginny Tomlinson, Gina Buffalino und Harriet Bigelow, eine Freundin, die Gina als Aushilfe fürs Krankenhaus angeworben hatte. Die drei hatten ihre Arme wie zum Trost umeinandergelegt und starrten in den Himmel.

Er war übersät mit rosa flammenden Sternen, von denen viele zu fallen schienen, wobei sie lange, fast fluoreszierende Streifen hinter sich herzogen. Bei diesem Anblick lief Rusty ein kalter Schauder über den Rücken.

Das hat Judy vorausgesehen, dachte er. *»Die rosa Sterne fallen in Reihen.«*

Und das taten sie. Das taten sie.

Es war, als stürzte der Himmel über ihnen zusammen.

16 Alice und Aidan Appleton schliefen, als die rosa Sterne zu fallen begannen, aber Thurston Marshall und Carolyn Sturges waren wach. Sie standen im Garten hinter dem Haus der Dumagens und beobachteten, wie sie in leuchtenden rosa Streifen herabkamen. Manche dieser Streifen kreuzten sich, und dann schienen rosa Runen am Himmel zu leuchten, bevor sie verblassten.

»Ist dies das Ende der Welt?«, fragte Carolyn.

»Durchaus nicht«, sagte er. »Das ist ein Sternschnuppenstrom. Die sind hier in Neuengland am häufigsten im Herbst zu beobachten. Für die Perseiden ist es dieses Jahr schon zu spät, glaube ich, also ist dies vermutlich ein vorbeiziehender Meteoritenschwarm – vielleicht aus Staub und Felsbrocken eines Asteroiden, der vor einer Billion Jahre zerfallen ist. Stell dir das vor, Carol!«

Das wollte sie nicht. »Sind Meteoritenschwärme immer rosa?«

»Nein«, sagte er. »Außerhalb der Kuppel sieht er vermutlich weiß aus, aber wir sehen ihn durch eine dünne Schicht aus Staub und Feinstaub. Mit anderen Worten: durch Umweltverschmutzung. Er hat die Farbe gewechselt.«

Sie dachte darüber nach, während sie weiter den stummen rosa Tumult am Himmel beobachteten. »Thurse, als der kleine Junge … Aidan … den Anfall – oder was es sonst war – hatte, hat er gesagt …«

»Ich erinnere mich, was er gesagt hat. ›Die rosa Sterne fallen, sie ziehen Striche hinter sich her.‹«

»Wie konnte er das wissen?«

Thurston zuckte nur mit den Schultern.

Carolyn umarmte ihn fester. In solchen Zeiten (obwohl es vorher in ihrem Leben noch keine Zeit wie diese gegeben hatte) war sie froh, dass Thurston alt genug war, um ihr Vater zu sein. In diesem Augenblick wünschte sie sich, er *wäre* ihr Vater.

»Wie konnte er wissen, dass das hier geschehen würde? Wie konnte er das *wissen*?«

17   In seinem prophetischen Augenblick hatte Aidan noch etwas anderes gesagt: *Alle sehen zu.* Und gegen halb zehn an diesem Montagabend, als der Sternschnuppenschwarm am dichtesten ist, ist genau das der Fall.

Die Nachricht verbreitet sich per Handy und E-Mail, aber hauptsächlich auf traditionelle Art: von Mund zu Ohr. Um Viertel vor zehn ist die Main Street voller Leute, die das lautlose Feuerwerk beobachten. Die meisten sind still. Einige wenige weinen. Leo Lamoine, ein frommes Mitglied der Gemeinde des verstorbenen Reverend Coggins in der Erlöserkirche, ruft, dass dies die Apokalypse ist, dass er die vier Reiter am Himmel sieht, dass das Weltgericht kommen wird, und so weiter und so fort. Sloppy Sam Verdreaux – seit drei Uhr an diesem Nachmittag wieder in Freiheit, nüchtern und missmutig – erklärt Leo, dass Leo bald seine eigenen Sterne sehen wird, wenn er nicht mit dem »Akopalysescheiß« aufhört. Rupe Libby von der hiesigen Polizei, eine Hand auf dem Griff seiner Dienstwaffe, fordert beide auf, verdammt nochmal die Klappe zu halten, statt Leute zu ängstigen. Als ob die nicht schon verängstigt wären. Willow und Tommy Anderson sind auf dem Parkplatz des Dipper's, und Willow weint mit ihrem Kopf an Tommys Schulter. Rose Twitchell steht neben Anson Wheeler vor dem Sweetbriar Rose, beide tragen noch ihre Schürzen, und auch sie haben die Arme umeinandergelegt. Benny Drake und Norrie Calvert sind bei ihren Eltern, und als Norries Hand sich in Bennys stiehlt, ergreift er sie mit einer Erregung, mit der die fallenden rosa Sterne nicht mithalten können. Jack Cale, der jetzige Geschäftsführer der Food City, steht auf dem Parkplatz des Supermarkts. Jack hat seinen Vorgänger Ernie Calvert am Spätnachmittag angerufen und Ernie gebeten, ihm bei einer vollständigen Inventur des Warenbestands zu helfen. Sie waren gut damit vorangekommen und hofften, bis Mitternacht fertig zu sein, als der Tumult auf der Main Street ausbrach. Jetzt stehen sie nebeneinander und beobachten die rosa Sternschnuppen. Stewart und Fernald Bowie stehen außerhalb ihres Bestattungsunternehmens und sehen nach oben. Auf der gegenüberliegenden Straßenseite sind Henry Morrison und Jackie Wettington mit Chaz Bender zusammen, der bis zur Highschool hinauf Geschichte unterrichtet. »Das ist bloß ein Meteoritenschauer, den wir durch einen Schleier aus Umweltverschmutzung sehen«, erklärt er Jackie und Henry … aber seine Stimme klingt trotzdem ehrfürchtig.

Die Tatsache, dass sich ansammelnder Feinstaub die Farbe der Sterne verändert hat, bringt den Menschen die Situation auf neue Art näher, und das Weinen breitet sich allmählich aus. Es ist ein sanftes Geräusch, fast wie Regen.

Big Jim interessiert weniger ein Haufen bedeutungsloser Lichter am Himmel als die Frage, wie die Leute diese Erscheinung *interpretieren* werden. Heute Abend werden sie einfach nach Hause gehen, vermutet er. Aber morgen kann die Sache anders aussehen. Und die Angst, die er auf den meisten Gesichtern sieht, muss nicht einmal nachteilig sein. Ängstliche Menschen brauchen starke Führer, und wenn es eines gibt, von dem Big Jim Rennie weiß, dass er es draufhat, dann ist es starke Führerschaft.

Er steht mit Chief Randolph und Andy Sanders auf dem Treppenabsatz vor der Tür der Polizeistation. Unter ihnen zusammengedrängt seine Problemkinder: Thibodeau, Searles, das Roux-Flittchen und Juniors Freund Frank. Big Jim steigt die Stufen hinunter, die Libby früher an diesem Abend hinuntergefallen ist (*sie hätte uns allen einen Gefallen getan, wenn sie sich den Hals gebrochen hätte,* denkt er), und tippt Frank auf die Schulter. »Gefällt dir die Show, Frankie?«

Die großen erschrockenen Augen des Jungen lassen ihn wie zwölf statt wie zweiundzwanzig – oder wie alt er auch immer sein mag – erscheinen. »Was ist das, Mr. Rennie? Wissen Sie's?«

»Meteoritenschauer. Gott will nur Hallo zu seinem Volk sagen.«

Frank DeLesseps entspannt sich ein wenig.

»Wir gehen wieder rein«, sagt Big Jim und weist mit dem Daumen auf Randolph und Sanders, die weiter den Himmel beobachten. »Wir halten eine kleine Besprechung ab, und dann rufe ich euch vier rein. Und dann will ich, dass ihr alle die gleiche verflixte Story erzählt, kapiert?«

»Ja, Mr. Rennie«, sagt Frankie.

Mel Searles starrt Big Jim an: mit Augen wie Untertassen und offen stehendem Mund. Big Jim findet, dass der Junge aussieht, als erreichte sein IQ glatte siebzig. Auch das muss nicht unbedingt schlecht sein. »Sieht wie das Ende der Welt aus, Mr. Rennie«, sagt er.

»Unsinn. Bist du erlöst, mein Sohn?«

»Ich denke schon«, sagt Mel.

»Dann hast du nichts zu befürchten.« Big Jim mustert einen nach dem anderen bis hin zu Carter Thibodeau. »Und heute Abend, meine Herren, besteht der Weg zur Erlösung darin, dass ihr alle die gleiche Geschichte erzählt.«

Nicht jeder sieht die rosa Sternschnuppen. Wie die Geschwister Appleton schlafen Rusty Everetts Little Js fest. Das tut auch Piper Libby. Andrea Grinnell ebenfalls. Und der Chef, der im welken Gras neben einem Gebäude, das vielleicht das größte Methamphetamin-Labor Amerikas ist, Arme und Beine von sich streckt. Dito Brenda Perkins, die sich mit dem VADER-Ausdruck auf dem niedrigen Tisch vor sich verstreut auf ihrer Couch in den Schlaf geweint hat.

Auch die Toten sehen sie nicht, außer sie sind an einem helleren Ort als auf dieser sich verdunkelnden Ebene, auf der ahnungslose Heere nachts aufeinanderprallen. Myra Evans, Duke Perkins, Chuck Thompson und Claudette Sanders sind im Beerdigungsinstitut Bowie geborgen; Dr. Haskell, Mr. Carty und Rory Dinsmore liegen im Catherine Russell Hospital im Leichenraum; Lester Coggins, Dodee Sanders und Angie McCain hängen weiter in der Speisekammer der McCains herum. Das tut auch Junior. Er sitzt zwischen Dodee und Angie, hält ihre Hände. Sein Kopf schmerzt, aber nur ein bisschen. Vielleicht wird er nachts hier schlafen.

An der Motton Road in Eastchester (nicht weit von der Stelle entfernt, wo in diesem Augenblick der Versuch, den Dome mit einer experimentellen Säureverbindung zu knacken, unter dem eigenartig rosa verfärbten Himmel stattfindet) steht Jack Evans, Ehemann der verstorbenen Myra, in seinem Garten – mit einer Flasche Jack Daniel's in einer Hand und seiner bevorzugten Heimschutzwaffe, einer Ruger SR9, in der anderen. Er trinkt und beobachtet die rosa Sternschnuppen. Er weiß, was sie sind, und er wünscht sich bei jeder etwas, und er wünscht sich den Tod, denn ohne Myra ist für ihn eine Welt zusammengebrochen. Er könnte vielleicht ohne sie leben, und vielleicht könnte er wie eine Ratte in einem Terrarium leben, aber nicht beides zusammen. Als die Sternschnuppen seltener werden – gegen Viertel nach zehn, ungefähr fünfundvierzig Minuten nach Einsetzen des Meteoritenschauers –, trinkt er den Jack Daniel's aus, wirft die Flasche ins Gras und setzt seinem Leben mit einem Kopfschuss ein Ende. Er ist der erste offizielle Selbstmörder von The Mill.

Er wird nicht der letzte sein.

18 Barbie, Julia und Lissa Jamieson beobachteten schweigend, wie die beiden Soldaten in Raumanzügen die Spritzdüse von dem Kunststoffschlauch abschraubten. Sie steckten sie in einen durchsichtigen Plastikbeutel mit Reißverschluss, den sie in eine Stahlkassette mit der Aufschrift **GEFAHRENGUT** legten. Nachdem sie die Box mit zwei Schlüsseln abgesperrt hatten, nahmen sie ihre Helme ab. Sie sahen erschöpft, verschwitzt und entmutigt aus.

Zwei ältere Männer – zu alt, um Soldaten zu sein – rollten ein kompliziert aussehendes Gerät vom Ort des Säureexperiments weg, das dreimal durchgeführt worden war. Barbie vermutete, die älteren Kerle, wahrscheinlich Wissenschaftler der NSA, hätten eine Spektralanalyse vorgenommen. Oder vorzunehmen versucht. Ihre Gasmasken, die sie während der Versuche getragen hatten, trugen sie jetzt wie verrückte Hüte über die Stirn hochgeschoben. Barbie hätte Cox fragen können, was die Tests zeigen sollten, und Cox hätte vielleicht sogar ehrlich geantwortet, aber auch Barbie war entmutigt.

Über ihnen zischten die letzten rosa Meteoriten über den Nachthimmel.

Lissa zeigte in Richtung Eastchester. »Ich habe etwas gehört, was wie ein Schuss klang. Ihr nicht?«

»Wahrscheinlich eine Fehlzündung oder eine Feuerwerksrakete, die irgendein Junge gezündet hat«, sagte Julia. Auch sie war müde und abgespannt. Als klargeworden war, dass das Experiment – gewissermaßen die Härteprobe – fehlschlagen würde, hatte Barbie sie einmal dabei ertappt, dass sie sich Tränen aus den Augen wischte. Trotzdem hatte sie weiter mit ihrer Kodak fotografiert.

Cox, der wegen der gegenüberstehenden Scheinwerfer zwei Schatten warf, kam auf sie zu. Er deutete auf die Stelle, wo der Umriss einer Tür auf den Dome gesprüht gewesen war. »Diese kleine Episode dürfte den amerikanischen Steuerzahler ungefähr eine Dreiviertelmillion Dollar gekostet haben – und das ohne die Forschungs- und Entwicklungskosten für die neuartige Säure. Die nur die von uns aufgesprühte Farbe weggefressen hat und sonst absolut beschissen wirkungslos war.«

»Sprache, Colonel«, sagte Julia mit einem Anflug ihres alten Lächelns.

»Danke, Madam Redakteurin«, sagte Cox säuerlich.

»Haben Sie wirklich geglaubt, dass das funktionieren würde?«, fragte Barbie.

»Nein, aber ich habe auch nicht geglaubt, dass ich erleben würde, dass Menschen auf dem Mars stehen – aber die Russen sagen, dass sie im Jahr 2020 ein vierköpfiges Team hinschicken wollen.«

»Oh, ich verstehe«, sagte Julia. »Die Marsianer haben Wind davon bekommen, und jetzt sind sie sauer.«

»Dann haben sie sich am falschen Land gerächt«, sagte Cox ... und Barbie sah etwas in seinen Augen.

»Wie sicher sind Sie sich, Jim?«, fragte er halblaut.

»Bitte?«

»Dass die Kuppel von Außerirdischen errichtet worden ist?«

Julia trat zwei Schritte vor. Ihr Gesicht war blass, ihre Augen blitzten. »Erzählen Sie uns, was Sie wissen, verdammt noch mal!«

Cox hob eine Hand. »Stopp! Wir *wissen* nichts. Es gibt jedoch eine Theorie. Ja. Marty, kommen Sie bitte einen Augenblick her.«

Einer der älteren Gentlemen, die Untersuchungen vorgenommen hatten, näherte sich der Kuppel. Er trug seine Gasmaske am Kopfriemen in der Hand.

»Ihre Analyse?«, fragte Cox, und als er sah, dass der ältere Gentleman zögerte: »Sprechen Sie ganz offen.«

»Nun ...« Marty zuckte mit den Schultern. »Mineralspuren. Erdreich und Luftschadstoffe. Sonst nichts. Laut Spektralanalyse ist dieses Ding nicht da.«

»Was ist mit dem HY-908?« Und zu Barbie und den Frauen: »Die Säure.«

»Sie ist weg«, sagte Marty. »Das Ding, das nicht da ist, hat sie absorbiert.«

»Ist das nach Ihrem Wissensstand möglich?«

»Nein. Aber nach unserem Wissensstand ist auch die Kuppel nicht möglich.«

»Und veranlasst Sie das zu der Annahme, der Dome könnte das Erzeugnis irgendeiner Lebensform mit überlegenem Wissen in Physik, Chemie, Biologie, Was-auch-immer sein?« Als Marty erneut zögerte, wiederholte Cox seine vorige Aufforderung: »Sprechen Sie ganz offen.«

»Das wäre eine Möglichkeit. Denkbar ist auch, dass irgendein irdischer Superschurke ihn errichtet hat. Ein real existierender Lex Luthor. Oder ein Schurkenstaat wie Nordkorea könnte dahinterstecken.«

»Jemand, der sich nicht damit gebrüstet hat?«, fragte Barbie skeptisch.

482

»Ich tendiere zu außerirdisch«, sagte Marty. Er klopfte an die Kuppel, ohne zusammenzuzucken; er hatte seinen kleinen Stromstoß schon hinter sich. »Das tun die meisten Wissenschaftler, die jetzt an dieser Sache arbeiten – wenn man es als Arbeit bezeichnen kann, dass wir eigentlich nichts *tun*. Hier gilt die alte Sherlock-Holmes-Regel: Die Lösung ist das, was übrig bleibt, wenn man das Unmögliche eliminiert hat.«

»Ist irgendwer oder irgendwas mit einer fliegenden Untertasse gelandet und hat verlangt, zu unserem Anführer gebracht zu werden?«, fragte Julia.

»Nein«, sagte Cox.

»Wüssten Sie davon, wenn das passiert wäre?«, fragte Barbie und dachte: *Führen wir diese Diskussion wirklich? Oder träume ich sie nur?*

»Nicht unbedingt«, sagte Cox nach kurzem Zögern.

»Sie könnte noch immer meteorologisch sein«, sagte Marty. »Teufel, sogar biologisch – ein Lebewesen. Nach Ansicht mancher Kollegen ist dieses Ding tatsächlich eine Art Kolibakterien-Hybrid.«

»Colonel Cox«, fragte Julia ruhig, »sind wir irgendjemandes Experiment? So komme ich mir nämlich vor.«

Lissa Jamieson sah sich inzwischen nach den netten Häusern des Ortsteils Eastchester um. Die meisten waren dunkel, weil ihre Bewohner keine Notstromaggregate hatten oder sie schonen wollten.

»Das war ein Schuss«, sagte sie. »Ich bin mir sicher, dass das ein Schuss war.«

ES FÜHLEN

1   Außer Stadtpolitik hatte Big Jim Rennie nur ein Laster, und zwar Basketball unter Highschool-Mädchen – die Spiele der Lady Wildcats, um es genau zu sagen. Er hatte seit 1998 eine Dauerkarte und kam pro Saison zu mindestens einem Dutzend Spiele. Im Jahr 2004, als die Lady Wildcats die Staatsmeisterschaft der Spielklasse D gewannen, war er bei allen gewesen. Und obwohl den Leuten, die er in sein häusliches Arbeitszimmer einlud, unweigerlich als Erstes die Autogramme von Tiger Woods, Dale Earnhardt und Bill »Spaceman« Lee auffielen, war sein stolzester Besitz – den er in Ehren hielt – ein Autogramm von Hanna Compton, der kleinen Aufbauspielerin aus der zehnten Klasse, die die Lady Wildcats zu diesem ersten und einzigen goldenen Ball geführt hatte.

Als Dauerkarteninhaber lernt man die übrigen Dauerkarteninhaber um sich herum ebenso kennen wie ihre Gründe, warum sie Basketballfans sind. Viele sind Angehörige der Spielerinnen (und oft die Triebfedern des Booster Clubs, der Kuchenverkäufe organisiert und Spenden für die zunehmend teuren Auswärtsspiele sammelt). Andere sind Basketballpuristen, die einem erzählen – mit einiger Berechtigung –, dass die Mädchenspiele einfach besser sind. Junge Spielerinnen sind einem Teamgeist verpflichtet, den die Jungen (die am liebsten rennen und werfen, Dunkings und Weitwürfe versuchen) selten aufbringen. Das Tempo ist langsamer, sodass man jeden Spielzug verfolgen und jeden Angriff, jede Verteidigung genießen kann. Fans von Mädchenspielen sind gerade von den sehr niedrigen Ergebnissen begeistert, über die Fans von Jungenspielen die Nase rümpfen, und behaupten, das Mädchenspiel lege größten Wert auf Verteidigung und Foulwürfe und entspreche damit genau der Definition des Korbballs alter Schule.

Außerdem gibt es natürlich Kerle, die scharf darauf sind, langbeinige Teenager in kurzen Höschen herumrennen zu sehen.

Big Jim hatte alle diese Gründe, den Sport zu genießen, mit ihnen gemeinsam, aber seine Leidenschaft speiste sich aus einer ganz anderen Quelle, die er nie erwähnte, wenn er mit anderen Fans über die Spiele diskutierte. Das wäre politisch unklug gewesen.

Die Mädchen nahmen den Sport persönlich, und das machte sie zu besseren Hassern.

Die Jungs wollten gewinnen, ja, und manchmal wurde eine Partie hektisch, wenn man gegen einen traditionellen Rivalen spielte (im Falle der als The Mills Wildcats auflaufenden Teams die verhassten Castle Rock Rockets), aber bei den Jungs ging es hauptsächlich um Einzelleistungen. Mit anderen Worten um Angeberei. Und wenn es vorbei war, war es vorbei.

Die Mädchen dagegen hassten es, zu verlieren. Sie nahmen Niederlagen in die Kabine mit und brüteten darüber nach. Und noch wichtiger: Sie verabscheuten und hassten Niederlagen als *Team*. Big Jim erlebte oft, wie dieser Hass sein Haupt erhob. Kam es gegen Ende der zweiten Halbzeit eines unentschieden stehenden Spiels zu einer Rangelei um den Ball, war die *Nein, du nicht, du kleine Schlampe, dieser Ball gehört MIR!*-Stimmung geradezu greifbar. Er griff danach und nährte sich davon.

Vor 2004 hatten die Lady Wildcats in zwanzig Jahren nur einmal das Staatsturnier erreicht – und waren dort sang- und klanglos gegen Buckfield ausgeschieden. Dann war Hanna Compton gekommen. Nach Big Jims Überzeugung die größte Hasserin aller Zeiten.

Als Tochter von Dale Compton, einem dürren Forstarbeiter aus Tarker's Mills, der meist betrunken und immer streitsüchtig war, hatte Hanna sich ihre ruppig abweisende Art auf natürliche Weise erworben. Als Neuntklässlerin hatte sie den größten Teil der Saison im Juniorteam gespielt; der

Coach hatte sie erst für die beiden letzten Spiele in die Schulmannschaft geholt, in der sie die weitaus meisten Punkte erzielt und mit einer harten, aber fairen Abwehr dafür gesorgt hatte, dass ihre Gegenspielerin von den Richmond Bobcats sich auf dem Hartholzboden wand.

Nach diesem Spiel hatte Big Jim sich Coach Woodhead geschnappt. »Wenn dieses Mädchen nächstes Jahr nicht von Anfang an dabei ist, sind Sie verrückt«, hatte er gesagt.

»Ich bin nicht verrückt«, hatte Coach Woodhead geantwortet.

Hanna hatte heiß begonnen, noch heißer geendet und eine Saison gespielt, von der Fans der Wildcats noch jahrelang sprechen würden (Durchschnitt: 27,6 Punkte pro Spiel). Sie konnte sich jederzeit hinstellen und einen Dreipunktewurf versenken, aber Big Jim gefiel es am besten, ihr zuzusehen, wie sie die Verteidigung durchbrach und auf den Korb zustrebte, ihr Mopsgesicht vor Konzentration zu einer höhnisch feixenden Grimasse verzogen, der warnende Blick ihrer glänzenden schwarzen Augen, ihr bloß nicht in die Quere zu kommen, ihr kurzer Pferdeschwanz zum Stinkefinger hochgesteckt. Der Zweite Stadtverordnete und größte Gebrauchtwagenhändler von The Mill hatte sich verliebt.

Im Finale der Staatsmeisterschaft 2004 hatten die Lady Wildcats mit zehn Punkten Vorsprung gegen die Rock Rockets geführt, als Hanna mit fünf Fouls ausscheiden musste. Zum Glück für die Cats waren nur noch eine Minute und sechzehn Sekunden zu spielen. Sie gewannen mit einem einzigen Punkt Vorsprung. Von den sechsundachtzig Punkten hatte Hanna Compton unglaubliche *dreiundsechzig* erzielt. In jenem Frühjahr war ihr streitsüchtiger Vater stolzer Besitzer eines nagelneuen Cadillacs geworden, den James Rennie senior ihm für vierzig Prozent unter dem Selbstkostenpreis verkauft hatte. Big Jim handelte eigentlich nicht mit Neuwagen, aber wenn er einen »direkt vom Autotransporter herunter« wollte, ließ sich das immer machen.

In Peter Randolphs Dienstzimmer sitzend, während draußen noch der rosa Meteoritenschauer abklang (und seine Problemkinder darauf warteten – sorgenvoll, hoffte Big

Jim –, hereingerufen zu werden, um ihr Schicksal zu erfahren), dachte Big Jim an dieses legendäre, dieses geradezu *mythische* Basketballspiel zurück; insbesondere an die ersten acht Minuten der zweiten Halbzeit, an deren Beginn die Lady Wildcats noch mit neun Punkten zurückgelegen hatten.

Hanna hatte das Spiel mit der zielstrebigen Brutalität an sich gerissen, mit der Josef Stalin in Russland an die Macht gekommen war: ihre schwarzen Augen glitzernd (und anscheinend auf irgendein Basketball-Nirwana gerichtet, das für gewöhnliche Sterbliche nicht sichtbar war), ihr Gesicht zu dem ständigen Hohnlächeln erstarrt, das besagte: *Ich bin besser als du, ich bin die Beste, verpiss dich, sonst mach ich dich platt.* In diesen acht Minuten war jeder ihrer Würfe reingegangen, darunter ein unmöglicher Weitwurf, den sie aus der Drehung heraus riskiert hatte, nur um den Ball loszuwerden, bevor ein Schrittfehler gepfiffen wurde.

Es gab verschiedene Ausdrücke für solche Erfolgssträhnen, von denen *einen Lauf haben* am geläufigsten war. Aber Big Jim gefiel *es fühlen* – wie in »Jetzt *fühlt* sie's wirklich«. Als besäße das Spiel irgendeine göttliche Textur außerhalb der Wahrnehmung gewöhnlicher Spieler (obwohl es vorkam, dass selbst gewöhnliche Spieler *es fühlten* und sich für kurze Zeit in Götter oder Göttinnen verwandelten, deren körperliche Mängel während ihrer vorübergehenden Göttlichkeit zu verschwinden schienen), eine Textur, die man an ganz besonderen Abenden anfassen konnte: irgendein luxuriöser und wundervoller Drapee, wie er die Hartholzhallen von Walhall schmücken musste.

Hanna Compton hatte nie in der elften Klasse gespielt; das Finale der Staatsmeisterschaft war ihr Abschiedsspiel gewesen. In dem Sommer hatte ihr Vater, betrunken am Steuer, seine Frau, alle drei Töchter und sich selbst umgebracht. Sie waren auf dem Rückweg vom Brownie's, in dem sie Eiscremefrappés essen wollten, nach Tarker's Mills gewesen. Der halb geschenkte Cadillac war ihr Sarg geworden.

Der Unfall mit mehreren Toten hatte im ganzen Westen von Maine Schlagzeilen gemacht – eine Ausgabe von Julia

Shumways *Democrat* war mit Trauerrand erschienen –, aber Big Jim war nicht untröstlich gewesen. Hanna hätte es vermutlich in kein Collegeteam geschafft; dort waren die Mädchen größer, und sie hätte sich vielleicht mit dem Joker-Status begnügen müssen. Das hätte sie sich niemals bieten lassen. Ihr Hass musste durch ständige Action auf dem Spielfeld genährt werden. Das verstand Big Jim ohne Einschränkung. Damit sympathisierte er ohne Einschränkung. Das war der Hauptgrund, weshalb er nie auch nur daran gedacht hatte, The Mill zu verlassen. In der großen Welt hätte er vielleicht mehr Geld scheffeln können, aber Wohlstand war das Dünnbier der Existenz. Macht war Champagner.

Über The Mill zu herrschen war an gewöhnlichen Tagen gut, aber in Krisenzeiten war es besser als gut. In solchen Zeiten konnte man auf den Schwingen reiner Intuition fliegen, in der Gewissheit, dass man nichts vermasseln konnte, absolut keine Chance. Man konnte die Verteidigung durchschauen, noch bevor sie sich formiert hatte, und punktete mit jedem Wurf. Man *fühlte es*, und das konnte zu keinem besseren Zeitpunkt passieren als in einem Meisterschaftsfinale.

Dies war *sein* Meisterschaftsfinale, und alles entwickelte sich zu seinem Vorteil. Er spürte – nein, er wusste –, dass bei diesem magischen Lauf nichts schiefgehen konnte; selbst Dinge, die schlecht zu stehen schienen, würden sich als Chancen statt als Stolpersteine erweisen – wie Hannas Verzweiflungswurf von der Mittellinie aus, der das ganze Derry Civic Center von den Stühlen gerissen hatte: die Fans aus The Mill jubelnd, die Castle Rockers ungläubig tobend.

Es fühlen. Deshalb war er nicht müde, obwohl er erschöpft hätte sein müssen. Deshalb machte er sich trotz Juniors stummer, blasser Wachsamkeit keine Sorgen um ihn. Deshalb machte er sich keine Sorgen wegen Dale Barbara und Barbaras lästigem Freundeskreis, vor allem der Zeitungszicke. Deshalb lächelte Big Jim nur, als Peter Randolph und Andy Sanders ihn entgeistert anstarrten. Er konnte es sich leisten, zu lächeln. Er *fühlte es.*

»Den Supermarkt schließen?«, fragte Andy. »Wird das nicht viele Leute verärgern, Big Jim?«

»Den Supermarkt und das Gas and Grocery«, verbesserte Big Jim ihn immer noch lächelnd. »Um das Brownie's müssen wir uns nicht kümmern, das ist bereits geschlossen. Auch das ist gut so – es ist ein schmuddeliger kleiner Laden.« *Der schmuddelige kleine Hefte verkauft,* fügte er nicht hinzu.

»Jim, die Food City hat noch reichlich Ware«, sagte Randolph. »Darüber habe ich erst heute Nachmittag mit Jack Cale gesprochen. Fleisch wird knapp, aber von allem anderen ist genug da.«

»Das weiß ich«, sagte Big Jim. »Ich weiß, wozu man Inventur macht, und Cale weiß es auch. Das sollte er; schließlich ist er Jude.«

»Nun … ich meine nur, dass bisher alles in geordneten Bahnen verlaufen ist, weil die meisten Leute reichlich Vorräte haben.« Seine Miene hellte sich auf. »Also, ich könnte mir vorstellen, der Food City *kürzere* Öffnungszeiten zu verordnen. Ich glaube, Jack ließe sich dazu überreden. Wahrscheinlich denkt er bereits daran.«

Big Jim schüttelte noch immer lächelnd den Kopf. Das hier war ein weiteres Beispiel dafür, wie Dinge sich vorteilhaft entwickelten, wenn man es *fühlte.* Duke Perkins hätte gesagt, es sei ein Fehler, der Stadt zusätzlichen Stress aufzubürden, vor allem nach dem beunruhigenden Himmelsereignis von heute Abend. Aber Duke war tot, und das war mehr als nur praktisch; es war himmlisch.

»Geschlossen«, wiederholte er. »Beide Geschäfte. Verrammelt. Und wenn sie wieder aufmachen, sind *wir* diejenigen, die Lebensmittel ausgeben. So reicht das Zeug länger, und die Verteilung ist fairer. Auf der Bürgerversammlung am Donnerstag gebe ich einen Rationierungsplan bekannt.« Er machte eine Pause. »Wenn die Kuppel bis dahin nicht verschwunden ist, versteht sich.«

»Ich weiß nicht, ob wir das Recht haben, Geschäfte zu schließen, Big Jim«, sagte Andy zögernd.

»In einer Krise dieser Art haben wir nicht nur das Recht, wir haben die Verantwortung.« Er schlug Peter Randolph herzhaft auf den Rücken. Der neue Polizeichef von The Mill, der das nicht erwartet hatte, ließ ein erschrockenes Quieksen hören.

»Was ist, wenn das eine Panik auslöst?« Andy runzelte die Stirn.

»Nun, das ist nicht auszuschließen«, sagte Big Jim. »Stochert man in ein Mäusenest, kommen meistens alle rausgerannt. Wenn diese Krise nicht bald endet, werden wir unsere Polizei wahrscheinlich beträchtlich verstärken müssen. Ja, ziemlich beträchtlich.«

Randolph wirkte überrascht. »Wir haben schon jetzt fast zwanzig Cops. Einschließlich …« Er nickte zur Tür hinüber.

»Genau«, sagte Big Jim, »und weil wir gerade bei diesen Burschen sind, sollten Sie sie reinholen, Chief, damit wir die Sache abhaken und sie nach Hause ins Bett schicken können. Ich denke, ihnen steht morgen ein arbeitsreicher Tag bevor.«

Und wenn sie ein bisschen aufgemischt werden, umso besser. Das haben sie verdient dafür, dass sie ihre Schwengel nicht in der Hose behalten konnten.

2   Frank, Carter, Mel und Georgia schlurften herein wie Tatverdächtige zu einer polizeilichen Gegenüberstellung. Ihre Gesichter waren ernst und trotzig, aber der Trotz war dünn; Hanna Compton hätte darüber gelacht. Ihre Blicke waren gesenkt, studierten ihre Schuhe. Big Jim war klar, dass sie ihre Entlassung oder noch Schlimmeres erwarteten, und das war ihm gerade recht. Von allen Gefühlen ließ sich mit Angst am leichtesten arbeiten.

»Also«, sagte er. »Hier sind unsere tapferen Cops.«

Georgia Roux murmelte leise etwas.

»Raus mit der Sprache, Schätzchen.« Big Jim hielt sich eine Hand hinters Ohr.

»Hab gesagt, dass wir nichts Unrechtes getan haben«, sagte sie. Noch immer in diesem Der-Lehrer-ist-gemein-zu-mir-Murmeln.

»Was *habt* ihr also genau getan?« Und als Georgia, Frank

und Carter alle gleichzeitig zu reden begannen, deutete er auf Frank. »Du.« *Und mach deine Sache um Himmels willen gut!*

»Wir *waren* dort draußen«, sagte Frank, »aber sie hat uns eingeladen.«

»Richtig!«, rief Georgia und verschränkte die Arme unter ihrem beträchtlichen Busen. *»Sie...«*

»Klappe.« Big Jim zeigte mit einem dicken Finger auf sie. »Einer spricht für alle. So funktioniert das, wenn man ein Team ist. Seid ihr ein Team?«

Carter Thibodeau merkte, worauf diese Sache hinauslief. »Ja, Sir, Mr. Rennie.«

»Freut mich, das zu hören.« Big Jim nickte Frank zu, er solle fortfahren.

»Sie hat gesagt, dass sie ein paar Biere hat«, sagte Frank. »Nur deshalb sind wir rausgefahren. In der Stadt kann man keins mehr kaufen, wie Sie wissen. Jedenfalls sind wir rumgehockt und haben Bier getrunken – nur eine Dose pro Mann – und waren so ziemlich außer Dienst ...«

»*Vollständig* außer Dienst«, warf der Chief ein. »Das hast du doch gemeint?«

Frank nickte respektvoll. »Ja, Sir, das wollte ich sagen. Wir haben unser Bier getrunken und dann gesagt, wir müssten wieder fahren, aber sie meinte, dass sie uns hoch anrechnet, was wir tun, jeder Einzelne von uns, und dass sie sich dafür bedanken möchte. Dann hat sie gewissermaßen die Beine breitgemacht.«

»Also ihren Woofer hergezeigt«, stellte Mel mit breitem, leeren Grinsen klar.

Big Jim fuhr leicht zusammen und dankte im Stillen dem Himmel, dass Andrea Grinnell nicht hier war. Drogensüchtig oder nicht, in einer Situation wie dieser hätte man darauf gefasst sein müssen, dass sie die ganze Sache politisch korrekt anging.

»Sie hat uns einen nach dem anderen in ihr Schlafzimmer mitgenommen«, sagte Frankie. »Ich weiß, wir hätten uns darauf nicht einlassen dürfen, und uns tut's allen leid, aber sie hat's völlig freiwillig getan.«

»Davon bin ich überzeugt«, sagte Chief Randolph. »Diese junge Frau hat einen ziemlichen Ruf. Ihr Ehemann auch. Ihr habt dort draußen keine Drogen gesehen, stimmt's?«

»Nein, Sir.« Ein vierstimmiger Chor.

»Und ihr habt ihr nichts getan?«, fragte Big Jim. »Wie ich höre, behauptet sie, sie wäre geschlagen worden und was noch alles.«

»Niemand hat ihr wehgetan«, sagte Carter. »Darf ich sagen, was meiner Meinung nach passiert ist?«

Big Jim machte eine zustimmende Handbewegung. Allmählich gelangte er zu der Einschätzung, dass Mr. Thibodeau Potenzial hatte.

»Wahrscheinlich ist sie hingefallen, nachdem wir gegangen waren. Sie war ziemlich betrunken. Das Jugendamt sollte ihr den Kleinen wegnehmen, bevor sie ihn umbringt.«

Darauf ging niemand ein. In der gegenwärtigen Situation der Stadt hätte das Jugendamt in Castle Rock ebenso gut auf dem Mond stehen können.

»Im Prinzip seid ihr also alle sauber«, sagte Big Jim.

»Blitzsauber«, antwortete Frank.

»Nun, ich denke, damit sind wir zufrieden.« Big Jim sah sich um. »Sind wir zufrieden, Gentlemen?«

Andy und Randolph nickten, sichtlich erleichtert.

»Gut«, sagte Big Jim. »Nun, heute war ein langer Tag – ein *ereignisreicher* Tag –, und wir brauchen bestimmt alle etwas Schlaf. Vor allem ihr jungen Beamten braucht ihn, weil ihr euch morgen früh um sieben zum Dienst melden werdet. Der Supermarkt und das Gas and Grocery werden für die Dauer dieser Krise geschlossen, und Chief Randolph denkt, dass ihr genau die Richtigen seid, um die Food City für den Fall zu bewachen, dass die Leute, die dorthinkommen, unfreundlich auf die neue Ordnung reagieren. Glauben Sie, dass Sie dem gewachsen sind, Mr. Thibodeau? Mit Ihrer … Ihrer Kriegsverletzung?«

Carter bewegte seinen Arm. »Der ist okay. Die Sehne hat ihr Köter nicht erwischt.«

»Wir können auch Fred Denton mitschicken«, sagte Chief

Randolph, der sich für die Sache zu erwärmen begann. »Wettington und Morrison müssten beim Gas and Grocery genügen.«

»Jim«, sagte Andy, »vielleicht sollten wir die erfahreneren Leute zur Food City schicken und die *weniger* erfahrenen zu dem kleineren …«

»Das glaube ich nicht«, sagte Big Jim. Lächelnd. Weil er *es fühlte.* »Diese jungen Leute sind genau die, die wir vor der Food City haben wollen. Und noch etwas. Ein Vögelchen hat mir gezwitschert, dass einige von euch Leuten Waffen in ihren Fahrzeugen mitgeführt haben, und ein paar haben sie sogar bei Fußstreifen getragen.«

Das wurde mit Schweigen quittiert.

»Ihr seid Polizisten *auf Probe*«, sagte Big Jim. »Wenn ihr persönliche Schusswaffen besitzt, ist das euer Recht als Amerikaner. Aber wenn ich höre, dass einer von euch bewaffnet ist, während er morgen vor der Food City steht und den guten Bürgern dieser Stadt gegenübertretet, ist er die längste Zeit Polizist gewesen.«

»Absolut richtig«, sagte Randolph.

Big Jim musterte Frank, Carter, Mel und Georgia. »Irgendwelche Probleme damit? Irgendwer?«

Sie schienen nicht glücklich darüber zu sein. Das hatte Big Jim auch nicht erwartet, aber sie kamen ohnehin sehr glimpflich davon. Thibodeau bewegte weiter seine Schulter und die Finger, er testete sie.

»Und wenn sie nicht geladen wären?«, fragte Frank. »Wenn sie nur da wären, Sie wissen schon, als Warnung?«

Big Jim hob einen belehrenden Zeigefinger. »Ich will dir erzählen, was mein Vater immer gesagt hat, Frank: Eine ungeladene Waffe gibt es nicht. Wir haben hier eine gute Stadt. Ihr werdet euch also benehmen, darauf setze ich. Wenn *die* sich ändern, ändern *wir* uns auch. Kapiert?«

»Ja, Sir, Mr. Rennie.« Frank sah immer noch unglücklich aus. Das war Big Jim gerade recht.

Er stand auf. Aber statt sie hinauszuführen, streckte Big Jim seine Arme aus. Er sah ihr Zögern und nickte noch immer lächelnd. »Los, kommt schon. Morgen wird ein großer

Tag, und wir wollen den heutigen nicht ohne ein Gebet beschließen. Fasst also an.«

Sie fassten an. Big Jim schloss die Augen und neigte den Kopf. »Lieber Gott …«

So ging es längere Zeit weiter.

3 Wenige Minuten vor Mitternacht stieg Barbie die Außentreppe zu seiner Wohnung hinauf. Seine Schultern hingen müde herunter, und er dachte, dass er sich nichts wünschte außer sechsstündigem Vergessen, bevor sein Wecker klingelte und er ins Sweetbriar Rose musste, um das Frühstück zuzubereiten.

Die Müdigkeit fiel von ihm ab, sobald er das Licht anknipste, das dank Andy Sanders' Stromaggregat weiter funktionierte.

Hier drinnen war jemand gewesen.

Der Hinweis war so subtil, dass er ihn nicht gleich einordnen konnte. Er schloss die Augen, öffnete sie dann wieder, ließ seinen Blick über das Wohnzimmer mit Kochnische schweifen und versuchte, alles in sich aufzunehmen. Die Bücher, die er hier hatte zurücklassen wollen, standen unberührt in den Regalen; die Sessel standen an ihrem gewohnten Platz – einer unter der Stehlampe, der andere am einzigen Fenster des Zimmers mit der malerischen Aussicht auf die Gasse hinter dem Haus; Kaffeetasse und Frühstücksteller standen noch auf der Abtropffläche neben dem winzigen Spülbecken.

Dann klickte etwas, wie es meist der Fall war, wenn man nicht zu verkrampft suchte. Es war der Teppich. Sein Nicht-Lindsay-Teppich, wie er ihn nannte.

Der ungefähr eineinhalb Meter lange und einen halben Meter breite Nicht-Lindsay hatte ein sich wiederholendes Rautenmuster in Blau, Rot, Weiß und Braun. Er hatte ihn in Bagdad gekauft, aber ein irakischer Polizist, dem er vertraute, hatte ihm versichert, er stamme aus einer kurdischen Manufaktur. »Sehr alt, sehr schön«, hatte der Polizist gesagt. Er hieß Latif abd al-Khaliq Hassan. Ein guter Kerl. »Sieht

494

Türkei aus, aber nein-nein-nein.« Breites Grinsen. Weiße Zähne. Eine Woche nach diesem Tag im Basar hatte die Kugel eines Heckenschützen Latif abd al-Khaliq Hassan das Gehirn durch den Hinterkopf rausgepustet. »Nix Türkei, Iraker!«

Der Teppichhändler hatte ein gelbes T-Shirt mit dem Aufdruck DON'T SHOOT ME, I'M ONLY THE PIANO PLAYER getragen. Latif hatte ihm zugehört und dabei genickt. Sie hatten zusammen gelacht. Dann hatte der Händler eine verblüffend amerikanische Abzockergeste gemacht, und die beiden hatten noch lauter gelacht.

»Worüber habt ihr gelacht?«, hatte Barbie gefragt.

»Er sagen: Amerikanische Senator hat fünf wie diese gekauft. Lindsay Graham. Fünf Teppich, fünfhundert Dollar. Fünfhundert im Voraus, für Presse. Mehr unter Ladentisch. Aber alle Senatorteppich Fälschung. Ja-ja-ja. Dieser nicht falsch, dieser echt. Ich, Latif Hassan, Ihnen sagen, Barbie. Nicht Lindsay-Graham-Teppich.«

Latif hatte die Hand hochgereckt, und Barbie hatte sie abgeklatscht. Das war ein guter Tag gewesen. Heiß, aber gut. Er hatte den Teppich für zweihundert US-Dollar und einen Multiregion-DVD-Player von Coby gekauft. Der Nicht-Lindsay war sein einziges Souvenir aus dem Irak, und er trat niemals darauf. Er ging immer um ihn herum. Er hatte ihn hier zurücklassen wollen, wenn er The Mill verließ – vermutlich hatte er im Innersten gehofft, so den *Irak* hinter sich lassen zu können, aber das war wenig wahrscheinlich. Man war, wohin immer man ging. Die große Zen-Wahrheit dieses Zeitalters.

Er trat nie darauf, in diesem Punkt war er abergläubisch, sondern ging immer darum herum, als könnte das Betreten des Teppichs irgendeinen Computer in Washington aktivieren, und er würde sich in Bagdad oder im beschissenen Falludscha wiederfinden. Aber *irgendjemand* hatte ihn betreten, denn Nicht-Lindsay war zerzaust. Zerknittert. Und lag etwas schief. Er hatte perfekt gerade dagelegen, als Barbie heute Morgen, vor tausend Jahren, die Wohnung verlassen hatte.

Er ging ins Schlafzimmer. Die Tagesdecke war glatt wie immer, aber das Gefühl, hier sei jemand gewesen, war ebenso stark. War es ein Hauch von Schweißgeruch? Irgendwelche übersinnlichen Schwingungen? Barbie konnte es nicht sagen, aber es war ihm auch egal. Er trat an die Kommode, zog die obere Schublade auf und sah auf einen Blick, dass die extra ausgebleichten Jeans, die oben auf dem Stapel gelegen hatten, jetzt unten lagen. Und seine Khakishorts, die er mit dem Reißverschluss nach oben hineingelegt hatte, lagen jetzt auf dem Reißverschluss.

Er nahm sich sofort die mittlere Schublade mit den Socken vor. Er brauchte keine fünf Sekunden, um sich zu vergewissern, dass seine Erkennungsmarken verschwunden waren, was ihn nicht überraschte. Nein, das überraschte ihn ganz und gar nicht.

Er schnappte sich sein Prepaid-Handy, das er ebenfalls hatte zurücklassen wollen, und ging zurück ins Wohnzimmer. Auf einem Tischchen neben der Tür lag das kombinierte Tarker's/Chester's-Telefonbuch, ein so dünnes Heftchen, dass es fast als Broschüre durchging. Er machte sich auf die Suche nach der Nummer, die er brauchte, rechnete aber nicht wirklich damit, sie zu finden; Polizeichefs ließen ihre Privatnummer im Allgemeinen nicht ins Telefonbuch setzen.

In Kleinstädten schienen sie es jedoch zu tun. Zumindest dieser eine hatte es getan, auch wenn der Eintrag diskret war: **H. und B. Perkins, 28 Morin Street.** Obwohl nach Mitternacht, tippte Barbie die Nummer, ohne zu zögern, ein. Er konnte es sich nicht leisten, zu warten. Er hatte den Verdacht, dass ihm nur noch sehr wenig Zeit blieb.

4   Ihr Telefon tschilpte. Bestimmt Howie, der anrief, um zu sagen, dass er erst spät heimkommt, sie soll einfach absperren und ins Bett gehen …

Dann stürzte es wieder auf sie herab wie die unangenehmen Geschenke, die von einer giftigen *Piñata* herabregneten: die Erkenntnis, dass Howie tot war. Sie wusste nicht, wer das sein konnte, der sie um – sie sah auf ihre Uhr – zwanzig Minuten nach Mitternacht anrief, aber es war nicht Howie.

Sie zuckte zusammen, als sie sich aufsetzte, rieb sich den Nacken, verwünschte sich selbst dafür, dass sie auf der Couch eingeschlafen war, und verwünschte auch den unbekannten Anrufer, der sie zu so unchristlicher Stunde geweckt und ihre Erinnerung an ihr ungewohntes neues Single-Dasein aufgefrischt hatte.

Dann fiel ihr ein, dass es nur einen Grund für einen so späten Anruf geben konnte: Die Kuppel hatte sich aufgelöst oder war durchbrochen worden. Sie schlug sich ein Bein so kräftig am Couchtisch an, dass die dort liegenden Papiere raschelten, hinkte dann ans Telefon neben Howies Sessel (wie es sie schmerzte, diesen leeren Sessel anzusehen) und nahm hastig den Hörer ab. »Was? *Was?*«

»Hier ist Dale Barbara.«

»Barbie! Ist er durchbrochen? Ist der Dome durchbrochen?«

»Nein. Ich wollte, ich riefe deswegen an, aber das ist leider nicht der Grund.«

»Aber *weshalb*? Es ist fast halb ein Uhr morgens!«

»Sie haben gesagt, dass Ihr Mann gegen Jim Rennie ermittelt hat.«

Brenda machte eine Pause, versuchte zu kapieren, worauf er hinauswollte. Ihre freie Hand lag seitlich an ihrem Hals, an der Stelle, wo Howie sie zum letzten Mal liebkost hatte. »Das hat er, aber ich habe Ihnen ja schon gesagt, dass er keinen absoluten …«

»Ich weiß, was Sie gesagt haben«, unterbrach Barbie sie. »Sie müssen mir zuhören, Brenda. Können Sie das? Sind Sie wach?«

»Jetzt schon.«

»Ihr Mann hatte Aufzeichnungen?«

»Ja. In seinem Notebook. Ich habe sie ausgedruckt.« Sie sah zu der VADER-Datei hinüber, die auf dem Couchtisch ausgebreitet lag.

»Gut. Ich möchte, dass Sie diesen Ausdruck morgen früh in einen Umschlag stecken und Julia Shumway bringen. Sa-

497

gen Sie ihr, dass sie den Umschlag sicher verwahren soll. Am besten in einem Safe, wenn sie einen hat. Sonst in einer Geldkassette oder einem abschließbaren Aktenschrank. Sagen Sie ihr, dass sie ihn nur öffnen soll, wenn Ihnen oder mir oder uns beiden etwas zustößt.«

»Sie machen mir Angst.«

»Sonst soll sie ihn *nicht* öffnen. Glauben Sie, dass sie sich daran halten wird? Mein Instinkt sagt mir, dass sie's tun wird.«

»Natürlich tut sie das, aber warum soll sie die Aufzeichnungen nicht sehen?«

»Weil unser Druckmittel weitgehend entwertet ist, wenn die Herausgeberin des Lokalblatts sieht, was Ihr Mann gegen Big Jim zusammengetragen hat, und Big Jim *weiß*, dass sie's gesehen hat. Können Sie mir folgen?«

»Ja-aa …« Sie merkte, dass sie sich verzweifelt wünschte, Howie würde dieses nächtliche Gespräch führen.

»Ich habe gesagt, dass ich wahrscheinlich heute verhaftet werde, wenn der Lenkwaffeneinsatz erfolglos bleibt, wissen Sie noch?«

»Natürlich.«

»Nun, das ist nicht passiert. Der fette Hundesohn versteht sich darauf, den rechten Augenblick abzuwarten. Aber er wird nicht mehr sehr viel länger warten. Ich bin mir fast sicher, dass es morgen passieren wird – irgendwann heute, meine ich. Außer Sie können es verhindern, indem Sie damit drohen, das von Ihrem Mann gegen ihn zusammengetragene Material zu veröffentlichen.«

»Weswegen werden Sie verhaftet, glauben Sie?«

»Keine Ahnung, aber bestimmt nicht wegen Ladendiebstahls. Und sobald ich im Gefängnis sitze, könnte ich einen Unfall haben, denke ich. Im Irak habe ich jede Menge solcher Unfälle gesehen.«

»Das ist verrückt.« Aber es besaß eine schreckliche Plausibilität, die sie aus manchen Alpträumen kannte.

»Denken Sie darüber nach, Brenda. Rennie hat etwas zu verbergen, er braucht einen Sündenbock und hat den neuen Polizeichef in der Tasche. Die Sterne stehen günstig.«

»Ich hatte ohnehin vor, ihn aufzusuchen«, sagte Brenda. »Und ich wollte zur Sicherheit Julia mitnehmen.«

»Nein, nicht Julia«, sagte er, »aber gehen Sie nicht allein hin.«

»Sie glauben doch nicht wirklich, dass er …«

»Ich weiß nicht, was er täte, wie weit er gehen würde. Wem vertrauen Sie noch außer Julia?«

Sie dachte an den Nachmittag zurück, als die Brände fast gelöscht gewesen waren und sie an der Little Bitch Road gestanden und sich trotz ihres Kummers gut gefühlt hatte, weil sie voller Endorphine gewesen war. Und an Romeo Burpee, der sie aufgefordert hatte, wenigstens als Feuerwehrchefin zu kandidieren.

»Romeo Burpee«, sagte sie.

»Okay, dann nehmen Sie ihn mit.«

»Soll ich ihm erzählen, was Howie gegen …«

»Nein«, sagte Barbie. »Er ist nur Ihre Rückversicherung. Und hier ist eine zweite: Schließen Sie das Notebook Ihres Mannes ein.«

»Okay … aber wenn ich das Notebook wegsperre und den Ausdruck bei Julia lasse, was soll ich dann Jim zeigen? Ich könnte natürlich noch einen Ausdruck …«

»Nein. Einer, der in der Gegend herumschwirrt, ist genug. Zumindest vorläufig. Ihm eine Heidenangst einzujagen, ist eine Sache. Ihn in Panik zu versetzen, könnte ihn noch unberechenbarer machen. Brenda, glauben Sie, dass er schuldig ist?«

Sie zögerte nicht. »Ohne jeden Zweifel.« *Weil Howie es geglaubt hat – das genügt mir.*

»Und Sie wissen noch, was in der Akte steht?«

»Nicht die genauen Zahlen und die Namen aller Banken, aber genügend Details.«

»Dann wird er Ihnen glauben«, sagte Barbie. »Ob Sie einen zweiten Ausdruck mitbringen oder nicht – er wird Ihnen glauben.«

5   Brenda steckte den VADER-Ausdruck in einen braunen Umschlag. Auf die Vorderseite schrieb sie in Druckbuchstaben Julias Namen. Sie legte den Umschlag auf den Küchentisch, dann ging sie in Howies Arbeitszimmer und schloss sein Notebook in den Safe ein. Der Wandtresor war klein, und sie musste den Mac diagonal hineinstellen, aber dann passte er genau. Zuletzt drehte sie das Kombinationsschloss nicht nur einmal, sondern zweimal herum, worauf ihr verstorbener Mann immer bestanden hatte. Als sie das tat, gingen die Lichter aus. Einen Augenblick lang war irgendein primitiver Teil in ihr davon überzeugt, sie hätte sie allein dadurch zum Erlöschen gebracht, dass sie das Schloss ein zweites Mal herumgedreht hatte.

Dann wurde ihr klar, dass das Notstromaggregat hinter dem Haus nicht mehr lief.

6   Als Junior am Dienstagmorgen um fünf nach sechs hereinkam, seine blassen Wangen stoppelig, sein Haar in Büscheln vom Kopf abstehend, saß Big Jim in einem weißen Bademantel, der ungefähr die Abmessungen eines Klippergroßsegels hatte, am Küchentisch und trank eine Cola.

Juniors Nicken galt der Dose. »Ein guter Tag beginnt mit einem guten Frühstück.«

Big Jim setzte die Dose an, nahm einen Schluck und stellte sie ab. »Es gibt keinen Kaffee. Nun, es gibt welchen, aber keinen Strom. Das Aggregat hat kein Gas mehr. Schnapp dir eine Cola, okay? Die sind noch einigermaßen kalt, und du siehst aus, als könntest du eine brauchen.«

Junior öffnete den Kühlschrank und spähte in sein dunkles Inneres. »Soll ich wirklich glauben, dass du nicht jederzeit etwas Flüssiggas auftreiben könntest?«

Das ließ Big Jim leicht zusammenzucken, dann entspannte er sich. Das war eine vernünftige Frage, die nicht zwangsläufig bedeutete, dass Junior irgendetwas wusste. *Der Gottlose flieht, auch wenn niemand ihn jagt,* rief Big Jim sich ins Gedächtnis zurück.

»Sagen wir einfach, dass das gegenwärtig vielleicht nicht politisch opportun wäre.«

»Mhm.«

Junior schloss die Kühlschranktür und setzte sich ihm gegenüber an den Küchentisch. Er betrachtete seinen Alten mit gewissem Amüsement (das Big Jim fälschlicherweise für Zuneigung hielt).

Die Familie, die zusammen mordet, bleibt zusammen, dachte Junior. *Zumindest vorläufig. Solange das ...*

»Politisch opportun«, sagte er.

Big Jim nickte und studierte seinen Sohn, der sein Frühmorgengetränk mit einem Big Jerk Beefstick ergänzte.

Er fragte nicht: *Wo warst du?* Er fragte nicht: *Was fehlt dir?*, obwohl in dem unbarmherzigen Morgenlicht, das in die Küche flutete, unübersehbar war, dass Junior etwas fehlte. Aber er *hatte* eine Frage.

»Es gibt Leichen. Mehrzahl. Stimmt das?«

»Ja.« Junior biss ein großes Stück von seinem Beefstick ab und spülte es mit Cola hinunter. Ohne das Summen des Kühlschranks und das Blubbern des Mr. Coffee herrschte in der Küche eine unheimliche Stille.

»Und alle diese Leichen lassen sich Mr. Barbara anlasten?«

»Ja. Alle.« Ein weiterer kräftiger Biss. Ein weiterer Schluck. Junior sah ihn unverwandt an, rieb sich dabei die linke Schläfe.

»Kannst du diese Leichen heute gegen Mittag glaubhaft auffinden?«

»Kein Problem.«

»Und natürlich die Beweise gegen unseren Mr. Barbara.«

»Ja.« Junior lächelte. »Es sind gute Beweise.«

»Melde dich heute Morgen nicht auf der Polizeistation zum Dienst, Junge.«

»Ich tu's lieber«, sagte Junior. »Könnte komisch aussehen, wenn ich's bleiben lasse. Außerdem bin ich nicht müde. Ich habe mit ...« Er schüttelte den Kopf. »Ich habe geschlafen, belassen wir's dabei.«

Big Jim fragte auch nicht: *Mit wem hast du geschlafen?* Er hatte andere Sorgen, als sich darum zu kümmern, mit wem sein Sohn vielleicht etwas hatte; er war nur froh, dass sein Sohn nicht zu denen gehörte, die sich mit dieser üblen Wohnwagenschlampe draußen an der Motton Road abgegeben hatten. Sich mit solchen Frauen einzulassen, war eine gute Methode, sich üble Krankheiten einzufangen.

Er ist schon krank, flüsterte eine Stimme in Big Jims Kopf. Vielleicht die ersterbende Stimme seiner Frau. *Sieh ihn dir bloß an.*

Diese Stimme hatte vermutlich recht, aber an diesem Morgen hatte er größere Sorgen als Junior Rennies Essstörung oder was immer das sein mochte.

»Ich habe nicht gesagt, dass du ins Bett gehen sollst. Ich will, dass du Streife fährst, und ich will, dass du einen Auftrag für mich erledigst. Halt dich dabei nur von der Food City fern. Dort gibt's heute Ärger, schätze ich.«

Juniors Blick wurde lebhafter. »Was für Ärger?«

Big Jim antwortete nicht direkt. »Kannst du Sam Verdreaux finden?«

»Klar. Er ist bestimmt in seiner kleinen Hütte draußen an der God Creek Road. Normalerweise würde er seinen Rausch ausschlafen, aber heute dürften ihn eher seine Entzugserscheinungen wachrütteln.« Junior kicherte bei dieser Vorstellung, dann zuckte er zusammen und rieb sich wieder die Schläfe. »Glaubst du wirklich, dass ich der Richtige bin, um mit ihm zu reden? Im Augenblick ist er nicht mein größter Fan. Wahrscheinlich hat er mich sogar von seiner Facebook-Seite gelöscht.«

»Ich verstehe nicht.«

»Nur ein Scherz, Dad. Vergiss es.«

»Glaubst du, dass er sich für dich erwärmen kann, wenn du ihm eine Flasche Whiskey anbietest? Und später mehr, wenn er gute Arbeit leistet?«

»Dieser schmuddelige alte Sack würde sich für mich erwärmen, wenn ich ihm ein halbes Saftglas Billigfusel anbiete.«

»Den Whiskey kannst du im Brownie's holen«, sagte Big Jim. Brownie's Store verkaufte nicht nur Discountlebensmittel und Schmuddelhefte, sondern war auch einer der drei lizenzierten Spirituosenläden in The Mill, und die Polizei hatte Schlüssel zu allen dreien. Big Jim schob den Schlüssel über den Tisch. »Hintereingang. Pass auf, dass dich niemand reingehen sieht.«

»Was soll Sloppy Sam für den Schnaps tun?«

Big Jim erklärte es ihm. Junior hörte gleichmütig zu … bis auf seine blutunterlaufenen Augen, die tanzten. Er hatte nur noch eine Frage: Würde es funktionieren?

Big Jim nickte. »Bestimmt. Ich *fühle es.*«

Junior biss nochmal von seinem Beefstick ab, trank noch einen Schluck Cola. »Ich auch, Dad«, sagte er. »Ich auch.«

7   Als Junior fort war, ging Big Jim, den sein Bademantel grandios umwogte, in sein Arbeitszimmer. Er nahm sein Handy aus der mittleren Schreibtischschublade, in der er es so oft wie möglich liegen ließ. Für ihn waren Handys gottlose Dinger, die zu nichts anderem taugten, als die Leute zu massenhaft liederlichem und nutzlosem Geschwätz zu ermutigen – wie viele Arbeitsstunden waren schon durch wertloses Gebrabbel mit diesen Dingern verschwendet worden? Und was für scheußliche Strahlen schickten sie einem beim Reden durch den Kopf?

Trotzdem waren sie manchmal praktisch. Er glaubte, dass Sam Verdreaux tun würde, was Junior ihm auftrug, aber er wusste auch, dass es töricht gewesen wäre, sich nicht rückzuversichern.

Er wählte eine Nummer aus dem »verborgenen« Telefonbuch des Handys, das nur über eine Geheimzahl zugänglich war. Das Telefon klingelte ein halbes Dutzend Mal, bevor abgenommen wurde. »*Was?*«, blaffte der Erzeuger der vielköpfigen Killian-Brut.

Big Jim zuckte zusammen und hielt das Handy eine Sekunde lang vom Ohr weg. Als er es wieder hinhielt, hörte er im Hintergrund leises Glucksen. »Sind Sie im Hühnerhaus, Rog?«

»Äh … ja, Sir, Big Jim, da bin ich allerdings. Die Hühner müssen gefüttert werden, egal, was passiert.« Eine blitzschnelle Kehrtwendung von Gereiztheit zu respektvoller Höflichkeit. Und Roger Killian hatte allen Grund, respektvoll zu sein; Big Jim hatte ihn zu einem veritablen Millionär gemacht. Vergeudete er etwas, was ein gutes Leben ohne finanzielle Sorgen hätte sein können, indem er weiter bei Tagesanbruch aufstand, um einen Haufen Hühner zu füttern, war das Gottes Wille. Roger war zu dämlich, um aufzuhören. Das war seine gottgegebene Natur, die Big Jim heute zweifellos gut zustattenkommen würde.

Und der Stadt, dachte er. *Es ist die Stadt, für die ich das tue. Zum Besten der Stadt.*

»Roger, ich habe einen Auftrag für Sie und Ihre drei ältesten Söhne.«

»Sind nur zwei daheim«, sagte Roger. In seinem starken Yankee-Akzent kam *daheim* als *daham* heraus. »Ricky und Randall sind da, aber Roland war in Oxford, um Futter zu kaufen, als die vermaledeite Kuppel runtergekommen ist.« Er machte eine Pause und überlegte, was er gerade gesagt hatte. Im Hintergrund glucksten die Hühner. »Sorry wegen dem Fluch.«

»Ich bin mir sicher, dass Gott Ihnen verzeiht«, sagte Big Jim. »Gut, dann Sie und Ihre *beiden* Ältesten. Können Sie mit ihnen in die Stadt kommen, sagen wir bis …« Big Jim rechnete. Das dauerte nicht lange. Wenn man *es fühlte*, galt das für die meisten Entscheidungen. »Sagen wir bis neun Uhr, spätestens Viertel nach neun?«

»Ich werd sie wecken müssen, aber sicher«, sagte Roger. »Was machen wir? Bringen wir was von dem abgezweigten Propan zu …«

»Nein«, sagte Big Jim, »und kein Wort davon, Gott liebe Sie. Hören Sie einfach zu.«

Big Jim redete.

Roger Killian, Gott liebe ihn, hörte zu.

Im Hintergrund glucksten rund achthundert Hühner, während sie sich mit dem mit Steroiden versetzten Futter vollstopften.

8   »Was? *Was? Warum?*«

Jack Cale saß an seinem Schreibtisch in dem beengten kleinen Büro des Geschäftsführers der Food City. Auf der Schreibtischplatte stapelten sich die Listen der Inventur, die Ernie Calvert und er endlich um ein Uhr morgens abgeschlossen hatten, nachdem der Meteoritenschauer ihre Hoffnungen, früher fertig zu werden, durchkreuzt hatte. Jetzt raffte er sie zusammen – auf langen gelben Blättern mit der Hand geschrieben – und hielt sie raschelnd Peter Randolph hin, der in der Bürotür stand. Der neue Chief hatte sich eigens für diesen Besuch in volle Uniform geworfen. »Sehen Sie sich die an, Peter, bevor Sie eine Dummheit begehen.«

»Sorry, Jack. Dieser Markt ist geschlossen. Es wird am Donnerstag als Lebensmittellager wiedereröffnet. Dann wird brüderlich geteilt. Natürlich führen wir sorgfältig Buch. Die Food City Corporation verliert keinen Cent, das verspreche ich Ihnen …«

»*Darum* geht's nicht«, stöhnte Jack beinahe. Er war Anfang dreißig und hatte ein Babyface und einen drahtigen roten Haarschopf, den er sich jetzt mit der Hand raufte, in der er nicht die gelben Blätter hielt … die Peter Randolph offenbar nicht nehmen wollte.

»Hier! Hier! Heiliger Strohsack, wovon reden Sie eigentlich, Peter Randolph?«

Ernie Calvert kam aus dem Lagerraum im Keller heraufgestürmt. Er war dick und rotgesichtig, seine grauen Haare waren, wie schon sein ganzes Leben lang, zu einem Bürstenschnitt gestutzt. Er trug einen grünen Food-City-Kittel.

»Er will den Markt schließen!«, sagte Jack.

»Wozu um Himmels willen, wenn noch reichlich Lebensmittel da sind?«, fragte Ernie aufgebracht. »Wozu wollen Sie den Leuten Angst einjagen? Sie werden noch Angst genug haben, wenn diese Sache weitergeht. Wessen hirnrissige Idee war das denn?«

»Die Stadtverordneten haben abgestimmt«, sagte Randolph. »Wenn Sie Probleme mit dem Plan haben, können Sie sie am Donnerstagabend auf der Bürgerversammlung ansprechen. Sollte das alles bis dahin nicht vorbei sein, versteht sich.«

»Welcher *Plan*?«, brüllte Ernie los. »Wollen Sie mir erzählen, dass Andrea Grinnell dafür gestimmt hat?«

»Soviel ich weiß, hat sie die Grippe«, sagte Randolph. »Sie liegt flach. Also hat Andy die Entscheidung getroffen. Big Jim hat sie unterstützt.« Niemand hatte ihn angewiesen, diese Erklärung vorzubringen; das war auch nicht nötig. Randolph wusste, mit welchen Methoden Big Jim bevorzugt arbeitete.

»Eine Rationierung könnte irgendwann zweckmäßig werden«, sagte Jack, »aber wozu jetzt?« Er raschelte erneut mit den Blättern. Sein Gesicht war jetzt fast so rot wie seine Haare. »Warum, wenn wir noch *so viel* haben?«

»Das ist der beste Zeitpunkt, um mit dem Sparen zu beginnen«, sagte Randolph.

»Das klingt großartig, wenn's aus dem Mund eines Mannes mit einem Motorboot auf dem Lake Sebago und einem Winnebago-Wohnmobil vor dem Haus kommt«, sagte Jack.

»Vergiss Big Jims Hummer nicht«, warf Ernie ein.

»Genug«, sagte Randolph. »Die Stadtverordneten haben beschlossen …«

»Nun, *zwei* von ihnen haben's getan«, sagte Jack.

»*Einer*, meinst du«, sagte Ernie. »Und wir wissen, welcher.«

»… und ich habe die Nachricht überbracht, womit der Fall erledigt ist. Hängt ein Schild ins Schaufenster: MARKT BIS AUF WEITERES GESCHLOSSEN.«

»Peter. Hören Sie zu. Seien Sie vernünftig.« Ernie wirkte jetzt nicht mehr zornig; fast schien er zu betteln. »Das jagt den Leuten eine Heidenangst ein. Wenn Sie darauf bestehen, könnte ich doch WEGEN INVENTUR GESCHLOSSEN, BALD WIEDER GEÖFFNET schreiben? Und vielleicht ENTSCHULDIGEN SIE DIE VORÜBERGEHENDEN UNANNEHMLICHKEITEN hinzufügen. Mit VORÜBERGEHEND in roter Schrift oder so was.«

Peter Randolph schüttelte langsam und gewichtig den Kopf. »Kann ich nicht zulassen, Ernie. Dürfte ich nicht mal, wenn Sie noch offiziell angestellt wären wie er.« Er nickte zu Jack Cale hinüber, der die Inventurlisten weggelegt hatte, um sich mit beiden Händen die Haare raufen zu können. »BIS AUF WEITERES GESCHLOSSEN. Das haben die Stadtverordneten mir aufgetragen, und ich führe nur ihre Anweisung aus. Außerdem kommen Lügen immer zurück und beißen einen in den Arsch.«

»Na dann, Duke Perkins hätte sie allerdings aufgefordert, sich mit dieser Anordnung den Arsch *abzuwischen*«, sagte Ernie. »Sie sollten sich schämen, Peter, für diesen fetten Scheißkerl den Wasserträger zu spielen. Sagt er: ›Spring!‹, fragen Sie nur: ›Wie hoch?‹«

»Halten Sie lieber die Klappe, wenn Sie wissen, was gut für Sie ist«, sagte Randolph. Sein Finger, mit dem er auf ihn zeigte, zitterte ein wenig. »Wenn Sie nicht den Rest des Tages wegen Respektlosigkeit hinter Gittern verbringen wollen, halten Sie lieber den Mund und befolgen die Anweisungen. Dies ist eine Krisensituation ...«

Ernie starrte ihn ungläubig an. »Respektlosigkeit? Die ist nicht strafbar!«

»Jetzt schon. Los, stellen Sie mich auf die Probe, wenn Sie's nicht glauben!«

9   Später – viel zu spät, als dass es noch einen Nutzen gehabt hätte – rekonstruierte Julia Shumway weitgehend, wie der Food-City-Aufruhr entstanden war, obwohl sie nie Gelegenheit bekam, die Story zu drucken. Selbst wenn, hätte sie daraus einen reinen Nachrichtenartikel mit Antworten auf die fünf W-Fragen gemacht. Wäre sie aufgefordert worden, über den emotionalen Gehalt des Ereignisses zu schreiben, hätte sie passen müssen. Wie hätte sie erklären können, dass Menschen, die sie ihr Leben lang gekannt hatte – Leute, die sie respektierte, Leute, die sie liebte –, sich in einen Mob verwandelt hatten? *Wäre ich von Anfang an dabei gewesen und hätte gesehen, wie es angefangen hat, würde ich es besser verstehen,* sagte sie sich, aber das war reine Rationalisierung, eine Weigerung, sich der aufrührerischen, unvernünftigen Bestie zu stellen, zu der ängstliche Menschen werden können, wenn man sie provoziert. Solche Bestien kannte sie aus dem Fernsehen, gewöhnlich aus fremden Ländern. Sie hatte nie erwartet, sie in ihrer Stadt zu sehen.

Und das war unnötig gewesen. Darauf kam sie immer wieder zurück. Die Stadt war erst siebzig Stunden lang abgeschnitten und mit Vorräten nahezu jeglicher Art vollgestopft; nur Propangas war auf unerklärliche Weise knapp.

Später würde sie sagen: *Dies war der Augenblick, in dem die Stadt endlich erkannte, was hier vorging.* In diesem Gedanken lag vermutlich etwas Wahres, aber er befriedigte sie nicht. Mit Gewissheit konnte sie lediglich sagen (und sie sagte es nur zu sich selbst), dass sie beobachtet hatte, wie ihre Stadt den Verstand verlor, und danach würde Julia nie mehr dieselbe sein wie zuvor.

10   Die beiden ersten Leute, die das Schild sehen, sind Gina Buffalino und ihre Freundin Harriet Bigelow. Beide Mädchen tragen weiße Schwesternuniformen (das war Ginny Tomlinsons Idee; sie fand, das Weiß wecke bei den Patienten mehr Vertrauen als die Trägerschürzen von Lernschwestern) und sehen darin sehr hübsch aus. Sie wirken müde, trotz ihrer jugendlichen Elastizität. Die beiden letzten Tage waren anstrengend, und nach einer Nacht mit wenig Schlaf liegt ein weiterer harter Tag vor ihnen. Sie wollen Schokoriegel kaufen – für alle außer den armen zuckerkranken Jimmy Sirois, das ist der Plan – und reden über den Meteoritenschauer. Sie verstummen, als sie das Schild an der Tür sehen.

»Der Markt *kann* nicht geschlossen sein«, sagt Gina ungläubig. »Es ist Dienstagmorgen.« Sie drückt ihr Gesicht fast an die Glasscheibe und hält sich beide Hände neben die Augen, als Schutz gegen die helle Morgensonne.

Während sie damit beschäftigt ist, fährt Anson Wheeler vor, mit Rose Twitchell auf dem Beifahrersitz. Sie haben Barbie im Sweetbriar Rose zurückgelassen, wo er das Frühstück fertig serviert. Rose ist aus dem kleinen Lieferwagen mit den rosenverzierten Seiten heraus, schon bevor Anson den Motor abgestellt hat. Sie hat eine lange Liste mit Grundnahrungsmitteln und will möglichst schnell möglichst viel davon kaufen. Dann sieht sie das Schild BIS AUF WEITERES GESCHLOSSEN an der Tür.

»Was zum Teufel? Ich habe erst gestern Abend mit Jack Cale gesprochen, und er hat kein Wort von dem hier gesagt.«

Sie spricht mit Anson, der in ihrem Kielwasser dahintuckert, aber es ist Gina Buffalino, die ihr antwortet: »Der Laden ist noch voller Zeug. Alle Regale sind gefüllt.«

Weitere Leute fahren vor. Der Markt soll in fünf Minuten öffnen, und Rose ist nicht die Einzige, die früh einkaufen wollte; überall in der Stadt haben Leute beim Aufwachen festgestellt, dass die Kuppel noch da ist, und beschlossen, ihre Vorräte aufzustocken. Später würde Rose auf die Frage nach einer Erklärung für diesen plötzlichen Andrang antworten: »Das Gleiche passiert jeden Winter, wenn der Wetterdienst aus einer Sturmwarnung eine Blizzardwarnung macht. Sanders und Rennie hätten sich keinen schlimmeren Tag für ihren Scheiß aussuchen können.«

Ebenfalls früh treffen die Streifenwagen zwei und vier der hiesigen Polizei ein, dicht gefolgt von Frank DeLesseps in seinem Nova (den Aufkleber mit SEX, SPRIT ODER GRAS hat er abgerissen, weil er findet, dass er nicht zu einem Gesetzeshüter passt). Carter und Georgia sitzen in Zwei; Mel Searles und Freddy Denton in Vier. Auf Anweisung von Chief Randolph haben sie etwas weiter die Straße entlang vor LeClercs Maison des Fleurs geparkt. »Nicht nötig, allzu früh dort aufzukreuzen«, hat er sie instruiert. »Wartet, bis ungefähr ein Dutzend Autos auf dem Parkplatz sind. He, vielleicht lesen sie einfach nur das Schild und fahren nach Hause.«

Das passiert natürlich nicht, genau wie Big Jim Rennie es vorausgesehen hat. Und das Auftauchen von Polizisten – vor allem von mehrheitlich so jungen und unreifen – wirkt nicht beruhigend, sondern im Gegenteil aufreizend. Rose ist die Erste, die ihnen eine Ansprache hält. Sie knöpft sich Freddy vor, zeigt ihm ihre lange Einkaufsliste und deutet dann durchs Fenster, wo die meisten Sachen, die sie will, ordentlich in den Regalen aufgereiht sind.

509

Freddy ist anfangs höflich, weil er sich darüber im Klaren ist, dass die Leute (keine richtige Menschenmenge, noch nicht) sie beobachten, aber es ist schwer, die Geduld zu bewahren, wenn einem diese keifende kleine Person zusetzt. Kapiert sie denn nicht, dass er nur Anordnungen befolgt?

»Wer, glauben Sie, ernährt diese Stadt, Fred?«, fragt Rose. Anson legt ihr eine Hand auf die Schulter. Rose schüttelt sie ab. Sie weiß, dass Freddy vor Wut kocht, statt ihre tiefe Verzweiflung zu teilen, aber sie ist machtlos dagegen. »Glauben Sie, dass demnächst ein Sysco-Lastwagen mit Lebensmitteln am Fallschirm vom Himmel schweben wird?«

»Ma'am ...«

»Oh, sparen Sie sich den Scheiß! Seit wann bin ich für Sie eine ›Ma'am‹? Sie haben seit zwanzig Jahren vier- bis fünfmal in der Woche Heidelbeerpfannkuchen und den scheußlichen labberigen Schinken, den Sie mögen, bei mir gegessen und mich dabei Rosie genannt. Aber morgen werden Sie keine Pfannkuchen essen, wenn ich heute nicht etwas *Mehl* und etwas *Backfett* und etwas *Sirup* und etwas ...« Sie bricht ab. »Endlich! Vernunft! Gott sei Dank!«

Jack Cale öffnet eine der zweiflügligen Türen. Mel und Frank haben sich so davor aufgebaut, dass er sich nur mit Mühe zwischen ihnen hindurchquetschen kann. Die potenziellen Kunden – inzwischen sind es fast zwei Dutzend, obwohl es erst eine Minute vor neun, der offiziellen Öffnungszeit des Markts, ist – drängen vor, machen dann aber halt, als Jack einen Schlüssel aus dem Bund an seinem Gürtel auswählt und die Tür wieder abschließt. Das wird mit einem kollektiven Aufstöhnen quittiert.

»Warum zum Teufel haben Sie das getan?«, ruft Bill Wicker empört. »Meine Frau schickt mich Eiah holen!«

»Wenden Sie sich an die Stadtverordneten und Chief Randolph«, rät Jack ihm. Seine Haare stehen in sämtliche Richtungen ab. Er wirft Frank DeLesseps einen finsteren Blick zu und bedenkt Mel Searles, der erfolglos versucht, ein Grinsen, vielleicht sogar sein berüchtigtes *Njuck-njuck-njuck* zu unterdrücken, mit einem noch finstereren. »Ich weiß, dass *ich* mich an sie wenden werde. Aber im Augenblick habe ich genug von diesem Scheiß. Mir reicht's!« Während er mit gesenktem Haupt durch die Menge davonmarschiert, brennen seine Wangen noch feuriger als seine Haare. Lissa Jamieson, die eben auf ihrem Fahrrad ankommt (alles auf ihrer Liste wird in den Einkaufskorb auf dem Gepäckträger passen; ihre Bedürfnisse sind gering, grenzen ans Unbedeutende), muss einen Schlenker machen, um ihm auszuweichen.

Carter, Georgia und Freddy stehen vor dem großen Schaufenster, vor dem Jack an einem normalen Tag Schubkarren und Gartendünger aufgebaut hätte. Carters Finger sind verpflastert, und unter seinem Hemd trägt er einen dickeren Schulterverband. Freddy hat seine Hand auf dem Griff seiner Pistole, während Rose Twitchell ihn weiter ankeift und Carter sich wünscht, er könnte ihr mit dem Handrücken ins Gesicht schlagen. Seine Finger sind in Ordnung, aber die Schulter tut beschissen weh. Aus der kleinen Ansammlung potenzieller Kunden ist eine große Ansammlung geworden, und von der Straße biegen immer mehr Autos auf den Parkplatz ab.

Aber bevor Officer Thibodeau die Menge wirklich in Augenschein nehmen kann, taucht Alden Dinsmore vor ihm auf. Alden sieht abgehärmt aus, scheint seit dem Tod seines Sohns zehn Kilo Gewicht verloren zu haben. Er trägt am linken Arm einen schwarzen Trauerflor und wirkt irgendwie benommen.

»Ich muss da rein, Kleiner. Meine Frau schickt mich Konserven kaufen.« Alden sagt nicht, welche Konserven er kaufen soll. Wahrscheinlich alle Sorten. Oder vielleicht hat er gerade an das leere Bett oben im ersten Stock gedacht, an das eine, in dem nie mehr jemand schlafen wird, an das Poster der Foo Fighters, das nie mehr jemand ansehen wird, und das Modellflugzeug auf dem Schreibtisch, das nie mehr fertig gebaut werden wird, und hat es einfach vergessen.

»Sorry, Mr. Dummsdale«, sagt Carter. »Hier können Sie nicht rein.«

»Ich heiße Dinsmore«, sagt Alden benommen. Er will an den Cops vorbei zu den Türen. Sie sind verschlossen, er könnte also ohnehin nicht rein, aber Carter stößt den Farmer trotzdem mit einem herzhaften Schubs zurück. Dabei empfindet Carter erstmals etwas Verständnis für die Lehrer, die ihn in der Highschool so oft haben nachsitzen lassen – es ist irritierend, nicht beachtet zu werden.

Außerdem ist es heiß, und seine Schulter schmerzt trotz der zwei Percocet, die seine Mutter ihm gegeben hat. Vierundzwanzig Grad um neun Uhr morgens sind im Oktober selten, und der blassblaue Himmel lässt ahnen, dass es mittags noch heißer und gegen drei noch viel heißer sein wird.

Alden stolpert rückwärts gegen Gina Buffalino, und beide würden zu Boden gehen, stünde hinter ihnen nicht Petra Searles – durchaus kein Leichtgewicht – als Halt. Alden wirkt nicht ärgerlich, nur verwirrt. »Meine Frau schickt mich Konserven holen«, erklärt er Petra.

Aus der Menge kommt ein Murmeln. Das ist kein zorniger Laut – noch nicht ganz. Die Leute wollen Lebensmittel kaufen, und die Lebensmittel sind da, aber die Türen sind abgesperrt. Jetzt ist ein Bürger von einem Schulabbrecher geschubst worden, der letzte Woche noch als Automechaniker gejobbt hat.

Gina starrt Carter, Mel und Frank DeLesseps mit schreckhaft geweiteten Augen an. Sie zeigt auf sie. »Das sind die Kerle, die sie vergewaltigt haben!«, teilt sie ihrer Freundin Harriet mit, ohne die Stimme zu senken. »Das sind die Kerle, die Sammy Bushey vergewaltigt haben!«

Das Grinsen verschwindet von Mels Gesicht; der Drang, *njuck-njuck-njuck* zu machen, hat ihn verlassen. »Schnauze«, sagt er grob.

Am Rand der Menge sind Ricky und Randall Killian mit einem Pick-up, einem Chevrolet Canyon, vorgefahren. Sam Verdreaux ist nicht weit hinter ihnen – natürlich zu Fuß; Sam hat seinen Führerschein im Jahr 2007 endgültig verloren.

Gina macht einen Schritt rückwärts, starrt Mel weiter mit großen Augen an. Neben ihr ragt Alden Dinsmore wie ein Farmer-Roboter mit fast leerem Akku auf. »Ihr Jungs sollt die Polizei sein? Hal-*lo*?«

»Die sogenannte Vergewaltigung war bloß 'ne Hurenlüge«, sagt Frank. »Und Sie halten besser die Klappe, bevor

Sie wegen Störung der öffentlichen Sicherheit und Ordnung verhaftet werden.«

»Gottverdammt richtig«, sagt Georgia. Sie hat sich etwas näher an Carter herangeschoben. Er ignoriert sie. Er beobachtet die Menge. Und das ist sie inzwischen. Wenn fünfzig Leute eine Menge bilden, ist dies eine. Und ständig kommen weitere hinzu. Carter wünscht sich, er hätte seine Pistole. Ihm gefällt die Feindseligkeit hier nicht.

Velma Winter, die Brownie's Store führt (oder ihn geführt hat, bevor er zugemacht hat), trifft mit Tommy und Willow Anderson ein. Velma ist eine große, starke Frau mit einer Frisur wie Bobby Darin, die von ihrem Äußeren gut die Kriegerkönigin eines Lesbenstammes sein könnte; aber sie hat zwei Ehemänner unter die Erde gebracht, und am Dummschwätzertisch im Sweetbriar erzählt man sich, sie habe beide totgefickt und sei an Mittwochabenden im Dipper's auf der Suche nach der Nummer drei – Mittwochabend ist immer County Karaoke Night, die ein älteres Publikum anlockt. Jetzt baut sie sich mit den Händen auf ihren breiten Hüften vor Carter auf.

»Geschlossen, was?«, sagt sie in geschäftsmäßigem Tonfall. »Lassen Sie mal Ihren Papierkram sehen.«

Carter ist verwirrt, und verwirrt zu sein macht ihn wütend. »Verpiss dich, Schlampe! Ich brauch keinen Papierkram. Der Chief hat uns hergeschickt. Die Anweisung kommt von den Stadtverordneten. Der Markt wird ein Lebensmittellager.«

»Rationierung? Meinen Sie das?« Velma schnaubt. »Nicht in *meiner* Stadt.« Sie zwängt sich zwischen Mel und Frank durch und fängt an, gegen die Tür zu hämmern. »Aufmachen! Aufmachen *da drin*!«

»Keiner daheim«, sagt Frank. »Am besten geben Sie gleich auf.«

Aber Ernie Calvert ist noch da. Er kommt den Nudeln-Mehl-und-Zucker-Gang entlang. Velma sieht ihn und hämmert noch lauter. »Aufmachen, Ernie! Aufmachen!«

Frank sieht Mel an und nickt. Gemeinsam schnappen sie sich Velma und zerren ihre neunzig Kilo vom Eingang weg.

Georgia Roux hat sich umgedreht und winkt Ernie zurück. Aber Ernie bewegt sich nicht. Der blöde Scheißer steht einfach bloß da.

»*Aufmachen!*«, plärrt Velma. »*Aufmachen! Aufmachen!*«

Tommy und Willow stimmen ein. Das tut auch Bill Wicker, der Briefträger. Und auch Lissa, die übers ganze Gesicht strahlt – sie hat ihr Leben lang gehofft, einmal an einer spontanen Demonstration teilnehmen zu können, und dies ist ihre Chance. Sie reckt eine geballte Faust hoch und beginnt sie in die Luft zu stoßen: zweimal kurz bei *auf-ma* und einmal nachdrücklicher bei *chen*. Andere folgen ihrem Beispiel. *Aufmachen!* wird zu *Auf-ma-CHEN! Auf-ma-CHEN! Auf-ma-CHEN!* Jetzt recken alle in diesem Zwei-plus-eins-Rhythmus ihre Fäuste hoch – vielleicht siebzig Leute, vielleicht achtzig, die ständig mehr werden. Die dünne blaue Linie vor dem Eingang des Markts wirkt dünner denn je. Die vier jüngeren Cops sehen zu Freddy Denton hinüber, von dem sie Ideen erwarten, aber Freddy hat keine.

Aber er hat eine Pistole. *Hoffentlich schießt du bald mal in die Luft, Glatzkopf,* denkt Carter, *sonst überrennt uns diese Meute.*

Zwei weitere Cops – Rupert Libby und Toby Whelan – fahren von der Polizeistation kommend (wo sie Kaffee getrunken und CNN gesehen haben) die Main Street entlang und in flottem Tempo an Julia Shumway vorbei, die mit einer Kamera über der Schulter in dieselbe Richtung joggt.

Auch Jackie Wettington und Henry Morrison machen sich auf den Weg zu dem Supermarkt, aber dann knackt das Sprechfunkgerät an Henrys Koppel. Chief Randolph weist sie über Funk an, auf ihrem Posten vor der Gas & Grocery zu bleiben.

»Aber wir hören …«, beginnt Henry.

»Haltet euch an die Anordnung«, sagt Randolph, ohne hinzuzufügen, dass er diese Anordnung nur weitergibt – sozusagen von einer höheren Macht.

»*Auf-ma-CHEN! Auf-ma-CHEN! Auf-ma-CHEN!*«, skandiert die Menge und stößt dabei die Fäuste zu einem Powergruß in die Luft. Noch ängstlich, aber auch erregt.

Sich hineinsteigernd. Der Chef hätte einen Blick auf die Menge geworfen und eine Bande noch unerfahrener Meth-User gesehen, die als Soundtrack nur mehr einen Song der Grateful Dead brauchten, um das Bild zu vervollständigen.

Ricky und Randall Killian und Sam Verdreaux arbeiten sich durch die Menge vor. Sie skandieren mit – nicht zur Tarnung, sondern weil die Vibrationen dieser Menge, die allmählich zu einem Mob wird, einfach unwiderstehlich sind –, machen sich aber nicht die Mühe, die Fäuste zu recken; sie haben Dinge zu erledigen. Niemand achtet sonderlich auf sie. Später werden nur wenige Leute sich daran erinnern, sie überhaupt gesehen zu haben.

Auch Schwester Ginny Tomlinson arbeitet sich durch die Menge. Sie ist gekommen, um den Mädchen zu sagen, dass sie im Cathy Russell gebraucht werden; sie haben neue Patienten, darunter einen ernsten Fall. Das wäre Wanda Crumley aus Eastchester. Die Crumleys sind fast draußen an der Grenze nach Motton die Nachbarn des Ehepaars Evans. Als Wanda heute Morgen drüben war, um nach Jack zu sehen, hat sie ihn keine fünf Meter von der Stelle entfernt, wo die Kuppel seiner Frau die Hand abgetrennt hatte, tot aufgefunden. Jack lag auf dem Rücken ausgestreckt – mit einer Flasche neben sich, sein Gehirn auf dem Rasen antrocknend. Wanda lief zurück ins Haus, rief den Namen ihres Mannes und hatte ihn kaum erreicht, als sie von einem Herzinfarkt gefällt wurde. Wendell Crumley hatte Glück, dass er mit seinem kleinen Subaru-Kombi auf der Fahrt ins Krankenhaus keinen Unfall hatte – er fuhr die meiste Zeit mit über achtzig Meilen pro Stunde. Rusty ist jetzt bei Wanda, aber Ginny glaubt nicht, dass Wanda – fünfzig, übergewichtig, starke Raucherin – durchkommen wird.

»Mädchen«, sagt sie, »wir brauchen euch im Krankenhaus.«

»Das sind sie, Mrs. Tomlinson!«, schreit Gina. Sie muss laut schreien, um sich in der skandierenden Menge Gehör zu verschaffen. Sie zeigt auf die Cops und beginnt zu weinen – teils aus Angst und Übermüdung, hauptsächlich aus Empörung. »Das sind die Kerle, die sie vergewaltigt haben!«

Beim nächsten Blick achtet Ginny nicht mehr nur auf die Uniformen und erkennt, dass Gina recht hat. Ginny Tomlinson hat nicht Piper Libbys zugegebenermaßen abscheuliches Temperament, aber Temperament *hat* sie, und hier kommt ein erschwerender Faktor hinzu: Im Gegensatz zu Piper hat Ginny die Vergewaltigte nackt gesehen. Ihre Scheide eingerissen und geschwollen. An den Oberschenkeln riesige blaue Flecken, die erst sichtbar wurden, als das Blut abgewaschen war. So viel Blut.

Ginny vergisst, dass die Mädchen im Krankenhaus gebraucht werden. Sie vergisst, dass es ihre Aufgabe wäre, sie aus einer gefährlichen, explosiven Situation wegzubringen. Sie vergisst sogar Wanda Crumleys Herzanfall. Sie schreitet aus, stößt jemanden beiseite (zufällig den Kassierer/Packer Bruce Yardley, der wie alle anderen die Faust hochreckt) und nähert sich Mel und Frank. Die beiden beobachten die zunehmend feindselige Menge und sehen sie nicht kommen.

Ginny hebt beide Hände, sieht einen Augenblick lang wie der böse Kerl aus, der sich in einem Westernfilm dem Sheriff ergibt. Dann lässt sie die Hände nach vorn schnellen und ohrfeigt beide jungen Männer gleichzeitig. »Ihr *Dreckskerle!*«, schreit sie. »Wie *konntet* ihr nur? Wie konntet ihr so *feige* sein? So *widerwärtig brutal*? Dafür werdet ihr eingesperrt, alle mit …«

Mel denkt nicht nach, er reagiert nur. Seine Faust trifft sie mitten ins Gesicht, zertrümmert ihre Brille und ihre Nase. Sie stolpert rückwärts, blutend, aufschreiend. Ihr altmodisches Schwesternhäubchen, dessen Haarnadeln sich gelockert haben, purzelt von ihrem Kopf. Bruce Yardley, der junge Kassierer, will sie auffangen und verfehlt sie. Ginny prallt gegen eine Schlange von Einkaufswagen; sie setzen sich in Bewegung, rollen wie ein kleiner Zug. Weinend vor Schmerzen und Schock fällt sie auf Hände und Knie. Hellrotes Blut aus ihrer Nase – nicht nur gebrochen, sondern zertrümmert – beginnt auf das große gelbe RK von PARKVERBOTSZONE zu tropfen.

Die Menge verstummt vorübergehend, auch sie schockiert, als Gina und Harriet dorthin rennen, wo Ginny kauert.

Dann erklingt Lissa Jamiesons Stimme, ein makellos klarer Sopran: »IHR BULLENSCHWEINE!«

Gleich danach fliegt der erste Gesteinsbrocken. Dieser erste Steinewerfer wird nie identifiziert. Das dürfte die einzige Straftat gewesen sein, mit der Sloppy Sam Verdreaux jemals davonkam.

Junior hat ihn am nördlichen Stadtrand abgesetzt, und Sam, durch dessen Gehirn derweil Visionen von Unmengen Whiskey schwirrten, hat sich am Ostufer des Prestile auf die Suche nach dem genau richtigen Felsbrocken gemacht. Er musste groß sein, aber nicht allzu groß, sonst würde er ihn nicht zielsicher werfen können, obwohl er früher – vor einem gefühlten Jahrhundert, vielleicht aber auch erst vorgestern – als erster Pitcher der Mills Wildcats mit seinem Team im Maine State Tourney gestanden hatte. Schließlich hat er ihn unweit der Peace Bridge gefunden: fünfhundert bis sechshundert Gramm und glatt wie ein Gänseei.

Noch etwas, hatte Junior Sloppy Sam beim Absetzen gesagt. Dieses *noch etwas* war nicht Juniors Idee, aber das erzählte Junior Sam so wenig, wie Chief Randolph Wettington und Morrison erzählt hatte, von wem die Anordnung stammte, dass sie auf ihrem Posten bleiben sollen. Wäre politisch unklug gewesen.

Ziel auf die Tussi. Das war Juniors letztes Wort an Sloppy Sam, bevor er ihn verließ. *Sie hat es verdient, also sieh zu, dass du sie triffst.*

Während Gina und Harriet in ihren weißen Uniformen neben der auf allen vieren schluchzenden, blutenden examinierten Krankenschwester knien (und die allgemeine Aufmerksamkeit sich auf sie konzentriert), holt Sam wie an jenem längst vergangenen Tag im Jahr 1970 gewaltig aus und wirft seinen ersten Strike seit über vierzig Jahren.

In mehr als nur einer Beziehung. Der gut ein Pfund schwere Granitbrocken mit Quarzeinsprengseln trifft Georgia Roux auf den Mund, bricht ihr den Unterkiefer an fünf Stellen und schlägt ihr alle Zähne bis auf vier aus. Während ein Blutstrom aus ihrem weit geöffneten Mund schießt, taumelt sie mit grotesk herabhängendem Unterkiefer gegen die Schaufensterscheibe zurück.

Im nächsten Augenblick fliegen zwei weitere Felsbrocken: einer von Ricky Killian, der andere von Randall geworfen. Rickys trifft Bill Allnut am Hinterkopf und lässt den Hausmeister nicht weit von Ginny Tomlinson entfernt zusammenbrechen. *Scheiße!,* denkt Ricky. *Ich sollte 'nen gottverdammten Cop treffen!* Das war nicht nur sein Auftrag, sondern etwas, worauf er schon lange scharf war.

Randall zielt besser. Er trifft Mel Searles mitten an der Stirn. Mel sinkt zusammen wie ein Mehlsack.

Nun folgt eine Pause, ein kurzes Luftanhalten. Stellt euch ein Auto vor, das auf zwei Rädern balanciert, während es überlegt, ob es sich überschlagen soll oder nicht. Seht Rose Twitchell, die sich verwirrt und ängstlich umsieht, nicht weiß, was passiert, und erst recht nicht, wie sie darauf reagieren soll. Seht Anson, der ihr einen Arm um die Taille legt. Hört, wie Georgia Roux mit offenem Mund heult, wobei ihre Schreie eine unheimliche Ähnlichkeit mit den Lauten haben, die der Wind macht, wenn er über eine dieser Wildscheuchen streicht, mit denen sich Elchschreie nachahmen lassen. Blut läuft über ihre verletzte Zunge, während sie schreit. Seht Verstärkung eintreffen. Toby Whelan und Rupert Libby (er ist Pipers Cousin, obwohl sie mit dieser Verwandtschaft nicht angibt) erreichen den Tatort als Erste. Sie betrachten ihn ... dann bleiben sie im Hintergrund. Als Nächste trifft Linda Everett ein. Sie ist zu Fuß mit Marty Arsenault, einem weiteren Teilzeit-Cop, unterwegs, der hinter ihr herkeucht. Sie will sich durch die Menge drängen, aber Marty – der heute Morgen nicht einmal seine Uniform trägt, sondern sich nur aus dem Bett gewälzt hat und in alte Jeans geschlüpft ist – hält sie an der Schulter fest. Linda will sich losreißen, dann denkt sie an ihre Töchter. Sie schämt sich wegen ihrer eigenen Feigheit, als sie sich von Marty dorthin führen lässt, wo Rupe und Toby die Szene beobachten. Von diesen vier trägt nur Rupe heute Morgen seine Dienstwaffe, aber würde er schießen? Den Teufel würde er tun; in der

Menge sieht er seine eigene Frau Hand in Hand mit ihrer Mutter stehen (die Schwiegermutter zu erschießen, hätte Rupe nichts ausgemacht). Seht Julia dicht hinter Linda und Marty eintreffen: außer Atem, aber schon nach ihrer Kamera greifend, deren Objektivschutzdeckel ihr in der Eile aus der Hand fällt. Seht Frank DeLesseps, der neben Mel kniet und so knapp einem weiteren Stein entgeht, der über seinen Kopf hinwegzischt und das Glas einer der Supermarkttüren zersplittern lässt.

Dann ...

Dann ruft jemand. Wer, wird sich nie feststellen lassen, nicht einmal das Geschlecht des Rufers oder der Ruferin steht fest, wobei die meisten auf eine Frau tippen und Rose später Anson erklärt, das sei ziemlich sicher Lissa Jamieson gewesen.

»HOLT SIE EUCH!«

Jemand anderes brüllt: *»LEBENSMITTEL!«,* und der Mob brandet vorwärts.

Freddy Denton zieht seine Pistole und gibt einen Schuss in die Luft ab. Dann senkt er die Waffe und ist in seiner Panik kurz davor, in die Menge zu schießen. Aber bevor er das tun kann, entwindet sie ihm jemand. Er geht mit einem Aufschrei zu Boden. Dann trifft die Kappe eines großen alten Farmerstiefels – Alden Dinsmores – seine Schläfe. Für Officer Denton gehen die Lichter nicht ganz aus, aber sie werden erheblich dunkler. Und als sie wieder hell werden, ist der Große Supermarkt-Aufruhr vorüber.

Blut sickert durch Carter Thibodeaus Schulterverband, und auf seinem blauen Hemd erscheinen kleine Rosetten, aber er spürt – zumindest vorläufig – keinen Schmerz. Er versucht nicht zu flüchten. Er steht breitbeinig da und schlägt den Ersten nieder, der in Reichweite seiner Fäuste kommt. Das ist zufällig Charles »Stubby« Norman, der das Antiquitätengeschäft draußen an der 117 führt. Stubby bricht zusammen, dabei hält er sich die blutende Oberlippe.

»Zurück, ihr Scheißkerle!«, knurrt Carter. *»Zurück, ihr Hundesöhne! Hier wird nicht geplündert! Zurück!«*

Marta Edmunds, die Babysitterin der Everetts, versucht

Stubby zu helfen und bekommt zum Dank dafür Frank De-Lesseps' Faust an die linke Schläfe. Sie taumelt, hält sich die getroffene Stelle und starrt den jungen Mann, der ihr diesen Fausthieb versetzt hat, ungläubig an ... und wird dann, mit Stubby unter ihr, von der heranbrandenden Woge potenzieller Kunden zu Boden gestoßen.

Carter und Frank versuchen sie zu stoppen, aber sie können jeweils nur drei Fausthiebe anbringen, bevor sie von einem unheimlich heulenden Schrei abgelenkt werden. Er kommt von der städtischen Bibliothekarin, deren Haare in ihr sonst so freundlich mildes Gesicht hängen. Sie schiebt eine lange Reihe Einkaufswagen und scheint dabei *Banzai!* zu kreischen. Frank kann noch zur Seite springen, aber die Wagen rammen Carter so heftig, dass er zurücktorkelt. Er rudert mit den Armen, um das Gleichgewicht zu bewahren, und hätte's wohl auch geschafft, wenn Georgias Füße nicht gewesen wären. Er stolpert über sie, landet auf dem Rücken und wird niedergetrampelt. Er wälzt sich auf den Bauch, birgt seinen Kopf in den Armen und wartet darauf, dass die Woge abebbt.

Julia Shumway knipst und knipst und knipst. Vielleicht werden die Fotos ihr später Leute zeigen, die sie kennt, aber im Sucher sieht sie nur Fremde. Einen Mob.

Rupe Libby zieht seine Dienstwaffe und gibt vier Schüsse in die Luft ab. Die Schüsse hallen durch den warmen Morgen: nachdrücklich und theatralisch, eine Reihe akustischer Ausrufezeichen. Toby Whelan ist mit einem Sprung wieder in dem Streifenwagen, schlägt sich dabei den Kopf an und verliert seine Baseballkappe (mit CHESTER'S MILL DEPUTY in Gelb über dem Schirm). Er schnappt sich den Handlautsprecher vom Rücksitz, hebt ihn an den Mund und brüllt: »*ALLE SOFORT AUFHÖREN! ZURÜCK! POLIZEI! HALT! DAS IST EIN BEFEHL!*«

Julia fotografiert ihn.

Die Menge achtet weder auf die Schüsse noch auf die Lautsprecherstimme. Sie achtet nicht auf Ernie Calvert, als er in seinem grünen Kittel, der um seine pumpenden Knie schlabbert, um eine Ecke des Gebäudes kommt. »*Kommt hinten rein!«*, ruft er. *»Das braucht ihr nicht zu tun, ich hab hinten aufgesperrt!«*

Aber die Menge ist auf Einbruchsdiebstahl fixiert. Sie brandet gegen die Türen mit den Aufklebern EINGANG und AUSGANG und DAUERTIEFSTPREISE. Anfangs halten die Schlösser noch, dann geben sie unter dem Gewicht der Menge nach. Die zuerst Angekommenen werden gegen die Türen gedrückt und erleiden teilweise Verletzungen: zwei Rippenbrüche, ein verstauchtes Genick, zwei Armbrüche.

Toby Whelan hebt erneut den Handlautsprecher, dann stellt er ihn vorsichtig, als wäre er zerbrechlich, auf die Motorhaube des Wagens, mit dem Rupe und er gekommen sind. Er hebt seine DEPUTY-Mütze auf, klopft sie ab und setzt sie wieder auf. Rupe und er gehen auf den Supermarkt zu, bleiben dann hilflos stehen. Marty Arsenault und Linda gesellen sich zu ihnen. Linda sieht Marta Edmunds und nimmt sie zu der kleinen Gruppe von Cops mit.

»Was ist passiert?«, fragt Marta benommen. »Hat mich jemand geschlagen? Meine ganze linke Gesichtshälfte brennt. Wer passt auf Judy und Janelle auf?«

»Sie sind heute Morgen bei deiner Schwester«, sagt Linda und umarmt sie tröstend. »Mach dir keine Sorgen.«

»Cora?«

»Wendy.« Cora, Martas ältere Schwester, lebt seit Jahren in Seattle. Linda fragt sich, ob Marta eine Gehirnerschütterung hat. Sie denkt, Dr. Haskell sollte sie untersuchen, aber dann fällt ihr ein, dass Haskell im Leichenraum des Krankenhauses oder im Beerdigungsinstitut Bowie liegt. Rusty ist jetzt auf sich allein gestellt und wird heute sehr viel zu tun bekommen.

Carter ist mit Georgia, die er halb trägt, zu Wagen zwei unterwegs. Sie heult noch immer diese unheimlichen Elchschreiimitationen. Mel Searles ist wieder halbwegs bei Bewusstsein. Frankie fuhrt den Benommenen zu Linda, Marty, Toby und den anderen Cops. Mel versucht den Kopf zu heben und lässt ihn wieder auf die Brust sinken. Aus der Platzwunde auf seiner Stirn quillt Blut; sein Hemd ist damit getränkt.

Leute strömen in den Markt. Sie hasten durch die Gänge,

schieben dabei Einkaufswagen oder schnappen sich Körbe von dem Stapel neben den ausgestellten Holzkohlebriketts (HERBST IST GRILLPARTY-ZEIT! heißt es auf dem Werbeschild). Manuel Ortega, Alden Dinsmores Landarbeiter, und sein guter Freund Dave Douglas begeben sich sofort zu den Registrierkassen, öffnen die Schubladen, stopfen sich die Taschen mit Geld voll und lachen dabei wie verrückt.

Der Supermarkt ist jetzt voll; heute ist Ausverkauf. In der Tiefkühlabteilung streiten sich zwei Frauen um den letzten Zitronenkuchen von Pepperidge Farm; in der Feinkostabteilung schlägt ein Mann einem anderen eine Schlackwurst über den Kopf und fordert ihn auf, etwas von dem gottverdammten Aufschnitt für andere Leute übrig zu lassen. Der Aufschnittkäufer dreht sich um und versetzt dem Wurstschwinger einen Fausthieb auf die Nase. Wenig später wälzen sie sich mit fliegenden Fäusten auf dem Boden.

Weitere Tätlichkeiten folgen. Rance Conroy, Inhaber und einziger Angestellter von Conroy's Western Maine Electrical Service & Supplies *(Service mit einem Lächeln)*, verpasst Brendan Ellerbee, einem emeritierten Naturwissenschaftsprofessor der University of Maine, einen Kinnhaken, als Ellerbee ihm den letzten großen Sack Zucker wegschnappt. Ellerbee sinkt auf die Knie, aber er hält den Fünfkilosack mit Dominos weiter fest, und als Conroy sich über ihn beugt, um sich seine Beute zu nehmen, knurrt Ellerbee: *»Da, nimm!«*, und schlägt ihm den Sack über den Kopf. Der Elektriker, dessen Gesicht weiß wie das eines Pantomimen ist, fällt rückwärts gegen ein Regal und kreischt, *ich kann nichts mehr sehen, ich bin blind!* Carla Venziano, deren Baby in seiner Rückentrage über ihre Schulter glotzt, stößt Henrietta Clavard von dem Regal mit Texmati-Reis weg – ihr kleiner Steven liebt diesen Reis, und er liebt es, mit den leeren Plastikbehältern zu spielen, und Carla ist entschlossen, dafür zu sorgen, dass sie reichlich davon hat. Henrietta, die im Januar vierundachtzig geworden ist, landet schwer auf dem knochigen Körperteil, der früher ihr Hintern war. Lissa Jamieson schubst Will Freeman, den hiesigen Toyota-Händler, beiseite, um an das letzte vakuumverpackte Hähnchen heranzukommen. Bevor sie danach greifen kann, schnappt ein junges Mädchen in einem T-Shirt mit dem Aufdruck PUNK RAGE sich das Hähnchen, steckt Lissa ihre gepiercte Zunge heraus und zieht triumphierend ab.

Auf das Krachen von zersplitterndem Glas folgen begeisterte Hurrarufe, die überwiegend (aber nicht ausschließlich) von Männern kommen. Der Bierkühlschrank ist geknackt worden. Viele Kunden, die sich vielleicht daran erinnern, dass der HERBST GRILLPARTY-ZEIT ist, strömen dorthin. Statt *Auf-ma-CHEN!* skandiert die Menge jetzt: »*Bier! Bier! Bier!*«

Andere Leute strömen ins Lager im Keller und durch den Hinterausgang ins Freie. Schon bald schleppen Männer und Frauen Wein in Kübeln und Kartons hinaus. Einige balancieren Kartons mit *Vino* auf dem Kopf wie eingeborene Träger in einem alten Dschungelfilm.

Julia, deren Schuhe auf Glassplittern knirschen, knipst und knipst und knipst.

Draußen fahren die übrigen Cops von The Mill vor, auch Jackie Wettington und Henry Morrison, die ihren Posten vor dem Gas & Grocery in stillschweigendem Einvernehmen verlassen haben. Sie drängen sich im Hintergrund sorgenvoll mit den anderen Cops zusammen und sehen einfach nur zu. Jackie sieht Linda Everetts kummervolles Gesicht und schließt sie in die Arme. Ernie Calvert stößt zu ihnen und ruft immer wieder: »So unnötig! So völlig unnötig!«, während ihm Tränen über die stoppeligen Wangen laufen.

»Was machen wir jetzt?«, fragt Linda mit ihrer Wange an Jackies uniformierter Schulter. Dicht neben ihr steht Marta, die den Supermarkt mit großen Augen anstarrt und eine Hand vorsichtig an ihre verfärbte, rasch anschwellende linke Gesichtshälfte drückt. Hinter ihnen pulsiert die Food City von Stimmengewirr, Lachen und gelegentlichen Schmerzensschreien. Gegenstände werden geworfen; Linda sieht eine Rolle Klopapier, die sich abrollt wie eine Luftschlange, als sie in hohem Bogen über den Gang mit Haushaltswaren hinwegfliegt.

»Schätzchen«, sagt Jackie, »das weiß ich auch nicht.«

11   Anson griff sich Rose' Einkaufsliste und rannte damit in den Markt, bevor sie ihn aufhalten konnte. Rose zögerte neben dem Lieferwagen ihres Restaurants, ballte die Hände zu Fäusten, streckte die Finger wieder und fragte sich, ob sie ihm hineinfolgen sollte. Sie hatte gerade beschlossen, zu bleiben, wo sie war, als sich ein Arm um ihre Schultern legte. Sie fuhr zusammen, dann drehte sie den Kopf zur Seite und erkannte Barbie. Ihre Erleichterung war so groß, dass sie tatsächlich weiche Knie bekam. Sie umklammerte seinen Arm – teils trostsuchend, aber hauptsächlich, um nicht ohnmächtig zu werden.

Barbie lächelte, wirkte aber gar nicht fröhlich. »Toller Zauber, was?«

»Ich weiß nicht, was ich tun soll«, sagte sie. »Anson ist drinnen ... das sind *alle* ... und die Cops *stehen nur rum.*«

»Die wollen vermutlich nicht noch mehr Prügel beziehen. Was ich ihnen nicht verübeln kann. Diese Aktion war gut geplant und ist perfekt ausgeführt worden.«

»Wie meinst du das?«

»Tut jetzt nichts zur Sache. Willst du versuchen, diese Verrückten zu stoppen, bevor alles noch schlimmer wird?«

»Wie?«

Er hielt den Handlautsprecher hoch, den er im Vorbeigehen von der Motorhaube von Toby Whelans Streifenwagen mitgenommen hatte. Als er ihn Rose geben wollte, wich sie zurück und hob abwehrend die Hände. »Das musst du machen, Barbie.«

»Nein. Du hast sie seit Jahren gefüttert, dich kennen sie, auf dich werden sie hören.«

Sie griff zögernd nach dem Handlautsprecher. »Ich weiß nicht, was ich sagen soll. Mir fällt überhaupt nichts ein, das sie zur Vernunft bringen könnte. Toby Whelan hat's schon versucht. Kein Mensch hat ihn beachtet.«

»Toby hat versucht, Befehle zu geben«, sagte Barbie. »Einem Mob Befehle zu erteilen ist ungefähr so sinnvoll, wie einem Ameisenhaufen Befehle zu geben.«

»Ich weiß trotzdem nicht, was ich ...«

»Ich sag dir vor.« Barbie sprach in gelassenem Ton, was sie

524

beruhigte. Er wandte sich kurz ab, um Linda Everett heranzuwinken. Jackie und sie kamen gemeinsam herüber, die Arme umeinandergelegt.

»Können Sie Ihren Mann erreichen?«, fragte Barbie.

»Wenn sein Handy eingeschaltet ist.«

»Sagen Sie ihm, dass er herkommen soll – am besten mit einem Krankenwagen. Wenn er sich nicht meldet, schnappen Sie sich einen Streifenwagen und fahren zu ihm ins Krankenhaus.«

»Er hat Patienten …«

»Hier hat er auch Patienten. Er weiß es nur noch nicht.« Barbie deutete auf Ginny Tomlinson, die an die Betonwand des Lebensmittelladens gelehnt auf dem Asphalt saß und ihr blutendes Gesicht in den Händen barg. Gina Buffalino und Harriet Bigelow kauerten links und rechts neben ihr, aber als Gina versuchte, die Blutung aus Ginnys radikal veränderter Nase mit einem zusammengelegten Taschentuch zu stoppen, schrie Ginny vor Schmerzen auf und drehte den Kopf weg. »Angefangen bei seiner einzigen ausgebildeten Krankenschwester, wenn ich mich nicht irre.«

»Was tun *Sie* inzwischen?«, fragte Linda, während sie ihr Handy aus der Tasche an ihrem Gürtel zog.

»Rose und ich werden dafür sorgen, dass die Leute Vernunft annehmen. Nicht wahr, Rose?«

12 Rose blieb am Eingang stehen, von dem Chaos vor ihr wie hypnotisiert. Scharfer Essiggeruch, der ihre Augen tränen ließ, hing in der Luft und vermischte sich mit den Aromen von Salzlake und Bier. Das Linoleum von Gang 3 war mit Senf und Ketchup wie mit bunter Kotze bespritzt. Eine aus Zuckerstaub und Mehl bestehende Wolke stieg über Gang 5 auf. Von den Leuten, die ihre beladenen Einkaufswagen hindurchrollten, husteten viele und rieben sich die Augen. Einige der Wagen schlingerten leicht, als sie durch Berge von verschütteten Trockenbohnen geschoben wurden.

»Bleib einen Augenblick hier«, sagte Barbie, obwohl Rose

525

keine Anstalten machte, sich von der Stelle zu bewegen; sie stand nur wie gelähmt da, den Handlautsprecher an ihren Busen gepresst.

Barbie traf Julia dabei an, dass sie Aufnahmen von den geplünderten Registrierkassen machte. »Lassen Sie das und kommen Sie mit«, sagte er.

»Nein, ich muss fotografieren, außer mir ist keiner da. Ich weiß nicht, wo Pete Freeman ist, und Tony …«

»Sie müssen das nicht ablichten, Sie müssen es stoppen. Bevor etwas viel Schlimmeres als das hier passiert.« Er zeigte auf Fern Bowie, der mit einem vollen Einkaufskorb in einer Hand und mit einem Bier in der anderen an ihnen vorbeischlenderte. Aus seiner aufgeplatzten rechten Augenbraue lief ihm Blut übers Gesicht, aber Fern wirkte trotzdem ganz zufrieden.

»Wie?«

Er nahm Julia zu Rose mit. »Kann's losgehen, Rose? Showtime!«

»Ich … nun …«

»Denk daran: *heiter*. Versuch nicht, sie aufzuhalten; versuch nur, die Temperatur zu senken.«

Rose atmete tief durch, dann hob sie den Handlautsprecher an den Mund. »HI, ALLE MITEINANDER, HIER IST ROSE TWITCHELL AUS DEM SWEETBRIAR ROSE.«

Ihre Stimme klang *tatsächlich* heiter, was Barbie ihr hoch anrechnete. Die Leute drehten sich um, als sie ihre Stimme hörten – nicht weil sie dringlich klang, sondern weil sie es im Gegenteil nicht tat. Das hatte Barbie in Tikrit, Falludscha und Bagdad erlebt. Meistens nach Bombenanschlägen an belebten Orten, wenn die Polizei und die Schützenpanzer eintrafen. »BITTE BEENDEN SIE IHRE EINKÄUFE SO SCHNELL UND SO RUHIG WIE MÖGLICH.«

Ein paar Leute schmunzelten darüber, dann sahen sie einander an, als kämen sie eben wieder zu Bewusstsein. Auf Gang 7 half Carla Venziano, vor Scham errötet, Henrietta Clavard wieder auf die Beine. *Hier gibt's reichlich Texmati für uns beide*, sagte Carla sich. *Was hab ich mir bloß dabei gedacht?*

Barbie nickte Rose zu, fortzufahren, und bildete mit den Lippen das Wort *Kaffee.* In der Ferne war das herrliche Sirenengeheul eines herannahenden Krankenwagens zu hören.

»SOBALD SIE FERTIG SIND, FREUE ICH MICH, WENN SIE ZUM KAFFEE INS SWEETBRIAR KOMMEN. ER IST GANZ FRISCH UND GEHT AUFS HAUS.«

Ein paar Leute klatschten. Irgendjemand schrie mit lauter Stimme: » *Wer will Kaffee? Wir haben BIER!*« Die schlagfertige Antwort erntete Jubel und Lachen.

Julia zupfte Barbie am Ärmel. Auf ihrer Stirn stand ein sehr republikanisches Stirnrunzeln, wie er fand. »Sie kaufen nicht ein; sie *stehlen.*«

»Wollen Sie hier einen auf objektive Zeitungschefin machen oder die Leute rausholen, bevor jemand wegen einer Packung Blue-Mountain-Nüsse umgebracht wird?«, fragte er.

Sie dachte darüber nach, dann nickte sie, und ihr Stirnrunzeln machte dem nach innen gekehrten Lächeln Platz, das ihm immer besser gefiel. »Da ist etwas dran, Colonel.«

Barbie wandte sich Rose zu und machte mit einer Hand eine Kurbelbewegung, damit sie weitersprach. Er fing an, mit den beiden Frauen durch die Gänge zu streifen, wobei sie in den fast ausgeplünderten Abteilungen Feinkost und Molkereiprodukte begannen, und hielt Ausschau nach jemandem, der vielleicht aufgeregt genug war, um sich zum Störenfried aufzuschwingen. Aber sie entdeckten niemanden. Rose gewann an Selbstvertrauen, und in dem Markt wurde es ruhiger. Die Leute verließen ihn. Viele schoben mit Diebesgut beladene Einkaufswagen vor sich her, aber Barbie hielt das trotzdem noch für ein gutes Zeichen. Je früher sie wieder draußen waren, desto besser, unabhängig davon, wie viel Scheiß sie mitnahmen … und entscheidend war, dass sie nicht als Diebe, sondern als Kunden bezeichnet wurden. Gab man einem Menschen seine Selbstachtung zurück, bot man ihm dadurch in den meisten Fällen – nicht in allen, aber in den meisten – auch die Chance, wieder halbwegs klar zu denken.

Anson Wheeler, der einen vollen Einkaufswagen schob, gesellte sich zu ihnen. Er wirkte leicht verlegen und blutete an einem Arm. »Irgendwer hat ein Glas Oliven nach mir geworfen«, erklärte er ihnen. »Jetzt rieche ich wie ein italienisches Sandwich.«

Rose übergab den Handlautsprecher Julia, die ihre Aufforderung in demselben freundlichen Tonfall wiederholte: *Liebe Kunden, beendet eure Einkäufe und verlasst den Markt so geordnet wie möglich.*

»Dieses Zeug können wir nicht nehmen«, sagte Rose und deutete auf Ansons Einkaufswagen.

»Aber wir brauchen es, Rosie«, sagte er. Seine Stimme klang entschuldigend, aber fest. »Wir brauchen es wirklich.«

»Gut, dann legen wir das Geld dafür in die Kasse«, sagte sie. »Falls niemand meine Handtasche aus dem Wagen geklaut hat, meine ich.«

»Äh … ich glaube nicht, dass das funktionieren würde«, sagte Anson. »Ein paar Kerle haben Geld aus den Kassen geklaut.« Er hatte gesehen, welche Kerle das gewesen waren, wollte ihre Namen aber nicht nennen. Nicht, solange die Herausgeberin des Lokalblatts neben ihm herging.

Rose war entsetzt. »Was ist hier bloß passiert? Um Himmels willen, was ist hier *passiert*?«

»Weiß ich nicht«, sagte Anson.

Draußen fuhr der Krankenwagen vor, und das Heulen seiner Sirene wurde zu einem Knurren. Ein bis zwei Minuten später, als Barbie, Rose und Julia noch mit dem Handlautsprecher durch die Gänge streiften (die sich jetzt zusehends leerten), sagte jemand hinter ihnen: »So, das reicht. Her mit dem Ding!«

Barbie war nicht überrascht, Chief Randolph zu sehen, der in seiner Paradeuniform herausgeputzt war wie ein Pfau. Hier war er – einen Tag zu spät und mit einem Dollar zu wenig in der Tasche. Genau wie erwartet.

Rose sprach weiter in den Handlautsprecher und warb für den kostenlosen Kaffee im Sweetbriar. Randolph riss ihn ihr aus der Hand und begann sofort, Befehle zu geben und Drohungen auszustoßen.

»VERLASSEN SIE SOFORT DIESEN LADEN! HIER SPRICHT CHIEF PETER RANDOLPH, DER SIE ANWEIST, SOFORT ZU GEHEN. LASSEN SIE FALLEN, WAS SIE IN DER HAND HALTEN, UND GEHEN SIE! HALTEN SIE SICH AN DIESE ANORDNUNG, KÖNNEN SIE VIELLEICHT VERMEIDEN, DASS ANZEIGE GEGEN SIE ERSTATTET WIRD!«

Rose sah bestürzt zu Barbie hinüber. Er zuckte mit den Schultern. Das spielte keine Rolle mehr. Der aufrührerische Geist des Mobs hatte sich verflüchtigt. Die Cops, die noch gehen konnten – selbst Carter Thibodeau, der leicht schwankte –, begannen Leute hinauszuscheuchen. Als einige »Kunden« ihre vollen Einkaufskörbe nicht abstellen wollten, schlugen die Cops mehrere von ihnen nieder, und Frank DeLesseps kippte einen überladenen Einkaufswagen um. Sein Gesicht war grimmig und blass und wütend.

»Wollen Sie nicht veranlassen, dass Ihre Jungs damit aufhören?«, fragte Julia den Chief.

»Nein, Ms. Shumway, das werde ich nicht«, sagte Randolph. »Diese Leute sind Plünderer, die entsprechend behandelt werden.«

»Wessen Schuld ist das? Wer hat den Markt geschlossen?«

»Halten Sie mich nicht länger auf«, sagte Randolph. »Ich habe zu arbeiten.«

»Schade, dass Sie nicht hier waren, als sie eingebrochen haben«, bemerkte Barbie.

Randolph sah ihn an. Sein Blick war unfreundlich, strahlte aber auch Zufriedenheit aus. Barbie seufzte. Irgendwo tickte eine Uhr. Das wusste er, und Randolph wusste es auch. Bald würde der Wecker klingeln. Wäre der Dome nicht gewesen, hätte er flüchten können. Aber ohne den Dome wäre dies alles natürlich nicht passiert.

In der Nähe des Eingangs versuchte Mel Searles Al Timmons einen vollen Einkaufskorb wegzunehmen. Als Al ihn nicht hergeben wollte, riss Mel ihm den Korb weg ... und stieß den älteren Mann dann zu Boden. Al schrie vor Schmerzen, Scham und Empörung auf. Chief Randolph lachte. Das waren kurze, abgehackte, nicht amüsierte Laute – *Ha! Ha!*

Ha! –, aus denen Barbie herauszuhören glaubte, wozu Chester's Mill bald werden würde, wenn die Kuppel nicht verschwand.

»Kommt, Ladys«, sagte er. »Lasst uns hier verschwinden.«

13   Rusty und Twitch reihten die Verletzten – ungefähr ein Dutzend – entlang der Außenwand auf, als Barbie, Julia und Rose aus dem Supermarkt kamen. Anson stand neben dem Kastenwagen des Sweetbriar Rose und hielt ein Papierhandtuch an seinen blutenden Arm gedrückt.

Rusty machte ein grimmiges Gesicht, aber als er Barbie sah, hellte seine Miene sich etwas auf. »He, Sportsfreund, Sie müssen mir heute Vormittag helfen. Tatsächlich sind Sie meine neue examinierte Krankenschwester.«

»Sie überschätzen meine Triagefähigkeiten bei Weitem«, sagte Barbie, ging aber auf Rusty zu.

Linda Everett rannte an Barbie vorbei und warf sich in Rustys Arme. Er drückte sie kurz an sich. »Kann ich dir helfen, Schatz?«, fragte sie. Dabei betrachtete sie Ginny – ihr Blick voller Entsetzen. Ginny sah diesen Blick und schloss müde die Augen.

»Nein«, sagte Rusty. »Du tust, was du tun musst. Ich habe Gina und Harriet, und ich habe Schwester Barbara.«

»Ich tue, was ich kann«, sagte Barbie und hätte beinahe hinzugefügt: *Das heißt, bis ich verhaftet werde.*

»Dafür bin ich Ihnen dankbar«, sagte Rusty. Leiser fügte er hinzu: »Gina und Harriet sind die willigsten Helferinnen der Welt, aber mit mehr als Tabletten auszugeben und Pflaster aufzukleben sind sie überfordert.«

Linda beugte sich über Ginny. »Das tut mir schrecklich leid.«

»Wird schon wieder«, sagte Ginny, aber sie ließ die Augen geschlossen.

Linda küsste ihren Mann, bedachte ihn mit einem sorgenvollen Blick und ging dann zu Jackie Wettington zurück, die mit ihrem Notizblock in der Hand dastand und Ernie Calverts Aussage aufnahm. Ernie wischte sich dabei mehrmals Tränen aus den Augen.

Rusty und Barbie arbeiteten über eine Stunde lang Seite an Seite, während die Cops den Eingangsbereich des Supermarkts mit gelbem Markierungsband absperrten. Irgendwann kam Andy Sanders vorbei, um den Schaden zu begutachten, wobei er den Kopf schüttelte und mit der Zunge schnalzte. Barbie hörte, wie er jemanden fragte, wo es hinführen solle, wenn Einheimische sich zu so etwas hinreißen ließen. Er schüttelte auch Chief Randolph die Hand und versicherte ihm, er leiste verdammt gute Arbeit.

Verdammt gute Arbeit.

14 Für jemanden, der *es fühlt*, gibt es keine Pechsträhnen mehr. Streit wird zu einem Freund. Pech verwandelt sich in maßloses Glück. Diese Dinge nimmt man nicht mit Dankbarkeit entgegen (ein Gefühl, das Weicheiern und Losern vorbehalten ist, fand Big Jim Rennie), sondern als etwas, was einem zusteht. *Es fühlen* bedeutet, über magischen Schwung zu verfügen, und man sollte (wieder nach Big Jims Meinung) damit gebieterisch dahingleiten.

Wäre er etwas früher oder später aus der großen alten Villa der Familie Rennie in der Mill Street getreten, hätte er nicht gesehen, was er sah, und wäre vermutlich gezwungen gewesen, ganz anders mit Brenda Perkins umzugehen. Aber er kam genau im richtigen Augenblick heraus. So war es, wenn man *es fühlte*: Die gegnerische Verteidigung brach auseinander, und man stürmte durch die entstehende magische Lücke und erzielte mühelos seine zwei Punkte.

Es war der rhythmische Ruf *Auf-ma-CHEN! Auf-ma-CHEN!*, der ihn aus seinem Arbeitszimmer lockte, in dem er sich Notizen zu der Notstands-Verwaltung, wie sie heißen sollte, gemacht hatte – nach außen hin mit dem fröhlichen, grinsenden Andy Sanders an der Spitze, während Big Jim die Graue Eminenz bleiben würde. *Solange etwas noch irgendwie funktioniert, gibt's nichts zu reparieren* war die erste Regel in Big Jims politischem Betriebshandbuch, und Andy als

Strohmann zu haben, funktionierte immer fabelhaft. Ganz Chester's Mill wusste, dass Andy ein Idiot war, aber das spielte keine Rolle. Man konnte die Leute immer wieder mit denselben Tricks reinlegen, weil achtundneunzig Prozent von ihnen noch größere Idioten waren. Und obwohl Big Jim nie eine politische Kampagne dieses Umfangs geplant hatte – sie lief auf eine städtische Diktatur hinaus –, bezweifelte er nicht, dass sie funktionieren würde.

Er hatte Brenda Perkins nicht auf seine Liste möglicher Negativ-Faktoren gesetzt, aber das spielte keine Rolle. Wenn man *es fühlte*, lösten Negativ-Faktoren sich von selbst in Luft auf und verschwanden. Auch das akzeptierte man als etwas, was einem zustand.

Er ging auf dem Gehsteig zur Ecke Mill und Main Street, eine Strecke von nicht mehr als hundert Schritten, auf der sein Bauch friedlich vor ihm hin und her schwang. Direkt gegenüber auf der anderen Straßenseite lag der Stadtanger. Etwas weiter hügelabwärts standen sich Rathaus und Polizeistation gegenüber, dazwischen der Platz mit dem Kriegerdenkmal.

Von der Ecke aus war die Food City nicht zu sehen, aber er konnte den gesamten Geschäftsbereich der Main Street überblicken. Und er sah Julia Shumway. Sie kam mit einer Kamera in der Hand aus der Redaktion des *Democrat* gehastet. Sie joggte die Straße entlang auf die skandierenden Stimmen zu und versuchte unterwegs, sich die Kamera über die Schulter zu hängen. Big Jim beobachtete sie. Eigentlich regelrecht komisch, wie eilig sie es hatte, an den Ort der neuesten Katastrophe zu kommen.

Es wurde noch komischer. Sie machte halt, kehrte um, kam zurückgejoggt, rüttelte an der Bürotür, stellte fest, dass sie unverschlossen war, und schloss ab. Dann hastete sie erneut davon, um zuzusehen, wie ihre Freunde und Nachbarn sich schlecht benahmen.

Sie erkennt erstmals, dass die Bestie überall ist und jeden beißen kann, wenn sie erst mal aus dem Käfig ist, dachte Big Jim. *Aber keine Sorge, Julia – ich kümmere mich um dich, wie ich's immer getan habe. Vielleicht musst du den Ton dei-*

nes lästigen Blättchens etwas mäßigen, aber ist das nicht ein geringer Preis für garantierte Sicherheit?

Natürlich war das ein Sonderangebot. Und wenn sie uneinsichtig blieb …

»Manchmal passieren eben Sachen«, sagte Big Jim. Er stand mit seinen Händen in den Hosentaschen an der Ecke und lächelte. Und als er die ersten Schreie … das Geräusch von zersplitterndem Glas … die Schüsse hörte, wurde sein Lächeln breiter. *Sachen passieren eben* – das wäre nicht genau Juniors Ausdruck gewesen, aber Big Jim fand, dass er eine gute Beschreibung war für Herrschaft ohne …

Sein Lächeln wich einem Stirnrunzeln, als er Brenda Perkins entdeckte. Die meisten Leute auf der Main Street waren in Richtung Food City unterwegs, um zu sehen, was der Lärm bedeutete, aber Brenda kam die Main Street *herauf*, statt sie hinunterzugehen. Vielleicht bis zu Jim Rennies Villa herauf … was nichts Gutes bedeuten konnte.

Was könnte sie heute Morgen von mir wollen? Was könnte so wichtig sein, dass es Lebensmittelunruhen im hiesigen Supermarkt übertrifft?

Natürlich war es möglich, dass Brenda überhaupt nicht an ihn dachte, aber sein Radar hatte angesprochen, und er beobachtete sie genau.

Julia und sie gingen auf entgegengesetzten Straßenseiten aneinander vorbei. Keine bemerkte die andere. Julia versuchte zu rennen, während sie mit ihrer Kamera kämpfte. Brenda hatte nur Augen für den leicht heruntergekommenen roten Bau von Burpee's Department Store. In einer Hand hielt sie eine Leinentasche, die in Kniehöhe hing.

Als Brenda das Burpee's erreichte, versuchte sie die Tür zu öffnen, aber das gelang ihr nicht. Sie trat zwei Schritte zurück und sah sich um, wie es Leute tun, die bei der Ausführung eines Plans auf ein unerwartetes Hindernis gestoßen sind und nun überlegen, wie es weitergehen soll. Sie hätte Shumway noch sehen können, wenn sie sich umgedreht hätte, aber das tat sie nicht. Stattdessen sah Brenda nach links und rechts, dann über die Main Street zur Redaktion des *Democrat* hinüber.

Nachdem sie noch einmal an der Tür des Kaufhauses gerüttelt hatte, ging sie zum *Democrat* hinüber und versuchte
dort ihr Glück. Auch diese Tür war natürlich abgeschlossen,
wie Big Jim beobachtet hatte. Brenda versuchte es erneut,
rüttelte sogar auch an der Klinke. Sie klopfte an. Spähte
durch den Glaseinsatz der Tür. Dann trat sie zurück und
stemmte beide Arme in die Hüften, sodass die Leinentasche
baumelte. Als sie weiter die Main Street heraufkam – mit
schleppenden Schritten, ohne sich dabei umzusehen –, zog
Big Jim sich rasch in sein Haus zurück. Er wusste nicht, weshalb Brenda nicht sehen sollte, dass er sie beobachtete ...
aber das *brauchte* er nicht zu wissen. Wenn man *es fühlte*,
musste man sich nur auf seinen Instinkt verlassen. Das war
das Schöne daran.

Er *wusste* jedoch, dass er bereit sein würde, falls Brenda an
seine Tür klopfte. Ganz gleich, was sie wollte.

15   *Ich möchte, dass Sie diesen Ausdruck morgen früh
in einen Umschlag stecken und Julia Shumway bringen,*
hatte Barbie gesagt. Aber die Redaktion des *Democrat* war
zugeschlossen und dunkel. Julia war bestimmt bei der Randale, die es vor dem Supermarkt zu geben schien. Pete Freeman und Tony Guay vermutlich auch.

Was sollte sie also mit Howies VADER-Datei machen?
Hätte es einen Briefeinwurf gegeben, hätte sie den braunen
Umschlag aus ihrer Tragetasche vielleicht hineingesteckt.
Aber es *gab* hier keinen Einwurf.

Brenda nahm an, dass sie wohl am besten entweder Julia
vor dem Supermarkt suchen oder nach Hause gehen und abwarten sollte, bis die Dinge sich wieder beruhigten und Julia
in die Redaktion zurückkam. Weil sie in keiner besonders
logischen Stimmung war, gefiel ihr keine dieser beiden Möglichkeiten. Was Erstere betraf, schien vor der Food City ein
regelrechter Aufruhr ausgebrochen zu sein, in den Brenda
nicht hineingesaugt werden wollte. Und was Letztere betraf ...

Das war eindeutig die bessere Wahl. Die *vernünftigere*

534

Wahl. War *Alles fällt dem zu, der warten kann* nicht eine von Howies liebsten Redensarten gewesen?

Aber das Warten war nie Brendas Stärke gewesen, und auch von ihrer Mutter kannte sie eine Redensart: *Tu's gleich, dann bist du's los.* Genau das würde sie jetzt tun. Ihn mit den Vorwürfen konfrontieren, sich seine Phrasendrescherei, sein Leugnen, seine Rechtfertigungsversuche anhören und ihn dann vor die Wahl stellen: zugunsten von Dale Barbara zurückzutreten oder im *Democrat* alles über seine Verfehlungen zu lesen. Für sie war diese Konfrontation eine bittere Medizin, die man am besten rasch schluckte, damit man sich den Mund ausspülen konnte. Sie hatte vor, als Mundwasser einen doppelten Bourbon zu verwenden – und sie würde damit auch nicht bis Mittag warten.

Allerdings …

Gehen Sie nicht allein hin. Auch das hatte Barbie gesagt. Und als er gefragt hatte, wem sie sonst noch vertraue, hatte sie Romeo Burpee genannt. Aber Burpee's Department Store war ebenfalls geschlossen. Wie sollte sie sich also verhalten?

Die Frage war, ob Big Jim ihr körperlich etwas antun würde oder nicht, und sie dachte, dass er's nicht tun würde. Auch wenn Barbie sich ihretwegen Sorgen machte – Sorgen, an denen bestimmt seine Kriegserlebnisse schuld waren –, glaubte sie zumindest körperlich vor Big Jim sicher zu sein. Das war eine schreckliche Fehleinschätzung ihrerseits, die aber verständlich war; sie war nicht die Einzige, die sich an die Vorstellung klammerte, die Welt sei noch so wie vor dem Hereinbrechen der Kuppel.

16   Nun musste sie noch das Problem mit der VADER-Datei lösen.

Auch wenn Brenda vielleicht mehr Angst vor Big Jims Zunge als vor einem tätlichen Angriff hatte, wusste sie, dass es verrückt gewesen wäre, mit diesem Ausdruck unter dem Arm bei ihm aufzukreuzen. Er konnte ihn ihr wegnehmen, selbst wenn sie behauptete, dies wäre nicht das einzige Exemplar. *Das* traute sie ihm durchaus zu.

Auf halber Höhe des Town Common Hills erreichte sie die Prestile Street, die parallel zur Obergrenze des Stadtangers verlief. Das erste Haus gehörte den McCains. In dem zweiten wohnte Andrea Grinnell. Und obwohl Andrea im Stadtverordneten-Ausschuss meist im Schatten ihrer beiden Kollegen stand, wusste Brenda, dass sie ehrlich war und Big Jim nicht leiden konnte. Seltsamerweise war es Andy Sanders, vor dem Andrea eher einen Kotau machte, auch wenn Brenda nicht begriff, wie irgendjemand *ihn* ernst nehmen konnte.

Vielleicht hat er sie durch irgendwas in der Hand, sagte Howies Stimme in ihrem Kopf.

Brenda hätte beinahe laut gelacht. Lächerlich! Das Entscheidende an Andrea war, dass sie eine Twitchell gewesen war, bevor Tommy Grinnell sie geheiratet hatte, und alle Twitchells waren zäh, selbst die schüchternen. So gelangte Brenda zu der Überzeugung, dass sie den Umschlag mit dem VADER-Ausdruck bei Andrea zurücklassen konnte ... falls *ihr* Haus nicht ebenfalls zugeschlossen und leer war. Aber das war unwahrscheinlich. Hatte sie nicht von jemandem gehört, Andrea liege mit einer Grippe im Bett?

Auf ihrem Weg über die Main Street übte Brenda ein, was sie sagen würde: *Kannst du diesen Umschlag für mich aufbewahren? Ich hole ihn in ungefähr einer halben Stunde wieder ab. Falls ich ihn nicht mehr holen komme, bringst du ihn Julia in die Redaktion. Und sorge dafür, dass Dale Barbara davon erfährt.*

Und wenn sie gefragt wurde, was die ganze Geheimnistuerei soll? Brenda entschied sich für Offenheit. Die Mitteilung, dass sie vorhatte, Jim Rennie zum Rücktritt zu zwingen, würde Andrea wahrscheinlich mehr helfen als eine doppelte Dosis Theraflu.

Obwohl Brenda es eilig hatte, ihre unerfreuliche Aufgabe hinter sich zu bringen, blieb sie kurz vor dem Haus der McCains stehen. Es wirkte verlassen, hatte aber zugleich etwas Eigenartiges an sich. Viele Familien waren außerhalb der Stadt gewesen, als die Kuppel hier gelandet war – daran lag es nicht. Eher an dem schwachen Geruch, als würde dort drinnen das Essen verderben. Plötzlich erschien ihr der Tag heißer, die Luft drückender, und die Geräusche der Randale vor der Food City schienen weit entfernt zu sein. Nun erkannte Brenda den wahren Grund für ihr Unbehagen: Sie fühlte sich beobachtet. Sie stand da und sinnierte darüber, wie sehr diese Fenster mit den herabgelassenen Jalousien geschlossenen Augen glichen. Aber nicht ganz geschlossenen, nein. *Blinzelnden* Augen.

Schluss damit, Brenda. Du hast Wichtigeres zu tun.

Sie ging weiter zu Andreas Haus und blieb unterwegs noch einmal stehen, um einen Blick über die Schulter zu werfen. Sie sah nichts als ein Haus mit herabgelassenen Jalousien, das düster im milden Gestank seiner verderbenden Vorräte stand. Nur Fleisch roch so rasch so schlecht. Henrys und LaDonnas Gefrierschrank muss mit Fleisch vollgestopft sein, überlegte sie sich.

17   Es war Junior, der Brenda beobachtete: Junior auf den Knien; Junior, der nur seine Unterhose trug und dessen Kopf hämmerte und dröhnte. Er beobachtete sie aus dem Wohnzimmer, in dem er den Vorhang einen kleinen Spalt weit aufgezogen hatte. Als sie fort war, ging er zurück in die Speisekammer. Er würde seine Freundinnen bald hergeben müssen, das wusste er, aber vorerst wollte er sie um sich haben. Und er wollte die Dunkelheit. Er wollte sogar den Gestank, der von ihrer sich schwarz verfärbenden Haut aufstieg.

Alles, alles, was seine tobenden Kopfschmerzen mildern konnte.

18   Nach dreimaligem Drehen der altmodischen Türklingel fand Brenda sich damit ab, nun doch nach Hause gehen zu müssen. Aber als sie sich abwandte, hörte sie schlurfende langsame Schritte, die sich von innen der Haustür näherten. Sie setzte ein kleines *Hallo Nachbarin*-Lächeln auf. Es gefror förmlich, als sie Andrea sah: mit blassen

Wangen, dunklen Schatten unter den Augen, unfrisiert, den Gürtel ihres Bademantels, unter dem sie einen Pyjama trug, festziehend. Und auch dieses Haus stank – nicht nach verwesendem Fleisch, sondern nach Fäkalien und Erbrochenem.

Andreas Lächeln war so matt, wie ihre Wangen und ihre Stirn bleich waren. »Ich weiß, wie ich aussehe«, sagte sie. Ihre Worte kamen als Krächzen heraus. »Ich bitte dich lieber nicht herein. Ich befinde mich auf dem Weg der Besserung, bin aber vielleicht noch immer ansteckend.«

»Warst du bei Doktor …« Nein, natürlich nicht. Dr. Haskell war tot. »Warst du bei Rusty Everett?«

»Ja, war ich«, sagte Andrea. »Alles soll bald wieder besser werden, wie ich höre.«

»Du schwitzt.«

»Noch ein bisschen Fieber, aber das vergeht schon. Kann ich irgendwas für dich tun, Bren?«

Sie sagte fast Nein – sie wollte keine offensichtlich noch kranke Frau mit der Verantwortung für etwas wie den Inhalt ihrer Tragetasche belasten –, aber dann sagte Andrea etwas, was sie ihre Meinung ändern ließ. Große Ereignisse haben oft kleine Ursachen.

»Das mit Howie tut mir so leid. Ich habe diesen Mann geliebt.«

»Danke, Andrea.« *Nicht nur für das Beileid, sondern dafür, dass du ihn nicht Duke, sondern Howie genannt hast.*

Für Brenda war er immer Howie gewesen, ihr geliebter Howie, und die VADER-Datei war sein letztes Werk. Vermutlich sein größtes Werk. Brenda hatte plötzlich das Bedürfnis, es in die Tat umzusetzen. Sie griff in die Leinentasche und zog den Umschlag heraus, der auf der Vorderseite den Namen Julia Shumway trug. »Bewahrst du den für mich auf, meine Liebe? Nur für kurze Zeit? Ich habe etwas zu erledigen und möchte ihn nicht mitnehmen.«

Brenda hätte alle Fragen dazu beantwortet, aber Andrea hatte anscheinend keine. Sie nahm den dicken Umschlag nur mit einer Art geistesabwesender Höflichkeit entgegen. Und das war in Ordnung. Es sparte Zeit. Außerdem gehörte Andrea so nicht zu den Mitwissern, was ihr später politischen Druck ersparen konnte.

»Das tue ich gern«, sagte Andrea. »Und jetzt … wenn du mich bitte entschuldigst … ich glaube, ich lege mich wieder hin. Aber ich schlafe nicht!«, fügte sie hinzu, als hätte Brenda gegen dieses Vorhaben protestiert. »Ich hör dich, wenn du zurückkommst.«

»Danke«, sagte Brenda. »Trinkst du Säfte?«

»Literweise. Lass dir Zeit, Schatz – ich passe auf deinen Umschlag auf.«

Brenda wollte ihr nochmals danken, aber die Dritte Stadtverordnete von Chester's Mill hatte die Haustür bereits wieder geschlossen.

19   Gegen Ende ihres Gesprächs mit Brenda begann Andreas Magen zu rebellieren. Sie kämpfte dagegen an, aber das war ein Kampf, den sie verlieren würde. Sie brabbelte etwas davon, sie würde Säfte trinken, ermutigte Brenda, sich Zeit zu lassen, machte der armen Frau dann die Tür vor der Nase zu und rannte in ihr stinkendes Badezimmer, wobei sie tief in der Kehle Würgegeräusche machte.

Im Wohnzimmer stand neben dem Sofa ein Beistelltisch, auf den Andrea im Vorbeilaufen den braunen Umschlag warf, ohne hinzusehen. Der Umschlag rutschte über die glattpolierte Oberfläche und fiel auf der anderen Seite in den dunklen Spalt zwischen Tisch und Sofa.

Andrea schaffte es ins Bad, aber nicht zum Klo … was vielleicht nur gut war, weil es fast bis oben mit der stehenden, übelriechenden Brühe angefüllt war, die ihr Körper in der vergangenen endlosen Nacht ausgeschieden hatte. Stattdessen beugte sie sich übers Waschbecken und übergab sich, bis sie das Gefühl hatte, ihre Speiseröhre müsse herausgewürgt werden und noch warm und pulsierend auf dem bespritzten Sanitärporzellan liegen bleiben.

Dazu kam es nicht, aber die Welt wurde grau und taumelte wie auf Stöckelschuhen von ihr fort, wurde kleiner und weniger greifbar, während Andrea schwankte und versuchte,

539

nicht ohnmächtig zu werden. Als sie sich etwas besser fühlte, ging sie mit weichen Knien langsam den Flur entlang, wobei sie eine Hand über die Wandtäfelung gleiten ließ, um das Gleichgewicht zu halten. Sie zitterte wie vor Kälte und konnte ihr nervöses Zähneklappern hören – ein grausiges Geräusch, das sie jedoch nicht mit den Ohren, sondern dem Augenhintergrund aufzunehmen schien.

Sie versuchte nicht einmal, ihr Schlafzimmer im ersten Stock zu erreichen, sondern ging auf die Veranda mit den Fliegengitterfenstern hinaus. Ende Oktober hätte es auf der Veranda zu kalt sein sollen, aber heute war die Luft schwülwarm. Sie streckte sich weniger auf der alten Chaiselongue aus, als dass sie in ihre muffige, aber irgendwie tröstliche Umarmung sank.

Ich stehe gleich wieder auf, nahm sie sich vor. *Hole die letzte Flasche Poland Spring aus dem Kühlschrank und spüle damit diesen schrecklichen Geschmack aus meinem ...*

Aber hier stahlen ihre Gedanken sich davon. Sie versank in tiefen Schlaf, aus dem nicht einmal das ruhelose Zucken ihrer Hände oder Füße sie wecken konnte. Sie hatte viele Träume. In einem sah sie ein schreckliches Feuer, vor dem Menschen würgend und keuchend flüchteten, um vielleicht irgendwo Luft zu finden, die noch kühl und sauber war. In einem anderen klingelte Brenda Perkins an ihrer Haustür und übergab ihr einen dicken Umschlag. Andrea öffnete ihn und löste damit eine wahre Lawine von rosa Oxycontin-Tabletten aus. Als sie wieder aufwachte, war es Abend, und die Träume waren vergessen.

Genau wie Brenda Perkins' Besuch.

20   »Kommen Sie, wir gehen in mein Arbeitszimmer«, sagte Big Jim freundlich. »Oder möchten Sie erst etwas trinken? Ich habe Cola da, fürchte aber, dass es ein bisschen warm ist. Mein Stromaggregat hat gestern den Geist aufgegeben. Kein Propan mehr.«

»Aber ich denke, dass Sie wissen, wo Sie sich welches besorgen können«, sagte sie.

Er zog fragend die Augenbrauen hoch.

»Das Methamphetamin, das Sie herstellen«, sagte sie geduldig. »Wie ich Howies Unterlagen entnehme, kochen Sie es in großen Chargen. ›In schwindelerregenden Mengen‹ – so hat er's ausgedrückt. Dafür braucht man bestimmt viel Flüssiggas.«

Nachdem sie nun tatsächlich angefangen hatte, stellte sie fest, dass ihre Nervosität sich verflüchtigt hatte. Sie fand sogar ein gewisses kaltes Vergnügen daran, zu beobachten, wie aufsteigende Röte seine Wangen erfasste und dann über seine Stirn huschte.

»Ich habe keine Ahnung, wovon Sie reden. Ich denke, dass Ihre Trauer ...« Er breitete seufzend seine Hände mit den dicken Fingern aus. »Kommen Sie herein. Wir unterhalten uns darüber, und ich werde Sie beruhigen.«

Sie lächelte. Dass sie lächeln *konnte*, war eine gewisse Offenbarung, aber noch hilfreicher war die Vorstellung, dass Howie sie beobachtete ... von irgendwoher. Und er ermahnte sie, vorsichtig zu sein. Das war ein Ratschlag, den sie befolgen wollte.

Auf dem Rasen vor Rennies Villa standen zwei Gartensessel aus Zedernholz im Herbstlaub. »Mir gefällt's hier draußen ziemlich gut«, sagte sie.

»Geschäftliches bespreche ich lieber drinnen.«

»Möchten Sie Ihr Foto auf der Titelseite des *Democrat* sehen? Das kann ich nämlich arrangieren.«

Er fuhr zusammen, als hätte sie ihn geschlagen, und sie sah sekundenlang Hass in diesen kleinen, tief in ihren Höhlen liegenden Schweinsaugen. »Duke konnte mich nie leiden, und wahrscheinlich ist es ganz natürlich, dass er dieses Gefühl auf ...«

»Er hieß *Howie*!«

Big Jim warf die Hände hoch, als wollte er sagen, mit manchen Frauen sei einfach nicht vernünftig zu reden, und führte sie zu den Gartensesseln mit Blick auf die Mill Street.

Brenda Perkins sprach fast eine halbe Stunde lang, wobei sie immer eisiger und zorniger wurde. Das Meth-Labor mit Andy Sanders und – ziemlich sicher – Lester Coggins als stillen Teilhabern. Die erstaunliche Größe des Labors. Seine vermutliche Lage. Die Vertriebsagenten auf mittlerer Ebene, denen Straffreiheit gegen Informationen zugesichert worden war. Die verschlungenen Wege des Geldes. Wie das Unternehmen so groß geworden war, dass der hiesige Apotheker die benötigten Chemikalien nicht mehr ohne Weiteres bestellen konnte, was dann Importe aus Übersee bedingte.

»Das Zeug ist von Lieferwagen der Gideon Bible Society in die Stadt gebracht worden«, sagte Brenda. »›Oberschlau‹, war Howies Kommentar dazu.«

Big Jim sah auf die ruhige Wohnstraße hinaus. Sie konnte seine Wut und seinen Hass spüren wie Hitzewellen. Er strahlte sie ab wie ein frisch aus dem Rohr geholter Schmortopf.

»Sie können nichts davon beweisen«, sagte er schließlich.

»Darauf kommt es nicht an, wenn Howies Dossier im *Democrat* veröffentlicht wird. Das wäre kein ordentliches Verfahren, aber wenn jemand Verständnis dafür hat, dass auf diese Kleinigkeit verzichtet wird, dann doch sicher Sie.«

Er machte eine wegwerfende Handbewegung. »Oh, er hatte bestimmt ein *Dossier*«, sagte er, »aber mein Name taucht nirgends auf.«

»Er steht in der Gründungsurkunde von Town Ventures«, sagte sie, und Big Jim sackte in seinem Sessel zusammen, als hätte sie ihn mit einem Fausthieb an der Schläfe getroffen. »Town Ventures, eine in Carson City eingetragene Gesellschaft. Und aus Nevada führt die Geldfährte nach Chongqing City, dem Pharmazentrum der Volksrepublik China.« Sie lächelte. »Sie haben sich für clever gehalten, nicht wahr? Für so clever.«

»Wo ist dieses Dossier?«

»Eine Kopie davon habe ich heute Morgen bei Julia hinterlegt.« Andrea wollte sie auf keinen Fall mit in diese Sache hineinziehen. Und wenn er glauben musste, dass die Redakteurin das belastende Material hatte, würde er umso rascher parieren. Im anderen Fall hätte er vermutlich geglaubt, Andy Sanders oder er könnte Andrea beschwatzen.

»Gibt es noch mehr Kopien?«

»Was glauben Sie?«

Er überlegte einen Augenblick, dann sagte er: »Ich hab es von der Stadt ferngehalten.«

Sie sagte nichts.

»Es war zum *Wohl* der Stadt.«

»Sie haben viel fürs Wohl der Stadt getan, Jim. Wir haben noch die Kanalisation von neunzehnhundertsechzig, der Chester Pond ist eine Kloake, der Geschäftsbezirk verödet allmählich ...« Sie saß jetzt aufrecht, hielt ihre Sessellehnen umklammert. »Sie gottverdammter selbstgerechter Scheißkerl!«

»Was wollen Sie?« Er starrte an ihr vorbei auf die leere Straße hinaus.

»Sie müssen Ihren Rücktritt erklären. Barbie übernimmt im Auftrag des Präsidenten die ...«

»Ich trete niemals zugunsten *dieses* Baumwollpflückers zurück.« Er wandte sich ihr zu. Dabei lächelte er. Es war ein schreckliches Lächeln. »Sie haben nichts bei Julia hinterlegt, weil Julia zum Supermarkt gelaufen ist, um sich die Lebensmittelunruhen aus der Nähe zu betrachten. Vielleicht haben Sie Dukes Dossier irgendwo weggesperrt, aber Sie haben *nirgendwo* ein Exemplar hinterlegt. Sie haben es bei Rommie versucht, Sie haben es bei Julia versucht, dann sind Sie hergekommen. Ich habe Sie den Town Common Hill heraufkommen sehen.«

»Doch, das habe ich«, sagte sie. »Ich hatte eine Kopie.« Und wenn sie ihm erzählte, wem sie das Exemplar zur Aufbewahrung übergeben hatte? Pech für Andrea. Sie begann aufzustehen. »Sie haben Ihre Chance gehabt. Jetzt gehe ich.«

»Ihr zweiter Fehler war, dass Sie dachten, draußen in der Nähe der Straße sicher zu sein. An einer *leeren* Straße.« Seine Stimme klang fast freundlich, und als er sie am Arm berührte, wandte sie sich ihm zu. Er umfasste ihren Kopf mit beiden Händen. Und ruckte daran.

Brenda Perkins hörte ein scharfes Knacken, als bräche ein mit Eis überlasteter Zweig ab, folgte diesem Laut in eine große Dunkelheit und versuchte dabei noch, den Namen ihres Mannes zu rufen.

21 Big Jim ging ins Haus und holte aus dem Schrank in der Diele eine *Jim Rennie's Used Cars*-Baseballmütze. Und ein Paar Handschuhe. Und aus der Speisekammer einen Kürbis. Brenda, deren Kinn auf ihre Brust gesunken war, saß weiter in ihrem Gartensessel. Er sah sich um. Niemand. Die Welt gehörte ihm. Er setzte ihr die Mütze auf (mit tief ins Gesicht gezogenem Schirm), zog ihr die Handschuhe an und legte ihr den Kürbis in den Schoß. So konnte sie ohne Weiteres bleiben, fand er, bis Junior zurückkam und sie dorthin brachte, wo sie auf Dale Barbaras Mordliste gesetzt werden konnte. Bis dahin war sie nur eine weitere ausgestopfte Halloween-Puppe.

Er durchsuchte ihre Leinentasche. Sie enthielt ihre Geldbörse, einen Kamm und einen Taschenbuchroman. Womit das wohl geklärt wäre. Die Tasche würde unten im Keller hinter dem alten Ofen ein schönes Plätzchen finden.

Er ließ sie mit schräg aufgesetzter Mütze und dem Kürbis auf ihrem Schoß sitzen und ging wieder hinein, um die Tasche beiseitezuschaffen und dann auf seinen Sohn zu warten.

IM KNAST

1 Die Vermutung des Stadtverordneten Rennie, niemand habe gesehen, wie Brenda an diesem Morgen zu ihm gekommen war, traf zu. Aber sie *wurde* auf ihrem morgendlichen Weg gesehen – nicht nur von einer Person, sondern von dreien, darunter einer, die selbst in der Mill Street wohnte. Hätte Big Jim gezögert, wenn er das gewusst hätte? Zweifelhaft; inzwischen war er auf seinen Kurs festgelegt, und für eine Umkehr war es zu spät. Aber es hätte ihn vielleicht dazu gebracht, sich Gedanken (denn er *war* auf seine Weise ein nachdenklicher Mann) über die Ähnlichkeit von Mord mit Kartoffelchips zu machen: Es ist schwer aufzuhören, wenn man mal mit einem angefangen hat.

2 Big Jim sah die Beobachter nicht, als er zur Ecke Mill und Main Street herunterkam. Auch Brenda sah sie nicht, als sie den Town Common Hill hinaufging. Das kam daher, dass sie nicht gesehen werden wollten. Sie hielten sich auf dem äußersten Rand der Peace Bridge versteckt, die wegen Einsturzgefahr gesperrt war. Aber das war noch nicht das Schlimmste. Hätte Claire McClatchey die Zigaretten gesehen, hätte sie sich vor Sorge in die Hose gemacht. Genaugenommen hätte sie sich doppelt vollgeschissen. Und sie hätte Joe bestimmt nicht erlaubt, weiter Norrie Calverts Kumpel zu sein, nicht mal, wenn das Schicksal der Stadt von ihrer Verbindung abhing, denn Norrie hatte die Glimmstängel mitgebracht – ganz krumme und zerdrückte Winstons, die sie auf einem Garagenregal gefunden hatte. Ihr Vater hatte sich letztes Jahr das Rauchen abgewöhnt, und die Schachtel war mit einer dünnen Staubschicht bedeckt, aber die Zigaretten darin waren Norrie okay vorgekommen. Es waren nur drei, aber drei waren ideal: eine für jeden. Stellt es euch als glückbringendes Ritual vor, wies sie die beiden an.

»Wir rauchen wie Indianer, die die Götter um Jagdglück bitten. Dann machen wir uns an die Arbeit.«

»Klingt gut«, sagte Joe. Das Rauchen hatte ihn schon immer neugierig gemacht. Er konnte nichts daran finden, aber es musste irgendeinen Reiz haben, weil noch so viele Leute rauchten.

»Welche Götter?«, fragte Benny Drake.

»Die Götter deiner Wahl«, antwortete Norrie und bedachte ihn mit einem Blick, als wäre er der größte Trottel des Universums. »Den *lieben* Gott, wenn dir der gefällt.« In ihren ausgebleichten Shorts aus Jeansstoff und einem trägerlosen rosa Top, zu dem sie ihre Haare ausnahmsweise lang trug, sodass sie ihr apartes schmales Gesicht umrahmten, statt zu dem gewohnten Stadtbummel-Pferdeschwanz zusammengefasst zu sein, gefiel sie beiden Jungs. Tatsächlich fanden sie Norrie total umwerfend. »*Ich* bete zu Wonder Woman.«

»Wonder Woman ist keine Göttin«, sagte Joe, indem er nach einer der ältlichen Winstons griff und sie geradebog. »Wonder Woman ist ein Superheld.« Er überlegte. »Na ja, eine Super*heldin.*«

»Für mich ist sie eine Göttin«, erwiderte Norrie mit aufrichtigem Ernst, dem man nicht widersprechen konnte, geschweige denn, sich darüber lustig machen. Sie bog ihre eigene Zigarette sorgfältig gerade. Benny ließ seine, wie sie war; er fand, eine krumme Zigarette besitze einen gewissen Coolnessfaktor. »Bis ich neun war, hatte ich Power-Armreifen von Wonder Woman, aber dann hab ich sie verloren. Ich glaube, dass Yvonne Nedau, dieses Luder, sie mir gestohlen hat.«

Sie riss ein Zündholz an und hielt es erst an Scarecrow Joes Zigarette, dann an Bennys. Als sie damit auch die eigene anzünden wollte, blies Benny die Flamme aus.

»Wozu hast du das gemacht?«, fragte sie.

»Drei mit einem Streichholz. Bringt Unglück.«

»Du *glaubst* daran?«

»Nicht sehr«, sagte Benny, »aber heute werden wir alles Glück brauchen, das wir kriegen können.« Er sah zu der Tragetasche im Lenkstangenkorb seines Fahrrads hinüber, dann zog er an seiner Zigarette. Er inhalierte ein bisschen, hustete aber den Rauch, der seine Augen tränen ließ, sofort wieder aus. »Das schmeckt wie Pantherscheiße!«

»Davon hast du schon viel geraucht, was?«, fragte Joe. Er zog an der eigenen Zigarette. Er wollte nicht als Schlappschwanz dastehen, aber er wollte auch nicht husten oder sich gar übergeben müssen. Der Rauch brannte, aber irgendwie nicht unangenehm. Vielleicht war an dieser Sache doch etwas dran. Nur fühlte er sich schon leicht schwindlig.

Übertreib's nicht mit dem Inhalieren, dachte er. *Umkippen wäre fast so uncool wie Kotzen.* Außer man würde auf Norrie Calverts Schoß bewusstlos. Das könnte echt cool sein.

Norrie griff in eine Tasche ihrer Shorts und zog die Verschlusskappe einer Verifine-Saftflasche heraus. »Die können wir als Aschenbecher nehmen. Ich will das indianische Rauchritual durchführen, aber dabei nicht die Peace Bridge anzünden.« Dann schloss sie die Augen. Ihre Lippen begannen sich zu bewegen. Die Asche der Zigarette zwischen ihren Fingern wurde länger.

Benny sah zu Joe hinüber, zuckte mit den Schultern und schloss dann ebenfalls die Augen. »Allmächtiger GI Joe, erhöre das Gebet deines bescheidenen Gefreiten Drake ...«

Norrie gab ihm einen Tritt, ohne die Augen zu öffnen.

Joe stand auf (etwas benommen, aber nicht allzu schlimm; im Stehen riskierte er einen weiteren Zug) und ging an ihren abgestellten Fahrrädern vorbei zum anderen Ende der überdachten Fußgängerbrücke, von dem aus man den Stadtanger sehen konnte.

»Wohin gehst du?«, fragte Norrie – noch immer mit geschlossenen Augen.

»Ich kann besser beten, wenn ich in die Natur blicke«, sagte Joe, aber in Wirklichkeit wollte er nur etwas frische Luft schnappen. Das lag nicht an dem brennenden Tabak;

dieser Duft gefiel ihm irgendwie. Schuld daran waren die sonstigen Gerüche unter dem Brückendach: moderndes Holz, alter Schnaps und ein saurer Chemiedunst, der aus dem Prestile aufzusteigen schien (diesen Geruch konnte man lieben lernen, hätte der Chef ihm vielleicht gesagt).

Sogar die Luft außerhalb war nicht so berühmt; sie machte einen etwas *gebrauchten* Eindruck, was Joe an New York erinnerte, wo er letztes Jahr mit seinen Eltern gewesen war. Die U-Bahn hatte immer so gerochen – vor allem am Spätnachmittag, wenn sie mit Heimfahrern überfüllt war.

Er klopfte Zigarettenasche in seine Hand. Als er sie verstreute, entdeckte er Brenda Perkins auf ihrem Weg den Hügel hinauf.

Im nächsten Augenblick berührte eine Hand seine Schulter. Zu zart und leicht, um Bennys zu sein. »Wer ist das?«, fragte Norrie.

»Ich kenn das Gesicht, weiß aber nicht, wie sie heißt«, sagte er.

Benny gesellte sich zu ihnen. »Das ist Mrs. Perkins. Die Witwe des Sheriffs.«

Norrie stieß ihn mit dem Ellbogen an. »Polizeichefs, Dummie.«

Benny zuckte mit den Schultern. »Was auch immer.«

Sie beobachteten Brenda vor allem deshalb, weil es sonst niemanden zu beobachten gab. Der Rest der Stadt hatte sich vor dem Supermarkt zusammengerottet, wo die größten Lebensmittelunruhen der Welt stattzufinden schienen. Die drei hatten sich dafür interessiert, aber nur aus der Ferne; sie brauchten keine Ermahnung, sich dort fernzuhalten. Angesichts des kostbaren Geräts, das ihnen anvertraut worden war, blieben sie freiwillig auf Abstand.

Brenda überquerte die Main Street, um zur Prestile Street zu gelangen, blieb kurz vor dem Haus der McCains stehen und ging dann zu Mrs. Grinnells Haus weiter.

»Kommt, wir müssen los«, sagte Benny.

»Wir *können* nicht los, bevor sie weg ist«, sagte Norrie.

Benny zuckte wieder mit den Schultern. »Was wäre dabei? Wenn sie uns sieht, sind wir nur ein paar Kids, die sich auf dem Stadtanger herumtreiben. Und wisst ihr was? Sie würde uns vermutlich nicht mal sehen, wenn sie uns ansähe. Erwachsene sehen Jugendliche *niemals*.« Er dachte darüber nach. »Außer sie sind auf Skateboards.«

»Oder sie rauchen«, fügte Norrie hinzu. Die drei betrachteten ihre Zigaretten.

Joe wies mit dem Daumen auf die Tragetasche in dem Drahtkorb, der an der Lenkstange von Bennys Schwinn High Plains hing. »Sie neigen auch dazu, Kids zu sehen, die sich mit teuren Geräten aus städtischem Besitz herumtreiben.«

Norrie ließ ihre Zigarette im Mundwinkel hängen. So sah sie wunderbar tough, wunderbar hübsch und wunderbar *erwachsen* aus.

Das Trio beobachtete weiter. Die Witwe des Polizeichefs sprach jetzt mit Mrs. Grinnell. Das Gespräch dauerte nicht lange. Auf den Stufen zur Haustür hinauf hatte Mrs. Perkins einen großen braunen Umschlag aus ihrer Tragetasche gezogen, und sie beobachteten jetzt, wie sie ihn Mrs. Grinnell übergab. Wenige Sekunden später knallte Mrs. Grinnell ihrer Besucherin mehr oder weniger die Haustür vor der Nase zu.

»Puh, das war ungezogen«, sagte Benny. »Zwei Stunden Arrest.«

Joe und Norrie lachten.

Mrs. Perkins blieb noch einen Augenblick wie perplex stehen, dann ging sie wieder die Stufen hinunter. Dabei lag der Stadtanger vor ihr, und die drei traten unwillkürlich tiefer in die Schatten der Brücke zurück. So verloren sie sie aus den Augen, aber Joe fand einen geeigneten Spalt in der Holzverkleidung und spähte hindurch.

»Geht zur Main zurück«, berichtete er. »Okay, jetzt geht sie weiter den Hügel hinauf … jetzt überquert sie nochmal die Straße …«

Benny hielt ihm ein imaginäres Mikrofon hin. »Video at eleven.«

Joe ignorierte es. »Jetzt geht sie in *meine* Straße.« Er drehte sich nach Benny und Norrie um. »Glaubt ihr, dass sie zu meiner Mutter will?«

549

»Die Mill Street geht über fünf Querstraßen, Dude«, sagte Benny. »Wie hoch stehen da die Chancen?«

Joe fühlte sich erleichtert, obwohl ihm kein Grund dafür einfiel, weshalb ein Besuch von Mrs. Perkins bei seiner Mutter schlecht sein sollte. Außer dass seine Mutter sich schreckliche Sorgen machte, weil Dad außerhalb der Stadt war, und Joe auf keinen Fall wollte, dass sie sich noch mehr aufregte. Sie hatte ihm fast verboten, an dieser Expedition teilzunehmen. Aber zum Glück hatte Miz Shumway ihr *das* ausgeredet. Vor allem indem sie erwähnt hatte, dass Dale Barbara für diesen Job (den Joe, aber auch Benny und Norrie lieber als »die Mission« bezeichneten) ausdrücklich Joe ins Auge gefasst habe.

»Mrs. McClatchey«, hatte Julia gesagt, »wenn irgendjemand dieses Gerät nutzbringend einsetzen kann, ist das nach Barbies Überzeugung vermutlich Ihr Sohn. Das kann sehr wichtig sein.«

Das hatte zunächst bewirkt, dass Joe sich gut fühlte, aber nach einem Blick ins Gesicht seiner Mutter – sorgenvoll, abgehärmt – hatte er sich wieder schlecht gefühlt. Obwohl die Kuppel noch keine drei Tage existierte, hatte sie bereits an Gewicht verloren. Und wie sie das gerahmte Foto von Dad anfasste, war ihm auch unheimlich. Als glaubte sie, er wäre tot, statt sich nur in irgendeinem Motel verkrochen zu haben, in dem er vermutlich Bier trank und Pay-TV glotzte.

Trotzdem hatte sie Miz Shumway zugestimmt. »Mit Apparaten kennt er sich aus, stimmt. Hat er schon immer.« Sie musterte ihn von Kopf bis Fuß, dann seufzte sie. »Wann bist du so groß geworden, Junge?«

»Weiß nicht«, antwortete er wahrheitsgemäß.

»Bist du vorsichtig, wenn ich dir das erlaube?«

»Und nimm deine Freunde mit«, sagte Julia.

»Benny und Norrie? Klar.«

»Und sei etwas diskret«, fügte Julia hinzu. »Du weißt, was das bedeutet, Joe?«

»Ja, Ma'am, das weiß ich allerdings.«

Es bedeutete: Lasst euch nicht erwischen.

3   Brenda verschwand unter den Bäumen, von denen die Mill Street gesäumt wurde. »Okay«, sagte Benny, »los jetzt.« Er drückte seine Zigarette sorgfältig in dem improvisierten Aschenbecher aus, dann hob er die Tragetasche aus dem Lenkstangenkorb. Die Tasche enthielt den altmodischen Geigerzähler, der von Barbie über Rusty zu Julia gelangt war ... und zuletzt zu Joe und seinen Leuten.

Joe ließ sich die Verschlusskappe geben, drückte seinen eigenen Glimmstängel aus und überlegte sich dabei, dass er gern noch einen versuchen würde, wenn er mehr Zeit hatte, sich auf dieses Erlebnis zu konzentrieren. Oder vielleicht lieber nicht. Er war süchtig nach Computern, Comicromanen von Brian K. Vaughan und Skaten. Vielleicht waren das genügend Laster für einen einzigen Menschen.

»Leute werden vorbeikommen«, sagte er zu Benny und Norrie. »Wahrscheinlich massenhaft Leute, sobald sie keine Lust mehr haben, im Supermarkt zu spielen. Wir können nur hoffen, dass sie uns nicht beachten.«

In Gedanken hörte er Miz Shumway seiner Mutter erzählen, wie wichtig dies für die Stadt sein könne. *Ihm* hatte sie das nicht erzählen müssen; er verstand es vermutlich besser als sie.

»Aber falls *Cops* vorbeikommen ...«, sagte Norrie.

Joe nickte. »Zack, verschwindet er in der Tasche. Und das Frisbee kommt raus.«

»Glaubst du wirklich, dass unter dem Stadtanger irgendein außerirdischer Generator vergraben ist?«, fragte Benny.

»Ich habe gesagt, dort *könnte* einer sein«, antwortete Joe schärfer als beabsichtigt. »Möglich ist alles.«

Tatsächlich hielt Joe das für mehr als nur möglich; er hielt es für wahrscheinlich. Falls die Kuppel nicht auf übernatürliche Weise entstanden war, musste sie ein Kraftfeld sein. Und ein Kraftfeld musste erzeugt werden. Das Ganze erschien ihm wie eine *Quod erat demonstrandum*-Situation, aber er wollte ihre Hoffnungen nicht zu sehr hochschrauben. Oder seine eigenen.

»Fangen wir also an«, sagte Norrie. Sie schlüpfte unter dem durchhängenden gelben Absperrband hindurch. »Ich hoffe nur, dass ihr beiden genug gebetet habt.«

Joe hielt nichts davon, um Dinge zu beten, die er selbst tun konnte, aber er hatte wegen einer anderen Sache ein kurzes Gebet nach oben geschickt: Dass Norrie Calvert ihm noch einen Kuss geben würde, wenn sie den Generator fanden. Einen schön langen.

4   Früher an diesem Morgen, bei der Einsatzbesprechung im Wohnzimmer der McClatcheys, hatte Scarecrow Joe erst seinen rechten Sneaker, dann die weiße Sportsocke darunter ausgezogen.

»Hast du nicht Angst, dass die Fenster anlaufen?«, fragte Benny grinsend.

»Halt die Klappe, Dummkopf«, antwortete Joe.

»Nenn deinen Freund nicht Dummkopf«, sagte Claire McClatchey, bedachte aber Benny mit einem tadelnden Blick.

Norrie äußerte sich nicht dazu, sondern beobachtete nur interessiert, wie Joe die Socke auf den Wohnzimmerteppich legte und mit der flachen Hand glattstrich.

»Das hier ist Chester's Mill«, sagte Joe. »Derselbe Umriss, stimmt's?«

»Das ist *correctamundo*«, bestätigte Benny. »Es ist unser Los, in einer Stadt zu wohnen, die wie eine von Joe McClatcheys Sportsocken aussieht.«

»Oder der Schuh der alten Frau«, warf Norrie ein.

»›Es war mal eine alte Frau, die lebte in einem Schuh‹«, rezitierte Mrs. McClatchey. Sie saß auf der Couch und hatte das gerahmte Foto ihres Mannes auf dem Schoß, genau wie sie dagesessen hatte, als Miz Shumway gestern am Spätnachmittag den Geigerzähler vorbeigebracht hatte. »›Sie hatte so viele Kinder, dass sie nicht wusste, was tun.‹«

»Klasse, Mama«, sagte Joe und unterdrückte ein Grinsen. Die abgewandelte Middle-School-Version lautete *Sie hatte so viele Kinder, dass ihr die Möse abfiel.*

Er sah wieder auf die Socke hinunter. »Aber hat eine Socke einen Mittelpunkt?«

Benny und Norrie dachten darüber nach. Die Tatsache, dass eine solche Frage ihr Interesse wecken konnte, gehörte zu den Dingen, die er an ihnen so mochte.

»Keinen Mittelpunkt wie ein Kreis oder ein Quadrat«, sagte Norrie schließlich. »Das sind geometrische Formen.«

Benny sagte: »Ich denke, auch eine Socke ist im Prinzip eine geometrische Form, aber ich weiß nicht, wie man sie bezeichnen würde. Als Socktagon?«

Norrie lachte. Sogar Claire lächelte schwach.

»Auf der Landkarte ist The Mill eher ein Sechseck«, sagte Joe, »aber darum geht's nicht. Gebraucht einfach euren gesunden Menschenverstand.«

Norrie zeigte dorthin, wo der formgestrickte Fußteil in den zylindrischen Knöchelteil überging. »Hier. Das ist die Mitte.«

Joe markierte die Stelle mit einem Kugelschreiber.

»Ich weiß nicht, ob der wieder rausgeht, Mister«, seufzte Claire. »Aber ich schätze, du brauchst ohnehin neue.« Und bevor er weiterfragen konnte, sagte sie: »Auf der Karte liegt dort ungefähr der Stadtanger. Hast du vor, dort zu suchen?«

»Dort werden wir *zuerst* suchen«, sagte Joe, der etwas ernüchtert war, weil sie ihm den erklärenden Wind aus den Segeln genommen hatte.

»Denn falls es einen Generator gibt«, sagte Mrs. McClatchey nachdenklich, »sollte er deiner Meinung nach mitten im Stadtgebiet stehen. Oder annähernd in der Mitte.«

Joe nickte.

»Cool, Mrs. McClatchey«, sagte Benny. Er hob eine Hand. »Geben Sie mir fünf, Mutter meines Seelenbruders.«

Mit einem schwachen Lächeln, noch immer das Foto ihres Mannes auf dem Schoß, klatschte Claire Bennys Hand ab. Dann sagte sie: »Wenigstens ist der Stadtanger ein sicherer Ort.« Sie machte eine Pause, um ihre Worte zu überdenken, und runzelte leicht die Stirn. »Hoffe ich zumindest, aber wer weiß das schon wirklich?«

»Keine Sorge«, sagte Norrie. »Ich passe auf sie auf.«

»Ihr müsst mir nur versprechen, dass ihr alles Weitere den Experten überlasst, falls ihr etwas findet«, sagte Claire McClatchey.

Mama, dachte Joe, *die Experten sind vielleicht wir.* Aber das sagte er nicht. Er wusste, dass sie das noch mehr beunruhigt hätte.

»Ehrenwort«, sagte Benny und hob erneut die Hand. »Nochmal fünf, o Mutter meines ...«

Diesmal ließ sie beide Hände an dem gerahmten Foto. »Ich hab dich sehr gern, Benny, aber manchmal ermüdest du mich.«

Er lächelte traurig. »Genau das sagt meine Mutter auch.«

5 Joe und seine Freunde gingen den Hügel hinunter zu dem Musikpodium mitten auf dem Stadtanger. Hinter ihnen rauschte leise der Prestile. Er führte jetzt weniger Wasser, weil die Barriere ihn aufstaute, wo er im Nordwesten das Stadtgebiet von Chester's Mill erreichte. Falls die Kuppel morgen noch da war, rechnete Joe damit, dass er nur noch ein schlammiges Rinnsal sein würde.

»Okay«, sagte Benny. »Schluss mit dem Freddy Fuckaround. Wird Zeit, dass die furchtlosen Skateboarder Chester's Mill retten. Kommt, wir werfen dieses Baby an.«

Sorgfältig (und wirklich ehrfürchtig) hob Joe den Geigerzähler aus der Tragetasche. Seine Batterie hatte längst den Geist aufgegeben, und die Anschlüsse waren mit weißen Kristallen überzogen gewesen, aber etwas Natron hatte die Korrosion beseitigt, und Norrie hatte im Werkzeugschrank ihres Vaters nicht nur eine, sondern gleich drei Sechs-Volt-Blockbatterien gefunden. »Er hat einen Batterietick«, hatte sie ihnen anvertraut, »und eines Tages wird er sich bei dem Versuch, skaten zu lernen, umbringen, aber ich liebe ihn.«

Joe legte seinen Daumen auf den Einschaltknopf, dann sah er seine Freunde grimmig an. »Also, dieses Ding könnte überall null Komma nichts anzeigen, und trotzdem könnte es einen Generator geben – nur eben keinen, der Alpha- oder Betastrahlung ...«

»*Tu's*, um Himmels willen!«, sagte Benny. »Die Spannung killt mich.«

»Recht hat er«, sagte Norrie. »Tu's endlich.«

Aber nun geschah etwas Interessantes. Sie hatten den Geigerzähler in Joes Haus gründlich erprobt, und er hatte einwandfrei funktioniert – als sie ihn an einer alten Armbanduhr mit Leuchtziffern ausprobierten, schlug die Nadel deutlich aus. Sie hatten es alle drei nacheinander getestet. Aber hier draußen – sozusagen vor Ort – fühlte Joe sich wie gelähmt. Auf seiner Stirn stand Schweiß. Er konnte spüren, dass sich Perlen bildeten, die gleich herabrollen würden.

So hätte er vielleicht noch länger dagestanden, hätte Norrie nicht ihre Hand auf seine gelegt. Dann legte auch Benny seine darauf. So betätigten die drei den Schiebeschalter letztlich gemeinsam. Die Nadel auf der mit TEILCHEN PRO SEKUNDE beschrifteten Skala sprang sofort auf +5, und Norrie umklammerte Joes Schulter. Dann ging sie auf +2 zurück, und Norrie lockerte ihren Griff. Sie hatten keine Erfahrung mit Geigerzählern, vermuteten jedoch alle, dass hier nur eine Hintergrundstrahlung angezeigt wurde.

Joe machte einen langsamen Rundgang um das Musikpodium und trug dabei das Geiger-Müller-Zählrohr an seinem Spiralkabel vor sich her. Die Spannungsanzeige leuchtete hell bernsteingelb, und die Nadel schlug gelegentlich leicht aus, verharrte aber überwiegend am linken Skalenrand. Die beobachteten kleinen Ausschläge kamen vermutlich von ihren eigenen Bewegungen. Joe war nicht überrascht – irgendwie wusste er, dass die Sache nicht so einfach sein konnte –, war aber zugleich bitter enttäuscht. Wirklich erstaunlich, wie exakt Enttäuschung und fehlende Überraschung sich ergänzten; sie hätten die Olsen-Zwillinge der Emotion sein können.

»Lass mich mal«, sagte Norrie. »Vielleicht habe ich mehr Glück.«

Er überließ ihr das Gerät widerspruchslos. Danach liefen sie ungefähr eine Stunde lang kreuz und quer über den Stadtanger und wechselten sich mit dem Geigerzähler ab. Sie sahen ein Auto auf die Mill Street abbiegen, registrierten aber nicht, dass Junior Rennie – der sich wieder besser fühlte – am Steuer saß. Umgekehrt bemerkte auch er sie nicht. Ein Krankenwagen kam mit Blinklicht und Sirene den Town Common Hill heruntergerast und fuhr in Richtung Food City weiter. Ihn beachteten sie kurz, waren aber wieder abgelenkt, als Junior wenig später erneut auftauchte – diesmal am Steuer des Hummer seines Vaters.

Das zur Tarnung mitgenommene Frisbee benutzten sie kein einziges Mal; sie waren anderweitig beschäftigt. Aber das spielte keine Rolle. Kaum einer von den Leuten, die auf dem Heimweg vorbeikamen, sah auch nur zum Stadtanger hinüber. Einige wenige waren verletzt. Die meisten trugen »befreite« Lebensmittel, und manche schoben sogar volle Einkaufswagen vor sich her. Fast alle machten den Eindruck, als schämten sie sich für sich selbst.

Mittags waren Joe und seine Freunde so weit, dass sie aufgeben wollten. Außerdem waren sie hungrig. »Kommt, wir gehen zu mir«, sagte Joe. »Meine Mutter macht uns was zu essen.«

»Cool«, sagte Benny. »Hoffentlich gibt's Chop Suey. Das Chop Suey deiner Ma ist echt geil.«

»Können wir vorher noch über die Peace Bridge gehen und es auf der anderen Seite versuchen?«, fragte Norrie.

Joe zuckte mit den Schultern. »Okay, aber dort drüben gibt's nur Wald. Und wir entfernen uns dadurch vom Mittelpunkt.«

»Ja, aber …« Sie brachte den Satz nicht zu Ende.

»Aber was?«

»Nichts. Bloß eine Idee. Wahrscheinlich eine blöde.«

Joe sah zu Benny hinüber. Benny zog die Augenbrauen hoch und übergab ihr den Geigerzähler.

Sie gingen zur Peace Bridge zurück und schlüpften unter dem durchhängenden gelben Absperrband hindurch. Unter dem Dach der Fußgängerbrücke war es düster, aber nicht so dunkel, dass Joe nicht mit einem Blick über Norries Schulter hätte erkennen können, dass die Geigerzählernadel ausschlug, sobald sie die Brückenmitte erreichten – im Gänsemarsch, um die angefaulten Bohlen unter ihren Füßen nicht zu sehr zu belasten. Auf der anderen Seite verkündete eine Tafel: SIE VERLASSEN DIE GEMEINDE CHESTER'S MILL, GEGR. 1808. Ein ausgetretener Fußweg führte durch Eichen, Eschen und Birken hügelaufwärts. Das Herbstlaub hing schlaff herab und wirkte so eher verdrossen als fröhlich bunt.

Als sie den Anfang dieses Weges erreichten, stand die Nadel der Skala TEILCHEN PRO SEKUNDE zwischen +5 und +10. Jenseits von +10 stieg die Teilung steil auf +500 und dann auf +1000 an. Das Ende der Skala war rot markiert. Die Nadel stand meilenweit tiefer, trotzdem war Joe sich ziemlich sicher, dass ihre gegenwärtige Position nicht nur eine Hintergrundstrahlung anzeigte.

Benny beobachtete die leicht zitternde Nadel, aber Joe sah Norrie an.

»Was hast du dir überlegt?«, fragte er sie. »Jetzt kannst du's uns ja sagen, denn anscheinend war es doch keine so dumme Idee.«

»Nein«, stimmte Benny zu. Er klopfte auf die Skala TEILCHEN PRO SEKUNDE. Die Nadel schlug aus, dann stand sie wieder zwischen +7 und +8.

»Ich hab mir überlegt, dass ein Generator und ein Sender praktisch das Gleiche sind«, sagte Norrie. »Und ein Sender muss nicht in der Mitte stehen, nur irgendwo hoch oben.«

»Nicht der Sendemast von WCIK«, sagte Benny. »Steht nur auf einer Lichtung und pumpt den Jesus raus. Ich hab ihn selbst gesehen.«

»Okay, aber dieser Sender hat echt Superpower«, antwortete Norrie. »Mein Dad sagt, dass er hunderttausend Watt oder so ähnlich hat. Vielleicht hat das, was wir suchen, weniger Reichweite. Also hab ich mich gefragt: ›Was ist der höchste Teil der Stadt?‹«

»Die Black Ridge«, sagte Joe.

»Die Black Ridge«, bestätigte sie und hielt eine kleine Faust hoch.

Joe schlug dagegen, dann zeigte er nach rechts vorn. »Dorthin, zwei Meilen. Vielleicht drei.« Er drehte das Geiger-Müller-Zählrohr in diese Richtung, und sie beobachteten alle fasziniert, wie die Nadel auf +10 stieg.

»Fick mich doch«, sagte Benny.

»Vielleicht wenn du vierzig bist«, sagte Norrie. Tough wie immer ... aber dabei errötend. Ein klein wenig.

»Draußen an der Black Ridge Road gibt's eine alte Obstplantage«, sagte Joe. »Von der aus kann man die ganze Stadt sehen – die TR-90 auch. Jedenfalls sagt das mein Dad. Dort könnte es sein. Norrie, du bist ein Genie.« Nun brauchte er doch nicht auf einen Kuss von ihr zu warten. Er drückte ihr selbst einen auf, traute sich aber nur, ihren Mundwinkel zu küssen.

Sie wirkte erfreut, aber zwischen ihren Augen stand weiter eine senkrechte kleine Sorgenfalte. »Vielleicht hat das nichts zu bedeuten. Der Zeiger spielt nicht gerade verrückt. Können wir mit unseren Rädern rausfahren?«

»Klar!«, sagte Joe.

»Nach dem Mittagessen«, fügte Benny hinzu. Er hielt sich selbst für den praktisch Veranlagten.

6   Während Joe, Benny und Norrie bei Mrs. McClatchey zu Mittag aßen (es gab tatsächlich Chop Suey) und Rusty Everett von Barbie und den beiden Teenagern assistiert die beim Supermarkt-Aufstand Verletzten im Cathy Russell verarztete, saß Big Jim in seinem Arbeitszimmer, ging eine Liste durch und hakte Punkte ab.

Er sah seinen Hummer wieder die Einfahrt heraufrollen und hakte einen weiteren Punkt ab: Brenda Perkins bei den anderen abgeliefert. Er glaubte bereit zu sein – jedenfalls so bereit, wie nur möglich. Und selbst wenn der Dome heute Nachmittag verschwand, würde ihm niemand etwas nachweisen können, glaubte er.

Junior kam herein und ließ die Schlüssel des Hummer auf Big Jims Schreibtisch fallen. Er war blass und musste sich dringender als je zuvor rasieren, aber er sah nicht mehr aus wie der Tod auf Rädern. Sein linkes Auge war gerötet, aber nicht flammend rot.

»Alles geregelt, Junge?«

Junior nickte. »Kommen wir ins Gefängnis?« Er sprach mit fast desinteressierter Neugier.

»Nein«, sagte Big Jim. Der Gedanke, er könnte im Gefängnis landen, war ihm niemals gekommen, nicht einmal als die Perkins-Hexe hier aufgekreuzt war und angefangen hatte, ihre Beschuldigungen vorzubringen. Er lächelte. »Aber Dale Barbara kommt hinter Gitter.«

»Kein Mensch wird glauben, dass er Brenda Perkins ermordet hat.«

Big Jim lächelte weiter. »Sie werden es glauben. Sie haben Angst, und sie werden's glauben. So funktionieren solche Dinge.«

»Woher willst du das wissen?«

»Weil ich mich mit Geschichte befasse. Damit solltest du's auch mal versuchen.« Er war kurz davor, Junior zu fragen, wieso er das Bowdoin College verlassen hatte – hatte er das Studium abgebrochen, war er durchgefallen, oder hatten sie ihn rausgeworfen? Aber dies war nicht die rechte Zeit, nicht der rechte Ort dafür. Stattdessen fragte er seinen Sohn, ob er sich einen weiteren Auftrag zutraue.

Junior rieb sich seine Schläfe. »Ich denke schon. Wer A sagt, muss auch B sagen.«

»Du wirst einen Helfer brauchen. Du könntest natürlich Frank nehmen, aber mir wäre dieser Thibodeau lieber, wenn er sich heute bewegen kann. Aber nicht Searles. Guter Kerl, aber dumm.«

Junior sagte nichts. Big Jim fragte sich wieder, was dem Jungen fehlen mochte. Aber wollte er das wirklich wissen? Vielleicht wenn diese Krise vorüber war. Vorläufig hatte er viele Töpfe und Pfannen auf dem Herd, und das Dinner würde bald serviert werden.

»Was soll ich also tun?«

»Lass mich erst noch etwas kontrollieren.« Big Jim griff nach seinem Handy. Jedes Mal erwartete er, dass es nun doch verstummt war, aber es funktionierte noch. Zumindest für Ortsgespräche, die ihn als einzige interessierten. Er tippte die Nummer der Polizei ein. Im Cop Shop klingelte es dreimal, bevor Stacey Moggin abnahm. Sie klang gestresst, nicht wie sonst nüchtern geschäftsmäßig. Angesichts der Festivitäten dieses Morgens wunderte Big Jim das nicht; im Hintergrund konnte er ziemlich aufgeregten Lärm hören.

»Polizei«, sagte sie. »Handelt es sich um keinen Notfall, legen Sie bitte auf und rufen später nochmal an. Wir sind schrecklich be…«

»Hier ist Jim Rennie, Schätzchen.« Er wusste, dass Stacey es hasste, *Schätzchen* genannt zu werden. Deshalb hatte er es getan. »Geben Sie mir den Chief. Hopphopp!«

»Er versucht gerade, eine Schlägerei vor dem Hauptschalter zu beenden«, sagte sie. »Vielleicht können Sie später nochmal …«

»Nein, ich kann nicht später nochmal anrufen«, sagte Big Jim. »Glauben Sie, dass ich anrufen würde, wenn diese Sache nicht wichtig wäre? Gehen Sie einfach rüber, Schätzchen, und setzen Sie den Aggressivsten mit Pfefferspray außer Gefecht. Dann schicken Sie Peter in sein Dienstzimmer, damit er …«

Sie ließ ihn weder ausreden, noch legte sie ihn auf die Warteschleife. Stattdessen knallte sie einfach den Telefonhörer auf den Schreibtisch. Aber Big Jim war keineswegs verärgert; wenn er jemandem auf die Nerven ging, wollte er das auch wissen. Im Hintergrund hörte er, wie ein Mann jemanden einen diebischen Hundesohn nannte. Darüber musste er lächeln.

Im nächsten Augenblick *war* er in der Warteschleife, ohne dass Stacey sich die Mühe gemacht hätte, ihm das mitzuteilen. Big Jim hörte eine Zeit lang »McGruff the Crime Dog« zu. Dann wurde der Hörer abgenommen. Randolph meldete sich noch ganz außer Atem.

»Reden Sie schnell, Jim, denn hier geht's zu wie im Irrenhaus. Alle, die nicht mit Rippenbrüchen oder sonst was im Krankenhaus sind, sind wild wie Hornissen. Jeder macht jedem Vorwürfe. Ich versuche unsere Zellen im Untergeschoss freizuhalten, aber die Hälfte von ihnen scheint dorthin zu *wollen.*«

»Kommt es Ihnen heute wie eine bessere Idee vor, unsere Polizei zu verstärken, Chief?«

560

»Teufel, ja! Wir haben Prügel bezogen. Einer meiner neuen Leute – die junge Roux – liegt oben im Krankenhaus. Ihre ganze untere Gesichtshälfte ist zerschmettert. Sie sieht aus wie Frankensteins Braut.«

Big Jims Lächeln verbreitete sich zu einem Grinsen. Sam Verdreaux hatte seinen Auftrag ausgeführt. Aber das gehörte natürlich mit dazu, wenn man *es fühlte*: Wenn man einmal den Ball abgeben *musste*, weil man ausnahmsweise nicht selbst werfen konnte, gelangte der Pass immer genau an den richtigen Mann.

»Irgendjemand hat sie mit einem Stein getroffen. Mel Searles auch. Er war eine Zeit lang bewusstlos, scheint sich aber wieder erholt zu haben. Die Wunde sieht allerdings schlimm aus. Ich habe ihn ins Krankenhaus geschickt, damit er sich verpflastern lässt.«

»Nun, das ist eine Schande«, sagte Big Jim.

»Irgendjemand hatte es auf meine Leute abgesehen. Mehr als nur *einer*, glaube ich. Big Jim, können wir wirklich noch mehr Freiwillige kriegen?«

»Ich glaube, dass wir unter den aufrechten jungen Leuten dieser Stadt genügend Freiwillige finden werden«, sagte Big Jim. »Tatsächlich kenne ich einige aus der Gemeinde der Erlöserkirche. Zum Beispiel Killians Jungs.«

»Jim, Killians Jungs sind dumm wie Bohnenstroh.«

»Ich weiß, aber sie sind stark und tun, was man ihnen befiehlt.« Er machte eine Pause. »Außerdem können sie schießen.«

»Wollen wir die neuen Leute bewaffnen?«, fragte Randolph zweifelnd und hoffnungsvoll zugleich.

»Nach allem, was heute passiert ist? Selbstverständlich. Ich denke für den Anfang an zehn bis zwölf gute, zuverlässige junge Leute. Frank und Junior können bei der Auswahl helfen. Und sollte dieser Ausnahmezustand nächste Woche nicht beendet sein, werden wir noch mehr brauchen. Entlohnen Sie sie mit Bezugsscheinen. Gewähren Sie ihnen ersten Zugriff, wenn und falls die Rationierung eingeführt wird. Ihnen und ihren Angehörigen.«

»Okay. Schicken Sie Junior her, ja? Frank ist hier, Thibodeau auch. Er hat vor dem Markt einiges abbekommen und musste sich den Schulterverband wechseln lassen, aber jetzt ist er wieder so gut wie neu.« Randolph senkte die Stimme. »Er hat gesagt, dass Barbara ihm den Verband gewechselt hat. Und er hätte gute Arbeit geleistet.«

»Das ist reizend, aber unser Mr. Barbara wird nicht mehr lange Verbände wechseln. Und für Junior habe ich einen anderen Auftrag. Für Officer Thibodeau auch. Schicken Sie ihn zu mir herauf.«

»Wozu?«

»Wenn Sie das wissen müssten, hätte ich es Ihnen gesagt. Schicken Sie ihn einfach rauf. Die Liste möglicher neuer Leute können Junior und Frank später aufstellen.«

»Nun … wenn Sie mei…«

Randolph wurde durch einen neuen Tumult unterbrochen. Irgendetwas fiel um oder wurde geworfen. Es gab einen lauten Krach, als etwas anderes zersplitterte.

»*Los, geht dazwischen!*«, brüllte Randolph.

Big Jim hielt sein Handy lächelnd vom Ohr weg. Er konnte trotzdem alles genau hören.

»*Schnappt euch die beiden … nicht diese beiden, Idiot, die beiden ANDEREN … NEIN, ich will nicht, dass sie festgenommen werden! Sie sollen sich zum Teufel scheren! Schmeißt sie raus, wenn sie nicht freiwillig gehen!*«

Im nächsten Augenblick sprach er wieder mit Big Jim. »Erinnern Sie mich daran, weshalb ich diesen Job wollte, ich fange nämlich an, es zu vergessen.«

»Das kommt wieder in Ordnung«, sagte Big Jim beschwichtigend. »Bis morgen haben Sie fünf neue Männer – frische junge Burschen – und bis Donnerstag fünf weitere. Mindestens fünf. Schicken Sie mir jetzt den jungen Thibodeau rauf. Und sorgen Sie dafür, dass die hinterste Zelle im Untergeschoss für einen neuen Insassen bereitsteht. Heute Nachmittag wird Mr. Barbara dort Quartier beziehen.«

»Was liegt gegen ihn vor?«

»Wie wär's mit vier Morden, dazu Anstiftung zum Aufruhr vor dem hiesigen Supermarkt? Genügt Ihnen das?«

Er legte auf, bevor Randolph antworten konnte.

»Was sollen Carter und ich tun?«, fragte Junior.

»Heute Nachmittag? Als Erstes etwas Erkundung und Planung. Bei der Planung unterstütze ich euch. Danach seid ihr bei der Verhaftung Barbaras dabei. Das wird euch gefallen, denke ich.«

»Allerdings!«

»Sobald Barbara im Knast sitzt, sollten Officer Thibodeau und du kräftig zu Abend essen, weil euer eigentlicher Job nachts getan werden muss.«

»Was für einer?«

»Die Redaktion des *Democrat* niederbrennen – wie gefällt dir das?«

Junior machte große Augen. »Wieso?«

Dass sein Sohn das fragte, war eine Enttäuschung. »Weil es in unmittelbarer Zukunft nicht im besten Interesse der Stadt liegt, eine Zeitung zu haben. Irgendwelche Einwände?«

»Dad … bist du je auf die Idee gekommen, dass du verrückt sein könntest?«

Big Jim nickte. »Verrückt wie ein Fuchs«, sagte er.

7   »Ich war die ganze Zeit in diesem Raum«, sagte Ginny Tomlinson mit ihrer neuen dumpfen Stimme, »aber ich habe mir niemals vorgestellt, selbst auf dem Tisch zu liegen.«

»Selbst wenn, hätten Sie vermutlich nicht gedacht, Sie könnten von dem Kerl versorgt werden, der Ihnen sonst Ihr Morgensteak mit Eiern serviert.« Barbie versuchte sich locker zu geben, aber seit er mit der ersten Fahrt des Krankenwagens ins Cathy Russell gekommen war, hatte er unentwegt Verletzte versorgt und war jetzt müde. Viel davon war vermutlich durch Stress verursacht: Er hatte eine Heidenangst davor, mit seinen Bemühungen jemandem mehr zu schaden als zu helfen. Die gleiche Sorge konnte er auf den Gesichtern von Gina Buffalino und Harriet Bigelow sehen – und in deren Kopf tickte keine Jim-Rennie-Uhr, die alles noch schlimmer machte.

»Ich denke, es wird eine Zeit lang dauern, bis ich wieder Steak essen kann«, sagte Ginny.

Rusty hatte ihre Nase gerichtet, bevor er sich der übrigen Patienten angenommen hatte. Barbie hatte ihm dabei assistiert, indem er ihren Kopf so sanft wie möglich festhielt und ermutigende Worte murmelte. Rusty hatte Gazestreifen, die mit einem Kokainpräparat getränkt waren, in ihre Nasenlöcher geschoben. Er ließ das Betäubungsmittel zehn Minuten einwirken (und nutzte diese Zeit, um ein schlimm verstauchtes Handgelenk zu behandeln und das geschwollene Knie einer unförmig dicken Frau zu bandagieren), dann zog er die Gaze mit einer Pinzette heraus und griff nach einem Skalpell. Der Arzthelfer arbeitete bewundernswert rasch. Bevor Barbie Ginny auffordern konnte, *Wishbone* zu sagen, hatte Rusty den Griff eines Skalpells in das weniger blockierte Nasenloch geschoben, stützte ihn an der Nasenscheidewand ab und benutzte ihn als Hebel.

Wie ein Mann, der eine Radkappe abstemmt, dachte Barbie bei dem leisen, aber unüberhörbaren Knirschen, mit dem Ginnys Nase wieder einigermaßen in die Normalposition zurückkehrte. Sie schrie nicht auf, aber ihre Fingernägel rissen Löcher in die Papierdecke des Untersuchungstisches, und ihr liefen Tränen übers Gesicht.

Jetzt war sie ruhig – Rusty hatte ihr einige Percocet gegeben –, aber aus ihrem weniger geschwollenen Auge sickerten noch immer Tränen. Ihr aufgedunsenes Gesicht war purpurrot verfärbt. Barbie fand, dass sie ein bisschen aussah wie Rocky Balboa nach dem Kampf gegen Weltmeister Apollo Creed.

»Konzentrieren Sie sich auf die Sonnenseite«, sagte er.

»Gibt's denn eine?«

»Unbedingt. Die junge Roux hat einen Monat mit Suppe und Milchshakes vor sich.«

»Georgia? Ich habe gehört, dass sie getroffen worden ist. Wie schlimm?«

»Sie wird's überleben, aber es wird lange dauern, bis sie hübsch ist.«

»Ach, sie wäre ohnehin nie Apfelblütenkönigin geworden.« Und etwas leiser: »Waren das ihre Schreie?«

Barbie nickte. Georgias Schreie waren anscheinend durchs ganze Krankenhaus gehallt. »Rusty hat ihr Morphium gegeben, aber das hat nicht lange gewirkt. Sie muss eine Konstitution wie ein Pferd haben.«

»Und ein Gewissen wie ein Alligator«, fügte Ginny mit ihrer dumpfen Stimme hinzu. »Was ihr zugestoßen ist, wünsche ich niemandem, aber es ist trotzdem ein verdammt gutes Argument für karmische Vergeltung. Wie lange bin ich schon hier? Meine blöde Armbanduhr ist hin.«

Barbie sah auf seine eigene. »Kurz nach halb drei. Damit dürften Sie sich seit etwa fünfeinhalb Stunden auf dem Weg der Besserung befinden.« Er verdrehte den Oberkörper, hörte seinen Rücken knacken und spürte, wie die Verspannung sich etwas lockerte. Wahrscheinlich hatte Tom Petty recht: *The waiting was the hardest part* – das Warten war am schlimmsten. Er nahm an, dass er sich erleichtert fühlen würde, sobald er tatsächlich in einer Zelle saß. Wenn er nicht tot war. Er hatte sich schon überlegt, dass es ihm in den Kram passen könnte, erschossen zu werden, während er sich gegen seine Verhaftung wehrte.

»Worüber lächeln Sie?«, fragte Ginny.

»Nichts.« Er hielt eine Pinzette hoch. »Seien Sie jetzt still und lassen Sie mich meine Arbeit tun. Je früher wir loslegen, desto früher sind wir fertig.«

»Ich müsste aufstehen und Rusty helfen.«

»Versuchen Sie's lieber nicht. Sie würden zusammenklappen.«

Sie betrachtete die Pinzette. »Sie wissen, was Sie damit zu tun haben?«

»Klar doch! Ich bin Olympiasieger im Splitterziehen.«

»Ihr Dumme-Sprüche-Quotient ist noch höher als der meines Exmannes.« Sie lächelte schwach. Barbie konnte sich vorstellen, wie das trotz des Schmerzmittels wehtat, und rechnete ihr das hoch an.

»Sie gehören nicht zu diesen unangenehmen Leuten aus medizinischen Berufen, die sich in Tyrannen verwandeln, wenn sie selbst behandelt werden müssen?«, fragte er.

»Dr. Haskell hat dazugehört. Er hatte mal einen großen

Splitter unter dem Daumennagel, und als Rusty sich erboten hat, ihn zu entfernen, wollte der Zauberer unbedingt einen Spezialisten.« Sie lachte, dann fuhr sie leise stöhnend zusammen.

»Übrigens hat der Cop, der Sie zusammengeschlagen hat, einen Felsbrocken an die Stirn gekriegt, wenn Ihnen das ein Trost ist.«

»Noch mehr Karma. Ist er wieder auf den Beinen?«

»Ja.« Mel Searles hatte das Krankenhaus vor zwei Stunden mit einem Kopfverband zu Fuß verlassen.

Als Barbie sich mit der Pinzette in der Hand über Ginny beugte, drehte sie instinktiv den Kopf zur Seite. Er drehte ihn wieder zu sich her, indem er mit einer Hand sanft gegen die weniger geschwollene Wange drückte.

»Ich weiß, dass es sein muss«, sagte sie. »Ich hab nur Angst um meine Augen.«

»Wenn man bedenkt, was für ein Schlag das war, können Sie von Glück sagen, dass die Splitter nur in die Haut und nicht ins Auge gegangen sind.«

»Ja, ich weiß. Tun Sie mir nur nicht weh, okay?«

»Okay«, sagte er. »Sie sind gleich wieder auf den Beinen, Ginny. Das dauert nicht lange.«

Er wischte sich die Hände an seinem Kittel ab, damit sie bestimmt trocken waren (Handschuhe wollte er keine, weil er darin nicht genug Gefühl hatte), und beugte sich erneut über sie. In ihren Augenbrauen und der Haut um die Augen steckten ungefähr ein halbes Dutzend Splitter von zerbrochenen Brillengläsern, aber der eine, der ihm Sorgen machte, war ein winziger Glasdolch knapp unter dem linken Augenwinkel. Rusty hätte ihn bestimmt selbst entfernt, wenn er ihn gesehen hätte, aber er hatte sich ganz auf ihre Nase konzentriert.

Beeil dich, sagte er sich. *Wer zögert, ist meistens verloren.*

Er zog den Splitter mit der Pinzette heraus und ließ ihn in eine Kunststoffschale auf der Arbeitsfläche fallen. Wo er gesteckt hatte, quoll ein winziger Blutstropfen hervor. Barbie atmete aus. »Okay. Der Rest ist einfach. Ab jetzt geht alles glatt.«

»Ihr Wort in Gottes Ohr«, sagte Ginny.

Barbie hatte eben den letzten Splitter herausgezogen, als Rusty die Tür des Untersuchungszimmers öffnete und ihn fragte, ob er ihm einen Augenblick helfen könne. Der Arzthelfer hielt eine Blechdose von Sucrets – Hustenpastillen – in der Hand.

»Wobei helfen?«

»Bei einer Hämorrhoide, die wie ein Mensch geht«, antwortete Rusty. »Dieses Analgeschwür will mit seiner unrechtmäßig erworbenen Beute fort. Normalerweise wäre ich entzückt, seinen elenden Hintern verschwinden zu sehen, aber im Augenblick kann ich ihn vielleicht brauchen.«

»Ginny?«, fragte Barbie. »Okay?«

Sie winkte in Richtung Tür. Er hatte sie fast erreicht, als Ginny rief: »He, Hübscher!« Als er sich umdrehte, warf sie ihm eine Kusshand zu.

Barbie fing sie auf.

8   In Chester's Mill gab es nur einen Zahnarzt. Er hieß Joe Boxer. Seine Praxis lag am Ende der Strout Lane, und vom Behandlungsraum aus hatte man einen malerischen Blick auf den Prestile und die Peace Bridge. Eine hübsche Aussicht, vorausgesetzt man saß aufrecht. Die meisten Besucher des besagten Raums befanden sich in liegender Stellung, in der sie nichts sehen konnten außer einigen Dutzend Fotos von Joe Boxers Chihuahua, die er an die Zimmerdecke geklebt hatte.

»Auf einem davon sieht der gottverdammte Köter wie beim Kacken aus«, hatte Dougie Twitchell Rusty nach einem Besuch berichtet. »Vielleicht liegt's nur daran, wie solche Hunde sich hinsetzen, aber das glaube ich nicht. Ich denke, ich habe eine halbe Stunde lang einem Putzlumpen mit Augen beim Scheißen zugesehen, während The Box mir zwei Weisheitszähne aus dem Kiefer gegraben hat. Mit einem Schraubenzieher, so hat es sich angefühlt.«

Dr. Boxers Praxisschild hatte die Form von Basketballshorts, die einem Riesen aus dem Märchen gepasst hätten. Sie waren fröhlich grün-gelb gestrichen – in den Farben der

Mills Wildcats. Auf dem Schild stand: JOSEPH BOXER, DDS. Und darunter: **BOXER MACHT'S KURZ!** Und er arbeitete tatsächlich ziemlich rasch, darüber waren sich alle einig, aber er behandelte keine Kassenpatienten und nahm nur Bargeld. Wenn ein Holzfäller mit vereitertem Zahnfleisch hereinkam, die Backen so dick wie bei einem Eichhörnchen, das sich mit Nüssen vollgestopft hat, und erzählte was von seiner Versicherung, dann forderte Boxer ihn auf, sich das Geld von Anthem oder Blue Cross oder sonst woher zu besorgen und dann wiederzukommen.

Etwas Konkurrenz in der Stadt hätte ihn vielleicht dazu zwingen können, diese drakonische Politik abzumildern. Aber das halbe Dutzend Kollegen, das sich seit Anfang der neunziger Jahre in The Mill zu etablieren versucht hatte, hatte wieder aufgegeben. Es gab Spekulationen darüber, dass dieser Mangel an Konkurrenz auf das Konto von Joe Boxers gutem Freund Jim Rennie ging, aber keine Beweise. Unterdessen konnte man Boxer an jedem beliebigen Tag mit seinem Porsche herumfahren sehen, an dessen Stoßstange ein Aufkleber verkündete: MEIN ANDERER WAGEN IST *AUCH* EIN PORSCHE!

Als Rusty mit Barbie hinter sich den Flur entlangkam, war Boxer zum Hauptausgang unterwegs. Allerdings nicht aus eigener Kraft; Twitch musste ihn stützen. An Dr. Boxers anderem Arm hing ein Plastikkorb aus dem Supermarkt voller Eggo-Waffeln. Sonst nichts; nur Packungen und Packungen von Eggos. Barbie fragte sich – nicht zum ersten Mal –, ob er etwa in dem Graben hinter dem Parkplatz des Dipper's lag: zu Brei geschlagen, mit irreversiblen Gehirnschäden und von schrecklichen Alpträumen heimgesucht.

»Ich bleibe *nicht*!«, blaffte Dr. Boxer. »Ich muss dieses Zeug nach Hause in den Gefrierschrank bringen! Was Sie vorschlagen, kann ohnehin kaum funktionieren, also Hände weg von mir!«

Barbie sah das Schmetterlingspflaster, das eine von Boxers Augenbrauen teilte, und den Verband an seinem rechten Unterarm. Der Zahnarzt hatte sich für seine Tiefkühlwaffeln offenbar mächtig ins Zeug gelegt.

»Sagen Sie diesem Lümmel, dass er die Hände von mir lassen soll«, verlangte er, als er Rusty kommen sah. »Ich bin behandelt worden, und jetzt fahre ich nach Hause.«

»Nicht so schnell«, sagte Rusty. »Sie sind *gratis* behandelt worden, und ich erwarte, dass Sie sich dafür erkenntlich zeigen.«

Boxer war ein kleiner Kerl, kaum einen Meter siebzig groß, aber jetzt richtete er sich zu voller Größe auf und streckte die Brust heraus. »Erwarten Sie meinetwegen, was Sie wollen! Ich sehe Kieferchirurgie – für die ich im Staat Maine übrigens keine Zulassung habe – nicht als Gegenleistung für ein paar Pflaster. Ich arbeite, um mir meinen Lebensunterhalt zu verdienen, Everett, und erwarte, für meine Arbeit bezahlt zu werden.«

»Ihren gerechten Lohn erhalten Sie im Himmel«, sagte Barbie. »Würde Ihr Freund Rennie das nicht auch sagen?«

»Er hat nichts damit zu tun, was ich …«

Barbie trat einen Schritt näher und warf einen Blick in Boxers grünen Plastikkorb. Auf dem Griff waren die Worte EIGENTUM DER FOOD CITY aufgedruckt. Der Zahnarzt bemühte sich ohne großen Erfolg, den Inhalt des Korbes vor ihm zu verbergen.

»Weil wir gerade von Geld reden … haben Sie diese Waffeln bezahlt?«

»Machen Sie sich nicht lächerlich! Alle haben alles mitgenommen – *ich* nur die hier.« Er starrte Barbie trotzig an. »Ich habe einen sehr großen Gefrierschrank und mag zufällig Waffeln.«

»Dass ›alle alles mitgenommen‹ haben, dürfte kein besonders gutes Argument sein, wenn Sie als Plünderer angeklagt werden«, sagte Barbie milde.

Boxer konnte sich unmöglich noch höher aufrichten, aber irgendwie schaffte er es doch. Sein rotes Gesicht wurde fast purpurrot. »Dann bringen Sie mich doch vor Gericht! Vor *welches* Gericht? Fall erledigt! Ha!«

Er wollte sich abwenden. Barbies Hand schoss vor, hielt ihn jedoch nicht am Arm, sondern an dem Korb fest. »Dann beschlagnahme ich einfach den hier, okay?«

»Das dürfen Sie nicht!«

»Nein? Dann bringen Sie mich doch vor Gericht.« Barbie lächelte. »Oh, das hätte ich fast vergessen – vor *welches* Gericht?«

Dr. Boxer starrte ihn an. Seine hochgezogenen Lippen ließen kleine perfekte Zähne sehen.

»Diese ollen Waffeln toasten wir einfach in der Cafeteria«, sagte Rusty. »Mjam! Lecker!«

»Jau, solange wir noch Strom haben, um sie zu toasten«, murmelte Twitch. »Danach können wir sie auf Gabeln stecken und draußen über dem Verbrennungsofen rösten.«

»Das dürfen Sie nicht!«

»Ich will mich ganz deutlich ausdrücken«, sagte Barbie. »Solange Sie nicht tun, was immer Rusty von Ihnen verlangt, denke ich nicht daran, Ihre Eggos loszulassen.«

Chaz Bender, der ein Pflaster auf dem Nasensattel und ein weiteres seitlich am Hals hatte, lachte. Nicht sehr freundlich. »Raus damit, Doc!«, rief er. »Sagen Sie das nicht immer?«

Boxer funkelte erst Bender, dann Rusty an. »Was Sie wollen, kann nicht funktionieren. Darüber müssen Sie sich im Klaren sein.«

Rusty öffnete die Sucrets-Box und hielt sie ihm hin. In der kleinen Blechschachtel lagen sechs Zähne. »Die hat Torie McDonald vor dem Supermarkt aufgesammelt. Sie hat sich hingekniet und in den Lachen von Georgia Roux' Blut herumgetastet, um sie zu finden. Und wenn Sie in nächster Zeit Eggos zum Frühstück haben wollen, Doc, setzen Sie sie jetzt Georgia wieder ein.«

»Und wenn ich einfach weggehe?«

Chaz Bender, der Naturkundelehrer, trat einen Schritt auf ihn zu. Er hatte die Fäuste geballt. »In diesem Fall, mein geldgieriger Freund, setzt es draußen auf dem Parkplatz ordentlich Prügel.«

»Ich helfe mit«, sagte Twitch.

»Ich nicht«, sagte Barbie, »aber ich sehe zu.«

Das wurde mit Lachen und etwas Beifall quittiert. Barbie fühlte sich gleichzeitig amüsiert und hundeelend.

Boxers Schultern sanken herab. Plötzlich war er nur noch

ein kleiner Mann, der in einer Situation steckte, die einige Nummern zu groß für ihn war. Er nahm die Sucrets-Dose, dann sah er zu Rusty auf. »Ein Kieferchirurg, der unter optimalen Bedingungen arbeitet, könnte diese Zähne implantieren, und sie würden vielleicht tatsächlich anwachsen, obwohl er sich hüten würde, der Patientin irgendwelche Garantien zu geben. Tue ich das hier, kann sie von Glück sagen, wenn zwei oder drei anwachsen. Viel wahrscheinlicher ist, dass sie einen in die Luftröhre bekommt und daran erstickt.«

Eine untersetzte Frau mit flammend roter Mähne stieß Chaz Bender beiseite. »Ich wache bei ihr und passe auf, dass das nicht passiert. Ich bin ihre Mutter.«

Dr. Bender seufzte. »Ist sie bewusstlos?«

Bevor er weitersprechen konnte, fuhren zwei Streifenwagen der Chester's Mill Police, einer davon der grüne Dienstwagen des Chiefs, auf der Wendefläche vor dem Eingang vor. Aus dem ersten Wagen stiegen Freddy Denton, Junior Rennie, Frank De-Lesseps und Carter Thibodeau. Chief Randolph und Jackie Wettington stiegen aus dem Dienstwagen des Polizeichefs; Rustys Frau stieg hinten aus. Alle sieben waren bewaffnet, und als sie auf den Haupteingang des Krankenhauses zugingen, zogen sie ihre Waffen.

Die kleine Menge, die bisher die Konfrontation mit Joe Boxer verfolgt hatte, zog sich murmelnd zurück, weil einige der Leute zweifellos erwarteten, wegen Diebstahl verhaftet zu werden.

Barbie wandte sich Rusty Everett zu. »Sieh dir mich an.«

»Was soll das hei…«

»Du sollst mich ansehen!« Barbie hob die Arme und drehte sie, um beide Seiten zu zeigen. Danach zog er sein T-Shirt hoch, wies seinen Waschbrettbauch vor und drehte sich dann um, damit sein Rücken zu sehen war. »Siehst du irgendwelche Male? Blaue Flecken? Prellungen?«

»Nein …«

»Sorg dafür, dass sie das wissen«, sagte Barbie.

Für mehr blieb ihm keine Zeit. Randolph führte seine Polizeibeamten durch die Tür. »Dale Barbara? Vortreten!«

Das tat Barbie, bevor Randolph seine Waffe heben und

damit auf ihn zielen konnte. Weil Unfälle passieren konnten. Manchmal absichtlich.

Barbie sah Rustys Verwirrung und fand ihn in seiner Ahnungslosigkeit noch sympathischer als ohnehin. Er sah Gina Buffalino und Harriet Bigelow, die ihn mit großen Augen anstarrten. Aber seine Aufmerksamkeit galt größtenteils Randolph und seinen als Verstärkung mitgebrachten Leuten. Alle ihre Gesichter waren wie versteinert, aber Thibodeau und DeLesseps wirkten unverkennbar befriedigt. Den beiden ging es nur um Rache für jene Nacht auf dem Parkplatz von Dipper's. Und die Rache war dabei, übel zu enden.

Rusty trat vor Barbie, wie um ihn zu beschützen.

»Tu das nicht«, flüsterte Barbie.

»Rusty, *nein!*«, rief Linda.

»Peter?«, fragte Rusty. »Was soll das alles? Barbie hat mir geholfen und seine Sache verdammt gut gemacht.«

Barbie traute sich nicht, den großen Arzthelfer wegzuschieben oder auch nur zu berühren. Stattdessen hob er mit nach vorn sichtbaren Handflächen sehr langsam die Hände.

Als Junior und Freddy Denton sahen, dass Barbie die Hände hob, kamen sie eilig auf ihn zu. Junior rempelte Randolph im Vorbeihasten so kräftig an, dass sich aus der Beretta, die der Chief umklammert hielt, ein Schuss löste. Im Empfangsbereich war der Schussknall ohrenbetäubend laut. Das Geschoss ging eine Handbreit vor Randolphs rechtem Schuh in den Boden und hinterließ ein überraschend großes Loch. Der scharfe Geruch von Pulverdampf breitete sich sofort aus und war beängstigend.

Gina und Harriet kreischten, dann flüchteten sie den Hauptkorridor entlang, wobei sie behände über Joe Boxer hinwegsetzten, der auf allen vieren dahinkroch und den Kopf so gesenkt hielt, dass ihm seine sonst immer korrekt gescheitelten Haare ins Gesicht hingen. Brendan Ellerbee, der wegen einer leichten Kieferluxation behandelt worden war, streifte mit einem Fuß den Unterarm des Zahnarztes, als er in wilder Flucht vorbeihetzte. Die Sucrets-Dose wurde Boxer aus der Hand geschlagen, knallte gegen die Empfangstheke, flog auf und verstreute die Zähne, die Torie Mc-Donald so sorgfältig eingesammelt hatte.

Junior und Freddy griffen sich Rusty, der nicht versuchte, sich zu wehren. Er wirkte völlig verwirrt. Sie stießen ihn beiseite. Rusty stolperte quer durch den Empfangsbereich, bemüht, auf den Beinen zu bleiben. Als Linda ihn auffangen wollte, gingen sie beide zu Boden.

»*Scheiße, was soll das?*«, brüllte Twitch. »*Scheiße, was soll das?*«

Carter Thibodeau kam leicht hinkend auf Barbie zu, der wusste, was kommen würde, aber trotzdem seine Hände erhoben ließ. Sie sinken zu lassen, konnte sein Ende bedeuten. Und vielleicht nicht nur seines. Nachdem dieser eine Schuss gefallen war, standen die Chancen, dass weitere abgegeben wurden, viel höher.

»Hallo, Kumpel«, sagte Carter. »Sie waren aber fleißig, was?« Er verpasste Barbie einen Magenhaken.

Barbie, der auf diesen Schlag gefasst war, hatte seine Bauchmuskeln angespannt, aber er krümmte sich trotzdem zusammen. Dieser Hundesohn war stark.

»*Schluss damit!*«, brüllte Rusty. Er wirkte noch immer verwirrt, aber jetzt auch wütend. »*Schluss damit, gottverdammt noch mal!*«

Er versuchte sich aufzurappeln, aber Linda umklammerte ihn mit beiden Armen und hielt ihn fest. »Nicht«, sagte sie. »Nicht, er ist gefährlich.«

»*Was?*« Rusty wandte sich ihr zu, starrte sie ungläubig an. »Du *spinnst* wohl?«

Barbie hielt weiter die Hände erhoben, zeigte sie den Cops vor. In seiner gekrümmten Haltung sah er damit aus, als würde er sie mit einem Salam begrüßen.

»Thibodeau«, sagte Randolph. »Treten Sie zurück. Das reicht.«

»Stecken Sie die Waffe weg, Sie Idiot!«, forderte Rusty den Chief auf. »Wollen Sie, dass jemand erschossen wird?«

Randolph tat ihn mit einem verächtlichen Blick ab, dann sprach er Barbie an. »Stehen Sie gerade, Mann.«

Barbie gehorchte. Es tat weh, aber er schaffte es. Wäre er

nicht auf Thibodeaus Schlag vorbereitet gewesen, würde er sich jetzt nach Atem ringend auf dem Boden wälzen, so viel stand fest. Und hätte Randolph versucht, ihn mit Tritten zum Aufstehen zu bewegen? Hätten die übrigen Cops mitgemacht – trotz der Gaffer im Eingangsbereich, von denen einige allmählich zurückkehrten, um besser sehen zu können? Natürlich, weil ihr Blut in Wallung geraten war. So funktionierten solche Dinge.

»Ich verhafte Sie wegen Mordes an Angela McCain, Dorothy Sanders, Lester A. Coggins und Brenda Perkins«, sagte Randolph.

Jeder Name traf Barbie, aber der letzte am schlimmsten. Der letzte war ein Keulenschlag. Diese reizende Frau. Sie hatte versäumt, sich in Acht zu nehmen. Barbie konnte ihr das nicht verübeln – sie hatte noch sehr um ihren Mann getrauert –, aber sich selbst konnte er Vorwürfe machen, weil er sie zu Rennie hatte gehen lassen. Weil er sie ermutigt hatte.

»Was ist passiert?«, fragte er Randolph. »Was um Himmels willen habt ihr Leute angerichtet?«

»Als ob Sie das nicht wüssten«, sagte Freddy Denton.

»Was für eine Art Psycho sind Sie eigentlich?«, fragte Jackie Wettington. Ihr Gesicht war zu einer hasserfüllten Maske verzerrt, ihre Augen waren klein vor Wut.

Barbie ignorierte beide. Er starrte in Randolphs Gesicht, während er die Hände weiter über Schulterhöhe erhoben hielt. Der kleinste Vorwand würde genügen, damit sie über ihn herfielen. Selbst Jackie, die normalerweise so liebenswürdig und freundlich war, würde vielleicht mitmachen, obwohl sie statt eines Vorwands einen echten Grund brauchen würde. Oder vielleicht auch nicht. Manchmal drehten sogar gute Leute durch.

»Eine bessere Frage wäre«, sagte er zu Randolph, »was haben Sie Rennie tun lassen? Denn diese Verbrechen gehen auf sein Konto, das wissen Sie genau. Seine Fingerabdrücke sind überall zu erkennen.«

»Schnauze.« Randolph nickte Junior zu. »Legen Sie ihm Handschellen an.«

Junior wollte nach Barbie greifen, aber bevor er auch nur

ein erhobenes Handgelenk berühren konnte, legte Barbie die Hände auf den Rücken und drehte sich um. Rusty und Linda Everett lagen noch auf dem Fußboden; Linda hielt ihren Mann weiter umklammert, damit er nicht aufstehen konnte.

»Denk daran«, sagte Barbie zu Rusty, als ihm die Plastikhandschellen angelegt … und dann scharf zugezogen wurden, bis sie in das wenige Fleisch über seinen Handballen einschnitten.

Rusty stand auf. Als Linda ihn zurückzuhalten versuchte, schüttelte er sie ab und bedachte sie mit einem Blick, den sie noch nie bei ihm gesehen hatte. Darin lagen Strenge und Tadel, aber auch Mitleid. »Peter«, sagte er, und als Randolph sich abwenden wollte, war seine Stimme so laut, als würde er schreien. *Ich rede mit Ihnen!* Sehen Sie mich gefälligst an, wenn ich das tue!«

Randolph drehte sich um. Sein Gesicht war versteinert.

»Er hat gewusst, dass Sie seinetwegen kommen.«

»Klar doch«, sagte Junior. »Er ist vielleicht irre, aber er ist nicht dumm.«

Rusty achtete nicht auf ihn. »Er hat mir seine Arme und sein Gesicht gezeigt; er hat sein Hemd gehoben, um mir Bauch und Rücken zu zeigen. Er hat nirgends einen blauen Fleck, außer wahrscheinlich inzwischen da, wo Thibodeau seinen heimtückischen Schlag angebracht hat.«

»Drei Frauen?«, sagte Carter. »Drei Frauen und einen *Geistlichen*? Den hatte er verdient.«

Rusty ließ Randolph nicht aus den Augen. »Das ist ein abgekartetes Spiel.«

»Bei allem Respekt, Eric, nicht Ihr Zuständigkeitsbereich«, sagte Randolph. Er hatte seine Pistole wieder ins Halfter gesteckt. Was eine Erleichterung war.

»Stimmt«, sagte Rusty. »Ich bin jemand, der Leute zusammenflickt, kein Cop oder Anwalt. Aber ich sage Ihnen eins: Sollte ich nochmal Gelegenheit haben, ihn mir anzusehen, während er in Ihrer Obhut ist, und feststellen, dass er Schnittwunden und Prellungen hat, dann gnade Ihnen Gott!«

»Was wollen Sie tun – die Bürgerrechtsvereinigung anrufen?«, fragte Frank DeLesseps. Seine schmalen Lippen waren vor Wut fast weiß. »Ihr Freund hier hat vier Leute erschlagen. Brenda Perkins hat er das Genick gebrochen. Eines der Mädchen war meine Verlobte, und sie ist sexuell missbraucht worden. Wie's aussieht, nicht nur vor, sondern auch nach ihrem Tod.«

Die meisten Gaffer, die nach dem Schuss geflüchtet waren, hatten sich wieder eingefunden, um zuzuhören. Jetzt stieg aus ihren Reihen ein leises, entsetztes Stöhnen auf.

»Und diesen Kerl nehmen Sie in Schutz? Sie gehören selbst hinter Gitter!«

»Schluss damit, Frank!«, sagte Linda.

Rusty betrachtete Frank DeLesseps: den Jungen, den er wegen Windpocken, Masern, Kopfläusen aus dem Sommerlager, eines Handgelenkbruchs, den er sich beim Baseball zugezogen hatte, und einmal – mit zwölf Jahren – wegen besonders schlimmer Verätzungen von Giftefeu behandelt hatte. Er sah sehr wenig Ähnlichkeit zwischen jenem Jungen und diesem Mann. »Und wenn ich eingesperrt würde? Was dann, Frankie? Was ist, wenn Ihre Mutter wieder eine Gallenkolik wie letztes Jahr hat? Warte ich dann auf die Besuchszeit im Gefängnis, um sie behandeln zu können?«

Frank trat vor und hob eine Hand, um zu boxen oder zuzuschlagen. Junior hielt sie fest. »Er kriegt noch sein Fett weg, keine Sorge. Das kriegen alle auf Barbies Seite. Alles zu seiner Zeit.«

»Seite?« Rustys Stimme klang ehrlich verwirrt. »Was reden Sie da von *Seiten?* Das hier ist kein gottverdammtes Footballspiel.«

Junior lächelte, als wüsste er ein Geheimnis.

Rusty wandte sich an Linda. »Es sind deine Kollegen, die da reden. Gefällt dir, wie das klingt?«

Seine Frau konnte ihn erst nicht ansehen. Dann schaffte sie es mit einiger Anstrengung doch. »Sie sind wütend, das ist alles, und ich kann es ihnen nicht verübeln. Ich bin es auch. Vier Menschen, Eric – hast du das nicht gehört? Er hat sie ermordet und anscheinend mindestens zwei der Frauen vergewaltigt. Ich habe mitgeholfen, sie aus dem Leichenwagen ins Bestattungsinstitut reinzutragen. Ich habe die Flecken gesehen.«

Rusty schüttelte den Kopf. »Ich habe diesen Vormittag mit ihm verbracht und gesehen, wie er Leuten geholfen hat, statt sie zu verletzen.«

»Lass gut sein«, sagte Barbie. »Mach Platz, Großer. Dies ist nicht der richtige ...«

Junior boxte ihn in die Rippen. Kräftig. »Sie haben das Recht zu schweigen, Arschloch.«

»Er ist es gewesen«, sagte Linda. Sie streckte Rusty die Hand hin, sah dann aber, dass er sie nicht ergreifen würde, und ließ sie sinken. »Angie McCain hat seine Erkennungsmarken in der Hand gehabt.«

Rusty war sprachlos. Er konnte nur zusehen, wie Barbie rasch zum Dienstwagen des Chiefs hinausgebracht und mit hinter dem Rücken gefesselten Händen auf den Rücksitz verfrachtet wurde. Dabei suchte und fand Barbies Blick eine Sekunde lang Rustys. Barbie schüttelte den Kopf. Nur einmal, aber energisch und nachdrücklich.

Dann wurde er weggefahren.

Im Empfangsbereich des Krankenhauses herrschte Stille. Junior und Frank waren mit Randolph weggefahren. Carter, Jackie und Freddy Denton gingen zu dem zweiten Streifenwagen hinaus. Linda starrte ihren Mann zornig und bittend an. Dann verflüchtigte sich ihr Zorn. Sie trat auf Rusty zu, hob die Arme und wollte umarmt werden, selbst wenn es nur für ein paar Augenblicke war.

»Nein«, sagte er.

Sie blieb stehen. »Was *hast* du bloß?«

»Was hast *du* bloß? Begreifst du nicht, was hier eben passiert ist?«

»Rusty, sie hatte seine *Erkennungsmarken* in der Hand!«

Er nickte langsam. »Praktisch, findest du nicht auch?«

Lindas Gesichtsausdruck, der gekränkt und hoffnungsvoll gewesen war, erstarrte jetzt. Sie schien zu merken, dass sie weiter die Arme nach ihm ausstreckte, und ließ sie langsam sinken.

»Vier Menschen«, sagte sie, »davon drei fast bis zur Unkenntlichkeit entstellt. Es *gibt* Seiten, und du musst darüber nachdenken, auf welcher du stehst.«

»Du auch, Schatz«, sagte Rusty.

Von draußen rief Jackie: »Linda, komm schon!«

Rusty wurde plötzlich bewusst, dass sie Zuhörer hatten, von denen viele wieder und wieder für Jim Rennie gestimmt hatten. »Denk bloß mal über diese Sache nach, Linda. Und überleg dir, für wen Pete Randolph arbeitet.«

»*Linda!*«, rief Jackie.

Linda Everett ließ den Kopf hängen, als sie hinausging. Sie sah sich nicht mehr um. Rusty fehlte nichts, bis sie in den Streifenwagen stieg. Dann begann er zu zittern. Wenn er sich nicht bald hinsetzte, würde er zusammenklappen, fürchtete er.

Eine Hand legte sich auf seine Schulter. Das war Twitch. »Alles okay, Boss?«

»Ja.« Als würde es dadurch wahr, dass man es sagte. Barbie war ins Gefängnis abtransportiert worden, und er hatte sich erstmals seit – wie langer Zeit? – vier Jahren ernstlich mit seiner Frau gestritten. Eher seit sechs Jahren. Nein, was ihn anging, war nichts okay.

»Ich hab eine Frage«, sagte Twitch. »Wenn diese Leute ermordet worden sind, wieso hat man die Leichen dann ins Bestattungsinstitut Bowie und nicht zur Autopsie hierhergebracht? Wessen Idee war das?«

Bevor Rusty antworten konnte, gingen die Lichter aus. Das Stromaggregat des Krankenhauses bekam kein Flüssiggas mehr.

9   Nachdem Claire McClatchey zugesehen hatte, wie sie ihr letztes Chop Suey verschlangen (das ihr letztes Hackfleisch enthalten hatte), ließ sie die drei sich in der Küche vor ihr aufstellen. Claire betrachtete sie ernst, und sie erwiderten ihren Blick – so jung und so beängstigend entschlossen. Dann gab sie Joe mit einem Seufzer seinen Rucksack. Benny warf einen Blick hinein und sah drei Sandwichs mit Erdnussbutter und Gelee, drei gefüllte Eier, drei Flaschen Snapple und ein halbes Dutzend Haferplätzchen mit Rosinen. Obwohl er vom Mittagessen noch satt war, strahlte er. »Ganz ausgezeichnet, Mrs. McC.! Sie sind eine wahre ...«

Sie achtete nicht auf ihn; ihre Aufmerksamkeit war ganz auf Joe konzentriert. »Ich verstehe, dass dies wichtig sein könnte, deshalb lasse ich euch fahren. Ich bringe euch sogar selbst hin, wenn ihr ...«

»Nicht nötig, Mama«, sagte Joe. »Wir müssen nicht weit fahren.«

»Und die Strecke ist sicher«, fügte Norrie hinzu. »Kaum jemand auf der Straße.«

Claires Augen blieben mit Mutters Hypnoseblick weiter starr auf ihren Sohn gerichtet. »Aber ihr müsst mir zweierlei versprechen. Erstens, dass ihr vor Einbruch der Dunkelheit zurückkommt ... und damit meine ich nicht die allerletzte Abenddämmerung, sondern während die Sonne noch am Himmel steht. Zweitens: *Falls* ihr etwas findet, markiert ihr den Fundort und lasst es dann *völlig* und *hundertprozentig* in Ruhe. Ich akzeptiere, dass ihr drei vielleicht am besten dafür geeignet seid, dieses Was-auch-immer-es-ist aufzuspüren, aber damit umzugehen, ist eine Aufgabe für Erwachsene. Gebt ihr mir euer Wort darauf? Wenn nicht, muss ich euch als Aufpasserin begleiten.«

Benny machte ein zweifelndes Gesicht. »Ich bin die Black Ridge Road noch nie gefahren, Mrs. McC., aber schon daran vorbeigekommen. Also, ich glaube nicht, dass Ihr Civic ihr gewachsen wäre.«

»Dann versprecht es mir oder bleibt ganz hier, wie wär's damit?«

Joe versprach es ihr. Das taten auch die beiden anderen. Norrie bekreuzigte sich sogar.

Joe wollte seinen Rucksack auf den Rücken nehmen. Claire steckte noch rasch ihr Handy hinein. »Aber nicht verlieren, Mister.«

»Nein, Mama.« Joe trat von einem Fuß auf den anderen, er hatte es eilig, wegzukommen.

»Norrie? Kann ich mich darauf verlassen, dass du auf die Bremse trittst, wenn diese beiden ausflippen?«

»Ja, Ma'am«, sagte Norrie Calvert, als hätte sie auf ihrem Skateboard nicht allein im vergangenen Jahr schon tausendmal Tod oder Entstellung riskiert. »Darauf können Sie sich verlassen.«

»Das hoffe ich«, sagte Claire. »Das hoffe ich.« Sie rieb sich die Schläfen, als kämpfte sie gegen nahende Kopfschmerzen.

»Krasser Lunch, Mrs. McC.!«, sagte Benny und hob seine rechte Hand. »Geben Sie mir fünf.«

»Lieber Gott, was tue ich hier bloß?«, fragte Claire. Dann klatschte sie seine Hand ab.

10   Hinter der fast brusthohen Theke im Vorraum der Polizeistation, vor der Bürger standen, wenn sie Anzeige wegen Diebstahls, Vandalismus oder eines unaufhörlich kläffenden Nachbarhundes erstatten wollten, lag der Bereitschaftsraum. Er enthielt Schreibtische, Spinde und eine Kaffeemaschine, hinter der ein an der Wand hängendes Schild griesgrämig verkündete: KAFFEE UND DONUTS SIND *NICHT* KOSTENLOS. Außerdem wurden dort Untersuchungshäftlinge aufgenommen. Hier wurde Barbie von Freddy Denton fotografiert, bevor Henry Morrison seine Fingerabdrücke nahm, was Peter Randolph und Denton aus nächster Nähe mit gezogenen Pistolen überwachten.

»Schlaff, ganz schlaff lassen!«, brüllte Henry. Dies war nicht der Mann, der sich beim Mittagessen im Sweetbriar Rose (unweigerlich Schinken-Salat-Tomaten-Sandwich mit einem Streifen Dillgurke extra) gern mit Barbie über die Rivalität zwischen den Red Sox und den Yankees unterhalten hatte. Dies war ein Kerl, der so aussah, als würde er Dale Barbara gern eins auf die Nase geben. Und zwar fest. »Nicht Sie rollen sie ab, das tue ich, also lassen Sie sie schlaff!«

Barbie überlegte, ob er Henry erklären sollte, dass es etwas schwierig war, sich zu entspannen, wenn man so nahe neben Männern mit Pistolen stand – vor allem wenn man wusste, dass sie ihre Waffen gern benutzen würden. Er hielt aber den Mund und konzentrierte sich stattdessen darauf, seine Finger locker zu lassen, damit Henry sie abrollen konnte. Und das machte er nicht schlecht, gar nicht übel. Unter anderen Umständen hätte Barbie ihn vielleicht gefragt, weshalb sie sich überflüssige Arbeit machten, aber auch dazu schwieg er lieber.

»Also gut«, sagte Henry, als er die Abdrücke für deutlich genug hielt. »Bringt ihn runter. Ich will mir die Hände waschen. Ich komme mir schmutzig vor, bloß weil ich ihn angefasst habe.«

Jackie und Linda hatten im Hintergrund gestanden. Als Randolph und Denton jetzt ihre Pistolen wegsteckten und Barbie an den Armen packten, zogen die beiden Frauen ihre eigenen. Sie hielten sie schussbereit auf den Boden gerichtet.

»Wenn ich könnte, würde ich alles auskotzen, was Sie mir jemals serviert haben«, sagte Henry. »Sie widern mich an!«

»Ich war's nicht«, sagte Barbie. »Denken Sie doch mal nach, Henry.«

Morrison wandte sich nur ab. *Hier wird heute nicht viel nachgedacht,* sagte Barbara sich. Aber das entsprach bestimmt genau Rennies Absichten.

»Linda«, sagte er. »Mrs. Everett.«

»Reden Sie nicht mit mir.« Ihr Gesicht war kreidebleich bis auf die dunkel purpurroten Halbmonde unter ihren Augen. Sie sahen wie Veilchen aus.

»Mitkommen, Sonnyboy«, sagte Freddy und rammte Barbie eine Faust dicht oberhalb der Niere ins Kreuz. »Ihre Suite wartet.«

11   Joe, Benny und Norrie fuhren mit ihren Rädern auf der Route 119 nach Norden. Der Nachmittag war sommerheiß, die Luft diesig und schwül. Kein Lufthauch war zu spüren. Im hohen Unkraut auf beiden Straßenseiten zirpten verschlafen Grillen. Am Horizont war der Himmel gelblich verfärbt, was Joe erst für Schleierwolken hielt. Dann wurde ihm klar, dass das eine Mischung aus Pollen und Umweltverschmutzung auf der Außenseite der Kuppel war. Hier draußen verlief der Prestile dicht neben der Straße, und sie hätten ihn rauschen hören müssen, während er eilig in Richtung Castle Rock nach Südosten strömte, um sich rasch mit dem mächtigen Androscoggin River zu vereinigen. Aber sie hörten nur die Grillen und ein paar Krähen, die lustlos in den Bäumen krächzten.

Sie passierten die Deep Cut Road und erreichten ungefähr eine Meile weiter die Black Ridge Road. Sie war unbefestigt, übersät von Schlaglöchern und mit zwei Hinweisschildern an durch Frostaufbrüche schief stehenden Metallstangen gekennzeichnet. Auf dem Schild links stand: ACHTUNG – ALLRADANTRIEB EMPFEHLENSWERT. Und das rechte Schild ergänzte: BRÜCKENTRAGKRAFT 4 TONNEN FÜR LKW KEINE WENDEMÖGLICHKEIT. Beide Schilder waren von Schüssen durchlöchert.

»Mir gefällt eine Stadt, deren Bürger regelmäßig Schießübungen machen«, sagte Benny. »Da kann man sich vor El Kliyder sicher fühlen.«

»Das heißt El Kaida, Blödmann«, sagte Joe.

Benny schüttelte nachsichtig lächelnd den Kopf. »Ich rede von El *Kliyder*, dem gefürchteten mexikanischen Banditen, der in den Westen von Maine umgezogen ist, um nicht …«

»Kommt, wir probieren den Geigerzähler aus«, sagte Norrie und schwang sich von ihrem Rad.

Das Gerät lag wieder in dem Drahtkorb von Bennys Schwinn High Plains. Den Korb hatten sie mit ein paar alten Handtüchern aus Claires Flickenkiste ausgepolstert. Benny nahm den Geigerzähler heraus, dessen gelbes Gehäuse der bunteste Farbklecks in der diesigen Umgebung war, und gab ihn Joe. Sein Lächeln war verschwunden. »Mach du's. Ich bin zu nervös.«

Joe betrachtete den Geigerzähler, dann gab er ihn an Norrie weiter.

»Hosenscheißer«, sagte sie nicht unfreundlich und schaltete ihn ein. Die Nadel sprang sofort auf +50. Joe starrte sie an und spürte sein Herz plötzlich in seiner Kehle statt in seiner Brust klopfen.

»He!«, sagte Benny. »Ein klasse Start!«

Norrie sah von dem Zeiger, der bei +50 verharrte (aber

noch eine halbe Skala von dem roten Bereich entfernt war),
zu Joe hinüber. »Weiterfahren?«

»Teufel, ja«, sagte er.

12   In der Polizeistation gab es keine Energieknapp-
heit – zumindest noch nicht. Unter Leuchtstoffröhren, die
deprimierend gleichförmiges Licht abgaben, verlief ein grün
gekachelter Mittelgang durchs ganze Kellergeschoss. Ob
Morgengrauen oder Mitternacht, hier unten herrschte stets
gleißend heller Mittag. Chief Randolph und Freddy Denton
eskortierten (falls dieser Ausdruck angesichts der Fäuste, die
seine Oberarme umklammerten, angebracht war) Barbie die
Treppe hinunter. Die beiden Beamtinnen, weiter mit schuss-
bereiten Pistolen, folgten ihnen.

Links lagen Registratur und Archiv. Rechts befanden sich
fünf Zellen: je zwei auf beiden Seiten und eine ganz am Ende.
Die letzte Zelle war die kleinste – mit einer schmalen Koje,
die fast über dem WC aus rostfreiem Stahl hing. Dorthin
wurde er im Polizeigriff geführt.

Auf Anweisung von Pete Randolph – der seine Befehle
von Big Jim erhalten hatte – waren selbst die Rädelsführer
des Supermarkt-Aufstands ohne Kaution entlassen worden
(wohin hätten sie auch flüchten wollen?), und alle Zellen
sollten eigentlich leer sein. Deshalb war es eine Überraschung, als aus Zelle 4 plötzlich Melvin Searles gestürmt
kam, der sich dort versteckt hatte. Sein Kopfverband war
verrutscht, und er trug eine Sonnenbrille, um zwei sehens-
werte Veilchen zu tarnen. In einer Hand hielt er eine
Sportsocke, in der etwas die Zehenpartie belastete: ein im-
provisierter Totschläger. Barbies verschwommener erster
Eindruck war, dass der Unsichtbare Mann im Begriff war,
ihn anzufallen.

»Dreckskerl!«, brüllte Mel und schwang seinen Totschläger. Barbie duckte sich. Das Ding zischte über seinen Kopf
hinweg und traf Freddy Denton an der Schulter. Freddy
schrie auf und ließ Barbie los. Hinter ihnen kreischten die
Frauen laut.

»Scheiß*mörder*! Wen hast du dafür bezahlt, dass er mir den Schädel einschlägt? Hä?« Mel holte erneut aus und traf diesmal den Bizeps von Barbies linkem Arm. Der Arm wurde sofort gefühllos. Die Socke enthielt keinen Sand, sondern anscheinend einen Briefbeschwerer. Vermutlich aus Glas oder Metall, aber wenigstens war er rund. Wäre er kantig gewesen, hätte Barbies Arm geblutet.

»Du beschissener Scheißkerl!«, trompetete Mel und schwang wieder die beschwerte Socke. Chief Randolph wich zurück, wobei auch er Barbie losließ. Barbie bekam den Totschläger im vorderen Drittel zu fassen und fuhr zusammen, als das schwere Gewicht ihm die Socke ums Handgelenk wickelte. Er ruckte daran und schaffte es, Mel Searles die improvisierte Waffe zu entreißen. Dabei rutschte Mels Kopfverband wie eine Augenbinde nach vorn über seine Sonnenbrille.

»Halt, keine Bewegung!«, rief Jackie Wettington. »Schluss damit, Häftling, dies ist Ihre einzige Warnung!«

Barbie spürte einen kalten kleinen Kreis zwischen seinen Schulterblättern. Obwohl er nichts sehen konnte, wusste er, dass das die Mündung von Jackies Pistole war. *Wenn sie abdrückt, trifft sie dich genau dort. Und sie tut es vielleicht, weil in einer Kleinstadt, in der fast nie etwas Ernsthaftes passiert, selbst die Profis Amateure sind.*

Er ließ die Socke fallen. Sie knallte schwer aufs Linoleum. Dann hob er die Hände. »Ma'am, ich hab das Ding fallen lassen!«, rief er. »Ma'am, ich bin unbewaffnet, bitte nehmen Sie Ihre Waffe weg!«

Mel schob den rutschenden Verband hoch, der sich auflöste und wie das Ende eines Swami-Turbans über seinen Rücken herabhing. Seine Fäuste trafen Barbie zweimal: einmal am Solarplexus, einmal in der Magengrube. Diesmal war Barbie nicht vorbereitet, und die Luft explodierte mit einem harten *PAH!* aus seiner Lunge. Er krümmte sich zusammen, dann sank er auf die Knie. Mel hämmerte mit der Faust auf seinen Nacken – oder vielleicht war es auch Freddy; soviel Barbie wusste, konnte das auch der Furchtlose Führer selbst sein –, und er ging zu Boden, während die Welt vage und un-

584

deutlich wurde. Bis auf eine Kerbe im Linoleum. Die konnte er sehr gut sehen. Sogar atemberaubend deutlich. Kein Wunder, sie war keine fünf Zentimeter von seinem Auge entfernt.

»Schluss damit, Schluss jetzt, *hört auf, ihn zu schlagen*!« Die Stimme kam aus großer Entfernung, aber Barbie war sich ziemlich sicher, dass sie Rustys Frau gehörte. »*Er ist am Boden, könnt ihr nicht sehen, dass er am Boden ist?*«

Füße schlurften in einem komplizierten Tanz um ihn herum. Irgendwer trat auf seinen Hintern, stolperte, rief »*Fuck!*« und versetzte ihm einen Tritt an die Hüfte. Das alles passierte in weiter Ferne. Später würde es vielleicht wehtun, aber im Augenblick war es nicht allzu schlimm.

Hände packten ihn und rissen ihn hoch. Barbie versuchte den Kopf zu heben, aber es war insgesamt leichter, ihn einfach hängen zu lassen. Er wurde den Korridor entlang zu der letzten Zelle geschleift, wobei das grüne Linoleum zwischen seinen Füßen vorbeiglitt. Was hatte Denton oben gesagt? *Ihre Suite wartet.*

Aber ich bezweifle, dass es Schokolade auf dem Kopfkissen oder aufgeschlagene Bettdecken gibt, dachte Barbie. Das war ihm auch egal. Er wollte nur in Ruhe gelassen werden, damit er seine Wunden lecken konnte.

Außerhalb der Zelle bekam er einen Tritt in den Hintern, der ihn noch mehr beschleunigte. Er flog vorwärts und riss den rechten Arm hoch, um zu verhindern, dass er mit dem Gesicht voraus gegen die grün gestrichene Wand knallte. Er versuchte auch den linken Arm zu heben, aber der war unterhalb des Ellbogens noch immer gefühllos. Trotzdem schaffte er es, seinen Kopf zu schützen, und das war gut. Er prallte ab, torkelte und sank wieder auf die Knie – diesmal neben der Koje, als wollte er vor dem Schlafengehen beten. Hinter ihm rumpelte die Zellentür auf ihrer Stahlschiene dem Schloss entgegen.

Barbie stützte sich mit beiden Händen von der Koje ab und stemmte sich hoch. Im linken Arm hatte er allmählich wieder etwas Gefühl. Als er sich umdrehte, sah er gerade noch, wie Randolph in kämpferischer Pose wegstolzierte – die Fäuste geballt, den Kopf gesenkt. Hinter ihm wickelte

Denton den Rest von Searles' Kopfverband ab, während Searles Barbie anfunkelte (wobei das Funkeln durch die jetzt schief auf seiner Nase sitzende Sonnenbrille etwas beeinträchtigt wurde). Am Fuß der Treppe hinter den Beamten standen die beiden Frauen. Auf ihren Gesichtern sah er den gleichen erschrockenen, verwirrten Ausdruck. Linda Everett war blasser als je zuvor, und Barbie glaubte, an ihren Wimpern Tränen glitzern zu sehen.

Barbie nahm seine ganze Willenskraft zusammen und rief ihren Namen. »Officer Everett!«

Sie fuhr leicht verwirrt zusammen. Hatte sie schon einmal jemand Officer Everett genannt? Vielleicht Schulkinder, wenn sie als Schülerlotsin eingeteilt worden war, was vermutlich ihre verantwortungsvollste Aufgabe als Teilzeit-Cop gewesen war. Jedenfalls bis diese Woche.

»Officer Everett! Ma'am! Bitte, Ma'am!«

»Schnauze!«, sagte Freddy Denton.

Barbie achtete nicht auf ihn. Er fürchtete, jeden Moment Ohnmacht oder Benommenheit anheimzufallen, aber vorerst hielt er noch grimmig durch.

»Sagen Sie Ihrem Mann, dass er die Leichen untersuchen soll. Vor allem die von Mrs. Perkins! Ma'am, er *muss* die Leichen untersuchen! Sie sind bestimmt nicht im Krankenhaus! Rennie wird nicht gestatten, dass sie …«

Peter Randolph trat gewichtig vor. Barbie sah, was er von Freddy Dentons Polizeigürtel losgehakt hatte, und versuchte die Arme zu heben, um sein Gesicht zu schützen, aber sie waren einfach zu schwer.

»Jetzt reicht's aber«, sagte Randolph. Er schob den Pfeffersprühbehälter zwischen den Gitterstäben hindurch und drückte den Pistolengriff.

13 Auf halbem Weg über die stark verrostete Black Ridge Bridge hielt Norrie an und starrte zum gegenüberliegenden Hang hinüber.

»Wir müssen weiter«, sagte Joe. »Das Tageslicht ausnutzen, solange es welches gibt.«

»Ich weiß, aber sieh nur«, sagte Norrie und zeigte über das Geländer.

Am jenseitigen Ufer, unter einem Steilabfall und in dem trocknenden Schlamm, wo früher der Prestile geströmt war, bevor die Barriere ihn abgeriegelt hatte, lagen vier Tierkadaver: ein Weißwedelhirsch, zwei Hirschkühe und ein Junges. Alle waren ziemlich groß; der Sommer in The Mill war schön gewesen, und sie hatten reichlich gefressen. Joe konnte Wolken von Fliegen sehen, die die Kadaver umschwärmten; er konnte sogar ihr schläfriges Summen hören. Dieses Geräusch wäre normalerweise im Rauschen des Wassers untergegangen.

»Was ist mit ihnen passiert?«, fragte Benny. »Glaubst du, dass es irgendwie mit dem zusammenhängt, was wir suchen?«

»Falls du Strahlung meinst«, sagte Joe, »glaube ich nicht, dass sie so schnell wirkt.«

»Außer sie ist wirklich *stark*«, sagte Norrie unbehaglich.

Joe deutete auf die Nadel des Geigerzählers. »Schon möglich, aber dieser Wert ist nicht sehr hoch. Selbst wenn der Zeiger im roten Bereich stünde, glaube ich nicht, dass die Strahlung so große Tiere in nur drei Tagen töten könnte.«

Benny sagte: »Der Hirsch hat einen gebrochenen Vorderlauf, das sieht man von hier aus.«

»Ich bin mir ziemlich sicher, dass eine der Hirschkühe zwei Läufe gebrochen hat«, sagte Norrie. Sie hielt sich eine Hand über die Augen. »Die vorderen. Seht ihr, wie sie abgeknickt sind?«

Joe fand, dass die Hirschkuh aussah, als wäre sie bei einer besonders schwierigen Gymnastikübung verendet.

»Sie sind gesprungen, glaube ich«, sagte Norrie. »Haben sich über den Steilabbruch in die Tiefe gestürzt, wie es diese kleinen Rattenviecher angeblich tun.«

»Lemons«, sagte Benny.

»Lem-*minge*, Schwachkopf«, sagte Joe.

»Sind sie vor irgendwas geflohen?«, fragte Norrie. »Ist es das, was sie getan haben?«

Keiner der Jungen antwortete. Beide sahen jünger aus als

in der Woche zuvor – wie Kinder, die sich eine Lagerfeuer-
geschichte anhören müssen, die viel zu gruselig ist. Die drei
standen neben ihren Rädern, starrten die Tierkadaver an und
horchten auf das schläfrige Summen der Fliegen.

»Weiter?«, fragte Joe.

»Wir müssen, denke ich«, sagte Norrie. Sie schwang ein
Bein über den Sattel und stand mit ihrem Rad zwischen den
Beinen abfahrtbereit da.

»Richtig«, sagte Joe und stieg ebenfalls wieder auf.

»Ollie«, sagte Benny, »das ist wieder ein schöner Schlamassel, in den du mich reingeritten hast.«

»Hä?«

»Schon gut«, sagte Benny. »Fahr zu, mein Seelenbruder,
fahr zu.«

Jenseits der Brücke konnten sie sehen, dass alle Weißwedelhirsche gebrochene Hufe hatten. Das Junge hatte außerdem einen eingeschlagenen Schädel – vermutlich vom
Aufprall auf einen der großen Felsblöcke, die an einem gewöhnlichen Tag mit Wasser bedeckt gewesen wären.

»Probier den Geigerzähler nochmal«, sagte Joe.

Norrie schaltete ihn ein. Dieses Mal zitterte die Nadel
knapp unter +75.

14   Peter Randolph grub aus einer Schublade von
Duke Perkins' Schreibtisch einen alten Kassettenrekorder
aus, testete ihn und stellte fest, dass die Batterien noch gut
waren. Als Junior Rennie hereinkam, drückte Randolph die
Aufnahmetaste und stellte den kleinen Sony auf die Schreib-
tischecke, wo der junge Mann ihn sehen konnte.

Juniors letzte Migräne hatte sich zu einem dumpfen Pochen an der linken Kopfseite gemildert, und er fühlte sich
durchaus entspannt; sein Vater und er hatten die Sache
durchgesprochen, und Junior wusste, was er zu sagen hatte.

»Da wird nur Softball gespielt«, hatte Big Jim gesagt.
»Eine bloße Formalität.«

Und so war's jetzt auch.

»Wie haben Sie die Leichen entdeckt?«, fragte Randolph

588

und lehnte sich in den Drehsessel hinter dem Schreibtisch zurück. Sämtliche von Perkins' hinterlassenen Gegenstände hatte er weggeräumt und in einem Aktenschrank an der Wand gegenüber verstaut. Nachdem Brenda nun tot war, würde er sie in den Müll werfen können, vermutete er. Persönlicher Besitz war wertlos, wenn es keine Angehörigen gab.

»Nun«, sagte Junior, »ich bin von einer Streifenfahrt auf der 117 zurückgekommen – die ganze Supermarktsache hatte ich verpasst ...«

»Da können Sie von Glück sagen«, warf Randolph ein. »Das war ein schöner Scheiß, wenn Sie den Ausdruck entschuldigen wollen. Kaffee?«

»Nein, danke, Sir, ich leide manchmal unter Migräne, und Kaffee scheint sie schlimmer zu machen.«

»Sowieso eine schlechte Angewohnheit. Nicht so schlimm wie Zigaretten, aber schlimm. Wussten Sie, dass ich geraucht habe, bis ich erlöst wurde?«

»Nein, Sir, das wusste ich nicht.« Junior hoffte, dass dieser Idiot bald zu schwafeln aufhörte und ihn seine Geschichte erzählen ließ, damit er wieder verschwinden konnte.

»Ja, von Lester Coggins.« Randolph legte die Rechte mit gespreizten Fingern auf seine Brust. »Er hat mich voll im Prestile untergetaucht. Hab mein Herz auf der Stelle Jesus geschenkt. Ich bin kein so gläubiger Kirchgänger wie manche, bestimmt nicht so gläubig wie Ihr Dad, aber Reverend Coggins war ein guter Mann.« Randolph schüttelte den Kopf. »Dale Barbara hat eine Menge auf dem Gewissen. Immer vorausgesetzt, dass er überhaupt eins hat.«

»Ja, Sir.«

»Und er wird sich auch für eine Menge verantworten müssen. Ich hab ihn mit Pfefferspray ruhiggestellt, aber das war erst eine kleine Anzahlung darauf, was ihm bevorsteht. So. Sie sind von einer Streifenfahrt zurückgekommen ... und dann?«

»Und mir ist eingefallen, dass mir jemand erzählt hat, er hätte Angies Auto in der Garage stehen sehen. Sie wissen schon, in der Garage der McCains.«

»Wer hat Ihnen das erzählt?«

»Frank?« Junior rieb sich die Schläfe. »Ich denke, dass es vielleicht Frank war.«

»Bitte weiter.«

»Na ja, ich habe durch eins der Garagenfenster gesehen, und ihr Auto *war* da. Also bin ich zur Haustür und hab geklingelt, aber niemand hat aufgemacht. Dann bin ich hintenrum gegangen, weil ich mir Sorgen gemacht habe. Da war so ein auffälliger … Geruch.«

Randolph nickte mitfühlend. »Im Prinzip sind Sie also Ihrer Nase nachgegangen. Das war gute Polizeiarbeit, mein Sohn.«

Junior musterte Randolph scharf, weil er sich fragte, ob das ein Scherz oder ein sarkastischer Seitenhieb sein sollte, aber aus dem Blick des Chiefs schien nichts als ehrliche Bewunderung zu sprechen. Junior wurde klar, dass sein Vater anscheinend einen Assistenten (als Erstes fiel ihm das Wort *Komplize* ein) gefunden hatte, der sogar noch dämlicher war als Andy Sanders. Das hätte er nicht für möglich gehalten.

»Bitte weiter, erzählen Sie den Rest. Ich weiß, dass das schmerzlich für Sie ist. Es ist für uns alle schmerzlich.«

»Ja, Sir. Im Prinzip war's so, wie Sie gesagt haben. Die Hintertür war nicht abgesperrt, und ich bin einfach meiner Nase nach in die Speisekammer gegangen. Was ich dort entdeckt habe, konnte ich kaum glauben.«

»Haben Sie die Erkennungsmarken gleich gesehen?«

»Ja. Nein. Gewissermaßen. Ich habe gesehen, dass Angie *irgendwas* in der Hand hatte … etwas an einer Kette … aber ich wusste nicht, was es war, und wollte lieber nichts anfassen.« Junior sah bescheiden zu Boden. »Ich weiß, dass ich nur ein Anfänger bin.«

»Gute Entscheidung«, sagte Randolph. »*Clevere* Entscheidung. Wissen Sie, unter gewöhnlichen Umständen würden wir das gesamte Spurensicherungsteam des Justizministeriums anfordern – Barbara wirklich an die Wand nageln –, aber wir haben's nun mal nicht mit gewöhnlichen Umständen zu tun. Trotzdem haben wir genug, würde ich sagen. Sehr unklug von ihm, seine Erkennungsmarken zu übersehen.«

»Ich habe mein Handy benutzt, um meinen Vater anzurufen. Aus dem Stimmengewirr im Funk habe ich geschlossen, dass Sie hier ziemlich beschäftigt sind.«

»Beschäftigt?« Randolph verdrehte die Augen. »Junger Mann, Sie wissen nicht mal die Hälfte davon! Dass Sie Ihren Dad angerufen haben, war sehr richtig. Er ist praktisch ein ehrenamtlicher Polizist.«

»Dad hat sich zwei Leute geschnappt, Fred Denton und Jackie Wettington, und ist mit ihnen zum Haus der McCains gefahren. Linda Everett ist dazugestoßen, als Freddy den Tatort fotografiert hat. Dann sind Stewart Bowie und sein Bruder mit dem Leichenwagen gekommen. Mein Dad war der Meinung, so wär's am besten, weil im Krankenhaus wegen des Aufruhrs und allem sicher der Teufel los war.«

Randolph nickte. »Genau richtig. Den Lebenden helfen, die Toten lagern. Wer hat die Erkennungsmarken gefunden?«

»Jackie. Sie hat Angies Finger mit einem Bleistift aufgebogen, und da sind die Erkennungsmarken aus ihrer Hand auf den Boden gefallen. Freddy hat alles fotografiert.«

»Nützlich bei einem Prozess«, sagte Randolph. »Den wir wohl selbst durchführen müssen, wenn diese Sache mit der Kuppel sich nicht wieder gibt. Aber dazu sind wir in der Lage. Sie wissen ja, was die Bibel sagt: Der Glaube kann Berge versetzen. Wann haben Sie die Leichen aufgefunden?«

»Gegen Mittag.« *Nachdem ich Abschied von meinen Freundinnen genommen hatte.*

»Und Sie haben gleich Ihren Vater angerufen?«

»Nicht gleich.« Junior sah Randolph offen an. »Ich musste erst rauslaufen und mich übergeben. Sie waren so schlimm zugerichtet. So was hatte ich in meinem Leben noch nicht gesehen.« Er ließ einen langen Seufzer hören und achtete darauf, ein leichtes Zittern hineinzulegen. Das Tonbandgerät würde es vermutlich nicht aufzeichnen, aber Randolph würde sich daran erinnern. »Als ich dann nicht mehr kotzen musste, habe ich Dad angerufen.«

»Okay, ich denke, das ist alles, was ich brauche.« Keine weiteren Fragen zum zeitlichen Ablauf oder seiner »Streifenfahrt«; nicht mal die Aufforderung an Junior, einen Bericht zu schreiben (was gut war, weil er vom Schreiben heutzutage unweigerlich Kopfschmerzen bekam). Randolph beugte sich nach vorn, um den Kassettenrekorder auszuschalten. »Danke, Junior. Wollen Sie sich nicht den Rest des Tages freinehmen? Gehen Sie nach Hause, ruhen Sie sich aus. Sie sehen ziemlich mitgenommen aus.«

»Ich möchte dabei sein, wenn Sie ihn vernehmen, Sir. Barbara.«

»Nun, da verpassen Sie heute nichts, keine Angst. Wir lassen ihn erst einmal vierundzwanzig Stunden im eigenen Saft schmoren. Eine Idee Ihres Dads und eine gute dazu. Wir verhören ihn morgen Nachmittag oder morgen Abend, und Sie sind dabei. Das verspreche ich Ihnen. Wir werden ihn *energisch* verhören.«

»Ja, Sir. Gut.«

»Ohne großartige Belehrung über seine Rechte.«

»Nein, Sir.«

»Und dank der Kuppel gibt's auch keine Überstellung an den County Sheriff.« Randolph musterte Junior mit scharfem Blick. »Junger Mann, dies wird ein Musterfall dafür, dass etwas, was in Vegas passiert, auch in Vegas bleibt.«

Junior wusste nicht, ob er darauf mit *ja, Sir* oder *nein, Sir* antworten sollte, weil er keine Ahnung hatte, wovon der Idiot hinter dem Schreibtisch redete.

Randolph musterte ihn einen Augenblick länger, als wollte er sicherstellen, dass sie sich verstanden, dann klatschte er leicht in die Hände und stand auf. »Gehen Sie nach Hause, Junior. Sie sind bestimmt erledigt.«

»Ja, Sir, das bin ich. Und ich denke, ich werd's tun. Mich ausruhen, meine ich.«

»Ich hatte ein Päckchen Zigaretten in der Tasche, als Reverend Coggins mich getunkt hat«, sagte Randolph im Tonfall liebevoller Erinnerung. Auf dem Weg zur Tür legte er Junior einen Arm um die Schultern. Junior behielt seinen respektvollen, aufmerksamen Gesichtsausdruck bei, aber am liebsten hätte er unter dem Gewicht dieses schweren Arms geschrien. Es kam ihm vor, als hätte er eine Krawatte aus Fleisch um seinen Hals baumeln. »Sie waren natürlich hin. Und ich habe mir niemals neue gekauft. Durch den Sohn Gottes vor dem Teufelskraut gerettet. Wie ist das als Gnadenerweis?«

»Fantastisch«, brachte Junior heraus.

»Brenda und Angie werden natürlich die meiste Aufmerksamkeit bekommen, und das ist normal – eine prominente Mitbürgerin und ein junges Mädchen, das sein Leben noch vor sich hatte –, aber Reverend Coggins hatte auch seine Fans. Ganz abgesehen von einer großen, ihn liebenden Gemeinde.«

Aus den Augenwinkeln konnte Junior links Randolphs Hand mit den dicken Fingern sehen. Er fragte sich, was der Chief tun würde, wenn er plötzlich den Kopf zur Seite gedreht und reingebissen hätte. Ihm vielleicht einen dieser Finger abgebissen und auf den Boden gespuckt.

»Vergessen Sie Dodee nicht.« Er hatte keine Ahnung, wieso er das sagte, aber es funktionierte. Randolphs Hand fiel von seiner Schulter. Der Mann wirkte wie vom Donner gerührt. Junior merkte, dass er Dodee tatsächlich vergessen hatte.

»O Gott«, sagte Randolph. »Dodee. Hat irgendwer Andy angerufen und es ihm gesagt?«

»Weiß ich nicht, Sir.«

»Ihr Vater hat es doch bestimmt getan?«

»Er hatte schrecklich viel zu tun.«

Das stimmte allerdings. Big Jim saß zu Hause in seinem Arbeitszimmer und setzte seine Rede für die Bürgerversammlung am Donnerstagabend auf. Die Rede, die er halten würde, kurz bevor die Bürger dafür stimmten, den Stadtverordneten für die Dauer der Krise weitgehende Notvollmachten zu bewilligen.

»Ich muss ihn unbedingt anrufen«, sagte Randolph. »Aber vielleicht wär's besser, vorher ein Gebet zu sprechen. Wollen Sie sich mir anschließen, wenn ich gottwärts auf den Knien liege, Sohn?«

Junior hätte sich lieber Feuerzeugbenzin vorn über seine Hose gekippt und es angezündet, aber das sagte er nicht. »›Sprich allein mit deinem Gott, dann hörst du seine Antwort deutlicher.‹ Das sagt mein Dad immer.«

»Na schön, mein Sohn. Das ist ein guter Rat.«

Bevor Randolph mehr sagen konnte, schlüpfte Junior erst aus seinem Dienstzimmer, dann aus der Polizeistation. Er ging tief in Gedanken versunken nach Hause, trauerte um seine verlorenen Freundinnen und überlegte, wie er sich eine neue beschaffen könnte. Vielleicht mehr als eine.

Unter der Kuppel konnten alle möglichen Dinge passieren.

15   Peter Randolph versuchte zu beten, aber er hatte zu viel im Kopf. Außerdem half Gott denen, die sich selbst halfen. Er glaubte nicht, dass das in der Bibel stand, aber es stimmte trotzdem. Also wählte er Andy Sanders' Handynummer, die er auf einer Liste am Schwarzen Brett neben der Tür gefunden hatte. Er hoffte, dass sich niemand melden würde, aber das tat der Kerl gleich nach dem ersten Klingeln – war das nicht immer so?

»Hallo, Andy. Hier ist Chief Randolph. Ich habe eine ziemlich schlimme Nachricht für Sie, mein Freund. Vielleicht sollten Sie sich lieber hinsetzen.«

Es wurde ein schwieriges Gespräch. Sogar höllisch schwierig. Als es endlich vorüber war, saß Randolph da und trommelte mit den Fingern auf der Schreibtischplatte. Er überlegte sich – wieder einmal –, dass er nicht nur traurig wäre, wenn Duke Perkins noch hier säße. Vielleicht gar nicht traurig. Dieser Job hatte sich als viel härter und schmutziger erwiesen, als er vermutet hatte. Das Privatbüro war den Ärger nicht wert. Das war nicht einmal der grüne Dienstwagen des Chiefs; immer wenn er sich ans Steuer setzte und sein Hintern in die Vertiefung glitt, die Dukes größere Masse zurückgelassen hatte, dachte er unwillkürlich: *Du bist diesem Job nicht gewachsen.*

Sanders war auf dem Weg hierher. Er wollte Barbara persönlich gegenübertreten. Randolph hatte versucht, ihm das auszureden, aber mitten in seinem Vorschlag, Andy solle seine Zeit lieber auf den Knien verbringen, um für die Seelen seiner Frau und seiner Tochter zu beten – und Gott um Kraft bitten, sein Kreuz zu tragen –, hatte Andy die Verbindung getrennt.

Randolph tippte seufzend eine weitere Nummer ein. Nach dem zweiten Klingeln hatte er Big Jims übellaunige Stimme im Ohr. »Was? *Was?*«

»Ich bin's, Jim. Ich weiß, dass Sie arbeiten, und störe sehr ungern, aber könnten Sie herkommen? Ich brauche Hilfe.«

16 Unter einem Himmel, der jetzt deutlich gelb verfärbt war, standen die drei Kinder in dem irgendwie flauen Nachmittagslicht und starrten den toten Bären am Fuß des Telefonmastes an. Der Holzmast stand schief. In eineinviertel Meter Höhe war das mit Karbolineum behandelte Holz zersplittert und mit Blut bespritzt. Auch mit anderem Zeug. Mit weißem Zeug, das Joe für Knochensplitter hielt. Und mit gräulichem, mehligem Zeug, das Gehirn…

Er wandte sich ab und versuchte, ein Würgen zu unterdrücken. Das gelang ihm fast, aber dann übergab Benny sich – mit einem lauten, feuchten *Wuäp*-Laut –, und Norrie folgte seinem Beispiel. Also gab Joe auf und machte mit.

Als sie sich wieder unter Kontrolle hatten, nahm Joe seinen Rucksack ab, holte die Flaschen mit Snapple heraus und verteilte sie. Mit dem ersten Mundvoll spülte er sich den Mund aus und spuckte das Zeug aus. Norrie und Benny machten das Gleiche. Dann erst tranken sie. Der süße Eistee war warm, aber trotzdem Balsam für Joes wunden Hals.

Norrie machte zwei vorsichtige Schritte auf den schwarzen, von Fliegen umsummten Haufen am Fuß des Telefonmastes zu. »Wie die Hirsche«, sagte sie. »Der arme Kerl hatte keinen Steilabbruch, über den er sich stürzen konnte, also hat er sich den Schädel an einem Telefonmast eingeschlagen.«

»Vielleicht hatte er Tollwut«, sagte Benny mit dünner Stimme. »Vielleicht die Hirsche auch.«

Joe hielt das zwar theoretisch für möglich, glaubte aber

nicht daran. »Ich habe über diese Selbstmordsache nachgedacht.« Er hasste das Zittern, das er in seiner Stimme hörte, schien aber nichts dagegen machen zu können. »Wale und Delphine tun so was auch – sie stranden freiwillig. Ihr kennt die Bilder aus dem Fernsehen. Und mein Dad sagt, dass Oktopusse es auch tun.«

»Poden«, sagte Norrie. »Oktopoden.«

»Was auch immer. Mein Dad sagt, dass sie sich selbst die Fangarme abfressen, wenn ihr Lebensraum verschmutzt wird.«

»Dude, willst du, dass ich noch mal kotze?«, fragte Benny. Seine Stimme klang nörglerisch und müde.

»Passiert das auch hier?«, fragte Norrie. »Ist die Umwelt verschmutzt?«

Joe sah zu dem gelblichen Himmel auf. Dann zeigte er nach Südwesten, wo eine Wolke aus schwarzen Rückständen des durch die Lenkwaffe ausgelösten Brandes die Luft verfärbte. Diese fünfzig bis hundert Meter hohe Schmutzwolke schien eine Meile Durchmesser zu haben. Vielleicht mehr.

»Ja«, sagte sie, »aber das ist anders, nicht wahr?«

Joe zuckte mit den Schultern.

»Wenn auch uns plötzlich der Drang befallen könnte, Selbstmord zu begehen, sollten wir vielleicht umkehren«, sagte Benny. »Ich habe viel, wofür es sich zu leben lohnt. Ich konnte *Warhammer* noch immer nicht besiegen.«

»Lass sehen, was der Geigerzähler bei dem Bären anzeigt«, sagte Norrie.

Joe richtete das Geiger-Müller-Zählrohr auf den Bärenkadaver. Die Nadel ging nicht zurück, aber sie schlug andererseits auch nicht höher aus.

Norrie deutete nach Osten. Vor ihnen verließ die Straße den breiten Streifen aus Schwarzeichen, denen der Höhenzug seinen Namen verdankte. Sobald sie unter den Bäumen heraus waren, würden sie die auf dem Kamm liegende Obstplantage sehen können.

»Kommt, wir fahren wenigstens weiter, bis wir aus den Bäumen heraus sind«, sagte sie. »Dort machen wir noch eine Messung, und wenn sie wieder höher ist, fahren wir in die

Stadt zurück und informieren Dr. Everett oder diesen Barbara oder beide. Sollen sie doch versuchen, daraus schlau zu werden.«

Benny machte ein zweifelndes Gesicht. »Ich weiß nicht recht …«

»Sobald wir etwas Unheimliches spüren, kehren wir sofort um«, sagte Joe.

»Wenn es nutzen kann, sollten wir's tun«, sagte Norrie. »Ich will aus The Mill raus, bevor ich einen völligen Lagerkoller kriege.«

Sie lächelte, um zu zeigen, dass das ein Scherz gewesen war, aber es *klang* nicht wie ein Scherz, und Joe hielt es nicht für einen. Viele Leute machten sich darüber lustig, was für ein Nest The Mill war – bestimmt war James McMurtrys Song hier deshalb so populär gewesen –, und das war es intellektuell gesehen auch, vermutete er. Auch demographisch gesehen. Ihm fiel nur eine Amerikanerin asiatischer Abstammung ein – Pamela Chen, die manchmal Lissa Jamieson in der Bücherei aushalf –, und seit die Familie Laverty nach Auburn gezogen war, gab es hier überhaupt keine Schwarzen mehr. Es gab keinen McDonald's, erst recht kein Starbucks, und das Kino hatte schon längst zugemacht. Aber bisher war die Stadt ihm geografisch immer groß erschienen, hatte ihm reichlich Freiraum geboten. Erstaunlich, wie stark sie in seiner Vorstellung schrumpfte, sowie ihm klar wurde, dass seine Eltern und er sich nicht mehr einfach in ihr Auto setzen und nach Lewiston fahren konnten, um bei Yoder's gebratene Muscheln und danach Eiscreme zu essen. Und obwohl die Stadt über große Ressourcen verfügte, würden sie nicht ewig vorhalten.

»Du hast recht«, sagte Joe. »Es ist wichtig. Das Risiko wert. Glaube ich zumindest. Du kannst hierbleiben, wenn du willst, Benny. Dieser Teil der Mission ist rein freiwillig.«

»Nein, ich komme mit«, sagte Benny. »Wenn ich euch allein weiterfahren lassen würde, hättet ihr eine beschissene Meinung von mir.«

»Haben wir längst!«, riefen Joe und Norrie im Chor, dann sahen sie sich an und lachten.

17   »So ist's recht, *heulen* Sie nur!«

Die Stimme schien aus weiter Ferne zu kommen. Barbie kämpfte sich darauf zu, aber es fiel ihm schwer, seine brennenden Augen zu öffnen.

»Sie haben *allen Grund* zu weinen!«

Der Mann, der diese Erklärungen abgab, schien selbst zu weinen. Und die Stimme klang vertraut. Barbie versuchte zu sehen, aber seine geschwollenen Lider waren bleischwer. Die Augen darunter pulsierten von seinem Herzschlag. Seine Nebenhöhlen waren so voll, dass seine Ohren knackten, als er jetzt schluckte.

»Warum haben Sie sie umgebracht? Warum haben Sie mein Baby umgebracht?«

Irgendein Schwein hat mir Mace ins Gesicht gesprüht. Denton? Nein, Randolph.

Barbie schaffte es, die Augen zu öffnen, indem er seine Augenbrauen mit den Handballen hochdrückte. Er sah Andy Sanders, über dessen Gesicht Tränen kullerten, vor seiner Zelle stehen. Und was sah Sanders? Einen Kerl hinter Gittern, und ein Kerl hinter Gittern wirkte immer schuldig.

»*Sie war alles, was ich hatte!*«, kreischte Sanders.

Hinter ihm stand Randolph, der verlegen wirkte und von einem Bein aufs andere trat wie ein kleiner Junge, der dringend mal musste. Trotz seiner brennenden Augen und seiner pochenden Nebenhöhlen war Barbie nicht überrascht, dass Randolph diesen Besuch gestattet hatte. Nicht weil Sanders der Erste Stadtverordnete war, sondern weil es Peter Randolph fast nie schaffte, Nein zu sagen.

»So, das reicht, Andy«, sagte Randolph. »Sie wollten ihn sehen, und ich habe es Ihnen trotz großer Bedenken gestattet. Er sitzt hier hinter Schloss und Riegel und wird für alles büßen, was er verbrochen hat. Kommen Sie jetzt mit rauf, dann gieße ich Ihnen eine Tasse …«

Andy packte Randolph vorn an seiner Uniformjacke. Er war zehn Zentimeter kleiner, aber Randolph wirkte trotzdem erschrocken. Das konnte Barbie ihm nicht verübeln. Obwohl er die Welt wie durch einen dunkelroten Filter sah, war Andy Sanders' Zorn unverkennbar.

»Geben Sie mir Ihre Pistole! Ein Prozess ist zu gut für ihn! Er käme ohnehin straflos davon! Er hat hochgestellte Freunde, das weiß ich von Jim! Ich verlange Genugtuung! Ich habe *Anspruch* auf Genugtuung, *also geben Sie mir Ihre Pistole!*«

Barbie glaubte nicht, dass Randolphs Wunsch, anderen gefällig zu sein, so weit gehen würde, dass er Sanders seine Waffe überließ, damit der ihn in seiner Zelle erschießen konnte wie eine Ratte in einer Regenwassertonne, aber er war sich seiner Sache nicht ganz sicher. Es konnte einen Grund außer seiner Gefallsucht geben, der Randolph dazu veranlasst hatte, Andy hierher mitzunehmen – vor allem ihn allein mitzubringen.

Er kam mühsam auf die Beine. »Mr. Sanders.« Etwas von dem Pfefferspray war in seinen Mund gelangt. Zunge und Gaumen waren geschwollen; seine Stimme war ein wenig überzeugendes nasales Krächzen. »Ich habe Ihre Tochter nicht ermordet, Sir. Ich habe niemanden ermordet. Wenn Sie darüber nachdenken, werden Sie erkennen, dass Ihr Freund Rennie einen Sündenbock braucht, und ich eigne mich dafür am besten ...«

Andy war jedoch nicht in der Verfassung, über irgendetwas nachzudenken. Seine Hände lagen jetzt auf Randolphs Pistolenhalfter und begannen nach der darin steckenden Glock zu krallen. Randolph, jetzt doch alarmiert, bemühte sich, sie darin zu behalten.

In diesem Augenblick kam eine Gestalt, die sich trotz ihres gewaltigen Wansts leichtfüßig bewegte, die Treppe herunter.

»Andy!«, dröhnte Big Jim. »Andy, Kumpel – komm zu mir!«

Er breitete die Arme aus. Andy hörte auf, nach der Pistole zu krallen, und lief zu ihm, wie ein weinendes Kind sich in die Arme seines Vaters flüchtet. Und Big Jim schloss ihn in die Arme.

»Ich will eine Waffe!«, blubberte Andy und hob Big Jim sein tränennasses, mit Rotz verschmiertes Gesicht entgegen. »Verschaff mir eine Pistole, Jim! Sofort! Auf der Stelle! Ich will ihn dafür erschießen, was er getan hat! Das ist mein Recht als Vater! Er hat mein kleines Mädchen ermordet!«

»Vielleicht nicht nur sie«, orakelte Big Jim. »Vielleicht auch nicht nur Angie, Lester und die arme Brenda.«

Das ließ die Wortflut versiegen. Andy starrte in Big Jims breites Gesicht auf, wirkte verblüfft. Fasziniert.

»Vielleicht auch deine Frau. Duke. Myra Evans. Und alle anderen.«

»Wa…«

»Irgendjemand ist für den Dome verantwortlich, Kumpel – hab ich recht?«

»Ja …« Mehr brachte Andy nicht heraus, aber Big Jim nickte wohlwollend.

»Und ich vermute, dass die Leute, die dahinterstecken, wenigstens einen Mann hier eingeschleust haben müssen. Jemand, der den Topf am Kochen hält. Und wer verstünde sich darauf besser als ein Grillkoch?« Big Jim legte Andy einen Arm um die Schultern und führte ihn zu Chief Randolph. Dabei warf er einen Blick auf Barbies gerötetes und geschwollenes Gesicht, als betrachtete er irgendeine Art Insekt. »Wir werden Beweise finden. Daran habe ich keinen Zweifel. Er hat schon bewiesen, dass er nicht clever genug ist, um seine Spuren zu verwischen.«

Barbie konzentrierte seine Aufmerksamkeit auf Randolph. »Das ist ein abgekartetes Spiel«, sagte er mit seiner nasalen Nebelhornstimme. »Angefangen hat es vielleicht, weil Rennie etwas vertuschen musste, aber jetzt ist es nichts anderes als ein Griff nach der Macht. Sie sind vielleicht noch nicht entbehrlich, Chief, aber wenn's so weit ist, werden auch Sie abserviert.«

»Schnauze«, sagte Randolph.

Rennie streichelte Andys Haare. Barbie dachte an seine Mutter und daran, wie sie ihren Cockerspaniel Missy gestreichelt hatte, als Missy alt und dumm und inkontinent geworden war. »Er wird den Preis dafür zahlen, Andy – darauf gebe ich dir mein Wort. Aber zuvor kriegen wir alle Einzelheiten aus ihm heraus: das Wie, das Wann, das Warum, und wer noch daran beteiligt war. Weil er die Sache nicht allein durchgezogen hat, darauf kannst du deinen Kopf verwetten. Er hat Komplizen. Er wird dafür büßen, aber zuvor quetschen wir alle Informationen aus ihm raus.«

»Welchen Preis?«, fragte Andy. Er sah jetzt fast verzückt zu Big Jim auf. »Welchen Preis wird er zahlen?«

»Nun, wenn er weiß, wie die Kuppel sich wieder heben lässt – und das traue ich ihm durchaus zu –, werden wir uns wohl damit begnügen müssen, ihn in Shawshank zu sehen. Lebenslänglich ohne Aussicht auf vorzeitige Entlassung.«

»Nicht gut genug«, flüsterte Andy.

Rennie streichelte weiter Andys Kopf. »Wenn die Kuppel aber bleibt?« Er lächelte. »Dann werden wir ihm selbst den Prozess machen müssen. Und falls wir ihn schuldig sprechen, richten wir ihn hin. Gefällt dir das besser?«

»Viel besser«, flüsterte Andy.

»Mir auch, Kumpel.«

Streichelnd. Streichelnd.

»Mir auch.«

18   Sie kamen zu dritt nebeneinander aus dem Waldstreifen, machten halt und sahen zu der Obstplantage auf.

»Dort oben ist was!«, sagte Benny. »Ich sehe es!« Seine Stimme klang aufgeregt, aber für Joe schien sie aus weiter Ferne zu kommen.

»Ich auch«, sagte Norrie. »Es sieht aus wie ein … ein …« *Funkfeuer* hatte sie sagen wollen, aber sie brachte dieses Wort nicht mehr heraus. Sie schaffte nur ein *Rrr-rrr-rrr*-Geräusch wie ein Kleinkind, das auf einem Sandhaufen Lastwagen spielt. Dann fiel sie vom Rad und lag mit zuckenden Armen und Beinen auf der Straße.

»Norrie?« Joe sah auf sie hinunter – eher verwirrt als besorgt – und dann zu Benny hinüber. Ihre Blicke trafen sich sekundenlang, dann kippte auch Benny zur Seite und zog im Fallen sein Rad über sich. Er begann um sich zu schlagen und kickte das High Plains von sich. Der Geigerzähler landete mit der Skala nach unten im Straßengraben.

Joe torkelte darauf zu und streckte einen Arm aus, der sich

wie aus Gummi zu dehnen schien. Er drehte den gelben Kasten um. Der Zeiger war auf +200 gesprungen, stand damit knapp unter dem roten Gefahrenbereich. Das sah er noch, danach fiel er in ein schwarzes Loch voller orangeroter Flammen. Er glaubte, sie kämen von einem riesigen Kürbishaufen – einem Scheiterhaufen aus flammenden Kürbislaternen. Irgendwo riefen Stimmen: verirrt und ängstlich. Dann verschlang ihn die Dunkelheit.

19 Als Julia vom Supermarkt in die Redaktion des *Democrat* zurückkam, hackte Tony Guay, der ehemalige Sportreporter, der jetzt die gesamte Nachrichtenredaktion war, auf die Tasten seines Laptops ein. Sie gab ihm die Kamera und sagte: »Lass alles liegen und stehen und druck mir diese Bilder aus.«

Sie setzte sich an ihren PC, um ihre Reportage zu schreiben. Die Einleitung hatte sie sich schon auf ihrem Weg die Main Street entlang zurechtgelegt: *Ernie Calvert, der ehemalige Geschäftsführer der Food City, forderte die Leute auf, hinten hereinzukommen. Er sagte, er habe ihnen die Türen geöffnet. Aber da war es schon zu spät. Der Aufruhr war voll im Gange.* Das war eine gute Einleitung. Das Problem war nur, dass sie sie nicht schreiben konnte. Sie vertippte sich andauernd.

»Geh nach oben und leg dich hin«, sagte Tony.

»Nein, ich muss das hier schreiben …«

»In diesem Zustand kannst du überhaupt nichts schreiben. Du zitterst wie Espenlaub. Das kommt von dem Schock. Leg dich eine Stunde hin. Ich drucke die Bilder aus und speichere sie auf deinem Desktop. Ich schreibe auch deine Notizen ins Reine. Los, geh schon!«

Was er sagte, gefiel ihr nicht, aber sie sah ein, dass sein Ratschlag gut war. Nur wurde weit mehr als eine Stunde daraus. Sie hatte seit Freitagnacht, die ein Jahrhundert zurückzuliegen schien, nicht mehr anständig geschlafen, und versank jetzt, kaum dass sie den Kopf aufs Kissen gelegt hatte, in einen tiefen Schlaf.

Als sie aufwachte, sah sie mit einem Anflug von Panik, wie lang die Schatten in ihrem Schlafzimmer geworden waren. Es war später Nachmittag. Und Horace! Er würde in irgendeine Ecke gemacht haben und sie ganz betreten ansehen, als wäre das seine Schuld statt ihre.

Sie schlüpfte in ihre Sneakers, lief in die Küche und sah ihren Corgi nicht winselnd an der Tür stehen, sondern friedlich auf seiner Decke zwischen Herd und Kühlschrank schlafen. Auf dem Küchentisch stand eine Mitteilung zwischen Salz- und Pfefferstreuer eingeklemmt.

15 Uhr

Julia,
Pete F. und ich haben gemeinsam die Supermarkt-Story geschrieben. Sie ist nicht großartig; das wird sie aber, wenn Du ihr Deinen Stempel aufdrückst. Deine Bilder sind auch nicht schlecht. Rommie Burpee war da & sagt, dass er noch reichlich Papier hat, sodass wir uns in dieser Beziehung keine Sorgen machen müssen. Außerdem sagt er, dass Du einen Leitartikel über die Ereignisse schreiben sollst. »Völlig unnötig«, hat er gesagt. »Und völlig inkompetent. Außer sie wollten, dass das passiert. Das traue ich diesem Kerl zu, und damit meine ich nicht Randolph.« Pete und ich finden beide, dass es einen Leitartikel geben sollte, aber wir müssen vorsichtig sein, bis alle Tatsachen bekannt sind. Außerdem waren wir uns darüber einig, dass Du Schlaf brauchst, um ihn so schreiben zu können, wie er geschrieben werden muss. Du hattest schlimme Schatten unter den Augen, Boss! Ich fahre nach Hause, um mal wieder bei Frau & Kindern zu sein. Pete ist zur Polizei unterwegs. Er sagt, dass »irgendwas Großes« passiert ist, und will rauskriegen, was es ist.

Tony G.

PS: Ich bin mit Horace Gassi gegangen. Er hat alle seine Geschäfte gemacht.

Julia, die Horace nicht vergessen lassen wollte, dass sie zu seinem Leben gehörte, weckte ihn lange genug, damit er einen halben Beggin' Strip verschlingen konnte. Dann ging sie hinunter, um ihre Reportage zu schreiben und den Leitartikel zu verfassen, den Tony und Pete vorgeschlagen hatten. Als sie eben anfangen wollte, klingelte ihr Handy.

»Shumway, *Democrat.*«

»Julia!« Das war Pete Freeman. »Du solltest mal herkommen, denke ich. Marty Arsenault sitzt am Platz des Wachhabenden, und er lässt mich nicht rein. Der Armleuchter hat mich aufgefordert, draußen zu warten. Er ist gar kein Cop, bloß ein Holzlasterfahrer, der sich im Sommer als Verkehrspolizist was dazuverdient. Aber jetzt spielt er sich auf wie Häuptling Großer Pimmel.«

»Pete, ich habe hier unheimlich viel zu tun, und wenn die Sache nicht …«

»Brenda Perkins ist tot. Ebenso wie Angie McCain, Dodee Sanders …«

»*Was?*« Sie stand so plötzlich auf, dass ihr Stuhl umfiel.

»… und Lester Coggins. Alle vier ermordet. Und stell dir vor, Dale Barbara ist als Täter verhaftet worden. Er sitzt unten in einer Zelle.«

»Ich bin sofort da.«

»Ahhh, Scheiße«, sagte Pete. »Da kommt Andy Sanders, und er weint sich die gottverdammten Augen aus. Soll ich versuchen, einen Kommentar von ihm zu kriegen, oder …«

»Nicht von einem Mann, der drei Tage nach dem Unfalltod seiner Frau seine Tochter verloren hat. Wir sind nicht die *New York Post.* Ich bin gleich da.«

Sie beendete das Gespräch, ohne eine Antwort abzuwarten. Anfangs blieb sie ganz ruhig; sie dachte sogar daran, die Redaktion abzuschließen. Aber sobald sie auf dem Gehsteig war, in der Hitze und unter diesem nikotinfleckigen Himmel, war es mit ihrer Gelassenheit vorbei, und sie fing an zu rennen.

20   Joe, Norrie und Benny lagen zuckend auf der Black Ridge Road, angestrahlt von einer viel zu diffusen Sonne. Hitze, die einfach zu heiß war, brannte auf sie herab. Eine Krähe landete ohne jede Suizidabsicht auf einer Telefonleitung und betrachtete sie mit glänzendem, klugen Blick. Sie krächzte einmal, dann flatterte sie durch die seltsame Nachmittagsluft davon.

»Halloween«, murmelte Joe.

»Mach, dass sie zu *kreischen* aufhören«, stöhnte Benny.

»Keine Sonne«, sagte Norrie. Ihre Hände grapschten ins Leere. »Keine Sonne, o Gott, es gibt keine Sonne mehr.«

Auf dem höchsten Punkt der Black Ridge, in der Obstplantage mit Blick über ganz Chester's Mill, blitzte ein helles malvenfarbenes Licht auf.

Alle fünfzehn Sekunden blitzte es erneut auf.

21   Mit vom Schlafen noch leicht verschwollenem Gesicht und am Hinterkopf abstehenden Haaren hastete Julia die Stufen zur Polizeistation hinauf. Als Pete sich ihr anschließen wollte, schüttelte sie den Kopf. »Bleib lieber hier. Vielleicht rufe ich dich, wenn ich das Interview bekomme.«

»Ich bewundere deine positive Einstellung, aber sei nicht zu optimistisch«, sagte Pete. »Rate mal, wer kurz nach Andy angekommen ist?« Er zeigte auf den vor einem Hydranten geparkten Hummer. In seiner Nähe standen Linda Everett und Jackie Wettington in ein Gespräch vertieft. Die beiden Frauen sahen ziemlich mitgenommen aus.

In dem Gebäude fiel Julia als Erstes auf, wie warm es war – die Klimaanlage war abgestellt, vermutlich um Strom zu sparen. Dann die vielen hier herumsitzenden jungen Männer, darunter zwei der Gott weiß wie vielen Killians, deren Rundschädel und Hakennasen unverkennbar waren. Alle diese jungen Männer schienen Vordrucke auszufüllen. »Was is, wenn man *kein* letzten Arbeitsplatz nich hat?«, fragte einer seinen Nachbarn.

Von unten herauf erklang weinerliches Gebrüll: Andy Sanders.

Julia ging in Richtung Bereitschaftsraum weiter, in dem sie im Lauf der Jahre oft gewesen war und sogar für die Kaffeekasse (ein Flechtkörbchen) gespendet hatte. Sie war noch nie aufgehalten worden, aber diesmal sagte Marty Arsenault: »Da dürfen Sie nicht rein, Miz Shumway. Befehl.« Er sprach in einem entschuldigenden, besänftigenden Tonfall, den er bei Pete Freeman vermutlich nicht benutzt hatte.

In diesem Augenblick kamen Big Jim Rennie und Andy Sanders die Treppe aus dem »Hühnerstall« herauf, wie die hiesigen Cops das Untergeschoss mit den Zellen nannten. Andy weinte. Big Jim hatte ihm einen Arm um die Schultern gelegt und redete beruhigend auf ihn ein. Hinter den beiden tauchte Peter Randolph auf. Randolphs Uniform war schneidig, aber das Gesicht darüber war das eines Mannes, der soeben knapp einem Bombenanschlag entgangen war.

»Jim! Peter!«, rief Julia. »Ich möchte mit Ihnen reden – für den *Democrat*!«

Big Jim wandte sich ihr nur lange genug zu, um ihr einen Blick zuzuwerfen, der besagte, dass auch Leute in der Hölle Eiswasser wollten. Dann begann er Andy zu Randolphs Dienstzimmer zu führen. Dabei sprach Rennie vom Beten.

Julia wollte an der Theke vorbeihuschen. Marty, der weiter verlegen wirkte, hielt sie am Arm fest.

Sie sagte: »Als Sie mich letztes Jahr gebeten haben, die kleine Auseinandersetzung mit Ihrer Frau aus der Zeitung rauszuhalten, Marty, habe ich das getan. Weil Sie sonst Ihren Job verloren hätten. Wenn Sie auch nur ein Minimum an Dankbarkeit im Leib haben, *lassen Sie mich los.*«

Marty ließ sie los. »Ich hab versucht, Sie aufzuhalten, aber Sie haben nicht auf mich gehört«, murmelte er. »Denken Sie daran.«

Julia trabte durch den Bereitschaftsraum. »Warten Sie einen gottverdammten Augenblick«, sagte sie zu Big Jim. »Chief Randolph und Sie bekleiden städtische Ämter, deshalb werden Sie mit mir reden.«

Diesmal war der Blick, mit dem Big Jim sie bedachte, zornig und verächtlich. »Nein, das werden wir nicht. Sie haben hier hinten nichts zu suchen.«

»Aber er schon?«, fragte sie und nickte zu Andy Sanders hinüber. »Wenn es stimmt, was ich über Dodee höre, ist er der *Letzte*, den man dort hätte hinunterlassen dürfen.«

»*Dieser Dreckskerl hat mein geliebtes Mädchen ermordet!*«, plärrte Andy.

Big Jims Zeigefinger schien Julia durchbohren zu wollen. »Sie kriegen die Story, wenn wir sie rausgeben wollen. Nicht vorher.«

»Ich will mit Barbara sprechen.«

»Er ist wegen vierfachen Mordes verhaftet. Sind Sie übergeschnappt?«

»Wieso darf ich nicht zu ihm hinunter, wenn es der Vater eines seiner angeblichen Opfer durfte?«

»Weil Sie weder persönlich betroffen noch eine Angehörige sind«, sagte Big Jim. Seine hochgezogene Oberlippe ließ die Zähne sehen.

»Hat er einen Anwalt?«

»Mit Ihnen rede ich nicht mehr, Wei …«

»*Er braucht keinen Anwalt, er braucht einen Strick! ER HAT MEIN GELIEBTES MÄDCHEN ERMORDET!*«

»Komm jetzt, Kumpel«, sagte Big Jim. »Wir tragen die Sache dem Herrn im Gebet vor.«

»Was für Beweise haben Sie? Hat er gestanden? Welche Alibis hat er vorgebracht, wenn er nicht gestanden hat? Wie passen sie zu den Todeszeitpunkten? Kennen Sie die überhaupt? Wie können Sie das, wenn die Leichen erst vor Kurzem aufgefunden worden sind? Sind sie erschossen oder erstochen oder …«

»Peter, schaffen Sie diese Reimt-sich-mit-Lampe hinaus«, sagte Big Jim, ohne sich umzudrehen. »Wenn sie nicht freiwillig geht, werfen Sie sie raus. Und sagen Sie dem Wachhabenden, dass er gefeuert ist.«

Marty Arsenault zuckte zusammen und bedeckte seine Augen mit einer Hand. Big Jim führte Andy ins Büro des Chiefs und schloss die Tür hinter ihnen.

»Ist Anklage gegen ihn erhoben worden?«, fragte Julia Randolph. »Ohne Anwalt dürfen Sie das nicht, wissen Sie. Das ist illegal.«

Und obwohl Peter Randolph weiterhin nicht gefährlich, sondern nur benommen wirkte, sagte er etwas, was ihr das Blut in den Adern gerinnen ließ. »Bis die Kuppel wieder weg ist, Julia, dürfte legal sein, was wir dazu erklären.«

»Wann sind sie ermordet worden? Sagen Sie mir wenigstens so viel.«

»Nun, die beiden Mädchen scheinen als Erste …«

Die Bürotür wurde aufgerissen, und Julia zweifelte nicht daran, dass Big Jim dahinter gestanden und gehorcht hatte. Andy saß an dem Schreibtisch, der jetzt Randolph gehörte, und hatte die Hände vors Gesicht geschlagen.

»*Raus* mit ihr!«, knurrte Big Jim. »Das will ich Ihnen nicht nochmal sagen müssen.«

»Sie dürfen ihn nicht in Isolierhaft halten – und Sie dürfen den Bürgern dieser Stadt keine Informationen verweigern!«, schrie Julia.

»Beide Male falsch«, sagte Big Jim. »Sie kennen die Redensart ›Wenn Sie kein Teil der Lösung sind, sind Sie ein Teil des Problems‹? Nun, hier tragen Sie durch Ihre Anwesenheit nichts zur Lösung bei. Sie sind eine lästige Schnüfflerin. Waren Sie schon immer. Und wenn Sie nicht gehen, werden Sie verhaftet. Sagen Sie nicht, ich hätte Sie nicht gewarnt.«

»Wunderbar! Verhaften Sie mich! Stecken Sie mich in eine Zelle dort unten!« Sie hielt ihm die Hände mit aneinandergelegten Handgelenken hin, als erwartete sie, dass er ihr tatsächlich Handschellen anlegte.

Einen Augenblick lang glaubte sie, Jim Rennie werde sie schlagen. Der Wunsch, es zu tun, stand deutlich erkennbar auf seinem Gesicht. Aber stattdessen sprach er mit Peter Randolph. »Zum allerletzten Mal: Schaffen Sie diese Schnüfflerin raus. Notfalls mit Gewalt!« Damit knallte er die Tür zu.

Ohne ihren Blick zu erwidern und mit einer Gesichtsfarbe wie frisch gebrannte Ziegel, nahm Randolph ihren Arm. Diesmal ging Julia mit. Als sie an dem Wachhabenden vorbeikamen, sagte Marty Arsenault mehr unglücklich als wütend: »Da haben wir's. Ich verliere meinen Job an einen von diesen Knallern, die ihren Arsch nicht von ihrem Ellbogen unterscheiden können.«

608

»Sie verlieren Ihren Job nicht, Marts«, sagte Randolph. »Das rede ich ihm schon aus.«

Im nächsten Augenblick war sie draußen, blinzelte in der Sonne.

»Na?«, fragte Pete Freeman. »Wie hat *das* geklappt?«

22   Benny kam als Erster wieder zu sich. Außer dass ihm sehr heiß war – sein Hemd klebte an seiner alles andere als heldenhaften Brust –, fühlte er sich okay. Er kroch zu Norrie hinüber und schüttelte sie. Sie öffnete die Augen und sah benommen zu ihm auf. Ihr Haar klebte strähnig an schweißnassen Wangen.

»Was ist passiert?«, fragte sie. »Ich muss eingeschlafen sein. Ich habe geträumt, weiß aber nicht mehr, was. Aber es war ein schlimmer Traum. Das weiß ich.«

Joe McClatchey wälzte sich auf den Bauch, richtete sich kniend auf.

»Jo-Jo?«, fragte Benny. Seit der vierten Klasse hatte er seinen Freund nicht mehr Jo-Jo genannt. »Alles in Ordnung?«

»Yeah. Die Kürbisse haben in Flammen gestanden.«

»Welche *Kürbisse*?«

Joe schüttelte den Kopf. Das wusste er nicht mehr. Er wusste nur, dass er im Schatten sitzen und sein restliches Snapple trinken wollte. Dann erinnerte er sich an den Geigerzähler. Er angelte ihn aus dem Graben und sah erleichtert, dass er noch immer funktionierte – im zwanzigsten Jahrhundert hatte man solche Geräte offenbar noch solide gebaut.

Er zeigte Benny die auf +200 stehende Nadel und wollte sie auch Norrie zeigen, aber sie sah zu der Obstplantage auf dem Kamm der Black Ridge hinauf.

»Was ist das?«, fragte sie und zeigte auf etwas.

Anfangs konnte Joe nichts entdecken. Dann blitzte ein helles malvenfarbenes Licht auf. Es war fast blendend hell. Kurz danach blinkte es erneut. Um die Intervalle bestimmen zu können, sah er auf seine Armbanduhr, aber sie war um 16:02 Uhr stehengeblieben.

»Das, was wir suchen, denke ich«, sagte er und stand auf.

Er rechnete damit, weiche Knie zu haben, aber die hatte er nicht. Außer dass ihm zu heiß war, fühlte er sich ziemlich okay. »Kommt, wir hauen ab, bevor es uns steril macht oder sonst was.«

»Dude«, sagte Benny, »wer will schon Kinder? Sie könnten wie ich werden.« Trotzdem schwang er sich auf sein Rad.

Sie fuhren auf dem gleichen Weg zurück und legten keine Rast ein, nicht mal eine Trinkpause, bevor sie jenseits der Brücke wieder auf der Route 119 waren.

SALZ

1   Die in der Nähe von Big Jims H3 stehenden Polizistinnen redeten noch miteinander – wobei Jackie jetzt nervös eine Zigarette paffte –, aber sie verstummten, als Julia Shumway an ihnen vorbeistakste.

»Julia?«, fragte Linda zögernd. »Was haben …«

Julia ging weiter. Solange sie wie jetzt kochte, hatte sie nicht die geringste Lust, mit weiteren Vertretern von Recht und Gesetz, wie es jetzt offenbar in Chester's Mill herrschte, zu sprechen. Sie hatte die halbe Strecke zur Redaktion des *Democrat* zurückgelegt, bevor ihr klar wurde, dass sie nicht nur Zorn empfand. Dass er nicht einmal überwog. Sie blieb unter der Markise von Mill New & Used Books (BIS AUF WEITERES GESCHLOSSEN, verkündete ein handgeschriebenes Schild im Schaufenster) stehen, teils um darauf zu warten, dass ihr Herzjagen sich beruhigte, aber vor allem, um einen Blick nach innen zu werfen. Das dauerte nicht lange.

»Hauptsächlich habe ich Angst«, sagte sie und fuhr beim Klang ihrer eigenen Stimme leicht zusammen. Sie hatte nicht vorgehabt, es laut zu sagen.

Pete Freeman holte sie ein. »Alles in Ordnung?«

»Mir geht's gut.« Das war gelogen, aber sie brachte es glaubwürdig heraus. Natürlich konnte sie nicht beurteilen, was ihr Gesicht ausdrückte. Julia hob eine Hand und versuchte, die vom Liegen abstehenden Haare an ihrem Hinterkopf zu glätten. Sie legten sich an … dann standen sie wieder ab. *Zu allem anderen auch noch strubbelige Haare*, dachte sie. *Sehr hübsch. Der letzte Schliff.*

»Ich dachte schon, Rennie würde dich tatsächlich von unserem neuen Chief verhaften lassen«, sagte Pete. Er machte große Augen und wirkte so um einiges jünger als gut dreißig.

»Ich hab's gehofft.« Julia umrahmte mit ihren Händen eine unsichtbare Schlagzeile. »REPORTERIN DES *DEMOCRAT* FÜHRT EXKLUSIVINTERVIEW MIT INHAFTIERTEM MORDVERDÄCHTIGEN.«

»Julia? Was geht hier vor? Ich rede nicht nur von der Kuppel. Hast du all die jungen Kerle gesehen, die Vordrucke ausgefüllt haben? Das war irgendwie beängstigend.«

»Ich habe sie gesehen«, sagte Julia, »und ich werde über sie schreiben. Ich werde über *alles* schreiben. Und ich glaube, dass ich bei der Bürgerversammlung am Donnerstag nicht die Einzige sein werde, die James Rennie mit drängenden Fragen konfrontiert.«

Sie legte Pete eine Hand auf den Arm.

»Ich werde versuchen, möglichst viel über diese Morde herauszubekommen, und schreibe dann einen Bericht darüber. Und einen sehr deutlichen Leitartikel, der nur knapp unterhalb von Aufwiegelei bleibt.« Sie blaffte ein humorloses Lachen. »Was Aufwiegelei angeht, genießt Jim Rennie natürlich den Heimvorteil.«

»Ich verstehe nicht, was du …«

»Unwichtig, geh schon mal voraus. Ich brauche ein paar Minuten, um mich wieder zu fangen. Vielleicht kann ich mir dann überlegen, mit wem ich zuerst reden muss. Uns bleibt nicht mehr schrecklich viel Zeit, wenn wir noch heute Abend in Druck gehen wollen.«

»Fotokopie«, sagte er.

»Hä?«

»Wenn wir heute Abend in Fotokopie gehen wollen.«

Julia nickte ihm lächelnd zu, dann scheuchte sie ihn mit einer Handbewegung weiter. An der Tür zur Redaktion sah er sich nochmal um. Sie winkte, um ihm zu zeigen, dass alles in Ordnung war, und sah dann in das staubige Schaufenster der Buchhandlung. Das Kino in der Stadtmitte war seit einem halben Jahrzehnt geschlossen, und das Drive-in-Kino am Stadtrand gab es längst nicht mehr (wo seine Großleinwand über der 119 aufgeragt hatte, lag jetzt Rennies zusätzlicher Verkaufsplatz), aber Ray Towle hatte es irgendwie geschafft, seine schäbige kleine Buchhandlung am Leben zu erhalten.

Do-it-yourself-Bücher nahmen eine Hälfte des Schaufensters ein. Auf der restlichen Fläche stapelten sich Taschenbücher, deren Umschläge nebelverhangene Landsitze, adlige Damen in Gefahr und halbnackte Muskelmänner zu Fuß und zu Pferd zeigten. Einige der besagten Muskelmänner schwangen Schwerter und schienen mit nichts anderem als einer langen Unterhose bekleidet zu sein. DUNKLE INTRIGEN = LESEVERGNÜGEN! verkündete ein Schild auf dieser Seite.

In der Tat: dunkle Intrigen.

Als ob die Kuppel nicht schlimm genug, nicht unheimlich *genug wäre, gibt's nun auch noch den Stadtverordneten aus der Hölle.*

Was ihr die größten Sorgen machte, das merkte sie jetzt – was sie am meisten *erschreckte* –, war das Tempo, in dem das alles passierte. Weil Rennie schon immer der größte, aggressivste Hahn auf dem Bauernhof gewesen war, hätte sie erwartet, dass er irgendwann versuchen würde, die Stadt noch fester in den Griff zu bekommen – vielleicht wenn sie eine Woche oder einen Monat von der Außenwelt abgeschnitten war. Aber die Kuppel war erst gut drei Tage alt. Was würde passieren, wenn Cox und seine Wissenschaftler sie heute Nacht durchbrachen? Wenn sie vielleicht sogar von selbst verschwand? Dann würde Big Jim sofort auf seine frühere Größe zusammenschrumpfen – und ziemlich dumm aus der Wäsche gucken.

»Glaubst du wirklich?«, fragte Julia sich selbst, während sie weiter die DUNKLEN INTRIGEN betrachtete. »Er würde nur sagen, dass er unter schwierigen Umständen sein Bestes getan habe. Und alle würden ihm glauben.«

Das stimmte vermutlich. Aber es erklärte trotzdem nicht, weshalb der Mann nicht wenigstens eine Anstandsfrist hatte verstreichen lassen.

Weil etwas schiefgegangen ist und er handeln musste. *Außerdem …*

»Außerdem glaube ich nicht, dass er ganz zurechnungsfähig ist«, erklärte sie den Taschenbuchstapeln. »Oder dass er es jemals war.«

Selbst wenn das zutraf, welche Erklärung gab es dann dafür, dass Leute, die noch volle Speisekammern hatten, einen Supermarkt plünderten? Das war unbegreiflich, außer …

»Außer er hat sie dazu angestiftet.«

Das war lächerlich, das Spezialgericht im Café Verfolgungswahn. Oder vielleicht doch nicht? Sie konnte natürlich ein paar Leute, die in der Food City gewesen waren, nach den Ereignissen befragen, aber waren die Morde nicht wichtiger? Schließlich war sie die einzige echte Reporterin, die der *Democrat* noch hatte, und …

»Julia? Ms. Shumway?«

Julia war so tief in Gedanken versunken, dass sie fast aus ihren Slippern gekippt wäre. Sie fuhr herum und wäre hingefallen, wenn Jackie Wettington sie nicht aufgefangen hätte. Linda Everett, die sie begleitete, hatte Julia angesprochen.

»Können wir mit Ihnen reden?«, fragte Jackie.

»Natürlich. Mir anzuhören, was Leute zu sagen haben, ist schließlich mein Beruf. Der Nachteil ist nur, dass ich schreibe, was sie sagen. Das wisst ihr Ladys, nicht wahr?«

»Aber Sie dürfen unsere Namen nicht nennen«, sagte Linda. »Sind Sie damit nicht einverstanden, können Sie die Sache gleich vergessen.«

»Aus meiner Sicht«, sagte Julia lächelnd, »sind Sie nur zwei mit den Ermittlungen vertraute Personen. Können Sie damit leben?«

»Wenn Sie versprechen, auch *unsere* Fragen zu beantworten«, sagte Jackie. »Tun Sie das?«

»Einverstanden.«

»Sie waren im Supermarkt, nicht wahr?«, fragte Linda.

Die Sache wurde immer geheimnisvoller. »Ja. Wie Sie beide auch. Reden wir also darüber. Tauschen wir unsere Eindrücke aus.«

»Nicht hier«, sagte Linda. »Nicht auf der Straße. Das ist zu öffentlich. Und auch nicht in der Redaktion.«

»Locker bleiben, Linda«, sagte Jackie und legte ihr eine Hand auf die Schulter.

»Bleib *du* locker«, sagte Linda. »Du bist nicht die mit dem

Ehemann, der glaubt, du hättest gerade mitgeholfen, einen Unschuldigen einzusperren.«

»Ich habe keinen Ehemann«, sagte Jackie – ganz vernünftig, wie Julia fand, und zu ihrem Glück; Ehemänner waren so oft ein erschwerender Faktor. »Aber ich kenne einen Ort, an dem wir reden können. Dort sind wir ungestört, und das Gebäude ist nie abgesperrt.« Sie überlegte. »So war es jedenfalls bisher immer. Wie's seit der Sache mit dem Dome ist, weiß ich nicht.«

Julia, die überlegt hatte, wen sie zuerst interviewen sollte, wollte diese beiden nicht wieder entschlüpfen lassen. »Also los«, sagte sie. »Aber bis wir an der Polizeistation vorbei sind, gehen wir auf getrennten Straßenseiten, einverstanden?«

Daraufhin rang Linda sich ein Lächeln ab. »Gute Idee«, sagte sie.

2   Piper Libby ließ sich vorsichtig vor dem Altar der First Congo Church nieder und zuckte schmerzlich zusammen, obwohl sie sich ein Sitzkissen für ihre geprellten und geschwollenen Knie hingelegt hatte. Dabei drückte sie mit der rechten Hand vorsichtshalber ihren vor Kurzem ausgerenkten linken Arm an den Oberkörper. Er schien in Ordnung zu sein – tatsächlich tat er weniger weh als ihre Knie –, aber sie wollte ihn nicht unnötig beanspruchen. Er konnte nur allzu leicht wieder ausgerenkt werden; das war ihr nach ihrer Fußballverletzung in der Highschool (*streng*) mitgeteilt worden. Sie faltete die Hände und schloss die Augen. Ihre Zungenspitze spürte sofort die Lücke auf, in der gestern noch ein Zahn gesessen hatte. Aber in ihrem Leben klaffte ein schlimmeres Loch.

»Hallo, Nichtvorhandener«, sagte sie. »Ich bin's wieder, die wieder mal eine Portion von deiner Liebe und Barmherzigkeit braucht.« Aus einem verschwollenen Auge quoll eine Träne und lief über eine geschwollene (und sehr bunt verfärbte) Wange. »Ist mein Hund irgendwo in der Nähe? Das frage ich nur, weil er mir so sehr fehlt. Falls ja, gibst du ihm

hoffentlich das spirituelle Gegenstück zu einem Beißknochen. Er hat einen verdient.«

Es flossen jetzt weitere Tränen, langsam und heiß und
brennend.

»Wahrscheinlich ist er nicht dort. Die meisten großen Re-
ligionen sind sich darüber einig, dass Hunde nicht in den
Himmel kommen, obwohl ein paar exotische Sekten – und
Reader's Digest, wenn ich mich recht erinnere – anderer
Auffassung sind.«

Natürlich *gab* es keinen Himmel, diese Frage stellte sich
nicht, und diese himmellose Existenz, diese himmellose *Kos-
mologie* war eine Vorstellung, in der ihr noch verbliebener
Glaube sich immer häuslicher einzurichten schien. Vielleicht
war dies das große Vergessen; vielleicht etwas Schlimmeres.
Beispielsweise eine weite, weglose Ebene unter einem weißen Himmel: ein Ort, an dem die Stunde stets niemals, das
Ziel stets nirgendwohin und der Reisebegleiter stets niemand war. Mit anderen Worten nur ein großes altes Nicht-
vorhandenes: für böse Cops, Pastorinnen, Kinder, die sich
versehentlich erschossen, und tölpelhafte Schäferhunde, die
bei dem Versuch, ihre Herrin zu beschützen, den Tod fanden. Kein höheres Wesen, das die Spreu vom Weizen trennte.
Zu dieser Vorstellung zu beten, hatte etwas Theatralisches
(wenn nicht sogar regelrecht Gotteslästerliches) an sich, aber
gelegentlich half es.

»Aber um den Himmel geht's hier nicht«, fuhr sie fort.
»Mir geht es darum, festzustellen, wie viel von dem, was
Clover zugestoßen ist, meine Schuld war. Ich weiß, dass ich
etwas davon auf mich nehmen muss – mein Temperament ist
mit mir durchgegangen. Wieder einmal. Meiner theologi-
schen Ausbildung nach verdanke ich diesen Jähzorn dir und
muss versuchen, damit zurechtzukommen, aber ich hasse
diese Vorstellung. Ich weise sie nicht vollständig zurück,
aber ich hasse sie. Sie erinnert mich daran, wie die Kerle in
der Autowerkstatt es bei jeder Reparatur verstehen, sie dem
Kunden anzulasten: Man ist zu viel gefahren, man ist nicht
genug gefahren, man hat vergessen, die Handbremse zu lösen, man hat vergessen, die Fenster zu schließen, und nun hat

der Regen einen Kurzschluss verursacht. Und weißt du, was das Schlimmste ist? Wenn es dich nicht gibt, kann ich kein Quäntchen Schuld auf dich abwälzen. Was bleibt dann noch übrig? Die beschissene Vererbungslehre?«

Sie seufzte.

»Entschuldige diesen Ausdruck; kannst du ihn nicht einfach überhören? Das hat meine Mutter immer getan. Im Übrigen habe ich eine weitere Frage an dich: Was soll ich jetzt tun? Diese Stadt steckt in schrecklichen Schwierigkeiten, und ich möchte gern etwas tun, um ihr zu helfen, kann mich aber zu nichts durchringen. Ich komme mir töricht und schwach und verwirrt vor. Wäre ich einer dieser Eremiten aus dem Alten Testament, würde ich dich wahrscheinlich um ein Zeichen bitten. Im Augenblick wäre ich sogar mit VORFAHRT ACHTEN oder VORSICHT SCHULKINDER! zufrieden.«

Sie hatte kaum ausgesprochen, als die Kirchentür aufging und dann wieder krachend ins Schloss fiel. Piper sah sich um, erwartete beinahe, einen Engel – inklusive Flügeln und flammendem weißen Gewand – zu sehen. *Wenn er mit mir ringen will, muss er erst meinen Arm heil machen*, dachte sie.

Es war kein Engel; es war Rommie Burpee. Sein Hemd hing ihm halb aus der Hose, und er sah fast so niedergeschlagen aus, wie Piper sich fühlte. Er kam den Mittelgang entlang, dann sah er sie und blieb stehen – ebenso überrascht, die Pastorin zu sehen, wie sie ihn.

»Du meine Güte«, sagte er, nur kam das in seinem Lewiston-Akzent als *Du meine Gühde* heraus. »Tut mir leid, ich wusst nicht, dass Sie da sind. Ich komm später nochmal wieder.«

»Nein«, sagte sie und kam mühsam auf die Beine, wobei sie wieder ihren linken Arm festhielt. »Ich bin ohnehin fertig.«

»Eigentlich bin ich ein Kat'lick«, sagte er (*Ohne Scheiß*, dachte Piper), »aber in The Mill gibt's keine kat'lische Kirche … was Sie als Geistliche natürlich am besten wissn … und Sie kenn die Redensart, dass im Sturm jeder Hafen recht ist. Ich dachte, ich würd reinkommen und ein kleines Gebet für Brenda sprechen. Ich hab die Frau immer gerngehabt.« Er rieb sich mit einer Hand die Wange. Das Raspeln seiner Handfläche über die Bartstoppeln klang in der hohlen Stille der Kirche sehr laut. Seine Elvis-Tolle hing traurig herab. »Hab sie eigentlich geliebt. Hab's nie gesagt, aber sie hat's gewusst, denk ich.«

Piper starrte ihn mit wachsendem Entsetzen an. Sie hatte das Pfarrhaus den ganzen Tag nicht verlassen, und obwohl sie von der Plünderung der Food City wusste – mehrere Gemeindemitglieder hatten sie deswegen angerufen –, hatte sie nichts von Brenda Perkins gehört.

»Brenda? Was ist mit ihr?«

»Ermordet. Andere auch. Dieser Barbie soll's gewesen sein. Er ist verhaftet worden.«

Piper schlug sich eine Hand vor den Mund und schwankte im Stehen. Rommie kam nach vorn gehastet und legte ihr einen Arm um die Taille, um sie zu stützen. Und so standen die beiden fast wie ein Brautpaar, das getraut werden sollte, vor dem Altar, als die Tür des Vorraums erneut geöffnet wurde, weil Jackie mit Linda und Julia hereinkam.

»Vielleicht ist es hier doch nicht ideal«, sagte Jackie.

Die Akustik des Kirchenraums war so gut, dass Romeo Burpee und Piper jedes Wort deutlich hörten, obwohl sie nicht laut sprach.

»Gehen Sie bitte nicht«, sagte Piper, »nicht, wenn's um das geht, was passiert ist. Ich kann nicht glauben, dass Mr. Barbara … Ich hätte gesagt, dass er dazu nicht fähig ist. Er hat meinen ausgerenkten Arm wieder eingerenkt. Das hat er sehr sanft gemacht.« Sie machte eine Pause, um darüber nachzudenken. »So sanft, wie unter den Umständen möglich. Kommen Sie nach vorn. Bitte kommen Sie nach vorn.«

»Leute können einen Arm einrenken und trotzdem zu einem Mord fähig sein«, sagte Linda, aber sie biss sich auf die Unterlippe und spielte nervös mit ihrem Ehering.

Jackie legte eine Hand auf ihr Handgelenk. »Diese Sache wollten wir für uns behalten, Linda – weißt du noch?«

»Dafür ist es zu spät«, sagte Linda. »Sie haben uns mit Julia gesehen. Wenn sie einen Artikel schreibt und die beiden sagen, dass sie uns mit ihr gesehen haben, gibt man uns die Schuld.«

Piper verstand nicht genau, wovon Linda sprach, aber sie erfasste das Wesentliche. Sie machte eine weit ausholende Bewegung mit dem rechten Arm. »Sie sind in meiner Kirche, Mrs. Everett, und was hier gesagt wird, bleibt auch hier.«

»Ehrenwort?«, fragte Linda.

»Ja. Wollen wir nicht darüber reden? Ich habe gerade um ein Zeichen gebetet, und nun sind Sie alle hier.«

»An solches Zeug glaube ich nicht«, sagte Jackie.

»Ich eigentlich auch nicht«, sagte Piper und lachte.

»Das gefällt mir nicht«, sagte Jackie. Sie wandte sich jetzt an Julia. »Unabhängig davon, was sie sagt, sind hier zu viele Leute. Wie Marty den Job zu verlieren, ist eine Sache. Damit könnte ich leben, das Gehalt ist sowieso beschissen. Aber Jim Rennie gegen mich aufzubringen …« Sie schüttelte den Kopf. »Keine gute Idee.«

»Wir sind nicht zu viele«, sagte Piper. »Fünf Leute sind genau richtig. Mr. Burpee, können Sie ein Geheimnis für sich behalten?«

Rommie Burpee, der im Lauf seines Lebens jede Menge zweifelhafter Geschäfte gemacht hatte, nickte und legte den Zeigefinger auf die Lippen. »Kein Wort darüber«, sagte er, wobei Wort eher wie *Woid* klang.

»Am besten gehen wir hinüber ins Pfarrhaus«, sagte Piper. Als sie Jackies noch immer zweifelnde Miene sah, streckte sie ihr die linke Hand hin … sehr vorsichtig. »Kommen Sie, lassen Sie uns miteinander beraten. Vielleicht bei einem Gläschen Whiskey?«

Und damit war auch Jackie endlich überzeugt.

3

31 VERBRENNT LÄUTERT VERBRENNT LÄUTERT
DAS TIER WIRD IN EINEN
FEURIGEN PFUHL GEWORFEN,
DER WIE SCHWEFEL BRENNT (OFF. 19,20)
»2 WERDEN GEQUÄLT WERDEN TAG & NACHT
VON EWIGKEIT ZU EWIGKEIT« (20,10)
VERBRENNT DIE SÜNDER
LÄUTERT DIE FROMMEN
VERBRENNT LÄUTERT VERBRENNT LÄUTERT 31

31 FEURIGER JESUS KOMMT 31

Die drei Männer, die im Fahrerhaus des rumpelnden Bauhof-Lastwagens zusammengedrängt saßen, lasen diese rätselhafte Botschaft mit einigem Erstaunen. Sie war auf den Lagerschuppen hinter dem WCIK-Studio gemalt worden: schwarz auf rot und in so großen Lettern, dass sie fast die gesamte Fläche einnahm.

Der Mann in der Mitte war Roger Killian, der Hühnerfarmer mit der rundschädeligen Brut. Er wandte sich an Stewart Bowie, der am Steuer des Lastwagens saß. »Was bedeutet das, Stewie?«

Es war Fern Bowie, der antwortete. »Es bedeutet, dass der gottverdammte Phil Bushey verrückter ist als je zuvor, das bedeutet es.« Er öffnete das Ablagefach des Lastwagens, nahm ein Paar speckige Handschuhe heraus und brachte einen Revolver Kaliber .38 zum Vorschein. Er kontrollierte die Patronen, klappte die Trommel mit einer schnellen Drehung seines Handgelenks wieder ein und rammte sich die Waffe vorn in den Hosenbund.

»Weißt du, Fernie«, sagte Stewart, »das ist eine gottverdammt gute Methode, sich die Babymacher abzuschießen.«

»Mach dir keine Sorgen um mich, mach dir welche um *ihn*«, sagte Fern und wies mit dem Daumen auf das Studio. Von dort drangen leise Gospelklänge zu ihnen herüber. »Er ist jetzt seit fast einem Jahr von seinem eigenen Produkt high und ungefähr so berechenbar wie Nitroglyzerin.«

»Phil hat's jetzt gern, wenn Leute ihn Chef nennen«, sagte Roger Killian.

Sie hatten erst vor dem Studio gehalten, und Stewart hatte mit dem Starktonhorn des städtischen Lastwagens gehupt – nicht nur einmal, sondern mehrmals. Phil Bushey war nicht herausgekommen. Er konnte sich dort drinnen versteckt halten; er konnte durch die Wälder hinter dem Sender streifen; es war sogar möglich, überlegte Stewart, dass er im Labor war. Paranoid. Gefährlich. Was es trotzdem nicht ratsam machte, eine Waffe mitzunehmen. Er beugte sich weit hinüber, zog sie Fern aus dem Gürtel und steckte sie unter den Fahrersitz.

»He!«, protestierte Fern.

»Da drin wird nicht rumgeballert«, sagte Stewart. »Damit jagst du uns höchstens in die Luft.« Und Roger fragte er: »Wann hast du den dürren Wichser zuletzt gesehen?«

Roger dachte darüber nach. »Muss mindestens vier Wochen her sein – bei der letzten großen Lieferung nach auswärts. Als wir den großen Chinook haben kommen lassen.« Er sprach den Namen des Hubschraubers wie *Shin-ook* aus. Rommie Burpee hätte dafür Verständnis gehabt.

Stewart überlegte. Nicht gut. Wenn Bushey sich in den Wäldern herumtrieb, dann war das in Ordnung. Wenn er sich im Studio versteckt hielt und so paranoid war, dass er sie für Feds hielt, dann war das vermutlich auch kein Problem ... solange er nicht beschloss, schießend herauszustürmen.

Wenn er dagegen in dem Lagergebäude war ... das *konnte* durchaus ein Problem sein.

Zu seinem Bruder sagte Stewart: »Hinten auf der Ladefläche liegen ein paar anständige Kanthölzer. Hol dir eins davon. Wenn Phil sich sehen lässt und anfängt, gewalttätig zu werden, brätst du ihm eine über.«

»Was ist, wenn er eine Waffe hat?«, fragte Roger durchaus vernünftig.

»Er hat keine«, sagte Stewart. Und auch wenn er das keineswegs sicher wusste, hatte er seinen Auftrag: zwei Flüssiggastanks holen und schnellstens ins Krankenhaus bringen.

621

Und den Rest schaffen wir von dort weg, sobald wir können, hatte Big Jim gesagt. *Offiziell sind wir nicht mehr im Meth-Geschäft.*

Das war eine gewisse Erleichterung; wenn sie diese Dome-Sache los waren, wollte Stewart sich auch aus dem Bestattungswesen zurückziehen. Seine Zelte an einem warmen Ort wie Jamaika oder Barbados aufschlagen. Er wollte nie mehr in seinem Leben eine Leiche sehen. Aber er wollte nicht derjenige sein, der »Chef« Bushey mitteilte, dass das Labor geschlossen wurde – das hatte er Big Jim klipp und klar gesagt.

Überlass die Sorge um den Chef mir, hatte Big Jim gesagt.

Stewart lenkte den großen orangeroten Lastwagen um das Gebäude herum und stieß ans hintere Tor zurück. Er ließ den Motor weiterlaufen, damit Winde und Hebebühne funktionierten.

»Seht nur«, staunte Roger Killian. Er glotzte nach Westen, wo die Sonne als beunruhigender roter Farbfleck unterging. Bald würde sie hinter dem breiten schwarzen Streifen versinken, den der Waldbrand zurückgelassen hatte, und durch diese künstliche Sonnenfinsternis erlöschen. »Bisschen unheimlich, was?«

»Lass die Gafferei«, sagte Stewart. »Ich will das hier hinter mich bringen. Fernie, hol dir ein Kantholz. Nimm ein ordentliches.«

Fern kletterte über die Winde und suchte unter den Kanthölzern auf der Ladefläche eines heraus, das ungefähr die Größe eines Baseballschlägers hatte. Er hielt es in beiden Händen und ließ es probehalber durch die Luft sausen. »Passt«, sagte er.

»Baskin-Robbins«, murmelte Roger verträumt. Er hielt sich weiter eine Hand über die Augen und starrte blinzelnd nach Westen. Das Blinzeln veränderte ihn zu seinem Nachteil; es ließ ihn aussehen wie einen Kobold aus dem Märchen.

Stewart machte eine Pause, während er das rückwärtige Tor öffnete – ein kompliziertes Verfahren, zu dem ein Tastenfeld und zwei Schlösser gehörten. »Von was brabbelst du da?«

»Einunddreißig Geschmäcker«, sagte Roger. Er lächelte

und ließ dabei faulige Zähne sehen, die nie von Joe Boxer und vermutlich auch von keinem anderen Zahnarzt behandelt worden waren.

Stewart hatte keine Ahnung, was Roger da von sich gab, aber sein Bruder wusste es. »Ich glaub nicht, dass das auf der Seite des Gebäudes eine Eiscreme-Reklame ist«, sagte Fern. »Außer Baskin-Robbins kommt in der Offenbarung des Johannes vor.«

»Schnauze, alle beide«, sagte Stewart. »Fernie, halt dich mit dem Prügel bereit.« Er schob das Tor auf und spähte hinein. »Phil?«

»Nenn ihn Chef«, riet Roger ihm. »Wie diesen Niggerkoch in *South Park*. Das mag er.«

»Chef?«, rief Stewart. »Bist du da drin, Chef?«

Keine Antwort. Stewart tastete im Halbdunkel umher, rechnete beinahe damit, dass jeden Moment seine Hand gepackt wurde, und fand den Lichtschalter. Als er Licht machte, lag vor ihnen ein Raum, der sich über etwa drei Viertel der Länge des Lagergebäudes erstreckte. Die Wände bestanden aus ungehobelten Brettern, auf die innen als Isolierung rosa Schaumstoffplatten genagelt waren. Dieser Raum war fast komplett mit Propangastanks und -behältern aller Größen und Fabrikate angefüllt. Stewart hatte keine Ahnung, wie viele es insgesamt waren, aber hätte er schätzen müssen, hätte er auf vier- bis sechshundert getippt.

Er ging langsam den Mittelgang hinunter und las die Beschriftungen der Tanks. Big Jim hatte ihm genau gesagt, welche sie holen sollten; er hatte gesagt, sie würden ziemlich weit hinten stehen, und bei Gott, das taten sie. Stewart blieb vor den fünf Tanks in der »städtischen« Größe mit der Aufschrift **CR HOSP** stehen. Sie standen zwischen Gastanks, die aus dem Postamt geklaut waren, und einigen mit der seitlichen Aufschrift **MILL MIDDLE SCHOOL.**

»Wir sollen zwei holen«, sagte er zu Roger. »Bring die Kette her, dann hängen wir sie an. Fernie, du gehst dort rüber und kontrollierst die Tür, die ins Labor führt. Falls sie nicht abgeschlossen ist, schließt du sie ab.« Er warf Fern seinen Schlüsselring zu.

Auf diesen Auftrag hätte Fern gern verzichtet, aber er war ein gehorsamer Bruder. Er ging durch den Gang mit den aufgestapelten Gastanks weiter. Der Gang endete drei Meter vor der Labortür – und diese Tür, das sah er mit sinkendem Herzen, stand offen. Hinter sich hörte er Ketten klirren, dann das Surren der Winde und das dumpfe Rattern des ersten Tanks, der zu ihrem Lastwagen gezogen wurde. Die Geräusche schienen sehr weit entfernt zu sein, vor allem wenn man sich vorstellte, wie der Chef rotäugig und durchgeknallt hinter dieser Tür lauerte. Zugedröhnt und mit einer TEC-9 bewaffnet.

»Chef?«, fragte er. »Bist du da, Kumpel?«

Keine Antwort. Und obwohl ihn das nichts anging – vermutlich war er selbst verrückt, weil er das tat –, siegte seine Neugier, und er stieß die Tür mit seinem Kantholz auf.

Die Neonleuchten im Labor brannten zwar, aber dieser Teil des Jesus-ist-König-Lagergebäudes schien leer zu sein. Die rund zwanzig Kocher – große Gaskocher, jeder mit eigenem Abzug und eigenem Propanbehälter – waren außer Betrieb. Die Töpfe, Bechergläser und teuren Thermosbehälter standen alle in den Regalen. Das Labor stank (das hatte es schon immer getan, würde es immer tun, dachte Fern), aber der Fußboden war gekehrt, der Raum aufgeräumt. An einer Wand hing Rennies Kalender – noch mit dem Monatsblatt für August. *Bestimmt der Monat, in dem der Wichser den Bezug zur Realität verloren hat*, sagte Fern sich. *Einfach weggeschweeebt.* Er wagte sich etwas weiter ins Labor hinein. Es hatte sie alle zu reichen Männern gemacht, trotzdem hatte er es nie gemocht. Es roch zu sehr wie der Vorbereitungsraum im Erdgeschoss ihres Bestattungsunternehmens.

Eine Ecke war mit einer massiven Stahlwand abgetrennt, in deren Mitte eine Tür eingelassen war. Fern wusste, dass dort das Produkt des Chefs lagerte: feinstes Crystal Meth, nicht in Beuteln zu einer Gallone abgepackt, sondern in festen Müllsäcken. Auch nicht versetzt mit beschissenen Glassplittern. Kein Tweeker, der auf der Suche nach einem Fix die Straßen von New York oder Los Angeles abgraste, hätte solche Vorräte für möglich gehalten. Wenn der Raum voll war, wäre genug darin, um die gesamten Vereinigten Staaten für Monate, vielleicht sogar für ein Jahr mit Stoff zu versorgen.

Wieso hat Big Jim ihn so beschissen viel herstellen lassen?, fragte Fern sich. *Und warum haben wir mitgemacht? Was haben wir uns dabei gedacht?* Auf diese Fragen fiel ihm keine Antwort ein, außer der, die auf der Hand lag: Weil wir konnten. Die Kombination aus Busheys Genie und billigen chinesischen Rohstoffen hatte sie berauscht. Außerdem hatte sie die CIK Corporation finanziert, die überall entlang der Ostküste Gottes Werk tat. Darauf hatte Big Jim stets hingewiesen, wenn jemand Einwände erhob. Und er hatte aus der Bibel zitiert: *Denn der Arbeiter ist seiner Speise wert* – Evangelium des Lukas – und *Du sollst dem Ochsen, der da drischt, nicht das Maul verbinden* – erster Timotheusbrief.

Das mit den Ochsen hatte Fern nie so richtig kapiert.

»Chef?« Er wagte sich noch etwas weiter vor. »Alter Kumpel?«

Nichts. Er hob den Kopf und sah zwei Galerien aus rohem Holz, die an den Querseiten des Raums verliefen. Sie dienten als Lager, und der Inhalt der dort gestapelten Kartons hätte FBI, DFA und ATF bestimmt sehr interessiert. Oben war niemand, aber Fern entdeckte etwas, was neu zu sein schien: eine weiße Schnur entlang den Geländern beider Galerien, befestigt mit kräftigen Klammern. Ein Elektrokabel? Wohin führte es? Hatte der Verrückte dort oben elektrische Kocher aufgestellt? Zu sehen waren keine. Andererseits schien das Kabel zu dick zu sein, um nur Haushaltsgeräte oder einen Fernseher zu ver…

»Fern!«, rief Stewart so laut, dass er zusammenfuhr. »Komm raus und hilf uns, wenn er nicht da drin ist! Ich will wieder los! Um sechs Uhr bringt das Fernsehen den neuesten Stand, und ich will sehen, ob sie eine neue Idee haben!«

In Chester's Mill bedeutete »sie« immer mehr jeder und alles in der Welt außerhalb der Stadtgrenzen.

Fern ging hinaus, ohne an der Tür nach oben zu sehen, und bekam so nicht mit, womit die neuen Elektrokabel verbunden waren: mit einem großen Würfel, der auf einem eigenen Regal lag und aus einem weißen Material bestand, das wie Ton aussah. Es war Plastiksprengstoff.

Nach einem Rezept des Chefs.

4   Als sie in die Stadt zurückfuhren, sagte Roger: »Halloween. Das ist auch 'ne Einunddreißig.«

»Du bist ein regelrechter Informationsquell«, sagte Stewart.

Roger tippte sich an die Seite seines unglücklich geformten Schädels. »Ich speichere alles«, sagte er. »Ich tu das nicht absichtlich. Ist nur so 'ne Gabe.«

Jamaika, dachte Stewart. *Oder Barbados. Jedenfalls irgendwo, wo's warm ist. Sobald der Dome verschwindet. Ich will nie mehr einen Killian sehen. Oder sonst jemanden aus diesem Nest.*

»Auch ein Kartenspiel hat einunddreißig Blatt«, sagte Roger.

Fern starrte ihn an. »Scheiße, bist du echt so …«

»Bloß ein Scherz, war bloß ein Scherz«, sagte Roger und brach in eine grässlich kreischende Lache aus, von der Stewart Kopfschmerzen bekam.

Inzwischen hatten sie das Catherine Russell schon fast erreicht. Stewart sah einen grauen Ford Taurus vom Parkplatz des Krankenhauses wegfahren.

»He, das ist Dr. Rusty«, sagte Fern. »Ich wette, dass er froh sein wird, das Zeug hier zu kriegen. Hup ihn kurz an, Stewie.«

Stewie hupte ihn kurz an.

5   Als die Gottlosen fort waren, ließ Chef Bushey endlich den Garagentoröffner los, den er die ganze Zeit in der Hand gehalten hatte. Er hatte Roger Killian und die Brüder Bowie aus dem Fenster der Herrentoilette des Studios beobachtet. Sein Daumen hatte die ganze Zeit über, in der sie im Lagerschuppen in seinen Sachen herumgekramt hatten, auf dem Knopf gelegen. Wären sie mit Ware herausgekommen, hätte er den Knopf gedrückt und den ganzen Krempel himmelhoch in die Luft gejagt.

626

»Es liegt in deinen Händen, mein Jesus«, hatte er gemurmelt. »Wie wir als Kinder gesagt haben: Ich will nicht, aber ich mach's.«

Und Jesus regelte die Sache. Chef fühlte es. Das Gefühl kam, als er hörte, wie George Dow und die Gospel-Tones über Satellit »God How You Care for Me« sangen, und es war ein echtes Gefühl, ein Zeichen von oben. Sie waren nicht gekommen, um sein Crystal Meth zu holen, sondern zwei kümmerliche Tanks mit Flüssiggas.

Er beobachtete, wie sie wegfuhren, dann schlurfte er den Weg vom Hinterausgang des Studios hinunter in den kombinierten Labor/Lagerhaus-Bereich. Dies war jetzt *sein* Gebäude, *seine* Ware, zumindest bis Jesus kam und alles in seinen Besitz nahm.

Vielleicht an Halloween.

Vielleicht schon vorher.

Es gab viel nachzudenken, und das Denken fiel ihm dieser Tage leichter, wenn er zugedröhnt war.

Viel leichter.

6   Julia trank ihr Gläschen Whiskey in kleinen Schlucken, damit es länger vorhielt, aber die Polizistinnen kippten ihres in Heldinnenmanier. Es genügte nicht, um sie auch nur beschwipst zu machen, aber es lockerte ihre Zungen.

»Fakt ist, dass ich entsetzt bin«, sagte Jackie Wettington. Sie hielt den Kopf gesenkt und spielte mit ihrem leeren Schnapsglas, aber als Piper ihr anbot, nachzuschenken, schüttelte sie den Kopf. »Das alles wäre nie passiert, wenn Duke noch am Leben wäre. Darauf komme ich immer wieder zurück. Selbst wenn er Grund zu der Annahme gehabt hätte, dass Barbara seine Frau ermordet hat, hätte er sich an das vorgeschriebene Verfahren gehalten. So war er eben. Und dem Vater eines Opfers gestatten, zu den Zellen runterzugehen und dem Täter gegenüberzutreten? *Niemals.*« Linda nickte zustimmend. »Der Gedanke, was dem Mann zustoßen könnte, jagt mir Angst ein. Und …«

»Wenn es Barbie passieren kann, könnte es jedem passieren?«, fragte Julia.

Jackie nickte. Biss sich auf die Unterlippe. Spielte mit ihrem Glas. »Wenn ihm etwas zustößt – ich meine nicht unbedingt etwas Dramatisches wie ein Lynchmord, nur ein ›Unfall‹ in seiner Zelle –, weiß ich nicht sicher, ob ich diese Uniform jemals wieder anziehen könnte.«

Lindas Hauptsorge war einfacher und direkter. Ihr Mann hielt Barbie für unschuldig. In der Hitze ihres Zorns (und ihres Abscheus vor dem, was sie in der Speisekammer der McCains entdeckt hatten) hatte sie diese Sichtweise weit von sich gewiesen – schließlich hatte Angie McCain Barbies Erkennungsmarken in ihrer grauen, verwesenden Hand gehalten. Aber je länger sie darüber nachdachte, desto besorgter wurde sie. Teils weil sie Rustys Urteilsfähigkeit schätzte, sie immer geschätzt hatte, aber auch wegen Barbies Aufforderung an sie, kurz bevor Randolph ihn mit dem Spray außer Gefecht gesetzt hatte: *Sagen Sie Ihrem Mann, dass er die Leichen untersuchen soll. Er muss die Leichen untersuchen!*

»Und noch etwas«, sagte Jackie, die weiter mit ihrem Glas spielte. »Man stellt keinen Häftling mit Pfefferspray ruhig, nur weil er schreit. Es hat schon Samstagabende gegeben, vor allem nach großen Spielen, da ging's dort unten zu wie im Zoo bei der Fütterung. Man lässt sie einfach brüllen. Irgendwann werden sie müde und schlafen ein.«

Julia studierte inzwischen Linda. Als Jackie verstummte, sagte Julia: »Erzählen Sie mir nochmal, was Barbie gesagt hat.«

»Er wollte, dass Rusty die Leichen untersucht, vor allem die von Brenda Perkins. Er hat gesagt, sie würden nicht im Krankenhaus sein. Das hat er *gewusst*. Sie sind im Bestattungsinstitut Bowie, und das ist nicht richtig.«

»Sogar gottverdammt komisch, wenn sie ermordet worden sind«, sagte Romeo. »Entschuldigen Sie die Ausdrucksweise, Rev.«

Piper winkte ab. »Wenn er sie ermordet hat, verstehe ich nicht, weshalb sein dringlichstes Anliegen ist, dass die Leichen untersucht werden. War er es andererseits nicht, hofft er vielleicht, dass eine Autopsie seine Unschuld beweisen kann.«

»Brenda war das letzte Opfer«, sagte Julia. »Das stimmt doch?«

»Ja«, sagte Jackie. »Die Leichenstarre war eingetreten, aber noch nicht ganz. Wenigstens hatte ich diesen Eindruck.«

»Richtig«, sagte Linda. »Und da die Leichenstarre ungefähr drei Stunden nach dem Tod einsetzt, dürfte Brenda zwischen vier und acht Uhr morgens gestorben sein. Ich würde eher auf acht Uhr tippen, aber ich bin kein Arzt.« Sie fuhr sich seufzend mit beiden Händen durch die Haare. »Rusty ist natürlich auch keiner, aber er hätte den Todeszeitpunkt weit genauer bestimmen können, wenn er hinzugezogen worden wäre. Das hat niemand getan. Ich auch nicht. Ich war völlig durcheinander … alles ist auf mich eingestürmt …«

Jackie schob ihr Glas weg. »Hören Sie, Julia … Sie waren heute Morgen mit Barbie im Supermarkt, nicht wahr?«

»Ja.«

»Kurz nach neun Uhr. Als der Aufruhr losgebrochen ist.«

»Ja.«

»War er zuerst da oder Sie? Das weiß ich nämlich nicht.«

Julia konnte sich nicht daran erinnern, aber sie hatte den Eindruck, sie sei zuerst da gewesen – dass Barbie später gekommen war, kurz nach Rose Twitchell und Anson Wheeler.

»Wir haben die Leute beruhigt«, sagte sie, »aber er hat uns gezeigt, wie man das anfängt. Wahrscheinlich hat er damit verhindert, dass es noch mehr Schwerverletzte gibt. Für mich passt das nicht mit dem zusammen, was Sie in der Speisekammer entdeckt haben. Haben Sie eine Vorstellung von der Reihenfolge der Tode? Außer dass Brenda zuletzt gestorben ist?«

»Angie und Dodee waren die Ersten«, sagte Jackie. »Bei Coggins war die Verwesung weniger fortgeschritten, also ist er später dazugekommen.«

»Wer hat sie gefunden?«

»Junior Rennie. Er war misstrauisch, weil er Angies Auto in der Garage gesehen hat. Aber das ist nicht wichtig. Hier geht's um *Barbara*. Wissen Sie bestimmt, dass er nach Rose und Anson gekommen ist? Das sieht nämlich nicht gut aus.«

»Ziemlich sicher, denn er war nicht in Rose' Van. Nur die beiden sind ausgestiegen. Wo kann er also gewesen sein, wenn wir annehmen, dass er nicht damit beschäftigt war, Leute zu ermorden?« Aber das lag auf der Hand. »Piper, leihen Sie mir mal Ihr Handy?«

»Natürlich.«

Julia warf einen Blick in das dünne örtliche Telefonbuch, dann benutzte sie Pipers Handy, um im Restaurant anzurufen. Rose' Begrüßung war kurz: »Wir haben bis auf Weiteres geschlossen. Eine Bande Arschlöcher hat meinen Koch verhaftet.«

»Rose? Hier ist Julia Shumway.«

»Oh. Julia.« Rose klang nur eine Spur weniger aufsässig. »Was wollen Sie?«

»Ich versuche, den möglichen Zeitablauf für Barbies Alibi zu rekonstruieren. Sind Sie daran interessiert, mir zu helfen?«

»Darauf können Sie Ihren Arsch verwetten! Die Idee, Barbie könnte diese Leute ermordet haben, ist lächerlich. Was wollen Sie wissen?«

»Ich will wissen, ob er im Restaurant war, als der Aufruhr vor der Food City losgebrochen ist.«

»Natürlich.« Rose klang perplex. »Wo sollte er gleich nach dem Frühstück sonst sein? Als Anson und ich weggefahren sind, hat er gerade den Grill geputzt.«

7   Die Sonne ging unter, und als die Schatten länger wurden, wurde Claire McClatchey immer nervöser. Schließlich ging sie in die Küche, um zu tun, was sie bisher hinausgeschoben hatte: mit dem Handy ihres Mannes (das er am Samstagmorgen mitzunehmen vergessen hatte; er vergaß es ständig) ihr eigenes anzurufen. Sie hatte schreckliche Angst, es würde viermal klingeln, und dann würde sie ihre eigene Stimme hören, ganz lebhaft und munter, lange vor dem Tag aufgenommen, an dem die Stadt, in der sie lebte, sich in ein Gefängnis ohne Gitterstäbe verwandelt hatte. *Hi, Sie sind* mit Claires Mailbox verbunden. Bitte hinterlassen Sie Ihre Nachricht nach dem Pfeifton.

Und was würde sie sagen? *Joey, ruf zurück, wenn du nicht tot bist?*

Sie klappte das Handy auf, dann zögerte sie. *Denk daran, wenn er beim ersten Mal nicht antwortet, liegt es daran, dass er auf dem Rad sitzt und das Handy nicht aus seinem Rucksack holen kann, bevor die Mailbox sich meldet. Beim zweiten Anruf ist er dann bereit, weil er weiß, dass du es bist.*

Aber wenn sie auch beim zweiten Mal nur die Mailbox erreichte? Und beim dritten Mal? Warum hatte sie ihn überhaupt erst fahren lassen? Sie musste verrückt gewesen sein!

Sie schloss die Augen und sah ein Bild von alptraumhafter Klarheit: die Telefonmasten und Schaufenster der Main Street mit Fotos von Joe, Benny und Norrie bepflastert, die wie alle Kids aussahen, die sie jemals auf Anschlagtafeln vor Turnpike-Raststätten gesehen hatte – über Suchtexten, in denen unweigerlich die Worte ZULETZT GESEHEN AM vorkamen.

Sie öffnete die Augen und wählte rasch, bevor sie den Mut dazu verlor. Sie überlegte sich ihre Nachricht – *Ich rufe in zehn Sekunden wieder an, und dieses Mal meldest du dich gefälligst, Mister* – und war verblüfft, als ihr Sohn noch während des ersten Klingelns laut und deutlich antwortete.

»Mama! He, Mama!« Lebendig, sogar mehr als lebendig: dem Klang seiner Stimme nach vor Aufregung übersprudelnd.

Wo steckst du?, versuchte sie zu sagen, aber sie brachte anfangs kein Wort heraus. Kein einziges. Ihre Knie wurden ganz weich; sie musste sich an die Wand lehnen, um nicht zusammenzuklappen.

»Mama? Bist du da?«

Im Hintergrund hörte sie Fahrgeräusche eines Autos, dann Benny, leise, aber deutlich, der jemandem zurief: »Dr. Rusty! Yo, Dude, anhalten!«

Endlich gelang es ihr, ihre Stimme wieder in Gang zu bringen. »Ja. Das bin ich. Wo bist du?«

»Oben am Town Common Hill. Ich wollte dich eben anrufen, weil es bald dunkel ist – dir sagen, dass du dir keine

Sorgen machen sollst –, und da hat's in meiner Hand geklingelt. Hat mich richtig erschreckt.«

Nun, das nahm dem aufgestauten mütterlichen Zorn den Wind aus den Segeln, nicht wahr? *Oben am Town Common Hill. In zehn Minuten sind sie hier. Benny will bestimmt wieder drei Pfund Essen. Gott, ich danke dir.*

Norrie sagte etwas zu Joe. Es klang wie *Erzähl's ihr, erzähl's ihr.* Dann hörte sie wieder die Stimme ihres Sohnes – so laut triumphierend, dass sie das Handy ein bisschen vom Ohr weghalten musste. »Mama, ich glaube, dass wir's gefunden haben! Ich weiß es praktisch sicher! Es ist in der Obstplantage auf der Black Ridge!«

»Was gefunden, Joey?«

»Das weiß ich nicht genau, ich will keine voreiligen Schlüsse ziehen, aber wahrscheinlich das Ding, das den Dome erzeugt. Geht fast nicht anders. Wir haben eine Blinkleuchte wie auf einem Sendemast gesehen, nur war sie am Boden und lila statt rot. Wir sind nicht nahe genug rangekommen, um mehr zu sehen. Wir sind alle drei bewusstlos geworden. Beim Aufwachen hat uns nichts gefehlt, aber es war allmählich spä …«

»*Bewusstlos?*« Das kreischte Claire beinahe. »Was soll das heißen, ihr seid *bewusstlos* geworden? Komm nach Hause! Komm sofort nach Hause, damit ich mir ansehen kann, was mit dir ist.«

»Ist alles okay, Mama«, sagte Joe beruhigend. »Ich denke, es ist wie … du weißt, dass Leute einen kleinen Schlag kriegen, wenn sie die Kuppel zum ersten Mal berühren, und dann nicht mehr? Ich glaube, dass es so ähnlich ist. Ich denke, dass man beim ersten Mal bewusstlos wird und dann gewissermaßen immun ist. Voll einsatzfähig. Das denkt Norrie auch.«

»Mir ist egal, was sie denkt oder was du denkst, Mister! Du kommst jetzt sofort nach Hause, damit ich sehe, dass dir nichts fehlt, sonst immunisiere ich dir den Hintern!«

»Okay, aber wir müssen uns mit Mr. Barbara in Verbindung setzen. Es war seine Idee, den Geigerzähler einzusetzen – und damit lag er völlig richtig! Dr. Rusty müssen wir auch informieren. Er ist gerade an uns vorbeigefahren. Benny hat versucht, ihn anzuhalten, aber er hat nicht reagiert. Ich lade Mr. Barbara und ihn zu uns ein, okay? Wir müssen gemeinsam überlegen, wie's weitergehen soll.«

»Joe ... Mr. Barbara ist ...«

Claire zögerte. Sollte sie ihrem Sohn erzählen, dass Mr. Barbara – den einige Leute jetzt Colonel Barbara nannten – als mehrfacher Mörder verhaftet worden war?

»Was?«, fragte Joe. »Was ist mit ihm?« Der frohe Triumph in seiner Stimme war Besorgnis gewichen. Vermutlich konnte er ihre Stimmungen ebenso gut deuten wie sie seine. Und er hatte offenbar große Hoffnungen auf Barbara gesetzt – Benny und Norrie sicher auch. Dies war keine Nachricht, die sie ihm vorenthalten konnte (so gern sie es auch getan hätte), aber sie brauchte sie ihm nicht telefonisch mitzuteilen.

»Komm nach Hause«, sagte sie. »Dann reden wir darüber. Und, Joe ... ich bin schrecklich stolz auf dich.«

8   Jimmy Sirois starb an diesem Nachmittag, während Scarecrow Joe und seine Freunde auf ihren Fahrrädern in die Stadt zurückrasten.

Rusty saß auf dem Korridor, hatte einen Arm um Gina Buffalino gelegt und ließ sie an seiner Brust weinen. Früher wäre es ihm äußerst peinlich gewesen, so mit einem Mädchen dazusitzen, das kaum siebzehn war, aber die Zeiten hatten sich geändert. Man brauchte sich nur diesen Flur anzusehen – der nun von leise zischenden Coleman-Petroleumlampen erhellt wurde statt von ruhig in der Wabendecke brennenden Leuchtstoffröhren –, um zu wissen, dass sie sich geändert hatten. Sein Krankenhaus war zu einer Schattenpassage geworden.

»Nicht Ihre Schuld«, sagte er. »Nicht Ihre Schuld, nicht meine, nicht einmal seine. Er wollte bestimmt nicht zuckerkrank sein.«

Obwohl es weiß Gott Leute gab, die jahrelang mit dieser Krankheit zurechtkamen. Leute, die auf ihren Körper achtgaben. Jimmy, ein halber Eremit, der draußen an der God Creek Road gehaust hatte, war keiner von ihnen gewesen. Als er endlich zur Poliklinik gefahren war – das war am vergangenen Donnerstag gewesen –, hatte er nicht mehr selbst aussteigen können; er hatte einfach so lange gehupt, bis Ginny Tomlinson hinausgegangen war, um zu sehen, wer da hupte und was passiert war. Als Rusty dem Alten die Hose auszog, fiel ihm sein schlaffes rechtes Bein auf, das ganz blau und abgestorben war. Selbst wenn Jimmy nochmal durchgekommen wäre, wären die Nervenschäden vermutlich irreversibel gewesen.

»Tut überhaupt nicht weh, Doc«, hatte Jimmy Ron Haskell versichert, kurz bevor er ins Koma geglitten war. Seither war er mal bewusstlos, mal bei Bewusstsein gewesen, aber sein Bein war ständig schlimmer geworden. Rusty hatte die Amputation immer wieder hinausgeschoben, obwohl er wusste, dass sie unvermeidlich war, wenn Jimmy überhaupt eine Chance haben sollte.

Als der Strom ausfiel, liefen zwar die Infusionen weiter, die Jimmy und zwei weitere Patienten mit Antibiotika versorgten, aber die Durchflussmesser waren ausgefallen, was eine genaue Dosierung unmöglich machte. Noch schlimmer war, dass Jimmys Herzmonitor und sein Beatmungsgerät nicht mehr arbeiteten. Rusty entfernte den Respirator, verpasste dem Alten eine Sauerstoffmaske und frischte Ginas Kenntnisse über diese Art der Beatmung auf. Sie war gut darin und sehr gewissenhaft, aber gegen 18 Uhr starb Jimmy trotzdem.

Jetzt war sie untröstlich.

Sie hob ihr tränenfleckiges Gesicht von seiner Brust und fragte: »Habe ich ihm zu viel gegeben? Oder zu wenig? Ist er durch meine Schuld erstickt?«

»Nein. Jimmy wäre so oder so gestorben – und nun ist ihm eine schwere Amputation erspart geblieben.«

»Ich glaube nicht, dass ich weiterarbeiten kann«, sagte Gina und begann wieder zu weinen. »Die Arbeit ist zu gruselig. Jetzt ist sie *schrecklich.*«

Rusty wusste nicht, was er darauf antworten sollte, aber er

634

brauchte es auch nicht zu tun. »Sie fangen sich wieder«, sagte eine kratzige dumpfe Stimme. »Das müssen Sie, Schätzchen, weil wir Sie brauchen.«

Das war Ginny Tomlinson, die langsam den Korridor entlang auf sie zukam.

»Du solltest nicht auf den Beinen sein«, sagte Rusty.

»Wahrscheinlich nicht«, bestätigte Ginny und setzte sich mit einem Seufzer der Erleichterung auf Ginas andere Seite. Mit ihrer verpflasterten Nase und den Pflasterstreifen unter den Augen wirkte sie wie eine Hockeytorfrau nach einem schweren Spiel. »Aber ich bin trotzdem wieder im Dienst.«

»Vielleicht kannst du morgen …«, begann Rusty.

»Nein, jetzt.« Sie nahm Ginas Hand. »Und Sie sind es auch, Schätzchen. Ich weiß noch, wie's in der Schwesternschule immer hieß: ›Aufhören könnt ihr, wenn das Blut trocknet und der Rodeo vorüber ist.‹«

»Was ist, wenn ich einen Fehler gemacht habe?«, flüsterte Gina.

»Die macht jeder. Der Trick dabei ist, möglichst wenige zu machen. Und ich helfe euch beiden – Harriet und Ihnen. Also, was sagen Sie?«

Gina betrachtete zweifelnd Ginnys geschwollenes Gesicht, das durch die alte Brille, die Ginny irgendwo gefunden hatte, noch schlimmer aussah. »Wissen Sie bestimmt, dass Sie dem gewachsen sind, Ms. Tomlinson?«

»Sie helfen mir, ich helfe Ihnen. Ginny und Gina, die fightenden Frauen.« Sie hob ihre Faust. Gina, die sich ein schwaches Lächeln abrang, schlug mit ihrer dagegen.

»Das ist ja alles brandheiß und große Klasse«, sagte Rusty, »aber sowie du dich schwach fühlst, suchst du dir ein Bett und legst dich eine Weile hin. Anweisung von Dr. Rusty.«

Ginny fuhr zusammen, als das Lächeln, das sie versuchte, ihre Nasenflügel spannte. »Ich brauche kein Bett, ich benutze einfach Ron Haskells alte Couch in der Lounge.«

Rustys Mobiltelefon klingelte. Er machte den Frauen ein Zeichen, dass sie gehen konnten. Beim Weggehen redeten sie miteinander, und Gina hatte Ginny einen Arm um die Taille gelegt.

»Hallo, hier ist Eric«, sagte er.

»Hier ist Erics Frau«, sagte eine gedämpfte Stimme. »Sie ruft an, um sich bei Eric zu entschuldigen.«

Rusty ging in ein leeres Untersuchungszimmer und schloss die Tür. »Du brauchst dich nicht zu entschuldigen«, sagte er … obwohl er nicht recht wusste, ob das stimmte. »War die Hitze des Gefechts. Haben sie ihn freigelassen?« Dachte er an den Barbie, den er inzwischen kennengelernt hatte, kam ihm diese Frage sehr vernünftig vor.

»Darüber möchte ich nicht am Telefon sprechen. Kannst du nach Hause kommen, Schatz? Bitte? Wir müssen miteinander reden.«

Das konnte Rusty tatsächlich. Sein einziger Patient in kritischem Zustand hatte ihm sein berufliches Dasein soeben erheblich vereinfacht, indem er gestorben war. Und obwohl er erleichtert darüber war, dass die Frau, die er liebte, wieder mit ihm sprach, gefiel ihm die neue Vorsicht in ihrer Stimme nicht.

»Das kann ich«, sagte er, »aber nicht sehr lange. Ginny ist wieder auf den Beinen, aber wenn ich sie nicht bremse, übernimmt sie sich. Abendessen?«

»Ja.« Das klang erleichtert. Rusty war froh darüber. »Ich taue etwas von der Hühnersuppe auf. Am besten essen wir möglichst viel Tiefkühlkost, solange wir noch Strom haben, um sie tiefzukühlen.«

»Noch eine Frage. Hältst du Barbie noch immer für schuldig? Unabhängig davon, was die anderen denken – was glaubst du?«

Eine lange Pause. Dann sagte Linda: »Darüber reden wir, wenn du hier bist.« Und damit beendete sie das Gespräch.

Rusty, der halb auf dem Untersuchungstisch saß, hielt das Telefon noch einen Augenblick in der Hand. Dann klappte er es zu. Im Augenblick gab es vieles, was er nicht mit Bestimmtheit wusste – er kam sich vor wie ein Mann, der in einem Meer aus Ratlosigkeit schwimmt –, aber eines wusste er sicher: Seine Frau hielt es für möglich, dass jemand ihr Telefongespräch mithörte. Aber wer? Die U.S. Army? Die Heimatschutzbehörde?

Big Jim Rennie?

»Lächerlich«, erklärte Rusty dem leeren Untersuchungszimmer. Dann machte er sich auf die Suche nach Twitch, um ihm zu sagen, dass er das Krankenhaus eine Zeit lang verlassen würde.

9   Twitch erklärte sich bereit, Ginny im Auge zu behalten und dafür zu sorgen, dass sie sich nicht überanstrengte, aber er verlangte eine Gegenleistung: Bevor Rusty ging, musste er Henrietta Clavard untersuchen, die bei dem Supermarkt-Aufruhr verletzt worden war.

»Was fehlt ihr denn?«, fragte Rusty, der das Schlimmste befürchtete. Für eine alte Lady war Henrietta kräftig und fit, aber vierundachtzig war vierundachtzig.

»Sie sagt, und ich zitiere: ›Eine dieser unnützen Schwestern Mercier hat mir meinen gottverdammten Arsch gebrochen.‹ Sie glaubt, dass es Carla Mercier war. Die jetzt Venziano heißt.«

»Okay«, sagte Rusty, dann murmelte er ohne bestimmten Anlass: »›*This is a small town, and we all support the team.*‹ Ist er's also?«

»Ist er was, Sensei?«

»Gebrochen.«

»Das weiß ich nicht. Sie zeigt ihn mir nicht. Sie sagt, und ich zitiere *wieder*: ›Meine Unterhosen lasse ich nur vor einem Profi runter.‹«

Sie brachen in Gelächter aus, versuchten aber, das Geräusch zu unterdrücken.

Hinter der Tür erklang die brüchige, krächzende Stimme einer alten Frau: »Mein Arsch ist hinüber, nicht mein Gehör. Ich höre alles!«

Rusty und Twitch lachten noch lauter. Twitchs Gesicht war gefährlich rot angelaufen.

Hinter der Tür sagte Henrietta: »Wenn das euer Arsch wäre, Jungs, würdet ihr nicht so dämlich lachen.«

Rusty ging, noch immer lächelnd, zu ihr hinein. »Entschuldigen Sie bitte, Mrs. Clavard.«

Sie stand, weil sie nicht sitzen konnte, und lächelte zu seiner großen Erleichterung ebenfalls. »Ach was«, sagte sie. »An diesem ganzen Scheiß muss es auch *irgendwas* Lustiges geben. Das kann genauso gut ich sein.« Sie überlegte. »Außerdem war ich da drin und hab wie alle anderen geklaut. Ich hab's wahrscheinlich nicht anders verdient.«

10   Henriettas Steißbein erwies sich als stark geprellt, aber nicht gebrochen. Eine gute Sache, denn ein zertrümmertes Steißbein war keineswegs harmlos. Rusty gab ihr eine schmerzstillende Salbe, überzeugte sich davon, dass sie Advil zu Hause hatte, und schickte sie weg: humpelnd, aber zufrieden. Wenigstens so zufrieden, wie eine Lady in ihrem Alter und mit ihrem Temperament wohl sein konnte.

Bei seinem zweiten Fluchtversuch, ungefähr eine Viertelstunde nach Lindas Anruf, fing Harriet Bigelow ihn kurz vor dem Ausgang zum Parkplatz ab. »Ginny sagt, dass Sie wissen sollten, dass Sammy Bushey verschwunden ist.«

»Wohin verschwunden?«, fragte Rusty. Das eingedenk des alten Grundschul-Grundsatzes, dass die einzige dumme Frage die ist, die man nicht stellt.

»Das weiß niemand. Sie ist einfach weg.«

»Vielleicht ist sie ins Sweetbriar gegangen, um zu sehen, was es zum Abendessen gibt. Hoffentlich stimmt das, wenn sie nämlich versucht, bis zu ihrem Wohnwagen zu gehen, könnten ihre Nähte aufreißen.«

Harriet wirkte besorgt. »Sie meinen, sie könnte verbluten? Aus der Wuu-Wuu zu verbluten … das wäre *schlimm.*«

Rusty hatte schon viele Ausdrücke für Vagina gehört, aber dieser war ihm neu. »Ich glaube nicht, dass sie verblutet, aber sie könnte für längere Zeit wieder hier landen. Was ist mit ihrem Baby?«

Harriet wirkte wie vor den Kopf geschlagen. Sie war ein ernsthaftes kleines Ding, das die Angewohnheit hatte, verwirrt hinter seinen dicken Brillengläsern zu blinzeln, wenn es nervös war. Die Art Mädchen, dachte Rusty, das sich fünfzehn Jahre nachdem es sein Studium am Smith oder Vassar

638

College mit *summa cum laude* abgeschlossen hatte, einen Nervenzusammenbruch gönnte.

»Das Baby! O Gott, Little Walter!« Sie raste den Flur entlang davon, bevor Rusty sie aufhalten konnte, und kam sichtlich erleichtert zurück. »Noch da. Nicht sehr lebhaft, aber das scheint seine Art zu sein.«

»Dann kommt sie vermutlich zurück. Auch wenn sie sonst eine Menge Probleme hat, liebt sie den Kleinen. Auf ihre etwas chaotische Weise.«

»Hä?« Wieder dieses hektische Blinzeln.

»Schon gut. Ich komme so bald wie möglich zurück, Harriet. Und den Kopf schön oben lassen.«

»*Wessen* Kopf? *Wie* oben?« Ihre Lider schienen kurz davor zu sein, Feuer zu fangen.

Fast hätte Rusty *Schwanz steifhalten, meine ich,* gesagt, aber das wäre wohl auch nicht richtig gewesen. In Harriets Terminologie war ein Schwanz wahrscheinlich ein Wah-Wah.

»Halten Sie durch«, sagte er.

Harriet war erleichtert. »Das schaffe ich, Dr. Rusty, kein Problem.«

Rusty wandte sich ab, um zu gehen, aber nun stand dort ein Mann: hager, nicht einmal schlecht aussehend, wenn man die Hakennase übersah, mit einem üppigen Pferdeschwanz grauer Haare. Er sah ein bisschen wie der verstorbene Timothy Leary aus. Rusty fragte sich allmählich, ob er hier jemals rauskommen würde.

»Was kann ich für Sie tun, Sir?«

»Eigentlich habe ich mir überlegt, ob ich nicht etwas für *Sie* tun könnte.« Er streckte eine knochige Hand aus. »Thurston Marshall. Meine Partnerin und ich waren übers Wochenende am Chester Pond und sind so in dieses Was-auch-immer geraten.«

»Tut mir leid, das zu hören«, sagte Rusty.

»Die Sache ist die, dass ich etwas Erfahrung in Krankenpflege habe. Als dieser Vietnamscheiß im Gang war, war ich Wehrdienstverweigerer. Wollte eigentlich nach Kanada, hatte dann aber doch andere Pläne … na ja, tut nichts zur

Sache. Ich habe mich als Verweigerer registrieren lassen und war zwei Jahre lang Krankenpfleger in einem Veteranenkrankenhaus in Massachusetts.«

Das war interessant. »Edith Nourse Rogers?«

»Genau dort. Meine Kenntnisse sind vielleicht nicht auf dem neuesten Stand, aber …«

»Mr. Marshall, ich habe tatsächlich einen Job für Sie.«

11   Als Rusty auf der 119 unterwegs war, hörte er ein Hupen. Ein Blick in seinen Rückspiegel zeigte ihm einen Lastwagen des städtischen Bauhofs, der eben auf den Catherine Russell Drive abbog. Im rötlichen Schein der untergehenden Sonne war das schwer zu erkennen, aber er glaubte, dass Stewart Bowie am Steuer saß. Was Rusty auf den zweiten Blick erkannte, ließ sein Herz höher schlagen: Auf der Ladefläche schienen zwei Flüssiggastanks zu stehen. Für ihre Herkunft würde er sich später interessieren, vielleicht sogar ein paar Fragen dazu stellen, aber vorerst war er nur erleichtert, weil er wusste, dass es bald wieder Licht gab und auch die Monitore und Beatmungsgeräte wieder funktionierten. Vielleicht nicht endlos lange, aber zurzeit war er selbst im Tag-für-Tag-Modus.

Oben am Town Common Hill sah er seinen Skater-Patienten Benny Drake mit einigen seiner Freunde. Einer von ihnen war der talentierte junge McClatchey, der die Übertragung der Live-Aufnahmen von dem Lenkwaffeneinschlag organisiert hatte. Benny winkte und rief dabei etwas; er wollte Rusty anscheinend anhalten, um mit ihm zu quatschen. Rusty winkte seinerseits, wurde aber nicht langsamer. Er hatte es eilig, Linda zu sehen. Er wollte natürlich auch hören, was sie zu sagen hatte, aber sie vor allem sehen, sie umarmen und sich endgültig wieder mit ihr vertragen.

12   Barbie musste pinkeln, aber er hielt sein Wasser zurück. Er hatte im Irak Vernehmungen durchgeführt und wusste, wie die Sache dort drüben funktionierte. Ob ihn hier schon Ähnliches erwartete, wusste er nicht, aber möglich war es durchaus. Die Dinge entwickelten sich sehr schnell, und Big Jim hatte die Fähigkeit bewiesen, skrupellos mit der Zeit zu gehen. Wie die meisten begabten Demagogen unterschätzte er niemals die Bereitschaft seiner jeweiligen Zuhörerschaft, das Absurde zu glauben.

Barbie war auch sehr durstig – und nicht sonderlich überrascht, als ein Cop mit einem Glas Wasser in einer Hand und einem beschriebenen Blatt Papier, an dem ein Kugelschreiber steckte, in der anderen aufkreuzte. Ja, so liefen solche Dinge ab; so liefen sie in Falludscha, Tikrit, Hilla, Mosul und Bagdad ab. Und so liefen sie offenbar auch in Chester's Mill ab.

Der neue Cop war Junior Rennie.

»Na, sieh dich bloß an«, sagte Junior. »Siehst nicht mehr ganz so bereit aus, Kerle mit deinen tollen Army-Tricks zusammenzuschlagen.« Er hob die Hand, in der er das Papier hielt, und rieb sich mit den Fingerspitzen die linke Schläfe. Das Papier raschelte.

»Du siehst selbst nicht so berühmt aus.«

Junior ließ die Hand sinken. »Mir ist pudelwohl auf dem Damm.«

Seltsam, dachte Barbara; manche Leute sagten: *Ich bin ganz auf dem Damm*, und andere sagten: *Mir ist pudelwohl*, aber seines Wissens sagte niemand *pudelwohl auf dem Damm*. Das musste nichts zu bedeuten haben, aber …

»Weißt du das bestimmt? Dein Auge ist ganz rot.«

»Scheiße, mir geht's glänzend. Und ich bin nicht hier, um über mich zu diskutieren.«

Barbie, der genau wusste, wozu Junior hier war, fragte: »Ist das Wasser?«

Junior sah auf das Glas hinunter, als hätte er es ganz vergessen. »Ja. Der Chief denkt, dass du vielleicht Durst hast. Dursttag am Dienstag, weißt du.« Er lachte schallend laut, als wäre sein albernes Wortspiel, das keinen Sinn ergab, unfassbar witzig. »Willst du's?«

»Ja, bitte.«

Junior hielt ihm das Glas hin. Barbie griff danach. Junior zog es zurück. Natürlich. So liefen solche Dinge ab.

»Warum hast du sie umgebracht? Ich bin neugierig, *Baaarbie*. Wollte Angie sich nicht mehr vögeln lassen? Und als du dich an Dodee rangemacht hast, hast du gemerkt, dass sie lieber Mösen als Schwänze lutscht, was? Hat Coggins vielleicht etwas gesehen, das er nicht sehen sollte? Und Brenda ist misstrauisch geworden. Warum nicht? Sie war selbst ein Cop. Durch Injektion!«

Junior jodelte ein Lachen, aber unter seinem Humor lag nur finstere Wachsamkeit. Und Schmerzen. Davon war Barbie überzeugt.

»Was? Hast du nichts zu sagen?«

»Ich hab's schon gesagt. Ich möchte etwas trinken. Ich bin durstig.«

»Ja, ich wette, dass du das bist. Dieses Pfefferspray wirkt beschissen, was? Wie ich höre, warst du als Soldat im Irak. Wie war's dort?«

»Heiß.«

Junior jodelte wieder. Etwas Wasser aus dem Glas spritzte auf sein Handgelenk. Zitterten seine Hände? Und sein entzündetes linkes Auge tränte stark. *Junior, was zum Teufel ist mit dir nicht in Ordnung? Migräne? Irgendwas anderes?*

»Hast du dort jemanden umgelegt?«

»Nur durch meine Kochkünste.«

Junior lächelte, als wollte er sagen: *Guter Witz, guter Witz.* »Dort drüben warst du kein Koch, *Baaarbie*. Du warst Verbindungsoffizier. Jedenfalls war das deine offizielle Jobbeschreibung. Mein Dad hat im Internet nachgeforscht. Viel steht nicht über dich drin, aber doch ein paar Dinge. Er glaubt, dass du Vernehmungsoffizier warst. Vielleicht sogar ein Spezialist für ›schwarze Unternehmen‹. Warst du eine Art Jason Bourne der Army?«

Barbie sagte nichts.

»Komm schon, hast du jemanden umgebracht? Oder sollte ich besser fragen: *Wie viele* hast du ermordet? Außer denen, die du hier umgelegt hast, meine ich.«

Barbie sagte nichts.

»Mann, dieses Wasser ist bestimmt gut. Es kommt aus dem Wasserkühler im Erdgeschoss. Chilly Willy!«

Barbie sagte nichts.

»Ihr Kerle kommt von da drüben mit allen möglichen Problemen zurück. Hab ich jedenfalls im Fernsehen so gesehen und brüte: Richtig oder unwahr? Falsch oder wahr?«

Das ist keine Migräne, die ihn so reden lässt. Zumindest keine Migräne, von der ich je gehört habe.

»Junior, wie schlimm tut dein Kopf weh?«

»Tut überhaupt nicht weh.«

»Seit wann hast du diese Kopfschmerzen?«

Junior stellte das Glas vorsichtig auf den Boden. Heute Abend trug er eine Pistole. Jetzt zog er sie und zielte damit durch die Gitterstäbe auf Barbie. Ihre Mündung zitterte leicht. »Willst du weiter Doktor spielen?«

Barbie betrachtete die Waffe. Die Pistole stand nicht im Drehbuch, davon war er überzeugt – Big Jim hatte Großes mit ihm vor, vermutlich nichts Angenehmes, aber dazu gehörte nicht, dass Dale Barbara in einer Haftzelle erschossen wurde, wenn alle von oben heruntergestürmt kommen und sehen würden, dass die Zellentür weiter abgeschlossen und das Opfer unbewaffnet war. Aber Junior würde sich vielleicht nicht zuverlässig an das Drehbuch halten, denn Junior war krank.

»Nein«, sagte er. »Keine Diagnosen. Tut mir leid.«

»O ja, das glaub ich, dass dir das leidtut, du trauriger Schack Seiße.« Aber Junior schien befriedigt zu sein. Er steckte seine Pistole weg und griff wieder nach dem Wasserglas. »Meine Theorie ist, dass du von dem, was du da drüben gesehen und getan hast, total durchgeknallt zurückgekommen bist. Du weißt schon: Posttraumatisches Stress-Syndrom, Tripper, MS, irgendwas davon. Meiner Ansicht nach bist du einfach ausgerastet. Stimmt das ungefähr?«

Barbie sagte nichts.

Junior schien seine Antwort ohnehin nicht sehr zu interessieren. Er hielt ihm das Glas durch die Gitterstäbe hin. »Nimm's schon, nimm's schon.«

Barbie griff nach dem Glas und rechnete damit, es würde weggezogen werden, aber das wurde es nicht. Er kostete das Wasser. Nicht kalt und auch nicht trinkbar.

»Na los«, sagte Junior. »Ich hab nur das halbe Salzfass reingekippt, das hältst du aus, nicht wahr? Du tust dir doch auch Salz aufs Brot, stimmt's?«

Barbie sah Junior nur an.

»Streichst du dir Salz aufs Brot? Tust du das, Wichser? Hä?«

Barbie hielt ihm das Glas durch die Gitterstäbe hin.

»Kannst du behalten«, sagte Junior großzügig. »Und das hier auch.« Er reichte ihm Papier und Kugelschreiber in die Zelle. Barbie nahm beides entgegen und überflog den Text, der ziemlich genau seinen Erwartungen entsprach. Unten war über einer gestrichelten Linie noch Platz für seine Unterschrift.

Er wollte das Blatt zurückgeben. Junior wich mit einer Bewegung zurück, die fast ein Tanzschritt war, und schüttelte dabei lächelnd den Kopf. »Behalt das auch. Mein Dad hat gesagt, dass du nicht gleich unterschreiben, aber darüber nachdenken würdest. Und stell dir vor, du würdest ein Glas Wasser ohne Salz kriegen. Und was zu essen. Einen großen alten Cheeseburger wie aus dem Paradies. Und vielleicht eine Cola? Oben im Kühlschrank haben wir kalte. Möchtest du eine nette kolte Cala?«

Barbie sagte nichts.

»Du gibst früh genug nach. Wenn du hungrig und durstig genug bist. Das sagt mein Dad, und er hat in solchen Dingen meistens recht. Tschüss, *Baaarbie.*«

Er ging davon, dann drehte er sich noch einmal um.

»Du hättest mich nie anfassen dürfen, weißt du. Das war dein großer Fehler.«

Als er die Treppe hinaufstieg, beobachtete Barbie, dass Junior ein wenig hinkte ... oder leicht *Schlagseite* hatte. Ja, er hatte einen Linksdrall, den er dadurch kompensierte, dass er sich mit der rechten Hand am Geländer festhielt. Er fragte sich, was Rusty Everett von solchen Symptomen gehalten hätte. Und er fragte sich, ob er jemals Gelegenheit haben würde, ihn danach zu fragen.

Barbie betrachtete das nicht unterschriebene Geständnis. Er hätte es am liebsten zerrissen und die Papierschnipsel auf dem Betonboden vor seiner Zelle verstreut, aber das wäre eine unnötige Provokation gewesen. Er war jetzt in die Krallen der Katze geraten und konnte nichts Besseres tun, als stillzuhalten. Er legte das Blatt samt Kugelschreiber auf die Koje. Dann griff er nach dem Wasserglas. Salz. Mit Salz versetzt. Er konnte es riechen. Das erinnerte ihn daran, wie Chester's Mill jetzt war ... nur war es nicht längst so gewesen? Hatten Big Jim und seine Freunde das Erdreich nicht schon seit längerem mit Salz versetzt? Davon war Barbie überzeugt. Er glaubte auch, dass es ein Wunder wäre, wenn er aus dieser Polizeistation je lebend herauskäme.

Trotzdem waren sie auf diesem Gebiet Amateure: Sie hatten das WC vergessen. Vermutlich war keiner von ihnen jemals in einem Land gewesen, in dem sogar etwas stehendes Wasser in einem Graben gut aussehen konnte, wenn man bei 45° C vierzig Kilogramm Ausrüstung zu schleppen hatte. Barbie kippte das Salzwasser in eine Ecke der Zelle. Dann pinkelte er in das Glas und stellte es unter die Koje. Dann kniete er sich wie ein Betender vor die Kloschüssel und trank, bis er einen Wasserbauch hatte.

13   Als Rusty nach Hause kam, saß Linda auf den Stufen vor der Haustür. Im Garten hinter dem Haus stieß Jackie Wettington die Little Js auf ihren Schaukeln an, und die Mädchen verlangten kreischend, stärker angestoßen zu werden, damit sie höher hinaufflogen.

Linda kam mit ausgestreckten Armen auf ihn zu. Sie küsste ihn, nahm den Kopf zurück, um ihn anzusehen, und küsste ihn dann nochmal mit offenem Mund und ihren Händen auf seinen Wangen. Er spürte die kurze, feuchte Berührung ihrer Zunge und wurde sofort hart. Sie spürte es und drängte sich gegen ihn.

»Wow!«, sagte er. »Wir sollten uns öfter in der Öffentlichkeit streiten. Und wenn du so weitermachst, tun wir bald etwas ganz anderes in der Öffentlichkeit.«

»Das tun wir, aber nicht in der Öffentlichkeit. Zunächst mal ... muss ich nochmal sagen, dass mir alles leidtut?«

»Nein.«

Sie nahm seine Hand und führte ihn zu dem Treppenabsatz vor der Haustür. »Gut. Weil wir über andere Dinge reden müssen. Ernsthafte Dinge.«

Er bedeckte ihre Hand mit seiner. »Ich höre.«

Sie erzählte ihm, was sich auf der Station ereignet hatte – wie man Julia Shumway abgewiesen hatte, während es Andy Sanders gestattet worden war, dem Häftling gegenüberzutreten. Sie berichtete, wie Jackie und sie in die Kirche gegangen waren, um ungesehen mit Julia sprechen zu können, und schilderte das daraus entstandene Gespräch im Pfarrhaus, an dem auch Piper Libby und Rommie Burpee teilgenommen hatten. Als sie die nur beginnende Leichenstarre erwähnte, die sie bei Brenda Perkins beobachtet hatten, horchte Rusty auf.

»Jackie!«, rief er. »Wie sicher weißt du das mit der Leichenstarre?«

»Ziemlich!«, rief sie zurück.

»Hi, Daddy!«, rief Judy. »Jannie und ich machen jetzt 'nen Looping!«

»Nein, das tut ihr nicht!«, antwortete Rusty. Er wandte sich wieder seiner Frau zu. »Wann habt ihr die Leichen gesehen, Linda?«

»Gegen halb elf, glaube ich. Die Supermarkt-Sache war da längst gelaufen.«

»Und wenn Jackie recht hat, dass die Leichenstarre erst eingesetzt hatte … aber das wissen wir nicht absolut sicher, stimmt's?«

»Nein, aber hör zu. Ich habe mit Rose Twitchell gesprochen. Barbara ist um *zehn vor sechs* ins Sweetbriar gekommen. Von dieser Minute an hat er bis zur Auffindung der Leichen ein Alibi. Wann soll er sie also umgebracht haben? Um fünf? Halb sechs? Wie wahrscheinlich ist das, wenn die Leichenstarre fünf Stunden später erst eingesetzt hat?«

»Nicht wahrscheinlich, aber auch nicht unmöglich. Sie wird von allen möglichen Faktoren beeinflusst. Zum Beispiel von der Temperatur am Fundort der Leiche. Wie warm war es in der Speisekammer?«

»Heiß«, gab sie zu, dann verschränkte sie die Arme vor der Brust und machte die Schultern rund. »Heiß und *übelriechend.*«

»Da siehst du, was ich meine. Unter diesen Umständen kann er sie um *vier* Uhr woanders ermordet und anschließend dorthin gebracht und zu den anderen gesteckt haben ...«

»Ich dachte, du stehst auf seiner Seite.«

»Das tue ich auch, und diese Möglichkeit ist auch nicht sehr wahrscheinlich, weil die Speisekammer um vier Uhr morgens viel kühler gewesen sein muss. Und wieso hätte er um diese Zeit mit Brenda zusammen sein sollen? Was würden die Cops sagen? Dass er sie gebumst hat? Selbst wenn ältere Frauen – *viel* ältere – sein Ding wären ... drei Tage nach dem Tod ihres Mannes, mit dem sie über dreißig Jahre verheiratet war?«

»Sie würden sagen, dass es nicht einvernehmlich geschehen sei«, erklärte sie ihm bedrückt. »Sie würden sagen, es sei Vergewaltigung gewesen. Genau wie sie's schon im Fall der beiden Mädchen behaupten.«

»Und Coggins?«

»Wenn sie ihm die Morde anhängen wollen, fällt ihnen schon etwas ein.«

»Hat Julia vor, das alles zu drucken?«

»Sie will die Story schreiben und darin ein paar Fragen stellen, aber die nur partielle Leichenstarre erwähnt sie vorerst nicht. Randolph ist vielleicht zu dämlich, um rauszukriegen, von wem sie das erfahren hat, aber Rennie würde es wissen.«

»Es könnte auch so gefährlich sein«, sagte Rusty. »Wenn sie ihr einen Maulkorb verpassen, kann sie sich nicht gerade an die Bürgerrechtsvereinigung wenden.«

»Ich glaube nicht, dass sie darauf Rücksicht nimmt. Sie ist verdammt wütend. Sie glaubt sogar, der Supermarkt-Aufruhr könnte inszeniert worden sein.«

Stimmt vermutlich, dachte Rusty. Laut sagte er jedoch: »Verdammt, ich wollte, ich hätte die Leichen gesehen.«

»Vielleicht kannst du das noch.«

»Ich weiß, woran du denkst, Schatz, aber das könnte Jackie und dich den Job kosten. Oder noch mehr, wenn das die Art ist, wie Big Jim sich ein lästiges Problem vom Hals schafft.«

»Wir können es nicht einfach dabei belassen …«

»Außerdem kann es sein, dass es gar nichts mehr nutzen würde. Ist sogar ziemlich *sicher* so. Wenn die Leichenstarre bei Brenda Perkins zwischen vier und acht Uhr eingesetzt hat, muss sie inzwischen vollständig sein, und ihre Leiche würde mir nicht viel sagen. Der Rechtsmediziner in Castle Rock könnte vielleicht mehr damit anfangen, aber der ist so unerreichbar wie die Bürgerrechtsvereinigung.«

»Aber vielleicht gibt's irgendwas anderes. Irgendeinen Hinweis an ihrer Leiche oder den drei anderen. Du kennst das Schild, das in manchen Sezierräumen hängt? ›Hier sprechen die Toten zu den Lebenden.‹«

»Unwahrscheinlich. Weißt du, was besser wäre? Wenn jemand Brenda lebend gesehen hätte, nachdem Barbie heute um zehn vor sechs zur Arbeit gekommen ist. Das würde ein Leck in ihr Boot schlagen, das sie nicht mehr abdichten könnten.«

Judy und Janelle, beide im Schlafanzug, kamen herangeflogen, um sich umarmen zu lassen. Rusty erfüllte seine Vaterpflicht. Jackie Wettington, die ihnen folgte, hörte seinen letzten Kommentar und sagte: »Ich frage mal herum.«

»Aber unauffällig«, sagte er.

»Klar doch. Und damit du's weißt: Ich bin noch nicht ganz überzeugt. Angie *hat* seine Erkennungsmarken in der Hand gehalten.«

»Und ihm ist in der ganzen Zeit bis zur Auffindung der Leichen nicht aufgefallen, dass er sie nicht mehr hatte?«

»Welche Leichen, Daddy?«, fragte Jannie.

Er seufzte. »Das ist kompliziert, Schätzchen. Und nichts für kleine Mädchen.«

Ihr erleichterter Blick zeigte, dass sie das gut fand. Ihre jüngere Schwester war weggelaufen, um ein paar spätblühende Blumen zu pflücken, kam aber mit leeren Händen zurück. »Sie verwelken«, berichtete sie. »Sind an den Rändern ganz braun und eklig.«

»Wahrscheinlich ist es zu warm für sie«, sagte Linda, und Rusty fürchtete einen Augenblick lang, sie würde in Tränen ausbrechen. Er warf sich in die Bresche.

»Ihr Mädchen geht schon mal rein und putzt euch die Zähne. Holt euch dazu etwas Wasser aus dem Krug in der Küche. Jannie, du bist die Eingießerin, okay? Los jetzt!« Er wandte sich wieder den Frauen zu. Vor allem Linda. »Alles in Ordnung mit dir?«

»Ja. Mir ... mir setzen nur immer wieder neue Aspekte zu. Ich denke: ›Welches Recht haben die Blumen dazu, zu verwelken?‹, und dann denke ich: ›Mit welchem Recht ist das alles hier überhaupt erst passiert?‹«

Sie schwiegen einen Augenblick, dachten darüber nach. Dann ergriff Rusty das Wort.

»Wir sollten abwarten, ob Randolph mich bittet, die Leichen zu untersuchen. Falls er's tut, bekomme ich sie zu sehen, ohne dass ihr euren Job riskieren müsst. Falls nicht, sagt uns das etwas.«

»Derweil sitzt Barbie im Knast«, sagte Linda. »Vielleicht versuchen sie in diesem Augenblick, ein Geständnis aus ihm rauszukriegen.«

»Nehmen wir mal an, ihr würdet eure Polizeiplaketten vorweisen und mir Zutritt zu dem Bestattungsinstitut verschaffen«, sagte Rusty. »Nehmen wir weiter an, ich würde etwas finden, das Barbie völlig entlastet. Glaubst du, dass sie dann ›Oh, Scheiße, war ein Fehler‹ sagen und ihn entlassen würden? Und zulassen, dass er hier das Kommando übernimmt? Das will die Regierung nämlich; das weiß die gesamte Stadt. Glaubst du, dass Rennie ...«

Sein Handy klingelte. »Diese Dinger sind die schlimmste Erfindung aller Zeiten«, sagte er, aber wenigstens kam der Anruf nicht aus dem Krankenhaus.

»Mr. Everett?« Eine Frau. Er kannte die Stimme, konnte ihr aber keinen Namen zuordnen.

»Ja, aber ich bin gerade ziemlich beschäftigt. Wenn es also kein Notfall ist ...«

»Ich weiß nicht, ob es ein Notfall ist, aber es ist sehr, sehr wichtig. Und da Mr. Barbara – Colonel Barbara, sollte ich wohl sagen – verhaftet worden ist, müssen Sie sich darum kümmern.«

»Mrs. McClatchey?«

»Ja, aber Joe ist derjenige, mit dem Sie reden müssen. Hier ist er.«

»Dr. Rusty?« Die Stimme klang drängend, fast atemlos.

»Hi, Joe. Was gibt's?«

»Ich denke, wir haben den Generator gefunden. Was sollen wir *jetzt* machen?«

Die Abenddämmerung sank so plötzlich herab, dass alle drei erschrocken Luft holten und Linda Rustys Arm umklammerte. Aber das kam nur von dem großen Fleck, den der Rauch auf der Westseite der Kuppel zurückgelassen hatte. Die Sonne war dahinter untergegangen.

»Wo?«

»Black Ridge.«

»Gab es Strahlung, Kleiner?« Es musste welche gegeben haben; wie hätten sie das Ding sonst finden sollen?

»Zuletzt haben wir plus zweihundert abgelesen«, sagte Joe. »Nicht ganz in der Gefahrenzone. Was machen wir jetzt?«

Rusty fuhr sich mit der freien Hand durch die Haare. Es passierte zu viel auf einmal. Zu viel, zu schnell. Vor allem für einen Arzthelfer aus einer Kleinstadt, der sich nie für einen großen Macher, erst recht nicht für eine Führungspersönlichkeit gehalten hatte.

»Heute Abend nichts mehr. Es ist schon fast dunkel. Um diese Sache kümmern wir uns morgen. Bis dahin musst du mir etwas versprechen, Joe. Behalte diese Sache für dich, ja? Du weißt davon, Benny und Norrie wissen davon, deine Mutter weiß davon. Dabei muss es bleiben.«

»Okay.« Joes Begeisterung schien einen Dämpfer bekommen zu haben. »Wir haben Ihnen viel zu erzählen, aber das kann bis morgen warten, denke ich.« Er atmete tief durch. »Das ist ein bisschen beängstigend, oder?«

»Ja, Kleiner«, bestätigte Rusty. »Das ist ein bisschen beängstigend.«

14   Der Mann, von dem das Wohl und Wehe von The Mills abhing, saß in seinem Arbeitszimmer und verschlang mit großen, gierigen Bissen ein Sandwich – Cornedbeef auf Roggenbrot –, als Junior hereinkam. Zuvor hatte Big Jim ein dreiviertelstündiges Power-Nickerchen gemacht. Jetzt fühlte er sich erfrischt und wieder bereit, in Aktion zu treten. Die Schreibtischplatte war mit Blättern von seinem gelben Schreibblock übersät, die er später im Verbrennungsofen hinter dem Haus vernichten würde. In solchen Dingen konnte man nicht vorsichtig genug sein.

Beleuchtet wurde sein Arbeitszimmer von zischenden Coleman-Petroleumlampen, die grelles weißes Licht gaben. Big Jim hatte weiß Gott Zugang zu jeder Menge Propan – genug, um sein Haus fünfzig Jahre lang mit Strom für Lampen und Haushaltsgeräte zu versorgen –, aber vorläufig waren die Colemans besser. Wenn draußen Leute vorbeikamen, sollten sie dieses grellweiße Licht sehen und wissen, dass Stadtverordneter Rennie keine Extrawurst bekam. Dass Stadtverordneter Rennie genau wie sie selbst war, nur vertrauenswürdiger.

Junior hinkte. Sein Gesicht sah abgehärmt aus. »Er hat nicht gestanden.«

Big Jim, der nicht erwartet hatte, dass Barbara gleich kapitulieren würde, ignorierte das. »Was ist mit dir los? Du siehst verdammt angeschlagen aus.«

»Wieder Kopfschmerzen, aber die verziehen sich gerade.« Das stimmte, obwohl sie während seines Gesprächs mit Barbie ganz schlimm gewesen waren. Diese blaugrauen Augen sahen zu viel oder schienen es zumindest zu tun.

Ich weiß, was du in der Speisekammer mit ihnen angestellt hast, sagten sie. *Ich weiß alles.*

Er hatte seine ganze Willenskraft aufbieten müssen, um nicht abzudrücken, nachdem er seine Pistole gezogen hatte, und diesen verdammten forschenden Blick für immer auszulöschen.

»Außerdem hinkst du.«

»Das kommt von den Kindern, die wir draußen am Chester Pond aufgegriffen haben. Das eine habe ich zum Auto getragen – dabei muss ich mir einen Muskel gezerrt haben.«

»Weißt du bestimmt, dass das alles ist? In ungefähr ...« Big Jim sah auf seine Uhr. »... drei Stunden hast du mit Thibodeau einen wichtigen Auftrag auszuführen, den ihr nicht vermasseln dürft. Die Sache muss perfekt klappen.«

»Wieso nicht gleich, sobald es richtig dunkel ist?«

»Weil die Hexe jetzt dort ist und mit ihren beiden Trollen ihre Zeitung zusammenschustert. Mit Freeman und dem anderen. Dem Sportreporter, der die Wildcats immer schlechtmacht.«

»Tony Guay.«

»Ja, den meine ich. Mir ist scheißegal, ob jemand dabei zu Schaden kommt, vor allem sie ...« Big Jim zog die Oberlippe hoch und ließ sein wölfisches Grinsen sehen. »... aber es darf keine Zeugen geben. Keine *Augen*zeugen, meine ich. Was die Leute *hören* ... das ist etwas ganz anderes.«

»Was sollen sie hören, Dad?«

»Bist du dir sicher, dass du der Sache gewachsen bist? Ich könnte Carter auch Frank mitgeben.«

»*Nein!* Ich habe dir bei Coggins geholfen und dir heute Morgen die alte Lady vom Hals geschafft. Ich hab den Job *verdient*!«

Big Jim musterte ihn forschend. Dann nickte er. »Also gut. Aber ihr dürft nicht erwischt, nicht mal gesehen werden.«

»Keine Sorge. Was sollen die ... die Augenzeugen hören?«

Big Jim sagte es ihm. Big Jim erzählte ihm alles. Ein guter Plan, fand Junior. Eines musste er zugeben: Sein guter alter Dad war mit allen Wassern gewaschen.

15 Als Junior nach oben gegangen war, um »sein Bein auszuruhen«, aß Big Jim sein Sandwich auf, wischte sich das Fett vom Kinn und rief dann Stewart Bowie auf dem Handy an. Er begann mit der Frage, die jeder stellt, wenn er ein Mobiltelefon anruft: »Wo bist du?«

Stewart sagte, dass sie auf der Rückfahrt ins Bestattungsinstitut waren, wo sie sich einen Drink gönnen würden. Weil er Big Jims Einstellung gegenüber alkoholischen Getränken kannte, sagte er das mit dem Trotz eines Werktätigen: *Ich habe meine Arbeit getan, jetzt gönn mir mein Vergnügen.*

»Das ist in Ordnung, aber sorg dafür, dass es bei diesem einen bleibt. Du hast heute Nacht noch zu tun. Fern und Roger auch.«

Stewart protestierte heftig.

Nachdem er sich ausgesprochen hatte, fuhr Big Jim fort: »Ich möchte, dass ihr drei um halb zehn zur Middle School kommt. Dort sind dann einige neue Cops – übrigens auch Rogers Söhne –, und ich möchte, dass ihr ebenfalls hinkommt.« Er hatte eine Idee. »Tatsächlich werde ich euch zu Sergeanten der Heimwehr von Chester's Mill machen, Jungs.«

Stewart erinnerte Big Jim daran, dass Fern und er vier neue Leichen einzusargen hatten. Wegen seines starken Yankee-Akzents klang das Wort wie *einsorgn*.

»Die können warten«, entschied Big Jim. »Sind schließlich tot. Wir haben es hier mit einer Krisensituation zu tun, falls du das noch nicht gemerkt haben solltest. Bis sie vorbei ist, müssen wir alle vollen Einsatz zeigen. Unseren Beitrag leisten. Das Team unterstützen. Halb zehn in der Middle School. Aber vorher müsst ihr noch was für mich erledigen. Das dauert nicht lange. Gib mir mal Fern.«

Stewart fragte, weshalb Big Jim mit Fern reden wolle, den er – mit einiger Berechtigung – als den Dämlichen Bruder betrachtete.

»Das geht dich nichts an. Gib ihn mir einfach.«

Fern sagte Hallo. Big Jim sparte sich das.

»Du warst bei den Freiwilligen, stimmt's? Bis sie aufgelöst wurden?«

Fern bestätigte, dass er in der Tat bei dieser inoffiziellen Hilfstruppe der Feuerwehr von Chester's Mill gewesen war – ohne hinzuzufügen, dass er schon ausgeschieden war, bevor die Gruppierung sich aufgelöst hatte (nachdem die Stadtverordneten empfohlen hatten, im städtischen Haushalt 2008 keine Mittel mehr für sie auszuweisen). Er fügte auch nicht hinzu, dass er festgestellt hatte, dass die Aktivitäten der Freiwilligen zur Geldbeschaffung ihn daran hinderten, sich an Wochenenden wie gewohnt zu besaufen.

»Ich möchte, dass du zur Polizeistation fährst und dir den Schlüssel zum Feuerwehrhaus holst«, sagte Big Jim. »Dann siehst du nach, ob diese Handspritzen, die Burpee gestern benutzt hat, in der Garage stehen. Die Perkins und er haben sie angeblich dort abgestellt, und ich kann nur hoffen, dass das stimmt.«

Fern sagte, dass die Handspritzen, soweit er wusste, ursprünglich von Burpee zur Verfügung gestellt worden seien, was sie gewissermaßen zu Rommies Eigentum mache. Die Freiwilligen hatten ein paar gehabt, sie aber nach der Auflösung der Truppe bei eBay verkauft.

»Sie waren vielleicht mal seine, aber das sind sie nicht mehr«, sagte Big Jim. »Solange die Krise anhält, gehören sie der Stadt. Das gilt auch für alles andere, was wir benötigen. Das ist zum Besten aller. Und wenn Romeo Burpee sich einbildet, er könnte die Freiwilligen neu ins Leben rufen, täuscht er sich gewaltig.«

Fern äußerte – vorsichtig –, seines Wissens habe Rommie bei den Löscharbeiten nach dem Lenkwaffeneinschlag an der Little Bitch Road ziemlich gute Arbeit geleistet.

»Das waren kaum mehr als Zigarettenkippen, die in einem Aschenbecher geschwelt haben«, spottete Big Jim. An seiner Schläfe pulsierte eine Ader, und sein Herz raste. Er wusste, dass er zu hastig gegessen hatte – wieder einmal –, aber dagegen war er machtlos. Wenn er hungrig war, schlang er alles, was vor ihm stand, in sich hinein, bis sein Teller leer war. Das war eben seine Art. »Diesen Brand hätte jeder löschen können. *Du* hättest ihn löschen können. Der springende Punkt ist, dass ich weiß, wer letztes Mal für mich gestimmt hat – und wer nicht. Wer's nicht getan hat, darf jetzt keine verflixten Gefälligkeiten von mir erwarten.«

Fern fragte Big Jim, was er, Fern, mit den Spritzen machen solle.

»Du sollst dich nur davon überzeugen, dass sie im Feuerwehrhaus stehen. Dann kommst du rüber in die Middle School. Wir sind in der Turnhalle.«

Fern teilte Jim mit, dass Roger Killian noch etwas sagen wollte.

Big Jim verdrehte die Augen, wartete jedoch.

Roger wollte wissen, welche seiner Jungen zu den Cops gegangen waren.

Big Jim seufzte, suchte in dem Durcheinander von Papieren auf seinem Schreibtisch und fand die Liste mit den Namen der neuen Polizisten. Die meisten dieser Jungen waren noch in der Highschool. Mickey Wardlaw, der Jüngste von allen, war erst fünfzehn, aber ein richtiger Schläger. Rechter Verteidiger des Footballteams, bis er wegen Trinkens aus der Mannschaft geflogen war. »Ricky und Randall.«

Roger protestierte, das seien seine Ältesten und die Einzigen, auf die er sich bei der Farmarbeit verlassen könne. Wer, fragte er, werde ihm bei den Hühnern helfen?

Big Jim schloss die Augen und bat Gott um Kraft.

16 Sammy Bushey war sich des schwachen Ziehens in ihrem Bauch – wie menstruale Krämpfe – und der viel stärkeren stechenden Schmerzen weiter unten sehr bewusst. Sie wären schwierig zu ignorieren gewesen, weil sie bei jedem Schritt wiederkamen. Trotzdem schleppte sie sich auf der Route 119 in Richtung Motton Road weiter. Sie würde weiterschlurfen, auch wenn es noch so wehtat. Ihr stand ein Ziel vor Augen, das allerdings nicht ihr Wohnwagen war. Was sie wollte, war nicht dort – aber sie wusste, wo sie es finden würde. Sie würde dorthin gehen, selbst wenn sie die ganze Nacht dafür brauchte. Für den Fall, dass die Schmerzen ganz schlimm wurden, hatte sie fünf Percocet, die sie kauen konnte, in einer ihrer Jeanstaschen. Die Schmerztabletten wirkten schneller, wenn man sie kaute. Das hatte Phil ihr erzählt.

Mach's mit ihr.

Dann müssten wir zurückkommen und dich wirklich *in die Mangel nehmen.*

655

Mach's mit dieser Nutte.

Du musst lernen, den Mund zu halten, außer wenn du auf den Knien liegst.

Mach's mit ihr, mach's mit dieser Nutte.

Weil dir ohnehin niemand glauben würde.

Aber Reverend Libby hatte ihr geglaubt und dafür teuer bezahlt. Ausgerenkte Schulter; erschossener Hund.

Mach's mit dieser Nutte.

Sammy fürchtete, dass sie die aufgeregt quiekende Stimme dieses Schweins bis zu ihrem Tod in Gedanken hören würde.

Also schleppte sie sich weiter. Über ihr glänzten die ersten rosa Sterne wie Funken, die man durch eine schmutzige Glasscheibe sah.

Autoscheinwerfer näherten sich von hinten, ließen ihren langen Schatten vor ihr über die Fahrbahn tanzen. Ein klappriger alter Pick-up hielt neben ihr. »He da, steigen Sie ein«, sagte der Mann am Steuer. Nur klang es wie *Heda-steinse-ein*, weil er Alden Dinsmore, der Vater des verunglückten Rory, und betrunken war.

Trotzdem stieg Sammy ein – mit den vorsichtigen Bewegungen einer Invalidin.

Alden schien das nicht zu merken. Er hatte eine hohe Dose Bud zwischen den Beinen und einen halbleeren Karton neben sich. Um Sammys Füße herum rollten klappernd leere Bierdosen. »Wohin wolln Sie?«, fragte Alden. »Porrun? Bossum?« Er lachte, um zu zeigen, dass er auch betrunken einen Witz machen konnte.

»Nur zur Motton Road hinaus, Sir. Fahren Sie zufällig in diese Richtung?«

»Wohin Sie woll'n«, sagte Alden. »Ich fahr nur so rum. Fahr rum und denk an mein Jungn. Er is am Samstag gestorm.«

»Das tut mir sehr leid für Sie.«

Er nickte, dann trank er aus seiner Dose. »Mein Dad is letztn Winter gestorm, wissen Sie? Hat sich totgekeucht, der arme alte Kerl. Empha-Sema. Hat im letztn Jahr bloß noch von Sauerstoff gelebt. Rory hat ihm die Zylinder gewechselt. Er hat den altn Hunnesohn geliebt.«

»Tut mir leid.« Das hatte sie schon mal gesagt, aber was hätte sie *sonst* sagen sollen?

Eine Träne lief ihm über die Wange. »Ich fahr Sie hin, wohin Sie wolln, Missy Lou. Ich fahr rum, bis das Bier aus is. Wolln Sie auch eins?«

»Ja, bitte.« Das Bier war warm, aber Sammy trank es gierig. Sie war sehr durstig. Sie angelte ein Percocet aus ihrer Tasche und nahm es mit einem weiteren großen Schluck. Sie spürte im Kopf, wie die Wirkung einsetzte. Das war gut. Sie angelte ein weiteres Perc heraus und bot es Alden an. »Wollen Sie auch eins? Davon fühlt man sich besser.«

Er nahm die Tablette und spülte sie mit Bier hinunter, ohne auch nur zu fragen, was sie enthielt. Dann erreichten sie die Motton Road. Er sah die Einmündung etwas zu spät, bog weit ausholend ab und walzte dabei den Briefkasten der Crumleys nieder. Sammy störte das nicht.

»Nehm Sie sich noch eins, Missy Lou.«

»Danke, Sir.« Sie riss die nächste Dose auf.

»Wolln Sie mein Jungn sehn?« Im Licht vom Armaturenbrett erschienen seine Augen gelblich und feucht. Sie waren die Augen eines Hundes, der in ein Loch getreten ist und sich ein Bein gebrochen hat. »Wolln Sie mein Rory sehn?«

»Ja, Sir«, sagte Sammy, »das möchte ich. Ich war dabei, wissen Sie.«

»Das warn alle. Hatt meine Weide vermietet. Hab vermutlich dazu beigetragn, ihn umzubringn. Hab's nicht geahnt. Aber das tut man nie, stimmt's?«

»Nein«, sagte Sammy.

Alden wühlte in der Brusttasche seines Overalls herum und zog eine abgewetzte Geldbörse heraus. Er ließ das Lenkrad los, um sie aufzuklappen, und kniff die Augen zusammen, während er die kleinen Plastikfächer durchsuchte. »Die Geldbörse habn mir meine Jungs geschenkt«, sagte er. »Ro'y und Ollie. Ollie lebt noch.«

»Das ist eine hübsche Geldbörse«, sagte Sammy und beugte sich nach links, um das Steuer zu ergreifen. In ihrer Zeit mit Phil hatte sie das oft getan. Sogar sehr oft. Mr.

Dinsmores Pick-up schlingerte in langsamen, irgendwie feierlichen Bogen von einer Straßenseite zur anderen und verfehlte nur knapp einen weiteren Briefkasten. Aber das war in Ordnung: Der arme alte Kerl fuhr nur zwanzig, und die Motton Road war verlassen. Im Autoradio spielte WCIK leise »Sweet Hope of Heaven« von den Blind Boys of Alabama.

Alden hielt ihr seine Geldbörse hin. »Hier is er. Das is mein Junge. Mit seim Grampa.«

»Fahren Sie, während ich ihn mir ansehe?«, fragte Sammy.

»Klar.« Alden übernahm wieder das Steuer. Der Pick-up begann etwas gerader und schneller zu fahren, klammerte sich aber weiter mehr oder weniger am Mittelstrich fest.

Das Bild war ein verblasstes Farbfoto, das einen kleinen Jungen und einen alten Mann mit umeinandergelegten Armen zeigte. Der Alte trug eine Mütze der Red Sox und eine Sauerstoffmaske. Der Junge grinste breit. »Ein hübscher Junge, Sir«, sagte Sammy.

»Ja, hübscher Junge. Hübsch un clever.« Alden stieß einen tränenlosen Schmerzensschrei aus, der wie das Iahen eines Esels klang. Seine Lippen versprühten dabei Speichel. Der Pick-up schlingerte nach rechts, dann fing er sich wieder.

»Ich hab auch einen hübschen Jungen«, sagte Sammy. Sie fing an zu weinen. Früher, daran erinnerte sie sich, hatte sie Spaß daran gehabt, Bratz-Puppen zu quälen. Jetzt wusste sie selbst, wie es war, in der Mikrowelle zu stecken. In der Mikrowelle zu verbrennen. »Ich werde ihn küssen, wenn ich ihn wiedersehe. Ihn noch einmal küssen.«

»Ja, küssn Sie ihn«, sagte Alden.

»Ich werd's tun.«

»Sie müssen ihn küssn und umarm und an sich drückn.«

»Das werd ich, Sir.«

»Ich würd mein Jungen küssn, wenn ich nur könnt. Ich würd seine kalte, kalte Wange küssn.«

»Ich weiß, dass Sie das tun würden, Sir.«

»Aber wir habn ihn begrabn. Heute Morgen. Bei uns auf der Farm.«

»Mein herzliches Beileid.«

»Nehm Sie sich noch 'n Bier.«

»Danke.« Sie nahm sich noch ein Bier. Sie wurde allmählich betrunken. Es war wundervoll, betrunken zu sein.

So fuhren die beiden weiter, während über ihnen die rosa Sterne heller wurden; sie funkelten, aber sie fielen nicht – heute Nacht gab es keinen Meteoritenschauer. Ohne langsamer zu werden, passierten sie Sammys Wohnwagen, den sie nie mehr betreten würde.

17   Es war ungefähr Viertel vor acht, als Rose Twitchell an den Glaseinsatz der Tür zur Redaktion des *Democrat* klopfte. Julia, Pete und Tony standen an einem langen Tisch und stellten Exemplare der neuesten vierseitigen Notausgabe der Zeitung her. Pete und Tony trugen sie zusammen; Julia heftete sie und legte sie auf den Stapel.

Als sie Rose erkannte, winkte Julia sie energisch herein. Rose öffnete die Tür, dann fuhr sie unwillkürlich zurück. »Himmel, ist das heiß bei euch!«

»Die Klimaanlage ist abgestellt, um Strom zu sparen«, sagte Pete Freeman, »und der Kopierer wird heiß, wenn er zu viel läuft. Was heute Abend der Fall war.« Aber er sah stolz aus. Rose fand, dass sie alle stolz aussahen.

»Ich dachte, heute wäre das Restaurant gerammelt voll«, sagte Tony.

»Ganz im Gegenteil! Das Sweetbriar ist gähnend leer. Ich glaube, dass viele Leute mir nicht gegenübertreten wollen, weil mein Koch als Mörder verhaftet worden ist. Und ich glaube, dass viele Leute ihren Nachbarn nicht ins Gesicht sehen wollen, wegen allem, was heute in der Food City passiert ist.«

»Komm rein und nimm dir ein Exemplar der Zeitung«, sagte Julia. »Du bist unser Covergirl, Rose.«

Ganz oben verkündete eine Zeile in Rot: **KOSTENLOS** NOTAUSGABE ZUR KUPPELKRISE **KOSTENLOS.**

Und darunter stand in der 16-Punkt-Schrift, die Julia in den beiden letzten Ausgaben des *Democrat* erstmals benutzt hatte:

AUFRUHR UND MORDE, ALS KRISE SICH VERSCHÄRFT

Das Foto zeigte Rose höchstpersönlich. Man sah ihr Profil. Wie sie das Megafon an die Lippen hob. Ein paar Haarsträhnen hingen ihr in die Stirn und ließen sie noch attraktiver als sonst erscheinen. Im Hintergrund war der Pasta- und Saucengang zu erkennen, in dem mehrere Gläser und Flaschen zertrümmert auf dem Fußboden lagen. Die Bildunterschrift lautete: **Friedensstifterin: Rose Twitchell, Inhaberin des Sweetbriar Rose, beendet den Lebensmittelaufruhr mit Hilfe von Dale Barbara, der später wegen Mordes verhaftet wurde (siehe untenstehenden Bericht und Leitartikel, S. 4).**

»Du lieber Gott«, sagte Rose. »Nun ... wenigstens hast du meine vorteilhafte Seite erwischt. Falls ich überhaupt eine habe.«

»Rose«, sagte Tony Guay feierlich, »du siehst aus wie Michelle Pfeiffer.«

Rose schnaubte und zeigte ihm den Stinkefinger. Sie war schon dabei, den Leitartikel zu lesen.

ERST PANIK, DANN SCHAM
Von Julia Shumway

Nicht jeder in Chester's Mill kennt Dale Barbara – er ist in unserer Stadt noch verhältnismäßig neu –, aber die meisten Leute haben im Sweetbriar Rose schon von ihm zubereitete Speisen gegessen. Die ihn kennen, hätten vor dem heutigen Tag gesagt, er sei eine wirkliche Bereicherung für unsere Gemeinschaft, nachdem er sich im Juli und August als Schiedsrichter für Softballspiele zur Verfügung gestellt, im September bei dem Bücherbasar zugunsten der Middle School mitgeholfen und sich erst vor zwei Wochen an der großen Müllsammelaktion auf dem Stadtanger beteiligt hat.

Heute ist »Barbie« (wie ihn die nennen, die ihn näher kennen) jedoch wegen vier schockierender Morde verhaftet worden. Wegen Mordes an Menschen, die in unserer kleinen Stadt sehr bekannt und beliebt waren. Menschen, die anders als Dale Barbara ihr Leben ganz oder überwiegend in The Mill verbracht haben.

Unter gewöhnlichen Umständen wäre »Barbie« ins Castle County Jail eingeliefert worden, hätte das ihm zustehende eine Telefongespräch führen dürfen und hätte einen Anwalt gestellt bekommen, wenn er sich keinen hätte leisten können. Er wäre unter Anklage gestellt worden, und das Zusammentragen von Beweisen – durch Fachleute, die sich auf ihre Arbeit verstehen – hätte begonnen.

Nichts davon ist geschehen, und wir alle kennen den Grund dafür: der Dome, der unsere Stadt vom Rest der Welt abgeschnitten hat. Aber hat uns die Kuppel denn auch von fairer Prozessführung und gesundem Menschenverstand abgeschnitten? So schockierend die Verbrechen auch sein mögen, reichen unbewiesene Anschuldigungen nicht aus, um die Art und Weise zu entschuldigen, wie Dale Barbara behandelt worden ist. Sie entschuldigen auch nicht, dass der neue Polizeichef es strikt abgelehnt hat, Fragen zu beantworten oder der Korrespondentin und Verfasserin dieses Artikels die Möglichkeit zu geben, sich davon zu überzeugen, dass Dale Barbara noch lebt, obwohl Dorothy Sanders' Vater – Erster Stadtverordneter Andrew Sanders – den bisher nicht unter Anklage gestellten Häftling nicht nur besuchen, sondern auch beschimpfen durfte ...

»Puh«, sagte Rose und sah auf. »Willst du das wirklich drucken?«

Julia deutete auf den Stapel gehefteter Exemplare. »Es ist schon gedruckt. Wieso? Hast du was dagegen?«

»Nein, aber ...« Rose überflog den Rest des Leitartikels,

der sehr lang war und sich immer mehr auf Barbies Seite schlug. Er endete mit dem Aufruf, wer irgendetwas über die Morde wisse, solle sich melden, und der Vermutung, sobald diese Krise ende, was sie gewiss tun werde, werde das Verhalten der Einwohner in Bezug auf diese Verbrechen nicht nur in Maine oder den Vereinigten Staaten, sondern weltweit kritisch hinterfragt werden. »Haben Sie keine Angst, damit in Schwierigkeiten zu geraten?«

»Pressefreiheit, Rose«, sagte Pete mit bemerkenswert unsicherer Stimme.

»Das hätte Horace Greeley getan«, sagte Julia nachdrücklich, und als ihr Corgi – der auf seinem Hundebett in der Ecke geschlafen hatte – seinen Namen hörte, hob er den Kopf. Er sah Rose und kam herüber, um sich streicheln zu lassen, was Rose gern tat.

»Hast du noch mehr, als hier drinsteht?«, fragte Rose, wobei sie auf den Leitartikel tippte.

»Ein bisschen«, sagte Julia. »Ich halte es noch zurück. In der Hoffnung auf mehr.«

»Barbie ist ganz sicher kein Mörder. Aber ich habe trotzdem Angst um ihn.«

Eines der auf dem Schreibtisch verstreut liegenden Handys klingelte. Tony schnappte es sich. »*Democrat*, Guay.« Er hörte kurz zu, dann hielt er das Telefon Julia hin. »Colonel Cox. Für dich. Scheint nicht gerade glücklich zu sein.«

Cox! Ihn hatte Julia ganz vergessen. Sie griff nach dem Telefon.

»Ms. Shumway, ich muss mit Barbie sprechen und erfahren, wie er bei der Übernahme der verwaltungsmäßigen Kontrolle in The Mill vorangekommen ist.«

»Ich glaube nicht, dass es dazu in nächster Zeit kommen wird«, sagte Julia. »Er sitzt im Gefängnis.«

»*Gefängnis?* Unter welcher Anklage?«

»Mord. Genau gesagt, in vier Fällen.«

»Sie machen Witze.«

»Höre ich mich wirklich so an, Colonel?«

Danach herrschte kurzes Schweigen. Im Hintergrund waren viele Stimmen zu hören. Als Cox wieder sprach, klang seine Stimme eindringlich leise. »Erklären Sie mir das.«

»Nein, Colonel Cox, das tue ich nicht. Ich habe gerade einen langen Artikel darüber geschrieben, und wie meine Mutter oft gesagt hat, als ich ein kleines Mädchen war, kaut man seinen Kohl nicht zweimal. Sind Sie noch in Maine?«

»Castle Rock. Dort befindet sich unser vorgeschobener Stützpunkt.«

»Dann schlage ich vor, dass wir uns dort treffen, wo wir schon einmal miteinander gesprochen haben – an der Motton Road. Ich kann Ihnen kein Exemplar der morgigen Ausgabe des *Democrat* geben, obwohl sie kostenlos verteilt wird. Aber ich kann sie auf meiner Seite der Barriere hochhalten, und Sie können alles selbst lesen.«

»Mailen Sie mir Ihren Text.«

»Das tue ich nicht. Ich finde, E-Mails und Zeitungsbranche sind Gegensätze. In dieser Beziehung bin ich sehr altmodisch.«

»Sie sind verdammt irritierend, meine Liebe.«

»Ich mag irritierend sein, aber ich bin nicht Ihre Liebe.«

»Sagen Sie mir nur eines: Ist das ein abgekartetes Spiel? Hat es irgendwas mit Sanders und Rennie zu tun?«

»Colonel, defäkiert ein Bär Ihrer Erfahrung nach in den Wald?«

Schweigen. Dann sagte er: »Wir treffen uns in einer Stunde.«

»Ich bringe jemanden mit. Barbies Arbeitgeberin. Was sie zu sagen hat, wird Sie interessieren, denke ich.«

»Gut.«

Julia klappte das Handy zu. »Hast du Lust, mit mir zur Kuppel rauszufahren, Rose?«

»Wenn ich Barbie damit helfen kann, klar.«

»Wir sollten die Hoffnung nicht aufgeben, aber ich habe irgendwie das Gefühl, dass wir hier auf uns selbst gestellt sind.« Sie wandte sich an Pete und Tony. »Stellt ihr die restlichen Exemplare noch fertig? Stapelt sie an der Tür und sperrt ab, wenn ihr geht. Seht zu, dass ihr genug Schlaf bekommt, denn morgen dürfen wir alle Zeitungsjungen spielen. Diese

663

Ausgabe wird wie in der guten alten Zeit verteilt. Jedes Haus der Stadt erhält ein Exemplar. Auch die nächstgelegenen Farmen. Und natürlich Eastchester. Dort draußen wohnen viele Neubürger, die rein theoretisch weniger empfänglich für den Big-Jim-Mythos sein müssten.«

Pete zog die Augenbrauen hoch.

»Unser Mr. Rennie hat ein Heimspiel«, sagte Julia. »Bei der wegen der Krise einberufenen Bürgerversammlung wird er sich morgen Abend hinstellen und versuchen, die Stadt wie eine Taschenuhr aufzuziehen. Die Teilnehmer erhalten jedoch Vorabinformationen.« Sie deutete auf die Zeitungen. »Das sind unsere Vorabinformationen. Wenn sie von genügend Leuten gelesen werden, muss er erst mal ein paar peinliche Fragen beantworten, bevor er die Leute zulabern kann. Vielleicht können wir ihn ein bisschen aus dem Rhythmus bringen.«

»Vielleicht sogar entscheidend, wenn wir rauskriegen, wer vor der Food City mit Steinen geworfen hat«, sagte Pete. »Und wisst ihr was? Ich glaube, das werden wir rauskriegen. Ich denke, dass diese Sache eilig zusammengeschustert worden ist. Irgendwo hängen unter Garantie Fäden heraus.«

»Hoffentlich lebt Barbie noch, wenn wir daran ziehen«, sagte Julia. Sie sah auf ihre Armbanduhr. »Komm, Rosie, wir machen eine Spazierfahrt. Willst du mitkommen, Horace?«

Horace wollte.

18 »Hier können Sie mich absetzen, Sir«, sagte Sammy vor einem hübschen Ranchhaus in Eastchester. Obwohl das Haus dunkel war, schien sein Rasen beleuchtet zu sein, weil sie hier ganz in der Nähe der Kuppel und dort an der Stadtgrenze in Richtung Harlow Scheinwerfer aufgebaut waren.

»Noch 'n Bier für unterwegs, Missy Lou?«

»Nein, Sir, ich bin hier am Ziel.« Obwohl das genaugenommen nicht stimmte. Sie musste noch in die Stadt zurück. Im gelblichen Licht der Deckenleuchte sah Alden Dinsmore wie fünfundachtzig statt wie fünfundvierzig aus. Sie hatte noch nie ein so trauriges Gesicht gesehen … außer vielleicht ihr eigenes, als sie in ihrem Krankenzimmer in den Spiegel gesehen hatte, bevor sie sich auf den Weg hierher begab. Sie beugte sich nach links hinüber und küsste ihn auf die Wange. Seine Bartstoppeln pieksten an ihren Lippen. Er berührte die Stelle mit der Hand und zeigte tatsächlich ein kleines Lächeln.

»Sie sollten jetzt heimfahren, Sir. Sie müssen an Ihre Frau denken. Und Sie haben noch einen Jungen, um den Sie sich kümmern müssen.«

»Vielleicht ham Se recht.«

»Das *habe* ich.«

»Sie kommen zurecht?«

»Ja, Sir.« Sie stieg aus, dann drehte sie sich nach ihm um. »Sie auch?«

»Werd's versuchen«, sagte er.

Sammy knallte die Tür zu und beobachtete in der Einfahrt stehend, wie er wendete. Er geriet in den Straßengraben, der jedoch trocken war, weshalb er mühelos wieder herauskam. Dann fuhr er in Richtung Route 119 davon. Die Heckleuchten bewegten sich zunächst in Schlangenlinien, aber nach kurzer Zeit mehr oder weniger geradlinig. Er blieb in der Straßenmitte – rammelte den Mittelstrich, wie Phil gesagt hätte –, aber sie glaubte, dass ihm nichts passieren würde. Inzwischen war es fast halb neun, völlig dunkel, und sie hielt es für unwahrscheinlich, dass ihm jemand begegnete.

Als seine Heckleuchten verschwunden waren, ging sie zu dem dunklen Ranchhaus weiter. Im Vergleich zu einigen der prächtigen alten Villen am Town Common Hill war es nichts Besonderes, aber netter als alles, was Sammy jemals besessen hatte. Auch drinnen war es nett. Sie war einmal mit Phil hier gewesen – damals in der guten alten Zeit, als er nicht mehr getan hatte, als ein bisschen Gras zu verkaufen und hinter dem Wohnwagen ein bisschen Meth für den eigenen Gebrauch zu kochen. Bevor er angefangen hatte, diese verrückten Ideen über Jesus zu haben und in diese Scheißkirche zu gehen, in der sie glaubten, alle außer ihnen seien dazu verdammt, in die Hölle zu kommen. Es war die Religion, mit der Phils Probleme angefangen hatten. Sie hatte ihn zu Coggins geführt, und Coggins oder sonst jemand hatte ihn in den Chef verwandelt.

Die Leute, die hier gewohnt hatten, waren keine Tweeker gewesen; Tweeker hätten ein Haus dieser Art nicht lange halten können, sie hätten das Geld für die Hypothek in Koks umgesetzt. Aber Jack und Myra Evans *hatten* ab und zu gern etwas Wacky Weed geraucht, und Phil Bushey hatte es ihnen gern geliefert. Sie waren nette Leute, also hatte Phil sie nett behandelt. Damals war er noch imstande gewesen, Leute nett zu behandeln.

Myra hatte sie zu einem Eiskaffee eingeladen. Sammy war damals ungefähr im siebten Monat mit Little Walter schwanger gewesen, hatte einen gewaltig dicken Bauch gehabt, und Myra hatte sie gefragt, ob sie sich einen Jungen oder ein Mädchen wünschte. Nicht im Geringsten hochnäsig. Jack hatte Phil in sein kleines Arbeitszimmer mitgenommen, um zu zahlen, und Phil hatte ihr zugerufen: »He, Schatz, das musst du dir ansehen!«

Das schien alles endlos lange zurückzuliegen.

Sie rüttelte an der Haustür. Die Tür war abgeschlossen. Sie hob einen der dekorativen Steine auf, mit denen Myras Blumenbeet eingefasst war, stand damit vor dem Panoramafenster und wog ihn in ihrer linken Hand. Nach einigem Überlegen warf sie ihn doch nicht, sondern ging nach hinten ums Haus herum. Durch ein Fenster einzusteigen, wäre ihr in ihrem jetzigen Zustand schwergefallen. Und selbst wenn sie dazu imstande (und vorsichtig) gewesen wäre, hätte sie sich so schlimm schneiden können, dass ihre Pläne für den Rest dieses Abends gefährdet gewesen wären.

Außerdem war dies ein hübsches Haus. Sie wollte es nicht beschädigen, wenn's nicht sein musste.

Und das musste es nicht. Jacks Leiche war abtransportiert worden, so gut funktionierte die Stadt noch, aber niemand hatte daran gedacht, die Terrassentür abzusperren. Sammy konnte einfach hineingehen. Es gab kein Notstromaggregat, und im Haus war es finster wie in einem Bärenarsch, aber am Herd in der Küche ertastete sie eine Schachtel Streichhölzer, und gleich das erste zeigte ihr eine Stablampe auf dem Küchentisch. Die Lampe funktionierte tadellos. Ihr Lichtstrahl beleuchtete etwas, was wie ein Blutfleck auf dem Fußboden aussah. Sammy schwenkte ihn hastig und machte sich auf den Weg zu Jack Evans' Arbeitszimmer. Es lag unmittelbar neben dem Wohnzimmer: ein winziges Kabuff, das nur Platz für einen Schreibtisch und einen Schrank mit Glastüren bot.

Sie ließ den Lichtstrahl über den Schreibtisch gleiten, dann richtete sie ihn nach oben, sodass er von den glasigen Augen von Jacks stolzester Trophäe zurückgeworfen wurde: dem Kopf des Elchs, den er vor drei Jahren oben im TR-90 geschossen hatte. Diesen präparierten Tierkopf hatte Sammy sich ansehen sollen, als Phil sie damals gerufen hatte.

»Ich habe seinerzeit das letzte Los der jährlichen Lotterie bekommen«, hatte Jack ihnen erklärt. »Und ihn damit erlegt.« Er hatte auf das Jagdgewehr in dem Schrank gedeutet: ein beängstigend klobiges Ding mit Zielfernrohr.

Myra, in deren Eiskaffee die Eiswürfel klirrten, war an der Tür erschienen; sie hatte cool und hübsch und amüsiert gewirkt – die Art Frau, die Sammy niemals würde sein können, das wusste sie genau. »Er war viel zu teuer, aber Jack durfte ihn haben, nachdem er mir versprochen hatte, dass wir im Dezember für eine Woche auf die Bermudas fliegen.«

»Bermudas«, sagte Sammy jetzt zu dem Elchkopf. »Aber sie ist nie hingekommen. Das ist zu traurig.«

Beim Verstauen des Geldumschlags in seine Hüfttasche hatte Phil gesagt: »Geile Waffe, aber nicht gerade ideal zum Selbstschutz.«

»Dafür hab ich auch was«, hatte Jack geantwortet, und obwohl er Phil nicht gezeigt hatte, was er dafür hatte, hatte er bedeutungsvoll auf die Schreibtischplatte geklopft. »Hab 'n paar verdammt gute Knarren.«

Phil hatte ebenso bedeutungsvoll zurückgenickt. Sammy und Myra hatten einen perfekt harmonischen *Jungs bleiben Jungs*-Blick gewechselt. Sie wusste noch jetzt, wie gut ihr dieser Blick getan hatte, wie sehr sie sich *dazugehörig* gefühlt hatte, und vermutete, dass sie deshalb hierhergekommen war, statt ihr Glück in einem leerstehenden Haus irgendwo am Stadtrand zu versuchen.

Sie machte eine Pause, um ein weiteres Percocet zu kauen, und fing dann an, die Schreibtischschubladen aufzuziehen. Sie waren ebenso unverschlossen wie die Holzschachtel in der dritten Schublade, die sie öffnete. Die Schachtel enthielt Jack Evans' zusätzliche Waffe: eine Springfield XD Kaliber .45. Sie nahm die Pistole heraus und schaffte es nach einiger Fummelei, das Magazin auszuwerfen. Es war voll, und in der Schublade lag ein volles Reservemagazin. Auch das nahm sie mit. Dann ging sie wieder in die Küche, um sich nach einer Tragetasche umzusehen. Und natürlich nach den Schlüsseln. Für irgendetwas, was in der Garage des verstorbenen Ehepaars Jack und Myra Evans stand. Sie hatte nicht die Absicht, zu Fuß in die Stadt zurückzugehen.

19   Julia und Rose diskutierten darüber, wie die Zukunft ihrer Stadt aussehen könnte, als ihre Gegenwart beinahe endete. Geendet hätte, wenn sie am Esty Bend, ungefähr eineinhalb Meilen vor ihrem Bestimmungsort, mit dem alten Pick-up zusammengestoßen wären. Aber Julia durchfuhr die Kurve rechtzeitig genug, um zu sehen, dass ihr das andere Fahrzeug frontal entgegenkam.

Sie riss das Lenkrad ihres Prius ohne nachzudenken scharf nach links, sodass die beiden Fahrzeuge sich nur um eine Handbreit verfehlten. Horace, der mit seinem gewohnten »Für mich gibt's nichts Schöneres als eine Spazierfahrt«-Ausdruck auf dem Rücksitz gesessen hatte, kippte überrascht aufjaulend zwischen die Sitze. Das war der einzige Laut. Keine der beiden Frauen kreischte oder schrie auch nur auf. Dafür passierte alles viel zu schnell. Tod oder schwere Verletzungen huschten in Bruchteilen einer Sekunde an ihnen vorbei und waren verschwunden.

Julia kehrte auf ihre Straßenseite zurück, fuhr auf den Rand und stellte den Wählhebel ihres Prius auf P. Sie sah zu Rose hinüber. Rose, die ganz aus weit aufgerissenen Augen und offenem Mund zu bestehen schien, erwiderte ihren Blick. Hinter ihnen sprang Horace wieder auf den Sitz und blaffte einmal kurz, als wollte er fragen, was der Aufenthalt zu bedeuten habe. Die beiden Frauen lachten über diesen Laut, und Rose tätschelte mit der rechten Hand ihre Brust oberhalb ihres vollen Busens.

»Mein Herz, mein Herz«, sagte sie.

»Ja«, sagte Julia, »meins auch. Hast du gesehen, wie knapp das war?«

Rose lachte nochmal zittrig. »Soll das ein Witz sein? Hätte ich meinen Arm ins offene Fenster gelegt, Schätzchen, hätte dieser Dreckskerl mir den Ellbogen amputiert.«

Julia schüttelte den Kopf. »Wahrscheinlich betrunken.«

»*Todsicher* betrunken«, sagte Rose schnaubend.

»Kannst du weiterfahren?«

»Kannst *du's* denn?«, fragte Rose.

»Ja«, sagte Julia. »Bist du bereit, Horace?«

Horace bellte, er sei schon bereit zur Welt gekommen.

»Ein Beinahe-Unglück reibt das Pech ab«, sagte Rose. »Wenigstens hat Granddad Twitchell das immer behauptet.«

»Hoffentlich hatte er recht«, sagte Julia und fuhr wieder an. Sie achtete verstärkt auf entgegenkommende Autoscheinwerfer, aber der nächste Lichtschein, den sie sahen, kam von den Scheinwerfern, die auf der Harlow-Seite der Barriere standen. Sie sahen Sammy Bushey nicht, aber Sammy sah die beiden; sie stand mit dem Schlüssel zu Jack und Myra Evans' Malibu in der Hand vor ihrer Garage. Als sie vorbei waren, schob sie das Garagentor hoch (das musste sie per Hand tun, was ziemlich wehtat) und setzte sich ans Steuer.

20 Zwischen Burpee's Department Store und Mills Gas & Grocery verlief eine Gasse als Verbindung zwischen Main Street und West Street. Sie wurde hauptsächlich von Lieferfahrzeugen benutzt. Um Viertel nach neun Uhr an diesem Abend gingen Junior Rennie und Carter Thibodeau in fast völliger Dunkelheit diese Gasse entlang. In einer Hand trug Carter einen roten Fünfliterkanister mit einem gelben Schrägstreifen. BENZIN stand auf dem Streifen. In der anderen Hand trug er ein batteriebetriebenes Megafon. Das Megafon war eigentlich weiß, aber Carter hatte es mit schwarzem Abdeckband umwickelt, damit es nicht auffiel, wenn jemand zufällig in ihre Richtung sah, bevor sie sich ins Dunkel der Gasse zurückziehen konnten.

Junior trug einen Rucksack. Er hatte keine Kopfschmerzen mehr und sein Hinken war fast ganz verschwunden. Er war zuversichtlich, dass sein Körper endlich mit dem fertig wurde, was immer ihn versaut hatte. Vielleicht irgendeine langwierige Virusgeschichte. Im College konnte man sich allen möglichen Scheiß holen, und sein Rauswurf, weil er diesen Jungen verprügelt hatte, konnte sich im Nachhinein noch als Segen erweisen.

Am anderen Ende der Gasse hatten sie eine klare Sicht auf die Redaktion des *Democrat*. Licht fiel auf den menschenleeren Gehsteig, und drinnen konnten sie Freeman und Guay sehen, die Papierstapel zur Tür trugen und sie dort absetzten. Das alte Holzhaus mit der Zeitungsredaktion und Julias Wohnung darüber stand zwischen Sanders Hometown Drug und der Buchhandlung, war aber von beiden getrennt – zur Buchhandlung hin durch einen gepflasterten Fußweg und zum Drugstore hin durch eine Gasse wie die, in der Carter und er jetzt lauerten. Die Nacht war windstill, und er glaubte, wenn sein Vater die Truppen rasch genug mobilisierte, werde es keinen Kollateralschaden geben. Nicht dass ihm das Sorgen gemacht hätte. Wenn die gesamte Ostseite der Main Street abbrannte, hätte das Junior nicht im Geringsten gestört. Nur noch mehr Schwierigkeiten für Barbara. Er konnte diesen kühl abwägenden Blick noch immer auf sich spüren. Es war nicht okay, sich so mustern lassen zu müssen – vor allem nicht, wenn der Mann, der einen so ansah, sich hinter Gittern befand. Scheiß-*Baaarbie*.

»Ich hätte ihn erschießen sollen«, murmelte Junior.

»Was?«, fragte Carter.

»Nichts.« Er fuhr sich mit dem Handrücken über die Stirn. »Heiß.«

»Allerdings. Frankie sagt, dass wir zuletzt alle wie Backpflaumen aussehen werden, wenn das so weitergeht. Wann sollen wir das hier machen?«

Junior zuckte mürrisch mit den Schultern. Sein Vater

hatte es ihm gesagt, aber er konnte sich nicht genau daran erinnern. Vielleicht um zehn. Aber war das wichtig? Sollten die beiden dort drüben doch verbrennen. Und falls die Zeitungsschlampe oben war – sich vielleicht nach einem harten Tag mit ihrem liebsten Dildo entspannte –, sollte sie ruhig mitverbrennen. Noch mehr Schwierigkeiten für *Baaarbie*.

»Komm, wir machen's gleich«, sagte er.

»Im Ernst, Bro?«

»Siehst du jemanden auf der Straße?«

Carter blickte nach links und rechts. Die Main Street war verlassen und überwiegend dunkel. Die Stromaggregate hinter der Redaktion und dem Drugstore waren die einzigen, die er hören konnte. Er zuckte mit den Schultern. »Also gut. Warum nicht?«

Junior öffnete die Verschlüsse des Rucksacks und schlug die Deckelklappe zurück. Obenauf lagen zwei Paar leichte Handschuhe. Eines zog er an, das andere gab er Carter. Darunter kam ein in ein Handtuch gewickeltes Bündel zum Vorschein. Er öffnete es und stellte vier leere Weinflaschen auf den vielfach ausgebesserten Asphalt. Ganz unten in seinem Rucksack lag ein Trichter mit dünnem Rohr. Junior steckte ihn in eine der Weinflaschen und griff nach dem Benzinkanister.

»Lass das lieber mich machen, Bro«, sagte Carter. »Deine Hände zittern.«

Junior warf einen überraschten Blick darauf. Er fühlte sich nicht zittrig, aber sie zitterten wirklich. »Ich hab keine Angst, falls du das glaubst.«

»Hab ich nie behauptet. Das ist kein Kopfproblem. So viel kann jeder sehen. Du musst zu Everett gehen, irgendetwas fehlt dir, und er ist der einzige Arztersatz, den wir im Augenblick haben.«

»Ich fühle mich ganz …«

»Halt die Klappe, bevor dich jemand hört. Nimm dir das Scheißhandtuch vor, während ich das hier mache.«

Junior zog seine Pistole und schoss Carter ins Auge. Sein Kopf explodierte, Blut und Gehirn spritzten nach allen Seiten. Dann stand Junior über ihm und drückte *nochmal* ab und *nochmal* und *noch*...

»Junes?«

Junior schüttelte den Kopf, um dieses Trugbild loszuwerden – so lebhaft, dass es als Halluzination durchging –, und merkte dabei, dass seine Hand tatsächlich den Griff seiner Pistole umklammerte. Vielleicht hatte sein Körper dieses Virus doch noch nicht ganz überwunden.

Und vielleicht war es überhaupt kein Virus.

Was dann? Was?

Der scharfe Benzingeruch stieg ihm so jäh in die Nase, dass seine Augen brannten. Carter war dabei, die erste Flasche zu füllen. *Gluck gluck gluck* machte der Plastikkanister. Junior zog den Reißverschluss einer Seitentasche seines Rucksacks auf und holte eine Schneiderschere seiner Mutter heraus. Damit schnitt er vier Streifen von dem Handtuch ab. Einen stopfte er in die erste Flasche, dann zog er ihn wieder heraus und stopfte das andere Ende hinein, sodass nun mit Benzin getränkter Frotteestoff heraushing. Diesen Prozess wiederholte er bei den anderen drei Flaschen.

Dafür zitterten seine Hände nicht zu stark.

21   Barbies Colonel Cox hatte sich verändert, seit Julia ihn zuletzt gesehen hatte. Für fast halb zehn abends war er gut rasiert und ordentlich gekämmt, aber seine Khakihose wirkte nicht mehr frisch gebügelt, und seine Popelinejacke schlabberte, als hätte er an Gewicht verloren. Er stand vor der Sprühmarkierung, die von dem erfolglosen Säureexperiment übrig geblieben war, und betrachtete die beiden klammerförmigen Geraden mit einem Stirnrunzeln, als glaubte er, hindurchgehen zu können, wenn er sich nur genug konzentrierte.

Mach die Augen zu und knall dreimal die Hacken zusammen, dachte Julia. *Weil es etwas wie die Kuppel nicht gibt.*

Sie machte Cox mit Rose und Rose mit Cox bekannt. Während die beiden sich versicherten, erfreut zu sein, sah Julia sich um. Was sie sah, gefiel ihr nicht. Die Scheinwerfer waren weiter an Ort und Stelle und leuchteten in den Himmel, als signalisierten sie eine glanzvolle Hollywoodpremiere, und es gab ein brummendes Aggregat, das sie mit Strom versorgte, aber die Lastwagen waren ebenso verschwunden wie das große grüne Stabszelt, das vierzig oder fünfzig Meter von der Barriere entfernt an der Straße gestanden hatte. Eine Fläche mit niedergedrücktem Gras bezeichnete die Stelle, wo es gestanden hatte. Cox wurde von zwei Soldaten begleitet, die aber nicht den kamerageilen Blick hatten, den Julia mit Attachés oder Adjutanten in Verbindung brachte. Die Wachposten waren vermutlich nicht fort, aber sie waren zurückverlegt worden, sodass sie außer Rufweite irgendwelcher armer Schweine waren, die vielleicht von The Mill aus an die Barriere kamen, um zu fragen, wie es weitergehen solle.

Erst fragen, dann flehen, dachte Julia.

»Erzählen Sie mir, was passiert ist, Ms. Shumway«, sagte Cox.

»Beantworten Sie mir erst eine Frage.«

Er verdrehte die Augen (dafür hätte Julia ihn vermutlich geohrfeigt, wenn sie an ihn hätte herankommen können; ihre Nerven waren von dem Beinahe-Zusammenstoß auf ihrer Fahrt hierher noch immer überreizt). Aber er forderte sie auf loszufragen.

»Hat man uns aufgegeben?«

»Absolut nicht.« Er antwortete prompt, ohne sie dabei jedoch richtig anzusehen. Das hielt sie für ein schlimmeres Zeichen als die eigentümlich verlassene Umgebung, die sie jetzt auf seiner Seite der Barriere sah – als hätte dort ein Zirkus gastiert, der nun weitergereist war.

»Lesen Sie das hier«, sagte sie und klatschte die erste Seite der morgigen Zeitung an die unsichtbare Fläche der Kuppel wie jemand, der die Ankündigung eines Ausverkaufs von innen ans Schaufenster eines Ladens klebt. Sie fühlte ein schwaches vorübergehendes Kribbeln in den Fingern, wie die kurze statische Entladung, die man manchmal spürte, wenn man an einem kalten Wintermorgen bei sehr trockener Luft Metall berührte. Danach nichts mehr.

Er las die ganze Zeitung und sagte ihr jeweils, wann sie umblättern sollte. Insgesamt brauchte er zehn Minuten. Als

673

er fertig war, sagte sie: »Wie Sie vermutlich bemerkt haben, ist der Anzeigenteil weggefallen, aber ich schmeichle mir, dass dafür die Texte gehaltvoller sind. Schweinereien scheinen mich zu Bestleistungen anzuspornen.«

»Ms. Shumway …«

»Ach, nennen Sie mich einfach Julia. Wir sind praktisch alte Freunde.«

»Gut. Sie sind Julia, und ich bin JC.«

»Ich werde versuchen, Sie nicht mit dem zu verwechseln, der auf dem Wasser gewandelt ist.«

»Sie glauben, dass dieser Rennie sich zum Diktator aufschwingen will? Eine Art Manuel Noriega in Down East?«

»Es ist die Verwandlung in Pol Pot, die mir Sorgen macht.«

»Halten Sie das für möglich?«

»Vor zwei Tagen hätte ich über diese Vorstellung gelacht – wenn er nicht die Sitzungen der Stadtverordneten leitet, ist er Gebrauchtwagenhändler. Aber vor zwei Tagen hatten wir noch keine Lebensmittelunruhen. Und wir wussten nichts von diesen Morden.«

»Nicht Barbie«, sagte Rose und schüttelte mit müder Hartnäckigkeit den Kopf. »*Niemals.*«

Cox achtete nicht darauf – nicht, weil er Rose ignorierte, glaubte Julia, sondern weil er diese Vorstellung selbst für zu lächerlich hielt, um sich damit zu befassen. Das nahm sie für ihn ein, wenigstens ein bisschen. »Glauben Sie, dass Rennie diese Morde verübt hat, Julia?«

»Darüber habe ich schon nachgedacht. Was er getan hat, seit diese Kuppel uns einschließt – vom Verbot des Alkoholverkaufs bis zur Ernennung eines Vollidioten zum Polizeichef – war alles politisch motiviert, dazu angetan, seine eigene Machtposition zu stärken.«

»Wollen Sie damit sagen, dass Mord nicht zu seinem Repertoire gehört?«

»Nicht unbedingt. Als seine Frau gestorben ist, gab es Gerüchte, dass er vielleicht etwas nachgeholfen hätte. Ich behaupte nicht, dass das stimmt, aber allein das Entstehen solcher Gerüchte sagt etwas darüber aus, wie die Leute den Betreffenden sehen.«

Cox grunzte zustimmend.

»Aber ich kann beim besten Willen nicht erkennen, wie die Ermordung und der sexuelle Missbrauch zweier Teenager politisch motiviert sein könnten.«

»Das hätte Barbie *nie* getan«, sagte Rose wieder.

»Das Gleiche gilt für Coggins, obwohl seine Gemeinde – vor allem ihre Rundfunkstation – finanziell verdächtig gut ausgestattet ist. Aber Brenda Perkins? *Ihre* Ermordung könnte politische Hintergründe gehabt haben.«

»Und Sie können keine Marines schicken, um ihn zu stoppen, nicht wahr?«, fragte Rose. »Ihr Leute könnt nur zusehen. Wie Kids, die vor einem Aquarium stehen, in dem der größte Fisch erst sämtliches Futter einheimst und dann anfängt, die kleineren Fische aufzufressen.«

»Ich könnte das Mobilfunknetz abschalten«, meinte Cox nachdenklich. »Auch das Internet. So viel kann ich tun.«

»Die Polizei hat Sprechfunkgeräte«, sagte Julia. »Auf die weicht er dann aus. Und wenn die Leute sich bei der Bürgerversammlung am Donnerstagabend darüber beschweren, dass ihre Verbindung zur Außenwelt abgerissen ist, macht er Sie dafür verantwortlich.«

»Wir haben für Freitag eine Pressekonferenz angesetzt. Die könnte ich platzen lassen.«

Julia lief bei diesem Gedanken ein kalter Schauder über den Rücken. »Das dürfen Sie nicht! Dann müsste er sich der Außenwelt gegenüber nicht mehr rechtfertigen.«

»Außerdem«, sagte Rose, »kann niemand mehr Ihnen oder sonst wem mitteilen, was er tut, wenn Sie die Telefone und das Internet stilllegen.«

Cox stand einen Augenblick lang schweigend da, starrte seine Schuhe an. Dann hob er den Kopf. »Was ist mit diesem hypothetischen Generator, der die Kuppel erzeugt? Hat sich da schon was ergeben?«

Julia wusste nicht recht, ob sie Cox erzählen wollte, dass sie einen Jungen aus der Middle School damit beauftragt hatten, ihn zu suchen. Wie sich zeigte, brauchte sie das nicht zu tun, denn in diesem Augenblick heulte die Stadtsirene los.

22   Pete Freeman ließ den letzten Stoß Blätter auf den
Stapel an der Tür fallen. Dann richtete er sich auf, legte beide
Hände ins Kreuz und streckte sein Rückgrat. Tony Guay
hörte das Knacken quer durch den Raum. »Das hat geklungen, als hätte es wehgetan.«

»Nö, fühlt sich gut an.«

»Meine Frau ist bestimmt schon in der Falle«, sagte Tony,
»und ich habe in der Garage noch eine Flasche versteckt.
Willst du auf dem Heimweg auf einen Schluck mitkommen?«

»Nein, ich denke, ich muss …«, begann Pete, und in diesem Augenblick kam die erste Flasche durchs Fenster geflogen. Er nahm den brennenden Docht aus den Augenwinkeln
wahr und trat einen Schritt zurück. Nur einen, der ihn aber
davor rettete, schwere Brandverletzungen zu erleiden oder
gar bei lebendigem Leib zu verbrennen.

Die Fensterscheibe und die Brandflasche zersplitterten.
Das Benzin entzündete sich und bildete flammend die Umrisse eines Teufelsrochens nach. Pete duckte sich weg und
verdrehte zugleich den Oberkörper. Der Feuerrochen flog
an ihm vorbei und setzte einen seiner Hemdsärmel in
Brand, bevor er auf dem Teppich vor Julias Schreibtisch
landete.

»*Was für 'ne SCHEI…*«, begann Tony, und dann kam die
nächste Flasche in hohem Bogen durch das Loch in der
Scheibe gesegelt. Diese zersplitterte auf Julias Schreibtisch,
rollte darüber, setzte die dort liegenden Papiere in Brand
und ließ flüssiges Feuer über die Vorderseite tropfen. Der
Geruch von brennendem Benzin war heiß und aroma-
tisch.

Pete rannte zu dem Wasserspender in der Ecke und schlug
unterwegs mit dem Ärmel gegen seinen Körper. Er hob die
Wasserflasche heraus, drückte sie unbeholfen an sich, kippte
sie und hielt den Hemdsärmel (unter dem sein Arm sich jetzt
anfühlte, als bekäme er einen schlimmen Sonnenbrand) unter das aus der Öffnung spritzende Wasser.

Ein weiterer Molotowcocktail kam aus dem Dunkel geflogen. Er kam zu kurz auf, zerschellte auf dem Gehsteig

und ließ ein kleines Feuer auf den Betonplatten auflodern. Fäden aus brennendem Benzin liefen in den Rinnstein und erloschen.

»*Lösch das Feuer auf dem Teppich!*«, brüllte Tony. »*Lösch es, bevor die ganze Bude brennt!*«

Pete starrte ihn nur benommen und keuchend an. Das Wasser aus der großen Flasche sprudelte weiter auf einen Teil des Teppichs, der leider keine Benetzung brauchte.

Obwohl seine Sportreportagen immer zweitklassig bleiben würden, hatte Tony Guay im Baseballteam der Highschool gespielt. Auch zehn Jahre später waren seine Reflexe noch immer weitgehend intakt. Er schnappte sich die sprudelnde Wasserflasche von Pete und hielt sie erst über Julias Schreibtisch, dann über den brennenden Teppich. Das Feuer breitete sich schon aus, aber vielleicht … wenn er flink war … und wenn auf dem Gang vor dem Lagerraum vielleicht noch eine oder zwei volle Flaschen standen …

»*Mehr!*«, forderte er Pete auf, der mit offenem Mund dastand und seinen verkohlten Hemdsärmel anstarrte. »*Von hinten!*«

Pete schien nicht gleich zu verstehen, was von ihm erwartet wurde. Dann begriff er und rannte hinaus. Tony trat hinter Julias Schreibtisch und kippte den letzten Rest Wasser auf die Flammen, die sich dort einzunisten versuchten.

Dann kam der letzte Molotowcocktail aus dem Dunkel geflogen, und dieser war derjenige, der den eigentlichen Schaden verursachte. Er landete als Volltreffer auf den Zeitungen, die Pete und Tony neben der Tür aufgestapelt hatten. Brennendes Benzin lief unter die Schwelle der Eingangstür und ließ dort Flammen auflodern. Durchs Feuer gesehen erschien die Main Street wie eine flimmernde Fata Morgana. Jenseits dieses Trugbilds konnte Tony auf der anderen Straßenseite zwei schemenhafte Gestalten erkennen. In der aufsteigenden Hitze sahen sie aus, als tanzten sie.

»LASST DALE BARBARA FREI, SONST WAR DIES NUR DER ANFANG!«, brüllte eine Lautsprecherstimme. »WIR SIND VIELE, UND WIR SETZEN DIE GANZE VERDAMMTE STADT IN BRAND! LASST DALE

BARBARA FREI, SONST WERDET IHR DAFÜR BÜS-
SEN!«

Tony blickte nach unten und sah ein heißes Rinnsal aus
Feuer zwischen seinen Füßen hindurchlaufen. Bald würde
es sich durch den Teppich fressen und das trockene alte Holz
darunter erreichen. Inzwischen stand bereits das gesamte
vordere Drittel der Redaktion in Flammen.

Tony ließ die leere Flasche des Wasserspenders fallen und
wich zurück. Die Hitze war schon so groß, dass er spürte,
wie sie seine Haut spannte. *Wären die gottverdammten
Zeitungen nicht gewesen, hätte ich den Brand vielleicht ...*

Aber für Spekulationen war es zu spät. Er drehte sich um
und sah Pete mit einer vollen Flasche Poland Spring in den
Armen an der Tür zum rückwärtigen Korridor stehen. Sein
verkohlter Hemdsärmel war größtenteils abgefallen. Die
Haut darunter war krebsrot.

»*Zu spät!*«, rief Tony. Er machte einen weiten Bogen um
Julias Schreibtisch, von dem jetzt eine Feuersäule bis zur
Decke aufstieg, und hob einen Arm, um sein Gesicht vor der
Hitze zu schützen. »*Zu spät, nach hinten raus!*«

Pete Freeman brauchte keine weitere Aufforderung. Er
warf die Wasserflasche in die lodernden Flammen, machte
kehrt und rannte hinaus.

23   Carrie Carver hatte selten etwas mit dem Mill Gas
& Grocery zu tun; obwohl ihr Mann und sie mit dem kleinen Gemischtwarenladen über Jahre hinweg ziemlich gut
verdient hatten, hielt sie sich für etwas Besseres. Aber als
Johnny vorschlug, sie sollten hinüberfahren und die restlichen Konserven zu sich ins Haus holen – »um sie sicher
aufzubewahren«, wie er es geschmeidig formulierte –, war
sie sofort einverstanden. Und obwohl sie normalerweise
keine flinke Arbeiterin war (auf dem Sofa »Judge Judy« anzusehen, entsprach eher ihrem Tempo), hatte sie sich erboten, ihm zu helfen. Sie war nicht in der Food City gewesen,
aber als sie später mit ihrer Freundin Leah Anderson hingegangen war, um die Schäden zu begutachten, hatten ihr die

zertrümmerten Schaufenster und das auf dem Asphalt ange-
trocknete Blut eine ziemliche Angst eingejagt. Angst um die
Zukunft.

Johnny schleppte die Kartons mit Suppen, Gulasch, Bohnen und Soßen heraus; Carrie verstaute sie auf der Ladefläche ihres Dodge Rams. Damit waren sie ungefähr zur Hälfte
fertig, als weiter die Straße entlang das Feuer ausbrach. Beide
hörten die Lautsprecherstimme. Carrie meinte, eine oder
zwei Gestalten zu sehen, die in der Gasse neben Burpee's
verschwanden, aber sie war sich ihrer Sache nicht ganz sicher. Später behauptete sie, sich ihrer Sache sicher zu sein,
und gab die Zahl der schemenhaften Gestalten mit mindestens vier an. Vielleicht sogar fünf.

»Was bedeutet das?«, fragte sie. »Schatz, was hat das zu
bedeuten?«

»Dass dieses gottverdammte mordende Dreckschwein
nicht allein ist«, sagte Johnny. »Es bedeutet, dass er eine
Bande hat.«

Carries Hand lag auf seinem Arm, und jetzt grub sie die
Fingernägel in sein Fleisch. Johnny riss sich los und rannte in
Richtung Polizeistation, wobei er »*Feuer!*« rief, so laut er
nur konnte. Statt ihm zu folgen, belud Carrie weiter den
Pick-up. Ihre Zukunftsangst war größer denn je.

24   Außer Roger Killian und den Brüdern Bowie saßen zehn neue Cops der inzwischen in Chester's Mill Hometown Security Force umgetauften Polizei auf der Tribüne in
der Turnhalle der Middle School, und Big Jim hatte seine
Rede über die große Verantwortung, die sie fortan trugen,
eben erst begonnen, als die Feuersirene losheulte. *Der Junge
ist zu früh dran*, dachte er. *Ich kann mich nicht auf ihn verlassen. Das konnte ich noch nie, aber jetzt ist er noch viel
schlimmer.*

»Also, Jungs«, sagte er und konzentrierte seine Aufmerksamkeit vor allem auf den jungen Mickey Wardlaw – Gott,
was für ein Schläger! »Ich hatte noch viel mehr zu sagen,
aber uns erwartet anscheinend wieder ein bisschen Aufre-

gung. Fern Bowie, weißt du zufällig, ob wir im Feuerwehrhaus irgendwelche Handspritzen haben?«

Fern sagte, er hätte erst an diesem Abend einen Blick ins
Feuerwehrhaus geworfen, nur um zu sehen, was für Geräte
dort stünden, und fast ein Dutzend Handpumpen gezählt.
Alle voller Wasser, was sehr nützlich sein konnte.

Big Jim, nach dessen Überzeugung Sarkasmus nur etwas
für Leute war, die clever genug waren, ihn zu kapieren, sagte,
dies zeige, wie der liebe Gott sich ihrer annehme. Er sagte
auch, falls dies kein falscher Alarm sei, werde er das Kommando übernehmen und ernenne Stewart Bowie zu seinem
Stellvertreter.

Da hast du's, alte Schnüfflerin, dachte er, als die jungen
Männer, alle mit glänzenden Augen und sichtlich eifrig, von
der Tribüne aufsprangen. *Mal sehen, wie's dir von nun an gefällt, dich in meine Angelegenheiten einzumischen.*

25   »Wohin willst du?«, fragte Carter. Er war mit seinem Wagen ohne Licht zur Einmündung der West Street in
die Route 117 gefahren. Das dort stehende Gebäude war
eine Texaco-Tankstelle, die im Jahr 2007 zugemacht hatte. Es
stand in Stadtnähe, war aber praktisch, weil es reichlich Deckung bot. In der Stadt hinter ihnen heulte die Feuerwehr-
sirene wie verrückt, und der erste Feuerschein – mehr rosa
als orange – erhellte den Nachthimmel.

»Hä?« Junior beobachtete den heller werdenden Schein.
Der machte ihn scharf. Erzeugte in ihm den Wunsch, noch
eine Freundin zu haben.

»Ich hab gefragt, wohin du willst. Dein Dad hat gesagt,
dass wir uns ein Alibi besorgen sollen.«

»Ich habe Wagen zwei hinter dem Postamt stehen«, sagte
Junior. Er verzichtete widerstrebend darauf, weiter den Feuerschein anzustarren. »Freddy Denton und ich sind zusammen. Und er wird *sagen*, dass wir zusammen waren. Den
ganzen Abend. Ich kann von hier aus rübergehen. Vielleicht
mache ich einen Umweg über die West Street. Bloß um zu
sehen, wie der Brand sich entwickelt.« Er ließ ein hohes Ki-

chern hören, das fast mädchenhaft klang und Carter dazu veranlasste, ihn forschend anzustarren.

»Treib dich nicht zu lange da rum. Brandstifter werden immer geschnappt, weil sie an den Tatort zurückkehren. Das hab ich in *America's Most Wanted* gesehen.«

»Den Goldenen Sombrero für diesen Scheiß trägt niemand außer *Baaarbie*«, sagte Junior. »Was ist mit dir? Wo willst du hin?«

»Nach Hause. Ma wird sagen, dass ich den ganzen Abend daheim war. Sie kann mir auch den Verband wechseln – der beschissene Hundebiss tut weh wie der Teufel. Muss ein paar Aspirin einwerfen. Dann fahre ich los, um beim Löschen zu helfen.«

»In der Poliklinik und im Krankenhaus müssen sie stärkeres Dope als Aspirin haben. Auch im Drugstore. Damit sollten wir uns mal befassen.«

»Zweifellos«, sagte Carter.

»Oder … tweekst du? Da könnte ich dir was besorgen, glaub ich.«

»Meth? Nichts für mich. Aber ich hätte nichts gegen ein paar Oxy.«

»Oxy!«, rief Junior aus. Wieso hatte er daran nie gedacht? Gegen seine Kopfschmerzen würde Oxy bestimmt viel besser helfen als Zomig oder Imitrix. »Yeah, Bro! Klasse Idee!«

Er hob seine Faust. Carter schlug dagegen, aber er hatte nicht die Absicht, mit Junior high zu werden. Junior war ihm neuerdings unheimlich. »Geh jetzt lieber, Junes.«

»Bin schon weg.« Junior stieg aus und ging davon, noch immer leicht hinkend.

Carter war überrascht, wie erleichtert er sich fühlte, als Junior fort war.

26   Barbie wachte vom Heulen der Feuersirene auf und sah Melvin Searles vor seiner Zelle stehen. Der Junge hatte seine Hose geöffnet und hielt sein beachtlich großes Glied in der Hand. Als er sah, dass Barbie ihn beobachtete, pisste er los. Er legte es sichtlich darauf an, die Koje zu treffen. Aber das schaffte er nicht ganz, stattdessen musste er sich mit einem auf den Betonboden gespritzten S begnügen.

»Na los, Barbie, trink schon«, sagte er. »Du bist sicher durstig. Ein bisschen salzig, aber scheiß drauf.«

»Wo brennt's denn?«

»Als ob du das nicht wüsstest«, sagte Mel grinsend. Er war noch immer blass – er musste ziemlich viel Blut verloren haben –, aber sein Kopfverband war frisch und fleckenlos.

»Nehmen wir mal an, ich wüsste es nicht.«

»Deine Kumpel haben die Zeitung abgefackelt«, sagte Mel, und jetzt ließ das Grinsen seine Zähne sehen. Barbie erkannte, dass der Junge wütend war. Und auch ängstlich. »Sie versuchen uns einzuschüchtern, damit wir dich laufen lassen. Aber *wir lassen ... uns nicht ... einschüchtern.*«

»Wieso sollten sie ausgerechnet die Zeitung abfackeln? Warum nicht lieber das Rathaus? Und wer sollen meine angeblichen Kumpel sein?«

Mel war dabei, seinen Schwanz wieder in der Hose zu verstauen. »Morgen wirst du nicht durstig sein, Barbie. Mach dir *deswegen* keine Sorgen. Wir haben einen ganzen Eimer Wasser, auf dem dein Name steht, und einen Schwamm dazu.«

Barbie sagte nichts.

»Du kennst diesen Waterboarding-Scheiß aus dem I-rack?« Mel nickte, als wüsste er genau, dass Barbie diese Foltermethode kannte. »Jetzt erlebst du ihn mal aus erster Hand.« Er zeigte mit einem Finger durch die Gitterstäbe. »Wir kriegen raus, wer deine Komplizen sind, Arschloch. Und wir kriegen raus, was du getan hast, um diese Stadt überhaupt erst abzuriegeln. Dieser Waterboarding-Scheiß? Den hält *keiner* lange aus.«

Er wollte gehen, drehte sich dann aber nochmal um.

»Auch kein Süßwasser. Salz. Gleich morgen früh. Denk drüber nach.«

Mel, der seinen verbundenen Kopf hängen ließ, stapfte den Mittelgang im Keller entlang zur Treppe. Barbie saß auf der Koje, betrachtete die einsickernde Schlange von Mels Urin auf dem Fußboden und horchte auf die Feuersirene. Er dachte an die junge Frau in dem Pick-up. An die Blondine, die ihn fast mitgenommen hätte, sich die Sache dann aber doch anders überlegt hatte. Er schloss die Augen.

ASCHE

1   Rusty stand auf der Wendefläche vor dem Haupteingang des Krankenhauses und beobachtete die irgendwo an der Main Street aufsteigenden Flammen, als das Handy an seinem Gürtel seine kleine Melodie spielte. Twitch und Gina waren bei ihm, und Gina umklammerte Twitchs Arm, als suchte sie Schutz. Ginny Tomlinson und Harriet Bigelow schliefen beide in der Lounge. Thurston Marshall, der alte Knabe, der sich freiwillig gemeldet hatte, machte mit Medikamenten die Runde. Er hatte sich als überraschend gut erwiesen. Das Licht und die meisten Geräte funktionierten wieder, und zumindest vorläufig schien alles auf ebenem Kiel zu sein. Bis die Feuersirene losgeschrillt war, hatte Rusty es tatsächlich gewagt, sich gut zu fühlen.

Er sah LINDA auf dem Display und fragte: »Schatz? Alles in Ordnung?«

»Hier, ja. Die Kinder schlafen.«

»Weißt du, was brennt?«

»Die Zeitungsredaktion. Lass mich jetzt reden und hör nur zu, weil ich in ungefähr eineinhalb Minuten mein Telefon ausschalte, damit mich niemand zum Löschen anfordern kann. Jackie ist hier. Sie passt auf die Kinder auf. Du und ich treffen uns am Bestattungsinstitut. Stacey Moggin kommt auch hin. Sie war vorhin hier. Sie gehört zu uns.«

Den Namen kannte Rusty, aber er konnte ihm nicht gleich ein Gesicht zuordnen. Was wirklich nachhallte, war *Sie gehört zu uns.* Nun begann es wirklich Seiten zu geben, ab jetzt gab es *zu uns* und *zu denen.*

»Lin…«

»Wir treffen uns dort. In zehn Minuten. Solange sie den Brand bekämpfen, kann uns nichts passieren, weil die Brüder Bowie zur Löschmannschaft gehören. Das weiß ich von Stacey.«

»Wie haben sie so schnell einen Lö…«

»Das weiß ich nicht, ist mir auch egal. Kannst du kommen?«

»Ja.«

»Gut. Aber stell dich nicht auf den Parkplatz neben dem Gebäude. Fahr nach hinten auf den kleineren.« Dann brach die Verbindung ab.

»Wo brennt's?«, fragte Gina. »Wissen Sie's?«

»Nein«, sagte Rusty. »Weil niemand angerufen hat.«

Gina verstand nicht, was er meinte, aber Twitch nickte. »Absolut niemand.«

»Ich bin weggefahren, vermutlich auf einen Anruf hin, aber ihr wisst nicht, wohin. Ich hab's euch nicht gesagt. Richtig?«

Gina wirkte noch immer verständnislos, aber sie nickte. Weil diese Leute jetzt ihre Leute waren; daran hatte sie keinen Zweifel. Wieso denn auch? Sie war erst siebzehn. *Wir und sie*, dachte Rusty. *Normalerweise eine gefährliche Sache. Vor allem für Siebzehnjährige.* »Vermutlich auf einen Anruf hin«, sagte sie. »Wir wissen nicht, wohin.«

»Keinen Schimmer«, bestätigte Twitch. »Du Grashüpfer, wir gewöhnliche Ameisen.«

»Macht kein großes Aufhebens davon«, sagte Rusty. Aber dies *war* eine große Sache, das wusste er bereits. Sie bedeutete Unannehmlichkeiten. Gina war nicht die einzige Minderjährige auf der Bildfläche; Linda und er hatten zwei weitere, die jetzt fest schliefen und nicht ahnten, dass Ma und Dad vielleicht in einen Sturm segelten, der für ihr kleines Boot viel zu gewaltig war.

Und trotzdem.

»Ich komme wieder«, sagte Rusty – und hoffte, dass das nicht nur Wunschdenken war.

2   Sammy Bushey fuhr mit dem Malibu des Ehepaars Evans den Catherine Russell Drive entlang, kurz nachdem Rusty zum Bestattungsinstitut Bowie weggefahren war; die beiden rollten auf dem Town Common Hill aneinander vorbei.

Twitch und Gina waren hineingegangen, und die Wendefläche vor dem Haupteingang des Krankenhauses war verlassen, aber sie hielt nicht dort; eine neben einem auf dem Beifahrersitz liegende Pistole machte einen vorsichtig. (Phil hätte paranoid gesagt.) Stattdessen fuhr sie um das Gebäude herum und stellte den Wagen auf dem Personalparkplatz ab. Sie nahm die .45 mit, steckte sie in den Hosenbund ihrer Jeans und ließ ihr T-Shirt darüberhängen. Dann überquerte sie den Parkplatz, blieb vor der Tür zur Wäscherei stehen und las das Schild mit der Ankündigung AB 1. JANUAR IST RAUCHEN HIER VERBOTEN. Sie betrachtete den Türgriff und wusste, dass sie ihr Vorhaben aufgeben würde, wenn er sich nicht drehen ließ. Das wäre ein Zeichen von Gott gewesen. War die Tür allerdings offen ...

Das war sie. Sammy schlüpfte hinein: ein leichenblasses, hinkendes Gespenst.

3   Thurston Marshall war müde – tatsächlich sogar erschöpft –, aber glücklicher als seit vielen Jahren. Das war zweifellos pervers; er war ordentlicher Professor, hatte Gedichte veröffentlicht und war Herausgeber einer angesehenen Literaturzeitschrift. Er hatte eine schöne junge Geliebte – selbst hochintelligent –, die sein Bett teilte und ihn wundervoll fand. Dass Tabletten ausgeben, Salben applizieren und Bettschüsseln ausleeren (ganz zu schweigen davon, dass er dem kleinen Bushey vor einer Stunde die vollen Windeln gewechselt hatte) ihn glücklicher machen konnte als diese anderen Dinge, *musste* fast pervers sein, und trotzdem war es so. Die Krankenhausflure mit ihrem Geruch nach Bohnerwachs und Desinfektionsmitteln versetzten ihn in seine Jugend zurück. Die Erinnerungen daran waren heute Abend sehr lebhaft gewesen – von dem durchdringenden Patschuli-Duft in David Pernas Wohnung bis hin zu dem Paisley-Stirnband, das Thurse bei dem Gedenkgottesdienst bei Kerzenschein für Bobby Kennedy getragen hatte. Während er seine Runde machte, summte er leise »Big Legged Woman« vor sich hin.

Er warf einen Blick in die Lounge und sah die Krankenschwester mit dem Nasenbeinbruch und die hübsche kleine Lernschwester – Harriet, so hieß sie – auf den Feldbetten schlafen, die dort aufgeschlagen worden waren. Die Couch war frei, und er würde sich bald für ein paar Stunden dort hinhauen oder in das Haus in der Highland Avenue zurückgehen, das jetzt ihr Zuhause war. Vermutlich dorthin.

Seltsame Ereignisse.

Seltsame Welt.

Aber zuvor noch ein Kontrollgang zu den Patienten, die er bereits als seine betrachtete. Der würde in diesem Mini-Krankenhaus nicht lange dauern. Die meisten Zimmer waren ohnehin leer. Bill Allnut, der wegen seiner vor der Food City erlittenen Verletzung lange nicht hatte einschlafen können, schlief jetzt fest und schnarchte auf der Seite liegend, um die lange Platzwunde an seinem Hinterkopf zu entlasten.

Wanda Crumley lag zwei Zimmer weiter. Der Herzmonitor piepte, und ihr Blutdruck war etwas stabiler, aber sie musste Sauerstoff bekommen, und Thurse fürchtete, dass sie sich nicht mehr erholen würde. Zu viel Übergewicht; zu viele Zigaretten. Ihr Mann und ihre jüngste Tochter saßen an ihrem Bett. Thurse bedachte Wendell Crumley mit einem aus Zeige- und Mittelfinger gebildeten V als Siegeszeichen (in seiner Jugend war dies das Friedenszeichen gewesen), und Wendell, der tapfer lächelte, erwiderte die Geste.

Tansy Freeman, deren Blinddarm entfernt worden war, las eine Zeitschrift. »Wieso heult die Feuersirene?«, fragte sie ihn.

»Keine Ahnung, meine Liebe. Wie stark sind Ihre Schmerzen?«

»Stufe drei«, sagte sie nüchtern. »Vielleicht nur zwei. Darf ich trotzdem morgen nach Hause?«

»Das muss Dr. Rusty entscheiden, aber meine Kristallkugel sagt Ja.« Und wie sie daraufhin strahlte, bewirkte aus keinem verständlichen Grund, dass ihm nach Weinen zumute war.

»Die Mama des Babys ist wieder da«, sagte Tansy. »Hab sie vorbeigehen gesehen.«

»Gut«, sagte Thurse. Allerdings war der Kleine recht unproblematisch gewesen. Er hatte ein paarmal kurz geweint, aber meistens geschlafen, gegessen oder in seinem Bettchen liegend apathisch die Zimmerdecke angestarrt. Er hieß Walter (Thurse wäre nie darauf gekommen, dass das *Little*, das auf der Karte an der Tür vorangestellt war, tatsächlich zum Vornamen gehörte), aber für Thurston war er längst The Thorazine Kid.

Jetzt öffnete er die Tür von Zimmer 23, an der mit einem Plastiksauger ein gelbes Dreiecksschild BABY AN BORD befestigt war, und sah, dass die junge Frau – ein Vergewaltigungsopfer, hatte Gina ihm zugeflüstert – auf dem Stuhl neben dem Bett saß. Sie hatte den Kleinen auf ihrem Schoß und gab ihm sein Fläschchen.

»Alles in Ordnung ...« Thurse warf einen Blick auf den zweiten Namen auf der Türkarte. »... Ms. Bushey?«

Er sprach ihren Namen wie *Bouchez* aus, aber Sammy machte sich nicht die Mühe, ihn zu korrigieren oder ihm zu erzählen, dass die Jungs ihr immer »Bushey die Luschi« hinterherriefen. »Ja, Doktor«, sagte sie.

Thurse wiederum machte sich nicht die Mühe, ihr Missverständnis aufzuklären. Jene undefinierbare Freude – die Art, die versteckte Tränen enthält – schwoll noch etwas mehr an. Wenn er bedachte, wie dicht er davor gewesen war, sich nicht freiwillig zu melden ... hätte Caro ihn nicht ermutigt ... dann hätte er dies alles verpasst.

»Dr. Rusty wird froh sein, dass Sie wieder da sind. Und Walter freut sich natürlich auch. Brauchen Sie irgendein Schmerzmittel?«

»Nein.« Das stimmte sogar. Sie hatte noch immer ziehende Schmerzen im Unterleib, aber die waren weit weg. Sie hatte das Gefühl, über sich selbst zu schweben, nur durch hauchdünne Fäden an die Erde gefesselt.

»Gut. Das heißt, dass Ihre Genesung Fortschritte macht.«

»Ja«, sagte Sammy. »Bald geht's mir wieder gut.«

»Wenn er ausgetrunken hat, legen Sie sich hin, okay? Dr. Rusty sieht dann morgen früh nach Ihnen.«

»In Ordnung.«

»Gute Nacht, Ms. Bouchez.«

»Gute Nacht, Doktor.«

Thurse schloss leise die Tür und ging den Korridor entlang weiter. Am Ende dieses Flurs lag das Zimmer der jungen Roux. Noch einen kurzen Blick dort hinein, dann würde er für heute Abend Schluss machen.

Sie war benommen, aber wach. Der junge Mann, der sie besucht hatte, war es nicht. Er saß in der Ecke, machte mit einer aufgeschlagenen Sportzeitschrift auf den Knien ein Nickerchen in dem einzigen Besuchersessel und hatte seine langen Beine von sich gestreckt.

Georgia winkte Thurse zu sich heran, und als er sich über sie beugte, flüsterte sie etwas. Weil sie so leise sprach und wegen ihres verletzten, überwiegend zahnlosen Mundes verstand er nicht gleich, was sie sagte. Er beugte sich weiter hinunter.

»Nich aufweckn.« Thurse fand, dass sie sprach wie Homer Simpson. »Er is der Einzigste, der gekomm is, um mich zu besuchn.«

Thurse nickte. Die Besuchszeit war natürlich längst vorüber, und das blaue Hemd und die Pistole des jungen Mannes ließen vermuten, dass er einen Anschiss bekommen würde, weil er nicht auf die Feuersirene reagiert hatte, aber trotzdem … was schadete das? Ein Freiwilliger mehr oder weniger würde vermutlich keinen Unterschied machen, und wenn der Kerl so fest schlief, dass er nicht mal von der Sirene aufgewacht war, hätte er als Helfer bestimmt nicht viel getaugt. Thurse legte einen Finger auf die Lippen und machte leise *Pst!*, um der jungen Frau zu zeigen, dass sie Verbündete waren. Sie versuchte zu lächeln, dann zuckte sie schmerzhaft zusammen.

Trotzdem bot Thurse ihr kein Schmerzmittel an; auf dem Krankenblatt am Fußende ihres Bettes stand, dass sie die Maximaldosis bekommen hatte, die bis zwei Uhr morgens vorhalten musste. Stattdessen ging er nur hinaus, schloss die Tür leise hinter sich und ging den nachtstillen Korridor entlang zurück. Ihm fiel nicht auf, dass die Tür mit dem Schild BABY AN BORD wieder einen Spalt weit offen stand.

Als er an der Lounge vorbeikam, erschien ihm die Couch sehr verlockend, aber Thurston hatte beschlossen, doch in die Highland Avenue zurückzukehren.

Und nach den Kindern zu sehen.

4   Sammy saß mit Little Walter auf dem Schoß neben dem Bett, bis der neue Arzt wieder vorbeigegangen war. Dann küsste sie ihren Sohn auf beide Wangen und den Mund. »Sei jetzt ein braves Baby«, sagte sie. »Mama sieht dich im Himmel wieder, wenn sie dort eingelassen wird. Das wird sie, denke ich. Sie hat ihre Zeit in der Hölle abgeleistet.«

Sie legte ihn in sein Bettchen, dann zog sie die Nachttischschublade auf. Sie hatte die Pistole hineingelegt, damit sie sich nicht in Little Walters Körper bohrte, während sie ihn zum letzten Mal in den Armen hielt und fütterte. Jetzt nahm sie die Waffe heraus.

5   Die Lower Main Street war durch zwei quer gestellte Streifenwagen mit eingeschalteten Blinkleuchten abgesperrt. Hinter ihnen stand eine Menschenmenge – schweigsam und unaufgeregt, fast mürrisch – und gaffte.

Horace der Corgi war normalerweise ein ruhiger Hund, der sein stimmliches Repertoire auf eine Salve von Willkommenskläffern oder ein gelegentliches Blaffen beschränkte, um Julia daran zu erinnern, dass er noch vorhanden war. Aber als sie jetzt vor dem Maison des Fleurs am Randstein hielt, ließ er vom Rücksitz aus ein gedämpftes Heulen hören. Ohne sich umzusehen, streckte Julia eine Hand aus, um seinen Kopf zu streicheln. Und um ebenso Trost zu empfangen, wie sie ihn spendete.

»Julia, mein Gott«, sagte Rose.

Sie stiegen aus. Julia hatte Horace eigentlich zurücklassen

690

wollen, aber als er erneut dieses trübselige kleine Heulen hören ließ – als verstünde er alles, als verstünde er wirklich alles –, angelte sie seine Leine unter dem Beifahrersitz hervor, öffnete die hintere Tür, damit er herausspringen konnte, und hakte die Leine in sein Halsband ein. Bevor sie die Tür zuknallte, zog sie noch ihre persönliche Kamera, eine kleine Casio, aus der Tasche in der Rückenlehne des Fahrersitzes. Dann bahnten sie sich hinter Horace her, der an seiner Leine zog, einen Weg durch die gaffende Menge auf dem Gehsteig.

Piper Libbys Cousin Rupe, ein Teilzeit-Cop, der vor fünf Jahren nach The Mill gekommen war, versuchte sie aufzuhalten. »Ab hier darf niemand weiter, Ladys.«

»Das ist mein Haus«, sagte Julia. »Oben ist alles, was ich auf dieser Welt besitze – Kleidung, Bücher, persönlicher Besitz, alles. Unten ist die Zeitung, die mein Urgroßvater gegründet hat. In über hundertzwanzig Jahren sind nur vier Ausgaben nicht erschienen. Jetzt geht sie in Rauch auf. Wenn Sie mich daran hindern wollen, mir das aus der Nähe anzusehen, müssen Sie mich erschießen.«

Rupe wirkte unsicher, aber als sie sich wieder in Bewegung setzte (Horace, der misstrauisch zu dem Mann mit beginnender Glatze aufsah, jetzt neben ihrem Knie), trat er beiseite. Aber nur für einen Augenblick.

»Sie nicht«, erklärte er Rose.

»Doch, ich. Außer Sie wollen Abführmittel in ihrem nächsten Schokoladenfrappé.«

»Ma'am ... Rose ... ich habe meine Befehle.«

»Zum Teufel mit Ihren Befehlen«, sagte Julia eher müde als trotzig. Sie nahm Rose am Arm, führte sie auf dem Gehsteig weiter und machte erst halt, als sie spürte, dass die Feuerhitze auf ihrem Gesicht von Vorheizen in Backen überging.

The Democrat war ein Inferno. Die zehn oder zwölf Cops versuchten nicht einmal, den Brand zu löschen, aber sie hatten reichlich Handspritzen (viele davon noch mit Aufklebern, die sie im Feuerschein leicht lesen konnte: WIEDER EIN SUPER-SONDERANGEBOT VON BURPEE'S), mit denen sie ein Übergreifen der Flammen auf die Buchhandlung und den Drugstore verhinderten. Weil es windstill war, würden sie die beiden Gebäude vermutlich retten können, dachte Julia ... und damit die übrigen Geschäftshäuser auf der Ostseite der Main Street.

»Wundervoll, dass sie so schnell zur Stelle waren«, sagte Rose.

Julia sagte nichts, beobachtete nur die brausend in den Nachthimmel aufsteigenden Flammen, die die rosa Sterne überstrahlten. Sie stand zu sehr unter Schock, um zu weinen.

Alles, dachte sie. *Alles.*

Dann erinnerte sie sich an das Bündel Zeitungen, das sie in den Kofferraum ihres Wagens geworfen hatte, bevor sie zu dem Treffen mit Cox gefahren war, und verbesserte sich: *Fast alles.*

Pete Freeman drängte sich durch die Kette aus Cops, die jetzt die Fassade und die Nordseite von Sanders Hometown Drug benässten, um ein Übergreifen der Flammen zu verhindern. Die einzigen sauberen Stellen auf seinem Gesicht waren die Tränenspuren im Ruß.

»Julia, das tut mir so leid!« Er wimmerte beinahe. »Wir hatten es fast unter Kontrolle ... hätten es gelöscht ... aber dann ist die letzte ... die letzte Brandflasche dieser Dreckskerle ist auf den Zeitungen neben der Tür gelandet ...« Er fuhr sich mit dem verbliebenen Hemdsärmel übers Gesicht und verschmierte den Ruß. »Es tut mir so gottverdammt leid!«

Obwohl Pete einen Kopf größer und vierzig Kilo schwerer war, nahm sie ihn wie einen kleinen Jungen in die Arme. Sie drückte ihn an sich, wobei sie sich bemühte, seinen verletzten Arm zu schonen, und fragte: »Was ist passiert?«

»Brandflaschen«, schluchzte er. »Dieser verfluchte Barbara.«

»Er sitzt im Knast, Pete.«

»Seine Freunde! Seine gottverdammten *Freunde! Sie* waren das!«

»*Was?* Du hast sie gesehen?«

»Gehört«, sagte er und löste sich aus ihrer Umarmung, um sie anzusehen. »Wäre schwierig gewesen, das nicht zu tun. Sie hatten ein Megafon. Haben gesagt, dass sie die ganze Stadt niederbrennen, wenn Dale Barbara nicht freigelassen wird.« Er grinste verbittert. »Ihn *freilassen*? *Aufknüpfen* sollten wir ihn. Gib mir einen Strick, dann tue ich's selbst.«

Big Jim kam herübergeschlendert. Der Feuerschein färbte sein Gesicht orangerot. Seine Augen glitzerten. Sein Lächeln war so breit, dass es fast von einem Ohr zum anderen zu reichen schien.

»Wie gefällt Ihr Freund Barbie Ihnen jetzt, Julia?«

Julia trat auf ihn zu. Auf ihrem Gesicht schien etwas zu stehen, denn Big Jim wich einen Schritt zurück, als fürchtete er einen tätlichen Angriff. »Dieser Anschlag ist sinnlos. Völlig sinnlos. Und das wissen Sie.«

»Oh, ich denke, dass er durchaus einen Sinn ergibt. Wenn Sie sich endlich dazu überwinden könnten, die Erklärung zu akzeptieren, dass Dale Barbara und seine Freunde die Kuppel errichtet haben, ergibt er durchaus Sinn, denke ich. Das hier war schlicht und einfach ein terroristischer Anschlag.«

»Schwachsinn. Ich stand auf seiner Seite, folglich war auch die *Zeitung* auf seiner Seite. Das weiß er.«

»Aber sie haben gesagt …«, begann Pete.

»Ja«, sagte Julia, ohne ihn jedoch anzusehen. Sie hatte weiterhin nur Augen für Rennies vom Feuerschein erhelltes Gesicht. »*Sie* haben gesagt, *sie* haben gesagt, aber wer zum Teufel sind *sie*? Das musst du dich fragen, Pete. Frag dich mal Folgendes: Wenn es nicht Barbara war – der kein Motiv hatte –, wer *hatte* dann ein Motiv? Wem nutzt es, der lästigen Julia Shumway das Maul zu stopfen?«

Big Jim drehte sich um und winkte zwei der neuen Cops heran, die jeweils nur durch ein um ihren linken Oberarm geknotetes blaues Halstuch als Polizist gekennzeichnet waren. Einer von ihnen war ein hünenhafter, mit Muskeln bepackter Schläger, dessen Gesicht verriet, dass er trotz seiner Größe fast noch ein Kind war. Der andere konnte nur ein Killian sein; Rundschädel und Hakennase waren unverwechselbare Kennzeichen. »Mickey. Richie. Schafft diese beiden Frauen vom Brandort weg.«

Horace, der an seiner Leine zerrte, knurrte Big Jim an.

693

Rennie bedachte den kleinen Hund mit einem verächtlichen Blick.

»Und falls sie nicht freiwillig gehen, habt ihr meine Erlaubnis, sie über die Motorhaube des nächsten Streifenwagens zu werfen.«

»Diese Sache ist noch nicht erledigt«, sagte Julia. Ihr Zeigefinger schien ihn durchbohren zu wollen. Auch sie begann jetzt zu weinen, aber ihre Tränen waren zu heiß und schmerzlich, um Kummertränen zu sein. »Sie ist nicht erledigt, Sie Schweinehund!«

Big Jims Lächeln kehrte zurück. Es war so glänzend wie der Lack seines Hummer. Und ebenso schwarz. »Doch, das ist sie«, sagte er. »Aus und vorbei.«

6   Big Jim machte sich auf den Weg zurück zum Feuer – er wollte es beobachten, bis von der Zeitung der Schnüfflerin nur noch ein Aschehaufen übrig war –, als ihm ein Schwall Rauch in die Lunge geriet. Das Herz in seiner Brust schien plötzlich stillzustehen, und die Welt vor seinen Augen schien wie durch irgendeinen Spezialeffekt zu verschwimmen. Dann arbeitete die Pumpe weiter, aber in einem Wirbel von unregelmäßigen Schlägen, die ihn keuchen ließen. Er schlug sich mit der Faust an die linke Brustseite und hustete dabei kräftig – eine Notfallmaßnahme gegen Arrhythmie, die Dr. Haskell ihm beigebracht hatte.

Anfangs galoppierte sein Herz unregelmäßig weiter (*Schlag ... Pause ... SchlagSchlagSchlag ... Pause*), aber dann verfiel es wieder in einen halbwegs normalen Rhythmus. Nur einen Augenblick lang sah er es von einer dichten Kugel aus gelbem Fett umschlossen – wie ein lebendig begrabenes Wesen, das sich zu befreien versucht, bevor alle Luft verbraucht ist. Dann verdrängte er dieses Bild wieder.

Mir fehlt nichts. Ich bin nur überarbeitet. Nichts, was sieben Stunden Schlaf nicht kurieren werden.

Chief Randolph, der den Wasserbehälter einer Handspritze auf seinem breiten Rücken trug, kam herüber. Ihm lief der Schweiß übers Gesicht. »Jim? Alles in Ordnung mit Ihnen?«

»Mir geht's gut«, sagte Big Jim. Und das stimmte auch. Es stimmte. Dies war der Höhepunkt seines Lebens, seine Chance, zu der Wichtigkeit aufzusteigen, die er schon immer in sich gespürt hatte. Das würde er sich von keiner klapprigen Pumpe nehmen lassen. »Bin nur müde. Ich habe mehr oder weniger nonstop gearbeitet.«

»Gehen Sie nach Hause«, riet Randolph ihm. »Ich hätte nie geglaubt, dass ich einmal Gott sei Dank für die Kuppel sagen würde, und ich tu's auch jetzt nicht, aber immerhin funktioniert sie als Windschutz. Wir haben den Brand so weit unter Kontrolle. Für den Fall, dass Funken überspringen, habe ich Männer auf den Dächern der Buchhandlung und des Drugstores. Sie können also beruhigt …«

»Welche Männer?« Sein Herzschlag beruhigte sich, beruhigte sich. Gut.

»Henry Morrison und Toby Whelan auf der Buchhandlung. George Frederick und einen der neuen Jungs auf dem Drugstore. Einer der Killians, glaube ich. Rommie Burpee ist freiwillig mit ihnen raufgegangen.«

»Haben Sie Ihr Funkgerät?«

»Natürlich.«

»Und Frederick hat seins?«

»Das haben alle Regulären.«

»Dann sagen Sie Frederick, dass er Burpee im Auge behalten soll.«

»Rommie? Wozu, um Himmels willen?«

»Ich trau ihm nicht. Er könnte ein Freund von Barbara sein.« Obwohl es nicht Barbara war, weswegen er sich Sorgen um Burpees Loyalität machte. Aber der Mann war ein Freund von Brenda Perkins gewesen. Und der Mann war clever.

Auf Randolphs schweißnassem Gesicht standen Sorgenfalten. »Wie viele von denen gibt es, glauben Sie? Wie viele stehen auf der Seite dieses Hundesohns?«

Big Jim wiegte den Kopf. »Schwer zu sagen, Peter, aber diese Sache ist groß. Muss von langer Hand vorbereitet worden sein. Man kann sich nicht nur die Neubürger ansehen und sagen, dass sie's gewesen sein müssen. Manche der darin verwickelten Leute sind vielleicht schon seit Jahren hier. Sogar seit Jahrzehnten. Das sind dann die sogenannten Maulwürfe.«

»Jesus! Aber *weshalb*, Jim? *Warum*, um Himmels willen?«

»Das weiß ich nicht. Vielleicht ist das Ganze ein Experiment, bei dem wir die Versuchskaninchen sind. Oder vielleicht ist es auch eine Machtergreifung. Die würde ich dem Gangster im Weißen Haus durchaus zutrauen. Wichtig ist, dass wir unsere Sicherheitsmaßnahmen verstärken und auf der Hut vor den Lügnern sein müssen, die unsere Bemühungen, für Ordnung zu sorgen, unterminieren wollen.«

»Glauben Sie, dass *sie* ...« Er nickte zu Julia hinüber, die mit ihrem in der Hitze hechelnden Hund neben sich zusah, wie ihre gesamte Habe in Flammen aufging.

»Das weiß ich nicht bestimmt – aber wenn man bedenkt, wie sie sich heute Nachmittag aufgeführt hat? Wie sie in die Station gestürmt kam und gekreischt hat, dass sie ihn sprechen will? Was sagt Ihnen das?«

»Ja«, sagte Randolph. Er betrachtete Julia Shumway mit nachdenklich zusammengekniffenen Augen. »Und was wäre eine bessere Tarnung, als das eigene Haus anzuzünden?«

Big Jim zeigte mit einem Finger auf ihn, wie um zu sagen: *Das könnte ein Haupttreffer sein.* »Ich muss mich hinlegen. Funken Sie George Frederick an. Sagen Sie ihm, dass er diesen Frankokanadier aus Lewiston nicht aus den Augen lassen soll.«

»Wird gemacht.« Randolph hakte sein Sprechfunkgerät vom Gürtel los.

Hinter ihnen rief Fernald Bowie laut: »*Das Dach kommt runter! Alle auf der Straße zurücktreten! Ihr Männer auf den anderen Dächern, bereithalten!*«

Mit einer Hand an der Fahrertür seines Hummer beobachtete Big Jim, wie das Dach des *Democrat* einstürzte und einen Geysir aus Funken in den schwarzen Nachthimmel aufstieben ließ. Die auf den Nachbargebäuden postierten Männer überzeugten sich davon, dass die Handspritzen ihrer Partner unter Druck standen; dann standen sie in Rührteuchstellung aufgereiht und warteten mit ihren Spritzdüsen in den Händen auf Funken.

Der Ausdruck auf Shumways Gesicht, als das Dach des *Democrat* einstürzte, tat Big Jims Herz wohler als alle verflixten Medikamente und Herzschrittmacher der Welt. Über Jahre hinweg hatte er ihre wöchentlichen Tiraden ertragen müssen, und obwohl er niemals zugegeben hätte, dass er sie gefürchtet hatte, hatte sie ihn ganz sicher genervt.

Aber seht sie euch jetzt an, dachte er. *Sie sieht aus, als wäre sie heimgekommen und hätte ihre Mutter tot auf dem Nachttopf vorgefunden.*

»Sie sehen besser aus«, sagte Randolph. »Sie kriegen langsam wieder Farbe.«

»Ich *fühle* mich auch besser«, sagte Big Jim. »Aber ich fahre trotzdem nach Hause. Muss zusehen, dass ich etwas Schlaf bekomme.«

»Das ist eine gute Idee«, sagte Randolph. »Wir brauchen Sie, mein Freund. Jetzt mehr denn je. Und wenn die Kuppel nicht wieder verschwindet ...« Auch als er den Kopf schüttelte, blieb sein Dackelblick auf Big Jims Gesicht gerichtet. »Ich will's mal so sagen: Ich wüsste nicht, wie wir ohne Sie zurechtkommen sollten. Ich liebe Andy Sanders wie einen Bruder, aber er hat nicht viel Hirn. Und Andrea Grinnell ist keinen Schuss Pulver mehr wert, seit sie gestürzt ist und sich das Rückgrat verletzt hat. *Sie* sind der Leim, der Chester's Mill zusammenhält.«

Big Jim war gerührt. Er legte eine Hand auf Randolphs Arm und drückte ihn. »Ich würde mein Leben für diese Stadt hergeben. So sehr liebe ich sie.«

»Ja, ich weiß. Ich auch. Und niemand wird sie uns unterm Hintern wegklauen.«

»Garantiert nicht«, sagte Big Jim.

Er fuhr davon und lenkte den Hummer über den Gehsteig, um an der Straßensperre vorbeizukommen, die am Nordrand des Geschäftsbezirks errichtet worden war. In seiner Brust schlug sein Herz wieder gleichmäßig (na ja, beinahe), aber er war trotzdem beunruhigt. Er würde zu Everett gehen müssen. Diese Idee gefiel ihm nicht; Everett war ein weiterer Schnüffler, der es darauf anlegte, ausgerechnet dann Schwierigkeiten zu machen, wenn die Stadt zusammenhalten musste. Außerdem war er kein Arzt. Big Jim wäre es fast wohler dabei gewesen, mit seinen Gesundheitsproblemen zu einem Tierarzt zu gehen, aber in The Mill gab es keinen. Er musste darauf hoffen, dass Everett das richtige Medikament wusste, wenn er eins brauchte, damit sein Herz wieder gleichmäßig schlug.

Nun, dachte er, *was immer er mir gibt, kann ich von Andy kontrollieren lassen.*

Ja, aber das war nicht seine größte Sorge. Am meisten beunruhigte ihn, was Peter vorhin gesagt hatte: *Wenn die Kuppel nicht wieder verschwindet ...*

Nicht das machte Big Jim Sorgen. Sondern das Gegenteil. Verschwand die Kuppel tatsächlich – das heißt, zu früh –, konnte er ziemliche Schwierigkeiten bekommen, selbst wenn das Meth-Labor nicht entdeckt wurde. Bestimmt würde es Armleuchter geben, die seine Entscheidungen nachträglich infrage stellen würden. Eine der Regeln des politischen Lebens, die er frühzeitig erfasst hatte, lautete: *Wer's kann, tut es; wer's nicht kann, nörgelt über die Entscheidungen derer, die es können.* Sie würden womöglich nicht kapieren, dass alles, was er getan oder angeordnet hatte – selbst das Steinwerfen heute Morgen vor dem Supermarkt –, sozusagen aus Fürsorge geschehen war. Vor allem Barbaras Freunde außerhalb der Kuppel würden vieles missverstehen, weil sie nicht verstehen *wollten*. Dass Barbara außerhalb Freunde, mächtige Freunde *hatte*, war etwas, was Big Jim nicht mehr bezweifelte, seit er dieses Schreiben des Präsidenten gesehen hatte. Aber vorläufig konnten sie nichts tun. So sollte es nach Big Jims Vorstellung mindestens noch ein paar Wochen bleiben. Vielleicht sogar ein bis zwei Monate.

Tatsache war, dass ihm die Kuppel gefiel.

Natürlich nicht auf Dauer, aber wenigstens, bis das draußen bei der Radiostation gebunkerte Flüssiggas wieder verteilt war? Bis das Labor abgebaut und der Lagerschuppen, in dem es untergebracht gewesen war, in Schutt und Asche gelegt war (eine weitere Straftat, die Dale Barbaras Mitverschwörern angelastet werden würde)? Bis Barbara verurteilt war und von einem Exekutionskommando aus Polizisten standrechtlich erschossen werden konnte? Bis aller Tadel für während der Krise getroffene Maßnahmen auf möglichst viele Leute verteilt und alles Lob allein einem gutgeschrieben werden konnte – nämlich ihm selbst?

Bis dahin war die Kuppel ganz passend.

Big Jim beschloss, gottwärts niederzuknien und diese Sache im Gebet anzusprechen, bevor er zu Bett ging.

7   Sammy hinkte den Krankenhausflur entlang, las die Namen an den Türen und sah hinter denen nach, die keine Namen trugen, nur um sicherzugehen. Als sie schon zu fürchten begann, die Schlampe sei nicht hier, erreichte sie die letzte Tür und sah dort eine mit einem Reißnagel befestigte Karte mit Genesungswünschen hängen. Sie zeigte einen Cartoonhund mit einer Sprechblase: »Wie ich höre, geht's dir nicht so gut.«

Sammy zog Jack Evans' Waffe aus dem Bund ihrer Jeans (der Bund war jetzt etwas lockerer, sie hatte es endlich geschafft, ein bisschen abzunehmen, lieber spät als nie) und benutzte die Pistolenmündung, um die Karte aufzuklappen. Drinnen leckte der Cartoonhund sich die Hoden und sagte: »Brauchst du mein Zäpfchen?« Sie war von *Mel, Jim jr., Carter* und *Frank* unterschrieben und genau der geschmackvolle Genesungswunsch, den Sammy von ihnen erwartet hätte.

Sie stieß die Tür mit dem Lauf der Pistole auf. Georgia war nicht allein. Das störte Sammy nicht in der tiefen Ruhe, die sie empfand, in ihrem schon fast erreichten Seelenfrieden. Das wäre vielleicht anders gewesen, wenn der in der Ecke schlafende Mann ein Unbeteiligter gewesen wäre – zum Beispiel der Vater oder ein Onkel der Schlampe –, aber es war Frankie der Busengrapscher. Der sie als Erster vergewaltigt und ihr erklärt hatte, sie müsse lernen, den Mund zu halten, außer wenn sie auf den Knien liege. Dass er schlief, machte keinen Unterschied, denn Kerle wie er wachten immer wieder auf und machten mit ihrem Scheiß weiter.

Georgia schlief nicht; sie hatte zu starke Schmerzen, und der Langhaarige, der vorhin nach ihr gesehen hatte, hatte ihr nicht noch mehr Dope angeboten. Sie sah Sammy und machte große Augen. »Duu!«, sagte sie. »Hau ab, verschwinne!«

Sammy lächelte. »Du redest wie Homer Simpson«, sagte sie.

Dann sah Georgia die Pistole, und ihre Augen wurden noch größer. Sie riss ihren überwiegend zahnlosen Mund auf und schrie.

Sammy lächelte weiter. Ihr Lächeln verstärkte sich sogar. Die Schreie waren Musik in ihren Ohren und Balsam auf ihren Wunden.

»Mach's mit dieser Nutte«, sagte sie. »Richtig, Georgia? Hast du das nicht gesagt, du herzlose Fotze?«

Frank wachte auf und starrte mit weit aufgerissenen Augen benommen um sich. Sein Hintern war bis ganz an die Sesselkante vorgerutscht, und als Georgia wieder kreischte, fuhr er zusammen und landete auf dem Fußboden. Er trug jetzt eine Pistole – das taten sie alle –, nach der er griff, während er sagte: »Leg sie weg, Sammy, leg sie einfach weg, wir sind doch alle Freunde, lass uns Freunde sein.«

Sammy sagte: »Du musst lernen, den Mund zu halten, außer wenn du auf den Knien liegst und deinem Freund Junior den Schwanz lutschst.« Dann betätigte sie den Abzug der Springfield. In dem kleinen Raum war der Schussknall ohrenbetäubend laut. Der erste Schuss ging über Frankies Kopf hinweg und ließ die Fensterscheibe zersplittern. Georgia schrie nochmal. Sie versuchte jetzt, aus dem Bett aufzustehen, riss dabei ihren Infusionsschlauch heraus und die Monitorkabel weg. Sammy stieß sie zurück, und sie plumpste unbeholfen auf den Rücken.

Frankie hatte seine Pistole noch immer nicht heraus. In seiner Angst und Verwirrung zerrte er am Halfter statt an der Pistole und schaffte es nur, seinen Gürtel auf der rechten Seite hochzureißen. Sammy machte zwei Schritte auf ihn zu, umfasste den Pistolengriff mit beiden Händen, wie es die

Leute in Fernsehkrimis taten, und drückte erneut ab. Die linke Seite von Frankies Kopf flog davon. Ein Fetzen Kopfhaut klatschte an die Wand und blieb dort kleben. Er drückte seine Hand auf die Wunde. Zwischen den Fingern spritzte Blut hervor. Dann verschwanden seine Finger, versanken in dem blutenden Schwamm, wo zuvor der Schädelknochen gewesen war.

»*Hör auf!*«, krächzte er. Seine weit aufgerissenen Augen schwammen in Tränen. »*Hör auf, lass das! Tu mir nichts!*« Und dann: »*Mama! MAMA!*«

»Zwecklos, deine Mama hat dich nicht richtig erzogen«, sagte Sammy und traf ihn erneut, diesmal in die Brust. Er fiel zuckend gegen die Wand zurück. Seine Hand verließ den verletzten Kopf, sank kraftlos zu Boden und klatschte in die Blutlache, die sich dort bereits bildete. Sie traf ihn zum dritten Mal – an der Stelle, mit der er ihr wehgetan hatte. Dann wandte sie sich der auf dem Bett Liegenden zu.

Georgia hatte sich zu einem Ball zusammengerollt. Der Monitor über ihr piepte wie verrückt, vermutlich weil sie die Kabel, mit denen er angeschlossen gewesen war, weggerissen hatte. Die Haare hingen ihr in die Augen. Sie schrie und schrie.

»Hast du das nicht gesagt?«, fragte Sammy. »Mach's mit dieser Nutte, richtig?«

»*Horry!*«

»Was?«

Georgia versuchte es erneut. »*Horry! Hut mi leid, Hammy!*« Und dann die äußerste Absurdität: »*Ich nehm's urück!*«

»Das kannst du nicht.« Sammy schoss Georgia ins Gesicht und nochmal in den Nacken. Georgia zuckte, wie Frankie es getan hatte, dann lag sie still da.

Sammy hörte rennende Schritte und laute Rufe auf dem Korridor. Auch verschlafene besorgte Stimmen aus einigen der Zimmer. Ihr tat es leid, dass sie solchen Wirbel verursacht hatte, aber manchmal blieb einem einfach keine Wahl. Manchmal mussten Dinge getan werden. Erst wenn sie getan waren, fand man Frieden.

Sie setzte die Pistole an ihre Schläfe.

»Ich liebe dich, Little Walter. Mama liebt ihren kleinen Jungen.«

Und drückte ab.

8 Rusty nahm die West Street, um den Brandort zu umfahren, und bog an der Kreuzung mit der 117 wieder auf die Lower Main Street ab. Das Bestattungsinstitut Bowie war bis auf die kleinen elektrischen Kerzen in den Fenstern zur Straße hin unbeleuchtet. Wie seine Frau ihn angewiesen hatte, fuhr er nach hinten auf den kleinen Parkplatz und parkte neben dem dort stehenden Leichenwagen, einem langen grauen Cadillac. Irgendwo in der Nähe arbeitete laut brummend ein Notstromaggregat.

Er wollte eben die Tür öffnen, als sein Handy klingelte. Er schaltete es aus, ohne zu kontrollieren, von wem der Anruf kam, und als er wieder aufsah, stand ein Cop neben seinem Fenster. Ein Cop mit gezogener Waffe.

Der Uniformierte war eine Frau. Als sie sich zu ihm hinunterbeugte, sah Rusty einen blonden Wuschelkopf und wusste nun endlich, welches Gesicht zu dem Namen gehörte, den seine Frau erwähnt hatte. Die Einsatzleiterin und Telefonistin der Tagschicht.

Rusty nahm an, dass sie am Dome Day oder unmittelbar danach gedrängt worden war, Vollzeit zu arbeiten. Er nahm weiterhin an, dass sie sich zu ihrem jetzigen Einsatz selbst eingeteilt hatte.

Sie steckte die Pistole weg. »Hi, Dr. Rusty. Stacey Moggin. Sie haben mich vor zwei Jahren wegen Giftefeu behandelt. Sie wissen schon, an meinem ...« Sie tätschelte ihr Gesäß.

»Ja, ich weiß. Nett, Sie mit hochgezogener Hose zu sehen, Ms. Moggin.«

Sie lachte, wie sie gesprochen hatte: leise. »Hoffentlich habe ich Sie nicht erschreckt.«

»Ein bisschen. Ich habe mein Handy ausgeschaltet, und plötzlich waren Sie da.«

»Sorry. Kommen Sie rein. Linda wartet schon. Wir haben

nicht viel Zeit. Ich halte vorn an der Straße Wache. Falls jemand kommt, warne ich Linda mit einem Doppelklick über Funk. Falls es die Bowies sind, parken sie neben dem Gebäude, und wir können ungesehen auf die East Street rausfahren.« Sie legte den Kopf leicht schief und lächelte. »Na ja … *ungesehen* ist leicht optimistisch, aber zumindest unerkannt. Wenn wir Glück haben.«

Rusty folgte ihr, indem er sich an ihrem blonden Wuschelkopf orientierte. »Sind Sie hier eingebrochen, Stacey?«

»Teufel, nein. Der Schlüssel hing bei uns im Cop Shop. Die meisten Geschäfte in der Main Street haben einen Schlüssel bei uns deponiert.«

»Und wieso machen Sie hier mit?«

»Weil der ganze Scheiß auf Panikmache beruht. Duke Perkins hätte damit längst Schluss gemacht. Kommen Sie jetzt. Und erledigen Sie die Sache schnell.«

»Das kann ich nicht versprechen. Tatsächlich kann ich gar nichts versprechen. Ich bin kein Pathologe.«

»Dann eben so schnell, wie Sie können.«

Rusty folgte ihr hinein. Im nächsten Augenblick schloss Linda ihn in die Arme.

9   Harriet Bigelow stieß zwei Schreie aus, dann wurde sie ohnmächtig. Gina Buffalino starrte nur vor sich hin, ihr Blick vor Schock ganz glasig. »Schaffen Sie Gina raus«, knurrte Thurse. Er war bis zum Parkplatz gekommen, dann hatte er die Schüsse gehört und war zurückgerannt. Um das hier zu entdecken. Dieses Massaker.

Ginny legte Gina einen Arm um die Schultern und führte sie auf den Korridor hinaus, auf dem die gehfähigen Patienten – darunter Bill Allnut und Tansy Freeman – mit großen Augen und ängstlichen Gesichtern standen.

»Schaffen Sie die hier weg«, wies Thurse Twitch an, indem er auf Harriet zeigte. »Und ziehen Sie ihr den Rock runter, damit das arme Mädchen anständig aussieht.«

Twitch führte seinen Auftrag aus. Als Ginny und er in das Zimmer zurückkamen, kniete Thurse neben dem toten

Frank DeLesseps, der gestorben war, weil er statt Georgias Freund gekommen war und die Besuchszeit überzogen hatte. Auf dem Bettlaken, das Thurse über Georgia gezogen hatte, zeichneten sich bereits Mohnblüten aus Blut ab.

»Können wir irgendetwas tun, Doktor?«, fragte Ginny. Sie wusste, dass er kein Arzt war, aber in ihrem Schockzustand kam diese Anrede wie automatisch. Sie bedeckte ihren Mund mit einer Hand, während sie auf Franks ausgestreckt daliegende Leiche hinabstarrte.

»Ja.« Als Thurse sich erhob, knackten seine knochigen Knie wie Pistolenschüsse. »Rufen Sie die Polizei an. Dies ist ein Tatort.«

»Wer Dienst hat, hilft mit, den Brand in der Main Street zu löschen«, sagte Twitch. »Wer dienstfrei hat, ist dorthin unterwegs oder schläft bei ausgeschaltetem Telefon.«

»Nun, rufen Sie um Himmels willen *irgendjemanden* an und fragen Sie, ob wir etwas tun sollen, bevor wir hier saubermachen.

Fotos machen oder sonst was. Auch wenn ziemlich klar sein dürfte, was hier passiert ist. Und jetzt entschuldigen Sie mich bitte einen Augenblick. Ich muss mich übergeben.«

Ginny trat zur Seite, damit Thurston auf die zu dem Zimmer gehörende winzige Toilette gehen konnte. Er schloss die Tür hinter sich, aber das Geräusch, mit dem er sich übergab, war trotzdem laut: wie ein stotternder Motor mit Schmutz im Vergaser.

Ginny spürte eine Woge von Schwäche durch ihren Kopf fluten, die sie hochzuheben und ganz leicht zu machen schien. Sie drängte sie zurück. Als sie wieder zu Twitch hinübersah, klappte er gerade sein Handy zu. »Keine Antwort von Rusty«, sagte er. »Ich habe ihm auf Band gesprochen. Sonst jemand? Wie wär's mit Rennie?«

»Nein!« Sie erschauderte fast. »Nicht ihn.«

»Meine Schwester? Andi, meine ich.«

Ginny sah ihn nur an.

Twitch erwiderte einige Sekunden lang ihren Blick, dann sah er weg. »Vielleicht lieber nicht«, murmelte er.

Ginny legte ihm eine Hand auf den Arm. Seine Haut war

vor Schock ganz kalt. Ihre vermutlich ebenfalls. »Falls dir das ein Trost ist«, sagte sie, »glaube ich, dass sie clean zu werden versucht. Sie war neulich bei Rusty, und ich bin mir ziemlich sicher, dass sie deswegen zu ihm gekommen ist.«

Twitch fuhr sich mit beiden Händen seitlich von oben nach unten übers Gesicht und verwandelte es für einen Augenblick in eine *Opera buffa*-Maske des Kummers. »Das hier ist ein Alptraum.«

»Ja«, sagte Ginny einfach. Dann klappte sie ihr eigenes Handy auf.

»Wen willst du anrufen?« Twitch rang sich ein schwaches Lächeln ab. »Geisterjäger?«

»Nein. Wer bleibt übrig, wenn Andi und Big Jim nicht infrage kommen?«

»Sanders, aber der ist wertloser als Hundescheiße, das weißt du genau. Wieso putzen wir die Schweinerei nicht einfach weg? Thurston hat recht: Was passiert ist, dürfte ziemlich klar sein.«

Thurston kam aus der Toilette. Er wischte sich den Mund mit einem Papierhandtuch ab. »Weil es Regeln gibt, junger Mann. Und unter den jetzigen Umständen ist es wichtiger denn je, dass wir uns an sie halten. Oder uns wenigstens ehrlich darum bemühen.«

Twitch hob den Kopf und sah ein Stück von Sammy Busheys Gehirn hoch oben an einer Wand antrocknen. Womit sie früher gedacht hatte, erinnerte jetzt an einen Klacks Haferflocken. Er brach in Tränen aus.

10   Andy Sanders saß in Dale Barbaras Wohnung auf der Kante von Dale Barbaras Bett. Das Fenster war mit dem orangeroten Feuerschein des nebenan brennenden *Democrat* ausgefüllt. Über sich hörte er Schritte und gedämpfte Stimmen – von Männern auf seinem Dach, vermutete er.

Als er die Innentreppe in den ersten Stock hinaufgestiegen war, hatte er aus der Apotheke eine braune Tüte mitgebracht. Jetzt kippte er ihren Inhalt aufs Bett: ein Trinkglas, eine Flasche Dasani-Wasser und ein Pillenfläschchen. Das Fläschchen enthielt Oxycontin-Tabletten. Auf dem Etikett stand RESERVIERT FÜR A. GRINNELL. Die Tabletten waren rosa, die Zwanziger. Er schüttelte welche heraus, zählte sie und kippte noch ein paar dazu. Zwanzig. Vierhundert Milligramm. Vielleicht nicht genug, um Andrea umzubringen, die sich im Lauf der Zeit an dieses Zeug gewöhnt haben musste, aber bestimmt mehr als genug für ihn selbst.

Die Brandhitze von nebenan drang durch die Außenwand des Apartments. Seine Haut war schweißnass. Hier drinnen mussten es vierzig Grad sein, vielleicht sogar mehr. Er wischte sich das Gesicht mit der Tagesdecke ab.

Das alles spüre ich nicht mehr lange. Im Himmel gibt es kühle Brisen, und zum Essen setzen wir uns alle gemeinsam an den Tisch des Herrn.

Er benutzte den Boden des Glases dazu, um die rosa Pillen auf der Nachttischplatte zu Pulver zu zerreiben, damit das Dope mit einem Schlag wirkte. Wie ein Hammer auf die Stirn eines Bullen. Er brauchte sich nur auf dem Bett auszustrecken und die Augen zu schließen, und dann gute Nacht, süßer Apotheker, mögen Engelscharen dich zur Ruhe singen.

Ich ... und Claudie ... und Dodee. In Ewigkeit vereint.

Das glaube ich nicht, Bruder.

Das war Coggins' Stimme, Coggins in seinem strengsten und theatralischsten Tonfall. Andy hörte kurz auf, die Tabletten zu zerreiben.

Selbstmörder essen nicht mit ihren Lieben zu Abend, mein Freund; sie fahren zur Hölle und nähren sich dort von glühenden Kohlen, die ihnen auf ewig im Magen brennen. Kannst du mir darauf ein Halleluja geben? Kannst du Amen sagen?

»Unfug«, flüsterte Andy und zerrieb weiter die Pillen. »Du hast genau wie wir deine Schnauze in den Futtertrog gesteckt. Wieso sollte ich dir glauben?«

Weil ich die Wahrheit sage. Deine Frau und deine Tochter blicken in diesem Augenblick auf dich herab und flehen dich an, es nicht zu tun. Kannst du sie nicht hören?

»Nein«, sagte Andy. »Und das bist auch nicht du. Da

spricht nur der Teil in mir, der feige ist. Er hat mein ganzes Leben beherrscht. Dadurch hat Big Jim mich in seine Gewalt bekommen. Dadurch bin ich in die Meth-Geschichte hineingeschlittert. Ich habe das Geld nicht gebraucht, ich habe so viel Geld nicht mal *verstanden*, ich konnte nur nicht Nein sagen. Aber diesmal kann ich's. Nein, Sir. Ich habe nichts mehr, wofür es sich zu leben lohnt, deshalb gehe ich. Haben Sie dazu was zu sagen, Lester Coggins?«

Dem war anscheinend nicht so. Andy pulverisierte die Tabletten, dann füllte er das Glas mit Wasser. Er kehrte das rosa Pulver mit senkrecht gehaltener Hand ins Glas, dessen Inhalt er mit dem Zeigefinger umrührte. Die einzigen Geräusche waren das Prasseln der Flammen, die undeutlichen Rufe der Männer, die den Brand bekämpften, und über ihm das *Polter-bums-polter* weiterer Männer, die auf seinem Dach herumtrampelten.

»Ex!«, sagte er … trank aber nicht. Seine Hand umklammerte das Glas, aber der feige Teil in ihm – jener Teil, der nicht sterben wollte, obwohl sein Leben wahrlich nicht mehr lebenswert war – hielt sie dort, wo sie war.

»Nein, diesmal gewinnst du nicht«, sagte er, ließ aber das Glas los, damit er sich sein schweißnasses Gesicht nochmals mit der Tagesdecke abwischen konnte. »Nicht jedes Mal und nicht dieses Mal.«

Andy hob das Glas an seine Lippen. Süßes rosa Vergessen schwamm darin. Aber er stellte es wieder ab.

Der feige Teil in ihm beherrschte ihn weiter. Dieser *gottverdammte* feige Teil.

»O Herr, schick mir ein Zeichen«, flüsterte er. »Schick mir ein Zeichen, dass es okay ist, das hier zu trinken. Vielleicht nur deshalb, weil es meine einzige Möglichkeit ist, diese Stadt zu verlassen.«

Nebenan stürzte das Dach des *Democrat* in einem Funkenregen ein. Über ihm rief jemand – anscheinend Romeo Burpee – laut: »*Seid bereit, Jungs, haltet euch bereit, verdammt nochmal!*«

Seid bereit. Das musste das erbetene Zeichen sein. Andy Sanders hob das Glas mit dem todbringenden Inhalt wieder an die Lippen, und diesmal schien der feige Teil in ihm seinen Arm nicht festzuhalten. Der feige Teil schien aufgegeben zu haben.

In seiner Tasche spielte sein Handy die Anfangstakte von »You're Beautiful«, einem sentimentalen Scheißstück, das Claudie ausgesucht hatte. Einen Augenblick lang war er kurz davor, trotzdem zu trinken, aber dann flüsterte eine Stimme in seinem Kopf, auch *dies* könne ein Zeichen sein. Er konnte nicht beurteilen, ob es die Stimme des feigen Teils in ihm, die von Reverend Coggins oder die wahre Stimme seines eigenen Herzens war. Und weil er das nicht konnte, meldete er sich am Telefon.

»Mr. Sanders?« Eine Frauenstimme, müde und unglücklich und ängstlich. Alles das kannte Andy aus eigener Erfahrung. »Hier ist Virginia Tomlinson oben im Krankenhaus.«

»Ginny, natürlich!« Das klang wieder wie sein altes fröhliches, hilfsbereites Ich. Bizarr.

»Hier gibt's ein Problem, fürchte ich. Können Sie kommen?«

Licht fiel in die konfuse Dunkelheit in Andys Kopf. Es erfüllte ihn mit Staunen und Dankbarkeit. *Können Sie kommen?*, hatte jemand gefragt. Hatte er vergessen, wie wundervoll das klang? Vermutlich hatte er das, obwohl es der eigentliche Grund dafür war, dass er jemals als Stadtverordneter kandidiert hatte. Nicht um Macht auszuüben; darauf fuhr Big Jim ab. Sondern nur um anderen behilflich zu sein. So hatte er damals angefangen; vielleicht konnte er jetzt so enden.

»Mr. Sanders? Sind Sie noch da?«

»Ja. Halten Sie die Stellung, Ginny, ich komme sofort.« Er machte eine Pause. »Und nichts mehr von diesem ›Mr.-Sanders-Zeug‹. Ich heiße Andy. Wir sitzen alle im selben Boot, wissen Sie.«

Er legte auf, ging mit dem Glas ins Bad und kippte seinen rosa Inhalt ins WC. Sein gutes Gefühl – dieses Gefühl von Licht und Staunen – hielt an, bis er die Spültaste betätigt hatte. Dann sank seine Depression wieder wie ein muffiger alter Umhang auf ihn herab. Gebraucht werden? Eine ziemlich komische Vorstellung. Er war nur der dumme alte Andy Sanders, die Sprechpuppe auf Big Jims Knie. Das Sprachrohr. Der Schwätzer. Der Mann, der Big Jims Vorschläge und Beschlussanträge verlas, als wären es die eigenen. Der Mann, der alle zwei Jahre nützlich war, wenn es darum ging, Wahlkampf zu machen und mit rustikalem Charme um Stimmen zu werben. Dinge, zu denen Big Jim nicht bereit oder nicht fähig war.

Das Fläschchen enthielt noch viele rosa Pillen, der Wasserspender im Erdgeschoss weiteres Dasani-Wasser. Aber Andy dachte nicht ernsthaft über diese Dinge nach: Er hatte Ginny Tomlinson etwas versprochen, und er war ein Mann, der sein Wort hielt. Trotzdem war der Selbstmord damit nicht aufgehoben, sondern nur aufgeschoben. »Zurückgestellt«, wie man in der Kommunalpolitik sagte. Und es wurde Zeit, aus diesem Raum zu verschwinden, der fast sein Sterbezimmer geworden war.

Langsam, aber sicher füllte er sich mit Rauch.

11   Der Vorbereitungsraum im Bestattungsinstitut Bowie lag im Keller, sodass Linda es für ungefährlich hielt, Licht zu machen. Rusty brauchte es für seine Untersuchung.

»Sieh dir diesen Schweinestall an«, sagte er. Seine Handbewegung umfasste die schmutzigen, mit Fußspuren übersäten Bodenfliesen, die Bier- und Limonadedosen auf den Abstellflächen und den in der Ecke stehenden offenen Mülleimer, über dem ein paar Fliegen summten. »Würde die Staatskommission für Bestattungswesen das sehen – oder das Gesundheitsministerium –, wäre dieser Laden in einer New Yorker Minute geschlossen.«

»Wir sind aber nicht in New York«, erinnerte Linda ihn. Sie betrachtete den Edelstahltisch in der Raummitte. Seine Oberfläche war trüb von Substanzen, die vermutlich besser ungenannt blieben, und in einem Ablauf steckte die zusammengeknüllte Verpackung eines Schokoriegels. »Ich glaube, wir sind nicht mal mehr in Maine. Bitte beeil dich, Eric, hier stinkt es!«

»In mehr als nur einer Beziehung«, sagte Rusty. Dieser Schmutz und die Unordnung waren ihm zuwider … Teufel, sie *empörten* ihn. Allein wegen des Schokoriegelpapiers auf dem Tisch, auf dem die Toten der Stadt lagen, um auszubluten, hätte er Stewart Bowie einen Kinnhaken verpassen können.

In die Rückwand des Raums waren sechs als Schubladen ausgebildete Kühlfächer aus Edelstahl eingelassen. Irgendwo hinter ihnen hörte Rusty das gleichmäßige Brummen des Kühlaggregats. »Hier gibt's keinen Mangel an Propan«, murmelte er. »Die Brüder Bowie lassen's richtig krachen.«

In den Kartenfächern an der Vorderseite der Schubladen steckten keine Kärtchen mit Namen – ein weiterer Beweis für Schlampigkeit –, deshalb zog Rusty den ganzen Sechserpack heraus. Die beiden ersten waren leer, was ihn nicht überraschte. Die meisten der bisher unter der Kuppel Gestorbenen, auch Ron Haskell und das Ehepaar Evans, waren eilig beigesetzt worden. Jimmy Sirois, der keine nahen Angehörigen hatte, lag noch in dem kleinen Leichenraum im Cathy Russell.

Die nächsten vier Fächer enthielten die Leichen, die er sich hier ansehen wollte. Verwesungsgeruch quoll hervor, sobald er die auf Rollen laufenden Schubladen herauszog. Er legte sich sofort über die unangenehmen, aber weniger aggressiven Gerüche von Konservierungsmitteln und Leichensalben. Linda zog sich würgend an den Eingang zurück.

»Übergib dich bloß nicht, Linny«, sagte Rusty und ging zu den Schubladenschränken an der linken Wand hinüber. In der ersten Schublade, die er aufzog, lag nur ein Stapel alter Hefte von *Field & Stream*, sodass er fluchte. Die darunter enthielt jedoch, was er brauchte. Er griff unter einen Trokar, der aussah, als wäre er noch nie abgespült worden, und zog zwei grüne Gesichtsmasken aus Kunststoff heraus, die noch in Plastikhüllen verschweißt waren. Eine Maske gab er Linda, die andere streifte er sich selbst über. Aus der nächsten Schublade holte er sich ein Paar Gummihandschuhe. Sie waren leuchtend gelb, höllisch farbenfroh.

»Wenn du trotz der Maske das Gefühl hast, spucken zu müssen, gehst du lieber rauf zu Stacey.«

»Ich schaff das schon. Ich sollte als Zeugin dabei sein.«

»Ich weiß nicht, was deine Aussage wert wäre – schließlich bist du meine Frau.«

»Ich sollte als Zeugin dabei sein«, wiederholte Linda. »Mach nur so schnell wie möglich.«

Die Leichenfächer waren verdreckt. Bei dem Zustand des Vorbereitungsraums überraschte ihn das nicht, aber es widerte ihn trotzdem an. Linda hatte daran gedacht, einen alten Kassettenrekorder mitzubringen, den sie in der Garage entdeckt hatte. Rusty drückte die Aufnahmetaste, testete die Aufnahmequalität und war leicht erstaunt, als sie nicht allzu schlecht war. Er stellte den kleinen Panasonic auf eines der leeren Fächer. Dann zog er die Handschuhe an. Das dauerte länger als normal, weil er feuchte Hände hatte. Hier gab es vermutlich irgendwo Talkum oder Johnson's-Babypuder, aber er hatte nicht die Absicht, danach zu suchen. Er fühlte sich ohnehin schon wie ein Einbrecher. Teufel, er *war* ein Einbrecher.

»Okay, los geht's. Es ist zweiundzwanzig Uhr fünfundvierzig am vierundzwanzigsten Oktober. Diese Untersuchung findet im Vorbereitungsraum des Bestattungsinstituts Bowie statt. Der übrigens verdreckt ist. Beschämend. Ich sehe vier Leichen, drei Frauen und einen Mann. Zwei der Frauen sind jung, noch Teenager oder Anfang zwanzig. Das sind Angela McCain und Dodee Sanders.«

»Dorothy«, sagte Linda von der anderen Seite des Arbeitstischs aus. »Ihr Name ist … war … Dorothy.«

»Verbesserung: Dorothy Sanders. Die dritte Frau ist Mitte fünfzig, Anfang sechzig. Das ist Brenda Perkins. Der Mann ist ungefähr vierzig. Er ist Reverend Coggins. Fürs Protokoll: Ich kann alle diese Personen identifizieren.«

Er winkte seine Frau heran und zeigte auf die Toten. Linda betrachtete sie mit Tränen in den Augen. Dann zog sie ihre Gesichtsmaske lange genug herunter, um zu sagen: »Ich bin Linda Everett vom Chester's Mill Police Department. Meine Plakettennummer ist sieben-sieben-fünf. Auch ich erkenne diese vier Personen.« Sie zog die Maske wieder hoch. Die Augen darüber flehten ihn an, sich zu beeilen.

Rusty entließ sie mit einer Handbewegung. Das Ganze war ohnehin eine Farce. Darüber war Linda sich vermutlich ebenso im Klaren wie er selbst. Trotzdem fühlte er sich nicht deprimiert. Er hatte schon als kleiner Junge Arzt werden wollen und hätte bestimmt Medizin studiert, wenn er sich nicht um seine Eltern hätte kümmern müssen, und was ihn im Biologieunterricht der zehnten Klasse dazu gebracht hatte, Frösche und Rinderaugen zu sezieren, war genau das gewesen, was ihn jetzt antrieb: schlichte Neugier. Wissensdurst. Und er *würde* es erfahren. Vielleicht nicht alles, aber doch *einige* Dinge.

Hier ist der Ort, wo die Toten den Lebenden helfen. Hat Linda das gesagt?

Unwichtig. Rusty war davon überzeugt, dass sie ihm helfen würden, wenn sie konnten.

»Soweit ich erkennen kann, sind die Leichen nicht kosmetisch verschönt worden, aber alle vier sind einbalsamiert. Ich weiß nicht, ob dieser Vorgang abgeschlossen ist, vermutlich aber nicht, weil die Oberschenkelkanülen noch an Ort und Stelle sind.

Angela und Dodee – Entschuldigung, Dorothy – sind körperlich misshandelt worden und befinden sich in einem Zustand fortgeschrittener Verwesung. Auch Coggins ist anscheinend schwer misshandelt worden, aber bei ihm ist die Fäulnis weniger weit fortgeschritten; die Muskeln von Gesicht und Armen beginnen erst schlaff zu werden. Brenda … Brenda Perkins, meine ich …« Er verstummte und beugte sich über sie.

»Rusty?«, fragte Linda nervös. »Schatz?«

Er streckte eine behandschuhte Hand aus, überlegte sich die Sache anders, zog den Handschuh aus und umfasste ihre Kehle mit einer Hand. Dann hob er Brendas Kopf hoch und betastete den grotesk großen Klumpen im Genick. Dann ließ er den Kopf wieder sinken und drehte ihren Körper so auf die Seite, dass er Rücken und Gesäß betrachten konnte.

»Mein Gott«, sagte er.

»Rusty? Was?«

Zum einen ist sie noch voller Scheiße, dachte er ... aber das gehörte nicht ins Protokoll. Selbst wenn Randolph oder Rennie sich nur die ersten sechzig Sekunden des Tonbands anhörten, bevor sie die Kassette unter ihrem Absatz zermalmten und den Rest verbrannten. Dieses Detail ihrer Schändung würde er nicht erwähnen.

Aber er würde es sich merken.

»Was?«

Er fuhr sich mit der Zungenspitze über die Lippen, dann sagte er: »Brenda Perkins hat Leichenflecken an Gesäß und Oberschenkeln, was darauf schließen lässt, dass sie seit mindestens zwölf Stunden tot ist – eher seit vierzehn. Auf beiden Wangen sind Blutergüsse zu sehen, die meiner Überzeugung nach von Händen stammen. Jemand hat ihren Kopf festgehalten, ihn ruckartig nach links gedreht und ihr die Halswirbel Atlas und Axis, C1 und C2, gebrochen. Wahrscheinlich auch das Rückgrat.«

»Oh, Rusty«, sagte Linda jammernd.

Rusty schob erst eines der Lider, dann das andere mit dem Daumen hoch. Er sah, was er zu finden befürchtet hatte.

»Blutergüsse auf den Wangen und sklerale Petechien – Bluteinlagerungen im Weißen der Augen – lassen darauf schließen, dass der Tod nicht augenblicklich eingetreten ist. Sie konnte nicht mehr atmen und ist erstickt. Sie kann bei Bewusstsein gewesen sein oder auch nicht. Wir wollen hoffen, dass sie's nicht war. Mehr kann ich leider nicht feststellen. Die beiden Mädchen – Angela und Dorothy – sind am längsten tot. Ihr Verwesungszustand lässt darauf schließen, dass sie an einem warmen Ort gelagert waren.«

Er schaltete den Kassettenrekorder aus.

»Mit anderen Worten sehe ich nichts, was Barbie wirklich entlastet, und gottverdammt nichts, was wir nicht längst gewusst haben.«

»Was ist, wenn seine Hände nicht zu den Abdrücken passen?«

»Dafür sind die Spuren zu diffus. Ich komme mir wie ein Vollidiot vor, Linda.«

Er schob die beiden Mädchen – die durchs Einkaufszentrum Auburn hätten schlendern, Ohrringe begutachten, bei Deb Klamotten anprobieren und nach Jungs Ausschau halten sollten – ins Dunkel zurück. Dann wandte er sich wieder Brenda zu.

»Gib mir einen Putzlappen. Neben dem Ausguss liegen welche. Sie sind sogar sauber, was in diesem Schweinestall fast ein Wunder ist.«

»Was willst du …«

»Gib mir einfach einen. Oder lieber zwei. Aber mach sie erst nass.«

»Haben wir genug Zeit, um …«

»Dafür nehmen wir uns Zeit.«

Linda beobachtete schweigend, wie ihr Mann Brenda Perkins' Gesäß und die Rückseiten ihrer Oberschenkel säuberte. Als er fertig war, warf er die schmutzigen Lappen in eine Ecke; wären die Brüder Bowie hier gewesen, hätte er einen davon Stewart ins Maul gestopft – und den anderen dem gottverdammten Fernald.

Er küsste Brendas kühle Stirn und schob sie ins Kühlfach zurück. Er wollte auch Coggins wieder hineinschieben, aber dann fiel ihm etwas auf. Das Gesicht des Reverends war nur flüchtig gesäubert worden; er hatte noch Blut in den Ohren, den Nasenlöchern und den Falten seines hageren Gesichts.

»Linda, mach noch einen Lappen feucht.«

»Schatz, wir sind seit fast zehn Minuten hier. Ich liebe dich dafür, dass du die Toten achtest, aber wir müssen an die Lebenden …«

»Vielleicht gibt's hier etwas zu entdecken. Das hier waren andere Misshandlungen. Das sehe ich sogar, ohne … Feuchte einen Lappen an.«

Sie widersprach nicht mehr, sondern machte einen weiteren Lappen nass, wrang ihn aus und gab ihn Rusty. Dann sah sie zu, wie er das Gesicht des Toten von dem restlichen Blut säuberte. Er arbeitete nicht grob, aber ohne die Liebe, die er Brenda erwiesen hatte.

Linda war nie ein Fan von Lester Coggins gewesen (der in einer seiner wöchentlichen Rundfunksendungen behauptet

714

hatte, Kids, die ein Konzert von Miley Cyrus besuchten, ris-
kierten das Fegefeuer), aber was Rusty freilegte, tat ihr trotzdem im Herzen weh. »Großer Gott, er sieht aus wie eine
Vogelscheuche, die einer Horde Jungen als Zielscheibe für
Steinwürfe gedient hat.«

»Wie ich gesagt habe. Das waren andere Misshandlungen – nicht mit den Fäusten, auch nicht mit den Füßen.«

Linda deutete auf etwas. »Was hat er da an der Schläfe?«

Rusty gab keine Antwort. Oberhalb seiner Gesichtsmaske glitzerten seine Augen vor Verblüffung. Aber in seinem Blick lag noch etwas anderes: heraufdämmernde Erkenntnis.

»Was ist das, Eric? Es sieht aus wie ... ich weiß nicht ...
wie *Stiche.*«

»Allerdings.« Sein Gesichtsschutz bewegte sich, als die
Lippen darunter ein Lächeln bildeten, aus dem nicht Glück,
sondern Befriedigung sprach. Und von der grimmigsten
Sorte. »Auch auf seiner Stirn. Siehst du sie? Und am Unterkiefer. Dieser Schlag hat ihm den Unterkiefer *gebrochen.*«

»Welche Waffe hinterlässt solche Spuren?«

»Ein Baseball«, sagte Rusty und schob die Lade wieder in
das Kühlfach. »Ein gewöhnlicher wohl kaum, aber ein vergoldeter? Ja. Wenn genügend Kraft dahintersteckt, kann er
solche Verletzungen hinterlassen, denke ich. Ich denke, dass
er genau das getan hat.«

Er senkte den Kopf, bis er fast mit Lindas Stirn und Gesichtsmaske zusammenstieß, und sah ihr in die Augen.

»Jim Rennie hat einen. Ich habe ihn auf seinem Schreibtisch gesehen, als ich bei ihm war, um mit ihm über unser
verschwundenes Propan zu reden. Was den anderen zugestoßen ist, weiß ich nicht, aber ich denke, wir wissen, wo
Lester Coggins gestorben ist. Und wer ihn ermordet hat.«

12   Nachdem das Dach eingestürzt war, konnte Julia
den Anblick ihres brennenden Hauses nicht länger ertragen.
»Komm mit mir nach Hause«, sagte Rose. »Das Gästezimmer gehört dir, solange du willst.«

»Danke, lieber nicht. Ich muss jetzt allein sein, Rose. Nun, du weißt schon … mit Horace. Ich muss nachdenken.«

»Wo wirst du bleiben? Kommst du allein zurecht?«

»Ja.« Ohne zu wissen, ob das stimmte. Ihr Verstand schien in Ordnung zu sein, alle Denkprozesse funktionierten, aber sie fühlte sich, als hätte jemand ihre Emotionen mit einer großen Dosis Novocain gelähmt. »Vielleicht komme ich später vorbei.«

Als Rosie auf der anderen Straßenseite davongegangen war (wobei sie sich umgedreht hatte, um Julia noch einmal sorgenvoll zuzuwinken), ging Julia zu ihrem Prius zurück, ließ Horace auf den Beifahrersitz springen und setzte sich ans Steuer. Sie hielt Ausschau nach Pete Freeman und Tony Guay, konnte sie aber nirgends sehen. Vielleicht war Tony mit Pete ins Krankenhaus gefahren, damit er eine Brandsalbe für seinen Arm bekam. Dass keiner der beiden schwerer verletzt war, grenzte an ein Wunder. Und hätte sie Horace nicht mitgenommen, als sie hinausgefahren war, um sich mit Cox zu treffen, wäre ihr Hund mit allem anderen verbrannt.

Bei diesem Gedanken spürte sie, dass ihre Emotionen doch nicht betäubt waren, sondern sich nur verbargen. Ein Klagelaut – eine Art Totenklage – begann aus ihrer Kehle zu dringen. Horace stellte seine großen Ohren auf und beäugte sie mit ängstlicher Sorge. Sie versuchte aufzuhören, aber das konnte sie nicht.

Die Zeitung ihres Vaters.

Die ihres Großvaters.

Ihres Urgroßvaters.

Asche.

Sie fuhr die West Street entlang, und als sie zu dem verlassenen Parkplatz hinter dem Globe-Kino kam, bog sie dort ein. Sie stellte den Motor ab, zog Horace an sich und weinte fünf Minuten lang an einer muskulösen Fellschulter. Zu seiner Ehre muss gesagt werden, dass Horace das geduldig ertrug.

Als sie ausgeweint hatte, fühlte sie sich besser. Ruhiger. Vielleicht war das die Ruhe nach einem Schock, aber sie konnte wenigstens wieder einigermaßen klar denken. Und

716

woran sie dachte, war das Zeitungsbündel in ihrem Kofferraum. Sie beugte sich an Horace vorbei (der ihr freundschaftlich den Nacken leckte) und öffnete das Handschuhfach. Es war mit Krimskrams vollgestopft, aber sie glaubte, dazwischen könnte irgendwo … wenn sie Glück hatte …

Und wie eine Gabe Gottes fand sie, was sie suchte. Eine kleine Plastikschachtel mit Push-Pins, Gummibändern, Heftzwecken und Büroklammern. Gummibänder und Büroklammern waren für ihr Vorhaben nicht zu brauchen, aber die Push-Pins und Heftzwecken …

»Horace«, sagte sie. »Willst du Gassi gehen?«

Horace bellte, er wolle gern Gassi gehen.

»Gut«, sagte sie. »Ich auch.«

Sie holte die Zeitungen aus dem Kofferraum, dann ging sie zur Main Street zurück. Das Redaktionsgebäude des *Democrat* war nur noch ein glühender Trümmerhaufen, auf den die Cops Wasser spritzten (*aus diesen ach so zweckdienlichen Handspritzen*, dachte sie, *alle gefüllt und einsatzbereit*). Dieser Anblick tat Julia in der Seele weh – natürlich tat er das –, aber nicht mehr ganz so schlimm, weil sie jetzt etwas zu tun hatte.

Sie ging die Straße entlang, während Horace majestätisch neben ihr herschritt, und schlug an jedem Telefonmast ein Exemplar der letzten Ausgabe des *Democrat* an. Die Schlagzeile – **AUFRUHR UND MORDE, ALS KRISE SICH VERSCHÄRFT** – schien im Feuerschein zu leuchten. Sie wünschte sich jetzt, sie hätte sich auf vier Wörter beschränkt: **NEHMT EUCH IN ACHT!**

Sie machte weiter, bis auch das letzte Exemplar hing.

13 Auf der anderen Straßenseite knackte Peter Randolphs Sprechfunkgerät dreimal: *klick-klick-klick*. Dringend. Ihm graute davor, was er zu hören bekäme, aber er drückte die Sendetaste und meldete sich: »Chief Randolph. Ja?«

Die Stimme gehörte Freddy Denton, der als Wachhabender der Nachtschicht jetzt *de facto* Stellvertreter des Chiefs war. »Eben ist ein Anruf aus dem Krankenhaus gekommen, Peter. Ein Doppelmord …«

»*WAS?*«, rief Randolph erschrocken. Einer der neuen Cops – Mickey Wardlaw – glotzte ihn an wie ein mongolischer Bauernlümmel auf seinem ersten Jahrmarkt.

Denton sprach weiter. Seine Stimme klang ruhig oder aufreizend selbstgefällig. Im zweiten Fall konnte er sich auf einiges gefasst machen. »… und ein Selbstmord. Geschossen hat die junge Frau, die behauptet hat, sie wäre vergewaltigt worden. Die Opfer sind zwei unserer Leute, Chief. Roux und DeLesseps.«

»*Sie … wolln mich … VERARSCHEN!*«

»Ich hab Rupe und Mel Searles hingeschickt«, sagte Freddy. »Das Gute ist, dass alles vorbei ist, so müssen wir sie nicht zu Barbie in den Knast …«

»Sie hätten selbst hinfahren müssen, Fred. Sie sind der Wachhabende.«

»Wer wäre dann hier in der Station?«

Darauf wusste Randolph keine Antwort – dieses Argument war zu clever oder zu dämlich. Jedenfalls würde er zusehen müssen, dass er selbst ins Cathy Russell kam.

Ich will diesen Job nicht mehr. Nein. Mir reicht's.

Aber dafür war's jetzt zu spät. Und mit Big Jims Hilfe würde er zurechtkommen. Darauf musste er sich konzentrieren: Big Jim würde ihm beistehen.

Marty Arsenault tippte ihm auf die Schulter. Randolph hätte beinahe ausgeholt und ihm eine geknallt. Aber das merkte Arsenault gar nicht; er sah über die Straße zu Julia Shumway hinüber, die ihren Hund spazieren führte. Gassi ging und … was tat?

Zeitungen anschlagen, das tat sie. Sie an die verfluchten Scheißtelefonmasten heften.

»Das Miststück gibt einfach nicht auf«, knurrte er.

»Soll ich rübergehen und dafür sorgen, dass sie aufhört?«, fragte Arsenault.

Marty war sichtlich scharf darauf, und Randolph hätte ihm den Auftrag fast erteilt. Dann schüttelte er den Kopf. »Sie würde bloß anfangen, Ihnen einen Vortrag über ihre verdammten Bürgerrechte zu halten. Als ob sie nicht wüsste, dass es nicht gerade dem Wohl der Stadt dient, allen Leuten eine Heidenangst einzujagen.« Er schüttelte erneut den Kopf. »Wahrscheinlich weiß sie's tatsächlich nicht. Sie ist unglaublich ...« Wie hieß das Wort für das, was sie war, ein französisches Wort, das er in der Highschool gelernt hatte? Er glaubte nicht daran, dass es ihm noch einfallen würde, aber das tat es. »Unglaublich *naiv.*«

»Ich kann sie stoppen, Chief, das kann ich. Was will sie machen – ihren Anwalt anrufen?«

»Nein, sie soll ihren Spaß haben. Dann belästigt sie uns wenigstens nicht. Ich muss jetzt rauf ins Krankenhaus. Denton sagt, dass die junge Bushey Frank DeLesseps und Georgia Roux ermordet hat. Danach hat sie sich selbst umgebracht.«

»Jesus«, flüsterte Marty, der sichtlich blass geworden war. »Glauben Sie, dass auch das auf Barbies Konto geht?«

Randolph wollte seine Frage verneinen, dann überlegte er sich die Sache anders. Sein zweiter Gedanke galt dem Vergewaltigungsvorwurf, den die junge Frau erhoben hatte. Ihr Selbstmord verlieh ihm Glaubwürdigkeit, und Gerüchte, hiesige Cops seien zu so etwas imstande, waren schlecht für die Moral der Polizei und folglich auch für die Stadt. Das musste er sich nicht erst von Jim Rennie sagen lassen.

»Weiß ich nicht«, sagte er, »aber denkbar wär's.«

Martys Augen waren feucht – vom Rauch oder vor Kummer. Vielleicht wegen beidem. »Das müssen Sie Big Jim melden, Peter.«

»Das tue ich. Inzwischen ...« Randolph nickte zu Julia hinüber. »Behalten Sie sie im Auge, und wenn sie endlich müde ist und weggeht, reißen Sie den ganzen Scheiß ab und werfen ihn dorthin, wo er hingehört.« Er deutete auf den brennenden Trümmerhaufen, der früher an diesem Tag eine Zeitungsredaktion gewesen war. »Werfen Sie den Abfall dorthin, wo er hingehört.«

Marty wieherte. »Wird gemacht, Boss.«

Und genau das tat Officer Arsenault. Aber erst, nachdem einige Bürger ein paar Exemplare des *Democrat* abgenommen hatten, um sie bei besserem Licht zu lesen – ein halbes Dutzend, vielleicht zehn. In den folgenden zwei bis drei Tagen wurden sie von Hand zu Hand weitergegeben und gelesen, bis sie buchstäblich auseinanderfielen.

14   Als Andy Sanders ins Krankenhaus kam, war Piper Libby schon dort. Sie saß im Empfangsbereich auf einer Bank und sprach mit zwei Mädchen, die weiße Nylonhosen und dazu Schwesternkittel trugen ... obwohl sie Andy viel zu jung erschienen, um richtige Krankenschwestern zu sein. Beide hatten geweint und machten den Eindruck, sie könnten gleich wieder damit anfangen, aber Andy sah, dass Reverend Libby beruhigenden Einfluss auf sie hatte. Etwas, womit er nie Probleme gehabt hatte, war die Beurteilung menschlicher Gefühle. Manchmal wünschte er sich, er wäre auf dem gedanklichen Sektor besser gewesen.

Ginny Tomlinson stand in der Nähe und sprach leise mit einem ältlichen Kerl. Beide machten einen mitgenommenen und erschütterten Eindruck. Ginny sah Andy und kam herüber. Der ältliche Kerl folgte ihr. Sie stellte ihn als Thurston Marshall vor und sagte, er helfe freiwillig im Krankenhaus mit.

Andy begrüßte den neuen Kerl mit breitem Lächeln und einem kräftigen Händedruck. »Freut mich, Sie kennenzulernen, Thurston. Ich bin Andy Sanders, Erster Stadtverordneter.«

Piper sah von ihrer Bank herüber und sagte: »Wären Sie wirklich der Erste Stadtverordnete, Andy, würden Sie den Zweiten Stadtverordneten in die Schranken weisen.«

»Wie ich höre, haben Sie ein paar schwierige Tage hinter sich«, sagte Andy noch immer lächelnd. »Das haben wir alle.«

Piper bedachte ihn mit einem einzigartig kalten Blick, dann fragte sie die Mädchen, ob sie auf eine Tasse Tee mit ihr in die Cafeteria runtergehen wollten. »Ich könnte jedenfalls eine brauchen«, sagte sie.

»Ich habe sie angerufen, nachdem ich mit Ihnen telefoniert hatte«, sagte Ginny leicht entschuldigend, nachdem Piper mit den beiden Lernschwestern gegangen war. »Und ich habe die Polizei angerufen. Hab Fred Denton erwischt.« Sie verzog das Gesicht, wie es Leute tun, denen ein übler Geruch in die Nase steigt.

»Och, Freddy ist ein guter Kerl«, sagte Andy ernsthaft. Er war mit dem Herzen nicht dabei – sein Herz schien weiter auf Dale Barbaras Bettkante zu sitzen, in der Absicht, das vergiftete rosa Wasser zu trinken –, aber die alten Gewohnheiten setzten trotzdem bruchlos ein. Sein Drang, alles in Ordnung zu bringen, die Wogen zu glätten, funktionierte ebenso automatisch wie das Radfahren. »Erzählen Sie mir, was hier passiert ist.«

Das tat sie. Andy hörte erstaunlich gelassen zu, wenn man bedachte, dass er die Familie DeLesseps sein Leben lang gekannt hatte und in der Highschool einmal mit Georgia Roux' Mutter ausgegangen war (Helen hatte ihn mit offenem Mund geküsst, was nett gewesen war, aber sie hatte Mundgeruch gehabt, was weniger nett gewesen war). Seine jetzige Emotionslosigkeit führte er auf das Wissen zurück, dass er inzwischen bewusstlos gewesen wäre, wenn sein Handy nicht geklingelt hätte. Vielleicht sogar tot. So etwas rückte die Welt ins rechte Licht.

»Zwei unserer ganz neuen Officers«, sagte er. In seinen eigenen Ohren klang das wie eine Tonbandansage, wie man sie zu hören bekam, wenn man im Kino anrief, um nach den Anfangszeiten zu fragen. »Darunter eine Polizistin, die schon bei der Schlichtung des Aufruhrs vor dem Supermarkt schwer verletzt worden war. Du liebe Güte.«

»Dies ist vielleicht nicht der richtige Augenblick dafür, aber ich bin von Ihrer Polizei nicht sehr begeistert«, sagte Thurston. »Aber nachdem der Officer, der mich tätlich angegriffen hatte, jetzt tot ist, dürfte sich eine Beschwerde erübrigen.«

»Welcher Officer? Frank oder die junge Roux?«

»Der junge Mann. Ich habe ihn trotz seiner … seines durch die Tat entstellten Gesichts wiedererkannt.«

»Frank DeLesseps hat Sie tätlich angegriffen?« Das konnte Andy einfach nicht glauben. Frankie hatte ihm vier

Jahre lang seine *Lewiston Sun* zugestellt und keinen einzigen Tag versäumt. Nun, vielleicht zwei oder drei, wenn er genau darüber nachdachte, aber da hatte es schwere Schneestürme gegeben. Und einmal hatte er die Masern gehabt. Oder war es Mumps gewesen?

»Wenn er so geheißen hat.«

»Nun, also ... das ist ...« Das war was? Und war es wichtig? War überhaupt noch etwas wichtig? Trotzdem sprach Andy tapfer weiter. »Das ist bedauerlich, Sir. Wir in Chester's Mill bemühen uns, unserer Verantwortung gerecht zu werden. Das Richtige zu tun. Nur stehen wir gegenwärtig ziemlich unter Druck. Umstände, auf die wir keinen Einfluss haben, wissen Sie.«

»Ja, das *weiß* ich«, sagte Thurse. »Für mich ist der Fall abgehakt. Aber, Sir ... diese Officers waren schrecklich jung. Und sie haben sich *sehr* ungehörig betragen.« Er machte eine Pause. »Auch die Dame, mit der ich zusammen war, ist angegriffen worden.«

Andy konnte einfach nicht glauben, dass dieser Kerl die Wahrheit sagte. Die Cops von Chester's Mill wendeten keine Gewalt an, außer sie wurden provoziert (*schwer* provoziert); das war etwas für Großstädte, in denen die Leute nicht wussten, wie man miteinander auskam. Andererseits hätte er natürlich gesagt, dass auch eine junge Frau, die zwei Cops umbrachte und anschließend sich selbst das Leben nahm, zu den Dingen gehörte, die in Chester's Mill nicht passierten.

Lass gut sein, dachte Andy. *Er ist nicht nur fremd hier, sondern kommt aus einem anderen Bundesstaat. Führ's darauf zurück.*

»Nachdem Sie nun hier sind, Andy«, sagte Ginny, »weiß ich nicht recht, was es für Sie zu tun gibt. Twitch kümmert sich um die Leichen und ...«

Bevor sie weitersprechen konnte, ging die Tür auf. Eine junge Frau, die zwei verschlafen aussehende Kinder an den Händen hielt, kam herein. Der alte Kerl – Thurston – umarmte sie, während die Kinder, ein Mädchen und ein Junge, zusahen. Beide waren barfuß und trugen T-Shirts als Nachthemden. Auf dem des Jungen, das fast bis auf den Boden reichte, stand: HÄFTLING 9091 und EIGENTUM DES STAATSGEFÄNGNISSES SHAWSHANK. Thurstons Tochter und Enkel, vermutete Andy, und das machte ihm wieder bewusst, wie sehr Claudie und Dodee ihm fehlten. Er verdrängte den Gedanken an sie. Ginny hatte ihn zu Hilfe gerufen, und er merkte deutlich, dass sie selbst welche brauchte. Was zweifellos darauf hinauslaufen würde, dass er zuhörte, während sie die ganze Geschichte noch einmal erzählte – nicht seinetwegen, sondern um ihretwillen. Damit sie der Wahrheit ins Auge blicken und anfangen konnte, ihren Frieden mit ihr zu machen. Aber das störte Andy nicht. Zuhören war etwas, worauf er sich schon immer gut verstanden hatte, und es war besser, als sich drei Leichen anzusehen, eine davon die leblose Hülle seines ehemaligen Zeitungsjungen. Zuhören war wirklich einfach, wenn man's sich recht überlegte, sogar ein Schwachsinniger konnte zuhören, aber Big Jim hatte es nie richtig gelernt. Big Jim konnte besser reden. Und planen – auch das. Sie konnten froh sein, ihn in diesen Zeiten zu haben.

Als Ginny ihren zweiten Bericht abschloss, hatte Andy eine Idee. Vielleicht eine wichtige. »Hat irgendwer …«

Thurston kam mit den Neuankömmlingen im Schlepptau zurück. »Stadtverordneter Sanders – Andy –, das hier ist meine Partnerin, Carolyn Sturges. Und das sind die Kinder, um die wir uns kümmern: Alice und Aidan.«

»Ich will meinen Schnuller«, sagte Aidan mürrisch.

»Für einen Schnuller bist du zu *alt*«, sagte Alice und stieß ihn mit dem Ellbogen an.

Aidan verzog das Gesicht, als wollte er losheulen, ließ es aber bleiben.

»Alice«, sagte Carolyn Sturges, »das war gemein. Und was wissen wir über gemeine Leute?«

Alice' Miene heiterte sich auf. »*Gemeine Leute sind scheiße!*«, rief sie und brach in wildes Kichern aus. Nach kurzem Nachdenken schloss Aidan sich ihr an.

»Entschuldigung«, sagte Carolyn zu Andy. »Ich hatte niemanden, der auf sie hätte aufpassen können, und Thurse klang so *verstört*, als er angerufen hat …«

Schwer zu glauben, aber es war anscheinend möglich, dass der alte Knabe es mit der jungen Lady trieb. Dieser Gedanke interessierte Andy nur *en passant*, obwohl er unter anderen Umständen bestimmt viel darüber nachgedacht, sich Stellungen überlegt, sich gefragt hätte, ob sie's ihm mit ihren feucht glänzenden Lippen französisch machte, etc., etc. Aber jetzt hatte er andere Dinge im Kopf.

»Hat irgendjemand Sammys Ehemann benachrichtigt, dass sie tot ist?«

»Phil Bushey?« Das war Dougie Twitchell, der aus dem Flur kommend den Empfangsbereich betrat. Sein Gesicht war grau, und er ließ die Schultern hängen. »Der Scheißkerl hat sie sitzenlassen und ist aus der Stadt verschwunden. Schon vor Monaten.« Sein Blick fiel auf Alice und Aidan Appleton. »Entschuldigung, Kinder.«

»Schon in Ordnung«, sagte Caro. »Wir leben in einem Haus mit offener Sprache. Das ist viel ehrlicher.«

»Genau«, bestätigte Alice. »Wir dürfen Scheiße und Pisse sagen, so viel wir wollen – wenigstens bis Mami wieder da ist.«

»Aber nicht Bitch«, fügte Aidan hinzu. »Bitch ist *ex*-istisch.«

Carolyn achtete nicht auf diesen Nebendialog. »Thurse? Was ist passiert?«

»Nicht vor den Kindern«, sagte er. »Das ginge selbst über offene Sprache hinaus.«

»Franks Eltern sind außerhalb«, sagte Twitch, »aber ich habe Helen Roux erreicht. Sie hat die Nachricht ziemlich gelassen aufgenommen.«

»Betrunken?«, fragte Andy.

»Sternhagelvoll.«

Andy ging ein kleines Stück den Flur entlang. Einige Patienten, alle in Krankenhauspyjamas und Hausschuhen, bildeten mit dem Rücken zu ihm einen Halbkreis. Sie gafften den Tatort an, vermutete er. Er hatte nicht den Drang, es ihnen gleichzutun, und war froh, dass Dougie Twitchell getan hatte, was getan werden musste. Er selbst war Apotheker und Politiker. Seine Aufgabe bestand darin, den Lebenden

724

zu helfen, nicht die Toten zu entsorgen. Und er wusste etwas, wovon diese Leute nichts ahnten. Er durfte ihnen nicht sagen, dass Phil Bushey weiter in The Mill war, dass er draußen in der Rundfunkstation wie ein Eremit lebte, aber er konnte Phil mitteilen, dass seine von ihm entfremdete Ehefrau tot war. Natürlich ließ Phils Reaktion sich unmöglich voraussagen; Phil war heutzutage nicht mehr er selbst. Vielleicht würde er gewalttätig reagieren. Vielleicht würde er den Überbringer schlechter Nachrichten sogar ermorden. Aber wäre das denn so schlimm? Selbstmörder kamen vielleicht in die Hölle, in der sie bis in alle Ewigkeit glühende Kohlen essen mussten, aber Mordopfer, da war Andy sich ganz sicher, kamen in den Himmel und aßen am Tisch des Herrn bis in alle Ewigkeit Roastbeef und Pfirsichauflauf.

Im Kreise ihrer Lieben.

15 Obwohl sie tagsüber ein Nickerchen gemacht hatte, war Julia müder als je zuvor in ihrem Leben – so kam es ihr jedenfalls vor. Und wenn sie Rose' Angebot nicht annahm, hatte sie kein Dach über dem Kopf. Außer sie schlief in dem Prius.

Sie ging zurück zum Auto, hakte Horace' Leine aus, damit er auf den Beifahrersitz springen konnte, setzte sich ans Steuer und versuchte nachzudenken. Sie hatte Rose Twitchell gern, aber Rosie würde diesen langen, qualvollen Tag noch einmal durchhecheln wollen. Und sie würde wissen wollen, was man wegen Dale Barbara unternehmen könne und solle. Sie würde von Julia Ideen erwarten, und Julia hatte keine.

Unterdessen starrte Horace sie an, schien mit gespitzten Ohren und glänzenden Augen zu fragen, wie es jetzt weiterging. Dabei fiel ihr die Frau ein, die *ihren* Hund verloren hatte: Piper Libby. Piper würde sie aufnehmen und ihr ein Bett geben, ohne sie zuzulabern. Und wenn Julia einigermaßen geschlafen hatte, würde sie vielleicht wieder denken können. Vielleicht sogar etwas planen.

Sie ließ den Motor des Prius an und fuhr zur Congo

Church hinauf. Aber das Pfarrhaus war dunkel, und an der Haustür hing ein Zettel. Julia zog die Reißzwecke heraus, nahm den Zettel ins Auto mit und las ihn unter der Deckenleuchte.

Ich bin ins Krankenhaus gefahren. Dort gab es eine Schießerei.

Julia fing wieder an, den wimmernden Klagelaut auszustoßen, aber sobald Horace zu winseln begann, als wollte er einstimmen, riss sie sich zusammen. Sie legte den Rückwärtsgang ein und brachte den Wahlhebel dann lange genug in Stellung P, um den Zettel wieder an die Haustür zu hängen – für den Fall, dass irgendein anderes Gemeindemitglied mit der Last der Welt auf seinen (oder ihren) Schultern vorbeikam, um bei der letzten in The Mill verbliebenen Geistlichen Trost zu suchen.

Wohin jetzt? Doch zu Rosie? Aber Rosie war vielleicht schon im Bett. Ins Krankenhaus? Trotz ihres Schocks und ihrer Erschöpfung hätte Julia sich dazu gezwungen, dorthin zu fahren, wenn es einen Zweck erfüllt hätte. Aber nun gab es keine Zeitung mehr, die über das Geschehen im Krankenhaus berichten konnte, und somit keinen Grund, sich neuen Schrecken auszusetzen.

Sie stieß rückwärts aus der Einfahrt und fuhr den Town Common Hill hinauf, ohne ein bestimmtes Ziel zu haben, bis sie die Prestile Street erreichte. Drei Minuten später parkte sie in Andrea Grinnells Einfahrt. Aber auch dieses Haus war dunkel. Auf ihr leises Klopfen hin antwortete niemand. Da sie nicht wissen konnte, dass Andrea oben in ihrem Bett lag und erstmals fest schlief, seit sie ihre Tabletten abgesetzt hatte, vermutete Julia, sie sei bei ihrem Bruder Dougie oder übernachte bei einer Freundin.

Unterdessen saß Horace auf der Fußmatte, sah zu ihr auf und wartete darauf, dass sie die Initiative ergriff, wie sie es immer getan hatte. Aber Julia war zu ausgebrannt, um das zu tun, und zu müde, um weiter herumzufahren. Sie wusste ziemlich sicher, dass sie mit dem Prius von der Straße abkommen und sie beide umbringen würde, wenn sie irgendwo hinzufahren versuchte.

Woran sie dachte, war nicht das brennende Gebäude, in dem ihr gesamtes Leben gespeichert gewesen war, sondern Colonel Cox' Gesichtsausdruck, als sie ihn gefragt hatte, ob man sie aufgegeben habe.

Negativ, hatte er gesagt. *Absolut nicht.* Aber er hatte es nicht geschafft, ihr dabei in die Augen zu sehen.

Auf Andreas Rasen stand eine Hollywoodschaukel. Notfalls konnte sie darauf schlafen. Aber vielleicht …

Sie versuchte die Haustür zu öffnen und fand sie unversperrt. Julia zögerte; Horace dagegen nicht. In der Überzeugung, überall willkommen zu sein, lief er sofort ins Haus. Julia folgte ihm am anderen Ende der Leine und dachte: *Jetzt trifft mein Hund die Entscheidungen. So weit ist es mit mir gekommen.*

»Andrea?«, rief sie halblaut. »Andi, bist du zu Hause? Ich bin's – Julia.«

Oben, wo Andrea auf dem Rücken liegend wie ein Fernfahrer nach einer Viertagetour schnarchte, bewegte sich nur ein Teil ihres Körpers: der linke Fuß, der sein durch den Entzug bedingtes Zucken und Klopfen noch nicht aufgegeben hatte.

Im Wohnzimmer war es düster, aber nicht ganz finster; Andi hatte in der Küche eine batteriebetriebene Lampe eingeschaltet gelassen. Und hier roch es nicht gut. Die Fenster waren offen, aber weil kein Wind ging, hatte der Geruch von Erbrochenem sich nicht ganz verflüchtigt. Hatte ihr nicht jemand erzählt, Andrea sei krank? Dass sie vielleicht eine Grippe habe?

Vielleicht hat sie eine, aber das können genauso gut Entzugssymptome sein, wenn ihr die Tabletten, die sie schluckt, ausgegangen sind.

Aber Krankheit blieb Krankheit, und kranke Leute wollten im Allgemeinen nicht allein sein. Was wiederum bedeutete, dass das Haus leer war. Und sie war so müde. An einer Wand stand eine schön lange Couch, die sie einzuladen schien. Wenn Andi morgen hereinkam und Julia hier entdeckte, würde sie Verständnis dafür haben.

»Vielleicht macht sie mir sogar eine Tasse Tee«, sagte sie.

727

»Und dann lachen wir darüber.« Obwohl die Idee, jemals wieder über irgendetwas lachen zu können, ihr gegenwärtig noch unvorstellbar erschien. »Komm, Horace.«

Sie hakte seine Leine los und schlurfte quer durchs Zimmer. Horace beobachtete sie, bis sie sich ausstreckte und ein Sofakissen unter ihren Kopf schob. Dann legte auch er sich hin und ließ die Schnauze auf einer Pfote ruhen.

»Schön brav sein, hörst du?«, sagte sie und schloss die Augen. Als sie das tat, glaubte sie wieder Cox' Blick zu sehen, der ihren nicht ganz erwiderte. Weil Cox glaubte, dass sie bis auf Weiteres unter der Kuppel gefangen sein würden.

Aber der Körper kennt Wohltaten, von denen das Gehirn nichts weiß. Als Julia einschlief, war ihr Kopf kaum eineinviertel Meter von dem Umschlag entfernt, den Brenda Perkins ihr an diesem Morgen zu überbringen versucht hatte. Irgendwann sprang Horace auf die Couch und rollte sich vor ihren Knien zusammen. Und so fand Andrea sie vor, als sie am Morgen des 25. Oktobers ausgeschlafen und mehr sie selbst als seit Jahren die Treppe herunterkam.

16   In Rustys Wohnzimmer waren vier Personen versammelt: Linda, Jackie Wettington, Stacey Moggin und Rusty selbst. Nachdem er Gläser mit Eistee serviert hatte, fasste er zusammen, was er im Keller des Bestattungsinstituts vorgefunden hatte. Die erste Frage kam von Stacey und war rein praktisch.

»Habt ihr daran gedacht, abzuschließen?«

»Ja«, sagte Linda.

»Dann gebt mir den Schlüssel. Ich muss ihn wieder hinhängen.«

Wir und sie, dachte Rusty wieder. *Darauf wird dieses Gespräch hinauslaufen. Darauf läuft es bereits hinaus. Unsere Geheimnisse. Ihre Macht. Unsere Pläne. Ihre Absichten.*

Linda gab ihr den Schlüssel, dann fragte sie Jackie, ob es mit den Mädchen irgendwelche Probleme gegeben habe.

»Keine Anfälle, wenn dir das Sorgen macht. Während ihr fort wart, haben sie die ganze Zeit wie Lämmer geschlafen.«

»Was wollt ihr also unternehmen?«, fragte Stacey. Sie war eine zierliche, aber energische kleine Person. »Falls ihr Rennie verhaften lassen wollt, müssen wir vier Randolph überzeugen, damit er's tut. Wir drei Frauen als Polizistinnen, Rusty als der amtierende Pathologe.«

»Nein!«, sagten Jackie und Linda gemeinsam, Jackie nachdrücklich, Linda erschrocken.

»Wir haben eine Hypothese, aber keinen Beweis«, sagte Jackie. »Ich bin mir nicht mal sicher, ob Peter Randolph uns glauben würde, wenn wir Überwachungsfotos hätten, auf denen Big Jim Brenda das Genick bricht. Rennie und er machen jetzt gemeinsame Sache, sind einander auf Gedeih und Verderb verbunden. Und die meisten Cops würden sich auf Peters Seite schlagen.«

»Vor allem die neuen«, sagte Stacey und zupfte an ihrem blonden Wuschelhaar. »Viele von denen sind nicht besonders helle, aber dafür sehr diensteifrig. Und …« Sie beugte sich nach vorn. »… seit heute Abend sind es wieder sechs oder acht mehr. Jugendliche aus der Highschool. Groß und dumm und enthusiastisch. Sie machen mir echt Angst. Und noch etwas: Thibodeau, Searles und Junior Rennie fordern die Neuen auf, *noch mehr* geeignete Kandidaten zu benennen. Wenn das so weitergeht, sind wir in ein paar Tagen keine Polizei mehr, sondern eine Armee von Teenagern.«

»Niemand würde auf uns hören?«, fragte Rusty. Nicht unbedingt zweifelnd; nur bemüht, die Lage richtig einzuschätzen. »Überhaupt keiner?«

»Vielleicht Henry Morrison«, sagte Jackie. »Er sieht, was passiert, und es gefällt ihm nicht. Aber die anderen? Die machen mit – teils weil sie Angst haben, teils weil es ihnen gefällt, Macht zu besitzen. Kerle wie Toby Whelan und George Frederick hatten nie welche; Typen wie Freddy Denton sind einfach nur bösartig.«

»Was bedeutet das?«, fragte Linda.

»Das bedeutet, dass wir diese Sache vorläufig für uns behalten. Falls Rennie vier Menschen ermordet hat, ist er sehr, sehr gefährlich.«

729

»Aber Abwarten macht ihn noch gefährlicher«, wandte Rusty ein.

»Wir müssen an Judy und Janelle denken, Rusty«, stellte Linda fest. Sie kaute an ihren Nägeln, was er seit Jahren nicht mehr bei ihr gesehen hatte. »Wir dürfen nicht riskieren, dass ihnen etwas zustößt. Darauf lasse ich mich nicht ein, und ich verlange, dass du das auch nicht tust.«

»Ich habe einen kleinen Jungen«, sagte Stacey. »Calvin. Er ist gerade fünf. Ich habe meinen ganzen Mut zusammennehmen müssen, nur um heute Nacht vor dem Bestattungsinstitut Wache zu halten. Die Vorstellung, mit dieser Sache zu diesem Idioten Randolph zu gehen ...« Sie brauchte nicht weiterzusprechen; ihr blasses Gesicht war beredt genug.

»Das verlangt niemand von dir«, sagte Jackie.

»Vorläufig kann ich nur beweisen, dass Coggins mit diesem Baseball erschlagen worden ist«, sagte Rusty. »Jeder hätte ihn benutzen können. Teufel, sogar sein Sohn hätte ihn benutzen können.«

»Was mich nicht sonderlich überraschen würde«, sagte Stacey. »Junior führt sich in letzter Zeit ziemlich seltsam auf. Er ist wegen einer Schlägerei aus dem Bowdoin College geflogen. Ich weiß nicht, ob sein Vater das weiß, aber die Polizei ist zu der Sporthalle gerufen worden, in der es passiert ist, und ich habe den Bericht im Intranet gesehen. Und die beiden Mädchen ... wenn das Sexualverbrechen waren ...«

»Das waren sie«, sagte Rusty. »Und zwar sehr hässliche. Die Einzelheiten wollt ihr nicht wissen.«

»Aber Brenda ist nicht vergewaltigt worden«, sagte Jackie. »Was meiner Einschätzung nach darauf hindeutet, dass Coggins und Brenda anders waren als die Mädchen.«

»Vielleicht hat Junior die Mädchen ermordet, und sein Alter hat Brenda und Coggins umgebracht«, sagte Rusty. Er wartete darauf, dass jemand lachen würde, aber das tat niemand. »Falls es so war – weshalb?«

Alle schüttelten den Kopf.

»Es muss ein Tatmotiv gegeben haben«, sagte Rusty, »aber ich bezweifle, dass Sex das Motiv war.«

»Du glaubst, dass er etwas zu verbergen hat«, sagte Jackie.

»Ja, das tue ich. Und ich kenne jemanden, der wissen könnte, worum es sich dabei handelt. Er sitzt im Keller der Polizeistation.«

»Barbara?«, sagte Jackie. »Woher sollte Barbara das wissen?«

»Weil er mit Brenda gesprochen hat. Am Tag nach dem Entstehen der Kuppel haben die beiden in ihrem Garten ein langes vertrautes Gespräch geführt.«

»Woher um Himmels willen weißt du das?«, fragte Stacey.

»Weil die Buffalinos ihre Nachbarn sind und das Fenster von Gina Buffalinos Zimmer auf Brendas Garten hinausführt. Sie hat die beiden gesehen und es mir gegenüber erwähnt.« Er sah Lindas Blick und zuckte mit den Schultern. »Was soll ich sagen? Dies ist eine Kleinstadt. Wir unterstützen alle das Team.«

»Du hast ihr hoffentlich gesagt, dass sie den Mund halten soll«, sagte Linda.

»Das habe ich nicht, weil ich zu diesem Zeitpunkt noch keinen Verdacht hatte, Big Jim könnte Brenda ermordet haben. Oder Lester Coggins den Schädel mit einem Souvenirbaseball eingeschlagen. Ich wusste nicht mal, dass die beiden tot waren.«

»Wir wissen noch immer nicht, ob Barbie irgendwas weiß«, sagte Stacey. »Außer wie man ein verdammt gutes Champignon-Käse-Omelette macht, meine ich.«

»Jemand wird ihn fragen müssen«, sagte Jackie. »Ich melde mich freiwillig dafür.«

»Selbst wenn er was weiß, nutzt das irgendwas?«, fragte Linda. »Wir leben jetzt fast in einer Diktatur. Das wird mir allmählich klar. Ich fürchte, das macht mich langsam.«

»Es macht dich eher vertrauensvoll als langsam«, sagte Jackie, »und normalerweise ist vertrauensvoll ein guter Zustand. Was Colonel Barbara betrifft, wissen wir erst, ob er uns nutzen kann, wenn wir ihn fragen.« Sie hielt inne. »Aber das ist eigentlich nicht der Punkt, wisst ihr. Er ist unschuldig. *Das* ist der Punkt.«

»Was ist, wenn sie ihn ermorden?«, fragte Rusty geradeheraus. »Auf der Flucht erschossen?«

»Ich bin mir ziemlich sicher, dass das nicht passiert«, sagte Jackie. »Big Jim will einen Schauprozess. Darüber reden die Kollegen.« Stacey nickte zustimmend. »Sie wollen beweisen, dass Barbara ein weit gespanntes Verschwörernetz gesponnen hat. Dann können sie ihn hinrichten. Aber auch wenn sie sich schrecklich beeilen, bleiben uns noch einige Tage. Mit Glück sogar ein paar Wochen.«

»So viel Glück haben wir nicht«, sagte Linda. »Nicht wenn Rennie beschließt, Tempo zu machen.«

»Vielleicht hast du recht, aber am Donnerstagabend muss Rennie erst mal die außerordentliche Bürgerversammlung überstehen. Und er wird Barbara vernehmen wollen. Wenn Rusty weiß, dass er bei Brenda war, weiß Rennie es auch.«

»Natürlich weiß er das«, sagte Stacey. Das klang ungeduldig. »Sie waren zusammen, als Barbara Jim das Schreiben des Präsidenten gezeigt hat.«

Darüber dachten alle schweigend eine Minute nach.

»Wenn Rennie etwas zu verbergen hat«, meinte Linda nachdenklich, »wird er versuchen, es loszuwerden.«

Jackie lachte. Dieses Geräusch inmitten all der Nervosität in diesem Raum war fast schockierend. »Na, dann viel Glück dabei! Jedenfalls kann er's nicht einfach auf einem Lastwagen aus der Stadt wegkarren.«

»Ob es irgendwas mit dem Propan zu tun hat?«, fragte Linda.

»Möglich«, sagte Rusty. »Jackie, du warst beim Militär, stimmt's?«

»Army. Zwei Dienstzeiten. Militärpolizei. War nie an der Front, hab aber reichlich Verwundete gesehen – vor allem in meiner zweiten Dienstzeit. Würzburg, Deutschland, First Infantry Division. Du weißt schon, die Große Rote? Die meiste Zeit hab ich Schlägereien in Bars geschlichtet oder vor dem dortigen Militärkrankenhaus Wache geschoben. Ich hab Kerle wie Barbie gekannt und würde viel dafür geben, wenn er nicht im Knast, sondern auf unserer Seite wäre. Der Präsident hat seine Gründe dafür gehabt, ihm das Kommando zu übertragen. Oder es zumindest zu versuchen.« Jackie machte eine Pause. »Vielleicht könnte man ihn dort rausholen. Das wäre eine Überlegung wert.«

Die beiden anderen Frauen – Cops, die zufällig auch Mütter waren – sagten dazu nichts, aber Linda kaute wieder Nägel, und Stacey zupfte an ihren Haaren.

»Ich weiß«, sagte Jackie.

Linda schüttelte den Kopf. »Wenn du nicht oben Kinder schlafen hast, die darauf vertrauen, dass du ihnen morgens Frühstück machst, weißt du nichts.«

»Vielleicht nicht, aber frag dich mal Folgendes: Wenn wir von der Außenwelt abgeschnitten sind, was wir sind, und der verantwortliche Mann ein mordender Irrer ist, was er zu sein scheint – wird dann voraussichtlich alles besser, wenn wir uns einfach zurücklehnen und nichts tun?«

»Wenn ihr ihn rausholen könntet«, sagte Rusty, »was würdet ihr dann mit ihm tun? In ein Zeugenschutzprogramm könnt ihr ihn nicht stecken.«

»Keine Ahnung«, sagte Jackie seufzend. »Ich weiß nur, dass ihm vom Präsidenten der Vereinigten Staaten befohlen wurde, das Kommando zu übernehmen, und Big Jim Fucking Rennie ihm mehrere Morde angehängt hat, um ihn daran zu hindern.«

»Trotzdem darfst du nicht gleich etwas tun«, sagte Rusty. »Nicht mal riskieren, mit ihm zu reden. Hier läuft nämlich noch etwas anderes, das alles ändern könnte.«

Er berichtete von dem Geigerzähler – wie er in seinen Besitz gelangt war, an wen er ihn weitergegeben hatte und was Joe McClatchey möglicherweise damit entdeckt hatte.

»Ach, ich weiß nicht recht«, sagte Stacey zweifelnd. »Irgendwie fast zu schön, um wahr zu sein. Der junge McClatchey ist … was? Vierzehn?«

»Dreizehn, denke ich. Aber er ist ein hochintelligenter Junge, und wenn er sagt, dass sie an der Black Ridge Road stark erhöhte Strahlung gemessen haben, glaube ich ihm. Wenn sie das Ding gefunden *haben*, das den Dome erzeugt, und wir es stilllegen können …«

»Dann ist das Ganze vorbei!«, rief Linda aus. Ihre Augen glänzten. »Und Jim Rennie fällt in sich zusammen wie ein …«

733

ein Ballon beim Thanksgiving-Day-Festzug von Macy's, mit einem Loch drin!«

»Wäre das nicht nett«, sagte Jackie Wettington. »Käme es im Fernsehen, würde ich es vielleicht sogar glauben.«

17   »Phil?«, rief Andy. »Phil?«

Er musste schreien, um sich Gehör zu verschaffen. Bonnie Nandella and The Redemption arbeiteten sich in voller Lautstärke durch »My Soul Is a Witness«. All diese *Ooo-ooh* und *Whoa-yeah* waren ein bisschen verwirrend. Sogar das helle Licht im WCIK-Sendegebäude war verwirrend; bis Andy unter den vielen Leuchtstoffröhren stand, war ihm nicht klar gewesen, wie dunkel der Rest von The Mill geworden war. Und wie sehr er sich schon daran gewöhnt hatte. »Chef?«

Keine Antwort. Er sah auf den riesigen Fernsehschirm (CNN mit ausgeschaltetem Ton), dann warf er einen Blick durch das lange Fenster in den Senderaum. Auch dort brannte Licht, und alle Geräte arbeiteten (das war ihm unheimlich, obwohl Lester Coggins ihm einmal sehr stolz erläutert hatte, wie ein Computer alles steuerte), aber von Phil war nichts zu sehen.

Plötzlich roch er Schweiß, alt und ranzig. Als er sich umdrehte, stand Phil wie aus dem Boden gewachsen hinter ihm. In einer Hand hatte er etwas, was wie ein Garagentoröffner aussah. In der anderen hielt er eine Pistole. Die Waffe war auf Andys Brust gerichtet. Der um den Abzug gekrümmte Zeigefinger war am Gelenk weiß, und die Pistolenmündung zitterte leicht.

»Hallo, Phil«, sagte Andy. »Chef, meine ich.«

»Was machst *du* hier?«, fragte Chef Bushey. Sein Schweißgeruch war hefig, überwältigend. Seine Jeans und das T-Shirt von WCIK waren verdreckt. Er ging barfuß (und vermutlich deshalb lautlos), und seine Füße waren schmutzverkrustet. Die Haare hatte er sich wahrscheinlich zuletzt vor einem Jahr gewaschen. Oder vorher. Seine Augen waren am schlimmsten: gehetzt und blutunterlaufen. »Erzähl's mir lieber schnell, alter Klepper, sonst erzählst du nie mehr jemand was.«

Andy, der dem Tod durch rosa Wasser erst vor Kurzem knapp entgangen war, nahm Chefs Drohung gleichmütig, wenn nicht sogar gut gelaunt auf. »Tu, was du tun musst, Phil. Chef, meine ich.«

Chef zog überrascht die Augenbrauen hoch. Seine Überraschung war benommen, aber echt. »Ernsthaft?«

»Absolut.«

»Was willst du hier?«

»Ich komme mit schlechten Nachrichten. Tut mir aufrichtig leid.«

Chef dachte darüber nach, dann lächelte er und ließ dabei die wenigen Zähne sehen, die er noch besaß. »Es gibt keine schlechten Nachrichten. Christus kehrt zurück, und das ist die gute Nachricht, die alle schlechten verschluckt. Das ist der Frohe-Botschaft-Bonus-Track. Stimmst du mir zu?«

»Das tue ich, und ich sage Halleluja. Leider – oder zum Glück, denke ich; man müsste glücklicherweise sagen – ist deine Frau schon bei Gott dem Herrn.«

»Was sagst du da?«

Andy streckte eine Hand aus und drückte die Pistolenmündung nach unten. Chef versuchte nicht, ihn daran zu hindern. »Samantha ist tot, Chef. Ich bedaure, dir mitteilen zu müssen, dass sie sich heute Abend selbst das Leben genommen hat.«

»Sammy? Tot?« Chef warf die Pistole in den Ausgangskorb auf dem nächsten Schreibtisch. Er ließ auch die Hand mit dem Garagentoröffner sinken, hielt das Ding aber weiter fest; in den vergangenen zwei Tagen hatte es seine Hand nicht mehr verlassen, nicht mal während seiner immer seltener werdenden Schlafperioden.

»Mein Beileid, Phil. Chef.«

Andy berichtete von den Umständen von Sammys Tod, wie er sie verstand, und schloss mit der beruhigenden Nachricht, »dem Kind« gehe es gut. (Auch in seiner Verzweiflung blieb Andy Sanders ein Mann, für den das Glas stets halbvoll war.)

Chef winkte Little Walters Wohlergehen mit seinem Garagentoröffner weg. »Sie hat zwei Bullenschweine umgelegt?«

Andy richtete sich steif auf. »Das waren Polizeibeamte, Phil. Hochanständige Menschen. Sie war sicherlich verzweifelt, aber was sie getan hat, war trotzdem sehr schlimm. Das musst du zurücknehmen.«

»Ich soll *was*?«

»Ich lasse nicht zu, dass du unsere Polizeibeamten als Bullenschweine bezeichnest.«

Chef dachte darüber nach. »Jaja, okay-okay, ich nehm's zurück.«

»Danke.«

Chef beugte sich aus seiner nicht unbeträchtlichen Höhe herab (das war, als verbeugte sich ein Skelett vor einem) und starrte Andy ins Gesicht. »Bist ein tapferer kleiner Wichser, was?«

»Nein«, sagte Andy ehrlich. »Mir ist bloß alles egal.«

Chef schien etwas zu sehen, was ihn beunruhigte. Er packte Andy an der Schulter. »Bruder, geht's dir gut?«

Andy brach in Tränen aus und ließ sich unter einem Schild mit der Botschaft CHRISTUS SIEHT ALLE PROGRAMME, CHRISTUS HÖRT ALLE SENDER auf einen Bürostuhl fallen. Er legte seinen Kopf unter diesem seltsam bedrohlichen Slogan an die Wand und heulte wie ein kleiner Junge, der bestraft wird, weil er Marmelade genascht hat. Es war der *Bruder*, der ihm den Rest gegeben hatte – dieser völlig unerwartete *Bruder*.

Chef holte sich den Drehsessel vom Schreibtisch des Stationsleiters, setzte sich Andy gegenüber und studierte ihn mit dem Gesichtsausdruck eines Naturforschers, der irgendein seltenes Tier in der Wildnis beobachtet. Nach einiger Zeit sagte er: »Sanders! Bist du hergekommen, damit ich dich erschieße?«

»Nein«, sagte Andy weiter schluchzend. »Vielleicht. Ja. Ich weiß es nicht. Aber mein Leben ist völlig verpfuscht. Meine Frau und meine Tochter sind tot. Ich denke, dass Gott mich vielleicht dafür bestraft, dass ich diesen Scheiß verkauft habe …«

Chef nickte. »Das könnte sein.«

»… und bin auf der Suche nach Antworten. Oder ich will Schluss machen. Oder irgendwas. Natürlich wollte ich dir auch von deiner Frau erzählen, es ist wichtig, dass man das Richtige tut …«

Chef klopfte ihm auf die Schulter. »Das hast du getan, Bro. Ich weiß es zu schätzen. Sie war in der Küche nicht viel wert und keine bessere Haushälterin als ein Schwein auf einem Misthaufen, aber sie konnte einen *außerirdisch* guten Fick hinlegen, wenn sie bekifft war. Was hatte sie gegen die beiden Blueboys?«

Selbst in seinem Kummer hatte Andy nicht die Absicht, den Vergewaltigungsvorwurf anzusprechen. »Ich denke, sie war wegen der Kuppel durcheinander. Du weißt von der Kuppel, Phil? Chef?«

Chef machte erneut eine Handbewegung, offenbar zustimmend. »Was du über das Meth sagst, ist korrekt. Der Verkauf ist falsch. Eine Beleidigung. Aber die Herstellung … die ist Gottes Wille.«

Andy ließ die Hände sinken und starrte Chef aus seinen geschwollenen Augen an. »Glaubst du wirklich? Ich weiß nicht recht, ob das sein kann.«

»Hast du schon mal welches geraucht?«

»Nein!«, rief Andy, als hätte Chef ihn gefragt, ob er es jemals lustvoll mit einem Cockerspaniel getrieben habe.

»Würdest du eine Medizin nehmen, wenn der Doktor sie dir verschreibt?«

»Nun … ja, natürlich … aber …«

»Meth ist Medizin.« Chef musterte ihn ernst, dann tippte er mit einem Finger an Andys Brust, um seinen Worten Nachdruck zu verleihen. Chef hatte den Nagel bis aufs blutende Fleisch abgekaut. »*Meth* ist *Medizin*. Sag es.«

»Meth ist Medizin«, wiederholte Andy durchaus bereitwillig.

»So ist es.« Chef stand auf. »Es ist eine Medizin gegen Melancholie. Das ist von Ray Bradbury. Hast du je Ray Bradbury gelesen?«

»Nein.«

»Er ist ein gottverdammter *Kopf*. Ein Wissender. Er hat das Buch schlechthin geschrieben, sagt Halleluja. Komm jetzt mit. Ich werde dein Leben ändern.«

737

18 Der Erste Stadtverordnete von Chester's Mill fuhr auf Meth ab wie ein Frosch auf Fliegen.

Hinter den aufgereihten Kochern stand eine verschlissene alte Couch; auf ihr saßen Andy und Chef Bushey unter einem Bild von Jesus auf einem Motorrad (Titel: *Dein unsichtbarer Bikerkumpel*) und zogen abwechselnd an einer Pfeife. Brennendes Meth stinkt wie drei Tage alte Pisse in einem nicht zugedeckten Pisspott, aber nach dem ersten zaghaften Zug war Andy sich sicher, dass Chef recht hatte: Der Verkauf mochte Teufelswerk sein, aber der Stoff selbst war göttlich. Die Welt rückte schlagartig in einen exquisiten, sanft bebenden Fokus, den er noch nie zuvor wahrgenommen hatte. Sein Herz jagte, die Adern an seinem Hals schwollen zu pochenden Röhren an, sein Zahnfleisch kribbelte, und in seinen Hoden prickelte es auf köstlich erwachsene Weise. Noch besser als alle diese Dinge war, dass die Erschöpfung, die auf seinen Schultern gelegen und sein Denkvermögen beeinträchtigt hatte, spurlos verschwand. Er fühlte sich dazu imstande, Berge mit einem Schubkarren zu versetzen.

»Im Garten Eden stand ein Baum«, sagte Chef und gab ihm die Pfeife. Grünliche Rauchfäden schlängelten sich aus beiden Enden. »Der Baum von Gut und Böse. Du kennst diesen Scheiß?«

»Ja. Steht in der Bibel.«

»Kannst deinen Pimmel drauf verwetten. Und an diesem Baum hing ein Apfel.«

»Richtig, richtig.« Andy nahm einen Zug, der so klein war, dass er bestenfalls als Nippen durchging. Er wollte mehr – er wollte *alles* –, aber er fürchtete, wenn er einen tiefen Lungenzug nähme, würde sein Kopf durch die Explosion vom Hals getrennt und funkensprühend wie eine Rakete durchs Labor rasen.

»Das Fruchtfleisch dieses Apfels ist Wahrheit, und die Schale dieses Apfels ist Meth«, sagte Chef.

Andy sah ihn an. »Das ist wundervoll.«

Chef nickte. »Ja, Sanders. Das ist es.« Er nahm die Pfeife wieder an sich. »Ist das guter Shit oder was?«

»*Wundervoller* Shit.«

»Christus kehrt an Halloween zurück«, sagte Chef. »Möglicherweise ein paar Tage früher; das weiß ich nicht genau. Wir haben bereits die Halloween-*Saison*, weißt du. Die Saison der gottverdammten Hexen.« Er gab Andy die Pfeife zurück, dann deutete er mit der Hand, in der er den Garagentoröffner hielt. »Siehst du das? Oben am Ende der Galerie. Über dem Ausgang zum Lager.«

Andy sah hin. »Was? Dieser weiße Klumpen? Der wie Lehm aussieht?«

»Das ist kein Lehm«, sagte Chef. »Das ist der Leib Christi, Sanders.«

»Was ist mit diesen Drähten, die aus ihm rauskommen?«

»Adern, durch die das Blut Christi fließt.«

Andy dachte über diese Vorstellung nach und fand sie sehr brillant. »Gut.« Er dachte noch etwas nach. »Ich liebe dich, Phil. Chef, meine ich. Ich bin froh, dass ich hier rausgekommen bin.«

»Ich auch«, sagte Chef. »Hör zu, hast du Lust zu einer kleinen Ausfahrt? Ich habe hier irgendwo ein Auto stehen – glaube ich –, aber ich bin ein bisschen zittrig.«

»Klar«, sagte Andy. Er stand auf. Die Welt vor seinen Augen verschwamm sekundenlang, dann stabilisierte sie sich wieder. »Wohin willst du?«

Chef sagte es ihm.

19   Ginny Tomlinson schlief am Empfang mit dem Kopf auf dem Titelbild der Zeitschrift *People* – Brad Pitt und Angelina Jolie, die auf einer geilen kleinen Insel, auf der einem Drinks mit einem kleinen Sonnenschirm aus Papier im Glas serviert wurden, in der Brandung umhertollten. Als sie am Mittwochmorgen um drei viertel zwei aus irgendeinem Grund aufwachte, stand eine Erscheinung vor ihr: ein großer, hagerer Mann mit tief in den Höhlen liegenden Augen und nach allen Richtungen abstehenden Haaren. Er trug ein T-Shirt von WCIK und Jeans, die über seine knochigen Hüften zu rutschen drohten. Zuerst glaubte sie, einen Alptraum von wandelnden Toten zu haben, aber dann nahm sie seinen Gestank wahr. So übel konnte kein Traum riechen.

»Ich bin Phil Bushey«, sagte die Erscheinung. »Ich bin gekommen, um die Leiche meiner Frau zu holen. Ich will sie begraben. Zeigen Sie mir, wo sie ist.«

Ginny widersprach nicht. Sie hätte ihm bereitwillig *alle* Leichen überlassen, nur um ihn loszuwerden. Sie führte ihn an Gina Buffalino vorbei, die neben einer fahrbaren Krankentrage stand und Chef mit bleicher Besorgnis beobachtete. Als er sich umdrehte und sie ansah, wich sie einen Schritt zurück.

»Hast du dein Halloween-Kostüm schon, Kleine?«, erkundigte Chef sich.

»Ja …«

»Als was gehst du?«

»Glinda«, sagte das Mädchen mit schwacher Stimme. »Aber ich glaube, ich kann wahrscheinlich nicht zu der Party. Die ist in Motton.«

»Ich komme als Jesus«, sagte Chef. Er folgte Ginny: ein schmutziges Gespenst in zerfallenden Converse Hi-Tops. Dann drehte er sich noch einmal um. Er lächelte. Sein Blick war leer. »Und ich bin angepisst.«

20   Zehn Minuten später kam Chef Bushey mit Sammys in ein Bettlaken gehüllter Leiche auf den Armen aus dem Krankenhaus. Ein nackter Fuß, die Zehennägel in teilweise schon abgesplittertem Pink lackiert, baumelte und nickte. Ginny hielt ihm die Tür auf. Sie versuchte nicht, zu erkennen, wer am Steuer des Wagens saß, der mit laufendem Motor auf der Wendefläche stand, und dafür war Andy ihr verschwommen dankbar. Er wartete, bis sie wieder hineingegangen war, dann stieg er aus und öffnete eine der hinteren Türen für Chef, der seine Last für einen Mann, der nur noch aus Haut und Knochen zu bestehen schien, erstaunlich leicht bewältigte. *Vielleicht*, dachte Andy, *verleiht Meth auch Kraft.* Seine eigene allerdings erlahmte gerade. Die Depression kehrte allmählich zurück. Die Erschöpfung ebenfalls.

»Okay«, sagte Chef. »Fahr los. Aber gib mir den erst zurück.«

Er hatte Andy den Garagentoröffner zur Aufbewahrung überlassen. Andy gab ihn zurück. »Zum Bestattungsinstitut?«

Chef starrte ihn an, als wäre er übergeschnappt. »Wieder raus zum Sender. Dorthin kommt Christus als Erstes, wenn er zurückkehrt.«

»An Halloween.«

»Richtig«, sagte Chef. »Vielleicht etwas früher. Hilfst du mir inzwischen, dieses Kind Gottes zu bestatten?«

»Natürlich«, sagte Andy. Dann schlug er schüchtern vor: »Vielleicht könnten wir vorher ein bisschen rauchen.«

Chef klopfte ihm lachend auf die Schulter. »Schmeckt dir, was? Das hab ich gewusst.«

»Eine Medizin gegen Melancholie«, sagte Andy.

»Sehr wahr, Bruder, sehr wahr.«

21   Barbie lag auf der Koje und wartete auf den Tagesanbruch und was immer als Nächstes kam. In seiner Dienstzeit im Irak hatte er trainiert, sich keine *Sorgen* darüber zu machen, was als Nächstes kam, und obwohl dies eine bestenfalls unvollkommene Fähigkeit war, beherrschte er sie bis zu einem gewissen Grad. Letztlich gab es nur zwei Regeln für den Umgang mit Angst (die Angst zu *besiegen*, war nach seiner aus Erfahrung gewachsenen Überzeugung ein Mythos), die er jetzt für sich wiederholte, während er dalag und wartete.

Ich muss alles akzeptieren, was ich nicht kontrollieren kann.

Ich muss Widrigkeiten in Vorteile umwandeln.

Die zweite Regel bedeutete, dass man etwaige Ressourcen sorgfältig schonen und bei seinen Planungen berücksichtigen musste.

Eine Ressource steckte in der Matratze, auf der er lag: sein Schweizer Offiziersmesser. Es war klein, hatte nur zwei Klingen, aber selbst mit der kürzeren konnte man jemandem die Kehle durchschneiden. Dass er es noch besaß, war ein unglaublicher Glückszufall, das wusste er.

Auf welches Aufnahmeverfahren Howard Perkins auch immer bestanden hatte, wurde seit seinem Unfalltod und dem Aufstieg Peter Randolphs offenbar nicht mehr strikt angewandt. Die Schocks, die The Mill in den vergangenen vier Tagen erlitten hatte, hätten jede Polizei aus dem Gleichgewicht gebracht, vermutete Barbie, aber dahinter steckte mehr. Letztlich lief alles darauf hinaus, dass Randolph dumm und schlampig war – und dass in jeder Bürokratie das Fußvolk dazu neigte, sich an dem Mann an der Spitze zu orientieren.

Barbie hatte seine Fingerabdrücke abgeben müssen und war fotografiert worden, aber es hatte volle fünf Stunden gedauert, bis Henry Morrison, der müde und angewidert aussah, in den Keller gekommen und zwei Meter vor seiner Zelle stehen geblieben war. In sicherem Abstand.

»Sie haben was vergessen, stimmt's?«, fragte Barbie.

»Sie leeren jetzt Ihre Taschen aus und schieben alles auf den Gang«, sagte Henry. »Dann ziehen Sie die Hose aus und stecken sie durchs Gitter.«

»Kriege ich dann etwas zu trinken, damit ich nicht aus der Kloschüssel schlürfen muss?«

»Was soll das heißen? Junior hat Ihnen Wasser gebracht. Hab ich selbst gesehen.«

»Er hat Salz reingekippt.«

»Klar. Natürlich.« Aber Henry hatte etwas verunsichert gewirkt. Vielleicht steckte irgendwo in ihm doch noch ein denkendes Wesen. »Tun Sie, was ich Ihnen sage, Barbie. Barbara, meine ich.«

Barbie leerte seine Taschen aus: Geldbörse, Schlüssel, Kleingeld und das Christophorus-Medaillon, das er als Glücksbringer bei sich trug. Das Schweizer Messer war inzwischen längst in der Matratze versteckt. »Von mir aus dürfen Sie mich trotzdem Barbie nennen, wenn Sie mir den Strick um den Hals legen, um mich aufzuknüpfen. Hat Rennie das vor? Aufhängen? Oder ein Erschießungskommando?«

742

»Halten Sie einfach die Klappe, und stecken Sie Ihre Hose durchs Gitter. Ihr Hemd auch.« Er redete wie ein ganz harter Bursche aus einer Kleinstadt, aber Barbie fand, dass er unsicherer wirkte als je zuvor. Das war gut. Es war ein Anfang.

Zwei der neuen Kiddie-Cops waren die Treppe heruntergekommen. Einer hielt eine Sprühdose Mace in der Hand, der andere einen Taser, einen Elektroschocker. »Brauchen Sie Unterstützung, Officer Morrison?«, fragte einer.

»Nein, aber ihr könnt am Fuß der Treppe stehen bleiben und aufpassen, bis ich hier fertig bin«, hatte Henry gesagt.

»Ich habe niemanden ermordet«, sagte Barbie leise, aber mit so aufrichtigem Ernst, wie er nur konnte. »Und ich glaube, dass Sie das wissen.«

»Ich weiß nur, dass Sie lieber die Klappe halten sollten, wenn Sie sich keinen Elektroschock einfangen wollen.«

Henry hatte seine Kleidungsstücke durchsucht, aber nicht verlangt, dass er die Unterhose abstreifte und seine Gesäßbacken auseinanderzog. Eine verspätete, erbärmlich schlechte Leibesvisitation, aber Barbie erkannte an, dass er wenigstens überhaupt daran gedacht hatte – außer ihm hatte das niemand getan.

Als Henry fertig war, schob er Barbies Jeans – nun mit leeren Taschen und ohne Gürtel – mit dem Fuß durchs Gitter zurück.

»Darf ich mein Medaillon haben?«

»Nein.«

»Henry, seien Sie vernünftig. Was sollte ich …«

»Schnauze.«

Henry schlurfte mit hängendem Kopf und Barbies persönlicher Habe in den Händen an den Kiddie-Cops vorbei. Die beiden folgten ihm, wobei einer sich die Zeit nahm, Barbie anzugrinsen und mit zwei Fingern eine sägende Bewegung vor seiner Kehle zu machen.

Seither war er allein gewesen und hatte nichts tun können, außer auf seiner Koje liegend zu dem schlitzförmigen kleinen Fenster (mit undurchsichtigem Drahtglas) aufzusehen, auf den Tagesanbruch zu warten und sich zu fragen, ob sie sich wirklich an Waterboarding heranwagen würden – oder ob Searles ihm nur hatte Angst machen wollen. Falls sie es versuchten und sich dabei so dämlich anstellten wie bei seiner Aufnahme, bestand große Gefahr, dass sie ihn wirklich ertränkten.

Er fragte sich auch, ob vor Tagesanbruch vielleicht jemand herunterkommen würde. Jemand mit einem Schlüssel. Jemand, der seiner Zellentür etwas zu nahe kam. Mit dem Messer konnte ihm vielleicht die Flucht gelingen, aber nach Tagesanbruch war es damit wahrscheinlich vorbei. Vielleicht hätte er versuchen sollen, sich Junior zu schnappen, als er ihm das Glas Wasser durchs Gitter hingehalten hatte … nur war Junior erkennbar scharf darauf gewesen, seine Pistole zu gebrauchen. Das wäre ein riskanter Versuch gewesen, und so verzweifelt war Barbie nicht. Zumindest noch nicht.

Außerdem … wohin sollte ich gehen?

Selbst wenn er ausbrach und untertauchte, konnten seine Freunde schmerzhaft darunter leiden müssen. Nach energischen »Verhören« durch Cops wie Melvin oder Junior würden sie den Dome vielleicht für ihr geringstes Problem halten. Big Jim saß jetzt im Sattel, und Kerle seines Schlages neigten dazu, einen erbarmungslosen Ritt hinzulegen. Manchmal, bis das Pferd unter ihnen zusammenbrach.

Er verfiel in einen flachen, unruhigen Schlaf. Er träumte von der Blondine in dem alten Ford Pick-up. Er träumte, dass sie anhielt, um ihn mitzunehmen, und dass sie gerade noch rechtzeitig aus Chester's Mill herauskamen. Sie knöpfte ihre Bluse auf, unter der die Schalen eines lavendelfarbenen Spitzen-BHs sichtbar wurden, als eine Stimme sagte: »He, Blödmann. Aufwachen, aufwachen!«

22   Jackie Wettington übernachtete bei den Everetts, und obwohl das Bett im Gästezimmer bequem war und von den Kindern kein Mucks kam, lag sie die ganze Nacht lang wach. Um vier Uhr morgens war sie sich darüber im Klaren, was getan werden musste. Sie kannte die Risiken; sie wusste aber auch, dass sie keine Ruhe finden würde, solange Barbie in der Zelle im Keller der Polizeistation saß. Wäre sie selbst

imstande gewesen, vorzutreten und irgendeine Art Widerstand zu organisieren – oder nur ernstliche Ermittlungen wegen der Morde –, hätte sie bestimmt längst damit begonnen. Aber sie kannte sich selbst zu gut, um auch nur mit diesem Gedanken zu spielen. Auf Guam und in Deutschland hatte sie gute Arbeit geleistet – betrunkene Soldaten aus Bars zu holen, Kerle aufzuspüren, die sich unerlaubt von der Truppe entfernt hatten, und nach Verkehrsunfällen auf dem Stützpunkt zu ermitteln, darauf war es überwiegend hinausgelaufen –, aber was in Chester's Mill passierte, ging weit über die Besoldungsstufe eines Master Sergeants hinaus. Oder der einzigen Vollzeit-Polizistin im Außendienst, die mit einer Bande Kleinstädter zusammenarbeitete, die sie hinter ihrem Rücken Officer Möpschen nannten. Sie glaubten, sie wüsste nichts davon, aber sie wusste es. Und im Augenblick war ein bisschen Sexismus wie in der Junior Highschool ihre geringste Sorge. Mit dieser Sache musste Schluss sein, und Dale Barbara war der Mann, den der Präsident der Vereinigten Staaten dazu bestimmt hatte, sie zu beenden. Trotzdem war der Wunsch des Oberbefehlshabers nicht das Wichtigste daran. Die erste Regel war, dass man seine Leute nicht zurückließ. Dieser Grundsatz war heilig.

Als Erstes musste sie Barbie wissen lassen, dass er nicht allein war. Dann konnte er seine eigenen Maßnahmen entsprechend planen.

Als Linda um fünf Uhr im Nachthemd nach unten kam, hatte das erste Tageslicht durch die Fenster zu sickern begonnen und ließ Büsche und Bäume erkennen, die völlig reglos dastanden. Draußen rührte sich kein Windhauch.

»Ich brauche etwas Tupperware«, sagte Jackie. »Eine Schale. Sie sollte klein sein, und sie muss undurchsichtig sein. Hast du irgendwas in dieser Art?«

»Klar, aber wozu?«

»Weil ich Dale Barbara sein Frühstück bringen werde«, sagte Jackie. »Frühstücksflocken. Und auf den Boden legen wir eine Mitteilung.«

»Was redest du da? Jackie, das kann ich nicht machen. Ich habe Kinder.«

»Ich weiß. Aber ohne deine Hilfe geht's nicht, weil sie mich nicht allein runtergehen lassen. Vielleicht wenn ich ein Mann wäre, aber nicht mit diesem hier.« Sie deutete auf ihren Busen. »Ich brauche dich.«

»Was für eine Mitteilung?«

»Ich hole ihn morgen Abend raus«, sagte Jackie ruhiger, als ihr zumute war. »Während der großen Bürgerversammlung. Für den Teil brauche ich dich nicht ...«

»Für den Teil *kriegst* du mich auch nicht!« Linda hielt krampfhaft den Kragen ihres Nachthemds zusammen.

»Nicht so laut. Ich denke, dass vielleicht Romeo Burpee mitmacht – vorausgesetzt, ich kann ihn davon überzeugen, dass nicht Barbie Brenda ermordet hat. Wir tragen Sturmhauben oder sonst was, damit man uns nicht erkennt. Niemand wird überrascht sein; die ganze Stadt glaubt bereits, dass er Komplizen hat.«

»Du bist verrückt!«

»Nein. Während der Bürgerversammlung bleibt in der Polizeistation nur eine Mindestbesatzung zurück – drei, vier Kerle. Vielleicht nur zwei. Davon bin ich überzeugt.«

»*Ich* nicht!«

»Aber bis morgen Abend ist's noch lange. Er muss sie mindestens so lange hinhalten. Hol mir jetzt die Schale.«

»Jackie, das kann ich nicht.«

»Doch, du kannst.« Das war Rusty, der in der Tür stand und in einer Turnhose und einem T-Shirt der New England Patriots ziemlich riesig wirkte. »Kinder hin oder her, es wird Zeit, etwas zu riskieren. Wir sind hier auf uns allein gestellt, und diese Sache muss ein Ende haben.«

Linda sah ihn einen Augenblick lang an, biss sich dabei auf die Unterlippe. Dann bückte sie sich und zog eine der unteren Schubladen auf. »Die Tupperware ist hier.«

23 Als sie die Polizeistation betraten, war der Schreibtisch des Wachhabenden unbesetzt – Freddy Denton war nach Hause gefahren, um etwas zu schlafen –, aber gut ein halbes Dutzend der jüngeren Cops saßen herum, tranken

Kaffee und unterhielten sich – vor Aufregung high genug, um zu einer Zeit aufzustehen, die lange Zeit nur wenige von ihnen in einem wachen Stadium erlebt hatten. Unter ihnen erkannte Jackie zwei der zahlreichen Brüder Killian, eine Kleinstadt-Bikertussi namens Lauren Conree, die Stammgast im Dipper's war, und Carter Thibodeau. Von den anderen wusste sie die Namen nicht, aber sie erkannte zwei von ihnen als notorische Schulschwänzer aus der Highschool, die auch schon wegen kleiner Drogen- und Verkehrsdelikte mit der Polizei in Konflikt geraten waren. Die neuen »Officers« – die allerneuesten – trugen keine Uniform, sondern um den linken Oberarm gebundene blaue Halstücher.

Bis auf einen waren alle bewaffnet.

»Was macht ihr beiden so früh auf den Beinen?«, fragte Thibodeau, der herübergeschlendert kam. »Ich hab wenigstens einen Grund – mir sind die Schmerztabletten ausgegangen.«

Die anderen lachten wiehernd wie Trolle.

»Will Barbara sein Frühstück bringen«, sagte Jackie. Sie hatte Angst davor, Linda anzusehen, weil sie sich vor Lindas Gesichtsausdruck fürchtete.

Thibodeau sah mit zusammengekniffenen Augen in die Schale. »Keine Milch?«

»Er braucht keine Milch«, sagte Jackie und spuckte in die Schale mit den Cornflakes. »Ich feucht's für ihn an.«

Das wurde mit Jubel quittiert. Einige klatschten.

Jackie und Linda kamen bis zur Kellertreppe, bevor Thibodeau sagte: »Gib mal her.«

Für einen Moment erstarrte Jackie. Sie sah sich, wie sie ihm die Schale ins Gesicht warf, dann die Flucht ergriff. Daran hinderte sie eine schlichte Tatsache: Sie konnten nirgendwohin flüchten. Selbst wenn sie aus der Station herauskamen, würden sie geschnappt werden, bevor sie am Kriegerdenkmal vorbei waren.

Linda nahm Jackie die Tupperware-Schale aus den Händen und hielt sie ihm hin. Thibodeau sah hinein. Aber statt den Inhalt auf versteckte Botschaften zu kontrollieren, spuckte er selbst hinein.

747

»Mein Beitrag«, sagte er.

»Wartet mal, wartet mal«, sagte die junge Conree. Sie war eine langbeinige Rothaarige mit dem Körper eines Models und von Akne verwüsteten Wangen. Ihre Stimme klang etwas undeutlich, weil sie einen Finger tief in ihre Nase gerammt hatte. »Ich hab auch was für ihn.« Ihr Finger kam mit einem großen Klumpen Rotz am Ende zum Vorschein. Ms. Conree streifte ihn auf den Cornflakes ab. Dafür gab es wieder Beifall, und irgendjemand rief: »*Laurie gräbt nach dem grünen Gold!*«

»Jede Packung Frühstücksflocken soll 'ne Spielzeugüberraschung enthalten«, sagte sie mit dümmlichem Grinsen. Sie ließ ihre Hand auf den Griff des Revolvers Kaliber .45 fallen, den sie trug. So dünn wie sie ist, dachte Jackie, würde der Rückstoß sie glatt umhauen, wenn sie jemals damit schießen müsste.

»Fertig«, sagte Thibodeau. »Kommt, ich leiste euch Gesellschaft.«

»Gut«, sagte Jackie, und wenn sie daran dachte, wie dicht sie davor gewesen war, den Zettel einfach in der Tasche zu tragen und zu versuchen, ihn Barbie heimlich zuzustecken, lief es ihr kalt über den Rücken. Plötzlich erschien ihr das Risiko, das sie eingingen, verrückt ... aber jetzt war es zu spät. »Aber bleiben Sie an der Treppe. Und du hältst dich hinter mir, Linda. Wir gehen kein Risiko ein.«

Sie dachte, er würde vielleicht widersprechen, aber das tat er nicht.

24 Barbie nahm die Füße von der Koje und setzte sich auf. Auf der anderen Seite der Gitterstäbe stand Jackie Wettington mit einer weißen Plastikschale in einer Hand. Hinter ihr hatte Linda Everett ihre Pistole gezogen und hielt sie auf den Boden zielend mit beiden Händen umklammert. Am Fuß der Treppe bildete Carter Thibodeau das letzte Glied der Dreierkette – mit vom Schlaf zerzausten Haaren und aufgeknöpftem blauen Uniformhemd, das den Verband sehen ließ, der die Bisswunde an seiner Schulter bedeckte.

»Hallo, Officer Wettington«, sagte Barbie. Blasses weißes Licht kam durch sein schmales Fenster gekrochen. Es war die Art erstes Tageslicht, die einem das Leben als größten aller Witze erscheinen lässt. »Ich bin in allen Punkten, die man mir vorwirft, unschuldig. Ich kann sie nicht Anklagepunkte nennen, weil ich nicht …«

»Klappe halten«, sagte Linda hinter ihr. »Interessiert uns nicht.«

»Sag's ihm, Blondie«, forderte Carter sie auf. »Gib's ihm, Mädel.« Er kratzte sich gähnend seinen Schulterverband.

»Sie bleiben sitzen«, sagte Jackie. »Und bewegen keinen Muskel.«

Barbie blieb sitzen. Jackie schob die Plastikschale durch die Gitterstäbe. Sie war so klein, dass sie gerade durchpasste.

Er hob die Schale vom Boden auf. Sie war mit etwas angefüllt, das wie Cornflakes aussah. Auf der obersten Lage glänzte Speichel. Auch noch etwas anderes: ein großer grünlicher Rotzklumpen, feucht und von Blutfäden durchzogen. Und trotzdem knurrte ihm der Magen. Er war wirklich ausgehungert.

Und er war unwillkürlich gekränkt. Weil er Jackie Wettington, die er auf den ersten Blick als ehemalige Soldatin erkannt hatte (teils wegen ihrer Frisur, aber hauptsächlich wegen ihrer Haltung), für besser gehalten hatte. Henry Morrisons Verachtung zu ertragen, war nicht schwer gewesen. Dies war schwieriger. Und die zweite Polizistin – die mit Rusty Everett verheiratete Blondine – starrte ihn an, als wäre er irgendein seltenes giftiges Insekt. Er hatte gehofft, dass wenigstens einige der regulären Cops …

»Iss auf!«, rief Thibodeau von seinem Posten am Fuß der Treppe aus. »Wir haben's extra für dich angerichtet. Nicht wahr, Mädels?«

»Das haben wir«, bestätigte Linda. Ihre Mundwinkel zuckten nach unten – kaum mehr als einen Tick, aber Barbie fiel ein Stein vom Herzen. Jetzt glaubte er, dass sie nur so tat, als ob. Vielleicht schraubte er damit seine Hoffnungen zu hoch, aber …

Sie trat einen halben Schritt zur Seite und verdeckte Jackie nun mit ihrem Körper … obwohl das nicht wirklich nötig war. Thibodeau war anderweitig beschäftigt: Er versuchte, unter den Rand seines Verbands zu sehen.

Nachdem Jackie sich mit einem raschen Blick davon überzeugt hatte, dass sie nicht beobachtet wurde, deutete sie auf die Schale, drehte die Handflächen nach oben und zog die Augenbrauen hoch: *Sorry.* Danach zeigte sie mit zwei Fingern auf Barbie: *Aufpassen.*

Barbie nickte.

»Guten Appetit, Blödmann«, sagte Jackie. »Mittags gibt's was Besseres. Ich denke an Pissburger.«

Thibodeau, der jetzt am Rand der Elastikbinde zupfte, ließ von der Treppe aus eine bellende Lache hören.

»Wenn Sie dann noch Zähne haben, um damit zu essen«, sagte Linda.

Barbie wünschte sich, sie hätte den Mund gehalten. Ihre Stimme klang kein bisschen sadistisch oder auch nur wütend. Sie klang nur ängstlich – die Stimme einer Frau, die lieber anderswo gewesen wäre. Thibodeau schien das jedoch nicht zu merken. Er war weiter damit beschäftigt, den Zustand seiner Schulter zu erkunden.

»Los, kommt«, sagte Jackie. »Ich will nicht zusehen, wie er isst.«

»Ist dir das feucht genug?«, fragte Thibodeau. Er richtete sich auf, als die beiden Frauen durch den Mittelgang zur Treppe kamen, wobei Linda ihre Pistole wegsteckte. »Sonst kann ich …« Er zog geräuschvoll Schleim hoch.

»Ich komme schon zurecht«, sagte Barbie.

»Klar doch«, sagte Thibodeau. »Für eine Weile. Aber dann nicht mehr.«

Sie gingen die Treppe hinauf. Thibodeau, der an dritter Stelle kam, klatschte Jackie auf den Po. Sie schlug lachend nach seiner Hand. Sie war gut, viel besser als die Everett. Aber die beiden hatten eben großen Mut bewiesen. *Bewundernswert* großen Mut.

Barbie pickte den Rotzklumpen von den Cornflakes und schnippte ihn in die Ecke, in die er das Salzwasser gekippt hatte. Er wischte sich die Hände an seinem Hemd ab. Dann begann er, sich durch die Cornflakes zu graben. Auf dem Boden der Schale ertasteten seine Finger einen Zettel.

Versuchen Sie, bis morgen Abend durchzuhalten. Fällt Ihnen ein sicheres Versteck ein, wenn wir Sie rausholen? Sie wissen, was Sie hiermit zu tun haben.

Das wusste Barbie.

25 Eine Stunde, nachdem er den Zettel und anschließend die Frühstücksflocken aufgegessen hatte, kamen schwere Schritte langsam die Treppe herunter. Das war Big Jim Rennie, der für einen weiteren Tag als Verwalter der Stadt unter der Kuppel bereits einen Anzug mit Krawatte trug. Ihm folgten Carter Thibodeau und noch ein junger Kerl, der seiner Schädelform nach einer der Killians sein musste. Der Junge trug einen Stuhl und stellte sich dabei reichlich ungeschickt an; er war eben »ein linkischer Bursche«, wie alte Yankees gesagt hätten. Er übergab den Stuhl Thibodeau, der ihn vor die Zelle am Ende des Korridors stellte. Rennie nahm darauf Platz, wobei er die Hosenbeine leicht hochzog, um sich die Bügelfalten nicht zu verderben.

»Guten Morgen, Mr. Barbara.« Eine leichte, aber hörbare Befriedigung begleitete die förmliche Anrede.

»Stadtverordneter Rennie«, sagte Barbie. »Was kann ich für Sie tun, außer Ihnen Namen, Dienstgrad und Stammnummer zu nennen ... von der ich nicht weiß, ob ich sie noch richtig im Kopf habe?«

»Gestehen. Uns einiges an Mühe ersparen und Ihre eigene Seelenpein lindern.«

»Mr. Searles hat gestern Abend was von Waterboarding gesagt«, erwiderte Barbie. »Er wollte wissen, ob ich im Irak dabei zugesehen habe.«

Rennies Lippen waren zu einem schwachen Lächeln verzogen, das zu sagen schien: *Erzählen Sie mir mehr, sprechende Tiere sind so interessant.*

»Das habe ich tatsächlich. Ich weiß nicht, wie oft diese Methode bei dem Einsatz tatsächlich angewandt wurde – es gibt ganz unterschiedliche Angaben –, aber ich war zweimal

Zeuge. Einer der Männer hat gestanden, aber sein Geständnis war wertlos. Der Mann, den er beschuldigt hat, für El Kaida Bomben zu bauen, hat sich als Lehrer erwiesen, der vor vierzehn Monaten nach Kuwait ausgewandert war. Der andere Mann bekam Krämpfe und trug einen Hirnschaden davon, sodass er nichts gestehen konnte. Hätte er's gekonnt, hätte er bestimmt gestanden. Unter dieser Art Folter gesteht *jeder* – meistens schon nach wenigen Minuten. Ich täte es bestimmt auch.«

»Dann sollten Sie sich unnötige Schmerzen ersparen«, sagte Big Jim.

»Sie sehen müde aus, Sir. Geht's Ihnen gut?«

Das schwache Lächeln machte einem kleinen Stirnrunzeln Platz. Es entsprang in der tiefen Falte zwischen Big Jim Rennies Augenbrauen. »Mein gegenwärtiger Zustand braucht Sie nicht zu kümmern. Ich möchte Ihnen einen guten Rat geben, Mr. Barbara. Verarschen Sie mich nicht, dann verarsche ich Sie nicht. Was Ihnen Sorgen machen sollte, ist Ihr eigener Zustand. Der mag im Augenblick noch okay sein, aber das könnte sich ändern. Vielleicht binnen Minuten. Wissen Sie, ich denke daran, Sie waterboarden zu lassen. Sogar sehr ernsthaft. Sie sollten also die Morde gestehen. Sich eine Menge Schmerzen und Mühen ersparen.«

»Ach, lieber nicht. Und wenn Sie mich waterboarden lassen, rede ich bestimmt über alle möglichen Dinge. Das sollten Sie berücksichtigen, wenn Sie entscheiden, wer anwesend sein darf, wenn ich anfange auszupacken.«

Rennie dachte darüber nach. Obwohl er selbst zu so früher Stunde tadellos in Schale war, war sein Teint ungesund fahl, und seine kleinen Augen waren von rötlichem Fleisch umgeben, dessen Farbe an Prellungen erinnerte. Er sah wirklich nicht gesund aus. Wäre Big Jim jetzt tot umgekippt, konnte Barbie sich zwei mögliche Szenarien vorstellen. Die eine war, dass das politische Wetter in The Mill aufklarte, ohne weitere Wirbelstürme hervorzurufen. Das andere war ein chaotisches Blutbad, bei dem auf Barbies eigenen Tod (vermutlich eher durch Lynchjustiz als vor einem Erschießungskommando) eine Säuberung folgen würde, deren Opfer seine mutmaßlichen Anhänger wären. Julia konnte auf dieser Liste ganz oben stehen. Und Rose konnte die Nummer zwei sein; verängstigte Leute glaubten leicht, wer Umgang mit vermeintlich Schuldigen pflegte, war ebenfalls schuldig.

Rennie wandte sich an Thibodeau. »Treten Sie ein paar Schritte zurück, Carter. Bis an die Treppe, wenn ich bitten darf.«

»Aber wenn er Sie zu packen versucht ...«

»Dann erschießen Sie ihn. Und das weiß er. Nicht wahr, Mr. Barbara?«

Barbie nickte.

»Außerdem gehe ich auf keinen Fall dichter an ihn heran. Deshalb möchte ich, dass Sie etwas zurücktreten. Dies ist ein privates Gespräch.«

Thibodeau ging mit Killian an die Treppe zurück.

»Ich weiß alles über das Meth-Labor.« Barbie sprach nur halblaut. »Chief Perkins hat davon gewusst, und er war kurz davor, Sie zu verhaften. Brenda hat das Dossier in seinem Computer entdeckt. Deswegen haben Sie sie ermordet.«

Rennie lächelte. »Das ist ein kühnes Hirngespinst.«

»Die Staatsanwaltschaft wird wegen Ihres Motivs anders denken. Wir reden hier nicht von amateurhafter Meth-Kocherei in einem Wohnwagen – eher über den Marktführer der Meth-Pro-duktion.«

»Perkins' Computer wird noch heute verschrottet«, sagte Rennie. »Brendas natürlich auch. Vielleicht liegen in Dukes Safe Kopien bestimmter Papiere – natürlich bedeutungsloses Zeug; üble, politisch motivierte Erfindungen eines Mannes, der mich schon immer gehasst hat –, und falls das zutrifft, wird der Safe geöffnet und sein Inhalt verbrannt. Zum Wohl der Stadt, nicht zu meinem. Dies hier ist eine Krisensituation. Wir müssen alle an einem Strang ziehen.«

»Brenda hat vor ihrem Tod eine Kopie des Dossiers weitergegeben.«

Big Jim grinste und ließ dabei eine Doppelreihe kleiner spitzer Zähne sehen. »Jede erfundene Geschichte ist eine andere wert, Mr. Barbara. Soll ich auch eine erfinden?«

Barbie breitete die Hände aus. *Bitte sehr.*

»In meiner erfundenen Geschichte sucht Brenda mich auf und erzählt mir genau das. Sie behauptet, sie hätte die von Ihnen erwähnte Kopie Julia Shumway übergeben. Ich weiß jedoch, dass das gelogen ist. Sie wollte es vielleicht tun, aber sie hat's nicht getan. Und selbst wenn sie's getan hätte …« Er zuckte mit den Schultern. »Ihre Komplizen haben gestern Abend die Redaktion von Shumways Zeitung niederge-brannt. Das war keine kluge Entscheidung von denen. Oder war das etwa Ihre eigene Idee?«

Barbara wiederholte: »Es *gibt* eine weitere Kopie. Ich weiß, wo sie ist. Lassen Sie mich waterboarden, gestehe ich, wo sie liegt. Laut und deutlich.«

Rennie lachte. »Guter Versuch, Mr. Barbara, aber ich habe mein Leben lang gefeilscht und erkenne einen Bluff, wenn ich einen höre. Vielleicht sollte ich Sie einfach standrechtlich erschießen lassen. Das würde die Stadt bejubeln.«

»Wie laut, wenn Sie das täten, ohne erst meine Mitver-schwörer zu enttarnen? Sogar Peter Randolph könnte diese Entscheidung anzweifeln, auch wenn er nur ein dämlicher, ängstlicher Speichellecker ist.«

Big Jim erhob sich. Seine Hängebacken hatten die Farbe alter Ziegel angenommen. »Sie wissen nicht, mit wem Sie sich hier anlegen.«

»Und ob ich das weiß. Mit Leuten Ihres Schlages habe ich im Irak oft genug zu tun gehabt. Sie tragen Turbane statt Krawatten, aber darüber hinaus sind sie genauso. Bis hin zu ihrem Gottesgeschwafel.«

»Nun, Sie haben mir das Waterboarding ausgeredet«, sagte Big Jim. »Eigentlich schade, denn ich wollte schon im-mer mal selbst dabei sein.«

»Das glaube ich sofort.«

»Vorläufig lassen wir Sie in dieser behaglichen Zelle, ein-verstanden? Ich glaube nicht, dass Sie viel essen wollen, denn ein voller Bauch denkt nicht gern. Wer weiß? Vielleicht kön-nen Sie mir durch konstruktives Denken bessere Gründe da-für liefern, Sie am Leben zu lassen. Beispielsweise durch die Namen derer, die in The Mill gegen mich sind. Eine vollständige Liste. Ich gebe Ihnen achtundvierzig Stunden Zeit, Mr. Barbara. Können Sie mich bis dahin nicht vom Gegenteil überzeugen, werden Sie vor versammelter Bürgerschaft auf dem Platz vor dem Kriegerdenkmal erschossen – um ein Exempel zu statuieren.«

»Sie sehen wirklich nicht gut aus, Stadtverordneter.«

Rennie studierte ihn ernst. »Leute Ihrer Art sind an den meisten Problemen dieser Welt schuld. Wäre ich nicht der Auffassung, dass Ihre Hinrichtung dieser Stadt als einigendes Prinzip und dringend benötigte Katharsis dienen könnte, würde ich Sie gleich jetzt von Mr. Thibodeau erschießen lassen.«

»Wenn Sie das tun, kommt alles heraus«, sagte Barbie. »Dann erfährt die ganze Stadt von Ihrem illegalen Unternehmen. Versuchen Sie dann mal, auf Ihrer beschissenen Bürgerversammlung eine Mehrheit zu finden, Sie Kleinstadt-Tyrann.«

Auf beiden Seiten von Big Jims Hals schwollen die Adern an; eine weitere Ader pochte mitten auf seiner Stirn. Einen Augenblick lang schien er kurz davor zu sein, zu explodieren. Dann lächelte er. »Eine Eins für das Bemühen, Mr. Barbara. Aber Sie lügen.«

Er ging. Alle drei gingen. Barbara sank schwitzend auf die Koje. Er wusste, wie haarscharf am Rand des Abgrunds er balancierte. Rennie hatte seine Gründe, ihn am Leben zu lassen, aber keine sehr starken. Und dazu kam die von Jackie Wettington und Linda Everett hereingeschmuggelte Botschaft. Mrs. Everetts Gesichtsausdruck hatte verraten, dass sie genug wusste, um schreckliche Angst zu haben – und das nicht allein um sich selbst. Der Versuch, mithilfe seines Messers selbst auszubrechen, wäre ungefährlicher. Angesichts des gegenwärtigen Mangels an Professionalität bei der Polizei von Chester's Mill musste das möglich sein. Es würde ein bisschen Glück erfordern, aber sich bestimmt machen lassen.

Allerdings konnte Barbie den beiden Frauen nicht sagen, sie sollten ihn allein ausbrechen lassen.

Er legte sich hin und faltete die Hände hinter dem Kopf.

755

Eine Frage beschäftigte ihn mehr als alles andere: Was war aus dem für Julia bestimmten Ausdruck der VADER-Datei geworden? Sie hatte ihn nämlich nie erhalten; in diesem Punkt hatte Rennie seiner Überzeugung nach die Wahrheit gesagt.

Keine Möglichkeit, es zu erfahren, und nichts zu tun, als zu warten.

Während er auf dem Rücken lag und die Decke über sich anstarrte, fing Barbie an, genau das zu tun.

SPIEL DEN SONG
DIESER TOTEN BAND

1   Als Linda und Jackie aus der Polizeistation zurückkamen, saßen Rusty und die Mädchen auf den Stufen vor der Haustür und warteten auf sie. Die Little Js trugen noch ihre Nachthemden – aus leichter Baumwolle, nicht aus Flanell wie sonst zu dieser Jahreszeit. Obwohl es noch nicht ganz sieben Uhr war, zeigte das Thermometer vor dem Küchenfenster schon 19 Grad an.

Normalerweise wären die beiden Mädchen den Fußweg hinabgeflogen, um ihre Mutter lange vor Rusty zu umarmen, aber diesmal schlug er sie um mehrere Meter. Er drückte Linda an sich, und sie schlang ihm die Arme fast schmerzhaft eng um den Hals – keine Hallo-Hübscher-Umarmung, sondern der Griff einer Ertrinkenden.

»Geht's dir gut?«, flüsterte er ihr ins Ohr.

Ihre Haare streiften seine Wange, als sie nickte. Dann nahm sie den Kopf etwas zurück. Ihre Augen leuchteten. »Ich hatte solche Angst, dass Thibodeau den Inhalt der Schale kontrollieren würde, es war Jackies Idee, hineinzuspucken, das war genial, aber ich war mir *sicher*, dass er …«

»Wieso weint Mami?«, fragte Judy. Es klang, als wäre sie selbst den Tränen nahe.

»Ich weine gar nicht«, sagte Linda, dann wischte sie sich über die Augen. »Na ja, vielleicht ein bisschen. Weil ich so froh bin, euren Dad zu sehen.«

»Wir sind *alle* froh, ihn zu sehen!«, erklärte Janelle Jackie. »Denn mein Daddy, *ER IST DER BOSS*!«

»Ist mir neu«, sagte Rusty, dann küsste er Linda herzhaft auf den Mund.

»Lippenküssen!«, sagte Janelle fasziniert. Judy hielt sich die Augen zu und kicherte.

»Kommt, Mädchen, ihr dürft noch ein bisschen schaukeln«, sagte Jackie. »Dann müsst ihr euch für die Schule anziehen.«

»*ICH WILL 'NEN ÜBERSCHLAG MACHEN!*«, kreischte Janelle und rannte voraus.

»Schule?«, fragte Rusty. »Wirklich?«

»Wirklich«, bestätigte Linda. »Nur die Kleinen, in der Grundschule in der East Street. Halbtags. Wendy Goldstone und Ellen Vanedestine haben sich dafür zur Verfügung gestellt. Vorschule bis zur dritten Klasse in einem Raum, vierte bis sechste Klasse in einem weiteren. Ich weiß nicht, ob tatsächlich etwas gelernt wird, aber so sind die Kinder aufgehoben und haben ein Gefühl der Normalität. Hoffentlich.« Sie sah zum Himmel auf, der wolkenlos, aber trotzdem leicht gelblich verfärbt war. *Wie ein blaues Auge, auf dem grauer Star entsteht,* dachte sie. »Ich könnte selbst etwas Normalität brauchen. Sieh dir diesen Himmel an.«

Rusty sah kurz auf, dann hielt er seine Frau auf Armeslänge von sich weg, damit er sie richtig ansehen konnte. »Ihr seid damit durchgekommen? Weißt du das bestimmt?«

»Ja. Aber es war knapp. So was mag in Spionagethrillern spannend sein, aber im richtigen Leben ist es schrecklich. Ich helfe auch nicht mit, ihn zu befreien, Schatz. Wegen der Mädchen.«

»Diktatoren nehmen immer die Kinder als Geiseln«, sagte Rusty. »Irgendwann muss das Volk ihnen klarmachen, dass das nicht länger funktioniert.«

»Aber nicht hier und noch nicht jetzt. Dies ist Jackies Idee – also soll sie zusehen, wie sie's schafft. Ich beteilige mich nicht daran; ich will auch nicht, dass *du* mitmachst.« Trotzdem wusste er, dass Linda tun würde, was er von ihr verlangte; das verriet ihm der Ausdruck unter ihrem Gesichtsausdruck. Falls ihn das zum Boss machte, wollte er lieber keiner sein.

»Musst du zum Dienst?«, fragte er.

»Natürlich. Die Kinder gehen zu Marta, Marta bringt die Kinder zur Schule, Linda und Jackie melden sich an einem weiteren Tag unter der Kuppel zum Dienst. Alles andere sähe komisch aus. Ich find's schrecklich, so denken zu müssen.« Sie atmete geräuschvoll aus. »Außerdem bin ich müde.« Sie überzeugte sich davon, dass die Kinder außer Hörweite waren. »Beschissen müde. Ich hab kaum geschlafen. Gehst du ins Krankenhaus?«

Rusty schüttelte den Kopf. »Ginny und Twitch müssen wenigstens bis Mittag allein zurechtkommen … aber mithilfe unseres Neuen kommen sie schon klar. Thurston verbreitet irgendwie New-Age-Flair, aber er ist gut. Ich will zu Claire McClatchey. Ich muss mit den Kids reden und mit ihnen zu der Stelle hinausfahren, wo der Geigerzähler stark ausgeschlagen hat.«

»Was sage ich, wenn jemand fragt, wo du bist?«

Rusty dachte darüber nach. »Die Wahrheit, denke ich. Wenigstens teilweise. Sag ihnen, dass ich auf der Suche nach einem Generator bin, der möglicherweise die Kuppel erzeugt. Vielleicht überlegt Rennie sich seine nächsten Schritte dann doppelt vorsichtig.«

»Und wenn ich gefragt werde, wo das Ding stehen soll? Das werde ich nämlich bestimmt.«

»Das weißt du nicht, aber du glaubst, dass er westlich der Stadt steht.«

»Die Black Ridge liegt nördlich.«

»Genau. Sollte Rennie Randolph anweisen, einige seiner Mounties loszuschicken, sollen sie das falsche Gebiet absuchen. Wenn du später deswegen zur Rede gestellt wirst, sagst du einfach, dass du übermüdet gewesen wärst und wohl was verwechselt hättest. Und hör zu, Schatz – bevor du zum Dienst gehst, musst du mir eine Liste der Leute machen, die Barbie vermutlich für unschuldig halten.« *Sie und wir,* dachte er wieder. »Mit denen müssen wir vor der morgigen Bürgerversammlung reden. Sehr diskret.«

»Rusty, ist das dein Ernst? Wegen der Brandstiftung von heute Nacht wird die ganze Stadt auf der Hut vor Dale Barbaras Freunden sein.«

»Ob das mein Ernst ist? Ja. Ob es mir gefällt? Ganz und gar nicht.«

Sie sah nochmals zu dem gelblich verfärbten Himmel auf,

dann zu den Eichen vor dem Haus, deren Blätter schlaff und bewegungslos herabhingen, während ihre lebhafte Färbung zu einem trüben Braun geworden war. Sie seufzte. »Wenn Rennie Barbara die Morde angehängt hat, dann hat er sicher auch die Zeitung niederbrennen lassen. Das weißt du, nicht wahr?«

»Ja, ich weiß.«

»Und wo will Jackie Barbara verstecken, *falls* es ihr gelingt, ihn zu befreien? Wo in der Stadt ist er sicher?«

»Darüber muss ich mir noch Gedanken machen.«

»Könntest du diesen Generator finden und abstellen, wäre dieser ganze Spionagefilm-Scheiß überflüssig.«

»Bete darum, dass es so kommt.«

»Das tue ich. Was ist mit der Strahlung? Ich will nicht, dass du Leukämie oder sonst was kriegst.«

»Da habe ich schon eine Idee.«

»Soll ich danach fragen?«

Er lächelte. »Lieber nicht. Sie ist ziemlich verrückt.«

Linda verschränkte ihre Finger mit seinen. »Sei vorsichtig.«

Er küsste sie leicht. »Du auch.«

Sie sahen zu, wie Jackie die Mädchen auf den Schaukeln anstieß. Sie hatten viele Gründe, vorsichtig zu sein. Andererseits spürte Rusty, dass Risiken in nächster Zeit eine wichtige Rolle in seinem Leben spielen würden. Jedenfalls wenn er wollte, dass er auch künftig beim Rasieren den Anblick seines Spiegelbilds ertrug.

2   Horace der Corgi mochte Menschennahrung.

Tatsächlich *liebte* Horace der Corgi Menschennahrung. Weil er leicht übergewichtig war (ganz zu schweigen davon, dass er in den letzten Jahren um die Schnauze herum etwas ergraut war), sollte er keine bekommen, und Julia hatte sich rigoros abgewöhnt, ihn bei Tisch zu füttern, nachdem der Tierarzt ihr unverblümt erklärt hatte, ihre Großzügigkeit verkürze das Leben ihres Hausgenossen. Diese Äußerung war vor sechzehn Monaten gefallen; seither hatte sie Horace nur noch Bil-Jac und manchmal diätetische Dog-Treats gefüttert. Die Treats sahen aus wie Kaugummi aus Styropor, und so vorwurfsvoll wie Horace sie anstarrte, bevor er sie fraß, schmeckten sie vermutlich auch wie Kaugummi. Aber Julia blieb eisern: keine Brathähnchenhaut mehr, keine Cheez Doodles mehr, kein Stück von ihrem morgendlichen Donut mehr.

Das beschränkte Horace' Verzehr von verbotenen Lebensmitteln, beendete ihn aber nicht ganz; die ihm auferlegte Diät zwang ihn nur dazu, selbst herumzustöbern, was Horace ziemlichen Spaß machte, weil es in ihm wieder den Jagdtrieb seiner füchsischen Vorfahren weckte. Seine Morgen- und Abendspaziergänge waren besonders reich an Leckerbissen. Erstaunlich, was die Leute in der Main Street und West Street, seiner gewöhnlichen Gassi-Route, in den Rinnsteinen zurückließen: Fritten, Kartoffelchips, weggeworfene Cracker mit Erdnussbutter, gelegentlich ein Eiseinwickelpapier, an dem noch Schokolade klebte. Einmal stieß er auf ein ganzes Törtchen von Table Talk. Es war aus seiner Backform und in seinem Magen, bevor man *Cholesterin* sagen konnte.

Allerdings gelang es ihm nicht, alle entdeckten Leckerbissen zu verschlingen; manchmal sah Julia, worauf er es abgesehen hatte, und zerrte ihn an der Leine weiter. Aber er gelangte an einiges, weil Julia oft ein Buch oder die zusammengefaltete *New York Times* in der anderen Hand hielt, wenn sie ihn Gassi führte. Wegen der *Times* ignoriert zu werden, war nicht immer gut – zum Beispiel, wenn man am Bauch gekrault werden wollte –, aber auf der Straße war Nichtbeachtung ein Segen. Für kleine gelbe Corgis bedeutete sie Snacks.

Auch an diesem Morgen wurde er ignoriert. Julia und die andere Frau – der dieses Haus gehörte, weil ihr Geruch überall war, vor allem in der Nähe des Raums, den Menschen aufsuchten, um ihr Häufchen zu machen und ihr Gebiet zu markieren – sprachen miteinander. Einmal weinte die andere Frau, und Julia nahm sie in die Arme.

»Mir geht's besser, aber nicht *ganz*«, sagte Andrea. Sie waren in der Küche. Horace konnte den Kaffee riechen, den sie tranken. Kalter Kaffee, kein heißer. Er konnte auch Törtchen riechen. Die Sorte mit Zuckerguss. »Ich will das Zeug noch immer.« Falls sie damit Törtchen mit Zuckerguss meinte, die mochte Horace auch.

»Du wirst dich vielleicht noch lange danach verzehren«, sagte Julia, »und das ist nicht einmal der wichtige Teil. Ich bewundere deinen Mut, Andi, aber Rusty hatte recht: totaler Entzug ist unklug und gefährlich. Du kannst von Glück sagen, dass du keine Krämpfe hattest.«

»Vermutlich hatte ich sogar welche.« Andrea trank einen Schluck Kaffee. Horace hörte sie schlürfen. »Ich habe ein paar verdammt lebhafte Träume gehabt. Zum Beispiel von einem Brand. Einer richtigen Feuersbrunst. An Halloween.«

»Aber jetzt geht's dir besser.«

»Ein bisschen. Ich beginne zu denken, dass ich es schaffen kann. Julia, du kannst sehr gern hier bei mir bleiben, aber ich glaube, dass du eine bessere Unterkunft finden kannst. Der *Geruch* ...«

»Gegen den Geruch lässt sich etwas tun. Wir holen uns bei Burpee's einen batteriebetriebenen Ventilator. Wenn Kost und Logis ein festes Angebot sind – das auch für Horace gilt –, nehme ich es gern an. Niemand, der von einer Sucht loszukommen versucht, sollte das allein tun müssen.«

»Ich glaube nicht, dass es eine andere Methode gibt, Schätzchen.«

»Du weißt, was ich meine. Wieso hast du's getan?«

»Weil diese Stadt mich vielleicht zum ersten Mal braucht, seit ich gewählt worden bin. Und weil Jim Rennie mir angedroht hat, dass ich keine Tabletten mehr kriege, wenn ich Einspruch gegen seine Pläne erhebe.«

Den Rest ihres Gesprächs blendete Horace aus. Ihn interessierte mehr, was seine empfindliche Nase in dem Spalt zwischen einem Ende der Couch und der Wand witterte. Dies war die Couch, auf der Andrea in besseren (wenn auch erheblich zugedröhnteren) Tagen gern gesessen hatte – manchmal um Fernsehserien wie *The Hunted Ones* (eine clevere Fortsetzung von *Lost*) und *Let's Dance* anzusehen, manchmal um sich im Pay-TV einen Film reinzuziehen. An

762

Kinoabenden hatte es oft Popcorn aus der Mikrowelle gegeben. Die Popcornschale hatte auf dem Beistelltisch gestanden. Weil Bekiffte oft etwas nachlässig sind, lag unter dem Tisch einiges an Popcorn verstreut. Genau das hatte Horace gewittert.

Er überließ die Frauen ihrem Blabla und arbeitete sich unter dem kleinen Tisch bis zu dem Spalt vor. Dieser Raum war schmal, aber der Beistelltisch bildete eine natürliche Brücke, und er war ein ziemlich schmaler Hund, vor allem seit er an der Corgi-Version von WeightWatchers teilnahm. Die ersten Körner lagen knapp hinter dem VADER-Dossier, das dort in seinem braunen Umschlag lag. Tatsächlich stand Horace mit den Füßen auf dem Namen seiner Herrin (in der ordentlichen Druckschrift der verstorbenen Brenda Perkins) und saugte die ersten Körner eines überraschend großen Fundes auf, als Andrea und Julia in den Raum zurückkamen.

Eine Frauenstimme sagte: *Bring ihr das.*

Der Corgi sah auf, stellte die Ohren hoch. Das war nicht Julia oder die andere Frau, sondern eine Totenstimme gewesen. Wie alle Hunde hörte Horace ziemlich oft Totenstimmen und sah manchmal ihre Besitzer. Die Toten waren überall, aber die Lebenden sahen sie nicht besser, als sie die meisten der über zehntausend Aromen riechen konnten, von denen sie ständig umgeben waren.

Bring das Julia, sie braucht es, es gehört ihr.

Das war lächerlich. Julia hätte nie etwas gegessen, das er schon in der Schnauze gehabt hatte. Das wusste Horace aus langer Erfahrung. Selbst wenn er es mit der Schnauze hinausgeschoben hätte, hätte sie's nicht angerührt. Es war Menschennahrung, ja, aber sie hatte auch auf dem Boden gelegen.

Nicht das Popcorn. Den …

»Horace?«, fragte Julia in dem scharfen Tonfall, der bedeutete, dass er unartig gewesen war – wie in *O du böser Hund, du weißt doch, dass du* … bla-bla-bla. »Was machst du dort hinten? Komm sofort raus!«

Horace legte den Rückwärtsgang ein. Er bedachte sie mit seinem charmantesten Grinsen – Gott, wie ich dich liebe, Julia – und konnte nur hoffen, dass kein Popcorn an seiner Schnauze klebte. Er hatte ein paar Körner erwischt, aber er ahnte, dass er nicht bis zur Hauptader vorgedrungen war.

»Hast du wieder gestöbert?«

Horace saß da und blickte mit dem Ausdruck angemessener Zuneigung zu ihr auf. Die er tatsächlich empfand; er liebte Julia sehr.

»Eine bessere Frage wäre: *Wonach* hast du gestöbert?« Sie bückte sich, um in den Spalt zwischen Couch und Wand zu spähen.

Bevor sie das tun konnte, begann die andere Frau Würgelaute von sich zu geben. Sie schlang die Arme um ihren Oberkörper, in dem Versuch, einen Anfall von Schüttelfrost zu unterdrücken, was ihr jedoch nicht gelang. Ihr Geruch veränderte sich, und Horace wusste, dass sie spucken würde. Er beobachtete sie aufmerksam. Was Menschen spuckten, enthielt manchmal noch gute Sachen.

»Andi?«, fragte Julia. »Alles in Ordnung mit dir?«

Dumme Frage, dachte Horace. *Riechst du sie nicht?* Aber auch das war eine dumme Frage. Sogar wenn sie verschwitzt war, konnte Julia sich kaum selbst riechen.

»Ja. Nein. Ich hätte dieses Rosinenbrötchen nicht essen sollen. Ich glaube, ich muss …« Sie hastete hinaus. Um die Gerüche zu vermehren, die aus dem Pisse-und-Kacke-Raum kamen, vermutete Horace. Julia lief hinter ihr her. Horace überlegte einen Augenblick, ob er sich wieder unter den Tisch quetschen sollte, aber dann witterte er Julias Sorge und blieb stattdessen ihr auf den Fersen.

Die Totenstimme hatte er komplett vergessen.

3   Rusty rief Claire McClatchey aus dem Auto an. Obwohl es noch früh war, meldete sie sich nach dem ersten Klingeln, was ihn nicht überraschte. In Chester's Mill bekam heutzutage niemand viel Schlaf, zumindest nicht ohne Unterstützung aus der Apotheke.

Sie versprach ihm, Joe und seine Freunde bis spätestens um halb neun bei sich zu Hause zu haben; sie würde sie notfalls sogar abholen. Etwas leiser fügte sie hinzu: »Joe ist in die kleine Calvert verknallt, glaube ich.«

»Schön dumm, wenn er's nicht wäre«, sagte Rusty.

»Müssen Sie mit ihnen da rausfahren?«

»Ja, aber in keine Zone mit starker Strahlung. Das verspreche ich Ihnen, Mrs. McClatchey.«

»Claire. Wenn ich meinem Sohn erlaube, Sie in ein Gebiet zu begleiten, in dem Tiere anscheinend Selbstmord begehen, sollten wir uns mit dem Vornamen ansprechen, finde ich.«

»Sie holen Benny und Norrie in Ihr Haus, und ich verspreche Ihnen, bei unserem Ausflug auf sie aufzupassen. Machen wir's so?«

Damit war Claire einverstanden. Fünf Minuten nach diesem Gespräch bog Rusty von der gespenstisch verlassenen Mutton Road in die Drummond Lane ab: eine kurze Straße mit einigen der hübschesten Villen von Eastchester. Das hübscheste dieser hübschen Häuser war das mit dem Namen BURPEE am Briefkasten. Wenig später saß Rusty in der Küche der Burpees mit Romeo und seiner Frau Michela beim Kaffee (heiß; das Notstromaggregat der Burpees arbeitete noch). Die beiden waren blass und machten grimmige Gesichter. Rommie war angezogen, Michela trug noch ihren Morgenrock.

»Glauben Sie, dass dieser Barbie wirklich Bren umgebracht hat?«, fragte Rommie. »Falls er's nämlich getan hat, mein Freund, lege ich ihn persönlich um.«

Michela legte ihm eine Hand auf den Arm. »So dämlich bist du nicht, Schatz.«

»Nein, das glaube ich nicht«, sagte Rusty. »Ich glaube, er ist reingelegt worden. Aber erzählen Sie bloß niemandem, dass ich das gesagt habe. Das könnte uns allen ziemlichen Ärger einbringen.«

»Rommie hat diese Frau immer geliebt.« Michela lächelte, aber ihre Stimme war eisig. »Mehr als mich, denke ich manchmal.«

Rommie bestätigte das nicht, leugnete es aber auch nicht ... schien es gar nicht gehört zu haben. Er beugte sich nach vorn, starrte Rusty mit seinen braunen Augen durchdringend an. »Wie meinen Sie das, Doc? Wie reingelegt?«

»Darüber möchte ich jetzt nicht sprechen. Ich bin wegen einer anderen Sache hier. Und auch die ist geheim, fürchte ich.«

»Dann will ich sie nicht hören«, sagte Michela. Sie verließ die Küche und nahm ihre Kaffeetasse mit.

»Von dieser Frau hab ich heut Abend keine Liebe zu erwartn«, sagte Rommie.

»Tut mir leid.«

Rommie zuckte mit den Schultern. »Hab noch 'ne andere auf der andern Seite der Stadt. Misha weiß davon, lässt sich aber nichts anmerkn. Erzähln Sie mir von Ihrem andern Anliegn, Doc.«

»Einige Kids glauben, den Generator entdeckt zu haben, der die Kuppel erzeugt. Sie sind jung, aber intelligent. Sie hatten einen Geigerzähler, der entlang der Black Ridge Road stark ausgeschlagen hat. Nicht bis in den Gefahrenbereich, aber sie sind auch nicht wirklich dicht rangekommen.«

»Wo rangekommen? Was haben sie gesehen?«

»Ein purpurrotes Blinklicht. Sie kennen die alte Obstplantage dort oben?«

»Teufel, ja. Die gehörte den McCoys. Ich war oft mit Mädchen dort oben. Wunnervoller Blick über die Stadt. Ich hatt diesen alten Willys ...« Er wirkte einen Augenblick lang wehmütig. »Na ja, schon gut. Nur ein Blinklicht?«

»Außerdem sind sie auf verendete Tiere gestoßen – mehrere Weißwedelhirsche und einen Bären. Die Kinder hatten den Eindruck, sie hätten Selbstmord verübt.«

Rommie betrachtete ihn ernst. »Ich komm mit.«

»Das wäre schön ... bis zu einem gewissen Punkt. Einer von uns muss ganz raufgehen – und der sollte ich sein. Aber ich brauche einen Strahlenschutzanzug.«

»Woran denken Sie, Doc?«

Rusty erzählte es ihm. Als er fertig war, zog Rommie eine Packung Winston heraus und bot sie über den Tisch hinweg an.

»Meine liebsten Sargnägel«, sagte Rusty und nahm sich eine. »Was denken Sie also?«

»Oh, ich kann Ihnen helfn«, sagte Rommie, während er ihnen Feuer gab. »In meim Laden gibt's alles, wie die ganze Stadt genau weiß.« Er wies mit seiner Zigarette auf Rusty. »Aber Sie wern keine Bilder von sich in der Zeitung sehn wolln; wern verdammt komisch aussehen, Sie.«

»Macht keine Sorgen, mir«, sagte Rusty. »Zeitung ist abgebrannt heute Nacht.«

»Hab ich gehört«, sagte Rommie. »Wieder dieser Barbie. Seine Freunde.«

»Glauben Sie daran?«

»Oh, ich bin eine leichtgläubige Seele. Als Bush gesagt hat, dass es im Irak Atomwaffen und so 'n Zeug gibt, hab ich's geglaubt. Ich erzähl den Leuten: ›Er is der Kerl, der's weiß.‹ Glaub auch, dass Oswald kein Komplizen hatte, ich.«

Von nebenan rief Michela: »Schluss mit diesem nachgemachten Franzosenscheiß!«

Rommie bedachte Rusty mit einem Grinsen, als wollte er sagen: *Da sehen Sie, was ich aushalten muss.* »Ja, meine Liebe«, sagte er ohne die geringste Spur seines Lucky-Pierre-Akzents. Dann wandte er sich wieder an Rusty. »Lassen Sie Ihr Auto hier. Wir fahren mit meinem Van. Mehr Platz. Sie setzen mich vor dem Laden ab, dann holen Sie diese Kinder. Inzwischen bastle ich Ihnen Ihren Strahlenschutzanzug zusammen. Aber was Handschuhe betrifft … da fällt mir nichts Rechtes ein.«

»In einem Schrank bei uns im Röntgenraum liegen bleigefütterte Handschuhe. Die reichen bis zum Ellbogen hinauf. Ich kann auch eine der Bleischürzen mitnehmen …«

»Gute Idee, ich möchte nicht, dass Sie Ihre Spermaproduktion gefährden …«

»Vielleicht sind auch noch ein paar von den Bleiglas-Schutzbrillen da, wie Techniker und Radiologen sie in den siebziger Jahren getragen haben. Aber die könnten entsorgt worden sein. Ich hoffe jedenfalls, dass die Strahlung nicht viel stärker wird, als die Kids zuletzt gemessen haben – noch im grünen Bereich.«

»Allerdings sind sie nicht sehr nah rangekommen, haben Sie gesagt.«

Rusty seufzte. »Wenn der Geigerzähler erst mal achthundert oder tausend Teilchen pro Sekunde anzeigt, dürfte meine zukünftige Fruchtbarkeit meine geringste Sorge sein.«

Bevor sie gingen, kam Michela – jetzt in einem Minirock und einem atemberaubend engen Pullover – wieder in die Küche gestürmt und warf ihrem Mann vor, ein Narr zu sein. Er werde sie in Schwierigkeiten bringen. Das habe er schon früher getan, und nun werde er es wieder tun. Aber diesmal könnten die Schwierigkeiten unerwartet groß sein.

Rommie umarmte sie und sprach in rasantem Französisch auf sie ein. Sie antwortete in derselben Sprache, spuckte die Wörter förmlich aus. Er antwortete. Sie boxte ihn zweimal an die Schulter, weinte dann und küsste ihn. Draußen warf Rommie Rusty einen entschuldigenden Blick zu und zuckte mit den Schultern. »Sie kann nichts dafür«, sagte er. »Sie hat die Seele einer Dichterin und das Gemüt eines Straßenköters.«

4   Als Romeo Burpee und Rusty das Kaufhaus erreichten, war Toby Manning bereits dort, um zu öffnen und der Kundschaft zur Verfügung zu stehen, falls Rommie das wollte. Petra Searles, die gegenüber im Drugstore verkaufte, leistete ihm Gesellschaft. Die beiden saßen in Liegestühlen, an deren Armlehnen noch Schilder mit GROSSER SOMMERSCHLUSSVERKAUF hingen.

»Wollen Sie mir wirklich nicht von diesem Schutzanzug erzählen, den Sie bis …« Rusty sah auf seine Uhr. »… zehn fertig haben wollen?«

»Lieber nicht«, sagte Rommie. »Sie würden mich für verrückt halten. Fahren Sie nur weiter, Doc. Holen Sie diese Handschuhe, eine Schutzbrille und die Schürze. Reden Sie mit den Kindern. Lassen Sie mir etwas Zeit.«

»Machen wir auf, Boss?«, fragte Toby, als Rommie ausstieg.

»Weiß ich nicht. Vielleicht nachmittags. Hab heut Vormittag reichlich zu tun, ich.«

Rusty fuhr davon. Er war auf dem Town Common Hill, bevor ihm klar wurde, dass Toby und Petra beide blaue Armbinden getragen hatten.

5   Er fand Handschuhe und Schürzen, und ungefähr zwei Sekunden, bevor er aufgeben wollte, entdeckte er ganz hinten in einem Schrank eine Schutzbrille. Ihr Gummiband war gerissen, aber er war zuversichtlich, dass Rommie es zusammenheften konnte. Das Gute war, dass er niemandem erklären musste, was er hier machte. Das ganze Krankenhaus schien noch zu schlafen.

Er ging wieder ins Freie, sog prüfend die Luft ein – abgestanden, mit unangenehm rauchigem Beigeschmack – und sah nach Westen, wo ein in der Luft hängender schwarzer Schmutzfleck die Stelle markierte, an der die Lenkwaffen den Dome getroffen hatten. Sie sah aus wie ein Hauttumor. Ihm war bewusst, dass er sich auf Barbie und Big Jim und die Morde konzentrierte, weil sie das menschliche Element verkörperten: Dinge, die er einigermaßen verstand. Aber die Kuppel zu ignorieren, wäre ein Fehler gewesen, der sich katastrophal auswirken konnte. Sie musste verschwinden, und das möglichst bald, sonst würden seine Patienten mit Asthma oder chronisch obstruktiver Lungenerkrankung Probleme bekommen. Und sie waren nur die Bioindikatoren – die Kanarienvögel im Kohleschacht.

Dieser nikotingelbe Himmel.

»Nicht gut«, murmelte er und warf seine Beute hinten in den Van. »Gar nicht gut.«

6   Alle drei Kinder waren im Haus der McClatcheys, als er es betrat, und in merkwürdig gedämpfter Stimmung für Kids, die am Ende dieses Mittwochs im Oktober vielleicht als Nationalhelden gefeiert werden würden, falls das Glück ihnen hold war.

»Kann's losgehen, Leute?«, fragte Rusty forscher, als ihm zumute war. »Bevor wir dort rausfahren, müssen wir bei Burpee's vorbeischauen, aber das dauert bestimmt nur ...«

»Sie müssen Ihnen erst noch etwas erzählen«, sagte Claire. »Ich wünschte, dem wäre nicht so! Diese Sache wird immer schlimmer. Möchten Sie ein Glas Orangensaft? Wir versuchen ihn auszutrinken, bevor er verdirbt und auf der Zunge brennt.«

Rusty deutete zwischen Daumen und Zeigefinger eine ziemlich kleine Menge an. Er hatte nie eine besondere Vorliebe für O-Saft gehabt, aber er wollte sie aus dem Zimmer haben und spürte, dass sie sich verdrücken wollte. Sie war blass, und ihre Stimme klang ängstlich. Er glaubte nicht, dass dies mit dem zusammenhing, was die Kinder draußen auf der Black Ridge entdeckt hatten; nein, hier ging es um etwas anderes.

Genau, was ich jetzt brauche, dachte er.

Als Claire gegangen war, sagte er: »Spuckt's aus.«

Benny und Norrie drehten sich zu Joe um. Der seufzte, strich sich die Haare aus der Stirn, seufzte erneut. Es gab kaum noch Ähnlichkeiten zwischen diesem ernsthaften Heranwachsenden und dem Jungen, der vor drei Tagen auf Dinsmores Weide Schilder geschwenkt und Krach geschlagen hatte. Sein Gesicht war so blass wie das seiner Mutter, und auf seiner Stirn waren ein paar Pickel – vielleicht seine ersten – erschienen. Rusty kannte solche plötzlichen Ausbrüche. Das waren Stresspickel.

»Was gibt's, Joe?«

»Die Leute sagen, dass ich schlau bin«, sagte Joe, und Rusty sah besorgt, dass der Junge den Tränen nahe war. »Das bin ich vielleicht auch, aber manchmal wünsche ich mir, ich wär's nicht.«

»Keine Sorge«, sagte Benny, »auf vielen wichtigen Gebieten bist du dumm.«

»Halt die Klappe, Benny«, sagte Norrie freundlich.

Joe achtete nicht auf die beiden. »Ich konnte meinen Vater im Schach schlagen, als ich sechs war, meine Mutter mit acht. War immer Klassenbester. Jedes Jahr hab ich den Wissenschaftswettbewerb in der Schule gewonnen. Ich schreibe seit

770

zwei Jahren meine eigenen Computerprogramme. Das ist nicht angeberhaft gemeint. Ich weiß, dass ich ein Fachidiot bin.«

Norrie lächelte und legte ihre Hand auf seine. Joe hielt sie fest.

»Aber ich stelle nur Verknüpfungen her, wissen Sie? Mehr tue ich nicht. Auf A folgt B. *Entfällt* A, ist B in der Mittagspause. Und der Rest des Alphabets vermutlich auch.«

»Wovon redest du überhaupt, Joe?«

»Ich glaube nicht, dass der Koch diese Morde verübt hat. Das heißt, *wir* glauben es nicht.«

Er schien erleichtert zu sein, als Norrie und Benny zustimmend nickten. Aber das war nichts gegen die freudige (und etwas ungläubige) Erleichterung, die auf seinem Gesicht erschien, als Rusty sagte: »Ich auch nicht.«

»Ich hab euch ja gesagt, dass er echt Grips hat«, sagte Benny. »Setzt auch krasse Stiche.«

Claire kam mit einem winzigen Glas Orangensaft zurück. Rusty kostete ihn. Warm, aber trinkbar. Ohne Kühlung würde er das morgen nicht mehr sein.

»Wieso glauben Sie, dass er's nicht war?«, fragte Norrie.

»Ihr zuerst.« Der Generator auf der Black Ridge war für Rusty vorübergehend in den Hintergrund gerückt.

»Wir haben Mrs. Perkins gestern Morgen gesehen«, sagte Joe. »Vom Stadtanger aus, wir hatten gerade angefangen, den Geigerzähler auszuprobieren. Sie ist den Town Common Hill hinaufgegangen.«

Rusty stellte sein Glas auf den Tisch und beugte sich mit zwischen den Knien gefalteten Händen nach vorn. »Um welche Zeit war das?«

»Meine Uhr ist am Sonntag draußen an der Kuppel stehen geblieben, deshalb kann ich es nicht genau sagen, aber vor dem Supermarkt hat's bereits Zoff gegeben, als wir sie gesehen haben. Also tippe ich auf Viertel nach neun. Bestimmt nicht später.«

»Aber auch nicht früher. Weil der Aufruhr im Gange war. Ihr habt ihn gehört.«

»O ja«, sagte Norrie. »War echt laut.«

»Und ihr wisst bestimmt, dass es Brenda Perkins war? Es kann nicht irgendeine andere Frau gewesen sein?« Rustys Herz jagte. Wenn sie während des Aufruhrs lebend gesehen worden war, kam Barbie definitiv nicht als Täter infrage.

»Wir haben sie alle gekannt«, sagte Norrie. »Sie war sogar meine Führerin bei den Pfadfinderinnen, bevor ich dort weggegangen bin.« Die Tatsache, dass sie in Wirklichkeit wegen Rauchens rausgeflogen war, erschien ihr nicht wichtig, deshalb ließ sie den Teil unerwähnt.

»Und ich weiß von meiner Mutter, was die Leute über die Morde reden«, sagte Joe. »Sie hat mir alles erzählt, was sie weiß. Auch die Geschichte mit den Erkennungsmarken.«

»Ich wollte *nicht* alles erzählen, was ich wusste«, sagte Claire, »aber mein Sohn kann sehr hartnäckig sein, und diese Sache kam mir wichtig vor.«

»Das ist sie«, sagte Rusty. »Wohin ist Mrs. Perkins gegangen?«

Diesmal antwortete Benny. »Erst zu Mrs. Grinnell, aber was sie zu ihr gesagt hat, war anscheinend nicht cool, weil Mrs. Grinnell ihr die Haustür vor der Nase zugeknallt hat.«

Rusty runzelte die Stirn.

»Das stimmt«, sagte Norrie. »Ich glaube, dass Mrs. Perkins ihr ihre Post gebracht hat oder sonst was. Sie hat Mrs. Grinnell einen großen Umschlag gegeben. Mrs. Grinnell hat ihn an sich genommen, dann hat sie die Tür zugeknallt. Wie Benny gesagt hat.«

»Hm«, sagte Rusty. Als ob es seit Freitag in Chester's Mill noch eine Postzustellung gegeben hätte. Entscheidend war jedoch, dass Brenda zu einem Zeitpunkt, an dem Barbie ein Alibi hatte, am Leben gewesen war und Besorgungen gemacht hatte. »Wohin ist sie dann gegangen?«

»Über die Main Street und die Mill Street hinauf«, sagte Joe.

»Diese Straße?«

»Richtig.«

Rusty konzentrierte sich auf Claire. »War sie …«

»Hier war sie nicht«, sagte Claire. »Außer in der Zeit, in der ich im Keller war, um nachzusehen, was ich noch an

Konserven habe. Ich war eine gute halbe Stunde dort unten. Vielleicht vierzig Minuten. Ich … ich wollte den Lärm vor dem Markt nicht hören.«

Benny wiederholte, was er am Vortag gesagt hatte. »Die Mill Street geht über fünf Querstraßen. Jede Menge Häuser.«

»Aber für mich ist das nicht entscheidend«, sagte Joe. »Ich habe Anson Wheeler angerufen. Er war früher selbst ein Thrasher und fährt manchmal noch mit seinem Board drüben in The Pit in Oxford. Ich habe ihn gefragt, ob Mr. Barbara gestern früh an seinem Arbeitsplatz war, und er hat Ja gesagt. Von ihm weiß ich auch, dass Mr. Barbara zur Food City gegangen ist, als der Aufruhr angefangen hat. Dort war er ständig mit Anson und Miz Twitchell zusammen. Mr. Barbara hat also ein Alibi, was Mrs. Perkins betrifft – und Sie erinnern sich, was ich über den Zusammenhang zwischen A und B gesagt habe? Und dem gesamten Alphabet?«

Rusty fand diesen Vergleich etwas zu mathematisch für Angelegenheiten, die Menschen betrafen, aber er verstand, worauf Joe hinauswollte. Es gab noch andere Mordfälle, für deren Tatzeit Barbie vielleicht kein Alibi hatte, aber das gemeinsame Leichenversteck sprach sehr für denselben Täter. Und wenn Big Jim mindestens einen dieser Morde verübt hatte – wofür die Nahtspuren auf Coggins' Gesicht sprachen –, hatte er vermutlich sämtliche Opfer auf dem Gewissen.

Oder vielleicht war es Junior gewesen. Junior, der jetzt eine Waffe und eine Polizeiplakette trug.

»Wir müssen zur Polizei gehen, nicht wahr?«, fragte Norrie.

»Das macht mir Angst«, sagte Claire. »Es jagt mir wirklich eine Höllenangst ein. Was ist, wenn Rennie Brenda Perkins ermordet hat? Er wohnt auch in dieser Straße.«

»Das habe *ich* gestern gesagt«, erklärte Norrie ihr.

»Und ist es nicht wahrscheinlich, dass sie gleich zum nächsten Stadtverordneten weitergegangen ist, wenn die Stadtverordnete, die sie sprechen wollte, ihr die Haustür vor der Nase zugeschlagen hat?«

»Ich bezweifle, dass es da einen Zusammenhang gibt, Mama«, sagte Joe (ziemlich nachsichtig).

»Vielleicht nicht, aber sie kann trotzdem auf dem Weg zu Jim Rennie gewesen sein. Oder zu Peter Randolph.« Claire schüttelte den Kopf. »Wenn Big Jim sagt: Spring!, fragt Peter nur: Wie hoch?«

»Klasse gesagt, Mrs. McClatchey!«, rief Benny aus. »Sie sind die Herrscherin, o Mutter meines …«

»Danke, Benny, aber in dieser Stadt herrscht allein Jim Rennie.«

»Was machen wir also?« Joe musterte Rusty mit sorgenvollem Blick.

Rusty dachte wieder an den dunklen Fleck auf der Kuppel. Den gelblichen Himmel. Den Rauchgeruch in der Luft. Er hatte auch einen Gedanken für Jackie Wettingtons Entschlossenheit übrig, Barbie zu befreien. Das mochte gefährlich sein, war für den Mann aber wohl nützlicher als die Aussage dreier Teenager. Vor allem, wenn der Polizeichef, vor dem sie gemacht wurde, nur mit knapper Not imstande war, sich ohne Gebrauchsanweisung den Hintern abzuwischen.

»Vorerst gar nichts. Wo Dale Barbara jetzt ist, passiert ihm nichts.« Rusty konnte nur hoffen, dass das stimmte. »Erst müssen wir uns um diese andere Sache kümmern. Wenn ihr wirklich den Kuppel-Generator gefunden habt und es uns gelingt, ihn abzustellen …«

»Dann lösen die übrigen Probleme sich praktisch von allein«, sagte Norrie Calvert. Sie wirkte sehr erleichtert.

»Vielleicht tun sie das tatsächlich«, sagte Rusty.

7   Als Petra Searles in den Drugstore zurückgegangen war (um weiter Inventur zu machen, sagte sie), fragte Toby Manning seinen Chef, ob er ihm bei irgendwas helfen könne. Rommie Burpee schüttelte den Kopf. »Fahren Sie nach Hause. Sehen Sie zu, was Sie für Ihre Eltern tun können.«

»Zu Hause ist nur Dad«, sagte Toby. »Ma ist am Samstagmorgen nach Castle Rock in den Supermarkt gefahren. Food City ist ihr zu teuer, sagt sie. Was haben Sie heute vor?«

»Nicht viel«, sagte Rommie vage. »Verratn Sie mir was, Tobes – wieso tragn Petra und Sie diese blaun Lappen um den Arm?«

Toby warf einen kurzen Blick auf die Armbinde, als hätte er sie fast vergessen. »Nur, um Solidarität zu demonstrieren«, sagte er. »Nach dem, was letzte Nacht im Krankenhaus passiert ist … nach *allem*, was passiert ist …«

Rommie nickte. »Aber Sie sind kein Deputy oder irgendwas?«

»Teufel, nein. Das ist mehr … wissen Sie noch, wie nach dem elften September praktisch jeder eine Mütze oder ein T-Shirt mit dem Logo der New Yorker Feuerwehr oder Polizei hatte? So ist es diesmal auch.« Er überlegte. »Wenn sie Hilfe bräuchten, würde ich mich zur Verfügung stellen, denke ich, aber sie scheinen gut zurechtzukommen. Und Sie brauchen wirklich keine Hilfe?«

»Nee. Und jetzt los, fahren Sie schon! Falls ich nachmittags öffnen will, rufe ich Sie an.«

»Okay.« Tobys Augen glänzten. »Vielleicht könnten wir einen Dome Sale veranstalten. Sie kennen die Redensart: ›Gibt dir das Leben Zitronen, mach Limonade daraus.‹«

»Vielleicht, vielleicht«, sagte Rommie, aber er bezweifelte, dass es einen Ausverkauf dieser Art geben würde. An diesem Morgen war er viel weniger als früher daran interessiert, schäbige Waren zu Preisen loszuschlagen, die nur aussahen wie Sonderangebote. Er hatte das Gefühl, sich in den vergangenen drei Tagen stark verändert zu haben – nicht charakterlich, sondern was seine Perspektive betraf. Einiges davon hatte mit der Brandbekämpfung und der daraus entstandenen Kameradschaft zu tun. Dort draußen hatte sich The Mill bewährt, dachte er. Das wahre Wesen der Stadt. Und viel hatte mit der Ermordung seiner früheren Geliebten Brenda Perkins zu tun … die für Rommie noch heute Brenda Morse war. Sie war eine verdammt heiße Nummer gewesen, und wenn er herausbekam, wer sie kaltgemacht hatte – falls Rusty recht hatte mit der Behauptung, dass Dale Barbara es nicht war –, würde der- oder diejenige dafür büßen. Dafür würde Rommie Burpee persönlich sorgen.

Im rückwärtigen Teil seines hallenartigen Kaufhauses lag die Abteilung Bauen & Renovieren, praktischerweise gleich neben der Heimwerker-Abteilung. Von dort nahm Rommie eine stabile Blechschere mit, dann betrat er erstere Abteilung und drang in den hintersten, dunkelsten, staubigsten Winkel seines Einzelhandelsreichs vor. Dort fand er zwei Dutzend 25-Kilo-Rollen Bleiblech der Marke Santa Rosa, das normalerweise für Dachblenden, Abdeckungen und Kaminabdichtungen verwendet wurde. Er belud einen Einkaufswagen mit zwei Rollen Bleiblech (und der Blechschere), dann schob er den Wagen durchs Kaufhaus bis zur Sportabteilung. Dort machte er sich daran, weitere Artikel auszuwählen. Bei dieser Arbeit musste er mehrmals laut lachen. Die Sache würde funktionieren, ja, aber Rusty Everett würde *très amusant* aussehen.

Als er fertig war, streckte er sich, um seinen schmerzenden Rücken zu entlasten. Dabei fiel sein Blick auf ein Poster an der Rückwand der Sportabteilung, das einen Hirsch im Fadenkreuz eines Zielfernrohrs zeigte. Darüber stand: DIE JAGDSAISON STEHT VOR DER TÜR – ZEIT FÜR EIN NEUES GEWEHR!

Wie die Dinge sich entwickelten, konnte es eine gute Idee sein, sich zu bewaffnen, fand Rommie. Vor allem, wenn Rennie oder Randolph beschlossen, dass es eine gute Idee wäre, alle Waffen außer die der Cops zu beschlagnahmen.

Er schob einen weiteren Einkaufswagen vor die abgesperrten Gewehrschränke und sortierte die Schlüssel des gewaltigen Schlüsselrings an seinem Gürtel rein nach Tastgefühl. Burpee's verkaufte ausschließlich Gewehre von Winchester, und da die Jagdsaison nächste Woche beginnen würde, glaubte Rommie, gewisse Lücken in seinem Bestand rechtfertigen zu können, falls er danach gefragt wurde. Er wählte ein Wildcat Kaliber .22, eine Pumpgun Black Shadow und zwei Black Defenders, ebenfalls Pumpguns. Dazu noch ein Model 70 Extreme Weather (mit Zielfernrohr) und ein 70 Featherweight (ohne). Er nahm Munition für alle Waffen mit, dann schob er den Einkaufswagen in sein Büro und verstaute die Gewehre in dem alten grünen Bodensafe von Defender.

Das ist echt paranoid, dachte er, als er das Kombinationsschloss verstellte.

Aber er *fühlte* sich nicht paranoid. Und als er dann hinausging, um auf Rusty und die Kinder zu warten, nahm er sich vor, sich ein blaues Tuch um den Arm zu binden. Und Rusty aufzufordern, das Gleiche zu tun. Tarnung war keine schlechte Idee.

Das wusste jeder Hirschjäger.

8   Um acht Uhr an diesem Morgen saß Jim Rennie wieder in seinem häuslichen Arbeitszimmer. Carter Thibodeau – von Big Jim bis auf Weiteres zu seinem persönlichen Leibwächter ernannt – war in eine Ausgabe von *Car and Driver* vertieft und las einen Vergleichstest zwischen dem 2012er BMW ActiveHybrid und dem 2011er Ford Vesper R. Beide Wagen sahen super aus, aber wer nicht wusste, dass BMWs die Größten waren, war verrückt. Das Gleiche traf auf jeden zu, fand er, der nicht kapierte, dass Mr. Rennie jetzt der BMW ActiveHybrid von Chester's Mill war.

Big Jim fühlte sich ziemlich gut, was zum Teil daran lag, dass er nach seinem Besuch bei Barbara noch eine Stunde geschlafen hatte. In der vor ihm liegenden Zeit würde er viele Power-Nickerchen brauchen. Er musste auf Draht sein, Herr der Lage bleiben. Nicht recht eingestehen mochte er sich, dass er sich auch Sorgen wegen weiterer Herzrhythmusstörungen machte.

Thibodeau um sich zu haben, war eine große Erleichterung, zumal Junior sich so unstet benahm *(so kann man's auch nennen,* dachte er). Thibodeau sah aus wie ein Gangster, aber er schien sich gut in die Adjutantenrolle hineinzufinden. Big Jim war sich seiner Sache noch nicht ganz sicher, aber er vermutete, dass Thibodeau sich als intelligenter erweisen könnte als Randolph.

Er beschloss, ihn auf die Probe zu stellen.

»Wie viele Männer bewachen den Supermarkt, junger Mann? Weißt du das?«

Carter legte die Zeitschrift weg und zog ein abgegriffenes kleines Notizbuch aus seiner Hüfttasche. Das imponierte Big Jim.

Nachdem er etwas darin geblättert hatte, sagte Carter: »Letzte Nacht waren's fünf, drei Reguläre und zwei Neue. Keine Probleme. Heute sind's nur drei. Lauter Neue. Aubrey Towle – seinem Bruder gehört die Buchhandlung, wissen Sie –, Todd Wendestat und Lauren Conree.«

»Und pflichtest du mir bei, dass sie genügen müssten?«

»Hä?«

»*Stimmst du mir zu,* Carter? Beipflichten heißt zustimmen.«

»Ja, die müssten reichen. Bei Tageslicht und allem.«

Keine Pause, um zu überlegen, was der Boss wohl hören wollte. Das gefiel Rennie sehr.

»Okay. Pass auf. Ich möchte, dass du dich heute Vormittag mit Stacey Moggin zusammensetzt. Sag ihr, dass sie jeden Officer anrufen soll, der auf unserer Liste steht. Alle sollen heute Abend um sieben vor der Food City sein. Ich will mit ihnen reden.«

Tatsächlich wollte er eine weitere Ansprache vor ihnen halten, bei der er diesmal alle Register ziehen würde. Er würde sie aufziehen wie Großvaters Taschenuhr.

»Okay.« Carter vermerkte das in seinem kleinen Adjutanten-Notizbuch.

»Und sag ihnen, dass jeder versuchen soll, einen Neuen mitzubringen.«

Carter fuhr mit seinem abgekauten Bleistift die Liste in seinem Notizbuch hinunter. »Wir haben schon ... Augenblick ... sechsundzwanzig.«

»Die genügen vielleicht noch immer nicht. Denk an den Supermarkt gestern Morgen und die Zeitung der Shumway gestern Abend. Es gibt nur uns oder die Anarchie, Carter. Weißt du, was *dieses* Wort bedeutet, Carter?«

»Äh, ja, Sir.« Carter Thibodeau glaubte zu wissen, dass er eine Archery Range für Bogenschützen meinte, und vermutete, sein neuer Boss wolle damit sagen, The Mill könnte sich in eine Schießbude oder dergleichen verwandeln, wenn sie nicht hart durchgriffen. »Vielleicht sollten wir eine Razzia nach Waffen oder so was veranstalten.«

Big Jim grinste. Ja, ein aufgeweckter Junge! »Die steht auf der Tagesordnung, voraussichtlich ab nächster Woche.«

»Wenn die Kuppel dann noch da ist. Glauben Sie, das ist sie?«

»Ich denke schon.« Sie *musste* es sein. Es gab noch so viel zu tun. Er musste dafür sorgen, dass das gehortete Flüssiggas wieder in der Stadt verteilt wurde. Alle Spuren des Meth-Labors hinter der Radiostation mussten getilgt werden. Außerdem – und das war entscheidend – hatte er seine wahre Größe noch nicht erreicht. Obwohl er sich auf einem guten Weg dorthin befand.

»Inzwischen lässt du ein paar Officers – *reguläre* Officers – zu Burpee's fahren und die dort lagernden Schusswaffen beschlagnahmen. Falls Romeo Burpee sie nicht rausrücken will, sollen sie sagen, dass wir verhindern wollen, dass sie in die Hände von Dale Barbaras Freunden fallen. Hast du das?«

»Ja.« Carter machte sich eine weitere Notiz. »Denton und Wettington? Sind die okay?«

Big Jim runzelte die Stirn. Wettington, die Kleine mit den großen Möpsen. Er traute ihr nicht. Er war sich nicht sicher, ob er überhaupt Cops mit Möpsen mochte, Mädchen hatten im Polizeidienst nichts verloren, aber in ihrem Fall kam noch etwas anderes hinzu. Ihm gefiel nicht, wie sie ihn ansah.

»Freddy Denton ja, Wettington nein. Auch nicht Henry Morrison. Schick Denton und George Frederick hin. Sie sollen die beschlagnahmten Waffen in die Waffenkammer der Polizeistation bringen.«

»Verstanden.«

Rennies Telefon klingelte. Big Jims Stirnrunzeln vertiefte sich. Er nahm den Hörer ab und sagte: »Stadtverordneter Rennie.«

»Hallo, Stadtverordneter. Hier ist Colonel James O. Cox.

Ich leite das sogenannte Dome-Projekt. Ich denke, es wird Zeit, dass wir uns unterhalten.«

Big Jim lehnte sich in seinen Stuhl zurück und lächelte. »Na schön, dann reden Sie einfach, Colonel, und Gott segne Sie.«

»Wie ich höre, haben Sie den Mann verhaftet, den der Präsident der Vereinigten Staaten dazu bestimmt hat, in Chester's Mill das Kommando zu übernehmen.«

»Das ist korrekt, Sir. Mr. Barbara ist wegen Mordes angeklagt. In vier Fällen. Ich glaube kaum, dass der Präsident einem Serienmörder die Verantwortung übertragen wollen würde. Wäre nicht gut für seine Umfragewerte.«

»Womit Sie der Verantwortliche sind.«

»O nein«, sagte Rennie noch breiter lächelnd. »Ich bin nur ein bescheidener Zweiter Stadtverordneter. Andy Sanders ist der Verantwortliche, und Peter Randolph – unser neuer Polizeichef, wie Sie vielleicht wissen – hat den Beschuldigten verhaftet.«

»Mit anderen Worten: Ihre Hände sind sauber. Und das wird Ihre Position sein, wenn die Kuppel verschwunden ist und die Ermittlungen beginnen.«

Big Jim gefiel die Frustration, die er in der Stimme des Armleuchters hörte. Dieser Bonze aus dem Pentagon war es gewohnt, andere fertigzumachen; fertiggemacht zu werden war eine neue Erfahrung für ihn.

»Weshalb sollten sie schmutzig sein, Colonel Cox? Barbaras Erkennungsmarken sind bei einem der Opfer gefunden worden. Eindeutiger kann ein Fall kaum sein.«

»Wie praktisch.«

»Nennen Sie's, wie Sie wollen.«

»Im Kabelfernsehen können Sie sehen«, sagte Cox, »dass Barbaras Verhaftung sehr kritisch hinterfragt wird – vor allem im Licht seiner bisherigen Verdienste, die vorbildlich sind. Es gibt auch Fragen zu *Ihrer* Vergangenheit, die weniger vorbildlich ist.«

»Glauben Sie, dass mich irgendetwas daran überrascht? Ihr Leute versteht euch darauf, die Nachrichten zu manipulieren. Das tut ihr seit Vietnam.«

»CNN bringt eine Story, dass Ende der neunziger Jahre wegen betrügerischer Lockvogelangebote gegen Sie ermittelt wurde. NBC berichtet von Ermittlungen wegen illegaler Kreditvergaben im Jahr 2008. Haben Sie damals nicht illegal hohe Kreditzinsen verlangt? Irgendwo im Bereich um die vierzig Prozent? Und sich bei Zahlungsverzug Fahrzeuge zurückgeholt, die schon doppelt, manchmal sogar dreifach bezahlt waren? Das alles sehen Ihre Wähler jetzt wahrscheinlich selbst in den Nachrichten.«

Alle diese Vorwürfe waren längst vom Tisch. Er hatte gutes Geld dafür gezalt, um sie aus der Welt zu schaffen. »Die Bürger meiner Stadt wissen, dass diese Nachrichtensendungen jeden Blödsinn bringen, wenn er nur hilft, ein paar Tuben Hämorrhoidensalbe und ein paar Fläschchen Schlafpillen mehr zu verkaufen.«

»Das ist noch nicht alles. Wie der Justizminister von Maine mitteilt, hat der vorige Polizeichef – der Mann, der erst letzten Samstag tödlich verunglückt ist – gegen Sie ermittelt: wegen Steuerhinterziehung, Veruntreuung städtischer Gelder und Mittäterschaft bei Herstellung und Vertrieb illegaler Drogen. Diese neuesten Erkenntnisse haben wir bisher nicht an die Medien weitergegeben, und wir werden es auch nicht tun ... *wenn* Sie sich kompromissbereit zeigen. Treten Sie als Stadtverordneter zurück. Auch Mr. Sanders sollte zurücktreten. Benennen Sie Andrea Grinnell, die Dritte Stadtverordnete, als Leiterin der Stadtverwaltung und Jacqueline Wettington als Vertreterin des Präsidenten in Chester's Mill.«

Big Jim fuhr der Schrecken derart in die Knochen, dass sein letzter Rest an guter Laune verflog. »Mann, sind Sie wahnsinnig? Andi Grinnell ist drogenabhängig – nach Oxycontin süchtig –, und die Wettington hat kein Hirn in ihrem verflixten Schädel!«

»Ich versichere Ihnen, dass dem nicht so ist, Rennie.« Kein *Mister* mehr; die Samthandschuhe waren jetzt ausgezogen. »Wettington hat eine Auszeichnung dafür erhalten, dass sie mitgeholfen hat, einen Drogenhändlerring im 67th Combat Support Hospital in Würzburg zu sprengen, und ist von einem Mann namens Jack Reacher persönlich belobigt worden – meiner bescheidenen Ansicht nach der gottverdammt toughste Army-Cop, der je gedient hat.«

»Sie haben nichts Bescheidenes an sich, Sir, und ihre gotteslästerliche Sprache missfällt mir. Ich bin Christ.«

»Ein Christ, der mit Drogen handelt, wenn ich richtig informiert bin.«

»Stock und Stein brechen vielleicht mein Gebein, doch Wörter bringen keine Pein.« *Vor allem unter der Kuppel nicht*, dachte Big Jim und lächelte. »Haben Sie denn Beweise dafür?«

»Kommen Sie, Rennie – mal unter uns harten Burschen, kommt's darauf an? Die Kuppel ist ein größeres Medienereignis als der elfte September. Und die Medien stehen auf *unserer* Seite. Wenn Sie nicht endlich Kompromissbereitschaft zeigen, teere ich Sie so dick, dass Sie das Zeug nie mehr runterkriegen. Sobald die Kuppel verschwindet, kommen Sie vor einen Untersuchungsausschuss des Senats, vor ein Schwurgericht und ins Gefängnis. Darauf können Sie Gift nehmen. Treten Sie jedoch zurück, ist alles erledigt. Auch das verspreche ich Ihnen.«

»Sobald die Kuppel verschwindet«, wiederholte Big Jim nachdenklich. »Und wann wird das sein?«

»Vielleicht früher, als Sie denken. Ich habe vor, als Erster drin zu sein, und meine erste Tat wird es sein, Ihnen Handschellen anzulegen und Sie zu einem Flugzeug zu schaffen, das Sie nach Fort Leavenworth in Kansas bringt, wo Sie bis zum Prozess als Gast der Vereinigten Staaten einsitzen werden.«

Die Dreistigkeit machte Big Jim einen Augenblick lang sprachlos. Dann lachte er.

»Läge Ihnen das Wohl der Stadt wirklich am Herzen, Rennie, würden Sie zurücktreten. Sehen Sie sich an, was unter Ihrer Verantwortung passiert ist: sechs Morde – zwei letzte Nacht im Krankenhaus, wie wir erfahren haben –, ein Selbstmord und ein Lebensmittelaufruhr. Sie sind diesem Job nicht gewachsen.«

Big Jims Hand umfasste den goldenen Baseball und

drückte zu. Carter Thibodeau beobachtete ihn mit besorgt gerunzelter Stirn.

Wären Sie hier, Colonel Cox, würde ich Sie schmecken lassen, was ich Coggins gefüttert habe. Das täte ich, und Gott wäre mein Zeuge.

»Rennie?«

»Ich bin hier.« Eine Pause. »Und Sie sind dort.« Noch eine Pause. »Und die Kuppel löst sich nicht auf. Ich denke, das wissen wir beide. Werfen Sie doch Ihre größte Atombombe darauf ab. Damit machen Sie die weitere Umgebung für zweihundert Jahre unbewohnbar und rotten ganz Chester's Mill aus, wenn die Barriere Strahlung durchlässt – die Kuppel verschwindet *trotzdem* nicht.« Sein Atem ging jetzt schnell, aber das Herz in seiner Brust schlug kräftig und gleichmäßig. »Weil die Kuppel Gottes Wille ist.«

Das war es, woran Jim Rennie in seinem Innersten glaubte. Wie er glaubte, es sei Gottes Wille, dass er sich dieser Stadt annahm und sie in den kommenden Wochen, Monaten und Jahren führte.

»*Was?*«

»Sie haben gehört, was ich gesagt habe.« Er wusste, dass er alles, seine gesamte Zukunft, auf das Weiterbestehen der Kuppel setzte. Er wusste, dass manche Leute ihn deswegen für verrückt halten würden. Er wusste aber auch, dass diese Leute ungläubige Heiden waren. Wie Colonel James O. »Baumwollpflücker« Cox.

»Rennie, seien Sie vernünftig. Bitte.«

Big Jim gefiel dieses *bitte*; es stellte seine gute Laune augenblicklich wieder her. »Fassen wir also zusammen, Colonel Cox, ja? Verantwortlich ist hier Andy Sanders, nicht ich. Aber ich weiß einen Höflichkeitsanruf von einem so wichtigen Mann wie Ihnen natürlich zu schätzen. Und obwohl ich mir sicher bin, dass Andy Ihr Angebot, die Stadtverwaltung zu übernehmen – sozusagen ferngesteuert –, dankbar anerkennen wird, kann ich für ihn sprechen, glaube ich, wenn ich Sie auffordere, sich Ihr Angebot dort reinzustecken, wo keine Sonne hinscheint. Wir sind hier drin auf uns allein gestellt, und wir werden die Krise allein *bewältigen*.«

783

»Sie sind verrückt«, sagte Cox staunend.

»So nennen die Ungläubigen die Gläubigen immer. Das ist ihr letztes Abwehrmittel gegen den Glauben. Daran sind wir gewöhnt, und ich nehme Ihnen das nicht übel.« Das war gelogen. »Darf ich Sie etwas fragen?«

»Bitte.«

»Haben Sie vor, uns von Telefon und Internet abzuschneiden?«

»Das würde Ihnen irgendwie gefallen, nicht wahr?«

»Natürlich nicht.« Wieder eine Lüge.

»Telefon und Internet bleiben. Genau wie die Pressekonferenz am Freitag. Auf der Sie einige peinliche Fragen werden beantworten müssen, das verspreche ich Ihnen.«

»Ich werde auf absehbare Zeit an keiner Pressekonferenz teilnehmen, Colonel. Auch Andy nicht. Und Mrs. Grinnell würde nicht viel Vernünftiges reden, die Ärmste. Also sollten Sie Ihre Pressekonferenz gleich …«

»O nein! Durchaus nicht.« War das ein *Lächeln* in Cox' Stimme? »Die Pressekonferenz findet am Freitagmittag statt, sodass genügend Zeit bleibt, bis zu den Abendnachrichten massenhaft Hämorrhoidensalbe zu verkaufen.«

»Und wer aus unserer Stadt soll daran teilnehmen?«

»Jedermann, Rennie. Absolut jeder. Weil wir ihren Angehörigen erlauben werden, an der Stadtgrenze zu Motton an die Kuppel zu kommen – wo Mrs. Sanders bei dem Flugzeugabsturz tödlich verunglückt ist, wie Sie sich erinnern werden. Die Medien werden dort sein, um alles haarklein zu schildern. Das ist dann wie ein Besuchstag im Staatsgefängnis, nur dass niemand sich irgendwas hat zuschulden kommen lassen. Außer Ihnen vielleicht.«

Rennie war plötzlich wieder wütend. *»Das können Sie nicht machen!«*

»O doch, das kann ich.« Das Lächeln *war* da. »Sie können auf Ihrer Seite der Barriere sitzen und mir eine lange Nase drehen; ich kann auf meiner sitzen und das Gleiche tun. Die Besucher stehen nebeneinander aufgereiht, und wer sich dazu bereitfindet, trägt ein T-Shirt mit dem Aufdruck DALE

BARBARA IST UNSCHULDIG oder FREIHEIT FÜR DALE BARBARA oder SETZT JAMES RENNIE AB. Es wird tränenreiche Wiedervereinigungen geben – Hände, die sich mit der Barriere zwischen sich gegen andere Hände pressen, vielleicht sogar versuchte Küsse. Lauter *ausgezeichnete* Fernsehbilder, lauter *ausgezeichnetes* Propagandamaterial. Vor allem werden die Bürger Ihrer Stadt nachdenklich werden und sich fragen, was sie mit einem unfähigen Mann wie Ihnen am Ruder sollen.«

Big Jims Stimme sank zu einem heiseren Knurren herab. »Das lasse ich nicht zu.«

»Wie wollen Sie das verhindern? Über tausend Leute. Die können Sie nicht alle erschießen.« Als Cox weitersprach, klang seine Stimme ruhig und vernünftig. »Kommen Sie, Stadtverordneter, wir wollen gemeinsam eine Lösung finden. Sie können noch immer ungeschoren davonkommen. Sie müssen nur das Ruder loslassen.«

Big Jim sah Junior, der noch Schlafanzug und Pantoffeln trug, wie ein Gespenst durch den Flur zur Haustür huschen, und nahm ihn kaum wahr. Selbst wenn Junior auf dem Gang tot umgefallen wäre, wäre Big Jim über seinen Schreibtisch gebeugt sitzen geblieben – mit dem goldenen Baseball in einer Hand und dem Telefonhörer in der anderen. Ihn beherrschte ein einziger Gedanke: Andrea Grinnell und Officer Möpschen als ihre Stellvertreterin sollten seine Stadt übernehmen.

Das war ein Witz.

Ein *schlechter* Witz.

»Colonel Cox, Sie können mich mal!«

Big Jim legte auf, drehte seinen Stuhl zur Seite und warf den goldenen Baseball. Er traf das signierte Foto von Tiger Woods. Das Glas zersplitterte, der Holzrahmen krachte zu Boden, und Carter Thibodeau, der es gewöhnt war, andere in Angst und Schrecken zu versetzen, aber selbst nicht schreckhaft war, sprang auf.

»Mr. Rennie? Alles okay mit Ihnen?«

Er sah nicht okay aus. Sein Gesicht war dunkelrot gefleckt. Seine kleinen Augen waren weit aufgerissen und schienen aus ihren durch erstarrtes Fett gebildeten Höhlen quellen zu wollen. Die Zornesader auf seiner Stirn pulsierte.

»Sie werden mir diese Stadt *niemals* wegnehmen«, flüsterte Big Jim.

»Natürlich nicht«, sagte Carter. »Ohne Sie sind wir erledigt.«

Daraufhin entspannte Big Jim sich etwas. Er griff nach dem Telefonhörer, dann fiel ihm ein, dass Randolph nach Hause gegangen war, um etwas zu schlafen. Der neue Polizeichef hatte seit Ausbruch der Krise verdammt wenig Schlaf bekommen und Carter erklärt, er wolle mindestens bis Mittag schlafen. Und das war in Ordnung. Der Mann taugte ohnehin nichts.

»Carter, notier dir eine kurze Anweisung. Die zeigst du Morrison, falls er heute Vormittag Wachhabender ist, und lass sie auf Randolphs Schreibtisch zurück. Anschließend kommst du sofort wieder hierher.« Er machte eine kleine Pause, runzelte nachdenklich die Stirn. »Und sieh nach, ob Junior dort ist. Er ist weggegangen, als ich mit Colonel Tun-Sie-was-ich-verlange telefoniert habe. Du brauchst ihn nicht eigens zu suchen, aber falls er dort ist, überzeug dich davon, dass mit ihm alles in Ordnung ist.«

»Klar. Wie lautet der Text?«

»›Lieber Chief Randolph, Jacqueline Wettington ist sofort aus dem Polizeidienst von Chester's Mill zu entfernen.‹«

»Sie wird gefeuert?«

»Allerdings.«

Carter kritzelte in sein Büchlein, und Big Jim ließ ihm Zeit, alles zu notieren. Ihm ging es wieder gut. Besser als gut. Er *fühlte es.* »Schreib weiter: ›Lieber Officer Morrison, sobald Wettington heute zum Dienst kommt, teilen Sie ihr mit, dass sie von ihren Aufgaben entbunden ist und ihren Spind ausräumen soll. Sollte sie nach dem Grund dafür fragen, sagen Sie ihr, dass die Polizei umorganisiert wird, sodass ihre Dienste nicht länger benötigt werden.‹«

»Schreibt man *Spind* mit *t*, Mr. Rennie?«

»Die Rechtschreibung spielt keine Rolle. Auf die *Message* kommt's an.«

786

»Okay. Genau.«

»Falls sie weitere Fragen hat, kann sie damit zu mir kommen.«

»Das hab ich. Sonst noch was?«

»Nein. Sag den anderen, dass der Erste, der ihr begegnet, ihr die Plakette und ihre Waffe abnehmen soll. Wird sie pampig und sagt, dass die Pistole ihr gehört, sollen sie den Empfang quittieren und ihr erklären, dass sie die Waffe zurückbekommt oder dafür entschädigt wird, wenn die Krise vorbei ist.«

Carter kritzelte noch etwas, dann sah er auf. »Was, glauben Sie, ist mit Junes los, Mr. Rennie?«

»Weiß ich nicht. Wahrscheinlich nur Migräne, denke ich. Jedenfalls kann ich mich jetzt nicht darum kümmern. Es gibt Wichtigeres zu tun.« Er zeigte auf das Notizbuch. »Bring mir das.«

Carter brachte es ihm. Seine Handschrift war die ungelenke Krakelschrift eines Drittklässlers, aber er hatte alles richtig notiert. Rennie zeichnete die Anweisungen ab.

9   Carter brachte die Früchte seiner Sekretärsarbeit auf die Polizeistation. Morrison nahm sie mit einer Ungläubigkeit zur Kenntnis, die fast an Meuterei grenzte. Carter sah sich auch nach Junior um, aber Junior war nicht hier, und kein Mensch hatte ihn gesehen. Er bat Henry, ihn im Auge zu behalten, falls er hereinkam.

Dann ging er einem Impuls folgend nach unten, um Barbie zu besuchen, der mit hinter dem Kopf gefalteten Händen auf seiner Koje lag.

»Ihr Boss hat angerufen«, sagte er. »Dieser Cox. Mr. Rennie nennt ihn Colonel Tun-Sie-was-ich-verlange.«

»Kann ich mir vorstellen«, sagte Barbie.

»Mr. Rennie hat ihn aufgefordert, ihn am Arsch zu lecken. Und wissen Sie was? Ihr Army-Kumpel musste das schlucken und dazu lächeln. Na, wie finden Sie das?«

»Das überrascht mich nicht.« Barbie blickte weiter zur Decke auf. Seine Stimme klang gelassen. Das war irritierend.

»Carter, haben Sie sich mal überlegt, worauf das hier alles hinausläuft? Haben Sie mal versucht, die Dinge auf lange Sicht zu betrachten?«

»Es gibt keine lange Sicht, *Baaarbie*. Nicht mehr.«

Barbie sah nur weiter zur Decke auf, während ein kleines Lächeln seine Mundwinkel umspielte. Als wüsste er etwas, was Carter nicht wusste. Am liebsten hätte Carter jetzt die Zellentür aufgesperrt und das Arschloch k.o. geschlagen. Dann erinnerte er sich daran, was auf dem Parkplatz des Dipper's passiert war. Sollte Barbara doch zusehen, ob er mit seinen miesen Tricks gegen ein Erschießungskommando ankam. Sollte er es doch probieren!

»Bis demnächst, *Baaarbie*.«

»Klar doch«, sagte Barbie, der sich noch immer nicht die Mühe machte, Carter anzusehen. »It's a small town, son, and we all support the team.«

10 Als die Klingel des Pfarrhauses schrillte, trug Piper Libby noch ihr T-Shirt der Boston Bruins und die Shorts als Ersatzpyjama. Sie öffnete die Tür und erwartete, draußen Helen Roux stehen zu sehen, die eine Stunde zu früh zu ihrem Zehnuhrtermin kam, um mit ihr über Georgias Beisetzung zu sprechen. Aber die Besucherin war Jackie Wettington. Sie trug ihre Uniform, aber ohne Plakette über der linken Brust und ohne Pistole an der Hüfte. Sie wirkte benommen.

»Jackie? Was ist passiert?«

»Rennie hat mich gefeuert! Dieser Scheißkerl hatte mich auf der Abschussliste, seit er auf unserer Weihnachtsfeier versucht hat, mich zu begrapschen, und kräftig eines auf die Finger gekriegt hat. Aber ich bezweifle, dass diese Sache auch nur der wichtigste Grund war ...«

»Kommen Sie rein«, sagte Piper. »In einem Regal in der Speisekammer habe ich einen kleinen Gaskocher gefunden – von meinem Vorgänger, denke ich –, der wie durch ein Wunder noch funktioniert. Klingt eine heiße Tasse Tee nicht gut?«

»Himmlisch«, sagte Jackie. Tränen stiegen ihr in die Augen und liefen über. Sie wischte sie sich fast zornig von den Wangen.

Piper führte sie in die Küche und zündete den auf der Arbeitsplatte stehenden einflammigen Campingkocher von Brinkman an. »Erzählen Sie mir alles.«

Das tat Jackie, nicht ohne Henry Morrisons Beileidsbezeugungen zu erwähnen, die unbeholfen, aber ehrlich gewesen waren. »Diesen Teil hat er *geflüstert*«, sagte sie, während sie die Tasse nahm, die Piper ihr gab. »Da drüben geht's jetzt zu wie bei der gottverdammten Gestapo. Entschuldigen Sie meine Ausdrucksweise.«

Piper winkte ab.

»Henry meint, es würde alles nur noch schlimmer machen, wenn ich bei der morgigen Bürgerversammlung dagegen protestiere – Rennie würde mir einfach Unfähigkeit vorwerfen und jede Menge Beispiele erfinden. Wahrscheinlich hat er recht. Aber der Unfähigste in unserer Polizei ist der Kerl, der sie leitet. Und was Rennie betrifft … er stockt die Polizei mit Officers auf, die ihm ergeben sind – für den Fall, dass es organisierte Proteste dagegen gibt, wie er Chester's Mill verwaltet.«

»Natürlich tut er das«, sagte Piper.

»Die meisten seiner neu Angeworbenen sind zu jung, um legal an Bier zu kommen, aber sie tragen Schusswaffen. Ich wollte Henry sagen, dass er als Nächster fliegt – er hat sich abfällig über Randolphs Führungsstil geäußert, und die Speichellecker haben seine Kommentare bestimmt längst weitergegeben –, aber ich habe ihm angesehen, dass er das längst weiß.«

»Möchten Sie, dass ich zu Rennie gehe?«

»Das würde nichts nutzen. Mir tut's nicht mal leid, draußen zu sein, ich ertrag's nur nicht, gefeuert worden zu sein. Das große Problem ist, dass alles genau zu dem passt, was morgen Abend steigen soll. Wahrscheinlich muss ich mit Barbie verschwinden. Immer vorausgesetzt, dass ich etwas finde, *wohin* wir verschwinden können.«

»Ich verstehe nicht, wovon Sie reden.«

»Ich weiß, aber ich werd's dir gleich erzählen. Und damit beginnen die Risiken. Wenn Sie diese Sache nicht für sich behalten, lande ich selbst im Knast. Vielleicht stehe ich sogar neben Barbara, wenn Rennie sein Erschießungskommando antreten lässt.«

Piper betrachtete sie ernst. »Ich habe eine Dreiviertelstunde Zeit, bis Georgia Roux' Mutter kommt. Ist das Zeit genug, um zu sagen, was Sie zu sagen haben?«

»Reichlich.«

Jackie begann mit der Untersuchung der Leichen im Bestattungsinstitut. Sie beschrieb die Spuren von Stichen auf Coggins' Gesicht und den vergoldeten Baseball, den Rusty gesehen hatte. Dann holte sie tief Luft und sprach als Nächstes von ihrem Plan, Barbie morgen Abend während der außerordentlichen Bürgerversammlung aus der Haft zu befreien. »Obwohl ich keine Ahnung habe, wo wir ihn unterbringen können, wenn wir's tatsächlich schaffen, ihn zu befreien.« Sie trank einen kleinen Schluck Tee. »Also, was denken Sie?«

»Dass ich noch eine Tasse möchte.«

»Ich nicht, danke.«

Von der Arbeitsfläche aus sagte Piper: »Was ihr vorhabt, ist schrecklich gefährlich – das brauche ich Ihnen bestimmt nicht zu sagen –, aber vielleicht die einzige Möglichkeit, einem Unschuldigen das Leben zu retten. Ich habe keine Sekunde lang geglaubt, dass Dale Barbara diese Morde verübt hat, und seit meinem Zusammenstoß mit unseren hiesigen Gesetzeshütern überrascht mich die Vorstellung, sie könnten ihn an die Wand stellen, um ihn daran zu hindern, das Kommando zu übernehmen, gar nicht mehr.« Dann griff sie Barbies Gedankengang auf, ohne es zu ahnen: »Rennie betrachtet die Dinge nicht auf lange Sicht, dasselbe gilt für die Cops. Ihnen geht es nur darum, wer Boss im Baumhaus ist. Diese Denkweise fordert Katastrophen geradezu heraus.«

Sie kam an den Tisch zurück.

»Praktisch seit dem Tag, an dem ich als Pastorin nach The Mill zurückgekommen bin – was ich mir schon als kleines Mädchen gewünscht habe –, war mir klar, dass Jim Rennie ein Ungeheuer im Embryonalzustand war. Und jetzt – wenn du den melodramatischen Ausdruck entschuldigst – ist das Monster geboren.«

»Gott sei Dank«, sagte Jackie.

»Gott sei Dank, dass ein Ungeheuer geboren ist?« Piper zog lächelnd die Augenbrauen hoch.

»Nein – Gott sei Dank, dass Sie auf der richtigen Seite stehen.«

»Es gibt noch mehr, nicht wahr?«

»Ja. Es sei denn, Sie wollen da rausgehalten werden.«

»Schätzchen, ich stecke längst mit drin. Wenn Sie wegen Verschwörung eingesperrt werden können, könnte ich schon dafür hinter Gitter kommen, weil ich Ihnen zugehört und Sie nicht angezeigt habe. Wir sind jetzt das, was unsere Regierung gern ein ›terroristisches Eigengewächs‹ nennt.«

Jackie quittierte diese Vorstellung mit bedrücktem Schweigen.

»Ihnen geht's nicht nur um Freiheit für Dale Barbara, habe ich recht? Sie wollen eine aktive Widerstandsbewegung organisieren.«

»Ich denke schon«, sagte Jackie und lachte ziemlich hilflos. »Nach sechs Jahren in der U.S. Army hätte ich das nie geglaubt – ich hab immer zu meinem Land gehalten, ohne nach Recht oder Unrecht zu fragen –, aber … Haben Sie sich schon mal überlegt, dass die Kuppel vielleicht nicht wieder verschwindet? Nicht diesen Herbst, nicht diesen Winter? Vielleicht auch nicht nächstes Jahr oder sogar zeit unseres Lebens?«

»Ja.« Piper wirkte ruhig, aber sie war sehr blass geworden. »Das habe ich. Dieser Gedanke dürfte jedem in The Mill gekommen sein, wenn auch vielleicht nur im Hinterkopf.«

»Dann denken Sie mal über Folgendes nach: Möchten Sie ein Jahr oder fünf Jahre unter der Diktatur eines mordenden Idioten verbringen? Falls uns noch fünf Jahre bleiben.«

»Natürlich nicht.«

»Dann ist jetzt vielleicht die einzige Zeit, in der wir ihn noch stoppen können. Er ist vielleicht kein Embryo mehr, aber diese Sache, die er aufbaut – dieser Apparat –, ist noch nicht voll einsatzbereit. Jetzt ist der beste Zeitpunkt.« Jackie machte eine Pause. »Wenn er die Polizei anweist, die gewöhnlichen Bürger zu entwaffnen, ist es vielleicht der einzige Zeitpunkt.«

»Was soll ich also tun?«

»Wir sollten hier im Pfarrhaus zu einer Besprechung zusammenkommen. Heute Abend. Mit diesen Leuten, wenn sie alle kommen wollen.« Aus ihrer Hüfttasche zog sie die Liste, die sie in mühsamer Arbeit gemeinsam mit Linda Everett erstellt hatte.

Piper faltete das aus einem Notizblock gerissene Blatt auseinander und studierte die Liste, die nur acht Namen enthielt. Sie sah auf. »Lissa Jamieson, unsere Bibliothekarin mit den Kristallen? Ernie Calvert? Wissen Sie das bestimmt?«

»Wen müsste man dringender anwerben, um eine entstehende Diktatur zu bekämpfen, als eine Bibliothekarin? Und was Ernie betrifft … soviel ich weiß, ist er seit den gestrigen Ereignissen im Supermarkt so sauer auf Jim Rennie, dass er, wenn er ihn brennend auf der Straße liegen sähe, nicht mal Anstalten machen würde, das Feuer auszupissen.«

»Ein etwas schräges Bild, aber wunderbar anschaulich.«

»Ich wollte Lissa und Ernie von Julia Shumway aushorchen lassen, aber jetzt kann ich es selbst tun. Ich scheine plötzlich über reichlich Freizeit zu verfügen.«

Die Klingel schrillte. »Das dürfte die trauernde Mutter sein«, sagte Piper und stand auf. »Bestimmt ist sie schon wieder halb angesäuselt. Sie liebt ihren Coffee Brandy, aber ich bezweifle, dass er den Schmerz wirklich lindert.«

»Ich weiß noch immer nicht, was Sie von unserer Besprechung halten«, sagte Jackie.

Piper Libby lächelte. »Sagen Sie Ihren anderen terroristischen Eigengewächsen, dass sie heute Abend zwischen neun und halb zehn Uhr herkommen sollen. Einzeln und zu Fuß – die Standardmethode der französischen Résistance. Wir müssen ja nicht ankündigen, was wir vorhaben.«

»Ich danke Ihnen«, sagte Jackie. »Sehr.«

792

»Keine Ursache. Dies ist auch meine Stadt. Darf ich vorschlagen, dass Sie durch den Hinterausgang hinausschlüpfen?«

11   Hinten in Rommie Burpees Van lag eine Plastiktüte mit sauberen Lappen. Rusty knotete zwei davon zusammen, damit er sie sich wie ein Halstuch vor Mund und Nase binden konnte, aber trotzdem füllten sich Nase, Rachenraum und Lunge mit dem Verwesungsgeruch des verendeten Bären. In seinen Augen, dem offenen Maul und seinem freigelegten Gehirn waren die ersten Maden ausgeschlüpft.

Er stand auf, trat zurück und schwankte dann leicht. Rommie bekam ihn am Arm zu fassen.

»Fangt ihn auf, wenn er umkippt«, sagte Joe nervös. »Womöglich wirkt dieses Ding auf Erwachsene schon aus größerer Entfernung.«

»Das war bloß der Gestank«, sagte Rusty. »Bin schon wieder okay.«

Aber selbst in einiger Entfernung von dem Bären roch die Welt schlecht: rauchig und abgestanden, als wäre die gesamte Kleinstadt Chester's Mill jetzt ein einziger geschlossener Raum. Außer dem Rauch- und Fäulnisgestank konnte er verrottende Pflanzen und Sumpfgerüche wahrnehmen, die bestimmt aus dem austrocknenden Prestile kamen. *Wenn es nur Wind gäbe,* dachte er, aber die vereinzelten kraftlosen kleinen Brisen trugen nur weitere schlechte Gerüche heran. Weit im Westen standen Wolken – drüben in New Hampshire goss es vermutlich in Strömen –, aber sobald sie die Kuppel erreichten, teilten sie sich wie ein Fluss, der einen Felsblock umströmt. Rusty hegte allmählich immer ernstere Zweifel, was die Möglichkeit von Regen unter der Kuppel betraf. Er nahm sich vor, zu diesem Thema ein paar meteorologische Websites zu befragen ... falls er jemals wieder einen Augenblick Zeit fand. Das Leben war schrecklich arbeitsreich und beunruhigend strukturlos geworden.

»Ist Bruder Bär vielleicht an Tollwut eingegangen, Doc?«, fragte Rommie.

»Das bezweifle ich. Ich glaube, dass es genau das war, was die Kinder gesagt haben: schlichter Selbstmord.«

Sie stiegen wieder in den Van und fuhren mit Rommie am Steuer langsam die Black Ridge Road entlang. Rusty hatte den Geigerzähler auf den Knien. Das Gerät tickte stetig. Er beobachtete, wie die Nadel sich auf +200 zubewegte.

»Hier halten, Mr. Burpee!«, rief Norrie. »Bevor Sie aus dem Wald kommen! Wenn Sie ohnmächtig werden, wär's mir lieber, Sie fahren nicht mehr – nicht mal mit zehn Meilen in der Stunde.«

Rommie hielt bereitwillig am Straßenrand. »Springt raus, Kinder. Ich bin euer Babysitter. Der Doc fährt allein weiter.« Er wandte sich an Rusty. »Nehmen Sie den Van, aber fahren Sie langsam und halten Sie sofort an, wenn die Strahlung gefährlich hoch wird. Oder wenn Sie anfangen, sich schwindlig zu fühlen. Wir kommen zu Fuß nach.«

»Seien Sie bloß vorsichtig, Mr. Everett«, sagte Joe.

Benny fügte hinzu: »Machen Sie sich nichts daraus, wenn Sie ohnmächtig in den Graben fahren. Wir schieben Sie auf die Straße zurück, sobald Sie wieder bei sich sind.«

»Danke«, sagte Rusty. »Ihr seid ein Schatz, Liebling.«

»Hä?«

»Schon gut.«

Rusty setzte sich ans Steuer und knallte die Fahrertür zu. Auf dem rechten Schalensitz tickte der Geigerzähler. Er fuhr ganz langsam aus dem Wald heraus. Vor ihm stieg die Black Ridge Road zur Obstplantage hinauf an. Anfangs sah er nichts Ungewöhnliches und empfand sekundenlang abgrundtiefe Enttäuschung. Dann traf ein greller purpurroter Blitz seine Netzhaut, und er trat hastig auf die Bremse. Dort oben war tatsächlich etwas: irgendetwas Helles, Glänzendes in dem Gewirr aus lange nicht mehr beschnittenen Apfelbäumen. Im Rückspiegel sah er die anderen dicht hinter dem Van stehen bleiben.

»Rusty?«, rief Rommie. »Okay?«

»Ich hab es gesehen.«

Er zählte bis fünfzehn, dann blitzte das purpurrote Licht wieder auf. Als er nach dem Geigerzähler griff, starrte Joe ihn forschend durchs Fahrerfenster an. Auf seinem blassen Gesicht standen die neuen Pickel wie Stigmata. »Spüren Sie irgendwas? Benommenheit? Leichten Schwindel?«

»Nein«, sagte Rusty.

Joe zeigte nach vorn. »Dort sind wir bewusstlos geworden. Genau dort.« Am linken Straßenrand konnte Rusty Schuh- und Schleifspuren erkennen.

»Geht bis dorthin«, sagte Rusty. »Alle vier. Mal sehen, ob ihr wieder umkippt.«

»Verdammt«, sagte Benny, der jetzt neben Joe stand. »Bin ich vielleicht ein Versuchskaninchen?«

»Tatsächlich ist Rommie das Versuchskaninchen, denke ich. Trauen Sie sich das zu, Rommie?«

»Klar.« Er wandte sich an die Kinder. »Sollte ich umkippen, ihr aber nicht, schleift ihr mich hierher zurück. Hier sind wir anscheinend außer Reichweite.«

Die vier gingen zu den Schürfspuren weiter. Rusty beobachtete sie von seinem Platz am Steuer des Vans aufmerksam. Das Quartett hatte die Stelle schon fast erreicht, als Rommie erst langsamer wurde und dann stolperte. Norrie und Benny wollten ihn von einer Seite stützen, Joe von der anderen. Aber Rommie ging nicht zu Boden. Im nächsten Augenblick richtete er sich bereits wieder auf.

»Weiß nicht, ob das was Reales war oder nur … wie sagt man … die Kraft der Einbildung, aber jetzt fehlt mir nichts mehr. War nur einen Augenblick leicht benommen. Habt ihr was gespürt, Kinder?«

Sie schüttelten den Kopf. Das überraschte Rusty nicht. Diese Sache *hatte* tatsächlich Ähnlichkeit mit Windpocken: eine milde Erkrankung, die hauptsächlich Kinder befiel, die danach gegen sie immun waren.

»Fahren Sie ruhig weiter, Doc«, sagte Rommie. »Sie wollen das viele Bleizeug nicht dort raufschleppen, wenn's nicht sein muss, aber seien Sie vorsichtig.«

Rusty fuhr langsam weiter. Er hörte das schneller werdende Ticken des Geigerzählers, spürte jedoch nichts Ungewöhnliches. Auf dem Hügelkamm blitzte das grelle Licht in

795

Abständen von fünfzehn Sekunden auf. Er erreichte Rommie und die Kinder, fuhr an ihnen vorbei.

»Ich spüre absolut ni…«, begann er, und dann kam es: eigentlich keine leichte Benommenheit, sondern ein Gefühl von Entfremdung und seltsamer Klarheit. Solange es anhielt, hatte er den Eindruck, sein Kopf wäre ein Teleskop, mit dem er nach Belieben alles sehen konnte – und sei es noch so weit entfernt. Hätte er gewollt, könnte er seinen Bruder sehen, der in diesem Augenblick in San Diego ins Büro fuhr.

Irgendwo, in einem benachbarten Universum, hörte er Benny rufen: »Vorsicht, Dr. Rusty kommt von der Straße ab!«

Aber das stimmte nicht; er konnte die Naturstraße sehr gut sehen. *Traumhaft* gut. Jedes Steinchen, jeden Glimmersplitter. Wenn er einen Schlenker gemacht hatte – und das musste er wohl getan haben –, hatte er nur dem Mann ausweichen wollen, der plötzlich auf der Straße stand. Der Mann war groß und hager und wirkte durch den leicht schräg aufgesetzten absurden rot-weiß-blauen Zylinderhut noch größer. Er trug Jeans und ein T-Shirt mit dem Aufdruck SWEET HOME ALABAMA PLAY THAT DEAD BAND'S SONG – *Spiel den Song dieser toten Band.*

Das ist kein Mann, das ist eine Halloween-Puppe.

Ja, natürlich. Was konnte es sonst sein mit den grünen Gartenschaufeln als Hände, einem Kopf aus Sackleinen und weißen Kreuzstichen als Augen?

»Doc! *Doc!*« Das war Rommie.

Die Halloween-Puppe ging in Flammen auf.

Im nächsten Augenblick war sie verschwunden. Vor sich sah Rusty nur die Straße, den Hügelrücken und das in Abständen von fünfzehn Sekunden aufblitzende purpurrote Licht, das zu locken schien: *Auf geht's, auf geht', auf geht's.*

12   Rommie riss die Fahrertür auf. »Doc … Rusty … alles in Ordnung?«

»Mir geht's gut. Es war schnell vorbei. Bei Ihnen war's ähnlich, denke ich. Rommie, haben Sie irgendwas *gesehen*?«

796

»Nein. Ich dachte kurz, ich riech was Brennendes. Aber ich schätze, das kommt von dem Rauchgeruch in der Luft.«

»Ich hab einen Scheiterhaufen aus brennenden Kürbissen gesehen«, sagte Joe. »Das hab ich Ihnen erzählt, richtig?«

»Ja.« Trotz allem, was Rusty aus dem Mund seiner eigenen Töchter gehört hatte, hatte er dieser Aussage nicht genügend Beachtung geschenkt. Das änderte sich jetzt.

»Ich hab lautes Kreischen gehört«, sagte Benny, »aber den Rest hab ich vergessen.«

»Ich hab's auch gehört«, sagte Norrie. »Es war Tag, aber noch dunkel. Das Kreischen war gellend laut. Und mir ist ... Ruß aufs Gesicht gerieselt, glaub ich.«

»Doc, vielleicht sollten wir umkehren«, sagte Rommie.

»Kommt nicht infrage«, sagte Rusty. »Nicht, solange ich eine Chance sehe, meine Kinder – und alle übrigen Kinder – hier rauszuschaffen.«

»Ich wette, dass auch ein paar Erwachsene gern mitgehen würden«, meinte Benny, was ihm einen Rippenstoß von Joe einbrachte.

Rusty sah auf den Geigerzähler. Die Nadel stand unverändert bei +200. »Ihr bleibt hier«, sagte er.

»Doc«, fragte Joe, »was ist, wenn die Strahlung so stark wird, dass Sie ohnmächtig werden? Was machen wir dann?«

Rusty überlegte. »Falls ich noch in der Nähe bin, schleift ihr mich zurück. Aber du nicht, Norrie. Nur die Jungs.«

»Wieso ich nicht?«, fragte sie.

»Weil du vielleicht eines Tages Kinder haben willst. Welche mit nur zwei Augen und allen Gliedern an den richtigen Stellen.«

»Richtig. Ich bleib total hier«, sagte Norrie.

»Euch anderen dürfte eine kurze Bestrahlung nicht weiter schaden. Aber ich meine *wirklich* kurz. Sollte ich auf halber Strecke oder erst unter den Bäumen zusammenklappen, lasst ihr mich liegen.«

»Derbe Sache, Doc«, sagte Rommie.

»Ich meine nicht endgültig«, sagte Rusty. »Im Laden haben Sie noch mehr Bleiblechrollen, stimmt's?«

»Und ob. Wir hätten mehr mitbringen sollen.«

797

»Richtig, aber man kann nicht an alles denken. Sollte der schlimmste Fall eintreten, holen Sie das restliche Bleiblech, verkleiden damit die Fenster des Wagens, den Sie fahren, und holen mich raus. Teufel, bis dahin bin ich vielleicht schon wieder auf den Beinen und in Richtung Stadt unterwegs.«

»Genau. Oder Sie liegn bewusstlos da und kriegn 'ne tödliche Dosis ab.«

»Hören Sie, Rommie, wir machen uns vermutlich unnütze Sorgen. Ich glaube, dass die Benommenheit – die Ohnmacht bei Kindern – nicht anders ist als die sonstigen Phänomene, die wir an der Kuppel erlebt haben. Man spürt sie ein Mal und dann nie wieder.«

»Darauf wolln Sie Ihr Leben verwettn?«

»Irgendwann müssen wir unseren Einsatz auf den Tisch legen.«

»Alles Gute!«, sagte Joe und streckte seine Faust ins Wageninnere.

Rusty schlug leicht dagegen, dann wiederholte er diesen Vorgang mit Norrie und Benny. Auch Rommie hob seine Faust. »Was gut für die Kids ist, ist gut genug für mich.«

13   Zwanzig Meter hinter der Stelle, an der Rusty die Vision von der Halloween-Puppe mit dem Zylinder gehabt hatte, wurde das Ticken des Geigerzählers zu einem lauten Stakkato. Er sah den Zeiger bei +400 stehen – knapp am linken Rand des Gefahrenbereichs.

Er hielt wieder und holte eine Ausrüstung, die er lieber nicht angelegt hätte, aus dem Van. »Erst noch ein warnendes Wort«, sagte er. »Und es richtet sich speziell an dich, Mr. Benny Drake. Wenn du lachst, gehst du zu Fuß nach Hause.«

»Ich lache nicht«, versprach Benny, aber schon nach kurzer Zeit lachten alle, auch Rusty selbst. Er zog seine Jeans aus und ersetzte sie durch eine Trainingshose für Footballspieler. In die Taschen für Schenkel und Gesäßpolster steckte er zugeschnittene Stücke Bleiblech. Dann legte er die Schienbeinschoner eines Catchers an und umwickelte sie mit weiterem Bleiblech. Zuletzt folgten ein Bleikragen zum Schutz seiner

Schilddrüse und eine Bleischürze, die seine Hoden schützte. Diese größte Schürze, die er hatte finden können, hing bis zu den grell orangeroten Schienbeinschützern herab. Er hatte überlegt, ob er eine weitere Schürze auf dem Rücken tragen sollte (es war besser, lächerlich auszusehen, als an Lungenkrebs zu sterben, fand er), war aber wieder davon abgekommen. Er wog jetzt schon über hundertdreißig Kilo. Und Strahlung beschrieb keine Kurven. Solange er sich ihrer Quelle von vorn näherte, konnte ihm kaum etwas passieren.

Na ja. Vielleicht.

Bis dahin hatten Rommie und die Kinder es geschafft, sich auf diskretes Schmunzeln und gelegentlich ein unterdrücktes Kichern zu beschränken. Ihre Selbstbeherrschung geriet ins Wanken, als Rusty sich eine mit Bleiblech gefütterte Badekappe der Größe XL über den Kopf zog, aber als er ellbogenlange Handschuhe anzog und seine Ausrüstung durch die Schutzbrille vervollständigte, war die Beherrschung vollständig dahin.

»*Es lebt!*«, rief Benny und stolzierte mit ausgestreckten Armen wie Frankensteins Monster umher. »*Meister, es lebt!*«

Rommie stolperte an den Straßenrand, ließ sich auf einen Felsblock sinken und lachte bellend. Joe und Norrie klappten mitten auf der Straße zusammen und wälzten sich wie Hühner, die ein Staubbad nahmen.

»Ihr geht alle zu Fuß«, sagte Rusty, aber er grinste, als er (mit einiger Mühe) wieder in den Van kletterte.

Vor ihm blinkte das purpurrote Licht wie ein Leuchtfeuer.

14 Henry Morrison verließ die Polizeistation, als die lärmenden Spielerkabine-in-der-Halbzeitpause-Neckerei der neuen Rekruten unerträglich wurde. Inzwischen lief alles schief. Das hatte er vermutlich schon gewusst, bevor Carter Thibodeau, der Schläger, den Stadtverordneter Rennie zu seinem Leibwächter gemacht hatte, mit der unterschriebenen Mitteilung aufgekreuzt war, dass Jackie Wettington, eine vorbildliche Polizistin und loyale Kollegin, fristlos entlassen sei.

Henry sah das als ersten Schachzug in einer vermutlich großangelegten Strategie, die älteren Officers, die Rennie als Parteigänger von Duke Perkins einschätzen würde, aus dem Polizeidienst zu entfernen. Er selbst würde der Nächste sein. Freddy Denton und Rupert Libby würden vermutlich bleiben können. Rupe war ein mittleres Arschloch, Denton ein großes. Linda Everett würde gehen müssen. Stacey Moggin wahrscheinlich auch. Sah man von der nicht sonderlich hellen Lauren Conree ab, wäre die Polizei von The Mill damit wieder ein reiner Boys' Club.

Er fuhr langsam die Main Street hinunter, die fast völlig leer war – wie in einer Geisterstadt in einem Western. Sloppy Sam Verdreaux saß unter der Markise des Globe; die Flasche zwischen seinen Knien enthielt wahrscheinlich keine Pepsi-Cola, aber Henry hielt trotzdem nicht an. Sollte der alte Säufer doch einen zur Brust nehmen.

Johnny und Carrie Carver waren dabei, die Schaufenster des Gas & Grocery mit Brettern zu verschalen. Beide trugen die blauen Armbinden, die plötzlich überall in der Stadt zu sehen waren. Ihr Anblick war Henry unheimlich.

Er wünschte sich, er hätte den Job in Orono angenommen, der ihm letztes Jahr angeboten worden war. Eine Beförderung wäre das zwar nicht direkt gewesen, und er wusste, dass Collegestudenten verdammt schwierig sein konnten, wenn sie bekifft oder betrunken waren, aber er hätte mehr verdient, und nach Friedas Aussage waren die Schulen in Orono erstklassig.

Letzten Endes hatte Duke ihn zum Bleiben überredet, indem er ihm versprochen hatte, bei der nächsten Bürgerversammlung eine Gehaltserhöhung um fünf Mille im Jahr durchzuboxen, und indem er Henry absolut vertraulich mitgeteilt hatte, wenn Peter Randolph nicht freiwillig gehe, werde er ihm kündigen. »Dann würdest du mein Stellvertreter, was weitere zehn Mille pro Jahr wären«, hatte Duke gesagt. »Sobald ich in den Ruhestand trete, kannst du Chief werden, wenn du willst. Alternativ kannst du natürlich Kids von der Uni, an deren Hosen Kotze antrocknet, in ihre Studentenheime zurückfahren. Denk darüber nach.«

Für ihn hatte das gut geklungen, auch für Frieda klang es damals gut (nun ... *halbwegs* gut), und die Kinder, die auf keinen Fall hatten umziehen wollen, waren natürlich erleichtert gewesen. Nur war Duke jetzt tot, Chester's Mill lag unter der Kuppel, und das Police Department hatte sich in etwas verwandelt, das sich schlecht anfühlte und noch schlechter roch.

Er bog auf die Prestile Street ab und sah dort Junior an dem gelben Absperrband stehen, das das Haus der McCains umgab. Junior trug eine Schlafanzughose und Pantoffeln, sonst nichts. Er schwankte merklich, und Henrys erster Gedanke war, dass Junior und Sloppy Sam heute viel gemeinsam hatten.

Sein zweiter Gedanke galt der Polizei. Er würde ihr vielleicht nicht mehr lange angehören, aber noch gehörte er dazu, und eine von Duke Perkins' eisernen Regeln war gewesen: *Ich will niemals den Namen eines Officers aus Chester's Mill im Gerichtsreport des* Democrat *lesen müssen.* Und Junior war ein Officer, ob es Henry nun passte oder nicht.

Er stellte Wagen drei am Randstein ab und ging dorthin, wo Junior schwankend stand. »He, Junes, lassen Sie sich in die Station zurückbringen, mit Kaffee auffüllen und ...« *Ausnüchtern,* hatte er hinzufügen wollen, aber dann merkte er, dass die Schlafanzughose des Jungen klatschnass war. Junior hatte sich vollgepinkelt.

Ebenso besorgt wie angewidert – das durfte niemand sehen, Duke hätte im Grab rotiert – streckte Henry eine Hand aus und packte Junior an der Schulter. »Los, mitkommen, junger Mann. Sie führen sich unmöglich auf.«

»Sie warn meine Freunidden«, sagte Junior, ohne sich umzudrehen. Er schwankte noch heftiger. Sein Gesichtsausdruck – soweit Henry ihn sehen konnte – war verträumt und entrückt. »Hab sie hüllt und dann gefüllt. Keine Beckerlissen. Französisch.« Er lachte, dann spuckte er aus. Oder versuchte es. Ein dicker weißer Strang baumelte von seinem Kinn herab, schwang wie ein Pendel hin und her.

»So, das reicht. Ich bringe Sie nach Hause.«

801

Als Junior sich jetzt umdrehte, sah Henry, dass er nicht betrunken war. Sein linkes Auge war stark gerötet. Die Pupille war unnatürlich groß. Sein linker Mundwinkel war so heruntergezogen, dass die leicht geöffneten Lippen mehrere Zähne sehen ließen. Sein starrer Gesichtsausdruck erinnerte Henry unwillkürlich an den Film *Mr. Sardonicus*, bei dem er sich als kleiner Junge zu Tode geängstigt hatte.

Junior musste nicht auf die Station, um mit Kaffee aufgefüllt zu werden; er musste auch nicht nach Hause, um seinen Rausch auszuschlafen. Junior musste ins Krankenhaus.

»Kommen Sie, Kleiner«, sagte er. »Los, Bewegung!«

Junior schien zunächst bereitwillig mitkommen zu wollen. Sie hatten den Streifenwagen schon fast erreicht, als er erneut stehen blieb. »Sie haben gleich gerochen, und das hat mir gefallen«, sagte er. »Schnell grusel schnell, der Schnee fängt gleich an.«

»Klar, richtig.« Henry hatte gehofft, Junior um die Motorhaube herum auf den Beifahrersitz bugsieren zu können, aber das würde wohl nicht gelingen. Der Rücksitz würde reichen müssen, obwohl es hinten in ihren Fahrzeugen meist ziemlich streng roch. Als Junior sich nach dem Haus der McCains umsah, trat ein sehnsüchtiger Ausdruck auf sein teilweise erstarrtes Gesicht.

»Freunidden!«, rief Junior aus. »Dehnbar! Keine Beckerlissen, französisch! Immer französisch, Barschloch!« Er streckte die Zunge heraus und trillerte damit zwischen den Lippen auf und ab. Das erinnerte an den Laut, den Road Runner macht, bevor er in einer Staubwolke vor Wile E. Coyote davonrast. Danach lachte er und wollte zurück zum Haus.

»Nein, Junior«, sagte Henry und packte ihn am Gummizug der Pyjamahose. »Wir müssen …«

Junior warf sich überraschend schnell herum. Kein Lachen mehr; sein Gesicht war ein zuckendes Fadenspiel aus Wut und Hass. Er stürzte sich mit fliegenden Fäusten auf Henry. Er streckte die Zunge heraus und biss mit seinen mahlenden Zähnen darauf. Dabei brabbelte er in einer fremdartigen Sprache, die keine Vokale zu haben schien.

Henry tat das Einzige, was ihm einfiel: Er trat beiseite. Junior stürmte an ihm vorbei und begann die Blinkleuchten auf dem Wagendach mit den Fäusten zu bearbeiten. Er zertrümmerte eine und schlug sich die Knöchel blutig. Jetzt kamen Leute aus den Häusern, um zu sehen, was sich hier abspielte.

»Gthn bnnt mnt!«, wütete Junior. *»Mnt! Mnt! Gthn! Gthn!«*

Dann rutschte er mit einem Fuß vom Gehsteig in den Rinnstein. Er stolperte, blieb aber auf den Beinen. Von seinem Kinn tropfte nun außer Speichel auch Blut; auch seine zerschnittenen Hände bluteten wie verrückt.

»Sie hat mich so beschissen wütend gemacht!«, kreischte Junior. *»Ich hab ihr 'nen Kniestoß perfasst, damit sie Guhe ribt und sie hat 'nen Ganfall ekriegt! Überall Scheiße! Ich … ich …«* Er verstummte. Schien nachzudenken. Sagte: »Ich brauche Hilfe.« Dann knallte er mit den Lippen – ein Laut, der in der stillen Luft wie der Schussknall einer Pistole Kaliber .22 klang – und fiel nach vorn zwischen Streifenwagen und Bordstein.

Henry fuhr ihn mit Blinklicht und Sirene ins Krankenhaus. Was er nicht tat, war, über Juniors letzte Äußerungen nachzudenken – Dinge, die beinah einen Sinn ergaben. Damit wollte er sich nicht befassen.

Er hatte so schon genügend Probleme.

15   Rusty fuhr langsam zur Black Ridge hinauf und sah immer wieder auf den Geigerzähler, der jetzt wie ein schlecht eingestelltes Mittelwellenradio zwischen zwei Sendern knatterte. Die Nadel stieg von +400 auf +1000. Rusty war sich sicher, dass sie übergangslos auf +4000 springen würde, sobald er über den Hügelkamm hinweg war. Er wusste, dass das keine gute Nachricht sein konnte – sein »Strahlenschutzanzug« war bestenfalls provisorisch –, aber er fuhr weiter und erinnerte sich daran, dass jede Strahlendosis kumulativ war; wenn er sich genug beeilte, würde ihn keine tödliche Dosis treffen. *Vielleicht fallen dir vorüberge-*

hend ein paar Haare aus, aber tödlich ist die Dosis nicht. Stell dir das Ganze wie einen Bombenangriff vor: Flieg dein Ziel an, wirf deine Bomben ab und sieh zu, dass du wegkommst.

Er stellte das Radio an, bekam The Mighty Clouds of Joy auf WCIK herein und schaltete es sofort wieder aus. Schweiß lief ihm in die Augen, und er musste heftig blinzeln. Obwohl die Klimaanlage auf Hochtouren arbeitete, war es in dem Van höllisch heiß. Er warf einen Blick in den Rückspiegel und sah seine Forscherkollegen auf der Straße zusammenstehen. Sie waren sehr klein geworden.

Das laute Knattern des Geigerzählers verstummte schlagartig. Er sah nach rechts. Der Zeiger war auf null zurückgefallen.

Rusty hätte beinahe angehalten, aber er wusste, dass Rommie und die Kinder dann denken würden, er habe Probleme. Außerdem war vermutlich nur die Batterie erschöpft. Aber als er erneut hinsah, stellte er fest, dass die Bereitschaftsanzeige weiter hell leuchtete.

Oben auf dem Hügel endete die Straße auf einer Wendefläche vor einer langen roten Scheune. Davor standen ein alter Pick-up und ein noch älterer Traktor, der schräg auf einem einzigen Rad stand. Obwohl einige ihrer Fenster eingeworfen waren, schien die Scheune in ziemlich gutem Zustand zu sein. Hinter ihr stand ein verlassenes Farmhaus, dessen Dach teilweise eingestürzt war – offenbar durch winterliche Schneelasten.

Das Tor in der Giebelwand der Scheune stand offen, und obwohl die Autofenster geschlossen waren und die Klimaanlage auf Hochtouren lief, konnte Rusty den Cidregeruch alter Äpfel riechen. Er hielt neben der kleinen Treppe, die zur Veranda des Hauses hinaufführte. Quer über die Stufen war eine Kette mit dem Verbotsschild KEIN ZUTRITT FÜR UNBEFUGTE gespannt. Das Schild war alt, verrostet und sichtbar wirkungslos. Leere Bierdosen bedeckten die Veranda, auf der früher die Familie McCoy an Sommerabenden gesessen, die Abendbrise genossen und sich an der Aussicht erfreut haben musste: rechts über die gesamte Stadt Chesters' Mill hinweg, links bis nach New Hampshire hinein. An eine ehemals rote Wand, die jetzt rosa verblasst war, hatte jemand WILDCATS SIND SUPER! gesprüht. An der Tür stand in anderer Sprühfarbe ORGY DEPOT. Rusty vermutete dahinter das Wunschdenken eines sexuell ausgehungerten Teenagers. Oder vielleicht war es auch der Name einer Heavy-Metal-Band.

Er nahm den Geigerzähler vom rechten Sitz und klopfte mit dem Fingerknöchel daran. Die Nadel schlug aus, und das Gerät tickte einige Male. Es schien einwandfrei zu arbeiten; hier gab es nur keine erhöhte Strahlung zu messen.

Rusty stieg aus und legte nach kurzer interner Debatte den größten Teil seines improvisierten Schutzanzugs ab, sodass er nur noch Bleischürze, Handschuhe und Schutzbrille trug. Dann ging er die Scheune entlang, hielt das Zählrohr des Instruments in einer ausgestreckten Hand und nahm sich eisern vor, seine restliche »Schutzkleidung« zu holen, sobald die Nadel auch nur zuckte.

Aber auch als er die andere Giebelwand erreichte und das Licht nur noch vierzig Meter von sich entfernt blinken sah, schlug der Zeiger nicht aus. Das schien unmöglich – das heißt, falls die Strahlung mit dem Blinklicht zusammenhing. Rusty fiel nur eine einzige mögliche Erklärung ein: Der Generator erzeugte auch einen Strahlengürtel, um Forscher wie ihn abzuhalten. Um sich zu schützen. Das könnte auch die Benommenheit erklären, die er gespürt hatte und die bei Kindern gleich Ohnmachtsanfälle auslöste. Schutz wie die Stacheln eines Stachelschweins oder der Gestank eines Stinktiers.

Ist es nicht wahrscheinlicher, dass der Geigerzähler defekt ist? Vielleicht nimmst du in diesem Augenblick eine tödliche Dosis Gammastrahlen auf. Das verdammte Ding ist ein Relikt aus dem Kalten Krieg.

Als Rusty sich jedoch dem Rand der Obstplantage näherte, sah er ein Eichhörnchen durchs Gras flitzen und einen Baum hinauflaufen. Es verharrte auf einem Ast, der sich unter ungepflückten Äpfeln bog, und beobachtete den zweibeinigen Eindringling unter sich mit glänzenden Augen und buschig aufgestelltem Schwanz. Auf Rusty wirkte es putz-

munter, und er sah keine Kadaver im Gras oder auf den über-
wucherten Wegen zwischen den Apfelbaumreihen: keine
Tiere, die Selbstmord verübt hatten, auch keine potenziellen
Strahlenopfer.

Nun war er dem Blinklicht so nahe, dass er die Augen bei
jedem der regelmäßigen grellen Lichtblitze fast ganz zusammenkneifen musste. Blickte er nach rechts, schien die ganze
Welt vor seinen Füßen zu liegen. Er konnte die Stadt sehen:
spielzeugartig, perfekt, vier Meilen entfernt. Das schach-
brettartige Straßennetz; den Turm der Congo Church; das
Glitzern der wenigen Autos, die dort unterwegs waren. Er
konnte den niedrigen Klinkerbau des Catherine Russell
Hospitals sehen und weit im Westen den schwarzen Fleck
erkennen, wo die Lenkwaffen an der Kuppel zerschellt waren. Der Fleck hing dort wie ein Schönheitspflästerchen an
der Wange des Tages. Der Himmel über ihm war blassblau,
fast seine gewöhnliche Farbe, aber zum Horizont hin verwandelte das Blau sich allmählich in ein Giftgelb. Rusty war
sich ziemlich sicher, dass diese Verfärbung von Schadstoffen
herrührte – von dem gleichen Scheiß, der die rosa Sterne verursacht hatte –, vermutete aber, dass es sich um nichts Schlimmeres handelte als Herbstpollen, die sich auf der unsichtbaren Kuppel abgelagert hatten.

Er setzte sich wieder in Bewegung. Je länger er unterwegs
war – vor allem außer Sicht hier oben –, desto nervöser würden seine Freunde werden. Am liebsten wäre er direkt zu der
Lichtquelle gegangen, aber davor verließ er die Obstplantage
und trat an die einige Meter entfernte Hangkante. Von dort
aus konnte er die anderen sehen, jedoch nur als winzige Gestalten. Er stellte den Geigerzähler ab, dann schwenkte er
beide Arme langsam über dem Kopf, um ihnen zu signalisie-
ren, dass mit ihm alles in Ordnung war. Sie winkten zurück.

»Okay«, sagte er. Seine Hände in den schweren Hand-
schuhen waren schweißnass. »Mal sehen, was wir hier haben.«

16   In der East Street Grammar School hatte die Früh-
stückspause begonnen. Judy und Janelle Everett saßen mit
ihrer Freundin Deanna Carver, die sechs war – und damit al-
tersmäßig genau zwischen die Little Js passte –, am rückwärtigen Rand des Spielplatzes. Deanna trug am linken Ärmel
ihres T-Shirts eine schmale blaue Armbinde. Weil sie wie
ihre Eltern sein wollte, hatte sie darauf bestanden, dass Carrie sie ihr umband, bevor sie in die Schule ging.

»Für was ist die?«, fragte Janelle.

»Sie bedeutet, dass ich die Polizei mag«, sagte Deanna und
biss in ihr Fruit Roll-Up.

»Ich will auch eine«, sagte Judy, »bloß gelb.« Sie sprach
dieses Wort betont sorgfältig aus. Als Kleinkind hatte sie
delb gesagt, und Jannie hatte sie dafür ausgelacht.

»Sie können nich gelb sein«, sagte Deanna, »nur blau. Dieses Roll-Up ist gut. Ich wollte, ich hätte eine Million davon.«

»Davon würdest du fett«, sagte Janelle. »Du würdest *platzen.*«

Sie kicherten darüber, dann schwiegen sie eine Zeit lang
und sahen den Größeren zu, wobei die Little Js ihre Cracker
mit Lindas selbst gemachter Erdnussbutter knabberten. Einige der Mädchen spielten »Himmel und Hölle«. Zwei oder
drei Jungen schwangen sich durch das Klettergerüst, und
Miss Goldstone stieß die Zwillinge Pruitt auf der Sessel-
schaukel an. Mrs. Vanedestine hatte ein Kickballspiel organisiert.

Alles sah ziemlich normal aus, fand Janelle, aber es war
nicht normal. Keiner schrie, keiner heulte, weil er sich das
Knie aufgeschlagen hatte, Mindy und Mandy Pruitt bettel-
ten Miss Goldstone nicht an, sie solle ihre zusammenpassen-
den Frisuren bewundern. Alle schienen nur *so zu tun*, als
wäre Pause, sogar die Erwachsenen. Und alle – auch sie
selbst – sahen immer wieder verstohlen zum Himmel auf,
der blau hätte sein sollen, es aber nicht war, nicht richtig.

Aber das war alles noch nicht das Ärgste. Das Ärgste – seit
der Anfälle – war die erstickende Gewissheit, dass etwas
Schlimmes passieren würde.

»Ich wollte an Halloween die Kleine Meerjungfrau sein«,

sagte Deanna, »aber jetzt nich mehr. Ich werd überhaupt nichts sein. Ich will gar nich aus dem Haus gehen. Ich hab Angst vor Halloween.«

»Hast du schlecht geträumt?«, fragte Janelle.

»Ja.« Deanna hielt ihr das Fruit Roll-Up hin. »Willst du den Rest? Ich bin nich so hungrig, wie ich dachte.«

»Nein«, sagte Janelle. Sie wollte nicht mal ihre restlichen Cracker mit Erdnussbutter, und das sah ihr kein bisschen ähnlich. Und Judy hatte nur einen halben Cracker gegessen. Janelle erinnerte sich daran, dass sie einmal Audrey dabei beobachtet hatte, wie sie in ihrer Garage eine Maus in die Enge trieb. Sie erinnerte sich, wie Audrey gebellt und sich jedes Mal wieder auf die Maus gestürzt hatte, wenn sie aus ihrer Ecke flüchten wollte. Das hatte Janelle traurig gemacht, und sie hatte ihre Mutter gerufen, damit sie Audrey wegholte, bevor sie das Mäuschen fraß. Mami hatte gelacht, aber sie hatte es getan.

Jetzt waren *sie* die Mäuse. Die meisten Träume, die Janelle während ihrer Anfälle gehabt hatte, hatte sie vergessen, aber so viel wusste sie noch.

Jetzt waren *sie* die in die Enge Getriebenen.

»Ich werd einfach zu Hause bleiben«, sagte Deanna. In ihrem linken Auge stand eine Träne: hell und klar und vollkommen. »Werd an Halloween einfach daheimbleiben. Nich mal in die Schule kommen. Gar nich. Kann mich keiner dazu zwingen.«

Mrs. Vanedestine verließ die Kickballspieler und klingelte, um das Ende der Pause anzuzeigen, aber die drei Mädchen standen nicht gleich auf.

»Es ist schon längst Halloween«, sagte Judy. »Seht nur.« Sie wies über die Straße, wo ein Kürbis auf der Veranda vor dem Haus der Wheelers stand. »Und dort.« Dieses Mal deutete sie auf zwei Gespenster aus Pappe, die den Eingang der Post flankierten. »Und *dort*.«

Beim dritten Mal zeigte sie auf den Rasen vor der Stadtbücherei. Dort stand eine mit Stroh ausgestopfte Puppe, die Lissa Jamieson aufgestellt hatte. Sie sollte bestimmt amüsant sein, aber was Erwachsene amüsiert, wirkt auf Kinder oft beängstigend, und Janelle fürchtete, die Strohpuppe auf dem Rasen der Bücherei könnte sie in dieser Nacht heimsuchen, wenn sie in der Dunkelheit lag und einzuschlafen versuchte.

Der Kopf aus Sackleinen hatte weiße Kreuzstiche als Augen. Ihr Hut glich dem, den die Katze in der Dr.-Seuss-Story trug. Sie hatte Gartenschaufeln als Hände (*böse alte Klammer-Grapsch-Hände*, dachte Janelle) und trug ein T-Shirt mit aufgedrucktem Text. Sie verstand nicht, was er bedeutete, aber sie konnte die Wörter lesen: SWEET HOME ALABAMA, PLAY THAT DEAD BAND'S SONG.

»Seht ihr?« Judy weinte nicht, aber ihre Augen waren groß und ernst, voll von irgendeinem Wissen, das zu komplex und bedrohlich war, um ausgedrückt werden zu können. »Halloween ist längst da.«

Janelle ergriff die Hand ihrer Schwester und zog sie zu sich hoch. »Nein, das stimmt nicht«, sagte sie, fürchtete aber selbst, dass es so war. Irgendetwas Schlimmes würde passieren – etwas, bei dem Feuer eine Rolle spielte. Nichts Süßes, nur Saures. *Böse* Gaben. *Schlechte* Gaben.

»Kommt, wir gehen rein«, forderte sie Judy und Deanna auf. »Wir singen Lieder und solches Zeug. Das wird nett.«

Das war es sonst immer, aber nicht an diesem Tag. Selbst vor dem großen Knall aus dem Himmel war es nicht nett. Janelle musste immer wieder an die Strohpuppe mit den weißen Kreuzstichen als Augen denken. Und das irgendwie schreckliche T-Shirt: PLAY THAT DEAD BAND'S SONG.

17   Vier Jahre vor der Entstehung der Kuppel war Linda Everetts Großvater gestorben und hatte jedem seiner Enkelkinder einen nicht allzu hohen, aber doch namhaften Geldbetrag vermacht. Lindas Scheck war auf 17 232,04 Dollar ausgeschrieben gewesen. Der größte Teil dieses Betrags war in den Collegefonds der Little Js gegangen, aber sie hatte sich mehr als berechtigt gefühlt, ein paar Hundert Dollar für Rusty auszugeben. Sein Geburtstag stand bevor, und er hatte sich ein Apple TV gewünscht, seit dieses Gerät vor einigen Jahren auf den Markt gekommen war.

Im Lauf ihrer Ehe hatte Linda ihm Geschenke gemacht, die mehr gekostet hatten, aber mit keinem hatte sie ihm eine größere Freude bereitet. Die Möglichkeit, Filme aus dem Netz herunterladen und dann auf dem Fernseher sehen zu können, statt an den kleineren Bildschirm seines Computers gefesselt zu sein, begeisterte ihn endlos. Das Gerät war ein quadratisches, knapp drei Zentimeter hohes weißes Kunststoffgehäuse mit ungefähr achtzehn Zentimetern Seitenlänge. Der Gegenstand, den Rusty auf der Black Ridge entdeckte, hatte solche Ähnlichkeit mit seinem Apple TV, dass er zunächst glaubte, es *wäre* eines ... nur natürlich modifiziert, damit es eine ganze Stadt gefangen halten und einem gleichzeitig über WLAN *Die kleine Meerjungfrau* in HD senden konnte.

Das Ding am Rand der Obstplantage der McCoys war dunkelgrau statt weiß, und statt des vertrauten Apple-Logos und der Buchstaben TV sah Rusty auf seiner Oberseite ein irgendwie verstörendes Symbol:

Oberhalb des Symbols befand sich eine abgedeckte Ausbuchtung von der Größe seines Kleinfingerknöchels. Unter dieser Abdeckung war eine Linse aus Glas oder Kristall zu sehen. Aus ihr kamen die regelmäßigen purpurroten Lichtblitze.

Rusty bückte sich und berührte die Oberfläche des Generators – falls dies einer *war*. Sofort lief ein starker Stromstoß seinen Arm hinauf und schoss durch seinen ganzen Körper. Er wollte die Hand zurückziehen und konnte es nicht. Seine Muskeln waren zur Unbeweglichkeit erstarrt. Der Geigerzähler knatterte einmal kurz, dann verstummte er wieder. Rusty hatte keine Ahnung, ob der Zeiger im Gefahrenbereich gewesen war oder nicht, denn er konnte auch die Augen nicht bewegen. Das Licht verließ die Welt, strömte aus ihr hinaus wie Wasser, das durch den Abfluss einer Badewanne fließt, und er dachte mit jäher ruhiger Klarheit: *Ich werde sterben. Was für eine dämliche Art, abzu...*

Dann stiegen aus der Dunkelheit Gesichter auf – nur waren sie keine menschlichen Gesichter, und er würde sich später nicht einmal sicher sein, ob es überhaupt Gesichter gewesen waren. Sie waren geometrische Körper, die in schützendes Leder gehüllt zu sein schienen. Vage menschlich an ihnen wirkten nur die rautenförmigen Vertiefungen an zwei Seiten. Sie hätten Ohren sein können. Die Köpfe – falls es Köpfe waren – wandten sich einander zu, als sprächen, als diskutierten sie miteinander. Rusty bildete sich ein, Lachen zu hören. Er glaubte Aufregung zu spüren. Er stellte sich Kinder auf dem Spielplatz der East Street Grammar School vor – vielleicht seine Töchter und ihre Freundin Deanna Carver –, die in der Pause Leckerbissen und Geheimnisse austauschten.

Dies alles ereignete sich binnen weniger Sekunden, bestimmt nicht mehr als vier oder fünf. Dann war das Bild verschwunden. Der Schock klang so plötzlich und vollständig ab wie bei den ersten Leuten, die der Barriere zu nahe gekommen waren; er verflog so rasch wie der leichte Schwindel und die dazugehörige Vision einer Strohpuppe mit schief aufgesetztem Zylinder. Rusty kniete nur noch an der Hangkante mit Blick über die Stadt und schwitzte in seiner bleiernen Schutzkleidung.

Trotzdem stand ihm weiter das Bild dieser Lederköpfe vor Augen. Wie sie einander zugewandt in einem abscheulichen kindlichen Komplott miteinander lachten.

Die anderen dort unten beobachten dich. Winke. Zeig ihnen, dass mit dir alles in Ordnung ist.

Er hob beide Arme über den Kopf – jetzt ließen sie sich wieder mühelos bewegen – und schwenkte sie langsam hin und her, als hämmerte sein Herz nicht wie verrückt, als liefe der Schweiß ihm nicht in scharf riechenden Rinnsalen über die Brust.

Unter ihm, auf der Straße, winkten Rommie und die Kinder ebenfalls.

Um sich zu beruhigen, atmete Rusty mehrmals tief durch, dann hielt er das Zählrohr des Geigerzählers an den flachen grauen Kasten, der in weichem Gras stand. Der Zeiger verharrte knapp unter +5. Hintergrundstrahlung, sonst nichts.

Rusty hegte kaum Zweifel daran, dass dieses flache Kunststoffgehäuse die Ursache aller ihrer Probleme war. Wesen – nicht Menschen, *Geschöpfe* – benutzten es dazu, um sie gefangen zu halten, aber das war nicht alles. Sie benutzten es auch dazu, um zu beobachten.

Und sich zu amüsieren. Die Scheißkerle *lachten*. Das hatte er selbst gehört.

Rusty nahm die Bleischürze ab, legte sie über den Kasten mit der leicht erhabenen Linse, stand auf und trat ein paar Schritte zurück. Im ersten Augenblick geschah nichts. Dann fing die Schürze Feuer. Der Brandgeruch war stechend scharf. Er beobachtete, wie die weiß glänzende Oberfläche blubbernd Blasen warf und schließlich Flammen ausbrachen. Die Schürze, im Prinzip nur ein dickes Bleiblech mit Kunststoffüberzug, zerfiel einfach. Eben noch waren brennende Stücke zu sehen, von denen das größte auf dem grauen Gehäuse lag; im nächsten Augenblick löste die Schürze – oder was von ihr übrig war – sich komplett auf. Einige Ascheflocken rieselten herab, und Brandgeruch hing in der Luft, aber darüber hinaus … *poff!* Weg.

Habe ich das gesehen?, fragte Rusty sich, dann wiederholte er diese Frage, als stellte er sie dem Rest der Welt. Er roch verschmorten Kunststoff und einen strengeren Geruch, der von geschmolzenem Blei stammen musste – verrückt, unmöglich –, aber die Schürze blieb verschwunden.

»Habe ich das wirklich *gesehen*?«

Wie als Antwort darauf schoss nochmals ein purpurroter Lichtstrahl aus der Linse oben auf dem Gehäuse. Erneuerten diese Impulse die Kuppel, wie man mit einem Fingerdruck auf die Computertastatur den Bildschirm aktualisieren konnte? Gestatteten sie den Lederköpfen, The Mill zu beobachten? Beides? Nichts davon?

Rusty ermahnte sich selbst, sich dem flachen Kasten nicht noch einmal zu nähern. Er sagte sich, dass er nichts Klügeres tun konnte, als zu dem Van zurückzurennen (ohne die schwere Schürze *konnte* er rennen), wie der Teufel davonzurasen und nur haltzumachen, um seine Gefährten einsteigen zu lassen.

Stattdessen näherte er sich doch wieder dem Gehäuse und sank davor auf die Knie – eine Haltung, die ihm etwas zu anbetend erschien.

Er zog einen Handschuh aus, berührte das Gras neben dem Kasten und riss die Hand sofort wieder zurück. Heiß. Stücke der brennenden Schürze hatten das Gras teilweise versengt. Als Nächstes griff er nach der Box selbst und war darauf gefasst, sich erneut zu verbrennen oder einen Stromstoß einzufangen … obwohl er davor nicht die größte Angst hatte; am meisten fürchtete er sich davor, wieder diese Lederwesen zu sehen, die lachend ihre Nicht-wirklich-Köpfe zusammensteckten wie in irgendeiner Art Komplott.

Diesmal passierte nichts. Keine Visionen, keine Hitze. Die graue Box war kühl, als er sie berührte, obwohl er mit eigenen Augen gesehen hatte, wie die über sie geworfene Bleischürze geschmolzen und danach sogar in Flammen aufgegangen war.

Das purpurrote Licht blitzte wieder auf. Rusty achtete darauf, dass seine Hand die Linse nicht verdeckte. Stattdessen legte er beide Hände seitlich an die Box, wobei er in Gedanken von seiner Frau und den Little Js Abschied nahm und sich dafür entschuldigte, dass er ein so verdammter Idiot war. Er wartete darauf, dass er Feuer fangen und verbrennen würde. Als das nicht geschah, versuchte er das Kästchen hochzuheben. Obwohl es nur die Fläche eines Esstellers hatte und nicht viel höher war, konnte er es nicht bewegen. Ebenso gut hätte die Box auf einem Pfeiler angeschweißt sein können, der zehn Meter tief in dem gewachsenen Fels Neuenglands verankert war – nur war sie das nicht. Sie lag vor ihm im Gras, und als Rusty die Finger tiefer unter das Gehäuse schob, begegneten sich seine Fingerspitzen. Er faltete die Hände und versuchte nochmals, den kleinen Kasten hochzuheben. Kein Stromstoß, keine Visionen, keine Hitze, aber auch keine Bewegung. Nicht der kleinste Ruck.

Er dachte: *Meine Hände umfassen irgendein außerirdisches Artefakt. Eine Maschine aus einer anderen Welt. Vielleicht habe ich sogar einen kurzen Blick auf ihr Bedienungspersonal geworfen.*

Diese Vorstellung war intellektuell anregend – verblüffend geradezu –, besaß aber keine emotionale Entsprechung, vielleicht weil er zu verwirrt und mit Informationen überlastet war, die er nicht verarbeiten konnte.

Wie geht's also weiter? Verdammt, was kommt als Nächstes?

Das wusste er nicht. Und er schien gefühlsmäßig doch nicht völlig unbeteiligt zu sein, denn eine Woge der Verzweiflung brandete über ihn hinweg, und er schaffte es gerade noch, den Aufschrei, den diese Verzweiflung ihm abnötigen wollte, zu unterdrücken. Die vier Menschen dort unten würden ihn womöglich hören und denken, er hätte Probleme. Die hatte er natürlich. Und damit war er nicht allein.

Rusty erhob sich mit zittrigen Beinen und weichen Knien, die unter ihm nachzugeben drohten. Die heiße, abgestandene Luft schien wie Öl an seiner Haut zu kleben. Er machte sich unter den schwer mit Äpfeln beladenen Bäumen langsam auf den Rückweg zu dem Van. Sicher wusste er nur, dass Big Jim Rennie unter keinen Umständen von dem Generator erfahren durfte. Nicht weil er versuchen würde, ihn zu zerstören, sondern weil er ihn scharf bewachen lassen würde, um sicherzustellen, dass er *nicht* zerstört wurde. Damit der Generator unbedingt weitermachte wie bisher, damit *er* so weitermachen konnte wie bisher. Zumindest vorläufig war Big Jim mit dem Status quo sehr zufrieden.

Er öffnete die Fahrertür des Vans, und in diesem Augenblick ließ keine Meile nördlich der Black Ridge eine gewaltige Explosion den Tag erzittern. Es war, als hätte Gott sich herabgebeugt und aus einer himmlischen Schrotflinte einen Schuss abgegeben.

Rusty schrie überrascht auf und hob den Kopf. Er musste die Augen sofort mit einer Hand vor der grellen Sonne schützen, die vorübergehend über der Grenze zwischen der TR-90 und Chester's Mill leuchtete. Ein weiteres Flugzeug war gegen die Kuppel geprallt. Nur war die Maschine diesmal nicht bloß eine Seneca V gewesen. Von dem Aufprallpunkt, der nach Rustys Schätzung in mindestens siebentausend Meter Höhe lag, stiegen schwarze Rauchwolken auf. Wenn die von den Marschflugkörpern zurückgelassenen schwarzen Flecken Schönheitspflästerchen auf der Wange des Tages gewesen waren, dann war dieser neue Fleck Hautkrebs. Ein Geschwür, das man hatte wuchern lassen.

Er dachte nicht mehr an den Generator. Er dachte nicht mehr an die vier Menschen, die auf ihn warteten. Er dachte nicht mehr an seine eigenen Kinder, für die er vorhin riskiert hatte, lebend verbrannt zu werden und spurlos zu verschwinden. Ungefähr zwei Minuten lang war in seinem Kopf nur Raum für blankes Entsetzen.

Auf der anderen Seite der Kuppel regnete es Flugzeugtrümmer. Dem eingedrückten Bug der Verkehrsmaschine folgte ein brennendes Triebwerk; dem Triebwerk folgte ein Wasserfall aus blauen Flugzeugsitzen, viele davon mit noch angeschnallten Fluggästen; den Sitzen folgte eine ungeheuer große glänzende Tragfläche, die wie ein Stück Papier in starkem Aufwind hin und her schaukelte; der Tragfläche folgte das Flugzeugheck, das vermutlich von einer 767 stammte. Das Seitenleitwerk war dunkelgrün lackiert. In hellerem Grün trug es etwas, was Rusty für ein Kleeblatt hielt.

Kein gewöhnliches Kleeblatt, sondern das Wahrzeichen Irlands.

Dann stürzte der Flugzeugrumpf wie ein abgebrochener Pfeil zur Erde und setzte beim Aufschlag den Wald in Brand.

18   Die Detonation lässt die Kleinstadt erzittern und alle laufen ins Freie. Überall in Chester's Mill kommen sie aus den Häusern, um zu sehen, was passiert ist. Sie stehen vor ihren Häusern, in Einfahrten, auf Gehsteigen, mitten auf der Main Street. Und obwohl der Himmel nördlich ihres Gefängnisses überwiegend bewölkt ist, müssen sie ihre Augen vor dem grellen Lichtschein schützen, den Rusty an seinem Standort auf der Black Ridge wie eine zweite Sonne wahrgenommen hat.

Sie erkennen natürlich, was es ist; die Scharfsichtigeren unter ihnen können sogar den Namen auf dem Rumpf des abstürzenden Flugzeugs lesen, bevor es hinter den Bäumen verschwindet. An dieser Sache ist nichts Übernatürliches; sie hat sich sogar schon einmal hier ereignet – und das erst diese Woche (allerdings zugegebenermaßen in kleinerem Maßstab). Aber in den Herzen der Einwohner von Chester's Mill weckt es düstere Ängste, die von nun an die ganze Stadt beherrschen werden, bis zum Ende.

Wer jemals einen Todkranken gepflegt hat, kann einem erzählen, dass irgendwann ein Wendepunkt erreicht wird, an dem alles Leugnen aufhört und durch Hinnahme ersetzt wird. Für die meisten Bürger von Chester's Mill kam dieser Wendepunkt am 25. Oktober vormittags, während sie allein oder mit ihren Nachbarn auf der Straße standen und beobachteten, wie mehr als dreihundert Menschen in die Wälder der TR-90 abstürzten.

Früher an diesem Morgen trugen ungefähr fünfzehn Prozent der Bürger blaue »Solidaritäts«-Armbinden; bei Sonnenuntergang am Mittwochabend wird ihre Zahl sich verdoppelt haben. Wenn dann morgen früh die Sonne aufgeht, werden es über fünfzig Prozent der Einwohnerschaft sein.

An die Stelle des Leugnens tritt Hinnahme, und Hinnahme erzeugt Abhängigkeit. Wer jemals einen Todkranken gepflegt hat, kann auch das erzählen. Kranke brauchen jemanden, der ihnen ihre Tabletten und Gläser mit kaltem süßen Saft bringt, damit sie ihre Pillen hinunterspülen können. Sie brauchen jemanden, der ihnen die schmerzenden Gelenke sanft mit Arnika-Gel einreibt. Sie brauchen jemanden, der bei ihnen sitzt, wenn die Nacht dunkel ist und die Stunden sich hinziehen. Sie brauchen jemanden, der sagt: *Schlaf jetzt, morgen früh ist es wieder besser. Ich bin da, also kannst du ruhig schlafen. Schlaf jetzt. Schlaf und überlass die Sorge um alles andere mir.*

Schlaf.

19   Officer Henry Morrison brachte Junior ins Krankenhaus – inzwischen hatte der Junge zu einer schwammi-
gen Version von Bewusstsein zurückgefunden, obwohl er
weiter unverständliches Zeug redete –, und Twitch rollte ihn
auf einer fahrbaren Krankentrage weg. Es war eine Erleichterung, ihn verschwinden zu sehen.

Henry ließ sich von der Auskunft Big Jims Privatnummer
und die Nummer seines Büros im Rathaus geben, bekam
aber in beiden Fällen keine Verbindung, weil es Festnetzan-
schlüsse waren. Er hörte gerade eine Tonbandstimme sagen,
James Rennie habe seine Mobilfunknummer nicht ins Telefonbuch eintragen lassen, als das Verkehrsflugzeug explodierte. Er lief wie alle Gehfähigen hinaus, stand dann auf der
Wendefläche vor dem Haupteingang und starrte den neuen
Fleck auf der unsichtbaren Oberfläche des Domes an. Die
letzten Flugzeugtrümmer segelten noch zu Boden.

Tatsächlich war Big Jim in seinem Büro im Rathaus, aber
er hatte das Telefon abgestellt, um ungestört an den beiden
Reden – an der, die er heute Abend vor den Cops halten
wollte, und an der für die morgige Bürgerversammlung –
arbeiten zu können. Dann hörte er die Explosion und lief
nach draußen. Sein erster Gedanke war, Cox habe eine
Atombombe abwerfen lassen. Eine verflixte Atombombe!
Sprengte sie die Kuppel auf, würde sie alles ruinieren!

Draußen stand er dann neben Al Timmons, dem Hausmeister des Rathauses. Al zeigte nach Norden, wo hoch am
Himmel noch immer Rauch aufstieg. Big Jim fand, dass er
aussah wie eine Flaksprengwolke in einer alten Wochen-
schau aus dem Zweiten Weltkrieg.

»*Es war ein Flugzeug!*«, rief Al. »*Und ein großes! Herr des
Himmels! Sind die denn nicht gewarnt worden?*«

Big Jim empfand vorsichtige Erleichterung, und sein ja-
gender Herzschlag wurde etwas langsamer. Wenn das ein
normales Flugzeug gewesen war … *bloß* ein Flugzeug, keine
Atombombe oder irgendeine Art Superlenkwaffe …

Sein Handy piepte. Er riss es aus einer Tasche seiner An-
zugjacke und klappte es auf. »Peter? Sind Sie das?«

»Nein, Mr. Rennie. Hier ist Colonel Cox.«

»Was haben Sie getan?«, brüllte Rennie. »Um Gottes willen, was habt ihr Leute da gemacht?«

»Nichts.« In Cox' Stimme lag nichts mehr von seiner einstigen forschen Autorität; sie klang wie benommen. »Das hatte nichts mit uns zu tun. Es war … bleiben Sie einen Augenblick dran.«

Rennie wartete mit dem Handy am Ohr. Die Main Street war voller Leute, die mit offenem Mund zum Himmel hinaufstarrten. Rennie erschienen sie wie Schafe in Menschenkleidung. Morgen Abend würden sie in die Stadthalle drängen und blöken: *Bäh bäh bäh,* wann wird alles wieder gut? Und: *Bäh bäh bäh,* führe uns, bis es so weit ist. Und das würde er tun. Nicht weil er es wollte, sondern weil es Gottes Wille war.

Cox meldete sich wieder. Seine Stimme klang jetzt nicht nur benommen, sondern auch müde. Dies war nicht mehr der Mann, der gebieterisch verlangt hatte, dass Big Jim abtreten sollte. *Und genau so soll deine Stimme klingen, Kumpel,* dachte Rennie. *Genau so.*

»Wie ich inzwischen erfahren habe, ist Flug 179 der Air Ireland gegen den Dome geprallt und explodiert. Die Maschine war auf dem Flug von Shannon nach Boston. Wir haben bereits zwei Zeugen, die unabhängig voneinander ausgesagt haben, sie hätten ein Kleeblatt am Seitenleitwerk gesehen, und ein ABC-Kamerateam, das in Harlow am Rand der Quarantänezone gedreht hat, könnte … Augenblick!«

Es dauerte weit länger als einen Augenblick; länger als eine Minute. Big Jims Puls war unterdessen halbwegs normal (wenn hundertzwanzig Schläge in der Minute als normal gelten konnten), aber jetzt wurde er wieder schneller und geriet erneut aus dem Takt. Er hustete kräftig und hämmerte sich mit der Faust an die Brust. Sein Herz schien sich zu beruhigen, aber dann verfiel es in eine galoppierende Arrhythmie. Er spürte, dass ihm Schweißperlen auf der Stirn standen. Der zuvor so trübe Tag erschien ihm plötzlich zu hell.

»Jim?« Das war Al Timmons, und obwohl er gleich neben Big Jim stand, schien seine Stimme aus einer weit, weit entfernten Galaxie zu kommen. »Alles okay?«

»Mir geht's gut«, sagte Big Jim. »Aber bleiben Sie hier. Vielleicht brauche ich Sie.«

Cox meldete sich wieder. »Es war tatsächlich der Air-Ireland-Flug. Ich habe mir eben die von ABC übermittelten Filmaufnahmen des Crashs angesehen. Eine Journalistin hat vor der Kuppel stehend einen Kommentar gesprochen. So haben sie alles aufgenommen.«

»Das hilft ihrer Quote bestimmt auf die Beine.«

»Mr. Rennie, wir mögen Meinungsverschiedenheiten gehabt haben, aber ich hoffe, dass Sie Ihren Bürgern erklären werden, dass sie von diesem Ereignis nicht das Geringste zu befürchten haben.«

»Erklären Sie mir, wie so was ...« Sein Herz stotterte erneut. Sein Atem preschte herein, dann stoppte er. Big Jim hämmerte sich zum zweiten Mal an die Brust – fester – und setzte sich auf die Bank an dem Klinkerweg, der vom Rathaus zur Straße verlief. Al beobachtete nicht mehr den dunklen Fleck, den der Aufprall des Flugzeugs an der Kuppel zurückgelassen hatte, sondern Big Jim. Aus seiner Miene sprach ängstliche Besorgnis, fand Rennie. Trotz allem, was hier passierte, war er froh, das zu sehen, und genoss das Bewusstsein, unersetzlich zu sein. Schafe brauchten einen Hirten.

»Rennie? Sind Sie noch da?«

»Ich bin hier.« Das war auch sein Herz, aber es war keineswegs in Ordnung. »Wie ist das passiert? Wie *konnte* es passieren? Ich dachte, Ihre Leute hätten ein Luftsperrgebiet eingerichtet!«

»Gewissheit haben wir erst, wenn die Black Box geborgen ist, aber wir können uns denken, was passiert sein muss. Wir haben eine Warnung über alle Medien rausgeschickt. Für Flug 179 war dies die normale Route. Wir glauben, dass jemand vergessen hat, den Autopiloten umzuprogrammieren. Ganz einfach. Ich informiere Sie, sobald wir weitere Details erfahren, aber im Augenblick geht es darum, in Ihrer Stadt aufkommende Panik zu unterdrücken, bevor sie sich festsetzen kann.«

Unter bestimmten Voraussetzungen konnte eine Panik jedoch gut sein. Unter bestimmten Voraussetzungen konnte sie sich – wie Lebensmittelunruhen und Brandstiftung – segensreich auswirken.

»Dies war eine Dummheit auf hohem Niveau, aber trotzdem nur ein Unfall«, sagte Cox gerade. »Sorgen Sie dafür, dass Ihre Leute das erfahren.«

Sie werden erfahren, was ich ihnen erzähle, und glauben, was ich sie glauben machen will, dachte Rennie.

Sein Herz stotterte, fand vorübergehend in seinen normalen Rhythmus zurück und stolperte dann erneut. Er drückte die rote Taste, um das Gespräch zu beenden, ohne auf Cox' Aufforderung einzugehen. Und steckte das Handy wieder ein. Dann sah er zu Al auf.

»Sie müssen mich ins Krankenhaus bringen«, sagte er, so ruhig er nur konnte. »Es scheint mir nicht richtig gutzugehen.«

Al – der eine Solidaritäts-Armbinde trug – wirkte besorgter als je zuvor. »Natürlich, Jim! Bleiben Sie einfach sitzen, bis ich mit dem Auto komme. Wir dürfen nicht zulassen, dass Ihnen etwas passiert. Die Stadt braucht Sie.«

Als ob ich das nicht wüsste, dachte Big Jim, während er auf der Bank saß und den großen schwarzen Fleck am Himmel anstarrte.

»Sehen Sie zu, dass Sie Carter Thibodeau finden und herschicken. Ich möchte, dass er mich begleitet.«

Es gab noch weitere Anweisungen, die er erteilen wollte, aber im nächsten Augenblick blieb sein Herz ganz stehen. Einen Augenblick lang tat sich vor seinen Füßen die Ewigkeit auf: ein bodenloser schwarzer Abgrund. Rennie schlug sich keuchend mit der Faust an die Brust. Sein Herz galoppierte weiter. *Lass mich jetzt bloß nicht im Stich,* dachte er aufgebracht. *Ich habe noch so viel zu tun. Wag es nicht, du Baumwollpflücker. Wag es ja nicht!*

20 »Was war das?«, fragte Norrie mit hoher, kindlicher Stimme, dann beantwortete sie ihre Frage selbst. »Es war ein Flugzeug. Ein Flugzeug voller Menschen.« Sie brach in Tränen aus. Die Jungen versuchten ihre Tränen zurückzuhalten und schafften es nicht. Rommie war selbst zum Heulen zumute.

»Stimmt«, sagte er. »Es war wohl eins.«

Joe drehte sich nach dem Van um, der sich jetzt auf der Rückfahrt befand. Am Fuß der Black Ridge wurde er schneller, als könnte Rusty es nicht erwarten, zu ihnen zurückzukommen. Als er dann hielt und aus dem Wagen sprang, sah Joe, dass er einen weiteren Grund zur Eile hatte: Seine Bleischürze war verschwunden.

Bevor Rusty etwas sagen konnte, klingelte sein Handy. Er klappte es auf, las die Nummer des Anrufers und drückte die grüne Taste. Er hatte Ginny erwartet, aber am Telefon war der neue Kerl, Thurston Marshall. »Ja, was gibt's? Wenn's um den Flugzeugabsturz geht …« Er hörte zu, runzelte leicht die Stirn und nickte dann. »Okay, ja. Richtig. Ich bin unterwegs. Ginny oder Twitch soll ihm zwei Milligramm Valium injizieren. Nein, lieber drei. Und sagen Sie ihm, dass er Ruhe bewahren soll. Das entspricht nicht seiner Wesensart, aber er soll's wenigstens versuchen. Seinem Sohn geben Sie fünf Milligramm.«

Er klappte das Handy zu und sah die anderen an. »Beide Rennies sind im Krankenhaus, der Vater mit Herzrhythmusstörungen, die er schon öfter hatte. Der verdammte Narr bräuchte seit zwei Jahren einen Herzschrittmacher. Juniors Symptome deuten auf ein Gliom hin, findet Thurston. Hoffentlich hat er unrecht.«

Norrie sah mit tränennassem Gesicht zu Rusty auf. Einen Arm hatte sie um Benny Drake gelegt, der sich energisch die Augen rieb. Als Joe sich neben sie stellte, legte sie ihren anderen Arm um ihn.

»Das ist ein Gehirntumor, nicht wahr?«, fragte sie. »Ein schlimmer.«

»Bei jüngeren Menschen wie Junior Rennie sind sie fast immer schlimm.«

»Was haben Sie dort oben gefunden?«, fragte Rommie.

»Und was ist aus Ihrer Schürze geworden?«, wollte Benny wissen.

»Ich habe gefunden, was Joe vorausgesagt hat.«

»Den Generator?«, sagte Rommie. »Doc, wissen Sie das bestimmt?«

»Allerdings. Er hat keine Ähnlichkeit mit irgendwas, was ich jemals gesehen habe. Und ich wette, dass noch kein Mensch auf Erden so etwas gesehen hat.«

»Etwas von einem anderen Planeten«, sagte Joe fast flüsternd leise. »Ich hab's *gewusst.*«

Rusty starrte ihn durchdringend an. »Du darfst niemandem davon erzählen. Das darf keiner von uns. Falls du gefragt wirst, sagst du, dass wir gesucht, aber nichts gefunden haben.«

»Nicht mal meiner Mutter?«, fragte Joe betrübt.

Rusty hätte in diesem Punkt fast nachgegeben, hielt sich aber im Zaum. Von diesem Geheimnis wussten jetzt fünf Personen, das waren schon viel zu viele. Aber die Kinder hatten es verdient, die Wahrheit zu erfahren – und Joe McClatchey hatte sie ohnehin erraten.

»Nicht einmal ihr, zumindest vorerst nicht.«

»Ich kann sie nicht belügen«, sagte Joe. »Das funktioniert nicht. Sie würde's sofort merken.«

»Dann sagst du ihr, dass ich dich auf Geheimhaltung eingeschworen habe – und dass es besser für sie ist, wenn sie es nicht weiß. Lässt sie nicht locker, verweist du sie an mich. Kommt, ich muss wieder ins Krankenhaus. Rommie, Sie fahren. Ich bin mit den Nerven herunter.«

»Wollen Sie uns nicht …«, begann Rommie.

»Ich erzähle euch alles. Auf der Rückfahrt. Vielleicht können wir uns sogar überlegen, was zum Teufel wir deswegen unternehmen wollen.«

21 Eine Stunde nachdem die 767 der Air Ireland am Dome zerschellt war, kam Rose Twitchell mit einem Teller, der mit einer Serviette bedeckt war, in die Polizeistation marschiert. Stacey Moggin, die zurück am Empfangstresen war, sah so müde und verwirrt aus, wie Rose sich fühlte.

»Was hast du da?«, fragte Stacey.

»Lunch. Für meinen Koch. Zwei getoastete Schinkensandwichs mit Salat und Tomaten.«

»Rose, ich darf dich nicht nach unten gehen lassen. Ich darf niemanden runterlassen.«

Mel Searles hatte sich mit zwei der frisch Angeworbenen über eine Monster Truck Show unterhalten, die er im Frühjahr im Portland Civic Center gesehen hatte. Jetzt sah er sich um. »Ich bring sie ihm, Miz Twitchell.«

»Das tun Sie *nicht*«, sagte Rose.

Mel wirkte überrascht. Und leicht gekränkt. Er hatte Rose schon immer gemocht und geglaubt, sie möge ihn auch.

»Ich habe Angst, dass Sie den Teller fallen lassen«, erklärte sie ihm, obwohl das nicht die ganze Wahrheit war; tatsächlich traute sie ihm überhaupt nicht. »Ich habe Sie Football spielen sehen, Melvin.«

»Och, kommen Sie, so ungeschickt bin ich auch nicht.«

»Und weil ich selbst sehen will, wie es ihm geht.«

»Er darf keinen Besuch empfangen«, sagte Mel. »Befehl von Chief Randolph – und er hat's direkt vom Stadtverordneten Rennie.«

»Nun, ich gehe hinunter. Wenn Sie mich aufhalten wollen, müssen Sie Ihren Taser einsetzen, und wenn Sie das tun, mache ich Ihnen nie mehr eine Erdbeerwaffel, wie Sie sie mögen – mit ganz weichem Teig in der Mitte.« Sie sah sich um und rümpfte die Nase. »Außerdem sehe ich im Augenblick keinen dieser beiden Männer hier. Oder täusche ich mich?«

Mel überlegte, ob er stur bleiben sollte – vielleicht nur, um den Neuen zu imponieren –, und entschied sich dagegen. Er mochte Rose wirklich. Und er mochte ihre Waffeln, vor allem, wenn sie ein bisschen matschig waren. Er rückte seinen Polizeigürtel etwas höher und sagte: »Okay. Aber ich muss mitgehen, und Sie bringen ihm nichts, bevor ich unter die Serviette gesehen habe.«

Sie hob die Serviette hoch. Darunter lagen zwei Schinkensandwichs und eine kurze Mitteilung auf der Rückseite einer Rechnung aus dem Sweetbriar Rose. *Halt durch,* stand darauf. *Wir glauben an Dich.*

Mel nahm den Zettel, knüllte ihn zusammen und warf ihn

in Richtung Papierkorb. Er fiel daneben, und einer der Neuen beeilte sich, ihn aufzuheben. »Mitkommen«, sagte er, dann blieb er stehen, griff nach einem halben Sandwich und biss ein großes Stück davon ab. »Hätte er sowieso nicht alles essen können«, erklärte er Rose.

Rose sagte nichts, aber als er vor ihr die Treppe hinunterging, überlegte sie kurz, ob sie ihm den Teller über den Schädel ziehen sollte.

Sie hatte den unteren Korridor erst zur Hälfte passiert, als Mel sagte: »Näher dürfen Sie nicht ran, Miz Twitchell. Den Weitertransport übernehme ich.«

Sie überließ ihm den Teller und beobachtete unzufrieden, wie Mel sich hinkniete, ihn durch die Gitterstäbe schob und ankündigte: »Der Lunch ist serviert, Monsieur.«

Barbie ignorierte ihn. Er sah zu Rose hinüber. »Vielen Dank. Wenn Anson sie gemacht hat, weiß ich allerdings nicht, wie dankbar ich nach dem ersten Bissen sein werde.«

»Ich hab sie selbst gemacht«, sagte sie. »Barbie … wieso haben sie dich so zugerichtet? Hast du versucht zu fliehen? Du siehst *schrecklich* aus.«

»Kein Fluchtversuch, nur Widerstand gegen meine Festnahme. Das stimmt doch, Mel?«

»Lass die Klugschwätzerei, sonst komm ich zu dir rein und nehm dir die Samwidges wieder weg.«

»Nun, du könntest es versuchen«, sagte Barbie. »Wir könnten uns darum streiten.« Als Mel keine Anstalten machte, sein Angebot anzunehmen, wandte Barbie sich wieder Rose zu. »War das ein Flugzeug? Es hat sich angehört wie ein Flugzeug. Wie ein großes.«

»Die ABC meldet, dass es eine Air-Ireland-Maschine war. Voll besetzt.«

»Lass mich raten. Sie war auf dem Flug nach Boston oder New York, und irgendein nicht sonderlich helles Besatzungsmitglied hat vergessen, den Autopiloten umzuprogrammieren.«

»Das weiß ich nicht. Davon war bisher noch nicht die Rede.«

»Kommen Sie, Rose.« Mel kam zurück und nahm ihren

Arm. »Genug geschnattert. Sie müssen gehen, bevor ich Schwierigkeiten kriege.«

»Aber sonst geht's dir gut?«, fragte sie Barbie, indem sie sich seinem Befehl zumindest einen Augenblick lang widersetzte.

»O ja«, sagte Barbie. »Und dir? Hast du dich wieder mit Jackie Wettington vertragen?«

Und wie lautete die richtige Antwort *darauf*? Soweit Rose sich erinnerte, hatte sie keinen Streit mit Jackie, also brauchte sie sich auch nicht mit ihr zu vertragen. Sie glaubte zu sehen, dass Barbie fast unmerklich den Kopf schüttelte, und hoffte, dass sie sich das nicht nur eingebildet hatte.

»Noch nicht«, sagte sie.

»Das solltest du aber. Sag ihr, dass sie aufhören soll, so zickig zu sein.«

»Schön wär's«, murmelte Mel. Er hakte Rose unter. »Kommen Sie jetzt; sonst muss ich Sie rausschleifen.«

»Sag ihr, dass ich gesagt habe, dass du in Ordnung bist«, rief Barbie ihr nach, als sie die Treppe hinaufging, diesmal mit Mel dicht hinter ihr. »Ihr beiden solltet wirklich miteinander reden. Und danke für die Sandwichs.«

Sag ihr, dass ich gesagt habe, dass du in Ordnung bist.

Das war die Nachricht, davon war sie überzeugt. Sie bezweifelte, dass Mel sie verstanden hatte; er war noch nie sehr intelligent gewesen, und das Leben unter der Kuppel hatte ihn anscheinend nicht cleverer gemacht. Vermutlich hatte Barbie es deshalb riskiert.

Rose nahm sich vor, sich sofort auf die Suche nach Jackie zu machen und diese Nachricht weiterzugeben: *Barbie sagt, dass ich in Ordnung bin. Barbie sagt, dass du mit mir reden kannst.*

»Danke, Mel«, sagte sie, als sie wieder im Bereitschaftsraum waren. »Nett von Ihnen, dass Sie mir das erlaubt haben.«

Mel sah sich um, konnte niemanden mit mehr Autorität erkennen und entspannte sich. »Kein Problem, aber glauben Sie bloß nicht, dass Sie ihm auch ein Abendessen bringen dürfen – das kommt nicht infrage.« Er überlegte, dann wurde er philosophisch. »Allerdings hat er was Gutes verdient, denke ich. Weil er nächste Woche um diese Zeit schon so geröstet ist wie diese Samwidges, die Sie ihm gemacht haben.«

Das werden wir ja sehen, dachte Rose.

22   Andy Sanders und Chef Bushey saßen neben dem WCIK-Lagerschuppen und rauchten Meth. Vor ihnen, auf dem Feld, das den Sendemast umgab, erhob sich ein flacher Erdhügel, in dem ein Kreuz aus Kistenbrettern steckte. Unter diesem Hügel lag Sammy Bushey, Quälerin von Bratz-Puppen, Vergewaltigungsopfer, Mutter von Little Walter. Chef sagte, vielleicht werde er später auf dem Friedhof am Chester Pond ein richtiges Kreuz klauen. Falls er dazu noch Zeit hatte. Aber vielleicht würde sie nicht reichen.

Wie um diese Aussage zu bekräftigen, hob er seinen Garagentoröffner.

Andy bedauerte Sammys Tod, genau wie er Claudette und Dodees Tod bedauerte, aber das war jetzt ein klinisches Bedauern, das unter seiner eigenen Kuppel sicher verkapselt war: Man konnte es sehen, seine Existenz anerkennen, aber sich nicht wirklich darauf einlassen. Was eine gute Sache war. Er versuchte, diesen Sachverhalt Chef Bushey zu erklären, verhaspelte sich aber zur Mitte hin – diese Vorstellung war komplex. Trotzdem nickte Chef, dann reichte er Andy eine große Glasbong. Seitlich waren die Worte **KEINE HANDELSWARE** eingeätzt.

»Gut, was?«, fragte Chef.

»Und wie!«, sagte Andy.

Danach vertieften sie sich eine Weile in die beiden großen Standardtexte wiedergeborener Doper: was für guter Shit dies war und wie abgefuckt sie waren, dass sie diesen guten Shit bekamen. Irgendwann ereignete sich nördlich von ihnen eine gewaltige Explosion. Andy hielt sich eine Hand über die Augen, die von all dem Rauch brannten. Dabei hätte er fast die Bong fallen lassen, aber Chef rettete sie.

»Heilige Scheiße, das war ein *Flugzeug*!« Andy versuchte aufzustehen, aber obwohl seine Beine vor Energie kribbelten, konnten sie ihn nicht tragen. Er sank wieder zurück.

»Nein, Sanders«, sagte Chef. Er paffte die Bong. Wie er so mit untergeschlagenen Beinen dahockte, erinnerte er Andy an einen Indianerhäuptling mit einer Friedenspfeife.

An der Wand des Schuppens zwischen Andy und Chef lehnten vier Sturmgewehre AK-47 – in Russland hergestellt, aber wie viele Qualitätsartikel in diesem Lagerschuppen aus China importiert. Dort standen auch fünf aufgestapelte Kisten mit Reservemagazinen zu je dreißig Schuss und eine Kiste mit Handgranaten RGD-5. Chef hatte Andy eine Übersetzung der Piktogramme auf der Handgranatenkiste angeboten: *Diesen Drecksack auf keinen Fall fallen lassen.*

Jetzt griff Chef nach einem AK-47 und legte es sich über die Knie. »Das war *kein* Flugzeug«, betonte er.

»Nein? Was denn sonst?«

»Ein Zeichen Gottes.« Chef begutachtete, was er auf die Stirnwand des Lagerschuppens gemalt hatte: zwei Zitate (frei interpretiert) aus der Offenbarung des Johannes mit der prominent herausgestellten Zahl 31. Dann sah er wieder zu Andy hinüber. Im Norden löste sich die Rauchwolke am Himmel allmählich auf. Unter ihr stieg von der Stelle, wo das Flugzeug in den Wald gestürzt war, neuer Rauch auf. »Ich hab mich im Datum geirrt«, sagte er in grüblerischem Tonfall. »Halloween kommt dieses Jahr wirklich früher. Vielleicht heute, vielleicht morgen, vielleicht übermorgen.«

»Oder am Tag danach«, ergänzte Andy hilfreich.

»Vielleicht«, räumte Chef ein, »aber ich denke, dass es früher kommt. Sanders!«

»Was, Chef?«

»Nimm dir ein Gewehr. Du bist jetzt in der Streitmacht des Herrn. Du bist ein christlicher Soldat. Deine Zeit, in der du diesem abtrünnigen Schweinehund den Arsch geküsst hast, ist vorüber.«

Andy nahm sich ein AK-47 und legte es über seine nackten Schenkel. Ihm gefiel sein Gewicht und seine angenehme Wärme. Er kontrollierte, ob das Sturmgewehr gesichert war. Das war es. »Welchen abtrünnigen Hundesohn meinst du, Chef?«

Chef fixierte ihn mit einem Blick, aus dem völlige Verachtung sprach; aber als Andy nach der Bong griff, übergab er sie durchaus bereitwillig. Stoff war für beide reichlich da, würde von nun an bis zum Ende reichen, denn das Ende war nahe, ja, gewisslich wahr. »Rennie. *Diesen* abtrünnigen Hundesohn.«

»Er ist mein Freund – mein Kumpel –, aber er kann wirklich ein harter Hund sein«, gab Andy zu. »Meine *Güte,* das ist aber guter Shit.«

»Das ist er«, bestätigte Chef missmutig und ließ sich die Bong (die Andy jetzt für sich die Smokeum-Friedenspfeife nannte) wiedergeben. »Er ist das Beste vom Besten und das Reinste vom Reinen, und was ist er noch, Sanders?«

»Eine Medizin gegen Melancholie!«, antwortete Andy eilfertig.

»Und was ist das?« Chef deutete auf den neuen schwarzen Fleck an der Kuppel.

»Ein Zeichen! Von Gott!«

»Ja«, sagte Chef besänftigt. »Genau das ist es. Wir sind jetzt auf einem Gott-Trip, Sanders. Weißt du, was passiert ist, als Gott das siebte Siegel aufgetan hat? Hast du die *Offenbarung* gelesen?«

Aus einem Bibelseminar, an dem er als Jugendlicher teilgenommen hatte, hatte Andy eine Erinnerung an Engel, die aus diesem siebten Siegel hervorquollen wie Clowns aus einem winzigen Kleinwagen im Zirkus, aber so wollte er es nicht sagen. Chef hätte das für gotteslästerlich halten können. Also schüttelte er nur den Kopf.

»Hab ich mir gedacht«, sagte Chef. »Du durftest vielleicht in der Erlöserkirche *predigen*, aber das Predigen ist noch keine Ausbildung. Predigen ist nicht der wahre *visionäre Scheiß.* Verstehst du das?«

Andy verstand vor allem, dass er noch einen Zug aus der Bong wollte, aber er nickte zustimmend.

»Als das siebte Siegel aufgetan wurde, erschienen sieben Engel mit Trompeten. Und immer wenn einer den Boogie blies, wurde die Erde von einer Plage befallen. Hier, nimm diesen Shit, der hilft dir, dich zu konzentrieren.«

Wie lange saßen sie schon hier draußen und rauchten?

Andy kam es wie Stunden vor. Hatten sie wirklich einen Flugzeugabsturz gesehen? Er glaubte schon, aber jetzt war er sich seiner Sache nicht mehr sicher. Diese Vorstellung schien schrecklich weit hergeholt zu sein. Vielleicht sollte er ein Nickerchen machen. Andererseits war es wundervoll, geradezu ekstatisch, einfach nur mit Chef hier draußen zu sein, bekifft und gebildet zu werden. »Ich hätte mich beinahe umgebracht, aber Gott hat mich gerettet«, erzählte er Chef. Dieser Gedanke war so wunderbar, dass seine Augen sich mit Tränen füllten.

»Ja, das ist offensichtlich. Das kann man von dem anderen Zeug nicht behaupten. Also hör zu.«

»Das tue ich.«

»Der erste Engel hat geblasen und einen Hagel aus Blut auf die Erde niedergehen lassen. Der zweite Engel hat geblasen, darauf ist ein großer Berg mit Feuer brennend ins Meer gefahren. Das sind deine Vulkane und solcher Scheiß.«

»Ja!«, rief Andy laut und betätigte dabei versehentlich den Abzug des auf seinen Knien liegenden AK-47.

»Damit solltest du aufpassen«, sagte Chef. »Wäre es nicht gesichert gewesen, wäre die Kugel in der Kiefer dort drüben gelandet. Nimm einen Zug von diesem Shit.« Er übergab Andy die Bong. Andy konnte sich nicht einmal daran erinnern, sie zurückgegeben zu haben, aber das musste er wohl. Und wie spät war es? Der Sonne nach längst Nachmittag, aber wie konnte das sein? Er hatte gar keinen Hunger aufs Mittagessen gehabt, und dabei war er *immer* hungrig aufs Mittagessen; es war seine liebste Mahlzeit.

»Pass jetzt auf, Sanders, denn jetzt kommt der wichtigste Teil.«

Chef konnte die Bibelstelle aus dem Gedächtnis zitieren, denn er hatte die Offenbarung des Johannes sehr genau studiert, seit er sich hier draußen in der Radiostation einquartiert hatte; er hatte sie wie besessen wieder und wieder gelesen, manchmal, bis im Osten ein neuer Tag heraufdämmerte. »›Und der dritte Engel posaunte; und es fiel ein großer Stern vom Himmel! Der brannte wie eine Fackel!‹«

»Genau das haben wir vorhin gesehen!«

Chef nickte. Sein Blick fixierte den schwarzen Schmutzfleck, wo Air Ireland 179 sein Ende gefunden hatte. »›Und
der Name des Sterns heißt Wermut, und viele Menschen
starben, denn sie waren bitter geworden.‹ Bist *du* bitter, Sanders?«

»*Nein!*«, versicherte Andy ihm.

»Nein. Wir sind *milde.* Aber nachdem nun der Stern Wermut am Himmel geleuchtet hat, werden bittere Männer
kommen. Das hat Gott mir erzählt, Sanders, und es ist keine
Verarschung. Nimm mich unter die Lupe, dann wird dir
klar, dass es bei mir keine Verarschung gibt. Sie werden versuchen, uns das hier wegzunehmen. Rennie und seine Bock-
mist-Kumpane.«

»Niemals!«, rief Andy. Eine jähe, grausige Paranoia brandete über ihn hinweg. Sie konnten schon hier sein! Bockmist-
Kumpane, die sich unter diesen Bäumen anschlichen! Bock-
mist-Kumpane, die in einer Lastwagenkolonne die Little
Bitch Road heraufkamen! Nachdem Chef dieses Thema angesprochen hatte, sah er sogar, weshalb Rennie das tun wollen würde. Er würde es »Beseitigung von Belastungsmaterial« nennen.

»Chef!« Er umklammerte die Schulter seines neuen Freundes.

»Nicht so fest, Sanders. Das tut weh.«

Er ließ etwas lockerer. »Big Jim hat schon davon gesprochen, herzukommen und die Propantanks zu holen – *das ist
der erste Schritt*!«

Chef nickte. »Sie waren schon mal hier. Haben zwei
Tanks mitgenommen. Ich hab sie machen lassen.« Er hielt
inne, dann tätschelte er die Kiste mit Handgranaten. »Noch
einmal lasse ich ihn nicht machen. Kann ich auf dich zählen?«

Andy dachte an die Unmengen von Dope in dem Ge-
bäude, an das sie gelehnt dasaßen, und gab die Antwort, die
Chef erwartet hatte. »Mein Bruder«, sagte er und umarmte
Chef.

Chef war verschwitzt und stank, aber Andy umarmte ihn
mit Begeisterung. Tränen rollten ihm übers Gesicht, das er

erstmals seit über zwanzig Jahren an einem Werktag zu rasieren versäumt hatte. Das hier war wundervoll. Das hier war ... war ...

Verbindend!

»Mein Bruder«, schluchzte er in Chefs Ohr.

Chef hielt ihn auf Armeslänge von sich weg, betrachtete ihn ernst. »Wir sind Beauftragte des Herrn«, sagte er.

Und Andy Sanders – nun bis auf den hageren Propheten neben ihm ganz allein auf der Welt – sagte Amen.

23   Jackie fand Ernie Calvert hinter seinem Haus, wo er im Garten Unkraut jätete. Trotz ihrer Piper gegenüber geäußerten Zuversicht sprach sie ihn mit gewisser Besorgnis an, was sich jedoch als überflüssig erwies. Er packte ihre Schultern mit Händen, die für einen so pummeligen kleinen Mann überraschend kräftig waren. Seine Augen leuchteten.

»Gott sei Dank, endlich sieht mal jemand, was dieser Windbeutel vorhat!« Er ließ die Hände sinken. »Sorry. Jetzt haben Sie Flecken auf Ihrer Bluse.«

»Ach, das macht nichts.«

»Er ist gefährlich, Officer Wettington. Das wissen Sie, nicht wahr?«

»Ja.«

»Und clever. Er hat diese verdammten Lebensmittelunruhen ausgelöst, wie ein Terrorist eine Bombe legen würde.«

»Davon bin ich überzeugt.«

»Aber er ist auch dumm. Clever und dumm ist eine schlimme Kombination. Damit kann man Menschen dazu überreden, mit einem zu gehen, wissen Sie. Ganz bis in die Hölle. Wie dieser Jim Jones, erinnern Sie sich an den?«

Natürlich. »Der Kerl, der alle seine Anhänger dazu gebracht hat, Gift zu trinken. Sie kommen also zu der Versammlung?«

»Klar doch. Und ich sag's nicht weiter. Das heißt, außer Sie wollen, dass ich mit Lissa Jamieson rede. Das übernehme ich gern.«

Bevor Jackie antworten konnte, klingelte ihr Handy. Das

war ihr privates Mobiltelefon; ihr Diensthandy hatte sie mit ihrer Plakette und ihrer Pistole abgeben müssen.

»Hallo, hier ist Jackie.«

»*Mihi portate vulneratos*, Sergeant Wettington«, sagte eine unbekannte Stimme.

Das Motto ihrer alten Einheit in Würzburg – *Bringt uns eure Verwundeten* –, und Jackie antwortete, ohne eigentlich darüber nachzudenken: »Liegend, humpelnd oder in Säcken, wir können jeden zusammenflicken. Wer zum Teufel sind Sie?«

»Colonel James Cox, Sergeant.«

Jackie nahm das Handy vom Ohr. »Lassen Sie mich einen Augenblick telefonieren, Ernie?«

Er nickte und ging zu seinem Beet zurück. Jackie schlenderte an den Staketenzaun, der den Garten nach hinten hin begrenzte. »Was kann ich für Sie tun, Colonel? Und ist diese Verbindung abhörsicher?«

»Sergeant, wenn Ihr Mann Rennie Handygespräche von außerhalb der Kuppel abhören kann, sitzen wir schön in der Patsche.«

»Er ist nicht mein Mann.«

»Gut zu wissen.«

»Und ich bin nicht mehr in der Army. Das Siebenundsechzigste ist heutzutage nicht mal mehr in meinem Rückspiegel, Sir.«

»Nun, das stimmt nicht ganz, Sarge. Auf Befehl des Präsidenten der Vereinigten Staaten sind Sie reaktiviert worden. Willkommen an Bord.«

»Ich weiß nicht, ob ich jetzt Danke oder ›verzieh dich‹ sagen soll.«

Cox lachte ohne wirklichen Humor. »Jack Reacher lässt Sie grüßen.«

»Diese Nummer haben Sie wohl von ihm?«

»Die und eine Empfehlung. Eine Empfehlung von Jack Reacher hat Gewicht. Sie haben gefragt, was Sie für mich tun können. Die Antwort ist zweigeteilt – aber beide Teile sind simpel. Erstens sollen Sie Dale Barbara aus dem Knast holen. Oder glauben Sie, dass er diese Morde verübt hat?«

832

»Nein, Sir. Ich weiß, dass er es nicht getan hat. Vielmehr wissen *wir* das sicher. Wir sind mehrere.«

»Gut. *Sehr* gut.« Die Erleichterung in Cox' Stimme war unüberhörbar. »Zweitens sollen Sie diesen Hundesohn Rennie entmachten.«

»Das wäre Barbies Job. Wenn … wissen Sie bestimmt, dass diese Verbindung abhörsicher ist?«

»Garantiert.«

»Falls wir ihn befreien können.«

»Daran wird schon gearbeitet, oder?«

»Ja, Sir, ich glaube schon.«

»Ausgezeichnet. Wie viele Braunhemden hat Rennie?«

»Im Augenblick ungefähr dreißig, aber er stellt weitere ein. Und hier in The Mill sind es Blauhemden, aber ich verstehe, was Sie meinen. Unterschätzen Sie ihn nicht, Colonel. Er hat diese Stadt größtenteils in der Tasche. Wir werden versuchen, Barbie rauszuholen, und Sie können nur hoffen, dass wir Erfolg haben, weil ich allein nicht viel gegen Big Jim ausrichten kann. Diktatoren ohne Hilfe von außen zu stürzen, ist ungefähr sechs Meilen oberhalb meiner Besoldungsstufe. Und nur zu Ihrer Information: Meine Dienstzeit im Chester's Mill Police Department ist vorbei. Rennie hat mich rausschmeißen lassen.«

»Halten Sie mich auf dem Laufenden, wann und wie Sie können. Befreien Sie Barbara, und überlassen Sie die Führung Ihrer Widerstandsbewegung ihm. Dann werden wir sehen, wer zuletzt den Kürzeren zieht.«

»Sir, Sie wünschen sich irgendwie, Sie wären hier, nicht wahr?«

»Von ganzem Herzen.« Kein Zögern. »Dann hätte der kleine rote Wagen dieses Hundesohns in ungefähr zwölf Stunden keine Räder mehr.«

Tatsächlich bezweifelte Jackie das; unter der Kuppel lagen die Dinge anders. Außenstehende begriffen das nicht. Sogar die Zeit hatte sich verändert. Vor fünf Tagen war alles noch normal gewesen. Und wenn man sich jetzt umsah …

»Noch etwas«, sagte Colonel Cox. »Nehmen Sie sich trotz Ihres vollen Terminkalenders die Zeit, ein bisschen

833

fernzusehen. Wir tun unser Möglichstes, um Rennie das Leben schwerzumachen.«

Jackie verabschiedete sich und klappte ihr Handy zu. Dann ging sie dorthin, wo Ernie weiter gärtnerte. »Haben Sie ein Stromaggregat?«, fragte sie ihn.

»Seit gestern Abend tot«, antwortete er verdrießlich gut gelaunt.

»Kommen Sie, wir gehen irgendwohin, wo ein Fernseher läuft. Mein Freund sagt, wir sollen uns die Nachrichten ansehen.«

Sie machten sich auf den Weg ins Sweetbriar Rose. Unterwegs begegneten sie Julia Shumway und nahmen sie mit.

VOLL IM EIMER

1   Das Sweetbriar hatte bis 17 Uhr geschlossen, anschließend wollte Rose ein überwiegend aus Resten bestehendes leichtes Abendessen servieren. Sie machte Kartoffelsalat und behielt dabei den Fernseher über der Theke im Auge, als an die Eingangstür geklopft wurde. Draußen standen Jackie Wettington, Ernie Calvert und Julia Shumway. Rose durchquerte das leere Restaurant, wobei sie sich die Hände an ihrer Schürze abwischte, und schloss die Tür auf. Horace der Corgi trottete dicht hinter Julia her, hatte die Ohren hochgestellt und grinste gesellig. Rose überzeugte sich davon, dass das Schild GESCHLOSSEN noch an seinem Platz hing, dann sperrte sie hinter ihnen ab.

»Danke«, sagte Jackie.

»Nichts zu danken«, sagte Rose. »Ich wollte ohnehin mit dir reden.«

»Wir sind deshalb hier«, sagte Jackie und zeigte auf den Fernseher. »Ich war bei Ernie, und auf dem Weg hierher haben wir Julia aufgelesen. Sie hat gegenüber ihrem Haus an der Straße gehockt und miesepeterig den Brandschutt angestarrt.«

»Das habe ich nicht getan«, sagte Julia. »Horace und ich haben überlegt, wie wir nach der Bürgerversammlung eine Zeitung herausbringen können. Sie wird klein sein müssen – vermutlich nur zwei Seiten –, aber es *wird* eine Zeitung geben. Mein Herz hängt daran.«

Rose sah wieder zu dem Fernseher hinüber. Auf dem Bildschirm sprach eine hübsche junge Frau einen Kommentar. Unter ihr war ein Schriftband eingeblendet: HEUTE VORMITTAG, MIT FREUNDL. GENEHMIGUNG VON ABC. Plötzlich war ein Knall zu hören, dann entstand am

Himmel ein Feuerball. Die Journalistin fuhr zusammen, schrie auf und warf sich herum. In diesem Augenblick zoomte der Kameramann schon an ihr vorbei und verfolgte die zur Erde stürzenden Trümmer des Air-Ireland-Jets.

»Sie bringen nichts als Wiederholungen der Absturzbilder«, sagte Rose. »Wenn ihr die noch nicht kennt, könnt ihr sie euch gern ansehen. Jackie, ich war heute am Spätvormittag bei Barbie – ich habe ihm zwei Sandwichs gebracht und durfte sogar runter zu den Zellen gehen. Melvin Searles ist als Aufpasser mitgekommen.«

»Glück gehabt«, sagte Jackie.

»Wie geht es ihm?«, fragte Julia. »Einigermaßen gut?«

»Er ist schlimm zugerichtet, aber ich glaube, dass ihm nicht allzu viel fehlt. Er hat gesagt … vielleicht sollte ich dir das unter vier Augen erzählen, Jackie.«

»Ich weiß nicht, worum es geht, aber du kannst unbesorgt vor Ernie und Julia sprechen.«

Rose dachte darüber nach, aber nur einen Augenblick lang. Wenn Ernie Calvert und Julia Shumway nicht in Ordnung waren, war es überhaupt niemand. »Er hat gesagt, ich sollte mit dir reden. Mich wieder mit dir vertragen, als hätten wir Streit gehabt. Ich soll dir sagen, dass er gesagt hat, dass ich in Ordnung bin.«

Jackie wandte sich Ernie und Julia zu. Rose hatte das Gefühl, dass eine stumme Frage gestellt wurde – und sofort beantwortet. »Wenn Barbie sagt, dass du in Ordnung bist, dann bist du's auch«, sagte Jackie, und Ernie nickte dazu nachdrücklich. »Schätzchen, wir halten heute Abend eine kleine Versammlung ab. Im Pfarrhaus der Congo. Sie ist sozusagen geheim …«

»Nicht sozusagen, sie ist es wirklich«, sagte Julia. »Und wie sich die Dinge in The Mill entwickelt haben, muss dieses Geheimnis unter uns bleiben.«

»Wenn es um das geht, was ich denke, bin ich dabei.« Dann senkte Rose ihre Stimme. »Aber nicht Anson. Er trägt eine dieser verdammten Armbinden.«

In diesem Augenblick erschien auf dem Fernsehschirm die Ankündigung CNN EILMELDUNG; dazu erklang die ärgerliche Katastrophenmusik in Moll, mit der jede neue Dome-Story unterlegt wurde. Rose erwartete Anderson Cooper oder ihren geliebten Wolfie zu sehen – beide waren jetzt in Castle Rock stationiert –, aber auf dem Bildschirm erschien Barbara Starr, die Pentagon-Korrespondentin der Fernsehgesellschaft. Sie stand außerhalb des Zelt- und Trailerdorfs, das der Army als vorgeschobener Stützpunkt in Harlow diente.

»Don, Kyra – Colonel James O. Cox, der hier zuständige Mann des Pentagons, seit letzten Samstag die noch immer rätselhafte Kuppel entstanden ist, wird jetzt seine erst zweite Pressekonferenz seit Beginn dieser Krise geben. Das Thema, das die Medienvertreter erst vor wenigen Augenblicken erfahren haben, dürfte Zehntausende von Amerikanern mit Angehörigen in der belagerten Kleinstadt Chester's Mill elektrisieren. Wie wir erfahren haben …« Starr schien etwas in ihrem Ohrhörer zu hören. »Hier kommt Colonel Cox.«

Die vier in dem Restaurant setzten sich auf die Barhocker vor der Theke, während die Fernsehkamera nun das Innere eines großen Zelts zeigte. Ungefähr vierzig Journalisten hatten auf Klappstühlen Platz gefunden; weitere Kollegen standen im Hintergrund. Sie unterhielten sich leise murmelnd. An einem Ende des Zelts war eine provisorische Bühne errichtet worden. Auf ihr stand vor einer weißen Projektionsfläche ein mit der amerikanischen Flagge und Mikrofonen geschmücktes Rednerpult.

»Ziemlich professionell für eine improvisierte Operation«, meinte Ernie.

»Oh, ich glaube, dass die Vorbereitungen dafür schon länger laufen«, sagte Jackie. Sie erinnerte sich an ihr Telefongespräch mit Cox. *Wir tun unser Möglichstes, um Rennie das Leben schwerzumachen,* hatte er gesagt.

In der linken Zeltwand öffnete sich eine Klappe, und ein kleiner, sportlich durchtrainierter Mann mit ergrauendem Haar ging rasch auf die improvisierte Bühne zu. Niemand hatte daran gedacht, eine Treppe vorzusehen oder wenigstens eine Kiste hinzustellen, aber das bedeutete kein Problem für den angekündigten Sprecher; er war mit einem Sprung oben, ohne auch nur aus dem Tritt zu kommen. Er trug einen einfachen khakifarbenen Kampfanzug. Falls er Orden hatte, waren sie nicht zu sehen. An seiner Jacke trug er nur einen Stoffstreifen mit dem Namen COL. J. COX. Er hielt keine Redenotizen in der Hand. Die Journalisten verstummten sofort, und Cox bedachte sie mit einem kleinen Lächeln.

»Dieser Kerl hätte von Anfang an Pressekonferenzen geben sollen«, sagte Julia. »Er sieht *gut* aus.«

»Pst, Julia«, sagte Rose.

»Ladys und Gentlemen, danke für Ihr Kommen«, sagte Cox. »Ich werde mich kurz fassen und anschließend ein paar Fragen beantworten. Die Situation in Bezug auf Chester's Mill und was wir jetzt alle ›den Dome‹ nennen, ist unverändert: Die Kleinstadt ist weiter abgeschnitten, wir haben weiterhin keine Ahnung, was diese Situation erzeugt oder wodurch sie ausgelöst worden ist, und es ist uns noch immer nicht gelungen, die Barriere zu durchbrechen. Hätten wir Erfolg gehabt, wüssten Sie es natürlich längst. Die besten Wissenschaftler Amerikas – der ganzen Welt – arbeiten jedoch daran, und wir erwägen verschiedene Optionen. Fragen Sie bitte nicht danach, denn Sie würden zum gegenwärtigen Zeitpunkt keine Antwort bekommen.«

Die Journalisten murmelten unzufrieden. Cox kümmerte sich nicht weiter darum. Unter ihm wechselte das CNN-Schriftband zu VORERST KEINE ANTWORTEN. Als das Gemurmel abklang, sprach Cox weiter.

»Wie Sie wissen, haben wir um den Dome herum ein Sperrgebiet errichtet – ursprünglich eine Meile tief, ab Sonntag dann zwei Meilen und seit Dienstag vier Meilen. Dafür gibt es verschiedene Gründe, von denen der wichtigste ist, dass die Kuppel für Personen mit bestimmten Implantaten wie Herzschrittmachern gefährlich ist. Der zweite Grund war, dass wir befürchtet haben, das Feld, das die Kuppel erzeugt, könnte weitere schädliche Wirkungen haben, die weniger leicht erkennbar sind.«

»Meinen Sie damit Strahlung, Colonel?«, rief jemand.

Cox ließ ihn mit einem eisigen Blick erstarren und fuhr erst fort, als der Journalist (nicht Wolfie, wie Rose erfreut feststellte, sondern dieser halb kahle, langweilige Schwätzer von FOX News) genügend abgestraft zu sein schien.

»Inzwischen sind wir überzeugt, dass keine schädlichen Wirkungen zu befürchten sind – zumindest keine unmittelbaren –, deshalb haben wir Freitag, den siebenundzwanzigsten Oktober, also übermorgen, zum Besuchertag an der Kuppel bestimmt.«

Das löste einen wahren Ansturm von Fragen aus. Cox wartete, bis er abgeklungen war, und als wieder Ruhe herrschte, nahm er eine Fernbedienung aus dem Fach des Rednerpults und drückte eine Taste. Auf der weißen Projektionsfläche erschien eine detaillierte Luftaufnahme (nach Julias Ansicht viel zu gut, um von Google Earth heruntergeladen zu sein). Sie zeigte The Mill mit Motton und Castle Rock, seinen südlichen Nachbarstädten. Cox legte die Fernbedienung weg und brachte einen Laserzeiger zum Vorschein.

Das Schriftband unten am Bildrand verkündete jetzt: FREITAG BEZICHTIGUNGSTAG AM DOME. Darüber musste Julia lächeln. Colonel Cox hatte CNN mit ausgeschalteter Rechtschreibprüfung erwischt.

»Wir glauben, dass wir zwölfhundert Besucher empfangen und betreuen können«, fuhr Cox energisch fort. »Zutritt erhalten nur nahe Verwandte, wenigstens diesmal ... und wir hoffen und beten alle, dass ein nächstes Mal nicht nötig sein wird. Es gibt zwei Versammlungspunkte: hier, auf dem Festplatz in Castle Rock, und hier, auf dem Oxford Plains Speedway.« Er markierte beide Punkte. »Wir haben zwei Dutzend Busse, je zwölf an beiden Orten. Zur Verfügung gestellt werden sie von sechs umliegenden Schulbezirken, die Unterricht ausfallen lassen, um dieses Vorhaben zu unterstützen, wofür wir ihnen herzlich danken. Ein weiterer Bus für Medienvertreter steht bei Shiner's Bait and Tackle in Motton bereit.« Trocken: »Da Shiner's auch ein lizenziertes Spirituosengeschäft ist, dürften die meisten von Ihnen es kennen. Mitfahren darf auch ein, ich wiederhole, *ein* Aufnahmewagen. Sie müssen einen Pool bilden, Ladys und Gentlemen, und das Los entscheiden lassen, wer das Kamerateam stellen darf.«

Das wurde mit einem Stöhnen begrüßt, das aber nur eine Pflichtübung war.

»Der Pressebus hat achtundvierzig Plätze, während hier andererseits Hunderte von Medienvertretern aus aller Welt versammelt sind ...«

»*Tausende!*«, rief ein Grauhaariger, was mit Lachen quittiert wurde.

»Mann, ich bin froh, dass *irgendjemand* Spaß hat«, sagte Ernie Calvert verbittert.

Cox gestattete sich ein schwaches Lächeln. »Ich muss mich korrigieren, Mr. Gregory. Die Sitzplätze werden den einzelnen Medien zugeteilt – Fernsehgesellschaften, Reuters, TASS, AP und so weiter –, denen die Auswahl ihrer Vertreter freigestellt bleibt.«

»CNN soll bloß Wolfie hinschicken, mehr sage ich nicht«, verkündete Rose.

Die Journalisten redeten aufgeregt durcheinander.

»Darf ich fortfahren?«, fragte Cox. »Und die SMS-Schreiber hören bitte damit auf.«

»Ooh«, sagte Jackie. »Ich liebe durchsetzungsstarke Männer.«

»Ihnen allen ist doch sicher bewusst, dass nicht Sie hier die Story sind? Würden Sie sich so aufführen, wenn Sie über Verschüttete nach einem Grubenunglück oder Erdbeben zu berichten hätten?«

Das wurde mit Schweigen von der Art aufgenommen, das auf eine vierte Klasse herabsinkt, wenn die Lehrerin endlich einmal die Geduld verloren hat. Er ist *in der Tat* durchsetzungsstark, dachte Julia und wünschte sich einen Augenblick lang sehnlich, Cox wäre hier unter der Kuppel und hätte das Kommando übernommen. Aber wenn Schweine Flügel hätten, könnten Schinken natürlich fliegen.

»Ihre Aufgabe, Ladys und Gentlemen, ist zweigeteilt: Sie

840

sollen uns helfen, die Nachricht zu verbreiten, und am Besuchstag mit dafür sorgen, dass alles reibungslos klappt.«

Das CNN-Schriftband meldete: MEDIEN SOLLEN AM BEZICHTIGUNGSTAG MITHELFEN.

»Wir wollen auf keinen Fall einen Wettlauf von Verwandten aus dem ganzen Land in den Westen von Maine. In näherer Umgebung haben wir schon fast zehntausend Angehörige der unter der Kuppel Eingeschlossenen; sämtliche Hotels, Motels und Campingplätze sind überfüllt. Unsere Botschaft an Verwandte in anderen Teilen Amerikas lautet: ›Wenn ihr nicht schon hier seid, kommt gar nicht erst.‹ Sie erhalten nicht nur keinen Besucherausweis, sondern werden an Kontrollpunkten hier, hier, hier und hier abgewiesen.« Er zeigte auf Lewiston, Auburn, North Windham und Conway, New Hampshire.

»Angehörige, die schon in der Umgebung sind, sollten sich bei den Eintragungsstellen melden, die in diesen Minuten am Festplatz und an der Rennstrecke öffnen. Sollten Sie auf die Idee verfallen, sofort ins Auto zu springen und loszurasen, lassen Sie's lieber. Dies sind nicht die Weißen Wochen bei Filene's, und ein vorderer Platz in der Schlange garantiert Ihnen nichts. Die Besucher werden ausgelost – und dafür müssen sie sich zuvor registrieren lassen, was nur mit einem Lichtbildausweis möglich ist. Wir werden versuchen, Besucher mit zwei oder mehr Angehörigen in The Mill bevorzugt zu behandeln, aber versprechen kann ich nichts. Und eine Warnung, Leute: Wer am Freitag aufkreuzt, um in einen der Busse zu steigen, und keinen Besucherausweis oder einen gefälschten hat – wer mit anderen Worten unser Unternehmen behindert –, findet sich im Gefängnis wieder. Stellen Sie uns in diesem Punkt *nicht* auf die Probe.

Die Busse fahren Freitagmorgen ab acht Uhr. Wenn alles glatt läuft, haben Sie mindestens vier Stunden mit Angehörigen, vielleicht mehr. Behindern Sie die Transporte, kann jeder nur kürzer an der Kuppel bleiben. Ab siebzehn Uhr fahren die Busse wieder zurück.«

»Wohin werden die Besucher gebracht?«, rief eine Frau.

»Dazu wollte ich gerade kommen, Andrea.« Cox griff

nach seiner Fernbedienung und zoomte die Route 119 näher heran. Jackie kannte es gut; sie hatte sich dort draußen fast die Nase an der Barriere gebrochen. Sie konnte die Dächer von Dinsmores Farm sehen: Wohnhaus, Scheune, Ställe …

»Auf der Motton-Seite der Barriere liegt ein Platz, der sonst für Flohmärkte genutzt wird.« Cox richtete seinen Zeiger darauf. »Dort parken die Busse. Die Besucher steigen aus und gehen zu Fuß zum Dome weiter. Auf beiden Seiten erstrecken sich weite abgeerntete Felder, auf denen die Leute sich verteilen können. Die verstreuten Wrackteile sind inzwischen geborgen worden.«

»Wie dicht dürfen Besucher an die Kuppel heran?«, fragte ein Journalist.

Cox sah wieder in die Kamera, um die potenziellen Besucher direkt anzusprechen. Rose konnte sich die Hoffnungen und Ängste dieser Menschen – die vor Fernsehern in Bars oder Motels saßen oder die Pressekonferenz im Autoradio verfolgten – lebhaft vorstellen. Sie empfand reichlich genug von beidem.

»Besucher dürfen sich der Kuppel bis auf zwei Meter nähern«, sagte Cox. »Das halten wir für eine sichere Entfernung, obwohl wir keine Garantie übernehmen. Dies ist kein auf Sicherheit getestetes Fahrgeschäft auf einem Jahrmarkt. Personen mit elektronischen Implantaten müssen sich fernhalten. Dafür sind Sie selbst verantwortlich; wir können nicht jeden Brustkorb auf Schrittmachernarben kontrollieren. Die Besucher müssen auch alle elektronischen Geräte wie iPods, Handys, BlackBerrys und dergleichen in den Bussen zurücklassen. Reporter mit Kameras und Mikrofonen müssen in einiger Entfernung bleiben. Der Nahbereich ist für die Besucher reserviert, und was zwischen ihnen und ihren Angehörigen gesprochen wird, geht nur sie etwas an. Leute, diese Sache klappt, wenn ihr uns helft, damit sie funktioniert. Um es Star-Trek-mäßig zu sagen: ›Helft uns, es so zu machen.‹« Er legte den Laserzeiger weg. »Jetzt beantworte ich ein paar Fragen. Aber nur *sehr* wenige. Mr. Blitzer.«

Rose' Miene heiterte sich auf. Sie goss sich Kaffee nach

und prostete damit dem Fernseher zu. »Gut schaust du aus, Wolfie! Du kannst Cracker in meinem Bett essen, wann immer du willst.«

»Colonel Cox, ist auch eine Pressekonferenz mit Vertretern der Stadt geplant? Wie man hört, scheint Stadtverordneter James Rennie das Kommando übernommen zu haben. Was ist in dieser Beziehung geplant?«

»Wir *versuchen*, eine Pressekonferenz mit Mr. Rennie und weiteren in The Mill anwesenden Vertretern der Stadtverwaltung zu organisieren. Wenn die Dinge sich wie geplant entwickeln, dürfte sie gegen Mittag stattfinden.«

Diese Ankündigung löste bei den Journalisten spontanen Beifall aus. Nichts liebten sie mehr als eine Pressekonferenz – außer einem hoch bezahlten Politiker, der mit einer Edelnutte im Bett erwischt wird.

»Idealerweise würde die Pressekonferenz dort auf der Straße stattfinden«, sagte Cox, »mit den Sprechern der Stadt, wer immer sie sind, auf einer Seite und Ihnen, Ladys und Gentlemen, auf der anderen.«

Aufgeregtes Stimmengewirr. Ihnen gefielen die visuellen Möglichkeiten.

Cox' Zeigefinger deutete. »Mr. Holt.«

Lester Holt von NBC schoss hoch. »Wie sicher sind Sie sich, Colonel, dass Mr. Rennie teilnehmen wird? Das frage ich, weil es Berichte über finanzielle Unregelmäßigkeiten gibt, die er zu verantworten hatte. Und es soll sogar strafrechtlich relevante Ermittlungen des hiesigen Justizministeriums gegen ihn geben.«

»Ich kenne diese Berichte«, sagte Cox. »Ich bin nicht bereit, sie zu kommentieren, obwohl Mr. Rennie das vielleicht tun wollen wird.« Er legte eine Kunstpause ein, in der er beinah lächelte. »*Ich* an seiner Stelle würde es unbedingt wollen.«

»Rita Braver, Colonel Cox, CBS. Trifft es zu, dass Dale Barbara, der Mann, den der Präsident zum Notverwalter von Chester's Mill bestimmt hat, wegen Mordes verhaftet worden ist? Dass die dortige Polizei ihn sogar für einen Serienmörder hält?«

Absolutes Schweigen in der Journalistenrunde; nichts als aufmerksame Gesichter. Das traf auch auf die vier Personen zu, die im Sweetbriar Rose an der Theke saßen.

»Das ist wahr«, sagte Cox. Die Versammlung reagierte mit gedämpftem Murmeln. »Aber wir haben keine Möglichkeit, die Anklage zu verifizieren oder das vielleicht vorliegende Belastungsmaterial zu prüfen. Was wir haben, ist dasselbe Telefon- und Internetgeschwätz, das bestimmt auch bei Ihnen eingeht, Ladys und Gentlemen. Dale Barbara ist ein hoch ausgezeichneter Offizier. Er ist zuvor niemals verhaftet worden. Ich kenne ihn seit vielen Jahren und habe mich beim Präsidenten der Vereinigten Staaten für ihn verbürgt. Nach meinem gegenwärtigen Kenntnisstand habe ich keinen Grund, einen Fehler einzugestehen.«

»Ray Suarez, Colonel, PBS. Halten Sie es für denkbar, dass die Mordanklage gegen Lieutenant Barbara – jetzt Colonel Barbara – politisch motiviert ist? Dass James Rennie ihn vielleicht hat einsperren lassen, um ihn daran zu hindern, wie vom Präsidenten angeordnet die Kontrolle über Chester's Mill zu übernehmen?«

Und genau darum geht es im zweiten Teil dieser Präsentations-Show, erkannte Julia. *Cox hat die Medienvertreter zur Stimme Amerikas gemacht, und wir sind die Leute hinter der Berliner Mauer.* Sie war voller Bewunderung.

»Falls Sie am Freitag Gelegenheit haben, mit dem Stadtverordneten Rennie zu sprechen, Mr. Suarez, sollten Sie ihn das unbedingt fragen.« Cox sprach geradezu eisig ruhig. »Ladys und Gentlemen, das war's für heute.«

Er ging so rasch hinaus, wie er hereingekommen war, und war fort, bevor die versammelten Journalisten auch nur anfangen konnten, weitere Fragen zu rufen.

»Wow!«, murmelte Ernie.

»Allerdings«, sagte Jackie.

Rose stellte den Fernseher ab. Sie strahlte, wirkte wie elektrisiert. »Wann ist diese Versammlung? Ich bedaure nichts, was Colonel Cox gesagt hat, aber es könnte Barbies Leben schwieriger machen.«

2   Barbie erfuhr von Cox' Pressekonferenz, als ein rotgesichtiger Manuel Ortega in den Keller kam und ihm davon erzählte. Ortega, früher Landarbeiter bei Alden Dinsmore, trug jetzt ein blaues Arbeitshemd, eine Blechplakette, die wie selbst gemacht aussah, und an einem zweiten Gürtel einen .45er Colt, der in Revolverheldenmanier tief an seiner Hüfte hing. Barbie kannte ihn als freundlichen Kerl mit schütterem Haar und ständig sonnenverbrannter Haut, der als Abendessen gern ein Frühstück bestellte – Pfannkuchen, Schinken, beidseitig leicht angebratene Spiegeleier – und über Kühe redete, am liebsten über die Galloways, die zu kaufen er Mr. Dinsmore nie überreden konnte. Trotz seines Namens war er durch und durch Yankee und besaß den trockenen Humor eines Yankees.

Barbie hatte Ortega immer gut leiden können. Aber dies hier war ein veränderter Manuel, ein Fremder, der alle Gutmütigkeit eingebüßt hatte. Die Nachricht von der neuesten Entwicklung überbrachte er, indem er sie von einem Sprühregen aus Speichel begleitet durch die Gitterstäbe schrie. Sein Gesicht war vor Zorn fast radioaktiv.

»Nicht ein Wort darüber, dass Ihre Erkennungsmarken in der Hand dieses armen Mädchens gefunden worden sind, kein *einziges* gottverdammtes Wort darüber! Und dann hat der Scheißkerl auch noch Jim Rennie verleumdet, der diese Stadt ganz allein zusammengehalten hat, seit das alles passiert ist! *Ganz allein! Mit SPUCKE und BINDE-DRAHT*!«

»Nicht aufregen, Manuel«, sagte Barbie.

»Für dich Officer Ortega, du dreckiges Schwein!«

»Also gut. Officer Ortega.« Barbie saß auf seiner Koje und überlegte sich, wie einfach es für Ortega wäre, den uralten Schofield zu ziehen und ihn zu durchlöchern. »Ich bin hier drinnen, Rennie ist dort draußen. Aus seiner Sicht ist bestimmt alles bestens in Ordnung.«

»*SCHNAUZE!*«, brüllte Manuel. »Wir sind *ALLE* hier drinnen! Alle unter der gottverdammten Kuppel! Alden trinkt nur noch, der überlebende Junge will nichts mehr essen, und Miz Dinsmore hört nicht auf, um Rory zu weinen.

Jack Evans hat sich das Gehirn rausgeblasen, wissen Sie das? Und diesen Idioten in Uniform fällt nichts Besseres ein, als mit Dreck zu werfen. Lauter Lügen und falsche Anschuldigungen, während Sie Supermarktaufstände anzetteln und dann unsere Zeitung niederbrennen! Bestimmt nur, damit Miz Shumwy nicht veröffentlichen konnte, *WAS SIE SIND!*«

Barbie hielt den Mund. Jedes Wort, das er zu seiner eigenen Verteidigung vorbrachte, musste bewirken, dass er erschossen wurde, fürchtete er.

»So erledigen sie jeden Politiker, den sie nicht mögen«, sagte Manuel. »Die wollen, dass statt eines anständigen Christen ein Serienmörder und Vergewaltiger – einer, der *Tote* vergewaltigt – das Kommando übernimmt? Das ist ein neuer Tiefstpunkt.«

Manuel zog seinen Revolver, hob ihn und zielte damit durch die Gitterstäbe. Barbie erschien die Mündung so groß wie ein Tunnelportal.

»Sollte die Kuppel verschwinden, bevor Sie an die nächste Wand gestellt und durchlöchert werden«, fuhr Manuel fort, »nehme ich mir einen Augenblick Zeit, um das selbst zu erledigen. Ich stehe in der Warteschlange ganz vorn, und in The Mill ist die Reihe derer, die Sie erledigen wollen, jetzt ziemlich lang.«

Barbie wartete schweigend ab, ob er sterben oder weiteratmen würde. Rose Twitchells Schinkensandwichs wollten hochkommen und ihn ersticken.

»Wir versuchen hier zu überleben, und die da können nichts anderes, als den Mann anzuschwärzen, der verhindert, dass diese Stadt im Chaos versinkt.« Er steckte den übergroßen Revolver abrupt ins Halfter zurück. »Scheiße! Sie sind es nicht wert.«

Er machte kehrt und schlurfte mit gesenktem Kopf und hängenden Schultern zur Treppe zurück.

Barbie lehnte sich an die Wand zurück und atmete langsam aus. Auf seiner Stirn standen Schweißperlen. Die Hand, mit der er sie abwischte, zitterte.

3   Als Romeo Burpees Van in die Einfahrt der McClatcheys abbog, kam Claire aus dem Haus gelaufen. Sie weinte.

»Mama!«, rief Joe und sprang aus dem Wagen, bevor
Rommie ihn ganz zum Stehen bringen konnte. Seine Freunde
folgten dichtauf. »Mama, was ist passiert?«

»Nichts«, schluchzte Claire, während sie ihn umarmte
und an sich drückte. »Es soll einen Besuchstag geben! Am
Freitag! Joey, ich denke, dass wir vielleicht Dad sehen werden!«

Joe ließ einen Freudenschrei hören und tanzte mit ihr herum. Benny umarmte Norrie … und nutzte die Gelegenheit
dazu, rasch einen Kuss zu stehlen, wie Rusty beobachtete.
Frecher kleiner Teufel.

»Fahren Sie mich ins Krankenhaus, Rommie«, sagte
Rusty. Während sie rückwärts die Einfahrt hinunterstie-
ßen, winkte er Claire und den Kindern zu. Er war froh,
nicht mit Mrs. McClatchey sprechen zu müssen; vielleicht
hätte er sie genau wie Joe nicht belügen können. »Und tun
Sie mir den Gefallen, unterwegs nicht diesen Slang-Scheiß
aus irgendeinem Comic, sondern normales Englisch zu reden?«

»Manche Leute haben kein kulturelles Erbe, auf das sie
zurückgreifen können«, sagte Rommie, »und sind deshalb
neidisch auf andere, die eines haben.«

»Ja, genau, und Ihre Mutter trägt Galoschen«, sagte
Rusty.

»Dat stimmt, aber nur wenn's regnet, geruht sie's zu
tun.«

Rustys Mobiltelefon piepste einmal: eine SMS. Er klappte
es auf und las: TREFFEN UM 2130 CONGO PFARR-
HAUS KOMMEN IST EHRENSACHE JW

»Rommie«, sagte er und klappte sein Handy zu. »Gehen
Sie heute Abend mit mir zu einer Versammlung, falls ich die
Rennies überlebe?«

4   Im Krankenhaus erwartete Ginny ihn im Eingangsbereich. »Heute ist Rennie-Tag im Cathy Russell«, verkündete sie mit einer Miene, als wäre ihr das keineswegs zuwider. »Thurse Marshall hat sich um beide gekümmert. Rusty,
dieser Mann ist ein Geschenk des Himmels. Er kann Junior
offenbar nicht leiden – Frankie und er waren die Kerle, die
ihn draußen am Pond aufgemischt haben –, aber er hat sich
absolut professionell verhalten. Als Englischdozent an einem College ist der Kerl eine Fehlbesetzung – er sollte hier
arbeiten.« Sie senkte ihre Stimme. »Er ist besser als ich. Und
viel besser als Twitch.«

»Wo ist er jetzt?«

»Zu dem Haus unterwegs, in dem er hier lebt, um nach
seiner jungen Freundin und den beiden Kindern zu sehen,
die sie aufgenommen haben. Auch die Kids scheinen ihm
wirklich am Herzen zu liegen.«

»O Gott, Ginny hat sich verliebt«, sagte Rusty grinsend.

»Sei bitte nicht kindisch.« Sie funkelte ihn an.

»In welchen Zimmern liegen die Rennies?«

»Junior in sieben, Senior in neunzehn. Senior hat diesen
Thibodeau mitgebracht, aber inzwischen scheint er ihn mit
Aufträgen weggeschickt zu haben, denn er war allein, als er
runtergekommen ist, um nach seinem Jungen zu sehen.«
Ginny lächelte zynisch. »Sein Besuch hat allerdings nicht
lange gedauert. Der Alte hat die meiste Zeit telefoniert. Der
Junge sitzt einfach nur da, obwohl er wieder halbwegs klar
ist. Das war er durchaus nicht, als Henry Morrison ihn eingeliefert hat.«

»Big Jims Arrhythmie? Wie steht's damit?«

»Thurston hat dafür gesorgt, dass sie sich beruhigt.«

Vorübergehend, dachte Rusty nicht ohne gewisse Befriedigung. *Sobald die Wirkung des Valiums nachlässt, fängt es
wieder zu galoppieren an.*

»Am besten siehst du erst nach dem Jungen«, sagte Ginny.
Obwohl sie in der Eingangshalle allein waren, senkte sie die
Stimme. »Ich mag ihn nicht, ich habe ihn nie gemocht, aber
jetzt tut er mir leid. Ich glaube nicht, dass er noch lange zu
leben hat.«

»Hat Thurston Big Jim über Juniors Zustand informiert?«

»Ja. Zumindest darüber, dass das Problem potenziell ernst sein kann. Ist aber anscheinend nicht so wichtig wie all die Handygespräche, die Rennie führt. Wahrscheinlich hat ihm jemand von dem Besuchstag am Freitag erzählt. Er ist echt angepisst darüber.«

Rusty dachte an den Kasten auf der Black Ridge, ein nicht mal drei Zentimeter hohes Quadrat mit dreihundert Quadratzentimetern Fläche ... und trotzdem hatte er die Box nicht hochheben können. Sie nicht mal bewegen können. Er dachte auch an die lachenden Lederköpfe, die er flüchtig gesehen hatte.

»Manche Leute mögen einfach keine Besucher«, sagte er.

5   »Wie fühlen Sie sich, Junior?«

»Okay. Besser.« Das klang lustlos. Er saß in einem Krankenhausnachthemd am Fenster. Das helle Licht stellte sein abgezehrtes Gesicht erbarmungslos bloß. Er sah aus wie ein überanstrengter, reichlich zerknitterter Vierziger.

»Erzählen Sie mir, was passiert ist, bevor Sie bewusstlos geworden sind.«

»Ich war unterwegs ins College, aber dann bin ich bei Angie vorbeigefahren. Ich wollte ihr zureden, sich wieder mit Frank zu vertragen. Er hat seitdem bloß noch rumgehangen.«

Rusty dachte kurz daran, Junior zu fragen, ob er nicht wisse, dass Frank und Angie tot waren, aber dann tat er's doch nicht – wozu auch? Stattdessen fragte er: »Sie wollten ins College fahren? Was ist mit der Kuppel?«

»Oh, richtig.« In demselben lustlosen, leidenschaftslosen Tonfall. »Die hatte ich vergessen.«

»Wie alt sind Sie, junger Mann?«

»Einund...zwanzig?«

»Was war der Mädchenname Ihrer Mutter?«

Junior überlegte. »Jason Giambi«, sagte er schließlich,

dann lachte er schrill. Aber sein lustloser, abgehärmter Gesichtsausdruck veränderte sich nicht im Geringsten.

»Wann ist der Dome entstanden?«

»Samstag.«

»Und wie lange ist das her?«

Junior runzelte die Stirn. »Eine Woche?«, sagte er dann. »Oder zwei? Schon eine Weile her, das steht fest.« Er wandte sich endlich Rusty zu. Seine Augen glänzten von dem Valium, das Thurse Marshall ihm injiziert hatte. »Hat *Baaarbie* Ihnen alle diese Fragen aufgetragen? Er hat sie ermordet, wissen Sie.« Er nickte. »Wir haben seine Verkennungs-Harken gefunden.« Eine Pause. »Erkennungsmarken.«

»Barbie hat mir gar nichts aufgetragen«, sagte Rusty. »Er ist im Gefängnis.«

»Bald wird er in der Hölle sein«, sagte Junior ausdruckslos nüchtern. »Wir wollen versuchen, ihn hinrichten zu lassen. Das hat mein Dad gesagt. In Maine ist die Todesstrafe abgeschafft, aber er sagt, dass wir unter Kriegsrecht leben. Eiersalat hat zu viele Kalorien.«

»Das stimmt«, sagte Rusty. Er hatte sein Stethoskop, ein Blutdruckmessgerät und ein Ophthalmoskop – einen Augenspiegel – mitgebracht. Jetzt legte er die Druckmanschette um Juniors Oberarm. »Können Sie die drei letzten US-Präsidenten aufzählen, Junior?«

»Klar. Bush, Push und Tush.« Er lachte erneut wild, aber weiter mit demselben starren Gesichtsausdruck.

Juniors Blutdruck betrug 147 zu 120. Rusty war jedoch auf Schlimmeres gefasst gewesen. »Erinnern Sie sich, wer vor mir nach Ihnen gesehen hat?«

»Ja klar. Der alte Typ, den Frankie und ich am Pond aufgestöbert haben, bevor wir die Kinder gefunden haben. Hoffentlich geht's den Kindern gut. Die waren echt niedlich.«

»Wissen Sie ihre Namen noch?«

»Aidan und Alice Appleton. Wir waren im Club, und dieses rothaarige Mädchen hat mir unter dem Tisch einen runtergeholt. Ich dachte, sie würde ihn glatt abgleißen, bevor sie bärtig war.« Eine Pause. »*Fertig.*«

850

»Mhm.« Rusty verwendete den Augenspiegel. Juniors rechtes Auge war in Ordnung; der Hintergrund des linken Auges war deutlich vorgewölbt. Diese Stauungspapille war ein häufiges Symptom bei fortgeschrittenen Hirntumoren mit der dazugehörigen Schwellung.

»Sehen Sie irgendwo grün, McQueen?«

»Nee.« Rusty legte das Ophthalmoskop weg und hielt Junior einen Zeigefinger vors Gesicht. »Ich möchte, dass Sie meinen Finger mit Ihrem berühren. Danach berühren Sie Ihre Nase.«

Das tat Junior. Rusty fing an, seinen Finger langsam vor und zurück zu bewegen. »Nur weiter.«

Junior schaffte es, nach dem sich bewegenden Zeigefinger einmal seine Nase zu berühren. Dann traf er den Finger, aber anschließend sein Backe. Beim dritten Mal verfehlte er den Finger und berührte seine rechte Augenbraue. »Boah. Wollen Sie noch mehr? Ich kann den ganzen Tag so weitermachen, wissen Sie.«

Rusty schob seinen Stuhl zurück und stand auf. »Ich schicke Ihnen Ginny Tomlinson mit einem Medikament.«

»Kann ich dann wieder reim? Heim, meine ich?«

»Sie bleiben über Nacht bei uns, Junior. Zur Beobachtung.«

»Aber mir fehlt nichts, stimmt's? Ich hab vorhin mal wieder meine Kopfschmerzen gehabt – echt zum Blindwerden –, aber jetzt sind sie weg. Mir fehlt weiter nichts, richtig?«

»Ich kann Ihnen noch nichts sagen«, antwortete Rusty. »Ich will erst mit Thurston Marshall reden und in ein paar Büchern nachschlagen.«

»Mann, der Kerl ist kein Arzt. Er ist Englischlehrer.«

»Schon möglich, aber er hat Sie gut behandelt. Besser als Frank und Sie ihn behandelt haben, soviel ich weiß.«

Junior winkte ab. »War doch nur Spaß. Außerdem haben wir die Kiddies anständig behandelt, nicht wahr?«

»Da kann ich Ihnen nicht widersprechen. Vorerst sollten Sie sich einfach entspannen, Junior. Sehen Sie ein bisschen fern, okay?«

Junior dachte darüber nach, dann fragte er: »Was gibt's zum Abendessen?«

6   Unter den gegebenen Umständen war eine Mannitol-Injektion das einzige Mittel, das Rusty gegen die Schwellung von Junior Rennies bisschen Gehirn einfiel. Als er das Krankenblatt aus seinem Fach an der Tür zog, sah er darauf eine Haftnotiz, auf der in einer ihm unbekannten geschwungenen Handschrift stand:

> *Lieber Dr. Everett, was halten Sie von Mannitol für diesen Patienten? Ich kann es nicht verschreiben, habe keine Ahnung von der richtigen Dosierung.*
>
> *Thurse*

Rusty notierte die Dosis auf dem Krankenblatt. Ginny hatte recht: Thurston Marshall war gut.

7   Die Tür von Big Jims Zimmer stand offen, aber das Zimmer war leer. Rusty hörte die Stimme des Mannes aus dem Raum kommen, in dem Dr. Haskell immer so gern geschlafen hatte, und ging zu der Lounge weiter. Er vergaß, Rennies Krankenblatt mitzunehmen – ein Versehen, das er später bedauern würde.

Big Jim saß vollständig bekleidet am Fenster und telefonierte, obwohl für Legastheniker ein Verbotsschild an der Wand ein rot durchgestrichenes Handy zeigte. Rusty stellte sich vor, dass es ein Vergnügen sein würde, Big Jim anzuweisen, sein Telefongespräch zu beenden. Das war vielleicht kein sehr diplomatischer Beginn von etwas, was eine Kombination aus Untersuchung und Diskussion sein würde, aber er war entschlossen, es trotzdem zu tun. Er setzte sich in Bewegung, dann blieb er stehen. Wie angenagelt.

Eine deutliche Erinnerung stieg in ihm auf: Wie er nicht hatte schlafen können, aufgestanden war, um ein Stück von

Lindas Preiselbeer-Orangen-Brot zu essen, und Aubrey im Zimmer der Mädchen winseln gehört hatte. Wie er hingegangen war, um nach den Little Js zu sehen. Wie er unter Hannah Montana, Jannies Schutzengel, auf ihrer Bettkante gesessen hatte.

Weshalb war die Erinnerung daran so zögerlich gekommen? Weshalb nicht bei seinem Treffen mit Big Jim, in Big Jims häuslichem Arbeitszimmer?

Weil ich damals noch nichts von den Morden wusste; ich war auf das Propangas fixiert. Und weil Janelle keinen Anfall hatte, sondern nur im REM-Schlaf gesprochen hat.

Er hat einen goldenen Baseball, Daddy. Es ist ein schlimmer Baseball.

Sogar letzte Nacht, in dem Bestattungsinstitut, war diese Erinnerung nicht an die Oberfläche gelangt. Erst jetzt, wo es schon fast zu spät war.

Aber überleg dir, was das bedeutet: Dieser Kasten auf der Black Ridge gibt vielleicht keine besonders starke Strahlung ab, aber er scheint etwas anderes auszusenden. Nenn es induzierte Vorausahnung, nenn es etwas, was noch gar keinen Namen hat, aber wie man es auch immer nennt – es ist jedenfalls da. Und wenn Jannie mit dem goldenen Baseball recht hatte, dann haben all die Kinder, die sibyllinisch von einer Katastrophe an Halloween gesprochen haben, vielleicht auch recht. Aber ist damit genau dieser Tag gemeint? Oder kann sie auch früher eintreten?

Rusty hielt die zweite Möglichkeit für wahrscheinlicher. Für eine Stadt voller Kinder, die ganz aufgeregt an Süßes-oder-Saures dachten, war es bereits Halloween.

»Ist mir egal, wie viel Arbeit ihr habt, Stewart«, sagte Big Jim gerade. Drei Milligramm Valium schienen ihn nicht sanfter gemacht zu haben; seine Stimme klang so fabelhaft bärbeißig wie immer. »Du fährst mit Fernald dort rauf und nimmst Roger m… Hä? Was?« Er hörte zu. »Das sollte ich dir nicht mal sagen müssen. Hast du kein verflixtes Fernsehen geguckt? Wenn er frech wird, sagst du ihm …«

Er hob den Kopf und sah Rusty an der Tür stehen. Nur einen Augenblick lang ließ Big Jim den bestürzten Gesichtsausdruck eines Mannes erkennen, der sich seine Äußerungen ins Gedächtnis zurückruft und abzuwägen versucht, was der andere mitbekommen haben könnte.

»Stewart, hier ist gerade jemand. Ich melde mich wieder, und wenn ich anrufe, erzählst du mir gefälligst, was ich hören will.« Er beendete das Gespräch, ohne sich zu verabschieden, hielt sein Handy hoch und lächelte dabei, dass seine kleinen Zähne sichtbar wurden. »Ich weiß, ich weiß, sehr unartig, aber die Geschäfte der Stadt können nicht warten.« Er seufzte. »Es ist nicht leicht, derjenige zu sein, auf den alle bauen – vor allem nicht, wenn man gesundheitlich angeschlagen ist.«

»Muss schwierig sein«, stimmte Rusty zu.

»Gott hilft mir. Möchten Sie die Philosophie hören, nach der ich lebe, Kumpel?«

Nein. »Klar.«

»Schließt Gott eine Tür, öffnet er ein Fenster.«

»Glauben Sie?«

»Das weiß ich. Und ich versuche immer, daran zu denken, dass Gott weghört, wenn man um etwas betet, das man *möchte.* Betet man dagegen um etwas, was man *braucht,* ist er ganz Ohr.«

»Mhm.« Rusty betrat die Lounge. Im Fernseher an der Wand lief CNN. Der Ton war ausgestellt, aber hinter dem Moderator war ein nicht sehr schmeichelhaftes S/W-Standfoto von Big Jim Rennie senior zu sehen. Big Jims Zeigefinger war erhoben, seine Oberlippe hochgezogen. Kein Lächeln, aber ein bemerkenswert wölfisches Grinsen. Der Text darunter fragte: WAR DIE DOMESTADT EIN DROGENPARADIES? Dann folgte einer von Big Jims Werbespots, die stets damit endeten, dass ein Verkäufer (niemals Rennie selbst) kreischte: Big Jim lässt euch ROLLEN!

Big Jim deutete darauf und lächelte traurig. »Sehen Sie, was Barbaras Freunde dort draußen mir antun? Nun, was ist daran überraschend? Als Christus auf Erden war, um uns Menschen zu erlösen, musste er am Ende sein Kreuz eigenhändig auf den Kalvarienberg schleppen, wo er dann in Blut und Staub verendete.«

Rusty überlegte sich, übrigens nicht zum ersten Mal, was für eine seltsame Droge Valium war. Er wusste nicht, ob *in vino* wirklich *veritas* lag, aber in Valium lag sie ganz bestimmt. Sobald man es Patienten verabreichte – vor allem intravenös –, erfuhr man oft genau, was sie über sich selbst dachten.

Rusty zog sich einen Sessel heran und machte das Stethoskop bereit. »Ziehen Sie Ihr Hemd hoch.« Als Big Jim dafür sein Handy weglegte, steckte Rusty es in seine Brusttasche. »Das nehme ich mit, okay? Ich hinterlege es am Empfang. Dort darf mit Handys telefoniert werden. Die Sessel dort sind nicht so gut gepolstert wie die hier, aber trotzdem nicht übel.«

Er rechnete damit, dass Big Jim protestieren, vielleicht sogar explodieren würde. Aber Rennie ließ keinen Mucks hören, sondern präsentierte nur einen prallen Buddhabauch mit großen weichen Männerbrüsten darüber. Rusty beugte sich nach vorn, um ihn abzuhören. Big Jim war in unerwartet guter Verfassung. Er wäre mit hundertzehn Puls und leichten bis mittleren Vorkammergeräuschen zufrieden gewesen. Stattdessen arbeitete Big Jims Pumpe mit mühelosen neunzig Schlägen und ohne irgendwelche Aussetzer.

»Ich fühle mich sehr viel besser«, sagte Big Jim. »Das war der Stress. Ich habe *schrecklich* unter Druck gestanden. Ich werde mich noch ein bis zwei Stunden hier ausruhen – wissen Sie, dass man von diesem Fenster aus die ganze Innenstadt überblicken kann, Kumpel? – und Junior nochmal besuchen gehen. Dann melde ich mich hier ab und …«

»Das war nicht nur Stress. Sie haben Übergewicht und sind völlig außer Form.«

Big Jim ließ in seiner Imitation eines Lächelns die Zähne sehen. »Ich habe ein Geschäft und eine Stadt geführt, Kumpel – übrigens beide in schwarzen Zahlen. Da bleibt wenig Zeit für Laufbänder und Hometrainer und solchen Kram.«

»Sie sind erstmals vor zwei Jahren mit krampfartiger Vorhoftachykardie eingeliefert worden, Rennie.«

»Ja, ich weiß. Ich habe bei WebMD nachgesehen, und dort steht, dass gesunde Menschen oft …«

»Ron Haskell hat Ihnen klipp und klar gesagt, dass Sie abspecken, die Arrhythmie mit Medikamenten unter Kontrolle bringen und einen chirurgischen Eingriff zur Korrektur des eigentlichen Problems erwägen müssen, wenn die Behandlung mit Medikamenten erfolglos bleibt.«

Big Jims Gesicht hatte den Ausdruck eines unglücklichen Kleinkindes angenommen, das in seinem Hochstuhl gefangen war. »Gott hat mich davor gewarnt! Keinen Schrittmacher, hat Gott gesagt! Und Gott hatte recht! Duke Perkins hatte einen Schrittmacher – und sehen Sie sich an, was ihm zugestoßen ist!«

»Von seiner Witwe ganz zu schweigen«, sagte Rusty leise.

»Die hat auch Pech gehabt. Muss zur falschen Zeit am unrechten Ort gewesen sein.«

Big Jim betrachtete ihn mit nachdenklich zusammengekniffenen kleinen Schweinsaugen. Dann sah er zur Decke auf. »Das Licht brennt wieder, was? Ich habe Ihnen das Flüssiggas besorgt, um das Sie gebeten haben. Manche Leute kennen keine Dankbarkeit. Aber daran gewöhnt man sich in meiner Stellung natürlich.«

»Morgen Abend ist es wieder alle.«

Big Jim schüttelte den Kopf. »Bis morgen Abend bekommen Sie so viel Propan, dass Sie diesen Laden notfalls bis Weihnachten betreiben können. Das verspreche ich Ihnen, weil Sie eine so wundervolle Art im Umgang mit Patienten haben und insgesamt ein so netter, brauchbarer Kerl sind.«

»Mir fällt es allerdings schwer, dankbar zu sein, wenn Leute nur etwas zurückgeben, das ursprünglich mir gehört hat. In dieser Beziehung bin ich eigen.«

»Oh, Sie setzen sich jetzt also mit dem Krankenhaus gleich?«, schnaubte Big Jim.

»Warum nicht? Sie haben sich vorhin mit Christus gleichgesetzt. Reden wir lieber wieder über Ihren Gesundheitszustand, okay?«

Big Jim machte eine angewiderte Geste mit seinen Wurstfingerpranken.

»Valium ist kein Medikament. Wenn Sie jetzt dieses Haus verlassen, können Sie schon heute Nachmittag um fünf wieder Rhythmusstörungen haben. Oder einen Infarkt erleiden. Das Positive daran wäre, dass Sie vor Ihren Erlöser treten könnten, bevor es hier in der Stadt dunkel wird.«

»Und was würden Sie empfehlen?« Rennie sprach gelassen. Er hatte sich wieder unter Kontrolle.

»Ich könnte Ihnen etwas geben, das Ihr Problem beseitigen dürfte – zumindest kurzzeitig. Ein wirkungsvolles Mittel.«

»Welches?«

»Aber es hat seinen Preis.«

»Ich hab's gewusst«, sagte Big Jim leise. »Ich hab gleich gewusst, dass Sie auf Barbaras Seite stehen, als Sie neulich mit Ihrem ›Geben Sie mir dies, geben Sie mir das‹ in mein Büro gekommen sind.«

Tatsächlich hatte Rusty nur Flüssiggas verlangt, aber darauf ging er nicht ein. »Woher haben Sie damals gewusst, dass Barbara eine Seite *hatte*? Die Morde waren noch nicht entdeckt – woher haben Sie also gewusst, dass es eine Seite *gab*?«

Big Jims Augen glitzerten belustigt oder paranoid oder beides. »Ich habe meine Methoden, Kumpel. Was wollen Sie also? Was soll ich gegen das Mittel eintauschen, das verhindern kann, dass ich mit einem Infarkt zusammenklappe?« Und bevor Rusty antworten konnte: »Lassen Sie mich raten. Sie wollen Barbaras Freiheit, nicht wahr?«

»Nein. In dieser Stadt würde er gelyncht, sobald er auf die Straße träte.«

Big Jim lachte. »Ab und zu lassen Sie einen Rest Vernunft erkennen.«

»Ich will, dass Sie zurücktreten. Sanders auch. Übergeben Sie die Amtsgeschäfte Andrea Grinnell. Julia Shumway kann sie unterstützen, bis Andi von ihrer Drogensucht losgekommen ist.«

Diesmal lachte Big Jim lauter und schlug sich noch dazu auf die Schenkel. »Ich dachte, Cox wäre schlimm – er wollte

Andrea von der Polizeischnecke mit den großen Titten helfen lassen –, aber Sie sind noch viel schlimmer. Shumway! Mit ihren Verwaltungskenntnissen käme die Hexe nicht mal aus einer Papiertüte raus!«

»Ich weiß, dass Sie Coggins ermordet haben.«

Das hatte Rusty nicht sagen wollen, aber es war heraus, bevor er es zurückholen konnte. Und was machte das schon? Sie waren hier allein, wenn man John Roberts von CNN, der aus dem Wandfernseher auf sie herabblickte, nicht mitzählte. Außerdem war das Resultat sehenswert. Erstmals seit er die Kuppel als real akzeptiert hatte, war Big Jim sichtbar erschüttert. Er versuchte, sich nichts anmerken zu lassen, aber das misslang.

»Sie sind verrückt!«

»Sie wissen, dass ich das nicht bin. Letzte Nacht war ich im Bestattungsinstitut Bowie und habe die vier Mordopfer untersucht.«

»Dazu hatten Sie kein Recht! Sie sind kein Pathologe! Sie sind nicht mal ein verflixter *Arzt*!«

»Nicht aufregen, Rennie. Zählen Sie bis zehn. Denken Sie an Ihr Herz.« Rusty machte eine Pause.

»Oder wenn ich's mir recht überlege: *Scheiß* auf Ihr Herz. Nach all dem Unheil, das Sie angerichtet haben und noch immer anrichten … *scheiß* auf Ihr Herz. Coggins hatte deutliche Spuren in Gesicht und am Kopf. Sehr atypische, aber leicht identifizierbare Spuren von Nähten. Ich habe keine Zweifel, dass sie genau zu dem Souvenirbaseball passen, den ich auf Ihrem Schreibtisch gesehen habe.«

»Das bedeutet überhaupt nichts.« Aber Rennie sah zu der offenen Toilettentür hinüber.

»Es bedeutet sehr viel. Vor allem wenn man bedenkt, dass die anderen Leichen ebenfalls dort abgeladen wurden. Aus meiner Sicht legt das nahe, dass Coggins' Mörder auch die anderen ermordet hat. Ich glaube, dass Sie der Mörder waren. Vielleicht gemeinsam mit Junior. Waren Sie und er ein Vater-und-Sohn-Team? Steckt das dahinter?«

»Ich weigere mich, mir das anzuhören!« Er wollte aufstehen. Rusty stieß ihn zurück. Das war erstaunlich leicht.

858

»Bleiben Sie, wo Sie sind!«, brüllte Rennie. »Verflixt nochmal, bleiben Sie einfach, wo Sie sind!«

»Wieso haben Sie ihn umgebracht?«, sagte Rusty. »Hat er damit gedroht, Ihre Drogengeschäfte auffliegen zu lassen? War er daran beteiligt?«

»Bleiben Sie, wo Sie sind!«, wiederholte Rennie, obwohl Rusty bereits wieder saß. Rusty war nicht klar – in diesem Augenblick nicht –, dass Rennie vielleicht gar nicht mit ihm sprach.

»Ich kann diese Sache geheim halten«, sagte Rusty. »Und ich kann Ihnen etwas geben, das besser gegen Ihre Herzrhythmusstörungen hilft als Valium. Ihre Gegenleistung besteht darin, dass Sie abtreten. Geben Sie Ihren Rücktritt – aus Gesundheitsgründen – zugunsten von Andrea morgen Abend auf der Bürgerversammlung bekannt. Dann werden Sie als Held verabschiedet.«

Big Jim konnte sich unmöglich weiterhin weigern, dachte Rusty; der Mann war in die Enge getrieben.

Rennie wandte sich erneut der offenen Toilettentür zu und sagte: »Jetzt könnt ihr rauskommen.«

Carter Thibodeau und Freddy Denton kamen aus der Toilette, in der sie sich versteckt gehalten ... und alles mitgehört hatten.

8   »Scheiße«, sagte Stewart Bowie.

Sein Bruder und er waren in dem Arbeitsraum im Keller ihres Bestattungsinstituts. Stewart war dabei, Arletta Coombs, die letzte Selbstmörderin in The Mill und neueste Kundin des Bowie Funeral Homes, zurechtzumachen. »Dieses gottverdammte Arschloch, dieser *Scheißkerl*!«

Er ließ sein Handy auf die Ablage fallen, griff in die weite Brusttasche seiner grünen Gummischürze und holte eine Packung Ritz Bits mit Erdnussbuttergeschmack heraus. Stewart aß immer, wenn er aufgeregt oder durcheinander war, er hatte seit jeher schlechte Tischmanieren (»Hier haben die Schweine gefressen«, hatte ihr Dad oft gesagt, wenn der junge Stewie vom Tisch aufgestanden war), und jetzt bröselte er Crackerkrümel auf Arlettas ihm zugekehrtes Gesicht, dessen Ausdruck alles andere als friedlich war; falls sie geglaubt hatte, mit einem großen Schluck von dem Rohrreiniger Liquid-Plumr könne sie das Gefängnis unter der Kuppel schnell und schmerzlos verlassen, hatte sie sich gewaltig getäuscht. Das verdammte Zeug hatte sich durch ihre Magenwand gefressen und war am Rücken wieder ausgetreten.

»Was ist los?«, fragte Fern.

»Wieso hab ich mich jemals mit diesem Scheißkerl Rennie eingelassen?«

»Wegen Geld?«

»Was nutzt mir jetzt Geld?«, tobte Stewart. »Was soll ich damit machen – groß in Burpee's Department Store einkaufen gehen? Scheiße, davon würd ich garantiert 'nen Steifen kriegen!«

Er riss der ältlichen Witwe den Mund auf und stopfte die übrigen Ritz Bits hinein. »Die sind für dich, Schlampe, als kleine Zwischenmahlzeit.«

Stewart griff nach seinem Handy, rief die Liste der zuletzt Angerufenen auf und wählte eine Nummer aus. »Falls der nicht da ist«, sagte er – vielleicht zu Fern, vermutlich jedoch zu sich selbst –, »fahre ich dort raus, stöbere ihn auf und stopfe ihm eins seiner eigenen Hühner in sein gottverdammtes A…«

Aber Roger Killian war da. Und wieder mal in seinem beschissenen Hühnerhaus. Stewart konnte sie glucken hören. Und er konnte auch den Klang der beschwingten Violinen Mantovanis aus der Stereoanlage dringen hören. Wenn die Söhne da waren, schallten Metallica oder Pantera heraus.

»Hallo?«

»Roger. Ich bin's, Stewie. Bist du clean, Bruder?«

»Ziemlich«, behauptete Roger, was vermutlich bedeutete, dass er Meth geraucht hatte, aber scheiß drauf.

»Sieh zu, dass du in die Stadt kommst. Fern und ich warten dort auf dem Bauhof. Wir fahren mit den zwei großen Lastwagen mit Ladekränen zum WCIK raus. Alles Propan muss in die Stadt zurückgebracht werden. Das schaffen wir nicht an einem Tag, aber Jim sagt, dass wir schon mal anfangen sollen. Morgen hole ich sechs oder sieben weitere Kerle dazu, denen wir trauen können – ein paar aus Jims gottverdammter Privatarmee, wenn er sie entbehren kann –, und wir erledigen den Rest.«

»Nein, Stewart, das geht nicht – ich muss die Hühner füttern! Meine Jungs sind alle weg, um Cops zu spielen!«

Was bedeutet, dachte Stewart, *dass du in deinem kleinen Büro hocken, Meth rauchen, beschissene Musik hören und dir auf deinem Computer heiße Lesbenvideos ansehen willst.* Er verstand nicht, wie man geil werden konnte, wenn der Gestank von Hühnermist zum Schneiden dick war, aber Roger Killian schaffte es irgendwie.

»Dies ist kein freiwilliger Einsatz, Bruder. Ich hab den Befehl dazu gekriegt und gebe ihn an dich weiter. In einer halben Stunde. Und falls du irgendwo einen deiner Jungen rumhängen siehst, kidnappst du ihn und bringst ihn mit.«

Er beendete das Gespräch, bevor Roger wieder mit seinem Gewinsel anfangen konnte, stand einen Augenblick lang nur da und kochte vor Wut. Er hatte keine Lust, den Rest seines Dienstagnachmittags damit zu verbringen, Gastanks auf Lastwagen zu wuchten ... aber genau das würde er jetzt tun müssen. Ja, das würde er.

Er schnappte sich den Schlauch aus dem Ausguss, steckte die Düse zwischen Arletta Coombs' Gebiss und betätigte das Ventil. Der hohe Wasserdruck bewirkte, dass die Leiche sich aufbäumte. »Müssen die Cracker runterspülen, Gramma«, knurrte er. »Wollen doch nicht, dass du erstickst.«

»Stopp!«, rief Fern. »Sonst spritzt es aus dem Loch in ihrem ...«

Zu spät.

9   Big Jim betrachtete Rusty mit einem *Da haben Sie's*-Lächeln, bevor er sich Carter Thibodeau und Freddy Denton zuwandte. »Habt ihr gehört, Leute, wie Mr. Everett versucht hat, mich zu erpressen?«

»Allerdings«, sagte Freddy.

»Habt ihr gehört, wie er gedroht hat, mir ein bestimmtes lebenswichtiges Medikament vorzuenthalten, wenn ich mich weigere, von meinem Amt zurückzutreten?«

»Und ob«, sagte Carter und bedachte Rusty mit einem finsteren Blick. Rusty fragte sich, wie er jemals auf diese dämliche Idee hatte kommen können.

Du hast einen langen Tag hinter dir – schieb's darauf.

»Bei dem bewussten Medikament dürfte es sich um Verapamil handeln, das der Kerl mit den langen Haaren mir gespritzt hat.« Big Jim ließ bei einem weiteren unangenehmen Lächeln seine kleinen Zähne sehen.

Verapamil. Rusty machte sich erstmals Vorwürfe, weil er Big Jims Krankenblatt nicht aus dem Türfach gezogen hatte, um die Eintragungen zu lesen. Es würde nicht das letzte Mal sein.

»Mit welchen Straftaten haben wir es hier zu tun, glaubt ihr?«, fragte Big Jim. »Versuchte Erpressung?«

»Erpressung, ganz klar«, sagte Freddy.

»Zum Teufel damit, das war versuchter Mord«, widersprach Carter.

»Und wer hat ihn wohl dazu angestiftet?«

»Barbie«, sagte Carter. Im nächsten Augenblick traf er Rustys Mund mit einem Fausthieb. Rusty war völlig ahnungslos und konnte nicht einmal Anstalten machen, die Fäuste hochzunehmen. Er stolperte rückwärts gegen einen Sessel, fiel mit blutenden Lippen seitlich hinein.

»Das kommt davon, dass Sie bei Ihrer Festnahme Widerstand geleistet haben«, bemerkte Big Jim. »Aber das genügt nicht. Legt ihn flach, Leute. Ich will ihn vor mir auf dem Fußboden haben.«

Rusty versuchte zu flüchten, aber er war kaum aufgesprungen, als Carter ihn an einem Arm packte und herumriss. Freddy stellte ihm ein Bein, während Carter ihm einen

Stoß versetzte. *Wie zwei Rowdys auf dem Pausenhof,* dachte Rusty, als er zu Boden ging.

Carter ließ sich neben ihm auf die Knie fallen. Endlich konnte Rusty einen Schlag anbringen, der Carters linke Backe traf. Carter schüttelte ihn ungeduldig ab wie ein Mann, der sich von einer lästigen Fliege befreit. Im nächsten Augenblick hockte er auf Rustys Brust und grinste auf ihn hinunter. Ja, genau wie auf dem Pausenhof – nur ohne eine Aufsicht, die hätte eingreifen können.

Rusty drehte den Kopf zur Seite und wandte sich Rennie zu, der jetzt aufgestanden war. »Das wollen Sie nicht tun«, keuchte er. Sein Herz jagte. Er bekam kaum noch genug Luft. Thibodeau war verdammt schwer. Freddy Denton kniete neben ihnen. Rusty erschien er wie der Mattenrichter bei einem dieser vorher abgesprochenen Ringkämpfe.

»Aber ich will, Everett«, sagte Big Jim. »Tatsächlich, Gott segne Sie, *muss* ich sogar. Freddy, schnappen Sie sich mein Handy. Es steckt in seiner Brusttasche, und ich will nicht, dass es kaputtgeht. Der Dreckskerl hat es mir gestohlen. Das können Sie mit auf seine Rechnung setzen, wenn Sie ihn auf der Station haben.«

»Auch andere Leute wissen Bescheid«, sagte Rusty. Er hatte sich noch nie so hilflos gefühlt. Und so dumm. Sich zu sagen, dass er nicht der Erste war, der James Rennie senior unterschätzt hatte, half nicht. »Auch andere Leute wissen, was Sie gemacht haben.«

»Schon möglich«, sagte Big Jim. »Aber wer sind sie? Auch nur Freunde von Dale Barbara, sonst nichts. Die Leute, die Lebensmittelunruhen inszeniert und die Zeitungsredaktion in Brand gesteckt haben. Zweifellos die Leute, die den Dome überhaupt erst errichtet haben. Irgendein staatliches Experiment, vermute ich. Aber wir sind keine Ratten in einer Falle, nicht wahr? Sind wir das, Carter?«

»Nein.«

»Freddy, worauf warten Sie noch?«

Freddy hatte Big Jim mit einem Gesichtsausdruck zugehört, der *Jetzt verstehe ich!* zu besagen schien. Er zog Big Jims Handy aus Rustys Brusttasche und warf es auf eines der

Sofas. Dann wandte er sich wieder Rusty zu. »Wie lange habt ihr das schon geplant? Wie lange habt ihr geplant, uns in der Stadt einzusperren, um zu beobachten, was wir dann machen?«

»Freddy, hören Sie sich doch mal selbst reden«, sagte Rusty keuchend. Gott, war Thibodeau schwer! »Das ist verrückt. Total unvernünftig. Merken Sie nicht, dass …«

»Halten Sie seine Hand auf dem Boden fest«, sagte Big Jim. »Die linke Hand.«

Freddy tat, was ihm befohlen worden war. Rusty versuchte sich zu wehren, aber weil Thibodeau seine Arme festnagelte, war er machtlos.

»Tut mir leid, dass ich das tun muss, Kumpel, aber die Bürger dieser Stadt müssen wissen, dass wir die terroristischen Elemente unter Kontrolle haben.«

Rennie konnte im Brustton der Überzeugung behaupten, es täte ihm leid, aber in dem Augenblick, bevor er seinen Schuhabsatz – und damit seine vollen hundertfünfzehn Kilo – auf Rustys linke Hand setzte, die zu einer Faust verkrampft war, sah Rusty, wie ein gänzlich anderes Motiv die Gabardinehose des Zweiten Stadtverordneten vorn ausbeulte: Big Jim genoss diesen kleinen Racheakt – und das nicht nur mental.

Dann drückte und mahlte der Absatz: stark, stärker, am stärksten. Big Jims Gesicht war vor Anstrengung verzerrt. Unter seinen Augen erschienen Schweißperlen. Seine Zungenspitze wurde zwischen den Zähnen sichtbar.

Bloß nicht schreien, dachte Rusty. *Dann kommt Ginny gelaufen und sitzt damit ebenfalls in der Tinte. Außerdem will er, dass du das tust. Gönne ihm diese Befriedigung nicht.*

Aber als er das erste laute Knacken unter Big Jims Absatz hörte, schrie er doch. Er konnte nicht anders.

Dann folgte ein zweites Knacken. Und ein drittes.

Big Jim trat befriedigt zurück. »Stellt ihn auf die Füße und schafft ihn ins Gefängnis. Lasst ihn seinen Freund besuchen.«

Freddy begutachtete Rustys Hand, die bereits anzuschwellen begann. Drei der fünf Finger waren schlimm abgeknickt. »Voll im Eimer«, stellte er höchst befriedigt fest.

Ginny, die riesige Augen machte, erschien an der Tür der Lounge. »Um Himmels willen, was machen Sie da?«

»Wir verhaften diesen Mann wegen Erpressung, Unterdrückung von Beweismaterial und versuchten Mordes«, sagte Freddy Denton, während Carter Rusty Everett hochzog. »Und das ist erst der Anfang. Er hat Widerstand geleistet, den wir gebrochen haben. Bitte treten Sie zur Seite, Ma'am.«

»Ihr spinnt doch!«, rief Ginny aus. »Rusty, deine *Hand*!«

»Mir fehlt weiter nichts. Ruf Linda an. Sag ihr, dass diese *Gangster*...«

Weiter kam Rusty nicht. Carter packte ihn am Nacken und stieß ihn mit herabgedrücktem Kopf vor sich her aus der Tür. Dabei flüsterte er ihm ins Ohr: »Wenn ich wüsste, dass der alte Kerl so viel von Medizin versteht wie du, würde ich dich auf der Stelle umlegen.«

Alles das in vier Tagen und ein paar Stunden, staunte Rusty, als Carter ihn den Flur entlangstieß: stolpernd und von der harten Hand in seinem Nacken tief nach vorn gebeugt. Seine Linke war keine Hand mehr, sondern nur ein brennender, pochender Klumpen Schmerz unterhalb seines Handgelenks. *Nur vier Tage und ein paar Stunden.*

Er fragte sich, ob die Lederköpfe – wer oder was sie auch sein mochten – Spaß an dieser Show hatten.

10   Es war später Nachmittag, bis Linda endlich die Bibliothekarin von The Mills aufgespürt hatte. Lissa kam auf der Route 117 in die Stadt zurückgeradelt. Sie sagte, sie habe draußen an der Barriere mit den Wachposten geredet und versucht, weitere Informationen über den Besuchstag zu erhalten.

»Sie dürfen nicht mit uns Städtern plaudern, aber manche tun es doch«, sagte sie. »Vor allem, wenn man die obersten drei Blusenknöpfe offen lässt. Das hat sich als Gesprächseröffnung echt bewährt. Jedenfalls bei den Jungs von der Army. Die Marines ... ich glaube, ich könnte mich komplett ausziehen und Macarena tanzen, und sie würden nicht mal mit der Wimper zucken. Diese Jungs scheinen gegen Sex-

Appeal immun zu sein.« Sie lächelte. »Nicht dass man mich jemals mit Kate Winslet verwechseln könnte.«

»Hast du irgendwelche interessanten Gerüchte gehört?«

»Nichts.« Lissa, die ihr Fahrrad zwischen den Beinen hatte, sah Linda durch das offene Beifahrerfenster an. »Sie wissen überhaupt nichts. Aber sie machen sich große Sorgen um uns; das hat mich echt angerührt. Und sie hören ebenso viele Gerüchte wie wir. Einer von ihnen hat mich gefragt, ob es stimmen würde, dass es bei uns schon über hundert Selbstmorde gegeben habe.«

»Kannst du einen Augenblick bei mir einsteigen?«

Lissas Lächeln wurde breiter. »Bin ich verhaftet?«

»Ich möchte etwas mit dir besprechen.«

Lissa stellte ihr Fahrrad auf den Ständer und stieg ein, nachdem sie Lindas Verwarnungsblock und die nicht mehr funktionierende Radarpistole auf den Rücksitz gelegt hatte. Linda erzählte von ihrem heimlichen Besuch im Bestattungsinstitut, schilderte, was sie dort entdeckt hatten, und sprach zuletzt von dem im Pfarrhaus geplanten Geheimtreffen. Lissas Reaktion war unverfälscht impulsiv.

»Ich komme auch – ihr könnt ja versuchen, mich daran zu hindern!«

Im nächsten Augenblick knackte das Funkgerät, und Stacey meldete sich. »Wagen vier, Wagen vier, hier Zentrale. Kommen.« Das klang dringend.

Linda riss ihr Mikrofon aus der Halterung. Sie dachte dabei nicht an Rusty, sondern an die Mädchen. »Stacey, hier Wagen vier. Kommen!«

Was Stacey sagte, als sie sich wieder meldete, ließ Lindas bisheriges Unbehagen in blankes Entsetzen umschlagen. »Ich habe dir etwas Schlimmes mitzuteilen, Linda. Ich würde dir raten, dich auf einen Schock gefasst zu machen, aber auf diese Sache kann man nicht gefasst sein. Rusty ist verhaftet worden.«

»*Was?*«, schrie Linda beinahe, aber weil sie dabei ihre Sprechtaste nicht drückte, konnte das nur Lissa hören.

»Sie haben ihn im Keller zu Barbie gesperrt. Er scheint so

weit in Ordnung zu sein, aber ich denke, er hat eine gebrochene Hand – er hat sie mit der anderen hochgehalten, und sie war ganz geschwollen.« Sie senkte ihre Stimme. »Er soll bei seiner Verhaftung Widerstand geleistet haben, behaupten sie. Kommen.«

Diesmal dachte Linda daran, ihre Sprechtaste zu drücken. »Ich bin sofort da. Sag ihm, dass ich komme.«

»Das kann ich nicht«, sagte Stacey. »Dort dürfen nur noch Officers hinunter, die auf einer speziellen Liste stehen … und ich gehöre nicht dazu. Angeklagt ist er wegen aller möglichen Vergehen, darunter versuchter Mord und Beihilfe zum Mord. Lass dir jetzt Zeit bei der Rückfahrt in die Stadt. Du darfst auf keinen Fall zu ihm, also hat's keinen Zweck, deinen Wagen zu Schrott zu …«

Linda drückte dreimal die Sprechtaste: *Unterbrechung-Unterbrechung-Unterbrechung.* Dann sagte sie: »Ich besuche ihn, verlass dich drauf.«

Aber das gelang ihr nicht. Chief Peter Randolph, der nach seinem Nickerchen erholt wirkte, fing sie am Eingang der Polizeistation ab und verlangte ihre Plakette und ihre Dienstwaffe: Als Rustys Frau stehe sie ebenfalls in Verdacht, die legale Stadtverwaltung unterminieren und Aufstände anzetteln zu wollen.

Also gut, hätte Linda am liebsten gesagt. *Verhaftet mich, sperrt mich unten zu meinem Mann.* Aber dann dachte sie an die Mädchen, die jetzt bei Marta waren und darauf warteten, abgeholt zu werden und von ihrem Tag in der Schule erzählen zu können. Und sie dachte an das für heute Abend geplante Treffen im Pfarrhaus. Daran konnte sie nicht teilnehmen, wenn sie im Knast saß, und diese Versammlung war jetzt wichtiger als je zuvor.

Und wenn sie morgen Nacht einen Inhaftierten befreien wollten, warum dann nicht gleich zwei?

»Bestellen Sie ihm, dass ich ihn liebe«, sagte Linda, während sie ihren Gürtel abschnallte und das Halfter abzog. Das Gewicht der Waffe war ihr ohnehin immer etwas lästig gewesen. Die Kleinen auf dem Schulweg sicher über die Straße zu bringen und die Kids aus der Middle School zu ermah-

nen, nicht zu rauchen und nicht herumzufluchen ... solche
Dinge waren eher ihre Stärke.

»Das richte ich ihm aus, Mrs. Everett.«

»Hat jemand sich um seine Hand gekümmert? Ich habe
gehört, dass sie gebrochen sein könnte.«

Randolph runzelte die Stirn. »Wer hat Ihnen das gesagt?«

»Ich weiß nicht, wer mich gerufen hat. Er hat seinen Namen nicht genannt. Einer unserer Leute, denke ich, aber der
Empfang draußen an der 117 ist nicht besonders gut.«

Randolph dachte darüber nach und beschloss, diese Sache
nicht weiter zu verfolgen. »Mit Rustys Hand ist alles in Ordnung«, sagte er. »Und unsere Leute sind nicht mehr Ihre
Leute. Fahren Sie nach Hause. Wir werden Ihnen später bestimmt einige Fragen stellen müssen.«

Linda spürte, dass ihr Tränen in die Augen stiegen, und
drängte sie zurück. »Und was soll ich meinen Mädchen erzählen? Dass ihr Vater im Gefängnis sitzt? Sie wissen, dass
Rusty ein anständiger Kerl ist; das *wissen* Sie! *Gott,* er hat Ihnen letztes Jahr den Tipp gegeben, sich auf Gallenentzün-
dung untersuchen zu lassen!«

»Da kann ich Ihnen nicht recht helfen, Mrs. Everett«,
sagte Randolph – die Zeit, in der er sie Linda genannt hatte,
schien hinter ihm zu liegen. »Aber ich schlage vor, dass Sie
ihnen *nicht* erzählen, dass ihr Daddy mit Dale Barbara an der
Ermordung von Brenda Perkins und Lester Coggins beteiligt war – bei den anderen sind wir uns nicht sicher, das waren eindeutig Sexualverbrechen, von denen Rusty vielleicht
nichts gewusst hat.«

»Das ist verrückt!«

Randolph schien nichts gehört zu haben. »Außerdem hat
er versucht, den Stadtverordneten Rennie durch Vorenthalten eines lebenswichtigen Medikaments zu ermorden. Zum
Glück hatte Big Jim in weiser Voraussicht zwei unserer Officers in unmittelbarer Nähe postiert.« Er schüttelte den
Kopf. »Einem Mann, der seine Gesundheit für das Wohl dieser Stadt ruiniert hat, damit zu drohen, ihm ein lebenswichtiges Medikament vorzuenthalten. Das ist Ihr guter Kerl; das
ist Ihr gottverdammter guter Kerl.«

Ihn konnte sie nicht umstimmen, das wusste sie. Deshalb ging sie, bevor sie alles noch schlimmer machte. Die fünf Stunden bis zu der Versammlung im Pfarrhaus der Congo Church erschienen ihr endlos lang. Sie wusste nicht, wohin sie gehen und was sie tun sollte.

Dann fiel ihr doch etwas ein.

11   Rustys Hand war keineswegs in Ordnung. Das konnte sogar Barbie sehen, obwohl zwischen ihnen drei leere Zellen lagen. »Rusty – kann ich irgendwas für dich tun?«

Rusty rang sich ein Lächeln ab. »Nichts, außer du hast ein paar Aspirin, die du mir zuwerfen kannst. Darvocet wäre noch besser.«

»Die sind mir leider gerade ausgegangen. Haben sie dir nichts gegeben?«

»Nein, aber die Schmerzen lassen ein bisschen nach. Ich werd's überleben.« Er sprach weit tapferer, als ihm in Wirklichkeit zumute war; die Schmerzen waren bereits ziemlich schlimm, und er würde sie gleich noch schlimmer machen. »Ich muss allerdings etwas wegen der Finger unternehmen.«

»Alles Gute.«

Wie durch ein Wunder war kein Finger gebrochen – aber dafür ein anderer Knochen: der fünfte Handwurzelknochen. Rusty konnte nur versuchen, ihn dadurch ruhigzustellen, dass er sein T-Shirt in Streifen riss, um die Hand behelfsmäßig zu schienen. Aber zuvor ...

Er packte seinen linken Zeigefinger, der am ersten Interphalangealgelenk ausgerenkt war. Im Film passierte solches Zeug immer schnell. Schnell war dramatisch. Leider konnte schnell auch alles schlimmer statt besser machen. Also verstärkte er den Druck langsam und gleichmäßig. Die Schmerzen waren grausam; er spürte sie bis in die Kiefergelenke hinauf. Und er konnte hören, dass sein Finger wie eine lange nicht mehr geöffnete Tür knarrte. Irgendwo, ganz in der Nähe und doch Welten entfernt, sah er Barbie an der Tür seiner Zelle stehen und ihn beobachten.

Dann war der Zeigefinger plötzlich wie durch Magie wieder gerade, und der Schmerz ließ nach. Wenigstens in diesem einen Finger. Rusty sank auf seine Koje und keuchte, als hätte er gerade einen Hundertmeterlauf absolviert.

»Fertig?«, fragte Barbie.

»Nicht ganz. Ich muss auch noch meinen Stinkefinger einrenken. Vielleicht brauche ich ihn bald.«

Rusty packte seinen Mittelfinger und machte sich wieder an die Arbeit. Der Ablauf war der gleiche: Als er glaubte, die Schmerzen könnten nicht mehr schlimmer werden, glitt das ausgerenkte Gelenk in seine Normallage zurück. Damit war nur noch sein kleiner Finger übrig, der geziert weggestreckt war, als wollte Rusty einen Toast ausbringen.

Und das täte ich, wenn ich könnte, dachte er. »*Auf den beschissensten Tag der Geschichte!*« *Wenigstens in der Geschichte Eric Everetts.*

Er begann an dem Finger zu ziehen und ihn leicht zu drehen. Auch das tat weh, aber dagegen gab es kein rasch wirkendes Mittel.

»Was hast du gemacht?«, fragte Barbie, wobei er zweimal laut mit den Fingern schnalzte. Er zeigte zur Decke, dann legte er wie horchend eine Hand hinters Ohr. Wusste er tatsächlich, dass das Kellergeschoss verwanzt war, oder vermutete er das nur? Rusty entschied, dass es keine Rolle spielte. Am besten verhielten sie sich so, als würden sie abgehört, obwohl er nicht recht glauben konnte, dass schon jemand aus dieser unfähigen Bande daran gedacht hatte, hier unten Mikrofone zu installieren.

»Hab den Fehler gemacht, Big Jim zum Rücktritt veranlassen zu wollen«, sagte Rusty. »Ich bezweifle nicht, dass sie ein halbes Dutzend weiterer Anklagepunkte draufsatteln werden, aber im Prinzip bin ich dafür eingelocht worden, dass ich ihn aufgefordert habe, lieber etwas zurückzustecken, bevor er einen Herzinfarkt erleidet.«

Damit unterschlug er natürlich den Fall Coggins, aber das hielt Rusty auch für besser, wenn er bei guter Gesundheit weiterleben wollte.

»Wie ist das Essen hier?«

870

»Nicht schlecht«, sagte Barbie. »Das Mittagessen hat mir Rose gebracht. Nur mit dem Wasser solltest du dich vorsehen. Es kann ein bisschen salzig sein.«

Er bildete mit Zeige- und Mittelfinger der rechten Hand eine Gabel und deutete damit auf seine Augen, dann auf seinen Mund: *Sieh her.*

Rusty nickte.

Morgen Abend, sagte Barbie lautlos.

Ich weiß, antwortete Rusty. Die übertrieben deutlichen Lippenbewegungen ließen seine Lippen wieder aufplatzen, sodass sie erneut bluteten.

Barbie sagte lautlos: *Wir ... brauchen ... ein ... sicheres ... Versteck.*

Dank Joe McClatchey und seinen Freunden glaubte Rusty, dafür eine Lösung zu wissen.

12   Andy Sanders hatte einen Anfall.

Das war eigentlich unvermeidlich; er war nicht an Meth gewöhnt und hatte viel davon geraucht. Er war im WCIK-Studio, hörte die Our Daily Bread Symphony jubilierend »How Great Thou Art« spielen und dirigierte mit. Er sah sich zu Geigenklängen in endlose Weiten entschweben.

Chef war irgendwo mit der Bong unterwegs, aber er hatte Andy einen Vorrat von dicken Hybrid-Zigaretten zurückgelassen, die er Fry-Daddys nannte. »Mit denen musst du vorsichtig sein, Sanders«, sagte er. »Die sind Dynamit. ›Denn ihr, die ihr das Trinken nicht gewöhnt seid, müsst mäßig sein.‹ Erster Timotheusbrief. Das gilt auch für diese Dinger.«

Andy nickte feierlich, aber sobald Chef verschwunden war, rauchte er wie ein Verrückter: Zwei der Daddys, einen nach dem anderen. Er paffte sie, bis sie nur noch glühende Knötchen waren, die ihm die Finger verbrannten. Der Meth-Geruch nach verbrennender Katzenpisse war schon dabei, den Spitzenplatz in seiner Aromatherapie-Hitparade zu erobern. Er hatte den dritten Daddy bereits halb geraucht und dirigierte noch immer wie Leonard Bernstein, als er einen besonders tiefen Lungenzug nahm und sofort bewusstlos wurde. Er fiel zu Boden und blieb zuckend in einem Strom aus geistlicher Musik liegen. Zwischen seinen zusammengebissenen Zähnen quoll schaumiger Speichel hervor. Seine halb offenen Augen zuckten in ihren Höhlen und sahen Dinge, die nicht da waren. Zumindest noch nicht.

Zehn Minuten später war er wieder wach und energiegeladen genug, um den Fußweg zwischen dem Studio und dem langen roten Lagerschuppen im rückwärtigen Teil des Geländes entlangzurennen.

»Chef!«, brüllte er dabei. »Chef, wo bist du? SIE KOMMEN!«

Chef Bushey kam aus der Seitentür des Lagergebäudes. Seine Haare standen ihm in fettigen Wirbeln vom Kopf ab. Er trug eine schmutzige Schlafanzughose mit Pisseflecken im Schritt und Methflecken am Hosenboden. Die mit Cartoonfröschen bedruckte Hose hing unsicher an den knochigen Flanken seiner Hüften und ließ vorn ein Büschel Schamhaar und hinten die Arschspalte sehen. In einer Hand trug er sein AK-47. Auf den Gewehrkolben hatte er sorgfältig die Worte GOTTES KRIEGER gemalt. In der anderen Hand hielt er den Garagentoröffner. Er legte Gottes Krieger weg, aber nicht Gottes Garagentoröffner. Dann packte er Sanders an den Schultern und schüttelte ihn kräftig durch.

»Schluss jetzt, Sanders, du bist hysterisch.«

»Sie kommen! Die bitteren Männer! Genau, wie du's gesagt hast!«

Chef dachte darüber nach. »Hat jemand angerufen, um dich vorzuwarnen?«

»Nein, es war eine Vision! Ich war bewusstlos und hatte eine Vision!«

Chef machte große Augen. Sein Misstrauen wich Respekt. Er sah von Andy zur Little Bitch Road hinüber und wandte sich dann wieder Andy zu. »Was hast du gesehen? Wie viele? Sind's alle oder wieder nur ein paar von ihnen?«

»Ich ... ich ... ich ...«

Chef schüttelte ihn erneut, diesmal jedoch viel sanfter.

»Beruhige dich, Sanders. Du bist jetzt in der Streitmacht des Herrn und ...«

»Ein christlicher Soldat!«

»Richtig, richtig, richtig. Und ich bin dein Vorgesetzter. Erstatte also Meldung.«

»Sie kommen mit zwei Lastwagen.«

»Nur zwei?«

»Ja.«

»Orange?«

»Ja!«

Chef zog seine Schlafanzughose hoch (die fast augenblicklich wieder ihre vorige Position einnahm) und nickte. »Städtische Lastwagen. Vermutlich wieder diese drei Schwachköpfe – die Bowies und Mr. Chicken.«

»Mr. ...?«

»Killian, Sanders, wer sonst? Er raucht Meth, aber er versteht den *Zweck* von Meth nicht. Er ist ein Trottel. Sie kommen, um noch mehr Propan zu holen.«

»Sollen wir uns verstecken? Uns einfach verstecken und ihnen das Gas überlassen?«

»Das habe ich beim ersten Mal gemacht. Aber nicht diesmal. Ich will mich nicht mehr verstecken und Leute Sachen fortschleppen lassen. Der Stern Wermut ist in Flammen aufgegangen. Es wird Zeit, dass die Männer Gottes ihre Fahne aufpflanzen. Stehst du auf meiner Seite?«

Und Andy – der unter der Kuppel alles verloren hatte, was ihm jemals etwas bedeutet hatte – zögerte keinen Augenblick. »Ja!«

»Bis zum Ende, Sanders?«

»Bis zum Ende!«

»Wo hast du dein Gewehr gelassen?«

Soweit Andy sich erinnern konnte, stand es im Studio – an das Poster gelehnt, auf dem Pat Robertson dem verstorbenen Lester Coggins einen Arm um die Schultern legte.

»Komm, wir holen es«, sagte Chef, indem er GOTTES KRIEGER aufhob und das Magazin kontrollierte. »Und in Zukunft trägst du's ständig bei dir, verstanden?«

»Okay.«

»Kiste Munition dort drinnen?«

»Ja.« Andy hatte erst vor einer Stunde eine dieser Kisten hineingeschleppt. Wenigstens glaubte er, dass es vor einer Stunde gewesen war; Fry-Daddys hatten die Angewohnheit, die Zeit an den Rändern zu verbiegen.

»Augenblick«, sagte Chef. Er ging den Lagerschuppen entlang zu der Holzkiste mit chinesischen Handgranaten und kam mit dreien zurück. Zwei davon gab er Andy und forderte ihn auf, sie in seine Taschen zu stecken. Die dritte ließ Chef an ihrem Abreißring von der Mündung von GOTTES KRIEGER baumeln. »Sanders, mir hat man erzählt, dass einem sieben Sekunden bleiben, nachdem man den Stift rausgezogen hat, um diese Schwanzlutscher loszuwerden, aber als ich eine in der Kiesgrube dort drüben ausprobiert habe, waren's eher vier. Du kannst deinen orientalischen Rassen nicht trauen. Merk dir das.«

Andy versprach es.

»Also gut, komm jetzt. Wir wollen deine Waffe holen.«

Andy fragte zögernd: »Haben wir vor, sie zu erledigen?«

Chef wirkte überrascht. »Nicht, wenn wir nicht müssen, nein.«

»Gut«, sagte Andy. Trotz allem wollte er eigentlich niemandem wehtun.

»Aber wenn sie eine Entscheidung erzwingen, tun wir, was nötig ist. Das verstehst du doch?«

»Ja«, sagte Andy.

Chef schlug ihm auf die Schulter.

13   Joe fragte seine Mutter, ob Benny und Norrie bei ihnen übernachten könnten. Claire sagte, sie sei damit einverstanden, wenn ihre Eltern damit einverstanden seien. Tatsächlich war sie darüber sogar etwas erleichtert. Seit ihrem Abenteuer auf der Black Ridge gefiel ihr die Idee, sie unter Aufsicht zu haben. Sie konnten Popcorn auf dem Holzofen machen und das lärmende Monopoly weiterspielen, das sie vor einer Stunde begonnen hatten. Eigentlich war es etwas zu viel Lärm; ihr aufgeregtes, mit Pfiffen und Buhrufen vermischtes Gequassel hatte eine nervöse Im-Dunkeln-pfeifen-Qualität, die ihr nicht behagte.

Bennys Mutter war einverstanden, und – was eine gewisse Überraschung war – Norries Mutter stimmte ebenfalls zu. »Klasse Idee«, sagte Joanie Calvert. »Seit diese Sache passiert ist, wollte ich mich mal richtig besaufen. Sieht so aus, als käme ich heute Abend dazu. Und, Claire? Sagen Sie diesem Mädchen, dass es morgen seinen Großvater aufsuchen und ihm einen Kuss geben soll.«

»Wer ist ihr Großvater?«

»Ernie. Sie kennen Ernie, nicht wahr? Jeder kennt Ernie. Er macht sich Sorgen um sie. Das tue ich manchmal auch. Dieses Skateboard!« Joanies Stimme ließ einen Schauder erahnen.

»Ich sag's ihr.«

Claire hatte kaum aufgelegt, als jemand an die Haustür klopfte. Auf den ersten Blick wusste sie nicht, wer die Frau mittleren Alters mit dem blassen, abgehärmten Gesicht war. Dann wurde ihr klar, dass Linda Everett vor ihr stand, die normalerweise Schulkinder über die Straße begleitete und Strafzettel für Autos schrieb, die länger als zwei Stunden in den Kurzparkzonen an der Main Street standen. Und sie war auch keine Frau mittleren Alters. Sie sah jetzt nur so aus.

»Linda!«, sagte Claire. »Was ist passiert? Irgendwas mit Rusty? Ist ihm was zugestoßen?« Sie dachte an Strahlung … zumindest im Vordergrund ihres Bewusstseins. In ihrem Hinterkopf schlängelten sich sogar schlimmere Befürchtungen umeinander.

»Er ist verhaftet worden.«

Das Monopoly im Wohnzimmer war unterbrochen worden. Die drei Spieler standen jetzt an der Tür zusammen und betrachteten Linda ernst.

»Wegen einer ganzen Liste von Anklagepunkten, darunter Mittäterschaft bei den Morden an Lester Coggins und Brenda Perkins.«

»Nein!«, rief Benny.

Claire überlegte, ob sie die Kinder hinausschicken sollte, erkannte aber, dass das zwecklos gewesen wäre. Sie glaubte zu wissen, weshalb Linda hier war, und hasste sie ein bisschen dafür, obwohl sie ihre Beweggründe verstand. Und auch Rusty, weil er die Kinder in diese Sache verwickelt hatte. Aber eigentlich waren sie alle davon betroffen, nicht wahr? Unter der Kuppel konnte man es sich nicht mehr aussuchen, ob man beteiligt sein wollte.

»Er ist Rennie in die Quere gekommen«, sagte Linda. »Darum geht's in Wirklichkeit. Aus Big Jims Sicht geht es jetzt nur noch darum, wer ihn behindert oder nicht. Er hat völlig vergessen, in was für einer schrecklichen Lage wir uns hier befinden. Nein, es ist noch schlimmer. Er *benutzt* die Situation für seine Zwecke.«

Joe musterte Linda. »Weiß Mr. Rennie, wo wir heute Morgen waren, Miz Everett? Weiß er von dem Kasten? Ich denke, davon sollte er lieber nicht erfahren.«

»Von welchem Kasten?«

»Von dem, den wir auf der Black Ridge entdeckt haben«, sagte Norrie. »Wir haben nur das Licht gesehen, das er aussendet; Rusty ist hingefahren und hat ihn sich angesehen.«

»Das ist der Generator«, sagte Benny. »Nur konnte er ihn nicht abschalten. Er konnte ihn nicht mal hochheben, obwohl er ihn als echt klein beschrieben hat.«

»Davon weiß ich überhaupt nichts«, sagte Linda.

»Dann weiß auch Rennie nichts davon«, sagte Joe. Er sah aus, als wäre soeben das Gewicht der Welt von seinen Schultern geglitten.

»Woher willst du das wissen?«

»Weil er sonst Cops hergeschickt hätte, um uns vernehmen zu lassen«, sagte Joe. »Und wenn wir ihre Fragen nicht beantwortet hätten, wären *wir* im Gefängnis gelandet.«

In der Ferne waren zwei schwache Knalle zu hören. Claire legte den Kopf schief und runzelte die Stirn. »Waren das Böller oder Schüsse?«

Das wusste Linda nicht, und weil die Knalle nicht aus der Stadt gekommen waren – dazu waren sie zu leise gewesen –, war ihr das auch egal. »Kids, erzählt mir, was auf der Black Ridge passiert ist. Erzählt mir alles ganz genau. Was ihr gesehen habt, was Rusty gesehen hat. Und heute Abend müsst ihr es vielleicht noch ein paar anderen Leuten erzählen. Es

876

wird Zeit, dass wir alles sammeln, was wir wissen. Tatsächlich ist das längst überfällig.«

Claire öffnete ihren Mund, um zu sagen, dass sie dabei nicht mitmachen wollte, und tat es dann doch nicht. Weil es keine andere Wahl gab. Zumindest keine, die sie sehen konnte.

14   Das WCIK-Studio stand weit von der Little Bitch Road abgesetzt, und die Zufahrt (asphaltiert und in viel besserem Zustand als die Straße selbst) war fast eine Viertelmeile lang. Wo sie von der Little Bitch abzweigte, wurde sie von zwei hundertjährigen Eichen flankiert. Ihr Herbstlaub, das in einer normalen Saison farbenprächtig genug war, um einen Kalender oder Tourismusprospekt zu schmücken, hing jetzt schlaff und braun herab. Andy Sanders stand hinter einem der gerillten Stämme. Chef stand hinter dem anderen. Sie konnten das näher kommende Dieselröhren schwerer Lastwagen hören. Andy lief Schweiß in die Augen; er wischte ihn mit dem Handrücken weg.

»Sanders!«

»Was?«

»Ist dein Gewehr entsichert?«

Andy sah nach. »Ja.«

»Also gut, pass auf und merk's dir gleich richtig. Sobald der Schießbefehl von mir kommt, *durchsiebst* du diese Scheißkerle! Von oben bis unten, von vorn bis hinten! Wenn *kein* Schießbefehl kommt, bleibst du einfach nur stehen. Kapiert?«

»J-ja.«

»Ich glaube nicht, dass es Tote geben wird.«

Gott sei Dank, dachte Andy.

»Nicht, wenn's nur die Bowies und Mr. Chicken sind. Aber das weiß ich nicht sicher. Gibst du mir Feuerschutz, wenn ich mit ihnen reden muss?«

»Ja.« Kein Zögern.

»Und lass deinen Finger von dem verdammten Abzug, sonst schießt du dir noch den Kopf weg.«

Andy senkte den Kopf, sah seinen Zeigefinger tatsächlich um den Abzug des Sturmgewehrs gekrümmt und nahm ihn hastig weg.

Sie warteten. Andy konnte den eigenen Herzschlag mitten in seinem Kopf hören. Er versuchte sich einzureden, dass es dumm war, Angst zu haben – wäre nicht zufällig ein Anruf gekommen, wäre er längst tot –, aber das nutzte nichts. Weil sich ihm eine neue Welt geöffnet hatte. Er wusste, dass sie sich als falsche Welt erweisen konnte (hatte er nicht gesehen, wie Drogen Andi Grinnell zugerichtet hatten?), aber sie war besser als die beschissene Welt, in der er gelebt hatte.

Lieber Gott, bitte lass sie einfach umkehren, betete er. *Bitte.*

Die Lastwagen erschienen, rollten langsam heran und bliesen dunklen Rauch in die Stille des Spätnachmittags. Als er hinter seinem Baum hervorspähte, konnte Andy in dem vorderen Lastwagen zwei Männer erkennen. Vermutlich die Bowies.

Chef bewegte sich nicht. Andy dachte schon, er hätte sich die Sache anders überlegt und wolle nun doch zulassen, dass sie das Propan wegkarrten. Dann trat Chef hinter seinem Baum hervor und gab rasch zwei Schüsse ab.

Ob bekifft oder nicht, Chef zielte gut. Beide Vorderreifen des ersten Fahrzeugs wurden platt. Sein Vorderteil wippte ein paarmal auf und ab, dann kam der Lastwagen zum Stehen. Der zweite wäre beinahe aufgefahren. Andy konnte leise Musik hören, irgendeinen Choral, und vermutete, wer auch immer den zweiten Wagen fuhr, habe die Schüsse bei eingeschaltetem Autoradio nicht gehört. Das Fahrerhaus des vorderen Lastwagens schien jetzt leer zu sein. Beide Männer hatten sich außer Sicht geduckt.

Chef Bushey, weiterhin barfuß und nur mit seiner Frosch-Schlafanzughose bekleidet (der Garagentoröffner hing wie ein Piepser an ihrem nachgebenden Gummizug), trat hinter seinem Baum hervor. »Stewart Bowie!«, rief er. »Fern Bowie! Kommt dort raus und redet mit mir!« Er lehnte GOTTES KRIEGER an die Eiche.

878

Aus dem ersten Lastwagen kam kein Laut, aber die Fahrertür des zweiten wurde aufgestoßen, und Roger Killian stieg aus. »He, wieso geht's nicht weiter?«, brüllte er. »Ich muss heim, meine Hühner füt…« Dann sah er Chef. »Hallo, Philly, was gibt's?«

»Deckung!«, rief einer der Bowies. »Der verrückte Hundesohn schießt!«

Roger musterte erst Chef, dann sein an den Baum gelehntes AK-47. »Mag sein, aber jetzt hat er die Waffe weggelegt. Außerdem ist er allein. Was läuft hier, Phil?«

»Ich bin jetzt Chef. Nenn mich Chef.«

»Okay, Chef, was läuft hier?«

»Komm raus, Stewart«, rief Chef. »Du auch, Fern. Hier geschieht keinem was, denke ich.«

Die Türen des ersten Lastwagens wurden aufgestoßen. Ohne den Kopf zu drehen, sagte Chef: »Sanders! Sollte einer dieser Trottel eine Waffe haben, ballerst du los. Halt dich nicht mit Einzelfeuer auf; mach Taco-Käse aus ihnen.«

Aber keiner der Bowies war bewaffnet. Fern hatte sogar die Hände erhoben.

»Mit wem redest du, Kumpel?«, fragte Stewart.

»Tritt vor, Sanders«, sagte Chef.

Das tat Andy. Seit die Gefahr eines bevorstehenden Massakers abgewendet war, fing er an, Spaß an dieser Sache zu haben. Hätte er daran gedacht, einen von Chefs Fry-Daddys mitzubringen, hätte er sich bestimmt noch besser amüsiert.

»Andy?«, sagte Stewart verblüfft. »Was machst *du* hier?«

»Ich gehöre jetzt zur Streitmacht des Herrn. Und ihr seid bittere Männer. Wir wissen alles über euch, und ihr habt hier nichts verloren.«

»*Hä?*«, sagte Fern. Er ließ die Hände sinken. Das Fahrerhaus des vorderen Wagens kippte langsam nach vorn, als die großen Vorderreifen weiter Luft verloren.

»Gut gesprochen, Sanders«, lobte Chef ihn. Dann zu Stewart: »Steigt alle drei in den zweiten Lastwagen. Wendet und seht zu, dass ihr eure traurigen Ärsche in die Stadt zurückschafft. Dort meldet ihr diesem abtrünnigen Sohn des Teufels, dass WCIK jetzt unser ist. Das schließt das Labor und alle Vorräte ein.«

»Scheiße, wovon redest du eigentlich, Phil?«

»Chef.«

Stewart machte eine wegwerfende Handbewegung. »Nenn dich, was du willst, erzähl mir nur, dass das hier tota…«

»Ich weiß, dass dein Bruder dämlich ist«, sagte Chef, »und Mr. Chicken hier kann sich vermutlich nicht ohne Gebrauchsanweisung die Schnürsenkel zubinden …«

»He!«, protestierte Roger. »Pass auf, was du sagst!«

Andy hob sein AK-47. Er nahm sich vor, CLAUDETTE auf den Kolben zu schreiben, sobald er Gelegenheit dazu fand. »Nein, pass du auf.«

Roger Killian wurde blass und wich einen Schritt zurück. Das war nie passiert, wenn Andy auf einer Bürgerversammlung gesprochen hatte, und er fand es sehr befriedigend.

Chef sprach weiter, als hätte es keine Unterbrechung gegeben. »Aber du hast wenigstens ein halbes Gehirn, Stewart, also nutze es. Lasst diesen Lastwagen stehen, wo er ist, und fahrt mit dem anderen in die Stadt zurück. Bestellt Rennie, dass dies hier draußen nicht mehr ihm, sondern Gott gehört. Sagt ihm, dass der Stern Wermut in Flammen vom Himmel gefallen ist, und wenn er nicht will, dass die Apokalypse vorzeitig kommt, soll er uns lieber in Ruhe lassen.« Er überlegte. »Ihr könnt ihm auch sagen, dass wir weiter Musik senden werden. Ich bezweifle, dass er sich deswegen Sorgen macht, aber in der Stadt gibt es einige, die darin Trost finden.«

»Weißt du, wie viele Cops er jetzt hat?«, fragte Stewart.

»Das ist mir scheißegal.«

»Ungefähr dreißig, glaub ich. Bis morgen sind's bestimmt fünfzig. Und die halbe verdammte Stadt trägt blaue Solidaritäts-Armbinden. Wenn er will, dass sie sich zusammenrotten, sind sie sofort dabei.«

»Auch das nutzt ihm nichts«, sagte Chef. »Wir vertrauen auf den Herrn, und unsere Kraft ist die Kraft von zehn.«

»Nun«, sagte Roger, der seine Rechenkünste aufblitzen ließ, »das sind zwanzig, damit seid ihr trotzdem unterlegen.«

»Halt's Maul, Roger«, sagte Fern.

Stewart versuchte es noch einmal. »Scheiße, Phil – Chef, meine ich –, du musst dich entspannen, denn das hier ist keine große Sache. Wir wollen nicht das Dope, nur das Flüssiggas. Die Hälfte aller Stromaggregate in der Stadt stehen still. Bis zum Wochenende sind's vermutlich drei Viertel. Lass uns das Propan holen.«

»Ich brauch es zum Kochen. Sorry.«

Stewart sah ihn an, als wäre er übergeschnappt. *Das ist er vermutlich,* dachte Andy. *Das sind wir vermutlich beide.* Aber Jim Rennie war natürlich auch verrückt, was in *dieser* Beziehung ein Patt ergab.

»Haut jetzt ab«, sagte Chef. »Und bestellt ihm, dass er's bereuen wird, wenn er versucht, Truppen gegen uns zu entsenden.«

Stewart dachte darüber nach, zuckte dann mit den Schultern. »Mich juckt das nicht. Komm jetzt, Fern. Roger, ich fahre.«

»Mir nur recht«, sagte Roger Killian. »Ich hasse die vielen Gänge.« Er bedachte Chef und Andy mit einem letzten Blick voller Misstrauen, dann machte er sich auf den Weg zu dem zweiten Lastwagen.

»Gott segne euch, Jungs«, rief Andy ihnen nach.

Stewart warf einen mürrischen Blick wie einen Dartpfeil über die Schulter zurück. »Gott segne auch euch. Denn Gott weiß, dass ihr's brauchen werdet.«

Die neuen Besitzer des größten Meth-Labors in Nordamerika standen nebeneinander und beobachteten, wie der große orangerote Lastwagen zurückstieß, unbeholfen auf der Straße wendete und davonfuhr.

»Sanders!«

»Ja, Chef?«

»Ich werde die Musik aufpeppen – und zwar sofort. Diese Stadt braucht Mavis Staples. Und die Clark Sisters. Sobald ich diesen Scheiß auf die Reihe gebracht habe, wollen wir rauchen.«

Andys Augen füllten sich mit Tränen. Er legte dem ehemaligen Phil Bushey einen Arm um die knochigen Schultern und drückte ihn an sich. »Ich liebe dich, Chef.«

»Danke, Sanders. Gleichfalls. Pass nur auf, dass dein Gewehr immer geladen ist. Ab sofort müssen wir Wache stehen.«

15   Big Jim saß am Krankenbett seines Sohns, während der Sonnenuntergang den Abendhimmel orangerot verfärbte. Douglas Twitchell war da gewesen, um Junior eine Spritze zu geben. Jetzt schlief der Junge fest. In gewisser Beziehung, das wusste Big Jim, wäre es besser gewesen, wenn der Junge gestorben wäre; solange er mit einem Tumor lebte, der auf sein Gehirn drückte, ließ sich nicht vorhersagen, was er sagen oder tun würde. Natürlich war Junior sein eigenes Fleisch und Blut, aber er musste das größere Ganze im Auge behalten: das Wohl der Stadt. Eines der zusätzlichen Kissen aus dem Kleiderschrank würde vermutlich genügen …

In diesem Augenblick klingelte sein Handy. Er las den Namen auf dem Display und runzelte die Stirn. Irgendetwas war schiefgegangen. Sonst hätte Stewart nicht schon so früh angerufen. »Was?«

Er hörte mit wachsendem Erstaunen zu. *Andy* dort draußen? Andy mit einem *Sturmgewehr?*

Stewart wartete auf seine Antwort. Wartete auf Anweisungen. *Stell dich hinten an, Kumpel,* dachte Big Jim seufzend. »Lass mir einen Augenblick Zeit. Ich muss erst nachdenken. Ich rufe zurück.«

Er beendete das Gespräch, dann dachte er über dieses neue Problem nach. Er konnte heute Abend mit einer Gruppe Cops dort hinausfahren. In gewisser Weise war das eine attraktive Idee: Sie vor der Food City auf Vordermann bringen, danach selbst den Überfall anführen. Sollte Andy dabei ums Leben kommen, umso besser. Dann stand an der Spitze der Stadtverwaltung nur noch James Rennie senior.

Andererseits war die außerordentliche Bürgerversammlung für morgen Abend angesetzt. Alle würden kommen, und es würde viele Fragen geben. Er war zuversichtlich, die Verantwortung für das Meth-Labor auf Barbara und dessen Freunde (für Big Jim galt Andy Sanders jetzt als offizieller

Freund Barbaras) abwälzen zu können, aber trotzdem ... nein.

Nein.

Seine Herde sollte ängstlich sein, aber nicht in Panik verfallen. Eine Panik wäre seiner Absicht, die gesamte Stadt unter seine Kontrolle zu bringen, nicht dienlich. Und was schadete es, wenn er Sanders und Bushey noch eine Weile dort draußen ließ? Das konnte sogar nützlich sein. Sie würden selbstzufrieden werden. Sie würden sich vielleicht sogar einbilden, vergessen zu sein, weil Drogen voller Vitamin Blöd waren.

Andererseits war Freitag – übermorgen – der Tag, den dieser verflixte Cox als Besuchstag festgelegt hatte. Alle würden wieder auf Dinsmores Farm hinausströmen. Burpee würde bestimmt wieder Limonade und Hotdogs verkaufen. Während dieser Kuddelmuddel im Gange war und Cox seine Einmannshow für die Medien abzog, konnte Big Jim mit einem Stoßtrupp aus sechzehn oder achtzehn Cops zur Radiostation rausfahren und die beiden lästigen Kiffer erledigen.

Ja. Das war die Lösung.

Er wählte Stewarts Nummer und wies ihn an, vorerst nichts zu unternehmen.

»Aber ich dachte, du wolltest das Propan«, sagte Stewart.

»Das kriegen wir noch«, sagte Big Jim. »Und wenn du willst, kannst du uns helfen, die beiden auszuschalten.«

»Und ob ich will! Diesem Hundesohn – sorry, Big Jim –, diesem Drecksack Bushey muss ich noch was heimzahlen!«

»Das kannst du. Freitagnachmittag. Halt ihn dir frei.«

Big Jim fühlte sich wieder gut; sein Herz schlug langsam und gleichmäßig in seiner Brust, fast ohne zu flattern oder zu stolpern. Und das war gut, denn es gab so viel zu tun – beginnend mit der aufmunternden Ansprache, die er heute Abend in der Food City halten würde: genau der rechte Ort, um einer Gruppe neuer Cops vor Augen zu führen, wie wichtig Recht und Ordnung waren. Es gab wirklich nichts Besseres als augenfällige Zerstörung, um aus Unbeteiligten Gefolgsleute zu machen.

Er wollte das Zimmer verlassen, dann ging er noch einmal zurück und küsste seinen schlafenden Sohn auf die Wange. Junior zu beseitigen, ließ sich vielleicht nicht vermeiden, aber vorerst konnte auch das warten.

16 Eine weitere Nacht sinkt über die Kleinstadt Chester's Mill herab; eine weitere Nacht unter dem Dome. Aber wir können uns noch keine Ruhe gönnen; wir müssen an zwei Versammlungen teilnehmen und sollten auch nach Horace dem Corgi sehen, bevor wir zu Bett gehen. Horace leistet heute Abend Andrea Grinnell Gesellschaft, und obwohl er vorerst noch auf seine Chance wartet, hat er das Popcorn zwischen Couch und Wand keineswegs vergessen.

Machen wir also einen Rundgang, Sie und ich, während der Abend sich über den Himmel ausbreitet wie ein narkotisierter Patient auf dem Operationstisch. Lassen Sie uns gehen, während über uns die ersten verfärbten Sterne erscheinen. Dies ist die einzige Stadt in einem vier Bundesstaaten umfassenden Gebiet, in der sie heute Nacht zu sehen sind. Ein Regengebiet hat sich über das nördliche Neuengland ausgebreitet, und Kabelfernsehzuschauer werden bald einige bemerkenswerte Satellitenbilder sehen, die ein Wolkenloch zeigen, das genau die sockenförmigen Umrisse von Chester's Mill nachzeichnet. Hier scheinen die Sterne herab, aber jetzt sind es schmutzige Sterne, weil die Kuppel schmutzig ist.

Ergiebiger Regen fällt in Tarker's Mills und dem Stadtteil The View von Castle Rock; der CNN-Meteorologe Reynolds Wolf (nicht mit Rose Twitchells Wolfie verwandt) sagt, obwohl sich noch keine *ganz* sichere Aussage treffen lasse, scheine der Westwind die Wolken gegen die Westseite der Kuppel zu treiben und wie einen Schwamm auszudrücken, bevor sie nach Norden und Süden ausweichen könnten. Er nennt das »ein faszinierendes Phänomen«.

Suzanne Malveaux, die Moderatorin, fragt ihn, wie das Wetter unter der Kuppel sich langfristig entwickeln könne, falls die Krise andauere.

»Suzanne«, sagt Reynolds Wolf, »das ist eine gute Frage. Sicher wissen wir nur, dass Chester's Mill heute Abend keinen Regen bekommt, obwohl der Dome so weit durchlässig ist, dass etwas Feuchtigkeit durchdringen dürfte, wo die Regenfälle am ergiebigsten sind. Von Meteorologen der NOAA habe ich erfahren, dass die langfristigen Aussichten für Niederschläge unter der Kuppel schlecht sind. Und wir wissen, dass ihr wichtigster Wasserlauf, der Prestile, so gut wie ausgetrocknet ist.« Er lächelt und lässt dabei großartige Jacketkronen sehen. »Gott sei Dank, dass es artesische Brunnen gibt!«

»Und ob, Reynolds«, sagt Suzanne, und dann erscheint der Geico-Gecko auf den Fernsehschirmen Nordamerikas.

Damit genug vom Kabelfernsehen; wir wollen durch bestimmte halbleere Straßen schweben: vorbei an der Congo Church und ihrem Pfarrhaus (die dortige Versammlung hat noch nicht begonnen, aber Piper hat die große Kaffeemaschine schon gefüllt, und Julia macht Sandwichs beim Licht der zischenden Coleman-Laterne), vorbei am Haus der McCains, das von einem traurig durchhängenden Absperrband umgeben ist, den Town Common Hill hinunter, vorbei am Rathaus, das von Hausmeister Al Timmons und einigen seiner Freunde geputzt und für die Bürgerversammlung morgen Abend aufgehübscht wird, und vorbei an der War Memorial Plaza, auf der die Statue von Lucien Calvert (Norries Urgroßvater, aber das brauche ich Ihnen bestimmt nicht zu erzählen) seine lange Wache hält.

Hier machen wir kurz halt, um nach Barbie und Rusty zu sehen, okay? Ins Zellengeschoss zu gelangen, wird nicht weiter schwierig sein; im Bereitschaftsraum halten sich nur drei Cops auf, und Stacey Moggin, die am Schreibtisch des Wachhabenden sitzt, schläft mit auf einen Arm gelegtem Kopf. Alle übrigen Cops sind vor der Food City versammelt, um sich Big Jims neueste Brandrede anzuhören, aber selbst wenn sie da wären, würde das keine Rolle spielen, weil wir unsichtbar sind. Sie würden nicht mehr als einen schwachen Luftzug spüren, wenn wir an ihnen vorbeihuschen.

Unten im »Hühnerstall« gibt es nicht viel zu sehen, weil

Hoffnung so unsichtbar ist wie wir. Die beiden Männer haben nichts zu tun, als auf morgen Abend zu warten und zu hoffen, dass die Dinge sich zu ihren Gunsten entwickeln werden. Rustys Hand tut weh, aber die Schmerzen sind nicht so schlimm und die Schwellung weniger stark, als er befürchtet hatte. Außerdem hat Stacey Moggin, Gott segne sie, ihm gegen fünf Uhr nachmittags ein paar Excedrin zugesteckt.

Im Augenblick sitzen diese beiden Männer – unsere Helden, nehme ich an – auf ihren Kojen und spielen Zwanzig Fragen. Diesmal muss Rusty raten.

»Tier, Pflanze oder Mineral?«, fragt er.

»Nichts davon«, antwortet Barbie.

»Wie kann es nichts davon sein? Es *muss* eins sein.«

»Diesmal nicht«, sagt Barbie, der an Poppa Smurf denkt.

»Du verarschst mich.«

»Das tue ich nicht.«

»Das *musst* du aber!«

»Schluss mit der Meckerei, fang an zu fragen.«

»Gibst du mir einen Hinweis?«

»Nein. Das war deine erste Frage. Noch neunzehn.«

»Warte einen gottverdammten Augenblick. Das ist unfair.«

Wir wollen es den beiden überlassen, die Last der kommenden vierundzwanzig Stunden so gut wie möglich zu tragen, einverstanden? Schweben wir also an dem noch immer warmen Aschehaufen vorbei, der die Redaktion des *Democrat* war (nun leider nicht mehr im Dienst der »Kleinstadt, die wie ein Stiefel aussieht«), vorbei an Sanders Hometown Drug (angesengt, aber weitgehend unbeschädigt, obwohl Andy Sanders ihn nie mehr betreten wird), der Buchhandlung und LeClercs Maison des Fleurs, in dem jetzt alle Blumen verwelkt oder kurz davor sind. Weiter geht es unter der ausgefallenen Ampel an der Kreuzung der Routes 119 und 117 hindurch (wir streifen sie; die hängende Ampel schwankt leicht, dann beruhigt sie sich wieder) und über den Parkplatz der Food City. Wir sind lautlos wie der Atem eines schlafenden Kindes.

Die großen Schaufenster des Supermarkts sind mit aus

Tabby Morrells Holzlager requirierten Sperrholzplatten verschalt, und Jack Cale und Ernie Calvert haben den größten Dreck vom Boden aufgewischt, aber in der Food City, in der noch überall Dosen, Behälter und aufgerissene Verpackungen verstreut sind, sieht es weiterhin scheußlich aus. Die restlichen Waren (mit anderen Worten alles, was nicht in privaten Speisekammern verschwunden ist oder in den Garagen hinter der Polizeistation lagert) sind in wildem Durcheinander in den Regalen verstaut. Der Limonadenkühler, der Bierkühler und die Eiscrememaschine sind zerdeppert. Es riecht stark nach verschüttetem Wein. Big Jim Rennie will, dass seine neuen – und fast ausnahmslos schrecklich jungen – Gesetzeshüter genau dieses von Plünderern hinterlassene Chaos sehen. Sie sollen erkennen, dass die ganze Stadt so aussehen könnte, und er ist gerissen genug, um zu wissen, dass er das nicht eigens zu sagen braucht. Sie werden begreifen, worauf er hinauswill: So etwas passiert, wenn der Hirte seine Pflicht vernachlässigt und ihm die Herde durchgeht.

Müssen wir uns seine Rede anhören? Kaum. Wir werden Big Jim morgen Abend zuhören, das müsste genügen. Außerdem wissen wir alle, wie so was abläuft; Amerikas große Spezialitäten sind Demagogen und Rock'n'Roll, und wir haben zu unserer Zeit reichlich genug von beidem gehört.

Trotzdem sollten wir einen Blick auf die Gesichter seiner Zuhörer werfen, bevor wir gehen. Sehen Sie nur, wie gebannt sie zuhören, und erinnern Sie sich dann, dass viele von ihnen (Carter Thibodeau, Mickey Wardlaw und Todd Wendlestat, um nur einige zu nennen) Dummköpfe waren, die keine einzige Woche in der Schule hatten verbringen können, ohne eine Arreststrafe zu kassieren, weil sie den Unterricht gestört oder sich auf der Toilette geprügelt hatten. Aber Rennie hat sie hypnotisiert. Im Einzelgespräch war er nie sehr überzeugend, aber wenn er vor einer Menge steht … *»rowdydow and a hot-cha-cha«*, wie der alte Clayton Brassey damals zu sagen pflegte, als er noch ein paar funktionierende Gehirnzellen besaß. Big Jim erzählt ihnen von der »dünnen blauen Linie« und »dem Stolz, seinen Kameraden beizustehen«, und davon, dass »die Stadt sich auf euch verlässt«.

Auch weiteres Zeug. Das gute Zeug, das seinen Reiz nie verliert.

Big Jim kommt auf Barbie zu sprechen. Er erzählt ihnen, dass Barbies Freunde weiter dort draußen lauern, Zwietracht säen und Aufwiegelei betreiben – alles zu ihren eigenen üblen Zwecken. Indem er die Stimme senkt, sagt er: »Sie werden versuchen, mich in Verruf zu bringen. Ihre Lügen werden bodenlos sein.«

Das wird mit missfälligem Knurren quittiert.

»Werdet ihr auf diese Lügen hören? Werdet ihr zulassen, dass ich in Verruf gebracht werde? Werdet ihr zulassen, dass diese Stadt in der Stunde ihrer größten Not ohne einen starken Führer bleibt?«

Die Antwort ist natürlich ein laut hallendes *NEIN!* Und obwohl Big Jim weiterspricht (wie die meisten Politiker begnügt er sich nicht damit, ein gutes Argument einmal vorzubringen, sondern will es durch mehrfache Wiederholung verstärken), können wir ihn jetzt verlassen.

Ziehen wir also auf diesen verlassenen Straßen zum Pfarrhaus der Congo Church weiter. Und seht! Da ist jemand, mit dem wir gehen können: eine Dreizehnjährige, die ausgebleichte Jeans und ein Skateboard-T-Shirt »Old School Winged Ripper« trägt. Heute Abend ist die toughe Riot-Grrrl-Schnute, die ihre Mutter verzweifeln lässt, von Norrie Calverts Gesicht verschwunden. An ihre Stelle ist ein staunender Gesichtsausdruck getreten, der sie wie die Achtjährige aussehen lässt, die sie vor nicht allzu langer Zeit gewesen ist. Wir folgen ihrem Blick und sehen einen riesengroßen Vollmond aus den Wolken östlich der Stadt aufsteigen. In Form und Farbe gleicht er einer frisch aufgeschnittenen rosa Grapefruit.

»O … mein … *Gott*«, flüstert Norrie. Eine zur Faust geballte Hand ist zwischen ihre knospenden Brüste gepresst, während sie diese rosa Abnormität von einem Mond betrachtet. Dann geht sie weiter, jedoch nicht so erstaunt, dass sie versäumt, sich gelegentlich umzusehen, um sich zu vergewissern, dass sie nicht bemerkt worden ist. Alles strikt nach Linda Everetts Anweisung: Sie sollten einzeln hingehen, sich dabei unauffällig verhalten und sich vollkommen vergewissern, dass sie nicht beschattet wurden.

»Dies ist kein Spiel«, hatte Linda ihnen erklärt. Norrie hatte ihr blasses, angespanntes Gesicht mehr beeindruckt als ihre Worte. »Wenn wir geschnappt werden, kriegen wir nicht bloß Punkte abgezogen oder müssen einmal aussetzen. Habt ihr Kids das verstanden?«

»Kann ich Joe begleiten?«, hatte Mrs. McClatchey gefragt. Sie war fast so blass gewesen wie Mrs. Everett.

Aber Mrs. Everett hatte den Kopf geschüttelt. »Schlechte Idee.« Und das hatte Norrie am meisten beeindruckt. Nein, kein Spiel; eher ein Kampf auf Leben und Tod.

Ah, da ist die Kirche, und das Pfarrhaus ist gleich daneben versteckt. Hinten, wo die Küche liegen muss, kann Norrie das helle weiße Licht einer Coleman-Laterne sehen. Bald wird sie drinnen sein, dem Blick dieses schrecklichen rosa Mondes entzogen. Bald wird sie in Sicherheit sein.

Das glaubt sie zumindest, als ein Schatten sich aus einem der noch dunkleren Schatten löst und sie am Arm fasst.

17 Norrie war zu erschrocken, um zu kreischen, was nur gut war; als der rosa Mond das Gesicht des Mannes beleuchtete, der sie angehalten hatte, sah sie, dass es Romeo Burpee war.

»Scheiße, du hast mir echt *Angst* gemacht«, flüsterte sie.

»Sorry. Pass nur ein bisschen auf, ich.« Rommie ließ ihren Arm los und sah sich um. »Wo sin deine Boyfriends?«

Darüber musste Norrie lächeln. »Keine Ahnung. Wir sollen einzeln und auf verschiedenen Wegen kommen. Das hat Mrs. Everett gesagt.« Sie sah den Hügel hinunter. »Ich glaube, da kommt Joeys Mutter. Wir sollten lieber schon reingehen.«

Sie gingen auf den hellen Laternenschein zu. Die innere Tür des Pfarrhauses stand offen. Rommie klopfte leise an den Rahmen der Fliegengittertür und sagte: »Rommie Burpee und eine Freundin. Falls es eine Losung gibt, haben wir sie nicht mitgekriegt.«

Piper Libby öffnete die Tür und ließ sie ein. Sie musterte Norrie neugierig. »Wer bist du?«

»Verdammt, wenn das nicht meine Enkelin ist«, sagte Ernie, der vom Flur hereinkam. Er hatte ein Glas Limonade in der Hand und ein Grinsen auf dem Gesicht. »Komm her, Mädchen. Du hast mir gefehlt!«

Norrie umarmte ihn kräftig und gab ihm einen Kuss, wie ihre Mutter ihr aufgetragen hatte. Sie hatte nicht erwartet, diesen Auftrag so bald ausführen zu können, aber sie freute sich darüber. Und ihm konnte sie die Wahrheit sagen, die keine Folter ihr vor den Jungs, mit denen sie herumhing, hätte entreißen können.

»Grampa, ich hab solche Angst.«

»Die haben wir alle, Schätzchen.« Er drückte sie noch fester an sich, dann sah er in ihr erhobenes Gesicht. »Keine Ahnung, was du hier treibst – aber wie wär's mit einem Glas Limonade, wenn du schon mal hier bist?«

Norrie sah die Kaffeemaschine und sagte: »Ich hätte lieber einen Kaffee.«

»Ich auch«, sagte Piper. »Ich habe besten Kaffee eingefüllt und wollte sie gerade einschalten, als mir einfiel, dass ich keinen Strom habe.« Sie schüttelte leicht den Kopf, als hoffte sie, dadurch wieder klar denken zu können. »Diese Sache trifft mich auf ganz unterschiedliche Weise.«

Dann wurde nochmals an die Hintertür geklopft, und Lissa Jamieson kam mit hochrotem Gesicht herein. »Ich habe mein Fahrrad in Ihrer Garage versteckt, Reverend Libby. Das ist hoffentlich in Ordnung.«

»Natürlich. Und wenn wir uns hier zu einer illegalen Verschwörung versammeln – wie Rennie und Randolph zweifellos behaupten würden –, sollten Sie mich Piper nennen.«

18 Alle kamen etwas früher, sodass Piper die Gründungsversammlung des Revolutionskomitees Chester's Mill kurz nach 21 Uhr eröffnen konnte. Was als Erstes auffiel, war die ungleiche Verteilung nach Geschlechtern: acht

Frauen und nur vier Männer. Und von den vier Männern war einer schon im Ruhestand, während zwei noch so jung waren, dass sie nicht einmal in Filme ab 16 gedurft hätten. Sie musste sich daran erinnern, dass hundert Guerilla-Armeen auf verschiedenen Kontinenten Frauen und Kinder, die nicht älter waren als diese hier, bewaffnet hatten. Das machte es nicht richtig, aber manchmal gab es einen Konflikt zwischen dem, was recht, und dem, was notwendig war.

»Ich möchte, dass wir jeder eine Minute lang den Kopf senken«, sagte sie. »Ich werde kein Gebet sprechen, weil ich nicht mehr sicher weiß, mit wem ich rede, wenn ich das tue. Aber vielleicht wollt ihr ein Wort zu Gott sagen, wie ihr ihn versteht, denn heute Abend werden wir alles an Hilfe brauchen, was wir bekommen können.«

Die anderen taten, was sie vorschlug. Einige saßen noch mit gesenktem Kopf und geschlossenen Augen da, als Piper aufblickte und die Versammlung musterte: zwei vor Kurzem entlassene Polizistinnen, ein Supermarktmanager im Ruhestand, eine Zeitungsbesitzerin, die keine Zeitung mehr hatte, die Inhaberin eines hiesigen Restaurants, eine Dome-Witwe, die nicht aufhören konnte, ihren Ehering zu drehen, der Besitzer des einzigen Kaufhauses der Stadt, und drei untypisch ernste Kids, die zusammengedrängt auf dem Sofa saßen.

»Okay, amen«, sagte Piper. »Das Wort hat Jackie Wettington, die weiß, was sie tut.«

»Das ist vermutlich zu optimistisch«, sagte Jackie. »Von voreilig ganz zu schweigen. Weil ich das Wort an Joe McClatchey weitergebe.«

Joe war überrascht. »An mich?«

»Aber bevor er anfängt«, fuhr sie fort, »möchte ich seine Freunde bitten, als Beobachtungsposten zu fungieren. Norrie vorn und Benny hinten.« Jackie sah, dass sie protestieren wollten, und hob eine Hand, um ihre Einwände abzuwehren. »Das ist kein Vorwand, um euch hinauszuschicken, sondern ein wichtiger Auftrag. Ich brauche euch nicht zu sagen, was uns blüht, wenn die gegenwärtigen Machthaber uns bei dieser Zusammenkunft ertappen. Ihr beide seid nun mal die

Kleinsten. Sucht euch einen netten dunklen Schatten und versteckt euch darin. Seht ihr, dass sich ein Streifenwagen nähert oder jemand, der euch verdächtig vorkommt, klatscht ihr zweimal schnell nacheinander in die Hände.« Jackie demonstrierte, was sie meinte. »Was hier besprochen worden ist, erfahrt ihr später haargenau, das verspreche ich euch. In Zukunft sind wir alle auf demselben Wissensstand; Geheimnisse gibt es keine mehr.«

Als die beiden verschwunden waren, wandte Jackie sich an Joe. »Dieser Kasten, den du Linda geschildert hast ... Erzähl uns allen davon. Von Anfang an.«

Das tat Joe im Stehen, als würde er in der Schule ein Gedicht aufsagen. »Dann sind wir zurück in die Stadt gefahren«, endete er schließlich, »und dieser Dreckskerl Rennie hat Rusty verhaften lassen.« Er wischte sich Schweiß von der Stirn und setzte sich wieder.

Claire legte ihm einen Arm um die Schultern. »Joe sagt, es wäre schlimm, wenn Rennie von dem Kasten erfährt«, sagte sie. »Er glaubt, dass Big Jim dafür sorgen würde, dass der Generator weiter die Kuppel erhält, statt zu versuchen, ihn auszuschalten oder zu zerstören.«

»Er hat recht, glaube ich«, sagte Jackie. »Also sind die Tatsache seiner Existenz und der Ort, an dem er sich befindet, unser erstes Geheimnis.«

»Ich weiß nicht recht«, sagte Joe.

»Was?«, fragte Julia. »Denkst du, dass er davon erfahren *sollte*?«

»Vielleicht. Gewissermaßen. Ich muss erst darüber nachdenken.«

Jackie machte weiter, ohne zusätzliche Fragen zu stellen. »Kommen wir also zum zweiten Tagesordnungspunkt. Ich will versuchen, Barbie und Rusty aus dem Gefängnis zu befreien. Morgen Abend während der großen Bürgerversammlung. Barbie ist der Mann, den der Präsident als Notverwalter von Chester's Mill eingesetzt hat ...«

»Jeder, nur nicht Rennie«, knurrte Ernie. »Dieser unfähige Trottel glaubt, dass die Stadt ihm gehört.«

»Auf eines versteht er sich«, sagte Linda. »Unruhe zu stiften, wenn sie ihm nutzt. Die Lebensmittelunruhen und die Brandstiftung bei der Zeitung ... ich glaube, dass er beides angeordnet hat.«

»Klar doch!«, sagte Jackie. »Wer seinen eigenen Pastor umbringen kann ...«

Rose starrte sie an. »Soll das heißen, dass *Rennie* Coggins ermordet hat?«

Linda berichtete von dem Arbeitsraum im Keller des Bestattungsinstituts und den Spuren auf Coggins' Gesicht, die zu dem goldenen Baseball passten, den Rusty in Rennies Arbeitszimmer gesehen hatte. Die anderen hörten erschrocken, aber nicht ungläubig zu.

»Die Mädchen auch?«, fragte Lissa Jamieson mit schwacher, entsetzter Stimme.

»Die schreiben wir seinem Sohn zu.« Jackie sprach knapp und energisch. »Und diese Morde hatten vermutlich nichts mit Big Jims politischen Machenschaften zu tun. Junior ist heute Morgen zusammengebrochen. Übrigens vor dem Haus der McCains, in dem die Leichen aufgefunden wurden – von ihm.«

»Seltsamer Zufall«, sagte Ernie.

»Junior liegt jetzt im Krankenhaus. Ginny Tomlinson sagt, dass er ziemlich sicher einen Gehirntumor hat. Der kann Leute gewalttätig machen.«

»Vater und Sohn als Mörderteam?« Claire drückte Joe erneut an sich.

»Nein, kein richtiges Team«, sagte Jackie. »Eher ein bestimmtes, sicher genetisch bedingtes Verhaltensmuster, das unter Stress zum Vorschein kommt.«

»Aber dass die Leichen am selben Ort aufgefunden wurden, legt den Schluss nahe, dass die beiden Mörder – falls es zwei *waren* – zusammengearbeitet haben«, sagte Linda. »Der springende Punkt ist, dass Dale Barbara und mein Mann sich in der Gewalt eines mutmaßlichen Mörders befinden, der mit ihnen seine große Verschwörungstheorie untermauern will. Sie sind nur deshalb nicht schon in der Haft umgekommen, weil Rennie ein Exempel an ihnen statuieren will. Er will sie öffentlich hinrichten lassen.« Ihr Gesicht wurde einige Augenblicke lang starr, während sie gegen Tränen ankämpfte.

»Ich kann kaum glauben, dass er es so weit gebracht hat«, sagte Lissa. Sie spielte mit dem Anch-Kreuz, das sie trug. »Um Himmels willen, der Mann ist ein *Gebrauchtwagenhändler*!«

Es folgte Schweigen.

»Passt auf«, sagte Jackie, nachdem sie sich ein bisschen gereckt hatte. »Indem ich euch erzählt habe, was Linda und ich vorhaben, habe ich aus diesem Treffen eine *wirkliche* Verschwörung gemacht. Wer mitmachen will, hebt bitte die Hand. Wer nicht die Hand hebt, kann mit dem Versprechen gehen, kein Wort von dem zu erzählen, was wir hier besprochen haben. Was wir vorhaben, ist gefährlich. Uns allen kann Gefängnis drohen – oder noch Schlimmeres. Deshalb bitte ich um das Handzeichen. Wer will bleiben?«

Joe hob als Erster die Hand, aber Piper, Julia, Rose und Ernie Calvert waren nicht viel langsamer. Linda und Rommie hoben gemeinsam die Hände. Lissa sah zu Claire McClatchey hinüber. Claire nickte seufzend. Auch die beiden Frauen hoben ihre Hände.

»Klasse, Mama«, sagte Joe.

»Erzählst du deinem Vater jemals, was ich dir alles erlaubt habe«, sagte sie, »brauchst du dich nicht von James Rennie hinrichten zu lassen. Das erledige dann ich.«

19 »Linda kann bei der Gefangenenbefreiung nicht mitmachen«, sagte Rommie zu Jackie.

»Wer sonst?«

»Du und ich, Schätzchen. Linda geht zur großen Bürgerversammlung. Damit sechs- bis achthundert Personen bestätigen können, sie gesehen zu haben.«

»Wieso kann ich nicht mit?«, fragte Linda. »Schließlich haben die *meinen* Mann eingesperrt.«

»Genau deshalb«, sagte Julia nur.

»Wie soll die Sache also ablaufen?«, fragte Rommie Jackie.

»Nun, ich schlage vor, dass wir Masken tragen …«

»*Ernsthaft?*«, fragte Rose gespielt ungläubig. Alle lachten.

»Da haben wir Glück«, sagte Rommie. »Ich habe gerade Unmengen von Halloween-Masken im Angebot.«

»Vielleicht gehe ich als Kleine Meerjungfrau«, sagte Jackie leicht wehmütig. Dann merkte sie, dass alle sie ansahen, und errötete. »Oder als irgendwas. Jedenfalls brauchen wir auch Waffen. Ich habe privat eine Pistole zu Hause – eine Beretta. Hast du irgendwas, Rommie?«

»Ich habe ein paar Jagdgewehre und Schrotflinten im Safe meines Geschäfts versteckt. Darunter mindestens ein Gewehr mit Zielfernrohr. Ich will nicht behaupten, ich hätte das hier kommen sehen, aber ich hatte so ein Gefühl, dass *irgendwas* kommt.«

Joe meldete sich zu Wort. »Außerdem braucht ihr ein Fluchtfahrzeug. Aber nicht deinen Van, Rommie, den kennt die ganze Stadt.«

»Ich hab eine Idee«, sagte Ernie. »Wir holen uns ein Fahrzeug von Jim Rennies Verkaufsplatz. Im Frühjahr hat er von einer Telefonfirma ein halbes Dutzend Vans mit hohem Kilometerstand übernommen. Sie stehen in einer der hinteren Reihen. Einen davon zu benutzen, wäre ausgleichende Gerechtigkeit.«

»Und wo willst du den Schlüssel dafür herkriegen?«, fragte Rommie. »Willst du vielleicht in sein Verkaufsbüro einbrechen?«

»Wenn der Van, den wir wollen, keine elektronische Wegfahrsperre hat, kann ich die Zündung kurzschließen«, sagte Ernie. Er fixierte Joe, runzelte die Stirn und fügte hinzu: »Ich wäre dir dankbar, wenn du das meiner Enkelin nicht erzählen würdest, junger Mann.«

Joe tat so, als zöge er einen Lippenreißverschluss zu, was wieder alle zum Lachen brachte.

»Die morgige Bürgerversammlung ist für neunzehn Uhr angesetzt«, sagte Jackie. »Wenn wir also gegen zwanzig Uhr in die Polizeistation …«

»Ich hab eine bessere Idee«, sagte Linda. »Wenn ich schon

zu dieser Versammlung muss, will ich mich wenigstens nützlich machen. Ich trage ein Kleid mit großen Taschen und stecke mein zweites Polizeifunkgerät ein – das zusätzliche Gerät aus meinem Privatwagen. Ihr beide sitzt in dem Van und
wartet auf mein Signal zur Abfahrt.«

Anspannung kroch in den Raum, das spürten sie alle. Die
Sache wurde allmählich real.

»An der Laderampe hinter meinem Geschäft«, sagte Rommie. »Außer Sicht.«

»Sobald Rennie bei seiner Ansprache richtig in Fahrt gekommen ist«, sagte Linda, »drücke ich dreimal die Sprechtaste. Das ist dann euer Abfahrtsignal.«

»Wie viele Cops werden sich in der Station aufhalten?«,
fragte Lissa.

»Das kann ich vielleicht von Stacey Moggin erfahren«,
sagte Jackie. »Aber es sind bestimmt nicht viele. Wozu denn
auch? Wie Big Jim genau weiß, gibt es gar keine Freunde von
Barbie – nur die Strohmänner, die er selbst vorgeschickt
hat.«

»Und er wird dafür sorgen, dass sein kostbarer Arsch gut
geschützt ist«, sagte Julia.

Das wurde mit Lachen aufgenommen, nur Joes Mutter
sah tief besorgt aus. »In der Polizeistation ist bestimmt irgendjemand. Was macht ihr, wenn sie Widerstand leisten?«

»Dazu wird es nicht kommen«, sagte Jackie. »Bevor sie
wissen, wie ihnen geschieht, sperren wir sie in ihre eigenen
Zellen.«

»Aber wenn sie's doch tun?«

»Dann versuchen wir, sie nur kampfunfähig zu machen.«
Lindas Stimme klang ruhig, aber ihr Blick war der eines kleinen Lebewesens, das seinen ganzen Mut zu einem letzten
verzweifelten Überlebensversuch zusammennimmt. »Wenn
der Dome noch länger bestehen bleibt, dürfte es ohnehin
Tote geben. Die Hinrichtung Barbies und meines Mannes
auf der War Memorial Plaza ist dann nur der Anfang.«

»Nehmen wir mal an, ihr könntet sie da rausholen«, sagte
Julia. »Wohin bringt ihr sie dann? Hierher?«

»Ausgeschlossen«, sagte Piper und berührte ihre noch im-

896

mer geschwollenen Lippen. »Ich stehe bereits auf Rennies schwarzer Liste. Und erst recht auf der von diesem Kerl, der jetzt sein Leibwächter ist. Thibodeau. Mein Hund hat ihn gebissen.«

»Jedes Versteck in der Stadt ist keine gute Idee«, sagte Rose. »Sie könnten systematisch ein Haus nach dem anderen durchsuchen. Dafür haben sie weiß Gott genügend Cops.«

»Und dazu die ganzen Leute mit blauen Armbinden«, fügte Rommie hinzu.

»Wie wär's mit einem der Sommerhäuser draußen am Chester Pond?«, fragte Julia.

»Möglich«, sagte Ernie, »aber darauf kommen sie auch.«

»Trotzdem wären sie dort vielleicht am sichersten«, sagte Lissa.

»Mr. Burpee?«, fragte Joe. »Haben Sie noch mehr von diesem Bleiblech in Rollen?«

»Klar, tonnenweise. Und du kannst ruhig Rommie zu mir sagen.«

»Könnten Sie diesen Van, den Mr. Calvert morgen stehlen will, hinter Ihr Geschäft stellen und mit Bleiblech beladen? In Stücken, die groß genug sind, um die Fenster abzudecken?«

»Ich glaube schon …«

Joe sah zu Jackie hinüber. »Und könnten Sie notfalls diesen Colonel Cox erreichen?«

»Ja«, antworteten Jackie und Julia im Chor, dann wechselten sie einen überraschten Blick.

Rommies Miene hellte sich auf. »Du denkst an die alte Farm der Familie McCoy, nicht wahr? Auf der Black Ridge. Wo der Generator steht.«

»Richtig. Das ist vielleicht keine gute Idee, aber wenn wir alle fliehen müssten … wenn wir alle dort oben wären … wir könnten den Generator verteidigen. Ich weiß, das klingt verrückt, weil er die Ursache aller Probleme ist, aber wir dürfen nicht zulassen, dass er Rennie in die Hände fällt.«

»Hoffentlich kommt es zu keinem neuen Kampf um Fort

Alamo in einer Obstplantage«, sagte Rommie, »aber du hast natürlich recht.«

»Es gibt noch etwas, was wir tun könnten«, sagte Joe. »Es ist etwas riskant und funktioniert unter Umständen nicht, aber …«

»Raus damit«, sagte Julia. Sie beobachtete Joe McClatchey mit belustigter Ehrfurcht.

»Nun … ist der Geigerzähler noch in Ihrem Van, Rommie?«

»Ich denke schon, ja.«

»Vielleicht könnten wir ihn in den Atombunker zurückbringen, aus dem er stammt.« Joe wandte sich an Jackie und Linda. »Könnte eine von euch beiden dort rein? Ich meine, obwohl ihr entlassen seid?«

»Al Timmons würde uns reinlassen, denke ich«, sagte Linda. »Oder jedenfalls Stacey Moggin. Auch sie gehört zu uns. Sie ist heute Abend nur nicht hier, weil sie Dienst hat. Wozu sollten wir das riskieren, Joe?«

»Weil …« Er sprach untypisch langsam, als müsste er sich selbst erst vortasten. »Na ja … dort draußen gibt's Strahlung, versteht ihr? Strahlung. Es ist nur ein Gürtel – ich wette, dass man ohne jeglichen Schutz da durchfahren könnte, wenn man sich beeilt und es nicht allzu oft tut –, aber das wissen *sie* nicht. Das Problem ist nur, dass sie nicht wissen, dass es dort draußen überhaupt Strahlung gibt. Und das erfahren sie nicht, wenn sie keinen Geigerzähler haben.«

Jackie runzelte die Stirn. »Eine coole Idee, Kiddo, aber mir gefällt der Gedanke nicht, dass wir Rennie mit der Nase darauf stoßen sollen, wohin wir wollen. Das passt nicht zu meiner Vorstellung von einem sicheren Haus.«

»So würde es nicht ablaufen«, sagte Joe. Er sprach weiter langsam, als prüfte er seine Theorie unterwegs auf Schwachstellen. »Jedenfalls nicht direkt. Jemand könnte sich mit Cox in Verbindung setzen, okay? Ihm sagen, dass er Rennie anrufen und ihm mitteilen soll, dass sie Strahlung gemessen haben. Cox könnte zum Beispiel sagen: ›Wir können die Quelle nicht genau orten, weil sie kommt und geht, aber die Strahlung ist ziemlich hoch, vielleicht sogar tödlich, also nehmen

Sie sich in Acht. Sie haben nicht zufällig einen Geigerzähler?‹«

Während die anderen darüber nachdachten, herrschte längeres Schweigen. Dann sagte Rommie: »Wir bringen Barbara und Rusty auf die alte Farm der McCoys. Notfalls ziehen wir uns selbst dorthin zurück … was wir wahrscheinlich irgendwann tun müssen. Und wenn *sie* versuchen, dort hinauszufahren …«

»Messen sie mit ihrem Geigerzähler derart hohe Strahlung, dass sie mit ihren Händen vor ihren wertlosen Keimdrüsen in die Stadt zurückrennen«, knurrte Ernie. »Claire McClatchey, Sie haben da ein Genie.«

Claire umarmte Joe, drückte ihn mit beiden Armen an sich. »Wenn ich ihn jetzt nur noch dazu bringen könnte, sein Zimmer aufzuräumen«, sagte sie.

20   Horace lag auf dem Teppich in Andrea Grinnells Wohnzimmer, hatte die Schnauze auf eine Pfote gelegt und beobachtete die Frau, bei der seine Herrin ihn zurückgelassen hatte. Normalerweise nahm Julia ihn überallhin mit; er war kein Kläffer und machte niemals Schwierigkeiten, selbst wenn es im Haus Katzen gab, aus denen er sich nichts machte, weil sie nach Stinkkraut rochen. Heute Abend hatte Julia sich jedoch überlegt, dass es für Piper Libby schmerzlich sein könnte, Horace leben zu sehen, während ihr eigener Hund tot war. Außerdem wusste sie, dass Andi Horace mochte, und hoffte, der Corgi werde sie von ihren Entzugssymptomen ablenken, die zwar abklangen, aber sie immer noch quälten.

Eine Zeit lang ging das gut. In der Spielkiste, die Andi für ihren einzigen Enkel aufhob (obwohl er dem Spielkistenalter längst entwachsen war), fand sie einen Gummiball. Horace jagte ihn gehorsam und brachte ihn wie verlangt zurück, obwohl das keine große Herausforderung war; er zog Bälle vor, die sich aus der Luft schnappen ließen. Aber ein Job war ein Job, und er machte weiter, bis Andi wie vor Kälte zu zittern begann.

»Oh. Oh, Scheiße, es geht wieder los.«

Andi streckte sich am ganzen Leib zitternd auf der Couch aus. Sie drückte eines der Sofakissen an ihre Brust und blickte starr zur Zimmerdecke auf. Wenig später begann sie mit den Zähnen zu klappern – ein nach Horace' Meinung sehr irritierendes Geräusch.

Er brachte ihr den Ball, weil er hoffte, sie ablenken zu können, aber sie schob ihn weg. »Nein, Horace, nicht jetzt. Lass mich diese Sache überstehen.«

Horace nahm den Ball mit vor den Fernseher, dessen Bildschirm schwarz war, und legte sich wieder hin. Das Zittern der Frau wurde schwächer; gleichzeitig nahm auch der Übelkeitsgeruch ab. Die Arme, die das Kissen umklammerten, wurden schlaff, als sie erst einzudösen und dann zu schnarchen begann.

Was bedeutete, dass jetzt Fressenszeit war.

Der Corgi schlüpfte wieder unter das Beistelltischchen, wobei er auf den festen braunen Umschlag mit dem VADER-Dossier trat. Dahinter lag das Popcorn-Nirwana. O glücklicher Hund!

Horace schmauste noch, wobei sein schwanzloses Hinterteil mit einer Begeisterung wedelte, die an Ekstase grenzte (die verstreuten Körner waren unglaublich *butterig*, unglaublich *salzig* und vor allem perfekt gereift), als die Totenstimme wieder sprach.

Bring ihr das.

Aber das konnte er nicht. Seine Herrin war fort.

Der anderen Frau.

Die Totenstimme duldete keinen Widerspruch, und das Popcorn war ohnehin fast aufgefressen. Horace nahm sich vor, die wenigen verbliebenen Blüten bei anderer Gelegenheit einzusammeln, und bewegte sich dann rückwärts, bis er den Umschlag vor sich hatte. Einen Augenblick lang wusste er nicht mehr, was er tun sollte. Dann fiel es ihm wieder ein, und er nahm den Umschlag vorsichtig zwischen die Zähne.

Braver Hund.

21 Etwas Kaltes leckte Andrea über die Wange. Sie schob es weg und wälzte sich auf die Seite. Sekundenlang schaffte sie es beinahe, sich wieder in heilenden Schlaf sinken zu lassen, aber dann kläffte der Corgi.

»Schnauze, Horace.« Sie legte sich das Sofakissen auf den Kopf.

Wieder ein Bellen, dann landeten fünfzehn Kilogramm Hund auf ihren Beinen.

»*Ah!*«, rief Andi aus und setzte sich auf. Sie sah in zwei blanke haselnussbraune Augen und ein füchsisch grinsendes Gesicht. Nur wurde dieses Grinsen durch etwas unterbrochen – durch einen großen braunen Briefumschlag. Horace ließ ihn auf ihren Bauch fallen und sprang wieder zu Boden. Auf Möbel durfte er eigentlich nicht, aber die Totenstimme hatte so dringend geklungen, als handelte es sich um einen Notfall.

Andrea griff nach dem Umschlag, der leichte Bissspuren von Horace' Zähnen und schwache Abdrücke seiner Pfoten aufwies. Außerdem klebte ein weißes Popcorn daran, das sie geistesabwesend wegwischte. Der Inhalt fühlte sich ziemlich sperrig an. Auf dem Umschlag stand in Druckschrift VADER-AUSDRUCK. Und darunter stand ein Name: JULIA SHUMWAY.

»Horace? Wo hast du den her?«

Horace konnte natürlich nicht antworten, aber das war auch nicht nötig. Das Popcorn war Hinweis genug. Im nächsten Augenblick tauchte eine Erinnerung auf, die so schemenhaft vage war, dass sie mehr einem Traum glich. *War das ein Traum* – oder war Brenda Perkins tatsächlich nach ihrer ersten schrecklichen Nacht auf Entzug an ihre Tür gekommen? Während auf der anderen Seite der Stadt noch die Lebensmittelunruhen getobt hatten?

Bewahrst du den für mich auf, meine Liebe? Nur für kurze Zeit? Ich habe etwas zu erledigen und möchte ihn nicht dazu mitnehmen.

»Sie war hier«, erzählte sie Horace, »und sie hatte diesen Umschlag in der Hand. Ich habe ihn genommen – das glaube ich zumindest –, aber dann musste ich mich übergeben. *Wie-*

der übergeben. Vielleicht habe ich ihn auf das Tischchen geworfen, als ich aufs Klo gerannt bin. Ist er hinten runtergerutscht? Hast du ihn auf dem Boden gefunden?«

Horace blaffte einmal kurz. Das konnte Zustimmung bedeuten; es konnte aber auch heißen: *Von mir aus können wir mit dem Ball weiterspielen.*

»Nun, vielen Dank«, sagte Andrea. »Braver Hund. Ich gebe ihn Julia, sobald sie zurückkommt.«

Sie fühlte sich nicht mehr müde, und der Schüttelfrost war – zumindest vorläufig – verschwunden. Stattdessen war sie neugierig. Weil Brenda tot war. Ermordet. Und nachdem sie den Umschlag abgeliefert hatte, hatte sie nicht mehr lange zu leben gehabt. Folglich konnte er wichtig sein.

»Ich werfe nur einen winzigen Blick hinein, okay?«, sagte sie.

Horace bellte erneut. Andi Grinnell fand, dass es sich anhörte wie *Warum nicht?*

Als Andrea daraufhin den Umschlag öffnete, fielen ihr die meisten Geheimnisse Jim Rennies in den Schoß.

22   Claire war als Erste zu Hause. Benny kam als Nächster, dann Norrie. Die drei saßen auf der Veranda des McClatchey-Hauses, als Joe, der im Schatten bleibend über den Rasen kam, zu ihnen stieß. Benny und Norrie tranken warme Dr. Brown's Cream Sodas. Claire, die langsam die Hollywoodschaukel bewegte, trank in kleinen Schlucken eine Flasche von dem Bier, das sonst ihr Mann trank. Joe setzte sich neben sie, und Claire legte ihm einen Arm um die knochigen Schultern. *Er ist zerbrechlich*, dachte sie. *Er weiß es nicht, aber er ist zerbrechlich. An ihm ist nicht mehr dran als an einem Vogel.*

»Dude«, sagte Benny und gab ihm die Limonade, die sie für ihn aufgehoben hatten. »Wir haben uns langsam ein bisschen Sorgen um dich gemacht.«

»Miz Shumway hatte noch ein paar Fragen nach dem Generator«, sagte Joe. »Eigentlich mehr, als ich beantworten konnte. Meine Güte, hier draußen ist's warm, was? Warm wie in einer Sommernacht.« Er hob den Kopf. »Und seht euch diesen *Mond* an.«

»Das will ich nicht«, sagte Norrie. »Er macht mir Angst.«

»Alles in Ordnung, Joe?«, fragte Claire.

»Ja, Mama. Und mit dir?«

Sie lächelte. »Ja. Nein. Ich weiß es nicht. Wird dieser Plan klappen? Was glaubt ihr drei? Ich meine, was glaubt ihr wirklich?«

Einen Augenblick lang antwortete keiner von ihnen, was sie erst recht ängstigte. Dann küsste Joe sie auf die Wange und sagte: »Die Sache klappt.«

»Bestimmt?«

»O ja.«

Claire merkte immer, wenn er schwindelte – eine Fähigkeit, die sich vielleicht verlieren würde, wenn er älter wurde –, aber diesmal wies sie ihn nicht zurecht. Sie küsste ihn nur ihrerseits, wobei ihr warmer Atem wegen des leichten Bierdunstes seltsam väterlich wirkte. »Wenn's nur kein Blutvergießen gibt.«

»Kein Blut«, sagte Joe.

Sie lächelte. »Okay, das genügt mir.«

Sie saßen noch eine Zeit lang in der Dunkelheit, ohne viel zu reden. Dann gingen sie hinein und ließen die kleine Stadt unter dem rosa Mond schlafen.

Es war kurz nach Mitternacht.

ÜBERALL BLUT

1   Es war halb ein Uhr am Morgen des 26. Oktobers, als Julia in Andreas Haus zurückkam. Sie schloss leise auf, aber das war unnötig; sie konnte Musik aus Andis kleinem Batterieradio hören: die Staples Singers, die gerade mit »Get Right Church« die heilige Sau rausließen.

Horace kam auf den Flur, um sie zu begrüßen, wedelte mit seinem Hinterteil und grinste das leicht verrückte Grinsen, zu dem nur Corgis imstande zu sein scheinen. Er verbeugte sich mit gespreizten Pfoten vor ihr, und Julia kraulte ihn kurz hinter den Ohren – das war seine liebste Stelle.

Andrea saß mit einem Glas Tee auf der Couch.

»Entschuldige die Musik«, sagte sie und drehte das Radio leiser. »Ich konnte nicht schlafen.«

»Das hier ist dein Haus, Schätzchen«, sagte Julia. »Und für WCIK rockt dieser Titel echt.«

Andi lächelte. »Seit heute Nachmittag gibt's flottere Gospelsongs. Ich fühle mich, als hätte ich das große Los gezogen. Wie war deine Versammlung?«

»Gut.« Julia setzte sich.

»Möchtest du darüber reden?«

»Du kannst nicht noch mehr Sorgen gebrauchen. Du musst dich darauf konzentrieren, wieder gesund zu werden. Und weißt du was? Du siehst schon etwas besser aus.«

Das stimmte. Andi war weiterhin blass und viel zu dünn, aber die Schatten unter ihren Augen waren weniger dunkel, und die Augen selbst glänzten wieder. »Danke, dass du das sagst.«

»War Horace brav?«

»Sehr brav. Wir haben Ball gespielt und dann ein bisschen

geschlafen. Wenn ich besser aussehe, kommt es wohl daher. Nichts lässt einen besser aussehen als ein Nickerchen.«

»Was ist mit deinem Rücken?«

Andrea lächelte. Das war ein eigenartig wissendes Lächeln ohne viel Humor. »Meinem Rücken fehlt praktisch nichts. Ich spüre ihn kaum, selbst wenn ich mich bücke. Weißt du, was ich denke?«

Julia schüttelte den Kopf.

»Ich denke, dass Körper und Verstand sich gemeinsam verschwören, wenn es um Drogen geht. Wenn das Gehirn Drogen will, ist der Körper ihm behilflich. Er sagt: ›Keine Sorge, du brauchst kein schlechtes Gewissen zu haben, alles okay, ich habe wirklich Schmerzen.‹ Aber was ich meine, ist eigentlich keine Hypochondrie, so simpel ist das nicht. Nur …« Sie verstummte, und ihr Blick ging in weite Ferne, als wäre sie ganz woanders.

Wo?, fragte Julia sich.

Dann kam sie zurück. »Die menschliche Natur kann zerstörerisch sein. Sag mal, glaubst du, dass eine Stadt wie ein Körper ist?«

Julia nickte.

»Und kann der behaupten, Schmerzen zu haben, damit das Gehirn die Droge kriegt, nach der es lechzt?«

»Ja«, sagte Julia sofort.

»Und im Augenblick ist Big Jim Rennie das Gehirn dieser Stadt, nicht wahr?«

»Ja, Schätzchen, das würde ich sagen.«

Andrea saß mit leicht gesenktem Kopf auf der Couch. Nun schaltete sie das kleine Radio aus und stand auf. »Ich denke, ich gehe nach oben ins Bett. Und ich kann vielleicht wirklich schlafen, glaube ich.«

»Das ist gut.« Und ohne bestimmten Grund, den sie hätte nennen können, fragte Julia: »Andi, ist irgendwas passiert, während ich weg war?«

Andrea machte ein überraschtes Gesicht. »Oh, nichts Besonderes. Horace und ich haben Ball gespielt.« Sie bückte sich, ohne eine Miene zu verziehen – eine Bewegung, von der sie noch vor einer Woche behauptet hätte, sie wäre dazu niemals imstande –, und streckte eine Hand aus. Horace kam zu ihr und ließ sich den Kopf streicheln. »Er apportiert wirklich sehr gut.«

2   In ihrem Zimmer setzte Andrea sich aufs Bett, ließ den VADER-Ausdruck aus dem festen braunen Umschlag gleiten und begann, ihn nochmals durchzulesen. Diesmal sehr viel sorgfältiger. Als sie die Unterlagen endlich zurücksteckte, war es fast zwei Uhr morgens. Sie legte den Umschlag in die Schublade ihres Nachttischs. In dieser Schublade lag auch ein Revolver Kaliber .38, den ihr Bruder Douglas ihr vor zwei Jahren zum Geburtstag geschenkt hatte. Sie war entsetzt gewesen, aber Dougie hatte darauf bestanden, eine allein lebende Frau brauche etwas zu ihrem Schutz.

Jetzt griff sie nach der Waffe, klappte die Trommel heraus und prüfte die Kammern. Wie Twitch ihr eingeschärft hatte, war die eine leer, die unter den Hammer gelangen würde, wenn sie das erste Mal abdrückte. Die anderen fünf waren voll. Sie hatte eine ganze Schachtel Munition im Kleiderschrank, aber sie wusste, dass sie keine Chance zum Nachladen bekommen würde. Seine kleine Armee aus Cops würde sie vorher niederstrecken.

Und wenn sie es nicht schaffte, Rennie mit fünf Schüssen zu erledigen, hatte sie es vielleicht ohnehin nicht verdient weiterzuleben.

»Wozu bin ich schließlich clean geworden?«, murmelte sie, als sie den Revolver in die Schublade zurücklegte. Die Antwort schien klar zu sein, seit kein Oxy mehr ihre Gedanken vernebelte: Sie war clean geworden, um treffsicher *schießen* zu können.

»Darauf ein großes Amen«, sagte sie und knipste das Licht aus.

Fünf Minuten später schlief sie fest.

3   Junior war hellwach. Er saß auf dem einzigen Stuhl seines Krankenzimmers am Fenster und beobachtete, wie der bizarre rosa Mond über den Nachthimmel wanderte und hinter einem schwarzen Fleck auf der Kuppel verschwand, der ihm neu war. Diese Verfärbung war größer und vor allem viel höher als die von den Marschflugkörpern zurückgelassenen Flecken. Hatte es während seiner Bewusstlosigkeit einen weiteren Versuch gegeben, den Dome zu durchbrechen? Er wusste es nicht, und das war ihm auch egal. Hauptsache, er war weiter intakt. Andernfalls wäre die Stadt wie Vegas beleuchtet und von GIs überflutet gewesen. Oh, es gab einzelne Lichter, wo ein paar Leute keinen Schlaf fanden, aber im Allgemeinen schlief Chester's Mill. Das war gut, denn er musste über alles Mögliche nachdenken.

Vor allem über *Baaarbie* und Barbies Freunde.

Junior hatte keine Kopfschmerzen, als er so am Fenster saß, und sein Erinnerungsvermögen war zurückgekehrt, aber er war sich darüber im Klaren, dass er krank, sehr krank war. Seine linke Körperhälfte war bis zu den Knien hinunter verdächtig schwach, und aus dem linken Mundwinkel lief ihm hin und wieder etwas Speichel. Wenn er ihn mit der linken Hand abwischte, spürte er manchmal, wie sich Haut an Haut rieb … manchmal aber auch nicht. Außerdem war am linken Rand seines Gesichtsfelds ein dunkler Fleck entstanden. Er war ziemlich groß und hatte die Form eines Schlüssellochs. Als wäre im linken Augapfel etwas gerissen oder geplatzt. Er vermutete, dass diese Annahme zutraf.

Er konnte sich an den wilden Zorn erinnern, der ihn am Dome Day beherrscht hatte; er wusste noch, wie er Angie vor sich her in die Küche getrieben, sie an den Kühlschrank geknallt und ihr sein Knie ins Gesicht gerammt hatte. Er konnte sich an das Geräusch dabei erinnern: als hätte sie hinter ihren Augen einen Teller gehabt, den sein Knie zertrümmert hatte. Dieser Zorn war jetzt abgeklungen. An seine Stelle war eine sanfte Wut getreten, die seinen Körper durchströmte, als entspränge sie einer bodenlosen Quelle tief in seinem Kopf – einer Quelle, die Kühlung und Klarheit zugleich brachte.

Der alte Sack, den Frankie und er am Chester Pond aufgestöbert hatten, war früher am Abend hereingekommen, um ihn zu untersuchen. Der alte Sack hatte ganz professionell getan, seine Temperatur und seinen Blutdruck gemessen, nach seinen Kopfschmerzen gefragt und sogar seine Kniereflexe mit einem Gummihämmerchen geprüft. Als er dann gegangen war, hatte Junior auf dem Flur Stimmen und Lachen gehört. Dabei war auch der Name Barbie gefallen. Junior war zur Tür geschlichen.

Draußen stand der alte Sack mit einer der Lernschwestern, der hübschen Itakerin, die Buffalo oder so ähnlich hieß. Der alte Sack hatte ihr das Oberteil aufgeknöpft und begrapschte ihre Titten. Sie hatte seine Hose geöffnet und wichste ihm den Schwanz. Ein giftgrüner Lichtschein umgab die beiden. »Junior und sein Freund haben mich zusammengeschlagen«, sagte der alte Sack gerade, »aber jetzt ist sein Freund tot, und er hat auch nicht mehr lange zu leben. Befehl von Barbie.«

»Ich lutsche Barbies Schwanz gern wie 'nen Lolli«, sagte das Buffalo-Mädchen, und der alte Sack sagte, das würde er auch gern tun. Aber als Junior dann blinzelte, gingen die beiden nur nebeneinander den Flur entlang. Keine grüne Aura, kein unsittliches Zeug. Vielleicht war das also eine Halluzination gewesen. Andererseits vielleicht auch nicht. Eines stand jedenfalls fest: Sie gehörten alle zusammen. Alle mit *Baaarbie* im Bunde. Er saß im Knast, aber das war nur vorübergehend. Bestimmt wollte er damit Sympathien wecken. Alles Teil von *Baaarbies Plaaan*. Außerdem glaubte er, im Gefängnis vor Junior sicher zu sein.

»Falsch«, flüsterte er, während er am Fenster saß und mit seinem verminderten Sehvermögen in die Nacht hinaussah. *»Falsch.«*

Junior wusste genau, was mit ihm geschehen war; das war ihm plötzlich eingefallen, und die Logik dieser Erklärung war unwiderlegbar. Er litt an einer Thalliumvergiftung wie damals dieser russische Kerl in England. Barbies Erkennungsmarken waren mit Thalliumstaub beschichtet gewesen, und Junior hatte sie angefasst, und jetzt starb er. Und da sein Vater ihn in Barbies Wohnung geschickt hatte, musste auch *er* zu den Verschwörern gehören. Auch er war einer von Barbies ... von seinen ... wie nannte man solche Kerle gleich wieder?

»Schergen«, flüsterte Junior. »Nur ein weiterer von Big Jim Rennies Scherben.«

Sobald man darüber nachdachte – sobald man nüchtern und *klar* überlegte –, war alles ganz logisch. Sein Vater wollte ihn wegen Coggins und Perkins zum Schweigen bringen. Daher die Thalliumvergiftung. So hing alles zusammen.

Draußen trabte ein Wolf über den Parkplatz jenseits des Rasens. Auf dem Rasen selbst lagen zwei nackte Frauen in der 69-Stellung. *Sixtynine, lunchtime!,* hatten Frankie und er als Kids gerufen, wenn sie zwei Mädchen vorbeigehen sehen hatten – ohne zu wissen, was das bedeutete. Außer dass es unanständig war. Eine der Lesben sah wie Sammy Bushey aus. Die Krankenschwester – Ginny, so hieß sie – hatte ihm erzählt, Sammy sei tot, was offenbar eine Lüge war und bedeutete, dass auch Ginny mit dazugehörte, dass sie mit *Baaarbie* unter einer Decke steckte.

Gab es in dieser Stadt überhaupt noch jemanden, der nicht dazugehörte? Von dem Junior *sicher* wusste, dass er nicht auf *Baaarbies* Seite stand?

Ja, er kannte sogar zwei. Die Kinder, die Frank und er draußen am Pond entdeckt hatten: Alice und Aidan Appleton. Er erinnerte sich an ihre ängstlichen Blicke und daran, wie das kleine Mädchen sich an ihn geklammert hatte, als er es auf den Arm genommen hatte. Als er ihr versichert hatte, nun könne ihr nichts mehr passieren, hatte sie gefragt: *Versprochen?,* und Junior hatte Ja gesagt. Dabei hatte er sich richtig gut gefühlt. Auch Alice' vertrauensvolles Gewicht hatte sich gut angefühlt.

Er traf abrupt eine Entscheidung: Er würde Dale Barbara umlegen. Sollte ihm dabei jemand in die Quere kommen, würde er auch ihn ausschalten. Dann würde er seinen Vater aufspüren und erschießen ... etwas, wovon er schon seit Jahren träumte, ohne es sich jemals eingestanden zu haben.

Sobald er damit fertig war, würde er Alice und Aidan aufsuchen. Sollte ihm dabei jemand in die Quere kommen, würde er auch ihn ausschalten. Er würde die Kinder zum Chester Pond mitnehmen und dort draußen für sie sorgen. Er würde sein Versprechen halten, das er Alice gegeben hatte. Wenn er das tat, würde er nicht sterben. Gott würde ihn nicht an Thalliumvergiftung sterben lassen, solange er sich um die beiden Kids kümmerte.

Jetzt kamen Angie McCain und Dodee Sanders, die Cheerleader-Röckchen und Sweater mit dem großen **W** der Mills Wildcats auf der Brust trugen, über den Parkplatz gehüpft. Als sie sahen, dass er sie beobachtete, schwenkten sie die Hüften und hoben ihre Röcke. Ihre verwesenden Gesichter wackelten und schwappten auf und ab. Dabei skandierten sie: »*Mach sie auf, die Speisekammertür! Komm doch rein, wir ficken weiter! Go ... TEAM!*«

Junior schloss die Augen. Öffnete sie wieder. Seine beiden Freundinnen waren verschwunden. Nur eine Halluzination wie der Wolf. Was die 69-Girls betraf, war er sich seiner Sache nicht so sicher.

Vielleicht, überlegte er sich, würde er mit den Kindern doch nicht zum Pond hinausfahren. Der lag ziemlich weit von der Stadt entfernt. Vielleicht würde er sie lieber in die Speisekammer der McCains mitnehmen. Die war näher. Reichlich Vorräte gab es dort auch.

Und sie war vor allem dunkel.

»Ich kümmere mich um euch, Kinder«, sagte Junior. »Ich sorge dafür, dass euch nichts passiert. Sobald Barbie tot ist, bricht die ganze Verschwörung zusammen.«

Wenig später legte er seine Stirn an die Fensterscheibe, und dann schlief auch er.

4   Henrietta Clavards Steißbein mochte nur geprellt statt gebrochen sein, aber es tat trotzdem beschissen weh – mit vierundachtzig, hatte sie festgestellt, tat einfach *alles*, was man sich zuzog, beschissen weh –, und sie glaubte zuerst, sie sei an diesem Donnerstag bei Tagesanbruch von ihrem Hintern aufgewacht. Aber das Tylenol, das sie um drei

Uhr morgens genommen hatte, schien noch zu wirken. Außerdem hatte sie das ringförmige Luftkissen ihres verstorbenen Mannes gefunden (John Clavard hatte an Hämorrhoiden gelitten), das große Erleichterung gebracht hatte. Nein, es war etwas anderes, und bald nach dem Aufwachen wurde ihr bewusst, was es war.

Buddy, der Irish Setter der Freemans, heulte laut. Dabei jaulte Buddy nie. Er war der wohlerzogenste Hund in der Battle Street, einer kurzen Seitenstraße des Catherine Russell Drive. Außerdem lief das Stromaggregat der Freemans nicht mehr. Henrietta hatte den Verdacht, dass sie davon aufgewacht war. Jedenfalls war sie gestern bei seinem gleichmäßigen Arbeitsgeräusch eingeschlafen. Das Gerät gehörte nicht zu den lauten Krawallmachern, die blaue Qualmwolken in die Luft schickten; das Stromaggregat der Freemans gab ein tiefes Brummen von sich, das sogar irgendwie beruhigend war. Henrietta vermutete, dass es ein teures war, aber das konnten die Freemans sich leisten. Will gehörte die Toyota-Vertretung, auf die Big Jim Rennie früher scharf gewesen war, und obwohl der Autohandel schwere Zeiten durchlebte, hatte Will immer über dem Durchschnitt gelegen. Lois und er hatten ihr Haus erst letztes Jahr um einen sehr hübschen und geschmackvollen Anbau erweitert.

Aber dieses *Heulen*. Es klang, als wäre der Hund verletzt. Um ein verletztes Tier hätten nette Leute wie die Freemans sich sofort gekümmert … wieso taten sie es also nicht?

Henrietta stand auf (wobei sie leicht zusammenzuckte, als ihr Hintern das wohltuende Loch im Luftkissen-Donut verließ) und trat ans Fenster. Sie konnte den Split-Level-Bungalow der Freemans sehr gut sehen, obwohl das Morgenlicht nicht scharf und klar war wie sonst Ende Oktober, sondern lustlos grau wirkte. Am Fenster konnte sie Buddy noch besser hören, aber dort drüben war keine Bewegung zu erkennen. Das Haus war stockfinster, nicht einmal eine Coleman-Laterne stand in irgendeinem Fenster. Sie hätte vermutet, die Freemans seien weggefahren, aber beide Wagen standen in der Einfahrt. Und wohin hätten sie auch fahren können?

Buddy heulte weiter.

Henrietta schlüpfte in Morgenmantel und Hausschuhe, dann trat sie ins Freie. Als sie auf dem Gehsteig stand, hielt ein Auto neben ihr. Der Fahrer war Douglas Twitchell, der offenbar ins Krankenhaus wollte. Er hatte gerötete Augen und hielt einen Becher Kaffee aus dem Sweetbriar Rose in der Hand, als er ausstieg.

»Alles in Ordnung, Mrs. Clavard?«

»Ja, aber bei den Freemans stimmt irgendwas nicht. Hören Sie das?«

»Ja.«

»Dann müssten sie selbst es auch hören. Ihre Autos sind da – warum kümmern sie sich dann nicht darum?«

»Ich sehe mal nach.« Twitch trank einen Schluck Kaffee, dann stellte er den Becher auf die Motorhaube seines Wagens. »Sie bleiben hier.«

»Unsinn«, sagte Henrietta Clavard.

Sie gingen ungefähr zwanzig Meter auf dem Gehsteig weiter, dann die Einfahrt der Freemans hinauf. Der Hund heulte und heulte. Trotz der lauen Wärme dieses Morgens lief Henrietta ein kalter Schauder über den Rücken.

»Die Luft ist wirklich schlecht«, sagte sie. »Wie damals in Rumford, als ich jung verheiratet war und alle Papierfabriken noch in Betrieb waren. Das kann für Menschen nicht gesund sein.«

Twitch grunzte, dann klingelte er an der Haustür der Freemans. Als das keine Reaktion auslöste, klopfte er an die Tür und hämmerte schließlich dagegen.

»Vielleicht ist sie nicht abgesperrt«, sagte Henrietta.

»Ich weiß nicht, ob das richtig wäre, Mrs. ...«

»Ach, Unsinn.« Sie drängte sich an ihm vorbei und versuchte, den Türknopf zu drehen. Die Tür ließ sich öffnen. Das Haus dahinter war still und voller dunkler Morgenschatten. »Will?«, rief sie. »Lois? Seid ihr da?«

Keine Antwort, aber weiter unablässiges Heulen.

»Der Hund ist hinter dem Haus«, sagte Twitch.

Geradeaus durchs Haus abzukürzen, wäre schneller gewesen, aber das mochte keiner von ihnen, deshalb gingen sie die Einfahrt entlang weiter und auf dem überdachten Weg zwischen dem Haus und der Garage hindurch, in der Will nicht seine Autos, sondern seine Spielsachen stehen hatte: zwei Schneemobile, ein Quad, eine Enduro von Yamaha und eine üppig ausgestattete Honda Goldwing.

Der Garten hinter dem Haus war von einem Sichtschutzzaun umgeben, dessen Tor auf den überdachten Weg hinausführte. Als Twitch das Zauntor öffnete, wurde er sofort von einem dreißig Kilogramm schweren verzweifelten Setter angesprungen. Er stieß einen überraschten Schrei aus und riss die Hände hoch, aber der Hund wollte ihn nicht beißen; Buddy befand sich ganz im Bitte-rette-mich-Modus. Er stellte seine schmutzigen Pfoten auf die Brust von Twitchs letztem sauberem Kittel und fing an, ihm sabbernd das Gesicht abzulecken.

»Lass das!«, schrie Twitch. Er stieß Buddy weg, der zu Boden ging, aber sofort wieder auf zwei Beinen stand, frische Spuren auf Twitchs Kittel hinterließ und ihm mit einer langen rosa Zunge über die Wange fuhr.

»*Sitz, Buddy, sitz!*«, befahl Henrietta ihm, und der Hund sank sofort auf die Hinterbeine zurück, winselte und sah abwechselnd von einem zum anderen. Unter ihm begann sich eine Lache aus Urin auszubreiten.

»Mrs. Clavard, das sieht nicht gut aus.«

»Nein«, bestätigte Henrietta.

»Vielleicht bleiben Sie lieber bei dem H…«

Henrietta schüttelte nur den Kopf, marschierte in den umzäunten Garten der Freemans und überließ es Twitch, zu ihr aufzuschließen. Buddy schlich mit hängendem Kopf und eingezogenem Schwanz neben ihnen her und winselte untröstlich.

Vor ihnen erstreckte sich eine Natursteinterrasse, auf der ein Gasgrill stand. Der Grill war ordentlich mit einer grünen Plane mit dem Aufdruck DIE KÜCHE IST GESCHLOSSEN abgedeckt. An die Terrasse schloss sich auf dem Rasen eine kleine Plattform aus Redwood mit dem Whirlpool der Freemans an. Als Grund für den Sichtschutzzaun vermutete Twitch, dass sie nackt dahinter sitzen, vielleicht sogar ein bisschen schmusen konnten, wenn sie Lust dazu hatten.

913

Will und Lois saßen jetzt darin, aber ihre Schmusetage waren vorüber. Sie hatten sich durchsichtige Plastikbeutel über den Kopf gezogen. Die Beutel schienen am Hals mit braunem Bindfaden oder Gummibändern zusammengeschnürt zu sein. Sie waren innen beschlagen, aber nicht so sehr, dass Twitch die purpurrot angelaufenen Gesichter nicht hätte erkennen können. Auf dem Redwood-Tablett zwischen den sterblichen Überresten von Will und Lois Freeman standen eine Flasche Whiskey mit zwei Gläsern und daneben ein leeres Medizinfläschchen.

»Stopp«, sagte Twitch. Er wusste nicht, ob er mit sich selbst, mit Mrs. Clavard oder mit Buddy sprach, der eben wieder ein trauriges Heulen ausgestoßen hatte. Die Freemans konnte er jedenfalls nicht gemeint haben.

Aber Henrietta blieb nicht stehen. Sie marschierte unbeirrbar zum Whirlpool weiter, stieg in kerzengerader Haltung die beiden Stufen zur Wanne hinauf, betrachtete die verfärbten Gesichter ihrer durchaus netten (und durchaus normalen, hätte sie gesagt) Nachbarn, warf einen Blick auf die Whiskeyflasche, sah, dass es Glenlivet war (wenigstens waren sie stilvoll aus dem Leben geschieden), und griff dann nach dem Medizinfläschchen mit dem Etikett von Sanders Hometown Drug.

»Ambien oder Lunesta?«, fragte Twitch bedrückt.

»Ambien«, sagte sie und war selbst überrascht, wie normal ihre Stimme klang. »Ihres. Vermutlich haben sie es sich letzte Nacht geteilt.«

»Sehen Sie einen Abschiedsbrief?«

»Nicht hier«, sagte sie. »Vielleicht im Haus.«

Aber sie fanden keinen, zumindest an keinem der logischen Orte, und beide konnten sich keinen Grund dafür vorstellen, einen Abschiedsbrief zu verstecken. Buddy folgte ihnen von Zimmer zu Zimmer – nicht mehr jaulend, sondern tief hinten in der Kehle winselnd.

»Ihn nehme ich wohl am besten mit«, sagte Henrietta.

»Das müssen Sie. Ins Krankenhaus kann ich ihn nicht mitnehmen. Ich rufe Stewart Bowie an, damit er kommt und sie … abholt.« Er wies mit einem Daumen über die Schulter.

Sein Magen rebellierte, aber das war nicht das Schlimmste; viel schlimmer war die Depression, die von ihm Besitz ergriff, sich wie Mehltau auf sein sonst so fröhliches Gemüt legte.

»Ich verstehe nicht, weshalb sie das getan haben«, sagte Henrietta. »Hätten wir schon ein Jahr unter der Kuppel gelebt ... oder auch nur einen Monat ... ja, vielleicht. Aber nach weniger als einer Woche? Das ist nicht die Art, wie Menschen mit stabiler Psyche auf Krisen reagieren.«

Twitch glaubte ihr Motiv zu verstehen, aber er wollte es Henrietta nicht erklären: Sie *würden* einen Monat, sie *würden* ein Jahr unter der Kuppel leben. Vielleicht länger. Und das ohne Regen, mit schwindenden Ressourcen und weiter abnehmender Luftqualität. Wenn das technologisch führende Land der Welt bisher nicht hatte feststellen können, was Chester's Mill zugestoßen war (von einer Lösung des Problems ganz zu schweigen), würde der Durchbruch nicht so bald kommen.

Das musste Will Freeman erkannt haben. Oder vielleicht war es Lois' Idee gewesen. Vielleicht hatte sie gesagt, als ihr Stromaggregat ausgefallen war: *Komm, wir machen's, bevor das Wasser im Whirlpool kalt wird, Schatz. Wir wollen die Kuppel verlassen, solange wir noch satt sind. Was hältst du davon? Ein letztes Bad, dazu ein paar Drinks, die uns den Abschied erleichtern.*

»Vielleicht hat das Flugzeug ihnen den Rest gegeben«, sagte Twitch. »Der Air-Ireland-Flug, der gestern am Dome zerschellt ist.«

Henrietta antwortete nicht mit Worten; sie räusperte sich nur und spuckte Schleim in den Küchenausguss. Das war eine leicht schockierende Form der Zurückweisung. Sie traten wieder ins Freie.

»Das werden noch mehr Leute tun, nicht wahr?«, fragte sie, als sie das Ende der Einfahrt erreichten. »Weil Selbstmord manchmal in der Luft liegt. Wie Erkältungskeime.«

»Ein paar haben es schon getan.« Twitch wusste nicht, ob Selbstmord schmerzlos war, wie es in dem Song hieß, aber unter den richtigen Umständen konnte er bestimmt ansteckend sein. Vielleicht besonders ansteckend, wenn die Umstände einzigartig waren und die Luft so schlecht zu riechen begann wie an diesem windstillen, unnatürlich warmen Morgen.

»Selbstmörder sind Feiglinge«, sagte Henrietta. »Von dieser Regel gibt's keine Ausnahme, Douglas.«

Twitch, dessen Vater langsam und qualvoll an Magenkrebs gestorben war, hatte seine Zweifel daran, sagte aber nichts.

Henrietta stützte die Hände auf ihre knochigen Knie und beugte sich zu Buddy hinunter. Der Setter machte einen langen Hals, um sie zu beschnüffeln. »Komm mit nach nebenan, mein rothaariger Freund. Ich habe noch drei Eier. Die kannst du haben, bevor sie schlecht werden.«

Sie wollte davongehen, dann drehte sie sich noch einmal zu Twitch um. *»Sie sind Feiglinge«*, sagte sie und betonte dabei jedes einzelne Wort.

5   Jim Rennie entließ sich selbst aus dem Cathy Russell, schlief fest in seinem eigenen Bett und wachte erfrischt auf. Obwohl er das nie zugegeben hätte, war dafür auch sein Wissen verantwortlich, dass Junior aus dem Haus war.

Jetzt, um acht Uhr, parkte sein schwarzer Hummer in der Nähe des Sweetbriar Rose (vor einem Hydranten, aber zum Teufel damit, wenn's doch keine Feuerwehr gab). Er frühstückte mit Peter Randolph, Mel Searles, Freddy Denton und Carter Thibodeau. Carter hatte seinen inzwischen gewohnten Platz rechts neben Big Jim eingenommen. An diesem Morgen trug er zwei Waffen: seine eigene Pistole an der Hüfte und Linda Everetts vor Kurzem zurückgegebene Beretta Taurus in einem Schulterhalfter.

Das Quintett hatte die Stammgäste bedenkenlos vertrieben und den Dummschwätzertisch im rückwärtigen Teil des Restaurants übernommen. Rose weigerte sich, in seine Nähe zu kommen; sie schickte Anson als Bedienung hin.

Big Jim bestellte drei Spiegeleier, eine Doppelportion Bratwürstchen und in Schinkenfett gebratenen Toast, wie seine Mutter ihn immer gemacht hatte. Er wusste, dass er weniger Cholesterin zu sich nehmen sollte, aber heute würde er alles an Energie brauchen, was er in sich hineinstopfen konnte. Nicht nur heute, sondern auch in den nächsten Tagen; danach würde alles unter Kontrolle sein. Dann konnte er sich um sein Cholesterin kümmern (eine Fabel, die er sich schon seit zehn Jahren selbst erzählte).

»Wo sind die Bowies?«, fragte er Carter. »Ich wollte die verflixten Bowies dabeihaben – wo sind sie also?«

»Sind in die Battle Street gerufen worden«, sagte Carter. »Das Ehepaar Freeman hat Selbstmord verübt.«

»Dieser Schwachkopf ist freiwillig abgetreten?«, rief Big Jim aus. Die wenigen anderen Gäste – die meisten an der Theke, wo CNN lief – drehten sich nach ihm um, dann sahen sie wieder weg. »Da haben wir's! Das überrascht mich nicht im Geringsten!« Ihm fiel ein, dass er jetzt mühelos die Toyota-Vertretung übernehmen konnte ... aber was sollte er damit? Ihm war weit größere Beute in den Schoß gefallen: die ganze Stadt. Er hatte bereits angefangen, eine Liste von Notverordnungen zusammenzustellen, die er erlassen würde, sobald die Bürgerschaft ihm unbegrenzte Vollmachten verlieh. Das würde heute Abend geschehen. Und außerdem hatte er diesen hochnäsigen Dreckskerl Freeman und seine vollbusige Reimt-sich-auf-Lampe-Frau seit Urzeiten gehasst.

»Jungs, Lois und er frühstücken im Himmel.« Er machte eine Pause, dann brach er in Lachen aus. Nicht gerade politisch korrekt, aber er konnte einfach nicht anders. »Am Dienstbotentisch, möchte ich wetten.«

»Während die Bowies dort draußen waren, haben sie einen weiteren Anruf bekommen«, sagte Carter. »Dinsmore-Farm. Ein weiterer Selbstmord.«

»Wer?«, fragte Chief Randolph. »Alden?«

»Nein. Seine Frau. Shelley.«

Das *war* tatsächlich irgendwie bedauerlich. »Lasst uns einen Augenblick den Kopf senken«, sagte Big Jim und streckte die Hände aus. Carter ergriff eine; Mel Searles nahm die andere; Randolph und Denton schlossen den Kreis.

»OHerr bittesegnediesearmenSeelen umChristiwillenamen«, sagte Big Jim und hob wieder den Kopf. »Zuerst was Geschäftliches, Peter.«

917

Randolph zog sein Notizbuch aus der Tasche. Carters Notizbuch lag schon neben seinem Teller; Big Jim gefiel der Junge immer besser.

»Ich habe das verschwundene Propangas entdeckt«, verkündete Big Jim. »Es lagert draußen beim WCIK.«

»Herr des Himmels!«, sagte Randolph. »Wir müssen ein paar Lastwagen hinschicken und es holen lassen.«

»Ja, aber nicht heute«, sagte Big Jim. »Morgen, während alle ihre Angehörigen besuchen. Ich habe schon alles vorbereitet. Die Bowies und Roger fahren wieder hinaus, aber wir brauchen auch ein paar Officers. Fred, Sie und Mel. Dazu vier bis fünf weitere. Aber nicht Sie, Carter, Sie bleiben bei mir.«

»Wozu brauchen Sie Cops, um ein paar Gastanks abtransportieren zu lassen?«, fragte Randolph.

»Nun«, sagte Jim und wischte mit einem Stück Toast etwas Eigelb auf, »das hängt wieder mit unserem Freund Dale Barbara und seinen Plänen zur Destabilisierung dieser Stadt zusammen. Dort draußen sind ein paar Bewaffnete stationiert, die anscheinend eine Art Drogenlabor bewachen sollen. Ich glaube, dass Barbara es schon lange betrieben hat, bevor er dann in Person aufgekreuzt ist; diese Sache war von langer Hand geplant. Einer der gegenwärtigen Bewacher ist Philip Bushey.«

»*Dieser* Loser«, grunzte Randolph.

»Der andere, ich sag's nicht gern, ist Andy Sanders.«

Randolph hatte Pommes frites aufgespießt. Jetzt ließ er scheppernd seine Gabel fallen. »*Andy!*«

»Traurig, aber leider wahr. Es war Barbara, der ihn in dieses Geschäft hineingezogen hat – das weiß ich aus guter Quelle, aber verlangt bitte keinen Namen; mein Informant will anonym bleiben.« Big Jim seufzte, dann stopfte er sich das Stück Toast mit Eigelb in die Futterluke. *Gott,* wie gut er sich heute Morgen fühlte! »Bestimmt hat Andy das Geld gebraucht. Soviel ich weiß, war die Bank kurz davor, seinen Drugstore zwangszuversteigern. Er hat eben *nie* viel vom Geschäft verstanden.«

»Oder von Stadtverwaltung«, warf Freddy Denton ein.

918

Normalerweise gefiel es Big Jim nicht, von Untergebenen unterbrochen zu werden, aber an diesem Morgen machte ihm alles Spaß. »Stimmt leider«, sagte er, dann beugte er sich vertraulich über den Tisch, so gut sein Wanst das zuließ. »Bushey und er haben auf einen der Lastwagen geschossen, die ich gestern rausgeschickt habe. Haben ihm die Vorderreifen zerschossen. Diese beiden Irren sind gefährlich.«

»Bewaffnete Drogensüchtige«, sagte Randolph. »Ein Alptraum für jede Polizei. Die Männer, die dort hinausfahren, müssen Kevlarwesten tragen.«

»Gute Idee.«

»Und ich kann nicht für Andys Sicherheit garantieren.«

»Gott segne Sie, das weiß ich. Tun Sie, was Sie tun müssen. Wir brauchen dieses Propan. Die Stadt verzehrt sich danach, und ich werde heute Abend auf der Versammlung bekanntgeben, dass wir neue Vorräte entdeckt haben.«

»Kann ich wirklich nicht mit, Mr. Rennie?«, fragte Carter.

»Ich weiß, dass das eine Enttäuschung für dich ist, aber ich möchte dich morgen bei mir haben, nicht irgendwo dort draußen, wo die große Besucherparty stattfindet. Randolph auch, denke ich. Irgendjemand muss diese Sache koordinieren, die sonst bestimmt in ein Kuddelmuddel ausartet. Wir müssen verhindern, dass Leute totgetrampelt werden. Trotzdem werden vermutlich ein paar daran glauben müssen, weil die Leute sich einfach nicht benehmen können. Am besten schicken wir Twitchell gleich mit seinem Krankenwagen hinaus.«

Carter notierte sich das.

Während er schrieb, wandte Big Jim sich nochmals an Randolph. Sein Gesicht war in tiefe Sorgenfalten gelegt. »Es widerstrebt mir, das sagen zu müssen, Peter, aber mein Informant hat angedeutet, auch Junior könnte mit dem Drogenlabor zu tun gehabt haben.«

»Junior?«, fragte Mel. »Nein, nicht *Junior.*«

Big Jim nickte, dann fuhr er sich mit dem Handballen über ein trockenes Auge. »Ich kann's auch kaum glauben. Ich will es nicht glauben, aber ihr wisst doch, dass er im Krankenhaus ist?«

Sie nickten.

»Überdosis«, flüsterte Rennie und lehnte sich noch etwas weiter über den Tisch. »Das scheint die wahrscheinlichste Erklärung für seinen jetzigen Zustand zu sein.« Er setzte sich auf und fixierte wieder Randolph. »Versucht nicht, die normale Zufahrt zu benutzen, damit rechnen sie. Ungefähr eine Meile östlich des Senders gibt's eine Forststraße …«

»Die kenne ich«, sagte Freddy. »Der Wald dort draußen hat Sloppy Sam Verdreaux gehört, bis die Bank ihn sich zurückgeholt hat. Das ganze Gebiet gehört jetzt der Erlöserkirche, glaub ich.«

Big Jim nickte lächelnd, obwohl das Land in Wirklichkeit einem in Nevada eingetragenen Unternehmen gehörte, dessen Präsident er war. »Benutzt diese Straße, nähert euch dem Sender von hinten. Zum Ende hin ist es nur noch eine Fahrspur, aber ihr habt bestimmt keine Schwierigkeiten.«

Big Jims Handy klingelte. Er sah aufs Display, ließ es zunächst weiterklingeln, bis die Mailbox aktiviert wurde, und dachte dann: *Warum nicht?* Heute Morgen fühlte er sich so gut, dass es ihn vielleicht sogar amüsieren würde, Cox mit Schaum vor dem Mund zu hören.

»Hier ist Rennie. Was wollen Sie, Colonel Cox?«

Als er dann zuhörte, schwand sein Lächeln immer mehr.

»Woher weiß ich, dass Sie mir in diesem Punkt die Wahrheit erzählen?«

Rennie hörte noch etwas länger zu, dann beendete er das Gespräch, ohne sich zu verabschieden. Er saß einen Augenblick lang stirnrunzelnd da, während er verarbeitete, was er soeben gehört hatte. Dann hob er den Kopf und sprach Randolph an. »Haben wir einen Geigerzähler? Vielleicht in dem Atombunker?«

»Puh, das weiß ich nicht. Das müsste Al Timmons wissen.«

»Finden Sie ihn, damit er nachsieht.«

»Ist das wichtig?«, fragte Randolph, während Carter sich gleichzeitig erkundigte: »Geht's um Strahlung, Boss?«

»Kein Grund zur Sorge«, wehrte Big Jim ab. »Er will mich

920

nur ausflippen lassen, wie Junior sagen würde. Davon bin ich überzeugt. Aber kümmern Sie sich trotzdem um den Geigerzähler. Falls wir einen haben – und er noch funktioniert –, bringen Sie ihn mir.«

»Okay«, sagte Randolph sichtbar ängstlich.

Big Jim wünschte sich jetzt, er hätte diesen Anruf doch nicht entgegengenommen. Oder zumindest den Mund gehalten. Searles würde herumerzählen, was er gehört hatte, und ein Gerücht in die Welt setzen. Verflixt, das würde sogar *Randolph* tun. Und wahrscheinlich steckte nicht mehr dahinter, als dass dieser Pentagonbonze versuchte, ihm einen schönen Tag zu verderben. Den vielleicht wichtigsten Tag seines Lebens.

Zumindest Freddy Denton hatte sein bisschen Verstand weiter auf das eigentliche Thema konzentriert. »Wann sollen wir den Sender besetzen, Mr. Rennie?«

Big Jim rief sich ins Gedächtnis zurück, was er über den zeitlichen Ablauf des Besuchstags wusste, dann lächelte er. Das war ein ungekünsteltes Lächeln, das auf seinen leicht fettigen Wangen gutgelaunte Fältchen erzeugte und seine kleinen Zähne sehen ließ. »Um zwölf Uhr. Bis dahin sind alle auf dem Highway 119 und schwatzen, und die restliche Stadt ist leer. Also greift ihr an und erledigt diese Armleuchter, die auf unserem Propan sitzen, um zwölf Uhr mittags. Genau wie in einem dieser alten Western.«

6   Um Viertel nach elf an diesem Donnerstagvormittag war der Lieferwagen des Sweetbriar Rose langsam auf der Route 119 nach Süden unterwegs. Morgen würde diese Straße mit Autos verstopft sein und nach Auspuffgasen stinken, aber heute war sie fast unheimlich leer. Rose fuhr selbst. Ernie Calvert saß auf dem Beifahrersitz. Norrie, die zwischen ihnen auf der Motorverkleidung hockte, hielt ihr Skateboard an sich gepresst, das übersät war mit Aufklebern von längst nicht mehr existierenden Punk-Bands wie Stalag 17 und The Dead Milkmen.

»Die Luft riecht so *schlecht*«, sagte Norrie.

»Das kommt vom Prestile, Schätzchen«, sagte Rose. »Wo er früher nach Motton weitergeflossen ist, hat er sich in einen großen stinkenden Sumpf verwandelt.« Sie wusste natürlich, dass dies nicht nur der Gestank eines sterbenden Flusses war, aber das sagte sie nicht. Sie mussten atmen, deshalb hatte es keinen Zweck, sich darüber Sorgen zu machen, was sie vielleicht einatmeten. »Hast du mit deiner Mutter gesprochen?«

»Ja«, sagte Norrie bedrückt. »Sie kommt, aber sie ist von der Idee nicht sehr begeistert.«

»Bringt sie mit, was sie an Lebensmitteln im Haus hat, wenn es so weit ist?«

»Ja. Im Kofferraum unseres Autos.« Norrie fügte jedoch nicht hinzu, dass Joanie Calvert zuerst ihre Schnapsvorräte einladen würde; Lebensmittel würden die zweite Geige spielen. »Was ist mit der Strahlung, Rose? Wir können nicht jedes Auto, das dort rauffährt, mit Bleiblech auskleiden.«

»Wenn Leute nur ein- oder zweimal hinauffahren, dürfte ihnen nichts passieren.« Darüber hatte Rose sich im Internet sachkundig gemacht. Seitdem wusste sie auch, dass Strahlensicherheit von der Stärke der Strahlung abhing, aber sie sah keinen Sinn darin, andere mit Dingen zu beunruhigen, die sich ihrer Kontrolle entzogen. »Wichtig ist, dass man der Strahlung nicht lange ausgesetzt ist … und Joe sagt, der Gürtel ist nicht breit.«

»Joeys Mutter wird nicht kommen wollen«, sagte Norrie.

Rose seufzte. Das wusste sie. Der Besuchstag hatte Vor- und Nachteile. Er konnte ihr Verschwinden tarnen, aber wer draußen Angehörige hatte, würde sie sehen wollen. *Vielleicht wird McClatchey zufällig nicht ausgelost,* dachte sie.

Vor ihnen lag Jim Rennie's Used Cars mit der großen Werbetafel: BIG JIM LÄSST SIE ROLLEN! **FRAGEN $IE UN$ NACH FINANZIERUNG!**

»Denk daran, dass …«, begann Ernie.

»Ich weiß«, sagte Rose. »Falls jemand da sein sollte, kehre ich vor der Einfahrt um und fahre in die Stadt zurück.«

Aber bei Rennie's waren alle Parkplätze NUR FÜR MITARBEITER leer, der Ausstellungsraum war verlassen, und am Haupteingang hing ein Schild mit der Mitteilung BIS AUF WEITERES GESCHLOSSEN! Rose fuhr rasch nach hinten weiter. Dort waren Reihen von Pkws und Pick-ups mit Schildern hinter den Windschutzscheiben geparkt, auf denen der Preis und Slogans wie PREISKNÜLLER und TOP GEPFLEGT und HE, GEFÄLLT DIR MEIN LOOK? standen (wobei die beiden O als sexy Mädchenaugen mit langen Wimpern ausgemalt waren). Dies waren die ramponierten Arbeitspferde in Big Jims Stall, kein Vergleich zu den eleganten Vollblütern aus Detroit und Deutschland, die vor dem Ausstellungsraum standen. Ganz hinten an dem Maschendrahtzaun, der Big Jims Verkaufsplatz von einem mit Müll übersäten niedrigen Wäldchen trennte, standen Kastenwagen aufgereiht, von denen einige noch das AT&T-Logo trugen.

»Die meine ich«, sagte Ernie. Er griff hinter seinen Sitz und holte einen langen dünnen Metallstreifen hervor.

»Das ist ein Slim Jim«, sagte Rose trotz ihrer Nervosität amüsiert. »Wie kommst du zu einem Slim Jim, Ernie?«

»Aus der Zeit, als ich noch in der Food City gearbeitet habe. Du würdest staunen, wie viele Leute ihre Schlüssel in ihrem Wagen einsperren.«

»Wie willst du den Motor anlassen, Grampa?«, fragte Norrie.

Ernie lächelte schwach. »Mir fällt schon was ein. Hier anhalten, Rose.«

Er stieg aus und trabte zu dem ersten Van – erstaunlich leichtfüßig für einen Mann, der bald siebzig wurde. Er sah durchs Fenster, schüttelte den Kopf und ging weiter. Dann zu dem dritten Wagen, der aber einen Platten hatte. Nachdem er ins vierte Fahrzeug gesehen hatte, drehte er sich zu Rose um und reckte einen Daumen hoch. »Okay, Rose. Verschwinde!«

Rose konnte sich denken, dass Ernie seine Enkelin nicht sehen lassen wollte, wie er den Innenraumöffner benutzte. Das fand sie rührend. Sie fuhr wieder nach vorn zur Ausfahrt, ohne ein Wort zu sagen. Dort hielt sie erneut. »Ist das wirklich eine gute Idee, Schätzchen?«

»Ja«, sagte Norrie, als sie ausstieg. »Sollte er den Motor nicht in Gang kriegen, gehen wir einfach zu Fuß in die Stadt zurück.«

»Das sind fast drei Meilen. Kann er das?«

Norrie war ziemlich blass um die Nase, aber sie rang sich ein Lächeln ab. »Grampa ist besser zu Fuß als ich. Er wandert jeden Tag ein paar Meilen – weil das die Gelenke ölt, sagt er. Fahr jetzt los, bevor jemand kommt und dich hier sieht.«

»Du bist ein tapferes Mädchen«, sagte Rose.

»Ich *fühle* mich nicht tapfer.«

»Das tun tapfere Leute nie, Schatz.«

Rose fuhr in Richtung Stadt davon. Norrie sah ihr nach, bis sie außer Sicht war, dann begann sie, auf der Asphaltfläche vor dem Verkaufsraum lässige Flips und Rauten zu fahren. Wegen des leichten Gefälles musste sie nur in einer Richtung anschieben ... obwohl sie so aufgedreht war, dass sie ihr Skateboard den ganzen Town Common Hill hätte hinaufschieben können, ohne etwas zu spüren. Teufel, im Augenblick hätte sie vermutlich nicht mal ein Assknife gespürt. Und wenn jemand vorbeigekommen wäre? Nun, sie war mit ihrem Grampa hergewandert, weil er sich ein paar Vans ansehen wollte. Sie wartete hier auf ihn, und dann würden sie in die Stadt zurücklaufen. Grampa wanderte gern, das wusste jeder. Um die Gelenke zu ölen. Nur glaubte Norrie, dass das nicht der wahre Grund war, nicht einmal der Hauptgrund. Mit dem Wandern hatte er angefangen, als Gramma immer verwirrter wurde (niemand hatte offen gesagt, dass sie Alzheimer hatte, obwohl das jeder wusste). Norrie glaubte, dass er seinen Kummer wegwandern wollte. War das überhaupt möglich? Warum nicht? Sie wusste, dass es in ihrem Inneren nur Platz für Freude und Angst gab, wenn ihr im Oxforder Skatepark ein geiler Doublekink gelang, und dass die Freude dann übermächtig war. Die Angst blieb in irgendeine hintere Ecke verbannt.

Nach kurzer Zeit, die ihr lang erschien, kam der ehemalige Servicewagen von AT&T mit Grampa am Steuer hinter dem Gebäude hervorgerollt. Norrie klemmte sich ihr Board unter den Arm und stieg rasch ein. Ihre erste Fahrt in einem gestohlenen Auto!

»Grampa, du bist echt krass«, sagte sie und gab ihm einen Kuss.

7   Joe McClatchey war gerade unterwegs in die Küche, um sich eine der letzten Dosen Apfelsaft aus ihrem nicht mehr arbeitenden Kühlschrank zu holen, als er seine Mutter *Bump* sagen hörte und stehen blieb.

Er wusste, dass seine Eltern sich als Studenten an der University of Maine kennengelernt hatten, wo Sam McClatcheys Freunde ihn Bump genannt hatten, aber seine Mutter nannte ihn kaum mehr so, und wenn doch, lachte sie und errötete leicht, als hätte dieser Spitzname irgendeine unanständige Nebenbedeutung. Davon wusste Joe nichts. Aber er wusste, dass sie durcheinander sein musste, wenn sie versehentlich diesen alten, fast vergessenen Namen benutzte.

Joe trat etwas näher an die Küchentür heran. Der Türstopper hielt sie offen, und er konnte seine Mutter und Jackie Wettington sehen, die heute statt ihrer Uniform ausgebleichte Jeans und eine Bluse trug. Hätten sie aufgeblickt, hätten sie ihn sehen können. Er hatte nicht die Absicht, sie heimlich zu belauschen; das wäre uncool gewesen, vor allem wenn seine Mutter durcheinander war, aber vorläufig sahen die beiden nur einander an. Sie saßen am Küchentisch. Jackie hielt Claires Hände in ihren. Als Joe sah, dass seine Mutter Tränen in den Augen hatte, hätte er am liebsten auch geweint.

»Das darfst du nicht«, sagte Jackie eben. »Ich weiß, dass du das möchtest, aber du darfst es nicht. Sonst ist unser Vorhaben heute Abend gefährdet.«

»Kann ich ihn nicht wenigstens anrufen und ihm erklären, wieso ich nicht kommen kann? Oder ihm eine Mail schicken? Das könnte ich tun!«

Jackie schüttelte den Kopf. Sie wirkte freundlich, aber bestimmt. »Er könnte jemandem davon erzählen, und so könnte Rennie davon erfahren. Wenn Rennie etwas wittert, bevor wir Barbie und Rusty befreien, kann das Ganze in einer Katastrophe enden.«

»Wenn ich ihm sage, dass er kein Sterbenswörtchen erzählen darf ...«

»Verstehst du das nicht, Claire? Hier steht zu viel auf dem Spiel. Das Leben zweier Männer. Auch unseres.« Sie machte eine Pause. »Das deines Sohns.«

Claire ließ die Schultern hängen, dann richtete sie sich wieder etwas auf. »Gut, dann nehmt Joe mit. Ich komme nach dem Besuchstag nach. Mich wird Rennie niemals verdächtigen; ich kenne Dale Barbara ja überhaupt nicht, und Rusty ist nur eine Grußbekanntschaft. Mein Arzt ist Dr. Hartwell drüben in Castle Rock.«

»Aber Joe kennt *Barbie*«, sagte Jackie geduldig. »Joe hat die Live-Übertragung vom Einschlag der Marschflugkörper organisiert. Und Big Jim weiß das. Glaubst du nicht auch, dass er dich einsperren und verhören würde, bis du ihm sagst, wohin wir abgehauen sind?«

»Das täte ich nicht«, antwortete Claire. »Das würde ich ihm *niemals* sagen.«

Joe kam in die Küche. Claire fuhr sich mit einer Hand über die Augen und versuchte zu lächeln. »Hi, Schatz. Wir sprechen gerade über den Besuchstag und ...«

»Mama, er würde dich vielleicht nicht nur verhören«, sagte Joe. »Er würde dich vielleicht *foltern.*«

Sie war sichtlich schockiert. »Oh, das würde er *nicht* tun. Ich weiß, dass er kein netter Mann ist, aber er ist schließlich einer der Stadtverordneten und ...«

»Er *war* ein Stadtverordneter«, sagte Jackie. »Jetzt versucht er, sich zum Diktator aufzuschwingen. Und früher oder später redet jeder. Möchtest du, dass Joe irgendwo anders ist und sich vorstellt, wie dir die Fingernägel herausgerissen werden?«

»Schluss jetzt!«, sagte Claire. »Das ist grässlich!«

Jackie ließ ihre Hände nicht los, als Claire sie ihr zu entziehen versuchte. »Hier geht es um alles oder nichts, und wir können uns keinen Fehlschlag mehr leisten. Diese Sache ist in Gang, wir dürfen sie nicht selbst behindern. Würde es

Barbie gelingen, ohne unsere Hilfe auszubrechen, würde Big Jim ihn vielleicht sogar laufen lassen. Weil jeder Diktator einen Buhmann braucht. Aber hier geht's nicht nur um ihn, nicht wahr? Und das bedeutet, dass er versuchen wird, uns aufzuspüren und umzulegen.«

»Ich wollte, ich hätte nie mitgemacht. Ich wollte, ich wäre nicht zu dieser Versammlung gegangen und hätte Joe nie aus dem Haus gelassen.«

»Aber wir müssen ihn stoppen!«, protestierte Joe. »Mr. Rennie versucht, The Mill in einen, du weißt schon, Polizeistaat zu verwandeln.«

»Ich kann niemanden stoppen!«, jammerte Claire. »Ich bin eine gottverdammte *Hausfrau*!«

»Falls dir das ein Trost ist«, sagte Jackie, »war dein Ticket für diesen Trip praktisch in dem Augenblick gelöst, in dem die Kinder den Generator entdeckt hatten.«

»Das ist *kein* Trost. Überhaupt keiner!«

»In gewisser Beziehung haben wir sogar Glück gehabt«, behauptete Jackie. »Wir haben noch nicht allzu viele Unbeteiligte in diese Sache hineingezogen – wenigstens bisher.«

»Rennie und seine Polizeistreitmacht spüren uns auf jeden Fall auf«, sagte Claire. »Weißt du das nicht? The Mill ist schließlich nicht unendlich groß.«

Jackie lächelte humorlos. »Bis dahin sind wir mehr. Mit mehr Waffen. Und das weiß Rennie dann auch.«

»Wir müssen so schnell wie möglich den Sender besetzen«, sagte Joe. »Die Leute müssen unsere Version der Ereignisse hören. Wir müssen die Wahrheit verbreiten.«

Jackies Augen blitzten. »Das ist eine verdammt gute Idee, Joe.«

»Großer Gott«, sagte Claire. Sie schlug die Hände vors Gesicht.

8 Ernie stieß mit dem Servicewagen rückwärts an die Laderampe von Burpee's heran. *Jetzt bin ich ein Verbrecher,* dachte er, *und meine zwölfjährige Enkelin ist meine Komplizin. Oder ist sie inzwischen dreizehn?* Aber das spielte keine

Rolle; er glaubte nicht, dass Peter Randolph sie als Jugendliche behandeln würde, falls sie geschnappt wurden.

Rommie öffnete das rückwärtige Tor, sah, dass sie es waren, und kam mit den Armen voller Waffen auf die Rampe. »Irgendwelche Probleme?«

»Überhaupt keine«, sagte Ernie und ging die wenigen Stufen zur Rampe hinauf. »Die Straßen sind menschenleer. Hast du noch mehr Waffen?«

»Ja, ein paar. Drinnen neben dem Tor. Du kannst auch mithelfen, Norrie.«

Norrie trug zwei Gewehre hinaus und gab sie ihrem Grampa, der sie hinten im Van verstaute. Rommie schob ein Wägelchen mit einem Dutzend Bleiblechrollen auf die Laderampe hinaus. »Die brauchen wir nicht gleich zu zerteilen«, sagte er. »Ich schneide nur ein paar Stücke für die Fenster zurecht. Die Windschutzscheibe verkleiden wir später. Wir lassen einen Sehschlitz – wie bei einem alten Sherman-Panzer –, damit wir noch fahren können. Norrie, während Ernie und ich das machen, kannst du vielleicht den anderen Wagen rausschieben. Sollte er zu schwer sein, lässt du ihn einfach stehen, und wir holen ihn später.«

Das zweite Wägelchen war mit Lebensmittelkartons beladen, hauptsächlich Konserven oder für Camper bestimmte Konzentrate in Beuteln. Ein Karton war mit einem billigen Getränkemix in Papiertüten vollgestopft. Der Wagen war schwer, aber als er sich erst einmal in Bewegung gesetzt hatte, rollte er überraschend leicht. Ihn wieder anzuhalten, war eine andere Sache, und wenn Rommie sich nicht in der Hecktür des Vans stehend dagegengestemmt hätte, wäre der kleine Wagen vermutlich von der Rampe gekippt.

Ernie war gerade damit fertig, die Heckscheiben des Vans mit Bleiblech zu verkleiden, das von reichlich Abdeckband gehalten wurde. Jetzt wischte er sich den Schweiß von der Stirn und sagte: »Das ist verdammt riskant, Burpee – wir wollen in einer gottverdammten Kolonne zur Obstplantage der McCoys rausfahren.«

Rommie zuckte mit den Schultern, dann begann er Lebensmittelkartons einzuladen, die er entlang den Wänden aufstellte, sodass die Mitte für die Fahrgäste frei blieb, die sie hoffentlich später transportieren würden. Auf seinem Hemdrücken breitete sich ein baumförmiger Schweißfleck aus. »Wir können bloß hoffen, dass die große Versammlung uns tarnt, wenn wir schnell und leise sind. Etwas anderes bleibt uns kaum übrig.«

»Kriegen Julia und Mrs. McClatchey auch Bleiblech an ihre Fenster?«, fragte Norrie.

»Ja. Heute Nachmittag. Ich helfe ihnen dabei. Und danach müssen sie ihre Wagen hier stehen lassen. Dürfen nicht mit Autofenstern, die mit Blei abgedeckt sind, in der Stadt rumfahren – das würde die Leute neugierig machen.«

»Was ist mit deinem Esplanade?«, fragte Ernie. »Der könnte diesen Rest schlucken, ohne auch nur hicksen zu müssen. Deine Frau könnte ihn her…«

»Misha kommt nicht mit«, sagte Rommie. »Will nichts damit zu tun haben, sie. Ich hab sie gefragt, praktisch auf den Knien angefleht, aber das hätt ich mir sparen können. Ich hab's wohl geahnt, denn ich hab ihr nicht mehr erzählt, als sie schon wusste … das ist nicht viel, aber es reicht aus, um sie in Schwierigkeiten zu bringen, wenn Rennie sie sich vorknöpft. Aber das sieht sie nicht ein, sie.«

»Warum nicht?«, fragte Norrie mit großen Augen. Dass diese Frage ungehörig war, merkte sie erst, als die Worte heraus waren und sie Grampas Stirnrunzeln sah.

»Weil sie mein kleiner Dickkopf ist. Ich hab sie gewarnt, dass sie zu Schaden kommen könnte. ›Sollen sie's nur versuchen‹, hat sie gesagt. Das ist meine Misha! Teufel, vielleicht fahr ich später heimlich hin und frag sie nochmal. Vielleicht ändert sie ihre Meinung – das ist schließlich das Vorrecht der Frauen. Kommt, wir laden noch ein paar Kartons ein. Und stell die Waffen nicht zu, Ernie. Vielleicht brauchen wir sie.«

»Ich kann nicht glauben, dass ich dich in diese Sache mit hineingezogen habe, Kiddo«, sagte Ernie.

»Schon okay, Grampa. Ich bin lieber dabei als draußen.« Und zumindest das stimmte.

9 *KLUNK.* Stille.

KLUNK. Stille.

KLUNK. Stille.

Ollie Dinsmore saß mit untergeschlagenen Beinen und seinem alten Pfadfinderrucksack neben sich keine zwei Meter von der Kuppel entfernt. Der Rucksack war voller Kiesel, die er vom Fußweg durch den Vorgarten mitgenommen hatte – sogar so voll, dass er gebeugt hergestolpert war und befürchtet hatte, der Rucksackboden könnte reißen und seine Munition verstreuen. Aber das war nicht passiert, und nun war er hier. Er wählte den nächsten Stein aus – einen schön glatten Kiesel, den in uralten Zeiten irgendein Gletscher poliert hatte, und warf ihn mit hoch erhobener Hand gegen die Kuppel, wo sie aus dünner Luft zu bestehen schien, und sah ihn abprallen. Er hob ihn auf, warf ihn wieder.

KLUNK. Stille.

Einen Vorteil hatte die Kuppel immerhin, sagte er sich. Sie mochte daran schuld sein, dass sein Bruder und seine Mutter tot waren, aber hier würde eine einzige Ladung Munition weiß Gott den ganzen Tag lang reichen.

Bumerangs aus Stein, dachte er und lächelte. Das war ein echtes Lächeln, aber es ließ ihn irgendwie schlimm aussehen, weil sein Gesicht viel zu schmal war. Er hatte in letzter Zeit nicht viel gegessen und glaubte, dass es sehr lange dauern würde, bis sein Appetit zurückkehren würde. Einen Schuss zu hören und dann seine Mutter mit hochgerutschtem Kleid, das ihre Unterhose sehen ließ, und halb weggeschossenem Kopf neben dem Küchentisch liegend aufzufinden … so etwas war nicht gerade appetitanregend.

KLUNK. Stille.

Auf der anderen Seite der Barriere herrschte hektische Betriebsamkeit; dort war eine Zeltstadt aus dem Boden gestampft worden. Jeeps und Lastwagen fuhren hin und her, und Hunderte von Soldaten wimmelten durcheinander, während ihre Vorgesetzten Befehle erteilten und sie beschimpften – oft im gleichen Atemzug.

Zu den schon stehenden Mannschaftszelten wurden jetzt drei lange Zelte neu errichtet. Vor ihnen waren bereits Schilder aufgestellt: BESUCHERZENTRUM 1, BESUCHER-ZENTRUM 2 und ERSTE-HILFE-STATION. Auf dem Schild vor einem weiteren Zelt, das sogar noch länger war, stand LEICHTE ERFRISCHUNGEN. Und kurz nachdem Ollie sich hingesetzt und angefangen hatte, den Dome mit Steinen zu bewerfen, waren zwei Tieflader mit Chemietoiletten vorgefahren. Jetzt standen dort drüben lange Reihen von fröhlich blauen Scheißhäuschen, allerdings abseits des Gebietes, in dem Leute stehen würden, um mit ihren Angehörigen zu reden, die sie zwar sehen, aber nicht berühren konnten.

Das Zeug, das aus dem Kopf seiner Mutter gequollen war, hatte wie schimmelige Erdbeermarmelade ausgesehen, und was Ollie nicht verstehen konnte, war die Tatsache, dass sie es auf diese Weise und an diesem Ort getan hatte. Wieso in dem Raum, in dem sie die meisten Mahlzeiten einnahmen? War sie so weit hinüber gewesen, dass sie nicht mehr gewusst hatte, dass sie einen zweiten Sohn hatte, der vielleicht irgendwann einmal wieder essen würde (falls er nicht vorher verhungerte), aber ganz sicher niemals mehr diesen schrecklichen Anblick auf dem Küchenboden vergessen würde?

Ja, dachte Ollie. *So weit hinüber. Weil Rory immer ihr Schatz, ihr Liebling war. Mich hat sie kaum beachtet, außer wenn ich vergessen hab, die Kühe zu füttern oder bei ihnen auszumisten. Oder wenn ich einen Vierer im Zeugnis heimgebracht hab. Weil er immer nur Einser hatte.*

Er warf einen Kiesel.

KLUNK. Stille.

Mehrere Soldaten waren damit beschäftigt, dicht vor der Kuppel doppelseitige Schilder aufzustellen. Auf der The Mill zugekehrten Seite stand:

WARNUNG!
ZU IHRER EIGENEN SICHERHEIT!
2 METER ABSTAND VON DER KUPPEL HALTEN!

Ollie vermutete, dass dieser Text auch auf der anderen Seite stand, wo die Warnung vielleicht beherzigt werden würde, weil dort massenhaft Kerle für Ordnung sorgen würden.

Aber hier drinnen würden auf etwa achthundert Bürger nur ungefähr zwei Dutzend Cops kommen, die meisten davon ganz unerfahren. Diese Leute zurückhalten zu wollen, würde so aussichtslos sein, als wollte man eine Sandburg vor der hereinkommenden Flut schützen.

Ihre Unterhose war nass gewesen, und zwischen ihren gespreizten Beinen hatte eine Lache gestanden. Sie hatte sich vollgepinkelt, kurz bevor sie abgedrückt hatte – oder unmittelbar danach. Ollie tippte auf danach.

Er warf einen Stein.

KLUNK. Stille.

In seiner Nähe arbeitete ein Uniformierter. Er war ziemlich jung. Weil er kein Dienstgradabzeichen am Ärmel hatte, vermutete Ollie, dass er ein einfacher Soldat war. Er sah aus wie sechzehn, aber Ollie wusste, dass er älter sein musste. Er hatte von Jungs gehört, die sich älter gemacht hatten, um in die Army aufgenommen zu werden, aber das war vermutlich vor der Zeit gewesen, in der jedermann Computer hatte, um solche Dinge nachzuprüfen.

Der Uniformierte sah sich um, stellte fest, dass niemand auf ihn achtete, und sprach mit halblauter Stimme. Er hatte einen Südstaatenakzent. »Kid? Tust du mir 'nen Gefallen und hörst damit auf? Dieser Scheiß macht mich verrückt.«

»Dann geh woanders hin«, sagte Ollie.

KLUNK. Stille.

»Kann nich. Befehl.«

Ollie gab keine Antwort. Stattdessen warf er einen weiteren Kiesel.

KLUNK. Stille.

»Wozu machst du das überhaupt?«, fragte der Uniformierte. Damit er mit Ollie reden konnte, fummelte er jetzt nur noch an den Schildern herum, die er aufzustellen hatte.

»Weil irgendwann einer nicht mehr zurückprallt. Und wenn das passiert, stehe ich auf und gehe weg und will diese Farm nie wieder sehen. Nie mehr eine Kuh melken. Wie ist die Luft dort draußen?«

»Gut. Aber ziemlich kühl. Ich bin aus South Cah'lina. So

ist's in South Cah'lina im Oktober nicht, das kann ich dir sagen.«

Wo Ollie war, keine fünf Meter von dem jungen Südstaatler entfernt, war sie heiß. Und stinkend.

Der Uniformierte wies über Ollies Schulter hinweg. »Warum hörst du nicht mit den Steinen auf und tust was wegen dieser Kühe?« Er sagte *Kü-je.* »Sie in den Stall treiben und melken oder ihre Euter mit linderndem Scheiß einreiben; irgendwas in der Art?«

»Wir brauchen sie nicht zu treiben. Sie wissen, wohin sie müssen. Nur brauchen sie jetzt nicht mehr gemolken zu werden, und sie brauchen auch keinen Euterbalsam. Ihre Euter sind trocken.«

»Yeah?«

»Yeah. Mein Dad sagt, dass irgendwas mit dem Gras nicht stimmt. Er sagt, dass das Gras nicht in Ordnung ist, weil die Luft nicht in Ordnung ist. Hier drinnen riecht's nicht gut, weißt du. Es riecht wie Scheiße.«

»Yeah?« Der Uniformierte schien fasziniert zu sein. Er klopfte mit seinem Hammer ein-, zweimal auf den Oberrand der Rücken an Rücken stehenden Schilder, obwohl sie bereits fest zu stehen schienen.

»Yeah. Meine Mutter hat sich heute Morgen umgebracht.«

Der Uniformierte hatte den Hammer zum nächsten Schlag erhoben. Jetzt ließ er ihn nur an seine Seite sinken. »Willst du mich verarschen, Kid?«

»Nein. Sie hat sich am Küchentisch erschossen. Ich hab sie gefunden.«

»O Scheiße, das ist hart.« Der Uniformierte trat näher an die Kuppel heran.

»Meinen Bruder haben wir in die Stadt gefahren, als er letzten Sonntag gestorben ist, weil er noch gelebt hat – ein bisschen –, aber meine Mama war mausetot, also haben wir sie auf dem Hügel begraben, mein Dad und ich. Ihr hat's dort immer gefallen. Dort war's hübsch, bevor alles so *beschissen* geworden ist.«

»Jesus, Kid! Du bist durch die Hölle gegangen!«

»Bin noch dort«, sagte Ollie … und begann loszuheulen,

als hätten diese Worte irgendwo in seinem Inneren einen Hahn geöffnet. Er stand auf und trat an den Dome. Der junge Soldat und er standen sich mit nur einem Viertelmeter Abstand gegenüber. Der Uniformierte hob seine Hand und fuhr leicht zusammen, als der kurze Stromstoß durch seinen Körper zuckte und wieder abklang. Er legte seine Hand mit gespreizten Fingern an die Barriere. Auch Ollie hob seine und drückte von innen dagegen. Ihre Hände schienen sich zu berühren, Finger an Finger, Handfläche an Handfläche, aber sie taten es nicht wirklich. Dies war eine vergebliche Geste, die am nächsten Tag endlos oft wiederholt werden würde: viele Hunderte, Tausende von Malen.

»Kid …!«

»*Private Ames!*«, brüllte jemand. »*Machen Sie, dass Sie Ihren traurigen Arsch da wegkriegen!*«

Private Ames fuhr zusammen wie ein Junge, der beim Naschen ertappt worden ist.

»*Hierher! Marsch, marsch!*«

»Halt durch, Kid«, sagte Private Ames und rannte weg, um sich seinen Anschiss abzuholen. Ollie vermutete, dass es mit einem Anschiss abgehen würde, weil man einen Gefreiten nicht gut degradieren konnte. Bestimmt würde er nicht gleich in den Arrest wandern, nur weil er mit einem der Tiere im Zoo geredet hatte. *Ich hab nicht mal ein paar Erdnüsse gekriegt,* dachte Ollie.

Er sah einen Augenblick zu den Kühen auf, die keine Milch mehr gaben – die kaum noch Gras fraßen –, dann setzte er sich wieder neben seinen Rucksack. Er suchte einen weiteren schönen runden Kiesel heraus. Er dachte an den abgesprungenen Lack an den Nägeln der ausgestreckten Hand seiner toten Mutter – an der Hand, neben der das noch rauchende Gewehr gelegen hatte. Dann warf er den Stein. Er traf die Kuppel und prallte zurück.

KLUNK. Stille.

10   Um vier Uhr an diesem Donnerstagnachmittag, während es über dem nördlichen Neuengland bewölkt blieb und die Sonne wie ein trüber Scheinwerfer durch das sockenförmige Wolkenloch auf Chester's Mill herabschien, kam Ginny Tomlinson, um nach Junior zu sehen. Sie fragte ihn, ob er etwas gegen Kopfschmerzen brauche. Er sagte Nein, aber dann überlegte er sich die Sache anders und bat um etwas Tylenol oder Advil. Als sie es brachte, kam Junior durchs Zimmer, um ihr die Tabletten abzunehmen. Auf seinem Krankenblatt vermerkte sie: *Hinken noch sichtbar, scheint abzuklingen.*

Als Thurston Marshall eine Dreiviertelstunde später hineinsah, war das Zimmer leer. Er vermutete, dass Junior in der Lounge war, aber dort traf er nur die Infarktpatientin Emily Whitehouse an. Emily erholte sich recht gut. Thurse fragte sie, ob sie einen dunkelblonden, leicht hinkenden jungen Mann gesehen habe. Sie sagte Nein. Thurse ging zurück in Juniors Zimmer und sah im Kleiderschrank nach. Er war leer. Der junge Mann mit dem mutmaßlichen Gehirntumor hatte sich angezogen und das Krankenhaus verlassen, ohne sich mit dem Papierkram aufzuhalten.

11   Junior ging nach Hause. Das Hinken schien ganz zu verschwinden, kaum dass seine Muskeln warm waren. Und der schwarze Fleck in Form eines Schlüssellochs am linken Rand seines Gesichtsfelds war zu einer Kugel von der Größe einer Murmel zusammengeschrumpft. Vielleicht hatte er doch keine volle Dosis Thallium abbekommen. Schwer zu beurteilen. Jedenfalls musste er sein Gott gegebenes Versprechen halten. Nahm er sich der Appleton-Kids an, würde Gott sich seiner annehmen.

Beim Verlassen des Krankenhauses (durch den Hinterausgang) hatte die Ermordung seines Vaters auf seiner To-do-Liste ganz oben gestanden. Aber als er das Haus tatsächlich erreichte – das Haus, in dem seine Mutter gestorben war, das Haus, in dem Lester Coggins und Brenda Perkins gestorben waren –, hatte er sich die Sache anders überlegt. Wenn er seinen Vater jetzt umbrachte, würde die Bürgerversammlung abgesagt werden. Das wollte Junior nicht, weil die Bürgerversammlung sein wichtigstes Vorhaben tarnen sollte. Die meisten Cops würden dort sein, sodass er leichter zu den Zellen im Kellergeschoss würde vordringen können. Er wünschte sich nur, er hätte die vergifteten Erkennungsmarken. Es hätte ihm Spaß gemacht, sie dem sterbenden *Baaarbie* in die Kehle zu stopfen.

Big Jim war ohnehin nicht daheim. Das einzige Lebewesen im Haus war der Wolf, den Junior bei Tagesanbruch über den Parkplatz des Krankenhauses traben gesehen hatte. Er stand auf halber Treppe, funkelte ihn an und knurrte tief hinten im Rachen. Sein Pelz war wie von Motten zerfressen. Seine Augen leuchteten gelb. Um den Hals hatte er Dale Barbaras Erkennungsmarken hängen.

Junior schloss die Augen und zählte bis zehn. Als er sie wieder öffnete, war der Wolf verschwunden.

»Ich bin jetzt der Wolf«, erklärte er dem heißen, leeren Haus flüsternd. »Ich bin der Werwolf, und ich habe Lon Chaney mit der Königin tanzen sehen.«

Er ging nach oben, wobei er wieder hinkte, ohne darauf zu achten. Seine Uniform hing im Kleiderschrank, in dem auch seine Beretta lag: eine Beretta 92 Taurus. Von denen hatte das Police Department ein Dutzend – hauptsächlich mit Mitteln der Heimatschutzbehörde angeschafft. Er kontrollierte das Magazin mit fünfzehn Schuss und sah, dass es voll war. Dann steckte er die Pistole ins Halfter, schnallte den Gürtel enger um seine schmaler gewordene Taille und verließ das Zimmer.

Oben an der Treppe blieb er stehen und fragte sich, wohin er gehen sollte, bis die Versammlung richtig in Gang gekommen war, damit er sein Vorhaben verwirklichen konnte. Er wollte mit niemandem reden, wollte nicht mal gesehen werden. Dann fiel ihm etwas ein: ein gutes Versteck, das noch dazu in der Nähe der Action lag. Er stieg vorsichtig die Treppe hinunter – das gottverdammte Hinken war wieder da, und seine linke Gesichtshälfte war so gefühllos wie gefroren – und schlingerte den Flur entlang. An der Tür zum Arbeitszimmer seines Vaters machte er halt und überlegte,

936

ob er das Geld aus dem Safe holen und verbrennen sollte. Aber das lohnte die Mühe nicht. Er erinnerte sich vage an einen Witz über schiffbrüchige Banker auf einer einsamen Insel, die davon reich wurden, dass sie sich gegenseitig ihre Kleidung verkauften, und bellte ein kurzes Lachen, obwohl er sich nicht genau an die Pointe erinnern konnte und den Witz sowieso nie richtig verstanden hatte.

Die Sonne war hinter den Wolken westlich der Kuppel verschwunden, und der Nachmittag war düster geworden. Junior verließ das Haus und tauchte im Halbdunkel unter.

12 Um Viertel nach fünf kamen Alice und Aidan Appleton aus dem Garten ihres geliehenen Hauses herein. »Caro?«, sagte Alice. »Gehst du mit Aidan und mir zu der großen Versammlung?«

Carolyn Sturges, die gerade in Coralee Dumagens Küche aus Coralee Dumagens Brot (altbacken, aber essbar) Sandwichs mit Erdnussbutter und Gelee fürs Abendessen machte, sah die Kinder überrascht an. Sie hatte noch nie gehört, dass Kinder an einer Erwachsenenversammlung teilnehmen wollten; wäre sie gefragt worden, hätte sie vermutet, sie würden vor einer so langweiligen Veranstaltung eher davonlaufen. Jetzt war sie versucht, denn wenn die Kinder hingingen, konnte *sie* auch hingehen.

»Wollt ihr das wirklich?«, fragte sie und beugte sich zu ihnen hinunter. »Alle beide?«

Noch vor wenigen Tagen hätte Carolyn gesagt, sie wolle keine Kinder haben, sondern als Dozentin und Schriftstellerin Karriere machen. Vielleicht als Romanautorin, obwohl sie das Gefühl hatte, es sei ziemlich riskant, Romane zu schreiben; was war, wenn man all die Zeit aufwendete, um tausend Seiten zu schreiben, und dann wurde das Buch ein Flop? Dagegen Gedichte verfassen ... durchs Land fahren (vielleicht auf einem Motorrad) ... Lesungen und Seminare veranstalten, frei wie ein Vogel sein ... das wäre cool. Vielleicht ein paar interessante Männer kennenlernen, Wein trinken und im Bett über Sylvia Plath diskutieren. Alice und Aidan hatten sie umdenken lassen. Sie hatte sich in sie verliebt. Sie wollte, dass die Kuppel verschwand – natürlich wollte sie das –, aber diese beiden ihrer Mutter zurückgeben zu müssen, würde ihr im Herzen sehr wehtun. Insgeheim hoffte sie, dass es den Kindern ein bisschen wie ihr ergehen würde. Das war vermutlich gemein, aber die Wahrheit.

»Ade? Willst du das auch? Versammlungen von Erwachsenen können nämlich schrecklich lang und langweilig sein.«

»Ich will hin«, sagte Aidan. »Ich will all die Leute sehen.«

Nun verstand Carolyn. Die Kinder interessierte keine Diskussion über Ressourcen und wie die Stadt sie zukünftig nutzen würde; wie denn auch? Alice war neun, Aidan sogar erst fünf. Aber alle Leute wie zu einer riesengroßen Familie versammelt sehen zu wollen? Das war verständlich.

»Könnt ihr brav sein? Nicht zappeln und zu viel flüstern?«

»Natürlich«, sagte Alice würdevoll.

»Und pinkelt ihr euch beide trocken, bevor wir gehen?«

»*Ja!*« Diesmal verdrehte das Mädchen die Augen, um zu zeigen, was für ein lästiger *Stupidnik* Caro war … und Caro gefiel das irgendwie.

»Also, dann packe ich diese Sandwichs einfach zum Mitnehmen ein«, sagte Carolyn. »Und wir haben zwei Dosen Limonade für Kinder, die brav sein und Strohhalme benutzen können. Das heißt, wenn die betreffenden Kinder sich trockengepinkelt haben, bevor sie noch mehr Zeug in sich reinschütten.«

»Ich benutze ganz oft einen Strohhalm«, sagte Aidan. »Gibt's Woops?«

»Er meint Whoopie Pies«, sagte Alice.

»Ich weiß, was er meint, aber es gibt keine. Allerdings könnte es Graham-Cracker geben, denke ich. Die mit Zimt und Zucker.«

»Zimt-Graham-Cracker rocken«, sagte Aidan. »Ich hab dich lieb, Caro.«

Carolyn lächelte. Sie hatte noch kein Gedicht gelesen, dessen Schönheit an dieses heranreichte. Nicht einmal das von W.C. Williams über die kalten Pflaumen.

13 Andrea Grinnell kam langsam, aber mit sicheren Schritten die Treppe herunter, während Julia sie überrascht anstarrte. Mit Andi war eine Veränderung vorgegangen. Make-up und sorgfältiges Auskämmen ihrer zuletzt sehr krausen Mähne hatten dazu beigetragen, aber das war noch nicht alles. Als Julia sie betrachtete, wurde ihr klar, wie lange sie die Dritte Stadtverordnete von Chester's Mill nicht mehr typgerecht gekleidet gesehen hatte. Heute Abend trug sie ein schickes rotes Kleid mit Gürtel – wahrscheinlich von Ann Taylor – und hielt einen großen Stoffbeutel mit Zugband in der Hand.

Selbst Horace gaffte sie an.

»Wie sehe ich aus?«, fragte Andi am Fuß der Treppe. »Als ob ich zur Bürgerversammlung fliegen könnte, wenn ich einen Besen hätte?«

»Du siehst großartig aus. Zwanzig Jahre jünger.«

»Danke, Schätzchen, aber ich habe oben einen Spiegel.«

»Wenn der dir nicht gezeigt hat, wie viel besser du aussiehst, solltest du hier, wo das Licht besser ist, in einen Spiegel sehen.«

Andi nahm ihren Beutel in die andere Hand, als wäre er schwer. »Also gut. Vielleicht hast du recht. Zumindest ein bisschen.«

»Weißt du bestimmt, dass du dieser Sache gewachsen bist?«

»Ich denke schon, aber wenn ich zu zittern anfange, verschwinde ich durch den Nebenausgang.« In Wirklichkeit war Andi entschlossen, das auf keinen Fall zu tun – auch nicht, wenn sie zitterte.

»Was ist in dem Beutel?«

Jim Rennies Lunch, dachte Andrea. *Den ich ihm vor aller Augen reinstopfen werde.*

»Zu Bürgerversammlungen nehme ich immer mein Strickzeug mit. Manchmal sind sie schrecklich eintönig und langweilig.«

»Ich glaube nicht, dass diese langweilig wird«, sagte Julia.

»Du kommst doch auch, oder?«

»Oh, ich denke schon«, sagte Julia vage. Sie rechnete damit, weit von Chester's Mill entfernt zu sein, bevor die Bürgerversammlung endete. »Ich muss erst noch einiges erledigen. Kommst du allein hin?«

Andrea bedachte sie mit einem parodistischen *Mutter, bitte!*-Blick. »Die Straße entlang, den Hügel hinunter, und schon bin ich da. Den Weg kenne ich seit Jahren.«

Julia sah auf ihre Armbanduhr. Es war Viertel vor sechs. »Bist du nicht schrecklich früh dran?«

»Soviel ich weiß, öffnet Al die Türen um sechs, und ich möchte unbedingt einen guten Platz.«

»Als Stadtverordnete solltest du mit auf dem Podium sitzen«, sagte Julia. »Wenn du das willst.«

»Nein, lieber nicht.« Andi wechselte den Beutel wieder in die andere Hand. Er enthielt wirklich ihr Strickzeug – aber auch die VADER-Akte und den Revolver Kaliber .38, den ihr Bruder Twitch ihr als Schutzmaßnahme geschenkt hatte. Ihrer Überzeugung nach war er ebenso gut zum Schutz einer Stadt geeignet. Jede Stadt *glich* einem Organismus, aber sie hatte dem menschlichen Körper etwas voraus: Wenn eine Stadt ein krankes Gehirn hatte, konnte man ihr ein neues einpflanzen. Und vielleicht würde es zu gar keiner Schießerei kommen. Darum betete sie im Stillen.

Julia musterte sie prüfend. Andrea merkte, dass sie abgedriftet war.

»Ich will heute Abend einfach unter den gewöhnlichen Leuten sitzen, denke ich. Aber ich werde meine Stimme erheben, wenn's so weit ist. Verlass dich darauf!«

14   Andi behielt recht: Al Timmons öffnete die Saaltüren pünktlich um sechs. Inzwischen füllte sich die Main Street, die tagsüber nahezu menschenleer gewesen war, mit Einwohnern auf dem Weg zum Rathaus. Weitere Leute aus den Wohnstraßen kamen in kleinen Gruppen den Town Common Hill herunter. Aus Eastchester und Northchester fuhren Autos vor, von denen die meisten voll besetzt waren. Heute Abend wollte anscheinend niemand allein sein.

Sie traf früh genug ein, um sich einen Platz aussuchen zu

können, und entschied sich für die dritte Reihe von vorne und einen Sitz direkt am Mittelgang. Vor ihr in der zweiten Reihe saß Carolyn Sturges mit den Appleton-Kindern. Die Geschwister starrten alles und jeden mit großen Augen an. Der kleine Junge hatte etwas in der Faust, das wie ein Graham-Cracker aussah.

Auch Linda Everett gehörte zu denen, die schon sehr früh kamen. Julia hatte Andi von Rustys Verhaftung erzählt – absolut lächerlich –, sodass sie wusste, dass seine Frau verzweifelt sein musste, aber das tarnte sie ausgezeichnet mit sorgfältigem Makeup und einem hübschen Kleid mit großen aufgesetzten Taschen. Angesichts ihrer eigenen Verfassung (trockener Mund, Kopfschmerzen, rebellierender Magen) bewunderte Andi ihre Selbstbeherrschung.

»Komm, setz dich zu mir, Linda«, sagte sie und schlug mit der flachen Hand leicht auf den Sitz neben ihr. »Wie geht's Rusty?«

»Das weiß ich nicht«, sagte Linda, indem sie an Andrea vorbeiglitt und sich hinsetzte. Irgendetwas in diesen lustigen Taschen polterte gegen das Holz. »Sie lassen mich nicht zu ihm.«

»Das wird abgestellt«, versprach Andrea ihr.

»Ja«, sagte Linda grimmig. »Das wird es.« Dann beugte sie sich nach vorn. »Hallo, Kinder, wie heißt ihr?«

»Das hier ist Aidan«, sagte Caro, »und das hier ist …«

»Ich bin Alice.« Das kleine Mädchen reichte ihr huldvoll die Hand – wie eine Königin einer treuen Untertanin. »Ich und Aidan … Aidan und *ich* … sind Daisen. Das bedeutet Dome-Waisen. Thurston hat sich das ausgedacht. Er kennt Zaubertricks, kann einem Münzen aus dem Ohr ziehen und solches Zeug.«

»Nun, ihr scheint auf den Füßen gelandet zu sein«, sagte Linda lächelnd. In Wirklichkeit war ihr nicht nach Lächeln zumute; sie war in ihrem ganzen Leben noch nie so nervös gewesen. Nur war *nervös* ein zu schwacher Ausdruck. Sie hatte vor Angst die Hosen voll.

15   Um halb sieben war der Parkplatz hinter dem Rathaus voll besetzt. Nachdem die Main Street zugeparkt war, kamen West Street und East Street an die Reihe. Um Viertel vor sieben waren selbst die Parkplätze vor Post und Feuerwehr belegt, und im Großen Saal des Rathauses war kaum noch ein Sitzplatz frei.

Big Jim hatte diesen Andrang vorausgesehen, entsprechend hatte Al Timmons mithilfe einiger der neuen Cops auf dem Rasen Bänke aus der American Legion Hall aufgeschlagen. UNTERSTÜTZT UNSERE SOLDATEN stand auf einigen. SPIELT MEHR BINGO! auf anderen. Links und rechts des Rathausportals waren zwei große Yamaha-Lautsprecher postiert.

Die meisten der Polizeitruppe – und alle erfahrenen Cops bis auf Jackie Wettington – waren anwesend, um für Ordnung zu sorgen. Als später Eintreffende sich darüber beschwerten, dass sie draußen sitzen mussten (oder sogar stehen, weil selbst die Bänke nicht ausreichten), erklärte Chief Randolph ihnen, dass sie eben früher hätten kommen sollen: Wer zu spät kommt, den bestraft das Leben. Außerdem, fügte er hinzu, sei die Nacht angenehm und warm, und später werde ein weiterer rosa Vollmond zu sehen sein.

»Angenehm, wenn einen der Gestank nicht stört«, sagte Joe Boxer. Seit der Auseinandersetzung im Krankenhaus wegen seiner »befreiten« Waffeln befand der Zahnarzt sich in einem anhaltenden Stimmungstief. »Ich will bloß hoffen, dass wir über diese Dinger anständig mithören können.« Dabei zeigte er auf die Lautsprecher.

»Keine Sorge«, sagte Chief Randolph. »Wir haben sie aus dem Dipper's geholt. Tommy Anderson sagt, dass sie auf dem neuesten Stand der Technik sind, und hat sie selbst angeschlossen. Stellen Sie sich das Ganze wie ein Autokino ohne Film vor.«

»Ich stell's mir verdammt nervig vor«, sagte Joe Boxer, dann schlug er die Beine übereinander und zupfte pedantisch an seiner Bügelfalte.

Junior beobachtete die Eintreffenden aus seinem Versteck auf der Peace Bridge, auf der er an einem Spalt in der Holz-

942

verkleidung stand. Er staunte darüber, wie viele den Weg ins Rathaus gefunden hatten, und war für die Lautsprecher dankbar. So würde er alles von der Brücke aus mithören können. Und sobald sein Vater richtig in Fahrt gekommen war, würde er sein Vorhaben in die Tat umsetzen.

Gott steh dem bei, der sich mir in den Weg stellt, dachte er.

Mit seinem Wanst war die Gestalt seines Vaters selbst bei herabsinkender Nacht nicht zu übersehen. Außerdem war das Rathaus an diesem Abend strahlend hell beleuchtet, und der rechteckige Lichtschein aus einem der Fenster reichte eben bis zum Rand des überfüllten Parkplatzes, an dem Big Jim stand. Carter Thibodeau war wie immer an seiner Seite.

Big Jim spürte nicht, dass er beobachtet wurde – besser gesagt, glaubte er, dass *aller* Augen auf ihn gerichtet waren, was auf das Gleiche hinauslief. Er sah auf seine Armbanduhr und stellte fest, dass es kurz nach sieben war. Sein über lange Jahre hinweg verfeinerter politischer Instinkt sagte ihm, eine wichtige politische Versammlung müsse stets mit zehn Minuten Verspätung beginnen; nicht mehr und nicht weniger. Also wurde es Zeit, zum Start zu rollen. Unter den Arm geklemmt trug er eine Klarsichthülle mit seiner Rede, aber sobald er sich warmgeredet hatte, würde er kein Manuskript mehr brauchen. Er wusste, was er sagen wollte. Ihm kam es vor, als hätte er die Rede letzte Nacht im Schlaf gehalten, nicht nur ein Mal, sondern mehrmals – und jedes Mal besser.

Er stieß Carter an. »Wird Zeit, mit der Show zu beginnen.«

»Okay.« Carter rannte zu Randolph hinüber, der auf der Treppe vor dem Rathaus stand (*wahrscheinlich kommt er sich wie der verflixte Julius Cäsar vor,* dachte Big Jim), und kam mit dem Chief zurück.

»Wir kommen durch den Nebeneingang rein«, sagte Big Jim. Er sah auf seine Uhr. »In fünf … nein, in vier Minuten. Sie gehen voraus, Peter, ich komme als Zweiter, und du bleibst hinter mir, Carter. Wir halten geradewegs aufs Podium zu, verstanden? Bewegt euch *zuversichtlich* – kein Schlurfen, keine hängenden Schultern. Die Leute werden applaudieren. Ihr nehmt Haltung an und wartet, bis der Beifall abflaut. Dann setzt ihr euch. Peter, Sie sitzen links von mir, Carter rechts von mir. Ich trete ans Rednerpult vor. Erst ein Gebet, dann erheben sich alle, um die Nationalhymne zu singen. Danach spreche ich und hake in Windeseile die Tagesordnung ab. Ihr werdet sehen, wie sie jedes Mal mit Ja stimmen. Verstanden?«

»Ich bin verflixt nervös«, gestand Randolph ein.

»Unsinn. Sie werden sehen: Alles läuft wie geschmiert.«

In diesem Punkt hatte Big Jim sich jedoch gewaltig geirrt.

16   Während Big Jim und sein Gefolge zum Nebeneingang des Rathauses unterwegs waren, bog Rose mit dem Lieferwagen ihres Restaurants auf die Einfahrt der McClatcheys ab. Ihr folgte ein schlichter viertüriger Chevrolet mit Joanie Calvert am Steuer.

Claire kam mit einem Koffer in einer Hand und einer Leinentasche voller Lebensmittel in der anderen aus dem Haus. Auch Joe und Benny Drake hatten Koffer, aber die meisten Sachen in Bennys Koffer stammten aus Joes Kleiderschrank. Benny trug außerdem eine weitere, etwas kleinere Leinentasche mit Beute aus Mrs. McClatcheys Speisekammer.

Vom Fuß des Hügels brandete Beifall herauf.

»Beeilt euch!«, sagte Rose. »Es fängt schon an. Höchste Zeit, aus Dodge zu verschwinden.« Sie hatte Lissa Jamieson mitgebracht, die jetzt die Schiebetür des Wagens öffnete und anfing, Zeug einzuladen.

»Habt ihr genügend Bleiblech für die Fenster?«, fragte Joe Rose.

»Ja, und Extrastücke für Joanies Wagen. Wir fahren bis dorthin, wo es deiner Aussage nach noch sicher ist, und decken dann die Fenster ab. Gib mir den Koffer.«

»Das ist verrückt, wisst ihr«, sagte Joanie Calvert. Auf dem Weg von ihrem Chevrolet zu dem Lieferwagen des Restaurants hielt sie so gut Kurs, dass Rose vermutete, sie habe sich heute erst mit einem oder zwei Drinks gestärkt. Das war eine gute Sache.

»Wahrscheinlich hast du recht«, sagte Rose. »Kann's losgehen?«

Joanie seufzte, dann legte sie einen Arm um die schmalen Schultern ihrer Tochter. »Wohin denn? Den Bach runter? Warum nicht? Wie lange müssen wir dort oben bleiben?«

»Weiß ich nicht«, sagte Rose.

Joanie seufzte nochmals. »Na ja, wenigstens ist es warm.«

Joe fragte Norrie: »Wo ist dein Grampa?«

»Mit Jackie und Mr. Burpee in dem Van unterwegs, den er bei Rennie gestohlen hat. Er wartet draußen, wenn sie reingehen, um Rusty und Mr. Barbara rauszuholen.« Sie lächelte sorgenvoll und sichtlich verängstigt. »Er fährt das Fluchtfahrzeug.«

»Alte Trottel sind die schlimmsten«, bemerkte Joanie Calvert. Rose hätte am liebsten ausgeholt und ihr eine geknallt, und ein Blick zu Lissa hinüber zeigte ihr, dass es auch Lissa in den Fingern juckte. Aber dies war nicht die rechte Zeit für Streitereien, von Handgreiflichkeiten ganz zu schweigen.

Nur gemeinsam sind wir stark, dachte Rose.

»Was ist mit Julia?«, fragte Claire.

»Die kommt mit Piper. Und ihrem Hund.«

Aus der Stadt herauf erklang The United Choir of Chester's Mill (durch Lautsprecher verstärkt und im Chor mit denen, die auf den Bänken im Freien saßen), der »The Star-Spangled Banner« sang.

»Los jetzt«, sagte Rose. »Ich fahre voraus.«

Joanie Calvert wiederholte mit einer Art gequälter Tapferkeit: »Wenigstens ist es warm. Komm, Norrie, lotse deine alte Ma.«

17 Auf der Südseite von LeClercs Maison des Fleurs verlief eine Lieferantenzufahrt, in der jetzt rückwärts der gestohlene AT&T-Van parkte. Ernie Calvert, Jackie Wettington und Rommie Burpee saßen darin und hörten die Nationalhymne die Straße entlangbranden. Jackie spürte, wie ihre Augen brannten, und sah, dass sie nicht als Einzige gerührt war: Ernie, der am Steuer saß, hatte ein Taschentuch aus der Hüfttasche gezogen und tupfte sich damit die Augen ab.

»Jetzt brauchen wir doch kein Zeichen von Linda«, sagte Rommie. »Die Lautsprecher hatte ich nicht erwartet. Von mir sind die nicht.«

»Trotzdem ist es gut, wenn Linda dort gesehen wird«, sagte Jackie. »Hast du deine Maske, Rommie?«

Er hielt eine Kunststoffversion von Dick Cheneys Visage hoch. Trotz seines großen Lagers hatte er für Jackie keine Arielle-Maske gefunden; sie musste sich mit Harry Potters Busenfreundin Hermine zufriedengeben. Ernies Darth-Vader-Maske lag hinter seinem Sitz, aber Jackie fürchtete, dass sie in Schwierigkeiten steckten, wenn er gezwungen war, sie aufzusetzen. Das hatte sie jedoch nicht laut gesagt.

Und was macht das schon? So plötzlich, wie wir aus der Stadt verschwunden sind, kann sich jeder an den Fingern abzählen, warum.

Aber ein Verdacht war noch längst kein Beweis, und wenn Rennie und Randolph nicht mehr als einen Verdacht hatten, mussten die Angehörigen und Freunde, die sie zurückließen, vielleicht mit nichts Schlimmerem als einem scharfen Verhör rechnen.

Vielleicht. Unter den gegenwärtigen Umständen, das wusste Jackie, war das ein großes Wort.

Die Nationalhymne endete. Wieder Beifall, dann begann der Zweite Stadtverordnete zu reden. Jackie kontrollierte nochmals ihre Pistole – ihre Privatwaffe – und dachte, dass die bevorstehenden Minuten vermutlich die längsten ihres Lebens sein würden.

18   Barbie und Rusty standen an den Türen ihrer jeweiligen Zellen und hörten zu, als Big Jim seine Rede begann. Dank den Lautsprechern auf beiden Seiten des Rathausportals konnten sie ihn ziemlich gut hören.

»Danke, Danke! Danke Ihnen allen! Danke, dass Sie gekommen sind! Und danke dafür, dass Sie die tapfersten, zähesten, tatkräftigsten Bürger dieser Vereinigten Staaten von Amerika sind!«

Begeisterter Applaus.

»Ladys und Gentlemen ... und auch Kiddies, jetzt, wo ich einige im Saal sehe ...«

Gutmütiges Lachen.

»Wir befinden uns in einer schrecklichen Notlage. Das wissen Sie alle. Heute Abend werde ich Ihnen erklären, wie wir da hineingeraten sind. Ich weiß nicht alles, aber Sie sollen erfahren, was ich weiß, weil Sie es verdient haben. Sobald ich Sie dann ins Bild gesetzt habe, müssen wir eine kurze, aber wichtige Tagesordnung abarbeiten. Aber als Allererstes möchte ich Ihnen sagen, wie STOLZ ich auf Sie bin, wie DEMÜTIG es mich macht, der Mann zu sein, den Gott – und Sie – dazu erwählt hat, in diesem kritischen Augenblick Ihr Führer zu sein, und ich möchte Ihnen VERSICHERN, dass wir die Krise gemeinsam meistern werden und mit Gottes Hilfe STÄRKER und WAHRHAFTIGER und BESSER als je zuvor aus ihr hervorgehen! Auch wenn wir jetzt noch den Kindern Israels in der Wüste gleichen ...«

Barbie verdrehte die Augen, und Rusty machte mit geballter Faust eine obszöne Geste.

»... werden wir bald das Land KANAAN und das Festmahl aus Milch und Honig erreichen, das der Herr und unsere amerikanischen Mitbürger uns sicherlich bereiten werden!«

Frenetischer Jubel. Vielleicht sogar stehende Ovationen. Selbst wenn es hier unten eine Wanze gab, würden die drei oder vier Cops, die oben Dienst taten, bestimmt am Eingang versammelt sein, um Big Jim zuzuhören, deshalb fragte Barbie: »Bist du bereit, mein Freund?«

»Das bin ich«, sagte Rusty. »Glaub mir, das bin ich.«

Wenn nur Linda nicht zu denen gehört, die uns hier raushauen wollen, dachte er. Er wollte nicht, dass sie jemanden erschoss, aber vor allem sollte sie nicht riskieren, erschossen zu werden. Nicht seinetwegen. *Sie soll einfach bleiben, wo sie ist. Er mag verrückt sein, aber inmitten der versammelten Stadt ist sie wenigstens sicher.*

So dachte er, bevor die Schießerei begann.

19   Big Jim war in Hochstimmung. Er hatte sie genau dort, wo er sie haben wollte: in seiner Hand. Hunderte von Menschen, die ihn gewählt hatten – und auch alle, die es nicht getan hatten. Diesen Saal hatte er noch niemals so voll erlebt, nicht einmal, wenn über das Schulgebet oder den Schulhaushalt diskutiert wurde. Sie saßen Hüfte an Hüfte, Schulter an Schulter, drinnen ebenso wie draußen, und taten mehr, als ihm nur zuzuhören. Weil Sanders unentschuldigt fehlte und Grinnell im Saal saß (ihr rotes Kleid in der dritten Reihe war schwer zu übersehen), *gehörte* ihm dieses Publikum. Mit ihren Blicken baten sie ihn, sich ihrer anzunehmen. Sie zu retten. Vervollständigt wurde sein Hochgefühl dadurch, dass er seinen Leibwächter neben sich hatte und Cops – *seine* Cops – an beiden Seitenwänden des Saals aufgereiht sah. Nicht alle trugen schon Uniform, aber alle waren bewaffnet. Mindestens hundert weitere Männer im Saal trugen blaue Armbinden. Das war, als besitze man eine Privatarmee.

»Meine Mitbürgerinnen und Mitbürger, die meisten von Ihnen wissen, dass wir einen Mann namens Dale Barbara verhaftet haben …«

Ein Sturm aus Zischen und Buhrufen erhob sich. Big Jim wartete, bis er abklang: äußerlich ernst, innerlich grinsend.

»… wegen Mordes an Brenda Perkins, Lester Coggins und zwei wundervollen Mädchen, die wir alle gekannt und geliebt haben: Angie McCain und Dodee Sanders.«

Wieder Buhrufe, in die sich Rufe wie »Hängt ihn auf!« und »Terrorist!« mischten. Die Terrorist-Ruferin klang wie Velma Winter, die Tagschicht in Brownie's Store.

»Was Sie bisher nicht wissen«, fuhr Big Jim fort, »ist jedoch, dass der Dome das Ergebnis einer Verschwörung ist. Die Verschwörer, ein Eliteteam schurkischer Wissenschaftler, wurden von einer Splittergruppe innerhalb der Regierung heimlich finanziert. *Wir sind Versuchskaninchen bei einem Experiment, meine Mitbürger und Mitbürgerinnen, und Dale Barbara war der Mann, der den Ablauf dieses Experiments von innen lenken und leiten sollte!*«

Diese Mitteilung wurde mit betroffenem Schweigen quittiert. Dann folgte ein wütender Aufschrei.

Als er abgeklungen war, fuhr Big Jim fort. Seine Hände umklammerten die Seiten des Rednerpults, und sein großes Gesicht glänzte von Aufrichtigkeit (und vielleicht von Hypertonie). Seine Rede lag schwarz auf weiß vor ihm, aber er hatte sie nicht einmal aus der Klarsichthülle gezogen. Er brauchte keinen Blick darauf zu werfen. Gott benutzte seine Stimmbänder und bewegte seine Zunge.

»Wenn ich von heimlicher Finanzierung spreche, fragen Sie sich vielleicht, was ich damit meine. Die Antwort darauf ist schrecklich einfach. Mithilfe einer noch unbekannten Zahl von Bürgern unserer Stadt hat Dale Barbara ein Drogenlabor eingerichtet, das riesige Mengen von kristallinem Methamphetamin an Drogenbarone, einige von ihnen mit Verbindungen zur CIA, entlang der gesamten Ostküste geliefert hat. Und obwohl er uns noch nicht alle seine Mitverschwörer genannt hat, scheint einer von ihnen – es bricht mir das Herz, Ihnen das sagen zu müssen – Andy Sanders zu sein.«

Stimmengewirr und verwunderte Ausrufe im Publikum. Big Jim sah, wie Andi Grinnell aufstehen wollte, dann aber wieder auf ihren Sitz zurücksank. *So ist's recht,* dachte er, *bleib einfach sitzen. Bist du tollkühn genug, meine Aussagen anzuzweifeln, fresse ich dich bei lebendigem Leib. Oder ich zeige auf dich und beschuldige dich ebenfalls. Dann fressen* sie *dich bei lebendigem Leib.*

Und er hatte tatsächlich das Gefühl, dazu in der Lage zu sein.

»Barbaras Boss – sein Führungsoffizier – ist ein Mann, den Sie alle in den Nachrichten gesehen haben. Er gibt sich als Colonel der U.S. Army aus, aber in Wirklichkeit rangiert er in den Gremien der Wissenschaftler und Regierungsvertreter, die für dieses satanische Experiment verantwortlich sind, ganz weit oben. Barbaras Geständnis in Bezug auf diesen Punkt habe ich hier in der Tasche.« Er tippte auf sein Sportsakko, in dessen Innentasche seine Geldbörse steckte und eine Taschenausgabe des Neuen Testaments, in der die Worte Christi rot gedruckt waren.

Unterdessen waren weitere Rufe »Hängt ihn auf!« laut

geworden. Big Jim, der mit gesenktem Kopf und ernster Miene dastand, hob eine Hand und wartete, bis die Rufe schließlich verstummten.

»Über Barbaras Strafe werden wir als Stadt abstimmen – als vereinigte Körperschaft, die dem Ideal der Freiheit verpflichtet ist. Die Entscheidung liegt bei Ihnen, Ladys und Gentlemen. Stimmen Sie für die Todesstrafe, wird er hingerichtet. Aber solange ich Ihr Führer bin, wird niemand gehängt. Stattdessen wird er vor ein Erschießungskommando der Polizei gestellt ...«

Frenetischer Beifall unterbrach ihn, und die meisten Zuhörer sprangen auf. Big Jim beugte sich nach vorn, um dem Mikrofon näher zu sein.

»... *aber erst wenn wir sämtliche Informationen besitzen, die noch IM HERZEN DIESES ELENDEN VERRÄTERS VERBORGEN SIND!*«

Jetzt waren fast alle auf den Beinen. Nicht jedoch Andi; sie saß in der dritten Reihe am Mittelgang und sah mit Blicken zu ihm auf, die nicht so weich und verschwommen und verwirrt waren, wie sie hätten sein sollen. *Sieh mich nur an, so lange du willst,* dachte er. *Hauptsache, du bleibst dort sitzen wie ein braves kleines Mädchen.*

Unterdessen sonnte er sich in dem Applaus.

20   »Jetzt?«, fragte Rommie. »Was denkst du, Jackie?«
»Warte noch einen Moment«, sagte sie.

Das war reiner Instinkt, sonst nichts, aber normalerweise konnte sie sich auf ihren Instinkt verlassen.

Später würde sie sich fragen, wie viele Leben vielleicht gerettet worden wären, wenn sie *Okay, wir fahren* geantwortet hätte.

21   Durch seinen Spalt in der Holzverkleidung der Peace Bridge sah Junior sogar die Zuhörer von den Bänken im Freien aufspringen, und derselbe Instinkt, der Jackie riet, noch etwas zu warten, sagte ihm, dass er losmusste. Er hinkte von der Brücke zum Stadtanger hinüber und erreichte den Gehsteig. Als das Ungeheuer, das ihn gezeugt hatte, weitersprach, hielt er auf die Polizeistation zu. Der dunkle Fleck am linken Rand seines Gesichtsfelds war wieder größer geworden, aber sein Kopf war klar.

Ich komme, Baaarbie. Ich komme, um dich zu erledigen.

22   »Diese Leute sind Meister der Desinformation«, fuhr Big Jim fort, »und wenn Sie alle zum Dome hinausgehen, um Ihre Angehörigen zu sehen, wird der Verleumdungsfeldzug gegen mich einen neuen Höhepunkt erreichen. Cox und seine Helfershelfer werden vor nichts zurückschrecken, um mich anzuschwärzen. Sie werden mich als Lügner und Dieb hinstellen, sie werden vielleicht sogar behaupten, ich hätte ihr Drogenlabor selbst betrieben …«

»*Das hast du*«, sagte eine klare, tragende Stimme.

Sie gehörte Andrea Grinnell. Alle Augen waren auf sie gerichtet, als sie jetzt aufstand: in ihrem leuchtend roten Kleid ein menschliches Ausrufezeichen. Sie musterte Big Jim sekundenlang mit kühler Verachtung, dann drehte sie sich zu den Leuten um, die sie zur Dritten Stadtverordneten gewählt hatten, als der alte Billy Cale, Jack Cales Vater, vor vier Jahren nach einem Schlaganfall gestorben war.

»Ihr müsst eure Ängste einen Augenblick beiseiteschieben, Leute«, sagte sie. »Sobald ihr das tut, werdet ihr merken, dass seine Story geradezu lachhaft ist. Jim Rennie glaubt, dass er euch wie eine Viehherde im Gewitter vor sich hertreiben kann. Aber ich bin unter euch aufgewachsen und glaube, dass er sich täuscht.«

Big Jim wartete auf lautstarke Proteste. Sie blieben jedoch aus. Das bedeutete nicht, dass die Leute ihr unbedingt glaubten; es war nur die unerwartete Wendung, die sie sprachlos gemacht hatte. Alice und Aidan Appleton hatten sich ganz umgedreht, knieten auf ihren Sitzen und glotzten die Lady in Rot an. Auch Caro wirkte wie vor den Kopf geschlagen.

»Ein geheimes Experiment? Was für Schwachsinn! Unsere Regierung hat sich in den letzten fünfzig Jahren auf einige ziemlich schlimme Dinge eingelassen, was ich als Erste zugeben würde, aber eine ganze Kleinstadt mithilfe einer Art Kraftfeld gefangen halten? Bloß um zu sehen, was wir tun werden? Das ist idiotisch. Nur verängstigte Menschen würden so was glauben. Das weiß auch Rennie, daher hat er den Terror aus dem Hintergrund gelenkt.«

Big Jim war vorübergehend aus dem Tritt gekommen, aber jetzt fand er seine Stimme wieder. Und er hatte natürlich das Mikrofon. »Ladys und Gentlemen, Andrea Grinnell ist eine prächtige Frau, aber sie ist heute Abend leider nicht ganz bei sich. Sie steht natürlich unter Schock wie wir alle, aber dazu kommt bei ihr, wie ich leider sagen muss, eine schwere Drogenabhängigkeit, denn seit einem Sturz muss sie regelmäßig das extrem süchtig machende Schmerzmittel …«

»Ich habe seit Tagen nichts Stärkeres als ein Aspirin genommen«, sagte Andrea laut und deutlich. »Und ich bin im Besitz von Unterlagen, die klar beweisen …«

»Melvin Searles?«, sagte Big Jim dröhnend laut. »Darf ich Sie und einige Ihrer Kollegen bitten, Stadtverordnete Grinnell sanft, aber bestimmt aus dem Saal zu führen und nach Hause zu begleiten? Oder vielleicht zur Beobachtung ins Krankenhaus zu bringen. Sie ist nicht sie selbst.«

Es gab zustimmendes Gemurmel, aber nicht die lautstarke Zustimmung, mit der er gerechnet hatte. Und Mel Searles hatte kaum einen Schritt vorwärts gemacht, als Henry Morrison ihm seine Hand flach auf die Brust legte und ihn mit hörbarem Krachen an die Wand zurückstieß.

»Lasst sie ausreden«, sagte Henry. »Sie ist auch unsere gewählte Stadtverordnete, also lasst sie ausreden.«

Mel sah zu Big Jim auf, aber Rennie beobachtete fast hypnotisiert, wie Andi einen festen braunen Umschlag aus ihrem großen Beutel zog. Er wusste sofort, was das war. *Brenda Perkins*, dachte er. *Diese verfluchte Hexe! Selbst als Tote verfolgt sie mich noch.*

Als Andi den Umschlag hochhielt, begann sie plötzlich zu schwanken. Das Zittern war wieder da, das gottverdammte Zittern. Es hätte sich keinen schlimmeren Augenblick aus-

952

suchen können, aber das überraschte sie nicht; sie hätte eigentlich sogar darauf gefasst sein müssen. Es kam von dem Stress.

»Die Unterlagen in diesem Umschlag habe ich von Brenda Perkins«, sagte sie – immerhin mit gleichmäßig fester Stimme. »Zusammengestellt haben sie ihr Mann und unser Justizminister. Chief Perkins hat wegen einer langen Liste von Straftaten und Verbrechen gegen James Rennie ermittelt.«

Mel sah ratsuchend zu seinem Freund Carter hinüber. Und Carters Reaktion bestand aus einem Blick, der hellwach und scharf und fast amüsiert war. Er deutete auf Andrea, dann legte er zwei Finger quer an seine Kehle: *Mach, dass sie aufhört.* Als Mel sich diesmal in Bewegung setzte, hielt Henry Morrison ihn nicht auf – wie fast alle Anwesenden glotzte er Andrea Grinnell an.

Marty Arsenault und Freddy Denton schlossen sich Mel an, als er am Podium vorbeilief – tief gebeugt wie jemand, der vor einer Filmleinwand vorbeiläuft. Auf der anderen Seite des Saals waren Todd Wendlestat und Lauren Conree ebenfalls in Bewegung. Wendlestats Hand lag auf einem kurz abgesägten Hickorystock, den er als Schlagstock trug, Conrees auf dem Griff ihrer Waffe.

Andi sah sie kommen, sprach aber weiter. »Die Beweise dafür stecken in diesem Umschlag, und ich glaube, dass diese Beweise …« *Brenda Perkins das Leben gekostet haben,* hatte sie sagen wollen, aber in diesem Augenblick konnte ihre zitternde, schweißnasse linke Hand die Zugschnur ihres Beutels nicht mehr festhalten. Er fiel auf den Gang, und die Mündung ihres Selbstschutz-Revolvers Kaliber .38 ragte wie das Sehrohr eines U-Boots aus der gekräuselten Öffnung des Beutels.

»*Wow!*«, sagte Aidan Appleton, dessen Stimme in der Stille überall im Saal zu hören war. »Diese Lady hat eine Waffe!«

Darauf herrschte noch einen Augenblick Schweigen, als wären alle Leute vom Donner gerührt. Dann sprang Carter Thibodeau auf, raste vor seinen Boss und brüllte dabei: »*Waffe! Waffe! WAFFE!*«

Aidan schlüpfte auf den Gang hinaus, um sich den Revolver genauer anzusehen. »Nein, Ade!«, kreischte Caro und bückte sich, um ihn zurückzureißen, als Mel den ersten Schuss abgab.

Das Geschoss bohrte sich genau vor Carolyn Sturges' Nase in den Parkettboden. Splitter flogen hoch. Einer traf sie dicht unter dem rechten Auge, sodass ihr sofort Blut übers Gesicht lief. Sie nahm undeutlich wahr, dass jetzt alle Leute schrien und kreischten. Sie kniete auf dem Gang, packte Aidan an den Schultern und ließ ihn wie einen Ball von sich abprallen. Er flog erschrocken, aber unverletzt in die Reihe zurück, in der sie gesessen hatten.

»WAFFE! SIE HAT EINE WAFFE!«, brüllte Freddy Denton und stieß Mel beiseite. Später würde er schwören, die junge Frau habe nach dem Revolver gegriffen und er habe sie nur kampfunfähig machen wollen.

23   Dank den Lautsprechern hörten die drei in dem Van Sitzenden, welchen unerwarteten Verlauf die Ereignisse im Rathaussaal plötzlich nahmen. Big Jims Rede und der Applaus, der sie begleitete, wurden von irgendeiner Frau unterbrochen, die laut sprach, aber zu weit vom Mikrofon entfernt war, als dass sie hätten verstehen können, was sie sagte. Ihre Stimme ging in allgemeiner Unruhe unter, aus der spitze Schreie herausstachen. Dann fiel ein Schuss.

»Was zum *Teufel*?«, fragte Rommie.

Weitere Schüsse. Zwei, vielleicht drei. Dazu weitere Schreie.

»Unwichtig«, sagte Jackie. »Fahr los, Ernie, und beeil dich. Wenn wir diese Sache durchziehen wollen, müssen wir uns ranhalten.«

24   »*Nein!*«, rief Linda und sprang auf. »*Nicht schießen! Hier sind Kinder! IM SAAL SIND KINDER!*«

Im Rathaussaal brach ein Tumult los. Für einige Augenblicke waren die Leute vielleicht keine Viehherde gewesen,

954

aber jetzt waren sie eine. Eine kopflose Flucht zum Ausgang setzte ein. Die Ersten gelangten ins Freie, aber dann bildete sich ein Stau. Die wenigen halbwegs vernünftig Gebliebenen hasteten den Mittel- und die Seitengänge zu den Notausgängen beiderseits des Podiums entlang, aber sie blieben eine Minderheit.

Linda griff nach Carolyn Sturges und wollte sie in die relative Sicherheit der Sitzreihen zurückziehen, als Toby Manning, der den Mittelgang hinunterspurtete, mit ihr zusammenprallte. Sein Knie traf Lindas Hinterkopf, sodass sie benommen nach vorn fiel.

»*Caro!*«, kreischte Alice Appleton irgendwo in weiter Ferne. »*Caro, steh auf! Caro, steh auf! Caro, steh auf!*«

Carolyn begann sich aufzurichten. In diesem Augenblick traf Freddy Dentons Schuss sie mitten zwischen die Augen und tötete sie auf der Stelle. Die Kinder begannen zu schreien. Ihre Gesichter waren sommersprossig von Carolyns Blut.

Linda registrierte vage, dass sie getreten wurde, dass Leute auf sie traten. Sie richtete sich auf allen vieren auf (stehen konnte sie im Augenblick unmöglich) und kroch über den Gang in die gegenüberliegende Sitzreihe. Ihre Hand glitt in der Lache aus Carolyns Blut aus.

Alice und Aidan versuchten, Caro zu erreichen. Weil Andi wusste, dass sie ernsthaft verletzt werden konnten, wenn sie den Gang erreichten (und weil sie nicht wollte, dass sie die Tote sahen, die sie für die Mutter der Kinder hielt), beugte sie sich über den Sitz vor ihr, um sie aufzuhalten. Den Umschlag mit der VADER-Akte hatte sie fallen lassen.

Darauf hatte Carter Thibodeau gewartet. Er stand weiter vor Rennie, den er mit seinem Körper schützte, aber er hatte seine Pistole gezogen und auf seinen linken Unterarm gelegt. Jetzt drückte er ab, und diese lästige Person in dem roten Kleid – die Frau, die an dem Aufruhr schuld war – taumelte rückwärts und ging zu Boden.

Im Rathaussaal herrschte Chaos, aber Carter achtete nicht darauf. Er kam vom Podium herab und hielt gelassen auf die Stelle zu, wo die Frau in Rot zu Boden gegangen war. Leute, die auf dem Mittelgang auf ihn zugerannt kamen, schleuderte er mal nach links, mal nach rechts zur Seite. Das kleine Mädchen wollte sich weinend an sein Bein klammern, aber Carter beförderte es mit einem Tritt zur Seite, ohne es eines Blickes zu würdigen.

Den Umschlag sah er nicht gleich. Dann entdeckte er ihn neben einer der ausgestreckten Hände von Grinnell. Ein großer blutiger Schuhabdruck machte das Wort VADER beinahe unleserlich. Carter, weiterhin ein ruhender Pol im Chaos, sah sich um und stellte fest, dass Rennie schockiert und ungläubig beobachtete, wie sein Publikum auseinanderlief. Gut.

Carter zog sein Hemd hinten aus der Hose. Eine schreiende Frau – wieder einmal Carla Venziano – prallte gegen ihn, und er stieß sie grob beiseite. Dann stopfte er sich den VADER-Umschlag hinten in den Hosenbund und zog sein Hemd darüber, um ihn zu tarnen.

Eine kleine Rückversicherung konnte nie schaden.

Um nicht von hinten überrascht zu werden, bewegte er sich rückwärts zum Podium zurück. Als er die kleine Treppe erreichte, drehte er sich um und trabte sie hinauf. Randolph, der furchtlose Polizeichef von The Mill, saß noch auf seinem Platz. Seine Hände lagen weiter untätig auf den massigen Oberschenkeln. Bis auf die auf seiner Stirn pochende Ader hätte er eine Statue sein können.

Carter nahm Big Jim am Arm. »Kommen Sie, Boss.«

Big Jim starrte ihn an, als wüsste er nicht recht, wo oder sogar wer er war. Dann hellte sein Gesicht sich etwas auf. »Grinnell?«

Carter deutete auf die im Mittelgang liegende Tote und die größer werdende Lache um ihren Kopf, deren Farbe genau zu ihrem Kleid passte.

»Okay, gut«, sagte Big Jim. »Wir müssen hier raus. Nach unten. Sie auch, Peter. Aufstehen!« Als Randolph weiter nur dahockte und die in Panik geratene Menge anstarrte, trat Big Jim ihn vors Schienbein. »*Bewegung!*«

In dem allgemeinen Tumult hörte niemand die Schüsse von nebenan.

25 Barbie und Rusty starrten sich gegenseitig an.

»Was *zum Teufel* geht dort drüben vor?«, fragte Rusty.

»Keine Ahnung«, sagte Barbie, »aber es klingt nicht gut.«

Aus dem Rathaus hallten weitere Schüsse herüber, dann fiel einer in viel größerer Nähe: im Erdgeschoss der Polizeistation. Barbie hoffte, dass es ihre Leute waren … bis er jemanden rufen hörte: *»Nein, Junior! Bist du übergeschnappt, oder was? Wardlaw, hilf mir!«* Weitere Schüsse folgten. Vier, vielleicht fünf.

»Jesus!«, sagte Rusty. »Sieht schlecht für uns aus.«

»Ich weiß«, sagte Barbie.

26 Junior blieb auf den Stufen zum Eingang der Polizeistation stehen und sah sich über die Schulter hinweg nach dem neuen Tumult um, der im Rathaus ausgebrochen war. Alle Leute, die auf Bänken im Freien gesessen hatten, waren aufgesprungen und verrenkten sich die Hälse, aber es gab nichts zu sehen. Nicht für sie, nicht für ihn. Vielleicht hatte jemand seinen Vater ermordet – das konnte er hoffen; es hätte ihm Arbeit erspart –, aber als Erstes hatte er in der Polizeistation zu tun. Genauer gesagt im Keller, wo die Zellen waren.

Junior stieß die Eingangstür mit dem großen Schild WIR ARBEITEN ZUSAMMEN: IHRE HIESIGE POLIZEI UND SIE auf. Stacey Moggin kam auf ihn zugehastet. Rupe Libby war dicht hinter ihr. Im Bereitschaftsraum stand Mickey Wardlaw unter dem Schild, das griesgrämig verkündete: KAFFEE UND DONUTS SIND *NICHT* KOSTENLOS. Trotz seiner hünenhaften Gestalt wirkte er sehr unsicher und ängstlich.

»Sie können hier nicht rein, Junior«, sagte Stacey.

»Klar kann ich das.« Statt *klar* sagte er *kelaah*. Schuld daran war die Starre, die nun auch seinen linken Mundwinkel erfasst hatte. Thalliumvergiftung! Barbie! »Bin bei der Polizei.« *Bin beier Pullisei.*

»Sie sind betrunken, das sind Sie. Was geht dort drüben vor?« Aber dann – vielleicht weil sie annahm, dass er zu keiner verständlichen Antwort imstande war – legte die Schlampe ihm eine Hand flach auf die Brust und stieß ihn zurück. Dabei geriet er wegen seines verletzten Beins ins Straucheln und ging fast zu Boden. »Verschwinden Sie, Junior.« Stacey sah sich um und sprach die letzten Worte ihres Lebens. »Hiergeblieben, Wardlaw! Niemand darf in den Keller.«

Als sie sich wieder umdrehte, um Junior vor sich her aus dem Gebäude zu drängen, sah sie in die Mündung einer Polizei-Beretta. Sie hatte noch Zeit für einen einzigen Gedanken – *O nein, das täte er nie* –, dann traf sie ein schmerzloser Boxhieb zwischen die Brüste und ließ sie zurücktaumeln. Als ihr Kopf nach hinten fiel, sah sie Rupe Libbys verblüfftes Gesicht umgekehrt über sich. Dann wurde es dunkel um sie.

»*Nein, Junior! Bist du übergeschnappt oder was?*«, rief Rupe erschrocken, während er sich bemühte, seine Dienstwaffe zu ziehen. »*Wardlaw, hilf mir!*«

Aber Mickey Wardlaw stand nur stumm glotzend dabei, als Junior Piper Libbys Cousin mit fünf Schüssen durchsiebte. Seine linke Hand war gefühllos, aber die rechte war noch in Ordnung; man brauchte nicht mal ein besonders guter Schütze zu sein, wenn man aus zwei Metern auf ein stationäres Ziel schoss. Die beiden ersten Schüsse gingen in Rupes Bauch, sodass er rückwärts gegen Stacey Moggins Schreibtisch taumelte und ihn umwarf. Rupe krümmte sich zusammen, die Arme um seinen Körper geschlungen. Juniors dritter Schuss ging daneben, aber die beiden nächsten durchschlugen Rupes Schädeldecke. Er ging in einer grotesk ballettartigen Pose zu Boden: mit fast zum Spagat gespreizten Beinen, während sein Kopf – was noch davon übrig war – wie zu einer letzten tiefen Verbeugung den Boden berührte.

Junior kam mit schussbereiter Beretta, die noch rauchte, in den Bereitschaftsraum gehinkt. Wie viele Schüsse er abgegeben hatte, wusste er nicht mehr genau; er tippte auf sieben. Vielleicht auch acht. Oder neunundelfzig – wer konnte das schon sicher wissen? Die pochenden Kopfschmerzen waren wieder da.

Mickey Wardlaw hob die Hand. Auf seinem Gesicht stand ein ängstliches, beschwichtigendes Lächeln. »Ich halt dich nicht auf, Bro«, sagte er. »Tu, was du tun musst.« Und er machte das Friedenszeichen.

»Das tue ich«, sagte Junior. »Bro.«

Er schoss auf Mickey. Während der große Kerl zu Boden ging, umrahmte das Friedenszeichen das Loch in seinem Kopf, in dem zuvor ein Auge gesessen hatte. Das verbliebene Auge drehte sich nach oben, um Junior mit der stummen Demut eines Schafs in der Scherbox anzusehen. Junior drückte erneut ab, nur um sicherzugehen. Dann sah er sich um. Anscheinend hatte er die Polizeistation nun für sich.

»Okay«, sagte er. »Oh…*kay.*«

Er machte einen Schritt in Richtung Treppe, dann kehrte er hinkend zu Stacey Moggins Leiche zurück. Er überzeugte sich davon, dass sie eine Beretta Taurus wie seine trug, und zog das Magazin aus seiner Pistole. Er ersetzte es durch ein volles von ihrem Gürtel.

Junior wandte sich ab, sank auf ein Knie und kam wieder hoch. Der schwarze Fleck am linken Rand seines Gesichtsfelds erschien ihm jetzt so groß wie ein Mannlochdeckel, was vermutlich bedeutete, dass sein linkes Auge ziemlich erledigt war. Nun, das störte nicht weiter; würde er mehr als ein Auge brauchen, um einen Mann in einer engen Haftzelle zu erschießen, taugte er als Schütze ohnehin nichts. Er durchquerte den Bereitschaftsraum, rutschte im Blut des verstorbenen Mickey Wardlaw aus und ging erneut fast zu Boden. Auch diesmal fing er den Sturz eben noch ab. Sein Kopf pochte, aber das begrüßte er sogar. *Das hält mich wach,* dachte er.

»Hallo, *Baaarbie*«, rief er die Treppe hinunter. »Ich weiß jetzt, was du mir angetan hast, und komme, um dich zu erledigen. Beeil dich lieber, wenn du noch ein Gebet sprechen willst.«

27　　Rusty beobachtete, wie die hinkenden Beine die Metallstufen herabkamen. Er konnte Pulverdampf riechen, er konnte Blut riechen, und er begriff mit einiger Klarheit, dass seine letzte Stunde geschlagen hatte. Obwohl der Hinkende es auf Barbie abgesehen hatte, würde er es sicher nicht versäumen, im Vorbeigehen auch einen inhaftierten Arzthelfer zu erledigen. Er würde Linda und die Little Js nie wiedersehen.

Juniors Brustkorb kam in Sicht, dann sein Hals, dann sein Kopf. Rusty betrachtete den zu einem erstarrten Grinsen verzogenen Mund und das linke Auge, aus dem Blut sickerte, und dachte: *Ziemlich weit fortgeschritten. Ein Wunder, dass er noch auf den Beinen ist, und schade, dass er nicht noch etwas warten konnte. Etwas länger, dann hätte er es nicht mal mehr über die Straße geschafft.*

Gedämpft, fast wie aus einer anderen Welt, hörte er eine durch einen Handlautsprecher verstärkte Stimme aus dem Rathaus: »BERUHIGEN SIE SICH! KEIN GRUND ZUR PANIK! DIE GEFAHR IST VORBEI! HIER SPRICHT OFFICER MORRISON, UND ICH WIEDERHOLE: DIE GEFAHR IST VORBEI!«

Junior rutschte aus, aber inzwischen war er schon auf der letzten Stufe. Statt die Treppe hinunterzufallen und sich das Genick zu brechen, sank er nur auf ein Knie. So verharrte er einige Augenblicke lang wie ein Boxer, der abwartet, bis der Ringrichter bei acht angelangt ist, bevor er aufsteht und weiterkämpft. Rusty erschien alles sehr nah, klar und wertvoll. Die kostbare Welt, die plötzlich durchscheinend, fast immateriell geworden war, glich nur noch einem dünnen Gazeschleier zwischen ihm und dem, was als Nächstes kommen würde. Falls es überhaupt etwas gab.

Kipp ganz nach vorn, versuchte er Junior zu suggerieren. *Fall aufs Gesicht. Verlier das Bewusstsein, du Wichser.*

Aber Junior rappelte sich mühsam auf, betrachtete die Pistole in seiner Hand, als sähe er so ein Ding zum ersten Mal, und starrte dann den Korridor entlang zu der hintersten Zelle, in der Barbie stand, mit den Händen zwei Gitterstäbe umklammerte und seinen Blick erwiderte.

»Baaarbie«, flüsterte Junior krächzend und setzte sich in Bewegung.

Rusty wich an die Wand zurück, in der Hoffnung, dass Ju-

960

nior ihn im Vorbeigehen übersehen würde. Und sich vielleicht selbst erschoss, wenn er mit Barbie fertig war. Ihm war bewusst, dass das erbärmliche Gedanken waren, aber er wusste auch, dass es praktische Gedanken waren. Barbie konnte er nicht helfen, aber vielleicht konnte er es schaffen, selbst zu überleben.

Und das hätte vielleicht funktioniert, wenn er in einer der Zellen auf der linken Seite des Korridors gewesen wäre, weil das Juniors blinde Seite war. Aber Rusty war in eine der rechten gesteckt worden, und Junior sah, wie er sich bewegte. Er blieb stehen und musterte ihn forschend, wobei sein halb erstarrtes Gesicht verwirrt und verschlagen zugleich wirkte.

»Fusty«, sagte er. »So heißt du doch? Oder Berrick? Ich hab's vergessen.«

Rusty wollte um sein Leben betteln, aber die Zunge klebte ihm am Gaumen. Und was hätte alles Betteln genutzt? Der junge Mann hob bereits die Waffe. Junior würde ihn erschießen. Keine Macht der Welt konnte ihn noch daran hindern.

In dieser äußersten Notlage nutzte Rustys Verstand eine Zuflucht, die schon viele andere Köpfe in ihren letzten bewussten Augenblicken gefunden hatten – bevor der Schalter umgelegt, die Falltür geöffnet, der Abzug betätigt wurde. *Das hier ist ein Traum, sagte er sich. Alles nur ein schlechter Traum. Der Dome, der Wahnsinn auf Dinsmores Weide, die Lebensmittelunruhen ... auch dieser junge Mann. Sobald er abdrückt, ist der Traum zu Ende, und ich wache an einem kühlen, frischen Morgen in meinem eigenen Bett auf. Ich wende mich Linda zu und sage: »Du kannst dir nicht vorstellen, was für einen Alptraum ich hatte.«*

»Mach die Augen zu, Rusty«, sagte Junior. »Ist besser so.«

28 Als Jackie Wettington die Polizeistation betrat, war ihr erster Gedanke: *O mein Gott, hier ist alles voller Blut.*

Stacey Moggin, deren Haare wie eine Korona um ihren Kopf ausgebreitet waren, lag unter dem Schwarzen Brett mit den Veranstaltungen in Chester's Mill und starrte blicklos zur Decke auf. Ein weiterer Cop – sie konnte nicht erkennen, wer es war, lag mit unnatürlich weit gespreizten Beinen vor dem umgestürzten Empfangstresen auf dem Gesicht. Im Bereitschaftsraum lag ein dritter Cop tot auf der Seite. Das musste Wardlaw, einer der Neuen sein. So riesig war sonst niemand. Das Schild über dem Tisch mit der Kaffeemaschine war mit Blut und Gehirnmasse des Jungen bespritzt. Zu lesen war nur noch: K FFEE UND DO SIND *ICHT* KOSTENLOS.

Hinter ihr war ein leises Klacken zu hören. Jackie fuhr herum und merkte erst, dass sie ihre Pistole hochgerissen hatte, als sie auf Rommie Burpee zielte. Rommie achtete nicht auf sie; er starrte die drei toten Cops an. Das Klacken hatte seine Dick-Cheney-Maske verursacht. Er hatte sie abgenommen und zu Boden fallen lassen.

»Herr des Himmels, was ist hier passiert?«, fragte er. »Ist das …«

Bevor er diesen Satz zu Ende bringen konnte, kam aus dem Kellergeschoss eine laute Stimme: *»He, Arschgesicht! Ich hab dich erwischt, was? Ich hab dich sauber erwischt!«*

Und danach unglaublicherweise Lachen. Schrilles, wahnsinniges Gelächter. Jackie und Rommie, die wie gelähmt dastanden, konnten sich nur anstarren.

Dann sagte Rommie: »Ich glaub, das war Barbara.«

29 Ernie Calvert saß am Steuer des ehemaligen AT&T-Kastenwagens, der mit laufendem Motor an dem Randstein parkte, auf dem in Schablonenschrift stand: DIENSTL. BESUCHE BIS ZU 10 MIN. Er hatte alle Türen verriegelt, weil er fürchtete, sein Fahrzeug könnte sonst von einer oder mehreren Personen aus der Menge, die aus dem Rathaus flüchtete, entführt werden. Das Gewehr, das Rommie hinter dem Fahrersitz verstaut hatte, lag auf seinen Knien, aber er wusste nicht recht, ob er es schaffen würde, auf jemanden zu schießen, der die Tür aufzubrechen versuchte; er kannte alle diese

Leute, hatte ihnen viele Jahre lang Lebensmittel verkauft. Panische Angst hatte ihre Gesichter verzerrt, aber nicht unkenntlich gemacht.

Er sah Henry Morrison auf dem Rasen vor dem Rathaus hin und her laufen wie ein Jagdhund, der eine Fährte aufzunehmen versucht. Er brüllte in seinen Handlautsprecher und versuchte, etwas Ordnung in das Chaos zu bringen. Einer der Flüchtenden rannte ihn um, aber Henry, Gott segne ihn, war sofort wieder auf den Beinen.

Und nun tauchten weitere Ordnungshüter auf: Georgie Frederick, Marty Arsenault, der junge Searles (an dem Kopfverband, den er noch immer trug, leicht zu erkennen), die Brüder Bowie, Roger Killian und noch ein paar Neue. Freddy Denton kam die breite Treppe vor dem Rathaus mit schussbereit gehaltener Pistole heruntermarschiert. Randolph war nirgends zu sehen, obwohl jeder, der es nicht besser wusste, erwartet hätte, dass der Polizeichef das Befriedungsteam, das seinerseits kurz davor war, ins Chaos abzugleiten, selbst befehligen würde.

Ernie *wusste* es besser. Peter Randolph war schon immer ein ineffizienter Polterer gewesen, und seine Abwesenheit bei diesem speziellen Chaos-Zirkus überraschte Ernie nicht im Geringsten. Sie bereitete ihm auch keine Sorgen. Sorgen *bereitete* ihm hingegen, dass niemand aus der Polizeistation kam, in der weitere Schüsse gefallen waren. Sie hatten gedämpft geklungen, als kämen sie aus dem Keller mit den Gefängniszellen.

Obwohl Ernie sonst nie betete, betete er jetzt. Dass keiner der aus dem Rathaus Flüchtenden den alten Mann am Steuer des mit laufendem Motor vor der Polizeistation wartenden Kastenwagens bemerkte. Dass Jackie und Rommie mit oder ohne Barbara und Everett heil herauskamen. Als ihm klarwurde, dass er einfach wegfahren könnte, war er schockiert darüber, wie verlockend diese Idee war.

Sein Handy klingelte.

Einen Augenblick lang saß er nur da, weil er nicht wusste, ob er richtig gehört hatte, dann riss er es von seinem Gürtel. Als er das Handy aufklappte, las er JOANIE auf dem Display. Aber die Anruferin war nicht seine Schwiegertochter, sondern Norrie.

»Grampa! Alles in Ordnung mit dir?«

»Bestens«, sagte er, während er weiter das Chaos beobachtete.

»Habt ihr sie rausgeholt?«

»Wir sind dabei, Schatz«, sagte er und konnte nur hoffen, dass das stimmte. »Ich kann nicht lange reden. Bist du in Sicherheit? Bist du auf der … an dem Ort?«

»Ja! Grampy, *er leuchtet nachts*! Der Strahlungsgürtel! Unsere Autos haben auch geleuchtet, aber das hat bald wieder aufgehört. Julia glaubt, dass das nicht gefährlich ist. Sie sagt, das ist sicher nur eine Fälschung, um Leute abzuschrecken!«

Verlasst euch lieber nicht darauf, dachte Ernie.

Aus der Polizeistation drangen erneut zwei dumpfe, gedämpft klingende Schussknalle. Im Untergeschoss mit den Zellen musste jetzt jemand tot daliegen; das erschien ihm fast unausweichlich.

»Norrie, ich kann jetzt nicht lange telefonieren.«

»Glaubst du, dass alles klappt, Grampa?«

»Ja, ja. Ich hab dich lieb, Norrie.«

Ernie klappte sein Handy zu. *Er leuchtet,* dachte er – und fragte sich, ob er dieses Leuchten jemals zu sehen bekommen würde. Die Black Ridge war nahe (in einer Kleinstadt ist alles nahe), aber im Augenblick schien sie sehr weit entfernt zu sein. Er beobachtete den Eingang der Polizeistation und versuchte, seine Freunde durch Gedankenkraft zum Herauskommen zu bewegen. Als das nicht gelang, stieg er aus dem Van. Er konnte nicht länger untätig rumsitzen und warten. Er musste da rein und selbst sehen, was dort vor sich ging.

30   Barbie sah, wie Junior die Pistole hob. Er hörte, wie Junior Rusty aufforderte, die Augen zu schließen. Ohne nachzudenken und ohne rechte Vorstellung davon, was er sagen würde, bevor die Worte aus seinem Mund kamen, rief er: »*He, Arschgesicht! Ich hab dich erwischt, was? Ich hab dich sauber erwischt!*« Das darauf folgende Lachen klang wie das schrille Lachen eines Wahnsinnigen, der seine Pillen zu früh abgesetzt hat.

So lache ich also, wenn ich den Tod vor Augen habe, dachte Barbie. *Das muss ich mir merken.* Darüber musste er noch mehr lachen.

Junior wandte sich ihm zu. Seine rechte Gesichtshälfte zeigte einen überraschten Ausdruck, während die linke zu einer finsteren Grimasse erstarrt war. Das erinnerte Barbie an irgendeinen Superschurken, von dem er in seiner Jugend gelesen hatte, aber er konnte sich nicht mehr an seinen Namen erinnern. Wahrscheinlich einer von Batmans Feinden, die waren immer am gruseligsten gewesen. Dann fiel ihm ein, wie sein kleiner Bruder Wendell einmal *Freinde* gesagt hatte, als er *Feinde* gemeint hatte. Darüber musste er erst recht lachen.

Man kann bestimmt schlechter abtreten, sagte er sich, als er die Hände durchs Zellengitter streckte und Junior beide Stinkefinger zeigte. *Erinnerst du dich an Maat Stubb in* Moby Dick? »*Welches Los mich auch erwartet, ich werde es lachend auf mich nehmen.*«

Als Junior sah, dass Barbie ihm den Stinkefinger zeigte – in Stereo –, verlor er sofort alles Interesse an Rusty. Er kam mit schussbereiter Pistole den Mittelgang entlang. Barbies Sinne waren jetzt sehr geschärft, aber er traute ihnen nicht. Dass er oben Leute reden und sich bewegen hörte, bildete er sich sicher nur ein. Trotzdem nutzte man sein bisschen Spielraum bis zum bitteren Ende. Wenigstens konnte er Rusty so noch ein paar Atemzüge extra verschaffen, noch eine kurze Gnadenfrist.

»Da bist du ja, Arschgesicht«, sagte er. »Weißt du noch, wie ich es dir vor dem Dipper's besorgt habe? Du hast gewinselt wie ein kleiner Hund.«

»Hab ich nicht.«

So wie die Wörter rauskamen, klangen sie wie der Name eines exotischen Spezialgerichts auf einer chinesischen Speisekarte. Juniors Gesicht sah grausig aus. Aus seinem linken

Auge rann Blut und sickerte durch schwarze Bartstoppeln. Barbie begann zu glauben, dass er vielleicht doch noch eine Chance hatte. Keine große, aber eine geringe Chance war besser als gar keine. Er fing an, vor seiner Koje und dem Klo auf und ab zu gehen, erst langsam, dann immer rascher. *Jetzt weißt du, wie einem laufenden Keiler in einer Schießbude zumute ist,* dachte er. *Auch das musst du dir merken.*

Junior verfolgte seine Bewegungen mit seinem gesunden rechten Auge. »Hast du sie gebumst? Hast du Angie gebumst?« Hassu sie ge'umst? Hassu An'jii ge'umst?

Barbie lachte. Wieder das verrückte Lachen, das er nicht als sein eigenes erkannte, aber trotzdem unverfälscht echt. »Ob ich sie gebumst habe? Ob ich sie gebumst habe? Junior, ich hab sie mit der richtigen Seite nach oben, ihrer Oberseite unten und ihrem Hintern mittendrin gebumst. Ich hab sie gebumst, bis sie ›Hail to the Chief‹ und ›Bad Moon Rising‹ gesungen hat. Ich hab sie gebumst, bis sie mit den Fäusten auf den Boden getrommelt und mehr, viel mehr verlangt hat. Ich …«

Junior wandte seinen Kopf der Pistole zu. Als Barbie das sah, zuckte er sofort nach links. Junior drückte ab. Das Geschoss traf die mit Klinkern verkleidete Rückwand der Zelle, dass dunkelrote Ziegelsplitter durch die Luft stoben. Einige trafen die Gitterstäbe – obwohl der Schussknall in seinen Ohren nachhallte, hörte Barbie ein mechanisches Scheppern wie von Erbsen in einer Blechdose –, aber keiner von ihnen traf Junior. Scheiße. Aus der anderen Zelle rief Rusty etwas, vielleicht um Junior abzulenken, aber das funktionierte nicht mehr. Junior hatte jetzt sein Hauptziel im Visier.

Nein, noch nicht, dachte Barbie. Er lachte weiter. Das war verrückt, durchgeknallt, aber nicht zu ändern. *Noch lange nicht, du hässlicher einäugiger Wichser.*

»Sie hat gesagt, dass du ihn nicht hochkriegst, Junior. Sie hat dich El Schlappschwanz Supremo genannt. Darüber haben wir gelacht, während wir …« Er sprang in dem Augenblick nach rechts, in dem Junior abdrückte. Diesmal hörte er die Kugel links an seinem Kopf vorbeipfeifen. Wieder stoben Ziegelsplitter. Einer traf Barbies Nacken.

»He, Junior, was ist los mit dir? Du schießt, wie Murmeltiere rechnen. Bist du im Kopf nicht ganz richtig? Das haben Angie und Frankie immer gesagt …«

Barbie täuschte einen Ausbruch nach rechts vor und spurtete dann nach links. Junior schoss dreimal, sodass der beißende Gestank von Pulverdampf die Zelle erfüllte. Zwei der Geschosse gruben sich in die Klinkerwand; das dritte durchschlug die Metallkloschüssel ungefähr eine Handbreit über dem Fußboden. Wasser begann herauszusprudeln. Barbie prallte mit solcher Gewalt an die gegenüberliegende Wand, dass seine Zähne klapperten.

»Hab dich jetzt«, keuchte Junior. *Haw' di jezz.* Aber tief in seinem überhitzten Denkapparat fragte er sich, ob das stimmte. Sein linkes Auge war blind, und mit dem rechten sah er nur noch verschwommen. Es zeigte ihm nicht einen Barbie, sondern gleich drei.

Der verhasste Scheißkerl warf sich zu Boden, als Junior abdrückte, sodass auch dieser Schuss danebenging. Mitten in dem Kopfkissen auf der Koje öffnete sich ein kleines schwarzes Auge. Aber wenigstens war er jetzt nicht mehr auf den Beinen. Kein Laufen und Hakenschlagen mehr. *Ein Glück, dass ich mir das volle Magazin geholt habe,* dachte Junior.

»Du hast mich vergiftet, *Baaarbie.*«

Barbie stimmte sofort zu, obwohl er keine Ahnung hatte, wovon Junior redete. »Stimmt, du widerliche kleine Fickpuppe, das hab ich getan.«

Junior steckte die Beretta zwischen den Gitterstäben hindurch und kniff sein schlimmes linkes Auge zu; jetzt sah er nur noch zwei Barbies. Seine Zunge war zwischen seine Zähne eingeklemmt. Blut und Schweiß liefen ihm übers Gesicht. »Mal sehen, wie du jetzt rennst, *Baaarbie.*«

Rennen konnte Barbie nicht, aber er konnte kriechen, und das tat er jetzt – genau auf Junior zu. Die nächste Kugel pfiff über seinen Kopf hinweg, und er spürte ein vages Brennen an einer Gesäßbacke, als das Geschoss seine Jeans und die Unterhose aufschlitzte und die oberste Hautschicht darunter wegriss.

Junior taumelte rückwärts, stolperte, wäre fast gestürzt, bekam die Gitterstäbe der Zelle rechts neben ihm zu fassen und zog sich daran hoch. »*Halt still, Wichser!*«

Barbie warf sich zu seiner Koje herum und tastete unter der Matratze nach seinem Messer. Er hatte das Scheißmesser glatt vergessen!

»Du willst es in den Rücken?«, fragte Junior hinter ihm. »Okay, ist mir alles recht.«

»*Knall ihn ab!*«, brüllte Rusty. »*Knall ihn ab, KNALL IHN AB!*«

Bevor der nächste Schuss fiel, konnte Barbie gerade noch denken: *Verdammte Scheiße, Everett, auf wessen Seite stehst du eigentlich?*

31   Jackie kam mit Rommie hinter sich die Treppe herunter. Sie hatte noch Zeit, den durchs Untergeschoss wabernden Pulverdampf zu sehen und zu riechen, dann begann Rusty Everett zu brüllen: *Knall ihn ab, knall ihn ab.*

Sie sah Junior Rennie am Ende des Korridors an der Querzelle, die bei den Cops manchmal The Ritz hieß, stehen, den Körper gegen die Gitterstäbe gedrückt. Auch er kreischte etwas, was aber unverständlich blieb.

Jackie überlegte nicht lange. Sie forderte Junior auch nicht auf, die Hände zu heben und sich langsam umzudrehen. Sie schoss ihn nur zweimal in den Rücken. Eine Kugel durchschlug den rechten Lungenflügel, die andere sein Herz. Junior war tot, bevor er mit seinem Gesicht zwischen zwei Gitterstäben zu Boden glitt, wobei die Haut über den Wangenknochen so stark hochgezogen wurde, dass es einer japanischen Totenmaske glich.

Juniors zusammensackender Körper gab den Blick auf Dale Barbara frei, der mit seinem bisher sorgfältig versteckten Messer in der Hand auf seiner Koje hockte. Er hatte nicht einmal die Chance gehabt, die Klinge auszuklappen.

32   Freddy Denton packte Officer Henry Morrison an der Schulter. Denton war heute Abend nicht sein spezieller Freund, würde es auch nie wieder werden. *Nicht, dass er es jemals gewesen wäre*, dachte Henry mürrisch.

Denton zeigte zur Polizeistation hinüber. »Was hat dieser alte Trottel Calvert bei uns zu suchen?«

»Woher zum Teufel soll ich das wissen?«, fragte Henry und griff sich Donnie Baribeau, als der vorbeilief und unsinniges Zeug über Terroristen brüllte.

»Nicht aufregen!«, blaffte Henry ihm ins Gesicht. »Die Sache ist gelaufen! Alles ist cool!«

Donnie hatte Henry zehn Jahre lang zweimal im Monat die Haare geschnitten und dabei dieselben abgestandenen Witze erzählt, aber jetzt glotzte er Henry wie einen Wildfremden an. Dann riss er sich los und rannte in Richtung East Street davon, wo sein Frisiersalon lag. Vielleicht wollte er dort Zuflucht suchen.

»Kein Zivilist hat heute Nacht etwas in der Station zu suchen«, sagte Freddy. Mel Searles tauchte mit hochrotem Gesicht neben ihm auf.

»Warum gehst du nicht rüber und kontrollierst ihn, Killer?«, fragte Henry. »Diesen Tollpatsch kannst du am besten gleich mitnehmen. Weil keiner von euch beiden hier auch nur für irgendwas gut ist.«

»Sie hat nach einer Waffe gegriffen«, behauptete Freddy – wie später noch sehr oft. »Und ich wollte sie nicht erschießen. Bloß kampfunfähig machen, irgendwie.«

Henry hatte nicht die Absicht, darüber mit ihm zu diskutieren. »Geht rüber und sagt dem alten Knacker, dass er verschwinden soll. Ihr könnt auch dafür sorgen, dass niemand versucht, die Häftlinge zu befreien, solange wir hier draußen herumrennen wie Hühner ohne Kopf.«

Freddy Dentons trübseliger Blick hellte sich auf. »Die Häftlinge! Los, Mel, mitkommen!«

Sie setzten sich in Bewegung, erstarrten aber sofort wieder, als drei Meter hinter ihnen Henrys Megafonstimme brüllte: »UND STECKT EURE WAFFEN WEG, IHR IDIOTEN!«

Freddy tat, was die Lautsprecherstimme befahl. Auch Mel gehorchte. Als die beiden die War Memorial Plaza überquerten und zum Eingang der Polizeistation hinauftrabten, steckten ihre Waffen in den Halftern, was vermutlich ein großes Glück für Norries Großvater war.

33   *Überall Blut*, dachte Ernie, genau wie Jackie zuvor. Er starrte die Erschossenen entsetzt an, dann setzte er sich widerwillig in Bewegung. Aus dem Schreibtisch des Wachhabenden war alles herausgefallen, als Rupe Libby ihn umgeworfen hatte. Zwischen allen möglichen Sachen lag eine rote Kunststoffkarte, mit der die Leute im Untergeschoss hoffentlich noch etwas anfangen konnten.

Ernie bückte sich, um sie aufzuheben (und ermahnte sich, nicht zu kotzen, beruhigte sich damit, dass das hier immer noch besser war, als das A-Shau-Tal in Vietnam), als jemand hinter ihm sagte: »Heiliger Jesus auf dem Fahrrad! Aufstehen, Calvert, aber langsam! Hände auf den Kopf!«

Freddy und Mel waren jedoch erst dabei, nach ihren Waffen zu greifen, als Rommie die Treppe heraufkam, um zu suchen, was Ernie bereits gefunden hatte. Rommie hatte die Pumpgun Black Shadow, die er aus seinem Safe mitgenommen hatte, und zielte damit auf die beiden Cops, ohne auch nur einen Augenblick zu zögern.

»Ihr wackeren Burschen solltet ganz reinkommen«, wies er sie an. »Und bleibt zusammen. Schulter an Schulter. Sollte ich Licht zwischen euch sehen, schieße ich. Versteh da keinen Spaß, ich.«

»Runter damit«, sagte Freddy. »Wir sind die Polizei.«

»Arschlöcher, das seid ihr. Stellt euch dort drüben ans Schwarze Brett. Und passt auf, dass ihr euch dabei weiter an den Schultern berührt. Ernie, was tust du hier, verdammt nochmal?«

»Ich hab Schüsse gehört. Ich hab mir Sorgen gemacht.« Er hielt die rote Schlüsselkarte für die Zellentüren hoch. »Die werdet ihr brauchen, denke ich. Außer ... außer sie sind tot.«

»Tot sind sie nicht, aber die Sache war verdammt knapp. Bring die Karte Jackie. Ich bewache inzwischen diese Kerle.«

»Ihr dürft sie nicht freilassen, sie sitzen in U-Haft«, sagte Mel. »Barbie ist ein Mörder. Der andere hat versucht, Mr. Rennie mit irgendwelchen Papieren oder … oder mit irgendwas in der Art reinzulegen.«

Rommie machte sich nicht die Mühe, darauf zu antworten. »Los, Ernie. Beeil dich!«

»Was passiert mit uns?«, fragte Freddy. »Sie erschießen uns doch nicht etwa?«

»Wieso sollte ich Sie erschießen, Freddy? Sie schulden mir noch Geld für die Bodenfräse, die Sie im Frühjahr bei mir gekauft haben. Mit den Ratenzahlungen sind Sie auch in Verzug, wenn ich mich recht erinnere. Nein, wir sperren euch nur in eine Zelle. Mal sehen, wie's euch da unten gefällt. Stinkt ziemlich nach Pisse, aber wer weiß, vielleicht gefällt euch das.«

»Mussten Sie Mickey erschießen?«, fragte Mel. »Er war nur ein bisschen weich in der Birne.«

»Wir haben keinen von ihnen erschossen«, sagte Rommie. »Das war euer guter Freund Junior.« *Nicht dass irgendjemand das morgen Abend glauben wird,* dachte er.

»Junior!«, rief Freddy aus. »Wo ist er?«

»Er schaufelt unten in der Hölle Kohlen, schätze ich«, sagte Rommie. »Da müssen die Neuen immer als Erstes ran.«

34   Barbie, Rusty und Ernie kamen die Treppe herauf. Die beiden ehemaligen Häftlinge machten den Eindruck, als könnten sie nach wie vor nicht recht glauben, dass sie noch lebten. Rommie und Jackie brachten Freddy und Mel ins Zellengeschoss hinunter. Beim Anblick von Juniors zusammengesackter Leiche sagte Mel: »Das werdet ihr noch bereuen!«

»Klappe halten und rein ins neue Heim«, sagte Rommie. »Beide in dieselbe Zelle. Seid schließlich Kumpel.«

Sobald Rommie und Jackie nach oben gegangen waren, begannen die beiden Männer, laut um Hilfe zu schreien.

»Los, wir hauen ab, solange wir noch können«, sagte Ernie.

35 Auf der Treppe sah Rusty zu den rosa Sternen auf und atmete verpestete Luft ein, die zugleich unglaublich süß roch. Er wandte sich an Barbie. »Ich hätte nie gedacht, dass ich den Himmel nochmal sehen würde.«

»Ich auch nicht. Komm, wir verschwinden aus der Stadt, solange wir eine Chance dazu haben. Was hältst du von Miami Beach?«

Rusty lachte noch immer, als er in den Van stieg. Auf dem Rasen vor dem Rathaus waren mehrere Cops, und einer von ihnen – Todd Wendlestat – sah herüber. Ernie hob eine Hand, um ihm zuzuwinken; Rommie und Jackie folgten seinem Beispiel; Wendlestat winkte seinerseits und bückte sich dann, um einer Frau aufzuhelfen, die ausgestreckt im Gras lag, weil sie mit ihren hohen Absätzen umgeknickt war.

Ernie glitt hinters Lenkrad und schloss die unter dem Armaturenbrett heraushängenden Drähte kurz. Der Motor sprang an, die Schiebetür wurde zugeknallt, und der Van fuhr vom Bordstein weg. Er rollte langsam den Town Common Hill hinauf, wobei er sich um einige Besucher der Bürgerversammlung schlängelte, die benommen die Straße entlanggingen. Als sie die Stadtmitte hinter sich hatten, fuhren sie in Richtung Black Ridge weiter und konnten nun Tempo aufnehmen.

AMEISEN

1   Jenseits der rostigen alten Brücke, die ein inzwischen nur noch mit Schlick angefülltes Flussbett überspannte, sahen sie allmählich das Leuchten. Barbie beugte sich zwischen den Vordersitzen des Vans nach vorn. »Was ist das? Sieht wie die größte Indiglo-Uhr der Welt aus.«

»Das ist Strahlung«, sagte Ernie.

»Keine Sorge«, sagte Rommie. »Wir haben reichlich Bleiblech dabei.«

»Während ich auf euch gewartet habe, hat Norrie mich mit dem Handy ihrer Mutter angerufen«, sagte Ernie. »Sie hat mir von dem Leuchten erzählt. Sie sagt, dass Julia es nur für eine Art … Vogelscheuche hält, müsste man wohl sagen. Nicht gefährlich.«

»Ich dachte, Julia hätte nicht Physik, sondern Journalismus studiert«, sagte Jackie. »Sie ist wirklich sehr nett und auch intelligent, aber wir panzern diesen Wagen trotzdem, nicht wahr? Ich hab nämlich keine Lust, als Geburtstagsgeschenk zum Vierzigsten Eierstock- oder Brustkrebs zu kriegen.«

»Wir fahren einfach ganz schnell«, sagte Rommie. »Kannst dir sogar ein Stück Bleiblech vorn in deine Jeans schieben, wenn dir dann wohler ist, dir.«

»Das ist so witzig, dass ich vergessen hab zu lachen«, sagte Jackie … und lachte dann doch, als sie sich selbst in einem Slip aus Blei mit modisch hohem Beinausschnitt vorstellte.

Sie kamen zu dem verendeten Bären am Fuß des Telefonmasts. Er wäre sogar bei ausgeschalteten Scheinwerfern zu sehen gewesen, denn bei dem kombinierten Licht aus rosa Mondschein und Strahlungsgürtel hätte man fast Zeitung lesen können.

Während Rommie und Jackie die Fenster des Vans mit Bleiblech abdeckten, standen die anderen im Halbkreis um den Bärenkadaver.

»Keine Strahlung?«, fragte Barbie nachdenklich.

»Nope«, sagte Rusty. »Selbstmord.«

»Und es gibt weitere Opfer …«

»Ja. Aber kleinere Tiere scheinen nicht gefährdet zu sein. Die Kinder und ich haben viele Vögel gesehen, und in der Obstplantage war ein Eichhörnchen. Auf den ersten Blick putzmunter.«

»Julia hat fast sicher recht«, sagte Barbie. »Der Leuchtgürtel ist eine Art Vogelscheuche, und die verendeten Tiere sollen ebenfalls abschrecken. Die alte Hosenträger-*und*-Gürtel-Methode.«

»Das verstehe ich nicht, mein Freund«, sagte Ernie.

Rusty jedoch, der die Hosenträger-*und*-Gürtel-Methode aus dem Medizinstudium kannte, wusste genau, was Barbie meinte. »Zwei Warnungen zur Abschreckung«, sagte er. »Tagsüber verendete Tiere, nachts ein leuchtender Strahlungsgürtel.«

»Soviel ich weiß«, sagte Rommie, der sich am Straßenrand zu ihnen gesellt hatte, »leuchtet Strahlung nur in Science-Fiction-Filmen.«

Rusty überlegte, ob er ihm erklären sollte, dass sie ja auch in einem Science-Fiction-Film lebten und Rommie das auch bald merken würde, wenn er den unheimlichen Kasten in der Obstplantage sah. Aber Rommie hatte natürlich recht.

»Wir *sollen* sie sehen«, sagte er. »Genau wie die verendeten Tiere. Man soll sich sagen: ›Oha, hier draußen gibt's irgendeine Art Selbstmordstrahlung, die sich auf große Säugetiere auswirkt. Da halte ich mich lieber fern. Schließlich *bin* ich ein großes Säugetier.‹«

»Aber die Kinder haben sich nicht abhalten lassen«, sagte Barbie.

»Weil sie Kinder sind«, sagte Ernie. Nach kurzem Überlegen fügte er hinzu: »Und Skateboardfahrer. Die sind eine andere Rasse.«

»Das gefällt mir trotzdem nicht«, sagte Jackie, »aber nachdem wir keine andere Zuflucht haben, könnten wir vielleicht durch diesen Van-Allen-Gürtel fahren, bevor mich der Mut verlässt. Nach allem, was im Cop Shop passiert ist, fühle ich mich ein bisschen zittrig.«

»Warte mal«, sagte Barbie. »Hier stimmt irgendwas nicht. Ich erkenne es, aber lasst mich kurz überlegen, wie ich es ausdrücken kann.«

Sie warteten. Mondschein und Strahlung beleuchteten die Überreste des Bären. Barbie starrte ihn an. Schließlich hob er den Kopf.

»Okay, ich will euch sagen, was mich beunruhigt. Wir haben es mit irgendwelchen *Wesen* zu tun. Das wissen wir, weil der Kasten, den Rusty entdeckt hat, kein natürliches Phänomen ist.«

»Das ist etwas Konstruiertes, da hast du verdammt recht«, sagte Rusty. »Aber keine irdische Produktion. Darauf würde ich mein Leben verwetten.« Dann erinnerte er sich daran, wie dicht er vor kaum einer Stunde davor gewesen war, sein Leben zu verlieren, und erschauderte. Jackie legte ihm eine Hand auf die Schulter und drückte sie.

»Klammern wir diesen Aspekt vorläufig aus«, sagte Barbie. »Gibt es *sie*, und wollten sie uns fernhalten, könnten sie das ohne Weiteres. Sie halten die ganze *Welt* von Chester's Mill fern. Weshalb schützen sie ihren Kasten nicht mit einer Minikuppel, wenn sie uns fernhalten wollen?«

»Oder durch einen harmonischen Ton, von dem unsere Gehirne durchgeschmort würden wie Hähnchenschenkel in einem Mikrowellengrill«, schlug Rusty vor, der allmählich begriff, worauf Barbie hinauswollte. »Teufel, warum nicht gleich durch *echte* Strahlung?«

»Vielleicht gibt es echte Strahlung«, sagte Ernie. »Das hat der Geigerzähler, mit dem ihr hier oben wart, ziemlich überzeugend bestätigt.«

»Richtig«, stimmte Barbie zu, »aber heißt das, dass die gemessene Strahlung schädlich sein muss? Rusty und die Kids kriegen keine Geschwüre, verlieren keine Haare oder kotzen sich die Magenwände aus dem Leib.«

»Zumindest bis jetzt noch nicht«, sagte Jackie.

»*Das* is ein Trost«, sagte Rommie.

Barbie überhörte diese Äußerungen. »Wenn *sie* eine Barriere erzeugen können, von der die besten amerikanischen Lenkwaffen wirkungslos abprallen, könnten sie leicht einen Strahlungsgürtel erzeugen, der für Eindringlinge schnell, vielleicht augenblicklich tödlich wäre. Das läge sogar in ihrem Interesse. Einige grausige Menschentode würden Neugierige weit wirkungsvoller abschrecken als ein paar verendete Tiere. Nein, ich denke, Julia hat recht, und der sogenannte Strahlungsgürtel wird sich als harmloses Leuchten erweisen, das nur aufgemotzt worden ist, damit unsere Messinstrumente darauf ansprechen. Was *ihnen* vermutlich ziemlich primitiv vorkommen dürfte, falls sie wirklich Außerirdische sind.«

»Aber wozu?«, platzte Rusty heraus. »Wozu überhaupt eine Sperre? Ich konnte das verdammte Ding nicht hochheben, nicht einmal bewegen! Und als ich eine Bleischürze draufgelegt habe, ist die Schürze in Flammen aufgegangen. Obwohl der Kasten selbst sich kühl anfühlt!«

»Wenn sie ihn schützen, muss es irgendwie möglich sein, ihn abzuschalten oder zu zerstören«, sagte Jackie. »Nur ...«

Barbie lächelte ihr zu. Er fühlte sich seltsam, fast als schwebte er über dem eigenen Kopf. »Bitte weiter, Jackie. Sag's nur!«

»Nur wollen sie ihn gar nicht schützen, nicht wahr? Nicht vor Leuten, die entschlossen sind, bis zu dem Kasten vorzudringen.«

»Das ist noch nicht alles«, sagte Barbie. »Könnte man nicht sagen, dass sie bewusst darauf hinweisen? Joe McClatchey und seine Freunde sind praktisch einer Spur aus Brotkrumen gefolgt.«

»Hier ist es, armselige Erdlinge«, sagte Rusty. »Was könnt ihr dagegen unternehmen, ihr, die ihr tapfer genug seid, um euch anzunähern?«

»Klingt ungefähr richtig«, sagte Barbie. »Los jetzt. Wir wollen zusehen, dass wir dort raufkommen.«

2   »Ab hier lässt du lieber mich fahren«, forderte Rusty Ernie auf. »Da vorn sind die Kinder ohnmächtig geworden. Rommie beinahe. Ich selbst hab es auch gespürt. Und ich hatte eine Art Halluzination. Von einer Halloween-Puppe, die in Flammen aufgeht.«

»Noch eine Warnung?«, fragte Ernie.

»Weiß ich nicht.«

Rusty fuhr bis zu der Stelle, wo der Wald aufhörte und in mit Felsblöcken übersätes Grasland überging, das zur Obstplantage der McCoys hin anstieg. Unmittelbar vor ihnen leuchtete die Luft so hell, dass sie die Augen zusammenkneifen mussten, aber es gab keine Lichtquelle; das Leuchten war einfach nur da, schien in der Luft zu schweben. Barbie erinnerte es an das Licht, das Glühwürmchen abgaben – nur tausendmal heller. Dieser leuchtende Gürtel schien ungefähr fünfzig Meter breit zu sein. Dahinter war die Welt wieder dunkel bis auf den rosa Mondschein.

»Kannst du ausschließen, dass du wieder einen Schwächeanfall erleidest?«, fragte Barbie.

»Das scheint nicht anders zu sein als eine Berührung mit dem Dome: Nach dem ersten Mal ist man immun.« Rusty lehnte sich auf dem Fahrersitz zurück, legte den ersten Gang ein und sagte: »Achten Sie auf Ihre Gebisse, meine Damen und Bakterien!«

Er gab so viel Gas, dass die Hinterräder durchdrehten. Der Van raste in das Leuchten hinein. Was als Nächstes geschah, konnten sie wegen der mit Bleiblech verkleideten Fenster nicht beobachten, aber mehrere Leute, die schon auf dem Hügelkamm waren, sahen es vom Rand der Plantage aus, wo sie die Annäherung des Fahrzeugs mit wachsender Besorgnis verfolgt hatten. Einen Augenblick lang war der Van wie von einem Scheinwerfer angestrahlt deutlich sichtbar. Als er den Leuchtgürtel verließ, glühte er noch einige Sekunden nach, als wäre der gestohlene Wagen in Radiumleuchtfarbe getaucht. Und er zog anfangs noch einen hellen Kometenschweif hinter sich her, der aber rasch schwächer wurde.

»Heilige Scheiße«, sagte Benny. »Das ist der beste Special Effect, den ich je gesehen habe.«

Dann verblasste das Leuchten um den Van, und der Kometenschweif verschwand.

3 Als sie den Leuchtgürtel durchfuhren, empfand Barbie vorübergehend einen leichten Schwindel, sonst nichts. Für Ernie schien die reale Welt dieses Vans und dieser Leute durch ein Hotelzimmer ersetzt zu werden, das nach Kiefernmöbeln roch und vom Brausen der Niagarafälle erfüllt war. Und hier kam seine ihm erst seit zwölf Stunden angetraute Frau in einem Nachthemd auf ihn zu, das eigentlich nur ein lavendelfarbener Hauch war, ergriff seine Hände, legte sie auf ihre Brüste und sagte: *Diesmal brauchen wir nicht aufzuhören, Schatz.*

Dann hörte er Barbies laute Stimme, die ihn in die Gegenwart zurückholte.

»Rusty! Sie hat eine Art Anfall! Stopp!«

Ernie drehte sich um und sah voller Entsetzen, dass Jackie Wettington mit nach oben verdrehten Augen und weit gespreizten Fingern am ganzen Leib zitterte.

»*Er hält ein Kreuz hoch, und alles brennt!*«, kreischte Jackie. Ihre Lippen versprühten Speicheltropfen. »*Die Welt brennt! DIE LEUTE BRENNEN!*« Sie stieß einen gellenden Schrei aus, der den Wagen erzittern ließ.

Rusty wäre fast von der Straße abgekommen, lenkte in die Straßenmitte zurück, bremste scharf, sprang aus dem Van und rannte zur Seitentür. Als Barbie die Tür von innen öffnete, wischte Jackie sich bereits mit einer gewölbten Hand Speichel vom Kinn. Rommie hatte ihr einen Arm um die Schultern gelegt.

»Alles in Ordnung?«, fragte Rusty sie.

»Jetzt schon. Ich bin nur … es war … alles stand in Flammen. Es war Tag, trotzdem war es dunkel. Menschen haben g-g-gebrannt …« Sie begann zu weinen.

»Du hast etwas von einem Mann mit einem Kreuz gesagt«, sagte Barbie.

»Ein großes weißes Kreuz. An einer Schnur oder einem Lederband. Es hing auf seiner Brust, seiner nackten Brust.

Er hat es vor sein Gesicht gehalten.« Sie holte tief Luft, atmete in kleinen Stößen aus. »Jetzt verblasst schon alles. Aber ... *puh!*«

Rusty hielt zwei Finger hoch und fragte, wie viele sie sehe. Jackie gab die richtige Antwort und folgte seinem Daumen, als er ihn von links nach rechts, anschließend von oben nach unten bewegte. Er klopfte ihr auf die Schulter, dann sah er sich misstrauisch nach dem Leuchtgürtel um. Was hatte Gollum über Bilbo Beutlin gesagt? *Es ist tückisch – mein Schatz.* »Was ist mit dir, Barbie? Okay?«

»Ja. Ein paar Sekunden lang leichter Schwindel, das war alles. Ernie?«

»Ich hab meine Frau gesehen. Und das Hotelzimmer, in dem wir unsere Flitterwochen verbracht haben. Alles deutlich und glasklar.«

Er dachte wieder daran, wie sie auf ihn zugekommen war. Daran hatte er seit Jahren nicht mehr gedacht ... eigentlich eine Schande, eine so wundervolle Erinnerung zu vernachlässigen. Das Weiß ihrer Schenkel unter ihrem kurzen Nachthemd; das adrette dunkle Dreieck ihrer Schamhaare; unter der Seide ihre harten Brustwarzen, die seine Handballen fast zu zerkratzen schienen, während ihre Zungenspitze in seinen Mund schnellte und die Innenseite seiner Unterlippe leckte.

Diesmal brauchen wir nicht aufzuhören, Schatz.

Ernie lehnte sich zurück und schloss die Augen.

4   Rusty fuhr hinauf zum Hügelkamm – jetzt langsam – und stellte den Van zwischen der Scheune und dem verfallenen Farmhaus ab. Dort standen schon der Lieferwagen des Sweetbriar Rose, der Van von Burpee's Department Store und ein Chevrolet Malibu. Julia hatte ihren Prius in der Scheune abgestellt. Horace der Corgie saß neben der hinteren Stoßstange, als bewachte er den Wagen. Er wirkte nicht wie ein glücklicher Hund und machte auch keine Anstalten, ihnen entgegenzulaufen und sie zu begrüßen. Im Farmhaus brannten einige Coleman-Laternen.

Jackie zeigte auf den Van mit dem Slogan BEI BURPEE'S IST JEDEN TAG AUSVERKAUF auf den Türen. »Wie kommt der hierher? Hat deine Frau sich die Sache doch anders überlegt?«

Rommie grinste. »Wenn du das für möglich hältst, kennst du Misha schlecht. Nein, dafür habe ich Julia zu danken. Sie hat zwei ihrer Starreporter angeworben. Diese Kerle haben …«

Er verstummte erschrocken, als Julia Shumway, Piper Libby und Lissa Jamieson aus den mondhellen Schatten der Obstplantage kamen. Sie stolperten zu dritt nebeneinanderher, hielten sich an den Händen und weinten alle drei.

Barbie rannte zu Julia und fasste sie an den Schultern. Sie ging in der Dreierkette außen, und die Taschenlampe, die sie in der freien Hand gehalten hatte, fiel in das Unkraut, das den Hof überwucherte. Sie sah zu ihm auf und versuchte zu lächeln. »Sie sind also befreit worden, Colonel Barbara. Das ist ein Punkt für die Heimmannschaft.«

»Was ist mit Ihnen passiert?«, fragte Barbie.

Inzwischen kamen Joe, Benny und Norrie, dicht gefolgt von ihren Müttern, herbeigerannt. Die Kinder verstummten abrupt, als sie sahen, in welchem Zustand sich die drei Frauen befanden. Horace lief kläffend zu seiner Herrin. Julia sank auf die Knie und vergrub ihr Gesicht in seinem Fell. Horace schnüffelte an ihr, wich dann plötzlich zurück, setzte sich und heulte klagend. Julia starrte ihn an, dann schlug sie die Hände vors Gesicht, als schämte sie sich. Norrie, die Joe links und Benny rechts neben sich hatte, ergriff die Hände der beiden. Ihre Mienen waren ernst und erschrocken. Pete Freeman, Tony Guay und Rose Twitchell traten aus dem Farmhaus, kamen aber nicht näher, sondern blieben an der Küchentür zusammengedrängt stehen.

»Wir sind hingegangen, um uns den Kasten anzusehen«, sagte Lissa bedrückt. Ihre gewohnte Ist-die-Welt-nicht-herrlich-Fröhlichkeit war verflogen. »Wir sind um ihn herum niedergekniet. Er trägt ein Symbol, das ich noch nie gesehen habe … es hat nichts mit der Kabbala zu tun …«

»Er ist schrecklich«, sagte Piper und wischte sich Tränen

aus den Augen. »Und dann hat Julia ihn berührt. Nur sie hat ihn angefasst, aber wir … wir alle haben …«

»Habt ihr sie gesehen?«, fragte Rusty.

Julia ließ die Hände sinken und starrte ihn wie verwundert an. »Ja. Ich, wir alle. *Sie*. Grauenhaft.«

»Die Lederköpfe«, sagte Rusty.

»*Was?*«, fragte Piper. Dann nickte sie. »Ja, so könnte man sie nennen, denke ich. Gesichter ohne Gesicht. *Hohe* Gesichter.«

Hohe Gesichter, dachte Rusty. Er wusste nicht, was das heißen sollte, erkannte aber, dass es zutraf. Er dachte wieder an seine Töchter und ihre Freundin Deanna, die auf dem Pausenhof Snacks und Geheimnisse austauschten. Dann erinnerte er sich an den besten Freund, den er in seiner Kindheit gehabt hatte – zumindest eine Zeit lang; Georgie und er hatten sich in der zweiten Klasse heillos zerstritten –, und spürte Entsetzen wie eine Woge über sich hinwegbranden.

Barbie packte ihn an den Schultern. »Was?« Er schrie ihn fast an. »Was ist los?«

»Nichts. Ich denke nur an … an einen Freund, den ich als kleiner Junge hatte. George Lathrop. In einem Jahr bekam er zum Geburtstag ein Vergrößerungsglas geschenkt. Und damit haben wir manchmal … in der Pause haben wir …«

Rusty half Julia aufzustehen. Horace war zu ihr zurückgekommen, als würde das, was ihn verjagt hatte, so rasch abklingen wie zuvor das Leuchten des Vans.

»Was habt ihr getan?«, fragte Julia. Ihre Stimme klang fast wieder ruhig. »Erzähl.«

»Das war in der alten Grundschule in der Main Street. Nur zwei Räume, einer für die erste bis vierte Klasse, der andere für die fünfte bis achte Klasse. Der Pausenhof war nicht befestigt.« Er lachte zittrig. »Teufel, es gab nicht mal fließendes Wasser, nur ein Außenklo, das wir Kinder …«

»Das Honighaus genannt haben«, sagte Julia. »Ich war auch dort.«

»George und ich, wir sind am Klettergerüst vorbei bis an den Zaun gegangen. Dort gab es Ameisenhaufen, und wir haben Ameisen mit dem Brennglas in Brand gesetzt.«

»Mach dir deswegen keine Vorwürfe, Doc«, sagte Ernie. »Das haben viele Jungen getan – und manche noch Schlimmeres.« Er selbst hatte mit ein paar Freunden den Schwanz einer streunenden Katze in Petroleum getaucht und angezündet. Aber davon hätte er den anderen so wenig erzählt, wie er Einzelheiten seiner Hochzeitsnacht preisgegeben hätte.

Vor allem nicht, weil wir gelacht haben, als die Katze geflüchtet ist, dachte er. *Gott, wie wir gelacht haben!*

»Weiter«, sagte Julia.

»Ich bin fertig.«

»Das bist du nicht«, sagte sie.

»Hört mal«, sagte Joanie Calvert. »Das ist alles sicher sehr psychologisch, aber ich glaube nicht, dass jetzt der richtige Zeitpunkt ist, um …«

»Pst, Joanie«, sagte Claire.

Julia beobachtete weiter Rustys Gesichtsausdruck.

»Was kümmert dich das?«, fragte Rusty. In diesem Augenblick kam es ihm vor, als gäbe es keine anderen Zuhörer. Als wären sie unter vier Augen.

»Erzähl's mir einfach.«

»Eines Tages, als wir … wieder mal dabei waren … ist mir klar geworden, dass auch Ameisen ihr kleines Leben haben. Ich weiß, dass das wie sentimentales Gesülze klingt …«

»Millionen von Menschen in aller Welt glauben genau das«, sagte Barbie. »Und leben danach.«

»Jedenfalls habe ich mir gesagt: ›Wir tun ihnen weh. Wir verbrennen sie, rösten sie vielleicht lebend in ihren unterirdischen Behausungen.‹ Was mit denen passierte, die direkt unter Georgies Vergrößerungsglas gerieten, stand außer Zweifel. Manche haben nur aufgehört, sich zu bewegen, aber die meisten sind tatsächlich in Flammen aufgegangen.«

»Furchtbar«, sagte Lissa. Sie spielte wieder nervös mit ihrem Anch-Amulett.

»Allerdings. An diesem Tag habe ich Georgie aufgefordert, das nicht mehr zu machen. Aber er wollte nicht. Er hat gesagt: ›Das ist der Addomkrieg.‹ Daran erinnere ich mich genau. Nicht *Atom*krieg, sondern *Addom*krieg. Ich habe versucht, ihm das Brennglas wegzunehmen. Im nächsten Augenblick haben wir uns geprügelt, und dabei ist sein Vergrößerungsglas zu Bruch gegangen.«

Er machte eine Pause. »Das stimmt so nicht, obwohl ich das damals behauptet habe. Dabei bin ich auch geblieben, als mein Vater die Wahrheit aus mir herausprügeln wollte. Was George *seinen* Eltern erzählt hat, entsprach der Wahrheit: Ich habe das gottverdammte Ding absichtlich kaputt gemacht.« Er zeigte in die Dunkelheit. »Genau wie ich diesen Kasten zerstören würde, wenn ich könnte. Weil jetzt wir die Ameisen sind – und er das Brennglas.«

Ernie dachte erneut an die Katze mit dem brennenden Schwanz. Claire McClatchey erinnerte sich, wie sie in der dritten Klasse mit ihrer damaligen besten Freundin auf einem heulenden Mädchen gesessen hatte, das sie beide hassten. Das Mädchen war neu an ihrer Schule und sprach mit einem komischen Südstaatenakzent, als hätte es den Mund voll Kartoffelbrei. Je lauter die Neue geheult hatte, desto mehr hatten sie gelacht. Romeo Burpee dachte daran, wie er sich an dem Abend, an dem Hillary Clinton in New Hampshire geweint hatte, betrunken hatte, wie er dem Fernseher zugeprostet und ausgerufen hatte: »Auf dich, du gottverdammte Heulsuse, mach jetzt Platz und überlass die Männerarbeit einem Mann!«

Barbie erinnerte sich an eine bestimmte Turnhalle: die Wüstenhitze, der Fäkaliengestank und das laute Lachen.

»Ich will ihn mir selbst ansehen«, sagte er. »Wer begleitet mich?«

Rusty seufzte. »Ich komme mit.«

5   Während Barbie und Rusty sich dem Kasten mit dem rätselhaften Symbol und dem pulsierenden hellen Licht näherten, war Stadtverordneter James Rennie in der Zelle, in der Barbie bis heute Abend inhaftiert gewesen war.

Carter Thibodeau hatte ihm geholfen, Juniors Leiche auf die Koje zu heben. »Lass mich mit ihm allein«, sagte Big Jim.

»Boss, ich weiß, wie schlimm das alles für Sie sein muss, aber es gibt hundert Dinge, um die Sie sich sofort kümmern sollten.«

»Das weiß ich recht gut. Und ich werde mich um sie kümmern. Aber zuvor brauche ich etwas Zeit mit meinem Sohn. Fünf Minuten. Dann kannst du ein paar der Jungs zusammentrommeln, damit sie ihn ins Bestattungsinstitut bringen.«

»Wird gemacht. Mein Beileid, Boss. Junior war ein guter Kerl.«

»Nein, das war er nicht«, sagte Big Jim. Er sprach in einem milden Ich-will-nichts-beschönigen-Tonfall. »Aber er war mein Sohn, und ich habe ihn geliebt. Und das hier ist nicht nur schlecht, weißt du.«

Carter überlegte. »Ja, ich weiß.«

Big Jim lächelte. »Ich weiß, dass du's weißt. Ich fange an, dich für den Sohn zu halten, den ich hätte haben sollen.«

Carters Gesicht war vor Freude gerötet, als er die Treppe zum Bereitschaftsraum hinauftrabte.

Als er gegangen war, setzte Big Jim sich auf die Koje und bettete Juniors Kopf in seinen Schoß. Das Gesicht des Jungen war nicht entstellt, und Carter hatte ihm die Augen geschlossen. Wenn man über das auf seiner Hemdbrust antrocknende Blut hinwegsah, konnte man ihn für schlafend halten.

Er war mein Sohn, und ich habe ihn geliebt.

Das war die Wahrheit. Er war bereit gewesen, Junior zu opfern, ja, aber dafür gab es Präzedenzfälle; man brauchte sich nur anzusehen, was auf dem Kalvarienberg geschehen war. Und wie Christus war der Junge für eine gerechte Sache gestorben. Alle Schäden, die Andrea Grinnell mit ihren haltlosen Vorwürfen angerichtet hatte, würden vergessen sein, wenn die Stadt erfuhr, dass Barbie mehrere pflichtbewusste Polizeibeamte erschossen hatte, darunter das einzige Kind ihres Führers. Barbie in Freiheit – und vermutlich dabei, neue Übeltaten zu planen – war politisch ein Plus.

Big Jim blieb noch eine Weile so sitzen, kämmte Juniors Haare mit den Fingern und blickte versunken in Juniors friedliches Gesicht. Dann sang er ihm leise vor, wie Juniors Mutter ihm vorgesungen hatte, als er als Säugling in seinem Bettchen gelegen und die Welt mit großen, verwunderten Augen angestarrt hatte. »*Baby's boat's a silver moon, sailing o'er the sky; sailing o'er the sea of dew, while the clouds float by ... sail, baby, sail ... out across the sea ...*«

Hier hörte er auf. An den Rest konnte er sich nicht mehr erinnern. Er hob Juniors Kopf von seinem Schoß und stand auf. Sein Herz verfiel in einen abgehackten Rhythmus, und Big Jim hielt den Atem an ... aber dann beruhigte es sich wieder. Wahrscheinlich würde er sich Verapa-irgendwas aus Andys Medikamentenvorrat besorgen müssen, aber bis dahin gab es jede Menge Arbeit.

6   Big Jim verließ Junior und stieg langsam die Treppe hinauf, wobei er sich am Geländer festhielt. Carter war im Bereitschaftsraum. Die Leichen waren abtransportiert worden, und eine doppelte Lage Zeitungspapier saugte Mickey Wardlaws Blut auf.

»Komm, wir gehen hinüber ins Rathaus, bevor es hier von Cops wimmelt«, forderte er Carter auf. »Der Besuchstag beginnt offiziell in ...« Er sah auf seine Armbanduhr. »... ungefähr vierzehn Stunden. Bis dahin haben wir noch viel zu tun.«

»Ja, ich weiß.«

»Und vergiss meinen Sohn nicht. Ich will, dass die Bowies sich Mühe geben. Eine respektvolle Präsentation der sterblichen Überreste in einem erstklassigen Sarg. Stewart kannst du ausrichten, dass ich ihn umbringe, wenn ich Junior in einem dieser billigen Dinger aus dem Lager sehe.«

Carter kritzelte etwas in sein Notizbuch. »Ich kümmere mich darum.«

»Und bestell Stewart, dass ich bald mit ihm reden werde.« Von draußen kamen mehrere Officers herein. Sie wirkten eingeschüchtert, leicht verängstigt, sehr jung und sehr grün. Big Jim stemmte sich von dem Stuhl hoch, auf dem er gesessen hatte, während er wieder zu Atem kam. »Wir müssen los.«

»Okay, jederzeit«, sagte Carter. Aber er blieb zurück.

Big Jim sah sich nach ihm um. »Hast du noch etwas auf dem Herzen, mein Sohn?«

Sohn. Carter gefiel der Klang dieses *Sohns*. Sein eigener Vater war vor fünf Jahren tödlich verunglückt, als er mit seinem Pickup an eine der Doppelbrücken in Leeds geknallt war, was kein großer Verlust gewesen war. Er hatte seine Frau und seine beiden Söhne geschlagen (Carters älterer Bruder diente gegenwärtig in der Navy), aber das hatte Carter nicht sonderlich viel ausgemacht; seine Mutter hatte ihren Coffee Brandy, der sie betäubte, und Carter selbst hatte immer ein paar Schläge aushalten können. Nein, seinen Alten hatte er gehasst, weil er ein Jammerlappen und noch dazu dumm gewesen war. Die Leute hielten auch Carter für dumm – Teufel, sogar Junes hatte es geglaubt –, aber das war er nicht. Mr. Rennie verstand das, und Mr. Rennie war ganz sicher kein Jammerlappen.

Carter merkte, dass er nicht mehr im Zweifel war, was er als Nächstes tun sollte.

»Ich habe etwas, was Sie vielleicht wollen würden.«

»Tatsächlich?«

Big Jim war ins Untergeschoss vorausgegangen, sodass Carter einen Abstecher zu seinem Spind hatte machen können. Jetzt sperrte er ihn auf und nahm den Umschlag mit der Aufschrift VADERAUSDRUCK heraus. Er hielt ihn Big Jim hin. Der blutige Fußabdruck auf dem Umschlag schien grell zu leuchten.

Big Jim öffnete die Verschlussklammer.

»Jim«, sagte Peter Randolph. Er war unbemerkt hereingekommen, stand neben dem umgestürzten Schreibtisch des Wachhabenden und sah erschöpft aus. »Ich denke, wir haben wieder einigermaßen Ruhe hergestellt, aber ich kann einige der neuen Officers nicht finden. Sie sind desertiert, fürchte ich.«

»War zu erwarten«, sagte Big Jim. »Und ist nur vorübergehend. Sie kommen zurück, wenn die Aufregung sich gelegt hat und sie erkennen, dass Dale Barbara nicht mit einer Horde blutrünstiger Kannibalen die Stadt stürmen wird, um sie zu fressen.«

»Aber dieser verdammte Besuchertag, der uns morgen bevorsteht ...«

»Praktisch jedermann wird sich morgen mustergültig benehmen, Peter, und ich bin mir sicher, dass wir genügend Leute haben werden, um mit allen fertig zu werden, die es nicht tun.«

»Was machen wir wegen der Pressekon...«

»Merken Sie, dass ich im Augenblick ziemlich beschäftigt bin? Sehen Sie das, Peter? Du meine Güte! Kommen Sie in einer halben Stunde in den Sitzungsraum im Rathaus, dann können wir über alles reden, was Sie wollen. *Aber lassen Sie mich jetzt in Ruhe,* verflixt noch mal!«

»Natürlich. Sorry.« Als Randolph zurückwich, war seine Haltung ebenso steif und gekränkt wie sein Tonfall.

»Stopp«, sagte Rennie.

Randolph blieb stehen.

»Sie haben mir noch nicht zum Tod meines Sohns kondoliert.«

»Ich ... das tut mir sehr leid.«

Big Jim musterte Randolph scharf. »Das tut es allerdings.«

Als Randolph gegangen war, zog Big Jim das Dossier aus dem Umschlag, blätterte es flüchtig durch und steckte es wieder hinein. Dann sah er Carter mit aufrichtiger Neugier an. »Wieso hast du mir das nicht gleich gegeben? Hattest du vor, es zu behalten?«

Da Carter nun den Umschlag aus der Hand gegeben hatte, sah er keine andere Möglichkeit, als ehrlich zu antworten. »Ja. Zumindest für einige Zeit. Für alle Fälle.«

»Für welchen Fall?«

Carter zuckte mit den Schultern.

Big Jim verfolgte das Thema nicht weiter. Als Mann, der routinemäßig Dossiers über alle und jeden führte, die ihm Schwierigkeiten machen konnten, brauchte er das nicht zu tun. Außerdem interessierte ihn etwas anderes mehr.

»Warum hast du dir die Sache anders überlegt?«

Auch diesmal sah Carter keine andere Möglichkeit, als die Wahrheit zu sagen. »Weil ich Ihr Mann sein möchte, Boss.«

Big Jim zog seine buschigen Augenbrauen hoch. »Ach, wirklich? Mehr als er?« Er nickte zu der Tür hinüber, durch die Randolph eben hinausgegangen war.

»Der? Der ist ein Witz.«

»Ja.« Big Jim ließ eine Hand auf Carters Schulter fallen. »Das ist er. Komm, Junge. Und sobald wir drüben im Rathaus sind, besteht unsere erste Aufgabe darin, diese Papiere im Holzofen des Sitzungsraums zu verbrennen.«

7   Sie waren in der Tat *hoch*. Und grauenhaft.

Barbie sah sie, sobald der seine Arme hinaufzuckende Stromstoß abklang. Sein erster starker Impuls war, den Kasten loszulassen, aber er widerstand ihm, hielt ihn weiter fest und betrachtete die Wesen, die sie gefangen hielten. Sie gefangen hielten und zum Spaß quälten, wenn Rusty recht hatte.

Ihre Gesichter – wenn es denn Gesichter *waren* – bestanden aus lauter Winkeln, aber diese Winkel waren unterfüttert und schienen sich von einem Augenblick zum anderen zu verändern, als besäße die darunterliegende Realität keine bestimmte Form. Er konnte nicht beurteilen, wie viele es waren oder was sie waren. Anfangs glaubte er, es seien vier; dann acht; dann wieder nur zwei. Sie weckten ein Gefühl tiefster Abscheu in ihm, vielleicht weil sie so fremdartig waren, dass er sie nicht wirklich wahrnehmen konnte. Der Teil seines Gehirns, der Sinneseindrücke zu verarbeiten hatte, konnte die Bilder, die seine Augen ihm übermittelten, nicht entschlüsseln.

Meine Augen könnten sie nicht sehen, nicht wirklich, auch mit keinem Teleskop. Diese Wesen leben in einer weit, weit entfernten Galaxie.

Er konnte sich nicht sicher sein – sein Verstand sagte ihm, die Besitzer des Kastens könnten auch einen Stützpunkt unter der Eiskappe des Südpols haben oder mit ihrer Version der *Enterprise* den Mond umkreisen –, aber er wusste es trotzdem. Sie waren zu Hause … wo immer ihre *Heimat* liegen mochte. Sie beobachteten die Menschen. Und sie amüsierten sich.

So musste es sein, denn diese Hundesöhne lachten.

Dann war er plötzlich wieder in der Turnhalle in Falludscha. Dort war es heiß, denn es gab keine Klimaanlage, sondern nur Deckenventilatoren, die endlos die abgestandene, nach Männerschweiß riechende Luft quirlten. Sie hatten alle Verdächtigen freigelassen bis auf zwei Abduls, die so unklug gewesen waren, am Tag nachdem zwei Sprengfallen sechs amerikanische Leben gefordert hatten und ein weiterer Soldat einem Heckenschützen zum Opfer gefallen war, einen allgemein beliebten Jungen aus Kentucky in die Mangel zu nehmen – Carstairs. Also hatten sie angefangen, die Abduls mit Fußtritten durch die Turnhalle zu jagen und ihnen die Kleidung vom Leib zu reißen, und Barbie hätte gern von sich gesagt, er sei hinausgegangen, aber das hatte er nicht getan. Er hätte gern gesagt, er habe wenigstens nicht mitgemacht, aber das hatte er getan. Sie hatten sich in ihre Wut hineingesteigert. Er erinnerte sich, wie er einen Abdul in seinen mageren, mit Scheiße besprenkelten Arsch getreten hatte und an den roten Abdruck, den sein Kampfstiefel darauf hinterlassen hatte. Unterdessen waren beide Abduls nackt gewesen. Er erinnerte sich daran, wie Emerson den anderen so fest in seine baumelnden *Cojones* getreten hatte, dass sie vor ihm hochflogen, und dabei ausrief: *Das ist für Carstairs, du beschissener Sandnigger.* Bald würde jemand seiner Mutter eine zusammengelegte Fahne überreichen, während sie auf einem Klappstuhl am Grab saß, immer das Gleiche, immer das Gleiche. Und dann, als Barbie eben bewusst wurde, dass er theoretisch der Vorgesetzte dieser Männer war, zog Sergeant Hackermeyer einen der Abduls an seiner sich auflösenden Kufiya hoch, die jetzt sein einziges Kleidungsstück war, hielt ihn an die Wand gedrückt und setzte ihm seine Pistole an den Kopf, und dann entstand eine Pause, in der keiner *nein*, in der auch keiner *tu das nicht* sagte, und Sergeant Hackermeyer drückte ab, und das Blut spritzte an die Wand, wie es seit dreitausend Jahren und noch länger an die Wand gespritzt war, und das war's dann, leb wohl, Abdul, vergiss nicht zu schreiben, wenn du nicht zu sehr damit beschäftigt bist, Mädchen zu entjungfern.

Barbie ließ den Kasten los und versuchte aufzustehen, aber seine Knie gaben nach. Rusty packte zu und stützte ihn, bis er wieder allein stehen konnte.

»Jesus«, sagte Barbie.

»Du hast sie gesehen, oder?«

»Allerdings.«

»Sind das Kinder? Was glaubst du?«

»Vielleicht.« Aber das war zu schwach, das war nicht, was sein Herz glaubte. »Wahrscheinlich.«

Sie gingen langsam dorthin zurück, wo die anderen vor dem Farmhaus versammelt waren.

»Alles in Ordnung?«, fragte Rommie.

»Ja«, sagte Barbie. Er musste mit den Kids reden. Und mit Jackie. Auch mit Rusty. Aber nicht sofort. Erst musste er seine Selbstbeherrschung zurückgewinnen.

»Bestimmt?«

»Ja.«

»Rommie, hast du noch mehr von diesem Bleiblech in deinem Geschäft?«

»Ja. Ich hab's auf der Laderampe gelassen.«

»Gut«, sagte Rusty und lieh sich Julias Handy. Hoffentlich war Linda zu Hause und nicht in einem Vernehmungsraum der Polizeistation, aber mehr als hoffen konnte er nicht.

8 Rustys Anruf war notwendigerweise kurz, weniger als dreißig Sekunden, aber für Linda Everett war er lang genug, um diesen schrecklichen Donnerstag um hundertachtzig Grad ins Sonnige zu drehen. Sie saß am Küchentisch, verbarg ihr Gesicht in den Händen und weinte. Das tat sie so leise wie möglich, weil oben jetzt nicht nur zwei, sondern vier Kinder schliefen. Sie hatte die Appleton-Kids zu sich mitgenommen, sodass sie jetzt außer Little Js auch Little As hatte.

Alice und Aidan waren schrecklich durcheinander gewesen – großer Gott, natürlich waren sie das –, aber Jannies und Judys Gesellschaft hatte beruhigend gewirkt. Geholfen hatte auch eine kleine Dosis Benadryl für alle. Auf Wunsch ihrer Töchter hatte Linda in ihrem Zimmer Schlafsäcke ausgerollt, und nun lagen alle vier – Judy und Aidan in liebevoller Umarmung – auf dem Fußboden zwischen den Betten und schliefen tief und fest.

Als sie eben dabei war, ihre Beherrschung zurückzugewinnen, klopfte jemand an die ins Freie führende Küchentür. Ihr erster Gedanke war *Polizei!*, obwohl sie wegen des Blutvergießens und des Chaos in der Stadt nicht so früh mit ihr gerechnet hatte. Auch hatte dieses sanfte Klopfen nichts Herrisches an sich.

Sie ging zur Tür und blieb unterwegs nur kurz stehen, um ein Geschirrtuch von der Arbeitstheke zu nehmen und sich damit übers Gesicht zu fahren. Dass sie ihren Besucher nicht gleich auf den ersten Blick erkannte, lag vor allem an seinen Haaren: Sie waren nicht mehr zu einem Pferdeschwanz zusammengefasst, sondern hingen schulterlang herab und rahmten so Thurston Marshalls Gesicht ein. So sah er aus wie eine ältliche Waschfrau, die nach einem langen, harten Arbeitstag schlimme Nachrichten – schreckliche Nachrichten – bekommen hat.

Als Linda ihn hereinbat, blieb Thurse noch einen Augenblick auf der Schwelle stehen. »Ist Caro tot?« Seine Stimme war leise und heiser. *Als hätte er sie sich in Woodstock beim Mitgrölen aus dem Leib geschrien, und sie wäre einfach nie zurückgekommen,* dachte Linda. »Ist sie wirklich tot?«

»Das ist leider wahr«, sagte Linda, die ebenfalls leise sprach. Wegen der Kinder. »Mein aufrichtiges Beileid, Mr. Thurston.«

Einige Sekunden lang stand er einfach weiter so da. Dann griff er in die grauen Locken, die auf beiden Seiten seines Gesichts herabhingen, und fing an, sich vor und zurück zu wiegen. Linda hielt nichts von Mai-Dezember-Romanzen; in dieser Beziehung war sie altmodisch. Sie hätte Carolyn Sturges und Marshall ohnehin bestenfalls zwei Jahre gegeben, vielleicht auch nur ein halbes Jahr – wie lange die sexuelle Anziehung zwischen ihnen eben vorhielt –, aber heute Abend konnte es keinen Zweifel an der Liebe dieses Mannes geben. Oder an seinem Schmerz.

Was immer sie hatten, haben diese Kinder vertieft, dachte sie. Und auch der Dome. Das Leben unter der Kuppel intensivierte alles. Linda hatte bereits das Gefühl, nicht seit Tagen, sondern seit Jahren unter ihr zu leben. Die Außenwelt begann wie ein Traum nach dem Aufwachen zu verblassen.

»Kommen Sie herein«, sagte sie. »Aber seien Sie leise, Mr. Marshall. Die Kinder schlafen. Meine und Ihre.«

9 Sie servierte ihm Sonnentee – nicht kalt, nicht einmal besonders kühl, aber das Beste, was sie unter den Umständen zu bieten hatte. Er trank sein Glas halb aus, dann stellte er es ab und rieb sich die Augen mit den Fäusten wie ein Kind, das die gewohnte Schlafenszeit weit überschritten hat. Linda erkannte, was dahintersteckte – der Versuch, seine Selbstbeherrschung zurückzugewinnen –, und wartete schweigend ab.

Marshall holte tief Luft, atmete langsam aus und griff dann in die Brusttasche seines alten blauen Arbeitshemds. Er zog ein Lederband heraus, mit dem er sich die Haare zusammenband. Das hielt sie für ein gutes Zeichen.

»Erzählen Sie mir, was passiert ist«, sagte Thurse. »Und wie es passiert ist.«

»Ich habe nicht alles gesehen. Irgendjemand hat gewaltig gegen meinen Hinterkopf getreten, während ich versucht habe, Ihre … Caro … zur Seite zu ziehen.«

»Aber einer der Cops hat sie erschossen, nicht wahr? Einer der Cops dieser gottverdammt polizeifrommen, waffennärrischen Stadt.«

»Ja.« Sie griff über den Tisch und nahm seine Hand. »Irgendjemand hat *Waffe!* gerufen. Und es gab eine Waffe. Sie hat Andrea Grinnell gehört. Ich vermute, dass sie die Waffe zur Bürgerversammlung mitgebracht hat, um Rennie zu erschießen.«

»Finden Sie, das rechtfertigt, was Caro zugestoßen ist?«

»Gott, nein. Und was Andi zugestoßen ist, war glatter Mord.«

»Caro ist gestorben, weil sie die Kinder beschützen wollte, hab ich recht?«

»Ja.«

»Kinder, die nicht mal ihre eigenen waren.«

Linda sagte nichts.

»Nur waren sie das. Ihre und meine. Das Kriegsgeschick – oder ein Kuppelgeschick – hat es so gefügt, dass sie uns gehörten: die Kinder, die wir sonst niemals hätten haben können. Und bis die Kuppel verschwindet – falls sie das jemals tut – gehören sie mir.«

Linda überlegte fieberhaft. War dieser Mann vertrauenswürdig? Vermutlich. Rusty hatte ihm jedenfalls vertraut; er hatte gesagt, für jemanden, der so lange keine Praxis mehr gehabt habe, sei der Mann ein verdammt guter Krankenpfleger. Und Thurston hasste die Leute, die hier unter dem Dome an der Macht waren. Er hatte allen Grund dazu.

»Mrs. Everett …«

»Linda, bitte.«

»Linda, dürfte ich bei Ihnen auf der Couch schlafen? Ich möchte hier sein, falls sie nachts aufwachen. Schlafen sie durch, was ich *hoffe*, möchte ich, dass sie mich sehen, wenn sie morgen früh die Treppe herunterkommen.«

»Gern. Dann können wir miteinander frühstücken. Es gibt Cornflakes und Müsli. Noch ist die Milch nicht sauer, auch wenn sie bestimmt bald kippt.«

»Das klingt gut. Wenn die Kids gegessen haben, wollen wir Sie nicht weiter stören. Wenn Sie von hier sind, müssen Sie entschuldigen, wenn ich das sage, aber ich habe von Chester's Mill die Nase voll. Ich kann mich nicht ganz davon entfernen, aber ich werde mein Bestes versuchen. Im Krankenhaus war der einzige wirklich schwerkranke Patient Rennies Sohn, aber der hat es heute Nachmittag verlassen. Er wird zurückkommen, die in seinem Kopf wuchernde Geschwulst wird ihn dazu zwingen, aber vorerst …«

»Er ist tot.«

993

Thurston wirkte nicht sonderlich überrascht. »Nach einem Anfall, wie ich annehme.«

»Nein. Erschossen. Im Gefängnis.«

»Ich würde gern sagen, dass mir das leidtut, aber das wäre gelogen.«

»Mir tut es auch nicht leid«, sagte Linda. Sie wusste nicht sicher, was Junior dort gemacht hatte, aber sie konnte sich gut vorstellen, wie der trauernde Vater seinen gewaltsamen Tod ausschlachten würde.

»Ich nehme die Kinder mit in mein Blockhaus am See, in dem Caro und ich waren, als das alles passiert ist. Dort draußen ist es ruhig, und ich finde bestimmt genügend Lebensmittel, von denen wir eine Zeit lang leben können. Vermutlich sogar ziemlich lange. Vielleicht finde ich sogar ein Haus mit einem Notstromaggregat. Aber vom Leben in Chester's Mill ...« Sein Tonfall wurde sarkastisch. »... habe ich die Schnauze gestrichen voll. Alice und Aidan auch.«

»Vielleicht weiß ich einen Ort, an dem Sie besser aufgehoben wären.«

»Wirklich?« Als Linda noch zögerte, streckte er eine Hand über den Tisch aus und berührte ihre. »Irgendwem müssen Sie vertrauen. Weshalb nicht mir?«

Also erzählte Linda ihm alles bis hin zu der Tatsache, dass sie Bleiblech in Rollen von der Laderampe hinter Burpee's würden mitnehmen müssen, bevor sie die Stadt verlassen konnten. Sie sprachen fast bis Mitternacht miteinander.

10 Der Nordteil des alten Farmhauses der McCoys war unbenutzbar – wegen der schweren Schneefälle des letzten Winters lag das Dach jetzt im Wohnzimmer –, aber auf der Westseite gab es ein rustikal eingerichtetes Esszimmer, das fast so lang war wie ein Speisewagen, und dort versammelten sich die Flüchtlinge aus The Mill. Als Erstes fragte Barbie Joe, Norrie und Benny, was sie gesehen oder wovon sie geträumt hatten, als sie am Rand des Streifens, den sie jetzt als Leuchtgürtel bezeichneten, ohnmächtig geworden waren.

Joe erinnerte sich an brennende Kürbisse. Norrie sagte, alles sei schwarz geworden, die Sonne sei nicht mehr zu sehen gewesen. Benny behauptete erst, er könne sich an nichts erinnern. Dann schlug er sich eine Hand vor den Mund. »Kreischen«, sagte er. »Ich habe lautes Kreischen gehört. Es war schlimm.«

Alle dachten schweigend darüber nach. Dann sagte Ernie: »Brennende Kürbisse engen die Sache nicht sonderlich ein, falls Sie darauf hinauswollen, Colonel Barbara. Wahrscheinlich sind auf der Sonnenseite jeder Scheune in The Mill welche aufgestapelt. Wir haben ein gutes Kürbisjahr.« Er machte eine Pause. »Zumindest hatten wir eines.«

»Rusty, wie war es bei deinen Mädchen?«

»Nicht viel anders«, sagte Rusty und wiederholte, woran er sich noch erinnern konnte.

»Stoppt Halloween, stoppt den Großen Kürbis«, wiederholte Rommie nachdenklich.

»Leute, ich sehe hier ein gewisses Schema«, sagte Benny.

»Ohne Scheiß, Sherlock?«, fragte Rose, und darüber lachten sie alle.

»Jetzt bist du dran, Rusty«, sagte Barbie. »Wie war's bei dir, als du auf der Fahrt hierher ohnmächtig geworden bist?«

»Ich war nie richtig bewusstlos«, sagte Rusty. »Und dieses ganze Zeug ließe sich durch den Druck erklären, unter dem wir alle gestanden haben. Massenhysterie – mit Massenhalluzinationen – tritt häufig auf, wo Menschen unter Stress stehen.«

»Danke, Dr. Freud«, sagte Barbie. »Jetzt erzähl uns, was du gesehen hast.«

Rusty kam bis zu dem Zylinderhut mit patriotischen Streifen, als Lissa Jamieson ausrief: »Das ist die Strohpuppe auf dem Rasen vor der Bücherei! Sie trägt ein altes T-Shirt von mir mit einem Warren-Zevon-Zitat …«

»›Sweet Home Alabama, play that dead band's song‹«, sagte Rusty. »Und Gartenschaufeln als Hände. Jedenfalls ist sie in Brand geraten. Dann war sie mit einem Mal weg – und der leichte Schwindel auch.«

Er sah sich um und registrierte ihre staunenden Blicke.

»Keine Aufregung, Leute, ich habe die Strohpuppe wahrscheinlich irgendwann gesehen, und mein Unterbewusstsein hat sie wieder zum Vorschein gebracht.« Er zeigte auf Barbie. »Und wenn du mich nochmal Dr. Freud nennst, könntest du dir ein paar einfangen.«

»*Hast* du sie schon mal gesehen?«, fragte Piper. »Vielleicht als du deine Mädchen aus der Schule abgeholt hast oder sonst was? Der Rasen vor der Bücherei liegt dem Spielplatz genau gegenüber.«

»Nicht dass ich mich erinnere, nein.« Rusty fügte nicht hinzu, dass er die Mädchen schon seit Anfang Oktober nicht mehr aus der Schule abgeholt hatte – und damals hatte es in der Stadt vermutlich noch keine Halloween-Dekorationen gegeben.

»Jetzt Sie, Jackie«, sagte Barbie.

Sie fuhr sich mit der Zungenspitze über die Lippen. »Ist das wirklich so wichtig?«

»Ich denke schon.«

»Brennende Menschen«, sagte sie. »Und Rauch, durch den immer wieder Feuerschein drang. Die ganze Welt schien zu brennen.«

»Jaa«, sagte Benny gedehnt. »Die Leute haben gekreischt, weil sie in Flammen standen. Jetzt fällt's mir wieder ein.« Er verbarg plötzlich sein Gesicht an Alva Drakes Schulter. Seine Mutter legte einen Arm um ihn.

»Bis Halloween sind es noch fünf Tage«, sagte Claire.

Barbie sagte: »Das glaube ich eher nicht.«

11   Der Holzofen in einer Ecke des städtischen Sitzungsraums war staubig und vernachlässigt, aber noch benutzbar. Big Jim überzeugte sich davon, dass die Rauchklappe geöffnet war (sie quietschte rostig), dann zog er Duke Perkins' Dossier aus dem Umschlag mit dem blutigen Fußabdruck. Er blätterte die Seiten durch, verzog das Gesicht, als er sah, was sie enthielten, und steckte sie in den Ofen. Den braunen Umschlag hob er auf.

Carter telefonierte inzwischen mit Stewart Bowie, teilte

ihm mit, was Big Jim für seinen Sohn wünschte, und wies ihn an, sich gleich darum zu kümmern. *Ein guter Junge*, dachte Big Jim. *Er wird es noch weit bringen. Das heißt, solange er weiß, wo sein Vorteil liegt.* Wer das vergaß, musste dafür büßen. Wie Andrea Grinnell heute Abend zu spüren bekommen hatte.

Auf dem Regal neben dem Ofen lag eine Schachtel Zündhölzer. Big Jim riss eines an und hielt es an eine untere Ecke von Duke Perkins' »Beweismaterial«. Er ließ die Ofentür offen, damit er zusehen konnte, wie es verbrannte. Das war sehr befriedigend.

Carter kam herüber. »Ich habe Stewart Bowie in der Warteschleife. Soll ich ihm sagen, dass Sie später zurückrufen?«

»Gib ihn mir«, sagte Big Jim und streckte eine Hand nach dem Mobiltelefon aus.

Carter zeigte auf den Umschlag. »Wollen Sie den nicht mit reinwerfen?«

»Nein, ich möchte, dass du ihn mit leeren Blättern aus dem Fotokopierer füllst.«

Carter brauchte einen Augenblick, bis er begriff. »Als Drogensüchtige hatte sie alle möglichen Halluzinationen, stimmt's?«

»Die arme Frau«, bestätigte Jim. »Geh in den Atombunker runter, mein Sohn. Hier.« Er wies mit dem Daumen auf eine Tür – unauffällig bis auf ein altes Blechschild mit drei schwarzen Dreiecken auf gelbem Untergrund – in der Nähe des Ofens. »Da unten gibt es zwei Räume. An der Rückwand des zweiten steht ein Notstromaggregat.«

»Okay …«

»Vor dem Aggregat ist eine Falltür in den Boden eingelassen. Schwer zu sehen, aber du findest sie bestimmt. Heb die Klappe hoch. Darunter müssten acht oder zehn Propanzylinder stehen. Zumindest waren sie noch da, als ich sie zuletzt kontrolliert habe. Sieh nach und sag mir, wie viele es sind.«

Er wartete ab, ob Carter nach dem Grund dafür fragen würde, aber das tat Carter nicht. Er wandte sich nur ab, um zu tun, was ihm aufgetragen worden war. Also sagte Big Jim es ihm.

»Nur als Vorsichtsmaßnahme, Sohn. Sorgfalt und Gewissenhaftigkeit sind das Geheimnis des Erfolgs. Und natürlich, dass man Gott auf seiner Seite hat.«

Als Carter verschwunden war, drückte Big Jim die Taste, mit der der Anruf wieder aufgenommen wurde ... und wenn Stewart nicht mehr dran war, konnte er sich auf einiges gefasst machen.

Stewart war noch dran. »Jim, mein Beileid zu deinem Verlust«, sagte er. Sofort und geradeheraus, ein Punkt für ihn. »Wir kümmern uns um alles. Ich denke an den Sarg ›Ewige Ruhe‹ – der ist aus Eiche, hält tausend Jahre.«

Du willst mich wohl verarschen?, dachte Big Jim, äußerte sich aber nicht dazu.

»Und wir geben uns natürlich größte Mühe. Er wird aussehen, als könnte er jederzeit lächelnd aufwachen.«

»Danke, Kumpel«, sagte Big Jim und dachte dabei: *Das will ich verdammt hoffen.*

»Was die für morgen geplante Unternehmung betrifft ...«, sagte Stewart.

»Ich wollte dich deswegen schon anrufen. Du fragst dich, ob sie noch stattfinden soll. Das soll sie.«

»Aber nach allem, was passiert ist ...«

»Nichts ist passiert«, sagte Big Jim. »Wofür wir Gottes Barmherzigkeit zu danken haben. Kann ich dafür ein Amen hören, Stewart?«

»Amen«, sagte Stewart pflichtbewusst.

»Nur Kuddelmuddel, den eine psychisch gestörte Frau mit einem Revolver angerichtet hat. Sie sitzt jetzt mit Jesus und allen Heiligen beim Abendessen, daran zweifle ich nicht, weil sie keine Schuld an dem trägt, was passiert ist.«

»Aber, Jim ...«

»Unterbrich mich nicht, wenn ich rede, Stewart. Es waren die Drogen. Dieses verflixte Zeug hat ihr Gehirn geschädigt. Das werden die Leute erkennen, sobald sie sich ein bisschen beruhigt haben. Chester's Mill ist mit vernünftigen, mutigen Bürgern gesegnet. Ich vertraue darauf, dass ihre Vernunft siegen wird, das hat sie schon immer getan, das wird sie auch zukünftig tun. Außerdem haben die Leute jetzt nichts anderes mehr im Kopf als das Treffen mit ihren Liebsten. Unsere Unternehmung steigt wie geplant morgen Mittag. Du, Fern, Roger, Melvin Searles. Fred Denton hat das Kommando. Er kann weitere vier bis fünf Mann mitnehmen, wenn er das für nötig hält.«

»Er ist der Beste, den du schicken kannst?«, fragte Stewart.

»Fred ist in Ordnung«, sagte Big Jim.

»Was ist mit Thibodeau? Mit diesem Jungen, der dir in letzter Zeit nicht mehr von der Seite ...«

»Stewart Bowie, wenn du den Mund aufmachst, kommt immer nur Scheiße heraus. Du musst endlich mal die Klappe halten und zuhören. Wir reden von einem ausgezehrten Drogensüchtigen und einem Apotheker, der noch nie ein Held war. Hast du dafür ein Amen?«

»Ja klar, amen.«

»Ihr nehmt wieder Lastwagen vom Bauhof. Sobald wir hier fertig sind, schnappst du dir Fred – er muss irgendwo in der Stadt sein – und erklärst ihm, was Sache ist. Sag ihm, dass ihr Schutzwesten tragen sollt, nur um auf der sicheren Seite zu sein. Im Lagerraum der Polizeistation haben wir diesen ganzen von der Heimatschutzbehörde gelieferten Sicherheitsscheiß – Kevlarwesten und Flakwesten und was sonst noch alles –, also sollten wir ihn auch benutzen. Dann fahrt ihr los und erledigt die Kerle. Wir brauchen das Propan.«

»Was ist mit dem Labor? Ich hab mir überlegt, ob wir's anzünden sollten ...«

»Bist du *verrückt*?« Carter, der eben wieder hereingekommen war, starrte ihn überrascht an. »Mit den vielen Chemikalien, die da draußen lagern? Die Redaktion der Shumway war eine Sache; dieses Lagergebäude ist etwas völlig anderes. Sieh dich bloß vor, Kumpel, sonst halte ich dich bald für so dämlich wie Roger Killian.«

»Ja, okay.« Stewart schien eingeschnappt zu sein, aber Big Jim rechnete damit, dass er tun würde, was ihm aufgetragen worden war. Er hatte jetzt ohnehin keine Zeit mehr für ihn; Randolph konnte jeden Augenblick kommen.

Der Narrenumzug geht endlos weiter, dachte er.

»Jetzt gib mir noch ein großes altes Gelobt-sei-Gott«, sagte Big Jim. In Gedanken sah er sich dabei auf Stewarts Rücken sitzen und sein Gesicht in den Dreck rubbeln. Eine aufmunternde Vorstellung.

»Gelobt sei Gott«, murmelte Stewart Bowie.

»Amen, Bruder«, sagte Big Jim und klappte das Handy zu.

12   Chief Randolph kam wenig später und sah müde, aber nicht unzufrieden aus. »Einige der jüngeren Rekruten müssen wir abschreiben, fürchte ich – Dodson, Rawcliffe und der junge Richardson sind spurlos verschwunden –, aber die meisten sind dabeigeblieben. Und ich habe sogar ein paar neue Leute. Joe Boxer ... Stubby Norman ... Aubrey Towle ... seinem Bruder gehört die Buchhandlung, wissen Sie ...«

Big Jim hörte sich diese Aufzählung durchaus geduldig, wenn auch nur mit halbem Ohr an. Als Randolph endlich fertig war, schob Big Jim ihm den Umschlag mit dem VA-DER-AUSDRUCK über den Tisch. »Den hier hat die arme alte Andrea geschwenkt. Sehen Sie mal hinein.«

Randolph zögerte, dann bog er die Klammern auf und ließ den Inhalt aus dem Umschlag gleiten. »Aber das sind ja nur leere Blätter!«

»Stimmt, da haben Sie völlig recht. Wenn Sie morgen früh Ihre Truppe antreten lassen – Punkt sieben Uhr in der Polizeistation, weil Sie Ihrem Onkel Jim glauben können, dass die Ameisen morgen gewaltig früh auf Wanderschaft gehen werden –, sollten Sie dafür sorgen, dass alle wissen, dass die arme Frau geistig verwirrt war wie der Anarchist, der Präsident McKinley erschossen hat.«

»Ist das nicht ein Berg?«, fragte Randolph.

Big Jim verwandte einen Augenblick darauf, sich zu fragen, wo Mrs. Randolphs kleiner Junge gewesen war, als der Verstand ausgeteilt worden war. Dann sprach er schnell weiter. Heute Nacht würde er keine vollen acht Stunden Schlaf bekommen, aber mit Gottes Segen konnte er es vielleicht auf fünf bringen. Und die brauchte er. Sein armes altes Herz brauchte sie.

»Lassen Sie alle Streifenwagen ausrücken. Jeder mit zwei Officers besetzt. Sorgen Sie dafür, dass alle Pfefferspray und Elektroschocker haben. Aber sollte irgendjemand in Sichtweite der Reporter und Fernsehkameras, der ganzen verflixten Außenwelt einen Schuss abgeben … dann benutze ich die Eingeweide dieses Mannes als Hosenträger!«

»Ja, Sir.«

»Sie sollen auf den Seitenstreifen der 119 fahren, die Menge eskortieren. Ohne Sirenen, aber mit eingeschalteten Blinkleuchten.«

»Wie bei einem Umzug«, sagte Randolph.

»Ja, Peter, wie bei einem Umzug. Die Straße selbst bleibt für die Leute frei. Wer mit dem Auto kommt, wird aufgefordert, es stehen zu lassen und zu Fuß zu gehen. Benutzen Sie dazu Ihre Megafone. Wenn sie draußen ankommen, sollen sie ordentlich müde sein. Müde Leute benehmen sich im Allgemeinen anständig.«

»Sie glauben nicht, dass wir einige Männer für die Fahndung nach den Ausbrechern einteilen sollten?« Er sah Big Jims Augen aufblitzen und hob eine Hand. »War bloß 'ne Frage, bloß 'ne Frage.«

»Nun, und Sie verdienen eine Antwort darauf. Schließlich sind Sie der Polizeichef. Stimmt's, Carter?«

»Jau«, sagte Carter.

»Die Antwort lautet *Nein*, Chief Randolph, weil … passen Sie jetzt gut auf … *sie nicht entkommen können*. Chester's Mill liegt unter einer Kuppel, und sie können *absotiert* … *garanlut* … nicht entkommen. Können Sie diese Schlussfolgerung nachvollziehen?« Er sah, dass Randolph rot anzulaufen begann, und fügte hinzu: »Seien Sie jetzt mit Ihrer Antwort vorsichtig. *Ich* wär's jedenfalls.«

»Ich kann sie nachvollziehen.«

»Dann nehmen Sie bitte auch Folgendes zur Kenntnis: Solange Dale Barbara auf der Flucht ist – von seinem Mitverschwörer Everett ganz zu schweigen –, werden die Leute sich umso dringender wünschen, von ihren Sicherheitskräften beschützt zu werden. Und obwohl unsere Personalstärke dafür eigentlich kaum ausreicht, werden wir uns den Anforderungen gewachsen zeigen, nicht wahr?«

Randolph kapierte endlich. Er wusste vielleicht nicht, dass es außer einem Berg auch einen Präsidenten namens McKinley gab, aber er schien zu begreifen, dass ein Barbie auf dem Dach auf vielfache Weise nützlicher war als ein Barbie in der Hand.

»Ja«, sagte er. »Das werden wir. Verdammt richtig. Was ist mit der Pressekonferenz? Wenn Sie selbst nicht daran teilnehmen, wollen Sie vielleicht jemanden bestimmen ...«

»Nein, das tue ich nicht. Ich bleibe hier auf meinem Posten, wo ich hingehöre, und überwache die weitere Entwicklung. Was die Medien betrifft, können sie verflixt noch mal ihre Pressekonferenz mit den mindestens tausend Leuten abhalten, die dort im Süden der Stadt versammelt sein werden wie Gaffer an einer Baustelle. Und ich wünsche ihnen viel Glück bei dem Versuch, das Geschwätz, das sie zu hören bekommen werden, zu übersetzen und zu deuten.«

»Manche Leute äußern vielleicht Dinge, die nicht gerade schmeichelhaft für uns sind«, sagte Randolph.

Big Jim bedachte ihn mit einem frostigen Lächeln. »Dafür hat Gott uns so breite Schultern gegeben, Kumpel. Was will dieser naseweise Wichtigtuer Cox außerdem unternehmen? Hier einmarschieren und uns aus dem Amt jagen?«

Randolph schmunzelte pflichtbewusst, machte sich auf den Weg zur Tür und blieb dann stehen, weil ihm noch etwas eingefallen war. »Da draußen werden ganz schön viele Leute sein – und das ziemlich lange. Das Militär stellt auf seiner Seite Chemietoiletten auf. Sollten wir das auf unserer Seite auch versuchen? Ich denke, wir haben ein paar auf dem Bauhof. Hauptsächlich für Straßenbaustellen. Vielleicht könnte Al Timmons ...«

Big Jim musterte ihn mit einem Blick, als hielte er den neuen Polizeichef für endgültig übergeschnappt. »Hätte ich zu bestimmen gehabt, säßen unsere Bürger morgen sicher und warm in ihren Häusern, statt aus unserer Stadt zu strömen wie die Kinder Israels aus Ägypten.« Er machte eine Pause, um seinen Worten mehr Nachdruck zu verleihen. »Wen dort draußen ein menschliches Rühren überkommt, soll in die verflixten Wälder kacken.«

13   Als Randolph endlich fort war, fragte Carter: »Darf ich Ihnen etwas sagen, wenn ich schwöre, dass das keine Arschkriecherei ist?«

»Ja, natürlich.«

»Ich liebe es, Sie in Aktion zu sehen, Mr. Rennie.«

Big Jim grinste – ein breites sonniges Grinsen, das sein ganzes Gesicht erhellte. »Nun, du wirst deine Chance bekommen, Junge; du hast von den anderen gelernt, jetzt lerne von dem Besten.«

»Das habe ich vor.«

»Im Augenblick brauche ich dich, damit du mich nach Hause fährst. Hol mich morgen früh pünktlich um acht wieder ab. Wir fahren hierher und sehen uns die Show auf CNN an. Aber davor setzen wir uns eine Weile auf den Town Common Hill und beobachten den Auszug der Kinder Israels. Eigentlich traurig: Israeliten ohne Moses.«

»Ameisen ohne Hügel«, fügte Carter hinzu. »Bienen ohne Stock.«

»Aber ich möchte, dass du ein paar Leute besuchst, bevor du mich abholen kommst. Oder es wenigstens versuchst; ich habe eine kleine Wette mit mir selbst laufen, dass du niemanden antriffst, weil sich die Betreffenden unerlaubt von der Truppe entfernt haben.«

»Wen?«

»Rose Twitchell und Linda Everett. Die Frau von diesem Arzthelfer.«

»Ich weiß, wer sie ist.«

»Am besten kontrollierst du auch, ob die Shumway noch da ist. Sie soll bei Libby Piper, der Pastorin mit dem bösartigen Hund, untergekommen sein. Falls du eine oder mehrere dieser Frauen antriffst, frag sie nach dem Aufenthaltsort unserer Ausbrecher aus.«

»Harte oder sanfte Tour?«

»Mittel. Everett und Barbara müssen nicht unbedingt sofort geschnappt werden, aber ich wüsste gern, wo die beiden sich rumtreiben.«

Auf den Stufen vor dem Rathaus atmete Big Jim die übel riechende Luft tief ein und seufzte dann hörbar befriedigt. Auch Carter war sehr zufrieden. Vor einer Woche hatte er noch Schalldämpfer gewechselt und eine Schutzbrille getragen, damit ihm bei der Arbeit keine Rußflocken von Auspuffanlagen, die von Streusalz zerfressen waren, in die Augen gerieten. Heute war er ein Mann in einflussreicher Position. Dafür erschien ihm etwas schlecht riechende Luft als ein geringer Preis.

»Ich möchte dich etwas fragen«, sagte Big Jim. »Wenn du nicht darauf antworten willst, ist es auch in Ordnung.«

Carter sah ihn an.

»Die junge Bushey«, sagte Big Jim. »Wie war sie? War sie gut?«

Carter zögerte, dann sagte er: »Anfangs ein bisschen trocken, aber dann feucht wie sonstwas.«

Big Jim lachte. Sein Lachen klang metallisch wie das Geräusch von Münzen, die in das Geldfach eines Spielautomaten fallen.

14   Mitternacht, und der rosa Mond neigte sich dem Horizont über Tarker's Mills zu, wo er bis zum Morgengrauen verharren und zuletzt geisterhaft blass wirken würde, bevor er irgendwann verschwand.

Julia ging langsam durch die Obstplantage, wo das Land der McCoys auf der Westseite der Black Ridge abfiel, und war nicht überrascht, als sie auf eine dunkle Gestalt stieß, die an einen Baum gelehnt dasaß. Rechts von ihr sandte der Kasten mit dem eingravierten fremdartigen Symbol alle fünfzehn Sekunden einen Energieblitz aus: der kleinste, seltsamste Leuchtturm der Welt.

»Barbie?«, fragte sie halblaut. »Wie geht's Ken?«

»Der ist in San Francisco, um bei der Gay Pride Parade

mitzumarschieren. Ich wusste schon immer, dass der Junge schwul ist.«

Julia lachte, dann ergriff sie seine Hand und küsste sie. »Mein Freund, ich bin schrecklich froh, dass du in Sicherheit bist.«

Er schloss sie in die Arme und küsste sie auf beide Wangen, bevor er sie wieder losließ. Lange Küsse. Fast echte. »Meine Freundin, das geht mir genauso.«

Sie lachte wieder, fühlte aber zugleich einen Schauder, der sie vom Hals bis zu den Knien durchlief. Einen Schauder, den sie kannte, aber lange nicht mehr gespürt hatte. *Langsam, Mädchen*, ermahnte sie sich. *Er ist jung genug, um dein Sohn sein zu können.*

Nun ja … wenn sie mit dreizehn schwanger geworden wäre.

»Die anderen schlafen alle«, sagte Julia. »Sogar Horace. Er schläft bei den Kindern. Sie haben ihn Stöcke apportieren lassen, bis seine Zunge fast über den Boden geschleift hat. Bestimmt glaubt er jetzt, dass er gestorben und in den Hundehimmel gekommen ist.«

»Hab versucht zu schlafen. Konnte nicht.«

Zweimal war er fast eingeschlafen, aber beide Male hatte er davon geträumt, in seiner Zelle Junior Rennie gegenüberzustehen. Beim ersten Mal war Barbie gestolpert: Statt einen Sprung zur Seite zu machen, war er auf der Koje gelandet und hatte dort ein perfektes Ziel geboten. Beim zweiten Mal hatte Junior mit einem unglaublich langen Kunststoffarm durch die Gitterstäbe gegriffen und ihn lange genug festgehalten, um ihn erschießen zu können. Danach hatte Barbie die Scheune verlassen, in der die Männer schliefen, und war hierhergekommen. Die Luft roch noch immer wie in einem Raum, in dem vor einem halben Jahr ein lebenslänglicher Kettenraucher gestorben war, aber sie war besser als die Luft in The Mill.

»So wenige Lichter da unten«, sagte sie. »In einer gewöhnlichen Nacht wären es zehnmal mehr, selbst um diese Zeit. Und die Straßenlaternen würden aussehen wie doppelreihige Perlenschnüre.«

»Dafür gibt's das hier.« Barbie hatte weiter einen Arm um sie gelegt, aber er hob die freie Hand und zeigte damit auf den Leuchtgürtel. Ohne die Barriere, an der er abrupt endete, hätte er einen Vollkreis gebildet. So erschien er hufeisenförmig.

»Ja. Weshalb hat Cox ihn deiner Meinung nach nicht erwähnt? Sie müssen ihn doch auf ihren Satellitenaufnahmen sehen.« Julia überlegte. »Zumindest hat er mit mir nicht darüber gesprochen. Mit dir vielleicht?«

»Nein – und das hätte er getan. Was bedeutet, dass sie ihn nicht sehen.«

»Glaubst du, dass der Dome ihn … dass er was tut? Ihn herausfiltert?«

»Irgendwas in dieser Art. Cox, die Fernsehgesellschaften, die Außenwelt – sie sehen ihn nicht, weil sie ihn nicht zu sehen brauchen. Wir anscheinend schon.«

»Glaubst du, dass Rusty recht hat? Dass wir nur Ameisen sind, die von grausamen Kindern mit einem Brennglas gequält werden? Sind wir hier in ihrer Arena? Welche intelligente Rasse würde zulassen, dass ihre Kinder Angehörigen einer anderen intelligenten Rasse so etwas antun?«

»*Wir* halten uns für intelligent, aber tun sie das auch? Wir kennen Ameisen als Insekten, die Staaten bilden – fleißige Bauarbeiter, Kolonien-Gründer, erstaunliche Architekten. Sie schuften wie wir. Sie begraben ihre Toten wie wir. Sie kennen sogar Rassenkriege, Rot gegen Schwarz. Aber obwohl wir das alles wissen, halten wir Ameisen nicht für intelligent.«

Sie zog seinen Arm enger um sich, obwohl ihr nicht kalt war. »Intelligent oder nicht, unrecht ist es auf jeden Fall.«

»Stimmt. Rusty hat das schon als Kind erkannt. Aber die meisten Kinder besitzen noch keinen moralischen Kompass für den Umgang mit der Welt. Der entwickelt sich erst im Lauf der Jahre. Wenn wir dann endlich erwachsen sind, haben die meisten von uns ihre kindlichen Verhaltensweisen – wie etwa Ameisen mit einem Vergrößerungsglas in Brand zu setzen oder Fliegen die Flügel auszureißen – hinter sich gelassen. Vermutlich ist das bei *ihren* Erwachsenen nicht anders. Das heißt, falls sie Lebewesen wie uns überhaupt wahrnehmen. Wann hast du dich zum letzten Mal gebückt, um einen Ameisenhaufen wirklich aus der Nähe zu betrachten?«

»Aber trotzdem ... würden wir auf dem Mars Ameisen oder auch nur Mikroben entdecken, würden wir sie nicht vernichten. Weil Leben im Universum ein so kostbares Gut ist. Großer Gott, alle übrigen Planeten unseres Sonnensystems sind leblose Wüsten!«

Barbie glaubte, wenn die NASA auf dem Mars Leben fände, hätte sie keine Skrupel, es zu zerstören, um es unters Mikroskop schieben und studieren zu können, aber das sagte er nicht. »Wären wir wissenschaftlich weiter – oder spirituell auf einer höheren Stufe, vielleicht ist das die Voraussetzung für Reisen durchs große Unbekannte –, würden wir möglicherweise sehen, dass es überall Leben gibt. So viele bewohnte Welten und intelligente Lebensformen, wie es in dieser Stadt Ameisenhügel gibt.«

Lag seine Hand jetzt auf der seitlichen Wölbung ihrer Brust? Julia meinte, sie an dieser Stelle zu spüren. Es war lange her, dass dort eine Männerhand gelegen hatte, und es fühlte sich sehr gut an.

»Meiner Überzeugung nach gibt es mehr Welten, als wir mit unseren schwachen Teleskopen von der Erde aus sehen können. Oder sogar mit dem Weltraumteleskop Hubble. Und ... *sie* sind nicht hier, weißt du. Dies ist keine Invasion aus dem All. Sie beobachten uns nur. Und ... spielen ... vielleicht.«

»Ich weiß, wie das ist«, sagte sie. »Wenn mit einem gespielt wird.«

Er sah sie an. Kussentfernung. Sie hätte nichts dagegen gehabt, geküsst zu werden; nein, überhaupt nichts.

»Wie meinst du das? Rennie?«

»Glaubst du, dass es im Leben eines Menschen bestimmte prägende Augenblicke gibt? Wendemarken, die uns tatsächlich verändern?«

»Ja«, sagte er, indem er an das rote Grinsen dachte, das sein Stiefel auf dem Gesäß des Abduls hinterlassen hatte.

Auf der Arschbacke eines gewöhnlichen Mannes, der sein gewöhnliches kleines Leben lebte. »Unbedingt.«

»Meiner hat sich in der vierten Klasse ereignet. In der Main Street Grammar School.«

»Erzähl mir davon.«

»Das geht schnell. Es war der längste Nachmittag meines Lebens, aber die Story ist ziemlich kurz.«

Er wartete.

»Ich war ein Einzelkind. Meinem Vater gehörte die hiesige Zeitung – er hatte ein paar Reporter und einen Anzeigenverkäufer, aber sonst war der *Democrat* weitgehend eine Einmannshow, und das war ihm gerade recht. Dass ich die Zeitung später weiterführen würde, stand außer Frage. Er hat es geglaubt, meine Mutter hat es geglaubt, meine Lehrer haben es geglaubt, und natürlich habe ich es selbst geglaubt. Sogar mein Studium war schon geplant. Nichts Zweitklassiges wie die University of Maine, nicht für Al Shumways Tochter. Al Shumways Tochter würde in Princeton studieren. Schon in der vierten Klasse hatte ich einen Princeton-Wimpel über dem Bett, und meine Koffer waren so gut wie gepackt.

Praktisch jeder – sogar ich selbst – hat den Boden unter meinen Füßen geküsst. Das heißt, bis auf meine Mitschüler in der vierten Klasse. Damals habe ich die Gründe dafür nicht kapiert, aber jetzt wundere ich mich, wie ich sie übersehen konnte. Ich war die, die in der ersten Reihe saß und immer die Hand hob, wenn Mrs. Connaught eine Frage stellte – und deren Antworten immer richtig waren. Ich habe Hausaufgaben immer vorzeitig abgegeben, wenn ich konnte, und mich freiwillig gemeldet, wenn es Extrapunkte zu erringen gab. Ich war eine Streberin, manchmal wohl auch eine Schleimerin. Als Mrs. Connaught uns einmal ein paar Minuten lang allein lassen musste, hatte der kleine Jessie Vachon bei ihrer Rückkehr Nasenbluten. Mrs. Connaught hat uns gedroht, wir müssten alle länger bleiben, wenn ihr nicht jemand sagt, wer das gewesen sei. Also habe ich die Hand gehoben und gesagt, dass es Andy Manning war. Andy hatte Jessie heftig ins Gesicht geschlagen, weil Jessie ihm seinen

Radiergummi nicht leihen wollte. Und ich habe mir nichts dabei gedacht, weil es doch die Wahrheit war. Verstehst du, was ich meine?«

»Das verstehe ich sehr gut.«

»Diese kleine Episode hat das Fass zum Überlaufen gebracht. Als ich einige Tage später über den Stadtanger nach Hause ging, hat mir eine Gruppe von Mädchen unter dem Dach der Peace Bridge aufgelauert. Sie waren zu sechst. Ihre Anführerin war Lila Stout, die jetzt Lila Killian ist – sie hat Roger Killian geheiratet, was ihr absolut recht geschieht. Lass dir niemals weismachen, dass Kinder einen alten Groll nicht ins Erwachsenenleben mitnehmen können.

Sie haben mich zum Musikpavillon geschleppt. Anfangs habe ich mich gewehrt, aber dann haben zwei von ihnen – Lila war die eine; Cindy Collins, Toby Mannings Mutter, die andere – mich geschlagen. Nicht nur gegen die Schulter geboxt, wie's Kinder meistens tun. Cindy hat mir ins Gesicht geschlagen, und Lila hat mich an die rechte Brust geboxt. Es hat höllisch wehgetan! Mein Busen war gerade erst am Wachsen, und er hat sogar wehgetan, wenn er nicht angefasst wurde.

Ich habe angefangen zu weinen. Im Allgemeinen ist das ein Zeichen dafür – wenigstens unter Kindern –, dass man zu weit gegangen ist. Nicht an dem Tag. Als ich zu heulen anfing, hat Lila gesagt: ›Halt die Klappe, sonst setzt's noch mehr.‹ Daran hätte sie keiner hindern können. Der Nachmittag war kalt und regnerisch, der Stadtanger bis auf uns menschenleer.

Lila hat mir so kräftig ins Gesicht geschlagen, dass ich Nasenbluten bekam, und dazu gesagt: ›Olle Petz-Fotze, dir werden wir's zeigen!‹ Und die anderen Mädchen haben gelacht. Sie haben so getan, als wäre das alles dafür, dass ich Andy verpfiffen hatte, und ich hab ihnen geglaubt, aber jetzt weiß ich, dass es an allem gelegen hat – bis hin zu der Tatsache, dass meine Blusen und Röcke und sogar meine Haarbänder farblich aufeinander abgestimmt waren. Sie hatten Klamotten an, ich trug Kleidungsstücke. Die Sache mit Andy war nur der letzte Tropfen.«

»Wie schlimm war es?«

»Ich habe Schläge bekommen. Bin an den Haaren gezogen worden. Und ... sie haben mich angespuckt. Alle sechs. Das war, nachdem meine Knie nachgegeben hatten und ich vor ihnen in dem Pavillon lag. Ich habe noch lauter geweint und mein Gesicht mit den Händen bedeckt, aber ich hab's trotzdem gespürt. Spucke ist warm, weißt du das?«

»O ja.«

»Sie haben Sachen gesagt wie *Lehrers Liebling* und *braves, braves Gummibärchen* und *unsere kleine Miss Vornehm.* Und als ich eben dachte, sie wären fertig, hat Corrie Macintosh vorgeschlagen: ›Kommt, wir ziehen ihr die Hose aus!‹ An diesem Tag hatte ich nämlich hübsche Slacks an, die meine Mutter aus einem Katalog bestellt hatte. Ich habe sie geliebt. In solchen Slacks sah man die Studentinnen in Princeton. Wenigstens dachte ich das damals.

Diesmal habe ich mich energischer gewehrt, aber sie waren natürlich stärker. Vier haben mich festgehalten, während Lila und Corrie mir die Hose ausgezogen haben. Dann hat Cindy Collins auf mich gezeigt und lachend gesagt: ›Sie hat den beschissenen Pu-Bären auf der Unterhose!‹ Der war wirklich drauf, zusammen mit I-Ah und Klein Ruh. Alle haben zu lachen angefangen, und ... Barbie ... ich bin kleiner ... und kleiner ... und kleiner geworden. Bis der Boden des Musikpodiums einer weiten Wüste glich – und ich einem Insekt, das in ihrer Mitte lag. Das in ihrer Mitte *starb.*«

»Mit anderen Worten wie eine Ameise unter einem Brennglas.«

»O nein! Nein, Barbie! Mir war *kalt,* nicht heiß. Ich habe vor Kälte *gezittert.* Ich hatte eine Gänsehaut an den Beinen. Corrie hat gesagt: ›Los, wir ziehen ihr auch die Unterhose aus!‹, aber so weit wollten sie dann doch nicht gehen. Gewissermaßen als Ersatz dafür hat Lila meine hübschen Slacks aufs Dach des Musikpavillons geworfen. Danach sind sie gegangen, Lila als Letzte. Sie hat mir noch gedroht: ›Petzt du diesmal wieder, komme ich mit dem Messer meines Bruders und schneid dir deine Schlampennase ab.‹«

»Wie ging's danach weiter?«, fragte Barbie. Und ja, seine Hand lag eindeutig an ihrer Brust.

»Es ging damit weiter, dass ein verängstigtes kleines Mädchen auf dem Musikpavillon kauerte und sich fragte, wie sie nach Hause kommen soll, ohne dass die halbe Stadt sie in ihrer albernen Babyunterhose sieht. Ich kam mir vor wie das kleinste, dümmste Küken, das je gelebt hat. Zuletzt beschloss ich, bis abends zu warten. Meine Eltern würden sich Sorgen machen, würden vielleicht sogar die Polizei alarmieren, aber das war mir egal. Ich würde bis zum Einbruch der Dunkelheit warten und dann durch Seitenstraßen nach Hause schleichen. Mich hinter Bäumen verstecken, wenn mir jemand entgegenkam.

Ich muss etwas gedöst haben, denn plötzlich stand Kayla Bevins über mir. Sie hatte zu dem Sextett gehört, mich wie die anderen geschlagen und an den Haaren gezogen und angespuckt. Sie hatte weniger gesagt als die anderen, aber sie hatte mitgemacht. Sie hatte mitgeholfen, mich festzuhalten, während Lila und Corrie mir die Hose auszogen, und als noch ein Bein meiner Slacks vom Dach gehangen hatte, war Kayla aufs Geländer gestiegen und hatte es vollends hochgeschleudert, damit ich die Hose nicht mehr erreichen konnte.

Ich habe sie angefleht, mir nichts mehr zu tun. Über Dinge wie Stolz und Würde war ich längst hinaus. Ich habe sie angefleht, mir nicht die Unterhose runterzuziehen. Dann habe ich sie angefleht, mir zu helfen. Sie hat einfach dagestanden und zugehört, als wäre ich ihr vollkommen egal. Ich *war* ihr auch vollkommen egal. Das wusste ich damals. Im Lauf der Jahre habe ich es wohl vergessen, aber das Leben unter der Kuppel hat mir diese grundlegende Erkenntnis wieder ins Gedächtnis gerufen.

Irgendwann wusste ich nicht mehr weiter und lag nur noch schniefend da. Sie hat mich noch eine Weile betrachtet und dann ihren Pullover ausgezogen – ein altes braunes Ding, das ihr fast bis zu den Knien reichte. Kayla war ein großes Mädchen, entsprechend riesig war der Pullover. Sie hat ihn auf mich geworfen und dabei gesagt: ›Trag das auf dem Heimweg, dann sieht es aus wie ein Kleid.‹

Das war alles, was sie gesagt hat. Und obwohl ich noch weitere acht Jahre mit ihr zur Schule gegangen bin – bis zum Abschluss der Mills High –, haben wir nie mehr miteinander gesprochen. Aber im Traum höre ich sie noch manchmal diesen einen Satz sprechen: *Trag das auf dem Heimweg, dann sieht es aus wie ein Kleid.* Und ich sehe dabei ihr Gesicht. Ohne Hass oder Zorn, aber auch ohne Mitleid. Sie hat es nicht aus Mitleid getan, sie wollte mich auch nicht beschwichtigen. Ich weiß nicht, warum sie es getan hat. Ich weiß nicht mal, warum sie zurückgekommen ist. Weißt du es?«

»Nein«, sagte er und küsste sie. Sein Kuss war kurz, aber warm und feucht und ziemlich wundervoll.

»Wieso hast du das eben getan?«

»Weil du ausgesehen hast, als brauchtest du einen – und ich weiß, dass *ich* einen nötig hatte. Wie ging's weiter, Julia?«

»Ich zog den Pullover an und ging heim – was sonst? Und meine Eltern haben auf mich gewartet.«

Sie reckte stolz das Kinn hoch.

»Ich habe ihnen nie erzählt, was passiert war, und sie haben es nie rausgekriegt. Ungefähr eine Woche lang habe ich jeden Morgen auf dem Schulweg meine Slacks auf dem kegelförmigen kleinen Dach über dem Musikpavillon liegen sehen. Und jedes Mal habe ich die Scham und den Schmerz gespürt – wie ein Messer in meinem Herzen. Eines Tages waren sie dann weg. Das hat die Schmerzen nicht verschwinden lassen, aber danach waren sie etwas leichter zu ertragen. Stumpf statt schneidend.

Ich habe die Mädchen nie verraten, obwohl mein Vater schrecklich wütend war und mich zu Hausarrest bis Juni verdonnert hat. Ich durfte nur noch in die Schule gehen und nicht mal den Klassenausflug ins Portland Museum of Art mitmachen, auf den ich mich schon seit Monaten gefreut hatte. Er hat mir erklärt, ich dürfe mitfahren und bekäme alles wieder erlaubt, sobald ich die Namen der Kinder preisgebe, die mich ›missbraucht‹ hätten. So hat er es genannt. Aber ich habe eisern dichtgehalten – und das nicht nur, weil hartnäckiges Schweigen die Kinderversion des apostolischen Glaubensbekenntnisses ist.«

»Du hast es getan, weil du irgendwo in deinem Innersten überzeugt warst, dass du das, was dir zugestoßen ist, verdient hattest.«

»*Verdient* ist das falsche Wort. Ich dachte, dass ich sie herausgefordert und die Quittung dafür bekommen hatte, was etwas ganz anderes ist. Danach hat mein Leben sich verändert. Ich bekam weiter gute Noten, meldete mich aber weniger oft. Ich habe nie aufgehört, fleißig zu lernen, aber ich war keine *Streberin* mehr. In der Highschool hätte ich die Jahrgangsbeste sein können, aber in der zweiten Hälfte des letzten Schuljahrs nahm ich mich absichtlich zurück, damit Carlene Plummer mich knapp überflügeln konnte. Ich wollte das nicht sein. Nicht die Rede halten, nicht als Rednerin im Mittelpunkt stehen. Ich habe einige Freundschaften geschlossen, die besten davon im Raucherbereich hinter der Highschool.

Die größte Veränderung war, dass ich nicht in Princeton, sondern in Maine studieren wollte – wo ich auch gleich einen Studienplatz bekam. Mein Vater hat getobt und gewettert von wegen, er würde niemals zulassen, dass seine Tochter an irgendeinem staatlich subventionierten Farmer-College studierte, aber ich bin hart geblieben.«

Sie lächelte.

»*Ziemlich* hart. Aber Kompromisse sind eine geheime Zutat der Liebe, und ich habe meinen Dad sehr geliebt. Ich habe sie beide geliebt. Eigentlich hatte ich an der University of Maine in Orono studieren wollen, aber im Sommer nach meinem Highschool-Abschluss bewarb ich mich im letzten Augenblick ›wegen besonderer Umstände‹ am Bates und wurde genommen. Mein Vater hat darauf bestanden, dass ich die Gebühr für die verspätete Anmeldung von meinem eigenen Bankkonto bezahle, was ich gern getan habe, weil damit nach sechzehn Monaten Grenzkrieg zwischen dem Königreich der Herrschsüchtigen Eltern und dem kleineren, aber stark befestigten Fürstentum des Resoluten Teenagers endlich wieder ein bisschen Familienfrieden einkehrte. Ich wählte als Hauptfach Journalismus, und damit war der Bruch geheilt … der eigentlich seit jenem Tag im Musikpavillon da gewesen war. Meine Eltern haben nur nie verstanden, weshalb. Hier in The Mill bin ich nicht wegen dieses Tages – meine Zukunft beim *Democrat* war praktisch vorherbestimmt –, aber was ich bin, hängt wesentlich mit diesem Tag zusammen.«

In ihren trotzig leuchtenden Augen glänzten Tränen, als sie wieder zu ihm aufsah. »Aber ich bin keine Ameise. Ich bin *keine* Ameise.«

Barbie küsste sie noch einmal. Diesmal schlang sie beide Arme um ihn und blieb ihm nichts schuldig. Und als seine Hand ihre Bluse aus dem Bund ihrer Slacks zog und dann höher glitt, um eine Brust zu umfassen, gab sie ihm ihre Zunge. Als sie sich dann trennten, atmete Julia schwer.

»Möchtest du?«, fragte er.

»Ja. Und du?«

Er nahm ihre Hand und legte sie auf seine Jeans, wo deutlich zu spüren war, wie sehr er wollte.

Wenig später war er auf den Unterarmen ruhend über ihr. Sie nahm ihn in die Hand, um ihn einzuführen. »Nicht gleich zu stürmisch, Colonel Barbara. Ich hab fast vergessen, wie es geht.«

»Es ist wie mit dem Radfahren«, sagte Barbie.

Wie sich zeigte, hatte er recht.

15 Hinterher lag sie mit dem Kopf auf seinem Oberarm neben ihm, sah zu den rosa Sternen auf und fragte ihn, woran er denke.

Er seufzte. »An die Träume. Die Visionen. Die Was-immer-sie-sind. Hast du dein Handy dabei?«

»Immer. Und es hält seine Ladung ziemlich gut, obwohl ich nicht weiß, wie lange noch. Wen willst du anrufen? Cox, vermute ich.«

»Du vermutest richtig. Hast du seine Nummer gespeichert?«

»Ja.«

Julia griff nach ihrer ausgezogenen Hose und hakte das Handy vom Gürtel. Sie wählte Cox' Nummer und übergab das Telefon Barbie, der fast augenblicklich zu reden begann. Cox musste sich nach dem ersten Klingeln gemeldet haben.

»Hallo, Colonel. Hier ist Barbie. Ich bin befreit worden. Ich werde das Risiko eingehen, Ihnen unser Versteck zu verraten. Wir sind auf der Black Ridge im ehemaligen Obstgarten der McCoys. Haben Sie den auf Ihrer … ah, gut. Natürlich haben Sie ihn. Und Sie haben Satellitenaufnahmen der Stadt, nicht wahr?«

Er hörte zu, dann fragte er Cox, ob auf diesen Bildern ein hufeisenförmiger Leuchtgürtel zu erkennen sei, der die Black Ridge umgab und bis zur Grenze der TR-90 reichte. Der Colonel verneinte, schien aber sofort Einzelheiten wissen zu wollen.

»Nicht jetzt«, wehrte Barbie ab. »Im Augenblick müssen Sie etwas für mich tun, Jim – und je früher, desto besser. Dazu brauchen Sie ein paar Chinooks.«

Er erklärte, was er wollte. Cox hörte zu, dann antwortete er.

»Das kann ich jetzt nicht erklären«, sagte Barbie, »außerdem würden Sie ohnehin nicht viel davon verstehen. Sie müssen mir einfach abnehmen, dass hier eine verdammt merkwürdige Scheiße im Gange ist, und ich glaube, dass uns noch Schlimmeres bevorsteht. Vielleicht nicht vor Halloween, wenn wir Glück haben. Aber wir werden kein Glück haben, fürchte ich.«

16 Während Barbie mit Colonel James Cox telefonierte, hockte Andy Sanders an die Seite des Lagergebäudes hinter dem WCIK gelehnt und blickte zu den unnormalen Sternen auf. Er war high wie ein Drache, zufrieden wie eine Muschel, cool wie eine Gurke, und sicher gab es noch mehr zutreffende Vergleiche. Trotzdem empfand er eine tiefe Traurigkeit – seltsam friedlich, fast tröstlich –, die wie ein mächtiger unterirdischer Fluss unter der Oberfläche dahinströmte. In seinem ganzen langweiligen, nüchternen, praktischen Leben hatte er noch nie eine Vorahnung gehabt. Aber jetzt hatte er eine. Dies war seine letzte Nacht auf Erden.

Wenn die bitteren Männer kamen, waren er und Chef Bushey erledigt. Das war simpel und eigentlich gar nicht so schlimm.

»Bin ohnehin in der Bonusrunde«, sagte er. »Seit ich beinah diese Pillen geschluckt hätte.«

»Was war das, Sanders?« Chef, der den Lichtstrahl einer Taschenlampe vor seine nackten Füße gerichtet hielt, kam auf dem Weg von der Rückseite des Senders herangeschlendert. Die Schlafanzughose mit den Cartoonfröschen hing noch immer unsicher an seinen Hüftknochen, aber zu seiner Aufmachung war etwas hinzugekommen: ein großes weißes Kreuz. Es hing an einem Lederriemen um seinen Hals. Über der rechten Schulter trug er GOTTES KRIEGER. Unterhalb von dessen Gewehrkolben baumelten an einem weiteren Lederriemen zwei Handgranaten. In der Hand, die nicht die Stablampe hielt, trug er den Garagentoröffner.

»Nichts, Chef«, sagte Andy. »Ich habe nur mit mir selbst gesprochen. Bin anscheinend der Einzige, der mir heutzutage noch zuhört.«

»Das ist Schwachsinn, Sanders. Absoluter, völliger Scheißdreck-Schwachsinn. *Gott* hört dir zu. Er hört Seelen ab, wie das FBI Telefone abhört. Und ich höre dir auch zu.«

Die Schönheit dieser Aussage – und ihr Trost – erfüllte Andys Herz mit Dankbarkeit. Er bot Chef die Bong an. »Nimm einen Zug von diesem Shit. Der macht Feuer unter deinem Boiler.«

Chef ließ ein heiseres Lachen hören, nahm einen tiefen Zug aus der Glasbong, behielt den Rauch in der Lunge und stieß ihn dann hustend aus. *»Bazoom!«*, sagte er. »Das ist Gottes Kraft! Power im *Überfluss*, Sanders!«

»Allerdings«, bestätigte Andy. Das hatte Dodee immer gesagt, und der Gedanke an sie brach ihm aufs Neue das Herz. Er fuhr sich geistesabwesend über die Augen. »Wo hast du das Kreuz her?«

Chef wies mit der Stablampe auf das Sendegebäude. »Coggins hat dort drinnen ein Büro. Das Kreuz war auf seinem Schreibtisch. Die oberste Schublade war abgeschlossen, aber ich habe sie aufgebrochen. Weißt du, was ich darin gefunden habe, Sanders? Einige der *schändlichsten* Wichsvorlagen, die ich je gesehen habe.«

»Kinder?«, fragte Andy. Das hätte ihn nicht überrascht. Wenn ein Prediger sich mit dem Teufel einließ, fiel er meist sehr tief. Tief genug, um mit aufgesetztem Zylinder unter einer Klapperschlange hindurchkriechen zu können.

»Schlimmer, Sanders.« Er senkte die Stimme. »Asiatinnen.«

Chef griff nach dem Sturmgewehr AK-47, das quer über Andys Knien lag. Er beleuchtete den Kolben, auf den Andy mit einem Magic Marker aus dem Sendegebäude sorgfältig den Namen CLAUDETTE geschrieben hatte.

»Meine Frau«, sagte Andy. »Sie war das erste Opfer der Kuppel.«

Chef fasste ihn an der Schulter. »Es ehrt dich, dass du ihrer gedenkst, Sanders. Ich bin froh, dass Gott uns zusammengebracht hat.«

»Ich auch.« Andy nahm die Bong wieder an sich. »Ich auch, Chef.«

»Du weißt, was morgen vermutlich passieren wird, nicht wahr?«

Andys Hand umklammerte CLAUDETTEs Kolben fester. Das war Antwort genug.

»Sie werden höchstwahrscheinlich Panzerwesten tragen, deshalb müssen wir den Krieg erklären, auf ihren Kopf zielen. Bloß kein Einzelfeuer; einfach mit Dauerfeuer umnieten. Und wenn's so aussieht, als würden sie uns überrennen … du weißt, was als Nächstes kommt, nicht wahr?«

»Richtig.«

»Bis zum Ende, Sanders?« Chef hob den Garagentoröffner vor seinem Gesicht hoch und beleuchtete ihn mit der Stablampe.

»Bis zum Ende«, bestätigte Andy. Er berührte den Garagentoröffner mit CLAUDETTEs Mündung.

17   Ollie Dinsmore schreckte aus einem Alptraum hoch und wusste, dass irgendetwas nicht in Ordnung war. Er lag in seinem Bett, betrachtete das durchs Fenster einfallende schwache und irgendwie schmutzige Tageslicht und versuchte sich einzureden, dass er nur träumte, irgendeinen hässlichen Alptraum, an den er sich nicht genau erinnern konnte. Feuer und Schreie waren alles, was ihm im Gedächtnis geblieben war.

Keine Schreie. Kreischen.

Sein billiger Wecker tickte auf dem Nachttisch neben dem Bett vor sich hin. Er grapschte danach. Viertel vor sechs, aber noch kein Geräusch, das verriet, dass sein Vater sich durch die Küche bewegte. Und, noch bezeichnender, kein Kaffeeduft. Sein Vater war sonst immer um spätestens 5:15 Uhr auf den Beinen und angezogen (»Die Kühe warten nicht«, war Alden Dinsmores Evangelium), und ab halb sechs wurde in der Küche Kaffee gekocht.

Nicht an diesem Morgen.

Ollie stand auf und zog die Jeans an, die er gestern angehabt hatte. »Dad?«

Keine Antwort. Nichts als das Ticken der Uhr und – in der Ferne – das Muhen einer unzufriedenen Milchkuh. Eine große Angst erfasste den Jungen. Er versuchte sich einzureden, dass es dafür keinen Grund gab, dass seine Familie – vergangene Woche noch vollzählig und ganz glücklich – schon alle Tragödien erduldet hatte, die Gott zulassen würde, zumindest in absehbarer Zeit. Das redete er sich ein, aber er glaubte es natürlich selbst nicht.

»Daddy?«

Das Stromaggregat hinter dem Haus lief noch, und er konnte die grünen Digitalanzeigen an Herd und Mikrowelle sehen, als er in die Küche kam, aber der Mr. Coffee stand dunkel und leer da. Auch das Wohnzimmer war leer. Sein Vater hatte ferngesehen, als Ollie gestern Abend ins Bett gegangen war, und der Fernseher lief noch, allerdings ohne Ton. Irgendein Typ, der aussah wie ein Gauner, führte den neuen, verbesserten Sham Wow vor. »Sie geben jeden Monat vierzig Dollar für Papierhandtücher aus und werfen so Geld

1018

weg«, sagte der Gauner-Typ in jener anderen Welt, in der solche Dinge vielleicht eine Rolle spielten.

Er ist draußen und füttert die Kühe, das ist alles.

Aber hätte er dann nicht den Fernseher abgestellt, um Strom zu sparen? Sie hatten einen großen Gastank, aber auch der würde irgendwann leer sein.

»Dad?«

Noch immer keine Antwort. Ollie trat ans Fenster und sah zum Stall hinüber. Dort war niemand. Mit wachsender Beklemmung ging er den Flur entlang zum Elternschlafzimmer und nahm seinen ganzen Mut zusammen, um an die Tür zu klopfen, was aber nicht nötig war. Die Tür stand offen. Das große Doppelbett war unordentlich (der scharfe Blick seines Vaters für die kleinste Unordnung schien außerhalb des Stalls nicht zu funktionieren), aber leer. Ollie wollte sich schon abwenden, als er etwas sah, das ihn erschreckte. So lange er zurückdenken konnte, hatte Aldens und Shelleys Hochzeitsfoto hier an der Wand gehangen. Jetzt war es weg, und nur ein helleres Rechteck auf der Tapete zeigte, wo das gerahmte Foto gehangen hatte.

Das ist nichts, wovor man Angst haben muss.

Aber das musste man doch.

Ollie ging weiter den Flur entlang. Hier gab es noch eine Tür, und eben diese, die seit über einem Jahr offen gestanden hatte, war jetzt geschlossen. Am Türblatt war mit einer Reißzwecke etwas Gelbes befestigt. Ein Zettel. Noch bevor Ollie nahe genug heran war, um das Geschriebene lesen zu können, erkannte er die Handschrift seines Vaters. Das war nur logisch; auf Rory und ihn hatten genügend Zettel in dieser großen Krakelschrift gewartet, wenn sie aus der Schule heimgekommen waren, und alle hatten auf gleiche Weise geendet.

Mistet den Stall aus, geht dann spielen. Jätet das Unkraut zwischen den Bohnen und Tomaten, geht dann spielen. Holt Mutters Wäsche rein, aber schleift sie nicht durch den Dreck. Geht dann spielen.

Mit dem Spielen ist jetzt Schluss, dachte Ollie niedergeschlagen.

Aber dann hatte er eine hoffnungsvolle Idee: Vielleicht träumte er alles nur? War das nicht möglich? Weshalb sollte er nach dem Tod seines Bruders durch einen Querschläger und dem Selbstmord seiner Mutter nicht träumen, er wäre in einem leeren Haus aufgewacht?

Die Kuh muhte nochmals, und selbst das klang wie ein Geräusch in einem Traum.

Das Zimmer hinter der Tür mit dem gelben Zettel war Grampy Toms gewesen. Weil er unter Herzbeutelwassersucht gelitten hatte, die langsam und qualvoll zum Tod führte, war er zu ihnen gezogen, als er sich nicht mehr selbst hatte versorgen können. Anfangs konnte er noch bis in die Küche humpeln, um mit der Familie zu essen, aber zuletzt war er bettlägerig gewesen, erst mit einem Kunststoffding in der Nase – es hieß Kandelaber oder so ähnlich –, dann die meiste Zeit mit aufgesetzter Plastikmaske. Rory hatte einmal gesagt, dass er aussah wie der älteste Astronaut der Welt, und sich dafür von Mutter eine Ohrfeige eingefangen.

Zum Ende hin hatten sie sich dabei abgewechselt, seine Sauerstoffflaschen zu wechseln, und eines Nachts hatte Mutter ihn tot auf dem Fußboden aufgefunden, als hätte er aufzustehen versucht und wäre daran gestorben. Sie hatte schreiend nach Alden gerufen, der kam, die Situation mit einem Blick erfasste, an der Brust des Alten horchte und den Sauerstoff abdrehte. Shelley Dinsmore hatte sofort angefangen zu weinen. Seit damals war diese Tür meistens geschlossen gewesen.

Sorry, stand auf dem gelben Zettel an der Tür. *Geh in die Stadt, Ollie. Die Morrisons oder die Dentons oder Rev. Libby nehmen Dich auf.*

Ollie starrte diese Mitteilung lange an, dann drehte er den Türknopf mit einer Hand, die nicht seine eigene zu sein schien, und hoffte, dass es keine Mordssauerei war.

Das war es nicht. Sein Vater lag mit auf der Brust gefalteten Händen auf Grampys Bett. Seine Haare waren so gekämmt, wie er sie kämmte, wenn er in die Stadt fuhr. In den Händen hielt er das Hochzeitsfoto. In einer Ecke des Zimmers stand noch eine von Grampys alten Sauerstoffflaschen; Alden hatte seine Red-Sox-Mütze, die mit dem Aufdruck WORLD SERIES CHAMPS, über das Ventil gehängt.

Ollie rüttelte seinen Vater an der Schulter. Er konnte Schnaps riechen, und für einige Sekunden lebte in seinem Herzen wieder Hoffnung auf (stets hartnäckig, manchmal hassenswert). Vielleicht war sein Vater nur betrunken.

»Dad? *Daddy?* Wach auf!«

Aber er konnte keinen Atem an seiner Wange spüren und sah jetzt, dass die Augen seines Vaters nicht ganz geschlossen waren; zwischen den oberen und unteren Lidern blitzten kleine weiße Halbmonde hervor. Und es roch nach etwas, was seine Mutter manchmal *Eau de piss* genannt hatte.

Dad hatte sich die Haare gekämmt, aber im Sterben liegend hatte er sich wie seine verstorbene Frau in die Hose gemacht. Ollie fragte sich, ob er sich die Sache anders überlegt hätte, wenn ihm bewusst gewesen wäre, dass das passieren würde.

Ollie wich langsam von dem Bett zurück. Jetzt da er sich wünschte, sich wie in einem bösen Traum zu fühlen, wollte dieses Gefühl sich nicht einstellen. Stattdessen erlebte er eine böse *Realität,* aus der man nicht aufwachen konnte. Seine Magennerven krampften sich zusammen, und in seiner Speiseröhre stieg eine Säule aus üblem Zeug auf. Er rannte auf die Toilette, wo er sich einem wild dreinblickenden Eindringling gegenübersah. Fast hätte er aufgeschrien, bevor er im Spiegel über dem Waschbecken sich selbst erkannte.

Er kniete vor der Kloschüssel, umklammerte die für Grampy angebrachten Haltegriffe und übergab sich. Als alles heraus war, betätigte er die Spülung (dank dem Stromaggregat und einem guten, tiefen Brunnen *konnte* er spülen), dann klappte er den Deckel herunter und setzte sich am ganzen Leib zitternd darauf. Im Waschbecken neben ihm lagen zwei von Grampys Medizinfläschchen und eine Flasche Jack Daniel's. Alle diese Flaschen waren leer. Ollie griff nach einem Medizinfläschchen. PERCOCET stand auf dem Etikett. Er machte sich nicht die Mühe, auch das andere zu lesen.

»Jetzt bin ich allein«, sagte er.

Die Morrisons oder die Dentons oder Rev. Libby nehmen Dich auf.

Aber er wollte nicht aufgenommen werden – das klang wie etwas, was seine Mutter beim Stricken hätte tun können. Er hatte diese Farm manchmal gehasst, sie aber stets mehr geliebt. Die Farm besaß ihn. Die Farm und die Kühe und der Holzstoß. Sie gehörten zu ihm, und er gehörte zu ihnen. Das wusste er so sicher, wie er wusste, dass sein Bruder Rory fortgegangen wäre und ihm eine glänzende, erfolgreiche Karriere bevorgestanden hätte, erst auf dem College, dann in irgendeiner fernen Großstadt, in der er Theatervorstellungen und Galerien und solches Zeug besuchen würde. Sein jüngerer Bruder wäre clever genug gewesen, um in der weiten Welt groß herauszukommen; Ollie selbst wäre vermutlich schlau genug, um es zu einem Bankdarlehen oder einer Kreditkarte zu schaffen, aber nicht viel weiter.

Ollie beschloss, hinauszugehen und die Kühe zu füttern. Wenn sie fressen wollten, würde er ihnen eine Doppelportion Silage spendieren. Vielleicht gab es sogar ein paar Milchkühe, die gemolken werden wollten. Dann würde er etwas Milch direkt aus der Zitze trinken, wie er es manchmal als kleiner Junge getan hatte.

Danach würde er über die große Weide gehen, so weit er konnte, und Steine gegen die Kuppel werfen, bis die Leute kamen, um sich mit ihren Verwandten von der anderen Seite zu treffen. *Großer Auflauf,* hätte sein Vater gesagt. Aber es gab niemanden, den Ollie sehen wollte, außer vielleicht den Schützen Ames aus South Cah'lina. Er wusste, dass Tante Lois und Onkel Scooter vermutlich kommen würden – sie wohnten gleich drüben in New Gloucester –, aber was würde er sagen, wenn sie wirklich kamen? *He, Onkel, außer mir sind alle tot, danke fürs Kommen?*

Nein, sobald außerhalb der Kuppel die Leute eintrudelten, würde er lieber zu der Stelle raufgehen, wo Mutter begraben war, und daneben ein neues Grab ausheben. Damit würde er beschäftigt sein, und vielleicht konnte er dann sogar schlafen, wenn er ins Bett ging.

Grampy Toms Sauerstoffmaske baumelte an einem Haken innen an der Toilettentür. Ollies Mutter hatte sie sorgfältig abgewaschen und aus irgendeinem Grund dort hingehängt. Während er sie jetzt betrachtete, krachte die Wahrheit endlich auf ihn herab – wie ein Konzertflügel, der auf einem Marmorboden zerschellt. Ollie schlug die Hände vors Gesicht und fing an, sich auf dem Klodeckel vor und zurück zu wiegen. Heulend.

18 Linda Everett packte zwei Einkaufsbeutel mit Konservendosen voll, hätte sie fast an die Küchentür gestellt und beschloss dann, sie in der Speisekammer zu lassen, bis Thurse und die Kinder abfahrtbereit waren. Als sie den jungen Thibodeau die Einfahrt heraufkommen sah, war sie froh, dass sie das getan hatte. Der junge Mann machte ihr richtig Angst, aber sie hätte weit mehr zu befürchten gehabt, wenn er diese beiden Leinenbeutel gesehen hätte, gefüllt mit Suppen, Bohnen und Thunfisch.

Irgendwohin unterwegs, Mrs. Everett? Darüber sollten wir reden.

Wie es der Teufel wollte, war Thibodeau von allen neuen Cops, die Randolph eingestellt hatte, der einzig clevere.

Wieso hatte Rennie nicht Searles schicken können?

Weil Melvin Searles dumm war. Elementar, mein lieber Watson.

Sie warf einen Blick durchs Küchenfenster in den Garten und sah, dass Thurston Jannie und Alice auf den Schaukeln anstieß. Audrey lag in der Nähe, schlief mit ihrer Schnauze auf einer Pfote. Judy und Aidan waren im Sandkasten. Judy hatte einen Arm um Aidan gelegt und schien ihn zu trösten. Linda liebte sie dafür. Sie hoffte, dass es ihr gelingen würde, Mr. Carter Thibodeau zufriedengestellt wegzuschicken, bevor die fünf Leute im Garten überhaupt merkten, dass er da gewesen war. Sie hatte nicht mehr Theater gespielt, seit sie im Junior College die Stella in *Endstation Sehnsucht* gegeben hatte, aber heute Morgen würde sie wieder schauspielern. Der einzige Beifall, den sie sich wünschte, würde daraus bestehen, dass sie und die fünf im Garten in Freiheit blieben.

Sie hastete durchs Wohnzimmer und setzte eine hoffentlich überzeugende sorgenvolle Miene auf, bevor sie die Haustür öffnete. Carter stand auf dem WELCOME-Fußabstreifer und hatte eine Hand erhoben, um anzuklopfen. Sie musste zu ihm aufsehen; sie war fast eins fünfundsiebzig groß, aber er gut eins neunzig.

»Ach, sieh da«, sagte er lächelnd. »Frisch und munter auf den Beinen, dabei ist es noch nicht mal halb acht.«

Eigentlich war ihm nicht nach Lächeln zumute; dieser Morgen war reichlich unproduktiv gewesen. Die Prediger-Lady war fort, die Zeitungsschlampe war fort, ihre beiden Lieblingsreporter schienen verschwunden zu sein, und Rose Twitchell war ebenfalls nirgends zu finden. Das Restaurant hatte geöffnet, und der junge Wheeler, der den Laden schmiss, hatte angeblich keine Ahnung, wo Rose steckte. Das glaubte Thibodeau ihm. Anson Wheeler sah aus wie ein Hund, der nicht mehr weiß, wo er seinen Lieblingsknochen verbuddelt hat. Nach den aus der Küche dringenden schlimmen Gerüchen hatte er auch vom Kochen keine Ahnung. Carter war nach hinten gegangen, um nach dem Lieferwagen des Sweetbriar Rose zu sehen. Der Wagen war fort gewesen. Das hatte ihn nicht überrascht.

Nach dem Restaurant hatte er das Kaufhaus kontrolliert und erst gegen die Eingangstür und dann gegen das Tor an der Laderampe gehämmert, auf der irgendein schlampiger Angestellter Bleiblechrollen liegen lassen hatte, damit jeder dahergelaufene Kleinganove sie klauen konnte. Aber wer würde sich in einer Stadt, in der es nicht mehr regnete, mit Dachdeckermaterial abgeben, wenn man sich's recht überlegte?

Carter war davon ausgegangen, dass auch Everetts Haus leer sein würde, und nur hingefahren, um alle Befehle als ausgeführt melden zu können, aber als er die Einfahrt heraufkam, hörte er Kinder im Garten hinter dem Haus. Auch

1024

ihr Van war da. Dass es ihrer war, bewies das Blaulicht mit Magnetfuß, das auf der Abdeckung des Armaturenbretts stand. Der Boss hatte eine mittelstrenge Befragung befohlen, aber nachdem Linda Everett die Einzige war, die er antraf, rechnete Carter damit, eher zum Strengen tendieren zu müssen. Ob's ihr gefiel oder nicht – und es würde ihr nicht gefallen –, würde Everett auch für die anderen, die er nicht hatte auftreiben können, antworten müssen. Aber bevor er den Mund aufmachen konnte, fing sie schon an zu reden. Sie redete nicht nur, sondern nahm ihn an der Hand, zog ihn tatsächlich ins Haus.

»Haben Sie ihn gefunden? Bitte, Carter, ist mit Rusty alles in Ordnung? Wenn nicht …« Sie ließ seine Hand los. »Dann reden Sie bitte leise, die Kinder sind draußen im Garten, und ich will nicht, dass sie noch mehr belastet werden, als sie es schon sind.«

Carter ging an ihr vorbei in die Küche und sah durch das Fenster über der Spüle. »Was macht der Hippiedoktor hier?«

»Er hat die Kinder mitgebracht, die er versorgt. Caro hat sie gestern Abend zur Bürgerversammlung mitgenommen, und … Sie wissen ja, was ihr zugestoßen ist.«

Dieses Speed-Rap-Gebrabbel war das Letzte, was Carter erwartet hatte. Vielleicht hatte sie keine Ahnung. Die Tatsache, dass sie gestern Abend auf der Versammlung gewesen und heute Morgen noch hier war, sprach jedenfalls für sie. Oder vielleicht versuchte sie nur, ihn aus dem Gleichgewicht zu bringen. Führte einen, wie hieß so was gleich wieder, Präventivschlag. Das war möglich; sie war clever. Um das zu wissen, brauchte man sie nur anzusehen. Und für 'ne ältere Mieze war sie noch ziemlich hübsch.

»Haben Sie ihn gefunden? Hat Barbara …« Hier stockte ihre Stimme wie von selbst. »Hat Barbara ihm etwas getan? Ihn irgendwo verletzt liegen lassen? Mir können Sie die Wahrheit sagen.«

Er wandte sich ihr zu, lächelte in dem zerstreuten Licht, das durchs Fenster hereinfiel. »Sie zuerst.«

»Was?«

»Sie fangen an. Erzählen Sie *mir* die Wahrheit.«

»Ich weiß nur, dass er fort ist.« Sie ließ die Schultern hängen. »Und Sie wissen nicht, wohin. Das sehe ich Ihnen an. Was ist, wenn Barbara ihn ermordet? Was, wenn er ihn längst …«

Carter bekam sie zu fassen, wirbelte sie wie eine Partnerin bei einem Country Dance herum und drückte ihren Arm hinter dem Rücken hoch, bis die Schulter knackte. Das lief so unheimlich flüssig und schnell ab, dass sie nicht ahnte, was er vorhatte, bis er damit fertig war.

Er weiß es! Er weiß es, und er wird mir wehtun! Mir wehtun, bis ich verrate, wo …

Sein Atem war heiß an ihrem Ohr. Als er sprach, konnte sie spüren, wie seine Bartstoppeln sie an der Wange kitzelten, und bekam davon eine Gänsehaut.

»Verarschen Sie niemals einen Meister im Verarschen, Mutti.« Seine Stimme war kaum lauter als ein Flüstern. »Wettington und Sie haben immer zusammengehangen – Hüfte an Hüfte, Titte an Titte. Wollen Sie mir erzählen, dass Sie nicht gewusst haben, dass sie Ihren Mann befreien wollte? Behaupten Sie das ernsthaft?«

Er riss ihren Arm höher, und Linda musste sich auf die Lippe beißen, um einen Aufschrei zu unterdrücken. Die Kinder waren gleich dort draußen, Jannie forderte Thurse lautstark auf, sie noch fester anzustoßen. Wenn sie nun einen Schrei aus dem Haus hörten …

»Wenn sie mir davon erzählt hätte, hätte ich es Randolph gemeldet«, keuchte sie. »Glauben Sie, ich hätte riskiert, dass Rusty verletzt wird, wo er doch nichts getan hat?«

»Er hat genug getan. Hat dem Boss gedroht, ihm ein Medikament zu verweigern, wenn er nicht abtritt. Gottverdammte Erpressung. Hab ich selbst *gehört.*« Er drückte ihren Arm noch etwas höher. Sie stöhnte leise. »Haben Sie dazu irgendwas zu sagen? *Mutti?*«

»Vielleicht hat er das. Ich habe nicht mehr mit ihm geredet, woher soll ich das also wissen? Aber er ist weiterhin der einzige Arzt-Ersatz, den diese Stadt hat. Rennie hätte ihn niemals hinrichten lassen. Vielleicht Barbara, aber niemals

Rusty. Das weiß ich, und Sie müssen es auch wissen. Lassen Sie mich jetzt los!«

Einen Augenblick lang hätte er es beinahe getan. Was sie sagte, klang alles schlüssig. Dann hatte er eine bessere Idee und stieß sie vor sich her zur Spüle. »Drüberbeugen, Mutti.«

»Nein!«

Er riss ihren Arm noch höher. Das fühlte sich an, als würde die Kugel ihres Schultergelenks jeden Moment aus der Pfanne springen. »*Drüber*beugen. Als ob Sie sich ihre hübschen blonden Haare waschen wollten.«

»Linda?«, rief Thurston. »Wie geht's bei Ihnen?«

Lieber Gott, lass ihn nicht nach den Konserven fragen. Bitte, lieber Gott.

Und dann fiel ihr etwas anderes ein: Wo waren die Koffer der Kinder? Jedes der drei Mädchen hatte einen kleinen Reisekoffer gepackt. Was war, wenn die jetzt drüben im Wohnzimmer standen?

»Antworten Sie ihm, dass alles bestens ist«, sagte Carter. »Wir wollen den Hippie nicht in die Sache mit reinziehen. Oder die Kinder. Nicht wahr?«

Gott, nein. Aber wo waren ihre Koffer?

»Gut!«, rief sie.

»Fast fertig?«, fragte er.

Thurse, kein Wort mehr!

»Ich brauche noch fünf Minuten!«

Thurston schien noch etwas fragen zu wollen, aber dann wandte er sich ab und stieß weiter die Mädchen an.

»Gut gemacht.« Er drängte sich jetzt von hinten an sie, und er hatte einen Steifen. Sie konnte ihn am Hosenboden ihrer Jeans spüren. Er fühlte sich so groß an wie ein Schraubenschlüssel. Dann trat er zurück. »Womit fast fertig?«

Sie hätte beinahe *mit dem Frühstückmachen* gesagt, aber die Müslischalen standen im Ausguss. Einen Augenblick lang herrschte in ihrem Kopf brausende Leere, und sie wünschte sich fast, er würde seinen verdammten Pimmel wieder an sie drücken, denn solange Männer mit ihrem kleinen Kopf beschäftigt waren, schaltete ihr großer auf ein Testbild um.

Aber er riss ihren Arm wieder hoch. »Reden Sie mit mir, Mutti. Machen Sie Vati glücklich.«

»Plätzchen!«, sagte sie stöhnend. »Ich habe versprochen, Plätzchen zu machen. Die Kinder wollten welche!«

»Plätzchen ohne Strom?«, fragte er. »Der beste Trick der Woche.«

»Aus einer Fertigmischung ohne Backen! Sehen Sie doch in der Speisekammer nach, Sie Dreckskerl!« Falls er das tat, würde er auf einem Regal tatsächlich eine Fertigmischung stehen sehen. Senkte er jedoch den Blick, würde er natürlich auch die von ihr bereitgestellten Vorräte sehen. Und das würde er vermutlich tun, wenn ihm auffiel, wie viele Regale halb oder ganz leer waren.

»Sie wissen nicht, wo er ist.« Seine Erektion presste sich wieder an sie. Wegen der pochenden Schmerzen in ihrer Schulter nahm sie das kaum wahr. »Bestimmt nicht?«

»Ja. Ich dachte, *Sie* wüssten es. Ich dachte, Sie wären gekommen, um mir zu sagen, dass er verletzt ist oder t-t…«

»Ich glaube, dass Sie mehr lügen, als auf Ihren hübschen runden Arsch passen würde.« Ihr Arm wurde noch weiter hochgerissen, und nun war der Schmerz nicht mehr auszuhalten, das Bedürfnis, aufzuschreien, unerträglich. Aber irgendwie ertrug sie es doch. »Ich glaube, dass Sie viel mehr wissen, Mutti. Und wenn Sie's mir nicht sagen, reiße ich Ihnen den Arm aus. Letzte Chance. Wo ist er?«

Linda fand sich damit ab, dass er ihr den Arm oder die Schulter brechen würde. Vielleicht beides. Die Frage war, ob sie das ertragen konnte, ohne laut aufzuschreien, worauf Thurston und die Little Js angerannt kämen. Mit gesenktem Kopf und in die Spüle hängenden Haaren sagte sie: »In meinem Arsch. Willst du ihn nicht vielleicht küssen, du Wichser? Vielleicht guckt er dann raus und sagt Hallo.«

Statt ihr den Arm zu brechen, lachte Carter nur. Sie hatte Mumm, das musste man ihr lassen. Und er glaubte ihr. Sie hätte sich nie getraut, so mit ihm zu reden, wenn sie nicht die Wahrheit gesagt hätte. Er wünschte sich nur, sie trüge keine

Jeans. Sie zu bumsen, hätte er sich vermutlich auch dann nicht erlaubt, aber wenn sie einen Rock getragen hätte, wäre er ganz sicher näher herangekommen. Trotzdem war ein kurzes Abspritzen nicht die schlechteste Art, den Besuchstag zu beginnen, auch wenn es an Jeans passierte statt an einem seidig glatten Slip.

»Stillstehen und Klappe halten«, sagte er. »Wenn Sie das schaffen, kommen Sie vielleicht heil aus dieser Sache heraus.«

Sie hörte das Klicken seiner Gürtelschnalle und das Ratschen seines Reißverschlusses. Dann rieb sich, was sich vorhin an ihr gerieben hatte, wieder an ihr – nur mit viel weniger Stoff zwischen ihnen. Ein winziger Teil ihres Ichs schaffte es sogar, sich darüber zu freuen, dass sie ziemlich neue Jeans trug. Es nährte die Hoffnung, dass er sich schmerzhaft aufrieb.

Wenn nur die Kleinen Js nicht hereinkommen und mich so sehen.

Plötzlich drängte er sich enger und fester an sie. Die Hand, die nicht ihren Arm hochdrückte, umfasste ihre Brust. »He, Mutti«, murmelte er. »He-he, mei, o mei.« Sie spürte, wie er sich verkrampfte, aber nicht die Nässe, die sonst unweigerlich auf solche Krämpfe folgte; dafür waren ihre Jeans zu dick, Gott sei Dank. Im nächsten Augenblick ließ der nach oben gerichtete Druck gegen ihren Arm endlich nach. Sie hätte vor Erleichterung aufschreien können, aber das tat sie nicht. Sie beherrschte sich. Als sie sich umdrehte, war er damit beschäftigt, seinen Gürtel wieder zu schließen.

»Vielleicht ziehen Sie sich um, bevor Sie irgendwelche Plätzchen machen. Ich zumindest würd's an Ihrer Stelle tun.« Er zuckte mit den Schultern. »Aber wer weiß … vielleicht gefällt es Ihnen ja. Jeder hat so seine Vorlieben.«

»Ist das jetzt die neue Art, Recht und Gesetz zu wahren? Will Ihr Boss, dass Recht und Gesetz auf diese Weise gewahrt werden?«

»Er ist eher jemand, der das große Ganze im Auge hat.« Carter wandte sich der Speisekammertür zu, und ihr jagendes Herz schien stillzustehen. Dann sah er auf seine Uhr und zog mit einem Ruck seinen Reißverschluss hoch. »Rufen Sie Mr. Rennie oder mich an, sobald Ihr Mann von sich hören lässt. Glauben Sie mir, das ist das Beste, was Sie tun können. Tun Sie's nicht und ich komme Ihnen auf die Schliche, geht meine nächste Ladung geradewegs in den alten Arsch. Ob die Kinder zusehen oder nicht. Ich hab nichts gegen Zuschauer.«

»Verschwinden Sie, bevor sie reinkommen.«

»Schön bitte sagen, Mutti.«

Ihre Kehle war wie zugeschnürt, aber sie wusste, dass Thurston bald hereinkommen würde, um nach ihr zu sehen, und brachte das Wort trotzdem heraus. »Bitte.«

Er ging in Richtung Haustür, dann sah er ins Wohnzimmer und blieb stehen. Er hatte die kleinen Koffer entdeckt. Das wusste sie ganz sicher.

Aber ihn beschäftigte etwas anderes.

»Und liefern Sie das Blaulicht ab, das ich in Ihrem Van gesehen habe. Sie sind entlassen, falls Sie's vergessen haben sollten.«

19   Sie war oben, als Thurston und die Kinder drei Minuten später hereinkamen. Als Erstes warf sie einen Blick ins Kinderzimmer. Die Koffer lagen auf ihren Betten. Aus einem ragte ein Bein von Judys Teddybär.

»He, Kinder!«, rief sie fröhlich nach unten. *Toujours gaie,* nach wie vor munter, das war sie. »Seht euch ein paar Bilderbücher an, ich komme gleich runter!«

Thurston Marshall kam an den Fuß der Treppe. »Wir sollten wirklich …«

Er sah ihren Gesichtsausdruck und verstummte. Sie winkte ihn zu sich herauf.

»Mama?«, rief Janelle. »Können wir die letzte Pepsi haben, wenn ich sie verteile?«

Normalerweise hätten sie so früh noch kein Pepsi trinken dürfen, aber diesmal sagte Linda: »Na gut, aber nichts verschütten!«

Thurse kam halb die Treppe herauf. »Was ist passiert?«

»Nicht so laut! Einer der Cops war hier. Carter Thibodeau.«

»Der große, breitschultrige Kerl?«

»Genau der. Er war hier, um mich auszufragen ...«

Thurse wurde blass, und Linda wusste, dass er sich daran erinnerte, was er ihr zugerufen hatte, in dem Glauben, sie wäre allein.

»Ich denke, dass er erst mal zufrieden ist«, sagte sie, »aber ich möchte, dass Sie nachsehen, ob er wirklich weg ist. Er war zu Fuß unterwegs. Sehen Sie auf der Straße und dem Nachbargrundstück der Familie Edwards nach. Ich muss mir andere Jeans anziehen.«

»Was hat er Ihnen getan?«

»*Nichts!*«, fauchte sie. »Sie sehen nach, ob er fort ist, und wenn ja, hauen wir schnellstens ab.«

20   Piper Libby ließ den Kasten los, lehnte sich zurück und betrachtete die Stadt mit emporquellenden Tränen in den Augen. Sie dachte an all ihre spätnächtlichen Gebete an den Nichtvorhandenen. Jetzt wusste sie, dass das Ganze nur ein dummer, pennälerhafter Scherz gewesen war – ein Scherz auf ihre Kosten, wie sich nun zeigte. Dort draußen *war* jemand vorhanden. Aber es war nicht Gott.

»Haben Sie sie gesehen?«

Sie fuhr zusammen. Hinter ihr stand Norrie Calvert. Sie wirkte schlanker. Auch älter, und Piper erkannte, dass sie eine Schönheit werden würde. Für die Jungen, mit denen sie herumhing, war sie vermutlich bereits eine.

»Ja, Schatz, ich habe sie gesehen.«

»Haben Rusty und Barbie recht? Sind die Leute, die uns beobachten, nur Kinder?«

Vielleicht muss man eins sein, um eins zu erkennen, dachte Piper.

»Ich bin mir nicht hundertprozentig sicher, Schatz. Am besten siehst du sie dir selbst an.«

Norrie zog die Augenbrauen hoch. »Echt?«

Und Piper – die nicht wusste, ob sie richtig oder falsch handelte – nickte. »Echt.«

»Wenn ich mich … ich weiß nicht … irgendwie komisch benehme, ziehen Sie mich dann zurück?«

»Ja. Und wenn du nicht willst, brauchst du es nicht zu tun. Dies ist keine Mutprobe.«

Aber für Norrie war es eine. Und sie war neugierig. Sie kniete sich ins hohe Gras und umfasste den Kasten fest mit beiden Händen. Sie wurde sofort elektrisiert. Ihr Kopf flog mit solcher Gewalt zurück, dass Piper ihre Halswirbel wie Fingerknöchel knacken hörte. Sie griff nach dem Mädchen, ließ jedoch die Hände sinken, als Norries Verkrampfung sich löste. Ihr Kinn sank auf ihre Brust, und ihre Augen, die sie wegen des Schocks zugekniffen hatte, öffneten sich wieder. Ihr Blick war abwesend und verschwommen.

»Warum macht ihr das?«, fragte sie. »*Warum?*«

Piper bekam eine Gänsehaut auf den Armen.

»Sagt es mir!« Aus einem von Norries Augen fiel eine Träne auf den Kasten und verdunstete zischend. »Ich will's *wissen*!«

Das Schweigen hielt an. Es schien sehr lange zu dauern. Dann ließ das Mädchen los und verlagerte sein Gewicht nach hinten, bis es auf den Fersen saß. »Kinder.«

»Sicher?«

»Todsicher. Ich konnte sie nicht zählen. Sie waren mal mehr, mal weniger. Sie haben Ledermützen auf. Sie gebrauchen schlimme Ausdrücke. Sie tragen Schutzbrillen und sehen auf ihren eigenen Kasten. Nur funktioniert ihrer wie ein Fernseher. Sie sehen *alles*, überall in der Stadt.«

»Woher weißt du das?«

Norrie schüttelte hilflos den Kopf. »Das kann ich nicht erklären, aber ich weiß, dass es so ist. Sie sind schlimme Kinder, die schlimme Ausdrücke benutzen. Ich will diesen Kasten nie mehr berühren. Ich fühle mich so *schmutzig*.« Sie begann zu weinen.

Piper nahm sie tröstend in den Arm. »Was haben sie geantwortet, als du nach dem Warum gefragt hast?«

»Nichts.«

»Haben sie dich gehört, was glaubst du?«

»Das haben sie. Es war ihnen nur egal.«

Hinter ihnen ertönte ein stetiges Knattern, das rasch lauter wurde. Von Norden flogen zwei Transporthubschrauber an, streiften fast die Baumwipfel der TR-90.

»Sie sollen bloß auf den Dome aufpassen, sonst stürzen sie ab wie das Flugzeug!«, rief Norrie erschrocken.

Die Hubschrauber stürzten nicht ab. Als sie den etwa zwei Meilen entfernten Rand des sicheren Luftraums erreichten, begannen sie den Senkflug.

21   Cox hatte Barbie von einer ehemaligen Forststraße erzählt, die von der Obstplantage der McCoys zur Grenze der TR-90 führte, und gesagt, dass sie noch befahrbar zu sein schien. Am Freitagmorgen gegen halb acht Uhr waren Barbie, Rusty, Rommie, Julia und Pete Freeman auf ihr unterwegs. Barbie traute Cox, aber nicht unbedingt Aufnahmen von einer alten Forststraße, die aus zweihundert Kilometer Höhe gemacht waren, deshalb fuhren sie mit dem Van, den Ernie Calvert bei Big Jim Rennie gestohlen hatte. *Den* würde Barbie leichten Herzens opfern, falls sie stecken blieben. Pete war ohne Kamera; seine digitale Nikon funktionierte nicht mehr, seit er dem Kasten zu nahe gekommen war.

»ETs mögen keine Paparazzi, mein Freund«, sagte Barbie. Den Spruch fand er einigermaßen witzig, aber wenn es um seine Kamera ging, verstand Pete keinen Spaß.

Der ehemalige AT&T-Van schaffte es bis zum Dome, und jetzt beobachteten die fünf, wie zwei riesige CH-47 scheinbar schwerfällig zur Landung auf einem zur TR-90 gehörenden Brachfeld ansetzten. Die unbefestigte Straße führte jenseits der Barriere weiter, und die Rotoren der Chinooks wirbelten gewaltige Staubwolken auf. Barbie und die anderen hielten schützend eine Hand über ihre Augen, aber diese instinktive Reaktion war überflüssig: Der Staub wogte nur bis zur Kuppel und wurde dann seitlich abgelenkt.

Die Hubschrauber setzten mit der würdevollen Langsamkeit übergewichtiger Ladys auf, die sich in zu enge Theatersitze zwängen. Barbie hörte ein höllisches Kreischen von Metall auf einem Felsbrocken, dann driftete der linke Hubschrauber langsam dreißig Meter seitlich ab, bevor er endgültig aufsetzte.

Eine Gestalt sprang aus der offenen Kabinentür des ersten Hubschraubers, kam durch den aufgewirbelten Staub heranmarschiert und wedelte ihn ungeduldig beiseite. Dieses kompromisslose kleine Energiebündel hätte Barbie überall wiedererkannt. Cox ging langsamer, als er näher herankam, und streckte eine Hand aus wie ein Blinder, der nach Hindernissen tastet. Dann wischte er auf seiner Seite den Staub von der Kuppel.

»Freut mich, Sie wieder freie Luft atmen zu sehen, Colonel Barbara.«

»Ja, Sir.«

Cox wandte sich den anderen zu. »Hallo, Ms. Shumway. Hallo, ihr weiteren Freunde Barbaras. Ich will alles hören, aber ich hab's eilig – ich veranstalte jenseits der Stadt einen kleinen Zirkus und will dabei sein, wenn's dort losgeht.«

Cox wies mit einem Daumen über die Schulter, wo das Entladen schon begonnen hatte: Dutzende von Air-Max-Ventilatoren mit den dazugehörigen Stromaggregaten. Es waren große Ventilatoren, wie Barbie erleichtert feststellte, von der Art, mit der nach schweren Regenfällen Tennisplätze und die Boxenbereiche von Rennstrecken getrocknet wurden. Jeder war auf einem eigenen zweirädrigen Gestell beweglich. Die Aggregate schienen höchstens zwanzig Pferdestärken zu haben. Das würde hoffentlich reichen.

»Als Erstes möchte ich Sie sagen hören, dass *diese* Dinger nicht notwendig sein werden.«

»Das weiß ich nicht bestimmt«, sagte Barbie, »aber ich fürchte, dass wir sie brauchen werden. Vielleicht können Sie auch welche an die 119 schaffen, wo die Leute aus The Mill sich mit ihren Angehörigen treffen.«

»Erst heute Abend«, sagte Cox. »Früher geht's nicht.«

»Nehmen Sie ein paar von denen hier«, sagte Rusty. »Wenn wir sie alle brauchen, sitzen wir ohnehin extrem tief in der Scheiße.«

1034

»Keine Chance, mein Sohn. Vielleicht wenn wir quer über Chester's Mill fliegen könnten, aber wenn wir das könnten, gäbe es kein Problem, hab ich recht? Und eine Reihe Industrieventilatoren mit eigener Stromversorgung dort aufzustellen, wo die Besucher sein werden, wäre irgendwie kontraproduktiv. Kein Mensch könnte mehr irgendwas hören. Diese Babys sind *laut*.« Er sah auf seine Uhr. »Also, wie viel können Sie mir in fünfzehn Minuten erzählen?«

HALLOWEEN KOMMT VORZEITIG

1   Um Viertel vor acht hielt Linda Everetts fast neuer Honda Odyssey Green an der Laderampe hinter Burpee's Department Store. Thurse saß auf dem Beifahrersitz. Die Kids (viel zu still für Kinder, die zu einem Abenteuer aufbrechen) teilten sich den Rücksitz. Aidan hielt Audreys Kopf umarmt. Audi, die vermutlich die Angst des Kleinen spürte, ertrug es geduldig.

Trotz der drei Aspirin, die Linda geschluckt hatte, pochte ihre Schulter weiter schmerzhaft, und sie konnte Carter Thibodeaus Gesicht nicht aus ihren Gedanken verdrängen. Oder seinen Geruch: eine Mischung aus Schweiß und Rasierwasser. Sie war ständig darauf gefasst, dass er mit einem Streifenwagen vorfuhr und ihr den Rückzug abschnitt. *Meine nächste Ladung geht geradewegs in den alten Arsch. Ob die Kinder zusehen oder nicht.*

Das würde er tun. Er würde es wirklich tun. Und obwohl sie nicht ganz aus der Stadt verschwinden konnte, war sie wild entschlossen, möglichst viel Abstand zu Rennies neuem Mann fürs Grobe zu gewinnen.

»Laden Sie die ganze Rolle und die Blechschere ein«, forderte sie Thurse auf. »Sie liegt unter dem Träger für Milchflaschen. Das weiß ich von Rusty.«

Thurston war gerade dabei, seine Tür zu öffnen, als er mitten in der Bewegung erstarrte. »Das dürfen wir nicht. Was ist, wenn jemand anders sie braucht?«

Linda wollte sich auf keine Diskussion einlassen; garantiert hätte sie früher oder später angefangen zu kreischen, und damit hätte sie die Kinder erschreckt.

»Wie Sie meinen. Aber beeilen Sie sich. Wir sitzen hier in einer Sackgasse fest.«

»Ich mache so schnell, wie ich kann.«

Trotzdem schien er endlos lange dafür zu brauchen, ein paar Stücke Bleiblech von der Rolle abzuschneiden, und sie musste sich beherrschen, um sich nicht aus dem Fenster zu lehnen und ihn zu fragen, ob er schon als zimperliche alte Lady zur Welt gekommen oder erst später eine geworden sei.

Halt die Klappe. Er hat erst gestern einen geliebten Menschen verloren.

Ja, aber wenn sie sich nicht beeilten, konnte sie alles verlieren. Auf der Main Street waren bereits Leute unterwegs, die auf der Route 119 zu Dinsmores Farm wollten, um sich die besten Plätze zu sichern. Linda fuhr jedes Mal zusammen, wenn ein Polizeilautsprecher plärrte: »ACHTUNG, AUF DEM HIGHWAY HERRSCHT FAHRVERBOT! WER NICHT BEHINDERT IST, MUSS ZU FUSS GEHEN.«

Thibodeau war clever, und er hatte etwas gewittert. Was, wenn er zurückkam und sah, dass ihr Van fort war? Würde er nach ihm suchen? Unterdessen war Thurse weiter damit beschäftigt, passende Stücke von der Bleiblechrolle abzutrennen. Sie sah sich nach ihm um, weil sie glaubte, er sei fertig, aber er war erst dabei, die Größe der Windschutzscheibe abzuschätzen. Dann machte er sich wieder mit der Blechschere an die Arbeit. Schnipselte ein weiteres Stück ab. Versuchte er vielleicht *absichtlich*, sie in den Wahnsinn zu treiben? Ein absurder Gedanke, aber als er sich einmal in ihrem Kopf festgesetzt hatte, war er nicht mehr zu vertreiben.

Sie meinte nach wie vor zu spüren, wie Thibodeau sich an ihrem Hintern gerieben hatte. Das Kitzeln seiner Bartstoppeln. Die Finger, die ihre Brust drückten. Sie hatte sich vorgenommen, beim Umziehen keinen Blick darauf zu werfen, was er auf dem Hosenboden ihrer Jeans zurückgelassen hatte, aber sie hatte hinsehen müssen. Dabei war ihr das Wort *Männersaft* in den Sinn gekommen, und sie hatte einen kurzen, verbissenen Kampf führen müssen, um ihr Frühstück im Magen zu behalten. Was ihm ebenfalls gefallen hätte.

Auf ihrer Stirn erschienen kleine Schweißperlen.

»Mama?« Das war Judy, die ihr direkt ins Ohr sprach. Linda fuhr zusammen und stieß einen leisen Schrei aus. »Entschuldige, ich wollte dich nicht erschrecken. Kann ich was zu essen haben?«

»Nicht jetzt.«

»Was sagt dieser Mann dauernd über Lautsprecher?«

»Schatz, ich kann jetzt nicht mit dir reden.«

»Bist du nervös?«

»Ja. Ein bisschen. Setz dich wieder hin.«

»Fahren wir zu Daddy?«

»Ja.« *Außer wir werden geschnappt, und ich werde vor euren Augen vergewaltigt.* »Setz dich jetzt wieder hin.«

Nun kam Thurston endlich. Gott sei Dank für diese kleine Gnade. Er schien genügend quadratische und rechteckige Bleiblechstücke mitzubringen, um einen Panzer verkleiden zu können. »Sehen Sie? Es hat gar nicht so lange … o Scheiße.«

Die Kinder kicherten: ein Geräusch, das wie eine grobe Feile an Lindas Gehirn raspelte. »Quarter in die Fluchdose, Mr. Marshall«, sagte Janelle.

Thurse sah betroffen an sich herab. Er hatte die Blechschere geistesabwesend in seinen Gürtel gesteckt.

»Ich will sie nur schnell unter den Träger …«

Linda riss sie ihm aus der Hand, bevor er weitersprechen konnte, widerstand der momentanen Versuchung, sie ihm bis zu den Griffen in seine schmale Brust zu rammen – mit bewundernswürdiger Beherrschung, wie sie fand –, und stieg dann aus, um die Blechschere selbst zurückzulegen.

Als sie gerade dabei war, hielt ein Wagen hinter dem Odyssey und blockierte die Zufahrt zur West Street, der einzigen Ausfahrt aus dieser Sackgasse.

2   Auf dem Town Common Hill, etwas unterhalb der Straßengabel, wo die Highland Avenue von der Main Street abzweigte, stand Jim Rennies Hummer mit leerlaufendem Motor. Von unten waren die Aufforderungen der Lautspre-

cherstimme zu hören, wer nicht behindert sei, müsse sein Auto stehen lassen und zu Fuß gehen. Die Straßen waren voller Leute, viele davon mit Rucksäcken. Big Jim betrachtete sie mit der geduldigen Verachtung jener Aufseher und Betreuer, die ihre Aufgabe aus Pflichtgefühl, nicht aus Liebe erfüllen.

Gegen den Strom bewegte sich allein Carter Thibodeau. Er ging mit langen Schritten in der Straßenmitte und stieß ab und zu jemanden beiseite, der ihm nicht schnell genug Platz machte. Er erreichte den Hummer, stieg vorn rechts ein und wischte sich mit dem Unterarm Schweiß von der Stirn. »Mann, diese Klimaanlage ist ein Segen. Kaum acht Uhr morgens, und draußen muss es fast fünfundzwanzig Grad haben. Und die Luft riecht wie ein beschissener Aschenbecher. 'tschuldigen Sie den Ausdruck, Boss.«

»Was hast du rausgefunden?«

»Nicht viel. Ich habe mit Officer Everett gesprochen. *Ex*officer Everett.«

»Weiß sie was?«

»Nein. Sie hat nichts von dem Doc gehört. Und Wettington hat sie wie einen Champignon behandelt – im Dunkeln gelassen und mit Mist zugedeckt.«

»Bist du dir da sicher?«

»Absolut.«

»Sind die Kinder bei ihr?«

»Jau. Der Hippie auch. Der Kerl, der Ihre Pumpe wieder zum Laufen gebracht hat. Und die beiden Kids, die Junior und Frankie draußen am See aufgegabelt haben.« Carter dachte darüber nach. »Da seine Mieze tot und ihr Ehemann abgehauen ist, werden Everett und er sich spätestens Ende der Woche dumm und dämlich bumsen. Wenn ich sie mir nochmal vorknöpfen soll, Boss, tu ich's.«

Big Jim ließ einen einzelnen Finger vom Lenkrad hochschnellen, um anzudeuten, dass es dazu keine Veranlassung gab. Er war in Gedanken woanders. »Sehen Sie sich die Leute an, Carter.«

Carter blieb kaum etwas anderes übrig. Der Fußgängerverkehr aus der Stadt heraus nahm mit jeder Minute zu.

»Die meisten von ihnen werden um neun Uhr am Dome sein, während ihre dämlichen Angehörigen um zehn Uhr eintreffen. Frühestens. Bis dahin sind sie müde und durstig. Die kein Wasser mitgenommen haben, Gott liebe sie, werden mittags Kuhpisse aus Alden Dinsmores Teich trinken. Gott *muss* sie liebhaben, weil die meisten von ihnen zu dumm zum Arbeiten und zu nervös zum Stehlen sind.«

Carter lachte bellend.

»Damit müssen wir uns abgeben«, sagte Rennie. »Mit dem Mob. Mit dem verflixten Pöbel. Was wollen die Leute, Carter?«

»Keine Ahnung, Boss.«

»Klar weißt du das. Sie wollen Essen, Oprah, Country-Music und ein warmes Bett, in dem sie nach Sonnenuntergang bumsen können. Um Nachkommen zu zeugen, die genau wie sie sind. Und, du liebe Güte, da naht noch ein Angehöriger dieses Stammes.«

Das war Chief Randolph, der den Hügel heraufgekeucht kam und sich sein hochrotes Gesicht immer wieder mit einem Taschentuch abwischte.

Big Jim war jetzt ganz ins Dozieren verfallen. »Unsere Aufgabe, Carter, ist es, uns um sie zu kümmern. Das gefällt uns vielleicht nicht, wir glauben vielleicht nicht immer, dass sie's wert sind, aber es ist der Job, den Gott uns aufgetragen hat. Aber um ihn tun zu können, müssen wir erst für uns selbst sorgen, und deshalb sind vor zwei Tagen im Büro des Stadtdirektors größere Mengen Obst und Frischgemüse aus der Food City gelagert worden. Das hast du nicht gewusst, stimmt's? Nun, das ist in Ordnung. Du bist den Leuten einen Schritt voraus, und ich bin dir einen Schritt voraus, und so soll's auch sein. Die Lehre daraus lautet schlicht und ergreifend: Hilf dir selbst, dann hilft dir Gott.«

»Ja, Sir.«

Randolph traf ein. Er rang heftig nach Atem, hatte dunkle Schatten unter den Augen und schien an Gewicht verloren zu haben. Big Jim drückte die Taste, mit der sich sein Fenster herunterfahren ließ.

»Steigen Sie ein, Chief, genießen Sie die Klimaanlage.«

Und als Randolph zum Beifahrersitz hinübergehen wollte, fügte Big Jim hinzu: »Nein, da sitzt schon Carter.« Er lächelte. »Steigen Sie hinten ein.«

3   Es war kein Streifenwagen, der hinter Lindas Odyssey hielt, sondern der Krankenwagen aus dem Cathy Russell. Am Steuer saß Dougie Twitchell. Ginny Tomlinson auf dem Beifahrersitz hatte ein schlafendes Baby auf dem Schoß. Dann öffneten sich die Hecktüren, und Gina Buffalino stieg aus. Sie trug noch immer die Uniform einer Lernschwester. Das Mädchen, das ihr folgte – Harriet Bigelow –, trug Jeans und ein T-Shirt mit dem Aufdruck U.S. OLYMPIC KISSING TEAM.

»Was … was …« Mehr schien Linda nicht herausbringen zu können. Ihr Herz jagte, und ihr Puls hämmerte so laut in ihrem Kopf, dass sie zu spüren glaubte, wie ihre Trommelfelle flatterten.

Twitch sagte: »Rusty hat angerufen und uns aufgefordert, zu der Obstplantage auf der Black Ridge zu kommen. Ich wusste nicht mal, dass es dort eine gibt, aber Ginny kennt sie und … Linda? Schätzchen, du bist blass wie ein Gespenst.«

»Mir geht's gut«, sagte Linda und merkte dann, dass sie kurz davor war, ohnmächtig zu werden. Sie zwickte sich in die Ohrläppchen – ein Trick, den Rusty ihr vor Langem beigebracht hatte. Wie so viele seiner Hausmittel (Talgzysten mit dem Rücken eines schweren Buches flachzuklopfen, war ein weiteres) funktionierte auch dieses tatsächlich. Als sie weitersprach, klang ihre Stimme näher und irgendwie realer. »Er hat euch gesagt, dass ihr erst hier vorbeifahren sollt?«

»Ja. Um etwas davon zu holen.« Er deutete auf die Bleiblechrolle auf der Laderampe. »Nur zur Sicherheit, hat er gesagt. Aber dazu brauche ich diese Blechschere.«

»Onkel Twitch!«, rief Janelle und warf sich ihm in die Arme.

»Wie geht's, Tiger Lily?« Er umarmte sie, schwenkte sie im Kreis und setzte sie wieder ab. Janelle sah durchs rechte Fenster zu dem Baby. »Wie heißt *sie*?«

»Sie ist ein Er«, sagte Ginny. »Er heißt Little Walter.«

»Cool!«

»Jannie, steig ein, wir müssen fahren«, sagte Linda nervös. Thurse fragte: »Und wer hält im Krankenhaus die Stellung, Leute?«

Ginny wirkte verlegen. »Keiner. Aber Rusty hat gesagt, das wär in Ordnung, wenn niemand ständige Pflege braucht. Außer Little Walter war niemand da. Also hab ich ihn mir geschnappt, und wir haben die Fliege gemacht. Twitch meint, wir können vielleicht später zurückfahren.«

»Hoffentlich kann das *irgendwer*«, sagte Thurse trübsinnig. Trübsinn, fiel Linda auf, schien jetzt Thurston Marshalls Standardeinstellung zu sein. »Drei Viertel der Einwohner pilgern auf der 119 zur Kuppel hinaus. Die Luft ist schlecht, und wenn gegen zehn die Besucherbusse eintreffen, sind es da draußen bestimmt dreißig Grad. Falls Rennie und seine Kumpane etwas unternommen haben, um Sonnenschutz und Trinkwasser bereitzustellen, habe ich nichts davon gehört. Also wird es heute Abend in Chester's Mill viele kranke Leute geben. Mit Glück nur Sonnenstich- und Asthmapatienten, aber es könnten auch ein paar Herzanfälle dabei sein.«

»Leute, vielleicht sollten wir zurückfahren«, sagte Gina. »Ich komme mir vor wie eine Ratte, die ein sinkendes Schiff verlässt.«

»Nein!«, sagte Linda so scharf, dass alle sie anstarrten, sogar Audi. »Rusty hat gesagt, dass etwas Schlimmes passieren wird. Vielleicht nicht gleich heute ... aber auch das ist möglich, sagt er. Nehmt Bleibleche für eure Autofenster mit und *fahrt*! Ich traue mich nicht, noch länger zu warten. Einer von Rennies Schlägern war heute Morgen bei mir, und wenn er nochmal vorbeikommt und sieht, dass mein Van nicht mehr da ist ...«

»Also los«, forderte Twitch sie auf. »Ich stoße zurück, damit du rausfahren kannst. Aber vergiss die Main Street, auf der ist kein Durchkommen mehr.«

»Auf der Main Street am Cop Shop vorbei?« Linda erschauderte fast. »Nein, danke. Mamas Taxi fährt die West Street zur Highland hinauf!«

Twitch setzte sich ans Steuer des Krankenwagens, und die beiden jungen Lernschwestern stiegen wieder hinten ein, wobei Linda von Gina mit einem letzten zweifelnden Blick bedacht wurde.

Linda zögerte und sah erst den schlafenden, schwitzenden Säugling und dann Ginny an. »Vielleicht können Twitch und du heute Abend im Krankenhaus nach dem Rechten sehen. Behauptet einfach, ihr wärt zu einem Kranken weit draußen in Northchester gerufen worden. Aber sagt um Himmels willen nichts von der Black Ridge!«

»Nein, nein.«

Leicht gesagt, dachte Linda. *Aber versuch mal, dich dumm zu stellen, wenn Carter Thibodeau dir den Kopf in die Spüle drückt.*

Sie schob Audrey zurück, knallte die Schiebetür zu und setzte sich ans Steuer ihres Vans.

»Bloß weg von hier!«, sagte Thurse, der jetzt neben ihr einstieg. »Ich habe mich seit meiner Killt-die-Bullen-Zeit nicht mehr so paranoid gefühlt.«

»Gut«, sagte Linda. »Denn perfekte Paranoia bedeutet perfekte Aufmerksamkeit.«

Sie stieß an dem Krankenwagen vorbei zurück und fuhr die West Street hinauf davon.

4   »Jim«, sagte Randolph vom Rücksitz des Hummer aus, »ich habe über diese Razzia nachgedacht.«

»Ach, tatsächlich? Wollen Sie uns nicht am Ergebnis Ihrer Überlegungen teilhaben lassen, Peter?«

»Ich bin der Polizeichef. Stehe ich vor der Entscheidung zwischen Ordnungsdienst auf Dinsmores Farm und einer Razzia in einem Drogenlabor, in dem anscheinend bewaffnete Drogenabhängige illegale Substanzen bewachen … nun, ich weiß, was meine Pflicht ist. Belassen wir's dabei.«

Big Jim merkte, dass er keine Lust hatte, diesen Punkt zu erörtern. Mit Dummköpfen zu diskutieren, war kontraproduktiv. Randolph hatte keine Ahnung, was für Waffen in Sendegebäuden gelagert sein konnten. Tatsächlich wusste auch Big Jim nichts Genaueres (niemand konnte sagen, was Bushey alles auf Kosten des Unternehmens bestellt hatte), aber wenigstens konnte er sich das Schlimmste ausmalen, eine geistige Leistung, zu der dieser aufgeblasene Kerl in Uniform nicht imstande zu sein schien. Und falls Randolph etwas zustieß … nun, war er nicht längst der Überzeugung, dass Carter mehr war als ein Ersatz?

»Also gut, Peter«, sagte er. »Nichts liegt mir ferner, als Sie daran zu hindern, Ihre Pflicht zu tun. Sie sind der neue Kommandeur, Fred Denton ist Ihr Stellvertreter. Sind Sie damit zufrieden?«

»Und ob, verdammt nochmal!« Randolph ließ seine Brust schwellen. So sah er wie ein fetter Hahn aus, der zum Krähen ansetzt. Obwohl Big Jim nicht für seinen Sinn für Humor bekannt war, musste er ein Lachen unterdrücken.

»Dann gehen Sie runter zur Polizeistation und stellen Sie Ihr Team zusammen. Sie fahren mit den städtischen Lastwagen, verstanden?«

»Korrekt! Wir greifen Punkt zwölf Uhr an!« Er reckte eine Faust hoch.

»Von hinten durch den Wald, okay?«

»Also, Jim, darüber wollte ich noch mit Ihnen reden. Das erscheint mir ein bisschen kompliziert. Dieser Wald hinter dem Sender ist ziemlich dicht … dort gibt's bestimmt Giftefeu … und Gifteichen, die noch schlim…«

»Dort gibt's eine Zufahrtsstraße«, sagte Big Jim. Sein Geduldsfaden war kurz davor zu reißen. »Ich will, dass Sie die benutzen. Um von hinten anzugreifen.«

»Aber …«

»Ein Kopfschuss wäre weit schlimmer als Giftefeu. War nett, mit Ihnen zu reden, Peter. Freut mich, dass Sie so …« Aber was war er so? Aufgeblasen? Lächerlich? Idiotisch?

»So total *enthusiastisch* sind«, sagte Carter.

»Danke, Carter, genau das meinte ich. Peter, sagen Sie Henry Morrison, dass jetzt er für den Ordnungsdienst auf der 119 verantwortlich ist. Und benutzen Sie die Zufahrtsstraße.«

»Ich glaube wirklich nicht …«

»Carter, mach ihm die Tür auf.«

5   »Großer Gott!«, sagte Linda und riss das Steuer nach links. Der Odyssey holperte keine hundert Meter von der Kreuzung vor Main und Highland Street über den Randstein. Die drei Mädchen lachten über das Rumpeln, aber der arme kleine Aidan wirkte nur ängstlich und umklammerte wieder trostsuchend den Kopf der vorbildlich geduldigen Audrey.

»Was?«, knurrte Thurse. »*Was?*«

Sie parkte auf jemandes Rasen hinter einem Baum. Der Baum war eine ziemlich große Eiche, aber der Van war auch groß, und die Eiche hatte den größten Teil ihres schlaff herabhängenden Laubs verloren. Linda wollte gern glauben, dass sie hier versteckt waren, aber das gelang ihr nicht.

»Da vorn steht Jim Rennies gottverdammter Hummer mitten auf der Kreuzung.«

»Du hast schlimm geflucht«, sagte Judy. »*Zwei* Quarter in die Fluchdose.«

Thurse verrenkte sich den Hals. »Wissen Sie das sicher?«

»Glauben Sie, dass noch jemand in The Mill einen so riesigen Schlitten fährt?«

»O verdammt«, sagte Thurston.

»Fluchdose!« Das riefen Judy und Jannie diesmal gemeinsam.

Linda spürte, wie ihr der Mund austrocknete und die Zunge am Gaumen klebte. Thibodeau stieg rechts aus dem Hummer aus, und wenn er zufällig in ihre Richtung sah …

Falls er uns sieht, überfahre ich ihn, dachte sie. Dieser Vorsatz verlieh ihr eine gewisse perverse Ruhe.

Thibodeau öffnete die hintere Tür des Hummer. Peter Randolph stieg aus.

»Dieser Mann zupft sich am Hosenboden«, teilte Alice Appleton den anderen mit. »Das heißt, dass man ins Kino geht, sagt meine Mutter.«

Thurston Marshall brach in schallendes Gelächter aus, und Linda, die hätte schwören können, ihr sei das Lachen gründlich vergangen, stimmte ein. Bald lachten sie alle – sogar Aidan, der bestimmt nicht wusste, worüber sie lachten. Auch Linda war sich nicht so sicher.

Randolph ging den Hügel hinunter davon und zupfte dabei weiter am Hosenboden seiner Uniformhose herum. Es gab keinen Grund dafür, das komisch zu finden, und genau das machte es noch komischer.

Audrey, die nicht ausgeschlossen sein wollte, fing an zu bellen.

6   Irgendwo kläffte ein Hund.

Big Jim hörte ihn, machte sich aber nicht die Mühe, sich nach ihm umzusehen. Er fühlte sich weiter sehr zufrieden, während er beobachtete, wie Peter Randolph bergab davonstiefelte.

»Sehen Sie sich bloß an, wie er sich die Hose aus der Arschspalte zieht«, bemerkte Carter. »Das heißt, dass man ins Kino geht, hat mein Vater immer gesagt.«

»Er ist nur zum WCIK unterwegs«, sagte Big Jim, »und wenn er stur genug ist, einen Frontalangriff zu versuchen, kann das leicht der letzte Ort sein, den er lebend sieht. Komm, wir fahren runter ins Rathaus und sehen uns den Rummel eine Zeit lang im Fernsehen an. Wenn uns das zu langweilig wird, will ich, dass du den Hippiedoktor auftreibst und ihm klarmachst, dass wir ihn aufspüren und einlochen, falls er irgendwohin abzuhauen versucht.«

»Ja, Sir.« Gegen diesen Auftrag hatte er nichts einzuwenden. Vielleicht konnte er sich Exofficer Everett nochmal vornehmen, ihr diesmal die Jeans ausziehen.

Big Jim legte den Gang ein, fuhr mit dem Hummer langsam den Town Common Hill hinab und hupte Leute an, die ihm nicht schnell genug Platz machten.

Sobald er in die Rathauseinfahrt abgebogen war, rollte der Odyssey über die Kreuzung und fuhr stadtauswärts weiter. In der Upper Highland Street waren keine Fußgänger unterwegs, und Linda beschleunigte rasch. Thurse Marshall begann »The Wheels on the Bus« zu singen, und bald sangen alle Kinder mit.

Auch Linda, die das Gefühl hatte, dass mit jedem Zehntel auf dem Meilenzähler etwas von dem Schrecken von ihr fiel, stimmte bald lauthals ein.

7   In Chester's Mill ist der Besuchstag angebrochen, und freudige Erwartung erfüllt die Menschen, die auf der Route 119 zu Dinsmores Farm unterwegs sind, wo Joe McClatcheys Demonstration vor fünf Tagen so schlimm geendet hat. Trotz dieser Erinnerung sind sie hoffnungsvoll (wenn auch nicht gerade glücklich) – trotz der Hitze und der übelriechenden Luft. Der Horizont jenseits der Kuppel wirkt jetzt immer verschwommen, und der Himmel über den Bäumen hat sich durch Feinstaubablagerungen verdunkelt. Der Blick senkrecht nach oben ist etwas besser, aber trotzdem nicht in Ordnung; das Blau ist gelblich verfärbt und erinnert so an das von grauem Star befallene Auge eines alten Mannes.

»So hat der Himmel über den Papierfabriken ausgesehen, als sie in den siebziger Jahren noch voll gearbeitet haben«, sagt Henrietta Clavard – die mit dem doch nicht gebrochenen Steißbein. Sie bietet ihre Flasche Ginger Ale Petra Searles an, die neben ihr geht.

»Nein, danke«, sagt Petra, »ich hab Wasser dabei.«

»Mit ordentlich Wodka angereichert?«, erkundigt sich Henrietta. »Mein Zeug hier nämlich schon. Halb und halb, Schätzchen – ich nenn es eine Canada-Dry-Rakete.«

Petra greift nach der Flasche und nimmt einen kräftigen Schluck. »Jau!«, sagt sie.

Henrietta nickt geschäftsmäßig. »Ja, Ma'am. Nichts Raffiniertes, aber etwas, was einem den Tag ein bisschen aufhellen kann.«

Viele der Pilger tragen Schilder, die sie ihren Besuchern aus der Außenwelt (und natürlich den Kameras) zeigen wollen, wie das Publikum einer live im Fernsehen übertragenen Morning Show. Aber Schilder in Fernsehshows sind unweigerlich fröhlich. Das sind die meisten dieser Schilder nicht. Einige, die von der Sonntagsdemonstration übrig geblieben sind, fordern BEKÄMPFT DIE DA OBEN und LASST UNS RAUS, VERDAMMT NOCHMAL! Es gibt auch neue, auf denen steht STAATLICHES EXPERIMENT – **WARUM???** SCHLUSS MIT DER VERARSCHUNG und WIR SIND MENSCHEN, KEINE VERSUCHSKA-

NINCHEN. Johnny Carvers Schild fordert: HÖRT UM HIMMELS WILLEN MIT DIESEM SCHEISS AUF! BEVOR'S ZU SPÄT IST! Und Frieda Morrison fragt – grammatikalisch nicht ganz korrekt, aber leidenschaftlich – FÜR WEM SEINE VERBRECHEN STERBEN WIR? Bruce Yardley ist der Einzige, der einen ganz und gar positiven Ton anschlägt. Sein mit blauem Krepppapier umrahmtes Schild an einer gut zwei Meter langen Stange (am Dome wird es alle anderen überragen) verkündet: HALLO, MA & DAD IN CLEVELAND! LIEBE EUCH ALLE BEIDE!

Neun oder zehn Schilder sind mit Bibelzitaten beschriftet. Das von Bonnie Morrell, der Frau des hiesigen Holzhändlers, fordert: VERGIB IHNEN **NICHT**, DENN SIE **WISSEN**, WAS SIE TUN! Auf dem von Trina Cole steht DER HERR IST MEIN HIRTE unter einer Zeichnung, die vermutlich ein Schaf darstellen soll, obwohl das schwer zu beurteilen ist.

Auf Donnie Baribeaus Schild steht einfach BETET FÜR UNS.

Marta Edmunds, gelegentlich Babysitterin bei den Everetts, gehört nicht zu den Pilgern. Ihr geschiedener Mann lebt nicht weit entfernt in South Portland, aber sie bezweifelt, dass er aufkreuzen wird, und was würde sie sagen, wenn er's täte? *Du bist mit den Unterhaltszahlungen im Rückstand, Schwanzlutscher?* Statt zur Route 119 ist Marta unterwegs zur Little Bitch Road. Das hat den Vorteil, dass sie nicht zu Fuß zu gehen braucht. Sie fährt mit ihrem Acura (und dreht die Klimaanlage voll auf). Ihr Ziel ist das gemütliche Häuschen, in dem Clayton Brassey seinen Lebensabend verbringt. Er ist ihr Urgroßonkel zweiten Grades (oder irgendwas Verdammtes in dieser Art), und obwohl sie sich über ihre Verwandtschaft und deren Grad nicht völlig im Klaren ist, weiß sie, dass er ein Stromaggregat hat. Falls es noch arbeitet, kann sie sich alles im Fernsehen ansehen. Außerdem will sie sich vergewissern, dass Onkel Clay weiter gesund und munter ist – soweit man das sein kann, wenn man hundertfünf ist und ein Gehirn wie aus Hafergrütze hat.

Er ist keineswegs gesund und munter. Clayton Brassey hat die Krone des ältesten Bürgers der Stadt abgegeben. Er sitzt im Wohnzimmer in seinem Lieblingssessel – sein abgestoßenes Urinal aus Email im Schoß und den Spazierstock der *Boston Post* neben sich an die Wand gelehnt – und ist schon fast kalt. Nell Toomey, seine Urgroßenkelin und hauptsächliche Pflegerin, ist nirgends zu sehen; sie ist mit Bruder und Schwägerin zu Dinsmores Farm unterwegs.

»Oh, Onkel … tut mir leid, aber wahrscheinlich war's Zeit«, sagt Marta.

Sie geht ins Schlafzimmer, holt ein frisches Bettlaken aus dem Schrank und wirft es über den Alten. So erinnert er ein bisschen an ein abgedecktes Möbelstück in einem verlassenen Haus. Vielleicht eine Kommode mit Aufsatz. Marta kann das Stromaggregat hinter dem Haus laufen hören und denkt sich: Hol's der Teufel. Sie schaltet den Fernseher ein, stellt ihn auf CNN und setzt sich auf die Couch. Was sich auf dem Bildschirm abspielt, lässt sie fast vergessen, dass sie in Gesellschaft einer Leiche fernsieht.

CNN zeigt mit einem starken Teleobjektiv aufgenommene Luftbilder aus einem Hubschrauber, der über dem Flohmarkt in Motton schwebt, wo die Besucherbusse parken werden. Die unter der Kuppel zuerst Losmarschierten sind bereits da. Hinter ihnen erstreckt sich der *Hadsch*: ein Menschenzug, der die ganze Breite der Route 119 einnimmt und bis zur Food City im Hintergrund reicht. Die Ähnlichkeit dieser Prozession mit wandernden Ameisen ist unverkennbar.

Irgendein Reporter brabbelt dazu und benutzt Ausdrücke wie *wundervoll* und *erstaunlich*. Als er zum zweiten Mal sagt: *So etwas habe ich noch nie gesehen,* stellt Marta den Ton ab, weil sie denkt: *Das hat noch niemand, du Blödmann.* Sie überlegt gerade, ob sie aufstehen und in der Küche nach Zutaten für einen Imbiss fahnden soll (vielleicht ist das in Gesellschaft einer Leiche nicht in Ordnung, aber sie hat Hunger, verdammt nochmal), als der Bildschirm sich teilt. In der linken Hälfte verfolgt jetzt ein weiterer Hubschrauber die Buskolonne, die Castle Rock verlässt, und der unten eingeblendete Text lautet: BESUCHER SOLLEN KURZ NACH 10 UHR EINTREFFEN.

Also ist doch noch Zeit, einen kleinen Imbiss vorzubereiten. Marta findet Cracker, Erdnussbutter und – das ist der beste Fund – drei kalte Flaschen Bud. Sie nimmt alles auf einem Tablett ins Wohnzimmer mit und macht es sich damit bequem. »Danke, Onkel«, sagt sie.

Auch bei ausgeschaltetem Ton (*besonders* bei ausgeschaltetem Ton) sind die gegenübergestellten Bilder fesselnd, hypnotisch. Als das erste Bier zu wirken beginnt (herrlich!), erkennt Marta, dass man praktisch darauf wartet, dass eine unwiderstehliche Kraft auf ein unbewegliches Objekt trifft, und sich fragt, ob es eine Explosion geben wird, wenn die beiden aufeinanderprallen.

Nicht weit von der sich versammelnden Menge entfernt, auf dem kleinen Hügel, auf dem er das Grab seines Vaters aushebt, lehnt Ollie Dinsmore auf seinem Spaten und beobachtet, wie die Menge eintrifft: zweihundert, dann vierhundert, dann achthundert Menschen. Mindestens achthundert. Er sieht eine Frau, die ihr Baby in einem Tragegestell auf dem Rücken hat, und fragt sich, ob sie übergeschnappt ist, weil sie einen Säugling bei dieser Hitze mitschleppt – und noch dazu ohne Mütze als Sonnenschutz. Ollie stellt sich vor, was für ein langsamer, trauriger Heimweg ihnen bevorsteht, sobald der Rummel vorbei ist. In der brütenden Spätnachmittagshitze den ganzen Weg in die Stadt zurück … Dann macht er sich wieder an die Arbeit.

Hinter der stetig anwachsenden Menge parken auf beiden Banketten Streifenwagen – mit einem Dutzend hauptsächlich neuer Cops unter Führung von Henry Morrison – mit eingeschalteten Blinkleuchten. Die beiden letzten Wagen sind verspätet eingetroffen, weil Henry die Besatzungen angewiesen hat, ihre Kofferräume mit Wasserkanistern zu beladen, die sie im Feuerwehrhaus gefüllt haben. Wie er vor Kurzem entdeckt hat, funktioniert das dortige Notstromaggregat nicht nur, sondern dürfte auch noch Flüssiggas für ein paar Wochen haben. Natürlich ist das nicht einmal entfernt genug Wasser – angesichts der Einwohnerzahl ist es sogar lachhaft wenig –, aber mehr konnten sie im Augenblick nicht tun. Sie werden es für Leute aufsparen, die in der Sonne ohnmächtig werden. Henry hofft, dass es nicht viele sein werden, aber er weiß, dass es einige geben wird, und verflucht Jim Rennie wegen der mangelnden Vorsorge. Er kennt den Grund dafür – Rennie sind diese Leute scheißegal –, und das macht die Nachlässigkeit in Henrys Augen noch schlimmer.

Herausgefahren ist er mit Pamela Chen, der einzigen der neuen »Special Deputies«, der er hundertprozentig traut, und als er die Größe der Menge sieht, weist er sie an, das Cathy Russell zu verständigen. Er will, dass der Krankenwagen hier draußen bereitsteht. Fünf Minuten später berichtet sie etwas, was Henry einerseits unglaublich, andererseits keineswegs überraschend findet. Am Telefon am Empfang hat sich nur eine Patientin gemeldet, sagt Pamela – eine junge Frau, die an diesem Vormittag wegen eines gebrochenen Handgelenks ins Krankenhaus gekommen sei. Sie sagt, alle Ärzte und Pfleger seien verschwunden, ebenso der Krankenwagen.

»Na, großartig«, sagt Henry. »Hoffentlich sind Ihre Erste-Hilfe-Kenntnisse auf der Höhe, Pammie – die werden Sie vielleicht brauchen.«

»Ich bin gut in Herz-Lungen-Wiederbelebung«, sagt sie.

»Gut.« Er deutet auf Joe Boxer, den Waffeln liebenden Zahnarzt. Boxer, der eine blaue Armbinde trägt, versucht wichtigtuerisch, die Ankommenden (von denen kaum einer auf ihn achtet) einzuweisen. »Und wenn Leute Zahnschmerzen kriegen, kann dieser aufgeblasene Affe ihnen den Zahn ziehen.«

»Wenn sie ausreichend Bargeld in der Tasche haben«, sagt Pamela. Als ihre Weisheitszähne kamen, hat sie ihre Erfahrungen mit Joe Boxer gemacht. Er hat davon gesprochen, »Dienstleistung zu tauschen« und dabei ihren Busen auf eine Art und Weise angestarrt, die ihr ganz und gar nicht behagte.

»Hinten in meinem Wagen liegt eine Red-Sox-Mütze, glaube ich«, sagt Henry. »Bringen Sie die bitte dort hinüber?« Er zeigt auf die Frau, die auch Ollie schon aufgefallen ist – die mit dem Baby, das keine Mütze aufhat. »Setzen Sie die der Kleinen auf und sagen Sie der Frau, dass sie bekloppt ist.«

»Ich bringe ihr die Mütze, aber ich sage nichts dergleichen«, stellt Pamela ruhig fest. »Das ist Mary Lou Costas. Sie ist siebzehn und seit einem Jahr mit einem fast doppelt so alten Trucker verheiratet. Sie hofft wahrscheinlich, dass er herkommt, um sie zu sehen.«

Henry seufzt. »Sie ist trotzdem bekloppt, aber mit siebzehn waren wir das wohl alle.«

Und die Leute strömen weiter zusammen. Ein Mann scheint kein Wasser zu haben, aber dafür trägt er eine riesige Boombox auf der Schulter. Aus ihr plärren laut Gospelsongs von WCIK.

Zwei seiner Begleiter entrollen ein Transparent. Der Spruch wird von zwei riesigen hingekrakelten Q-Tips flankiert: !RETTET UNS!

»Das wird schlimm«, sagt Henry, und damit hat er natürlich recht, auch wenn er nicht ahnt, wie schlimm.

Die wachsende Menge wartet in der Sonne. Die Leute mit schwachen Blasen verziehen sich ins Unterholz westlich der Straße, um zu pinkeln. Die meisten werden zerkratzt, bevor sie Erleichterung finden. Eine übergewichtige Frau (Mabel Alston; sie leidet zudem an etwas, was sie »meine Dia-Bettes« nennt) verstaucht sich den Knöchel und liegt um Hilfe rufend da, bis ein paar Männer herüberkommen und sie auf das heile Bein stellen. Lennie Meechum, der Poststellenleiter von The Mill (zumindest bis diese Woche, als die U.S. Mail bis auf unbestimmte Zeit eingestellt wurde), organisiert einen Stock für sie. Dann erklärt er Henry, jemand müsse Mabel in die Stadt zurückfahren. Henry sagt, dass er keinen Wagen übrig hat. Sie soll sich im Schatten ausruhen.

Lennies Armbewegung umfasst beide Straßenseiten. »Falls du es noch nicht gemerkt haben solltest, gibt es auf einer Seite Gras, auf der anderen Brombeeren. Nirgends richtigen Schatten.«

Henry zeigt auf die Scheune der Dinsmores. »Da drüben gibt's reichlich Schatten!«

»Die ist eine Viertelmeile weit weg!«, empört sich Lennie.

In Wirklichkeit ist es höchstens eine Achtelmeile, aber Henry will keinen Streit. »Setzt sie auf den Beifahrersitz meines Wagens.«

»Schrecklich heiß in der Sonne«, sagt Lenny. »Sie wird Fabrikluft brauchen.«

Ja, auch Henry weiß, dass sie die Klimaanlage brauchen wird, was bedeutet, dass der Motor laufen muss, was bedeutet, dass Benzin verbraucht wird. Vorerst herrscht noch kein Benzinmangel – das heißt, solange sie das Zeug aus den Tanks der Gas & Grocery pumpen können –, und er vermutet, dass er später noch Zeit genug hat, sich über später Sorgen zu machen.

»Der Schlüssel steckt«, sagt er. »Aber nur schwach kühlen, klar?«

Lennie nickt, um zu zeigen, dass er verstanden hat, und geht zurück zu Mabel, aber Mabel will nicht mitkommen, obwohl ihr Gesicht hochrot und schweißnass ist. »Ich war noch nicht!«, plärrt sie. »Ich *muss* erst noch!«

Leo Lamoine, einer der neuen Officers, kommt herübergeschlendert. Auf seine Gesellschaft könnte Henry gern verzichten; Leo hat so viel Verstand wie ein Kohlrabi. »Wie ist sie überhaupt rausgekommen, Sportsfreund?«, fragt er. Leo Lamoine gehört zu den Kerlen, die jedermann »Sportsfreund« nennen.

»Keine Ahnung, aber sie hat es geschafft«, sagt Henry müde. Er merkt, dass Kopfschmerzen im Anmarsch sind. »Holen Sie ein paar Frauen zusammen, die mit ihr hinter meinen Wagen gehen und sie stützen, während sie pinkelt.«

»Was für welche, Sportsfreund?«

»Kräftige«, sagt Henry und geht weg, bevor der plötzliche starke Drang, Leo Lamoine eins auf die Nase zu geben, ihn überwältigen kann.

»Was für eine Polizei seid ihr bloß?«, fragt eine Frau, während sie mit vier anderen Mabel ans Heck von Wagen drei begleitet, wo Mabel sich an der Stoßstange festhalten wird, um zu pinkeln, während die anderen Frauen sie umringen, damit die Schicklichkeit gewahrt bleibt.

Eine unvorbereitete Polizei, wofür Rennie und Randolph,

1053

Ihre furchtlosen Führer, gesorgt haben, würde Henry am liebsten antworten, aber er tut es nicht. Er weiß, dass sein vorlautes Mundwerk ihn schon gestern Abend reingeritten hat, als er Rederecht für Andrea Grinnell gefordert hat. Deshalb sagt er nur: »Die einzige, die Sie haben.«

Fairerweise muss gesagt werden, dass die meisten Leute – wie Mabels weibliche Ehrengarde – gern bereit sind, einander zu helfen. Wer daran gedacht hat, Wasser mitzunehmen, teilt es mit anderen, die keines haben, und die meisten trinken zurückhaltend. Aber in jeder Menge gibt es Idioten, und die in dieser schlagen sich den Bauch rücksichts- und gedankenlos mit Wasser voll. Manche Leute knabbern Plätzchen und Cracker, von denen sie später erst recht Durst haben werden. Mary Lou Costas' Kleine beginnt unter der Red-Sox-Mütze, die ihr viel zu groß ist, quengelig zu weinen. Mary Lou hat eine Flasche Wasser dabei und fängt jetzt an, das heiße Gesichtchen und den Nacken der Kleinen mit Wasser zu betupfen. Bald wird die Flasche leer sein.

Henry fasst Pamela Chen am Arm und zeigt nochmals auf Mary Lou. »Lassen Sie sich die Flasche geben und füllen Sie sie aus unserem Vorrat nach«, sagt er. »Aber lassen Sie das nicht allzu viele Leute sehen, sonst ist das Wasser bis Mittag weg.«

Sie tut wie geheißen, und Henry denkt: *Wenigstens eine, die tatsächlich einen guten Kleinstadt-Cop abgeben würde, wenn sie jemals Lust auf diesen Job hätte.*

Niemand macht sich die Mühe, darauf zu achten, wohin Pamela geht. Das ist gut. Wenn die Busse kommen, werden diese Leute eine Zeit lang die Hitze und ihren Durst vergessen. Sobald die Besucher fort sind … und sie sich mit einem langen Marsch zurück in die Stadt konfrontiert sehen …

Henry hat eine Idee. Er mustert seine Officers und sieht eine Menge Schwachköpfe, aber nur wenige Leute, denen er traut. Randolph hat die meisten halbwegs anständigen Leute zu irgendeinem Geheimunternehmen mitgenommen. Henry vermutet, dass es mit dem Drogenlabor zu tun hat, das Rennie angeblich betreibt, wie Andrea ihm vorgeworfen hat, aber das ist jetzt unwichtig. Er weiß nur, dass sie nicht da sind – und er diesen Auftrag nicht selbst übernehmen kann.

Aber er weiß, wer ihn übernehmen könnte, und winkt ihn zu sich heran.

»Was willst du, Henry?«, fragt Bill Allnut.

»Hast du deine Schulschlüssel da?«

Allnut, der seit dreißig Jahren Hausmeister der Middle School ist, nickt. »Gleich hier.« Der Schlüsselring an seinem Gürtel glitzert in der verschleierten Sonne. »Hab sie immer bei mir, warum?«

»Nimm Wagen vier«, sagt Henry. »Fahr damit so schnell wie möglich in die Stadt zurück, ohne irgendwelche Nachzügler zu überfahren. Hol einen der Schulbusse und bring ihn hierher. Einen der großen mit vierundvierzig Sitzen.«

Allnut wirkt nicht begeistert. Er reckt sein Kinn auf die Yankee-Art vor, die Henry – selbst ein Yankee – schon sein ganzes Leben lang kennt und hasst. Ein knauseriger Gesichtsausdruck, der besagt: *Muss für mich selbst sorgen, Freundchen.* »So viele Leute kriegst du niemals in einen einzigen Schulbus, spinnst du?«

»Keineswegs«, sagt Henry. »Der Bus ist nur für diejenigen, die den Rückweg nicht allein schaffen.« Er denkt an Mabel und das Baby der kleinen Costas, das einem Hitzschlag nahe ist, aber bis heute Nachmittag um drei Uhr wird es natürlich weitere Leute geben, die nicht in die Stadt zurückgehen können. Oder die vielleicht überhaupt nicht mehr gehen können.

Bill Allnuts Haltung verhärtet sich; sein Kinn ist jetzt vorgereckt wie ein Schiffsbug. »Nein, Sir. Meine beiden Söhne und ihre Frauen kommen, das haben sie gesagt. Sie bringen ihre Kinder mit. Ich will sie nich verpassen. Und ich lass meine Frau nich hier allein. Sie ist sowieso schon ganz aus dem Häuschen.«

Henry würde den Kerl wegen seiner Dummheit am liebsten durchschütteln (und wegen seines Egoismus glatt erwürgen). Stattdessen verlangt er Allnuts Schlüssel und lässt sich den für die Parkplatzschranke zeigen. Dann schickt er ihn zu seiner Frau zurück.

»Tut mir leid, Henry«, sagt Allnut, »aber ich muss meine Kinder und Enkel sehen. Das steht mir zu. Ich hab die Lahmen, Stummen und Blinden nich aufgefordert herzukommen und seh nich ein, warum ich für ihre Dummheit büßen soll.«

»Ja, du bist 'n guter Amerikaner, gar keine Frage«, sagt Henry. »Geh mir aus den Augen.«

Allnut öffnet den Mund, um zu protestieren, überlegt sich die Sache dann anders (vielleicht weil er auf Officer Morrisons Gesicht etwas gesehen hat) und schlurft davon. Henry ruft nach Pamela, die nicht protestiert, als es heißt, sie soll zurück in die Stadt fahren, sondern stattdessen nur wohin, was und warum fragt. Henry sagt es ihr.

»Okay, aber ... haben die Schulbusse Handschaltung? Damit kann ich nicht fahren.«

Henry ruft die Frage Allnut zu, der mit seiner Frau Sarah am Dome steht, wo beide eifrig die aus Motton heranführende leere Straße absuchen.

»Nummer sechzehn hat Handschaltung!«, ruft Allnut zurück. »Alle anderen Automatikgetriebe! Und sag ihr, dass sie auf die Warnleuchte achten soll! Der Motor startet nur, wenn der Fahrer angeschnallt ist.«

Henry schickt Pamela los und weist sie an, so schnell zu fahren, wie sie es verantworten kann. Er will den Bus so bald wie möglich hierhaben.

Anfangs stehen die Leute an der Kuppel und beobachten erwartungsvoll die leere Straße. Dann setzen die meisten sich hin. Wer eine Decke mitgebracht hat, breitet sie aus. Manche benutzen ihre Schilder als Schattenspender für den Kopf. Die Unterhaltung stockt, und Wendy Goldstone ist sehr deutlich zu hören, als sie ihre Freundin Ellen fragt, wo die Grillen sind – im hohen Gras ist kein Zirpen zu hören. »Oder bin ich taub geworden?«, fragt sie.

Das ist sie nicht. Tatsächlich sind die Grillen verstummt oder tot. Im WCIK-Studio vibriert der luftige (und angenehm kühle) Raum, weil Ernie »The Barrel« Kellogg and His Delight Trio den Song »I Got a Telephone Call from Heaven and It Was Jesus on the Line« nach draußen rocken.

Aber die beiden Männer hören nicht zu; sie sehen fern und sind von dem zweigeteilten Bildschirm so fasziniert wie Marta Edmunds (die bei ihrem zweiten Bud ist und die Leiche des alten Clayton Brassey unter dem Bettlaken ganz vergessen hat). Ebenso fasziniert wie ganz Amerika und – ja – die restliche Welt.

»Sieh sie dir an, Sanders«, flüstert Chef.

»Das tue ich«, sagt Andy. Er hat CLAUDETTE quer über den Knien liegen. Chef hat ihm auch ein paar Handgranaten angeboten, aber dieses Mal hat Andy abgelehnt. Er fürchtet, er könnte den Sicherungsstift abziehen und dann erstarren. Das hat er einmal in einem Film gesehen. »Erstaunlich, aber sollten wir uns nicht lieber auf unseren Besuch vorbereiten?«

Chef weiß, dass Andy recht hat, aber es fällt schwer, sich von der Bildschirmhälfte loszureißen, auf der ein Hubschrauber die Schulbusse und den großen Übertragungswagen, der die Kolonne anführt, auf der Strecke zeigt. Er kennt jeden markanten Punkt, an dem sie vorbeifahren; sie sind selbst aus der Luft unverkennbar. Die Besucher kommen jetzt näher.

Wir kommen alle näher, denkt er.

»Sanders!«

»Ja, Chef?«

Chef übergibt ihm eine Sucrets-Dose. »›Der Fels wird sie nicht verbergen; der kahle Baum gewährt keinen Schutz noch die Grille Trost.‹ Wo genau das in der Bibel steht, hab ich vergessen.«

Andy öffnet die Blechdose, sieht, dass sie sechs dicke selbst gedrehte Zigaretten enthält, und denkt: *Dies sind Soldaten der Ekstase.* Das ist der poetischste Gedanke seines Lebens, und er ist dem Weinen nahe.

»Kannst du mir ein Amen geben, Sanders?«

»Amen.«

Chef benutzt die Fernbedienung, um den Fernseher auszuschalten. Er würde gern sehen, wie die Busse ankommen – bekifft oder nicht, paranoid oder nicht, er sieht Reportagen über glückliche Wiedervereinigungen so gern wie jedermann –, aber die bitteren Männer können jeden Augenblick kommen.

»Sanders!«

»Ja, Chef.«

»Ich hole den Lieferwagen für Christliches Essen auf Heiligen Rädern aus der Garage und stelle ihn hinter dem Lagergebäude ab. Dann kann ich dahinter in Stellung gehen und den Waldrand überblicken.« Er greift nach GOTTES KRIEGER. Die daran hängenden Handgranaten baumeln und schwingen. »Je länger ich darüber nachdenke, desto bestimmter weiß ich, dass sie von dort kommen werden. Es gibt eine alte Zufahrtsstraße durch den Wald. Sie denken wahrscheinlich, dass ich nichts davon weiß, aber ...« Seine geröteten Augen glänzen. »... der Chef weiß mehr, als viele meinen.«

»Ich weiß. Ich liebe dich, Chef.«

»Danke, Sanders. Ich liebe dich auch. Sollten sie aus dem Wald kommen, lasse ich sie ins Freie treten und mähe sie dann nieder wie Weizen zur Erntezeit. Aber wir dürfen nicht alles auf eine Karte setzen. Deshalb wirst du vorn rausgehen, wo wir neulich waren. Kommt irgendjemand von dort ...«

Andy hebt CLAUDETTE hoch.

»Richtig, Sanders. Aber sei nicht voreilig. Du musst möglichst viele aus der Deckung locken, bevor du anfängst zu schießen.«

»Das werde ich.« Andy hat manchmal das Gefühl, alles nur zu träumen; dies ist einer jener Augenblicke. »Wie Weizen zur Erntezeit.«

»Gewisslich wahr. Aber pass jetzt auf, denn diese Sache ist wichtig. Komm nicht gleich angelaufen, wenn du mich schießen hörst. Und ich komme nicht sofort, wenn ich höre, wie *du* anfängst. Sie vermuten vielleicht, dass wir nicht zusammen sind, aber diesen Trick durchschaue ich. Kannst du pfeifen?«

Andy steckt Daumen und Zeigefinger in den Mund und stößt einen durchdringenden Pfiff aus.

»Das ist gut, Sanders. Fantastisch geradezu.«

»Hab ich in der Grundschule gelernt.« *Als das Leben noch viel einfacher war,* fügt er nicht hinzu.

1058

»Pfeif nicht, außer wenn du in Gefahr bist, überwältigt zu werden. Dann komme ich. Und hörst du *mich* pfeifen, rennst du wie der Teufel, um meine Stellung zu verstärken.«

»Okay.«

»Darauf wollen wir rauchen, Sanders, was hältst du davon?«

Andy schließt sich dem Antrag an.

Auf der Black Ridge, am Rand der Obstplantage der Mc-Coys, stehen siebzehn Flüchtlinge aus der Stadt vor dem verschwommenen Horizont wie Indianer in einem John-Ford-Western. Die meisten starren fasziniert schweigend die stumme Völkerwanderung auf der Route 119 an. Sie sind fast sechs Meilen von ihr entfernt, aber die schiere Größe der Menge macht sie unübersehbar.

Nur Rusty beobachtet etwas Näheres, und was er sieht, erfüllt ihn mit solch freudiger Erleichterung, dass sein Herz zu singen scheint. Ein silberner Honda Odyssey rast die Black Ridge Road entlang. Er hält den Atem an, als der Van sich dem Waldrand und dem jetzt wieder unsichtbaren Leuchtgürtel nähert. Er hat Zeit, sich zu überlegen, wie schrecklich es wäre, wenn Linda ohnmächtig werden und der Van verunglücken würde, aber dann ist sie an dem kritischen Punkt vorbei. Vielleicht hat es den winzigsten Schlenker gegeben, aber Rusty weiß, dass er ihn sich womöglich nur eingebildet hat. Sie werden gleich hier sein.

Die Gruppe steht hundert Meter links neben dem Kasten, aber Joe McClatchey hat trotzdem das Gefühl, etwas spüren zu können: einen schwachen Impuls, der sein Gehirn jedes Mal berührt, wenn das lavendelfarbene Licht ausgestrahlt wird. Vielleicht spielt sein Verstand ihm nur Streiche, aber das glaubt er eher nicht.

Barbie steht neben ihm, hat einen Arm um Miz Shumway gelegt. Joe tippt ihm auf die Schulter und sagt: »Das fühlt sich schlecht an, Mr. Barbara. Alle diese Leute auf einem Haufen. Das fühlt sich *schrecklich* an.«

»Ja«, sagt Barbie.

»*Sie* beobachten alles. Die Lederköpfe. Ich kann sie spüren.«

»Das kann ich auch«, sagt Barbie.

»Ich auch«, fügt Julia fast unhörbar leise hinzu.

Im Besprechungsraum des Rathauses verfolgen Big Jim und Carter Thibodeau schweigend, wie das zweigeteilte Fernsehbild durch eine Aufnahme von der Erde aus ersetzt wird. Anfangs ist das Bild verwackelt wie ein Videofilm von einem heranziehenden Tornado oder den ersten Sekunden nach der Detonation einer Autobombe. Sie sehen Himmel, Kies und rennende Füße. Irgendjemand knurrt: »Los, los, Beeilung!«

»Der Übertragungswagen des Senderpools ist jetzt da«, sagt Wolf Blitzer. »Die Verbindung steht noch nicht, aber ich bin mir sicher, dass wir … ja, wir bekommen … O Gott, sehen Sie sich das an!«

Die Kamera stabilisiert sich und zeigt jetzt, wie Hunderte von Bürgern von Chester's Mill wie ein Mann aufstehen. Man könnte glauben, die Teilnehmer eines Großgottesdiensts unter freiem Himmel zu sehen, die sich nach dem Gebet erheben. Die Leute in den vorderen Reihen werden von den von hinten Herandrängenden gegen die Kuppel gequetscht; Big Jim sieht breitgedrückte Nasen, Wangen und Lippen, als würden die Menschen an eine Glaswand gedrückt. Er empfindet vorübergehend leichten Schwindel und erkennt den Grund dafür: Es ist das erste Mal, dass er von außen nach innen sieht. Erstmals erkennt er die ganze Ungeheuerlichkeit und Realität der Kuppel. Erstmals hat er ehrlich Angst.

Dann sind – durch die Kuppel leicht gedämpft – Pistolenschüsse zu hören.

»Ich glaube, ich höre Schüsse«, sagt Wolf. »Anderson Cooper, haben Sie die Schüsse auch gehört? Was ist da drin los?«

Coopers Stimme klingt leicht verzerrt, als würde er sich über Satellitentelefon aus dem australischen Outback melden: »Wolf, wir sind noch nicht vor Ort, aber ich habe einen kleinen Monitor, und es sieht so aus, als …«

»Ich kann's jetzt auch erkennen«, sagt Wolf. »Offenbar …«

1060

»Das ist Morrison«, sagt Carter. »Der Kerl hat Mumm. Das muss man ihm lassen.«

»Morgen fliegt er raus«, antwortet Big Jim.

Carter sieht ihn mit hochgezogenen Augenbrauen an. »Wegen dem, was er auf der Bürgerversammlung gesagt hat?«

Big Jim deutet auf ihn. »Ich hab gleich gewusst, dass du ein cleveres Kerlchen bist.«

An der Kuppel denkt Henry Morrison nicht an die Bürgerversammlung von gestern Abend, an Tapferkeit oder auch nur an seine Pflicht; er denkt, dass Leute in Gefahr sind, an der Barriere zerquetscht zu werden, wenn er nicht schnell etwas unternimmt. Also schießt er in die Luft. Mehrere andere Cops – Todd Wendlestat, Rance Conroy und Joe Boxer – folgen seinem Beispiel.

Das Gebrüll (und die Schmerzensschreie der vorn Stehenden, die an die Kuppel gequetscht werden) machen schockiertem Schweigen Platz, und Henry benutzt sein Megafon: »VERTEILT EUCH! VERTEILT EUCH, GOTTVERDAMMT NOCH MAL! WENN IHR EUCH ENTLANG DER SCHEISSKUPPEL VERTEILT, IST FÜR ALLE REICHLICH PLATZ!«

Seine Flüche wirken noch ernüchternder als die Warnschüsse, und obwohl die Hartnäckigen auf der Straße bleiben (Bill und Sarah Allnut ragen ebenso aus ihnen heraus wie Johnny und Carrie Carver), fangen die Leute an, sich entlang der Barriere zu verteilen. Manche wenden sich nach rechts, aber die meisten schlurfen nach links auf Alden Dinsmores Weide, die hindernisfreier ist. Henrietta und Petra, beide nach wiederholter Verkostung der Canada-Dry-Rakete leicht schwankend, gehören zu Letzteren.

Henry steckt seine Pistole ins Halfter zurück und weist seine Männer an, das Gleiche zu tun. Wendlestat und Conroy gehorchen, aber Joe Boxer behält seine kurzläufige Pistole Kaliber .38 – eine Saturday Night Special, wenn Henry jemals eine gesehen hat – in der Hand.

»Nehmen Sie sie mir doch ab«, feixt er, und Henry denkt: *Das hier ist alles nur ein Alptraum. Bald werde ich in meinem eigenen Bett aufwachen und aufstehen, ans Fenster treten und in einen wunderschönen klaren Herbstmorgen hinaussehen.*

Viele von denen, die beschlossen haben, nicht zur Kuppel hinauszupilgern (ein beunruhigend großer Prozentsatz dieser Leute ist in der Stadt geblieben, weil sie allmählich Schwierigkeiten mit der Atmung haben), können die Ereignisse im Fernsehen verfolgen. Dreißig bis vierzig Personen haben sich im Dipper's eingefunden. Tommy und Willow Anderson sind an der Kuppel, aber sie haben das Lokal offen und den Großbildfernseher eingeschaltet gelassen. Die auf dem Hartholzparkett des Tanzbodens versammelten Menschen sehen sich die Übertragung schweigend an, obwohl vereinzelt auch geweint wird. Die HDTV-Bilder sind kristallklar. Und sie sind herzzerreißend.

Sie sind auch nicht die Einzigen, die der Anblick dieser achthundert Menschen, die entlang der unsichtbaren Barriere aufgereiht sind – manche mit erhobenen Händen, die an Luft zu liegen scheinen –, betroffen macht. Wolf Blitzer sagt: »Ich habe noch nie solche Sehnsucht auf menschlichen Gesichtern gesehen. Ich ...« Seine Stimme stockt. »Ich denke, ich lasse die Bilder erst einmal für sich selbst sprechen.«

Er verstummt, was nur gut ist. Diese Szene braucht keinen Erzähler.

Auf seiner Pressekonferenz hat Cox gesagt: *Die Besucher steigen aus und gehen zu Fuß zum Dome weiter ... sie dürfen sich der Kuppel bis auf zwei Meter nähern, das halten wir für eine sichere Entfernung.* Die Wirklichkeit sieht natürlich anders aus. Sobald die Bustüren sich öffnen, ergießt sich ein Strom von Menschen, die die Namen ihrer Angehörigen rufen, ins Freie. Einige stürzen und werden in kürzester Zeit niedergetrampelt (bei dieser Stampede gibt es einen Toten und vierzehn Verletzte, darunter ein halbes Dutzend Schwerverletzte). Soldaten, die der Schutzzone unmittelbar vor der Barriere Geltung verschaffen wollen, werden weggestoßen. Die gelben Absperrbänder mit dem Aufdruck KEIN DURCHGANG! werden zerrissen und verschwinden im

Staub unter den rennenden Füßen. Die Neuankömmlinge schwärmen auf ihrer Seite der Kuppel aus – die meisten weinend, alle nach ihren Frauen, ihren Ehemännern, ihren Großeltern, ihren Söhnen, ihren Töchtern, ihren Verlobten rufend. Vier Personen haben elektronische Hilfsmittel, die sie im Körper tragen, verschwiegen oder zu erwähnen vergessen. Drei davon sind sofort tot; der vierte Mann, der sein batteriebetriebenes Hörgerät nicht auf der Liste der verbotenen Geräte gesehen hatte, wird noch eine Woche im Koma liegen, bevor er an multiplen Gehirnblutungen stirbt.

Allmählich kehrt eine gewisse Ordnung ein, und die Kameras, deren Bilder alle Sender ausstrahlen, zeichnen alles auf. Sie beobachten, wie Stadtbewohner und Besucher durch die unsichtbare Barriere getrennt ihre Hände aneinanderdrücken; sie sehen zu, wie sie versuchen, sich zu küssen; sie zeigen, wie Männer und Frauen weinen, während sie einander in die Augen blicken; sie registrieren die Zahl derer, die innerhalb und außerhalb der Kuppel in Ohnmacht fallen, und derer, die auf die Knie sinken und einander zugekehrt mit erhobenen Händen beten; sie zeichnen auf, wie ein Mann auf der Außenseite mit den Fäusten an das Ding, das ihn von seiner schwangeren Frau trennt, zu hämmern beginnt, bis seine Haut aufplatzt und Blutspuren zurücklässt, die in der Luft zu hängen scheinen; sie werden Zeugen, wie eine alte Frau, deren Fingerspitzen sich an der unsichtbaren Fläche zwischen ihnen weiß und glatt abzeichnen, über die Stirn ihrer schluchzenden Enkelin zu fahren versucht.

Der Fernsehhubschrauber startet wieder und überträgt im Schwebeflug Bilder von einer Doppelreihe aus Menschen, die sich über eine Viertelmeile erstreckt. Auf der Motton-Seite scheint das Herbstlaub Ende Oktober in Flammen zu stehen; in Richtung Chester's Mill hängt das Laub braun und schlaff herab. Hinter den Leuten aus The Mill – auf der Straße, auf der Weide, in den Büschen – sind Dutzende von weggeworfenen Schildern zu sehen. In diesem Augenblick der Wiedervereinigung (oder Beinahe-Wiedervereinigung) sind Politik und Protest vergessen.

»Wolf, das hier ist ganz ohne Zweifel das traurigste, seltsamste Ereignis, das ich in meinem ganzen Reporterleben gesehen habe«, sagt Candy Crowley.

Trotzdem ist der Mensch unglaublich anpassungsfähig, und die Aufregung und das Fremdartige beginnen allmählich abzuklingen. Die Wiedervereinigungen gehen in tatsächliche Besuche über. Und hinter den Einheimischen und Besuchern werden die Zusammengebrochenen – auf beiden Seiten der Barriere – abtransportiert. Aber auf der The Mill zugekehrten Seite gibt es kein Rotkreuzzelt, in das man sie schleppen könnte. Die Polizei legt sie in den spärlichen Schatten ihrer Streifenwagen, in dem sie auf Pamela Chen und den Schulbus warten sollen.

In der Polizeistation verfolgen die Angehörigen des Trupps, der den Sender WCIK stürmen soll, die Fernsehübertragung mit der gleichen stummen Faszination wie jedermann sonst. Randolph lässt sie gewähren; ihr Einsatz hat noch etwas Zeit. Er hakt ihre Namen auf seinem Klemmbrett ab, dann macht er Freddy Denton ein Zeichen, ihn auf die Stufen vor dem Eingang zu begleiten. Er hat erwartet, dass Freddy sauer sein wird, weil er das Kommando selbst übernommen hat (Peter Randolph hat schon sein ganzes Leben lang von sich auf andere geschlossen), aber das ist er nicht. Das hier ist eine weit größere Sache, als schmuddelige alte Säufer aus Lebensmittelläden zu vertreiben, und Freddy ist entzückt, die Verantwortung dafür abgeben zu können. Er hätte nichts dagegen, das Lob einzustreichen, wenn der Überfall klappt – aber was, wenn er schiefgeht? Randolph hat keine Bedenken dieser Art. Ein arbeitsloser Unruhestifter und ein sanftmütiger kleiner Apotheker, der nicht mal Scheiße sagen könnte, wenn sie in seinem Müsli wäre? Was sollte da nicht klappen?

Und auf den Stufen, die Piper Libby vor nicht allzu langer Zeit hinabgekullert ist, entdeckt Freddy, dass er doch nicht ganz um eine Führerrolle herumkommen wird. Randolph gibt ihm einen Zettel, auf dem sieben Namen stehen. Einer davon ist Freddys. Die anderen sechs sind Mel Searles, George Frederick, Marty Arsenault, Aubrey Towle, Stubby Norman und Lauren Conree.

»Sie fahren mit diesem Trupp die Zufahrtsstraße entlang«, sagt Randolph. »Sie wissen, welche ich meine?«

»Ja, sie zweigt diesseits der Stadt von der Little Bitch Road ab. Sloppy Sams Vater hat dieses kleine Stück angelegt, um ...«

»Wer sie angelegt hat, ist mir egal«, sagt Randolph. »Sie folgen ihr einfach bis zum Ende. Um zwölf Uhr führen Sie Ihre Leute durch den letzten Waldstreifen und kommen hinter dem Sender heraus. *Punkt* zwölf Uhr, Freddy. Das heißt nicht eine Minute früher oder eine Minute später.«

»Ich dachte, wir sollten *alle* von dort hinten kommen, Peter.«

»Der Angriffsplan ist geändert worden.«

»Weiß Big Jim, dass er geändert worden ist?«

»Big Jim ist Stadtverordneter, Freddy. Ich bin der Polizeichef. Außerdem bin ich Ihr Vorgesetzter – würden Sie also gefälligst die Klappe halten und zuhören?«

»Bitte vielmals um Entschuldigung«, sagt Fred und legt seine gewölbten Hände auf eine Weise hinter die Ohren, die gelinde gesagt unverschämt ist.

»Ich stehe auf der Straße, die *vorn* an dem Sender vorbeiführt. Ich habe Stewart und Fern bei mir. Außerdem Roger Killian. Sollten Bushey und Sanders töricht genug sein, euch anzugreifen – hören wir also hinter dem Sender Schüsse –, stoßen wir drei vor und greifen sie von hinten an. Kapiert?«

»Jawohl.« Tatsächlich hält Freddy das für einen ziemlich guten Plan.

»Gut, jetzt noch der Uhrenvergleich.«

»Äh ... sorry?«

Randolph seufzt. »Wir müssen sicherstellen, dass wir die gleiche Zeit haben, damit es für beide im selben Augenblick Mittag ist.«

Freddy wirkt weiter verständnislos, aber er macht mit.

Im Inneren der Station ruft eine Stimme – die vermutlich Stubby gehört – lachend aus: »He, da macht schon wieder einer schlapp! Die Ohnmächtigen sind neben unseren Wagen aufgestapelt wie Brennholz.« Das wird mit Lachen und Beifall quittiert. Sie sind alle in heller Aufregung und ganz be-

geistert von der Vorstellung, für »einen möglichen Schieß-
einsatz«, wie Melvin Searles es ausdrückt, eingeteilt zu sein.

»Wir satteln um elf Uhr fünfzehn«, erklärt Randolph
Freddy. »Also haben wir noch fast eine Dreiviertelstunde
Zeit, um uns die Show anzusehen.«

»Wollen Sie Popcorn?«, fragt Freddy. »Im Schrank über
der Mikrowelle haben wir jede Menge.«

»Könnte nicht schaden, denke ich.«

Draußen an der Kuppel geht Henry Morrison zu seinem
Wagen und trinkt einen Schluck kaltes Wasser. Seine Uniform ist durchgeschwitzt, und er kann sich nicht erinnern,
jemals so müde gewesen zu sein (er glaubt, dass das größtenteils von der schlechten Luft kommt – er scheint gar nicht
mehr richtig durchatmen zu können), aber insgesamt ist er
mit sich und seinen Männern zufrieden. Sie haben verhindert, dass massenhaft Leute am Dome zerquetscht wurden,
auf seiner Seite ist niemand gestorben – noch nicht –, und die
Leute beruhigen sich allmählich. Auf der Motton-Seite rennen ein halbes Dutzend Kameramänner hin und her, um so
viele herzerwärmende Wiedervereinigungsvignetten wie nur
möglich einzufangen. Henry weiß, dass das eine Störung der
Privatsphäre ist, aber vermutlich haben Amerika und der
Rest der Welt ein Recht darauf, diese Bilder zu sehen. Und
die Leute scheint das im Allgemeinen nicht zu kümmern.
Manche mögen das sogar; so kommen sie zu ihren fünfzehn
Minuten Berühmtheit. Henry hat Zeit, Ausschau nach seinen eigenen Eltern zu halten. Ist aber nicht enttäuscht, als er
sie nirgends sieht; sie leben abgeschieden im hintersten Winkel von Derry und werden langsam alt. Er bezweifelt, dass
sie überhaupt bei der Besucherlotterie mitgemacht haben.

Ein neuer Hubschrauber fliegt von Westen an, und obwohl Henry das nicht weiß, hat er Colonel James Cox an
Bord. Auch Cox ist mit dem bisherigen Verlauf des Besuchstags nicht unzufrieden. Wie ihm gemeldet wurde, scheint
sich unter der Kuppel niemand für eine Pressekonferenz
bereitzuhalten, aber das wundert oder stört ihn nicht im Geringsten. Aufgrund des umfangreichen Dossiers, das er zusammengestellt hat, wäre er mehr als überrascht, wenn Ren-

nie tatsächlich aufkreuzen würde. Cox, der sich im Lauf der Jahre reichlich Menschenkenntnis erworben hat, kann ein feiges Großmaul schon aus einer Meile Entfernung wittern.

Dann sieht Cox die lange Reihe von Besuchern und die gefangenen Bürger, die ihnen gegenüberstehen. Dieser Anblick lässt ihn James Rennie sofort vergessen. »Ist das nicht verrückt?«, murmelt er. »Ist das nicht die verrückteste Sache, die man je gesehen hat?«

Unter der Kuppel ruft Special Deputy Toby Manning: »*Da kommt der Bus!*« Obwohl die Zivilisten kaum darauf achten – sie sind entweder ins Gespräch mit ihren Angehörigen vertieft oder noch auf der Suche nach ihnen –, begrüßen die Cops diese Ankündigung mit kurzem Jubel.

Henry geht zum Heck seines Streifenwagens, und tatsächlich rollt gerade ein großer gelber Schulbus an Jim Rennie's Used Cars vorbei. Pamela Chen wiegt tropfnass vermutlich keine fünfzig Kilo, aber sie hat sich großartig bewährt: Sie kommt mit einem großen Bus zurück.

Henry sieht auf seine Armbanduhr und stellt fest, dass es zwanzig nach elf ist. *Wir schaffen's,* denkt er. *Wir schaffen das leicht.*

Auf der Main Street fahren drei große orangerote Lastwagen den Town Common Hill hinauf. Im dritten sitzt Peter Randolph, eingezwängt neben Stewart, Fern und Roger (der nach Hühnermist stinkt). Als sie auf der 119 nach Norden zur Little Bitch Road und der Radiostation unterwegs sind, fällt Randolph etwas ein, und er muss sich beherrschen, um sich nicht mit der flachen Hand an die Stirn zu klatschen.

Sie haben reichlich Feuerkraft, aber sie haben die Helme und Kevlarwesten vergessen.

Nochmal zurückfahren und sie holen? Wenn sie das tun, erreichen sie ihre Ausgangsstellung nicht vor Viertel nach zwölf, vielleicht sogar noch später. Und ohnehin würden die Westen sich ziemlich sicher als unnütze Vorsichtsmaßnahme herausstellen: Sie sind elf gegen zwei, und die beiden sind garantiert bis über beide Ohren zugekifft.

Die Sache müsste wirklich ein Klacks sein.

8 Andy Sanders war hinter der Eiche stationiert, die er schon beim ersten Aufkreuzen der bitteren Männer als Deckung benutzt hatte. Er trug zwar keine Handgranaten bei sich, aber vorn in seinem Gürtel steckten sechs Reservemagazine, während vier weitere ihn ins Kreuz drückten. In der Holzkiste vor seinen Füßen lag noch ein Dutzend voller Magazine. Genug, um eine Armee abzuhalten ... obwohl er vermutlich in null Komma nichts überwältigt werden würde, falls Big Jim tatsächlich eine Armee entsandte. Schließlich war er nur ein Pillendreher.

Ein Teil seines Ichs konnte nicht glauben, dass er dies hier tat, aber ein anderer – ein Aspekt seines Charakters, von dem er ohne das Meth niemals auch nur etwas geahnt hätte – war grimmig entzückt. Und empört. Die Big Jims der Welt brauchten nicht alles zu haben, durften auch nicht alles an sich reißen. Diesmal würde es keine Verhandlungen geben, keine Diplomatie, kein feiges Zurückweichen. Er würde zu seinem Freund halten. Zu seinem *Seelenbruder*. Andy wusste, dass diese Einstellung nihilistisch war, aber das war in Ordnung. Sein Leben lang hatte er für alles Kosten-Nutzen-Rechnungen erstellt, da war bekiffte Scheißdrauf-Gleichgültigkeit ein begeisternder Wandel zum Besseren.

Andy hörte die Lastwagen kommen und sah auf seine Uhr. Sie stand. Er sah zum Himmel auf und schätzte nach der Position des gelblich weißen Flecks, der früher die Sonne gewesen war, dass es fast Mittag sein musste.

Er horchte auf das Brummen der Dieselmotoren, und als das Geräusch sich teilte, wusste er, dass sein *Compadre* die gegnerische Taktik gewittert hatte – genau wie irgendein erfahrener alter Footballverteidiger an einem Sonntagnachmittag. Ein paar von ihnen holten weiter aus, um über die Zufahrtsstraße auf die Rückseite des Senders zu gelangen.

Andy nahm einen weiteren tiefen Zug von seiner Fry-Daddy, hielt die Luft an, solange er nur konnte, und stieß sie dann aus. Er ließ die Kippe bedauernd fallen und trat sie aus. Er wollte nicht, dass Rauch (und schenke er einem noch so begeisternd klare Gedanken) seine Stellung verriet.

Ich liebe dich, Chef, dachte Andy und entsicherte seine Kalaschnikow.

9 Die gefurchte Forststraße war durch eine dünne Kette zwischen zwei Pfosten abgesperrt. Freddy, der den ersten Wagen fuhr, zögerte nicht: Er rollte einfach weiter, ohne zu bremsen, und zerriss sie mit dem Kühlergrill. Das Führungsfahrzeug und der zweite Wagen (mit Mel Searles am Steuer) rollten in den Wald weiter.

Stewart Bowie saß am Steuer des dritten Lastwagens. Er hielt mitten auf der Little Bitch Road, zeigte auf den WCIK-Sendemast und sah dann zu Randolph hinüber, der an die Tür gepresst dahockte, sein Sturmgewehr von Heckler & Koch zwischen den Knien.

»Noch eine halbe Meile«, wies Randolph ihn an, »dann halten und Motor abstellen.« Es war noch nicht einmal zwanzig vor zwölf. Ausgezeichnet. Reichlich Zeit.

»Wie sieht der Plan aus?«, fragte Fern.

»Der Plan sieht so aus, dass wir bis Mittag warten. Sobald wir Schüsse hören, fahren wir sofort los und erledigen sie von hinten.«

»Diese Lastwagen sind ziemlich laut«, sagte Roger Killian. »Was ist, wenn die Kerle sie kommen hören? Dann verlieren wir das … wie heißt das gleich wieder … das Überraschungsmonument.«

»Die hören uns nicht kommen«, sagte Randolph. »Die sitzen im angenehm klimatisierten Sendegebäude und sehen fern. Sie werden gar nicht wissen, wie ihnen geschieht.«

»Hätten wir nicht schusssichere Westen oder so was kriegen sollen?«, fragte Stewart.

»Wozu an einem so heißen Tag das ganze Gewicht mitschleppen? Keine Sorge, Cheech und Chong sind in der Hölle, bevor sie auch nur wissen, dass sie tot sind.«

10   Kurz vor zwölf Uhr sah Julia sich um und stellte fest, dass Barbie verschwunden war. Als sie zum Farmhaus zurückging, sah sie ihn den Kastenwagen des Sweetbriar Rose mit Konserven beladen. Auch in den gestohlenen AT&T-Van hatte er schon einige große Taschen mit Lebensmitteln gestellt.

»Was machst du? Dieses Zeug haben wir erst gestern Abend ausgeladen.«

Barbie wandte ihr sein ernstes, angespanntes Gesicht zu. »Ich weiß, aber ich glaube, das war falsch. Vielleicht ist daran die Nähe des Kastens schuld, aber ich habe plötzlich das Gefühl, dass sich das Vergrößerungsglas, von dem Rusty erzählt hat, genau über mir befindet – und dass die Sonne bald herauskommt und ihre Strahlen von ihm gebündelt werden. Hoffentlich täusche ich mich.«

Sie musterte ihn. »Gibt es noch mehr einzuladen? Ich kann dir dabei helfen. Zurückstellen können wir die Sachen jederzeit.«

»Ja«, sagte Barbie und bedachte sie mit einem gekünstelten Lächeln. »Zurückstellen können wir sie jederzeit.«

11   Die Zufahrtsstraße endete auf einer kleinen Lichtung mit einem längst nicht mehr bewohnten Haus. Dort hielten die beiden orangeroten Lastwagen, und der Stoßtrupp saß ab. Zweierteams hievten die langen, schweren Seesäcke hinunter, auf denen in Schablonenschrift **HOME-LAND SECURITY** stand. Auf einem hatte irgendein Witzbold mit einem Textmarker REMEMBER THE ALAMO dazugeschrieben. Sie enthielten weitere Sturmgewehre von Heckler & Koch, zwei Pumpguns von Mossberg mit achtschüssigen Magazinen und Munition, Munition, Munition.

»Äh, Fred?« Das war Stubby Norman. »Sollten wir nicht Westen oder so was haben?«

»Wir greifen sie von hinten an, Stubby. Mach dir deswegen keine Sorgen.« Freddy konnte nur hoffen, dass seine Stimme besser klang, als ihm zumute war. Er hatte den Bauch voller Schmetterlinge.

»Fordern wir sie zuerst auf, sich zu ergeben?«, fragte Mel. »Ich meine, wo Mr. Sanders doch ein Stadtverordneter ist und alles.«

Darüber hatte Freddy schon nachgedacht. Er hatte auch an die Ehrenwand gedacht, an der Fotos der drei Cops aus Chester's Mill hingen, die seit dem Zweiten Weltkrieg im Dienst gefallen waren. Er legte keinen Wert darauf, die Wand mit seinem eigenen Foto zu zieren, und da Chief Randolph sich zu diesem Punkt nicht geäußert hatte, fühlte er sich berechtigt, einen eigenen Befehl zu erteilen.

»Wenn sie die Hände hochnehmen, lassen wir sie leben«, sagte er. »Sind sie unbewaffnet, lassen wir sie leben. Irgendwas anderes … Scheiße, dann sterben sie. Hat jemand ein Problem damit?«

Keiner meldete sich. Es war 11:56 Uhr. Fast Showtime.

Er begutachtete seine Männer (plus Lauren Conree, die mit ihrem harten Gesicht und ihrem kleinen Busen fast als einer hätte durchgehen können), atmete tief durch und sagte: »Folgt mir. In Schützenreihe. Am Waldrand machen wir halt und sondieren die Lage.«

Randolphs Befürchtungen wegen Giftefeu und -eichen erwiesen sich als unbegründet, und die Bäume standen weit genug auseinander, um das Vorankommen der schwer mit Waffen beladenen Gruppe nicht zu behindern. Freddy fand, dass seine kleine Streitmacht die mit Wacholder bewachsenen Flächen, die sich nicht umgehen ließen, bewundernswert still und leise durchquerte. Allmählich wurde er zuversichtlich, dass diese Unternehmung gut ausgehen würde. Tatsächlich freute er sich fast darauf. Seit sie nun auf ihr Ziel zumarschierten, waren die Schmetterlinge aus seinem Bauch weggeflogen.

Nur sachte, sagte er sich. *Sachte und leise. Dann: peng! Sie werden gar nicht wissen, wie ihnen geschieht.*

12 Chef hockte hinter dem blauen Kastenwagen, der im hohen Gras hinter dem Lagerschuppen abgestellt war, und hörte sie praktisch schon, als sie die Lichtung verließen, auf der die alte Heimstätte der Familie Verdreaux langsam wieder im Erdboden versank. Für sein von Drogen geschärftes Gehör und sein im Alarmzustand befindliches Gehirn klangen sie wie eine Büffelherde auf der Suche nach dem nächsten Wasserloch.

Er huschte nach vorn und kniete sich so hin, dass er sein AK-47 auf die Stoßstange legen konnte. Die Handgranaten, die an GOTTES KRIEGER gebaumelt hatten, lagen hinter ihm auf der Erde. Sein magerer, mit Pickeln übersäter Rücken glänzte schweißnass. Der Garagentoröffner hing am Bund seiner Frosch-Pyjamahose.

Sei geduldig, ermahnte er sich. *Du weißt nicht, wie viele es sind. Lass sie ins Freie treten, bevor du anfängst zu schießen, und mähe sie dann eilig nieder.*

Chef kippte mehrere Reservemagazine für GOTTES KRIEGER vor sich hin und betete zu Gott, dass Andy nicht pfeifen musste. Dass er selbst nicht pfeifen musste. Noch immer war es möglich, dass sie aus dieser Sache heil herauskamen, um ein andermal weiterkämpfen zu können.

13 Freddy Denton erreichte den Waldrand, drückte mit dem Lauf seines Gewehrs einen Fichtenzweig beiseite und spähte hinaus. Er sah ein Brachfeld, in dessen Mitte der Sendemast stand, der mit seinem tiefen Summen scheinbar seine Zahnplomben vibrieren ließ. Der Mast war von einem Maschendrahtzaun umgeben, an dem gelbe Warnschilder mit VORSICHT! HOCHSPANNUNG! hingen. Links vor sich sah er den eingeschossigen Klinkerbau des Studiogebäudes. Zwischen Mast und Gebäude stand eine große rote Scheune. Vermutlich diente sie zu Lagerzwecken. Oder zur Herstellung von Drogen. Oder zu beidem.

Marty Arsenault schob sich neben ihn. Sein Uniformhemd wies runde Schweißflecken auf. Sein Blick flackerte ängstlich. »Was macht der Kastenwagen dort?«, fragte er und wies mit der Mündung seines Gewehrs darauf.

»Das ist der Wagen für Essen auf Rädern«, sagte Freddy. »Für Leute, die nicht mehr aus dem Haus können. Hast du den noch nie in der Stadt gesehen?«

»Gesehen und sogar beladen geholfen«, sagte Marty. »Ich bin letztes Jahr von den Katholiken zu den Heiligen Erlösern gewechselt. Wie kommt's, dass er nicht in der Scheune steht?«

»Woher soll ich das wissen, und was kümmert mich das?«, fragte Freddy. »Sie sind im Studio.«

»Woher weißt du das?«

»Weil dort der Fernseher steht und die große Show draußen am Dome auf allen Kanälen übertragen wird.«

Marty hob sein Sturmgewehr. »Lass mich ein paar Schuss auf den Wagen abgeben, nur um sicherzugehen. Er könnte eine Sprengfalle sein. Oder sie könnten darin versteckt sein.«

Freddy drückte den Gewehrlauf nach unten. »Jesses, bist du von allen guten Geistern verlassen? Sie wissen nicht, dass wir hier sind, und du willst diesen Vorteil einfach verschenken? Hatte deine Mutter auch Kinder, die überlebt haben?«

»Fick dich«, sagte Marty. Er überlegte kurz. »Und fick auch deine Mutter.«

Freddy sah sich um. »Kommt jetzt, Jungs. Wir überqueren das Feld in Richtung Studio. Sehen durch die Fenster auf der Rückseite nach, wo die beiden sich aufhalten.« Er grinste breit. »Pipifax.«

Aubrey Towle, ein Mann weniger Worte, sagte: »Wird sich zeigen.«

14   In dem auf der Little Bitch Road stehenden Lastwagen sagte Fern Bowie: »Ich höre nichts.«

»Das kommt noch«, sagte Randolph. »Nur Geduld.«

Es war 12:02 Uhr.

15   Chef beobachtete, wie die bitteren Männer ihre Deckung verließen und sich diagonal über das Brachfeld zur Rückseite des Studios bewegten. Drei trugen echte Polizeiuniformen; die anderen vier hatten blaue Hemden an, von denen Chef vermutete, dass sie Uniformen *sein sollten*. Er erkannte Lauren Conree (eine alte Kundin aus seiner Zeit als

Kleindealer) und Stubby Norman, den hiesigen Müllkutscher. Und er kannte Mel Searles, einen weiteren alten Kunden, der ein Freund von Junior war. Auch ein Freund des verstorbenen Frank DeLesseps, was vermutlich bedeutete, dass er einer der Kerle war, die Sammy vergewaltigt hatten. Nun, er würde niemanden mehr vergewaltigen – nicht nach dem heutigen Tag.

Sieben. Zumindest auf seiner Seite. Und bei Sanders? Wer konnte das wissen?

Er wartete auf mehr, und als keine mehr kamen, richtete er sich auf, stützte beide Ellbogen auf die Motorhaube des Kastenwagens und schrie: »*DENN SIEHE, DES HERRN TAG KOMMT GRAUSAM, ZORNIG, GRIMMIG, DAS LAND ZU VERSTÖREN!*«

Sie wandten ihm ruckartig den Kopf zu, erstarrten aber sekundenlang, ohne zu versuchen, ihre Waffen hochzureißen oder auseinanderzustieben. Sie waren überhaupt keine Cops, das sah Chef jetzt – nur auf dem Boden hockende Vögel, die zu dämlich waren, um aufzufliegen.

»*UND ER WIRD DIE SÜNDER DARAUS VERTILGEN! JESAJA DREIZEHN! ZEIT, ABZUTRETEN, IHR WICHSER!*«

Mit dieser Moralpredigt und dem Ruf nach Verurteilung eröffnete Chef das Feuer und bestrich ihre Reihe von links nach rechts. Zwei der uniformierten Cops und Stubby Norman flogen wie zerbrochene Puppen rückwärts und färbten das dürre hohe Gras mit ihrem Blut. Die Lähmung der Überlebenden verflog. Zwei warfen sich herum und flüchteten in Richtung Wald. Conree und der letzte uniformierte Cop rannten zum Sendegebäude. Chef nahm einen Zielwechsel vor und eröffnete nochmals das Feuer. Die Kalaschnikow hämmerte einen kurzen Feuerstoß hinaus, dann war das Magazin leer.

Conree griff sich mit einer Hand an den Nacken, als hätte sie etwas gestochen, schlug der Länge nach ins Gras, zuckte noch zweimal mit den Füßen und lag dann still. Der Uniformierte – ein Kerl mit Glatze – erreichte die Rückseite des Studios. Aus den beiden, die in Richtung Wald flüchteten, machte Chef sich nicht viel, aber den Glatzkopf wollte er nicht entkommen lassen. Schaffte er's um die Ecke des Gebäudes, konnte er Sanders sehen und würde ihn vielleicht in den Rücken schießen.

Chef schnappte sich ein volles Magazin und rammte es mit dem Handballen in die Kalaschnikow.

16   Frederick Howard Denton, alias Glatzkopf, dachte an überhaupt nichts, als er die Rückseite des WCIK-Studios erreichte. Er hatte gesehen, wie Conree mit zerschossener Kehle hingeschlagen war, und das hatte alle rationalen Überlegungen beendet. Er wusste nur, dass er alles tun würde, damit sein Foto nicht an die Ehrenwand kam. Er musste Deckung finden, und das bedeutete, dass er in das Gebäude musste. Hier gab es eine Tür. Hinter ihr sang ein Gospelchor »We'll Join Hands Around the Throne«.

Freddy griff nach dem Türknopf, der sich aber nicht drehen ließ.

Abgesperrt.

Er ließ sein Gewehr fallen, hob die nun freie Hand und brüllte: »*Ich ergebe mich! Nicht schießen, ich er…*«

Drei schwere Schläge trafen ihn im unteren Rückenbereich. Er sah etwas Rotes an die Tür spritzen und hatte noch Zeit, sich zu sagen: *Wir hätten an die schusssicheren Westen denken sollen.* Dann brach er zusammen, hielt aber den Türknopf weiter mit einer Hand umklammert, als die Welt vor ihm davonraste. Alles, was er war, alles, was er jemals gewusst hatte, schrumpfte zu einem einzigen hellen Lichtpunkt zusammen, der jetzt erlosch. Seine Hand glitt von dem Türknopf. Er starb auf den Knien liegend, an die Tür gelehnt.

17   Auch Melvin Searles dachte nicht mehr. Mel hatte gesehen, wie Marty Arsenault, George Frederick und Stubby Norman vor ihm niedergemäht worden waren; er hatte mindestens eine Kugel dicht vor seinen gottverdammten *Augen* vorbeipfeifen gehört, und solche Dinge waren nüchternen Überlegungen nicht förderlich.

Mel rannte einfach.

Er stolperte durch den Wald zurück, ohne auf die Zweige zu achten, die ihm ins Gesicht schlugen, fiel einmal hin, rappelte sich wieder auf und erreichte endlich die Lichtung, auf der die Lastwagen standen. Den Motor eines Fahrzeugs anzulassen und damit wegzufahren, wäre das Vernünftigste gewesen, aber Mel war zu keiner vernünftigen Überlegung mehr imstande. Vermutlich wäre er der Zufahrtsstraße folgend zur Little Bitch Road weitergerannt, hätte der zweite Überlebende des Stoßtrupps ihn nicht an der Schulter gepackt und gegen den Stamm einer großen Tanne gestoßen.

Dieser Kerl war Aubrey Towle, der Bruder des Buchhändlers. Er war ein großer, schlaksiger Mann mit blassen Augen, der manchmal seinem Bruder Ray half, Regale aufzufüllen, aber nie viel redete. In der Stadt gab es Leute, die Aubrey für beschränkt hielten, aber so sah er jetzt keineswegs aus. Er wirkte auch nicht wie jemand in Panik.

»Ich gehe zurück und erledige diesen Hurensohn«, erklärte er Mel.

»Na, dann alles Gute, Kumpel«, sagte Mel. Er stieß sich von dem Baumstamm ab und wollte auf der Zufahrtsstraße weiterlaufen.

Aubrey Towle rammte ihn erneut zurück – diesmal kräftiger. Er strich sich die Haare aus den Augen, dann zielte er mit seinem Heckler & Koch auf Mels Bauch. »Du gehst nirgends hin.«

Hinter ihnen waren hämmernde Schüsse zu hören. Und laute Schreie.

»Hast du das gehört?«, fragte Mel. »Willst du *dort* wieder hin?«

Aubrey betrachtete ihn geduldig. »Du musst nicht mitkommen, aber du wirst mir Feuerschutz geben. Hast du verstanden? Tust du's nicht, erschieße ich dich eigenhändig.«

18   Auf Chief Randolphs Gesicht erschien ein angespanntes Grinsen. »Der Feind ist auf der Rückseite unseres Ziels in ein Feuergefecht verwickelt. Alles nach Plan. Los, Stewart. Geradewegs die Zufahrt hinauf. Wir sitzen ab und gehen durch das Sendegebäude vor.«

»Was ist, wenn sie in der Scheune sind?«, fragte Stewart.

»Dann können wir sie trotzdem von hinten angreifen. Jetzt aber vorwärts! Bevor wir alles verpassen!«

Stewart Bowie fuhr los.

19   Andy hörte Schüsse hinter dem Lagerschuppen, aber Chef pfiff nicht, also blieb er, wo er war, hinter seinem Baum in Deckung. Er konnte nur hoffen, dass dort hinten alles in Ordnung war, denn er stand jetzt vor einem eigenen Problem: ein städtischer Lastwagen war dabei, von der Little Bitch Road auf die Zufahrt abzubiegen.

Als er näher kam, ging Andy um seinen Baum herum, sodass er die Eiche stets zwischen sich und dem Lastwagen hatte. Das Fahrzeug hielt. Die Türen flogen auf, dann stiegen vier Männer aus. Andy war sich ziemlich sicher, dass drei von ihnen schon mal hier gewesen waren … und Mr. Chicken war ohnehin unverkennbar. Diese grünen Gummistiefel voll Hühnermist hätte Andy überall wiedererkannt. Bittere Männer. Aber er würde nicht zulassen, dass sie Chef von hinten angriffen.

Er kam hinter seinem Baum hervor und ging mitten auf dem Weg die Einfahrt hinauf, wobei er CLAUDETTE mit beiden Händen umfasst vor der Brust trug. Seine Stiefel knirschten im Kies, aber es gab andere Geräusche, die seine Annäherung tarnten: Stewart hatte den Lastwagenmotor nicht abgestellt, und aus dem Studio quoll laute Gospelmusik.

Andy hob sein Gewehr, zwang sich aber dazu, noch etwas zu warten. *Bis sie sich irgendwo zusammendrängen.* Vor der Eingangstür des Studios drängten sie sich tatsächlich zusammen.

»Sieh mal an, Mr. Chicken und alle seine Freunde«, sagte

Andy, indem er John Waynes gedehnten Südstaatenakzent passabel nachahmte. »Wie geht's, Jungs?«

Sie begannen sich umzudrehen. *Für dich, Chef,* dachte Andy und eröffnete das Feuer.

Die Brüder Bowie und Mr. Chicken erledigte er gleich mit dem ersten Feuerstoß. Randolph war nur verletzt. Andy warf das Magazin aus, wie er es von Chef Bushey gelernt hatte, zog ein volles aus dem Hosenbund und rammte es hinein. Chief Randolph, der stark aus dem rechten Arm und dem rechten Bein blutete, kroch weiter auf den Studioeingang zu. Als er sich umsah, erschienen die spähenden Augen in seinem schweißnassen Gesicht riesengroß und glänzend.

»Bitte, Andy«, flüsterte er. »Wir sollten Ihnen nichts tun, Sie nur zurückbringen, damit Sie mit Big Jim zusammenarbeiten können.«

»Klar«, sagte Andy – und lachte tatsächlich. »Verarschen Sie keinen Meister im Verarschen. Sie wollten uns umlegen und hier alles …«

Hinter dem Sendegebäude war ein langer stotternder Feuerstoß zu hören. Chef steckte vielleicht in Schwierigkeiten, brauchte ihn vielleicht. Andy hob CLAUDETTE.

»*Bitte nicht erschießen!*«, kreischte Randolph. Er bedeckte sein Gesicht mit einer Hand.

»Denken Sie einfach an das Roastbeef-Dinner, das Sie mit Jesus einnehmen werden«, sagte Andy. »He, in drei Sekunden falten Sie schon Ihre Serviette auseinander.«

Der lange Feuerstoß aus dem AK-47 ließ Randolph bis fast vor den Studioeingang rollen. Dann rannte Andy zur Rückseite des Gebäudes, warf unterwegs das halbleere Magazin aus und setzte ein volles ein.

Vom Brachfeld her ertönte ein durchdringend schriller Pfiff.

»Ich komme, Chef!«, rief Andy. »*Halt durch, ich komme!*«

Irgendetwas explodierte.

20   »Du gibst mir Feuerschutz«, sagte Aubrey, der am Waldrand stand. Er hatte sein Hemd ausgezogen, es in zwei Teile gerissen und sich eine Hälfte zusammengerollt um den Kopf gebunden – offenbar um den Rambo-Look zu imitieren. »Und falls du daran denkst, mich umzulegen, machst du's lieber gleich richtig, sonst komm ich zurück und schneid dir deine gottverdammte Kehle durch.«

»Ich gebe dir Feuerschutz«, versprach Mel ihm. Und das würde er tun. Zumindest hier vom Waldrand aus, wo er ungefährdet war.

Hoffentlich.

»Damit kommt dieser verrückte Tweeker nicht durch«, sagte Aubrey. Er atmete hektisch, putschte sich auf. »Dieser Loser. Dieser Drogenficker.« Und dann mit erhobener Stimme: »Ich komm dich holen, du durchgeknallter Drogenficker!«

Chef war hinter dem Wagen für Essen auf Rädern hervorgekommen, um die Erschossenen zu begutachten. Er wandte seine Aufmerksamkeit eben wieder dem Wald zu, als Aubrey Towle aus vollem Hals kreischend unter den Bäumen hervorgestürmt kam.

Dann begann Mel zu schießen, und obwohl die Kugeln nicht einmal in seiner Nähe einschlugen, duckte sich Chef unwillkürlich. Dabei fiel der Garagentoröffner von dem nachgebenden Gummizug seiner Pyjamahose ins Gras. Er bückte sich danach, und in diesem Augenblick eröffnete Aubrey das Feuer mit seinem eigenen Sturmgewehr. Einschusslöcher steppten eine verrückte Kurve in die Seite des Kastenwagens, ließen das Blech hohl dröhnen und das Beifahrerfenster in glitzernde Glaskrümel zerfallen. Ein Geschoss surrte als Querschläger vom Fensterrahmen davon.

Chef ließ den Garagentoröffner liegen und erwiderte das Feuer. Aber das Überraschungsmoment fehlte, und Aubrey Towle war kein stationäres Ziel. Er schlug Haken und war im Zickzack in Richtung Sendemast unterwegs. Der Mast bot keine Deckung, aber so hatte Searles freies Schussfeld.

Aubreys Magazin war leer, doch der letzte Schuss streifte Chefs linke Kopfseite. Blut spritzte, und ein Klumpen Haare fiel auf eine von Chefs hageren Schultern, wo sie in seinem Schweiß festklebten. Er plumpste auf den Hintern, verlor GOTTES KRIEGER aus den Händen und schnappte ihn sich wieder. Er glaubte nicht, ernstlich verwundet zu sein, aber es wurde höchste Zeit, dass Sanders kam, wenn er noch konnte. Chef Bushey steckte zwei Finger in den Mund und pfiff.

Aubrey Towle erreichte den Zaun um den Sendemast, als Mel Searles eben wieder vom Waldrand aus das Feuer eröffnete. Diesmal war sein Ziel das Heck des Wagens für Essen auf Rädern. Die Geschosse rissen es auf, hinterließen Winkel und Blüten aus Metall. Im nächsten Moment explodierte der Benzintank, und das Wagenheck hob sich auf einem Feuerschwall.

Chef spürte die gewaltige Hitzewelle, die seinen Rücken traf, und hatte noch Zeit, an die Handgranaten zu denken. Würden sie hochgehen? Er sah, dass der Mann am Sendemast auf ihn zielte, und stand plötzlich vor einer klaren Entscheidung: zurückschießen oder sich den Garagentoröffner schnappen. Er entschied sich für den Toröffner, und als seine Hand sich um ihn schloss, war die Luft um ihn herum plötzlich voller unsichtbarer summender Bienen. Eine stach ihn in die linke Schulter; eine andere bohrte sich in seine Seite und arrangierte seine Eingeweide neu. Chef Bushey kippte zur Seite, rollte sich ab und verlor dabei wieder den Toröffner. Als er danach griff, füllte ein weiterer Bienenschwarm die ihn umgebende Luft an. Er ließ den Toröffner liegen, kroch ins hohe Gras und hoffte jetzt nur noch auf Sanders. Der Mann am Sendemast – *Ein tapferer bitterer Mann unter sieben,* dachte Chef, *ja, gewisslich wahr* – kam auf ihn zu. GOTTES KRIEGER war jetzt sehr schwer, sein ganzer Körper war sehr schwer, aber Chef schaffte es, sich kniend aufzurichten und abzudrücken.

Nichts.

Die Waffe war leergeschossen oder hatte Ladehemmung.

»Du dämlicher Ficker!«, sagte Aubrey Towle. »Du durchgeknallter Tweeker. Tweek das hier, du Scheiß…«

»*Claudette!*«, schrie Sanders gellend laut.

Towle warf sich herum, aber seine Reaktion kam zu spät. Das Sturmgewehr hämmerte los, und vier chinesische 7,62-mm-Geschosse trennten ihm den Kopf weitgehend vom Rumpf.

»Chef!«, kreischte Andy und rannte zu der Stelle, wo sein Freund stark aus Schulter, Seite und Schläfe blutend im Gras kniete. Chefs gesamte linke Gesichtshälfte war rot und nass. *»Chef! Chef!«* Er fiel auf die Knie und umarmte Chef. Keiner der beiden bemerkte, dass Mel Searles, der letzte noch stehende Mann, aus dem Wald trat und vorsichtig auf sie zuzugehen begann.

»Hol den Abzug«, flüsterte Chef.

»Was?« Andy sah kurz auf CLAUDETTES Abzug hinunter, aber den meinte Chef offenbar nicht.

»Toröffner«, flüsterte Chef. Sein linkes Auge ertrank in Blut, aber das rechte betrachtete Andy mit wacher, leuchtender Intensität. »Toröffner, Sanders.«

Andy sah den Garagentoröffner im Gras liegen. Er hob ihn auf und gab ihn seinem Freund. Chef umklammerte ihn mit der rechten Hand.

»Dich ... auch ... Sanders.«

Andy umschloss Chefs Hand mit seiner Rechten. »Ich liebe dich, Chef«, sagte er und küsste Chef Busheys trockene, mit Blut gesprenkelte Lippen.

»Liebe ... dich ... auch ... Sanders.«

»He, ihr Schwuchteln!«, rief Mel mit einer Art rauschhafter Jovialität. Er stand kaum zehn Meter von ihnen entfernt. »Nehmt euch ein Zimmer! Nein, wartet, ich hab eine bessere Idee! *Nehmt euch ein Zimmer in der Hölle!«*

»Jetzt ... Sanders ... *jetzt.«*

Mel eröffnete das Feuer.

Der Kugelhagel ließ Andy und Chef zur Seite kippen, aber bevor er sie zerfetzte, drückten ihre vereinten Hände die mit ÖFFNEN beschriftete weiße Taste.

Die Explosion war weiß und allumfassend.

21   Am Rand des Obstgartens veranstalten die aus Chester's Mill Geflüchteten ein mittägliches Picknick, als eine Schießerei beginnt – nicht an der Route 119, wo das Besuchsprogramm weiterläuft, sondern im Südwesten.

»Das ist draußen an der Little Bitch Road«, sagt Piper. »Gott, ich wollte, wir hätten ein Fernglas.«

Aber sie brauchen keines, um den gelb-roten Feuerball zu sehen, als der Wagen für Essen auf Rädern in die Luft fliegt. Twitch isst Geflügelsalat mit einem Plastiklöffel. »Ich weiß nicht, was dort drüben vorgeht, aber das war jedenfalls beim Sender«, sagt er.

Rusty packt Barbie an der Schulter. »Dort lagert das Propan! Sie haben es gehortet, um Drogen herzustellen! *Dort ist das Propan!*«

Barbie erlebt einen Augenblick klaren, vorausblickenden Entsetzens, einen Augenblick, in dem das Schlimmste noch bevorsteht. Dann steigt vier Meilen entfernt ein grellweißer Funke wie ein von der Erde nach oben zuckender Blitz in den dunstigen Himmel auf. Scheinbar gleichzeitig, aber für sie eine Drittelminute später, hämmert eine titanische Explosion ein Loch durch die Mitte des Tages. Ein glutroter Feuerball verdeckt erst den WCIK-Sendemast, dann die Bäume dahinter, und schließlich, als er sich nach Norden und Süden ausbreitet, den ganzen Horizont.

Die Menschen auf der Black Ridge schreien entsetzt, aber wegen des gewaltigen, brausenden, schmetternden Dröhnens, mit dem siebzig Kilo Plastiksprengstoff und fünfundvierzigtausend Liter Flüssiggas explosiv ihren Aggregatzustand ändern, können sie einander nicht hören. Sie bedecken ihre Augen, taumeln rückwärts, treten dabei auf ihre Sandwichs und stoßen ihre Getränke um. Thurston reißt Alice und Aidan in seine Arme, und Barbie sieht sein Gesicht sekundenlang vor dem sich verfinsternden Himmel – das lange, erschrockene Gesicht eines Mannes, der beobachtet, wie die Pforten der Hölle sich buchstäblich öffnen und den Blick auf das Flammenmeer gleich dahinter freigeben.

»Wir müssen zurück ins Farmhaus!«, schreit Barbie. Julia klammert sich schluchzend an ihn. Hinter ihr bemüht sich

Joe McClatchey, seiner weinenden Mutter aufzuhelfen. Diese Leute gehen nirgends hin, zumindest vorläufig nicht.

Im Südwesten, wo der größte Teil der Little Bitch Road innerhalb der nächsten drei Minuten verschwinden wird, färbt der gelblich blaue Himmel sich allmählich schwarz, und Barbie hat Zeit, völlig ruhig und gelassen zu denken: *Jetzt sind wir unter dem Vergrößerungsglas.*

Die Druckwelle zertrümmert sämtliche Fenster in der größtenteils verlassenen Innenstadt, lässt Jalousien durch die Luft segeln, drückt Telefonmasten schief, reißt Türen aus den Angeln, presst Briefkästen zusammen. Überall entlang der Main Street heulen die Alarmanlagen von Autos los. Big Jim Rennie und Carter Thibodeau kommt es vor, als hätte ein Erdbeben den Besprechungsraum erschüttert.

Der Fernseher läuft noch. Wolf Blitzer fragt aufrichtig besorgt: »Was war das? Anderson Cooper? Candy Crowley? Chad Myers? Soledad O'Brien? Weiß irgendwer, was zum Teufel *das* war? Was geht dort vor?«

An der Kuppel sehen Amerikas neueste Fernsehstars sich um und zeigen den Kameras nur ihre Rücken, während sie ihre Hände schützend über die Augen halten und in Richtung Chester's Mill starren. Eine Kamera schwenkt kurz nach oben und lässt am Horizont eine monströse Säule aus schwarzem Rauch und wirbelnden Trümmern erkennen.

Carter springt auf. Big Jim packt ihn am Handgelenk. »Ein kurzer Blick«, sagt er. »Bloß um zu sehen, wie schlimm es ist. Dann bewegst du deinen Hintern wieder hierher. Vielleicht müssen wir in den Atombunker.«

»Okay.«

Carter rennt die Treppe hinauf. Glassplitter, die von der völlig zerstörten zweiflügligen Eingangstür stammen, knirschen unter seinen Stiefeln, als er den Flur entlangtrabt. Was er sieht, als er auf die Stufen vor dem Rathaus tritt, übersteigt alles, was er sich jemals hat vorstellen können – so sehr, dass es ihn in seine Kindheit zurückversetzt. Sekundenlang steht er wie erstarrt da und denkt: *Das da ist wie das größte, schrecklichste Gewitter, das jemals ein Mensch gesehen hat, nur schlimmer.*

Der Himmel im Westen erscheint als rötlich orangerotes Inferno, das von wogenden Wolken in tiefstem Ebenholz-schwarz umgeben ist. Die Luft stinkt bereits nach explo-diertem Flüssiggas. Die Begleitmusik ist ein unheimliches Röhren, wie von einem Dutzend Stahlwerke, die auf Hoch-touren laufen.

Direkt über ihm ist der Himmel dunkel von fliehenden Vögeln.

Dieser Anblick – Vögel, die nirgendwohin flüchten kön-nen – weckt Carter aus seiner Erstarrung. Das und der zu-nehmende Wind, den er im Gesicht spürt. Seit sechs Tagen hat es in Chester's Mill keinen Wind mehr gegeben, und die-ser ist heiß und scheußlich zugleich, stinkt nach Gas und verdampftem Holz.

Eine riesengroße entwurzelte Eiche kracht auf die Main Street, zieht ein Gewirr aus stromlosen Leitungen hinter sich her.

Carter flüchtet den Flur entlang zurück. Big Jim steht oben an der Treppe. Sein breites Gesicht ist blass und er-schrocken und ausnahmsweise unentschlossen.

»Runter«, sagt Carter. »In den Atombunker. Es kommt. Das Feuer kommt. Und wenn es hier ist, frisst es diese Stadt bei lebendigem Leib.«

Big Jim ächzt. »Was haben diese Idioten *getan*?«

Carter ist das egal. Was immer sie getan haben, lässt sich nicht mehr ändern. Und wenn sie sich nicht beeilen, sind sie auch erledigt. »Gibt's da unten eine Luftreinigungsanlage, Boss?«

»Ja.«

»Mit Notstrom betrieben?«

»Ja, natürlich.«

»Gott sei Dank. Dann haben wir vielleicht eine Chance.«

Während er Big Jim hilft, die Treppe zu bewältigen, damit es schneller geht, kann Carter nur hoffen, dass sie dort unten nicht lebend gebraten werden.

Die Türen von Dipper's Roadhouse werden durch Tür-stopper offen gehalten, aber die Gewalt der Explosion bricht die Stopper ab und knallt die Türen zu. Das Glas der Türfüllungen fliegt nach innen und verletzt mehrere Menschen, die am rückwärtigen Rand der Tanzfläche stehen. Ein scharfkantiger Splitter durchtrennt Henry Morrisons Bruder Whit die Halsschlagader.

Die Menge flüchtet in panischer Angst zum Ausgang, den Großbildfernseher hat sie völlig vergessen. Sie trampelt über den armen Whit Morrison hinweg, der sterbend in einer größer werdenden Lache aus seinem Blut liegt. Dann erreicht sie die Türen, und weitere Leute tragen Schnittwunden davon, als sie durch die gezackten Öffnungen drängen.

»Vögel!«, ruft jemand. »Ah, Gott, seht euch all die Vögel an!«

Aber die meisten sehen nach Westen, nicht nach oben – nach Westen, von wo das feurige Verderben sich unter einem Himmel, der jetzt mitternachtsschwarz und voll giftiger Luft ist, auf sie zuwälzt.

Wer kann, nimmt sich ein Beispiel an den Vögeln und fängt an, mitten auf der Route 117 zu trotten, zu joggen oder in vollem Tempo zu galoppieren. Einige andere werfen sich in ihre Autos und verursachen auf dem mit Kies bestreuten Parkplatz, auf dem Dale Barbara vor undenklich langer Zeit Prügel bezogen hat, zahlreiche Auffahrunfälle mit Blechschaden. Velma Winter setzt sich in ihren alten Datsun Pickup und muss, nachdem sie dem Demolierungsderby auf dem Parkplatz erfolgreich ausgewichen ist, feststellen, dass flüchtende Fußgänger ihr die Vorfahrt nehmen. Sie sieht nach rechts, wo die heranrückende Feuerwalze jetzt den Wald zwischen der Little Bitch Road und der Innenstadt erfasst, gibt Gas und fährt blindlings weiter, ohne auf die Menschen vor ihr zu achten. Ihr Wagen erfasst Carla Venziano, die mit ihrem Baby auf dem Arm flieht. Velma spürt ein Holpern, als der Pick-up die beiden überrollt, und verschließt ihre Ohren resolut gegen Carlas gellende Schreie, als ihr das Rückgrat gebrochen und der kleine Steven unter ihr erdrückt wird. Velma weiß nur, dass sie von hier weg muss. Irgendwie muss sie von hier fort.

Am Dome sind die Wiedervereinigungen durch einen ungebetenen Gast der apokalyptischen Sorte beendet worden. Die Menschen auf der Innenseite haben jetzt nur noch Augen für etwas Wichtigeres als ihre Angehörigen: die riesige pilzförmige Wolke, die nordwestlich ihres Standorts aufsteigt – von Bränden genährt und schon fast eine Meile hoch. Der erste Windhauch – ein Vorbote des Windes, vor dem Carter und Big Jim in den Atombunker geflüchtet sind – trifft sie, und sie weichen in Richtung Barriere aus, ohne noch sonderlich auf die Leute hinter ihnen zu achten. Aber die Menschen hinter ihnen ziehen sich ohnehin schon zurück. Sie haben Glück; sie *können* es.

Henrietta Clavard spürt, wie eine eiskalte Hand ihre ergreift. Sie dreht sich um und sieht Petra Searles. Petras Haare haben sich aus den Spangen gelöst, von denen sie hochgehalten wurden, und rahmen jetzt ihr Gesicht ein.

»Hast du noch was von diesem Freudensaft?«, fragt Petra und ringt sich ein grausiges Ich-will-Spaß-Lächeln ab.

»Sorry, der ist aus«, sagt Henrietta.

»Nun ... vielleicht ist es nicht so wichtig.«

»Halt dich an mich, Schätzchen«, sagt Henrietta. »Halt dich einfach an mich. Wir kommen schon zurecht.«

Aber als Petra der Alten in die Augen blickt, sieht sie keinen Glauben, keine Hoffnung. Die Party ist so gut wie vorbei.

Seht hin. Seht genau hin. Achthundert Menschen stehen an die Kuppel gedrängt und beobachten mit erhobenem Kopf und weit aufgerissenen Augen, wie ihr unvermeidliches Ende heranrast.

Hier sind Johnny und Carrie Carver und Bruce Yardley, der in der Food City gearbeitet hat. Hier sind Tabby Morrell, von dessen Holzlagerplatz bald nur noch wirbelnde Asche übrig sein wird, und seine Frau Bonnie; Toby Manning, der Verkäufer im Kaufhaus war; Trina Cole und Donnie Baribeau; Wendy Goldstone mit ihrer Freundin und Lehrerkollegin Ellen Vanedestine; Bill Allnut, der nicht losfahren und den Bus holen wollte, und seine Frau Sarah, die Jesus schreiend anfleht, sie zu retten, während sie die näher kommende Feuerwalze beobachtet. Hier sind Todd Wendlestat und Manuel Ortega, die wie vor den Kopf geschlagen nach Westen starren, wo die Welt in schwarzem Rauch verschwindet. Tommy und Willow Anderson, die nie mehr eine Band aus Boston für ihr Roadhouse engagieren werden. Seht sie alle, eine ganze Kleinstadt mit dem Rücken an einer unsichtbaren Barriere.

Hinter ihnen beginnen die anfangs nur langsam zurückweichenden Besucher einen Rückzug, der bald in eine regelrechte Flucht ausartet. Sie ignorieren die bereitstehenden Busse und traben auf dem Highway in Richtung Motton weiter. Einige wenige Soldaten halten die Stellung, aber die meisten werfen ihre Gewehre weg, rennen hinter der Menge her und sehen sich so wenig um, wie Lot sich nach Sodom umgesehen hat.

Cox flieht nicht. Cox nähert sich der Arena und ruft: *»Sie! Kommandeur!«*

Henry Morrison macht kehrt, tritt vor den Colonel hin und stemmt seine Hände gegen die unnachgiebige, rätselhafte Barriere, die er nicht sehen kann. Das Atmen ist schwierig geworden; ein übelriechender Wind, den die Feuerwalze vor sich hertreibt, trifft auf die Kuppel, wird verwirbelt und weht dann wieder dem hungrigen Ungeheuer entgegen, das rasend schnell herankommt: ein schwarzer Wolf mit roten Augen.

»Helfen Sie uns«, sagt Henry.

Cox begutachtet den Feuersturm und schätzt, dass dieser den jetzigen Standort der Menge in spätestens fünfzehn Minuten erreichen wird – vielleicht aber auch schon in drei. Dies ist kein Brand, keine Explosion; in diesem geschlossenen und bereits verschmutzten System ist es ein Kataklysmus.

»Sir, ich kann nicht«, sagt er.

Bevor Henry antworten kann, packt Joe Boxer ihn am Arm. Er faselt unverständliches Zeug.

»Lass das, Joe«, sagt Henry. »Wir können nirgends hin und nichts anderes tun, als zu beten.«

Aber Joe Boxer betet nicht. Er hält weiter seine dämliche kleine Pistole aus dem Pfandhaus in der Hand, und nach einem letzten irren Blick auf das heranziehende Inferno setzt er sich die Waffe an die Schläfe wie ein Mann, der russisches Roulette spielt. Henry versucht, sie ihm zu entreißen, kommt jedoch zu spät. Boxer drückt ab. Aber er stirbt nicht sofort, obwohl ein Blutstrahl aus seiner Kopfseite schießt. Er torkelt davon, wedelt mit der dämlichen kleinen Pistole wie mit einem Taschentuch und schreit dabei. Dann fällt er auf die Knie, hebt die Hände wie ein von einer gottgesandten Offenbarung überwältigter Mann dem dunklen Himmel entgegen, kippt nach vorn und bleibt mit dem Gesicht auf dem weißen Mittelstreifen des Highways liegen.

Henry wendet sein erschrockenes Gesicht wieder Colonel Cox zu, der gleichzeitig einen Meter und eine Million Meilen von ihm entfernt ist. »Es tut mir so leid, mein Freund«, sagt Cox.

Pamela Chen kommt herangestolpert. »Der Bus!«, schreit sie Henry an, um das anschwellende Röhren zu übertönen. »Wir müssen den Bus nehmen und schnurstracks durchfahren! Das ist unsere einzige Chance!«

Henry weiß, dass dies überhaupt keine Chance ist, aber er nickt, sieht Cox ein letztes Mal an (Cox wird den gehetzten, verzweifelten Blick des Cops niemals vergessen), nimmt Pammie Chens Hand und folgt ihr zum Bus 19, während das rauchige Dunkel auf sie zugerast kommt.

Das Feuer erreicht die Innenstadt und explodiert entlang der Main Street wie eine Schweißbrennerflamme in einer engen Röhre. Die Peace Bridge verdampft. Im Atombunker zucken Big Jim und Carter zusammen, als das Rathaus über ihnen implodiert. Die Polizeistation saugt ihre Ziegelmauern ein und speit sie dann himmelhoch aus. Auf der War Memorial Plaza wird die Statue von Lucien Calvert von ihrem Sockel gerissen. Lucien fliegt mit tapfer erhobenem Gewehr in die flammende Schwärze. Auf dem Rasen vor der Stadtbücherei verbrennt die Halloween-Puppe mit dem lustigen Zylinder und den Gartenschaufelhänden in einer Feuersäule. Ein gewaltiges Brausen – es klingt wie Gottes eigener Staubsauger – hat eingesetzt, weil das nach Sauerstoff gierende Feuer frische Luft ansaugt, um damit seine giftige

Lunge zu füllen. Die Gebäude entlang der Main Street explodieren nacheinander und werfen Bretter und Einrichtungsgegenstände und Dachziegel und Glassplitter in die Luft wie Konfetti am Silvesterabend in New York: das geschlossene Kino, Sanders Hometown Drug, Burpee's Department Store, das Gas & Grocery, die Buchhandlung, der Blumenladen, der Frisiersalon. Im Bestattungsinstitut beginnen die zuletzt eingelieferten Toten in ihren Stahlschubfächern zu braten wie Hähnchen im Bräter. Das Feuer beendet seinen Triumphzug die Main Street entlang, indem es die Food City verschlingt, und wälzt sich dann zum Dipper's weiter, wo die Menschen, die noch auf dem Parkplatz sind, sich schreiend aneinanderklammern. Ihr letzter Anblick auf Erden ist eine hundert Meter hohe Feuerwand, die begierig auf sie zuläuft wie Albion zu seiner Geliebten. Nun wälzen die Flammen sich die Hauptstraßen entlang und lassen ihren Asphalt kochen. Gleichzeitig breitet das Feuer sich nach Eastchester aus und verschlingt die Yuppie-Villen mitsamt den wenigen Yuppies, die zitternd darin ausgeharrt haben. Michela Burpee wird bald in ihren Keller flüchten wollen, aber zu spät: Ihre Küche wird um sie herum explodieren, und ihr letzter Anblick auf Erden wird ihr schmelzender Kühlschrank von Amana sein.

Die Soldaten, die an der Grenze zwischen Tarker's Mills und Chester's Mill postiert sind – und damit dem Ursprung dieser Katastrophe am nächsten – schrecken zurück, als das Feuer wirkungslos mit seinen Fäusten an die Kuppel trommelt und sie schwarz färbt. Die Soldaten spüren, wie die Hitze hindurchstrahlt, die Lufttemperatur um zehn Grad erhöht und das Laub der nahe gelegenen Bäume sich kräuseln lässt. Einer der Soldaten wird später sagen: »Es war, als stünde man vor einer Glaskugel, in der eine Atomexplosion stattfindet.«

Von jetzt an werden die an der Kuppel kauernden Menschen mit toten und verendenden Vögeln bombardiert, als die fliehenden Sperlinge, Rotkehlchen, Stare, Krähen, Möwen und sogar Wildgänse gegen die Barriere prallen, die sie so rasch zu meiden gelernt haben. Und über Dinsmores

Weide kommen in wilder Flucht die Hunde und Katzen der Stadt. Ebenso Stinktiere, Waldmurmeltiere und Stachelschweine. Zwischen ihnen springendes Rotwild, mehrere schwerfällig galoppierende Elche und natürlich Alden Dinsmores Kühe, die mit rollenden Augen ihre Verzweiflung muhen. Als sie die Kuppel erreichen, prallen sie mit voller Wucht dagegen. Die glücklichen Tiere verenden. Die unglücklichen Tiere bleiben auf Nadelkissen aus gebrochenen Knochen liegen, bellend, quietschend, miauend, brüllend.

Ollie Dinsmore sieht Dolly, die schöne Brown-Swiss-Kuh, mit der er einst ein blaues 4-H-Band gewonnen hat (der Name stammt von seiner Mutter, die Ollie und Dolly einfach so niedlich fand). Dolly galoppiert schwerfällig auf die Kuppel zu, während irgendjemandes Weimaraner nach ihren Beinen schnappt, die schon blutig sind. Sie prallt mit einem Krachen gegen die Barriere, das er wegen der prasselnden Feuerwalze nicht hören kann ... nur *kann* er es in seiner Vorstellung hören, und mit ansehen zu müssen, wie der selbst zum Tod verurteilte Hund sich auf die arme Dolly stürzt und anfängt, ihren schutzlosen Euter zu zerfleischen, ist irgendwie noch schlimmer, als seinen Vater tot aufzufinden.

Der Anblick der verendenden Kuh, die einst sein Liebling war, reißt den Jungen aus seiner lähmenden Erstarrung. Er weiß nicht, ob es auch nur die geringste Chance gibt, diesen schrecklichen Tag zu überleben, aber ihm stehen plötzlich zwei Gegenstände mit äußerster Klarheit vor Augen. Einer ist die Sauerstoffflasche, über der die Red-Sox-Mütze seines Vaters hängt. Der andere ist Grampy Toms Sauerstoffmaske, die an einem Haken innen an der Toilettentür baumelt. Während Ollie zu der Farm rennt, auf der er sein ganzes bisheriges Leben verbracht hat – eine Farm, die bald nicht mehr existieren wird –, ist er nur zu einem einzigen zusammenhängenden Gedanken imstande: der Kartoffelkeller. Der unter der Scheune angelegte und in den Hügel dahinter hineingegrabene Kartoffelkeller könnte sicher sein.

Die Flüchtlinge aus The Mill stehen weiter am Rand der Obstplantage. Barbie ist es noch nicht gelungen, sich Gehör zu verschaffen oder gar sie alle von hier wegzubekommen. Trotzdem muss er sie dazu bringen, zu dem Farmhaus und ihren Fahrzeugen zurückzukehren. Schleunigst.

Von hier oben hat man einen Panoramablick über die gesamte Stadt, und Barbie kann die voraussichtliche Bahn der Feuerwalze abschätzen, wie ein General die wahrscheinlichste Stoßrichtung einer feindlichen Armee anhand von Luftbildern abschätzen kann. Das Feuer zieht nach Südosten und wird vielleicht auf dem Westufer des Prestile bleiben. Obwohl der Fluss weitgehend ausgetrocknet ist, müsste er als natürliche Brandschneise dienen. Auch der explosive Sturm, den das Feuer erzeugt hat, dürfte dazu beitragen, dass der nördlichste Teil des Stadtgebiets verschont bleibt. Dringen die Flammen bis dorthin vor, wo die *Arena* an Castle Rock und Motton grenzt – bis zu Absatz und Sohle des Stiefels –, könnten die Teile von Chester's Mill, die an die TR-90 und den Norden von Harlow grenzen, verschont bleiben. Wenigstens vor den Flammen. Aber es ist nicht das Feuer, das ihm Sorgen bereitet.

Was ihm Sorgen bereitet, ist dieser Wind.

Barbie spürt ihn jetzt, wie er heftig genug über seine Schultern und zwischen seinen gespreizten Beinen hindurchbläst, um seine Kleidung flattern zu lassen und Julia die Haare ins Gesicht zu wehen. Er bläst von ihnen weg, um das Feuer zu nähren, und weil The Mill zurzeit ein fast völlig geschlossenes System ist, wird es sehr wenig gute Luft geben, um diesen Verlust auszugleichen. Barbie steht ein alptraumhaftes Bild vor Augen: Goldfische, die in einem Aquarium, das keinen Sauerstoff mehr enthält, tot an der Wasseroberfläche treiben.

Julia wendet sich ihm zu, bevor er sie am Arm packen kann, und zeigt auf etwas unter ihnen – auf eine Gestalt, die sich auf der Black Ridge Road dahinschleppt und dabei eine Art Wägelchen hinter sich herzieht. Aus dieser Entfernung kann Barbie nicht erkennen, ob der Flüchtling ein Mann oder eine Frau ist, aber das spielt auch keine Rolle. Die unbekannte Gestalt wird längst erstickt sein, bevor sie das höher gelegene Gebiet erreicht.

Er ergreift Julias Hand und bringt seine Lippen an ihr Ohr. »Wir müssen los. Nimm Pipers Hand und lass sie anfassen, wer immer neben ihr ist. Alle sollen …«

»*Was ist mit ihm?*«, ruft sie, indem sie auf die weiter heranstapfende Gestalt zeigt. Was er oder sie zieht, könnte der Spielzeugwagen eines Kindes sein. Er ist mit etwas beladen, das schwer sein muss, denn die Gestalt ist vornübergebeugt und bewegt sich sehr langsam.

Barbie muss ihr verständlich machen, worum es geht, denn die Zeit drängt. »Vergiss ihn. Wir gehen zum Farmhaus zurück. *Sofort.* Alle sollen sich an die Hand nehmen, damit keiner zurückgelassen wird.«

Sie versucht, sich umzudrehen und ihn anzusehen, aber Barbie hält sie fest. Er will ihr Ohr – buchstäblich –, weil er dafür sorgen muss, dass sie endlich kapiert. »Wenn wir nicht sofort gehen, ist es vielleicht zu spät. Dann kriegen wir keine Luft mehr.«

Auf der Route 117 führt Velma Winter in ihrem alten Datsun Pick-up eine Kolonne von Fluchtfahrzeugen an. Sie kann nur an das Feuer und den Rauch denken, die ihren Rückspiegel ausfüllen. Sie fährt siebzig, als sie die Kuppel rammt, die sie in ihrer Panik völlig vergessen hat (mit anderen Worten: nur ein weiterer Vogel, diesmal auf dem Boden). Der Aufprall ereignet sich an derselben Stelle, an der vor einer Woche – gleich nachdem Chester's Mill zur Arena geworden war – Billy und Wanda Debec, Nora Robichaud und Elsa Andrews zu Schaden gekommen sind. Der Motor von Velmas leichtem Truck schießt nach hinten und zerreißt sie in zwei Teile. Ihr Oberkörper fliegt durch die Windschutzscheibe, zieht Eingeweide wie Luftschlangen hinter sich her und zerplatzt an der Kuppelwand wie ein dicker Käfer. So beginnt eine Massenkarambolage mit zwölf Fahrzeugen, bei der viele sterben. Die meisten sind nur verletzt, aber sie werden nicht lange leiden müssen.

Henrietta und Petra spüren die ersten wabernden Hitzewellen. Das tun auch die Hundertschaften, die am Fuß des Domes kauern. Der Wind zerzaust ihre Haare und lässt Kleidungsstücke flattern, die bald brennen werden.

»Nimm meine Hand, Schätzchen«, sagt Henrietta, und Petra tut es.

Sie beobachten, wie der große gelbe Bus unsicher eine weite Kurve fährt. Er kommt dem Straßengraben gefährlich nahe und verfehlt dabei nur knapp Richie Killian, der erst ausweicht und dann mit einem gewandten Sprung die hintere Tür des vorbeifahrenden Busses erwischt. Er zieht die Füße hoch und hockt nun auf der Stoßstange.

»Ich hoffe, dass sie's schaffen«, sagt Petra.

»Das hoffe ich auch, Schätzchen.«

»Aber ich glaub nicht daran.«

Manche der Weißwedelhirsche, die aus der heranrückenden Feuerwalze gesprungen kommen, stehen jetzt in Flammen.

Henry hat das Steuer des Busses übernommen. Pamela steht neben ihm, hält sich an einer verchromten Stange fest. Die Fahrgäste sind ungefähr ein Dutzend Leute aus der Stadt, von denen die meisten wegen körperlicher Probleme schon früher eingeladen worden sind. Zu ihnen gehören Mabel Alston, Mary Lou Costas und Mary Lous Baby, das noch immer Henrys Baseballmütze trägt. Auch der ehrfurchtgebietende Leo Lamoine ist an Bord gelangt, obwohl sein Problem eher psychisch als körperlich zu sein scheint; er weint und jammert vor Entsetzen.

»*Mit Vollgas nach Norden!*«, ruft Pamela. Das Feuer hat sie fast erreicht, es ist bis auf weniger als fünfhundert Meter herangerückt, und sein Brausen lässt die Welt erzittern. »*Fahr wie eine besengte Sau, und halt nirgends an!*«

Henry weiß, dass das hoffnungslos ist, aber weil er auch weiß, dass er lieber so abtreten als hilflos am Fuß der Barriere kauernd sterben möchte, zieht er den Scheinwerferschalter und fährt ruckartig an. Pamela verliert den Halt und landet auf dem Schoß von Chaz Bender, dem Naturkundelehrer. Chaz ist in den Bus gebracht worden, als bei ihm Herzrhythmusstörungen auftraten. Er hält Pammie fest, damit sie nicht wegrutschen kann. Von hinten sind Kreischlaute und Angstschreie zu hören, aber Henry nimmt sie kaum wahr. Er weiß, dass er die Fahrbahn trotz der Scheinwerfer aus den Augen verlieren wird, aber was macht das schon? Als Cop ist er diese Strecke schon tausendmal gefahren.

Öffne dich der Macht, Luke, denkt er und lacht tatsächlich, als er mit voll durchgetretenem Gaspedal in die flammende Dunkelheit hineinrast. Richie Killian, der sich an die hintere Bustür klammert, bekommt plötzlich keine Luft mehr. Er hat noch Zeit, seine Arme Feuer fangen zu sehen. Im nächsten Augenblick geht die Temperatur außerhalb des Busses schlagartig auf vierhundert Grad hoch, und er wird von seinem Platz auf der Stoßstange weggebrannt wie ein kleiner Fleischfetzen von einem heißen Grillrost.

Die Innenbeleuchtung entlang der Dachmitte des Busses ist eingeschaltet und wirft einen schwachen Imbissstube-um-Mitternacht-Schein auf die ängstlichen, schweißnassen Gesichter der Fahrgäste, aber die Außenwelt ist pechschwarz geworden. Aschewirbel tanzen in den extrem verkürzten Lichtkegeln der Scheinwerfer. Henry, der nach dem Gedächtnis lenkt, fragt sich, wann die Reifen unter ihm explodieren werden. Er lacht noch immer, obwohl er sich wegen des Motorenlärms, der an das Kreischen einer verbrühten Katze erinnert, nicht selbst hören kann. Er bleibt auf der Straße; das ist immerhin etwas. Wie lange noch, bis sie die Feuerwalze durchstoßen haben? Ist es überhaupt *möglich*, sie zu durchstoßen? Er beginnt zu glauben, dass es möglich sein könnte. Großer Gott, wie dick kann sie sein?

»Du schaffst es!«, ruft Pamela. »Du schaffst es!«

Vielleicht, denkt Henry. *Vielleicht tue ich das.* Aber Himmelherrgott, diese *Hitze!* Er greift nach dem Regler für die Klimaanlage, um ihn auf volle Leistung zu drehen, aber in diesem Augenblick implodieren die Fenster, und der Bus füllt sich mit Feuer. Henry denkt: *Nein! Nein! Nicht so kurz vor dem Ziel!*

Aber als der angekohlte Bus aus der Rauchwand schießt, sieht er dahinter nichts als eine schwarze Wüste. Die Bäume sind zu glühenden Stümpfen abgebrannt, und die Straße selbst ist ein blubbernder Graben. Dann legt sich ein glühender Mantel aus Feuer von hinten über ihn, und Henry Morrison verliert das Bewusstsein. Bus 19 kommt schleudernd von der kaum noch vorhandenen Straße ab und überschlägt sich, während aus allen zersplitterten Fenstern Flammen schlagen. Die rasch schwarz werdende Beschriftung des Schulbushecks mahnt: FAHR LANGSAMER, JUNGE! WIR LIEBEN UNSERE KINDER!

Ollie Dinsmore spurtet zur Scheune. Der Junge, der Grampy Toms Sauerstoffmaske um den Hals trägt und mit nie geahnten Kräften zwei Sauerstoffflaschen schleppt (die zweite hat er entdeckt, als er durch die Garage ins Haus gekommen ist), rennt zu der Treppe, die in den Kartoffelkeller hinunterführt. Über ihm ist ein reißendes, prasselndes Geräusch zu hören, als das Dach zu brennen beginnt. Auch die an der Westseite der Scheune gestapelten Kürbisse fangen Feuer; der widerwärtig süßliche Geruch erinnert an Thanksgiving in der Hölle.

Die Feuerwalze hat den Südrand der Arena schon fast erreicht, scheint die letzten hundert Meter beschleunigt zurückzulegen; es gibt eine Explosion, als Dinsmores Viehställe zerstört werden. Henrietta Clavard beobachtet die heranrückenden Flammen und denkt: *Tja, ich bin alt. Ich habe mein Leben gehabt. Das ist mehr, als dieses arme Mädchen sagen kann.*

»Dreh dich um, Schätzchen«, fordert sie Petra auf, »und leg deinen Kopf an meine Brust.«

Petra Searles hebt Henrietta ein tränennasses, sehr junges Gesicht entgegen. »Wird es wehtun?«

»Nur eine Sekunde lang, Schätzchen. Schließ die Augen, und wenn du sie wieder aufmachst, badest du deine Füße in einem kühlen Bach.«

Petra spricht ihre letzten Worte. »Das klingt hübsch.«

Sie schließt die Augen. Das tut auch Henrietta. Die Flammen schlagen über ihnen zusammen. Eben sind sie noch da, im nächsten Augenblick … verschwunden.

Cox steht weiterhin dicht an der Kuppel, und die Kameras laufen an ihrem sicheren Standort auf dem Flohmarktgelände weiter. Ganz Amerika verfolgt die Ereignisse mit geschockter Faszination. Die Kommentatoren schweigen vor Fassungslosigkeit, und den einzigen Soundtrack liefert das Feuer, das eine Menge zu sagen hat.

Einen Augenblick lang kann Cox noch die lange Menschenschlange sehen, obwohl die Personen, aus denen sie besteht, nur Silhouetten vor den Flammen sind. Wie die Flüchtlinge auf der Black Ridge, die endlich zu dem Farmhaus und ihren Fahrzeugen unterwegs sind, halten sich die meisten von ihnen an den Händen. Dann schlägt das Feuer gegen die Kuppel, und sie sind verschwunden. Wie um ihr Verschwinden wettzumachen, wird die Barriere selbst sichtbar: als himmelhoch aufragende rauchgeschwärzte Wand. Obwohl die Feuerhitze größtenteils zurückgehalten wird, blitzt genug hindurch, um Cox in die Flucht zu schlagen. Während er davonrennt, reißt er sich sein rauchendes Hemd vom Leib.

Das Feuer ist auf der von Barbie vorausgesehenen Diagonale geblieben, hat Chester's Mill von Nordwesten nach Südosten ziehend verwüstet. Als es erlischt, tut es das verblüffend schnell. Was es verzehrt hat, ist Sauerstoff; was es hinterlässt, sind Methan, Formaldehyd, Salzsäure, Kohlendioxid, Kohlenmonoxid und nicht minder ungesunde Spurengase. Außerdem erstickende Wolken aus Masseteilchen: verdampfte Häuser, Bäume und – natürlich – Menschen.

Was es hinterlässt, ist Gift.

22   Achtundzwanzig Flüchtlinge und zwei Hunde fuhren im Konvoi in das bei Alteingesessenen als »Kanton« bekannte Gebiet an der Grenze zur TR-90 hinaus. Sie hockten zusammengedrängt in drei Vans, zwei Limousinen und dem Krankenwagen. Als sie ankamen, hatte der Tag sich verdunkelt, und die Luft ließ sich immer schwerer atmen.

Barbie zog die Handbremse von Julias Prius an und rannte zu der Kuppel, wo ein besorgter Oberstleutnant der U.S. Army und ein halbes Dutzend weiterer Soldaten ihn erwarteten. Die Strecke war kurz, aber als Barbie den an die Kuppel gesprühten roten Streifen erreichte, rang er keuchend nach Atem. Die gute Luft verschwand wie Wasser durch den Ablauf einer Badewanne.

»Die Ventilatoren!«, forderte er den Oberstleutnant hechelnd auf. »Stellen Sie die Ventilatoren an!«

Claire McClatchey und Joe kletterten aus dem Lieferwagen des Kaufhauses, beide taumelnd und keuchend. Der AT&T-Van kam als Nächster an. Ernie Calvert stieg aus, machte zwei Schritte und sank auf die Knie. Norrie und ihre Mutter versuchten, ihm aufzuhelfen. Beide weinten.

»Colonel Barbara, was ist passiert?«, fragte der Oberstleutnant. Dem Namensschild auf seinem Arbeitsanzug nach war er STRINGFELLOW. »Berichten Sie.«

»Scheiß auf Ihren Bericht!«, brüllte Rommie. Er hielt ein halb bewusstloses Kind – Aidan Appleton – in den Armen. Hinter ihm kam Thurse Marshall herangestolpert; er hatte einen Arm um Alice gelegt, deren mit Glitzersternen besetztes Top vorn an ihr klebte, weil sie sich hatte übergeben müssen. »Scheiß auf Ihren Bericht, *stellen Sie einfach diese Ventilatoren an, Sie!*«

Stringfellow erteilte den Befehl dazu, und die Flüchtlinge sanken mit an die Kuppel gepressten Händen auf die Knie und sogen gierig den schwachen Hauch Frischluft ein, den die Riesenventilatoren durch die Barriere drücken konnten.

Hinter ihnen wütete das Feuer.

ÜBERLEBENDE

1   Nur dreihundertsiebenundneunzig der zweitausend Einwohner von The Mill überleben den Flächenbrand, die meisten im Nordosten des Stadtgebiets. Bis die Nacht herabsinkt und die rußige Dunkelheit unter der Kuppel vollständig macht, werden es hundertdreißig sein.

Als am Samstagmorgen die Sonne aufgeht und schwach durch den einzigen Teil der Kuppel scheint, der nicht schwarz verkohlt ist, hat Chester's Mill nur noch zweiunddreißig Einwohner.

2   Ollie schlug die Tür des Kartoffelkellers zu, bevor er die Treppe hinunterlief. Er betätigte auch den Lichtschalter, ohne zu wissen, ob das Licht noch brennen würde. Das tat es. Als er durch den Keller unter der Scheune stolperte (noch kühl, aber nicht mehr lange; er konnte bereits spüren, wie die Hitze ihn von hinten bedrängte), erinnerte Ollie sich an den Tag vor vier Jahren, als die Kerle von Ives Electric in Castle Rock rückwärts an die Scheune herangestoßen waren, um den neuen Honda-Generator auszuladen.

»Will bloß hoffen, dass der überteuerte Hurensohn gut arbeitet«, hatte Alden auf einem Grashalm kauend gesagt. »Seinetwegen bin ich jetzt bis über beide Ohren verschuldet.«

Er *hatte* gut gearbeitet. Er arbeitete sogar noch jetzt, aber Ollie wusste, dass er das nicht mehr lange tun würde. Das Feuer würde ihn verzehren, wie es alles andere verzehrt hatte. Wenn er noch eine Minute Licht hatte, würde ihn das sehr überraschen.

Vielleicht bin ich in einer Minute nicht mal mehr am Leben.

Der Kartoffelsortierer stand mitten auf dem schmutzigen Betonboden: eine komplexe Maschine mit Treibriemen und Ketten und Zahnrädern, die aussah wie irgendein uraltes Folterinstrument. Davor türmte sich ein riesiger Berg Kartoffeln auf. Die Kartoffelernte war in diesem Herbst gut ausgefallen, und die Dinsmores hatten sie erst drei Tage vor der Entstehung der Kuppel abgeschlossen. Alden und seine Söhne hätten den ganzen November lang Kartoffeln sortiert, um sie im Co-op-Lebensmittelmarkt in Castle Rock und an verschiedenen Straßenständen in Motton, Harlow und Tarker's Mills zu verkaufen. Dieses Jahr würde es kein Kartoffelgeld geben. Aber Ollie hoffte, sie würden ihm das Leben retten.

Am Rand des Berges blieb er stehen, um die beiden Sauerstoffflaschen zu begutachten. Der Zeiger der Flasche aus dem Haus stand nur auf halb, aber der aus der Garage stand komplett im grünen Bereich. Ollie ließ die halbvolle Flasche scheppernd auf den Beton fallen und schloss seine Maske an die volle aus der Garage an. Das hatte er oft getan, als Grampy Tom noch lebte; deshalb war er in wenigen Sekunden damit fertig.

Als er sich gerade wieder die Maske umhängte, ging das Licht aus.

Die Luft wurde wärmer. Er ließ sich auf die Knie fallen und begann, sich in das kalte Gewicht der Kartoffeln reinzuwühlen, stieß sich mit den Füßen ab, schützte den langen Metallzylinder mit seinem Körper und zog ihn mit einer Hand ruckartig mit sich. Mit der anderen machte er unbeholfene Schwimmbewegungen.

Hinter sich hörte er eine Lawine aus Kartoffeln hinabstürzen und kämpfte gegen den panikartigen Drang an, sich rückwärts hinauszuschlängeln. Er fühlte sich wie lebendig begraben, und dass er sich sagte, er würde sterben müssen, wenn er sich nicht eingrub, nutzte nicht viel. Er keuchte, hustete, schien so viel Kartoffelstaub einzuatmen wie Luft. Er setzte die Sauerstoffmaske auf und … nichts.

Er tastete scheinbar endlos lange nach dem Flaschenventil, während sein Herz in seiner Brust raste wie ein gefangenes Tier in einem Käfig. In der Dunkelheit hinter seinen Augen begannen rote Blumen aufzublühen. Kaltes pflanzliches Gewicht drückte ihn nieder. Diese Aktion hier war verrückt, so verrückt wie Rorys Schuss auf die Kuppel, und er würde dafür büßen müssen. Er würde sterben.

Dann fanden seine Finger endlich das Ventil. Es ließ sich nicht gleich öffnen, bis er merkte, dass er es in die falsche Richtung zu drehen versuchte. Er nahm einen neuen Anlauf, und diesmal schoss ein kalter, belebender Sauerstoffstrom in die Maske.

Ollie lag keuchend unter dem Kartoffelberg. Er fuhr zusammen, als das Feuer die Tür oben an der Treppe aufsprengte; für Bruchteile einer Sekunde konnte er die dreckige Wiege, in der er lag, tatsächlich sehen. Es wurde wärmer, und er fragte sich, ob die zurückgelassene halbvolle Flasche hochgehen würde. Er fragte sich auch, wie viel Zeit er durch die volle gewinnen würde und ob sich der Aufwand wohl lohnte.

Aber das war sein Verstand. Sein Körper wurde von einem einzigen Drang beherrscht: Leben! Ollie fing an, sich tiefer in den Kartoffelberg hineinzuwühlen, zog die Flasche mit sich und rückte die Maske jedes Mal wieder zurecht, wenn sie schief auf seinem Gesicht saß.

3 Hätten die Buchmacher in Vegas Wetten darauf angenommen, wer die Katastrophe am Besuchstag überleben würde, hätte die Quote für Sam Verdreaux tausend zu eins gelautet. Aber es hatte schon Gewinne bei viel schlechteren Chancen gegeben – das bringt die Leute an den Spieltisch zurück –, und Sam war die Gestalt, deren mühsamen Marsch auf der Black Ridge Road Julia beobachtet hatte, kurz bevor die Flüchtlinge zu dem Farmhaus und ihren Fahrzeugen gerannt waren.

Sloppy Sam, der Canned Heat Man, lebte aus dem gleichen Grund wie Ollie Dinsmore: Er hatte Sauerstoff.

Vor vier Jahren war er bei Dr. Haskell gewesen (dem Zauberer von Oz – Sie erinnern sich). Als Sam darüber klagte, dass er in letzter Zeit nicht mehr richtig Luft bekommen habe, hörte Dr. Haskell die pfeifende Lunge des alten Säufers ab und fragte ihn, wie viel er rauche.

»Na ja«, sagte Sam, »wie ich noch im Wald war, hab ich bis zu vier Päckchen am Tag niedergemacht, aber seit ich jetzt berufsunfähig und in Rente bin, hab ich etwas zurückgesteckt.«

Dr. Haskell fragte, was das genau hieß. Sam sagte, er sei jetzt auf schätzungsweise zwei Päckchen pro Tag runter. American Eagles. »Früher hab ich Chesterfoggies geraucht, aber die gibt's bloß noch mit Filter«, erklärte er dem Arzt. »Außerdem sind sie teuer. Iggles sind billig, und man kann den Filter abbrechen, bevor man sie anzündet. Kinderleicht.« Dann begann er zu husten.

Dr. Haskell fand keinen Lungenkrebs (eine gewisse Überraschung), aber die Röntgenaufnahmen schienen einen verdammt klaren Fall von Lungenemphysem zu zeigen. Also erklärte er Sam, dass er vermutlich für den Rest seines Lebens auf Sauerstoff angewiesen sein werde. Das war eine Fehldiagnose, aber gebt dem Mann eine Chance. Wie die Ärzte sagen: Hört man Hufschläge, denkt man nicht an Zebras. Und man neigt immer dazu, das zu sehen, was man sucht, nicht wahr? Und obwohl Dr. Haskell dann später wohl einen Heldentod starb, hatte niemand, auch Rusty Everett nicht, ihn je mit Gregory House verwechselt. Was Sam in Wirklichkeit hatte, war eine Bronchitis, die bald wieder ausheilte, nachdem der Zauberer seine Diagnose gestellt hatte.

Unterdessen war Sam jedoch auf wöchentliche Sauerstofflieferungen von Castles in the Air (einer natürlich in Castle Rock ansässigen Firma) abonniert, und er hatte sie nie abbestellt. Wozu denn auch? Wie sein Mittel gegen Bluthochdruck wurde der Sauerstoff von einer Stelle bezahlt, die er als THE MEDICAL kannte. Sam begriff nie recht, wie THE MEDICAL funktionierte, aber er verstand, dass er den Sauerstoff für lau bekam. Und er entdeckte, dass ein paar Atemzüge reiner Sauerstoff einen ziemlich gut aufmöbeln konnten.

Aber manchmal vergingen Wochen, bevor es Sam wieder mal einfiel, den windschiefen Anbau aufzusuchen, den er als seine »Sauerstoff-Bar« bezeichnete. Kamen dann die Kerle von Castles in the Air, um die leeren Flaschen abzuholen (was sie oft sehr lasch handhabten), ging Sam zu seiner Sauerstoff-Bar hinaus, öffnete die Ventile, ließ die Flaschen sich entleeren, lud sie auf den alten roten Spielzeugwagen seines Sohns und brachte sie zu dem leuchtend blauen Lastwagen mit Luftblasendekor.

Hätte er noch draußen an der Little Bitch Road gelebt, dem ursprünglichen Sitz der Familie Verdreaux, wäre Sam (wie Marta Edmunds auch) in den Minuten nach der ursprünglichen Explosion verbrannt. Aber das Haus und die dazugehörigen Waldparzellen waren schon lange wegen Steuerschulden gepfändet worden (und 2008 von einer der vielen Tarnfirmen Jim Rennies zurückgekauft worden ... zu Schnäppchenpreisen). Seiner kleinen Schwester gehörte jedoch ein Stückchen Land draußen am God Creek, und dort wohnte Sam an dem Tag, an dem die Welt explodierte. Der Schuppen war nichts Besonderes, und er musste sein Geschäft auf einem Außenabort verrichten (das einzige fließende Wasser lieferte eine alte Handpumpe in der Küche), aber hol's der Deiwel, die Steuern wurden bezahlt, das übernahm seine kleine Schwester ... und er hatte THE MEDICAL.

Sam war nicht stolz auf seine Rolle als Mitanstifter der Lebensmittelunruhen vor der Food City. Da er mit Georgia Roux' Vater im Lauf der Jahre viele Schnäpse und Biere getrunken hatte, hatte er ein schlechtes Gewissen, weil er der Tochter des Mannes einen Stein ins Gesicht geworfen hatte. Er musste immer wieder an das Geräusch denken, mit dem der Quarzbrocken eingeschlagen hatte, und wie Georgias gebrochener Unterkiefer heruntergesackt war, sodass sie wie eine Bauchrednerpuppe mit zerschlagenem Mund ausgesehen hatte. Himmel, er hätte sie damit umbringen können! War schätzungsweise ein Wunder, dass er's nicht getan hatte ... nicht, dass sie noch lange zu leben gehabt hätte. Und dann war ihm ein noch traurigerer Gedanke gekommen:

Hätte er sie in Ruhe gelassen, wäre sie nicht im Krankenhaus gewesen. Und wäre sie nicht im Krankenhaus gewesen, würde sie vielleicht noch leben.

So gesehen *hatte* er sie umgebracht.

Die Explosion bei der Radiostation ließ ihn aus seinem Alkoholikerschlaf hochfahren, sich an die Brust greifen und wild um sich starren. Das Fenster über seinem Bett war rausgeflogen. Tatsächlich waren *alle* Fenster seines Schuppens zersplittert, und die Haustür auf der Westseite war glatt aus den Angeln gerissen worden.

Er stieg darüber hinweg, stand wie gelähmt in seinem verunkrauteten, mit Altreifen übersäten Vorgarten und starrte nach Westen, wo die ganze Welt in Flammen zu stehen schien.

4   In dem Atombunker unter den Trümmern des Rathauses arbeitete das Notstromaggregat – klein, altmodisch und jetzt das Einzige, was zwischen den Insassen und dem Jenseits stand – wie ein Uhrwerk. Aus den Ecken des Hauptraums spendeten Batterieleuchten gelbliches Licht. Carter saß auf dem einzigen Stuhl, und Big Jim, der den größten Teil des angejahrten zweisitzigen Sofas einnahm, aß Sardinen aus der Dose, indem er sie mit seinen dicken Fingern einzeln herausholte und auf Saltine-Cracker legte.

Die beiden Männer hatten sich nicht viel zu sagen; der tragbare Fernseher, den Carter im Schlafraum entdeckt hatte, wo er Staub ansammelte, beanspruchte ihre ganze Aufmerksamkeit. Sie bekamen nur einen Sender herein – WMTW in Poland Springs –, aber einer war genug. Eigentlich mehr als genug, denn die Verwüstung war schwer zu begreifen. Die Innenstadt war zerstört. Satellitenbilder zeigten, dass die Wälder um den Chester Pond abgebrannt waren, und die Menge, die auf der Route 119 zum Besuchstag hinausgepilgert war, war jetzt Asche in dem abflauenden Wind. Die Kuppel war bis zu einer Höhe von sechstausend Metern sichtbar: eine endlose rußige Gefängnismauer, die ein Stadtgebiet umgab, das zu siebzig Prozent verwüstet war.

Nicht lange nach der Explosion war die Temperatur im Keller merklich angestiegen. Big Jim hatte Carter angewiesen, die Klimaanlage anzustellen.

»Schafft der Generator das?«, hatte Carter gefragt.

»Wenn nicht, braten wir«, hatte Big Jim gereizt geantwortet. »Wo ist also der Unterschied?«

Fahr mich bloß nicht an, hatte Carter gedacht. *Schnauz mich bloß nicht an, wenn du derjenige bist, der dies alles ausgelöst hat. Der dafür verantwortlich ist.*

Er war aufgestanden, um das Klimagerät zu finden, und dabei war ihm etwas anderes eingefallen: Diese Sardinen stanken wirklich. Er fragte sich, was der Boss sagen würde, wenn er ihm erklärte, dass das Zeug, mit dem er sich vollstopfte, nach toter alter Muschi roch.

Aber Big Jim hatte ihn *Sohn* genannt, als meinte er es ernst, deshalb hielt Carter den Mund. Und als er das Klimagerät einschaltete, lief es sofort an. Der Ton des Aggregats war jedoch etwas tiefer geworden, als es diese zusätzliche Last schulterte. So würde es ihren Propanvorrat umso schneller verbrauchen.

Macht nichts, er hat recht, wir brauchen es, sagte sich Carter, während er im Fernsehen die unaufhörlichen Bilder der Vernichtung betrachtete. Die meisten stammten von Satelliten oder Höhenaufklärern. Im unteren Bereich war der Dome größtenteils undurchsichtig geworden.

Nicht jedoch, wie Big Jim und er entdeckten, am Nordostrand des Stadtgebiets. Gegen 15 Uhr schaltete der Sender plötzlich dorthin um und brachte Aufnahmen einer Kamera, die unmittelbar hinter einem belebten Militärlager in den Wäldern stand.

»Hier spricht Jake Tapper in der TR-90, einer nicht eingetragenen Stadtgemeinde nördlich von Chester's Mill. Näher durften wir nicht heran, aber wie Sie selbst sehen können, *gibt* es Überlebende. Ich wiederhole, es *gibt* Überlebende.«

»Hier gibt's auch Überlebende, Blödmann«, sagte Carter.

»Schnauze«, knurrte Big Jim. Blut stieg in seinen Hamsterbacken auf und flutete in Wellen über seine Stirn. Seine Augen drohten aus den Höhlen zu treten, und er ballte die

1104

Hände zu Fäusten. »Das ist Barbara. Das ist dieser Mistkerl Dale Barbara!«

Carter sah ihn zwischen den anderen. Die Aufnahmen machte eine Kamera mit extrem langer Brennweite, die leicht verwackelte Bilder lieferte – als sähe man Leute durch flimmernde Hitzewellen –, aber die Personen waren trotzdem deutlich genug zu erkennen. Barbara. Die vorlaute Pfarrerin. Der Hippiedoktor. Ein Haufen Kinder. Linda Everett.

Diese Schlampe hat die ganze Zeit gelogen, dachte er. *Sie hat gelogen, und Carter, der Schwachkopf, hat ihr geglaubt.*

»Dieses Röhren im Hintergrund stammt nicht von Hubschraubern«, sagte Jake Tapper gerade. »Wenn wir etwas zurückgehen könnten …«

Die Kamera ging etwas zurück und zeigte eine Reihe von riesigen Ventilatoren auf Transportwagen, jeder mit seinem eigenen Stromaggregat. Beim Anblick von so viel Energie nur wenige Meilen von ihnen entfernt wurde es Carter vor Neid fast schlecht.

»Nun sehen Sie es selbst«, fuhr Tapper fort. »Keine Hubschrauber, sondern Industrieventilatoren. Okay … wenn wir jetzt wieder die Überlebenden herzoomen könnten …«

Das tat die Kamera. Sie knieten oder saßen dicht an der Kuppel und direkt vor den Ventilatoren. Carter konnte sehen, wie ihre Haare sich in der Brise bewegten. Sie wehten nicht richtig, aber dass sie sich bewegten, war unverkennbar. Wie Pflanzen in einer trägen Unterwasserströmung.

»Da ist Julia Shumway«, staunte Big Jim. »Ich hätte diese Reimt-sich-auf-Lampe beseitigen sollen, als ich Gelegenheit dazu hatte.«

Carter achtete nicht auf ihn. Er konzentrierte sich ganz auf den Fernseher.

»Der von vier Dutzend Ventilatoren erzeugte Sturm müsste diese Leute eigentlich umblasen, Charlie«, sagte Jake Tapper, »aber soviel wir erkennen, bekommen sie eben genug Luft, um in einer Atmosphäre, die zu einer Giftbrühe aus Kohlendioxid, Methan und weiß Gott noch was allem geworden ist, überleben zu können. Unsere Experten sagen uns, dass der beschränkte Sauerstoffvorrat von Chester's

Mill vor allem dafür verbraucht worden ist, das Feuer zu nähren. Einer dieser Fachleute – Chemieprofessor Donald Irving in Princeton – hat mir in einem Handygespräch mitgeteilt, die Luft unter der Kuppel unterscheide sich vermutlich nicht mehr allzu sehr von der Atmosphäre der Venus.«

Auf dem Bildschirm erschien jetzt der besorgt wirkende Charlie Gibson im sicheren New York. (*Der Kerl hat Schwein*, dachte Carter.) »Gibt es schon Erkenntnisse darüber, was den Brand ausgelöst haben könnte?«

Zurück zu Jake Tapper ... und dann zu den Überlebenden in ihrer kleinen Blase aus guter Luft. »Keine, Charlie. Es hat irgendeine Art Explosion gegeben, so viel ist klar, aber weder vom Militär noch aus Chester's Mill ist Näheres zu erfahren. Einige der Leute, die Sie auf Ihrem Bildschirm sehen, müssen Handys haben, aber falls sie damit telefonieren, tun sie das nur mit Colonel Cox, der vor ungefähr einer Dreiviertelstunde hier gelandet ist und sich sofort mit den Überlebenden beraten hat. Während die Kamera von unserem zugegebenermaßen ziemlich entfernten Standort über diese bedrückende Szene schwenkt, möchte ich unseren besorgten Zuschauern in Amerika – und der ganzen Welt – die Namen der Leute nennen, die hier am Dome versammelt und eindeutig identifiziert sind. Soweit ich weiß, haben Sie von einigen Fotos, die Sie vielleicht jeweils einblenden können. Ich denke, dass meine Liste alphabetisch ist, aber nageln Sie mich bitte nicht darauf fest.«

»Tun wir nicht, Jake. Und wir haben ein paar Fotos, aber machen Sie langsam.«

»Colonel Barbara, ehemals Lieutenant Barbara, United States Army.« Auf dem Bildschirm erschien ein Foto von Barbie im Wüstentarnanzug. Er hatte einen Arm um einen grinsenden irakischen Jungen gelegt. »Ein mehrfach ausgezeichneter Veteran, zuletzt Grillkoch im hiesigen Restaurant.

Angelina Buffalino ... haben wir ein Bild von ihr? ... Nein? ... Okay.

Romeo Burpee, Besitzer des hiesigen Kaufhauses.« Von Rommie gab es ein Foto, auf dem er in einem roten T-Shirt mit dem Aufdruck KISS ME, I'M FRENCH neben seiner Frau an einem Gartengrill stand.

»Ernest Calvert, seine Tochter Joan und deren Tochter Eleanor Calvert.« Diese Aufnahme musste bei einer Familienfeier gemacht worden sein; auf ihr wimmelte es von Calverts. Norrie, die grimmig und hübsch zugleich aussah, hatte ihr Skateboard unter dem Arm.

»Alva Drake ... ihr Sohn Benjamin Drake ...«

»Stellen Sie das ab«, grunzte Big Jim.

»Wenigstens sind sie im Freien«, sagte Carter wehmütig. »Nicht in einem Loch gefangen. Ich komme mir vor wie der gottverdammte Saddam Hussein auf der Flucht.«

»Eric Everett, seine Frau Linda und die beiden Töchter des Ehepaars ...«

»Noch eine Familie!«, sagte Charlie Gibson in lobendem Tonfall, der fast mormonenhaft klang. Jetzt hatte Big Jim genug; er stand auf und stellte den Fernseher mit einer energischen Handbewegung selbst ab. Weil er weiter die Sardinendose in der Hand hielt, kippte er sich dabei etwas Öl auf die Hose.

Das geht nie mehr raus, dachte Carter, aber das sagte er nicht.

He, ich wollte diese Sendung sehen, dachte Carter, aber auch das sagte er nicht.

»Die Zeitungshexe«, sagte Big Jim grüblerisch, während er sich wieder setzte. Die Polster zischten leise, als sein Gewicht sie zusammendrückte. »Sie war immer gegen mich. Mit sämtlichen Tricks, Carter. Mit allen nur erdenklichen verflixten Tricks. Holen Sie mir noch eine Dose Sardinen, ja?«

Hol sie dir doch selbst, dachte Carter, aber das sagte er nicht. Er stand auf und nahm eine weitere Sardinendose aus dem Regal.

Statt die vorhin angestellte olfaktorische Assoziation zwischen Sardinen und toten weiblichen Geschlechtsorganen zum Besten zu geben, stellte er die logisch erscheinende Frage:

»Was machen wir jetzt, Boss?«

Big Jim brach den Schlüssel vom Dosenboden ab, führte die kleine Blechzunge ein und rollte den Deckel auf, sodass ein weiterer Trupp toter Fische sichtbar wurde. Im Lichtschein der Notbeleuchtung glänzten sie fettig. »Wir warten ab, bis die Luft besser ist, gehen dann rauf und fangen mit dem Wiederaufbau an, mein Sohn.« Er seufzte, legte einen von Öl triefenden Fisch auf einen Cracker und schob beides zusammen in den Mund. An seinen fettglänzenden Lippen klebten Crackerkrümel. »Das tun Leute wie wir immer. Die verantwortungsbewussten Leute. Diejenigen, die den Pflug ziehen.«

»Was ist, wenn die Luft nicht besser wird? Im Fernsehen haben sie gesagt ...«

»Du liebe Güte, der Himmel stürzt ein, du liebe Güte, der Himmel stürzt ein!«, deklamierte Big Jim in einem seltsamen (und seltsam beunruhigenden) Falsett. »Das sagen sie seit Jahren, nicht wahr? Die Wissenschaftler und die ökologisch bewegten Gutmenschen. Der Dritte Weltkrieg! Kernschmelzen bis hinunter zur Erdmitte! Computerstillstände zum Jahrtausendwechsel! Das Ende der Ozonschicht! Schmelzende Polareiskappen! Killer-Hurrikane! Die Klimakatastrophe! Erbärmliche Weicheier von Atheisten, die nicht bereit sind, auf den Willen eines liebenden, fürsorglichen Gottes zu vertrauen. Die sich zu glauben weigern, dass es etwas wie einen liebenden, fürsorglichen Gott gibt!«

Big Jim zeigte mit einem fettigen, aber unnachgiebigen Finger auf den jüngeren Mann.

»Entgegen der Überzeugung weltlicher Wissenschaftler wird der Himmel *nicht* einstürzen. Die sind schon feige zur Welt gekommen – ›der Schuldige flieht, wo niemand verfolgt‹, weißt du, drittes Buch Mose –, aber das ändert nichts an Gottes Wahrheit: Die an den Herrn glauben, kriegen neue Kraft, dass sie auffahren mit Flügeln wie Adler – Buch Jesaja. Das Zeug da draußen ist im Prinzip nur Smog. Es wird eben eine Weile brauchen, um sich zu verziehen.«

Aber zwei Stunden später, kurz nach vier an diesem Freitagnachmittag, kam aus der Nische, in der die mechanischen Lebenserhaltungssysteme des Atombunkers standen, ein schriller *Kwiep-kwiep-kwiep*-Laut.

»Was ist das?«, fragte Carter.

Big Jim, der jetzt mit halb geschlossenen Augen (und Sardinenfett an den Hamsterbacken) zusammengesunken auf dem Sofa hockte, setzte sich auf und horchte. »Luftreiniger«, sagte er. »Sozusagen ein Ionic Breeze im Großformat. In der Firma haben wir einen von denen im Ausstellungsraum. Sehr praktisches Gerät. Hält nicht nur die Luft frisch und sauber, sondern verhindert auch die elektrischen Schläge, die man sonst oft bei kaltem Wet...«

»Wenn die Luft in der Stadt besser wird, wieso ist dann der Luftreiniger angesprungen?«

»Warum gehst du nicht mal nach oben, Carter? Mach die Tür einen Spalt weit auf, um zu sehen, wie die Dinge stehen. Würde dich das beruhigen?«

Carter wusste nicht, ob es das tun würde, aber er wusste, dass ihn dieses Herumsitzen kribbelig machte. Er stieg die Treppe hinauf.

Sobald er verschwunden war, erhob Big Jim sich ebenfalls und trat an die Schubladen zwischen dem Herd und dem kleinen Kühlschrank. Für eine so massige Gestalt bewegte er sich überraschend schnell und lautlos. Was er suchte, fand er in der dritten Schublade. Er sah sich um, ob er weiter unbeobachtet war, und bediente sich dann.

An der Tür oben an der Treppe sah Carter sich mit einem recht beunruhigenden Schild konfrontiert:

MÜSSEN SIE DIE RADIOAKTIVITÄT MESSEN?
NACHDENKEN!!!

Carter dachte nach. Und gelangte zu dem Schluss, dass Big Jim ziemlich sicher Scheiß redete, wenn er behauptete, die Luft würde von selbst besser. Diese vor den Ventilatoren aufgereihten Leute bewiesen, dass es so gut wie keinen Luftaustausch zwischen Chester's Mill und der Außenwelt gab.

Trotzdem konnte ein Blick nach draußen nicht schaden.

Die Tür wollte nicht gleich aufgehen. In seiner Panik, angeheizt durch Ängste, lebendig begraben zu sein, stemmte er sich kräftiger dagegen. Nun öffnete die Tür sich einen Spalt weit. Er hörte Ziegel fallen und Holz über den Boden scharren. Die Luft, die durch den zwei Finger breiten Spalt hereinströmte, war überhaupt keine Luft, sondern roch wie Autoabgase. Carter brauchte keine komplizierten Geräte, um zu wissen, dass zwei oder drei Minuten außerhalb des Bunkers tödlich sein würden.

Die Frage war nur: Was würde er Rennie erzählen?

Nichts, schlug die kalte Stimme des Überlebenskünstlers in ihm vor. *Diese Nachricht würde ihn nur noch unerträglicher machen. Schwieriger im Umgang.*

Und was genau bedeutete *das* wieder? Welche Rolle spielte das, wenn sie in dem Atombunker sterben würden, sobald das Notstromaggregat keinen Treibstoff mehr hatte? Was spielte unter diesen Umständen überhaupt noch eine Rolle?

Er ging wieder die Treppe hinunter. Big Jim saß wie zuvor auf dem Sofa. »Also?«

»Ziemlich schlimm«, sagte Carter.

»Aber man kann sie atmen, stimmt's?«

»Das schon. Aber davon würde einem verdammt übel. Wir sollten lieber noch warten, Boss.«

»Natürlich sollten wir lieber noch warten«, sagte Big Jim in einem Ton, als hätte Carter etwas anderes vorgeschlagen. Als wäre Carter der größte Trottel des Universums. »Aber wir kommen durch, das ist der springende Punkt. Gott wird für uns sorgen. Das tut er immer. Bis dahin haben wir hier unten gute Luft, es ist nicht zu heiß, und wir haben reichlich zu essen. Willst du nicht nachsehen, was an Süßigkeiten da ist, mein Sohn? Schokoriegel und dergleichen? Darauf hätte ich jetzt Appetit.«

Ich bin nicht dein Sohn, dein Sohn ist tot, dachte Carter … aber das sagte er nicht. Stattdessen ging er in den Schlafraum, um zu sehen, ob dort in einem der Regale Schokoriegel lagen.

5   Gegen zehn Uhr an diesem Abend fiel Barbie – mit Julia dicht neben sich, ihre Körper löffelförmig aneinandergeschmiegt – in einen unruhigen Schlaf. Junior Rennie tanzte durch seine Träume: Junior, der vor seiner Zelle im

Kellergeschoss der Polizeistation stand. Junior mit seiner Pistole. Aber diesmal würde es keine Rettung geben, weil die Luft draußen sich in Gift verwandelt hatte und alle tot waren.

Endlich verblassten diese Träume, und er schlief fester, wobei er den Kopf wie Julia der Kuppel und der dort einsickernden frischen Luft zugekehrt ließ. Genug Luft, um zu leben, aber nicht genug, um sich zu entspannen.

Gegen zwei Uhr morgens weckte ihn etwas auf. Er sah durch die verschmierte Kuppel, betrachtete die gedämpften Lichter des Militärlagers auf der anderen Seite. Dann wiederholte sich das Geräusch. Es war ein Husten: leise, rau und verzweifelt.

Rechts von ihm blitzte eine Taschenlampe auf. Barbie erhob sich so leise wie möglich, um Julia nicht zu wecken, ging auf das Licht zu und stieg dabei über andere hinweg, die schlafend im Gras lagen. Die meisten hatten sich bis auf die Unterwäsche ausgezogen. Die nur drei Meter entfernten Wachposten waren in Dufflecoats und Handschuhe verpackt, aber hier drinnen war es heißer denn je.

Rusty und Ginny knieten neben Ernie Calvert. Rusty hatte ein Stethoskop umhängen und hielt eine Sauerstoffmaske in der Hand. Verbunden war sie mit einer kleinen Flasche, auf der in Schablonenschrift stand: **CRH KRANKENWAGEN NICHT ENTFERNEN SOFORT ERSETZEN.** Norrie und ihre Mutter, die ihre Arme umeinandergeschlungen hatten, sahen ängstlich zu.

»Tut mir leid, dass er dich geweckt hat«, sagte Joanie. »Er ist krank.«

»Wie krank?«, fragte Barbie.

Rusty schüttelte den Kopf. »Weiß ich nicht. Es klingt wie eine Bronchitis oder eine schlimme Erkältung, aber das ist es natürlich nicht. Es kommt von der schlechten Luft. Ich habe ihm etwas Sauerstoff gegeben, und das hat eine Zeit lang geholfen, aber jetzt …« Er zuckte mit den Schultern. »Und mir gefallen seine Herztöne nicht. Er hat stark unter Stress gestanden und ist vor allem kein junger Mann mehr.«

»Habt ihr noch mehr Sauerstoff?«, fragte Barbie. Er zeigte

auf den Behälter, der fast genau wie einer der Feuerlöscher aussah, die Leute in ihrer Besenkammer stehen haben und immer nachzufüllen vergessen. »Ist das *alles*?«

Thurston Marshall gesellte sich zu ihnen. Im Lichtschein der Stablampe sah er grimmig und müde aus. »Es gibt noch eine, aber wir – Rusty, Ginny und ich – haben vereinbart, sie für die kleinen Kinder aufzuheben. Aidan hat auch schon zu husten angefangen. Ich habe ihn so dicht an die Barriere – und die Ventilatoren – gelegt, wie ich nur konnte, aber er hustet trotzdem. Wenn sie aufgewacht sind, sollen Aidan, Alice, Judy und Janelle den restlichen Sauerstoff in rationierten kleinen Dosen bekommen. Vielleicht könnten die Soldaten noch mehr Ventilatoren aufstellen …«

»Auch wenn sie uns mit noch so viel Frischluft anblasen«, sagte Ginny, »kommt nur wenig durch. Und auch wenn wir ganz dicht an die Kuppel heranrücken, atmen wir trotzdem diesen *Scheiß* ein. Und die Leute, die darunter leiden, sind genau die, von denen man es erwarten würde.«

»Die Ältesten und die Jüngsten«, sagte Barbie.

»Geh zurück und leg dich wieder hin, Barbie«, sagte Rusty. »Spar dir deine Kräfte auf. Hier kannst du nichts tun.«

»Kannst du's?«

»Vielleicht. Im Krankenwagen haben wir auch schleimlösende Mittel. Und Adrenalin, falls es so weit kommt.«

Barbie kroch an der Kuppel entlang zurück, wandte dabei seinen Kopf den Ventilatoren zu – das taten sie jetzt alle ganz automatisch – und erschrak darüber, wie erschöpft er sich fühlte, als er Julia erreichte. Sein Herz hämmerte, und er war ganz außer Atem.

Julia war wach. »Wie geht es ihm?«

»Weiß ich nicht«, gab Barbie zu, »aber sicher nicht gut. Sie haben ihm Sauerstoff aus dem Krankenwagen gegeben, und er ist nicht aufgewacht.«

»Sauerstoff! Gibt es noch mehr? Wie viel?«

Er sagte es ihr und bedauerte, den Hoffnungsschimmer in ihrem Blick erlöschen zu sehen.

Sie nahm seine Hand. Ihre Finger waren feucht, aber kalt.

»Mir kommt es vor, als wären wir nach einem Grubenunglück unter Tage eingeschlossen.«

Sie saßen sich jetzt gegenüber, lehnten beide mit einer Schulter an der Kuppel. Zwischen ihnen fächelte eine kaum spürbare Brise. Das stetige Röhren der Air-Max-Ventilatoren war zu bloßem Hintergrundlärm geworden; sie sprachen lauter, um es zu übertönen, nahmen es aber sonst nicht mehr bewusst wahr.

Wir würden merken, wenn es wegbliebe, dachte Barbie. *Jedenfalls ein paar Minuten lang. Dann würden wir nie wieder etwas wahrnehmen.*

Julia lächelte schwach. »Hör auf, dir meinetwegen Sorgen zu machen, falls du das tust. Für eine republikanische Lady mittleren Alters, die nicht genug Luft kriegt, geht's mir ganz gut. Wenigstens hab ich es geschafft, mich noch mal bumsen zu lassen. Und das, wie es sich gehört.«

Barbie erwiderte ihr Lächeln. »Glaub mir, es war mir ein Vergnügen.«

»Was ist mit der Lenkwaffe mit Atomsprengkopf, die sie am Sonntag ausprobieren wollen? Wie denkst du darüber?«

»Ich denke nicht. Ich hoffe nur.«

»Und wie groß sind deine Hoffnungen?«

Er wollte ihr nicht die Wahrheit sagen, aber sie hatte es verdient, die Wahrheit zu erfahren. »Nach allem, was bisher geschehen ist, und dem wenigen, was wir über die Betreiber des Kastens wissen, nicht sehr groß.«

»Sag mir, dass du nicht aufgegeben hast.«

»Das kann ich tun. Ich habe nicht mal so viel Angst, wie ich haben müsste. Vielleicht weil alles so … heimtückisch ist. Ich habe mich sogar an den Gestank gewöhnt.«

»Tatsächlich?«

Er lachte. »Nein. Was ist mit dir? Ängstlich?«

»Ja, aber vor allem traurig. So geht die Welt zugrunde, nicht mit einem Knall, sondern nach Luft schnappend.« Sie hustete nochmals, hielt sich dabei eine zur Faust geballte Hand vor den Mund. Barbie konnte hören, wie andere Leute das Gleiche taten. Einer davon würde der kleine Junge sein, der jetzt Thurstons kleiner Junge war. *Morgen früh be-*

kommt er was Besseres, dachte Barbie, aber dann fiel ihm ein, was Thurston gesagt hatte: *Sauerstoff in rationierten kleinen Dosen.* So sollte kein Kind atmen müssen.

So sollte niemand atmen müssen.

Julia spuckte ins Gras, dann wandte sie sich wieder ihm zu. »Ich kann nicht glauben, dass wir uns das selbst angetan haben. Diese Wesen, die den Kasten betreiben – die Lederköpfe –, haben die Ausgangslage geschaffen, aber ich denke, dass sie nur ein Haufen Kinder sind, die den Spaß beobachten. Die gewissermaßen eine Art Videospiel spielen. Sie sind außerhalb. Wir sind drinnen, und wir haben uns das alles selbst angetan.«

»Mach dir in dieser Beziehung keine Vorwürfe, als hättest du nicht schon genügend Probleme«, sagte Barbie. »Wenn einer schuld daran ist, dann Rennie. Er ist der Kerl, der das Drogenlabor eingerichtet hat; er hat überall in der Stadt Flüssiggas stehlen lassen. Er ist auch derjenige Kerl, der Männer zur Radiostation hinausgeschickt und dort eine Schießerei provoziert hat. Davon bin ich überzeugt.«

»Aber wer hat ihn gewählt?«, fragte Julia. »Wer hat ihm die Macht verliehen, das alles zu tun?«

»Nicht du. Deine Zeitung hat einen Feldzug gegen ihn geführt. Oder sehe ich das falsch?«

»Du hast recht«, sagte sie, »aber nur in Bezug auf die letzten sieben, acht Jahre. Anfangs hat der *Democrat* – mit anderen Worten ich – geglaubt, er wäre das Größte seit der Erfindung von Brot in Scheiben. Als ich erkannt habe, was er wirklich war, hatte er seine Stellung längst ausgebaut. Und er hatte den armen lächelnden, dummen Andy Sanders, der ihm den Rücken freigehalten hat.«

»Du darfst dir trotzdem keine Vorwürfe …«

»Doch, ich kann, und ich tue es. Hätte ich geahnt, dass dieser aggressive, unfähige Hundesohn sich in einer wirklichen Krise zum Diktator aufschwingen würde, hätte ich … hätte ich ihn … wie einen Welpen in einem Sack ersäuft.«

Er lachte, musste aber gleich wieder husten. »Du klingst immer weniger wie eine Republi…«, begann er, aber dann brach er ab.

1114

»Was?«, fragte sie, und dann hörte sie es ebenfalls. Aus dem Dunkel ratterte und quietschte etwas heran. Als es näher kam, sahen sie eine schlurfende Gestalt, die einen Spielzeugwagen zog.

»Wer da?«, rief Dougie Twitchell.

Als der Neuankömmling antwortete, klang seine Stimme etwas undeutlich. Weil er selbst eine Sauerstoffmaske trug, wie sich zeigte.

»Na, Gott sei Dank«, sagte Sloppy Sam. »Hab am Straßenrand ein Nickerchen gemacht und dann Angst gehabt, mir könnt die Luft ausgehen, bevor ich hier raufkomm. Aber jetzt bin ich da. Und gerade rechtzeitig, weil mein Sauerstoff ziemlich verbraucht ist.«

6   Am Samstagmorgen bot das Militärlager an der Route 119 auf dem Gemeindegebiet von Motton einen traurigen Anblick. Nur drei Dutzend Soldaten und ein Hubschrauber CH-47 Chinook waren noch dort. Ein Dutzend Männer luden die großen Zelte und die Air-Max-Ventilatoren ein, die Cox zur Südseite der Kuppel hatte transportieren lassen, sobald die Explosion gemeldet worden war. Die Ventilatoren waren nie gelaufen. Als sie eintrafen, gab es niemanden mehr, dem das bisschen Luft, das sie durch die Barriere drücken konnten, hätte nutzen können. Gegen sechs Uhr abends war das Feuer aus Mangel an Brennstoff und Sauerstoff erloschen, aber auf der Chester's-Mill-Seite der Barriere waren alle tot.

Das Sanitätszelt wurde von einem weiteren Dutzend Soldaten abgebaut und zusammengerollt. Wer nicht dafür gebraucht wurde, war nach alter Army-Tradition für das Säubern des Geländes eingeteilt worden. Das war bloße Arbeitsbeschaffung, aber das störte keinen der Männer, die diesen Scheißjob hatten. Nichts konnte sie den alptraumhaften gestrigen Nachmittag vergessen lassen, aber Einwickelpapiere, Getränkedosen, Flaschen und Zigarettenkippen aufzusammeln, half etwas dagegen. Bald würde es Tag werden, und dann würden die Triebwerke des großen Hubschraubers pfeifend anlaufen. Sie würden an Bord gehen und davonfliegen. Diesen Moment konnten die Männer dieses zusammengewürfelten Haufens kaum noch erwarten.

Einer von ihnen war Private Clint Ames aus Hickory Grove, South Carolina. Er hielt einen reißfesten olivgrünen Plastiksack in einer Hand, ging langsam über das zertrampelte Gras und hob gelegentlich ein weggeworfenes Schild oder eine flachgedrückte Coladose auf, damit es so aussah, als arbeitete er, wenn sein strenger Sergeant Groh herübersah. Er schlief praktisch im Stehen und glaubte anfangs, das Klopfen, das er hörte (als klopften Fingerknöchel an eine feuerfeste Glasform), gehöre zu einem Traum. So *musste* es fast sein, denn es schien von der Innenseite der Kuppel zu kommen.

Er gähnte, dann streckte er sich mit einer ins Kreuz gedrückten Hand. Während er das tat, wiederholte sich das Klopfen. Es kam tatsächlich von der rauchgeschwärzten Innenseite der Kuppel.

Dann eine Stimme. Schwach und körperlos wie die eines Gespensts. Sie ließ ihm einen kalten Schauder über den Rücken laufen.

»Ist dort jemand? Kann mich jemand hören? Bitte … ich sterbe.«

Kannte er diese Stimme? Sie klang wie …

Ames ließ den Müllsack fallen und rannte zu der Kuppel. Er legte seine Hände auf ihre geschwärzte, noch immer warme Oberfläche. »Cow-Kid? Bist du's?«

Ich bin verrückt, sagte er sich. *Das ist unmöglich. Diesen Feuersturm kann niemand überlebt haben.*

»*AMES!*«, brüllte Sergeant Groh. »Was zum Teufel treiben Sie da drüben?«

Er wollte sich eben abwenden, als die Stimme hinter der geschwärzten Oberfläche wieder sprach. »Ich bin's. Nicht …« Eine holperige Serie bellender Hustenlaute. »Nicht weggehen. Wenn Sie's sind, Private Ames, gehen Sie nicht weg.«

Nun erschien eine Hand. Sie war so geisterhaft wie die Stimme, ihre Finger waren mit Ruß verschmiert. Sie rieb auf der Innenseite der Barriere ein Guckloch frei. Im nächsten Augenblick erschien ein Gesicht. Ames erkannte das Cow-Kid nicht sofort. Dann merkte er, dass der Junge eine durchsichtige Sauerstoffmaske trug.

»Hab fast keine Luft mehr«, keuchte das Cow-Kid. »Der Zeiger steht im roten Feld. Schon seit … der letzten halben Stunde.«

Ames starrte in die Augen des Cow-Kids, und das Cow-Kid starrte mit gehetztem Blick zurück. Dabei entstand in Ames' Gedanken ein gebieterischer Imperativ: Du darfst das Cow-Kid nicht sterben lassen. Nicht nach allem, was es durchgemacht hat … auch wenn Ames sich unmöglich vorstellen konnte, *wie* es das geschafft hatte.

»Kleiner, hör mir zu! Du kniest dich jetzt hin und …«

»*Ames, Sie elender Drückeberger!*«, brüllte Sergeant Groh, der jetzt herankam. »Schluss mit der Faulenzerei, ran an die Arbeit! Heut Nacht hab ich null Geduld mit Ihrem jämmerlichen Scheiß!«

Private Ames ignorierte ihn. Er war ganz auf das Gesicht fixiert, das ihn hinter einer schmutzigen Glaswand anzustarren schien. »Knie dich hin und kratz den Ruß und Dreck im unteren Bereich weg! Los, mach schon, Kleiner, beeil dich!«

Das Gesicht tauchte weg, und Ames musste hoffen, dass der Junge seinen Auftrag ausführte und nicht etwa nur ohnmächtig geworden war.

Sergeant Grohs Pranke fiel auf seine Schulter. »Sind Sie taub? Ich hab Ihnen befohlen …«

»Holen Sie die Ventilatoren, Sergeant! Wir müssen die Ventilatoren holen!«

»Was soll da…«

Ames schrie dem gefürchteten Sergeant Groh ins Gesicht. »*Dort drinnen lebt noch jemand!*«

7 Als Sloppy Sam das Flüchtlingslager an der Kuppel erreichte, lag auf dem roten Spielzeugwagen nur noch eine Sauerstoffflasche, und ihre Anzeigenadel stand nur knapp über null. Er erhob keine Einwände, als Rusty nach seiner

Maske griff und sie auf Ernie Calverts Gesicht drückte, sondern schlurfte zu der Stelle hinüber, wo Barbie und Julia saßen. Dort ließ der Neuankömmling sich auf alle viere nieder und atmete mehrmals tief durch. Horace der Corgi, der neben Julia saß, beobachtete ihn interessiert.

Sam wälzte sich auf den Rücken. »Viel ist's nicht, aber besser als das, was ich hatte. Der letzte Rest in den Flaschen schmeckt nie so gut wie der erste Sauerstoff frisch vom Fass.«

Dann zündete er sich unglaublicherweise eine Zigarette an.

»Machen Sie die aus, sind Sie verrückt?«, sagte Julia.

»Wollt schon lange eine rauchen«, sagte Sam und inhalierte befriedigt. »Wer mit Sauerstoff umgeht, sollt nicht rauchen. Kann man sich leicht in die Luft sprengen dabei. 's gibt aber Leute, die's machen.«

»Am besten lassen wir ihn einfach«, sagte Rommie. »Der Rauch kann nicht schädlicher sein als der Scheiß, den wir sonst hier atmen. Wer weiß, vielleicht schützen der Teer und das Nikotin in seiner Lunge ihn sogar.«

Rusty kam herüber und setzte sich zu ihnen. »Die Flasche ist jetzt leer«, sagte er, »aber Ernie hat noch ein paar Züge daraus ergattert. Er scheint jetzt leichter zu atmen. Danke, Sam.«

Sam winkte ab. »Meine Luft ist Ihre Luft, Doc. Oder sie war's jedenfalls. Sagt mal, könnt ihr nicht mit einem Gerät in eurem Krankenwagen selbst welche machen? Die Kerle, die meine Flaschen bringen – na ja, gebracht haben, bevor dieser Scheiß passiert ist –, die konnten Sauerstoff in ihrem Lastwagen machen. Sie hatten einen Wieheißtergleichwieder, so 'ne Art Pumpe.«

»Sauerstoffextraktor«, sagte Rusty, »und Sie haben recht, wir haben einen an Bord. Leider ist er defekt.« Er ließ die Zähne sehen, ohne wirklich zu grinsen. »Schon seit drei Monaten.«

»Vier«, sagte Twitch, der ebenfalls herübergekommen war. Er starrte Sams Zigarette an. »Sie haben nicht zufällig eine für mich übrig?«

»Denk nicht mal daran«, sagte Ginny.

1118

»Hast du Angst, dass ich dieses tropische Paradies durch Zigarettenqualm verpeste, Schätzchen?«, fragte Twitch, aber als Sam ihm seine zerdrückte Packung American Eagles hinhielt, schüttelte er doch dankend den Kopf.

Rusty sagte: »Ich habe den Antrag auf Beschaffung eines neuen O_2-Extraktors selbst gestellt. Beim Verwaltungsrat des Krankenhauses. Der sagt, dass das Budget erschöpft ist, aber vielleicht kann die Stadt uns helfen. Also schicke ich den Antrag an das Stadtverordnetenkomitee.«

»Rennie.«

»Rennie«, bestätigte Rusty. »Als Antwort erhalte ich einen Formbrief, dass der Antrag bei den Haushaltsberatungen im November behandelt werden soll. Also müssen wir noch ein Weilchen warten.« Er warf die Hände hoch und lachte.

Auch andere versammelten sich jetzt, um Sam voller Neugier zu betrachten. Und seine Zigarette voller Entsetzen.

»Wie sind Sie hierhergekommen, Sam?«

Sam war nur allzu gern bereit, seine Geschichte zu erzählen. Er begann damit, dass er erläuterte, wie er wegen eines fälschlich bei ihm diagnostizierten Lungenemphysems regelmäßig Sauerstoff geliefert bekommen hatte, für den THE MEDICAL aufgekommen war, und wie sich manchmal volle Flaschen bei ihm angesammelt hatten. Er berichtete, wie er die Explosion gehört und was er gesehen hatte, sobald er ins Freie gelaufen war.

»Ich hab gleich gewusst, was passieren würd, als ich gesehen hab, wie groß es war«, sagte er. Zu seinen Zuhörern gehörten jetzt auch die Soldaten jenseits der Barriere. Unter ihnen war auch Cox, der nur Boxershorts und ein Khakiunterhemd trug. »Früher bei der Arbeit im Wald hab ich schon schlimme Brände erlebt. Manchmal musst'n wir alles stehen und liegen lassen und bloß abhauen, und wenn einer der alten Laster von International Harvester, die wir damals hatten, stecken geblieben wär, wär'n wir erledigt gewesen. Kronenfeuer sind am schlimmsten, weil sie selbst Wind erzeugen. Ich hab gleich gesehen, dass so was wieder passieren würde. Irgendwas mächtig Großes ist explodiert. Was war das?«

1119

»Flüssiggas«, sagte Rose.

Sam rieb sich seinen weißen Stoppelbart. »Jawoll, aber das war nicht nur Gas. Dort müssen auch Chemikalien gebrannt haben, weil manche Flammen *grün* waren.

Wär'n sie in meine Richtung gekommen, wär ich erledigt gewesen. Ihr Leute natürlich auch. Aber das Feuer ist nach Süden abgelenkt worden. Das Gelände hat was damit zu tun gehabt, möcht ich wetten. Und auch das Flussbett. Ich hab jedenfalls gewusst, was passieren würd, und die Flaschen aus der Sauerstoff-Bar geholt ...«

»Aus der was?«, fragte Barbie.

Sam nahm einen letzten Zug von seiner Zigarette, bevor er sie auf dem Boden ausdrückte. »Oh, das ist bloß mein Name für den Schuppen, in dem ich die Flaschen stehen hab. Ich hatte jedenfalls fünf volle ...«

»*Fünf!*« Thurston Marshalls Stimme klang fast jammernd.

»Jawoll«, sagte Sam unbekümmert, »aber fünf hätt ich niemals ziehen können. Ich bin nicht mehr der Jüngste, wisst ihr.«

»Hätten Sie denn kein Auto, keinen Pick-up finden können?«, fragte Lissa Jamieson.

»Ma'am, ich hab schon seit sieben Jahren keinen Führerschein mehr. Oder vielleicht seit acht. Bin zu oft mit Alkohol am Steuer erwischt worden. Hätten sie mich am Steuer von irgendwas geschnappt, das größer als ein Go-Kart ist, hätten sie mich ins County Jail gesteckt und den Schlüssel weggeschmissen.«

Barbie überlegte, ob er ihn auf den grundlegenden Fehler in dieser Argumentation aufmerksam machen sollte, aber wozu sollte er kostbare Luft vergeuden, wenn sie so schwer zu bekommen war?

»Jedenfalls hab ich mir zugetraut, vier Flaschen auf meinem roten Wägelchen zu ziehen, und ich war kaum 'ne Viertelmeile weit gekommen, als ich schon mit der ersten angefangen hab. Ich musste einfach, versteht ihr?«

»Haben Sie gewusst, dass wir hier draußen sind?«, fragte Jackie Wettington.

»Nein, Ma'am. Hier liegt das Gelände höher, das ist alles,

und ich wusste, dass mein Sauerstoff nicht ewig reichen würd. Von euch Leuten hab ich so wenig gewusst wie von diesen Ventilatoren. Ich bin bloß hergekommen, weil ich sonst kein anderes Ziel hatte.«

»Wieso haben Sie so lange gebraucht?«, fragte Pete Freeman. »Vom God Creek herüber sind's sicher nicht viel mehr als drei Meilen.«

»Nun, das war seltsam«, sagte Sam. »Ich bin die Straße raufgekommen – die Black Ridge Road, wisst ihr – und über die Brücke gegangen … noch immer mit angeschlossener erster Flasche, die allerdings verdammt heiß geworden war, und … Sagt mal, habt ihr Leute den toten Bären gesehen? Der aussah, als hätt er sich selbst den Schädel an dem Telefonmast eingeschlagen?«

»Den haben wir gesehen«, bestätigte Rusty. »Lassen Sie mich raten. Ein kleines Stück weiter ist Ihnen schwindlig geworden, und Sie haben das Bewusstsein verloren.«

»Woher wissen Sie das?«

»Wir sind dieselbe Straße gefahren«, sagte Rusty, »und dort draußen wirkt irgendeine Art Kraft. Am stärksten anscheinend auf Kinder und alte Menschen.«

»Ich bin noch nicht so alt«, sagte Sam hörbar gekränkt. »Ich bin nur früh weiß geworden – genau wie meine Mutter.«

»Wie lange waren Sie bewusstlos?«, fragte Barbie.

»Nun, ich trag keine Uhr, aber es war dunkel, als ich wieder in die Gänge gekommen bin, also muss es ziemlich lange gewesen sein. Ich bin zwischendurch einmal aufgewacht, weil ich kaum atmen konnte, hab die Flasche gewechselt und bin wieder eingeschlafen. Verrückt, was? Und die Träume, die ich hatte! Wie ein Zirkus mit drei Manegen! Als ich wieder aufgewacht bin, war ich wirklich wach. Es war dunkel, und ich hab die Flasche gewechselt. Das war gar nicht schwierig, weil's nicht *richtig* dunkel war. Das hätte's sein sollen, mit all dem Ruß an der Kuppel hätte's finster wie in einem Bärenarsch sein sollen, aber wo ich gelegen hab, war ein heller Streifen. Bei Tageslicht ist er nicht zu sehen, aber nachts leuchtet er wie von einer Million Glühwürmchen.«

»Der Leuchtgürtel, so nennen wir ihn«, sagte Joe. Er saß mit Norrie und Benny zusammen. Benny hustete mit vorgehaltener Hand.

»Guter Name dafür«, meinte Sam anerkennend. »Jedenfalls hab ich gewusst, dass hier oben *irgendwer* sein musste, weil ich die Lichter sehen und diese Ventilatoren hören konnte.« Er nickte zu dem Militärlager auf der anderen Seite der Barriere hinüber. »Wusste bloß nicht, ob ich's schaffen würde, bevor mein Sauerstoff alle ist – dieser Hügel ist verdammt steil, und ich hab O-zwei geatmet wie verrückt –, aber ich hab's geschafft.«

Er betrachtete Cox neugierig.

»He, Colonel Klink, ich kann Ihre Atemfeuchtigkeit sehen. Ziehen Sie sich lieber einen Mantel an, oder kommen Sie zu uns, wo's warm ist.« Er lachte meckernd und ließ dabei die letzten ihm verbliebenen Zähne sehen.

»Ich heiße Cox, nicht Klink, und mir fehlt nichts.«

Julia erkundigte sich: »Was haben Sie geträumt, Sam?«

»Komisch, dass *Sie* das fragen«, sagte er, »denn von allen Träumen weiß ich nur noch einen – und der hat von Ihnen gehandelt. Sie haben auf dem Musikpavillon auf dem Stadtanger gelegen, und Sie haben geweint.«

Julia drückte Barbies Hand, drückte sie ganz fest, ohne aber den Blick von Sams Gesicht zu wenden. »Woran haben Sie mich erkannt?«

»Sie waren mit Zeitungen zugedeckt«, sagte Sam. »Mit alten Ausgaben des *Democrat*. Sie haben sie an sich gedrückt, als wären Sie darunter nackt … Entschuldigung, aber Sie haben danach gefragt. Ist das nicht ungefähr der seltsamste Traum, den Sie je gehört haben?«

Cox' Funkgerät, das an einem Gurt über seiner Schulter hing, knackte dreimal. Er drückte die Sprechtaste. »Was gibt's? Reden Sie schnell, ich bin hier beschäftigt.«

Alle hörten, was die Lautsprecherstimme meldete: »Wir haben auf der Südseite einen Überlebenden, Colonel. Ich wiederhole: *Wir haben einen Überlebenden.*«

8   Als am Morgen des 28. Oktobers die Sonne aufging, war »überlebt« das einzig Positive, was das letzte Mitglied der Familie Dinsmore von sich vermelden konnte. Ollie lag platt auf dem Boden, einen Fuß gegen die Kuppel gedrückt, und bekam von den großen Ventilatoren gerade so viel Luft durch die Barriere gepresst, dass er weiterleben konnte.

Er hatte sich verdammt beeilen müssen, um ein genügend großes Stück der Kuppel von innen zu säubern, bevor seine Sauerstoffflasche endgültig leer war. Dies war die Flasche, die er zurückgelassen hatte, als er sich in den Kartoffelberg gewühlt hatte. Er wusste noch, wie er sich gefragt hatte, ob sie explodieren würde. Das hatte sie nicht getan – und das war ein glücklicher Zufall für Oliver H. Dinsmore gewesen. Hätte sie es getan, läge er jetzt tot unter einem Grabhügel aus rotgelben und länglich weißen Kartoffeln.

Er hatte auf der Innenseite der Kuppel kniend die dicken schwarzen Ablagerungen abgekratzt und war sich dabei bewusst gewesen, dass sie teilweise aus menschlichen Überresten bestanden. Das konnte man unmöglich vergessen, wenn sich einem immer wieder Knochensplitter in die Finger bohrten. Ohne Private Ames, der ihn ständig ermunterte, hätte er bestimmt bald aufgegeben. Aber *Ames* war nicht bereit aufzugeben, sondern trieb ihn an, er müsse weiterschuften, verdammt noch mal, diesen Scheiß abwischen, Cow-Kid, das musst du, damit die Ventilatoren wirken können.

Ollie glaubte, dass er vor allem durchgehalten hatte, weil Ames seinen Namen nicht kannte. Er hatte sich damit abgefunden, dass die Kids in der Schule ihn Mistkicker und Zitzenpuller nannten, aber der Teufel sollte ihn holen, wenn er starb, während er hörte, wie irgendein Kerl aus South Carolina ihn Cow-Kid nannte.

Die Ventilatoren hatten röhrend zu arbeiten begonnen, und er hatte den ersten kühlen Lufthauch auf seiner überhitzten Haut gespürt. Er riss sich die Sauerstoffmaske vom Gesicht und drückte Mund und Nase direkt an die schmutzige Innenseite der Kuppel. Keuchend und Ruß aushustend machte er sich daran, weitere Flächen von dem schwarzen Belag zu befreien. Auf der anderen Seite konnte er Ames sehen: auf allen vieren und mit schief gehaltenem Kopf wie ein Mann, der in ein Mauseloch zu spähen versucht.

»So ist es gut!«, rief er. »Wir haben noch zwei Ventilatoren, die wir aufbauen wollen. Gib nicht auf, Cow-Kid! Bloß nicht aufgeben!«

»Ollie«, keuchte er.

»Was?«

»Ich heiße … Ollie. Hör auf, mich … Cow-Kid zu nennen.«

»Okay, ich nenn dich bis in alle Ewigkeit Ollie, wenn du weiterkratzt, damit diese neuen Ventilatoren was ausrichten können.«

Ollies Lunge schaffte es irgendwie, so viel von der durch die Barriere gepressten Luft aufzunehmen, dass er weiterlebte und bei Bewusstsein blieb. Durch seinen Schlitz beobachtete er, wie die Welt heller wurde. Das Licht gab ihm neuen Lebensmut, auch wenn ihm das Herz in die Hose rutschte, als er sah, wie der rosige erste Schimmer des anbrechenden Tages durch den Schmutzfilm getrübt wurde. Das Licht tat gut, denn hier drinnen war alles dunkel und verbrannt und hart und still.

Um fünf Uhr morgens sollte Ames abgelöst werden, aber Ollie schrie laut, er solle bleiben, und Ames weigerte sich, seinen Posten an der Kuppel zu verlassen. Zum Glück bestand der zuständige Vorgesetzte nicht darauf. In kurzen Episoden zwischen langen Pausen, in denen er seinen Mund an die Barriere drückte, um mehr Luft einzusaugen, berichtete Ollie, wie er überlebt hatte.

»Mir war klar, dass ich warten muss, bis das Feuer aus ist«, sagte er, »also hab ich versucht, Sauerstoff zu sparen. Grampy Tom hat mir mal erzählt, dass ihm eine Flasche die ganze Nacht reicht, wenn er schläft, daher hab ich ganz still dagelegen. Ich hab sie auch nicht gleich gebraucht, denn unter den Kartoffeln war noch Luft, die ich erst mal geatmet habe.«

Er drückte seine Lippen an die Barriere, schmeckte den Ruß, war sich bewusst, dass dies die Überreste eines Menschen sein konnten, der vor vierundzwanzig Stunden noch gelebt hatte, und machte sich nichts daraus. Er saugte gierig

Luft ein und säuberte ein weiteres Stück der Kuppel, bevor er weitersprach.

»Unter den Kartoffeln war's zuerst kalt, aber dann ist's warm und zuletzt heiß geworden. Ich dachte, ich muss lebend verbrennen. Über mir ist die ganze Scheune abgebrannt. *Alles* hat gebrannt. Aber die Flammen waren so heiß und gewaltig, dass sie nicht lange vorgehalten haben – und vielleicht hat mich das gerettet. Ich weiß es nicht. Ich bin unter den Kartoffeln geblieben, bis die erste Flasche leer war. Dann musste ich raus. Ich hatte Angst, die andere könnte explodiert sein, aber das war sie nicht. Aber ich wette, dass sie beinahe hochgegangen ist.«

Ames nickte. Ollie saugte weiter Luft durch die Kuppel ein. Das war, als versuchte man, durch ein dickes, schmutziges Tuch zu atmen.

»Und die Treppe. Wär sie aus Holz statt aus Betonsteinen gewesen, wär ich dort nie rausgekommen. Ich hab's nicht mal gleich versucht. Ich bin unter die Kartoffeln zurückgekrochen, weil alles so heiß war. Die in den äußeren Lagen waren in der Schale gebraten – ich konnte sie riechen. Dann wurd's schwierig, Luft zu kriegen, und ich hab gewusst, dass die zweite Flasche auch allmählich leer wurde.«

Er machte eine Pause, als ein Hustenanfall ihn schüttelte. Sobald er sich wieder unter Kontrolle hatte, sprach er weiter.

»Ich bin hergekommen, weil ich nochmal eine Menschenstimme hören wollte, bevor ich sterbe. Ich bin froh, dass es deine war, Private Ames.«

»Ich heiße Clint, Ollie. Und du wirst nicht sterben.«

Aber die Augen, die durch den schmutzigen Streifen am Fuß der Barriere sahen – wie Augen, die durch Glasfenster eines Sarges spähten –, schienen eine andere, wahrere Wahrheit zu kennen.

9   Als zum zweiten Mal das Warnsignal ertönte, wusste Carter sofort, was es zu bedeuten hatte, obwohl er aus einem traumlosen Schlaf geweckt worden war. Weil ein Teil seines Ichs nicht mehr richtig schlafen würde, bis das hier vorbei

oder er tot war. Das, so seine Vermutung, war der menschliche Überlebenstrieb: ein niemals schlafender Wachmann tief im Gehirn.

Zum zweiten Mal ertönte das Signal gegen halb acht am Samstagmorgen. Das wusste Carter, weil das Zifferblatt seiner Armbanduhr sich per Knopfdruck beleuchten ließ. Seit die Notbeleuchtung irgendwann nachts ausgefallen war, war es in ihrem Atombunker stockfinster.

Als er sich aufsetzte, stieß ihn etwas ins Genick. Vermutlich die Taschenlampe, die sie gestern Abend benutzt hatten. Carter packte sie und schaltete sie ein. Er war auf dem Fußboden. Big Jim lag auf der Couch. Es war Big Jim, der ihn mit der Lampe angestoßen hatte.

Natürlich kriegt er die Couch, dachte Carter grollend. *Er ist der Boss, oder nicht?*

»Los, geh, Junge«, sagte Big Jim. »So schnell du kannst.«

Wieso immer ich?, dachte Carter ... aber das sagte er nicht. Er musste gehen, weil der Boss *alt* war, weil der Boss *dick* war, weil der Boss *ein schlechtes Herz* hatte. Und natürlich, weil er der Boss war. James Rennie, der Kaiser von Chester's Mill.

Rennie, der Gebrauchtwagenkaiser, mehr bist du nicht, dachte Carter. *Und du stinkst nach Schweiß und Sardinenöl.*

»Na los!« Das klang gereizt. Und ängstlich. »Worauf wartest du noch?«

Carter stand auf. Der Lichtstrahl seiner Stablampe glitt über die vollen Regale des Bunkers hinweg (so viele Sardinendosen!), als er in den Schlafraum hinübertappte. Dort flackerte noch eine Lampe der Notbeleuchtung, aber auch sie würde bald erlöschen. Hier war das Warnsignal lauter, ein gleichmäßiger *AAAAAAAAAAAA-Laut. Ein Summen,* das ihre bevorstehende Verdammnis ankündigte.

Hier kommen wir nie mehr raus, dachte Carter.

Er richtete den Lampenstrahl auf die Falltür vor dem Notstromaggregat, das weiter dieses tonlose irritierende Summen von sich gab, das ihn aus irgendeinem Grund an den Boss erinnerte, wenn der Boss Reden schwang. Vielleicht, weil beide Laute dieselbe unverschämte Forderung ausdrückten: *Füttere mich, füttere mich, füttere mich. Gib mir Propan, gib mir Sardinen, gib mir Super bleifrei für meinen Hummer. Füttere mich. Ich werde trotzdem sterben, und dann wirst du sterben, aber wen kümmert's? Wem ist das nicht scheißegal? Füttere mich, füttere mich, füttere mich.*

In dem in den Boden eingelassenen Lagerraum standen jetzt nur noch sechs Propanflaschen. Sobald er die fast leere Flasche ersetzte, würden es nur noch fünf sein. Fünf jämmerlich kleine Behälter, nicht viel größer als Blue-Rhino-Tanks, zwischen ihnen und dem Erstickungstod, wenn der Luftreiniger zu arbeiten aufhörte.

Carter zog eine herauf, stellte sie aber vorläufig nur neben das Aggregat. Trotz des irritierenden *AAAAAAAAAAA* hatte er nicht die Absicht, die angeschlossene Flasche zu wechseln, bevor sie ganz leer war. Keine Chance. Echt nicht. Wie früher der Kaffee von Maxwell House war das Flüssiggas bis zum letzten Tropfen gut.

Andererseits konnte einem dieser Summer ganz schön auf den Keks gehen. Carter traute sich zu, ihn zu finden und abzuklemmen – aber woher sollten sie dann wissen, wann das Aggregat frisches Propan brauchte?

Wie zwei Ratten, die unter einem umgestürzten Eimer gefangen sind, das sind wir.

Er stellte eine Überschlagsrechnung an. Noch sechs Flaschen, von denen jede ungefähr elf Stunden lang reichte. Aber sie konnten die Klimaanlage ausschalten und so zwölf oder sogar dreizehn Stunden pro Flasche rausholen. Rechnen wir sicherheitshalber mal mit zwölf. Zwölf mal sechs ist … Augenblick …

Das *AAAAAAAAAAA* erschwerte das Kopfrechnen zusätzlich, aber schließlich gelangte er doch zum richtigen Ergebnis. Zweiundsiebzig Stunden zwischen ihnen und einem elenden Erstickungstod hier unten in der Dunkelheit. Und wieso war es dunkel? Weil niemand sich die Mühe gemacht hatte, die Batterien der Notbeleuchtung zu wechseln, deshalb. Sie waren vermutlich seit zwanzig Jahren oder noch länger nicht mehr gewechselt worden. So hatte der Boss *Geld gespart.* Und wieso hatten hier nur sieben beschissene kleine Gasflaschen gestanden, wenn draußen beim WCIK ungefähr eine Zillion Liter lagerten, die nur darauf warteten, in die Luft fliegen zu dürfen? Weil der Boss gern alles genau dort hatte, *wo er's haben wollte.*

Während Carter dasaß und auf das *AAAAAAAAAAA* horchte, fiel ihm etwas ein, was sein Dad oft gesagt hatte: *Einen Cent sparen und einen Dollar verlieren.* Das war Rennie, wie er leibte und lebte. Rennie, der Gebrauchtwagenkaiser. Rennie, der große Politiker. Rennie, der Drogenbaron. Wie viel hatte er mit dem Drogenlabor verdient? Eine Million? Zehn? Und spielte das eine Rolle?

Er hätte die Kohle vermutlich nie ausgegeben, dachte Carter, *und jetzt kann er sie erst recht nicht ausgeben. Hier unten kann man nichts ausgeben. Er hat so viele Sardinen, wie er essen kann, und sie sind umsonst.*

»Carter?« Big Jims Stimme kam durch die Dunkelheit herangeschwebt. »Willst du jetzt die Flasche tauschen oder bloß dem Summer zuhören?«

Carter öffnete den Mund, um zu rufen, sie würden noch warten, weil jede Minute zähle, aber in diesem Augenblick verstummte das *AAAAAAAAAAA* endlich. Das tat auch das sanfte *Kwiep-kwiep-kwiep* des Luftreinigers.

»Carter?«

»Schon dabei, Boss.« Mit der Taschenlampe unter dem Arm zog Carter die leere Flasche heraus, stellte die volle auf die Plattform, auf der ein zehnmal größerer Tank Platz gehabt hätte, und schloss sie an.

Jede Minute zählte ... oder etwa nicht? *Warum* zählte sie, wenn am Ende doch wieder der gleiche Erstickungstod stehen würde?

Aber der Überlebens-Wachmann in seinem Kopf sagte, das sei eine blödsinnige Frage. Der Überlebens-Wachmann fand, zweiundsiebzig Stunden seien zweiundsiebzig Stunden, von denen jede einzelne Minute zähle. Denn wer konnte wissen, was noch passieren würde? Vielleicht fand das Militär endlich ein Mittel, um den Dome zu knacken. Er konnte sogar von selbst verschwinden, so plötzlich und unerklärlich vergehen, wie er gekommen war.

»Carter? Was machst du da hinten? Meine verflixte Groß-
mutter könnte sich schneller bewegen, und die ist tot!«

»Bin fast fertig.«

Er vergewisserte sich, dass die Verbindung dicht war, und
legte einen Daumen auf den Anlassknopf (wobei er sich
überlegte, dass sie schön in der Scheiße saßen, wenn die Batterie des Stromaggregats so alt war wie die Batterien der
Notbeleuchtung). Dann machte er eine Pause.

Zweiundsiebzig Stunden hatten sie zu *zweit*. Wäre er jedoch allein, könnte er daraus neunzig, vielleicht sogar hundert Stunden machen, wenn er den Luftreiniger abstellte, bis
die Luft richtig dick wurde. Das hatte er Big Jim bereits vorgeschlagen, doch der hatte diese Idee sofort verworfen.

»Hab ein schlechtes Herz«, hatte er Carter erklärt. »Je
dicker die Luft ist, desto eher spielt es mir Streiche.«

»*Carter?*« Laut und fordernd. Eine Stimme, die seine Ohren beleidigte genau wie der Geruch von Rennies Sardinen
seine Nase. »*Was geht da hinten vor?*«

»Alles klar, Boss!«, rief er und drückte den Knopf. Der
Anlasser surrte, und das Notstromaggregat begann wieder
zu arbeiten.

Darüber muss ich noch nachdenken, sagte Carter sich,
aber der Überlebens-Wachmann war anderer Auffassung.
Der Überlebens-Wachmann fand, jede verlorene Minute sei
eine vergeudete Minute.

Er war gut zu mir, sagte Carter sich. Er hat mir Verantwortung übertragen.

*Drecksarbeit, die er nicht selbst erledigen wollte, die hat er
dir gegeben. Und ein Loch im Boden, um darin zu sterben.
Das auch.*

Carters Entschluss stand fest. Als er in den Hauptraum
zurückging, zog er seine Beretta aus dem Halfter. Er überlegte, ob er sie hinter seinem Rücken verbergen sollte, damit
der Boss sie nicht sah, und entschied sich dagegen. Der Mann
hatte ihn schließlich *Sohn* genannt, und vielleicht hatte er es
wirklich ernst gemeint. Er hatte etwas Besseres verdient als
einen unerwarteten Genickschuss, als ein gänzlich unvorbe-
reitetes Abtreten.

10   Im äußersten Nordosten des Stadtgebiets war es nicht dunkel; dort war die Kuppel von Rauch geschwärzt, aber keineswegs undurchsichtig. Die Sonne schien hindurch und tauchte alles in ein fiebriges Rosa.

Norrie kam zu Barbie und Julia gerannt. Sie hustete und war außer Atem, aber sie rannte trotzdem.

»Grampa hat einen Herzanfall!«, rief sie jammernd, dann sank sie keuchend und würgend auf die Knie.

Julia legte ihr einen Arm um die Schultern und drehte ihr Gesicht den röhrenden Ventilatoren zu. Barbie kroch zu der Stelle hinüber, wo die eine Gruppe von Flüchtlingen Ernie Calvert, Rusty Everett, Ginny Tomlinson und Dougie Twitchell umringte.

»Lasst ihnen Platz, Leute!«, knurrte Barbie. »So kriegt der arme Kerl keine Luft!«

»Das ist eben das Problem«, sagte Tony Guay. »Sie haben ihm gegeben, was noch da war … das Zeug, das für die Kinder gedacht war … aber …«

»Adrenalin«, sagte Rusty, und Twitch drückte ihm eine Spritze in die Hand. Rusty injizierte das Mittel. »Ginny, du fängst mit Herzdruckmassage an. Sobald du müde wirst, löst Twitch dich ab. Danach komme ich.«

»Ich will mithelfen«, sagte Joanie. Tränen liefen ihr übers Gesicht, aber sie wirkte ganz gefasst. »Ich hab einen Erste-Hilfe-Kurs gemacht.«

»In dem war ich auch«, sagte Claire. »Ich helfe mit.«

»Und ich«, sagte Linda ruhig. »Ich hab erst im Sommer einen Auffrischungskurs gemacht.«

Dies ist eine kleine Stadt, und wir alle unterstützen das Team, dachte Barbie. Ginny – deren Gesicht noch von ihren eigenen Verletzungen geschwollen war – begann mit der Herzdruckmassage. Als Julia und Norrie sich eben zu Barbie gesellten, wurde sie von Twitch abgelöst.

»Werden sie ihn retten können?«, fragte Norrie.

»Weiß ich nicht«, sagte Barbie. Aber er *wusste* es; das war das Schlimme.

Twitch löste Ginny ab. Barbie beobachtete, wie Schweißtropfen von seiner Stirn Ernies Hemdbrust dunkel verfärb-

1130

ten. Nach ungefähr fünf Minuten hörte er atemlos hustend auf. Als Rusty ihn beiseiteschieben wollte, schüttelte Twitch den Kopf. »Er ist tot.« Twitch wandte sich an Joanie und sagte: »Tut mir so leid, Mrs. Calvert.«

Joanies Gesicht begann zu zittern, dann verlor sie die Fassung. Sie stieß einen Trauerlaut aus, der in einen Hustenanfall überging. Norrie, die selbst wieder husten musste, hielt sie tröstend umarmt.

»Barbie«, sagte eine Stimme. »Auf ein Wort?«

Das war Cox, der einen braun gefleckten Kampfanzug und darüber eine Vliesjacke gegen die Kälte auf der anderen Seite trug. Barbie gefiel sein ernster Gesichtsausdruck nicht. Julia begleitete ihn. Sie lehnten dicht an der Barriere und bemühten sich, langsam und gleichmäßig zu atmen.

»Auf der Kirtland Air Force Base in New Mexico hat's einen Unfall gegeben.« Cox sprach so leise, dass nur sie ihn hören konnten. »Die Lenkwaffe mit Atomsprengkopf, die wir einsetzen wollten, ist dort getestet worden, und … Scheiße.«

»Sie ist *detoniert*?«, fragte Julia entsetzt.

»Nein, Ma'am, sie ist geschmolzen. Zwei Soldaten waren gleich tot, weitere fünf bis sechs dürften noch an Strahlenverbrennungen und/oder Strahlenvergiftung sterben. Entscheidend ist, dass wir den Gefechtskopf eingebüßt haben. Wir haben das Scheißding eingebüßt.«

»Durch eine Fehlfunktion?«, fragte Barbie. Er hoffte fast, dass es eine gewesen war, weil das bedeutet hätte, dass der Gefechtskopf ohnehin versagt hätte.

»Nein, Colonel, es war keine. Deshalb habe ich von einem Unfall gesprochen. Solche Dinge passieren, wenn Leute sich beeilen, und wir haben unter kollektivem Stress gestanden.«

»Diese Männer tun mir so leid«, sagte Julia. »Wissen ihre Angehörigen schon davon?«

»Sehr freundlich von Ihnen, dass Sie angesichts Ihrer eigenen Situation so denken. Die Angehörigen werden bald informiert. Der Unfall hat sich heute Nacht gegen ein Uhr unserer Zeit ereignet. Die Arbeit an Little Boy Two hat schon begonnen. Die Lenkwaffe müsste in drei, höchstens vier Tagen einsatzbereit sein.«

Barbie nickte. »Danke, Sir, aber ich weiß nicht, ob wir so lange durchhalten können.«

Hinter ihnen ertönte ein langer, dünner Klagelaut: das Jammern eines Kindes. Als Barbie und Julia sich danach umdrehten, ging es in einen würgenden Hustenanfall über, der das Mädchen nach Atem ringen ließ. Sie sahen Linda neben ihrer älteren Tochter knien und sie in die Arme schließen.

»Sie kann nicht tot sein!«, kreischte Janelle. *»Audrey kann nicht tot sein!«*

Aber sie war tot. Der Golden Retriever der Everetts war nachts verendet, still und ohne großes Theater, während die Little Js links und rechts von ihm geschlafen hatten.

11   Als Carter in den Hauptraum zurückkam, futterte der Zweite Stadtverordnete von The Mill Frühstücksflocken aus einer Familienpackung mit einem Cartoonpapagei auf der Vorderseite. Carter erkannte diesen mythischen Vogel von vielen Frühstücken in seiner Kindheit: Tukan Sam, der Schutzheilige von Froot Loops.

Müssen verdammt muffig schmecken, dachte Carter und empfand vorübergehend Mitleid mit dem Boss. Dann dachte er an den Unterschied zwischen ungefähr siebzig Stunden Luft und achtzig bis hundert und stählte sein Herz.

Big Jim schaufelte weitere Frühstücksflocken aus der Familienpackung, dann sah er die Beretta in Carters Hand.

»Ah«, sagte er.

»Tut mir leid, Boss.«

Big Jim öffnete die Hand und ließ die Froot Loops in die Packung zurückrieseln, aber seine Hand war so klebrig, dass einige der leuchtend bunten Ringe an Fingern und Handfläche hafteten. Schweiß glänzte auf seiner Stirn und tröpfelte von seiner Stirnglatze.

»Mein Sohn, tu das nicht.«

»Ich muss, Mr. Rennie. Es ist nichts Persönliches.«

Das stimmte sogar, überlegte Carter sich. Wirklich über-

1132

haupt nichts. Sie waren hier unten gefangen, das war alles. Und weil das wegen Big Jims Entscheidungen passiert war, würde er dafür büßen müssen.

Big Jim stellte die Packung Froot Loops auf den Fußboden. Das tat er so vorsichtig, als fürchtete er, sie könnte bei grober Behandlung zerbrechen. »Weshalb sonst?«

»Es läuft einfach auf … auf Luft hinaus.«

»Luft. Ich verstehe.«

»Ich hätte mit der Pistole hinter dem Rücken reinkommen und Sie mit einem Kopfschuss erledigen können, aber das wollte ich nicht. Ich wollte Ihnen Zeit geben, sich darauf vorzubereiten. Weil Sie gut zu mir gewesen sind.«

»Dann lass mich nicht leiden, Junge. Wenn es nichts Persönliches ist, wirst du mich nicht leiden lassen.«

»Wenn Sie stillhalten, brauchen Sie nicht zu leiden. Es geht ganz schnell. Als gäbe man einem waidwunden Tier den Gnadenschuss.«

»Können wir darüber reden?«

»Nein, Sir. Mein Entschluss steht fest.«

Big Jim nickte. »Also gut. Darf ich erst noch ein Gebet sprechen? Willst du mir das gestatten?«

»Ja, Sir, Sie dürfen beten, wenn Sie wollen. Aber machen Sie schnell. Das hier ist auch für mich schwierig, wissen Sie.«

»Das glaube ich. Du bist ein guter Junge, mein Sohn.«

Carter, der seit seinem vierzehnten Lebensjahr nicht mehr geweint hatte, spürte ein Prickeln in den Augenwinkeln. »Es ändert nichts, wenn Sie mich Sohn nennen.«

»Aber es hilft *mir*. Und wenn ich sehe, dass du gerührt bist … das hilft mir auch.«

Big Jim wuchtete seinen massigen Leib vom Sofa und kniete nieder. Dabei stieß er die Froot Loops um und ließ ein betrübtes kleines Lachen hören. »War keine besonders tolle Henkersmahlzeit, kann ich dir sagen.«

»Nein, vermutlich nicht. Tut mir leid.«

Big Jim, jetzt mit dem Rücken zu Carter, seufzte. »Aber ich werde schon in ein paar Minuten Roastbeef am Tisch des Herrn essen, also ist *das* in Ordnung.« Er hob einen dicklichen Finger und drückte damit auf einen Punkt unter der

Wölbung seines Hinterkopfs. »Genau hier. In den Hirn-
stamm. Abgemacht?«

Carter schluckte etwas hinunter, was eine große Fusselku-
gel zu sein schien.

»Willst du gottwärts mit mir niederknien?«

Carter, dessen letztes Gebet noch länger zurücklag als
seine letzten Tränen, hätte fast Ja gesagt. Dann fiel ihm ein,
wie gerissen der Boss sein konnte. Wahrscheinlich war er das
jetzt nicht, vermutlich war er darüber hinaus, aber Carter
hatte diesen Mann in Aktion erlebt und wollte nichts riskieren. Er schüttelte den Kopf. »Sprechen Sie Ihr Gebet. Und
wenn Sie bis zum Amen kommen wollen, müssen Sie's wirklich kurz machen.«

Auf den Knien, weiter mit dem Rücken zu Carter, faltete
Big Jim die Hände, auf dem Sofa, dessen Polster noch von
seinem beträchtlichen Hintern eingedrückt waren. »Lieber
Gott, hier spricht dein Diener James Rennie. Ich werde zu
dir kommen, schätze ich, ob ich will oder nicht. Der Becher
ist an meine Lippen gesetzt worden, und ich kann nicht …«

Er konnte ein lautes trockenes Schluchzen nicht zurückhalten.

»Mach das Licht aus, Carter. Ich will nicht vor dir weinen.
So sollte ein Mann nicht sterben müssen.«

Carter streckte seine Rechte aus, bis die Mündung der Beretta fast Big Jims Nacken berührte. »Okay, aber das war
Ihre letzte Bitte.« Dann schaltete er die Taschenlampe aus.

Im selben Augenblick wusste er, dass das ein Fehler gewesen war, aber da war es schon zu spät. Er hörte, wie der Boss
sich bewegte – jesusmäßig flink für einen großen Kerl mit
Herzproblemen. Carter drückte ab und sah im Mündungs-
feuer in dem eingedrückten Sofapolster ein Einschussloch
erscheinen. Big Jim kniete nicht mehr vor ihm, aber er konnte
nicht weit sein, so wieselflink er sich auch bewegt haben
mochte. Als Carter die Stablampe wieder einschaltete, stieß
Big Jim mit dem Fleischermesser zu, das er sich aus der
Schublade neben dem kleinen Herd geholt hatte, und fünfzehn Zentimeter kalter Stahl glitten in Carter Thibodeaus
Unterleib.

Er schrie vor Schmerzen auf und drückte nochmals ab. Big Jim fühlte die Kugel dicht an seinem Ohr vorbeizischen, aber er wich nicht zurück. Auch er hatte einen Überlebens-Wachmann, der ihm in der Vergangenheit äußerst gute Dienste geleistet hatte und ihm jetzt sagte, wenn er zurückweiche, werde er sterben. Er rappelte sich auf, riss die Messerklinge in der Bewegung mit sich hoch und schlitzte so dem dummen Jungen, der geglaubt hatte, Big Jim Rennie reinlegen zu können, den Bauch auf.

Carter schrie erneut. Big Jims Gesicht wurde mit Blutstropfen besprenkelt, von denen er hoffte, dass sie vom letzten Atemzug des Jungen versprüht wurden. Er stieß Carter von sich weg. Carter torkelte im Lichtstrahl der zu Boden gefallenen Stablampe rückwärts, zertrat Froot Loops, die unter seinen Füßen knirschten, und hielt sich den Unterleib. Zwischen seinen Fingern quoll Blut hervor. Er grapschte Halt suchend nach den Regalen und sank in einem Hagel aus Vigo-Sardinen, Snow's-Grillmuscheln und Campbell's-Suppen auf die Knie. So verharrte er einen Augenblick, als hätte er sich die Sache mit dem Beten doch anders überlegt. Die Haare hingen ihm ins Gesicht. Dann konnte er sich nicht mehr halten und sackte zusammen.

Big Jim überlegte, ob er bei dem Messer bleiben sollte, aber für einen Mann mit Herzproblemen (er nahm sich erneut vor, sie gleich behandeln zu lassen, sobald dieser Schlamassel vorüber war) war das zu arbeitsintensiv. Stattdessen hob er Carters Pistole auf und trat damit auf den törichten Jungen zu.

»Carter? Bist du noch ansprechbar?«

Carter stöhnte, wollte sich herumwälzen, gab dann aber auf.

»Ich erledige dich jetzt mit einem Schuss hoch in den Hinterkopf, genau wie du es bei mir machen solltest. Aber davor möchte ich dir einen letzten Rat geben. Hörst du mir zu?«

Carter stöhnte nochmals. Big Jim wertete das als Zustimmung.

»Mein Rat lautet folgendermaßen: Lass einem gewieften Politiker niemals Zeit zu beten.«

Big Jim drückte ab.

12 »Er stirbt, glaub ich!«, rief Private Ames. »Ich glaub, der Junge stirbt!«

Sergeant Groh kniete neben Ames nieder und spähte durch den rußigen Schlitz am Fuß der Barriere. Ollie Dinsmore lag so auf der Seite, dass seine Lippen fast die Kuppel berührten, die jetzt wegen der Rußschicht auf ihrer Innenseite sichtbar war. Groh blaffte mit seiner besten Schleiferstimme: *»He! Ollie Dinsmore! Augen gerade-aus!«*

Der Junge öffnete langsam die Augen und sah die beiden Männer an, die keinen halben Meter von ihm entfernt kauerten – in einer kälteren, saubereren Welt kauerten. »Was?«, flüsterte er.

»Nichts, Junge«, sagte Groh. »Schlaf weiter.«

Der Sergeant wandte sich an den jungen Soldaten. »Entwarnung, Private Ames. Ihm geht es gut.«

»Das stimmt nicht. Sehen Sie ihn sich bloß an!«

Groh fasste Ames am Arm und zog ihn – nicht unfreundlich – hoch. »Nein«, bestätigte er, »ihm geht es nicht mal andeutungsweise gut, aber er lebt und schläft, und im Augenblick können wir nicht mehr verlangen. So verbraucht er weniger Sauerstoff. Ziehen Sie los und holen Sie sich was zu essen. Haben Sie überhaupt gefrühstückt?«

Ames schüttelte den Kopf. Der Gedanke an Frühstück war ihm nicht einmal gekommen. »Ich will für den Fall hierbleiben, dass er wieder zu sich kommt.« Er zögerte, dann fügte er hastig hinzu: »Ich will hier sein, falls er stirbt.«

»Er stirbt nicht so bald«, sagte Groh. Er hatte keine Ahnung, ob das stimmte oder nicht. »Los, holen Sie sich was vom Tisch – und wenn's nur eine Scheibe Mortadella auf Brot ist. Sie sehen beschissen aus, Soldat.«

Ames nickte zu dem Jungen hinüber, der mit Mund und Nase dicht an der Barriere auf brandgeschwärzter Erde schlief. Sein Gesicht war voller Schmutzstreifen, und sie konnten kaum erkennen, wie seine Brust sich hob und senkte. »Wie lange hat er Ihrer Meinung nach noch, Sarge?«

Groh zuckte mit den Schultern. »Wahrscheinlich nicht sehr lange. Aus der Gruppe auf der anderen Seite ist heute Morgen schon jemand gestorben, und mehreren anderen geht's nicht besonders gut. Dabei ist es dort drüben besser. Sauberer. Sie müssen aufs Schlimmste gefasst sein.«

Ames spürte, dass er den Tränen nahe war. »Der Junge hat seine ganze Familie verloren.«

»Los, holen Sie sich was zu essen. Ich bleibe inzwischen hier.«

»Aber danach darf ich bleiben?«

»Wenn der Junge Sie will, kriegt der Junge Sie, Private«, bestätigte Groh. »Sie können bis zum Ende bleiben.«

Der Sergeant beobachtete, wie Ames im Laufschritt zu dem Tisch mit Essen rannte, der in der Nähe des Hubschraubers stand. Hier draußen war es zehn Uhr morgens an einem schönen Spätherbstmorgen. Die Sonne schien und ließ die letzten Raureifspuren schmelzen. Aber keinen Meter weit entfernt lag unter einer Kuppel eine Schattenwelt, eine Welt, in der die Luft vergiftet war und die Zeit ihre Bedeutung verloren hatte. Groh erinnerte sich an den Teich in einem Park, in dessen Nähe er aufgewachsen war. Das war in Wilton, Connecticut, gewesen. In diesem Teich hatte es Goldkarpfen gegeben, große alte Fische. Die Kids hatten sie oft gefüttert. Das heißt, bis zu dem Tag, an dem einer der Gärtner einen Unfall mit irgendeinem Düngemittel gehabt hatte. Goodbye, Fischchen. Alle zehn oder zwölf hatten kieloben an der Wasseroberfläche getrieben.

Während er jetzt den schmutzigen Jungen betrachtete, der jenseits der Barriere schlief, war es unmöglich, nicht an die Karpfen von damals zu denken … nur war ein Junge kein Fisch.

Ames kam zurück und aß etwas, was er offensichtlich nicht wollte. Als Soldat nicht viel wert, fand Groh, aber ein guter Junge, der ein gutes Herz hatte.

Private Ames ließ sich nieder. Sergeant Groh leistete ihm Gesellschaft. Gegen Mittag wurde von der anderen Seite der Kuppel gemeldet, dass dort ein weiterer Überlebender gestorben war. Ein kleiner Junge namens Aidan Appleton. Ein weiteres Kind. Groh glaubte, am Vortag seine Mutter kennengelernt zu haben. Hoffentlich irrte er sich in diesem Punkt, aber das war nicht sehr wahrscheinlich.

1137

»Wer ist daran schuld?«, fragte Ames ihn. »Wer hat diesen
Scheiß angestellt, Sarge? Und warum?«

Groh schüttelte den Kopf. »Keine Ahnung.«

»Das ist so *sinnlos*!«, rief Ames aus. Vor ihnen bewegte
Ollie sich, bekam dadurch weniger Luft und brachte sein
Gesicht im Schlaf wieder in die schwache Brise, die durch die
Barriere gepresst wurde.

»Wecken Sie ihn nicht auf«, sagte Groh und dachte dabei:
Wenn er im Schlaf stirbt, ist es für uns alle besser.

13 Um zwei Uhr husteten alle Flüchtlinge außer – unglaublich, aber wahr – Sam Verdreaux, dem die schlechte
Luft anscheinend nichts anhaben konnte, und Little Walter,
der nichts tat, als zu schlafen und zwischendurch sein Fläschchen Milch oder Saft zu trinken. Barbie saß an die Kuppel
gelehnt und hatte einen Arm um Julia gelegt. Nicht weit von
ihnen entfernt saß Thurston Marshall neben der zugedeckten Leiche des kleinen Aidan Appleton, der erschreckend
plötzlich gestorben war. Thurse, der jetzt fast unaufhörlich
hustete, hielt Alice auf dem Schoß. Sie hatte sich in den Schlaf
geweint. Ein paar Meter weiter saß Rusty zusammengedrängt mit seiner Frau und den Mädchen, die sich ebenfalls
in den Schlaf geweint hatten. Rusty hatte Audreys Kadaver
hinter den Krankenwagen geschafft, damit die Mädchen ihn
nicht sehen mussten. Dabei hatte er auf dem Hin- und Rückweg die Luft angehalten; schon fünfzehn Meter von der
Kuppel entfernt wurde die Luft erstickend, tödlich. Sobald
er wieder zu Atem gekommen war, würde er vermutlich das
Gleiche mit dem kleinen Jungen tun müssen. Neben Audrey
würde er in guter Gesellschaft sein, schließlich war sie immer kinderlieb gewesen.

Joe McClatchey ließ sich neben Barbie zu Boden sinken.
Er sah jetzt wirklich aus wie eine Vogelscheuche. Sein Gesicht war mit Akne gesprenkelt, und die purpurroten Schatten unter seinen Augen hätten verfärbte Prellungen sein
können.

»Meine Mutter schläft«, sagte Joe.

»Julia auch«, sagte Barbie, »red also leise.«

Julia öffnete ein Auge. »Schlaf nich'«, sagte sie und schloss das Auge sofort wieder. Sie hustete, verstummte und hustete dann nochmals.

»Benny ist richtig krank«, sagte Joe. »Er hat Fieber wie der kleine Junge, bevor er gestorben ist.« Er zögerte. »Meine Mutter ist auch ziemlich warm. Vielleicht liegt es nur daran, dass es hier drin so heiß ist, aber … ich glaube nicht, dass das der Grund ist. Was, wenn sie stirbt? Wenn wir alle sterben?«

»Das tun wir nicht«, sagte Barbie. »Sie finden eine Möglichkeit, uns zu helfen.«

Joe schüttelte den Kopf. »Das tun sie nicht. Und das wissen Sie. Weil sie draußen sind. Niemand von außerhalb kann uns helfen.« Er sah über die schwarze Einöde hinaus, wo noch am Tag zuvor eine Kleinstadt gestanden hatte, und lachte – ein heiseres Krächzen, das umso grausiger war, weil es tatsächlich leicht amüsiert klang. »Chester's Mill ist seit 1803 als Stadt verzeichnet – das haben wir in der Schule gelernt. Also über zweihundert Jahre alt. Und nur eine Woche hat's gebraucht, um es vom Angesicht der Erde zu tilgen. Eine einzige beschissene Woche. Wie finden Sie das, Colonel Barbara?«

Barbie fiel nichts zu sagen ein.

Joe hielt sich eine Hand vor den Mund, hustete. Hinter ihnen röhrten und röhrten die Ventilatoren. »Ich bin ziemlich clever. Wissen Sie das? Ich meine, ich will nicht angeben, aber … ich bin clever.«

Barbara dachte an die Liveübertragung vom Aufschlag der Lenkwaffe, die der Junge eingerichtet hatte. »Kein Widerspruch, Joe.«

»In einem Spielberg-Film ist es der clevere Junge, der im letzten Augenblick eine Lösung findet, hab ich recht?« Barbie spürte, dass Julia sich erneut bewegte. Sie hatte jetzt beide Augen geöffnet und betrachtete Joe ernst.

Dem Jungen liefen langsam Tränen übers Gesicht. »Ich hab echt bewiesen, was für ein toller Spielberg-Junge ich bin. Wären wir im Jurassic Park, würden die Dinosaurier uns garantiert fressen.«

»Wenn sie nur müde würden«, sagte Julia verträumt.

»Hä?« Joe starrte sie blinzelnd an.

»Die Lederköpfe. Die Lederkopf-*Kinder*. Kinder finden ihre Spiele normalerweise irgendwann langweilig und fangen mit was anderem an. Oder ...« Sie hustete angestrengt. »... oder ihre Eltern rufen sie zum Abendessen nach Hause.«

»Vielleicht essen sie nicht«, sagte Joe trübselig. »Vielleicht haben sie auch keine Eltern.«

»Oder vielleicht läuft die Zeit für sie anders ab«, sagte Barbie. »In ihrer Welt haben sie sich vielleicht eben erst vor ihre Version des Kastens gesetzt. Vielleicht fängt das Spiel für sie gerade erst an. Wir wissen nicht mal bestimmt, dass sie Kinder sind.«

Piper Libby gesellte sich zu ihnen. Ihr Gesicht war gerötet, und die Haare klebten ihr strähnig an den Wangen. »Sie sind Kinder«, sagte sie.

»Woher weißt du das?«, fragte Barbie.

»Ich weiß es einfach.« Sie lächelte. »Sie sind der Gott, an den ich seit ungefähr drei Jahren zu glauben aufgehört habe. Gott hat sich als eine Bande von bösartigen kleinen Kindern erwiesen, die Interstellare X-Box spielen. Ist das nicht komisch?« Ihr Lächeln wurde breiter, dann brach sie in Tränen aus.

Julia sah zu dem Kasten mit dem purpurroten Blinklicht hinüber. Ihr Gesichtsausdruck war nachdenklich und ein wenig verträumt.

14   Es ist Samstagabend in Chester's Mill. Das ist der Abend, an dem sich die Eastern-Star-Ladys immer getroffen haben (und nach der Versammlung waren sie oft bei Henrietta Clavard und tranken Wein und erzählten ihre besten schmutzigen Witze). Es ist der Abend, an dem Peter Randolph und seine Kumpel immer pokerten (und ebenfalls ihre besten schmutzigen Witze erzählten). Der Abend, an dem Stewart und Fern Bowie oft nach Lewiston fuhren, um sich in einem Sex-Salon in der Lower Lisbon Street ein paar Nutten zu nehmen. Der Abend, an dem Lester Coggins im Gemeindesaal der Erlöserkirche Gebetsversammlungen abhielt und Piper Libby im Untergeschoss der Congo Church Tanzpartys für Teenager veranstaltete. Der Abend, an dem das Dipper's bis ein Uhr brummte (und wo die Menge gegen halb eins betrunken ihre Hymne »Dirty Water« zu fordern begann – einen Song, den alle Bands aus Boston gut kennen). Der Abend, an dem Howie und Brenda Perkins immer Hand in Hand über den Stadtanger spazierten und die anderen Paare grüßten, die sie kannten. Der Abend, an dem Alden Dinsmore, seine Frau Shelley und ihre beiden Söhne manchmal im Vollmondschein Fangen spielten. In Chester's Mill (wie in den meisten Kleinstädten, in denen alle das Team unterstützen) waren die Samstagabende im Allgemeinen die besten Abende, wie geschaffen, um zu tanzen und zu bumsen und zu träumen.

Nicht jedoch dieser. Dieser ist schwarz und scheinbar endlos lang. Der Wind hat sich gelegt. Die vergiftete Luft ist heiß und still. Draußen, wo früher die Route 119 war, bis die Gluthitze sie weggebrannt hat, liegt Ollie Dinsmore da, das Gesicht an den sauber gewischten Schlitz gepresst, und klammert sich weiter hartnäckig ans Leben, während Private Clint Ames keinen halben Meter von ihm entfernt weiter geduldig Wache hält. Irgendein Schlaukopf hatte den Jungen mit einem Scheinwerfer anstrahlen wollen; das hatte Ames (mit Unterstützung von Sergeant Groh, der letztlich doch kein Unmensch war) verhindern können, indem er darauf hingewiesen hatte, dass man Scheinwerfer auf schlafende Leute richtete, die Terroristen waren, nicht auf Teenager, die vermutlich tot sein würden, bevor die Sonne aufging. Ames hat jedoch eine Taschenlampe, mit der er gelegentlich den Jungen beleuchtet, um sich davon zu überzeugen, dass er noch atmet. Das tut er, aber immer wenn Ames die Lampe wieder anschaltet, erwartet er zu sehen, dass die flachen Atemzüge aufgehört haben. Tatsächlich hat ein Teil seines Ichs angefangen, darauf zu hoffen. Ein Teil seines Ichs hat angefangen, die Wahrheit zu akzeptieren: Unabhängig davon, wie findig Ollie Dinsmore gewesen ist oder wie heldenhaft er gekämpft hat, gibt es für ihn keine Zukunft. Ihn weiterkämpfen zu sehen, ist schrecklich. Gegen Mitternacht schläft Private Ames selbst ein – aufrecht sitzend, die Stablampe locker in einer Hand.

Schlaft ihr?, soll Jesus seine Jünger gefragt haben. *Könnt ihr denn nicht eine Stunde mit mir wachen?*

Und Chef Bushey hätte hinzufügen können: *Matthäus-Evangelium, Sanders.*

Kurz nach ein Uhr rüttelt Rose Barbie wach.

»Thurston Marshall ist tot«, sagt sie. »Rusty und mein Bruder legen die Leiche unter den Krankenwagen, damit die Kleine beim Aufwachen keinen Schock bekommt.« Dann fügt sie hinzu: »*Falls* sie aufwacht. Alice ist auch krank.«

»Wir sind jetzt alle krank«, sagt Julia. »Alle außer Sam und dem bekloppten Baby.«

Rusty und Twitch kommen von den nebeneinander geparkten Fahrzeugen zurück, sacken vor einem der Ventilatoren zusammen und fangen an, laut keuchend nach Luft zu schnappen. Als Twitch zu husten beginnt, schiebt Rusty ihn so energisch näher an die Luft heran, dass er mit der Stirn an die Barriere knallt. Sie alle hören den dumpfen Schlag.

Rose ist mit ihrer Aufzählung noch nicht fertig. »Auch Benny Drake geht's schlecht.« Sie senkt ihre Stimme zu einem Flüstern. »Ginny sagt, dass er den Sonnenaufgang vielleicht nicht mehr erleben wird. Wenn wir nur etwas *tun* könnten!«

Barbie gibt keine Antwort. Das tut auch Julia nicht, die wieder in Richtung des Kastens sieht, der sich nicht bewegen lässt, obwohl er keine dreihundert Quadratzentimeter groß und keine drei Zentimeter dick ist. Ihr Blick ist distanziert, berechnend.

Ein rötlicher Mond geht endlich über dem Ruß und Schmutz am Ostteil der Kuppel auf und taucht das Land in blutrotes Licht. Es ist Ende Oktober, und in Chester's Mill ist Oktober immer der grausamste Monat, in dem sich Erinnerungen mit Begierden mischen. In diesem toten Land wächst kein Flieder mehr. Kein Flieder, keine Bäume, kein Gras. Der Mond blickt auf Verwüstung hinab – und auf nicht viel anderes.

15 Big Jim schreckte im Dunkel hoch und griff sich ans Herz. Es hatte wieder mal Fehlzündungen. Er hämmerte gegen seine Brust. Dann schrillte das Warnsignal des Notstromaggregats los, als der Propanvorrat unter die Mindestmenge sank: *AAAAAAAAAAA. Füttere mich. Füttere mich.*

Big Jim fuhr zusammen und schrie auf. Sein armes gequältes Herz stotterte, setzte aus, übersprang einen Schlag und raste dann, als müsste es sich selbst einholen. Er kam sich vor wie ein alter Wagen mit defektem Vergaser: die Art Klapperkiste, die man vielleicht in Zahlung nahm, aber nie verkaufen würde; die Art, die für nichts als den Schrottplatz taugte. Er hämmerte sich keuchend an die Brust. Dieser Anfall war so schlimm wie der, wegen dem er neulich im Krankenhaus gewesen war. Vielleicht sogar schlimmer.

AAAAAAAAAAA: das Schrillen eines riesigen, gruseligen Insekts – vielleicht einer Zikade –, das sich die Finsternis mit ihm teilte. Wer wusste, was hier reingekrochen sein mochte, während er geschlafen hatte?

Big Jim tastete nach der Stablampe. Mit der anderen Hand rieb und hämmerte er abwechselnd, während er sein Herz ermahnte, doch kein verflixtes *Baby* zu sein – schließlich habe er dies nicht alles durchgemacht, um in völliger Dunkelheit zu sterben.

Er fand die Lampe, stemmte sich hoch und stolperte über die Leiche seines ehemaligen Adjutanten. Er schrie erneut auf und fiel auf die Knie. Die Stablampe blieb unbeschädigt, aber sie rollte von ihm weg, wobei ihr Lichtkegel das Regal links unten bestrich, auf dem Spaghetti in Schachteln und Tomatensauce in Büchsen gestapelt waren.

Big Jim kroch hinterher. Dabei sah er, wie Carter Thibodeaus offene Augen sich *bewegten.*

»Carter?« Big Jim lief der Schweiß übers Gesicht, das mit einem dünnen, stinkenden Fettfilm überzogen zu sein schien. Er konnte spüren, wie sein Hemd ihm am Leib klebte. Sein Herz stotterte erneut … und verfiel dann wie durch ein Wunder in seinen normalen Rhythmus.

Na ja. Nein. Nicht richtig. Aber zumindest in etwas, was dem normalen Rhythmus nahe kam.

»Carter? Junge? Lebst du noch?«

Das war natürlich lächerlich: Big Jim hatte ihn wie einen Fisch am Flussufer ausgenommen, dann in den Hinterkopf geschossen. Er war so tot wie Adolf Hitler. Trotzdem hätte er schwören können – nun, *fast* schwören können –, dass die *Augen* des Jungen ...

Er kämpfte gegen die Vorstellung an, Carter werde seine Hände ausstrecken und ihn am Hals packen. Redete sich ein, es sei ganz normal, leicht

(panisch)

nervös zu sein, weil der Junge ihn schließlich fast umgebracht hatte. Und rechnete weiter damit, dass Carter sich jeden Moment aufsetzen würde, um ihn zu sich heranzuziehen und ihm hungrig die Zähne in den Hals zu schlagen.

Big Jim drückte zwei Finger unter Carters Kinn. Das blutverkrustete Fleisch war kalt, und dort gab es keinen Puls zu fühlen. Natürlich nicht. Der Junge war tot. Inzwischen seit zwölf oder mehr Stunden.

»Du isst jetzt mit deinem Heiland zu Abend, mein Sohn«, flüsterte Big Jim. »Roastbeef und Kartoffelbrei. Apfelringe im Teig als Nachspeise.«

Danach fühlte er sich etwas besser. Er kroch hinter der Stablampe her, und als er hinter sich eine Bewegung zu hören glaubte – vielleicht das Rascheln einer Hand, die blindlings suchend über den Betonboden glitt –, sah er sich nicht um. Er musste das Aggregat versorgen. Musste dieses *AAAAAAAAAAAA* zum Schweigen bringen.

Als er eine der vier noch vorhandenen Gasflaschen aus dem Lagerraum heraufzog, verfiel sein Herz erneut in Arrhythmie. Er saß neben der offenen Falltür, rang keuchend nach Luft und versuchte, sein Herz durch Husten dazu zu bringen, wieder regelmäßig zu schlagen. Und er betete, ohne zu merken, dass sein Gebet im Prinzip aus einer Aneinanderreihung von Forderungen und Ausreden bestand: Mach, dass es aufhört, nichts davon war meine Schuld, hol mich hier raus, ich habe mein Bestes getan, mach alles wieder so wie früher, ich bin von Unfähigen im Stich gelassen worden, heile mein Herz.

»Um Jesu willen, amen«, sagte er. Aber der Klang seiner Worte ließ ihn fröscheln, statt ihn zu beruhigen. Sie waren wie Knochen, die in einem Sarg klappern.

Als sein Herz sich wieder etwas beruhigt hatte, war das heisere Zikadenschrillen des Warntons verstummt. Der gegenwärtig angeschlossene Zylinder war leer. Bis auf den Lichtstrahl der Stablampe war es im zweiten Raum des Atombunkers jetzt so finster wie im ersten; die hier noch brennende Notbeleuchtung war vor sieben Stunden flackernd erloschen. Während Big Jim sich damit abmühte, die leere Gasflasche wegzustellen und die volle auf die Plattform neben dem Aggregat zu hieven, glaubte er sich schwach daran zu erinnern, dass er vor ein oder zwei Jahren einen Antrag auf Bewilligung von Haushaltsmitteln für Wartung und Erhaltung des Atombunkers mit NICHTBEFASSUNG abgestempelt hatte. Dazu hätte vermutlich gehört, dass neue Batterien für die Notbeleuchtung gekauft wurden. Aber das war kein Grund, sich Vorwürfe zu machen. Die Haushaltsmittel einer Kleinstadt waren eben begrenzt, und immer mehr Leute streckten die Hände aus: *Füttere mich, füttere mich.*

Al Timmons hätte das aus eigener Initiative tun sollen, sagte er sich. *Du liebe Güte, ist ein bisschen Eigeninitiative zu viel verlangt? Gehört das nicht zu den Dingen, für die wir unser Wartungspersonal bezahlen? Himmel, er hätte zu diesem Franzmann Burpee gehen und sie als Spende verlangen können. Das hätte ich getan.*

Er schloss die Gasflasche an das Stromaggregat an. Dabei stotterte sein Herz wieder. Seine Hand zuckte und stieß die Stablampe ins Flaschenlager hinunter. Die Streuscheibe zerschellte auf dem Beton, und Big Jim blieb erneut in völliger Dunkelheit zurück.

»Nein!«, brüllte er. *»Nein, gottverdammt noch mal, NEIN!«*

Aber von Gott kam keine Antwort. Die Stille und die Dunkelheit bedrängten ihn, während sein überlastetes Herz stolperte und kämpfte. Verräterisches Ding!

»Macht nichts. Nebenan liegt bestimmt noch eine Taschenlampe. Und auch Zündhölzer. Ich muss sie nur finden. Hätte Carter sie gleich an einen festen Platz gelegt, könnte ich direkt hingehen und sie mir holen.« Das stimmte. Er hatte diesen Jungen überschätzt. Er hatte geglaubt, Carter sei ein Kommender, aber zuletzt hatte sich gezeigt, dass er ein Gehender war. Big Jim lachte, dann zwang er sich dazu, wieder aufzuhören. Der Klang seines Lachens in so undurchdringlicher Finsternis war ein bisschen unheimlich.

Schluss jetzt. Setz das Aggregat wieder in Betrieb.

Ja. Richtig. Damit war er so gut wie fertig. Die Verbindung konnte er kontrollieren, sobald das Ding lief und der Luftreiniger wieder *kwiepte*. Bis dahin würde er eine weitere Stablampe, vielleicht sogar eine Coleman-Laterne haben. Reichlich Licht für den nächsten Flaschenwechsel.

»Nur so geht's«, sagte er. »Will man auf dieser Welt etwas richtig gemacht haben, muss man es selbst machen. Das könnt ihr Coggins fragen. Das könnt ihr die Perkins-Hexe fragen. Die wissen Bescheid.« Er lachte nochmals. Das ließ sich nicht unterdrücken, denn das hier *war* echt köstlich. »Sie haben es am eigenen Leib zu spüren gekriegt. Man ärgert den großen Hund nicht, wenn man selbst nur ein Stöckchen hat. Nein, Sir. Niemals, Sir!«

Er tastete nach dem Anlassknopf, fand ihn, drückte darauf. Nichts passierte. Schlagartig erschien ihm die Luft in dem Bunker schlechter als je zuvor.

Ich habe den falschen Knopf erwischt, das ist alles.

Obwohl er wusste, dass das nicht stimmte, glaubte er daran, weil man an manche Dinge glauben musste. Er blies sich auf die Fingerspitzen wie ein Glücksspieler, der hoffte, damit ein kaltes Paar Würfel anwärmen zu können. Dann tastete er wieder umher, bis seine Finger den Knopf fanden.

»Herr«, sagte er, »hier spricht dein Diener James Rennie. Bitte lass dieses verflixte alte Ding anspringen. Darum bitte ich dich im Namen deines Sohnes Jesus Christus.«

Er drückte auf den Anlassknopf.

Nichts.

Er saß in der Dunkelheit, ließ die Beine ins Flaschenlager

1146

baumeln und bemühte sich, die Panik zurückzudrängen, die ihn anfallen und lebend verschlingen wollte. Er musste nachdenken. Nur so konnte er überleben. Aber das war schwierig. Wenn man im Dunkeln saß, wenn das eigene Herz jeden Augenblick erneut und noch stärker rebellieren konnte, fiel einem das Denken schwer.

Und das Schlimmste daran? Alles, was er getan hatte, wofür er in den letzten dreißig Jahren seines Lebens gearbeitet hatte, kam ihm unwirklich vor. Wie einem die Leute außerhalb der Kuppel erschienen. Sie gingen, sie redeten, sie fuhren Auto, sie flogen sogar mit Flugzeugen und Hubschraubern herum. Aber nichts davon war wichtig, nicht unter der Kuppel.

Reiß dich zusammen. Wenn Gott dir nicht helfen will, musst du dir selbst helfen.

Okay. Als Erstes brauchte er Licht. Schon ein Zündholzbriefchen würde genügen. In einem der Regale im Hauptraum *musste* etwas in dieser Art liegen. Er würde sie einfach abtasten – ganz langsam, ganz systematisch –, bis er das Gesuchte gefunden hatte. Und dann würde er Batterien für den verflixten Anlasser finden. Hier *gab* es Batterien, davon war er überzeugt, denn er brauchte das Notstromaggregat. Ohne das Aggregat würde er sterben.

Was ist, wenn du es wieder zum Laufen bringst? Was passiert, wenn dir das Propan ausgeht?

Ah, bis dahin würde irgendeine höhere Macht eingreifen. Er war nicht dazu bestimmt, hier unten zu sterben. Roastbeef am Tisch mit Jesus? Auf dieses Mahl verzichtete er lieber. Wenn er nicht selbst am Kopf des Tisches sitzen durfte, konnte ihm die ganze Sache gestohlen bleiben.

Darüber musste er wieder lachen. Er tastete sich ganz langsam und vorsichtig zu der in den Hauptraum führenden Tür zurück. Dabei hielt er die Hände wie ein Blinder vor sich ausgestreckt. Nach sieben Schritten berührte er die Wand. Er bewegte sich nach rechts, ließ seine Fingerspitzen über die Holztäfelung gleiten und … ah! Leere. Die Tür. Gut.

Er schlurfte hindurch, bewegte sich jetzt trotz der Dunkelheit sicherer. Den Grundriss dieses Raums hatte er genau im Kopf: Regale auf beiden Seiten, das Sofa gera…

Er fiel wieder über den gottverdammten Jungen und schlug der Länge nach hin. Er knallte mit der Stirn auf den Boden und schrie laut auf – mehr aus Wut und Überraschung als vor Schmerz, denn der Teppichboden dämpfte seinen Fall. Aber o Gott, er spürte eine tote Hand zwischen seinen Beinen. Sie schien nach seinen Hoden zu krallen.

Big Jim richtete sich kniend auf, kroch weiter und schlug sich erneut den Kopf an, diesmal an dem Sofa. Er stieß einen weiteren Schrei aus, dann kroch er hinauf und zog seine Beine so eilig an, wie ein Mann sie aus einem Gewässer ziehen würde, in dem es – wie er eben erst bemerkt hat – von Haien wimmelt.

Er lag zitternd da, ermahnte sich zur Ruhe, er musste sich beruhigen, sonst drohte ihm *wirklich* ein Herzschlag.

Sobald Sie diese Arrhythmien spüren, müssen Sie sich auf sich selbst konzentrieren und lange, tiefe Atemzüge nehmen, hatte der Hippiedoktor ihm erklärt. Big Jim hatte das für New-Age-Gelaber gehalten, aber nachdem es nichts anderes mehr gab – sein Verapamil war hier nicht vorrätig –, musste er es damit versuchen.

Und es schien zu helfen. Nach zwanzig tiefen Atemzügen, auf die ein langes, langsames Ausatmen folgte, konnte er spüren, wie sein Puls sich beruhigte. Der kupfrige Geschmack in seinem Mund ließ nach. Leider schien ein zunehmendes Gewicht auf seiner Brust zu lasten. Schmerzen krochen seinen linken Arm hinunter. Obwohl er wusste, dass das Symptome eines Herzinfarkts waren, hielt er Verdauungsbeschwerden wegen der vielen Sardinen, die er gegessen hatte, für ebenso wahrscheinlich. Sogar für *wahrscheinlicher.* Die langen, langsamen Atemzüge taten seinem Herzen wirklich gut (aber er würde es trotzdem durchchecken lassen, sobald er aus diesem Schlamassel heraus war, vielleicht sogar seinen Widerstand gegen die angeratene Bypass-Operation aufgeben). Das Problem war die Hitze. Die Hitze und die schlechte Luft. Er musste diese Stablampe finden und das Notstromaggregat

1148

wieder zum Laufen bringen. Nur noch eine Minute, vielleicht zwei …

Hier drinnen atmete jemand.

Ja, natürlich. Ich atme hier drinnen.

Und trotzdem war er sich ganz sicher, jemand anderen gehört zu haben. Er hatte den Eindruck, hier drinnen mit mehreren Leuten zusammen zu sein. Und er glaubte zu wissen, wer sie waren.

Das ist lächerlich.

Ja, aber eine der atmenden Personen war hinter dem Sofa. Eine lauerte in der Ecke. Und eine stand keinen Meter weit entfernt vor ihm.

Nein. Schluss damit!

Brenda Perkins hinter dem Sofa. Lester Coggins in der Ecke, sein ausgerenkter Unterkiefer schlaff herabhängend.

Und vor ihm stand …

»Nein«, sagte Big Jim. »Das ist Unfug. Das ist totaler *Schwachsinn.*«

Er schloss die Augen und versuchte, sich auf diese langen, langsamen Atemzüge zu konzentrieren.

»Hier drinnen riecht's echt gut, Dad«, sagte Junior vor ihm stehend in leierndem Tonfall. »Es riecht wie die Speisekammer. Und meine Freundinnen.«

Big Jim kreischte laut.

»Hilf mir auf, Bro«, sagte Carter vom Fußboden aus. »Er hat mich übel aufgeschlitzt. Und dann erschossen.«

»Aufhören«, flüsterte Big Jim. »Ich kapiere nicht, was ihr da redet, *also hört einfach auf damit.* Ich zähle meine Atemzüge. Ich sorge dafür, dass mein Herz sich wieder beruhigt.«

»Ich habe noch immer das Dossier«, sagte Brenda Perkins. »Und massenhaft Kopien. Bald hängen sie an allen Telefonmasten der Stadt, wie Julia die letzte Ausgabe ihrer Zeitung angeschlagen hat. ›Und ihr werdet eurer Sünde innewerden, wenn sie euch finden wird‹ – viertes Buch Mose, zweiunddreißig.«

»Du bist nicht da!«

Aber dann glitt *irgendetwas* – es fühlte sich an wie ein Finger – zart liebkosend seine Wange hinunter.

Big Jim schrie erneut auf. Der Atombunker war voller Leute, die tot waren, aber trotzdem die immer schlechtere Luft atmeten und nun von allen Seiten herandrängten. Selbst im Dunkeln konnte er ihre blassen Gesichter sehen. Er konnte die Augen seines toten Sohns erkennen.

Big Jim fuhr vom Sofa hoch, bearbeitete die schwarze Luft um sich schlagend mit den Fäusten. »Haut ab! Macht, dass ihr von mir wegkommt, ihr alle!«

Er hetzte zur Treppe und stolperte über die unterste Stufe. Hier gab es keinen Teppichboden, der den Sturz hätte abmildern können. Blut begann ihm in die Augen zu tropfen. Eine tote Hand liebkoste seinen Nacken.

»Du hast mich umgebracht«, sagte Lester Coggins, aber wegen seines gebrochenen Unterkiefers kam es als *U ha mi ummeba* heraus.

Big Jim rannte die Treppe hinauf und warf sich mit seinem ganzen beträchtlichen Gewicht gegen die Ausgangstür. Sie gab laut kreischend nach, schob Trümmerschutt und verkohlte Balken vor sich her. Sie ging eben weit genug auf, dass er sich hindurchquetschen konnte.

»Nein!«, blökte er. »*Nein, fasst mich nicht an! Keiner von euch darf mich anfassen!«*

In dem zertrümmerten Besprechungsraum des Rathauses war es beinahe so finster wie im Bunker – allerdings mit einem bedeutsamen Unterschied: die Luft war wertlos.

Das merkte Big Jim beim dritten Atemzug. Sein Herz, durch dieses jüngste Grauen übermäßig gequält, verstopfte ihm erneut die Kehle. Diesmal blieb der Pfropfen.

Big Jim hatte plötzlich das Gefühl, zwischen Kehle und Nabel von einem schrecklichen Gewicht erdrückt zu werden: von einem langen Jutesack, gefüllt mit Steinen. Er kämpfte sich zu der Tür zurück wie ein Mann, der durch knietiefen Schlamm stapft. Er wollte sich durch den Türspalt quetschen, aber diesmal steckte er darin fest. Aus seinem aufgerissenen Mund, seiner zugeschnürten Kehle begann ein grässlicher Laut zu kommen, und dieser Laut war: *AAAAAAAAAAAA, füttert mich füttert mich füttert mich.*

Er fuchtelte wild um sich, erneut, dann ein drittes Mal:

1150

eine ausgestreckte Hand, die wie verrückt nach einer Rettung im letzten Augenblick tastete.

Sie wurde aus dem Bunker heraus gestreichelt. »*Daaaddy*«, gurrte eine Stimme.

16   Irgendjemand rüttelte Barbie am Sonntagmorgen kurz vor Tagesanbruch wach. Er kam widerstrebend zu sich, hustete und wandte sich instinktiv der Kuppel und den Ventilatoren dahinter zu. Als der Husten endlich nachließ, sah er sich um, um festzustellen, wer ihn geweckt hatte. Es war Julia. Ihre Haare hingen strähnig herab, und ihre Wangen waren von Fieber gerötet, aber ihr Blick war klar. Sie sagte: »Benny Drake ist vor einer Stunde gestorben.«

»Oh, Julia. Mein Gott. Das tut mir schrecklich leid.« Seine Stimme war ein heiseres Krächzen, gar nicht seine Stimme.

»Ich muss zu dem Kasten, der den Dome erzeugt«, sagte sie. »Wie komme ich zu dem Kasten?«

Barbie schüttelte den Kopf. »Unmöglich. Selbst wenn du etwas damit tun könntest, steht er fast eine halbe Meile von hier auf dem Hügelrücken. Wir können nicht mal die Vans erreichen, ohne die Luft anzuhalten – und die sind keine zwanzig Meter entfernt.«

»Es gibt eine Möglichkeit«, sagte jemand.

Sie sahen sich um und erkannten Sloppy Sam Verdreaux. Er rauchte seine letzte Zigarette und betrachtete die beiden mit nüchternem Blick. Er *war* nüchtern – erstmals seit acht Jahren völlig nüchtern.

Er wiederholte: »Es gibt eine Möglichkeit. Ich könnt sie euch zeigen.«

TRAG DAS AUF DEM HEIMWEG,
DANN SIEHT ES AUS WIE EIN KLEID

1 Es war halb acht Uhr morgens. Alle hatten sich versammelt, sogar die unglückliche Mutter des verstorbenen Benny Drake, die rot geweinte Augen hatte. Alva ließ einen Arm um Alice Appletons Schultern gelegt. Alle Keckheit und Altklugheit des kleinen Mädchens hatte sich verflüchtigt, und wenn sie atmete, kam ein rasselndes Geräusch aus ihrer schmalen Brust.

Als Sam mit seiner Erklärung fertig war, herrschte einen Augenblick lang Stille … natürlich außer dem allgegenwärtigen Röhren der Ventilatoren. Dann sagte Rusty: »Das ist verrückt. Ihr werdet alle sterben.«

»Überleben wir, wenn wir hierbleiben?«, fragte Barbie.

»Wozu wollt ihr es auch nur versuchen?«, fragte Linda. »Selbst wenn Sams Idee funktioniert und ihr es bis dorthin schafft …«

»Oh, ich denk, die funktioniert«, sagte Rommie.

»Logisch tut sie das«, sagte Sam. »Ein Kerl namens Peter Bergeron hat mir kurz nach dem großen Bar-Harbor-Feuer damals im Jahr siebenundvierzig davon erzählt. Bergeron war alles Mögliche, aber niemals ein Lügner.«

»Selbst wenn sie funktioniert«, sagte Linda, »*warum?*«

»Weil es etwas gibt, was wir noch nicht versucht haben«, sagte Julia. Seit ihr Entschluss feststand und Barbie zugesagt hatte, sie zu begleiten, war sie ruhig und gefasst. »Wir haben es noch nicht mit Betteln versucht.«

»Du bist verrückt, Jules«, sagte Tony Guay. »Glaubst du, dass sie euch überhaupt *hören* werden? Oder zuhören, falls ja?«

Julia wandte ihr ernstes Gesicht Rusty zu. »Hast du sie

damals betteln gehört, als dein Freund George Lathrop sie mit seinem Vergrößerungsglas lebend geröstet hat?«

»Ameisen können nicht betteln, Julia.«

»Du hast gesagt: ›Mir ist klar geworden, dass auch Ameisen ihr kleines Leben haben.‹ *Weshalb* ist dir das klar geworden?«

»Weil …« Er verstummte, dann zuckte er mit den Schultern.

»Vielleicht *hast* du sie gehört«, sagte Lissa Jamieson.

»Bei allem Respekt, das ist Schwachsinn«, sagte Pete Freeman, »Ameisen sind *Ameisen.* Sie können nicht betteln.«

»Aber Menschen können es«, sagte Julia. »Und haben wir nicht auch unser kleines Leben?«

Darauf antwortete niemand.

»Was könnten wir sonst versuchen?«

Hinter ihnen meldete Colonel Cox sich zu Wort. Ihn hatten sie fast vergessen. Die Außenwelt und ihre Bewohner schienen jetzt irrelevant zu sein. »An Ihrer Stelle würde ich es versuchen. Ich will nicht zitiert werden, aber … ja, ich würd's versuchen. Barbie?«

»Bin schon dabei«, sagte Barbie. »Sie hat recht. Uns bleibt nichts anderes übrig.«

2 »Lasst mal die Säcke sehen«, sagte Sam.

Linda übergab ihm drei Hefty Bags aus reißfester grüner Plastikfolie. In zwei Säcken hatte sie Kleidung für Rusty und sich selbst sowie ein paar Bücher für die Mädchen verpackt (die Hemden, Blusen, Hosen, Socken und Unterwäsche lagen jetzt achtlos hinter der kleinen Gruppe von Überlebenden verstreut). Den dritten Sack hatte Rommie gestiftet, der darin zwei Jagdgewehre transportiert hatte. Sam untersuchte alle drei, fand in dem Sack für die Jagdgewehre ein Loch und warf ihn beiseite. Die beiden anderen waren intakt.

»Okay«, sagte er, »hört gut zu. Es sollte Missus Everetts Van sein, der zu dem Kasten rausfährt, aber wir brauchen ihn erst hier.« Er zeigte auf den Odyssey. »Wissen Sie bestimmt, dass die Fenster raufgekurbelt sin, Missus? Das müss'n Sie bestimmt wissen, weil davon Leben abhängen wer'n.«

»Sie waren alle geschlossen«, sagte Linda. »Wir hatten die Klimaanlage laufen.«

Sam sah zu Rusty hinüber. »Du fährst ihn, Doc, aber als Erstes *musst du die Fabrikluft abstellen*. Du weißt, warum, stimmt's?«

»Damit die Luft im Innenraum nicht verunreinigt wird.«

»Von der schlechten Luft kommt auch was rein, wenn du die Tür aufmachst, klar, aber nicht viel, wenn du flink bist. Drinnen ist noch gute Luft. *Stadtluft*. Die reicht den Leuten im Wagen leicht auf der ganzen Fahrt bis zu dem Kasten. Der alte Van dort taugt nix, und das nicht nur, weil die Fenster offen sin ...«

»Wir *mussten* sie offen lassen«, sagte Norrie, die zu dem gestohlenen AT&T-Van hinübersah. »Die Klimaanlage hat nicht funktioniert. G-G-Grampy hat das *gesagt*.« Aus ihrem linken Auge kullerte langsam eine Träne, hinterließ eine helle Spur auf ihrer schmutzigen Wange. Überall lag jetzt Dreck, und aus dem trüben Himmel rieselte fast unsichtbar feiner Ruß.

»War kein Vorwurf, Schätzchen«, versicherte Sam ihr hastig. »Die Reifen sin sowieso kein feuchten Furz wert. Ein Blick reicht, um zu erkennen, von wessen Verkaufsplatz *diese* Krücke stammt.«

»Dann läuft's vermutlich auf meinen Van hinaus, wenn wir einen zweiten Wagen brauchen«, sagte Rommie. »Ich hole ihn.«

Aber Sam schüttelte den Kopf. »Besser geeignet ist Missus Shumways Auto, weil die Reifen kleiner und leichter zu handhaben sin. Außerdem sin sie fast neu. Also ist die Luft in ihnen frischer.«

Joe McClatchey grinste plötzlich. »Die Luft aus den Reifen! Mit der Reifenluft die Müllsäcke füllen! Selbst hergestellte Taucherflaschen! Mr. Verdreaux, das ist *genial*!«

Sloppy Sam grinste ebenfalls, ließ dabei seine restlichen sechs Zähne sehen. »Aber nicht meine Erfindung, Junge. Diese Ehre gebührt Bergeron. Er hat erzählt, wie ein paar

Männer eingeschlossen warn, als das Bar-Harbor-Feuer schon weitergezogen war. Ihnen hat nichts gefehlt, aber die Luft war zum Ersticken. Also haben sie das Ventil von einem Reifen eines Langholzlasters aufgeschraubt und abwechselnd die Luft vom Schaft weg eingeatmet, bis der Wind die Luft gereinigt hat. Bergeron haben sie erzählt, dass die Luft schlimm geschmeckt hat – wie alter toter Fisch –, aber sie hat ihnen das Leben gerettet.«

»Wird ein Reifen genügen?«, fragte Julia.

»Möglich, aber wir dürfen nicht aufs Reserverad vertrauen, wenn's eines dieser schmalen Noträder ist, mit denen man zwanzig Meilen weit auf der Straße fahren kann, aber nicht weiter.«

»Es ist keins«, sagte Julia. »Ich hasse diese Dinger. Ich habe Johnny Carver gebeten, mir ein richtiges Rad zu besorgen, und das hat er getan.« Sie sah in Richtung Stadt. »Johnny ist jetzt wohl tot. Carrie auch.«

»Am besten schrauben wir auch eins vom Wagen ab, nur um sicherzugehen«, sagte Barbie. »Der Wagenheber ist an Bord, oder?«

Julia nickte.

Rommie Burpee grinste humorlos. »Wir machen ein Wettrennen hierher zurück, Doc. Dein Van gegen Julias Hybrid.«

»*Ich* fahre den Prius her«, sagte Piper. »Du bleibst, wo du bist, Rommie. Du siehst beschissen aus.«

»Nette Ausdrucksweise für eine Pastorin«, maulte Rommie.

»Du solltest dankbar dafür sein, dass ich mich noch munter genug fühle, um so zu reden.« In Wirklichkeit sah Reverend Libby keineswegs munter aus, aber Julia gab ihr trotzdem den Autoschlüssel. Keiner von ihnen wirkte fit genug, um loszuziehen und einen draufzumachen, aber Piper war besser in Form als die meisten; Claire McClatchey war blass wie ein Leichentuch.

»Okay«, sagte Sam. »Wir haben noch ein kleines Problem, aber zuerst …«

»Was?«, fragte Linda. »Welches andere Problem?«

»Immer eins nach dem anderen. Als Erstes muss unser Rollmaterial her. Wann wollt ihr's versuchen?«

Rusty sah zur Pastorin der Congo Church in The Mill hinüber. Piper nickte. »Am besten sofort«, sagte Rusty.

3   Die übrigen Kleinstädter beobachteten sie, aber nicht allein. Cox und fast hundert weitere Soldaten hatten sich vor dem Dome versammelt und sahen mit der schweigenden Aufmerksamkeit von Zuschauern bei einem Tennismatch zu.

Rusty und Piper hyperventilierten an der Kuppel, pumpten möglichst viel Sauerstoff in ihre Lunge. Dann rannten sie Hand in Hand zu den Wagen. Kurz bevor sie die Autos erreichten, trennten sie sich. Piper stolperte, sank auf ein Knie und ließ den Zündschlüssel des Prius fallen. Alle Zuschauer stöhnten laut.

Dann krallte sie sich den Schlüssel aus dem Gras und kam wieder hoch. Rusty saß bereits in dem Odyssey und hatte den Motor angelassen, als sie die Tür des kleinen grünen Wagens aufriss und sich hineinwarf.

»Hoffentlich denken sie daran, die Fabrikluft abzustellen«, sagte Sam.

Die Wagen drehten in fast perfekter Zweierformation, wobei der Prius den weit größeren Van beschattete wie ein Collie, der ein Schaf zur Herde zurücktreibt. Über den unebenen Boden holpernd, fuhren sie rasch auf die Kuppel zu. Die Flüchtlinge stoben vor ihnen auseinander; Alva trug Alice Appleton, und Linda hatte die hustenden Little Js unter ihren Armen.

Der Prius hielt keinen Viertelmeter von der rußigen Barriere entfernt, aber Rusty wendete mit dem Odyssey und stieß rückwärts an sie heran.

»Der Doc hat echt Mumm – und 'ne noch bessere Lunge«, erklärte Sam Linda in sachlichem Ton.

»Weil er das Rauchen aufgegeben hat«, sagte Linda und hörte Twitchs unterdrücktes Schnauben nicht oder gab vor, es nicht gehört zu haben.

1156

Unabhängig vom Zustand seiner Lunge verlor Rusty keine Zeit. Er knallte die Tür hinter sich zu und hastete an die Barriere. »Kinderspiel«, sagte er … und begann zu husten.

»Kann man die Innenluft atmen, wie Sam gesagt hat?«

»Besser als die hier draußen.« Er lachte besorgt. »Aber er hat in einem weiteren Punkt recht – bei jedem Öffnen der Tür entweicht etwas gute Luft, während etwas schlechte Luft reinkommt. Vermutlich *kann* man den Kasten ohne Reifenluft erreichen, aber ich weiß nicht, ob man ohne sie zurückkäme.«

»Ihr fahrt nicht, keiner von euch beiden«, sagte Sam. »*Ich* werd fahren.«

Barbie spürte, wie seine Lippen sich zum ersten wirklichen Grinsen seit Tagen verzogen. »Ich dachte, Sie hätten keinen Führerschein mehr.«

»Seh hier draußen aber keine Cops«, sagte Sam. Er wandte sich an Cox. »Was ist mit Ihnen, Cap? Sehn Sie hiesige Bullen oder County Mounties?«

»Nicht einen«, sagte Cox.

Julia zog Barbie beiseite. »Weißt du bestimmt, dass du das tun willst?«

»Ja.«

»Du weißt, dass die Chancen irgendwo zwischen gering und null stehen, nicht wahr?«

»Ja.«

»Wie gut verstehst du dich aufs Betteln, Colonel Barbara?«

Vor seinem inneren Auge erschien die Turnhalle in Falludscha: Emerson, der einen Gefangenen so fest in die *Cojones* trat, dass sie vor ihm hochflogen; Hackermeyer, der einen anderen an seiner Kufiya hochzog und ihm seine Pistole an den Kopf setzte. Das Blut war an die Wand gespritzt, wie es immer an die Wand spritzte – schon seit der Zeit, als Männer noch mit Keulen gekämpft hatten.

»Keine Ahnung«, sagte er. »Ich weiß nur, dass ich jetzt an der Reihe bin.«

4   Rommie Burpee, Pete Freeman und Tony Guay
bockten Julias Wagen auf und schraubten eines der Räder ab.
Der Prius war ein kleines Auto, und unter normalen Umständen hätten sie sein Heck vermutlich mit bloßen Händen
hochheben können. Aber nicht jetzt. Obwohl der Wagen
dicht vor den Ventilatoren stand, mussten sie mehrmals zurücklaufen, um Luft zu schnappen, bis die Arbeit getan war.
Zuletzt sprang Rose für Tony ein, der zu stark hustete, um
weitermachen zu können.

Schließlich lehnten jedoch zwei neue Reifen an der Barriere.

»So weit, so gut«, sagte Sam. »Jetzt zu dem nächsten kleinen Problem. Hoffentlich fällt wem anders was ein, weil ich
gar keine Idee hab.«

Sie sahen ihn an.

»Mein Freund Bergeron hat erzählt, dass diese Kerle das
Ventil aufgeschraubt und direkt aus dem Reifen geatmet
haben, aber das wird hier nicht klappen. Wir müssen die
Müllsäcke füllen, und dazu braucht's ein größeres Loch.
Man kann die Reifen anstechen, aber ohne was, das man
wie 'nen Strohhalm ins Loch stecken kann, geht mehr Luft
daneben, als man auffangen kann. Also ... was soll's sein?«
Er sah sich hoffnungsvoll um. »Von euch hat wohl keiner
ein Zelt dabei? Eins mit diesen hohlen Aluminiumstan-
gen?«

»Die Mädchen haben ein Spielzelt«, sagte Linda, »aber es
liegt daheim in der Garage.« Dann erinnerte sie sich, dass die
Garage mitsamt dem dazugehörigen Haus nicht mehr existierte, und lachte wild.

»Wie wär's mit der Hülse eines Kugelschreibers?«, fragte
Joe. »Ich habe einen Bic ...«

»Nicht groß genug«, sagte Barbie. »Rusty? Was ist mit
dem Krankenwagen?«

»Eine Luftröhrenkanüle«, fragte Rusty zweifelnd, dann
beantwortete er seine Frage gleich selbst. »Nein. Auch nicht
groß genug.«

Barbie drehte sich um. »Colonel Cox? Irgendeine Idee?«

Cox schüttelte widerstrebend den Kopf. »Hier drüben

haben wir vermutlich tausend Dinge, die brauchbar wären, aber das hilft Ihnen nicht weiter.«

»Wir dürfen uns davon nicht aufhalten lassen!«, sagte Julia. Barbie hörte Frustration und beginnende Panik in ihrer Stimme. »Zum *Teufel* mit den Müllsäcken! Wir nehmen die Reifen mit und atmen direkt aus ihnen!«

Sam schüttelte bereits den Kopf. »Nicht gut genug, Missus. Sorry, aber so ist's leider.«

Linda lehnte an der Barriere, atmete mehrmals tief durch, hielt dann die Luft an. Sie ging zum Heck ihres Vans, rieb etwas Schmutz von der Scheibe und spähte hinein. »Die Tragetasche steht noch drin«, sagte sie. »Gott sei Dank!«

»Welche Tragetasche?«, fragte Rusty, indem er sie an den Schultern nahm.

»Die von Best Buy mit deinem Geburtstagsgeschenk. Achter November – oder hast du den vergessen?«

»Ja, sogar absichtlich. Wer zum Teufel will schon vierzig werden? Was ist da drin?«

»Ich hab gewusst, dass du es finden würdest, wenn ich es mit ins Haus nehme, ohne es gleich zu verpacken …« Als sie jetzt in die Runde sah, war ihre Miene ernst und ihr Gesicht verdreckt wie das eines Straßenjungen. »Er ist ein neugieriger alter Kerl. Also hab ich es im Van gelassen.«

»Was hast du für ihn gekauft, Linnie?«, fragte Jackie Wettington.

»Hoffentlich ein Geschenk für uns alle«, sagte Linda.

5   Als sie abfahrbereit waren, umarmten und küssten Barbie, Julia und Sloppy Sam jeden, auch die Kids. Auf den Gesichtern der fast zwei Dutzend Flüchtlinge, die zurückbleiben würden, stand wenig Hoffnung. Barbie versuchte sich einzureden, das komme daher, dass sie erschöpft und jetzt chronisch außer Atem waren, aber er wusste es besser. Das hier waren Abschiedsküsse.

»Alles Gute, Colonel Barbara«, sagte Cox.

Barbie quittierte das mit kurzem Nicken, dann wandte er sich an Rusty – der wirklich wichtig war, weil er innerhalb

1159

der Arena war. »Gib die Hoffnung nicht auf und lass nicht zu, dass die anderen sie aufgeben. Sollte unser Plan nicht funktionieren, kümmerst du dich so lange und so gut um sie, wie du kannst.«

»Verstanden. Tu dein Bestes.«

Barbie nickte zu Julia hinüber. »Dies ist vor allem ihr Projekt, glaube ich. Und Teufel, vielleicht schaffen wir's sogar hierher zurück, falls es nicht klappt.«

»Klar tut ihr das«, sagte Rusty. Das klang zuversichtlich, aber was er glaubte, stand in seinen Augen.

Barbie schlug ihm auf die Schulter, dann trat er zu Sam und Julia, die bereits an der Kuppel standen und die einsickernde Frischluft tief einatmeten. Sam fragte er: »Bist du dir sicher, dass du diese Sache durchziehen willst?«

»Jawoll. Hab was wiedergutzumachen.«

»Was wäre das, Sam?«, fragte Julia.

»Das sag ich lieber nicht.« Er lächelte schwach. »Schon gar nicht der Zeitungslady unserer Stadt.«

»Fertig?«, fragte Barbie Julia.

»Ja.« Sie ergriff seine Hand, drückte sie kurz und kräftig. »So bereit wie nur möglich.«

6   Rommie Burpee und Jackie Wettington bauten sich an der Hecktür des Vans auf. Als Barbie »*Los!*« rief, riss Jackie die Türflügel auf, und Rommie warf die beiden Prius-Reifen hinein. Barbie und Julia folgten ihnen mit einem Satz, und im nächsten Augenblick wurden die Türflügel hinter ihnen zugeknallt. Sam Verdreaux, alt und von Alkoholmissbrauch gezeichnet, aber noch immer agil und drahtig, saß bereits am Steuer des Odysseys und ließ den Motor aufheulen.

Die Luft im Wageninneren stank nach dem, was jetzt ihre Außenwelt war – ein Geruch nach verbranntem Holz, unterlegt mit stechend lackartigem Terpentingestank –, aber sie war trotzdem weit besser als die, die sie draußen an der Kuppel geatmet hatten, auch wenn dort Dutzende von Ventilatoren arbeiteten.

Wird nicht mehr lange besser sein, dachte Barbie. *Nicht, wenn wir sie zu dritt verbrauchen.*

Julia schnappte sich die charakteristisch gelb-schwarze Tragetasche von Best Buy und leerte sie aus. Heraus fiel ein Kunststoffzylinder mit dem Aufdruck PERFECT ECHO. Und darunter stand 50 BESCHREIBBARE CDs. Sie versuchte, die versiegelte Plastikhülle aufzureißen, aber das gelang ihr nicht gleich. Barbie griff nach seinem Taschenmesser, und ihm sank das Herz. Das Messer war nicht da. Natürlich nicht. Es war jetzt nur noch ein geschmolzener Metallklumpen unter den Trümmern der Polizeistation.

»Sam! Bitte sag mir, dass du ein Taschenmesser hast!«

Sam warf eines über die Schulter nach hinten. »Hat meinem Dad gehört. Ich hab's mein Leben lang benutzt und will's wiederhaben.«

Die Einlegearbeit der hölzernen Griffschalen war vom Alter blankpoliert, aber als er die einzelne Klinge herausklappte, war sie scharf wie ein Rasiermesser. Damit ließ sich die Plastikhülle aufschlitzen, und sie würde saubere Löcher in die Reifen schneiden.

»Beeilung!«, rief Sam und ließ den Motor noch lauter aufheulen. »Wir fahr'n erst los, wenn du sagst, dass du das richtige Ding hast, und ich glaub nicht, dass der Motor in dieser Luft ewig läuft!«

Barbie schlitzte die Plastikhülle auf. Julia streifte sie ab. Als sie den Klarsichtzylinder nach links drehte, löste er sich von der Bodenplatte. Die CD-Rohlinge, die Rusty zum Geburtstag hätte bekommen sollen, steckten auf einer schwarzen Plastikspindel. Julia kippte die CDs achtlos in den Wagen, dann umfasste sie die Spindel mit einer Hand. Vor Anstrengung presste sie die Lippen zusammen.

»Lass mich das ma…«, sagte Barbie, aber in diesem Augenblick brach die Spindel ab.

»Frauen sind auch stark. Vor allem wenn sie Todesangst haben.«

»Ist sie hohl? Falls nicht, sind wir wieder zurück auf Start.«

Sie hielt sich die Spindel vors Gesicht. Barbie sah hinein und begegnete dem Blick eines blauen Auges, das ihn von der anderen Seite ansah. »Los, Sam!«, sagte er. »Wir sind im Geschäft.«

»Weißt du sicher, dass es funktioniert?«, rief Sam, während er den Wählhebel auf D stellte.

»Jede Wette!«, antwortete Barbie, denn *Woher zum Teufel soll ich das wissen?* hätte niemandem Mut gemacht. Auch ihm selbst nicht.

7   Die Überlebenden unter der Kuppel beobachteten schweigend, wie Lindas Van die Fahrspur entlangbretterte, die zurück zum »Blitzkasten« führte, wie Norrie ihn nannte. Der Odyssey verschwamm in dem treibenden Smog, wurde zu einem Phantom und verschwand dann ganz.

Rusty und Linda standen mit ihren Töchtern auf dem Arm nebeneinander. »Was glaubst du, Rusty?«, fragte Linda.

Er sagte: »Ich glaube, wir müssen das Beste hoffen.«

»Und aufs Schlimmste gefasst sein?«

»Auch das«, sagte er.

8   Sie passierten das Farmhaus, als Sam nach hinten rief: »Wir fahren jetzt in den Obstgarten. Passt auf euren Sackschutz auf, Kiddies, ich halte mit dieser Kiste nämlich nicht mal, wenn das Fahrwerk abreißt.«

»Los, Sam!«, sagte Barbie, und dann warf ihn ein gewaltiger Stoß mitsamt dem Rad, das er nicht losließ, hoch in die Luft. Julia umklammerte das andere wie eine Schiffbrüchige einen Rettungsring. Draußen rasten Apfelbäume vorbei. Ihr Laub sah schmutzig und mutlos aus. Die meisten Äpfel waren abgefallen, die Druckwelle, die nach der Explosion durch den Obstgarten gefegt war, hatte sie von den Bäumen geschüttelt.

Wieder ein gewaltiger Stoß. Barbie und Julia flogen hoch und landeten gemeinsam; Julia blieb quer über Barbies Schoß liegen, hielt aber weiter ihr Rad fest.

»Wo hast du deinen Führerschein her, du alter Spinner?«, rief Barbie. »Sears and Roebuck?«

»Walmart!«, rief der Alte nach hinten. »In der Wally

World ist *alles* billiger!« Dann verstummte sein meckerndes Lachen. »Ich seh ihn! Ich seh den Blinkarsch-Hurenbock! Helles, purpurrotes Licht. Ich fahr bis zu ihm hin. Wartet, bis wir stehen, bevor ihr die Reifen ansstecht, außer ihr wollt sie ganz weit aufschneiden.«

Im nächsten Augenblick bremste er scharf und brachte den Odyssey knirschend zum Stehen, wobei Barbie und Julia nach vorn gegen die Rücksitzlehne rutschten. *Jetzt weiß ich, wie sich eine Flipperkugel fühlt,* dachte Barbie.

»Du fährst wie ein Bostoner Taxifahrer!«, sagte Julia empört.

»Vergiss nur nicht …« Sam wurde von einem heftigen Hustenanfall unterbrochen. »… zwanzig Prozent Trinkgeld zu geben.« Seine Stimme klang erstickt.

»Sam?«, fragte Julia. »Alles in Ordnung mit dir?«

»Vielleicht nicht«, sagte er nüchtern. »Ich blute irgendwo. Könnte im Hals sein, fühlt sich aber tiefer an. Könnte ein Lungenriss sein, glaub ich.«

»Was können wir tun?«, fragte Julia.

Sam brachte seinen Husten unter Kontrolle. »Sorgt dafür, dass sie ihren beschissenen Störsender abschalten, damit wir hier rauskommen. Ich hab keine Kippen mehr.«

9   »Das hier ist ganz und gar meine Show«, sagte Julia. »Bloß damit du's weißt.«

Barbie nicke. »Ja, Ma'am.«

»Du bist nur mein Luftversorger. Funktioniert mein Plan nicht, können wir die Rollen tauschen.«

»Vielleicht wäre es hilfreich, wenn ich genau wüsste, was du vorhast.«

»Genau lässt sich das nicht sagen. Ich habe nur meine Intuition und ein bisschen Hoffnung.«

»Sei nicht so pessimistisch. Du hast auch zwei Reifen, zwei Müllsäcke und eine hohle Spindel.«

Sie lächelte. Das ließ ihr angespanntes, schmutziges Gesicht erstrahlen. »Gebührend zur Kenntnis genommen.«

Sam hustete erneut und beugte sich dabei tief übers Lenkrad. Dann spuckte er etwas aus. »Lieber Gott und heiliger Strohsack, schmeckt das nicht scheußlich«, sagte er. »Macht *schnell*!«

Barbie stieß das Taschenmesser in seinen Reifen und hörte das *Pffft!* der entweichenden Luft, sobald er die Klinge herauszog. Julia klatschte ihm die Spindel mit der geübten Bewegung einer OP-Schwester in die Hand. Barbie steckte sie in das Loch, sah, wie der Reifengummi sie umschloss … und spürte dann einen göttlichen Luftstrahl auf seinem schweißnassen Gesicht. Er atmete unwillkürlich einmal tief ein. Die Luft war viel frischer, viel *gehaltvoller* als das, was die Ventilatoren durch die Barriere pressten. Sein Gehirn schien aufzuwachen, und er traf sofort eine Entscheidung. Statt einen Müllsack über ihre improvisierte Düse zu stülpen, riss er ein großes gezacktes Stück Folie heraus.

»Was *machst* du?«, kreischte Julia.

Die Zeit reichte nicht aus, um ihr zu erklären, dass sie nicht die Einzige mit Intuitionen war.

Er verstopfte die Spindel mit der Folie. »Vertrau mir. Geh einfach zu dem Kasten und tu, was du tun musst.«

Julia bedachte ihn mit einem letzten Blick, der ein pures Fragezeichen zu sein schien, dann stieß sie die Hecktür des Odysseys auf. Sie fiel halb hinaus, rappelte sich auf, stolperte über einen Erdhaufen und sank neben dem Blitzkasten auf die Knie. Barbie folgte ihr mit beiden Rädern. Er hatte Sams Messer in der Tasche. Jetzt kniete er ebenfalls nieder und hielt Julia den Reifen hin, aus dem die schwarze Spindel ragte.

Sie zog den Pfropfen heraus, atmete ein – wobei ihre Wangen hohl wurden –, atmete seitlich aus und holte erneut tief Luft. Tränen liefen ihr übers Gesicht und hinterließen saubere weiße Spuren. Auch Barbie weinte. Das hatte nichts mit Rührung zu tun; sie schienen nur in den scheußlichsten sauren Regen der Welt geraten zu sein. Dies war weit schlimmer als die Luft unmittelbar an der Barriere.

Julia atmete wieder ein. »Gut«, sagte sie ausatmend, so dass sie das Wort fast pfiff. »So gut. Nicht fischig. Staubig.« Sie atmete abermals ein, dann kippte sie den Reifen zu ihm hinüber.

Barbie schüttelte den Kopf und stieß ihn zurück, obwohl seine Lunge zu schmerzen begann. Er klopfte an seine Brust, dann zeigte er auf Julia.

Sie holte nochmals Luft, ließ einen weiteren tiefen Zug folgen. Barbie drückte auf den Reifen, um ihr das Atmen zu erleichtern. Schwach, irgendwo in einer anderen Welt, konnte er hören, wie Sam hustete und hustete und hustete.

Er wird sich selbst zerreißen, dachte Barbie. Er hatte das Gefühl, zerspringen zu müssen, wenn er nicht bald wieder atmete, und als Julia ihm den Reifen zum zweiten Mal hinschob, beugte er sich über den provisorischen Strohhalm, sog kräftig daran und versuchte, die staubige, wundervolle Luft ganz bis auf den Grund seiner Lunge zu saugen. Es war nicht genug da, anscheinend würde niemals genug da sein, und es gab einen Augenblick, in dem die Panik

(Gott, ich ertrinke)

ihn fast überwältigte. Der Drang, zu dem Van zurückzurennen – ohne Rücksicht auf Julia; sie sollte zusehen, wie sie zurechtkam –, war geradezu unwiderstehlich … aber er widerstand ihm. Er schloss die Augen, atmete und versuchte, das kühle, stille Zentrum zu finden, das es irgendwo geben musste.

Ruhig. Langsam. Ruhig.

Als Barbie einen dritten langen, gleichmäßigen Atemzug aus dem Reifen nahm, begann sein jagendes Herz, sich etwas zu beruhigen. Er sah zu, wie Julia sich nach vorn beugte und den Kasten mit beiden Händen umfasste. Dass ihr nichts passierte, überraschte ihn nicht. Sie hatte den Kasten schon bei ihrem ersten Besuch hier oben angefasst und war gegen den leichten Schock immun.

Dann machte sie plötzlich einen Buckel. Sie stöhnte laut. Barbie versuchte, ihr den Spindel-Strohhalm anzubieten, aber sie ignorierte ihn. Blut schoss aus ihrer Nase und begann aus ihrem rechten Augenwinkel zu sickern. Rote Tropfen kullerten ihr über die Wange.

»Was hat sie?«, rief Sam. Seine Stimme klang gedämpft, erstickt.

Das weiß ich nicht, dachte Barbie. *Ich weiß nicht, was sie hat.*

Eines wusste er jedoch: Wenn sie nicht bald wieder atmete, würde sie sterben. Er zog die Spindel aus dem Reifen, nahm sie zwischen die Zähne und stach den zweiten Reifen mit Sams Taschenmesser an. Er stieß die Spindel in das Loch und verschloss sie mit dem Stück Folie als Pfropfen.

Dann wartete er.

10　　*Dies ist die Zeit, die keine Zeit ist:*
Sie ist in einem weiten weißen, nicht überdachten Raum, über dem sich ein fremder grüner Himmel wölbt. Er ist … was? Das Spielzimmer. Ja, das Spielzimmer. *Ihr* Spielzimmer.

(Nein, sie liegt auf dem Boden des Musikpavillons.)
Sie ist eine Frau bestimmten Alters.
(Nein, sie ist ein kleines Mädchen.)
Es gibt keine Zeit.
(Es ist 1974, und sie hat unendlich viel Zeit.)
Sie muss aus dem Reifen atmen.
(Das muss sie nicht.)
Etwas beobachtet sie. Etwas Schreckliches. Aber sie wirkt auf es ebenfalls schrecklich, weil sie ungeahnt groß und vor allem hier ist. Sie soll nicht hier sein. Sie soll in dem Kasten sein. Trotzdem ist sie nach wie vor harmlos. Das weiß es, obwohl es

(nur ein Kind)
noch sehr jung ist; tatsächlich kaum aus der Kinderkrippe heraus. Es spricht.

– *Du bist eine Einbildung.*
– *Nein, ich bin real. Bitte, ich bin real. Das sind wir alle.*
Der Lederkopf betrachtet sie mit seinem augenlosen Gesicht. Er runzelt die Stirn. Seine Mundwinkel senken sich, obwohl er keinen Mund hat. Und Julia erkennt, dass sie von Glück sagen kann, dass sie einen von ihnen allein angetroffen hat. Normalerweise sind sie mehrere, aber die anderen sind

(zum Abendessen heimgegangen zum Mittagessen nach Hause gegangen ins Bett gegangen zur Schule gegangen im Urlaub, unwichtig, sie sind fort)

irgendwohin gegangen. Wären sie alle hier, würden sie Julia vertreiben. Dieses eine Wesen könnte sie allein zurückjagen, aber sie ist neugierig.

Sie?

Ja.

Dieses ist weiblich, genau wie Julia.

– *Bitte, lass uns gehen. Bitte, lass uns unsere kleinen Leben weiterleben.*

Keine Antwort. Keine Antwort. Keine Antwort. Dann:

– *Ihr seid nicht real. Ihr seid …*

Was? Was sagt sie? *Ihr seid Spielsachen aus dem Spielwarengeschäft?* Nein, aber irgendwas in dieser Art. Julia hat eine aufblitzende Erinnerung an die Ameisenfarm, die ihr Bruder hatte, als sie Kinder waren. Diese Erinnerung kommt und geht in weniger als einer Sekunde. Auch das Wort *Ameisenfarm* ist nicht ganz korrekt, kommt aber wie *Spielsachen aus dem Spielwarengeschäft* der Wahrheit ziemlich nahe. Es kommt ungefähr hin, wie man so sagt.

– *Wie könnt ihr Leben haben, wenn ihr nicht real seid?*

– *WIR SIND ABER REAL!*, ruft Julia aus, und dies ist das Stöhnen, das Barbie hört. – *SO REAL WIE IHR!*

Schweigen. Ein Wesen mit einem sich wandelnden Ledergesicht in einem weiten weißen, nicht überdachten Raum, der irgendwie zugleich der Musikpavillon in Chester's Mill ist. Dann:

– *Beweise es mir.*

– *Gib mir deine Hand.*

– *Ich habe keine Hand. Ich habe keinen Körper. Körper sind nicht real. Körper sind Träume.*

– *Dann gib mir deinen Verstand!*

Das tut Lederkopfkind nicht. Das will es nicht.

Also nimmt Julia ihn sich.

1167

11   *Dies ist der Ort, der kein Ort ist:*

Auf dem Musikpavillon ist es kalt, und sie hat solche Angst. Schlimmer noch, sie ist … gedemütigt? Nein, das hier ist viel schlimmer als eine Demütigung. Fiele ihr das Wort *erniedrigt* ein, würde sie sagen: *Ja, das stimmt, ich bin erniedrigt worden.* Man hat ihr die Hose ausgezogen.

(Und irgendwo jagen Soldaten nackte Männer mit Fußtritten durch eine Turnhalle. Das ist die Schande eines anderen, die sich mit ihrer eigenen vermengt.)

Sie weint.

(Ihm ist nach Weinen zumute, aber er tut es nicht. Im Augenblick kommt es darauf an, diese Sache zu vertuschen.)

Die Mädchen sind jetzt gegangen, aber sie hat noch immer Nasenbluten – Lila hat ihr ins Gesicht geschlagen und ihr damit gedroht, ihr die Nase abzuschneiden, wenn sie petzt, und alle haben auf sie gespuckt, und sie muss ganz schlimm geweint haben, denn sie glaubt, dass auch ihr linkes Auge blutet, und kriegt irgendwie nicht richtig Luft. Aber wo oder wie stark sie blutet, ist ihr ganz egal. Sie würde lieber auf dem Boden des Musikpavillons verbluten, als in ihrer doofen Babyunterhose nach Hause gehen. Sie würde liebend gern aus hundert Wunden verbluten, wenn sie dafür nicht sehen müsste, wie der Soldat

(Anschließend bemüht Barbie sich, nicht mehr an diesen Soldaten zu denken; tut er es aber doch, denkt er »Hackermeyer das Hackermonster«.)

den nackten Mann an dem Ding hochzieht

(Kufiya)

das er auf dem Kopf trägt, denn sie weiß, was als Nächstes kommt. Was immer als Nächstes kommt, wenn man unter dem Brennglas ist.

Sie sieht, dass eines der Mädchen zurückgekommen ist. Kayla Bevins ist zurückgekommen. Sie steht da und sieht auf die dumme Julia Shumway herab, die sich für clever gehalten hat. Die dumme kleine Julia Shumway in ihrem Babyhöschen. Ist Kayla zurückgekommen, um ihr ihre restlichen Sachen wegzunehmen und aufs Dach des Musikpavillons zu werfen, damit sie nackt und mit beiden Händen vor dem

Schritt nach Hause laufen muss? Warum sind Leute so gemein?

Sie schließt die Augen, um aufquellende Tränen zu verdrängen, und als sie sie wieder öffnet, hat Kayla sich verändert. Sie hat jetzt kein Gesicht mehr, nur eine Art Lederhelm, der sich fortwährend verändert und kein Mitleid, keine Liebe, nicht einmal Hass erkennen lässt.

Nur … *Interesse*. Ja, genau das. *Was passiert, wenn ich … das hier tue?*

Mehr ist Julia Shumway nicht wert. Julia Shumway ist unwichtig; findet das Minderwertigste und sucht noch etwas tiefer, dann findet ihr sie: einen krabbelnden Shumway-Käfer. Sie ist auch ein nackter Gefangenenkäfer: ein Gefangenenkäfer in einer Turnhalle, dem nichts bleibt als die sich auflösende Kufiya auf seinem Kopf und darunter die Erinnerung an duftendes, frisch gebackenes Fladenbrot, das seine Frau ihm mit ausgestreckten Händen darbietet. Sie ist eine Katze mit brennendem Schwanz, eine Ameise unter einem Mikroskop, eine Fliege, die an einem Regentag gleich ihre Flügel unter den neugierig zupfenden Fingern eines Drittklässlers verlieren wird, ein Spielbrett für gelangweilte körperlose Kinder, vor deren Füßen das gesamte Universum liegt. Sie ist Barbie, sie ist Sam, der in Linda Everetts Van stirbt, sie ist Ollie, der in Ruß und Asche stirbt, sie ist Alva Drake, die um ihren toten Sohn trauert.

Aber vor allem ist sie das kleine Mädchen, das ängstlich auf den splitterigen Brettern des Musikpavillons auf dem Stadtanger kauert, ein kleines Mädchen, das für seine unschuldige Arroganz bestraft worden ist, ein kleines Mädchen, das den Fehler gemacht hat, sich für groß zu halten, obwohl es klein war, sich für wichtig zu halten, obwohl es das nicht war, und zu glauben, die Welt mache sich etwas aus ihm, während die Welt in Wirklichkeit eine riesige seelenlose Diesellok ist, mit einem Triebwerk, aber ohne Frontscheinwerfer. Und sie ruft mit ganzem Herzen und Verstand und Seele aus:

– *BITTE LASS UNS LEBEN! ICH FLEHE DICH AN, BITTE!*

Und für einen kurzen Augenblick ist *sie* der Lederkopf in dem weißen Raum; sie ist das Mädchen, das (aus Gründen, die es sich nicht einmal selbst erklären kann) zu dem Musikpavillon zurückgekommen ist. Einen schrecklichen Augenblick lang ist Julia die Täterin, nicht mehr das Opfer. Sie ist sogar der Soldat mit der Pistole, das Hackermonster, von dem Dale Barbara noch heute schlecht träumt, weil er ihm damals nicht in den Arm gefallen ist.

Dann ist sie wieder nur sie selbst.

Sie sieht zu Kayla Bevins auf.

Kaylas Eltern sind arm. Ihr Vater arbeitet als Holzfäller in der TR und ist Stammgast unten in Freshie's Pub (aus dem zu gegebener Zeit das Dipper's werden wird). Ihre Mutter hat ein großes rosa Mal auf der Wange, deshalb nennen die Kids sie Kirschgesicht oder Erdbeerkopf. Kayla hat keine schönen Anziehsachen. Heute trägt sie einen alten braunen Pullover und einen alten Rock mit Schottenmuster und abgewetzte Mokassins und rutschende weiße Socken. Ein Knie ist zerschrammt, weil sie auf dem Spielplatz umgestoßen worden oder selbst hingefallen ist. Ja, sie ist Kayla Bevins, aber jetzt besteht ihr Gesicht aus Leder. Und obwohl es vielfältige neue Formen annimmt, ist keine davon auch nur annähernd menschenähnlich.

Julia denkt: *Ich sehe jetzt, wie das Kind auf die Ameise wirkt, wenn die Ameise unter dem Vergrößerungsglas aufsieht. Wenn sie aufblickt, kurz bevor sie zu brennen anfängt.*

– BITTE, KAYLA! BITTE! WIR LEBEN DOCH!

Kayla blickt auf sie herab, ohne zunächst irgendetwas zu tun. Dann hebt sie die Arme – in dieser Vision hat sie Menschenarme – und zieht sich ihren Pullover über den Kopf. In ihrem Tonfall liegt keine Liebe, als sie jetzt spricht; kein Bedauern und keine Reue.

Aber vielleicht Mitleid.

Sie sagt

12   Julia wurde von dem Kasten weggeschleudert, wie von einer Riesenhand getroffen. Sie hatte den Atem angehalten; jetzt entwich die Restluft schlagartig aus ihrer Lunge. Bevor sie nach Luft schnappen konnte, packte Barbie sie an der Schulter, zog den Pfropfen aus der Spindel und drückte ihren Mund darauf. Er konnte nur hoffen, dass er ihr dabei nicht die Zunge zerschneiden oder – Gott behüte – das harte Plastik in den Gaumen bohren würde. Aber er durfte sie keine vergiftete Luft atmen lassen. Bei ihrem gegenwärtigen Sauerstoffmangel konnte sie Krämpfe auslösen oder ihr gleich den Tod bringen.

Das schien Julia zu verstehen, wo immer sie auch gewesen sein mochte. Statt sich zu sträuben, umklammerte sie das Prius-Rad mit verzweifelter Kraft und begann, hektisch an der Spindel zu saugen. Er konnte spüren, wie mehrmals ein gewaltiger zitternder Schauder durch ihren Körper lief.

Sam hatte endlich aufgehört zu husten, aber jetzt drang ein anderer Laut an Barbies Ohr. Julia hörte ihn ebenfalls. Sie nahm noch einen großen Atemzug aus dem Reifen, dann sah sie mit geweiteten, tief in ihren überschatteten Höhlen liegenden Augen auf.

Ein Hund bellte. Das musste Horace sein, der als einziger Hund überlebt hatte. Er …

Barbie umklammerte ihren Oberarm mit solcher Kraft, dass sie fürchtete, er werde ihn ihr brechen. Auf seinem Gesicht stand ein sprachlos verblüffter Ausdruck.

Der Kasten mit dem fremdartigen Symbol auf der Oberseite schwebte etwa einen Meter hoch in der Luft.

13   Horace spürte die frische Luft als Erster, weil er am niedrigsten über dem Erdboden war. Augenblicklich fing er an zu bellen. Dann spürte Joe etwas: einen Luftzug, erstaunlich kalt, an seinem schweißnassen Rücken. Er saß an die Kuppel gelehnt da, und die Kuppel bewegte sich. Bewegte sich nach *oben*. Norrie hatte ihr gerötetes Gesicht auf seine Brust gelegt, um etwas zu dösen, und jetzt sah er, wie eine

Locke ihres schmutzigen, verfilzten Haars zu flattern begann. Sie öffnete die Augen.

»Was …? Joey, was geht hier vor?«

Das wusste Joe, aber er war zu verblüfft, um es ihr zu sagen. An seinem Rücken spürte er ein kühles Gleiten, als würde hinter ihm eine endlos hohe Glasscheibe hochgezogen.

Horace kläffte jetzt wie wild; er hatte die Schnauze am Boden und sein Hinterteil hochgereckt. Das war seine *Ich will spielen*-Haltung, aber Horace spielte nicht. Er steckte seine Nase unter dem sich aufwärts bewegenden Dome hindurch und erschnüffelte kalte, reine, frische Luft.

Himmlisch!

14   Am Südrand der Kuppel döste Private Ames ebenfalls. Er saß mit untergeschlagenen Beinen auf dem nicht befahrbaren Seitenstreifen der Route 119 und hatte sich nach Indianerart in eine umgehängte Decke gehüllt. Die Luft um ihn herum verfinsterte sich plötzlich, als hätten die schlechten Träume, die durch seinen Kopf geisterten, konkrete Form angenommen. Dann hustete er sich selbst wach.

Rußflocken wirbelten um seine Stiefel und setzten sich auf den Beinen seines Arbeitsanzugs ab. Wo um Himmels willen kam dieses Zeug her? Gebrannt hatte es nur unter der Kuppel. Dann sah er, was gerade passierte. Die Kuppel ging hoch wie eine gigantische Jalousie. Das war unmöglich – sie reichte nicht nur meilenweit hoch, sondern auch viele Meilen tief in die Erde hinein, das wusste jeder –, aber es geschah trotzdem.

Ames zögerte nicht lange. Er kroch auf allen vieren vorwärts und packte Ollie Dinsmore an den Armen. Sekundenlang spürte er, wie die abhebende Kuppel glasig und hart seine Rückenmitte streifte, und hatte noch Zeit, sich zu überlegen: *Wenn sie jetzt wieder runterkommt, zerstückelt sie dich.* Dann schleifte er den Jungen darunter heraus.

Im ersten Augenblick fürchtete er, einen Toten geborgen zu haben. »*Nein!*«, rief er laut. Er trug Ollie zu den röhrenden Ventilatoren hinauf. »*Trau dich bloß nicht, mir wegzu-sterben, Cow-Kid!*«

Ollie begann zu husten, dann beugte er sich nach vorn und übergab sich schwach. Ames stützte ihn dabei. Die anderen kamen jetzt mit Sergeant Groh an der Spitze laut jubelnd auf sie zugerannt.

Ollie spuckte nochmal. »Nenn mich nicht Cow-Kid«, flüsterte er.

»Holt einen Krankenwagen!«, rief Ames. »Wir brauchen einen Krankenwagen!«

»Nah, wir bringen ihn mit dem Hubschrauber ins Central Maine General«, sagte Groh. »Bist du schon mal mit 'nem Hubschrauber geflogen, Kid?«

Ollie, der sichtlich benommen war, schüttelte den Kopf. Dann spuckte er auf Sergeant Grohs Stiefel.

Groh strahlte nur und schüttelte Ollies schmutzige Hand. »Schön, dass du wieder in den Vereinigten Staaten bist, mein Junge. Schön, dass du wieder auf der Welt bist.«

Ollie legte Ames einen Arm um den Nacken. Er merkte, dass er kurz davor war, ohnmächtig zu werden. Er versuchte, lange genug bei Bewusstsein zu bleiben, um Danke sagen zu können, aber das schaffte er nicht mehr. Bevor ihn erneut die Dunkelheit verschlang, nahm er noch wahr, dass der Soldat aus den Südstaaten ihn auf die Wange küsste.

15   Am Nordrand der Kuppel war Horace als Erster im Freien. Er rannte geradewegs zu Colonel Cox und begann um seine Füße herumzutanzen. Horace hatte keinen Schwanz, aber das machte nichts; er wedelte mit dem gesamten Hinterteil.

»Donnerwetter!«, sagte Cox. Er nahm den Corgi auf den Arm, und Horace fing an, ihm wild das Gesicht zu lecken.

Die Überlebenden standen auf ihrer Seite beisammen (die Demarkationslinie war im Gras deutlich sichtbar: leuchtend frisch auf einer Seite, welk und grau auf der anderen); sie begannen zu verstehen, wagten aber noch nicht recht, an ihre Rettung zu glauben. Rusty, Linda, die Little Js, Joe McClatchey und Norrie Calvert mit ihren Müttern links und rechts neben sich. Ginny, Gina Buffalino und Harriet Bigelow mit umeinandergeschlungenen Armen. Twitch umarmte seine Schwester Rose, die schluchzend Little Walter auf dem Arm hatte. Piper, Jackie und Lissa hielten sich an den Händen. Pete Freeman und Tony Guay, die letzten verbliebenen Mitarbeiter des *Democrat*, standen hinter ihnen. Alva Drake stand an Rommie Burpee gelehnt, der Alice Appleton auf dem Arm hatte.

Sie beobachteten, wie die schmutzige Oberfläche der Kuppel rasch senkrecht hochstieg. Das Herbstlaub auf der anderen Seite war in seiner Leuchtkraft herzzerreißend.

»Wir sahen durch einen Spiegel ein dunkles Bild«, sagte Piper Libby. Sie schluchzte laut. »Dann aber von Angesicht zu Angesicht.«

Horace sprang von Colonel Cox' Arm und fing an, im Gras Achten zu laufen, wobei er aufgeregt japste, schnüffelte und alles gleichzeitig anzupinkeln versuchte.

Die Überlebenden sahen ungläubig zu dem blauen Himmel auf, der sich über einem Sonntagmorgen im spätherbstlichen Neuengland wölbte. Und über ihnen stieg die rußgeschwärzte Barriere, die sie gefangen gehalten hatte, weiter in die Höhe, wurde schneller und schneller, schrumpfte dabei zu einer Linie zusammen, die einem langen Bleistiftstrich auf blauem Papier glich.

Ein Vogel stieß an der Stelle herab, wo der Dome gewesen war. Alice Appleton, weiter auf Rommies Arm, sah zu ihm auf und lachte.

16   Barbie und Julia knieten mit dem Reifen zwischen sich auf der Erde und atmeten abwechselnd aus dem Spindel-Strohhalm. Sie beobachteten, wie der Kasten erneut zu steigen begann. Anfangs bewegte er sich nur langsam und schien in ungefähr zwanzig Meter Höhe zu zögern, als wäre er im Zweifel. Dann schoss er mit weit höherer Geschwindigkeit senkrecht nach oben, als dass ein menschliches Auge ihm hätte folgen können – es wäre dem Versuch gleichgekommen, eine Pistolenkugel im Flug zu beobachten. Die Kuppel flog in die Höhe oder wurde irgendwie *eingeholt*.

Der Kasten, dachte Barbie. *Er zieht die Kuppel hoch, wie ein Magnet Eisenspäne anzieht.*

Eine Brise rauschte heran. Barbie verfolgte ihren Weg in dem sanft vom Wind bewegten Gras. Er legte Julia eine Hand auf die Schulter und deutete genau nach Norden. Der schmutzig graue Himmel war wieder blau – fast schmerzhaft hell und klar. Die leuchtenden Bäume erschienen wieder klar umrissen.

Julia hob den Kopf von der Spindel und holte tief Luft.

»Ich weiß nicht, ob das eine so gute …«, begann Barbie, aber dann war die Brise da. Er sah, wie sie Julias Haar flattern ließ, und spürte, wie sie sanft den Schweiß auf seinem von Schmutz streifigen Gesicht trocknete, wie die Hand einer Geliebten.

Julia hustete wieder. Er klopfte ihr auf den Rücken und atmete dabei erstmals wieder Umgebungsluft ein. Sie stank noch immer und verursachte ein Kratzen im Hals, aber man konnte sie atmen. Die schlechte Luft zog nach Süden ab, als frische Luft von der TR-90-Seite der Kuppel – von der *ehemals* der TR-90 zugewandten Seite der Kuppel – heranströmte. Der zweite Atemzug war besser; der dritte noch besser; der vierte ein Geschenk Gottes.

Oder eines Lederkopf-Mädchens.

Barbie und Julia umarmten sich neben dem auf dem Erdboden zurückgebliebenen schwarzen Quadrat, wo der Kasten gestanden hatte. Dort würde nichts mehr wachsen, niemals wieder.

17 »Sam!«, rief Julia aus. »Wir müssen uns um Sam kümmern!« Sie husteten noch immer, als sie zu dem Odyssey rannten, aber Sams Husten war verstummt. Er war mit offenen Augen und flach atmend über dem Lenkrad zusammengesunken. Seine untere Gesichtshälfte war blutverschmiert, und als Barbie ihn vorsichtig aufrichtete, sah er, dass das blaue Arbeitshemd des Alten schmutzig purpurrot verfärbt war.

»Kannst du ihn tragen?«, fragte Julia. »Kannst du ihn bis dorthin tragen, wo die Soldaten sind?«

Die Antwort lautete ziemlich sicher Nein, aber Barbie sagte: »Ich kann's versuchen.«

»Nicht«, flüsterte Sam. Seine Augen drehten sich ihnen zu. »Tut zu weh.« Bei jedem Wort sickerte weiteres Blut zwischen seinen Lippen hervor. »Habt ihr's geschafft?«

»Julia hat es geschafft«, sagte Barbie. »Ich weiß nicht genau, wie, aber sie hat's geschafft.«

»Mitgeholfen hat auch der Mann in der Turnhalle«, sagte sie. »Der Mann, den das Hackermonster erschossen hat.«

Barbie stand der Mund offen, aber das bemerkte sie nicht. Sie umarmte Sam und küsste ihn auf beide Wangen. »Und natürlich du, Sam. Du hast uns hergefahren, und du hast das kleine Mädchen auf dem Musikpavillon gesehen.«

»In meinem Traum warst du nich klein«, sagte Sam. »Du warst erwachsen.«

»Das kleine Mädchen war trotzdem hier.« Julia berührte ihre Brust. »Es ist weiter da. Es lebt.«

»Helft mir aus dem Van«, flüsterte Sam. »Ich will nochmal frische Luft atmen, bevor ich sterbe.«

»Du wirst nicht ...«

»Still, Weib. Wir wissen's beide besser.«

Sie fassten ihn an beiden Armen, hoben ihn sanft hinter dem Lenkrad hervor und legten ihn ins Gras.

»Riecht diese Luft!«, sagte er. »Großer Gott.« Er atmete tief ein, dann hustete er und versprühte dabei Blut. »Ich rieche Geißblattduft, glaub ich.«

»Ich auch«, sagte sie und strich ihm die Haare aus der Stirn.

Er bedeckte ihre Hand mit seiner. »Hat's ... hat's ihnen leidgetan?«

»Es war nur eine«, sagte Julia. »Wären es mehrere gewesen, hätte die Sache nie funktioniert. Ich glaube nicht, dass man gegen eine Gruppe ankommt, die zu Grausamkeit entschlossen ist. Und nein ... ihr hat es nicht leidgetan. Sie hat Mitleid mit uns gehabt, aber ihr hat's nicht leidgetan.«

1176

»Sind nicht wie wir, was?«, flüsterte der Alte.

»Nein. Überhaupt nicht.«

»Mitleid ist was für starke Leute«, sagte er seufzend. »Ich kann bloß sagen, dass es mir leidtut. An dem, was ich gemacht hab, war der Suff schuld, aber mir tut's trotzdem leid. Ich würd's zurücknehmen, wenn ich nur könnte.«

»Du hast zuletzt alles wiedergutgemacht«, sagte Barbie. Er ergriff Sams linke Hand. Sein Ehering hing am Ringfinger – grotesk riesig an der ausgezehrten Hand.

Sams Augen, verblasste blaue Yankeeaugen, richteten sich auf ihn, und er versuchte zu lächeln. »Vielleicht hab ich's getan … um's zu tun. Aber während ich es getan hab, war ich glücklich. Ich glaub nicht, dass man das je wiedergutmachen …« Er begann erneut zu husten, sodass wieder Blut aus seinem fast zahnlosen Mund spritzte.

»Schluss jetzt«, sagte Julia. »Nicht mehr reden, Sam.« Sie knieten auf beiden Seiten des Alten. Julia sah zu Barbie hinüber. »Vergiss das mit dem Tragen. Er hat irgendeine innere Verletzung. Wir müssen Hilfe holen.«

»Oh, der *Himmel*!«, sagte Sam Verdreaux.

Das waren seine letzten Worte. Er seufzte seine Brust flach, und es gab keinen Atemzug, der sie wieder hätte heben können. Barbie wollte ihm die Augen schließen, aber Julia ergriff seine Hand und hielt sie fest.

»Lass ihn den Himmel sehen«, sagte sie. »Auch wenn er tot ist, soll er ihn sehen, so lange er kann.«

Sie saßen neben ihm. Irgendwo sang ein Vogel. Und in der Ferne kläffte noch immer Horace.

»Ich muss wohl los und meinen Hund finden«, sagte Julia.

»Ja«, sagte er. »Mit dem Van?«

Sie schüttelte den Kopf. »Lieber zu Fuß. Ich denke, wir schaffen eine halbe Meile, wenn wir langsam gehen – meinst du nicht auch?«

Er half ihr aufstehen. »Versuchen wir's«, sagte er.

18   Während sie Hand in Hand der mit Gras bewachsenen alten Zufahrtsstraße folgten, erzählte sie ihm so viel
wie nur möglich davon, wie es gewesen war, »in dem Kasten
zu sein«, wie sie es nannte.

»Also«, sagte er, als sie fertig war. »Du hast ihr geschildert,
zu welch schrecklichen Dingen wir imstande sind – oder sie
ihr vorgeführt –, und sie hat uns trotzdem freigelassen.«

»Mit schrecklichen Dingen kennen sie sich aus«, sagte sie.

»Dieser Tag in Falludscha ist die schlimmste Erinnerung
meines Lebens. Was sie so schlimm macht, ist …« Er versuchte sich zu erinnern, wie Julia es vorhin ausgedrückt
hatte. »Dass ich nicht das Opfer, sondern der Täter war.«

»Du hast es *nicht* getan«, sagte sie. »Das war dieser andere
Mann.«

»Darauf kommt's nicht an«, sagte Barbie. »Wer es auch
war – der Kerl ist genauso tot.«

»Wäre das auch passiert, wenn ihr nur zu zweit oder dritt
in der Turnhalle gewesen wärt? Oder wenn du allein gewesen wärst?«

»Nein. Natürlich nicht.«

»Dann mach das Schicksal dafür verantwortlich. Oder
Gott. Oder das Universum. Aber hör auf, dir selbst Vorwürfe zu machen.«

Das würde er vielleicht nie können, aber er verstand, was
Sam zuletzt gesagt hatte. Ein Unrecht zu bedauern, war besser als nichts, vermutete Barbie, aber keine noch so große
nachträgliche Reue konnte jemals die Freude an Vernichtung – sei es Ameisen zu verbrennen oder Gefangene zu erschießen – wiedergutmachen.

In Falludscha hatte er keine Freude empfunden. In diesem
Punkt konnte er sich freisprechen. Und das war gut.

Soldaten kamen auf sie zugerannt. Ihnen blieb vielleicht
nur noch eine Minute allein. Mit viel Glück zwei.

Er blieb stehen und fasste sie an den Armen.

»Ich liebe dich für das, was du getan hast, Julia.«

»Ich weiß, dass du das tust«, sagte sie ruhig.

»Was du getan hast, war sehr tapfer.«

»Verzeihst du mir, dass ich mich aus deinen Erinnerungen

bedient habe? Das war keine Absicht; es ist einfach so passiert.«

»Vergeben und vergessen.«

Die Soldaten waren näher heran. Auch Colonel Cox, dem Horace kläffend auf den Fersen war, rannte mit. Bald würde Cox hier sein, er würde fragen, wie es Ken gehe, und mit dieser Frage würde die Welt sie wieder für sich vereinnahmen.

Barbie blickte zu dem blauen Himmel auf, atmete die besser werdende Luft tief ein. »Ich kann nicht glauben, dass sie fort ist.«

»Glaubst du, dass sie jemals zurückkommen wird?«

»Vielleicht nicht auf unseren Planeten und nicht wegen dieser einen Gruppe. Die wird heranwachsen und ihr Spielzimmer verlassen, aber der Kasten wird bleiben. Und andere Kinder werden ihn finden. Früher oder später spritzt das Blut immer an die Wand.«

»Das ist schrecklich.«

»Gewiss, aber soll ich dir verraten, was meine Mutter immer gesagt hat?«

»Natürlich.«

Barbie rezitierte: »›Je schwärzer die Nacht, desto heller der Tag.‹«

Julia lachte. Das war ein wundervolles Geräusch.

»Was hat das Lederkopf-Mädchen zuletzt zu dir gesagt?«, fragte er. »Erzähl's mir schnell, denn sie sind schon fast da, und dies gehört uns allein.«

Dass er das nicht wusste, schien sie zu überraschen. »Sie hat gesagt, was Kayla gesagt hat: ›Trag das auf dem Heimweg; dann sieht es aus wie ein Kleid.‹«

»Hat sie von dem braunen Pullover gesprochen?«

Sie ergriff wieder seine Hand. »Nein. Von unserem Existenzkampf. Unserem kleinen Leben.«

Er dachte darüber nach. »Wenn sie es dir geschenkt hat, sollten wir es unbedingt tragen.«

Julia deutete nach vorn. »Sieh nur, wer da kommt!«

Horace hatte sie gesehen. Er steigerte sein Tempo und schlängelte sich zwischen den rennenden Männern hindurch; sobald er sie hinter sich gelassen hatte, ging er tiefer und legte den vierten Gang ein. Seine Lefzen waren wie zu einem Grinsen verzogen. Die Ohren hatte er flach angelegt. Sein Schatten huschte neben ihm her über das rußgeschwärzte Gras. Julia kniete sich hin und streckte die Arme aus.

»*Komm zu Mama, Sweetheart!*«, rief sie.

Er sprang. Sie fing ihn auf, wurde durch die Wucht des Aufpralls umgeworfen und blieb lachend liegen. Barbie zog sie hoch.

Sie gingen gemeinsam in die Welt zurück und trugen dabei das Geschenk, das sie erhalten hatten: das bloße Leben.

Mitleid ist nicht Liebe, überlegte Barbie … aber wenn man ein Kind war, musste Nackte zu kleiden ein Schritt in die richtige Richtung sein.

22. November 2007 – 14. März 2009

ANMERKUNG DES AUTORS

Als ich im Jahr 1976 erstmals versucht habe, *Under the Dome (Die Arena)* zu schreiben, kroch ich nach zweiwöchiger Arbeit mit eingeklemmtem Schwanz von den rund fünfundsiebzig Seiten weg, die ich zustande gebracht hatte. Diese Seiten waren an dem Tag im Jahr 2007, an dem ich mich zu einem Neubeginn hinsetzte, längst verschollen, aber das Eingangskapitel – »Das Flugzeug und das Waldmurmeltier« – hatte ich noch so gut im Kopf, dass ich es fast wortgetreu niederschreiben konnte.

Überfordert hatten mich nicht die vielen Personen der Handlung – ich mag Romane mit üppiger Personalausstattung –, sondern die technischen Probleme, die dieser Roman aufwarf, vor allem die ökologischen und meteorologischen Auswirkungen der Kuppel. Die Tatsache, dass eben diese Probleme mir das Buch wichtig erscheinen ließen, bewirkten, dass ich mir feige – und faul – vorkam, aber ich hatte schreckliche Angst, ich könnte alles vermurksen. Also fing ich etwas anderes an, aber die Kuppel – *the dome* – als Idee für einen Roman ließ mich nie mehr los.

In den seither vergangenen Jahren ist mein guter Freund Russ Dorr, ein Arzthelfer aus Bridgton, Maine, mir bei den medizinischen Aspekten vieler Bücher – vor allem bei *The Stand – Das letzte Gefecht –* behilflich gewesen. Im Spätsommer 2007 habe ich ihn gefragt, ob er bereit wäre, eine weit größere Rolle zu übernehmen: als Hauptrechercheur für einen langen Roman mit dem Titel *Under the Dome*. Er war einverstanden, und dank Russ stimmen die meisten technischen Details in diesem Buch, denke ich. Es war Russ, der Recherchen zu computergesteuerten Lenkwaffen, Jetstream-Verläufen, Methamphetamin-Rezepten, tragbaren Notstromaggregaten, radioaktiver Strahlung, möglichen Fortschritten in der Mobilfunktechnologie und hundert weiteren Dingen angestellt hat. Es war auch Russ, der Rusty Everetts im Eigenbau hergestellten Strahlenschutzanzug erfand und erkannte, dass man aus Autoreifen atmen kann, zumindest für gewisse Zeit. Sind uns Fehler passiert? Bestimmt. Aber die meisten werden sich als meine erweisen, weil ich manche seiner Antworten falsch verstanden oder falsch interpretiert habe.

Meine beiden ersten Leser waren meine Frau Tabitha und Leanora Legrand, meine Schwiegertochter. Beide waren kritisch, human und hilfreich.

Nan Graham als Redakteurin hat aus dem Dinosaurier, der dieser Roman ursprünglich war, ein etwas leichter zu bewältigendes Buch gemacht; jede Seite des Manuskripts war mit ihren Änderungen übersät. Ich bin ihr zu großem Dank für all die Morgen verpflichtet, an denen sie um sechs Uhr aufgestanden ist und ihren Bleistift in die Hand genommen hat. Ich habe versucht, ein Buch zu schreiben, in dem das Gaspedal ständig durchgetreten bleibt. Nan hat das verstanden, und wenn ich einmal nachließ, hat sie meinen Fuß mit ihrem niedergedrückt und gerufen (als Randnotiz, wie's bei Redakteuren üblich ist): »Schneller, Steve! Schneller!«

Surendra Patel, dem dieser Roman gewidmet ist, war dreißig Jahre lang ein Freund und eine unfehlbare Quelle des Trosts. Die Nachricht, er sei an Herzversagen gestorben, erreichte mich im Juni 2008. Ich saß auf der Treppe zu meinem Büro und weinte. Als dieser Teil vorüber war, ging ich wieder an die Arbeit. Nichts anderes hätte er erwartet.

Und *Sie*, treuer Leser? Danke, dass Sie diese Story gelesen haben. Wenn sie für Sie so spannend war wie für mich, sind wir beide gut dran.

S.K.